U0920322

上

徐兵 著

李源 石典典 改编

北京联合出版公司
Beijing United Publishing Co.,Ltd.

图书在版编目（CIP）数据

新世界：全三册 / 徐兵著；李源，石典典改编
. -- 北京：北京联合出版公司，2020.2
ISBN 978-7-5596-3963-9

Ⅰ. ①新… Ⅱ. ①徐… ②李… ③石… Ⅲ. ①长篇小说 - 中国 - 当代 Ⅳ. ① I247.5

中国版本图书馆 CIP 数据核字（2020）第 018303 号

新世界：全三册

作　　者：徐　兵
改　　编：李　源　石典典
责任编辑：郑晓斌　管　文　孙志文
封面设计：三形三色

北京联合出版公司出版
（北京市西城区德外大街 83 号楼 9 层　100088）
山东临沂新华印刷物流集团有限责任公司印刷　新华书店经销
字数 1000 千字　700 毫米 ×990 毫米　1/16　66.5 印张
2020 年 3 月第 1 版　2020 年 3 月第 1 次印刷
ISBN 978-7-5596-3963-9
定价：138.00 元（全三册）

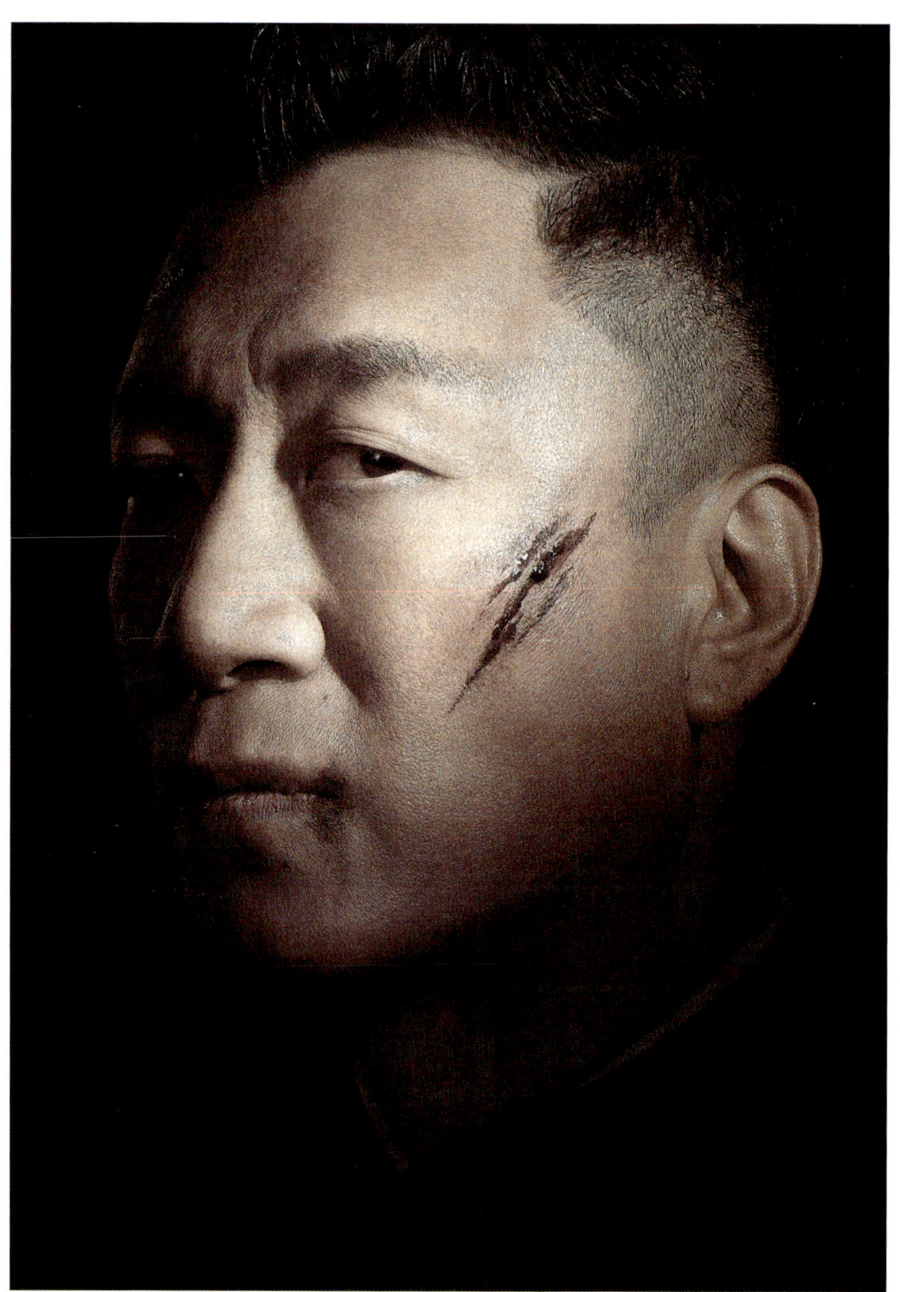

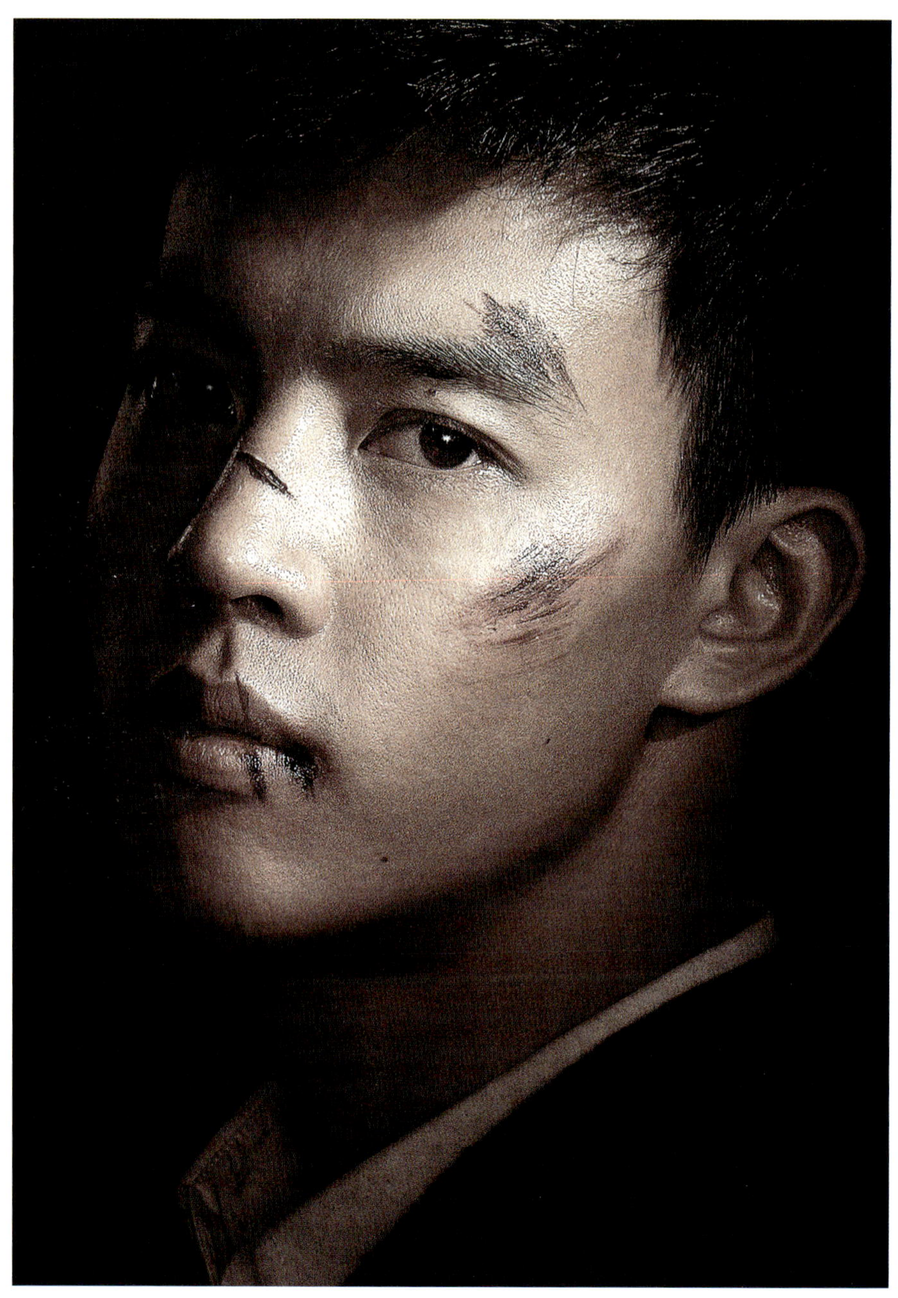

序　言

徐天，徐兵儿子的名字。徐兵构建的宇宙里有若干个徐天，我有幸成为了其中一个。我又多了一个父亲。

成为徐天的这一百七十天里，每天活得筋疲力尽，但轰轰烈烈。一个在二十二天里经历了最极致的生离死别与爱恨情仇的人，当要向这段人生告别的时候，我泪崩了。因为浓烈所以不舍。这份浓烈充满了追问、抗争、悲悯与爱。这是作者给我的，我交还给角色，角色又反过来全部馈予我。我很感谢这种生命的重合。

新世界会是什么样子？身处乱世，就像被扔进一个迷宫里，谁也不知道出口在哪儿。有人横冲直撞，有人摸爬滚打，有人忍气吞声。小人物，命如蝼蚁，如尘土，微不足道，也看不清全局。义气，如今看起来有些幼稚的事情，可能是那个无序可循的困境里最能相信的一份依靠。最终能走出困境，不是因为能扭转乾坤，只是因为能看见出口的那道光，那道光是心中的真理，也是新世界照来的光。

站在历史的高度看这个时局里的小人物，趺趺撞撞，有些可笑，但很可爱。这些小人物不是历史，但历史为了这些小人物建立起一个人人平等、安居乐业的秩序社会。看这些人物的命运，像是去聆听来自遥远时空里的回响，回荡的是自己的情、自己的义、自己的悲、自己的爱。

感谢徐兵，让我在这样的故事里照见那个义薄云天、赤忱热烈的自己。

尹昉

2020.1.20

写于 10977 米上空

目 录

第一章

“天哥，蜘蛛死的还是活的？”

徐天没说话。

“您真带小朵走啊？”

“嗯。”

“大哥走不走？”

“嗯。”

“二哥也走？”

徐天又没说话。

“缨子呢？”

“活的。”

“啊？”

“蜘蛛是活的。”

1949 年 1 月 10 日，农历腊月十二，天气晴。

这是一条很平常的北平胡同。胡同角落里堆放着各家各户的杂物，徐天索性窝在一个木头童车里，警棍胡乱别在腰上，双腿毫无仪态地乱搭在童车的扶手上。燕三裹着棉警服蹲在不远的乱柴堆里，他想跟徐天套点什么话出来，但徐天的全部精力似乎都放在那只好像从没移动过的蜘蛛上，燕三悻悻地把到嘴边的话又咽下去。

蜘蛛网在他们头顶上方两尺处，徐天看着蜘蛛，就像看着自己，他感觉自己也被一张网困住，想逃又不知道该不该逃。徐天的眼睛中是不同于他人的执拗。试问在这乱世之中，谁能如此投入地观察着另一个生命呢？

徐天是白纸坊这一片的警察，外表冷淡，内心炽热。燕三是比徐天低一级的小警察，他虽然年龄长于徐天，可依然每天跟在徐天屁股后面叫他天哥。他的面相宽厚纯良，甚至有些愚钝，但他的眼睛很亮，和那种愚钝不太协调。

城外的仗已经打了一个月，城内到处都是从张家口退下来的溃兵，据说傅总司令又开始和城外的共产党谈判了。谈着打着，打着谈着，谈空了这座城市的热情，也打伤了阵前的将士。城外的战争把很多人坚信和恪守的信念都击碎了，但徐天还在坚守。好在他的世界不大，就是北平，甚至就是北平城里的几条胡同。

北平的天倒是依旧蓝，太阳看着挺灿烂，实则像国民党的反击一样是样子货。徐天眯了眯眼睛，发现天上有几丝云在缓慢地变化，日光照在蜘蛛身上。徐天把自己调整得更舒服，他轻轻转头，躲避着阳光的锋芒，耳朵却没放过附近的任何声音。一墙之隔的屋子里有小孩子在哭，似乎挨了大人的揍，再远处大街上有车按喇叭的声音，再把听觉往更远处探，炮声隐隐约约在响。大战在即，北平或战或和。徐天有俩把兄弟，一个是京师监狱狱长金海，一个是保密局行动组的组员铁林。徐天没办法留在这片土生土长的地方迎接新世界了，战事逼着他们去南方。老爹徐允诺经营着一个车行，家里还供养着从前的老主子，老爹不愿离开世代生活的这个地儿，那他自己呢？走还是不走？他和小朵的婚事又怎么办？徐天想从蜘蛛身上寻找到一个答案，可他找不到。不仅是他，路人大多也是两眼空洞无神，漫不经心地走着，他们放弃了追问，也不想寻找，就这么走着。胡同口的饭馆大门敞开，但早就没了食客，流鼻涕的伙计和晒暖的老头儿互相看着，又像是什么都没看，漠视对方的茫然，用尴尬的沉默填补炮声过后的沉寂。

云走了，阳光直射下来，徐天耷拉着眼皮，燕三往旁边移了移，躲回属于他的阴影里，接着他瞟了眼蜘蛛说：“活的跟这儿半天不动，干什么呢？”

徐天眼皮依旧没抬地说：“逮活的。”

一发炮弹在不远处炸响，宛如晴天惊雷，两人一动不动，恢复了最初的沉默，整条胡同越发安静了。

燕三显然习惯了炮声，懒懒地说："共军又放炮。"

晴天里"哐哐"连续几炮，震得土墙往下掉泥。燕三连头上的土都懒得拍打，刚想说话，徐天突然振奋了，眼睛放光地说："来了。"

一个男人翻过掉泥的土墙，落到两人跟前。徐天蹦起来便是窝心一脚，将来人踹飞。童车吱呀作响，寂寞地晃了几下，蜘蛛网角落那只蜘蛛也活过来了，飞一般从一端奔向另一端。燕三连滚带爬地站起来凑过去，发现男人蜷在角落里一动不动。

燕三盯着那男人，回头跟徐天讨主意问："天哥，让你踹死了。"

徐天过去试了试鼻息，说："救呀，还什么都没问呢！"

燕三俯过去，又是摁胸又是掐人中。男人趁俩人不注意，在乱柴堆里摸了根木柴挥向燕三，站起来便跑。

蹦起来躲避的燕三撞到了徐天，燕三气急了："这孙子装死……"

"起开，给我起开！"徐天一把拨开燕三，翻身去追。

男人拐入另一条胡同。这一片所有的胡同徐天都熟悉，但他也没数过有多少条。北平的胡同就像一张不断延伸的蛛网，一个巷口稍微一转，又出现了几条纵横，徐天像刚才那只蜘蛛一样疯狂移动。

男人狂奔，不时撞倒胡同里的大人孩子。徐天和燕三在后面狂追，紧跟着男人东转西折，又时不时缓下步子，躲避着刚刚被撞倒的人们。徐天边跑边喊："躲开，靠边别碍事儿！"

平渊胡同，刀美兰家中，她正在摆弄个旧话匣子，匣子里刘宝全的京韵大鼓时断时续。

"……张君瑞先前还把红娘叫，到了后来可了不得了，去了个红字儿净叫娘，红娘啊，红娘啊，娘啊娘啊饶了我吧……"

红娘没来，炮声来了，沉闷而嚣张，震得房顶直往下掉灰。话匣子的声音渐渐荒腔走板，挣扎了几下又没声儿了，刀美兰伸手拍匣子壳。

话匣子里是一种日子，琐碎庸常，话匣子外是另一种日子，也琐碎，也庸常，但带着炮声的日子，总归少了可爱和心安。炮声里，人尤其需要话匣子。

京韵大鼓从沉默里恢复：“……得了吧嘿！打今儿个我再也不敢跳你们家的粉壁花儿墙！小丫环闻听口啐，呸呸呸……”

院子里传来一通乱响，像是什么东西掉进来了。刀美兰从窗棂看出去，一个陌生男人刚刚翻过她家的土墙进了院子。刀美兰拉开抽屉，抽屉里的针线笸箩最上边放着一把大剪子，她慌张地抄在手上。男人直奔屋内而来，刀美兰定了定神，握紧剪子，侧身到门后推上门闩。男人“啪啪”擂门，刀美兰在里面盯着不结实的门闩左右震动。

京韵大鼓还在吱呀继续：“……书呆子！听个衷肠，我问问你，想当初跳花墙的你胆子多么大呀，啊？到如今你如王胖子的裤腰带稀松平常，打破了枕头你还绣着有点糠！你怎么那么窝囊？非是我们太太告下状，我告诉你说吧，我们小姐得了病了，躺在床……”

刀美兰不是红娘，刚才跃到院子里的，也不是跳花墙的张生。她稍一晃神，又有两个人翻上土墙，是追赶而来的徐天和燕三。徐天猛喊：“敢进屋？拍寡妇门、私入民宅罪加一等！”

男人站在屋门前回头，说：“寡妇？”眼看着土墙松塌，徐天和燕三乱七八糟地摔进院子，一股土灰腾空而起。男人离开屋门，撒腿向院儿外奔，徐天和燕三又追出去。

院子里安静下来，刀美兰这才松了口气。话匣子不知道什么时候又不响了，刀美兰回到床边用剪刀敲了一下。

京韵大鼓接着刚才没唱完的继续哼：“……窈窕淑女将你等，你就该君子好逑到那厢，关关雎鸠见了面，在河之洲配鸾凰，小丫环儿逃之夭夭头里走，张君瑞其叶蓁蓁跟慌忙，之子于归到一处，宜其家人儿拜了花堂……”

话匣子里，张生终于见了崔莺莺；胡同里，徐天和燕三也堵到了男子。

徐天从后腰拔出警棍示意燕三，问：“你来我来？”

燕三俩手拄着膝盖捯气，上气不接下气地说：“你有准头。”

徐天将警棍贴地甩出去，警棍追上男人的双脚，将其绊倒。

徐天和燕三走过去，男人的脸惊恐狰狞，又带着求饶说：“别过来。”

徐天喘着气问：“姓名？”

男人还坐在地上，嘴上不停地狡辩：“从白纸坊跑到珠市口，这儿不归你管了。”

“在我地界儿贩鸦片，跑哪儿都一样。这儿我也管，我大哥住这儿，北平犯事我都管。”

“我呸！共产党的飞机大炮都到墙根儿底下了！”

“城墙外我管不着，姓名？”徐天时时记着自己是个警察，他总是试图找回事情本该有的样子。

“民国都快完了，当个破警察你以为你是皇上！”

“刚说什么，民国快完了？我就当没听见，烟膏拿出来，别找死。”

男人的手伸入怀里掏出一颗美式手雷，拔了保险销，他的两只手上满是红红的冻疮。

“手雷！”燕三连滚带跌闪出老远。

徐天转回脑袋看着男人，眼中喷着火。他脚步站定，不带一丝感情地问：“姓名？”

男人见徐天不依不饶，只能吐口：“张帆。”

“本名儿？”

“别逼我，你不给面儿大家都没面儿。”

“手雷哪儿来的？”

“买的，大街上都能买。”

“平民持有军械，少说还得再加一两年。”

男人举着手雷站起来威胁道：“别跟着我，跟着我就松手。”

“天儿冷，握住了。”徐天话没说完，身体先动起来，扑上去将男人摁倒，“三儿帮忙！”

燕三奔过来与徐天一起动手，俩人手忙脚忙地掏铐子，男人反倒从二人身下钻了出来。徐天推开动作不协调的燕三，着急地说：“别碍事儿！”

燕三站在原地一动不动带着哭腔喊：“雷！雷在我裤裆里……”

男人撒腿跑出胡同，徐天拔腿要追。

燕三声嘶力竭已经破音地喊：“天哥！雷！”

徐天眼睁睁看着张帆跑远，气急败坏地一通捏燕三的裆，问：“哪儿呢？”

手雷从燕三裤脚掉出来，滴溜溜滚到墙角。

“趴下！”

燕三和徐天趴下的瞬间，手雷爆炸，胡同墙塌了半扇。烟雾飞扬中，邻居们纷纷从自家探出脑袋，刀美兰也披着花袄探出身子问：“我闺女呢？”

徐天从地上起来看着一地狼藉，脑袋发蒙，回道：“啊？”

“小朵说是什刹海跟你碰面，你怎么在这儿？”

“这就去。”说完，徐天抄起警棍，奔出胡同。

燕三从地上起来，刀美兰捂嘴笑了，说：“三儿，尿了？”

燕三低头看自己的裤裆，两眼茫然，六神无主。

“灯儿差点炸飞，搁谁不尿？”

前门大街上到处是军人，有三五成群晃荡的，也有整营整队的，喊着努力奋斗从街面经过。人力车拉着北平的男女在行进的军车装甲车的缝隙里穿梭，街边茶水铺热气蒸腾，城市烟火还在军管的北平的冬天里盘旋。

张帆疯狂奔逃，手持警棍的徐天在街面上追赶，并没有人在乎他们。军用飞机在大栅栏上空划过，阴影笼罩住徐天，又快速移走。徐天在北平的冬天里奔跑得欢畅。

一列送水的骆驼队停在路边，队列末尾的小骆驼在吃临近一辆车上的干草。干草车挪动，小骆驼跟着干草离开驼队。张帆奔过来，他跃过干草车时，小骆驼受惊，遁入临近的窄街。

张帆慌不择路，撞上一辆人力车。人力车夫顺势抬脚将张帆踢翻，正是徐家车行的车夫祥子，他冲着徐天喊道：“天少爷，要帮忙不？”

徐天掠过车夫头也不回地说：“拉你的买卖，用不着。”

祥子拉着人自顾自去了，徐天将张帆从街心拖到路边。

徐天放下张帆，却看到张帆手里拿着一支手枪，枪口正指着他的胸口。

徐天来了兴致，问：“还有枪，也是买的？”

“罩神听过吗？”张帆气喘吁吁，还没忘了狐假虎威。

“背着好几条人命，正要拿他。”

“罩神我老大，烟膏给你你也不敢拿。”

“给我！贩烟一两半年，半斤三年，算上又是手雷又是枪……”

张帆冷不丁地扣动了扳机，枪“卡嗒”一声，卡壳了。两人都怔了片刻。

徐天一棒子挥过去，嘴里骂着：“敢开枪！孙子你完了……站住！”

张帆将枪掷向徐天，继续拔腿狂奔。徐天拾起枪掖在腰里，狂追。

张帆往商铺的窄街里跑，小骆驼还在窄街里晃荡，张帆和徐天奔跑着陆续擦过它。有商铺伙计向徐天半是打招呼半是看热闹地说：“天哥，拿贼呢。”徐天也不搭理，眼睛发红，看着是动真火了。

张帆从窄街出来，已被追得气急败坏。照相铺子宝元馆门口排着长队，周老板拿着个本子挨个登记收钱，他看徐天跑过来，还没来得及说话，只听见徐天的一声喊：“到什刹海替我跟小朵说一声，我晚会儿到。”

周老板转着脑袋来回应对，早已自顾不暇，回了一句：“我哪有这工夫……”

徐天一边跑一边手里不停地调整那支卡壳的枪。

胭脂胡同还同百年前一样，仍旧是一副温软模样，芙蓉帐温柔乡，是在这乱世中难得的存在。胡同外，人们被战争裹挟，翻滚冲撞，就算保住性命也难免一身泥泞。这胭脂胡同里的青楼不同别处，均是清吟小班，算是妓院中的最高等级，来往宾客不乏军政要员。绣花幔帐，丝缎棉枕，一身泥泞在这儿不见了，炮声也不见了，这个糟乱的世界孕育着胡同里醉生梦死的温柔。

枪声响起时，铁林正把顾小宝往床上摁。顾小宝是这小班的班主，擅长昆曲，秋波明媚，颦笑传神。但铁林却不是名流，他只是个保密局的小小组员。

听到枪声，铁林怔了怔继续往床上摁顾小宝。

顾小宝脸色一紧，说：“松手，我叫你松手，外面打枪你聋了。”

铁林还是嬉皮笑脸地说：“外面还成天打炮呢，好几天没碰你了……”

顾小宝极力摆脱他的“上下其手”，脸上更不高兴了，说：“城外打炮归委员长管，这是我的地方，起开！”

铁林哄着她说：“听话。”

“每次上来就奔正根儿，听曲儿、弹琴、喝酒比这舒服，懂不？”

“还是正根儿舒服。”

顾小宝一招兔子蹬鹰将铁林踹下床，笑骂道：“粗人！”

又响了一声枪，两人的目光都往外探。

铁林轻步走到门前，拉开一条缝探出身子往外看。

楼下天井里，几个人正将一具尸体从天井边的一间大房里抬出去。从半开的房门看进去有不少人，一个男子慌忙跑进院，进入大屋。

顾小宝拨开铁林准备出去，铁林缩回身子说："没事，你别出去。"

"不是没事吗？"

"是没事，枪走火。"

"我看看。"

铁林催促着说："没多少工夫，一会儿我家宝慧找过来就麻烦了。"说着又把顾小宝往床上摁。

顾小宝挣脱不开，情急之下甩了铁林一巴掌。

铁林一愣："敢打我？"

顾小宝一时间有些无措，揉也不是，不揉也不是。扭捏间，外头传来关宝慧的声音："铁林！"

铁林愣了一下，在房里转了一圈，拉开硬木大柜门钻了进去，悄声说："别吱声儿，她见不着我就走了。"

关宝慧声音越来越大，似是越来越近。"铁林！"

顾小宝下了床，看好戏般踱到花桌边，手里掂着铁林的军装军帽，铁林从柜子里伸出一只手，朝顾小宝一阵比划，压着声音催促说："给我给我。"

顾小宝故意慢吞吞地递给他，铁林缩回到柜子里"啪"地拉上柜门，顾小宝轻蔑地瞟了眼柜子，又拢了拢头发。

一楼，关宝慧大马金刀地在天井里喊："铁林，我知道你在这儿！我在家都快闲出灰了，你倒三天两头跑这种地方泄火……"

徐天从门口气喘吁吁地跑进来，关宝慧一看是徐天，更加坚信自己的判断，质问说："我就说嘛，是不是来给铁林通风报信的？"

徐天扫了一眼天井，目光落在那个大房门上，门口有一道血迹，几个姑娘和下人缩在天井其他房里不敢出来。

见徐天不理睬，关宝慧厉声道："徐天！"

徐天不接话茬，说道："二嫂，先往外挪挪，一会儿别溅你一身血。"

"吓唬谁呢？你们三兄弟合着伙蒙我一人……"关宝慧柳眉倒竖，丹凤眼此刻瞪得像杏眼，倒显出了几分大清格格的威风。

徐天好声好气地跟她说："我蒙谁也不能蒙着您，真有事，办案呢！"

关宝慧失了面子，不依不饶地说："你到底是铁林的奴才，还是我关家的奴才？"

这回是徐天没了面子，他也没惯着关宝慧，顶着说："这话说的，都民国三十八年了，谁是谁的奴才？我跟铁林是兄弟，尊您一声二嫂。闪闪，赶紧回家去，一会儿这儿说不定要出人命。"

徐天说完，不再理会关宝慧，直奔大房前敲门。关宝慧将目光移到下人身上问："你们班主呢？"

下人的手往上指，关宝慧径直上楼。徐天看着关宝慧的身影消失在楼梯口，转回身，一脚踹开大房门。

门里是一屋子黑道和军人，长桌上摆着不少枪械和烟膏。其中一个黑大汉向徐天招手："来，别走，进来。"

徐天迈进大房，张帆在后面关了门。

桌上还有吃的，一屋子人都看着徐天。徐天在黑大汉对面坐下来，挪过一碗面条，问："这碗有人动过吗？"

没人吱声儿。

徐天也不客气，到处乱翻，嫌弃地说："做这么大买卖，就吃面条？有蒜吗？"

黑大汉盯着徐天，说："凑合吃吧。"

徐天抄起筷子，挑了一筷子面说："坨了。谁是罩神？"

黑大汉只出声，人没动："我。"

这是个绝对粗粝，绝对强悍的男人，直挺的腰背随时散着杀气，每一块肌肉都蕴含着一股子戾气。

徐天扫了一眼，说："穿官衣的都出去，我管不着，也不想今天管，军火都拿走，烟土别动。"

没人动。

罩神按着桌子，俯身问徐天："你谁啊？"

徐天低头快速吃着面，另一只手摸到一头蒜，用手捻着剥掉蒜皮，含糊不清地说："白纸坊警署徐天。"

"你们那警署还剩多少人？"

“加我三个。共产党说不定哪天进城，都跑了，但监房还有两间，正好关你和他。”说着，徐天用筷子指着罩神和张帆。

“不怕死吗？”用筷子指人绝对是挑衅，罩神显然已经不悦。

徐天一边吃一边将警徽掏出来，放在桌上：“穿官衣的出去听见没？军械用不着了就换烟土是吗？今天你们的买卖做不成了，不是把他弄回去就是我死这儿，劝你们别沾杀警察的事儿。”

一个军官起身要走。

罩神用话拦着：“等会儿，一屋子人还能让个破警察吓唬死。徐天，有商量吗？”

徐天指着张帆问：“这孙子在我地界儿贩烟土，拿手雷炸我，还用枪打我，你说有没有商量？”

“消消火。”

“没法儿消。”

罩神还是盯着徐天，但话是对张帆说的：“过来。”

张帆朝罩神挪过去，罩神念叨着：“这杂碎是一警察，你怎么一点面子也不给呢？闭上眼。”

张帆几乎哀求：“老大……”

话没说完，罩神捅了张帆三刀，张帆瞬间软成了一摊稠汁，缓缓瘫倒，又缩成了一团。

几个人将张帆抬出去，罩神又看徐天，问：“消火了吗？”

徐天没理会，只是低头稀哩胡噜吃面，一副寻衅的架势。

二楼，顾小宝衣领最上端的琵琶扣还开着，她猛地拉开门，耳朵贴着门的关宝慧差点摔个趔趄。

顾小宝上下打量，一脸厌烦地说：“听什么？”

关宝慧站直身子斜着眼，一脸嫌弃地说：“你是班主吧？”

“我这屋可不招待女客。”

“少装，我找铁林。”关宝慧迈进房间，拿眼扫了一圈，拧身看着顾小宝。

“找吧，屋子就这么大。”

说完，顾小宝把关宝慧让进屋子，转身走了。关宝慧也想走，想了想又折回去，掀床幔，摸床底，到处都没有，能藏人的地方就剩下那个大衣柜了。

一楼大房里，罩神拱了拱手，说：“各位军爷，今天买卖算两份，你们要吃点儿亏了，我一份徐天一份，以后咱们离这种杂碎远点儿。”

徐天吃干净一碗面，重重将碗摔在桌上，抬眼瞪着罩神说：“孙子，当着警察面杀人，不是贩烟土蹲几年大牢的事儿了，进去等着掉脑袋吧。”

“都啥时候了？外头一场仗死上万人，一百多万共军跟城里几十万国军不知道哪天干起来！”

“我只管我的地界儿，哪朝哪代杀人贩烟土都犯法。”

“都知道你那地界儿有个小红袄，每年冬天杀一女的，今年杀谁了？那种事儿不管了？”

徐天一听这话脑子嗡嗡作响，他掀了桌子喊着：“还拱我火！”

徐天顺着桌子掀起的势头向前顶，用桌子将罩神顶到墙上，罩神的手下扑上来。徐天一手推桌，一手挥棍将来者击退。罩神发力，一拳将桌子击碎，徐天收不住力，飞跌到一边去。

罩神发了狠，吩咐道：“关院门！”

下面传来乱七八糟的声音，二楼的关宝慧却屏着呼吸，耳朵贴在硬木大柜门上。铁林在大柜里拉着柜门，也屏着呼吸。关宝慧的手轻轻搭上铜环，猛然使劲拽：“出来，你给我出来！不要脸的东西！”大柜里没把手，铁林手使不上劲硬生生撑着，俩人一里一外对峙着，突然楼下传来枪响。

一楼大房，跌在地上的徐天举着冒烟的枪，一屋军人都抄起了枪械对准徐天，但徐天手里的枪只对着罩神。

“谁敢杀警察！”

罩神盯着徐天手中那支本属于张帆的枪，咬牙切齿地暴吼：“有种打死我！”

“还真想，拒捕就弄死你，聪明点儿跟我回警局，还能多活几天。”

天井里，几个黑道正在关院门。燕三踹开未全关上的门闯进院里，喊着：“别动！都别动！警察！天哥！徐天！”

二楼，铁林在柜子里竖起耳朵听外面的动静。关宝慧又猛地使劲拽：“给我出来！”柜门打开，露出坐在女人衣服堆里的铁林，脸上露出受惊而愁苦的古怪表情。关宝慧早就司空见惯，恨铁不成钢地说：“我不如刚才那女的漂亮是吧？”

铁林竖着手指，脸上的受惊和愁苦没有丝毫减少，很明显，这个古怪的表情并不完全来自于关宝慧。但关宝慧似乎并未想到，还是自顾自地说：“不用我，跑这儿花钱用别人……”

铁林赶紧打断絮絮叨叨的媳妇，说：“别说话。”

燕三看着大房门口的血，慌张大喊：“徐天，天哥！”

几个黑道拦着燕三，燕三急了，嚷道：“青天白日，你们敢杀警察！”

大房内，罩神催动身形扑向徐天，徐天朝他脑袋上方开了一枪，罩神并没有停止动作。

枪声催着铁林钻出大柜。他拨开叉腰怒目的关宝慧，一边戴大檐帽一边挂佩枪，匆匆下楼。

罩神将徐天压在地上，双手死死地掐着徐天脖子。徐天已快断气了，他摸到身下的手枪，举起来对准罩神的眉心，罩神依然不松手。

撕咬的世界里，人都被激发成野兽，争相亮出獠牙。徐天扣下扳机，这支手枪却没子弹了。

门再次被踹开，铁林冲进来，朝众人亮出证件，喊道：“松手！国民政府国防部二厅保密局北平站行动处！都哪个单位的？”铁林这一长句话一气呵成，不知道私下里练过多少遍。

军人们见保密局的人出现，纷纷收起军械离开。

铁林抬脚将罩神从徐天身上踹开，说：“叫你松手听见没？我开枪了！”

罩神还要往回扑，铁林赶忙用身体阻拦：“哎哎哎，保密局打死人白死懂不懂？”

徐天在地上缓过气，弓着身子咳着。

“这事没完，从今儿起四九城朋友要你的命……”罩神说着话被手下架走，其他手下开始收拾屋里的烟土。

铁林虚张声势地喊着：“说什么呢？谁呀，口儿这么大，别走！”

燕三也在门口喊：“有种别走！”但俩人都光喊不动。

铁林瞧人都走了，回身看徐天。徐天抓过桌上的一瓶酒灌了几大口，又是一通咳。

铁林埋怨道：“没几天要走了，拼啥命啊？三儿给他拿个椅子坐这儿。”

“嫂子找你。”徐天一屁股坐在椅子上，脸还因为窒息泛着诡异的潮红。

铁林想起了关宝慧还在楼上，不禁犯愁：“是啊，她怎么知道我在这儿？”

“都知道你喜欢顾小宝。”

“天地良心，我只喜欢你嫂子。”

徐天懒得搭理他，直起身，指着桌子下面还有几包烟土说：“三儿，证物带回警署，这事儿没完。”

“你去哪儿？”

“什刹海。”说完，徐天抓起三颗子弹，踉跄地走出去。

徐天从院里出来时，关宝慧刚坐上一辆人力车。车夫也是徐家车行的，跟徐天熟络地打招呼：“天少爷！”

关宝慧不屑地说：“少在我面前喊少爷。”

徐天不吭声，匆匆离去。

关宝慧瞥了一眼，气还没消，问道：“这窑子有后门吗？”

车夫赔着笑说：“这可不知道，清吟小班逛不起，贵。”

一听贵，关宝慧更来气了，问：“多贵？”

车夫没言语，摇着脑袋。关宝慧盯着大门，恨恨地嘀咕：“这个败家玩意儿……”

什刹海边的茶水摊，是驴车马车聚集之地，车夫们在此歇息，喝口茶水。

贾小朵忙里忙外招呼客人，一边忙，一边向路上翘首。她的大棉褂子半敞着，里面一件小红袄分外显眼。

另一边，徐天在大街上行走，不时还是咳着，祥子拉着空车从后赶上来问：“天少爷，上哪儿？”

徐天抬腿上车，说：“找小朵。”

“您脖子怎么了？”

徐天一愣，摸着自己的脖子问：“怎么了？”

“跟刚上完吊似的。”

“赶紧走！”

车跑起来，伴随着城外传来的炮声。

祥子自言自语：“解放军又放炮了。”

徐天吐出一口浊气，掏出枪，卸开弹夹，往里压了三颗子弹。

胭脂胡同顾舍，铁林还在院门边犹豫，门外寒风里有关宝慧一双能杀人的眼睛。回头看，二楼栏杆上倚着撇嘴笑的顾小宝。“下回来给您唱曲儿啊。”铁林一咬牙，走出院子。

出了门，铁林镇定自若地上车坐在宝慧旁边。关宝慧沉着脸，也不搭理铁林，直让车夫快走，车夫拉着车跑起来。

人力车在闹市里奔走，乱军游走，行人熙攘，铁林和宝慧在车上各自看着一个方向。

关宝慧先打破沉默：“说说吧，以后怎么着？”

铁林装傻：“去南方呗。”

“我说回家以后。”

“那个家不要了，金条徐天在换，飞机差不多也托好人了。”

关宝慧压着火，但很明显这股火也压不了多久了：“装傻，这事儿就算过去了是吧？”

铁林彻底服软了，转了视线，对着关宝慧嬉皮笑脸地说：“天底下我最喜欢你，一辈子就舍不得你，以后咱们六个人踏踏实实在南方过日子。”

“六个人？”

“你、我、大哥、缨子、徐天、贾小朵六个人。”

“大缨子也去？”

“大哥就这么一个妹妹。”

“她是你前妻。”关宝慧并不关心去哪里生活，她要把控的是铁林。

“不娶你做老婆，大缨子怎么就前妻了？就这事儿，每次见大哥都觉得对不起。”

新火夹着旧火，关宝慧在运气。

“干脆你别往胭脂胡同跑，去找大缨子倒好点！”

铁林没明白，或者是装着没明白，说：“我找她干什么？”

关宝慧彻底怒了，喊道：“停车，停！下去。”

“怎么啦？”

“好像你还得着理了，问东说西。南方你自己个儿去，别来找我。下去呀！”

铁林讪讪地下车，说：“我错了还不行？”

关宝慧顶回去：“我嫁你才错了，你个窝囊废，走！”

车跑起来，铁林站在寒风里喊着宝慧名字，试图挽回。同样在寒风中的，还有运粮的军车，刚刚被征壮丁的青年，只求挨过一冬的乞丐。这一切似乎都是脆弱的，风稍微大一点儿，他们就会被吹走，无力招架。这一切似乎又都是静止的，只有一个小报童在奔跑，摇着手中卖不出去的新闻。

现实中，党国不断败退；新闻上，党国却节节胜利。谁会关心呢？飘摇的报纸仿佛在向铁林招手，一年后的冬天在哪里呢？南方的冬天许是更加湿冷吧？北平寒冷着，自己能去哪儿呢？家里温暖吗？关宝慧撇下自己走了。脆弱的东西从来都飘渺，就像今天卖不出去的报纸，明天就会被人践踏在地上，一文不值。或许，那不是报纸，是未知的自己。

什刹海茶水摊前，贾小朵看见坐着人力车到来的徐天，大老远地就恶作剧似的喊：“天少爷！”

徐天听见小朵招呼，有点儿不好意思，脸上傻乐的表情跟刚才追凶拿人、打架发狠的完全不是一个人。车夫祥子把车子停在一边，说：“天少爷您跟小朵唠，我正好喝口热茶。”

徐天下了车又折回来，朝祥子要汗巾。祥子将脖子上的汗巾解下递过去，看徐天缠到自己脖子上遮住掐痕。祥子挠了挠后脑勺，不太理解他说：“不嫌味儿呀……”

小朵笑弯了眼睛，隔着茶水摊向徐天打招呼，徐天没理会祥子，隔着人群示意小朵。两人踱到什刹海边，找了块临水的石头坐下。

徐天眼前是暮沉沉的北平，脚前是冻了冰的什刹海。小朵的脸和小袄一样红扑扑的。她把一盆热腾腾的水端过来，放到冰上，说：“锅沿儿水，把鞋子脱了，快脱，凉得快。”徐天扭捏着，磨磨蹭蹭。小朵蹲下身去利索地帮徐天脱鞋，将徐天的两只光脚一并摁入热水中，徐天的目光落在小朵一侧头发别着的红发卡上。

“舒服吗？”小朵直起身子，笑盈盈地问。

“舒服透了。”

小朵挨着徐天坐下来，说：“我也舒服会儿。”

两人并排坐了半晌，远处有沉闷的炮声。

小朵把头靠在徐天肩上，享受着片刻的休息。她眯眼看着天问：“解放军怎么光打炮不进来？”

“说是在跟北平剿总谈判，要是打起来北平四九城就全毁了，老百姓没地儿过日子了。”

“解放军挺仁义。”

徐天回头看小朵，她衣服里边红袄灼灼，像红墙头的夕阳。徐天说：“别穿红袄，招事呢！”

“怕小红袄把我杀了？我男人是警察，连环杀人犯也得挑挑人，他敢吗？”小朵像个孩子般炫耀。

“眼下这世道，他们什么不敢……合上。”徐天有些不舍地从那抹红色移开眼睛。小朵喜欢红色，他也觉得小朵是穿红色最好看的姑娘。

小朵听话地把大棉袄扣上问：“金条换了？”

“啥金条？”

“大哥二哥让换的，到南边买房置地的。”

“换着呢，这几天就给信儿。”

小朵低下头，情绪突然低落，半天憋出一句：“我可不想走。”

徐天显然知道小朵的心思，安抚道：“改朝廷了。”

小朵哀求地看着徐天说：“哪朝哪代不都得要警察？”

“好几个共党在大哥狱里杀了头，二哥更不行，保密局跟共党是死对头。”

“他们走不就行了，为啥非拉你一块儿，南方多远呀！”

“我们三个是插香的兄弟。”徐天也为难了，说实话，他并不确定为什么要去南方。

小朵发觉了他的松动，撒娇道：“我还是你媳妇呢！”

徐天心中一喜，小心试探着问：“你妈答应了？”

小朵回避着他的眼神，伸手探水问：“水凉了吧？”

“凉了。”

“拿出来。”

徐天伸出双脚准备穿鞋。

“别动。”小朵说完，脱下大棉袄，三下五除二将徐天的双脚包紧实，然后将凉水泼到冰上，“再换一盆。”

“行了……”徐天还没说完，红闪闪的贾小朵就已经抱着铜盆进了茶水摊。徐天看着小朵在人丛中闪转腾挪，就像火苗一样闪烁，扑腾扑腾的像是跳在他的心头上。

珠市口，徐天家门前停了一堆人力车，散落着收车准备回家的车夫。

车上的铃铛声由远及近，一辆车拉着关宝慧从胡同口挤进来，关宝慧看着四周，熟稔地打听道：“我爸在吗？”

旁边一个休息的车夫紧跟着回答：“东家一大早陪着听戏去了，还有金家姑奶奶。”

关宝慧下了车径直往里走，边走边说：“告诉徐允诺，我陪我爸住了，除非铁林到这门口跪着来请。”

刚把她拉回来的车夫赔着笑：“哟，铁二爷跪这儿可不像话。”

“传话给徐允诺就行了。”说完，关宝慧昂首挺胸走进去。一胡同的车夫都属于徐允诺的车行，但徐允诺曾经是她家的包衣，旧时代没了，可这种关联仍让她对这里感到亲切。这里是自己从小长大的地方，是所有优越感的根本。

什刹海岸边，徐天双脚包着贾小朵的棉袄，对冰面坐着。他的目光被一架国民党的飞机吸引了，飞机挨着护城河往宫墙里飞，匆匆往下投物资。物资拽着降落伞，降落伞绽开，有两份落在冰面上，看热闹的人朝物资奔去。

贾小朵又端了一盆热腾腾的水，看着冰面上的人感慨道：“真是要改朝廷了。”

“放下，脱鞋，你也泡泡。”徐天拉着小朵，示意她坐在自己身边。

“我一女的，不合适。”小朵顺势坐在他身边，红着脸推脱。

“我说合适就合适。”

“那真泡了……大白天的。”

“我跟你一起泡，赶紧的。”

小朵四处看了看，脱了棉鞋，徐天和小朵的两双脚泡入冰面上的热水，小朵的左脚脖子上环着一只红线穿绕的小金铃。

小朵闭上眼深吸了一口气：“舒服死了。”

“不去南方这事儿，我跟大哥说说。”冰面上蒸腾起来的水汽让徐天安心。

小朵开心了，连语调都上扬了：“一会儿就去说。”

徐天又有点犹豫地说：“估计他不答应。”

“你是我的，还是你大哥的？”小朵有点着急。

“我是我自己的。”

“你要不走，我就是你的。”

“你妈那头呢？”

“我真急了，她也没辙。”

徐天将脚从盆里拿出来，说：“现在就找大哥去。”

“哎，刚泡上。”

徐天穿上棉鞋已经往人力车那边去了。

一辆军车开过来，军人们呼喊着向冰面跑去，如同泼墨。哄抢物资的人，在军人的驱赶下左奔右突，死命护着手中抢得的那点物资，那是他们生活的全部。小朵慌乱地穿上鞋子提着盆过来，徐天拖着人力车，对旁边的车夫说：“东西给祥子，告诉我爸我晚点回。”

“我还没收工……”

“话顶上来不说，咽下去就没了。”

祥子接过小朵的铜盆，说：“少爷，您别动车。”

徐天没理会祥子，生疏地握住人力车把手，说：“上去，贾小朵说你呢！”

小朵被稀里糊涂地拖上车厢，徐天拉起来便跑。

“哎……你疯了。”小朵享受着徐天直接又质朴的爱意，心里甜蜜蜜的。

“脚泡热乎了，跑会儿舒服。”徐天像匹野马，拉着小朵在充斥着军车军人的市井里奔跑。

小朵看着从身边掠过去的街景，嘴上嗔怪道：“哪有警察在大街上拉车的！”

徐天一刻不停地跑着，对小朵所有的爱意都化作奔跑的动力，帽子上的护耳随着跑动上下翻飞着。

“我的地界，我的女人，我的车，怎么啦？”

小朵渐渐松弛下来，盯着徐天的背影，喜滋滋地说：“以后你还会拉别的人吗？”

“谁敢让我拉？”

“女人呢？”

“除了你，没女人能上我的车。”

此时的徐天还不知道，命运正在慢慢朝他投下阴影，他沉浸在现在的快乐里。

平渊胡同。天色已暗，胡同里的人家渐次点起门口的红灯笼。穿便装的金海一手拎着个公文包，一手拎块肉，慢悠悠地走回来。他身形高大，当了多年狱长的他向来不怒自威。邻人见着他都让道，间或有熟人跟他问好，他和气地一一点头，然后他停在被手雷轰塌半扇的自家院墙前。刀美兰披着花袄出来泼了盆水，险些浇到金海身上。

金海愣了一下，问：“这是怎么了？”

“炸了。”刀美兰自顾自地回去。

金海还停在院墙前，大缨子从半塌的院墙里探出脑袋，喊了声：“哥！”

金海看上去不太高兴，问：“这是怎么了？”

“我也不知道，跟徐叔关老爷子听戏回来就这样了。”

“谁弄的？”

“街坊说是徐天。”

金海眉头轻缓了一点，说：“那你说不知道。”

“知道是知道，不知道怎么弄的。”大缨子自带一股缺心眼的劲儿，说话也是直眉瞪眼的。

金海将肉递过墙去给大缨子，吩咐道：“到胡同口把瓦匠叫过来。”

“回乡下了。”

“那就把家伙什儿拿来。”

“吃完饭再弄吧。”大缨子的语气就像不是自家院墙被炸了似的。

“把门开开。”

“从这儿进多好啊！”大缨子在墙洞边上朝金海招手，金海看着兴致盎然的妹妹叹了口气。

等徐天拉车过来时，天已经全黑了，眼见到了胡同口，贾小朵赶忙喊停。徐天停了车，累得直喘。

贾小朵有点心疼他，赶紧从车上跳下来扶着他说：“让你逞能。”

徐天咧嘴笑得心满意足地说：“这钱不好挣。”

“南城车行你们家的，知道是谁下力气供着你了吧？”

“我们家供着南城两百多车把式。”

小朵看着徐天喘着粗气，突然凑过来说：“亲个嘴儿。”

徐天愣了一下，突然扭捏了：“干啥？”

“一会儿不许变，说不走就不走，你大哥拿你没辙，我妈拿我没辙，明白吗？”

“瞧出来是我拿你没辙。”徐天还在扫视着四周，小朵踮脚快速凑到徐天嘴边亲了他一下，快得徐天都没感觉到小朵的唇。徐天不由自主地抹了一下嘴，小朵打趣他说：“吃蒜了？”

“没有啊。”徐天感觉自己的脸很烫，不知道是因为拉车很累还是因为吃蒜被发现，抑或是刚才那个转瞬即逝的吻。

小朵好像下定决心似的说：“我跟你一起找大哥去。”说罢，就扯着徐天的袖子往金海家走。

金海家院外塌了的墙已经砌回一半，一盏煤油灯放在砖上。金海在院子里头砌砖抹灰，刀美兰拿着一个账本在院外头。

刀美兰不识字，所谓的账本只有她自己看得懂，她细细交代着，又透着几分故意的生疏：“张宝奎、赵全胜两家搬出去了，挨着的那两户接着住，租金以后归买主收，你半条胡同的房子连租带卖账都在这儿。”

金海心不在焉地听着，手头的活儿麻利又仔细。

“嗯，钱给徐天了？”

“你吩咐的给他。”

金海嗯了一声，就无后话。

刀美兰见状顿了顿，压低声音问：“我哥能放出来吗？”

金海还是忙着砌墙，说：“我说了不算。”

金海的敷衍一如既往，刀美兰虽意外却难免失落地说：“快四年了，都是这句。”

“我就是一狱头，管看人不管放人。”

“那这四年你把我当佣人使唤呢？”

“说这话你不亏心吗？”俩人隔着一堵墙说话，声音一句比一句低。刀美兰还要说什么，见徐天拖着人力车和小朵过来。

徐天落在后面，拖着脚步有点心虚，打招呼说：“大哥。”

刀美兰转身往自己家去，金海假装没看见，只跟徐天说话：“砌一砌，要不然不好卖。”

眼看金海还想着卖房，生生把徐天想说的话都憋了回去，胡乱解释：“碰上一贩烟土的，从小朵家跑到这……”

“知道了，屋里说。”

小朵跟着徐天和金海也要进院，被刀美兰拦下。小朵有点焦躁地说：“妈，我说点正事，一会儿回。”小朵一把扯下自己的耳罩，塞给刀美兰，没等刀美兰反应，已经进了金海的院儿。

刀美兰一手捏着耳罩，一手握着账本，心情恶劣地嘀咕：“跟他们有啥正事？”

房间里，徐天坐在炕边上不言语。金海看见这俩人的模样就知道要发生什么，他看着贾小朵说：“小朵。”

小朵不知道从何说起，也不知道是站还是坐，索性找了个角落杵着，脚尖还紧张地在地上磨蹭着，回应道：“金爷。”

“家去。”

小朵面对着金海，却看着徐天说：“徐天有话跟您说。”

金海转头看着徐天，徐天没说话，小朵有些不高兴了。

“金条都换好了？别出岔子。”金海故意提到金条，等着徐天把话说出来。

“托了好几个人，在一个姓柳的手上办，这边收咱们的，那边给金条，走的时候啥也不用带。”徐天干巴巴地说着话，刚才的勇气早就荡然无存。

“这姓柳的啥来头，熟吗？”

“人没见过。”

金海盯着徐天，语气里透着不快：“人都没见过，钱就给了？”

徐天还是虚着说：“错不了，说是青教团的，南北两头军需都归他，咱这是小数。”

金海脸阴起来不高兴了。

小朵终于忍不住了，憋住的话再不说，就永远都说不出来了，她开口道：“金爷，徐天不想走了，您和铁二哥走就行。”

金海并不意外，他就在等着这一句呢，他问：“为啥？”

“因为我不走。”

金海停了停，忍着气问：“你妈呢？”

“都不走了。”

金海皱起眉头，脸上的不快愈发明显：“合计好了？”

“我说了算。”小朵硬着头皮说道。

“你不走拉倒，跟徐天没关系。”

“我是她媳妇。”小朵话里也带着气，这股气打徐天那儿来。

“没过门吧，就算过了门的媳妇也能换，东屋住着一个，我妹妹大缨子就是铁林换下来的。”

小朵急了，脑子突然成了糨糊，她张了张嘴，只说出一句：“金爷，您咋这么说话呢？”

“我得怎么说？”

小朵瞪着徐天，等着徐天帮自己说话，徐天却低着头一言不发。小朵胸中酝酿出一股子怨气，既怒且哀地说道：“我是没过门儿，徐天把你当大哥，但你在我这什么都不是。”

“这话你说的？”

“我说的怎么着吧！”

“要走一起走，不走别碍事儿，男人的事儿女人掺和找抽呢。”

小朵又瞪了一眼徐天，扭身出去了。

金海转向徐天，问："说是你和罩神杠上了？"

徐天闷着脑袋，也不搭理金海。金海慢条斯理地往炕桌上摆酒菜。

贾小朵站在院子中间运气，大缨子从东厢房推门出来，招呼道："哎，小朵，过来，进屋里。"见小朵不动，大缨子披着棉袍，手里握着半捧瓜子，走到小朵身边说，"听说那姓关的骚狐狸今天跑到胭脂胡同逮铁林去了？"

"我没听说。"小朵看着大屋里亮着的灯，气自己，更气徐天。

"燕三说的呀，男人逛窑子女人找过去逮，你说谁更没脸没皮？我是他前妻都明白，你说他是不是娶了个不懂事儿的二傻子……"大缨子看小朵不接茬儿，索性自问答，小朵扭身往亮着灯的南房去。

房间里，金海嘬了一口酒，夹了一筷菜，悠哉地说："贾小朵、刀美兰娘俩不走也没辙，我不亏待她们。她们住那偏院不卖了，以后归她们住，没人收租钱……徐天？"

徐天扯了脖子上的汗巾，抬起头。金海瞟了一眼徐天脖子上的掐痕说："刀八青是你抓的，关在我牢里。贾小朵处下去是不是你女人还没准儿呢。她不走正好，这人就算翻篇儿了，你知道自己喜欢啥样的女人吗？你连北平城都没出过，一辈子就这四九城里活，世上好女人见都没见过，说不定隔天你就看上一个真好的，那时候跟我翻脸我也认，为这种土妞皱眉头犯不上……"

小朵挑帘进来，说："金爷，您刚才说的话我都听见了。"

金海头也不抬地说："实话。"

房间外，大缨子也在厢房门口竖着耳朵听。

小朵转向徐天，问："徐天，你走还是不走？"

徐天皱着眉头，一时没说话。小朵彻底失望，摔帘而去。

金海提高声音喊："大缨子！"

大缨子突然被喊到名字，赶紧应声："哎！"

"门口来人没？来了领进来！"

"谁来啊？"大缨子嗑着瓜子问。

金海瞥了一眼大缨子，示意她把炕桌上的碗碟都收走，大缨子看似恍然大悟，实则稀里糊涂，收拾了碗筷退出屋，金海扭回头对徐天说："白天怎么回事？罩神要弄死你，四九城放出风，出五根金条。铁林也掺和了？

解了吧，别临走出事。”

徐天终于把那话说了出来：“我不走了，你和二哥走吧。”

“啥？”徐天的回答是金海没料到的。

“就这么定了，以后我喜欢啥女人不知道，现在小朵还行。”

“兄弟就散了？”

“这也不算散。”

金海的脸更阴了：“插香的时候可不是这么说的。”

大缨子挑帘领进一个人，说：“哥，人来了。”

徐天抬头看过去，进来的竟然是罩神。他再往窗外看，黑乎乎一院子罩神的手下。

时局紧张，物资紧俏，渐渐地连杂合面都要供应不上。刀美兰丧偶多年，自从八青进了监狱，家里没了唯一的劳动力，日子变得有些艰难。金海明里暗里照顾刀美兰不少，刀美兰向来心知肚明，这么多年过去了，俩人慢慢走到了这一步。在这个时候还能煮上一碗面，刀美兰自然知道该记着谁的好，可只有在刀八青这件事儿上，她一直过不去。房间里，刀美兰小心翼翼地盛出一碗面，在碗边摆上酱料菜码，摆上筷子，搁在小朵手边，说：“吃面。”

小朵在炕边脱掉大棉袄，露出里面的小红袄，说：“妈，我得跟徐天一起走。”

刀美兰已经为这事跟小朵讲过很多次道理，小朵依然这么坚决，她提高声调嚷嚷：“你舅是徐天抓的，金海关了你大舅四年。”

小朵无力地辩解着：“大舅在天桥伤人了。”

“伤的是咱家仇人。”刀美兰一句比一句声高。

小朵解下红发卡扔到炕头的盒子里，扯开椅子坐到饭桌旁嘟囔：“徐天当警察，就是抓人的。”

刀美兰想起刚才金海不冷不热的态度，现在连女儿也要抛下自己去南方，心里乱糟糟的，赌气道：“你要跟他走，这家以后就没你了。”

“就是要走，妈。”小朵哀求道。

“宁可要他们那帮人，也不要妈对吧？”刀美兰感觉有点伤心了，出口的话却更冷硬。

小朵的脾气跟刀美兰如出一辙，也犯了倔脾气：“您要这么说，就是这么个理儿。”

刀美兰彻底怒了，一拍桌子喊道：“那还不如现在就走，立马走。”

小朵僵着，看着刀美兰脸上的怒气不知如何是好。

刀美兰大吼：“走啊！”换了平常，一定是小朵先服软，可是刀美兰的最后一句话彻底让她铁了心。

小朵头也不回地跑出屋，没看见刀美兰已经红了的眼圈。她的大棉袄也没穿，只穿着红色的小袄出去了。刀美兰挨桌子坐下来，看着还冒热气的面条，以及空着的椅子。她看了一会儿，将面碗边的筷子摆正，她的气是对小朵撒的，也是对金海撒的。她不让小朵走，是为了女儿；她要是让小朵走，也是为了女儿。她最亲近的就是小朵和金海，女儿主意正，金海主意也正，刀美兰总觉得自己是多余的，这种被忽视的感觉没法说，说了别人也理解不了，只能当作眼前的这碗面一样，嚼烂了咽下去。

第二章

金海看着罩神，像闲话家常似的说：“灯罩儿，外头带这么多人干什么？”

“给您老面子。”灯罩看着金海，状似恭敬有礼。

“我兄弟是警察，你在四九城放出风要弄死他，疯了吧？”

“不知道是您兄弟。”

“低头跟我兄弟认个错，把梁子解了。”

“他打了我一枪。”

“所以啊，认个错就行了。”金海还是满不在乎的语气。徐天知道，金海越是这样说话就越是代表他生气了。

徐天盯着罩神说：“矮点身子，我脖子疼。”

罩神也盯着徐天，说：“金爷，我从来没给人低过头。”

“别废话。”

罩神俯下身子。

徐天说：“低头。”

罩神低下脑袋。

金海厉声喝道：“说话！”

徐天突然抄起炕桌，照着罩神脑袋一通狂抡。金海往炕里挪了挪，一直看徐天气喘吁吁地将破炕桌扔了，罩神已经昏过去了。

金海看着他坐回炕边，问：“什么意思？”

徐天喘着说：“出出气。”

“你这气从贾小朵那儿来的吧？”

“一半。”

“这种不懂事的女人搁从前早就不在了。”

徐天直愣愣地问他：“啥意思？”

“随你吧。”金海看着徐天的眼睛，有点泄气，摆了摆手。

徐天把地上的罩神拖起来，往肩上扛，“我带回警署备案，赶明儿入你的狱。”

大缨子大马金刀地坐在屋外的台阶上，柴刀搁在手边，跟一众大汉沉默对峙着。徐天驮起罩神出去，一院子黑道将徐天拦在院子中央。一个像头目的人上前，抽出一柄日本军刀，金海挑帘走出房门，说：“都干什么？”

头目依然挺着刀。

金海盯着头目问：“你叫什么？”

“没名儿。”

“回头我找你。”

头目想了想说：“行。”

金海对众人说：“我兄弟办案呢，散了。”

黑道们犹豫着。

金海厉声道：“都滚蛋！”

头目不动，眼里喷着火，直勾勾地盯着金海。金海迎着那团火，像是要杀人。黑道们不敢把事闹大，赶忙拉着头目出院。

徐天也没回头，将罩神扔进人力车，拉起来走了一段，来到刀美兰家门前，拍了拍门环，喊：“小朵，小朵！”

没人回应，徐天下台阶，拉车离开。

房间里，刀美兰听着隔壁院子隐约的声音，又听见徐天敲门的声音，不想理会，反手打开了话匣子。京韵大鼓响着：“……这正是狭路相逢冤家对了面，反倒来畏刀避剑一味地假装……”铿锵之声压在刀美兰的心里，就像钝刀子割肉，刀美兰透不过气，心思不宁。

胡同里行人少。特殊时期经常限电，原来的路灯几乎成了摆设。为了安全，政府要求家家户户门口都挂只红灯笼。有一些灭了，大多亮着，烛火在红笼里摇摆。小朵本来想去敲金海家的院门，想起刚才被金海气得落荒而逃，举起来的手就又放下了。

贾小朵只穿了一袭小红袄在寒风里走着，也不知道要去哪儿，她完全没意识到后面跟上来一个人。

京韵大鼓的声音还在飘荡：“这佳人想到其间横铁胆，霎时间就犹如凶神附了体他的面色黄……”这声音不只在刀美兰的话匣子里，它似乎飘到了更远的地方。它飘到街头，那里徐天正拉着人力车，车上是昏迷不醒的罩神。鼓声绵密，缠绕着他的脚，徐天越跑越快，似要挣脱。

“猛一扑佳人用力尽平生力，听哧的声，刀刺心口穿透了胸膛……这不抖颤颤，摇得金钩声乱响，淋漓漓，红毡翠被透血光……”大鼓声仿佛也飘进了胡同，黑影扑住贾小朵，小朵猛烈挣扎。

小朵终于摆脱出来，往胡同口狂奔。人影在后面跟着，从怀里掏出一只乙醚瓶子，往掌中的毛巾里倒。

夜更静了，京韵大鼓只剩板点。

身着小红袄的小朵跑出胡同，但分不清方向，夜路上有散兵游勇，那是小朵更不敢招惹的人。小朵惊魂未定，沿着墙根快步走，不时地回头。

破庙改成的白纸坊警署里，燕三和一名老警察在喝小酒，俩人就着一盘花生米喝得津津有味。徐天裹着寒风进屋，径直把罩神扛到后面的监房。

燕三喝红了脸，小步跑过来，打开监门。徐天交代燕三：“看好了，别喝大。”

燕三有点兴奋地说：“厉害啊天哥，逮着了！”

徐天将罩神放下，喘了口气，脚踩着警署的地，他不再没着没落了，神秘的鼓声终于从头脑里被清扫干净了。徐天只觉得是刚才跑得猛烈，缓了缓神，并未多想，但说不清心为什么还是悬着的。“咚、咚、咚。”心跳声击打着耳膜，一种寒意从他毛孔里散发出来，遮盖不住。

小朵气喘吁吁地奔跑，终于看见了白纸坊警署的灯笼，她心安多了，甚至扬了个笑，就像看到了徐天。她朝后看了看，感觉危险离自己远了，不由得放缓步子。近了，近了，她甚至看到不远处徐天从警署出来，小朵刚想张嘴喊徐天，黑影从后面冲上来，用沾乙醚的毛巾捂住了小朵的嘴。小朵挣扎着被拖入暗处，很快就不动了，但她眼睛还睁着，意识还清醒，透过乱草她眼睁睁看徐天拖着人力车远去。她企图喊叫，可根本发不出任何声音，她想要挣扎，可用尽全身力气也只能让自己流下眼角的一行泪。

黑影解开贾小朵的红袄，手探入小朵胸腹，但不是抚摸，而是配合另一只手在红袄外面寻找下刀的位置。他两手一里一外配合，隔着红袄不慌不忙地扎了小朵三刀。然后他将红袄里的手和尖刀同时抽出来，合好小朵的红袄。

一根火柴燃起来，照亮贾小朵惊恐的脸和眼角的泪痕，鲜红的血将鲜红的袄染成暗红。火柴点燃一根哈德门香烟，黑影吸了一口，轻轻呛了一下。血不断汩汩流出，泪也是。

珠市口，密集的人力车整齐码放在南城车行两侧。徐天拖车过来，归入车阵，摇摇晃晃地进了院门。车夫们交车晚，总是习惯在徐家开伙吃饭，院子里吵嚷热闹。院子中间立着个可怜的背影，徐天到了近前，才看清是臊眉耷眼的铁林。

“二哥，干啥呢？”

“接你嫂子回家。”面对徐天的明知故问，铁林冻得佝偻着赔笑。

徐天看他可笑的样子，忍不住揶揄他说：“不回家不正好？住胭脂胡同去呀。”

“宝慧不在我睡不着。”

数不清这是铁林第几次站在门前了，他仍旧佝偻着，时不时搓手跺脚驱赶着寒冷，毫不掩饰的卑微里夹杂着一点害羞。日子无非这样，鸡毛蒜皮，琐碎漫长，一个人有一个人的活法。徐天最了解铁林了，他收起玩笑，问：“我爸呢？”

铁林努努嘴：“屋里呢！”

“进去喝两口，多冷啊？”

“喝不成，万一宝慧出来看我没站着，前面就算白站了。”

铁林的佝偻许是动人的，可爱的，会让人觉得就算是打仗，这日子也总是值得过下去的。徐天绕过铁林，径直往厢房走，只剩下铁林冻得直跺脚，对着徐天喊："不管啊？替我进去劝劝啊。"

房间里，徐允诺架着老花镜，手腕套着一副黄杨木手串，手串中间有块乌黑的小木牌。木牌上刻着：徐记。徐天进屋见着老爹，那股没着没落的心绪才平下去一些。

徐允诺面前搁着一壶酒和一碟花生米，还有几个家常菜。窗台上是一架老叶虬劲的盆景，还有几个讲究的蝈蝈葫芦罐。他正用耳朵贴着话匣子在听新华社元旦社论："中国人民将要在伟大的解放战争中获得最后胜利，这一点，现在甚至我们的敌人也不怀疑了……"

"爸。"

徐允诺要去关话匣子，徐天伸手将话匣子音量拧大，说："耳朵本来就不好使，听得见吗？"

徐允诺的老花镜滑到了鼻梁上，从眼镜上方瞅着徐天，问："吃了？"

"就下午蹭了碗面，头晕，里面有吃的吗？"

话匣子里，女人的声音还在继续："战争走过了曲折的道路，国民党反动派在发动反革命战争的时候，他们军队的数量约等于人民解放军的三倍半，他们军队的装备和人力、物力资源更是远远超过人民解放军……"

徐允诺端详徐天的样子，关了话匣子问："打人了？"

徐天无所谓地笑了笑说："挨打了，看不出来？"

徐允诺倒也不在意，说："四样点心几个水梨刚送进去，宝慧怎么又回来了？"

"二哥逛窑子，我这就去劝，关老爷子今儿在什么朝？"

冬蝈蝈在徐允诺怀里鸣叫，他将蝈蝈葫芦从怀里掏出来，放在耳朵边。清亮的叫声让徐允诺满足。"早起时候说又要挂龙旗，张大帅的辫子军不局气。"

徐天抓了一把花生米往嘴里扔，又抄了一件大棉袍，说："我不跟大哥二哥去南边了啊，张罗张罗，共产党进城前把小朵娶回家。"

徐允诺愣了愣，问："她妈应了？"

"我又不娶她妈。"

徐允诺笑了，打心眼儿里高兴。"早该这样，小朵扔下刀美兰，你扔下我，跑南边干啥？听说共产党局气得很。再说了北平城打北洋起改朝换代多少回，谁来不都过日子……”

这些话，徐天听了上百回，没等徐允诺说完，他已经拎着大棉袍出去了。徐天不走了，徐允诺的心定了下来，他抿口酒，将冬蝈蝈放回怀里，重新打开话匣子。

“敌人是不会自行消灭的，无论是国民党的反动派，或是美帝国主义在中国的侵略势力，都不会自行退出历史舞台……”

盆景挺着，蝈蝈叫着，任他城外改天换地，小门小户的日子有自己的色彩和节奏。老北平就是这样，千百年来朝廷更替，但这座城从未变过。这座城里的百姓也司空见惯了政府更迭，走了清朝来了北洋，走了北洋来了民国……无论谁来谁走，日子都是那个过法。

徐天从厢房出来，把棉袍递给铁林说：“这么喜欢宝慧，为啥还逛窑子呢？”

总算问了句正经话，铁林憋不住了，说：“兄弟，不怕你笑话，还是那事儿，都邪门了，天天吃中药可跟你嫂子在一起就尿，药劲儿到窑子就往上顶，我也不想这样……”

每次铁林都这么跟兄弟们解释，徐天故意岔开话题：“我刚从大哥那儿来，罩神关警署了，明天你给司法处打个电话，把人带大牢里去。”

铁林一愣，问：“哪个罩神？”

“白天掐我脖子那个。”徐天抖了抖棉袍，“穿不穿？”

铁林将身子往棉袍里钻，说：“兄弟，都要走了犯得上吗？司法处都没人管事儿了，眼下北平城傅司令也顾不上蒋委员长，共产党三天两头往城里派人和平谈判，委员长怕傅司令反，又怕他不反，我们保密局盯的就这事儿……”

“在我的地界上杀人放火得坐牢。”

铁林看的是天，可徐天只管着地。

铁林这会儿没心思给徐天上课，徐天这个样子也不是一天两天了。他叹口气，吐出来的都是白烟，说：“行吧，赶紧替我把宝慧弄出来。”

“南边不去了啊，金条弄踏实了我把经手人领给你和大哥。”

铁林没反应过来：“啊，谁不去？”

“我，和小朵。”说完，徐天往里进院子去。

铁林被这突如其来的一句话说蒙了。乱世里，有很多他想不明白也摆不平的事儿。徐天总是很执着，这跟他很不一样。铁林砸了咂嘴，他决定找大哥劝劝徐天。

徐天拐过月亮门，进里院就听到了留声机里的京戏声，热热闹闹地放着《挑滑车》。徐天径直去推开大房的门说：“关老爷。”

关宝慧衣衫齐整，在削一只梨，关山月吹胡子吊眼跟着留声机比划高宠。见徐天进门，关山月在戏里点了点头。

徐天晃到关宝慧面前，但还是得先和关山月说几句：“关老爷年纪大了，少票点武戏，高宠挑滑车身子骨正是好时候。”

关山月不搭理，锣鼓点还没完。徐天一脚踩在关宝慧对面椅子上，半蹲半坐看着关宝慧。关宝慧眼也不抬，小刀削下一片梨，慢条斯理地咬了一口。

徐天嘿嘿乐着，幸灾乐祸地说：“甜吧二嫂？”

“凑合，水不密。”关宝慧还记着下午那档子事，在心里早把徐天和铁林归为一伙，这会儿瞅着徐天也没啥好气。

徐天用手抓碟子里的点心往嘴里送，关宝慧终于看了徐天一眼，问：“你怎么吃上了？”

“一饿就心慌，多好的点心……你还凑合上了，大冬天的你当水梨好找啊？我爸自己都不舍得吃，实心实意供着关老爷，您就别挑了。”徐天嘴里塞满了点心，也没耽误说话。

“供着应该的呀！徐允诺是我爸包衣，早年间要不是我爸把徐允诺从雪地里捡回来……”关宝慧手里的小刀一撂，搁在碟子边上发出清脆的碰撞。

徐天听她又翻老底，脸色沉了：“别叫我爸大名儿，长辈是这么叫的？您家王府大院早年间就没了，我爸仁义，一辈子认老理儿，买个两进院供关老爷子住，也不是供着您的。”

关宝慧的格格脾气刻在基因里，说话从来都是顾自己痛快。“我要住这儿呢？”

徐天早习惯了她这么说话，说话也不留情面。“住不了，您嫁人了二嫂，二哥在外头站着，赶紧回。”

关宝慧心里委屈，现在连徐天也不帮自个儿，瘪了瘪嘴说：“我住这儿了。”

徐天终于把嘴里的东西咽下去了，口齿清晰地说：“蒙谁呢？衣服齐整整的，屁股挨半拉凳子，差不多得了，一会儿二哥扭身一走，您可就真下不去台了。”

关宝慧盯着徐天，一股哀怨升腾出来，说：“徐天，你怎么总是这么讨厌呢？”

“我再讨厌，您和二哥吵架还是得来麻烦我。”

“麻烦吗？”

“别折腾了，不就是逛个窑子吗？”话虽这么说，可徐天也觉得铁林逛窑子不合适。若是他真喜欢那女的也就算了，可铁林明摆着只喜欢关宝慧一个人。徐天老也弄不明白，为什么二哥喜欢关宝慧，还要去找别的女人，他自己眼里就只有小朵一个人，别人谁也放不下。

关宝慧瞪着徐天，徐天被她瞪得也有点心虚，但这会儿也只得硬着头皮接着帮铁林劝她：“回头您问问药房坐堂的大夫，壮阳补肾方子是不是抓错了。”

“错了？”

“没道理跟您这儿不管用，到别人身上就管用啊？”

“你哪头儿的？”

“肯定先是我二哥那头儿的。”徐天一不做不二休，先把关宝慧劝回家要紧。

关宝慧将气咽下去，梨放到桌上，不徐不疾地说：“行……回头我去药房问方子，现在把铁林叫进来。”

锣鼓点恰到好处地停了，关山月亮相收功。

“还叫啥呀，你自己出去就行。”

关宝慧眼睛一瞪，丢了里子不能也丢了面子，说：“你叫不叫？”

关山月从戏里出来，醒了神问：“叫谁？”

关宝慧没好气地说：“铁林。”

关山月拖着戏腔凑到闺女身边，唱道：“哪呢？我去叫。”

徐天咧嘴乐了，手一指，也跟着唱：“前院儿。”

关山月把手里的花枪递给徐天，武生似的出去，徐天起身准备走，被关宝慧拦下：“跟这儿站着，我还没走呢！”徐天不跟她一般见识，止住身子，在门口找了个地方靠着，花枪颤巍巍地在他手里拿着，门神一样杵在屋门口。

院子里，铁林终于盼来了救星，关山月还扎着靠旗、踩着碎步。

铁林恭敬地一抱拳，用戏腔跟他打招呼：“岳父。”

关山月将铁林拉到一边小声地问：“咱们龙旗买了吗？”

铁林眨眨眼，不知道老爷子今儿是怎么个糊涂法，勉强答着：“没买。”

关山月狐疑：“刚你来碰见张大帅的辫子军没？”

“没碰见。”

狐疑变成了急切地说：“说了，家家户户都要挂，又要改朝换代。”

反正也没人，铁林也乐得找个人逗闷子，接着关老爷子的话说：“这倒是，听说共党的东北军前天到南苑机场了，清一水儿的老皮子帽。”

“蓄着辫子吧？”

“我没看着，可能压在帽子里，东北比北平还冷。”

“不对呀，张大帅的兵都屯在徐州。”

“岳父，您不一直是大清朝吗？这两天怎么改北洋了。”

“北洋不好吗？新生活新世界，你吃官饭应该懂啊！”

“过两天还得新，不知道新成啥样。”

关山月留在了旧世界，新世界是什么样呢？谁都不知道。

暖烘烘的房间里，徐天已经待不住了，眼神游离，关宝慧一直瞪着他。徐天被她盯得浑身不自在，求饶道：“回去吧，二哥是真把你当宝贝，没你不行。”

“这世上谁没了谁都行。”

“咱们都别嘴硬，我没了贾小朵就不行。”

徐天搁下花枪，将关宝慧的貂毛大衣拎起递过去，关宝慧不接：“这就算完了？”

“气儿不顺再接着回来，不过也是白回，这儿不是您家。”徐天话是这么说，可心里头就当宝慧是他姐姐，只不过眼下不能功亏一篑。果然，关宝慧夺过大衣，气呼呼地走出门。

门外，关山月和铁林还在鸡同鸭讲，俩人唠得还挺来劲。关山月问："你现在在哪儿高就？"

铁林掀开大棉袍，指着里面的军装说："保密局呀岳父。"

"吃哪口饭的？"

铁林想了想说："目前主要对付共产党。"

"戴老皮帽从东北来的那拨？"

"没辫子。"

"杀过人吗？"

铁林还没回答，其实他也不知道怎么回答，正好看见关宝慧从里院走出来，经过他身边径直往外。铁林赶忙跟上，向身后的关山月打招呼："岳父我回了。"

关山月直喊："问你呢，杀过共产党吗？"

铁林还是没回答，匆匆跟出去。铁林很想对关宝慧说声什么，却也没说出口，他一贯是被忽略的那个，转换不过来。

徐天从里院晃出来，说："关老爷回屋吧，外头凉。"

一句话让穿着单衣的关山月恢复了一些对时空的触觉，缩了缩脖子说："是真凉。"

城里传来沉闷的笛声，院子里的灯火应声而灭。

北平城内，灯火一片一片灭下去，只有皇城里有一些灯火，以及家家户户门口挂着的如长蛇般断续绵延的红灯笼。

房间里，徐天划着火柴，点亮油灯。墙上氤氲出一团光亮。

先前要走，现在要留，一天之内，自己的后半生就这么转了向。终于静下来了，徐天看着那团轻轻摇动的光亮，墙上贴着的奖状似乎也跟着颤。

一个再简单不过的卧室，却一点也不封闭，这是属于自己的一方天地，出了门，是属于他自己的北平城，城里还有属于他的小朵。想到这儿，徐天的烦恼没了，只剩下心安。

沉闷的笛声里，有火柴划着，这声音却像蛇嘶。

又一支哈德门烟被那个黑影点燃。

短暂的光照亮因失血而苍白的贾小朵，以及她身下大片已经凝结的血。残存的意识让过往的画面走马灯似的在小朵眼前轮番经过，可那景象越来越模糊。小朵特别后悔，刚才为什么要跟母亲吵架，为什么没有跟徐天多说两句……她就这么想着，想着，直至看不见她，看不见一闪一闪的烟头……黑影呛了一口烟，伸手过来试了试鼻息，然后缩回身子，掐灭大半支烟。小朵的脚脖子在寒风里，露着脚脖子上红线缠绕的小金铃。黑影拾起地上的剔骨尖刀，挑断红线，将小金铃握入手中。

黑影扔了剔骨尖刀，从乱草地里站起来，拨开一人高的草往外走。一只骆驼伸头过来，把黑影吓了一跳。今晚的月亮很大，小骆驼的嘴缓慢地嚼着，发出窸窣的声音，黑影看着骆驼停了一会儿，绕开它，远去。

夜深了，大缨子听见外面院门响。她起身出去看，院里漆黑的看不真切，只看见一个黑影在院子里不知干啥。大缨子生怕是刚才那群人去而复返，她悄悄下炕穿鞋，一手抄了根棍子，一手提着大手电棒披着袄出去，蹑手蹑脚地摸到黑影跟前。

金海的声音突然入耳："还没睡？"

大缨子打开手电筒，长舒一口气说："哎哟吓死我了，大晚上又出去了？"

金海正捣碎水缸里的冰，掏水洗手。大缨子借着手电筒的光看，不由得惊叫："怎么一手血啊，伤着了！"

金海生怕她声音大让隔壁听见，示意她别声张，说："手破个口。"

"破个口衣服上都是血……"

"回屋去，没你事儿。"金海一边脱沾血的外衣，一边进了厢房。

大缨子愣在寒风里，她知道哥哥有些没法跟自己说的事儿，他不说，她也不问，这是兄妹多年的默契。回忆起几年前那段兵荒马乱的日子，哥哥身上几乎天天带血回家，自己也是经过几分事儿的。最近日子平静了些，可今晚的血让她很不安，她不知道这是不是意味着之前那种动荡的日子又要来了。

1949年1月11日，农历腊月十三。

前门大街，引浆卖水照常，街角的寒风里零星靠着些无处可去的散兵。平渊胡同里的刀美兰睡眼惺忪地从里屋出来，看见外屋炕上被褥整齐，没人。小朵的大棉袄还扔在炕上，刀美兰有些不安，赶紧从自己院里出来。胡同里回响着不知从哪儿来的叮叮当当的声响，金家还没修整好的院墙里在冒着黑烟。

刀美兰抬头瞅着那残墙里的黑烟，让她莫名生出一股恐惧感。刀美兰紧了紧拳头，有点疼，低头才发现一只手已经冻得裂开了口。她恐惧地看着那裂开口子里的血丝，手握得越紧，疼得越深。

胡同口，一个小贩扛着一架两头挂着画片的担子，吆喝着："卖哎——画儿！年画儿哎——"

刀美兰侧身子让担子过去。担子却停在了刀美兰身边，堵着胡同。

"宫尖画宫尖，三才画三才，金宫尖金三才，画片卖哎——年的画儿哎！"

刀美兰没好气地说："你过不过？"

画片小贩停下说："过呀，年谁都要过不是？"

"找那儿要过的卖去。"刀美兰攥着的拳头未松开。

画片小贩继续往前走，吆喝："想不开哎，年关到哎，卖哎——画儿！"

金海家院子里，金海正在烧昨天晚上带血的衣服，差不多快被火烧尽了。大缨子披着棉袄，拿着牙刷一口牙沫子在一边看着。

大缨子漱着口走到金海身边，问："哥，你把谁杀了？"

金海没说话，将最后一点衣片拨弄到火里去，缨子紧赶着问："你这样我心慌，我认识不？"

金海也不搭理，开院门出去，擦身向胡同外走。刀美兰从自家院门出来，看着金海消失在胡同口，转身往前面的院子去。

院子里，大缨子站在那堆灰烬前，怔怔地看着。刀美兰不知何时来到她身后，问："烧啥呢？"

大缨子差点把手里的牙缸子扔飞了，看清楚是刀美兰后直抚着胸口说："吓我一跳。"

"我家小朵昨晚住你屋了？"

“没有啊。”

“别蒙我啊。”

“我蒙啥？”大缨子被她问得摸不着头脑，她还琢磨着这衣服上的血到底是怎么回事呢。

“小朵平时跟你最黏糊，是不是在你房里？”

“真没有。”

“昨晚骂了她几句，置气也不是这么置的，一晚上不回，不知道还以为死外头了呢！”

“没回？会不会找徐天去了？”大缨子的心思根本没放在这事儿上，说出的话也不着四六，等她反应过来，刀美兰只留了个愤怒的背影和一句话：“没过门儿就一晚上跟徐天在一起？我把他们家拆了。”

大缨子这才觉得自己说错了话，赶紧放了牙缸在背后喊：“美兰姐，我也就说说，可千万别被我带进去，哎哎我跟你一起！”

蓬头垢面的燕三从警署出来，走到房子后面的乱草里，准备解裤子，目光瞥到侧旁不远处有一角红色，燕三吓得一哆嗦，赶紧提上裤子喊道：“谁！谁跟那儿啊！”

燕三大着胆子继续往里走，他看见一件红袄的一角，以及红袄边的剔骨尖刀。再往里走，燕三看见了睁着双眼死去的贾小朵。

保密局北平站行动处的办公室里摆满了桌子，乱哄哄的。铁林在角落一架公用电话机旁，勾着身子打电话：“司法处吗？你就说是不是司法处，我国民政府国防部二厅保密局北平站行动处，磨磨唧唧的，北平还是不是党国的天下？说什么呢，傅司令傅长官携六十万大军镇守固若金汤……”

一个长官模样的人，从大办公室尽头的小办公室出来，那是处长阎若洲。他从桌子上随便抄起一样东西敲打一只装着杂物的铜盆：“都过来，我就说一遍！”

铁林捂紧话筒，加快语速：“白纸坊警署有个要犯，派车拉到第一监狱去，就这事儿，这不是你们的事儿吗……”

阎若洲厉声喝道：“铁林！”

所有人都在等着铁林，铁林灰溜溜地挂了电话赶紧过去，他身后的女组员毫不掩饰地朝他翻了个白眼。

阎若洲继续说："一组石景山，据消息有共党四个人从东北过来，能留活口留活口，留不成死的也行。二组还是华北剿总，看着剿总那帮参谋，特别是长官身边的人，不论男的女的吃官饭的还是老百姓都看好了，谁跟长官在一起超过半小时，都回来给我写清楚。三组去长官住宅周边。四组前门火车站，有消息说有两个共党，上海来的，共党北平城工部有人接。人手不够朝七处要，卷宗都看一眼，别瞎弄伤着自己人。"说着，阎若洲将卷宗摔在桌上。几个组长围过去拿起来看，大办公室恢复乱哄哄的气氛，阎若洲交代着："看完烧了，别给我到处散。"

铁林深知没自己的事儿，转身准备往外走，被阎若洲看见，叫道："铁林！"

"哎，处长。"

"你现在几组的？"

"哪组都不是。"

"是哪组都不带你吧。"办公室里有人发出短促又毫不掩饰的嘲笑声。

"处长，我也想立功，到处里四年了还屁都不是，连副组长都不理我。"铁林听见有人在笑话他，他索性破罐子破摔。

"想当处长吗？"

"处长不敢想。"

"窝囊废，四组！"

一个组长应声。

"把他带上。"

没人要的铁林终于被分了组，但方式却像胡塞一块无法归类的垃圾一样。

金海夹着公文包，出现在大办公室门口。铁林趁乱溜出来，和金海一前一后从楼里出来。金海在院里站住，说："昨天徐天说不走了。"

"也跟我说了。"

"啥时候？"

“晚上，我上他那儿去接宝慧。他也就说说。”

“女人真坏事儿，当时还真没想到有这出，咱们仨的钱不该让他经手换，万一出点啥事儿他说什么是什么，到南边咱们跟谁要金条？”

“不会吧，他不走行吗？”

“共产党来了肯定里外全换，徐天最多警察不当了，我狱里枪毙过好几个共党，算有血债，不走真不行。”

“我没血债。”铁林想了想，笃定地说。

“保密局天天捕共党，说得清吗？”

“说不清。”铁林又不那么笃定了。

大队的行动人员从楼里出来，上车、集队。金海让了让，接着说：“我接着劝他，你把换钱的人摸明白，说是个姓柳的，要不踏实就把钱退出来，咱们另找人。”

“背着徐天摸？干吗不直说？”

“直说伤感情，再说摸人保密局本来就顺手，查查他换钱的线踏不踏实，也算保个险。”

四组的组长马天放是个唐山人，平常最瞧不起铁林，此时的招呼显得也没什么好气：“铁林！”

铁林一边回应着组长，一边跟金海赶忙说：“知道了大哥。”

金海的心情显然非常不好，敷衍着朝他摆了摆手说：“我上班去了。”

“我也上班……”说完，铁林接过不知道哪儿扔来的一件车夫马甲，跟着人钻进一辆吉普车，金海一人慢慢走出去。

珠市口徐天家门前，早上车夫们都在门口提车，热闹得很。徐允诺在一张临时摆出的桌子后面给车夫换牌儿。

祥子赔着笑脸说：“东家，这月车份子晚两天。”

徐允诺头也不抬，在账本上勾画着说：“上月都没交，这月往哪儿晚。”

祥子不好意思地抓抓剃得黢青的头皮，说：“实在凑不够手，孩儿他妈又怀上了。”

“收车从柜上带两斤面。”

“谢东家……谢天少爷！”

徐天正好从里面出来，咬着一只苹果说：“谢我啥？”

徐允诺抬头问：“吃了？篮儿拿进去。”徐允诺挪出桌下一只竹篮儿，篮子里是蔬菜水果。

“您又去朝阳门瓮城了？”

“每天就朝阳门有一个早市儿，解放军往里送人卖新鲜蔬菜，国军还跟防贼似的。贼都往外顺东西，哪有往里送人的，合着那些卖菜的都不是好人？不是好人还卖菜干啥你们说说……”

燕三脸色铁青地跑过来说：“天哥！天哥……”

徐天见燕三慌张，心中一惊：“罩神跑了？”

燕三说不出口：“……天哥。”

“你吃屎去得了。”

“是小朵。”燕三的声音里带着颤。

“啥意思？”

“小红袄！”

徐天脸色变了，刀美兰匆匆过来，后面跟着大缨子。刀美兰张嘴就来：“徐天，小朵昨晚上是不是睡你这儿了，我闺女不懂事，你个大老爷们要不要脸？早知道这样……”

徐天没理会她，耳边嗡嗡作响，冲燕三喊：“小朵在哪儿？”

“警署后面杂草里。”

徐允诺从桌子后面站起来，刀美兰看着徐允诺，徐天抓住燕三的衣襟，将他顶到墙根，不敢置信地又重复问道：“小朵在哪里？”

燕三哆哆嗦嗦地小声回答：“警署后面……”

徐允诺的冬蝈蝈在怀里鸣叫了两声，徐天松开燕三。他茫然地往外走了两步，抬头看天，天空还是蓝蓝的，有肆意的白云。他用指尖狠狠掐了一把自己的掌心，刺痛感告诉他这不是在做梦。

白纸坊警署后，天空仍是蓝蓝的，阳光像昨天一样好。徐天不知道自己是怎么来到警署的，他低头站着，脚前是躺着的贾小朵。他周边有一些围着的人，老警察老胡在维护秩序，把人挡在乱草地外面。气喘吁吁的燕三努力屏着呼吸，站在一边。

徐天蹲下去看小朵，又站起来，脸上仍是茫然："有人动过吗？"

燕三大气也不敢喘。

"你没动她？"徐天扭头看着燕三，目光疯狂，又说一遍，"动没动？"

"我没动，天哥。"燕三眼泪都要下来了，徐天俯下身再看着小朵，抚上小朵的双眼。他全身的血都在沸腾，周围的世界也跟着急速旋转，视线越来越模糊。周围的议论声越来越大，但徐天听不到，他世界只有一声脆响，那是世界断裂的声音。

徐天捡起那把剔骨尖刀，然后费劲地抱起贾小朵。他不能走了，这是他的女人，他的未来，他的期望。如果先前的徐天是一头小豹子，鲜活可爱，现在的他脸上没有任何血色，那是一片没有任何温度的白。惨白之下，生生长出了一对獠牙。

燕三要上前帮忙，徐天低吼道："别碰！"

徐天抱着小朵穿过人群，进入警局。身后是老胡的声音："别看了，还是小红袄，一年一个，散了……"

警署监房里，罩神扒着监房铁条看着徐天抱小朵进来，他来了精神："哎！这回你让谁说也不管用了，有爷、娘、媳妇吗？等着吧，有人上门找。"

徐天抱着小朵到监房前站了一会儿，指示燕三说："这间打开。"

燕三将罩神对面的监房打开。徐天进去，将小朵平放在长板上，脱了自己的棉衣盖好，将剔骨尖刀放在一边。然后他到罩神的监房前，向燕三示意。

燕三犹豫着打开，徐天进入罩神的监房，说："锁上。"

燕三不知道徐天要干什么，只能依言在外头反锁。

监房内，徐天坐到平板上，说："昨天晚上你在哪儿？"

"你说呢？"罩神挑衅着看着他。

"看着我。"

罩神高高站立着，说："你这是自己找死，不怨我。"

罩神迎头给徐天一拳。徐天擦了擦流出来的鼻血，盯着罩神，罩神又是一拳。徐天抽出警棍照着罩神便一通乱劈，他失控了。罩神扛过最初的乱棍，反扑徐天，两人滚在地上厮打。燕三试图把门打开，可他的手早就不听使唤了，越急越打不开。终于他从地上捡起钥匙，把监门打开，正巧几个身穿司法处制服的人进来，和燕三一起将两人分开。

罩神还挣扎着不依不饶，徐天大口喘着气问："你们是谁？"

"司法处，来带人，你徐天吧？"

徐天镇定着自己，说："没错。"

司法处的人将罩神拖走，徐天在监房里浑身发抖，过了一会儿，也起身跟出去。

徐天从警署出来时，罩神已经被弄上车，徐天眼看着车开走。警署前后还聚着看热闹的人，看着前前后后的人，徐天跟梦游似的往警署后面绕。

徐天来到小朵横尸的地方蹲下。大量血迹浸入土里，乱草血红，泥土暗红。他的周围有一些烟头火柴，徐天正蹲在凶手的地方。他盯着前方地面，好像小朵还在那里似的，他的眼眶一点点潮红。燕三试探着叫他："天哥……"

徐天捡起地上一个烟头，扭头看着燕三，燕三被徐天通红的双眼盯得不知道该说啥。徐天一个一个地捡地面的烟头，又在草丛里拔拉火柴棍，众人噤声看着他。

徐天要立即找出凶手，一刻也不容停歇。自己和小朵颠沛在这个世界里，他们只求一个安稳日子。小朵没了，意味着他也不存在了，从今天开始，找出小红袄是他唯一要做的事情。他感受到不知来自何处的恶意，那团恶意正藏在这片杂草里，徐天明显感觉到它在看着自己，在嘲笑自己。他需要奔跑，需要奔跑在所有人的前面，需要放弃一切来获得更强大的内里，扼住那团浓烈的恶意。

京师模范监狱，金海的办公室有一面窗居高临下，能看到监狱外面的大门。金海用纱布包扎好受伤的手，再用剩余的纱布擦拭办公室桌面，将文件用具一件件归置整齐，非常仔细，近乎于苛刻。

窗外传来车的声音，监狱大门打开，放进司法处的车。金海桌上的电话响了，他拿起来接听，只“嗯”了一声就挂了电话，将话机放正。他到衣架处，将监狱长制服摘下来。穿上制服的金海不再像昨晚那个穿着棉袍拎着肉的他，他拉开办公室的门出去。

这是一处三扇铁门一面墙的空间，侧面和向外的是铁栅栏门，向里的一扇虽也是铁栅门，但无比厚实。八个身着黑制服的狱警就位，侧面的铁栅栏门打开，金海走进来。

八个狱警侧身喊：“老大。”

金海也不搭理，转过去站到向外的铁栅栏门前。从向外的铁门看出去，是监狱的院子，院子尽头有高高的监墙，监墙上铁丝网缠绕，一辆司法处的车子正沿着监狱院子的土路倒车过来。

车子停稳，后门打开，下来四个司法处的人，架着锁了镣铐的罩神。

金海面前的铁栅栏门打开，罩神被架进来，嘴里嚷道：“金爷我给你面子，你跟我玩儿这套……”

八个黑服狱警按住罩神用警棍痛打，小北带头打得最起劲。金海不动声色接过司法处人员递来的册子签字，等他字签完，罩神已经被打晕了。向外的铁门关上，司法处的人上车离去。金海转过身，那扇向里的厚实铁门开启，金海先进去，狱警们拖着罩神随后跟上。

两边都是监舍，中间是一条狭窄的通道。

起初两边监舍还都是喧哗，但监犯们看清狱警们拖着的是罩神后，渐渐都噤了声。转过狭窄的通道，监舍开阔起来，有一处不小的室内活动场地，场地两侧依然是监舍。

最尽头的一扇监舍门打开，里面是两张单人床，但只有一个监犯，这个监犯是刀八青。狱警将罩神扔进去。

金海说：“八青，委曲一下，就你这间一人。”

八青明显很怕金海，说：“没事，金爷这么照顾我，一个人住还闷，我妹美兰和小朵在外面还好吧……”

监门合上，金海往回走。此时，金海的办公室桌上电话在响，但无人接听。

同时，徐允诺和一堆车夫聚在警署里。燕三在电话机旁捏着听筒，电话机旁有八个烟头，和几根燃过的火柴棍。刀美兰在监舍前呼天喊地。监房铁栅栏门锁着，徐天目光阴沉地站在小朵身边，他手握剔骨尖刀，不知道在想什么。

办公室里电话一直在响，金海接起："我金海……"

电话里是燕三急促的声音："大哥，小朵死了，估摸着是小红袄杀的，天哥把自己关在监房里不出来。您过来一下，谁也不敢劝，刀美兰和徐掌柜都在这儿……"

金海扣了电话，发了一会儿怔，他抓起听筒拨号："接保密局二处。"

保密局北平站，大办公室里人丁寥落。先前铁林打过的那个公用电话在响，女文员小林过来接起电话，电话那头已经挂了。

京师监狱，金海脱了制服，换上便服。临出门前，他将用过的电话摆正。

警署周围的人更多了，大多数是车夫。大缨子在刀美兰身边，惊惶失措。刀美兰苦苦哀求："徐天，门开开，让我看看……徐允诺你赔我闺女！"

徐允诺无语又悲伤，不知道该说什么，大缨子劝着："美兰美兰别哭了，兴许不是小朵……"

"啥？想啥呢！"

大缨子也不知道自己在想啥，她在想另一码事，而且越想越害怕。

"徐天把门开开！开门啊……"

大缨子觉得事情大概就是自己想的那样，她猛地站起身问："三儿，我哥呢？"

燕三反应慢半拍，说："啊，说话就来。"

大缨子绕过人群往外走去，警署门口停满人力车，散落着车夫。金海提着公文包匆匆而来，大缨子在门口截住他，语气不善："哥。"

"人在里面？"

“哥，昨天晚上你找小朵了？”大缨子说话向来直接，金海停住步子。

“你一身血，手还破了。”大缨子觉得自己的推理是对的。

金海知道她是什么脾气，根本不想搭理，继续往警署里面走，半道又折回来，到妹妹跟前说：“知道铁林为啥把你休了？”

大缨子说到这事儿，顿时把血和衣服都放一边了，朝金海瞪眼：“谁休谁？我休的他！”

“傻，里外不分。”

“哪头是里哪头是外啊，铁林是我前夫，你是我哥，你跟他是兄弟，小朵是我姐妹，徐天跟她相好，你和徐天还是兄弟……”

“缨子，缨子听好了，你要再胡说八道一句我就……”

大缨子毫不示弱地朝自己哥哥瞪眼说：“就弄死我呗。”

金海彻底跟大缨子说不明白了，绕过大缨子径直往警署里走。

第三章

燕三看见金海，觉得来了救星，赶忙迎上去说："金爷来了，让一让……"车夫们看见金海进来，自动分开让出了一条路，金海脸色阴沉道："都出去，跟这儿堆着干什么，出去！"

车夫们退出警局，金海来到监房前，大缨子忐忑地跟在后面。徐天在里面低着头，手握那把杀人的剔骨尖刀，脑子里还是一片纷乱。

金海尽量缓了缓语气，说："天儿，门打开。"

燕三急急地回："钥匙在里面。"

"徐天。"金海又缓了语气，但带着些威严。

徐天不搭理。

"抬头看我。"

徐天慢慢抬起头，看着金海。

"我是谁？"

"大哥。"

"人死了要验，验完再想辙拿人，守着没用，该葬得葬。"

"大哥，昨天晚上我走之后您没出门吧？"徐天眼睛里的活力、执着都不见了，只剩下茫然。

"出了一趟。"金海说得轻描淡写，大缨子猛地抬头看着哥哥，心里直突突。

"走前你说小朵这种不懂事的女人搁从前就不在了。"徐天思路混乱，逮谁咬谁。

金海脸色更阴了，过一会儿说："那是从前。"

"啥意思？"

"没错，你问我这话啥意思？"

"你咋说的？"

"我说……随你吧。"

"大哥，您怎么记这么清楚。"

金海急了，一拳锤在栏杆上，低喝道："要疯是吧？"

大缨子比谁都紧张，下意识地打了个寒战。

"死个女人你脑子就成糨糊了！"

徐天也急了："我女人！死我地界儿门口！捅了三刀，冲我来的！"

"是你女人吗？过门了没？亲妈在这儿呢！人死不让挨身子，这算哪出？死你地界上，倒是查呀！冲你来的，把人找出来！关着门当一堆人现眼，是爷们儿吗你！"说完，金海从自已公文包里掏出一支手枪，拔开枪栓。

大缨子慌里慌张拽着金海的衣服拦着喊："哥！"

燕三也起身上前哀求着："金爷……"

"起开。"金海照着监门锁开了两枪，门应声而开。

刀美兰当先扑到小朵的尸首上痛哭着说："小朵啊……徐天你招谁了呀！我好好的闺女怎么沾上你们这帮人……"

大缨子也胆怯地跟进去，扶着刀美兰，担忧地看着金海。徐天握着刀往外走，金海转身跟出去，一堆车夫看着徐天从警署走出来。

祥子迎上前，目光恳切地说："天少爷，要干啥您吩咐。"

城外传来隆隆的炮声，金海用受伤的手将枪放进公文包。

"二哥呢？"

"公干，晚点我找他过来。"

"小红袄跟我叫板，肯定是我认识的人。"

"八成，你得罪的人多。"

"不逮着他，您说我能走吗？"

"不能。"

"您和二哥去南边吧。"

“咱们仨同来同去，黑道白道帮你逮人。”

徐天提着剔骨尖刀穿过门口一堆人向外走去。祥子为首的一帮车夫跟着徐天，徐天回身看着紧跟在自己身后的车夫们，忍不住发了脾气：“拉买卖去，跟你们有关系？”说完，徐天提着刀继续往外走。

金海看着徐天的背影，眉头紧拧，他回头召唤燕三说：“陪着他，别再出事，晚点领回我那儿去。”

“哎！”燕三小跑而去。

乱世的北平，百姓们做该做的事情。徐天提着带血的尖刀行走，燕三在后面不远处跟着。行人看见徐天手里的刀无不躲避。路边一处公用自来水站聚着一些用水的女人。窄街上方狭窄的天空，有两架飞机掠过。

两个女人在聊天：“两架，又往北海扔大米白面。”

“委员长挺心疼傅司令，中南海里吃得完吗？”

“吃不完也不给咱们扔两袋……”

女人们收了声，看着来到近前的徐天。徐天将刀放在一边，头凑到水龙头下面一通淋。

“哟，多凉啊，结一脑袋冰碴……”

一个女人向别人指着水龙头旁边的刀，刀半沾在水里，血从刀面化开来，顺着水流蜿蜒。女人们像躲一条红色的水蛇一样，跳着脚地拿起自己的东西离开了。

燕三来到徐天跟前，徐天索性将尖刀上的血洗净，刚洗一半，自来水停了。

燕三劝着：“天哥，您别憋着，该哭就哭。”

“谁会想杀小朵？”徐天冷静了一些，他努力理清头绪。

“小红袄。”

“谁是小红袄？”

“这事儿头几年咱们就查过……”

“这回是冲我来的。”

“没冲您，小朵碰巧穿红袄了。”

“听好了三儿，冲我来的。”说完，徐天捡起刀，快步往前走。

“天哥，您去哪儿？”

“找小耳朵。”

“找他们干什么呀？”燕三忙不迭地跟上，他很怕徐天又招上更复杂的事儿，比如天桥斗狗场的小耳朵。

“问问我招谁了。”

燕三着急忙慌地跟了一段，最后扭身往回跑，他在心里祈祷金海能劝徐天不要去斗狗场找事。

天桥斗狗场里，两只牛头犬在中间围栏里疯狂搏斗。另有几只龙精虎猛的狗在场外疯狂挣着铁链。场四周都是人，大多数人腰上挂着长短枪，手里握着钱个个红着眼。一些白衣的练跤壮汉散落在场子里，这个场子是他们开的。

一个猛汉坐在门边，两架飞机从头顶向城外飞去。猛汉将目光从飞机上收回来，看向墙边杂物堆上的徐天。徐天在杂物堆顶上扒着被木条钉死的气窗往里看，然后一路跌滚下来，他从杂物堆底部捡起一柄大斧，拖着斧子走到猛汉跟前。徐天将随身的那支尖刀插在门边木墩上，说：“叫门。”

猛汉不屑地看着徐天，徐天猛然抬膝顶猛汉的裆部。猛汉佝起了身子，徐天沉肘死命砸了他后脑勺几下，猛汉终于扑倒在地。徐天片刻没停，抡起斧子钝头砸向木门，门被砸出一个大洞，徐天插手进去摸木栓。

狗狂吠，人狂赌。

临近门的几个猛汉看着木门破洞里插进来一只手，没有目的地乱掏一气掏不着木栓。手缩回去，斧子又一通砸，木门破洞更大了。

手再次伸进来摸，一个猛汉上前，从里打开木门，将贴在门板上的徐天带进来。

“我找小耳朵。”

猛汉们瞪着他，徐天扔了斧头，径自往里走。门边的猛汉依旧在门边，场子里的猛汉们三三两两向徐天围去。斗狗场里的气氛并没有因为徐天到来受到丝毫影响，没人在乎他的存在。

徐天走到场子深处的时候，被猛汉们围住。双方经过短暂搏斗后，徐天被淹没，接着白衣猛汉们重新散落到四周，剩下两个猛汉架着瘫软的徐天往里去。

白纸坊警署前，司法处的车子停着。几个穿制服的人用担架将小朵从警署往车内抬，美兰几乎哭得要晕倒。大缨子一直满脸担忧地扶着美兰，这时候燕三跑回来，大呼小叫：“金爷，天哥……”

金海将燕三拉到一边，低喝住他说：“小点声！别让徐叔担心。”

徐允诺从屋里扬声问：“天儿怎么了？”

“没事，徐叔您放心。”金海瞪一眼燕三，把他拉到一边。

“天哥去天桥找小耳朵了，劝不住。”

金海表情更凝重了，撂下一堆人，疾步而去。

斗狗场空了。几个男人在平整沙地，一人一个扫把，胡乱一拨，刚刚场上的生死搏斗不见了，狼藉转瞬为寂静。四周都是铁笼，分别关着几十条狗，呻吟或粗喘都是悄然的，大多安静地趴着，怪异而酸楚。

楼上，一个矮小精干的男人在吃手抓羊肉，他的一只耳朵因为练摔跤，缩成了小小一团，两个白衣汉子在侧。

一只在撕咬中流血过多而陷入休克的狗被拖出去，地上留下一摊血。几只脚踏过去，血被踩到土里，若隐若现。徐天盯着那土，似乎要把一摊鲜红从土里重新抠出来。也就几个小时，他看起来已经被愤懑雕得形销骨立，他浑身闪着冷光，扎在地上，就像那把杀了小朵的刀。

徐天满嘴血，看了看对面的小耳朵说：“借块布使使。”

小耳朵将一块手巾递过去。徐天将脸上和嘴边的血擦净，又吐了几口血水，血水落在了那片埋葬狗血的沙地上。小耳朵将口中的羊肉吞下去，说：“我吃东西呢，吐外头。”

徐天继续吐，人和狗一样，拼了命来世上活一遭，没积什么德，也没造什么孽，突然没了，就留下那么点血，最后连这么点血也被人踩没了。徐天心中有些悲凉，悲凉裹在血水中，吐净了才发现，剩下的全是火气。徐天伸手到小耳朵面前，抓了一块最肥的羊肉塞入嘴里问：“我招你了没？”

小耳朵被这股火气顶得有些莫名奇妙，盯着徐天问：“你说呢？”

“啥时候？”

“刚才。”

“我还招谁了？”

“多了。”

“都谁？”

“跟你说也没用，多吃点，他们在后面刨坑，一会儿把你埋了。”

徐天不管不顾，继续吃：“小朵死了，贾小朵，我女人。”

死都不怕了？小耳朵怔了怔，问：“跟我啥关系？”

徐天没停嘴，抬头看着小耳朵，摆着一副寻衅的架势说：“你耳朵大，听的事多，这几天谁打听过我？”

“徐天，打听你的人多了，有意思吗？”

徐天停了嘴，说：“跟我说就有意思，不说就没意思。”

“你有什么可牛的，警察不牛知道吗？”

“警察不牛，难道你牛？”

“你那两个哥哥牛……算了，再给金爷和铁二爷一回面子。”小耳朵将一把烂银左轮手枪拿出来，“我是做赌的，最近看老毛子玩儿这个挺刺激，你要能玩儿明白，砸我门的事儿就算了。”

徐天不看枪，仍盯着小耳朵问：“谁打听过我？”

小耳朵卸出弹仓里五粒子弹剩一粒，旋转弹仓摁回去，兴致盎然地对徐天说：“冲自己打两枪，没死你就没事了，哪儿来的回哪儿去。”

徐天塞了一口羊肉说：“你当我傻呀？”

“两枪之后，再打两枪，还没死就告诉你谁打听过……叫什么来着？”

“贾小朵？”

小耳朵将左轮手枪推向徐天说：“有人打听过。”

徐天看看枪，又看看小耳朵，伸手将枪拿起来。

小耳朵一脸兴奋地说：“赶明儿这赌法也开个盘……”

突然，徐天的枪对准了小耳朵，他嘴里还嚼着羊肉。小耳朵绷着身子，眼看着徐天扣动扳机，弹仓开始旋转，“卡嗒”一声，是空仓。

“我说清楚了吗？冲自己！”

两个白衣汉子准备扑上来，徐天手指用力，弹仓又开始旋转，俩人僵住。

小耳朵用脑袋顶住枪口说：“老毛子这赌法不行，要碰上都你这样的……”

徐天顺着枪口盯着小耳朵说：“谁打听过小朵？”

“你大爷！”

徐天果断扣下扳机，还是空仓。两个汉子扑上来，徐天被两人压在地上。

小耳朵去掰徐天手中的枪，喊：“松手，听见没……”

被按在地上的徐天死死抓着枪，说：“谁打听的……”

弹仓旋转又开了一枪，还是空仓。小耳朵彻底被激怒了，用手死死捏住弹仓，使之不再旋转：“我弄死你我……”

汉子们将徐天的手背过去，终于夺下左轮枪，小耳朵喘着气站起来，扣了一下扳机，“砰”的一声子弹击飞半扇桌角，小耳朵顿时有种劫后余生的庆幸。

斗狗场门前，一个白衣汉子在修门，数只扫把卷起的沙尘顺着门缝往外钻。金海夹着公文包赶到，那汉子对金海挺恭敬：“金爷。”

金海看了看破门，又看见插在门边木墩上的尖刀，问：“徐天人呢？白纸坊警署的警察。”

汉子指了指大房子后面，金海绕过杂物堆往后面转去。后院，徐天站在一个土坑里，身体仍然拧着，像一把刀。小耳朵看着两个汉子往坑里填土，金海走过来时，土已经埋到了上半身。

小耳朵看了眼金海，不太意外，也挺恭敬地说：“金爷来了。”

金海看了眼四周，说：“先说事儿。”

“也没招他，上来就把门砸了，破我风水。”

“不说这事儿，说他找你的事儿。”

“什么事儿啊？”

徐天在坑里梗着脖子嚷嚷：“谁打听过我女人！”

金海不看徐天：“谁打听过？”

土还在落着，小耳朵看着金海问：“接着埋吗？”

“埋你的。”

“灯罩儿打听过，就昨天。”

土眼看快到了脖颈了，徐天还在喊："怎么打听的？"

小耳朵有点不耐烦了，说："问你家住哪儿，女人叫什么，住哪儿。"

金海不疾不徐地问："还有谁打听了？"

"前几天柳爷问过，问得比灯罩儿还仔细。"

"哪位柳爷？"

小耳朵指着徐天说："通天那位，他知道。"

金海看着徐天。

土荡在脸上，徐天吐了几口吐沫说："早不说，拉我上去，这就找他去。"

"想什么呢？说归说，埋归埋，说是给金爷面子，埋是你自己作的。"小耳朵有点急了。

金海说："给面子就拉他上来。"

小耳朵双手拢在袖子里，语气换了："金爷，这就没理了。"

"你来，来。"金海说着溜墙根往回走，小耳朵跟上去，金海在房墙中段停住，另一头能看到那个在修木门的汉子。

小耳朵到金海面前站住，说："要说啥呀？"

"你说我没理？"

"可不，说两句就没事儿了，您面子也忒大……"

金海表情、语气都平和地说："大嘴巴抽你，就有理了。"

小耳朵看着金海，语气也平和地说："叫你声爷还真当自个儿是爷了。"

话没完，金海的耳光已经扇到了小耳朵脸上，小耳朵双眼立时凶起来。

"你能把我怎么的？杀了？埋了？动手？都不成吧。你兄弟在我牢里，让他死就死，比死还难受更容易。"

"一巴掌是吧？受了，换我兄弟，明儿就出来。"

"那一巴掌轻了。"

"加徐天毁的一扇门。"

"加上还得两巴掌。"

"为啥？"

"你兄弟是兄弟，我兄弟土埋半截不是兄弟？"

小耳朵还在犹豫着，金海"啪啪"又是两巴掌，悄声说道："明晚后半夜陶然亭西头捡人。"

小耳朵怒火一冲一冲的，人僵着。金海仍然平和地说："小耳朵你得谢我兄弟徐天，没他就没这三巴掌，这三巴掌是替你牢里兄弟挨的。"

小耳朵装作平和地说："谢了。"

"叫人别埋了。"

小耳朵贴着墙根走回去。金海站回身走向那个修木门的白衣汉子，他一直走到门边的木墩，将那柄尖刀拔出来放入公文包。小耳朵和那两个埋土的汉子已经走回来了。金海迈步往后院去，两厢都不吱声。

后院，土已经快埋到徐天脖子了，两把铁锹扔在一边。金海夹着公文包，居高临下地看着徐天："上得来吗？"

"费劲。"

"自己刨的坑自己往上挣。"

徐天便自己挣，土逐渐松动，金海看着他费劲也不搭手，说："灯罩儿昨天晚上找过你，打听你和小朵没毛病。小朵没的时候，他被你关着。"

徐天从土里挣出了两只手，去够坑边的铁锹，金海将铁锹踢过去，问："小耳朵说那姓柳的，跟你换钱姓柳的是一个人吗？"

徐天喘着气说："是。"

"从土里出来准备找他是吗？"

"是。"

金海急了："哥几个把身家性命托你手上，你怎么办事儿的？"

徐天够着了铁锹，开始自己挖自己，说："钱出不了岔子。"

徐天的保证，在金海看来形同空气："你说出不了就出不了？才一会儿没看见人差点被埋了。"

人活着，很多时候会把钱看成命，但小朵的命不是钱。徐天仰头，不知道大哥为什么这个时候了还在想着钱，他看着愤怒的金海，大声说："小朵叫人捅死了，大哥！"

金海蹲下，恨铁不成钢地说："死都死了，也不是过门儿的媳妇。"

"你咋老这么说话呢！你不把女人当事儿我当事儿！"徐天说不明白了，急得血冲脑门。

"除非以后不找女人了，那怎么疯都行！还得找女人，要是瞪着眼看上一个就要死要活，迟早毁女的手里。小朵是小红袄杀的，明摆着的事儿！”

徐天瞪着血红的眼睛，喊道：“小红袄是谁啊？”

金海指着徐天的头说：“大老爷们儿动动脑子，该码的码，不该码的掂掂分量！就你这样儿小红袄站你面前你也看不明白。”

徐天盯着金海问：“小朵呢？”

金海顿了顿说：“我叫司法处验尸科拉走了。”

徐天在土里怔愣着。

“那位柳爷既然问到你和小朵，咱就会会。但钱在人家手里，万一瞧出不对，咱俩加一块儿遇上能通天的也不顶事，得等铁林一块儿合计……再说了，通天的主儿弄你女人干啥？”

“不弄他问啥？”

“那么多钱连面都没见就转他手里了，搁我也得问问你是傻还是愣！”

“二哥呢？”

“让燕三等着去了，我回班上，你换身儿衣服暖暖身子，铁林公干一完燕三就把他往家领，咱们仨家里碰。”

说完，金海转身就走，徐天朝金海的背影喊：“他有啥公干？”

“抓共党。”

前门火车站，铁林套了件车夫的坎肩缩在风里，他挨着一架人力车，人力车座背后印着福记 147 的标记。他四处瞧，同行们各种打扮混插在车站广场各色人等之中，他也不是没出过任务，说不清楚怎么就慢慢到了现在这种爷爷不亲奶奶不爱的境地。一个客人提着行李过来坐入车厢，也缩着头。铁林看他半晌：“下去。”

客人没理会，仍坐得踏实说：“南池子。”

铁林压着嗓门骂：“南什么南，我不是拉车的。”

客人稀里糊涂被赶下来，铁林看着客人离开，又缩了一会儿，终于决定要问个清楚，他扔下人力车起身往不远处一辆吉普车过去。吉普车内，马天放和两个特务看铁林缩着脖子过来，铁林拉开车门便往里挤：“挪挪，冻成棍了，就逮两个共党犯得上这么多……”

一车三个人奇怪地看着铁林，铁林努力装作看不懂那种眼神，梗着脖子假装有底气地说："怎么了？大家都为党国效力，凭什么你们在车里我在风里。"

马天放阴着脸说："下去。"

这是刚才铁林对客人的原话，但铁林难以忍受在自己人面前也是个"客人"，壮着胆子说："马天放你个唐山人，说话客气点，我到二处的时候你还没进北平呢！"

马天放一口唐山腔像是在戏耍铁林，说："铁林，你就是个窝囊废知道不？"

"为啥呀？"

一天了，马天放终于找到了乐子，说："你阳痿这个事大家都知道。"

铁林运了半天气，难为情地说："一定要这么刻薄吗？"

"共党说话就到，擅离职守我就枪毙你。"

"你到外面冻一个小时你看看你能不能阳痿。"

马天放盯着铁林看，僵了一会儿，铁林拉开车门下去，嘴里骂骂咧咧地回到人力车边。他缩起身子目光歹毒地盯着吉普车，这种怨恨不完全是对吉普车里的马天放，更是对看不上自己的关宝慧，对自己裤裆里那个不争气的东西，对这个抛弃自己他却拼命想要拥有的世界。

他怨毒地盯着世界，他的心在寒风中燃烧。天终归是冷啊，那颗滚烫的心不一会儿就灭了，先前的怨毒就这么变成了悲凉。恨天恨地，终归是恨自己，如果他不那么孱，一切都不一样了吧。

火车厢里，一壶刚开的热水，在摇晃中注入一只精致的红色胶皮暖水袋。田丹放下水壶，朝列车员有礼貌地道谢。田丹小心翼翼地挤出暖水袋内的空气，拧紧袋盖，沿着狭窄的车厢过道往回走。一副红布并指棉手套挂在田丹胸前，一晃一晃的。

田丹回到一处包厢，推开厢门进去。田怀中正在收拾行李准备下车，回头问道："干什么去了？"

面对父亲的提问，田丹低着头有些害羞地说："暖水袋。"

两人都是一口南方软语，田怀中看着暖水袋，明白女儿的心思。

"车要到了。"

“给青波的，他肯定早早在等了。”

窗外的麦田慢了下来，车就要进站了。华北平原上的田地都差不多，但这是北平的，是未知又亲切的未来。田丹将身子探出去，天地之间，车头冒出的纯白色蒸汽正引领着她深入进这个她从未来过的城市。革命的阵地在这里，新世界的起点在这里，自己的爱人也在这里。铁轨终究是笔直的，列车终究是要前进的，白雾终究是要消散的。没有忐忑，只有坚定，前进，前进，再前进，既能为事业奋斗，又能与爱人团聚，田丹很甜蜜。

田怀中收拾好了行李，说：“没想到冯青波在北平做地下工作，你们多久没见了？”

“四年。”

“怎么总是忘不掉他？”

“他比我聪明。”

“比你聪明的人少。”

“那就是他比我本事大。”

“一共就在干训班认识三个月，四年不见了，你知道他会变成啥样子？”田怀中看田丹的模样，忍不住泼泼冷水。

“是快四个月。”田丹纠正父亲的说法，“那年从上海走的时候，他说革命成功以后结婚。”

“这次如果能见到傅司令，解决华北僵局，离革命成功真的不远了。”

“爸，新世界会是什么样子？”

“新世界拥抱我们的时候，会感觉有些不适应，但一定温暖可靠，像一列充满活力的火车，我们必须奔跑才能跟上它的节奏。”

田丹随着父亲的话想得长远。列车鸣笛，慢慢进站，田丹将暖水袋捂在怀里，前额贴着车窗玻璃说：“到了。”

冯青波在月台上翘首，列车冒着腾腾蒸汽驶入站台。冯青波看见车厢里的田丹，跟着列车小跑，隔着车窗，田丹的心幸福得柔软。

车停稳，田丹消失在车窗里。月台上人很多，冯青波四顾了一圈，挤到车门前。先是田怀中，然后田丹从车内下来。爱人相见，冯青波只是深深看了她一眼，但田丹明白那一眼里的爱意。冯青波迎到田怀中面前接过行李，有礼貌地朝田怀中问好。冯青波展示出的礼貌不做作，仿佛是一种与生俱来的修养，这种修养的根基在于他的克制、内敛。

田怀中看着面前的冯青波，和那些简单直接的毛头小子不同，这个年轻人的沉着稳重让他心安，女儿交给他似乎可行，但他流露出的城府又令他隐隐担忧。田怀中淡淡地回："辛苦了，北平这么冷。"

冯青波回避着田怀中探究打量的眼神，说："外面车已经叫好了……丹丹。"

田丹笑盈盈地走近冯青波，看着是要来一个拥抱。冯青波看了一眼站在一侧的田怀中，有些不好意思。转头，田丹已经投入冯青波怀中。田怀中假装没看到这一切，自顾自地整理着自己的围巾，冯青波索性将自己扔进这温软的触觉，短短几秒，他体会到这短暂的温存是自己怀念的，也是自己恐惧的。冯青波想起很多往事，恐惧自己会有刹那的犹豫，他深呼了一口气，告诉自己，自己永远都是一把刀子。

田丹在冯青波怀里闭了会儿眼，好像将四年的思念都回顾了一下，问："我们住的地方看得到紫禁城吗？"

"看不到。"

田丹睁开眼睛，她的眼里有了另外的内容，越过冯青波的肩膀，来来往往的人中有两个人进了田丹的视线。这两人看起来没什么异常，但田丹知道是为他们而来的特务。

"看得到鼓楼吗？"

"看不到。"

田丹离开冯青波站直，眼睛里依旧是冯青波熟悉的暖意，田丹将暖水袋从怀里递到冯青波手上："刚换的水，两只手捂到大衣里。"

冯青波拿着暖水袋，看着田丹说："我还要提行李。"

"一只手提，一只手捂。"

田怀中转身道："走了。"

冯青波听话地用一只手将暖水袋捂到怀里，另一只手提起行李。田丹一边看着不远处的两个特务，一边看着冯青波，紧张和得意在交替，她问："暖和吗？"

"看到你就暖和了。"

这句话让田丹心安，她将自己的手插入胸前两只并指红手套内挽起冯青波。田丹看到了第三个便衣特务，他们都与常人无异，但冯青波恍然不觉。

一个提着公文包的人来到铁林的人力车边，这人正是田丹在冯青波怀中看到的三名特务中的一个。

“出来了，三个。”

铁林怔了一下，看着他说：“不是说俩吗？”

特务瞪了铁林了一眼，铁林赶快收回眼神。特务接着说：“一个接的，两个来的，组长吩咐最好不要弄死。”

田丹、田怀中和冯青波夹在人流里经过候车室，人流缓慢而拥挤，冯青波一边提着行李，一边替田怀中阻挡着拥挤的人群说：“车在下面。”

田怀中仍旧淡淡地问：“到住的地方有多远？”

“两刻钟差不多。”

“车站有厕所吗？”

“站里面倒是有。”

“那算了。”

田丹站定了跟父亲说：“爸你去吧，我们到外面等。”

“噢好好，年纪大就这样。”田怀中朝候车室深处去。

冯青波牵着田丹终于挤出人流停下来，田丹四顾站前广场，目光一一定位，其中划过铁林。

“你叫的车呢？”

“那边。”冯青波手指的方向，正是铁林的人力车。

吉普车内，特务看到田丹和冯青波停在台阶上，说：“组长，少了一个。”

马天放也看着：“等一等。”

站前，田丹站在台阶上，看着北平的人说：“北平到了……青波，知道我为什么喜欢你吗？”

“你说过。”

“为什么？”

冯青波笑着说：“因为你傻。”

田丹的笑终于有了别的含义：“那你现在怎么变成这样了？”

“什么样？”

“比我还要傻。”

冯青波稍微怔了怔。田丹看着他的眼睛里浮上陌生：“从站台到这里起码有十个特务，四个保密局特务，六个军人，很好认。”

冯青波有些紧张地说：“北平特务本来就多，何况非常时期。”

“那个拎公文包的人之前在站里，现在在你指的那辆车旁边。”

冯青波没有看田丹，目光停在铁林那边，问：“哪里？”

“公文包是新的，这种时候北平还有谁会花心思买一只新公文包？里面是枪。那辆黄包车停在原地起码有两个小时以上没动过，车把手都被土盖住了，车辙也没有，这么冷的天，车夫应该走起来找客人。”

“一帮笨蛋，那辆吉普车里的人也应该是特务，三个。青波，我不在的时候你怎么了？”

“你不在的时候……天天想你。”

“你带爸爸走，这里我处理。”

冯青波在犹豫。

“北平你熟，沈伯伯已经安排好爸爸和傅司令见面，爸爸的话傅司令听得进去。”

冯青波看着田丹离去，说：“好。”

另一边，铁林蹲在风里。他看着站前台阶上的田丹再次抱了抱冯青波，然后分开。冯青波往站内返回去，田丹下台阶往广场而来。马天放三人从吉普车内下来。铁林看着田丹一点点走近，明明寒风飞拂，田丹却神安气静，她走到车前，将手从手套内抽出来，并带出小手枪，抬手一枪毙了车边拎公文包的人，然后向马天放三人射击。

一时间弹雨横飞，站前人群混乱，红线连接的两只并指手套随着田丹的身体在寒风里晃荡。

铁林愣了片刻，才猫腰藏到人力车另一侧。马天放三人被击毙二人，站前广场其他的几个特务去掉伪装朝人力车包围而来。田丹凭人力车为障，封住特务往站内去的方向。

马天放狂喊：“铁林，你个窝囊废！”

铁林咬牙拔出自己的枪。为躲避新加入枪战的特务，人力车被田丹抬起转了个方向。一时间，铁林与田丹正好处在了人力车同一侧。铁林枪举了一半，田丹的枪口已经对着铁林扣下了扳机。铁林闭上眼，田丹枪里没子弹了，铁林还闭着眼，田丹夺过他手中的枪。

铁林无法逃离，只好紧挨着田丹朝同事们大喊："我在这儿呢！不是要活的吗！"

人群混乱，军警往站外枪响的方向跑。冯青波在站里寻找田怀中。

田怀中自已从后赶上冯青波："我在这里，青波……"冯青波回身拉着田怀中往僻静处去。

田丹枪中的子弹再次射尽。蹲着的铁林抬眼看着田丹说："投降吧，我也没子弹了。"田丹捞过死人的公文包，果然从里面掏出一只手枪。铁林一咬牙，猫腰滚开人力车，往高台阶上跑。田丹急了，直起身子追向铁林，子弹落在铁林周身，他连滚带爬地跑得更快了。田丹凭借自然物阻挡往站内撤，马天放带领剩余的特务跟着田丹。

田怀中从厕所隔间出来，正遇上冯青波，急切地问："外面怎么打起来了，丹丹呢？"

冯青波从怀里抽出一柄匕首，暖水袋掉到了地上。他低头看了一眼，收回目光说："田先生，革命如果成功我就娶丹丹为妻。"

田怀中似乎明白了一切，问："你的革命，还是丹丹的革命？"

"信仰不同路不同，但最后还是会大一统的。"

"大一统也是中国共产党和全国劳苦大众的大一统。"

冯青波左手执刀，刺入田怀中的胸腹，说："你们不该来，傅司令不能见到你。"

"你一直是保密局的人？"

冯青波又刺了田怀中一下，说："1945 年我以为可以恢复身份了，可上面叫我继续做中共。"

"丹丹那么喜欢你……"田怀中的身体渐渐滑倒，眼神却依旧犀利。

冯青波拔出匕首，田怀中彻底倒下，冯青波像是说给自己听："我也爱她，懂不懂？"

冯青波没有看田怀中，是害怕，还是愧疚？说不清，似乎倒下的不是田怀中，而是田丹，会有这么一天吗？冯青波把这种想法生生压了下来，没了爱，也就没了顾虑，自己仍旧是把刀子。每次冯青波把自己当成一把刀子的时候，内心就有种笃定。这种笃定是田丹从未有过的，这也是冯青波最初吸引田丹的地方。只是，田丹不知道这份笃定的真相和代价。

穿着车夫坎肩的铁林不知道是什么时候来到洗手间的，风从外面刮来，裹挟着恐惧不停地在铁林周身打转，铁林被吓得声音都转了调："别动！"

冯青波带着一种安然，说："几处的？"

"国民政府国防部二厅保密局北平站行动处四组，铁林……"

"过来。"

铁林犹豫着凑近。

外面的特务只剩马天放一人了，军警车循着枪声呼啸而来。马天放高喊："保密局二处行动，包围女共党！"田丹枪中已无子弹。马天放往站内跑去。军警们心有余悸地看着站前七八个特务的尸体，广场下又开来几辆军警车。先到的军警接近田丹，提着手铐，田丹站着不动。一个军警接近田丹，张臂去抱。田丹往后让了一步，军警再次扑上去，被田丹干净利落地反关节旋倒。军警团团围着田丹，双方僵着。田丹裹紧围巾，将两只手伸入并指手套，她靠近那个被自己旋倒的军警并抽出他身上的手铐，在众人的目光中给自己戴上。手铐冰凉，可她一点都不意外，她已经计算到了，唯一不放心的，就是与自己同来的父亲。

角落里，冯青波看着惊魂未定的铁林问："抓捕是你负责？"

铁林接近冯青波说："组长负责。"

冯青波将匕首递过去："你没见过我。"

恐惧源自未知，未知的人，未知的后果，当这一切一齐向铁林砸过来时，他接不住，恐惧转为了一股怒气："你是谁啊？"

"聪明一点儿以后你就是组长了。"

铁林接过匕首，还没捋清楚当组长和匕首的关系。

"外面那个女的要留着。"说完，冯青波捡起地上的红色暖水袋，转到僻静之处。铁林握着匕首蹲在田怀中身边。

田怀中奄奄一息地说："没用的，还有人会来……"

铁林看着田怀中，听不清他说些什么，问："谁啊？啥时候来？"

马天放提枪过来，惊讶地看着眼前的一幕，他走到近前，探田怀中的鼻息，人已经咽气了。他冲着铁林说：“我是不是说过不要弄死？”

铁林迅速转换了心态，牛气哄哄地慢慢直起身子，手里握着滴着血的匕首说：“没跟我说。”

“还要单独跟你说吗？”

“一共十个人，单独说也不费事。”

“你给我站这儿别动。”

铁林看看田怀中，又看看自己沾血的手。血液的味道让他振奋，他不再恐惧，甚至有点跃跃欲试了。这是另一种未来，狠一点，再狠一点，未来都是争出来的。

马天放从厕所跑到广场，亲眼看着田丹被军警弄上了车。两辆警车开走，马天放在车后面追着喊：“哎哎！保密局要抓的人，谁让你们带走的……”警车绝尘而去，只留给马天放一鼻子灰。

囚车内，田丹挨着窗。太阳照耀着灰色的北平，高大的城楼在阳光里静默着。光线一棱棱在田丹脸上划过，她的目光被高耸的前门箭楼牵动，一群鸽子绕着箭楼翔舞。田丹像一个来旅游的外地女孩儿，像一粒对什么都好奇的浮尘。她甚至有心情从大衣兜里掏出两个在车上没吃完的橘子，慢吞吞地剥开皮，小口吃着。田丹看着移动的北平，红色的并指手套被冰冷的手铐箍着，她在迅速让自己爱上这座城市。

第四章

司法处尸检科，贾小朵的尸体被白单覆盖着，小红袄就扔在一角，旁边的徐天灰头土脸。刀美兰已经哭得瘫软，但她说的每一个字落在地上，都能砸出一个坑："要遭报应的，老天爷看着，善有善报恶有恶报，谁干的迟早要知道。我们家什么都没干，就八青伤了个仇人，现在一个关在牢里一个躺在这里，剩我一个人豁得出去……"

"刀姨，谁干的你心里有数吗？"

"我就知道小朵要是不跟你好，昨天晚上就不会出去。"刀美兰字字扎心，徐天感觉那把刀仿佛扎在自己身上。

"用不着您豁出去，有我呢，逮着害小朵的人，我给您养老。"

"给我养老？昨天晚上小朵还说不管我了，要跟你去南方呢。"

"她跟我说不走。"这句话，徐天像是对刀美兰说的，也像是对自己说的。

大缨子和徐允诺坐在尸检科走廊的长凳上，大缨子小心翼翼地打破沉默："徐叔。"

徐允诺心事重重又装得云淡风轻地答应："嗯。"

"昨天晚上赛子龙的《长坂坡》不如以前好，听说他又抽大烟又逛窑子，身子骨糠了，从前锣鼓点赶他，现在他赶锣鼓点赶都赶不上，八成乐班跟他也不太对付……"大缨子细细碎碎地说着不相干的闲话，引得徐允诺叹了一口气："大缨子，你是真的有点缺心眼儿。"

大缨子心里一大堆话不知道怎么说："我要是缺心眼儿就好了。"

“这时候还有心思说京戏？”

“我心慌，说点别的走走神。”

“你心慌啥？小红袄一年杀一个，现在又不会来找你。”

大缨子的话是憋不住的：“我怕小朵不是小红袄杀的。”

徐允诺扭头看着大缨子，他在等待着某种有凭据的猜测，但很难来自于面前傻乎乎的大缨子。大缨子接着说：“要不是小红袄杀的，小红袄今年就还得杀一个。我倒是有件红袄，说什么也不穿出门了……在家也不能穿，烧了最保险。”

大缨子终究还是大缨子，徐允诺叹了口气，说：“大缨子，小朵差点就成我徐家儿媳妇了，不要跟我说这种话。”

突然，走廊上热闹起来。一堆人推着一具白布盖着的担架车过来，盖着的是田怀中，铁林跟在担架后面，徐允诺站起来，和铁林四目相对。

“徐叔，你怎么在这儿？”

“天儿在里面……小朵死了。”

铁林没听懂，站在原地眨了眨眼，担架车被推进尸检科，一个司法处人员递过一份单子，这份单子把铁林拉回到现实中。司法处的人在里面喊：“是亲属吗，遗物清点好去办公室签，出去……”

铁林匆匆签了字，往里进去，刀美兰捂着小朵的红袄和一堆衣物从里面出来。铁林看着小红袄，说不出别的话，只叫了声：“刀婶儿。”刀美兰也不搭理，擦着铁林的肩膀离开。

几个司法处的人将新推进来的担架车归位，徐天还站在小朵旁边。铁林看看徐天，上前去掀开白布单，底下是小朵安静而苍白的脸，铁林连呼吸都忘了，突然暴怒道：“谁干的？找抽筋扒皮呢！大哥知道了？”

“刚走。”徐天经历了方才的茫然，被刀美兰一番话说得只剩下自责。

“谁干的？”

“二哥，教教我，我脑瓜子一锅乱粥，谁是小红袄？”铁林好像是徐天的救星，他哀哀地看着铁林。铁林有些不忍心地别过头去，说：“小红袄……难怪刚才看刀婶捂着红袄出去。”

“帮我想想。”

铁林不太擅长面对这种事情，下意识地想走：“我要赶回处里，完事就上家帮你分析，放心，我干这个的。”

徐天一把抓住铁林的胳膊说：“就在这儿分析。”

铁林被徐天的话拦住了，说：“这怎么说……”

徐天往田怀中那边看了看，铁林只能站定，说：“分分类，之前小红袄弄死几个？都啥人，有没有沾亲带故连着的？”

“前四个最远一个死在南池子，三个都死在前门外，珠市口、天桥、里仁街……这回到我地盘儿了，小朵就躺在警署后面。”

“冲你来的？”

“冲我的。”

“为啥？”

“五年没逮着他，小红袄觉得我是傻子。”说这话的时候，徐天的世界在一点点坍塌。五年的时间成了一片海，溺亡是缓慢的，直到现在徐天才发现，他早就失去了自救的机会。

铁林拦着说：“别多想，不急在这一会儿……”

外头在喊：“铁林，二爷！”

铁林再次转身欲走：“我得赶回去交差，完事就奔家里，别急哈，咱谁都不怵。”

徐天这回没拦着铁林，他在原地又站了一会儿，考虑着铁林说的话。不知多久，他转身出去，见走廊长凳上只有徐允诺一个人，徐天坐到父亲身边说：“爸，我的刀呢？”

徐允诺担忧地看着自己的儿子：“啥刀？”

“杀小朵那把，剔骨头的。”

“先回家吧。”

“我没下班呢。”

徐允诺心疼地看着他说：“换身衣服也没人说你，外头都乱成啥样了……”

徐天发觉了父亲的担忧，安抚父亲：“我没事，您别担心。”

“这事我也管不了，但凡要人手就说一声。”

“别给祥子他们派活儿，我自己就成。”

“我就你一个儿子，别不把自个儿的命当命，心里有点数。”

“有数……晚点儿大哥二哥去家里。”

“你呢？”

“我再坐会儿，瞎逛逛，然后回警署。”

终于不用找刀了，儿子正逐渐恢复正常，但这时候的正常反而更加令人担忧，徐允诺试探着说：“那我陪你坐会儿。”

徐天眼神有些失焦，又重复了一遍：“爸，我那把刀看见了吗？”听完后，徐允诺的眼神更加忧愁了。恨意如同尘沙，不经意间已经在徐天心中腾起了风暴，这泛起的尘沙什么时候才能落回地面呢？

京师模范监狱门前，大铁门嵌着的小门打开，金海紧紧夹着公文包穿过小门。院子里，两辆军警的车围着一辆保密局的吉普车。保密局四组组长马天放堵着一队军警，用唐山话在吼：“保密局北平站的犯人，关你们剿总什么事，把人给我带出来，要关也是关到西山去！”

军警们纷纷上车，并不搭理马天放。马天放气急败坏地喊：“装耳朵聋啊！这个共党来干啥的知道吗？”最后一个军警上车，依旧没人搭理咆哮的马天放，两辆军警的车启动开出大铁门。金海在滚滚尘土里走进来。马天放吐着嘴里的沙子，衣领都歪斜了，满腔愤懑地说：“你就是金海吧？”

“你谁啊？”

“保密局北平站行动处四组马天放。”

“难怪眼熟，我兄弟也行动处的。”金海并不想惹事，语气平和，结果马天放根本不吃这套，“别跟我套近乎，刚送进去一个女犯，带出来给我。”

“刚才是剿总的军警？”金海被马天放的语气惹得不太痛快。

“人是我的，他们抓的，送错地方了。”

金海绕过马天放往里走着说：“我进去看看。”

马天放冲着金海的背影喊：“金海你别给我打官腔，这个女犯是共产党。”

金海忍着骂他的冲动，停下脚步回头跟他说：“知道，让你们处长给我打个电话，送进去再往外带总要有手续。”

“这里有电话吗？”

金海示意里面开门，监狱的首道门禁内四个黑服狱警等着。金海和马天放进来，金海指着墙上一个公用电话说：“电话在这儿，我先进去。”

马天放去拿起话机，拨号。

监管处是一不大的房间，里面挂着一块布帘子。田丹和狱警十七在布帘子隔就的狭小空间里。狱警十七手里端着一架带闪光设备的照相机，对着田丹。

闪光，又一个闪光。十七示意田丹侧身，继续拍，田丹显得很配合。布帘子外面有刺耳的刮划声音，但这并不影响十七的专注。取景器内的田丹没有任何慌乱，好像是在照相馆拍照一样。十七呆呆地看着，不是贪婪，也不是渴望，那种专注是没有任何情绪的。

十七放下照相机，拉开布帘。布帘外面有四个狱警，其中一个狱警小北用一只钥匙在铁桌子上刮划，发出刺耳的声音。狱警华子将目光从钥匙上收回来，对田丹说："过来，东西都放这儿。"

田丹走到华子跟前，往一只筐里卸红色的围巾，从脖子上卸红色的并指手套，然后卸手表。

华子不耐烦地说："兜里的也拿出来。"

刮划钥匙的狱警小北一直色迷迷地看着田丹，钥匙刮划铁桌的声音很尖锐刺耳。田丹兜里都是一些女人用的东西，有两个药瓶，还有几块巧克力。十七将田丹的私人物品一一放入筐中。

钥匙还在铁桌上划，华子怒了，对着小北吼道："你能不能消停，直起鸡皮疙瘩！"小北反而变本加厉地划，"什么毛病。"华子劈手夺过小北手里的钥匙。田丹看了看华子，又注视那串钥匙。没了钥匙的小北看着田丹说："转过去。"田丹转过身子，小北站起来，开始"上下其手"。田丹从他的手里挣脱出来，回身皱着眉头看着他，小北不怀好意地笑着说："脱衣服，搜身。"

田丹怒斥道："下流。"这反而更引起小北的兴趣，他把手伸向田丹，瞬间被拧住，接着被田丹一使劲旋翻在地，大刘坏笑着嘲笑小北。小北从地上起来，恼羞成怒扑向田丹，这次被她摔得更狠。

三个狱警加入，先前的羞辱调戏变成了四个大男人的竭力击打和一个女人的拼命反抗。狱警十七护着相机，站在角落不动声色地盯着田丹。田丹涨红着脸，左支右绌，整个过程一声不吭，直到被四人逼到墙角，她头发凌乱，目光涣散……四个狱警突然住了手，金海不知什么时候站在铁栅栏外。

狼藉的屋子里，墙上的电话在响。华子喘息着接起电话，片刻后，华子捂住听筒看着金海。金海拉开铁栅门进来，去接起电话："我金海。"

一个男人的声音传来，稳定又疲惫："华北剿总沈世昌，田丹入狱了吗？"

金海看了一眼田丹说："您等会儿。"

金海指着地上，示意入狱登记册。十七蹲下去从一地乱物里翻出登记册。

金海看着登记册上的名字，又看看田丹："入狱了。"

"单独关押，保证安全，没有剿总允许不能转监，不允许任何部门接触提审，尤其是保密局、党通局、青教团。"

"明白。"

金海慢慢挂了电话，对狱警们说："收拾一下，关特号。"

小北惦记着被色心耽误的行动，说："还没搜身呢。"

金海厉声喝斥："想怎么搜？送进去。"

田丹喘息着整理自己的头发，将一个发卡重新别进鬓边。

通过那个电话，金海知道这个女犯并不简单。他带着江湖上的恭敬口吻说："我叫金海，这儿的狱头。"

另一边，马天放一手握着听筒，一手拍铁栅栏门喊："金海，金海！过来听电话！"

刚和一女人打成了平手，现在马天放又在叫嚣，四个狱警内心憋闷，金海则显得平静，他从里面出来。

"我们处长。"

金海接过听筒："我金海，唔，嗯，嗯。"金海挂了电话，犹豫了一下。

马天放看着金海说："人带出来吧。"

金海如一尊石佛般面无表情地说："带不了。"

马天放气急败坏地大喊大叫："处长说的你都听见了！"

"我这监狱归北平警备区管，警备区听华北剿总的。别难为我，人都送进来了，进门前就拉你们自己的地儿去多好。"

马天放压着火，较着劲儿说："剿总是吧？"

"上头捋踏实了人爱带哪儿带哪儿，也别跟我横，都是当差的，赶紧跟处长说去。"金海不再看马天放，狱警替马天放敞开了向外的门，金海突然站定了回头说，"还有啊，在我这一亩三分地别金海金海的，脑袋不大口气大，弄不好挨打。”

马天放不忿地盯着金海的背影，四个狱警虎视眈眈地盯着马天放。

保密局北平站内，几辆车开回来。燕三缩在墙根寒风里，看着铁林和同伴下来，他小跑过去叫着：“二哥，二哥……”

看着燕三的急切，铁林大概知道是为了什么事儿，他皱了下眉回道：“三儿。”

“小朵出事了，金爷叫您回天哥家。”

铁林松了下来，准备离开，说：“知道，刚看见人了。”

“您赶紧的，天哥那脾气弄不好要跟人玩儿命……”

马天放开着吉普车，没好气地朝铁林喊：“铁林！”

“哎哎！三儿你赶紧看着徐天去，我交完差就回。”

马天放看铁林还没动弹，语气更加不善：“铁林！”

“喊啥呀，张那么大嘴，不怕往里灌风啊！”铁林也就占占嘴上便宜，话还没说完，燕三就看着铁林跑开了。燕三站在原地叹了口气，能帮徐天的人都不在了，风更大了。

监狱首道门禁处，田丹被四个狱警夹行。田丹看着华子从腰间取下一串钥匙，摘出其中一个打开通向监舍的门。门打开，田丹被裹在四个狱警中间往里进去，两侧监舍中传来怪叫。行到尽头，华子停下来掏钥匙打开通向更深处的铁栅门。田丹看了一会儿钥匙，被身侧粗重的呼吸引转目光。她身侧便是罩神和八青的监舍，两人已经换成了同样制式的囚服。田丹目光扫过罩神和八青，再往监舍内的两张床扫了一圈，目光重新落到罩神的脸上。

罩神怒目圆睁地吼道：“看啥？”

田丹讳莫如深地笑了笑说：“想走要尽快，不然活不过明天。”

罩神瞪了一会儿田丹，手伸出栅就抓。田丹早有预料，轻轻后让。罩神的手抓空，恼怒地说：“臭娘儿们，先弄死你！”

华子回身隔着铁栅一棒击到罩神头上，罩神趁势抓住华子的衣襟，疯狂地往里拉，几个狱警帮忙才将罩神击打回监舍。混乱中田丹将发卡取下，一撅两片，小铁片在昏暗的灯光下闪着森森的光，田丹趁人不备将其中一片扔入监舍。华子喘着粗气，打开通向更内的铁栅门。田丹迈进去，里面是一条安静深黑的通道。

监室里，罩神躺在地上喘息着，他的目光落在半片发卡上，尖尖的金属现出锋利的一角。

北平还是老样子，不会因为任何人的际遇改变。一身土的徐天在街上行走，小朵已经死了，但徐天总觉得她在什么地方等待着自己。凶手是小红袄，他就在这座城市里，还有可能就在自己身边，在这街道上，这行人中。徐天闭上眼，那种毛骨悚然的感觉爬满全身，再睁开眼，他看着这个世界，发现大多数人奔行在自己的命运里无暇旁顾。一睁一闭，无力感让徐天不安。

徐天来到宝元照相馆门前，周老板在换橱窗里的相片，原来那些淑女绅士的照片都被他拿下来，换上军人照。这些军人都不是单独的，大多是军人与家人的合影，或军人与军人的合影。

周老板换着相片，从玻璃里看到了后面立着的徐天，他回身，脸上挂着他标志性的客气的笑容，说："哟，您是怎么了？这一头一脸的，刚从土里跟屎壳郎打完架呀？"

徐天面无表情地说："您这存着我一身儿体面衣服。"

周老板忙碌而热情，招呼着徐天进去："在呢！还有小朵的，正好照片也能取了。"

店内有个伙计在忙，没什么客人。周老板从格架上找照片，絮絮叨叨地说着："今天得空，明儿过来一个连，都是新征的兵，家里人送过来满地儿找照相馆合影。原本我还合计着不太平把馆子关了回昌平，这生意反倒火了。共产党围着也不打，里面也不寻思出去，光照相了，给。"周老板递过两张相片，"手艺还成吧？"

徐天拿过来看着，照片里是自己和笑意盈盈的贾小朵，他努力不让自己陷入到情绪里："我衣服呢？"周老板指着换衣间，没有察觉徐天的不对劲，"在里边儿挂着呢！这两张不算结婚照啊，小朵说没准要跟你去南边……"

周老板话还没说完，徐天就闯入换衣间。南方，小朵，这些都是昨天了，昨天和今天，对于周老板，对于照相馆可能没有什么区别，对于全世界人都没什么区别，但自己不同。今天，乃至未来的所有日子里，“南方”和“小朵”这些字眼，都会把徐天的心割出一道道口子。

“你们都是能耐人，说走就能走，哪儿都能过上舒服日子。可话说回来，北平有啥不好的……”

徐天定了定神，拨拉着衣服架子，找到照片中自己穿的那身西式衣服。西式衣服边上挂着一套中式女装，也是大红色的。周老板一直在外面絮叨着：“要啥有啥想干啥也没人拦着，国共好几百万里外里对着，咱不照样滋润？你们要不走啊，再正经八百拍个结婚照全家福，不收钱……”徐天怔怔地看着手中自己和小朵的照片。他的眼眶越来越红，然后使劲儿吸了吸鼻子。

前门大街，燕三在匆匆行走。他看到了徐天一袭西式衣服愤怒地走在路上，赶紧跟上徐天，小声唤着：“天哥，天哥……”

徐天站住，茫然四顾。燕三跑过来说：“您去哪儿？”徐天还红着眼回：“见个人。”

“二哥让我把您领家去，一会儿金爷也过去……”

“我晚点儿……别跟着我。”

燕三也不敢跟着，徐天没入人海。徐天是愤怒的，强硬的，他在人群中横冲直撞；他也是脆弱的，柔软的，他塌成一片，徘徊在这善恶混沌的世界中。

保密局北平站办公处内，阎若洲在发脾气，一堆人噤若寒蝉。阎若洲唾沫横飞地骂着：“像你们这样党国能不垮？废物！四组！行动指令看没看？活的带回来很费劲儿吗？去了多少人？”

马天放唯唯诺诺地回应：“十个。”

“十个！”阎若洲学马天放说唐山话，“带出去十个就回来俩，要活的给我捅死了，剩一个女的还送给剿总，剿总是你们家亲戚？共党进城来策反的，送到剿总的监狱里不是正好吗？大马！”

马天放立正，恨不得敬个礼：“有！”

“你是通共还是被华北剿总买通了？我现在就可以枪毙你信不信！”

马天放汗都下来了，一旁的铁林吃吃地乐，他就想看马天放笑话。

阎若洲定了定，问道："田怀中谁杀的？"

都没人说话，铁林也不乐了，他没有出头的本事，也缺乏扛事的勇气。阎若洲把所有人的脸扫了一遍，再问："那个老共党，谁捅死的？"

马天放看着铁林，所有人都看向铁林。阎若洲盯着铁林说："铁林。"

铁林突然被点名，从座位上起来立正，把手里的瓜子倒进裤兜。"有。"

"你把人捅死的？"

铁林下意识推脱："不是我。"

马天放紧跟着逼问："难道是我？还是共党自己捅死自己的？"

铁林憋了一句："不信算了。"

马天放不依不饶："我看到的时候，你刚刚捅完，你个废物敢捅人不敢认是吧？"

"废物"俩字把铁林逼到了墙角，他恼羞成怒地反问回去："不认你能把我怎样？"

马天放转向阎若洲："处长，我怀疑铁林通共，抓捕一开始他就在女共党身边挡子弹，还把自己的枪给女共党了，我们这边谁也冲不进站里，女共党单单让他进去……"

"女共党单单让我进去杀男共党是吗？"铁林不知道怎么解释了。

马天放转向铁林说："现在承认了，田怀中就是你捅死的。"

铁林彻底急了："马天放！当个破组长真以为我怕你？自己无能拿我说事儿，杀共党怎么了？我杀了反而有麻烦了是吧？都像你们这一屋子废物有一个算一个，党国能不垮吗？"

所有人都闭着嘴，铁林终于意识到了不对劲儿，他扭头看向阎若洲。阎若洲脸色很难看，铁林试图挽回："处长，没说您……"

阎若洲小办公室里的电话座机在响，他僵了一会儿，回身去接电话。一屋子人站着不敢动，只有马天放意犹未尽地说："我还没说京师监狱狱头是你大哥的事呢，就他拦着不让带人，你完了废物。"

"马天放，你有种从现在起躲着别上街，要不出门怎么死都不知道。"

"老子是吓唬大的？"

"没吓唬你。"

阎若洲从小办公室出来，铁林和马天放收了声。阎若洲的语气和缓许多："铁林啊。"铁林一副死猪不怕开水烫的样子，混不吝地看着阎若洲。

"明天早上六点，到午门外站着。"

"午门？就我一人？什么行动啊？"

"没行动，就站着别动。"阎若洲说完进入小办公室，摔上门。一屋人坏笑着散去，马天放一脸幸灾乐祸地讥讽："多穿点，早上冷。"只剩下铁林自己脸色青红不一。

金海办公室桌上的电话响，金海用没受伤的那只手接起来："我金海。"电话是燕三打来的："金爷，天哥不回家，他换了身儿衣服说去见个人，不知道见谁，也不让我跟着。"

"他不让你跟着，腿长你身上。"

"光我跟着不顶事儿啊，他俩眼珠子都是红的，您知道他去哪儿吗？"

"叫铁林到天桥南口等我，快点儿啊！"金海想了想，将公文包锁入柜子。几个狱警在收拾弄乱的屋子，金海从铁栅外匆匆经过时抛下一句话："刚进来那个女共党别近她身，也别想着占便宜。"

东交民巷有一处别致的小洋楼，院门关着。周边安安静静，仿佛是与乱世无关的另一个世界。徐天穿着一袭不太合身的西式衣裳站在门口。他抬起手扣了扣门环，半晌没有回应，这才看见门边有个电钮，他伸手按下去，听见里面隐隐有电铃的声音，可还是没有人回应。徐天伸手推门，门应声而开。

徐天迈步走进去。冬天的北平，这个安静的院子竟然还有绿叶，徐天抬头看见门廊下走出一个下人打扮的年轻姑娘，看样子不超过二十岁。

徐天试探着问："我找柳爷。"

姑娘倒是落落大方，只是有些严肃，问道："您贵姓？"

"徐天。"

姑娘消失在门廊里，徐天站在院子中。西式衣服单薄，他冻得不轻。姑娘再次出现，说："徐先生请进来。"

徐天随姑娘进去，才发现这是个二层的空间，一层会客用餐。姑娘将徐天往二楼引，徐天的衣裤换了，可鞋子还都是泥，姑娘看着徐天将楼梯地毯一步踩出一个脚印。

转过二楼公共空间，姑娘推开一扇大门，然后自己留在门口。大门里的地毯毛更长，而且是白的。姑娘一直盯着徐天的脚，徐天不管不顾地径直迈进去，姑娘从外面拉上大门。

徐天看见一个刚洗完澡的漂亮女人，穿着丝绸睡衣正擦着头发。大房子里面还有一个套间，能看到一张大床。女人拉上里间的门，瞟了徐天一眼，说："你这身儿不太合适呀，怎么脏成这样？"

"刚从土里出来。"

房子是安静的，女人也安静了。因为安静，嫌弃被成倍的放大。"地毯都让你弄坏了。"

徐天挪挪脚，地毯更脏了。

"要是不嫌麻烦这儿能冲澡，水特别舒服，暖和暖和。"

"不用。"

"别客气，你是大客户。"

"我洗澡讲究，得搓泥还得修脚，你这儿不上档次。"

"哟，那我往后得改进。"

"柳爷呢？"

沙发后面响起电话铃声，女人示意稍等，过去撩开一块单子。徐天看见单子下面乱七八糟大约有三四个电话，女人在分辨是哪个电话响。徐天目光落在其中一个电话上，女人抬头看徐天，寻着徐天的目光找到那部正在响的电话。

女人向徐天笑着，拿起听筒："喂？接过来，我是柳如丝……"女人等待的当口，又抬头向徐天笑，似乎是因为让他等待而抱歉，"人到厦门了？军需处你找得着吗？别下船，站船头甲板等，给自己弄杯茶……我管你喝什么茶呢，一会儿有人给你送过来，十八条小黄鱼扣下两条，到你手十六条……那两条到哪儿去了？办事的没跟你说吗？小黄鱼自己从天津游到厦门，十八条还不止死两条呢，是不是？别打电话了啊，完事儿了。"说完，柳如丝挂了电话。

徐天有些蒙："你是柳爷？"

"有人这么叫。"又一部电话响，柳如丝不好意思地接起来，"喂……"

天桥南口，金海站在风里，看着铁林坐在人力车里，燕三跟着车跑过来。车还没停稳，铁林忙不迭地连声问："徐天找谁去了？"

"柳爷，我刚从小耳朵那儿问了地址。"

铁林有点跟不上思路："哪个柳爷？"

"给咱们换钱的，前几天跟小耳朵打听贾小朵了。"

"啊，柳爷打听小朵干啥？"

金海面色沉重，他感觉事情在慢慢失去控制。"你赶紧招呼人过去备着，万一岔劈了，鸡飞蛋打人和钱都出事。"

"招呼什么人呀？"

"你那儿搞行动的。"

"也不是一句话我能招呼啊，得正经有行动。"

"别废话，这比你那破行动要紧多了，你和宝慧搁进去多少钱？"

"我也不太清楚……"

"我三十二条，你八条，徐天六条。"

这个数字是铁林仅有的家当，想到失去这些金条的后果，铁林熄火了，说："我试试。"

"前边儿就有电话，就说遇着共党了，赶紧叫人。"

铁林应了一声撒腿就往电话那边跑，他知道，鲜血和任务都是暂时的，鸡零狗碎的日子才是最真切的。而这些金条，就是把日子过下去的根基。

柳如丝屋里，徐天按着心里的火听完了柳如丝的一通电话。柳如丝放下电话说："喝什么？有茶有咖啡。"

徐天不吱声。

"茶吧，瞧你这模样火挺大，茶去火……"柳如丝开始张罗茶具，"萍萍上来说有个叫徐天的找我，我还想半天，托过来往外换钱的太多，还好你这算大数……"

徐天打断她的话说："多穿点衣服，这样不体面。"

柳如丝没想到徐天说这个，反问道："自己家还要穿啥呀？"

"包上就行。"

柳如丝脸色沉了沉说："还从来没人这么对我说过话。"

徐天也顶着火说："敬你是人物，我说话搂着呢。"柳如丝懒得跟他纠缠，拢了拢睡衣，问"你是来干什么的？"

"本来有事问，现在没啥问的了，走了。"说着，徐天就往外走。柳如丝没动，但声音高了两个调门："站着，当我这儿是啥呢？来恶心两句就想走？"

徐天定了定身子，折回来，盯着柳如丝说："前几天你打听我和贾小朵了？"

"贾小朵是谁？"

"我女人。"

"不能打听吗？"

"你一捣腾钱的，问东问西的干啥？"

柳如丝彻底不高兴了："站着别动。"柳如丝起身，经过徐天，拉开门叫刚才那个年轻姑娘。

萍萍站在走廊尽头窗户边，远远应声，但没动。从窗子看下去，金海、铁林、燕三和五个便衣特务，正往小院门口走。萍萍拿着话筒低低吩咐："八个人，快一点。"

柳如丝的声音在走廊另一端响起："萍萍！"萍萍放下电话，离开窗户，绕走廊往大房间过去。喊完萍萍，柳如丝转向徐天："你是干什么的？"

"警察。"

萍萍推门进来，柳如丝朝徐天抬了抬下巴，问萍萍："他什么情况，咱们打听的。"

萍萍没看徐天，一段话却把他扒了个干净："徐天，二十四岁，住珠市口，北平本地人。父亲徐允诺，开车行的，家里养着个老贝勒。没过门的女人叫贾小朵，住平渊胡同，妈是寡妇。结义大哥金海，京师模范监狱狱长，二哥铁林保密局北平站的，三个人凑了四十六根金条，说好到浙江舟山取。"

柳如丝语调柔软，语气轻蔑地说："就这些？"

"贾小朵昨天死了，天桥小耳朵半小时前刚打电话过来。"

柳如丝愣了愣，转向徐天："你女人死了，跑这儿来恶心我？"

徐天已经知道小朵这事跟柳如丝没关系了，他语气生硬地道了个歉。柳如丝还是气不过地说："总共四十六条小黄鱼，到南边别人扣一成，你扣两成。"

"两成是多少？"

"九根。"

"行。"徐天根本不在意自己损失了多少金条，他只想赶紧找到小红袄，他不想多说话，说完径直出房间下楼。

轻蔑和惩罚并未唤起徐天的恐惧，看徐天就这么走了，反倒把柳如丝自己气得不轻。

"来找死的吧？"

"姐，已经告诉31军了。"

柳如丝皱起好看的眉头说："凭你也恶心我，就这么只小蚂蚁……"

"来了好几个在下面。"

"啥？"柳如丝惊讶的永远不是小蚂蚁的数量，而是蚂蚁什么时候有了面对大象的勇气？所谓乱世，可能就是个重新洗牌的过程。一种隐隐的不安在柳如丝心中搅动着，门窗开着，一股子阴寒从窗外吹过来，窗外的世界像个黑洞，柳如丝感到一阵阵发冷。她定了定神，黑洞消失了，窗外的世界又恢复了熟悉的模样。就算是乱世，大象还是大象，蚂蚁再多也是蚂蚁，在她成长成为大象的那一天起，就不再怕蚂蚁了。

第五章

小洋楼门前，五个特务和燕三在寒风里瑟缩着挨在门口，等铁林下令。铁林和金海推开院门，探头往里看。铁林带着羡慕说："这地儿真不错。"金海缩回身子，在这种地方惹事，他心里也非常没谱，他问道："你招的人都来了？"

"差不多够了，谁敢跟保密局过不去。"

"我进去，过会儿没出来，你再进。"

铁林转过身，被传染了金海的不安，问："过多长时间？"

院门开了，徐天垂头丧气地出来。燕三赶忙跑过去，金海将徐天拉到一边："你跟人家说啥了？"

"没说啥，小朵不是她弄的。"

"为啥？"

"姓柳的是女的。"

铁林下巴都快惊掉了："女的！"

徐天安慰着明显不安的金海："钱出不了岔子，到南边本来扣一成，现在扣九根，我六根补上不要了。"

"你补？"

"我托的人我补。"

"里面几个人？"

"就俩女的。"

铁林听见徐天吃了瘪，开始来劲儿了："俩女的？大哥踹进去，有多少算多少都抄了，人扔你牢里，我跟处里报的就是抓共党，里面见着金条了吗徐天？"

金海看着铁林，心里迅速盘算着。

小洋楼里面，柳如丝和萍萍站在窗边往下看。那几个人光说话却不动，柳如丝有些莫名地说："他们啥意思？"萍萍指着金海说："那个是京师监狱的狱长金海，徐天大哥。"

"想打劫吧？"

"姐，枪在楼下，要不要拿上来？"

"不是告诉31军了吗？"

"我怕他们没这么快。"

窗前的电话响起来，柳如丝拿起来，是一个男人的声音："人接到了，出了些问题。"

相比楼下的危险，柳如丝明显更担心这电话对面的人，她瞬间脸就变了颜色："什么问题？"

电话另一边："见面说。"

柳如丝脸上浮现出非常少见的关心，说道："你没事吧……"

男人那头挂了电话，柳如丝缓缓放下话筒，有些怔愣。看到柳如丝的紧张，萍萍大概知道发生了什么事情，她努力想要柳如丝心安一些，试探着问："枪要不要拿上来？"

柳如丝的心思完全没有放在这几个人身上，随口说："你到底下拿着就行了。"

院外的铁林不住瞧着院内，眼睛恨不得钻进小楼，对于他来说，这里是未来富贵的保证。

"大哥行吗？人都来了，劫了拉倒，兄弟们人手一条小黄鱼，啥事儿没有。"

徐天拦着，不太同意铁林的打算，说："二哥，我是来问事的。"

"弄到牢里接着问，金条先抄进来再说，招咱算她们倒霉。"铁林一直在旁边摩拳擦掌，他不想让自己带来的人把自己看扁。

金海想也想不明白，他一咬牙说："抄也行，肯定已经说岔了。现在都已经扣两成了，到南边弄不好啥也拿不着了。"

有了金海的赞同，铁林立即招手，五个特务拔出枪，从巷子两端往门口包抄。

正在这会儿，巷子两头传来汽车的声音，两端同时开进来两辆军用卡车，把本来就不宽敞的胡同挤得满满当当。金海看着卡车连问铁林是怎么回事，铁林也摸不着头脑。

"废话，这主儿通天。"金海明白过来转向徐天，"你在里面跟人说啥了？"

"没说啥啊。"徐天本来就挺茫然，这下更糊涂了。

金海也没有更好的办法，厉声让大家赶紧散开，可巷子窄，卡车一直将特务们往巷子中间赶。车上陆续跳下荷枪实弹的军人，车顶架起两挺机枪对准三兄弟和五个特务。三兄弟在巷子中间没有动，一名军官从卡车驾驶室下来，五个特务跑了俩，燕三也趁乱跑了。军官走到小院门口，将徐天往巷道上搡。徐天格挡，军官回手就是一枪，子弹擦着徐天耳朵击在巷壁上。剩下三个特务和铁林条件反射欲反击，车顶的两架机枪同时往下扫了一梭子，一时间巷子里土石纷飞。

金海大喊，示意他是自己兄弟，也跟来人说："都别动，别动了！自己人！"

军官端着枪，命令他们蹲下，喝道："谁跟你们自己人！"

三兄弟臊眉耷眼地蹲下，铁林还想起范儿，被金海用眼神制止。

枪声很快就消失了，柳如丝在窗前看着楼下，嫌弃地说："一帮粗人，萍萍！"萍萍提着一支美式 M3 冲锋枪，正在楼下门厅里戒备，她听见柳如丝喊自己，端着枪一脸戒备地冲进屋答应着："哎！"

"咱一会儿出门。"柳如丝又气又好笑，"枪收起来，用不上。"

"噢……"萍萍不好意思地笑了，她终究是个小姑娘。

巷子里，三兄弟和三个特务正被分别押上两辆军用卡车。萍萍把枪放回柜子，又上楼回到房间。柳如丝边换衣服边说："回头叫人把巷子地面修修，打得乱七八糟。"萍萍看看窗外，青色的砖墙被打出了砖碴，像是被翻出来的伤口。

两辆军用卡车已经退出去开走了，柳如丝催促正往外看的萍萍说："收拾东西呀，这就出门。"

萍萍收回目光，想到刚才那个电话，说："要不要给冯先生带点心。"

柳如丝的语气突然软了下来，说："带吧。"

平渊胡同，大缨子在屋里守着一盆粥、两双碗筷和几个火烧。屋子里安静得吓人，大缨子心魂不定地拧开话匣子，里头依旧在放着京韵大鼓："……三国纷纷乱兵交，四处里狼烟滚滚动枪刀。周公瑾定下一条火攻计，诸葛亮他祭东风把曹操的战船烧……各路的兵将全派到，那关公在帐下皱眉梢，问军师这样的军务不派某，明明白白地把我关某瞧薄了……"从窗户看出去，刀美兰披着棉袄立在院子。女儿没了，伤心到极点后就成了一种木然，那种木然是胶状的，凝成一团不可名状的气息。都说人死了，灵魂是会在晚上回家看看的，刀美兰在等待着，等着女儿的灵魂。

卡车还在行进，军用卡车车厢里挤满了荷枪实弹的军人，三兄弟蹲在军人中间。车摇晃地开着，也没人搭理他们。

篷布飘拂，从缝隙看出去是红红的宫城和低沉阴厚的天际。两辆军车穿过午门开入宫内，天将尽黑，只在宫墙远端还有一线暗红。宫内广场充斥着军人、军队、军车、军械，两辆卡车停稳，军人陆续跳下来放开车后板。三兄弟迟疑着下来，顿如三只小蚁淹于铁流乱马之中。

刀美兰家中，京韵大鼓还响着："……温酒也曾把华雄斩，有那三战吕布在虎牢。斩颜良诛文丑我的刀法玄幻妙，保着二皇嫂到灞桥。过五关连把六将斩，拖刀计把蔡阳的首级削，大江大浪某曾过了多少，哼……难道说这小小的沟渠我会保不牢……"一只手关了案子上的旧匣子，大缨子停了吃火烧的嘴，发现刀美兰不知何时进来了。大缨子抬起头，小声地问："粥凉了，热热？"

刀美兰双眼无神，怕是已经流干了眼泪："我是不是该死？"大缨子不知道该怎么接，说："还是热热吧？"刀美兰自顾自地坐下，接着说："让她和徐天走就好了，起码人活着。大冷天儿的，棉袍也没穿我就叫她走。"

大缨子听得心惊，放下火烧说："昨儿我在隔壁听着小朵跟我哥说，是要和徐天留在北平不走，说完就回这儿了，怎么又跟你说要走呢？"

刀美兰眼泪又落下来："小朵和徐天不走，金爷怎么说？"大缨子想转开话题："大家这么熟了，还管我哥叫金爷。"

"他怎么说？"

"肯定不高兴。"

"说啥。"

"就那些片儿汤话。"大缨子越听越不对劲儿。

"你猜谁杀的小朵？"

"小红袄啊。"大缨子不知道是不是该这么说。

"我，我杀的。"

大缨子差点把刚吃的火烧咳出来："美兰姐你要愿意，我今儿睡这儿，这屋一直是你们娘儿俩，我陪你缓一阵……"

刀美兰泪眼看着大缨子，大缨子擦擦嘴说："不睡也没事儿，心里过不去了啥时候都来敲我门，反正挨着隔壁。你别这么看我，瘆人。"

刀美兰没接大缨子的话茬儿，说："小红袄是谁？"

大缨子没法回答："他们哥仨这会儿肯定合计着呢，动咱们的人，在北平四九城跟犯天条差不多。"

刀美兰呢喃："是吗？"

大缨子看好像糊弄过去了，又咬了口火烧说："他们哥仨儿黑道、白道、官道齐了。"

皇宫内广场，哥仨围成一个圈蹲着，缩着脖子。边上一圈有五个持枪士兵看守，四周篝火、风灯、车灯……

金海有点冷，掀起围巾捂嘴躲着风说："世道变了，老话强龙不压地头蛇，现今北平地面儿上搁哪儿都盘着龙。"

徐天一肚子火气不觉得冷："对不住大哥二哥，小朵是我的事，连累你们了。"

铁林抱着膀子直发抖："都已经连累了，就别说这话了！"

徐天身子晃了晃差点栽倒，铁林赶紧扶住他，金海瞟了一眼说："肯定一天没吃。"

徐天强撑着起身说：“吃了，小耳朵那儿吃了点手抓羊肉……”

铁林试探着问：“哎，能坐地上吗？”

金海看着周围，五个士兵也不搭理他们，他直起身子说：“就能坐一会儿，宫里都是汉白大玉石，比冰块儿还凉。”

徐天不管不顾坐到了地上：“大哥你去哪儿？”

金海往前走：“要点吃的，犯人还给食儿呢！顺便问问啥情况。”

五个士兵挡着金海，金海指着不远处烤火的军官说：“这好几里地都是你们的人，我也跑不了，跟你们当官的说几句话。”军官正好回身看，招了招手，士兵放金海过去。

夜晚，徐允诺在家里守着三双碗筷，迟迟等不来人。

桌上摆了一些酒菜，徐允诺用一个小喷壶在给盆景喷雾水，旧匣子里也是京韵大鼓：“……孔明说，啊！二将军别看你能征惯战刀马好，据我瞧你不能够前去挡曹。关公闻听火往上冒……”

燕三风风火火地闯进来，跟徐允诺把事儿一说，徐允诺身子弹起来说：“谁抓走的？”燕三低着头，明显不想把话说全了：“当兵的。”徐允诺更惊讶了：“共产党进城了？”

“国军，两卡车正规军。”

徐允诺不明白地问：“狱长也……保密局不是他们自己人吗？”

“金爷和天哥得罪高人了，二哥还带了五个帮手，跑了两个，剩下的也被抓了。”

“赶紧找人捞啊！”

燕三干着急没办法：“找谁？向来出事先找天哥，完了找金爷，顶不济再找二哥，这回全兜了。”

“犯的什么事儿？”

“就天哥往人院里去了一趟，金爷和二哥连人门儿都没摸呢。”

徐允诺六神无主，这完全超过了他的能力范围。

皇宫内，金海抱着几个馒头过来，铁林上前就拿：“给吃的？那还有缓儿，说什么了？”

金海将馒头递给徐天说：“不搭理我。”

徐天接过馒头啃了几口，舒出一口气说：“一会儿我去跟他们说，有事一人扛，不连累大哥和二哥。”

铁林边狼吞虎咽边说：“这些都是当兵的，话递不进去。”

徐天低着头，歉意说出口显得矫情，只能旁敲侧击地说：“你们正经给党国当差，说得清，我就是一小警察。”

铁林的嘴里塞满了馒头，含糊不清地说：“警察不是给党国当差的？”

徐天心事重重地说：“没觉得，我给白纸坊一片儿当差。”

金海掰着馒头往嘴里放，说：“不掰扯这个，咱自个儿先把事儿往最坏想，然后再想想怎么脱身出去。”

铁林把最后一口馒头咽下，说：“我是无所谓，大不了保密局不干了，反正也干不下去了。”

金海看着铁林，铁林索性倒出所有苦水：“实话，诓出来五个兄弟抓了三个，跑回去那两个再一报告……白天跟四组在前门火车站捕仨共党，女共党差点弄死我，老共党莫名其妙被男共党杀了，刀子塞我手里跑了。回站里我以为能落点好，结果什么好都落不着，差点被处长当场枪毙，谁知道他们里边绕啥幺蛾子。背字儿都让我给赶上了，受够了！如果今晚能回家，从明天起保密局这局那局统统不干了，正好！”

愤懑带来的强势一扫平日里的窝囊，徐天、金海看着铁林即觉得新鲜也觉得可乐。铁林越说越起劲：“徐天咱们是兄弟，这不算连累。小朵是死得冤，但死都死了也别太往心里去。这年头自己活着都不易，你瞧瞧这满坑满谷的兵，都是奔死去的，也都是要去杀人的。”

声音越说越高，几个士兵瞪着铁林，铁林也不怵，抬着脑袋看回去，说：“别瞧我，琢磨吧兄弟，有种把我们哥仨儿做了！”

西直门有一间很小的钟表店，很整洁，大大小小的钟表，有序地码在层层叠叠的架子上，合奏的“滴答”声颇有音律。柜台后面有一个修理操作台，放着各种工具和钟表零件，那只红色胶皮暖水袋静静地躺在台上。冯青波摘了眼镜，卸了袖套，从操作台站起来，他拿起胶皮暖水袋，一盏盏关灯，掏钥匙向外走去。

店门口，柳如丝提着个点心匣子进来，她径直往那个操作台走去，熟门熟路，重新开灯。冯青波贴着门往外望了望，萍萍在外面街角站着。冯青波关了门，柳如丝已经在操作台上打开了点心匣子。

冯青波问："怎么来的？"

柳如丝一边开匣子一边说："人力车。"

冯青波看着她，像是责怪她的冒失，柳如丝笑得温软，将一块精致的女式手表放到操作台上说："没人看见，就算有人看见我也是来修表的。"

冯青波将手表放入抽屉，说："没人这么晚修表。"

"最多说我是你相好，共产党也喜欢女人。"柳如丝笑着看冯青波，生出几分妩媚。

冯青波将暖水袋放在操作台上，坐下来，抓起一块点心吃。柳如丝也坐下来吃。

"就知道你没吃晚饭。"

冯青波嘴里嚼着东西，对上柳如丝的媚眼。柳如丝拿过那只胶皮暖水袋，柔声问他："出什么问题了？"

"田丹下车给了我一只暖水袋。"

"然后呢？"

"她怕我冷，在车上专门灌了热水给我暖手。"

柳如丝把暖水袋重重掷在桌上，冷声冷气道："现在冰凉了。"

冯青波也不吃了，叹息一声道："她是聪明人，分开四年通了八封信，因为爱我才没有察觉我是保密局在共产党的卧底。"

"你不会也爱她吧？"

冯青波没说话，这是他无法面对的问题。他明白自己身在烈火之中，爱会害了自己，但不爱却是在骗自己。柳如丝的心揪了一下，放柔了声音劝他说："北平保不住，赶紧了了手头事，我跟上峰说我们一起去南边。"

"然后呢？"

"恢复身份，总不能一辈子做共党卧底。"

"也做不成了，田丹被剿总带进了京师监狱，不用多久就会知道我的身份。只要她愿意，没有什么可以瞒住她。"

柳如丝知道田丹在冯青波心里的地位，可她不愿意听他亲口说出来，一股酸楚涌在喉咙里，“你没杀她？”

“当时来不及了。”

柳如丝发了狠，半是为公半是为私。“我找人杀。”

“京师监狱归剿总管，田怀中和她找沈世昌和谈，沈世昌肯定会保。”

“说不定也保不住。”

“像我这样的人在北平还有多少？”

“不知道，我只负责给你传话。”

“我讨厌现在的局势，更讨厌沈世昌这种跟共产党和谈的人，如果没有沈世昌，我不用做现在的事。”

柳如丝想说话又忍下来，她往嘴里送了块点心。冯青波接着说：“其实沈世昌才应该杀。”

柳如丝眼中的光芒暗淡下来，低声说：“如果你不想干了，以后我们找个地方安生，我赚了很多钱。”

“找个什么地方？我是党国的人。”

“党国靠不住。”

柳如丝的苦口婆心，冯青波不是不知道，可他现在心里都是在监狱里的田丹，顾不上体恤另一个女人的心意，他说道：“我一直搞不懂你到底是什么人，局势这么乱还能南北倒金条，而且对共产党来北平和谈的行踪这么清楚。”

“你只要明白，这世上到最后还有个人把你当回事儿就行了。”

冯青波低着头，看点心盒子里还有一半点心没动问道：“你还吃吗？不吃我带回去明天早上吃。”

柳如丝站起来冷冷地说：“今天有三个换金条的差点把我那儿抢了。”

冯青波抬头看着柳如丝，柳如丝迎着那目光，希望从中寻找到某种关爱或担心。冯青波只是看着，眼睛里的情绪没有温度。那点期望在柳如丝心中灭了，她转过头调整语气道：“已经让31军的人轰走了，三个人里的大哥正好是第一监狱的，他们有四十六根金条在我手里。即然你不舍得杀田丹，让金海杀应该问题不大。”

“金海？”

“萍萍查的，京师监狱狱长，另外两个一个叫铁林，保密局北平站的，还有一个是警察。”

冯青波愣了半天，盖起点心盒子说：“杀田怀中的时候，有一个北平站二处的看见我了，叫铁林。”

“这么巧？”

“我让二处安排明天见他。”

柳如丝往外走，停了一会儿她忍不住转身问：“这么多年你都是一个人，不闷吗？”

“没多少年。”

“别想田丹了。”

“没想，你先走吧，我过一会儿走。”

柳如丝觉得没趣，快步走出了钟表铺，萍萍在街边冷得直跺脚。

柳如丝看萍萍冻成这样子，问道：“车呢？”萍萍的后槽牙都在打着颤说：“您吩咐找冯先生不带车。”

柳如丝叹口气，说：“叫人力车。”

萍萍说：“往外走走兴许有。”

柳如丝急了：“那前头走呀！”

萍萍打着颤往前去，柳如丝回头看钟表铺里还亮着灯。一个屋里，一个屋外，两种心事。整条街好像都被冻住了，今晚没有听见炮声，夜晚显得好静，这种静让柳如丝的心更凉了。

萍萍终于拦到了辆人力车，柳如丝裹着大衣从街角转出来，转头看了眼街角的一架公用电话机。

萍萍喊：“姐，这儿！”

人力车夫看着两个女人说：“宵禁了，二位往哪儿呀？”

“宵禁也禁不着我们。”

车夫一脸不信。柳如丝坐入车内，萍萍正要上车，被柳如丝用话拦下：“赶紧跟31军说一声，那儿有电话。”

萍萍扁了扁嘴，有些委屈：“回去打吧姐，冷。”

“回去我怕已经把他们枪毙了。”

“谁？”

“下午打算劫咱们那三兄弟，放他们走。”

萍萍没办法，小跑着向街角那架公用电话过去。车夫惊愕地看看萍萍又看看柳如丝。柳如丝没好气瞪他一眼："看啥，棉帘子放下来。"

皇宫内广场，金海看着一言不发的徐天说："徐天，天儿！"

徐天从混乱的思绪里挣扎出来，答应一句："大哥。"

"别想小朵的事儿了。"

徐天不吭声，金海仍然担忧地问："那位姓柳的多大？"

"不大。"

"咱们真该早点走，弄不好今晚糊里糊涂折这儿了……"金海话说一半，看见当官的向看守他们的几个持枪士兵招手。士兵们离开三兄弟，走向篝火取暖去了。徐天过意不去地说："大哥二哥，明天我找姓柳的去认㞞，不就钱吗？我那六根扣了要不够，珠市口两进院子换钱再往里补，怎么着也够了。"

铁林已经冻得战若筛糠，嘴上还在硬撑说："怎么能让你补呢！"

金海一直在观察，官兵往来没人再搭理他们。

徐天仍旧自说自话："不补二嫂也不答应，换钱的线是我托的，祸也我招的，该我补。但南边我不去了，不逮着杀小朵的人，我这辈子跟这儿死磕。"

铁林几乎放弃了，唉声叹气地说："能过今晚再说吧。"

金海站起来，拍拍徐天和铁林说："起来，走两步。"

铁林终于来了精神，四处打量了一下说："没人看了？"

金海一咬牙，下定决心说："兴许，咱们仨分三头走能走出去，我走午门，你走南池子，徐天走天安门。"

铁林下意识地说："还是我走午门吧。"

"为啥？"

"我也不知道为啥。"

金海和铁林往外走了几步，扭头看徐天还蹲着，金海低声喊："走啊徐天。"

徐天看着金海说："你们先走。"

铁林假意活动着腿脚，观察四周报告说："看着没事儿。"

徐天看两个结义哥哥一左一右穿过重重军人军车走开，自己嘟囔着：“我不怕事。”

起初金海和铁林还不时回头，然后就不见了，徐天一人盘坐在乱世宫城的兵荒马乱之中。

远处隐隐有炮声，但平渊胡同是安静的，似乎有道无形的屏障，外界的一切都无法打破这里的安静。大缨子从刀美兰家出来，回头说：“美兰姐我走了，门栓上吧。”

刀美兰的院门“嗒”的一声从里栓上。大缨子小跑几步进入自己家院门。金海从暗处走出来，手里拎着东西来到刀美兰院子前。他熟门熟路地从门楣上摸出一根断锯片，塞进刀美兰的院门缝。

刀美兰停在院子里，看锯片从外伸进来在挑门栓，她叹了口气，走回屋子。金海挑开门闩进入院子，回身将门关上栓好。

屋里，刀美兰坐在床边，看金海挑帘进来。金海将手里拎的东西放到炕桌上，看着屋里已经熄灭的炭火，叹了口气：“吃吧，绕远去了趟稻香村，特意敲开门买的。”

“你们仨合计了吗？”

金海一愣说：“啥？”

刀美兰抬头，红肿的眼圈有些吓人：“谁杀的小朵？”

“合计了，明儿起就逮。”

“你走吧。”

“陪陪你。”

“放心，本来活着没盼头，现在反倒有了，我得看见谁替小朵找出小红袄来。”

金海犹豫了一下，说道：“我还是坐会儿，过那边也睡不着。”

刀美兰看了看金海，注意到他的手，问：“手怎么了？”

“刚才伤的。”

“今儿早上就见你裹着。”

“早上？”

“院里还烧东西。”

金海叹口气说："这一天日子真长。"

铁林家是一栋位于前门的公寓楼。由拱门进入，楼房环抱一个内院，内院有破败的假山和公用水池，每层门户一律朝向院子，二层一圈铸铁扶栏。铁林穿过拱门，上铁楼梯，他到二层一间门前掏了半天钥匙无果，后伸手拍门，越拍越理直气壮。

门打开，里面灯光粉粉的。铁林一边脱外衣一边往进走。屋里的摆设偏女性，凌乱地放着关宝慧的各种照片，几乎看不出男主人的痕迹。外屋有不少纸包中药，煤炉子上小火炖着药。

里屋地上扔着铁林的衣裤，床上的被子在一拱一拱地动。关宝慧脑袋在被子外面，似喘似怒地说："你行不行你个窝囊废，就冲这能耐……你这能耐……保密局再干一辈子也是小喽啰……"

被子"呼"地掀开，铁林满头大汗地钻出来说："能不能别这么多废话，老子担惊受怕一天了！"

关宝慧扯过被子盖上自己，嫌弃地说："要抽烟上外头去。"

"就这么定了。"铁林像是对关宝慧说的，也像是对自己说的。

"你能定啥？"

"不当差了，八根金条够咱们到南方过日子了。"

"不是到南边还当差吗？"

铁林鼓了鼓气，大声说："不想干了！"

"要连个保密局的差事都没有，你就是个屁，知道吗？"

铁林看着宝慧，刚鼓起来的气就这么被戳漏了，关宝慧哼了一声："连徐天都不如。"

"我怎么就不如他了？"

"他好歹还是个警察，你算什么？"

铁林发了狠，好面子的心态占了上风，咬牙切齿地说："今天我杀了个共党！"

"啊？"关宝慧吓了一跳。田怀中的死状还在脑海里盘旋，但铁林已经不再害怕，自己把自己当成了凶手："白刀子进，红刀子出，两刀，手刃。"

关宝慧看他这样子，知道八成是编的，她没了兴致，转了个身说："就你？你猜我信吗？上峰奖赏了吗？”

“明天一早让我去午门。”

“干啥？”

“我刚从那儿回来……行动。”

“又行动？你怎么跟我就没行动呢！”

百感交集的铁林又掀开被窝钻进去拱，关宝慧脑袋在被子外头仰着说：“这回，你最好给我有点行动……”

没一会儿，铁林掀开被子，重新钻出来。关宝慧彻底气馁了，铁林闷了一会儿说：“贾小朵死了。”

关宝慧这回彻底惊了：“啥？”

“叫人捅死的。”

关宝慧缓了半晌，心中大震，偏偏嘴上不饶人：“不是你捅的吧，白刀子进红刀子出。”

铁林心里更加气闷，抓过床头的烟起身往外屋去。他从屋里出来，叼上烟，划了半天火也没划着。夜风反着吹，“砰”的一声将门反锁上，铁林将一盒烟狠狠地揉烂。

夜晚，冬蝈蝈罐握在徐允诺手里，间或鸣叫。徐允诺裹了裹薄被歪在炕里睡着，突然听见碗筷的响动，他睁开眼睛。茶炉冒着热气，徐天坐在桌前吃早已摆好的那些东西。徐允诺问：“燕三呢？”

“走了。”

徐允诺起身要给徐天热菜，徐天拦着老父亲说：“吃差不多了。”

“不喝酒？”

“喝了脑子糊涂……我得清楚。”

“燕三说你们哥仨被当兵的带走了，没事儿了？”

“有，天一亮我去给人赔不是。”

“人家能消火吗？”

“爸，咱家这院儿要抵出去，您别怪我。”徐天看着已显老态的父亲还得为自己操心，有些心酸。

“为啥？”

“我不能对不起大哥二哥。”

“那是，一日兄弟一生兄弟，只要你人没事咋都行。”

“上午在司法处的话我听进去了，您就我这么一个儿子，我得好好的。”

“小朵……”

“别说小朵，你们谁都别说，人都死了。”徐天说着从椅子上起来，“我回自己屋，爸您躺下睡吧。”

“唉。”徐允诺不放心地看着他，眼神随着徐天走到门口，果然徐天又站住了，问道：“咱家房契在哪儿？”

“你房里。”

徐天应了一声走出去，徐允诺坐起来发怔，他不知道徐天要房契做什么。

徐天穿过院子，去对面自己的厢房。他躺在床上，从怀里掏出自己和小朵的合影照片，合影立在枕头边，然后拉开被子和衣躺下。

黑暗里，他睁着眼睛，没有流泪。这一天太长了，他来不及整理自己的思绪，也不肯放任自己沉湎在过去的回忆里。他告诉自己，事情已经发生，只有找到小红袄，这事儿才能翻篇。他知道，或许找到凶手也于事无补，但他需要给小朵一个交代。

同样的黑暗里，八青双眼圆睁，他盯着罩神手里尖尖的半片发卡，听见罩神声音嘶哑地说：“别的号子七八个，你怎么一个人？”

见八青不说话，罩神一手摁住八青的脸，一手用发卡抵住八青的眼睛，说：“问你呢。”

八青惊恐地说：“我在天桥伤了个人……”

罩神把发卡往前送：“故意伤的吧，在这儿住小号养得细皮嫩肉的。”

八青紧闭着眼，颤抖着说：“狱头金海喜欢我妹妹，好吃好喝把我在这儿关着……”

“你妹怎么不把你弄出去？”

“我出去，美兰就不搭理金海了……”

罩神松了手，八青捂着脖子咳。

“明儿放饭的时候，就这么咳，咳到他们把这门开开为止。”

“大哥，出不去的，外头还有好几道门呢。”

罩神向外看着走廊说：“谁跟你说我要出去？咳开这门儿我弄死他们几个，咳不开就弄死你。”

平渊胡同，金海轻轻拉开院门，从刀美兰家出来。刀美兰扶着门说：“以后不要来了。”

“为啥？”

刀美兰迎上他的目光，生硬地说：“别扭。”

“要不这么着。”金海和缓地说，“找一天合适我送八青出来。”

刀美兰伸手将门楣上的锯片收了，心灰意冷地说：“我恨自己不争气，提着心忍着气，日子还是越过越薄……八青随他去了，你看着办吧。”

“一定要这么说话吗？”

“就剩我一人了，为啥还搂着？”刀美兰合上院门，里面嗒一声落了门栓。刀美兰这一肚子火说不清楚向谁发的，似乎是金海，似乎是自己，似乎是这乱世。所有的愤怒都出自无奈，可这世道最不缺的就是无奈。

1949 年 1 月 12 日，农历腊月十四。

早晨清冷的午门，零落着几名军人，那头掉队的小骆驼孤独地穿过午门门洞。铁林裹着大衣站在寒风里，他不时向后张望，关宝慧则缩在后面的 辆人力车里。铁林四顾广场，不远有一处早点摊子冒着热气。铁林向人力车过去，关宝慧看着铁林坐入车斗问：“完事儿了？”

铁林转头问关宝慧：“我公干，你跟着干啥？”

关宝慧不认为铁林有什么好公干的，说：“没跟着你呀，我车里坐着。”

铁林看着车外的午门说：“弄点热乎吃的去。”

“出门中药喝了？”

铁林顺口就答：“喝了。”

关宝慧看着铁林问：“喝没喝？”

铁林梗着脖子回答：“没有。”

关宝慧语气放缓，说：“那就对了，一会儿完事去同仁堂让涂大夫再看看。”

“家里那么多药还看啥？”

“方子不对，搁别人身上管用，搁我身上不管用。”

“合着之前的药都白喝，这会儿才想起来重看。”

“徐天说的。”

“他说的你都当圣旨。”

“说的在理儿。”

被呛了一跟头的铁林跨下人力车，关宝慧跟着喊：“去哪儿？”

“我这公干呢！”铁林心烦意乱地下车，他厌烦自己阳痿，更厌烦关宝慧老是不死心地带他看病。

“公啥干，一大早人都没几个，你别蒙我。”

“我吃早点去！”

关宝慧仍然在后边喊：“看大夫得空腹。”

“一会儿指不定出什么事呢，我不想当饿死鬼。”铁林转身看着关宝慧，虽说是老夫老妻了，但被这么认真地盯着，关宝慧还是有点虚，“大早上的真不吉利……”

铁林离开人力车，往午门城墙下那处早点摊子过去。铁林随便找了张桌子坐下招呼着：“豆汁，仨火烧。”摊贩应着，铁林一抬头，看到对面喝豆汁的人竟然是冯青波。

冯青波低着头问：“那边车里的女人是谁？”铁林也低下头答：“我媳妇儿。”

冯青波接着喝豆汁不理铁林了。铁林的早点端上来，他往人力车那边看了看，有些忐忑地说：“就你啊？”

“是。”

“合着一大早你约我。”

冯青波仍旧低着头说：“是。”

铁林感觉被戏耍了，说道：“你到底什么人？别装大尾巴狼。”

“国防部二厅保密局冯青波。”

到底还是保密局的，铁林心里有底了。

“神神叨叨的，自己人有话怎么不上处里说。”

“北平现在鱼龙混杂，分不清谁是党国的人谁是共党的人，剿总、保密局、青教团都一样，所以小心一点儿好。”

“找我干啥？”

“昨天在前门车站时田怀中没死透，我看见你蹲下去听他说什么了。”

铁林想不到，自己今后的命运都要跟这个死人纠缠在一起，他皱着眉头回忆，看见关宝慧下车往这边过来。

冯青波冷冷地说：“记性这么不好吗？”

铁林嘴上不吃亏：“昨天事儿多。”

“难怪一直当小喽啰。”

铁林火顶上来，瞪着冯青波没好气地说：“说还有一拨要来，杀他没用。”

冯青波怔了怔。看到冯青波的反应，铁林觉得满足，说：“找我还有没有别的事，没事别耽误我喝豆汁。”

“还有人要来？”

“对。”

冯青波显然并不信任铁林：“听清楚了？”

铁林有点不耐烦地说：“有本事以后把人杀透了，别把刀塞我这种小喽啰手里。”

关宝慧来到桌前，说：“还真吃上了，不是让你空腹吗！”冯青波放下碗，站起离开。这时关宝慧看看铁林，又看看离开的冯青波，问：“谁啊？”铁林狠狠咬了一大口火烧，报复性地喝豆汁，看着关宝慧。

关宝慧坐下，向摊贩招呼：“给我也来一碗。”

铁林有点恼火冯青波的态度，说：“一会儿问问涂大夫，有没有方子壮阳又壮胆儿。”

“你胆儿还不够大吗？昨儿白刀子进红刀子出刚杀完人。”

铁林瞧着冯青波的背影问：“跟你说是我杀的了吗？”

“合着不是啊？不是最好，光壮阳就行了。”

铁林低头快速吃饭，刚才这个冯青波让他感觉非常憋屈，打扰了他吃早饭的心情。人都得吃饭，但人不同，饭就不同，有些吃得踏实，有些吃得心虚。铁林吃了三十多年的饭，踏实又㞞，踏实是什么？踏实是一种失去后才能想到的东西，㞞是一种失去了就想不到的东西。铁林忍不住想，如果自己能有一顿饭吃得彪悍，吃得痛快，该多好啊。

第六章

柳如丝家门前的巷子里，还有昨天开枪的痕迹。一担冰糖葫芦挑过来，小贩吆喝着："冰咧——糖葫芦儿！山里红海棠果核咧桃咧仁儿哎！牙口儿不粘冰咧——糖葫芦儿……"为躲避地上翻起的土石，小贩担子挑得摇晃，喊得也断断续续。担子挑到院门前，小贩看见门洞下脸色青白的徐天。

徐天换了身棉衣，和小贩打招呼："早。"

小贩拿出一串问："来一串儿？"

徐天摇头，小贩继续边走边吆喝："冰咧——糖葫芦儿！山里红海棠果核咧桃……"

小院门打开，露出萍萍。萍萍看见徐天怔了怔，然后视若不见地招呼小贩："来两串儿！"小贩晃回来："好咧，早归早还是有人好这口儿……"

萍萍掏着钱，回头看徐天已经进院里了。萍萍捏着两串冰糖葫芦匆匆进来："你来干什么？"徐天仍然白着脸说："赔不是。"

"那您站这儿别动，小姐刚起。"

二楼，柳如丝掀着窗帘往下看，徐天往上看，目光对视，柳如丝干脆将帘子全部拉开。萍萍上来，到柳如丝身边。

"他来干什么？还不知死？"

"说来赔不是。"

"这样啊……"柳如丝接过冰糖葫芦吮着，手推开窗子问，"冷吗？"

徐天仰头说："还好。"

柳如丝摇着糖葫芦说："昨儿见面说什么来着……噢，我说你这身儿不太合适，脱了吧。"

"今天这身儿合适。"

"不是来赔不是的吗？我瞧着不合适，怎么还犟嘴呢？"

徐天脱了棉袍，扔到一边。柳如丝不依不饶地说："瞧着还不合适。"徐天愣了一会儿，索性夹袄、棉裤都脱了，裤衩背心蹬一双棉鞋站着，柳如丝笑咪咪地吮着冰糖葫芦。

"昨儿是我不对。"

"哪儿不对？"

"不礼貌，说话不搂着。"

"还真是！你那俩哥哥想把这儿抄了我都不太生气。我好心好意请你上来坐会儿，把我当什么了？平时你就这德行吗？"

"平时不这样，我女人昨天被人杀了。"

"散德行得有实力，让你暖和就暖和一会儿，让你冻就冻着，明白吗？"

"人已经站这儿了，就是来赔不是的，昨儿说的四十六根到南边扣两成还作不作数？"

"你这哪儿有一点赔不是的口气。"

"四十六根里六根是我的，您要不解气千万别再扣我大哥二哥的，房契我带来了，珠市口两进院给您搁这儿。"说完，徐天从地上的衣服里抽出房契放在石阶上。

柳如丝在上面关了窗子，片刻，她裹了件皮草从楼里走出来。萍萍给她挪了张椅子，柳如丝坐下问："自己女人死了，就到处得罪别人？"

"我得找杀她的人。"

"你女人是天仙呀？"

"在我这就是天仙。"

"瞧着你真可怜。"

"让您操心了。"徐天还记着自己是来赔礼道歉的，忍着气说道。

"跟你说个道理，你女人和你这样的就是蚂蚁，知道什么意思吗？"

"什么意思？"

"蚂蚁不知道世界有多大，以为眼前能看见的就了不得了，掉下颗小石子儿结果没命了，然后就找小石子散德行，赶明上头掉下一片瓦砸死一窝，上哪儿说理去？哪天梁倒了房塌了，人找地儿换着住，蚂蚁都不知道出什么事，还满天满地找那颗小石子报仇呢！明白了吗？”

徐天冻得直哆嗦，嘴唇都发白，还梗着脖子反问：“梁为什么倒，房为什么塌？”

“旧了。”

“换个新地儿，蚂蚁也得找那颗石子。”

“得看有没有命，弄不好又被人碾死了，能活着报仇，是碰巧没被人碾着。”

“您说得有理，但蚂蚁只管蚂蚁的事。”

“真轴。”

“消消火，房契在这儿，别连累我两个哥哥。”

“这年头谁还要房啊？”

“那您要什么？”

“眼下就两样东西紧俏，金条和性命。”

“我们哥仨的金条都在你手上。”

“还有人命哪。”

徐天闷了片刻，终于忍不住大吼：“你大爷！”

柳如丝轻巧地笑着说：“冻这半天还有火气，我可讲理着呢！想要你们命昨天就要了，放你们回家干啥？房契拿回去，四十六条小黄鱼游到南边一条不少，去帮我要一个人的命。”

徐天哆嗦着，柳如丝接着说：“很容易，女的，在你大哥牢里，叫田丹。”

徐天咬着牙说：“我不杀人。”

“你女人谁杀的？那人要落手里你杀不杀？”

“我要不答应呢？”

“你不是不想连累两位哥哥吗？不答应就连累了。”

徐天快冻僵了，柳如丝看着他，有些怜悯地说：“穿上吧！再送你句话，你女人死就死了，小蚂蚁爬来爬去总有一天不知怎么就没了。你也一样，别较真还能太平些。”

楼里电话在响，柳如丝站起来嘱咐道："记着叫田丹啊，现在去吧。你不杀，你大哥金海也会杀，他应该比你懂事儿。"

柳如丝回了屋里，萍萍收了椅子。徐天愣了半天，还那么站着，萍萍看他不动，提醒他："穿上啊，冻傻了？"徐天朝二楼的窗户喊："房倒梁塌就是因为你们这帮人！"

萍萍赶忙制止他："小声儿点。"

徐天彻底怒了，脾气发得没头没脑："滚！"

萍萍不乐意了，还嘴说："你才该滚呢！"

胡同口，冯青波捂着围巾往巷子里走。迎面走来嘴唇发青的徐天直眉瞪眼地从柳如丝院子出来。冯青波往边上闪了闪，经过门继续往前走。待徐天出了巷子，冯青波才折回来，去敲院门。萍萍拉开院门，惊讶地说："冯先生？"冯青波侧身进院。

屋内，柳如丝电话听筒夹在耳边说："东单机场还能起飞机吗？把名单给我，一会儿我过去也行，听戏啊？什么角儿……"

萍萍进来，站在门边等着。

"这当口北平还让唱戏？那下午不过去了，晚上让车来接我。"柳如丝放下电话。

"姐，冯先生来了。"

柳如丝难掩惊喜道："来这儿了？"

"在下面。"

柳如丝一时间有些无措，站起来要下楼，又折回梳妆台要打扮自己，最后只是用梳子梳了梳头发，又对镜子照了照，萍萍一直在门边看着。

柳如丝被萍萍看出了心思，有点难为情，忙摆出架子问："沏茶了吗？"

"冯先生喝咖啡，已经冲好了。"萍萍极少见她这副情态，抿着嘴乐了。

柳如丝在镜子里看见她的表情，嗔怪地看她一眼，她从楼梯下来，坐到冯青波对面。

"对不起，得当面跟你说。"

"多大的事儿？钟表铺不要了，庆丰公寓不住了，共产党不做了，党国的事儿不干了，以后住这儿不走了？这也住不了多久。"柳如丝出口的是埋怨，更多的是开心。

冯青波放下咖啡杯，沉吟道："田丹不能杀。"

"打电话说一声不就得了。"

"怕你听不进去。"

柳如丝方才的雀跃全部转为了醋意："人来就听得进去了？平时挺小心的，这地方你是第二次来吧？我沾田丹的光，能在家看见你喝咖啡。"

"刚看见一个男的出去。"

柳如丝醋意未消："我也得沾阳气，整天就和萍萍俩女的。"

"什么人？"

"白纸坊的小警察叫徐天，昨天要劫我那三兄弟里的一个。"

"来干什么？"

"怕我扣金条，来赔不是。"

"我刚见了铁林，田怀中死前说还有一拨人要进北平。"

"北平进进出出的共党多了。"

"来找沈世昌。"

柳如丝的心悬了一下，掩饰道："又什么人物啊？"

冯青波没看出来柳如丝的神色变换，继续说："沈世昌身居华北剿总高位，他如果真跟共党谈好了条件，对局势影响很大。"

柳如丝恢复了她平常的神态，讥讽地说："党国让你当刀子可惜了，应该做栋梁。"

"田丹暂时不能动，人在剿总的狱里出不来，就让保密局进去审。"冯青波面对柳如丝的嘲讽依然不为所动。

"哟，那晚了。"柳如丝身体后仰，轻轻靠在沙发上，心里充满了报复的快感。

冯青波一惊，终于抬头看向柳如丝，不解地问："晚？"

"我跟刚才那小警察说，赔不是没用，去京师监狱杀了田丹就扯平了。"

冯青波没吭声。

"估计这会儿正往那儿去的路上，监狱是他大哥的，方便。"

冯青波突然严肃地说："让他们撤回来。"

柳如丝的醋意转为愤怒："没法撤，江湖上的事儿又不是上线对下线，我说话你还不听呢！"

冯青波看出了柳如丝的不满，不知道该怎么劝她，严肃地说道：“柳如丝，我是为局势着想，不能让沈世昌见到下一拨共党。”

柳如丝接着说：“为局势着想昨天你就该杀了田丹。”

“那我们怎么得到第二拨人的消息？”

“共党堵得住吗？没有你北平也保不住！”

“堵不住也要堵，其实应该堵源头。”

“什么源头啊？”

冯青波站起准备离开：“沈世昌这样的和谈派才该杀。”

柳如丝彻底怒了，也站起来，厉声道：“冯青波！”

冯青波停在门口，柳如丝努力平复心绪和他说：“消停点儿行吗？我是给你下任务的。”

“通知保密局北平站到京师监狱审田丹。”

柳如丝沉默着。

“你不通知我通知，通过南京保密局一样可以调遣北平站。”

柳如丝瞪着冯青波，半晌后还是服了软，说：“行，我跟上面说。”

什刹海边，徐天摇晃着脑袋，脚步踉跄，他眼中的景象时而模糊时而清楚。徐天来到小朵做事的茶水摊，热气在冬日里蒸腾，停着一些人力车和骡马车夫。

景象依旧，徐天恍惚还能看到鲜亮的红袄在热雾里晃动。徐天挤进去，端出一碗茶水，到什刹海边坐下。他盯着脚前的冰面，喝了一口热茶，将茶碗放到冰面上。然后一点点歪倒，脑袋歪在冰面上。

一盆热水放到他脑袋边，热气蒸腾。透过雾蒙蒙的水汽，徐天看到一袭红袄在晃动，他努力睁开眼睛，无奈雾气太浓。徐天看到一双白白的脚伸下来，放入他头边这盆热水里，脚脖子上的小金铃发出轻微的声音，依稀有小朵模糊的声音：“我一女的，不合适。”

徐天说：“我说合适就合适。”

小朵盯着徐天：“你是我的还是大哥的？”

徐天看着小朵：“我是我自己的。”

“这也对，你要不走，我就是你的。”说完，小朵缓缓消失，徐天才意识到这是梦，是幻觉。

对，这是梦，是幻觉！徐天挣扎着，怒吼着翻身。一双手将他从冰面扶起来。“天少爷，少爷！”徐天缓过神，看清是祥子，刚端过来的那一大碗热茶翻在冰面上。祥子试了试徐天额头惊说：“天少爷，您脑袋比火炭还烫。”祥子力大无穷，将徐天扛起来往自己的人力车去。

街道上，徐天歪在车斗里，祥子的大脚板在奔跑。

徐天虚弱地问：“祥子，祥子你去哪儿？”

祥子奔跑着说：“咱们回家，给你叫大夫。”

徐天挣扎着说：“拉我去大哥那儿。”

“金爷？”

“快点儿。”

“您烧得都快把自己点着了。”

“别废话……”

祥子无奈，只能依言改变奔跑的方向。

京师模范监狱门口，金海低着头走过来。小耳朵一伙蜷在门边三辆人力车里大喊：“金爷！”金海站住，小耳朵明显带着气说，“三巴掌白扇了？”

“对不住，昨晚上出了点事儿，忘了。”

“我从二更起就在陶然亭南门口等到现在，人呢？”

“今儿晚上。”

“到底行不行啊？不行给句话。”

“行。”

“还陶然亭南门？”

“行。”

“再没人你说怎么着？”

“肯定有人。”

小耳朵一行离开，金海拍拍小铁门，门上方开了一小口，看清是金海才放进去。

监舍通道里，华子带着十七和小北在放饭。十七推着车挨个监舍塞窝头，盛稀粥。通道最尽头的监舍里，罩神握着发卡满脸的兴奋，八青颇为紧张。钥匙在华子腰间晃动的声音、推车放饭的声音、狱囚喧哗的声音，这些声音穿过八青监舍的那扇铁栅门。再向里是深黑的通道，还有三个监舍，最尽头的监舍里端坐着田丹——她也倾听着外面的声音。

另一边，铁栏门被二勇用钥匙打开，金海穿过第一道门禁向里走去。通道里，三个狱警的放饭车推到了八青监舍，几个窝头和两木碗粥递进去，罩神盯着八青，又怒目向华子。

华子不满地说："看啥，还没挨够打？"

罩神不说话。

电话在桌上响，金海赶忙走到办公室内，拿起话筒："我，金海。"听筒中传来一个男人的声音："国民政府国防部二厅保密局，奉令提审你那儿一个女共党，田丹。"

"手续全吗？"

"二处处长亲自过去，带着北平站的手续。"

"我这儿要华北剿总的手续。"

"华北剿总和保密局不是一家吗？都为党国效力。"

"我这儿也为党国效力。"

"人不带走，就在你那问几句话。"男人那头挂了电话。

金海收了电话，开始换制服。监狱大门口，一辆吉普车开过来，车内的阎若洲和其余四人全部着便衣。

马天放下车敲监狱大门，向打开的小口出示手续。小口内的狱警接过手续，"啪"地又把门关上了。马天放回头看了看车里的阎若洲，阎若洲脸色很不好看。马天放赶忙拍门说："叫金海过来，开门！这还是不是党国天下！"

通道内华子打开特别监舍的铁栅门，三个狱警推车向黑深的通道进去。后面传来八青的声音："哎哟，救命，哎哟……"

华子示意，身边的狱警十七顺着声音跑回去，看见八青捂着肚子在监舍里地上打滚。华子问："怎么了？"八青不说话，捂着肚子鬼哭狼嚎，罩神不怀好意地看着十七。狱警小北也从特别监舍通道跑回来，八青还在鬼哭狼嚎，嘴里含糊不清地说："哎哟，叫金爷……"罩神阴着脸不说话，八青滚在角落里，瞟着罩神掌中的发卡。

首道门禁处，狱警正在接墙上的电话。换了身制服的金海从侧门过来，示意狱警打开向里的铁门，狱警将听筒递给金海说："老大，保密局的人在外面，说不开门就用车撞。"金海怔了怔，接过听筒扣上。

寒风里，金海向大门而去。门上的小口打开，露出金海的脸，马天放指着小口叫嚷："金海，上峰有令提审田丹！"

"手续看了，没有华北剿总的。"

马天放侧身，让出后面的吉普车说："真来劲儿是吧？我们处长都亲自来了！"通过小口，金海瞟了眼吉普说："站长来也不敢给人，真的。"阎若洲在后面下车，向大门走来。

监狱走廊里，华子推车来到田丹监舍前。田丹一副气定神闲的样子，手中半截发卡在身边铁床栏上划。

华子盯着发卡划动，说："吃不吃？"田丹点点头，华子将窝头和粥放到铁栅下面，直起身子，目光回到发卡上，"手里是什么？别划了。"田丹不理会，继续划。华子忍了一会儿，拧身往回走。刺耳的划刮声在他耳里揪心扯肺，他放开小车回来，拍门大喊，"告诉你别划了！"

监狱内，钥匙在开锁，八青捂着肚子看锁栓开动。半截发卡嵌入掌心，罩神的掌心在渗血。

门打开，狱警小北进来扶八青。罩神身形开动，手中发卡刺入进来的狱警小北的脖子，嘴里咒骂着："孙子哎跟爷爷动手……"十七见状欲上前，罩神又连刺几下，狱警小北捂脖软倒。十七忙退出去，试图迅速关上监门，罩神伸手拉住铁栅，十七和罩神一里一外地较劲。

不远处，华子全神贯注地盯着田丹划动的发卡。划声对于他越来越难以忍受："别划了！"华子掏出腰间一串钥匙，稀哩哗拉打开监门，进来直奔田丹手中半截发卡。田丹反手抓住华子手腕，起身拧腰，干脆利落地将华子旋翻在地，华子脑袋撞在床沿上，昏沉沉间见田丹卸了他腰间一大串钥匙，走出去反锁了监门，沿通道消失在他的视线里。

狱警小北躺在地上冒血，八青缩在角落里，罩神和十七拉着监门较劲。

罩神的手指夹在门缝里吃疼，将要松手。

田丹从里面的通道走出来，一边走一边拆卸那一串钥匙。罩神诧异，十七更诧异。田丹已经走过两人身前，并且将拆下来的钥匙往两边的监舍扔。与罩神较劲的十七慌神了，手里一松，罩神趁机发力拉开监门，冲出来扑住十七。

两边监舍全乱了，犯人纷纷捡钥匙，伸手出去开锁。大多数钥匙并不对应，但还是有几间监舍开了。囚犯从开了的监舍出来，相互帮助换钥匙，更多的监舍被打开。有几个狱警奔过来，瞬间淹没在囚犯群中。

监狱门前，阎若洲还隔着小口维护着自己那点官威，毕竟除了这个，他也没任何可以成功的把握。

“金狱长，人你是护不住的，也没必要护，护到最后剿总翻脸把你卖了，跟我们也结了梁子，说你通共就是通共信不信？”

“我信。”

“田丹是来策反华北剿总的，所以剿总里面的内鬼不敢把人给我们，你犯得上蹚这浑水吗？把门打开。”

“人让你们带走，我先得罪剿总。”

阎若洲好商好量地说：“话都是人说的，事儿是能圆的，你不会说田丹自己越狱，正好碰上我们来提人。”

金海执拗地说：“谁信？”

阎若洲客气中带着威胁地说：“没人信也比手里捂着一颗炸弹好。”

突然，监狱警铃大作，监舍通道内，警铃怪叫，彻底混乱。更多的狱警加入弹压，以罩神为首的囚犯与狱警撕打。狱警十七在混乱的缝隙里看见田丹一边躲闪一边往前走。

门前的金海看着监狱的方向。阎若洲隔着小口看出了转机：“出事了吧？正好，开门吧。”他看出了金海的犹豫，“田丹不是一般人，捕她的时候去十个人只回来俩，搁在你这儿迟早要炸，剿总那头事儿推我们身上……”

金海没理会一门之隔的阎若洲，回身往里走。

田丹没理会近在咫尺的混乱，执着往前走。

首道门禁处，只有一个如临大敌的狱警二勇，隔着铁栅狱警惊讶地看着田丹。身后墙上的电话在响，田丹亮出手中最后一片钥匙说："接电话。"二勇匆忙回身接起电话，但目光一直紧盯着田丹。

混乱从深处袭来，电话是沈世昌打来的，听声音有些疲惫："我是华北剿总沈世昌，金海呢，在不在？"

二勇向院子看过去，金海正往这边来，回道："在。"

"叫他听电话。"

二勇握着电话，一扭头看见田丹不知何时已经进入首道门禁区，并且重新锁了身后的门。二勇还没反应过来就被田丹利索地击倒。田丹俯身卸了他腰间的钥匙，然后直起身子。

听筒在墙上摇晃，沈世昌的声音很大："金海，金海！"院子里的金海来到门禁前，与田丹对视。电话里还是沈世昌的声音："我是沈世昌，田丹不能交给保密局，北平站二处过去提人了，连见都不能见……"

在金海的注视下，田丹提起听筒："喂？"

瞬间，沈世昌停下话。

"沈伯伯，我是田丹。"

"你在哪儿？"

"监狱，正准备出去。"

沈世昌那头沉默了一会儿，挂断电话。田丹也挂上电话，发了一会儿怔，开始用一串儿钥匙试向外的门锁。

身后华子领着十七和另一个狱警突破混乱往这边赶来。田丹钥匙对上了锁眼，门打开。

金海站在门口，与她对视着。田丹盯着他的眼睛说："不要挡路。"金海快速思考着，最终慢慢挪开身子，田丹迈入院子，向外走。

金海赶忙进入门禁区，拿起墙上的电话，拨了一个号。他握着听筒，看着田丹的背影。院子里风很大，田丹越走越迟疑。

"喂。"

"我金海，开门。"

田丹向前走着，眼看前方的大门缓缓打开，五个便衣保密局特务陆续下车，田丹停了脚步，她不住地思考刚才沈世昌打来的电话，为什么不让她被保密局带走？

金海身后的门禁打开，华子和两个狱警进来，随后反锁向里的门。华子看看金海，又看看院里。金海看着院内保密局的特务，终于做了个决定：“去，把人带回来。”

“那五个接她的怎么办？”

“不清楚。”

“都有枪。”

金海怒斥手下：“咱们是监狱，哪能让人自个儿走了？”

听完，华子带着两个狱警扑出去。

院内，阎若洲大喊：“把人带走！”他的眼中只有到手的田丹，丝毫没注意奔来的狱警。

三个狱警来到近前，其中一个去抓田丹，被田丹击倒。马天放跑去抓田丹，其他三个特务成扇面护住马天放。三个狱警意识到最大的障碍是保密局，转身扑向特务。特务们也不能开枪，一时混战。

田丹趁机击倒马天放，马天放刚起身就挨了华子一棍。幸好特务训练有素，三个狱警迅速落了下风。

祥子拉着三轮车到监狱门口，徐天下车向院子走，把门的狱警迎上前，遮遮掩掩地说：“三哥。”

徐天经过站在吉普车边的阎若洲，回头问：“怎么了？”

院子里，马天放拔枪向天开了一枪，三个狱警停了动作。

华子看见徐天大喊：“三哥，劫狱的！”

马天放用枪指着向田丹：“走！”

一眨眼，枪已被田丹夺到手中。田丹极其利索地卸了弹匣，退出膛中子弹。这一刹那，所有人看着田丹，田丹把枪扔了，她决定回到监狱里去。看着返身往回走的田丹，三个狱警不知道发生了什么，其余三个特务全都拔出枪，马天放起身又扑了上去。

与马天放短兵相接的田丹看起来身手利落，训练有素，但力量上处于下风，徐天看着田丹一头秀发在寒风中飘散开来，紧接着特务重新控制了局面，一支枪指着田丹，另两支枪指着三名狱警。马天放大喊：“谁敢动！”

徐天已临近，俯身抄起掉在地上的一支警棍。马天放听到背后的风声，那是徐天不由分说抡棍而来，那名持枪胁持田丹的特务手枪被打落，另两名持枪的特务刚回身，就被徐天劈头盖脸一顿猛抡。

往回走的田丹，停下身子看团战中的徐天脚步虚浮。三个狱警抢上前，拉下快晕过去的徐天。狱警们挡着徐天和田丹往后退，特务们举着枪往前逼。

马天放红了眼，喊道：“打死你们！开枪！”

狱警们紧张地盯着枪口，马天放回头看车边的阎若洲，阎若洲阴着脸，并没下指令开枪。金海面无表情，看着他的人往回退，首道门禁区后面的监舍混乱已平息。门禁从里打开，出来四五个气喘吁吁的狱警。金海身子让了让，让狱警们冲出去。

徐天一头血，边往后退边问：“你谁啊？”田丹镇定自若地说：“田丹。”

徐天目光模糊了一下，呢喃道：“女共党？”田丹反问：“你是谁？”

徐天身子一软，田丹伸手接住，才发现徐天已晕厥过去。田丹有点无措，看着靠在自己肩上的徐天不知道该怎么办，只能用眼神求助金海。金海抢上前，与田丹一起扶住徐天退入首道门禁区。马天放还在发着狠：“金海！你给我等着，你完蛋了！”所有狱警全部退回门禁区，金海低声吩咐关门。华子接过徐天，急促地喊：“三哥，三哥！”金海一手扶着徐天，一手拿起墙上的电话拨号。几个狱警粗鲁地往里搡田丹，金海非常烦躁地大叫：“别动她！上铐子，带审讯室去。”

狱警们打开向里的门，田丹看着徐天说：“他发烧了，我带的东西里有阿司匹林，白色的瓶子。”

金海盯了一会儿田丹，田丹的目光不曾躲闪。

狱警们拥着田丹进去时墙上的电话通了。

“喂？我金海，那几个人轰出去，大门关了。”

华子驮起徐天，这一折腾徐天又醒了，反手一肘击在华子肩上。华子晃着身子说：“三哥，是我，老大让把你背进去！”

徐天松下劲儿，手臂挂回华子肩上，虚弱地说：“大哥。”

金海皱着眉头，看着不太清醒的徐天，气恼又无奈地说：“怎么哪儿都有你呢？”

第七章

同仁堂是典型的大药店格局，一隅有坐堂大夫。铁林的胳膊枕在脉枕上，手腕间搭着三根又老又嫩的手指。涂大夫看上去鹤发童颜，两眼泛光，十分精神："蒋纬国来北平了知道吗？住在杜聿明家里。"

关宝慧凑上去问："你怎么知道？"

涂大夫悄声说："前天剿总那边沈夫人痛经请我去了，他们准备用十架运输机把装甲兵团的人带走。"

"装甲兵团十架飞机坐得下吗？"

"光坐人，装甲车不上飞机。"

铁林皱着眉头，涂大夫慢悠悠地继续说："郑介民也来了，铁长官你跟他熟吧？"

铁林不吭声。

涂大夫丝毫没有觉得尴尬，用更多的细节印证自己所言不虚："郑介民给华北剿总师以上军官一人带了一封信。"

关宝慧惊讶地问："那得多少封信啊？"

"就一封，委员长写的，师以上长官大家轮流看……"

铁林不耐烦了："涂大夫你能说点儿有用的吗？"

涂大夫这会儿不搭理铁林了，反向宝慧问："知道现在什么东西最好卖吗？"关宝慧听到了兴头上问："什么？"

"平津地图！"涂大夫示意铁林换一只手，铁林只能照做，"三块钱一份，比生鲜肉还紧俏。唐山到北平的路已经修好了，天津共产党打不下来，华北剿总估计至少能守三个月。”

“那过了三个月呢？”

“眼么前儿是打不下来，天津动不了，北平就固若金汤，当年八国联军从天津往这儿来，僧格林沁把他们堵在八里桥……”

铁林把手从脉枕上缩回来，说：“涂大夫，我吃你多少药，你从我这儿挣多少钱了？”

涂大夫也不搭理铁林，用嘴舔了舔毛笔，开始边写方子边说：“换这个方子试试吧。”方子写好了，示意铁林去抓药，铁林不情愿地向里屋药房去，关宝慧关切地问：“以前的方子还用不用？”

“两个方子一起用，气血行运通则通，铁夫人如花似玉，没道理单单在您身上不管用。”

涂大夫说到了关宝慧的心坎上，关宝慧连连称是。

“可能还是心理问题，铁夫人是不是太强势了？”

铁林隔着老远听见对话，非常反感，说：“啥方子也别开，之前的药也不喝了。”

关宝慧一向习惯顶着来，说道：“我强势吗？他叫干啥我就干啥。”

涂大夫把手缩在袖子里问：“方子还要不要？”

关宝慧急切地说：“要啊，两个方子一起喝。”

铁林受不了了，逃跑似的离开了药店。

同仁堂店门口有一副烟摊。铁林从店里出来，摸着口袋走到烟摊前挑挑捡捡，拿了一盒哈德门香烟，然后又在身上摸钱。

关宝慧拎着一堆中药从店里出来，走到铁林身边。铁林转头问：“有钱吗？”关宝慧没听见一样，沿街往前走。烟贩将哈德门从铁林手里拿回去，铁林悻悻地跟上关宝慧。

俩人并排走，关宝慧说：“我买些点心去看看徐允诺。”

铁林没搭茬，自顾自地抱怨：“老这么吃，会把我吃死的。”

“吃死人我跟涂大夫没完。”

“那就晚了，关宝慧。”

关宝慧没理会铁林，接着说："小朵死了，徐允诺肯定不自在。按说我得去看看刀美兰，但跟她也不太熟，主要是不想见你前妻。大缨子到现在还单着吧，当时她如果不要死要活非往外赶你，你们俩现在还过一块儿呢，多没劲啊……"

铁林忍不住了："关宝慧你关心关心我好吗？"

关宝慧不明白自己怎么就不关心他了："啥事儿？"

铁林有很多愁，理不清头绪，说道："昨天赶上一堆事儿，处里一帮王八蛋……"

"你处里本来都是一帮王八蛋，又不是昨天才知道的。"

两人终究是无法交流的，铁林放弃了："算了，我去单位。"

"可别说我不关心啊，领着你开方子抓药，世上还有谁对你这么好？"关宝慧是迟钝的、热烈的、传统的，她唯独不知道铁林需要的是什么，可铁林也真的离不开她。

审讯室内，田丹戴着手铐脚铐，两个狱警站在她身后，她俨然成了监狱里最危险的人。

金海和徐天坐在椅子里，华子站在金海身边，桌上摆着断成两截的发卡。田丹耐心地解释，好像不是坐在审讯室里，而是面对一群学生："人都会有讨厌的声音，程度不同取决于每个人能够接受声音在空气中振动一秒内形成波次数的极限，周波数越高越让人难受，这是人在进化中残留下来回避险情的条件反射，美国称这种声音为'blackboard screech'，少数人听到这种声音会有暴力倾向。"

所有人都听得有点发蒙，金海也是，他扭头看着华子想要找出一点答案。田丹接着说："我进来的时候看到他受不了这种声音，并在他进监舍时记住了开最外一道门的钥匙。"

身后的狱警忍不住质疑："我一串儿钥匙十几个，用一个你能记住？"

"十九个钥匙，全部记住也不难。"

金海也有疑惑："你怎么知道灯罩儿会逼八青开门？"

田丹没理会，转头问徐天："你叫什么名字？"徐天一直目不转睛看着田丹："徐天。"

“吃药了吗？我的阿司匹林。”

徐天没想到田丹会这么问，他闷声回答：“吃了。”

田丹朝他笑了笑，将目光转回金海：“哪个叫灯罩？”

金海移过桌上那半截尖发卡，看着田丹，金海在用沉默宣誓主权。田丹接着说：“监舍里两张床，一张被褥铺板和床下的地面都是旧的，很旧，另一张起码一年之内没人用过。两个人里有一个在这监狱享受特殊待遇，他如果有危险，狱警一定很紧张。另一个叫灯罩的刚刚入狱。”

金海没忍住问：“就不能是别的监舍转过去的？”

“在监牢里看见女人……刚入狱的和一周以上的就很不一样。”

众警也沉默了，这种沉默是心服口服。

“灯罩眼里没有我，只有狱警。他很生气，脸上是新伤，以他的体格不可能被囚犯所伤，另一个叫八青的更不可能伤他，是狱警伤的。他应该进来不超过两天，是一个不好惹的人，但被你们打得不轻……我告诉他活不过今天，赌他听不听得进。”

金海仍旧沉默着，沉默中怀着不安。这是监狱，是证明他权威的所在。乱世中，也就这里能让他觉得心安，起码基本的秩序还在。只要是人，就不得不屈服于秩序，以前是，以后也一定是。但眼前的田丹把玩着秩序，也在把玩着他，这是侮辱，但又无可奈何，金海分秒难熬。

田丹看出金海的不自然，说道：“金海。”

金海愣了一下：“嗯？”

“手铐脚镣不用戴，不方便，这几天我不会离开这座监狱，放心。刚才如果我被保密局劫走你就解脱了，可惜徐天来了……徐天。”

这回换徐天愣了一下：“嗯？”

“好点儿了吗？”

徐天看了看金海，没说话。被审问的倒变成了审问的。

田丹将目光重新转向金海，她看起来掌控了一切，却没有那种志得意满，反而带着些忧虑，像是在替金海为难：“你很为难，剿总要保我，保密局要杀我，但别忘了还有共产党。北平城指日可破，你大概知道我是来干什么的，如果我死在这个监狱，或者从你的监狱落到保密局手里，新世界到来的时候你比现在要为难很多倍。”

金海不敢说更多，他怕暴露更多。“说的都在理儿，我过过脑子。”

田丹转向徐天说：“徐天，金海是你什么人？”

徐天呆呆地说：“大哥。”

“我欠你情，如果有需要，来找我还。”

“你能还啥？”

兄弟不能再被抢走了，这女人是个雷。金海反应过来，阴着脸说：“送里面去。”

田丹起身，在狱警的拥簇下叮叮当当地离开。审讯室里只剩徐天和金海两人，两人各怀心思，相互看着。

金海终于问出来这句话：“你来干吗的？”

“一大早找柳爷了，她要我来杀田丹，说我要不杀就你杀。”

铁林刚走进保密局院子，正巧后面有辆吉普车开进来。铁林故意放慢步速，听吉普车在后面摁喇叭。铁林要和全世界作对，那一瞬间是爽快的，似乎也能延长。

喇叭声不停，现实中的铁林转身，看见驾驶座上是四组组长马天放，他不甘地靠边让了让，这口气忍下来了，不忍着又能怎么样呢？吉普车要靠边，又冲铁林摁喇叭。这几声喇叭，比梦的时间长多了。梦碎了，现实就现实。

铁林干脆站住，吉普车故意往前拱，拱得铁林连连后退，像只惊恐的小蚂蚁。

吉普车停下来，铁林准备发作，见阎若洲也从车里下来，忍了脾气好声好气地说：“处长……出去了？”

阎若洲一行人脸色很不好，纷纷进入楼里。

马天放下车朝铁林喊：“有种别躲。”

铁林顶着来：“有种撞我。”

“撞死一个少一个，浪费党国的粮食。”

“马天放你老跟我过不去有意思吗？”

“我们拼命你在干什么？”

“拼命怎么没有拼死你呢！”

“站车前头别动。”

“谁动谁孙子。”

马天放进入吉普车打着火，向铁林拱过来。铁林站着不动，横一把，死了也值了。但吉普车生生将铁林拱了一个跟头，成了笑柄。院子里的人都在看热闹，马天放下车进楼里了，铁林从地上起来，跟着进入楼内。

阎若洲在自己的小办公室接电话：“是！没弄错吧？铁林……明白！”隔着玻璃，阎若洲看见铁林走进办公室，站在人群中间大声喊：“同袍们！大家作个证，和立场信仰无关，马天放经常污辱我人格，现在我正式请他决斗！不应战的是娘儿们！”

“你还真来劲儿了？”

“老子豁出去了！”

马天放摆摆手说：“我心里不痛快，懒得理你。”

铁林嘴上先过瘾：“娘儿们！”

马天放解下枪，“啪”的一声放在办公桌上：“来！”

铁林也撸起袖子握起拳头：“来！”

一屋子人围上来看热闹，阎若洲挂了电话，从小办公室走出来。众人围观着，可铁林和马天放只是转圈不出手。

铁林不想认㞞，说道：“你来呀！”

马天放也僵着：“我看你是不想在保密局干了。”

“这和干不干没关系。”

“以后没有一个组会要你行动。”

“老子是不想当组长，要当早当了。”

一个瓷罐“啪”的一声在地上砸碎，众人回头，是盛怒的阎若洲。阎若洲忍下来怒气，阴着脸说：“铁林，你过来。”

铁林不敢相信处长这么明目张胆地偏心，问道：“就我一个吗？是他挑起事端的。”

阎若洲厉声喝道：“你给我过来！”

马天放和一屋子人都幸灾乐祸，铁林推门进了小办公室，阎若洲连头都没抬说：“门关上。”铁林一副死猪不怕开水烫的样子，去关上门。

铁林胸腔里生出遇事混不吝的勇气，说："处长，有什么您就说吧，我都想好了。"

阎若洲换了语气，带着无奈说："二处一共四个行动组，从现在起你是组长了。"

铁林终归不是个混不吝的人，他有点委屈地说："处长，我不是这个意思，马天放常年污辱我的人格。"

阎若洲抬头看着铁林问："愿意带第几组？"

铁林发现处长的表情严肃，蒙住了，问："啥意思？"

"你是真废物吗？话说得很清楚了。"

"为啥？"

"不为啥。"

"不可能。"

"道儿够深的，南京保密局转过来的电话。"

铁林转着眼珠子琢磨了一会儿，说："是吗？"

"赶紧说，想带第几组？"

铁林不假思索地说："我带四组。"

阎若洲摆摆手说："出去吧。"

铁林这才意识到自己真的转了运，喜上眉梢地说："谢处长栽培！铁林一定为党国效犬马之劳，您受累当面宣布一下，不然铁林也不好开展工作。"

阎若洲站起来说："好。"

虚无的"南京"让铁林有了底气，他问道："那马天放怎么办？"

"副组长。"

铁林不依不饶地说："一组五六个人，哪儿用得着副组长。"

阎若洲只想尽快结束这对话，敷衍道："他调别的组。"

阎若洲的步步后退，让铁林在得寸进尺的路上越走越顺，他说道："这样也不好，马天放还是应该在四组，做组员就好了。"阎若洲瞪着铁林，一脸愤怒。

阎若洲从小办公室出来时，铁林挺着胸，环顾大办公室。众人静下来看着阎若洲和铁林，阎若洲阴着脸说："马天放。"

"有！"

阎若洲声音很轻地说："四组现在由铁林带，你还在四组待着。"

马天放愣了："是……没明白。"

阎若洲有些疲惫地说："铁林任二处行动四组组长，你降为行动组员。"阎若洲说完便进了小办公室。

在一屋人的注视下，铁林走出办公室，一直走出众人的视线。铁林快步从楼内出来，跑到那辆吉普车边大喊："钥匙给我，给我，老子要用车！"司机指了指车，钥匙在方向盘下面插着。铁林跳上车，发动。吉普车轰鸣，歪歪斜斜地开出院子。对铁林而言，开上车很重要，未来的路更重要。但车要往哪里开，路要往哪里走呢？铁林来不及想。

街边的卤煮火烧档热气升腾着，金海和徐天站在大锅边。金海夹着公文包说着："多加点百叶大肠，别净是心肝肺，没嚼头。"老板倒苦水说："金爷，牲口都见不着了，上哪儿弄下水去？您凑合，卤还是原味。"

两大碗卤煮盛出锅，徐天和金海一人一碗端到手里。金海尝了一口，皱起眉头。老板看出金海的不悦，只能赔着笑说："里头吧？外头冷。"

徐天已经端着碗蹲到石牙子上去了。金海也端着碗过去，俩人并排就着胡同的冷风吃。胡同里人来人往，大多是北平百姓，间杂着一些来历不明的军人。

"大哥，要一辈子不出胡同，都不知道外面快变世道了。"

"世道变胡同也得变，窝不了一辈子。"

"一辈子见不到她们那种人，咱还以为自己多牛呢。"

"你说谁？"

"女人。"

"姓柳的还是田丹？"

"都不善。"

金海闷头吃了两口，说："姓柳的原话怎么说？"

"四十六根金条一根不扣，把田丹做了，昨天咱们仨打算抄她的事儿就算没了。"

"她一个倒钱拼缝儿的怎么跟共产党过不去？"

“也没见过倒钱拼缝儿能调国军部队的。”

金海停了嘴说：“你又找她，没火上烧油吧？”

徐天抽了下鼻子说：“没，认𡳞去的，冻得半死。”

“现在好点了？”

徐天摊开手心，手里攥着田丹的白色药瓶说：“脑袋是不晕了，人有点晕。”

“我说啥来着？”

“啥？”

金海低头接着吃：“算了，不说了。”

“您说呀。”

“小朵出事头天晚上，我说这世上好女人你连见都没见过，为个土妞跟我犯愣……”

徐天将吃空的碗往石阶上一顿，金海收了声。片刻，那只碗裂了，裂成几瓣从石阶上摔下去。

“大哥，我胡同里长的，也就合适土妞，您别再宽我心了。”

“犟吧，这坎儿得慢慢过，才几天工夫啊，过年关就不犟了，结账。”

老板看着空碗，有些歉意，这歉意来自乱世：“算了，两碗卤煮，请您和天哥应当的。”

金海打开包掏钱说：“别废话。”

老板瞅见里面有支手枪，老实在边上站着。徐天瞅见了包里的剔骨尖刀，扭回头去。

金海付完钱问徐天：“一会儿你去哪儿？”

“您去哪儿？”

“找姓柳的，让我们杀人，我得问问金条到底怎么算。”

“真要杀那女的？”

“看姓柳的怎么说。”

金海顿了顿，接着说：“按说是杀不得，剿总保着她，保密局也盯着，但之前我狱里就杀过共党，所以说什么都得走，走到哪儿都得花钱，钱在人家手里攥着……是这理儿吗？”

“咱和她没冤没仇。”

“这世道没冤没仇杀人的多了，小朵不就是？”

徐天瞪着金海，金海也觉得自己话重了，说：“不用你下手。”

徐天硬着头有点气，说道：“我的钱可以不要。”

金海夹着包慢慢走开：“回去歇会儿，走了。”

徐天愣着，想着金海的话。卤煮老板拿着金海的钱出来，递给徐天。徐天没反应过来：“干啥？”

“金爷的钱不能要，他帮过我。”

“这一片儿见过抽哈德门抽特凶的人吗？”

“哈德门可是好烟，抽的人少。”

徐天站起来，老板捏着钱说：“哎，天哥……我这儿还有半包哈德门，要么您拿走。”徐天站起身子，老板将钱揣到兜里，从店里拿了半包哈德门烟出来。徐天接过烟，数了数里面还有十来支，问：“你抽这烟？”

老板继续陪笑着：“我哪儿抽得起，招待地面上大爷的。”

“你没抽吗？”

“我就不会。”

徐天又盯着老板看了半天，老板不自在地说：“您都把我看毛了。”

徐天没说什么，揣起烟离开。

珠市口，徐允诺架着老花镜双腿盘在椅子上算账。桌上，一盒点心打开着，关宝慧边吃边问：“徐叔您吃啊，专门给您买的。”

徐允诺转过头，宽容地看着宝慧：“您吃，要茶吗？我去沏。”

“不麻烦了，一会儿进去看看我爸。”

“还让您这么破费。”

“铁林昨晚特意叮嘱的，说小朵没了，得来看看你。”

“天儿交上这么好俩哥哥，真是福气。”

“交不交的打着骨头连着筋，您是我家包衣，我爸在您后院住，铁林是我男人，大哥就更别说了，哎你说铁林怎么一开始能娶大缨子呢？他那么好面儿的人，带都带不出去。”

徐允诺继续算账：“大缨子挺好的。”

关宝慧显然不同意他这么说：“多缺呀！”

“缺点易相处，心眼多的累。”

关宝慧撇头看着徐允诺说：“您是说我累呗？”

徐允诺笑了：“哪儿有这意思。”

“说正经的啊，嫁鸡随鸡，铁林正好属鸡的，他们哥仨说不定哪天就走了，我跟铁林一走，我爸您可得照顾好。”

“一辈子的事儿，有我一口吃的就有他的，房子没了，有我一片瓦就有他大半扇。”

“这话说的，房子怎么能没呢？”

“保不齐的事儿，昨天他们哥仨还叫人逮起来半宿。”

关宝慧惊了：“啊？谁逮谁？”

徐允诺看了一眼关宝慧，意识到自己说漏了嘴：“哟，当我没说。”

“他们哥仨不就是逮人的吗，谁敢逮他们？”

铁林的声音在外面兴冲冲地喊：“宝慧，宝慧！徐叔，我媳妇在不在？”徐允诺赶忙拦着关宝慧：“别生气啊，我以为铁林啥事都不瞒您。”

关宝慧站起身出去，不忘包起吃了一半的点心。铁林正要进徐允诺房间，关宝慧挑帘而出。铁林按耐不住激动：“媳妇，有好事儿。”关宝慧没好气地说：“我刚听一丧事儿。”

“怎么了？”

关宝慧拎着吃了一半的点心往里院去，铁林往屋里探了探头，仍是盖不住的笑：“徐叔，我去后面啊！”

徐允诺有点心虚：“哎。”

寒冬腊月天，关山月一袭薄衣薄裤，摇着扇子在院里逗鸟。关宝慧走到他身边：“爸。”

关山月踱着步：“西瓜镇上了吗？”

“你热不热？”

“还好。”

“这都几月份了？”

“你说呢？”

关宝慧司空见惯，知道怎么和这糊涂爹交流：“八月，大夏天的穿这么多？”关山月打量自己衣着：“胡扯，多冷呀！这不一月吗？大冬天的你还嫌我穿得多，我的貂皮大氅呢？”

“谁知道呀。”

关山月仿佛刚刚才觉得冷，扔了扇子跑进屋去：“我自己找去！”

铁林凑过来，拽了拽关宝慧：“屋里说，好事儿。”关宝慧不动：“就这说，丢人别让爸听见。”

铁林蒙了：“啥事呀？”

“昨天回来那么晚，敢情是被人逮了？”

铁林不知道这事儿怎么让宝慧知道了，兀自嘴硬：“是啊，幸亏我在，要不然大哥和徐天这会儿已经穿上黄皮送廊坊当兵打仗去了。”

关宝慧不信：“幸亏你在？”

“党国内部的水有多深，大哥和徐天还是不摸底。毕竟地方上的，跟我差一截。”

关宝慧打量着铁林：“说你的好事。”

“北平站二处行动四组组长，干上了。”

关宝慧嘲讽：“太阳从西边出来了？”

“怎么说话的，其实我当处长也绰绰有余。”关宝慧不信，铁林并不觉得失落，他自己也觉得像做梦一样。

关宝慧信了，但并没有感到开心：“瞧你的小样儿，当个组长……南边还去不去？”

“党国需要我去我就去。”

“党国要你死在北平呢？”

“不至于。”

“少嘚瑟啊，等你当上处长再随着党国。”

“哎，怎么一点也不喜兴呢？挺好的事赶回来跟你说。”

铁林自讨了没趣。

关山月里三层外三层地裹着，帽子都扣了两顶从屋里出来：“哎哎谁把我的八哥搁院儿里了，大冬天还搁把扇子，就怕冻不死八哥，是吧慧儿？”关宝慧应着：“我给提屋里，弄点小菜喝点就暖和了。爸您女婿出息了，北平城被共军围死了他才见点小亮儿。”说着，瞪了一眼铁林就和关山月进屋。

街角公用电话亭，冯青波将听筒举在耳边，眼睛看着来来往往的人。

柳如丝家门前的巷子里，金海夹着包，正越过一堆碎土乱石。

屋内电话响着，数个电话中柳如丝准确挑出一个，接起来："喂？"电话里是冯青波的声音，不像平常的冷静从容："北平站二处连监狱的门都进不去，你怎么协调的？狱警和行动组的人都打起来了。"

柳如丝愣了愣，冯青波很少用这种语气跟她说话："进不去就进不去，怎么打起来呢？"

"田丹在监狱院子里。"

"没听说，不是关着吗？"

"你到底能不能让我们的人进去见她？"

"我跟你一样只调得动保密局，华北剿总够不上。"

"我们见面说。"

"青波，上面没任务给你，你积极什么呀？审不了就审不了呗，你不会是自己要见田丹吧？"

冯青波眯着眼睛看头顶的太阳，感觉事情很棘手："你来一趟钟表铺，或者定个别的地方。"

"我一会儿出门，要着急晚上来畅春园。"

冯青波简短地沉默了一会儿说："铁林是京师监狱狱长的把兄弟？"

"是，哥仨儿，一个狱长、一个保密局、一个警察。"

"告诉他们，田丹不能动，我让铁林进去审。"

"我才不找他们呢，除非他们自己找我。"

"再说一遍，田丹现在不能动，等问出第二拨找沈世昌的人，我亲手杀她。"说完，不等柳如丝回答冯青波就挂了电话。

萍萍不知何时已站在门口："小姐，金海在门口。"

"谁？"

"京师监狱的狱长，徐天的大哥。"

柳如丝联想起刚才冯青波对她的态度，认为都是金海造成的，不耐烦地说："让他走。"

一楼客厅，金海一直夹着公文包站着，他眼睛瞟见半开的柜子里有一支美式 M3 冲锋枪。萍萍从楼梯下来，金海从柜子收回目光。

“金先生，小姐不方便见您。”

“我反正也没什么事儿，要不往外赶我，我就跟这儿多坐会儿。”

萍萍想了一下，还是决定客气些：“您喝茶吗？”

“劳驾。”

萍萍转身去倒茶，金海走向沙发，经过柜子的时候掩上半开的门，然后让自己陷入沙发。

珠市口，一辆美式吉普车停在徐允诺家门口。徐允诺围着车转，来回的车夫们也都稀罕地看着。祥子凑上前问：“东家，二爷开回来的？”

徐允诺皱眉看着，还没说话，又一辆美式吉普开过来，车夫们更加惊讶。

车里坐着郁闷的马天放，下来一个特务跟徐允诺打听：“哎，铁林在里面吗？”

徐允诺是老北平，最讲礼数，脸一沉：“谁起名儿叫哎啊？”

特务忍了忍，重新措辞：“大爷，处里有事儿找铁组长。”

“铁组长？”

“铁林。”

后院屋里，留声机放着京戏，关山月闻戏起舞。再看一旁，夫妇二人就着酒菜，大白天的铁林已经喝美了。

“南京保密局亲自给处长打的电话，时来运转了宝慧……”

关宝慧一脸不信：“一个破组长用得着南京打电话？”

“运来了挡都挡不住啊。”铁林说着就不自觉地乐出声。

关宝慧瞧不上铁林的洋洋得意：“运来得也稍晚了点儿。”

徐允诺领着那个特务来到后院：“铁林，有人找！”

铁林隔着窗往外看：“谁啊？”

特务试探着叫他：“组长！”

“哟！”铁林起身出屋。

“组长，到处找您。”

铁林拿着范儿说：“什么事？”

“处长让您晚上去畅春茶馆听戏。”

铁林愣了好一会儿，问："有行动指令吗？"

"没说，就让您去畅春茶馆。"

"马天放呢？"

"外头车里。"

"四组晚上都去，园子外头候着。"

"明白。"

"去吧。"说完，铁林晃回屋子。

透过窗户，关宝慧一直在屋内瞧着："真是组长？"

铁林故作镇定地说："听说过吗？这时候北平还让唱戏，也不知道啥戏码。"

关宝慧来了精神头儿："我跟你一起去。"

"不太合适，说是听戏，肯定有事儿。"

关宝慧扫了兴："那这破组长别当了，有意思吗？"

"真不合适。"

"幸亏才当个组长，当了处长是不是要把我休了？"

铁林正色道："那绝对不可能。"

"你又不是没休过。"

"我说当处长不太可能，你不明白党国的水有多深……"

宝慧夺过铁林的酒杯骂道："深你大爷！"

铁林吸口气："晚上一块儿去。"

电话响，柳如丝从里屋出来，下意识地去寻沙发边那一堆电话，摸了半天，发现声音不是从这堆电话里来的。柳如丝转去梳妆台，接起台子角落一只琉璃柄电话："什么事儿？"

电话里响起一个略微苍老的男人声音："田丹不能动，田怀中带着一封关于和谈的信，信要拿到。"

柳如丝挂了电话唤来萍萍，萍萍应声出现在门口。

"那个狱长还在吗？"

"在。"

柳如丝叹了口气。

监狱前，徐天举手拍门，小口打开，露出二勇的脸："三哥。"

徐天点点头，首道门禁打开，徐天进来，发现华子和十七都在。

华子满脸堆着笑说："三哥，老大呢？"

徐天边向深处快步走边说："没在？"

"不是跟你一块儿出去的吗？"

徐天轻描淡写地糊弄过去："他让我来跟那女共党聊聊。"

华子有些诧异，稍一迟疑，发现徐天已经站到向里的铁门前了。再不开门，就是拂了徐天的面子，这位小爷是什么脾气华子可是领教过，他硬着头皮打开监门把徐天放进去。

混乱之后的监舍里有很多狱警，将各种囚犯从监舍拖出来打，或者在监舍里打，也有不知从什么地方拖来塞回监舍的。长长的通道，华子和十七在前，徐天跟着，穿过混杂的世界，来到最里面的铁门栅。

金海不在，华子独自面对徐天有点心虚。他小心翼翼地掏钥匙，却一片片都对不上锁。

"您等会儿。"华子返回去，只剩下十七陪徐天站着。徐天侧过身看见旁边监舍里的八青。

监舍里又只剩八青一人，他显得更谄媚小心地说："三哥，有日子没见……"

徐天冷着脸说："您别叫我三哥。"

"您说金爷这回会不会生我气啊？您说呢？我也是没辙，不是故意的，灯罩儿出去就没回来，是不是弄死了……脖子上扎了好几下的那位爷没事儿吧？您瞧这一地血……"

徐天不知说什么好，八青应该还不知道小朵的死讯。

"三哥，您替我跟金爷美言几句，我真不是故意的，小朵还好吧？美兰也不来看我……"

华子拿着钥匙回来。

"您和小朵啥时候办事，让我这当舅舅的也高兴高兴，多好的姑娘能跟着您真是她的福气……"华子打开了铁门，八青还自顾自地说着话，徐天逃似的快步往向里面的通道走，一直走到最里面的监舍前，华子提醒他：

"三哥，只能隔着门。"

徐天低声应了，十七和华子一头一尾分立通道两头。徐天缓缓走过去，她看到了田丹。

田丹戴着全套手铐脚镣，坐在床沿上，她看见徐天像见着一个重逢的人，还朝他点点头："来了，比我想得要快。"

田丹一点也没有身陷囹圄的样子，冰冷的监狱竟让她待出了几分惬意。

徐天看着田丹的样子，不太相信她竟然知道自己要来。

"你有事问我。"田丹笑得从容温暖，徐天不由得问："为什么？"

田丹故意放轻声音："你在审讯室和他们不一样。你虽然看我，但心里想着另一个人。"

"我想谁啊？"这是徐天从未见过的女人，她的洞察力让徐天浑身发烫，焦躁不安。

"金海呢？"田丹貌似不经意地问。

徐天便劲儿吸了一下鼻子："我女人死了，想知道谁杀她。"

"你才多大？"

徐天有些蒙。

"多大？"

"属牛。"

"本命年了？"

"正月生，过了这月，初一本命年。"

"结婚多久？"

"没结婚。"

"北方人不是结过婚才叫对象是自己女人吗？"

"结没结婚贾小朵都是我女人。"一番问答，就像一个姐姐问一个孩子，田丹是强大的，徐天无力招架。

"你爱她吗？"

徐天愣了："这跟谁杀她有什么关系？"

"有关系。"

同样不安的还有金海，他面前的压力来自柳如丝。金海虽然每口都喝得很慢，但杯里的茶还是干了，金海喝尽最后一点放下杯子，往楼上看了一眼。并没有人会主动给他倒茶，刚才萍萍的好意不过是让金海没那么尴尬而已。现在房子里静悄悄的，金海坐得很稳当，他在维持着自己的面子。

监狱里，华子远远站在通道尽头，田丹等着徐天回答。徐天只是沉默着，很多事他想不明白。

田丹站起身并悄悄观察他："你最舍不得什么？"

徐天没有提防她的打量，他脱口而出："贾小朵。"

"还有呢？"

"北平、我爸、大哥、二哥……"

"爱北平吗？"

"算吧。"

"舍得下它吗？"

"舍不下。"

"贾小朵呢？"

"小朵就是北平。"

"她喜欢什么？爱说话还是腼腆？最爱吃什么，喜欢什么颜色？平时和你吵不吵架？脑子里想什么和你说吗？她自己有主意还是听你的？她是不是北平本地人？她去过最远的地方是哪儿？除你之外有朋友吗？你不在的时候她干什么？她多大了？她长什么样子？"

田丹一连串的问题将徐天一点点击溃，徐天忽然意识到自己对口口声声说的那个心爱之人并没那么了解。徐天心里充满懊恼，眼眶潮湿起来，他控制着。

"她爱你吗？"田丹轻轻地抛出最后一问，像压倒骆驼的最后一根稻草，击溃徐天的内心。

"怎么才算爱？"徐天不知道怎么回答了，他彻底不懂了。田丹把徐天心里的东西一点点地往外抠，那是他最珍视的。

田丹直视徐天的眼睛，她冷静地观察着，此时她需要一个突破口打破僵局，徐天也许能帮助她。

徐天近乎恳求地说："杀她的是什么人？"

"你还没告诉我她是什么样的人？"田丹的语气柔软却不容置疑，她需要掌控节奏。

“就那样。”

“什么样？”

徐天从怀里取出合影照片，扭头看华子和十七。华子下意识地捂着钥匙，他不敢再开田丹的监舍。

田丹踩着铐镣接近铁栅，照片里是徐天和小朵欢欣自由的模样。田丹将照片拿在手中：“好漂亮。”

那自然是漂亮的，和乱世无关。隔着铁栅的田丹也近在咫尺，她也很漂亮。徐天看着田丹低声说：“他们要杀你。”

田丹怔了怔，没想到徐天还在想着她的处境：“说说她。”

徐天整理好自己的情绪后说：“她听我的，她没啥朋友，她喜欢红色，我们有时候拌两句嘴，但她没啥大主意，她从天津来的，我不知道她脑子里想啥，没问过。”

田丹注意到徐天的眼睛尽是血丝：“你几天没睡了？”

“从小朵出事起就没睡着过。”

“阿司匹林呢？”

“吃了。”

“一天两次，三天以后不要吃了。”

徐天一时间有些恍惚，他退了一步，像在躲避什么。田丹突然把话题扯回来：“出事前小朵和谁有过冲突、吵架？”

“没有……和大哥拌了几句嘴。”

“金海？后来呢？”

“她走了，就没了。”

“金海没走吗？”田丹的语速加快了，谈话的节奏一直由她掌控。

“我是警察，管的这片儿每年冬天都要死个人，穿红袄的女人，一直没逮住凶手，小朵出事的时候就穿着红袄。”徐天尽量平静地陈述事实，尽管这事实随时随地都能让他崩溃。

“所以你来问我谁是连环凶手？”

“我们管他叫小红袄。”

“你是想知道谁杀了贾小朵？还是想知道谁是小红袄？”

“谁杀了贾小朵。”

田丹突然蹦出一句：“金海……是他要杀我吗？”徐天愣了半天。“金海”“杀人”，这两个词汇是徐天躲避的，徐天后退了一步，厉声道：“你少给我来这套。”

柳如丝家，金海依然坐着，时间不知道过了多久。他看着萍萍从二楼下来，仿佛他不存在一样，径直向外走去。金海是个讲道理的人，但是讲道理需要实力，在过去的几十年里，金海认为自己已经具备了讲道理的实力，但今天，在一个年轻女人家，他拿不准。他坐得依然笔直，维持着自己的体面。

第八章

徐天退后两步，远离田丹，将照片收起来。他感觉自己所有想隐藏的事情都被这个女人轻而易举地掀开了，他感觉快要窒息了。

“照片什么时候拍的？”田丹看出了他的情绪波动，不慌不忙地又抛出了一个问题。徐天转身要走。

“你都不知道拍照片的时候她在想什么。”田丹的声音渐渐低下去，像是在可惜小朵的意外，又像是一句喟叹，这足以让徐天停住脚步。

“什么意思？”

“照片什么时候拍的？”

“跟她说要离开北平那天。”

“去哪里？”

“南边。”

“就你们两人？”

“和大哥二哥。”

“为什么？”

“不为什么，不想在北平待了。”

“刚刚还说不舍得北平……照片里她是在笑，但她勾着你的手，只勾住一根手指头。”

徐天拿出照片看。

“她有心事，可不敢告诉你。她又听话又倔强，本来喜欢自己做主，又愿意被你做主，又甜蜜又不甘……她没有父亲吗？”

徐天惊讶地看着田丹，田丹的目光徘徊在照片和徐天之间，更多的是停留在徐天的脸上。“我猜对了，她只有妈妈，你要带她去南方，她怎么告诉她妈妈？”

徐天怔着，他从没这么想过，没这么看过小朵。

“她和你大哥吵架应该也是这个原因，一气之下出走应该是要找你……最后她在哪里？”徐天被她一句句话剜得心如刀绞，他疼得想蹲下。他的手死死抓住栏杆，克制身体的颤抖，他早就泪如雨下：“我的警署后面……”

“哎呀，你哭了啊？”这回轮到田丹无措了，她第一次看见这样的男人，“怎么死的？”

“三刀。”徐天咬着牙，迸出两个字。

田丹沉默了一瞬，有些抱歉地说：“我还从来没看过男人哭……”

徐天抹了把脸说：“杀她的是什么人？”

“从现场能找到一些凶手的线索，再去看看现场，回来告诉我。”

“好。”徐天转身就走，或者说落荒而逃。

田丹突然叫住徐天，问：“你管哪个警署？”

“白纸坊。”

“我知道白纸坊，离这里近。京师监狱东边是陶然亭，北边是里仁街，再往北就是白纸坊，白纸坊往北一点有一个教子胡同，穿过胡同是菜市口……”

“你来过北平。”田丹对北平的熟悉让徐天有些意外。

“没有。”

徐天也不知道该说什么，转身又要走。

“徐天。”

徐天又站住，田丹顿了好几秒才又开口：“再来的时候给我带个发卡，什么样的都可以。”

监舍内，八青竖着耳朵瞪着眼，听隔壁钥匙开铁门的声音，双眼通红的徐天和华子走出来，十七在后面锁门。八青拍着栅栏狂喊：“三哥，三哥别走，我怕金爷回来跟我算账。小朵早晚要嫁你，咱们是亲戚，你跟金爷有面儿，一定帮我拦着点……”

徐天被田丹一番话弄得失魂落魄，说话也不再遮掩了：“小朵没了。”

八青没明白徐天的意思，徐天没理会他，拖着双腿往外走。八青急得把栅栏拍得叮咣作响，华子只能停下来跟八青解释：“叫人捅了三刀。”

八青看了看沉默的十七，十七的眼神确认了华子的说法，八青彻底崩溃，又接着喊：“我操，徐天！谁啊？天哥……”

徐天出来，监狱门在他身后关上。一门之隔便是市井，他眯着眼睛站了片刻，感觉自己的灵魂一点点回到身体。有人力车迎上来招呼道：“天少爷，去哪儿？”徐天跨上车。车夫关切地说：“您保重，大伙儿打听着呢！”

“打听啥？”

“东家吩咐打听谁害了咱们小朵。”

“回警署。”

车夫二话不说跑起来，徐天看着来往人群，似乎回到了人间。

柳如丝家客厅，金海终于看见柳如丝沿着二楼楼梯下来。金海欠身子站起来，像个久候的造访客人。柳如丝穿着正装，也不寒暄，说：“一会儿我要出门。”

“也说不了几句。”

“其实我在上面想，跟你说什么好。”

“您先说，您是大忙人。”

“你不忙？监狱里犯人都跑出来了，保密局二处和你的人抢女共党，还有工夫跑我这儿来坐这么久。”

“您真不是一般人，这就都知道了。”

“得知道，一个个都不是省油的主儿，挣点水钱还得防着被人抢。”

“我就是为这事儿来的。误会了，我们哥仨真没那胆儿。”

“现在是没了，当时未必。”

“我们错了，您大人大量。”柳如丝句句带着气，金海只能句句往后退，还得维持着自个儿的体面。柳如丝走到沙发边，可还没坐下的意思，说：“一句错了就结了？”

金海毕恭毕敬地站着，也没敢坐下，说：“听您划个道儿。”

“你兄弟徐天来过，道儿划给他了。”

“我该怎么称呼您？”

“背地里怎么称呼的？”

“柳爷。”

“我也能应着。”

“柳爷，您坐会儿，咱们别站着聊。”柳如丝想了想，依言坐下。金海也坐下，忖了忖说：“是这么着，田丹不是不能弄。之前我狱里也杀过共党，上头命令狱内秘密处决，都有手令。我干的是看人的活儿，要处决也是上头派人来执行……”

柳如丝皱着好看的眉头打断他，说：“您年纪大了吧，这么絮叨。”

“关起来的人都是照过相签过字有数儿的，狱里暴乱死个人我还担责任，真的。”

“共军天天打炮，德胜门外监狱都没人管了。”

“我这儿是京师模范监狱。”

柳如丝勾起嘴角笑了，说：“跑这儿来打官腔，我可就真没工夫了。”

“您是通天的人物，要我从底下办事，办个手令不容易吗？”

“哪部分的手令？”

“剿总的就行。”

“这么着，人别杀了，回去吧，萍萍送客人。”

萍萍不知从哪儿跑出来，扶着柳如丝起身。柳如丝脸上竟也找不出什么不悦，说：“走吧，真不用杀，改主意了。”

金海坐着不动，说：“您千万别生气，我是来让您消气儿的。”

“金海，我托你们兄弟办个事儿，你们却跑过来卸挑子，有手令还用你？办就完了嘛，我这气在你们身上消得着吗？”

“说的也是。”

“徐天是个愣主儿，做大哥也这么不懂事理。”还说着话，柳如丝就往楼上走，金海跟着起身说：“柳爷，人我回去就杀，您说的对，凡事得有理儿。”

柳如丝停在楼梯中段，居高临下的看着金海说：“我刚说了，改主意了。”

“您改主意，我心里没底。”

“为啥？”

“四十六根金条在您手上。”

“我又不会吞了。”

“说实话，怕您吞了。”

柳如丝轻轻笑了，眼波流转，显出几分妩媚。金海谨慎地开口道：“奔半辈子就这么些钱，铁林带着媳妇，我带着老妹儿，到南边人生地不熟，指着这些钱过日子。我也不知道您和田丹什么过节，不打听。就一条您听听过不过分，人杀了，四十六根金条还给我。”

“不往南边换了？”

金海试探着问：“不过分吧？”

“不过分。”

金海踏实了，他脸上也显出笑意，说：“得，回去就办这事儿，方便的话您现在让我把金条带走。”

柳如丝也笑了，带着点嘲讽的意思说：“玩儿呢？想换出去就换出去，要拿走就拿走，北平被围得铁桶一样，几天才能走一架飞机知道吗？”

金海仰头看着柳如丝，笑又收回去了，说：“不知道。”

“好容易飞一架，还得是共产党愿意，里面有他们让走的人，要不然上天也给打下来，飞机掉地上，捎带的金子就没了，你们找谁去？找我，扣一成两成，到南方大数还在。”

“要不说您是通天的主儿。”

“你们的四十六根已经去南边了，要拿去南边拿。”

“周济一下，您手里肯定数儿多。”

“先办事，再来拿金条。”

“谢了，那我去办事。”

“金条拿走，你弄得出去吗？”

“另外找路子，再托人。”

“那我得对你负责，办完事，找到路子托对人再来拿，先放我这存着。”

金海的话说得软，但内里憋着一股子火：“柳爷，您这是欺负人呢。”

“要么也先别杀田丹，等找着路子金条拿走了再杀，这不讲理吗？”

金海的手紧紧攥着公文包，柳如丝好声好气地说："世道乱，怕您瞎找人被骗，下半辈子指这些钱过日子，小心点好。"这一句听则忠告，实则威胁的话，金海不是听不懂。他看上去面无表情，一直目送柳如丝沿楼梯消失在二层。萍萍在一边站着看金海，送客的意思再明显不过，金海阴着脸夹着包离开小楼。

白纸坊警署门前，围着一群军人和其家属，照相馆的周老板夹在中间被推来搡去，愁眉苦脸。燕三极力平复人群，喊着："不要拉，不要打人！"可军人和家属不依不饶的。

人力车拖着徐天过来，燕三看到了主心骨，而周老板看到了救星。燕三凑到徐天身前，摆弄着混乱中被扯坏的衣领说："周老板昨天照的像，胶片洗出来啥也没有。"

周老板满腹委屈地说："活儿太多，药水跟不上……"徐天被掏空了心，精气神不在了，什么事也懒得管，敷衍着说："再照就是了。"

家属也围上来了，看着徐天像找到了新的发泄口。"怎么再照？明天我弟弟就进军营打仗，弄不好一辈子见不到面。"

徐天耷拉着脸，挣扎着起身下车说："打不起来。"

家属被徐天的态度激怒，手指头快要戳到徐天脸上。"你说了算？"徐天转身躲开激动的家属说："三儿，到宝元馆维持一下，让周老板别再收人钱了，赶赶活儿明儿一早补给人家。"

这句话成了周老板的救命稻草，连声答应着。军人家属还在吵闹，燕三护着周老板离开说："都走了，赶紧，越吵吵越没工夫……"

徐天绕过警署，来到小朵被害的地方。这里很安静，风声渐起，乱草四伏。他蹲下去，看着被血浸成暗红的地面，抚了抚，索性在乱草里躺下，躺在小朵原来躺的地方。有几根草在他眼睛上方摇动，徐天睁大着眼。目光越过被寒风摇摆的冬草，更上方是北平阴沉的天空，远处传来阵阵炮声。

京师模范监狱门口，狱警从里拉开小门，见金海站在外面，寒风凛冽，半晌他也不迈步进来。看出金海情绪不高，狱警小声提醒说："老大？"

金海沉着脸，迈进门，首道门禁开启，华子迎着金海说："老大，里头都归置好了，您要不要看看？”

金海径直向里走，问：“灯罩儿呢？”

“吊着，等您吩咐。”

“看看八青。”金海将公文包交给边上的十七，让他拿办公室去。

华子打开铁门，两人向深处走，华子犹犹豫豫地试探道：“三哥刚走。”

“嗯？”

“三哥刚才跟那个女共党聊了会儿。”

金海站住身子，脸色很难看，盯着华子。华子意识到犯了错，大气也不敢喘，说：“我以为您知道。”

“你说我才知道。”

“三哥自家人……”

金海收回目光，继续向前走，到八青监舍前对华子说：“打开，没你事儿了。”

华子打开门，在通道里远远地站着。金海坐到床沿上，看着对面床沿上的八青。八青先开口，快要哭了似的说：“灯罩儿逼我的。”

“知道，别往心里去。”

“小朵死了？”

“谁跟你说的？”

“徐天。”

“这几天正想辙怎么跟你说呢，看着像是小红袄干的。”

八青彻底哭出了声，说：“这下我妹没活头儿了。”

金海沉了一下，缓缓道：“八青，在我这儿几年没亏待你吧？”

八青抹了一把眼泪，赶忙接道：“没有，每回美兰来我都说。”

“过一阵儿让你出去。”

八青愣着，金海知道他狗肚子盛不住二两香油，又嘱咐他一句：“这事儿你先存心里别瞎说。”

八青赶紧保证，欣喜掩盖了刚才的悲痛，说：“放心金爷，咬碎牙也不说。”

“我要走了。”金海的语气平静，“北平守不住，共产党进城，监狱就归他们管了，走前我把你放出去。之前不是故意不放，你妹妹不懂当差的规矩。”

“我懂规矩。”

“托你个事儿，我这辈子从来不把女人当回事儿，说实在的你妹妹刀美兰也不把我当回事儿，都拧上了。关了你四年，她就以为我是拿你讹她呢！”

“金爷，说句心里话，这四年在这儿比在外头过得还滋润。”

“我给你带个话，让她来看你，你问问她……”

“问啥？”

“小朵没了，她总不能一个人过，问她愿不愿意一块儿去南边。”

总归是舅舅，一听小朵的名字，八青又要流眼泪：“小朵没招推惹谁，就白死了？”

“白不白的，都已经死了，记得问完你妹妹跟我说她啥意思。”八青一边哭一边点头，金海起身从监舍出来，华子过来锁门，问：“去看看灯罩儿？”

金海转向里面的通道，华子打开门。金海让华子留在原地，他一个人往里走，来到田丹的监舍前，他看见田丹端坐在铺上。金海试图谈条件，毕竟这里还是他的地盘：“就算有剿总保，你的命也是我说了算，牢里一不小心死个人有很多辙，今天你搅的这场事儿，就可以跟外头说死了俩仨。”

田丹不理会金海的威胁，坐在铺上丝毫没动，看向金海说：“是谁要你杀我？”

“谁告诉我要杀你？”

“徐天。”

金海试图掌握主动说：“田小姐，我和徐天是兄弟，打不散的兄弟。他跟你说的话，扭头你就卖给我，你还真不地道。”

“我怕你上了别人的当。”

“我上不了当。放心，没到杀你的时候，到时候就算上当我也不琢磨。”

“徐天来问我谁杀了贾小朵。”

“你能知道？”

“多来几次就可以。”

金海不信，说：“蒙谁呢？你心里根本装不进这些事。”

“如果我出去就更可以。”

金海言语中警告的意味很明显：“离我兄弟远点儿，别拿贾小朵忽悠他替你办外头的事儿。共产党在我狱里关过，明白咋回事。徐天就是个小警察，让他一根筋过平头日子。”

田丹无所谓地笑了笑，转过头去不再理会金海。

白纸坊警署后的空地上，徐天仰视着天空，视线中伸进来一张脸，是燕三，他俯视着躺在乱草里的徐天说：“天哥，您别躺这儿，多瘆人。”

徐天又把眼闭上，说：“叫周老板来照相。”

燕三糊里糊涂地问是要给谁拍照，徐天不想解释，说：“家伙什带齐，我在这儿等。”

“他那儿一堆人呢，刚您都看见了……”

“不来把他店拆了。”

“可天快黑了。”

徐天睁开眼，发了脾气，吼道：“那么多废话！”燕三赶忙离开徐天视线。

监狱刑讯室里，罩神被滑轮倒吊着。几个狱警将他的脑袋浸到下面一大桶水里，如此反复。金海问身后的狱警：“小北有没有事儿？”

“送济慈医院了，没处输血。”

“后头陶然亭南坡刨个坑，刨好了叫我。”

罩神在换气的间隙勉强用最后的力气求饶，金海不理会，直接离开。狱警们又将罩神浸入水里，再出来的时候，罩神的祈求变成咒骂。

前门大街，周老板带着燕三和伙计，匆匆出门的三人扛着一应照相设备，在街区狂奔。

夜寒，畅春茶馆这条街上人流依旧涌动。门口竖着戏码牌，隐约能听见里面的京剧锣鼓点声。马天放和四个组员缩在角落里，看各路贵人到达戏院。畅春茶馆里，台上锣鼓密集，台下人来人往，一派繁荣。

白纸坊警署，徐天拉开抽屉，里面用纸托着八个烟头和几根火柴棍。

徐天看着，合上抽屉。

警署后的空地，乱草上支着照相照明设备。大冬天，周老板顶着一头汗躬着身子各处拍。燕三站在一边，周老板显得紧张，摔倒在草里。徐天过来，看着周老板。

周老板脸色惨白地问："还要拍哪里？"

徐天看着惨白的空地问："该拍的都拍了？"

周老板有点害怕，说："拍啥呀……我是拍人的，这里什么也没有。"

徐天呢喃，像是说给自己听："小朵躺在那儿。"

周老板紧张兮兮，语无伦次地说："三儿刚跟我说了……昨儿还说给您拍全家福。"

"明天我去拿照片。"

"明儿可拿不了，多少活攒着三儿都看见了，再说药水也没了。"

"赶紧走。"徐天不耐烦了，周老板像是得了圣旨，赶紧和伙计收拾器材落荒而逃。徐天蹲到血迹跟前，半晌，从兜里摸出那半包烟，问："有火吗？"

燕三苦着脸摇头，徐天叹了口气说："你走吧。"

燕三还想劝徐天，徐天知道他要说什么："让我保重，人死了活不回来，日子还得过，别太伤心，身体要紧，凶手早晚能找着……是吧？"

"是。"

"走吧。"徐天像是脱力般虚弱，燕三一步三回头地离开，徐天将没点着的烟叼到嘴上，怔愣愣地蹲着。

畅春茶馆后巷，马天放踱到后巷角落一堆杂物旁边，拢着大衣点烟。巷里风大，马天放始终点不着。一个人走过来，是冯青波。他看见了马天放，压低自己的帽沿捂上围巾，只一双眼睛露在外面。马天放发火了，啐了一口说："看啥看，狗揍的东西。"

冯青波皱着眉头，进入巷侧一扇小门。过了一会，马天放从巷子踱回来，门前依然很热闹。

特务迎上前问："组长，我们这是什么行动？"

"我不是组长，问组长去。"

柳如丝和顾小宝从同一辆车上下来，同时下来个气派的老头，司机保镖为其开门。马天放气愤又憋闷地说："都是狗揍的。"

茶馆内，冯青波在角落一张桌坐着。他看着柳如丝顾小宝一左一右陪着气派老头，万众瞩目地去正桌。右边的顾小宝千姿百媚，左边的柳如丝弯腰不知跟老头说什么，老头一手抚柳腰，一手抚胡子呵呵乐。

不久，柳如丝离开桌子往外走，经过冯青波身边时柳如丝没停步，待柳如丝走开，冯青波才站起跟上去。柳如丝站在茶馆的角落，这有一道帘子，足够挡住二人。柳如丝看冯青波过来，说："你也定了张桌子。"

冯青波警觉地透过帘子缝隙往外看："总不能跟你坐一起。"

看着冯青波习惯性地戒备着，柳如丝有点心疼，也有点埋怨："别一天到晚绷着，松快点，世道变啥样人都是要享福的。"她多想这个男人能多点烟火气，能不那么冰冷。她希望能给他些温暖，而不是靠他四年前和田丹的那点回忆。

"和你一起来的是谁？"

"戴老爷子都不知道？"

"那个女的。"

"八大胡同一个班主，戴老爷子最近迷上了。"

冯青波皱了皱眉头，问："你什么时候和妓女在一起了？"

"哟，这么说不对，新生活提倡三十多年了，人家是清吟小班班主，琴棋书画样样拿得起，路子没准比我还宽……"柳如丝故意跟他反着来，冯青波正色道："告诉京师监狱狱长，不要动田丹，我让他保密局的兄弟铁林进去审。"

柳如丝醋意又上来了，说："行，依你。"

冯青波冷冷地说："你过去吧，我约了铁林。"

"有封信，让田丹交出来。"柳如丝突然变了语气，好像是真正的上下级。

冯青波不明白是什么信，柳如丝耐着性子给他解释："田怀中和沈世昌是故交，他来北平找沈世昌牵线策反华北剿总，事先总要通信的吧？"

"你消息怎么总是这么灵通。"

"所以我才是给你下任务的。"柳如丝不甘示弱。

“从十二月初到现在，我接了三组来和谈的，每次情报都很准确。”

“情况准不准是我的事，杀人是你的事。”

“我的上峰是谁？”

“我呀。”

“如果没有这封信，是不是田丹已经死在狱里了？”

柳如丝又听到田丹的名字，她心里有点烦躁，可越是烦躁，她就越是笑。“怎么会呢？你舍不得她，你舍不得我也舍不得，肯定都依你。”

冯青波看着柳如丝，柳如丝转了态度，她又成了那个发号施令的人，说：“松快点啊，来了就听戏，咱们对党国再上心也没有委员长上心。”说完，柳如丝拍了拍冯青波的肩，像是个真正的上级一样。她掀开帘子，假装潇洒地离开，内心悲凉。

茶馆门前，铁林开吉普车过来，特意停到马天放跟前。铁林搀下媳妇关宝慧，看了眼周遭，在宝慧面前故意起了范儿，说：“兄弟们都来了？”

马天放没好气地回答：“你自己看。”

铁林将钥匙扔向马天放：“要是冷，可以到车里躲躲。”马天放下意识接过钥匙，随后觉得自己太没面子，他阴着脸看着二人走进去，恨不得把铁林吃了。

关宝慧穿着光鲜的衣服，往常这茶馆是她常来的地方，她很享受这里的一切。茶倌认识铁林，招呼道：“二哥，嫂子。”

铁林看着茶馆里的一切，喟叹一声，这才是自己应该过的日子，二人随着茶倌穿越茶桌蛇行。

关宝慧感受着茶馆里的暖意融融，说：“为啥不带爸来呀？”

“不方便。”

“有啥不方便的，一张桌宽敞能坐四个人呢，还有别人呀？”

“一会儿肯定有公事，你消停着点……”

铁林看见了顾小宝，目光把脖子都牵歪了，关宝慧顺着铁林的目光也看见了顾小宝。顾小宝向铁林打招呼，铁林尴尬回应，关宝慧当没看见。茶倌将二人领到刚才冯青波坐的位置。

“是这儿吗？”

茶倌附和着说："没错二哥。"

铁林不满地说："这么偏，中间的没了？"

茶倌赔着笑解释："二哥这儿好，看得清还不挤，中间上个茅房也方便。"

"滚！"骂完，铁林的目光又跑偏了。柳如丝从他们身边经过，一直往顾小宝那边去，关宝慧还是不吱声。台上正戏开演，看客喝彩。茶倌给铁林二人上茶和小点心。

"好久没听戏了，咱今儿舒舒服服的。"铁林兴致不错，但宝慧瞟着顾小宝那边。

柳如丝目光往这边看，顾小宝不知在说什么，然后两个女人捂嘴乐。铁林叫来茶倌装相，吆喝道："哎，过来，这水都不热乎了。"

茶倌凑过来在他耳边说："二哥，那边有位爷找您。"

"让他过来。"

"就让我来叫您。"

关宝慧看着铁林，铁林醒过神，摸了摸关宝慧的手，安抚道："媳妇，别委屈哈，缺啥要。"

铁林赶紧随着茶倌到了茶馆一角，铁林看见冯青波，得意忘形地伸手打招呼，冯青波扭身便走，铁林跟上去。

冯青波越走越快，铁林一路跟着冯青波，穿过茶馆后灶，冯青波推门而出。铁林一路上琢磨怎么跟冯青波表达谢意。他从后灶小门出来，后巷清冷，空无一人。铁林四处找，在巷边暗处看见冯青波。

铁林恭谨地笑着，尽量让自己的姿态看上去不那么卑微，说："冯先生。"

冯青波在暗处没动，铁林向冯青波走去，说："我琢磨着南京也不能把我这种小喽啰想起来，谢您抬举，有事儿尽管吩咐，铁林赴汤蹈火但凡……"

冯青波突然扭住铁林摁到地上，一支尖刀抵住了铁林脖颈，问："让你带人来了吗？"

铁林慌了，硬着身体不敢动，说："也没说不让带，我媳妇……"

马天放不知何时来到近前，"嘿"了一声，冯青波回身，马天放看清地上被摁的是铁林，伸手到腰间去掏枪。冯青波放开铁林，欺近马天放干脆利索地缴了枪，将枪拆卸成一堆零件扔到墙边杂物堆里。

马天放既惊又怒，冯青波低声斥道：“滚。”说完，冯青波冲铁林走去，铁林已经起了身，怔着。

先前攒下来的怒火盖过了一切，马天放大喊：“什么东西，站住！”冯青波返身，用匕首一通扎，马天放就此咽气。冯青波将马天放拖到墙边那堆杂物里，刀又回到铁林脖子上。冯青波手上使劲，铁林脖子冒出了血，他不带感情地说：“两句话，一句答不对，就死在这里。”

铁林早就魂飞魄散，瘫在地上。

“你最在乎谁？”冯青波声音低沉，铁林听上去像是在催命，他毫不犹豫地回答：“我自己。”

“换你的命选谁？”

“谁都行。”

冯青波松了刀子起身吩咐铁林把马天放的尸体盖上，铁林捂着脖子到角落里，用杂物盖住马天放尸体。他还战战兢兢的，腿上的力气还没有回来，他脑子飞快转动，不知道是不是就此逃过一劫。

第九章

茶馆里，台上热闹，台下也热闹。关宝慧无心听戏，坐如针毡。顾小宝见关宝慧一直盯着，干脆向关宝慧打招呼。关宝慧起身向那桌过去，直接坐到顾小宝对面，一张嘴就不善，问：“看我干什么？”

顾小宝的笑容很职业，说：“没看你，好几天没见铁林了。”关宝慧皮笑肉不笑地说：“惦记着呢？”

“是人家惦记我。”

关宝慧收了笑，啐道：“不要脸的东西。”

顾小宝也不怒，笑得仍然轻巧：“姐姐，各看各的戏，您过来，招呼不打一声坐下就不对了，还骂人。”

“骂你都是轻的。”关宝慧被她彻底激怒。柳如丝觉得关宝慧碍眼，出声驱赶道：“哪儿来回哪儿去，别现眼。”

老爷子饶有兴趣地看着关宝慧，关宝慧气不过，大喊：“什么时候婊子也出门看戏……”

柳如丝一耳光扇过去，关宝慧结结实实地挨了一下。

“反了！”关宝慧反手一耳光抡回去，身子被边上的保镖往后扯，手掌擦着柳如丝的脸扇空。柳如丝始终笑吟吟地，看着两个保镖将关宝慧拖走，一路拖出茶馆，转过头来安抚顾小宝和老爷子说：“不长眼的东西这年头真不少。”

老爷子倒是体贴，慢吞吞地说：“不要伤人。”柳如丝笑着把手搭在老爷子的肩头说："您老放心，就扔外头，别打扰咱们听戏。"

后巷里，铁林冷得直哆嗦，脖子上血已经凝住了，他在抽一个档案袋里的文件，被冯青波的话打断："先别看，听我说。"

"您说。"铁林又哆哆嗦嗦地把文件放回去。

"蒯总护着田丹，我们的人进不去，金海是你大哥，你以个人身份跟金海说，去狱里找田丹。"

铁林机械地点头，冯青波继续说："告诉她，田怀中关在保密局西山监狱，但不配合。只要她说出第二拨来北平的人的时间和接头地点，就送她和田怀中离开北平。"

铁林直眉瞪眼地问："田怀中不是被你杀了吗？"

冯青波看着铁林，感觉在看一个白痴，铁林缓过了神说："明白，关在西山。"

冯青波盯着铁林，再度重复道："田怀中是你杀的。"

铁林仍然机械点头。

"你最好足够聪明，叫你办的事办好就是处长，办不好就是他。"

铁林瞟了一眼暗处躺着的马天放，赶紧说："处长不敢想，事儿一定办，但田丹怎么能信我？"

"田怀中手上有一封和沈世昌关于和谈的信。"

"你怎么知道，不对……我怎么知道？"

"田怀中见过沈世昌了。"

"明白，在西山监狱见的。"

"你还不算笨。"

"我不笨，就有点慌。"铁林似乎找到点感觉了。

"局势难测，沈世昌改变主意不想协调和谈了，他要把信收回来。"

"所以第二拨人来也成不了事儿。"

"对，问出第二拨人来北平的时间和地点，同时收回沈世昌给田怀中的信，告诉田丹没有和谈，任务结束了。"

"没别的意思啊，我在前门车站见过田丹是什么人，她如果死活不信我呢？"

“你是保密局的人，能进监狱审她，意味着剿总和保密局已经有默契，起码是沈世昌和保密局有默契。华北是投共还是打或者自治瞬息万变，共产党比我们还小心。沈世昌不能用了，他们只能另想办法。第二拨人撞进来信一旦泄露出去反而弄巧成拙，华北剿总和共产党都不想这样。”

“这我也跟她说？”

“可以说，但不要多说，只要她交出信和第二拨人的接头时间地点，就可以和父亲离开北平。”

“田怀中是她爸？”

“档案里有田丹的资料，看后烧掉，记住……”

“放心，我记性……”

“我让你记住她远远比你聪明，不要说不该说的，只说我让你说的。”

“明白，完事我上哪儿找你？”铁林猛点头，他从没有把一个人的话记得这么牢。

“我会找你。”

“明白。”

“你的枪呢？”

“没带，听戏来了……”

冯青波去巷子边摸出马天放的手枪，告诉铁林说：“他是共产党杀的。”

铁林又开始哆嗦了，问：“能再多问一句吗？你和田丹啥关系？”

冯青波不理会，检查马天放枪中了弹，铁林借着昏暗的灯光小心辨别冯青波的脸色，说：“在车站我看见她抱你来着……”

冯青波仍不理会，朝巷壁开了两枪，然后将枪塞到马天放手里。铁林原地站着，看冯青波不紧不慢地走远。巷子两头的特务闻声而至，高喊着：“铁林哥，组长……”

特务们先看到地上的马天放，看到了铁林脖子上的血。铁林假装慌乱，破口大骂：“你们他妈去哪儿了？三个共党，那边，赶紧追！”

特务们撒腿往冯青波离开的反方向而去，铁林摸着脖颈上流出的血，风吹过沁着冷汗，不由得又打了个哆嗦。

待铁林回到茶馆，门前因为刚才的枪声混乱，多了一些军警，还有军队的人和车。冯青波捂着围巾，随着从茶馆里涌出的人群走远。

关宝慧站在吉普车边，看到走过来的铁林问："你死哪儿去了？"

铁林脚底下像是踩了棉花，晕晕乎乎地说："你自己先回去。"

关宝慧没预料到他是这个反应，铁林已经顾不上太多，敷衍道："听话媳妇……"

关宝慧急了，扯着嗓子嚷嚷："里面一个娘们扇了我一巴掌，你说怎么办？"

"谁啊？"铁林回过神，关宝慧拉扯铁林，"走，跟我进去。"

铁林把她的手甩开说："进啥进，赶紧回去。"关宝慧的愤怒转为委屈，嚷嚷着："你老婆被人打了！"

铁林也朝宝慧嚷嚷："我还差点被共产党抹脖子呢！"宝慧这才看见铁林一脖子的血，捂着嘴尖叫了一声。

茶馆里的人往外涌，台上的戏也停了。柳如丝有些扫兴，挽着戴先生的胳膊说："真扫兴，戏也听不明白，戴先生咱们回吧。"

老头子点头允着，几个保镖护着三人往外走，柳如丝赔笑说："您要是不尽兴，我跟班主说一声，让他们把大轴挪您府上唱完。"

顾小宝紧跟着表态，歪着头一副娇憨神色，说："还是回去我给您清唱吧。"老头子乐呵呵抚着胡子点头。

茶馆前，铁林又把火压下来，哄着宝慧："听话，赶紧到那边儿叫个车，一会儿更乱，我完事儿就回来……"

关宝慧故意找碴，说："这不有车吗？坐这车来的。"

铁林气急了，吼道："这公干呢，就不该带你来！"

关宝慧红着眼，委屈得快要哭了。"我想来呀？啥没听上挨人一大嘴巴……就是她！你相好边上那女的。"

柳如丝和顾小宝一左一右挨着老头出来，在保镖们的保护下，三人钻进车里，铁林收回目光说："回头我找她们。"

"回头"两个字把关宝慧惹急眼了，格格脾气又爆发了："你要是想找她们，现在就去给我找补回来。"

铁林几乎在哀求，他还在四处看着，怕别人注意到自己，说："别招事儿行吗？"

"没人家横是吧。"

“现在没那闲工夫。”

“有工夫跟我这儿磨叽，没工夫去一巴掌扇回来？”

铁林怒了，喝斥道：“你有完没完！”

关宝慧也抬高了声量：“你倒是去不去！”

铁林看见已经坐进车里的柳如丝在向他招手，铁林转过头看着关宝慧，那是自己的女人。关宝慧瞪着铁林，铁林横下心往那辆车过去，柳如丝伸半个头，笑盈盈等铁林到车前。

铁林硬着头皮问：“你打的我媳妇？”

柳如丝笑着说：“不好意思，替你管教了一下。”

铁林抬头问：“你谁啊？”

“前天你弄了几个人和金海差点把我抢了，我姓柳。”

一句话把铁林心里的火全打没了。他恭敬地说：“柳爷。”

“一巴掌打不得？”

铁林想了想，自己还是不能丢了爷们的面子，说：“要打也是打我，我媳妇没招您。”

柳如丝笑得讥诮，说：“嗯，这么硬气的爷们儿不能打。”

铁林僵着，柳如丝从身边拉过顾小宝的手，伸出窗外，说：“跟小宝道个歉，亲一下。”

顾小宝也是笑嘻嘻，虽然戏没看完，可现在的铁林比戏好看，连戴老爷了也看着铁林。柳如丝火上浇油，说：“亲不亲，不亲可没完啊。”

铁林咬着后槽牙，感觉到关宝慧的目光刺在自己背上，说：“抢你那事儿算过去了吗？”

柳如丝看热闹不嫌事大，说：“亲一口你就过去了，金海过不去。”

不远处吉普车旁的关宝慧眼睁睁地看着铁林不但没找补，还俯身下去亲了顾小宝。关宝慧气炸了，扭身便走。铁林走回来，心烦意乱，任由宝慧离开。远处四个特务一无所获，向铁林跑来，铁林点燃一支烟，又狠狠地用脚踩灭。

深夜，徐允诺抱了床被子来到徐天的房间。黑暗里，徐天衣服没脱躺在床上，嘴里还叼了支烟。徐允诺试探着问：“在啊？今天冷，给你加床被子。”

徐天不吭声，也不动。

“什么时候叼上烟了？”

徐天把烟从嘴里拿下来，掏出瘪瘪的半盒烟，将那支塞回去。徐允诺有些心疼，说：“早点睡，几天没合眼了吧？”

“爸，你说大哥急了能不能弄死小朵。”

徐允诺吓了一跳，说：“谁挑的事儿？”

徐天心里自然也拿不准：“我就问问。”徐允诺急了，骂道：“放屁！脑子被驴踢了？”

徐天从身子底下抽出房契说：“房契您收好，别搁我房里。”

“事儿平了？没用上？”

徐天起身下床，叹息一声，说：“没平，人家不稀罕。”

“大晚上又去哪儿？”

“睡不着，一闭眼全是小朵。”

“那也不用见着我就走啊！”

“我找大哥去。”

徐允诺跟在他后面絮絮叨叨地嘱咐：“跟你说别瞎琢磨啊，谁给你说闲话，金海怎么能动小朵呢！”

陶然亭南坡，十七和几个狱警已经挖了个深坑，华子将绑死的罩神扛过来扔到坑里。金海夹着公文包蹲下去，说：“灯罩儿，别怨我，被你扎的那小兄弟没了。”

罩神站在坑里苦苦哀求：“金爷，我知错了。”

“晚了。”

罩神吓得声音都变了：“您留我一条命在狱里，让干啥就干啥……”

金海起身走，罩神大喊：“金爷，您也有料理不了的事，以后我的命就是你的……”

金海走入黑暗里，狱警们开始填土，罩神还在叫喊：“金爷，金爷我知错了……”

华子赶忙告诉身边的狱警说：“把他嘴封上，这大晚上的别把人喊来。”

罩神声嘶力竭喊金海的名字，狱警们扭身，看到金海又折回来了。

金海盯着罩神看了一会儿，又吩咐华子把罩神先留着。金海重新走入黑暗。罩神眼泪都快下来了。不远处，金海看到迎面走出来几个人，白衣在黑暗里亮晃晃，是小耳朵一伙。金海的手抻进公文包里，包却被人从后抄走。

小耳朵的手笼在袖子里，走到金海跟前说："跟我学的吧，也埋人。"

"我回家，别挡道。"

"我兄弟呢？"

"今天事儿也多，忘了。"

"我特意跟这儿提醒来了，这会儿回去放出来也不晚。"

"放不了，你兄弟还有三年没坐够。"

小耳朵意识到自己被诓了，压着火问："那当时你说能放？"

"唬你的。"

小耳朵彻底愣了，还从来没被人这么耍过。

"放出来得够年头，我是狱长。"

"金海，这咱们就结仇了。"

"结不少了，不多你一个。包给我，别把事儿弄大。"

拿包的汉子看着小耳朵，金海扯过公文包，绕开小耳朵往前走。小耳朵阴森森地说："我知道你家在哪儿。"

金海心思全然不在这上面，浑不在意地说："那是房，不算家。"

"当自个儿是光棍呢！"小耳朵一句话击中了金海，转身瞪着小耳朵说："啥意思？"

小耳朵发了狠说，个子不高声音不小，叫嚷道："从今儿起把你妹妹用链子拴裤腰带上，别落单。"

金海也发着狠："有本事就试试。"金海不想跟他过多纠缠，小耳朵冲着金海的背影咆哮："肯定要试，梁子结死了金爷！"

燕三正在大缨子屋里，熟门熟路地脱鞋坐到炕上。大缨子半同意半不同意地说："你胆儿够大的，我哥说话就回来。"

燕三嘴硬，把另一只腿也挪到炕上，说："撞上跟你屋待到天亮。"

"他还能杀了你？"

“谁都怕金爷。”

大缨子嗔怪：“就这点出息。”

“你不让跟金爷说，也不让跟天哥说。”

“对你不好，我是被休过的女人。”大缨子故意表现出了一点哀怨，她想听听燕三怎么接下去。

“当时是你非要跟二哥掰，不算被休。”燕三当然知道大缨子想听什么，大缨子仍旧不满，忿忿不平地说：“还不都一样，活生生让关宝慧得了便宜。”

自己的好意没人领，燕三稍显落寞，问：“后悔吗？”

“三儿，知道你对我好，也就你时不时过来跟我说说话了。不是怕我哥知道，咱们俩说到底不合适。”大缨子不知道怎么回事，突然这么聊天，把燕三聊得有些意外，他决定还是做个善解人意的人：“不合适也没事儿，我就常过来看看你。”

“我要跟我哥走。”

“说死了吗？小朵一出事天哥弄不好就不走了。”

“为啥？”

“不活剥杀小朵的人，这事儿能算？”燕三还没说完，外头院子传来声音，燕三大惊，说：“金爷回来了！”

“你没插院门？”

“没有。”燕三还是怕金海，他下炕穿鞋一气呵成，正在四处找藏身的地儿。

徐天站在院里喊大哥和缨子，燕三松了口气。大缨子示意燕三别出声儿，说：“他不进我屋。”

大缨子整理完头发，披着棉袄出来，看见徐天蹲在那堆灰烬前扒拉，问：“大晚上你怎么来了？”

徐天边扒拉边问：“大哥呢？”

“没回。”

“这烧什么了？”

“我哥烧的，不知道。”

徐天停下来，盯着大缨子问：“小朵出事那晚上，大哥后来出门了吗？”

“后来？”

“我把人扛走之后。”

“那都啥时候了还出门，没有。”

隔壁的声音很清楚，刀美兰手上在结一根布绳，她尝试着往树上抛。她听到徐天问到了小朵。

“小朵也没回来？”

大缨子答道：“她先回的自己家。”

“你跟小朵最好，她没回来找你说啥？”

大缨子的声音变得警觉起来，说：“美兰一大早过来还问是不是睡我这儿呢！干什么呀你？审我呀，我又不是小红袄。”

“你去敲敲隔壁的门。”

“自己敲去。”

“刀姨不搭理我。”

“别等我哥了，我要睡。”

“睡去，又不碍着你。”

“要么进我哥屋待着？”

“不用。”

大缨子彻底不高兴了，说：“啥意思呀你？”

“我怎么了？”

“非跟这儿杵着，找事儿呢！”

“没事儿，就问大哥几句话。”

大缨子拢了拢棉袄，掩饰自己的心虚。“二愣子，我也跟这儿站着。”

金海回来了，他先去刀美兰院门前，在门楣上摸了摸，没有锯片。他手垂下来，犹豫了一下，拍响门环。外头门环在响，刀美兰叹了口气，拿着结好的布绳进了屋。

没有人来开门，金海干脆将门环拍得整条胡同都能听见。金海想昭告世界自己和刀美兰的关系，既是宣示主权，也希望用这种的行为得到刀美兰的回应。

听到动静，徐天从隔壁院门走出来，说：“大哥。”

“你怎么在这儿？”金海看着徐天一副欲言又止的样子。

“等半天了。”

金海看了看刀美兰的院门，下台阶领着徐天走回自家院子说："进屋。"

徐天站在门前说："就几句话问您，回晚了怕我爸等。"

金海看着大缨子，奇怪道："你跟院儿里站着干什么呢？"

大缨子扭身回屋，金海看向徐天说："问啥？"

"小朵出事那天晚上，后来您出门了吗？"

"还问啥？一块儿问了。"

"您这手是那天晚上伤的吧？"

"对。"

"小朵没仇人，小红袄也没那么寸，那天晚上她就跟您拌了几句嘴。"

金海走回院子里。大缨子趴着窗上支着耳朵，燕三更关心自己的命运，悄声问："你说，金爷会不会进来……"

"闭嘴。"大缨子低声呵斥燕三。

金海觉得徐天很反常，说："徐天，咱们是兄弟不？"

"您是我大哥。"

"那你这是啥意思？"

"心里不明白，问问，您一说我就明白了。"

"教教你，问也不是这么问的，得旁敲侧击，谁把人杀了能自己认？"

"我没说您杀人，怎么可能呢？但总得问问吧，前几天您也说我脑子糨糊一样，没准帮我想想……"

"你他妈被田丹忽悠了，才见一回就冲我来，多见几回我看你要帮她出去当共产党！"金海急了，大半是因为徐天听了田丹的话。

"没忽悠，我自己有数。"徐天眼睛不敢瞅金海，嘴上倒是一点没让。

"你说柳爷要杀她了？说了吗？"

"说了，正好也要跟您说，咱们不能杀她。"

"为啥？"

"我得让她帮我找人。"

"找我身上来了！那是我监狱，瞒着我见犯人，她什么来头你摸底吗？我都不敢跟她多说话，你太嫩了！操心点正事，咱们的钱被黑了……"金海的声音越来越大，徐天打断他说："小朵就是我正事，钱没就没了！"

一墙之隔，刀美兰站在一张凳子上，看着悬在树上刚结的布绳。金海的声音飘进来，说："没钱你行，我不行！拖着俩女的呢！你一句话不走，我得走，没钱到南边让大缨子和刀美兰要饭啊！"

刀美兰站在凳子上，上也不是下也不是，又听徐天接着说："刀姨该我管，您别操心。"

金海彻底怒了，毫不留情地数落徐天："管人家自己得稳当，你一天天没头苍蝇似的，啥时候把自己命折进去都不知道，管得了谁？"

刀美兰从凳子上下来，到隔墙边听旁边院子的声音。

"这不是找您来商量吗？"

"这是商量？直接说我弄死小朵得了！我为啥要杀小朵？啊？那田丹你不许见了，本来就是颗要炸的雷，还自己贴上去。"

"大哥，小朵的事儿没人帮我。"

"我和铁林不是人？"

"您和二哥操心钱的事儿吧。对不住，柳爷也是我招的，但田丹您得让见，小朵太冤了。死人的事都没管明白，活人我管不了。"徐天一股脑地把心里话都倒出来，也不管金海爱不爱听。

"徐天，我把话搁这儿，那女共党你只要见三回以上，魂儿就不是自己的了，我吃过的盐比你吃过的饭多，不信走着瞧。"

"杀小朵的刀呢？"

金海怔了一下，这句话显然对自己很不利，说："在我这儿。"

"您带着干什么？"

"你扔在小耳朵门口，我怕你惹事！"

徐天也急了，梗着脖子嚷嚷："啥叫惹事儿？我是警察！谁杀的小朵没找着，该惹的不就得惹吗！"

金海打开包，把刀向徐天扔过去。刀划条弧线，插到徐天脚前土里。"拿去，到外面惹，别他妈惹我。"说完，金海摔门进屋。

徐天提着刀从金海家出来，上刀美兰家拍门。刀美兰看着震动的院门，也没吭声，扯下树上悬着的那根绳，一截截绕好握在手心里。刀美兰转身回到屋里，任由徐天拍门，过了许久，徐天顺着胡同走远。

屋内，燕三瞪着大缨子，不复刚才噤若寒蝉的尿样，大缨子奇怪地看着他说："干啥？"

燕三不可思议地说："天哥和金爷翻了。"

"我去大屋，你赶紧走人，这会儿让我哥看见你肯定死了。"

"小朵是金爷杀的？"

大缨子心烦意乱，强硬回复："有你事儿吗？"

"有啊，天哥是我哥。"

"金海是我哥。"大缨子试图让燕三闭嘴，但燕三现在不想善解人意了，反诘道："你啥意思？"

"你啥意思！"

"这事儿怎么拧到自己人身上了呢，不是小红袄吗？"燕三也来了脾气，一副追根问底的样子。大缨子不知道怎么解释，脑子里乱麻一样，呵斥燕三赶紧滚。金海杀了人，这是他们谁都不愿意面对，也无法面对的。

金海家的院子静悄悄，大缨子往金海房间走去。金海正倒热水在洗脸，准备上炕。

大缨子进来，怯怯地喊了一声哥，金海脸色不好，说："替我把毛巾拧干，手下不了水。"大缨子顺从地去替金海拧毛巾，悄悄观察金海的脸色。

"我没跟徐天说。"

"说啥呀？"

隔着窗，大缨子看见燕三经过院子出去，轻轻带上院门。大缨子放下半颗心，摇了摇头。

"把我包打开。"

大缨子递毛巾给金海，打开公文包，露出里面的手枪。金海淡淡地跟她说："枪这两天你带着，到哪儿都带身上，会用吧？"

大缨子迟疑着回答："会。"

"有人招你就搂火。"

大缨子刚放下的半颗心又提起来了，说："谁会招我呀？"

"我招事儿了，你是我妹。"

大缨子的眼泪簌簌地落，说："哥，你为什么呀！小朵跟我那么好……"

看着那把枪，大缨子一瞬间想到了很多，她觉得所有事儿都通了。这把枪指着徐天，指着刀美兰，最后也指到了燕三的头上。金海是自己的哥哥，这是无法改变的，但金海杀了小朵，也间接杀了自己身边的所有人。金海盯着大缨子怔了一会儿，觉得连自己的妹妹也开始变得奇怪了。“你们这都是怎么了？”

大缨子忍不住了，哀求道：“咱赶紧走吧，北平别待了。”在大缨子的脑子里，离开北平是最后的办法。

金海身心俱疲，这两天发生的事儿太多了，他没法一一解释，疲惫地说：“出去，睡觉去。”

大缨子拿定了主意，说：“明儿一早就走。”

“说走就走啊？钱还没倒明白。”

大缨子眼泪掉得稀哩哗啦。

“哭啥啊？”金海没辙了，他看着大缨子流眼泪，也不知道是为什么。

“小朵死了。”

金海无语，他现在只想赶紧睡觉。“早干什么去了，这才想着哭。”

“我想过去跟美兰睡。”大缨子想到马上就要离开了，满是对刀美兰的不舍和莫名的愧疚。

“枪带着。”

大缨子手伸把枪拿出来。

“别给我胡说八道听到没？别添乱。”

大缨子含泪点头，抱着铺盖卷从自家院出来，去敲刀美兰的门。“美兰，美兰开门！”

大缨子整理着自己的情绪，抹了抹眼睛。刀美兰开了院门，大缨子强装笑颜，说：“我跟你睡。”

“快进来。”

院门关上，胡同恢复安静。金海叹了口气，和衣躺到炕上，却没有闭眼睛。

铁林回到家，轻轻地拍门，越来越重，又轻回去，声音也随着敲门声忽大忽小：“宝慧，宝慧……开门，我可真走了啊，要把我冻死啊？宝慧……你别后悔，这还是不是我家！宝慧？”

里面始终不回应，铁林干站着，左邻右舍已经有伸头出来看的了，但铁林视若无睹。“我他妈在外头挣钱容易吗？你光知道好事儿，不好的跟你说也不明白。”说着，铁林自己都觉得自己可怜。

宝慧的声音可算响起来了：“尽是不好的了，哪有好事儿？”

铁林憋了半天，说：“我差点让人抹了脖子知不知道？我一死这门永远不用开了。”想到死，铁林很难过，自己的尿，身边的关宝慧，除了这些什么都没有了。如果刚才死了的话，连死都要这么窝囊吗？

“我自己还要出门呢，照样开。”关宝慧不知道铁林的心理斗争，或者从未在意过。

“你要这么说话是吗？”铁林落空了，里面没声音，关宝慧也觉得自己话说重了，但气头顶着，她不想搭理铁林。

“扇你巴掌那女的咱们不能惹，现在惹不起，等以后咱……”铁林还是好言相劝。

“就白扇了呗！”关宝慧本来都不想说话了，铁林非要提起最不愉快的事儿。

铁林几乎是在祈求了：“宝慧，我药还没吃呢，新抓的方子煎上了吧？闻着跟以前的味儿不太一样。”

“滚！”关宝慧听起来怒不可遏。

“你说的啊。”铁林彻底失败了。关宝慧一直站在门后，听到外头传来下铁楼梯的声音，关宝慧移步到窗边撩开帘子。铁林下了铁楼梯，出了拱形院门，关宝慧更加生气。

珠市口，徐天提着尖刀走进院子，这个时间了，家里还挺热闹。祥子从徐允诺房间出来正撞上徐天，说：“天少爷。”

“这是干什么呢？一会儿宵禁了。”

祥子笑着说：“宵禁禁大街，胡同里溜边儿没人瞅见就回了。”

房间里，徐允诺架着眼镜，拿着一支毛笔在纸上记录，一旁站着车夫掰着手指回想道：“菜市口刘婶儿说的，她家小孩老起夜，看见大半夜一人往白纸坊过来。”

徐允诺不抬头，毛笔不停，说：“穿的啥？”

“大棉袄外头套一皮围子。”

“没了？”

“看着像菜市口南头胡屠夫。”

徐允诺的眼亮了一下，他抬头看着这个车夫，问：“几点看见的？”

“我再打听去。”车夫忙不迭地道。

徐允诺的眼睛又暗下来，说：“回吧。”

徐天提着刀进入房间，车夫向徐天点着头出去，徐允诺扭头看见徐天，说：“回来了。”

“干什么呢？”

“他们反正一天到晚外面跑，收车回来打听点有的没的，我写下来回头一块儿给你。”

“没用。”

“说不定就派上用场，你要没工夫，让祥子他们再筛一遍。”

“瞎折腾。”

徐允诺不太高兴了，说：“拿着刀干什么？”

“你别管了。”徐天被大哥说得很沮丧，徐允诺急了，大声说：“站着！刀哪儿来的？”

“这刀杀小朵的，大哥收在包里，本来说好我们仨一起走，小朵那天说不走了，让我也别走，大哥当时不太高兴……”

“不高兴怎么了？我要是金海也不高兴。”

稀稀落落的人力车夫从徐天家散去，铁林丧着脸低着头，脖子上包着纱布过来，祥子正拉起车子，说：“二爷。”

铁林也不搭理，自顾自进去，徐允诺不敢置信地问徐天：“你真去问金海是不是他杀的小朵？”

“没这么问，但出事那天晚上，小朵跟他拌了几句嘴，话都不好听。”

徐允诺怒了，气得大喊：“你要疯啊！这大哥怎么结上的？他们俩要啥有啥，跟你插香拜把子图啥，你警长怎么当上的？”

“我知道。”

“知道？插了香认大哥，一辈子就是大哥，谁负你大哥不会负你，你负谁也不能负大哥，这理儿不懂啊？咱们现在是有点儿家底，当年要不是关老爷子给口饭吃都活不过来。出点事儿就跟自己人找补，你怎么不找补我呢？”

“爸，道理我懂。”徐天不想多说，但也不敢反驳老爹。

“明儿一早赔不是去。”

“不是您想的那么回事，我心里有数。”

“你不去我去。”在徐允诺看来这不是威胁，而是应当应分的事情。

“行，我去。”

“小朵是你一人的？天底下就你最憋屈！”

徐天心里脑里一团乱，他垮着肩膀，有气无力地说：“没事儿吧，没事我回屋。”

“写的这些拿上，回屋看看兴许有用。”

徐天收起桌上徐允诺写的那堆纸，另一手不忘提着刀出去。

“一早起了就跟大哥赔不是。”徐允诺还跟在徐天后边嘱咐。

“知道了。”

徐天抱着东西进卧房，见铁林已经在睡在自己床上了。他晃了晃铁林，铁林没动身子：“在你这儿睡一宿。”

“又逛窑子不让你回？”

铁林真的疲惫了，晚上的恐惧委屈不甘一起占据了他的躯体：“哪有那工夫……睡了，明儿再说。”

徐天在自己桌子上摊开那一堆纸，没头绪地看着，铁林已经起了鼾声，徐天看见床头有个档案袋。

他抽开档案袋看，是一张民国早期的报纸，头版上有田丹风姿绰约的相片。报纸标题：国民之花 海上名媛，副标题：心理逻辑双学位，归来抗日救国一腔血。报纸上，田丹平和温暖的笑着，徐天出神地看着她。

晚上，徐天凑合和铁林睡在一张床上，他的脑子里想的还是田丹的笑，那个笑容让他安心，也让他歉疚，但徐天想快点入梦，梦里有小朵。小朵在胡同里惊慌行走，看到了警署的灯笼。突然一个人从后面将她拉进乱草堆，这个人看不清面目。小朵狠命咬那个人的手，这人吃痛拔出刀，连捅小朵几下。凶手转过身子，面目竟然真的是金海。

第十章

1949年1月13日，农历腊月十五。

清晨，徐天惊醒了。

清晨，大缨子也惊醒了，她也梦见了金海是凶手。

同样的梦，同样的阳光照进来，徐天和大缨子最恐惧的事情是一样的。大缨子从床上坐起来，屋里静悄悄的，大缨子脑门上一头汗，往旁边一看，刀美兰不在屋里。

墙角点着一堆火，徐天和铁林蹲在一起。铁林在看徐允诺写的那堆纸，徐大在烧田丹的资料。徐天最后烧得只剩下手里捏着的那张报纸，田丹在报纸上朝他微笑。

“东一榔头西一棒子，写的什么呀？”铁林看得费劲，徐天盯着报纸上的田丹出神地说：“我爸让人打听的。”

“都你们家车夫打听的吧？”

“帮我看看，保密局比警察强。”

“我当组长了。”铁林忍不住跟徐天显摆，结果徐天完全没听进去。“为啥要烧啊？”

铁林有点尴尬，夺过报纸，扔进火堆，说：“机密，这女共党不是一般人。”

“我昨天去狱里见她了。”徐天终于抬头看铁林，铁林吓了一跳，说：

"你见她了！"

"她那么神，让她帮我断断谁杀的小朵。"

"女共党能帮你这忙？"

"她说能。"

"现成的不来问我，找共党问？"

"我上哪儿找你去，人影儿都不见。"徐天正一肚子埋怨，铁林有点不自然地说："这几天是忙，我当组长了。"

"噢。"徐天没有预料的反应，这让铁林有些失望。铁林轻咳一声，试图挽回点面子，指着手头一堆纸里其中几行，装模作样地指点说："这，这个菜市口的屠夫不太对，家里有媳妇吗？大半夜的外头晃。"

徐天拿过铁林手里那张纸看，同时，徐允诺端着盆从自己屋出来。铁林起身和徐允诺打招呼，徐允诺和气地说："起了？给你们弄点吃的。"

铁林笑得腼腆说："别弄了，我这就得去找大哥。"

徐允诺看着徐天说："你呢？"

徐天叠起徐允诺写的那堆纸。"我去赔不是。"

北平愈加萧瑟，牌楼上是新刷的标语：负责任，守纪律。牌楼下有破旧的纸人纸马纸象，美国总统候选人杜威的画像在纸上摇晃。已经破旧的大幅标语上面写着"杜威好运"，随风在街面周旋飘舞。

一队军车在街面上行驶，与军车并行着的是一辆人力车，车上坐着铁林和徐天哥俩。军车声音大，所以铁林说话的声音也大："那娘们儿还真有来头！"

徐天没听清，扯嗓子喊："啊？"

"1942 年在上海断了好几个大案，汪精卫和日本人悬赏五万大洋要她的人头。"

"你拿她的资料干啥。"

"保密局进不了大哥的监狱，咱们自己兄弟能进。秘密行动，我现在负责这事儿，那娘儿们来找剿总高层和谈的。"

"和谈不挺好，不打仗了。"

"咱是穿官衣的，党国半壁江山已经没了，再和谈就快全没了。"

“前两天你还说爱谁谁呢！”徐天把“爱谁谁”三个字咬得很重。

“差事得干，到时候也爱谁谁。”

“我把大哥惹急了。”

“为啥？”

“为小朵。”

“没事儿，一会儿帮你垫几句，自己人。”

“你脖子怎么了？脖子。”徐天指着铁林的脖子问，铁林不吭声了，徐天手伸过去，说：“怎么了？”

“别动，没大没小，我是你二哥。”铁林的话是硬的，但也是毫无底气的。

平渊胡同，金海拿着牙刷牙缸搭着毛巾出来。刀美兰站在院里，手里握着金海的枪。金海一愣，问：“缨子呢？”

刀美兰面无表情地说：“还睡着。”

“枪拿回去给缨子。”一直到金海刷完牙，漱完口，刀美兰都瞪着金海，金海有点发毛，但还是耐心地说：“美兰，枪还大缨子，凉不凉啊大早上捏着块儿铁，一会儿粘手上了。”

刀美兰松了松手掌，还是握着。金海偏头看看她，觉得连刀美兰也开始奇怪了。“不会要打死我吧？想跟我说啥？”

“昨天徐天和你说话我都听见了。”提起来徐天，金海还是一股子火，没意识到刀美兰的心思。“他那不叫说话，叫翻脸。”

刀美兰毫不掩饰地问：“小朵死和你有关系吗？”

金海有点蒙，也有点怒，不高兴地说：“你们当我脑子进水了？我为啥要弄死小朵？啥动机？”

“我不知道。”

“咱俩这层关系，加上徐天，小朵自家人一样。”

“我跟你没关系。”刀美兰看起来不像是赌气，金海冷静了一下，耐着性子跟她解释：“没来得及说，我是想带你和小朵一起走的，徐天他爸守着车行和关老爷子不能动，要能走一块……”

“小朵一不走，你就带不成我了。”

“当时是这么想，挺搓火，但扭头就弄死她，我得多操蛋呀？”

刀美兰没了主意，她逼着金海说句实话，金海看着六神无主的刀美兰，好言好语地劝她：“我跟你从来都大实话。”

“杀小朵的人能找着吗？”

“八成没戏。”

“我闺女白死了？”刀美兰眼泪簌簌地落。金海手足无措，但也不能不说实话：“差不多，死也就死了。”

美兰眼泪掉得越来越快，金海不知道该不该给她擦眼泪，说：“实话不好听。”

“就这么算了？”

“这年头活着不容易，我要是死了，也不想你们为我没完没了，赶紧把自个儿活明白是正经。”

“你真对我好是吧？”

“凭良心，去问问八青，在狱里我怎么待他的。”

“怎么待也是坐牢。”

“又不是我让他坐的牢？要放人除非不干狱长了，枪给我！”金海的耐心基本上用尽了，他去夺枪，美兰激烈地躲避着。

“当心走火！打死我你高兴了，打死自个儿怎么办！”

“金海，我要让人弄死，你也算了？”

“听好了，谁离了谁照样活，我跟你们不一样。”

刀美兰怔着，院门推开，大缨子披着棉袄进来。她身后，铁林和徐天也到门口看见了刚才这一幕，俩人有点尴尬。金海收回目光，又要去夺刀美兰的枪，刀美兰往后躲了一步，金海急了，说：“到底想怎么着？男的像女的，女的要死要活，想打死自己还打死我赶紧的，不惯你们一个个这臭毛病。”

金海去水缸里打开薄冰掏水，一只手将毛巾浸进去，准备洗脸。刀美兰反而没辙了，一副无助的样子。大缨子跑上前去抢过手枪，说：“我说怎么不见了，睡一晚上硌得我作噩梦，醒来找半天……走走咱们回那边。”大缨子拖着美兰往外走，眼睛瞟着铁林。铁林朝大缨子笑着，大缨子瞪着铁林说：“你来干啥？”

铁林腆着脸说："跟大哥有点事儿。"

大缨子没理会铁林，拉着刀美兰先从院里出来，说："美兰姐，再这样我也不理你了，我哥招谁了？他比谁都疼小朵，就那张嘴里从来没好话。"

徐天从院里跟出来，跟刀美兰打招呼。刀美兰抹了把眼泪，问徐天："吃了吗？"

"没，起了就过来了。"

"姨给你做。"

刀美兰扭身回自家，徐天管大缨子要枪，大缨子想起来昨天徐天跟金海嚷嚷，自然跟他没有好气，说："给得着你吗？"

"还给大哥。"

"哥把枪给我了。"

"为啥？"

大缨子瞪着徐天说："谁招我，我跟谁搂火。"

"我招你了吗，瞪我干啥？"

"昨儿你跟我哥来什么劲？"

徐天盯着大缨子看了一会儿，大缨子还带着气说："瞪，谁都不是好人是吧？"

院子里，金海用一只手凑合把毛巾捏干擦了把脸，他走到哪铁林跟到哪，嘴里还在絮叨着："最多就审两回，弄得好今儿一回能聊明白。她资料我都看了，审讯策略也有，上峰知道监狱归剿总管。您有难处，从底下走咱们兄弟，有里又有面谁也不得罪。"

"你怎么也凑这热闹？"

"审共党本来是我的事，怎么凑热闹呢。"

"保密局让剿总下个命令多省事儿，不用你来跟我说。"

"咱们不是自己人吗？平时我也老去你那儿。"

"平时是平时，田丹算了。"金海还没忘了昨天徐天是为什么跟自己掰扯的，他生气徐天怀疑自己，更生气徐天听田丹的话怀疑自己。

"大哥，我这是公事。"想起冯青波交代的事儿，铁林急得团团转，又不敢表现的太过，生怕金海怀疑，金海睨他一眼，说："平时连行动都不带你，临走倒有公事了。”

“我现在是北平站二处行动组长。”铁林尽量用不那么炫耀的语气说出来，金海打量他一下，说：“是吗？”

金海的语气听上去也没把自己当回事，铁林忍了一下说：“实话跟您说，田丹我捕的，田怀中我处决的，上头叫我以私人身份入狱审田丹，实际也是给您留面子，咱哪知道蒯总那头心里怎么想？万一……”

“你上头不还是保密局北平站吗？”

铁林顶了一句：“我上头是党国。”

“我正不痛快着呢，好好说话。”金海皱了眉，搁平日里，铁林一定能看出来金海不高兴了，但今天铁林不想再尿了。“没说错呀？”

“瞧你那德行，党国有嘴啊，让你来找我？”

“保密局差遣的我。”

金海看着铁林身后，徐天关了院门站在门口，别扭得手脚都不知道放哪儿。铁林见金海没说话，兀自接着说：“特派员，跟我单线联系。”

“有找凶手的，现在你又要审田丹，还准备走吗？”

“去哪儿？”

“出北平，去南边儿。”

“走啊，都说好了。”

“都组长了。”

“又不是处长。”

“没让你进去弄死田丹吧？说实话。”

“没有，就审。”铁林感觉事情有谱，咧了咧嘴。

“自己去跟华子说，我当不知道。”

“行嘞。”

“替我拧一把毛巾。”

铁林赶紧上前帮金海，问：“手怎么伤的？”

“杀了个人。”金海冷冷的，铁林看看金海又看看院门口站着不敢进来的徐天，说：“今儿你说话咋这么冲呢！”

“有人跟我找不痛快。”

“天儿啊？路上就说了，专门给您赔不是来的。”

“没你事儿了，去吧。”

“那我走了。”铁林站在徐天和金海中间如坐针毡。听金海这么说，如蒙大赦，刚要走，又被叫住。“等会儿，不跟缨子说两句啊？离了也不是外人，好不容易来趟家，她可从来没说你不好。”

“她在隔壁啊？我过去待会儿。”铁林两三步已经蹿到了院门口，他随手拍了拍徐天。金海擦完脸，徐天磨磨蹭蹭地走进来，站在水缸旁边，像个孩子似的说：“大哥，昨儿是我不对……”

金海倒掉脸盆里的水进屋了，徐天就那么杵着。

隔壁灶台上，水开了，刀美兰在雾气里抻面，一边抻一边掉眼泪。

“姐，你干什么呀？”大缨子也不知道怎么安慰她。

“缨子，他撒谎。”

“谁啊，谁撒谎？”

“金海，小朵出事那天他明明大晚上出门了。”

大缨子停了手里的活，突然紧张起来，问：“你怎么知道？”

“那晚把小朵轰走，我前半宿一直醒着，听见他出门，后半夜回来还在院子里跟你说话。”

大缨子替自己哥哥辩解说：“说话归说话，胡同里有人出来进去你怎么听得出是我哥。”

“别人听不出他还听不出，你又不是不知道你哥跟我的事！”

“你跟我哥有什么事啊？”大缨子彻底糊涂了，刀美兰抹了把眼泪，将抻出的面全部下到锅里，到灶头下面添火。

大缨子蹲在添火的刀美兰旁边，瞅着她脸说话：“哎，什么意思啊？我哥又没说没出门，有人问他了吗？还不许有点别的事……”

“你跟徐天说那天晚上他就在家。”

大缨子反应过来了，猛地站起来，说：“合着你偷听啊！”

“我也不想听，这都什么事儿啊？按说我闺女没了，兄弟三个该心往一处想，听听金海说的那是什么话，我还跟徐天没好气，结果就他一个人上心……家里没蒜了。”

“蒜？”

刀美兰起身，铁林进来正迎着刀美兰出去，说："去哪儿，缨子在屋里？"

刀美兰绕过铁林，铁林没话找话："别哭了，身子骨要紧……"

话没说完，刀美兰已经出去了。铁林往屋里去，灶头冒着热气，大缨子掀开锅盖搅了搅面，又盖上。隔着热气，铁林笑嘻嘻地看着大缨子。大缨子没好气地说："别看我，回家看狐狸精去。"

"大哥叫我来跟你待会儿。"

"他的话你那么爱听！"

"从前跟你一块儿过日子别扭的就是这个，老拿大哥压我，天天我在外面跟大哥一块儿不够，晚上回家好像还跟大哥一块儿过。"

"我没拿他压你。"大缨子语气软下来了。铁林也挺委屈，说："压没压你知道，反正我受不了。"

"我哥那天晚上是找你去了吗？"

"哪天？"

"小朵出事那天。"

"啥意思？"

"徐天觉得是我哥杀了小朵。"大缨子愤懑地道。

"胡扯！他脑子进水了。"

"但我哥又不让说他晚上出过门。"

铁林迟疑了一下，问："没错，找我去了。"

大缨子的心放下了一半，说："真的？"

铁林笃定地说："真的。"

"那他手怎么伤了？"

"办事伤的，我这脖子怎么伤的？都用跟你们说呀？"

两个人的谈话就此终结，气氛一时间有些尴尬。灶台边，铁林掀开锅盖看，没话找话说："能吃了。"

"没蒜，美兰出去借了。"

铁林拿碗自己盛面，说："我不吃蒜。"

"以前老吃。"

"宝慧不让，嫌嘴臭，戒了。"

“为她倒是什么都能戒。”

“你就别过不去了，离了快三年了，咱不都好好的。”

铁林盛了面，正找着酱料。大缨子盯着铁林问：“她好还是我好？”

铁林无从说起。“有酱油吗？”

“她到底哪儿好？”大缨子不依不饶，铁林“哎呀”了一声，说：“其实也那么回事儿，就过日子。”

“你没事也来看看我，我都过去了，是你过不去。”

“行。”铁林敷衍着，回避着大缨子的眼神。

“这有芝麻酱。”

“哪儿呢？”

大缨子打开一个瓶子说：“你先尝口咸不咸。”铁林伸嘴过去舔缨子用筷头挑出的酱料，刚舔了一下，头歪了。大缨子跟着铁林侧头看，关宝慧站在灶屋门口，双眼喷火，像要吃人。

金海穿上棉袄，从窗户看，徐天还杵在院里。金海夹着公文包出来，绕过徐天往外走。

“大哥，昨天话说过了，我没别的意思。”

金海停了，反问徐天：“没别的意思吗？”

“您别往心里去。”

“没往心里去，你也别往心里去。”

“我得见田丹。”

金海刚灭的火又顶上来，说：“她是神仙啊？北平的人现在比啥时候都杂，北边下来的……”

“跟咱们比，她差不多算神仙，昨天晚上我看她材料了。”

金海怔着，徐天补充着说：“二哥的材料。”

“大哥的话你得听进去，那女的眼睛勾人魂，见多了不好。”

“您想多了，勾不着我，我心里就小朵。”

“你想多了，我说勾人魂没说要勾你，勾你人家犯不上。”

“二哥能见我怎么不能见。”

金海无语了一瞬，不知道要怎么跟他说他才能说明白。“你托的换钱的人炸了，柳爷要把咱们的钱吞了，别再拿女人的事儿来烦我。”

隔壁传来女人的嘶喊声，听起来好像是大缨子隐约在喊：“哥，哥！救命！”

金海撇下徐天，快步走到刀美兰院子里。关宝慧状若母虎，大缨子喊得凶但挨打，因为铁林看样子是护着大缨子，实际拉偏架。

大缨子吼着：“我和他怎么了……啥事儿也没有！回来吃碗面也不行，哎哟，跟你拼了……”

关宝慧越过铁林一记是一记地击打。

“铁林别护着，关宝慧你等着……”

金海从后过来揪住关宝慧的后脖领一把拉开，说：“打谁呢，跑这儿来？”

关宝慧踉踉跄跄地说：“大哥你不知道，昨天听戏他就跟顾小宝……”

铁林急了：“还说！一天到晚就剩这事儿了！”

关宝慧不依不饶地说：“他一天到晚就这事儿，到哪儿都不走空，偷人又偷回前妻身上……”

大缨子抄了根柴火冲过来，被关宝慧抬脚踹了个屁股墩，金海抡圆给了关宝慧一嘴巴。这记嘴巴打得重，所有人一时都消停了。金海打完也不看关宝慧，对着铁林说：“铁林，大缨子是你结发，换媳妇没事儿，但得管住。”

铁林不吭声，关宝慧头发散乱地瞪着铁林，金海沉了沉说：“领回去，别现眼了。”

铁林冲着关宝慧喊：“走，你他妈走不走？”

关宝慧出院，铁林跟出去。有了金海，大缨子长了胆子，紧追着后面喊：“有种别走，别跑啊！”

金海一把抓住大缨子的胳膊，斥道：“闭嘴，回去！”

迎面碰见，关宝慧和铁林两口子，铁青着脸，一前一后向外走。

院门大开，刀美兰回来，院里乱七八糟空无一人。进灶间，灶头放着半碗面。刀美兰抬头看见徐天，说：“再给你做。”

“这不有吗？”

“不吃这个，做新的。”

“我添火。”

刀美兰看徐天蹲到灶下去，火在灶里燃起来，映亮了徐天的脸。刀美兰语气低落地说：“刀姨脾气不好，这几天说得不中听你从耳朵里掏出来，当没听过。”

“您骂死我才好。”

“不骂你了，”刀美兰擦了擦眼圈，“面得重新抻，等得住吗？”

“我想多待会儿，怕您赶我。”

刀美兰看见徐天，难免想起小朵，心里针扎似的，说：“那天晚上不往外赶小朵就好了……”

关宝慧疾步行走，铁林跟在后面。过马路，铁林被卡车挡住，等车过去已经看不见关宝慧了。铁林有点慌神，四处找，转头看见关宝慧就在路边的摊挡里，坐着喝豆汁吃花卷。铁林舒口气，走进摊档，在关宝慧对面坐下。关宝慧也不看铁林，铁林冲伙计喊：“再来碗豆汁。”

“得嘞。”

“你说你找我干什么？不让进家门的是你，到处找也是你……昨晚上我跟徐天睡的，一大早来找大哥说公事，真是公事儿，我得进大哥狱里审一个女共党。”

“我看见你跟大缨子在一起。”

“她非拉我说事儿。”

“都离了，还有什么事儿？”

“徐天觉得是大哥杀了小朵。”

关宝慧怔了怔，然后冷笑。

“你瞧，说真话又不信。缨子说小朵出事那天晚上大哥后来出门了，瞒着不让说，问是不是找我，我能怎么说？就是找我了呗！大哥怎么能杀小朵，脑子都怎么想的……”

“说不定能。”关宝慧非要顶着铁林说。

“别扯了。”

“铁林，你不觉得金海看不起我吗？”

“没有啊，你不上门跟大缨子打架，十天半月也见不上一回。”

“以后要和大哥和大缨子一起去南边，日子怎么过？”

“去南边也不在一个屋檐下。”铁林忍惯了，善于找理由，能宽慰自己，却无法宽慰关宝慧。

“我嫁了个窝囊废。”关宝慧第无数次失望了，铁林看着她泛红的眼圈，不知道怎么说。“别这样行不行？”

“听好了，金海看不起的是你。”关宝慧的眼神哀怨又嫌弃，铁林张嘴要说什么，咽了回去。

关宝慧不在乎铁林是怎么想的，她彻底受刺激了：“昨天挨一嘴巴你没看见，今天这一嘴巴当你面扇的，你觉得是扇我脸上了吗？我是你媳妇，扇的是你。小朵死了，徐天觉得是金海杀的，不吭声吧？金海要当你面打死我，你也不吭声。”

“这都哪儿跟哪儿呀！”

“你说你啥时候像过爷们儿？”说完，关宝慧站起来走了，铁林腮帮子咬得铁硬，一口气喝下了一大碗豆汁。

刀美兰家，徐天和美兰在吃面。两人对面还摆了只空碗一双筷子，空碗后面一张空凳子。

刀美兰抬头问：“还要蒜吗？”

徐天点着头，看着那双空碗筷，刀美兰又剥了两头蒜。徐天望着空碗，想象小朵坐在这儿吃面的样子，他感觉鼻子又有点酸了，赶紧掩饰道：“刀姨，小朵如果没走，以后有天会不会烦我，又不好意思说。”

“她怎么会烦你？”

徐天很落寞地说：“我吃蒜她就烦，又不好说我。”

“你们处了多久？”

“两年多点。”

“怎么起的头？”

“有回在宣武门城楼子上……也没啥头，就好上了。”

“她没我都行，没你不行。”

“我肯定把杀她的人找着，往后就这事儿。”

“能多往后……金海说得也对，谁离了谁都照样活。”

“刀姨，您不用拿话激我，就算小朵不是我女人，我还是警察，人死在我地界儿里。”

“这世道谁还管这事，都想着走。”

“我不走，我也不管世道变成啥样。”

徐天的话让刀美兰有点意外，她知道徐天不是为了安慰她才这么说。她稍稍感到安慰，停下来问他：“金海算好人吗？”

“大哥是好人。”徐天说得笃定。

“多好？”

“他能为我死，我也行。”

“那你怎么会觉得小朵没了跟他沾边儿？”

“我想岔了，跟田丹话没说透。”徐天有些歉疚，他后悔这么冲动了。

“田丹，金海关着的？”

“她能断出是谁杀的小朵。”

“都不认识，怎么可能？”

“前几年，上海一个夜总会包厢死了三个人。事儿过去半个月，她去现场坐了半宿，酒保舞女挨个儿聊一道，第二天杀人的就找着了。”

“碰巧了吧？”

“别的案子断得更邪乎。”

“但她是共产党。”

“共产党我没觉得有啥不好。”

徐天把吃干净的碗放下。

“还要吗？”

徐天的目光集中在炕上，炕头有放着贾小朵的红袄。他将目光收回来，桌上有一个红发卡。徐天走过去握在手里：“小朵的？”

刀美兰不敢看，她怕自己又控制不住眼泪：“是。”

徐天犹豫了一会儿，问：“给我行吗？”

“拿着吧。”

“刀姨，往后我想小朵，就过来吃您做的面，行吗？”

“小朵啥时候入土？”

“过了头七咱们从司法处把她接出来。”

“刀姨指望你了。”

“您啥也别琢磨，琢磨也没用，在家听听匣子，别伤身体。”

“匣子没电了。”

“下回来给您带电池。”

“行。”

徐天走到门口，又转回来。他想了想，将手中的红发卡放回到桌上那副空碗筷旁边，他不敢看刀美兰的脸，逃也似的离开。

第十一章

监狱首道门禁打开，金海夹着包进来，等着华子打开侧面的门禁。华子打开侧门，扭头看见铁林从大门进来。

“老大，二哥来了。”

金海像没听见一样，自顾自地向里进去，华子犹豫是跟上老大还是去迎铁林。铁林穿过院子，急匆匆地进到首道门禁，问华子：“大哥在不在？”

“刚来。”

“跟他说好了，我审田丹。”

华子愣了片刻：“老大刚进去，没吩咐呀？”

“刚在家说好了。”

“要不您打个电话上去？”

铁林二话不说去拿墙上的电话。

办公室里，金海在换制服，电话响着，他也不接。

铁林问华子：“人来了吗？”

“来了呀，前后脚。”

铁林挂上电话，继续僵着。华子说：“要不您在这等会儿，我上去看看。”铁林跟华子起了范：“我在这儿等？”

华子有些为难：“二哥，别人都好说，田丹真不敢带给您，昨天带三哥见了一回，老大看我眼神儿都吓人。”

墙上电话响，华子去接起来，是金海从办公室打来的。

“是我，要见啥人给他带，别填单子，跟我没关系，问啥你们也别听。”

华子问：“要出事咋办？”

“出事你掉脑袋。”

华子不情愿地给铁林开了门，铁林直接奔审讯室去。

宝元馆暗房内，绳子上晾着刚刚洗出来的相片。周老板仰头一张张地看，这是徐天让他在警署后面拍的照片，有几张拍到了徐天的脸，或者徐天的半个身子。

外面传来徐天的声音，伙计说老板在暗房里。

周老板慌乱地收拾东西，从暗房出来。徐天看上去疲惫无力问：“照片洗了吗？”

周老板赔笑着说：“还没。”

“昨儿怎么跟你说的。”

“活儿实在太多，有的拍坏了，给您坏的一会儿又急……”

“晚上来拿。”

“哎，小朵的衣服您要不要带走？”

徐天的心疼了一下：“回头一块儿。”

徐天离开后，周老板返身回暗房，再次仔细看挂着的那些照片。他将其中两张取下来，抄过边上的剪子剪碎了。台子下面有个废纸篓，里面已有不少碎照片。

审讯室内，铁林独坐，嘴里念念有词。监狱通道里，十几个狱警如临大敌。田丹戴着铐镣从监舍走出来，从容不迫，夹着田丹向外走的狱警更像是护卫。

狱警们将田丹带进审讯室，她坐在铁林对面的铁椅子上。田丹安静地看着铁林，铁林趾高气扬地说：“田丹……是吧？二十五岁，浙江绍兴人，留学回国，当年加入中国共产党，入党介绍人田怀中，也是你父亲，来北平和华北剿总秘密和谈。”

田丹没吭声。

铁林以为田丹的沉默来自于害怕，他摆出一副尽在掌握的样子继续说：

“你的情况我们都知道，我叫铁林，在车站见过了，保密局北平站二处行动组长。我不是来为难你的，问几个问题，要配合就放你出去。”

“就你一个人吗？”

铁林迟疑了一下答道：“就我。”

“你不像能担重任的角色。”田丹淡淡地说道。铁林顿时没了面子。

审讯室外的过道上站满了狱警。金海走过来，推开审讯室隔壁的门。这间屋子摆满了刑具。金海在椅子上坐下，摁下桌上的一个开关，桌上一只扬声器里传出隔壁审讯室的声音。

扬声器里传来铁林的声音：“不要心存幻想，这监狱也是党国的，华北剿总保密局都是一家，我能来审你，自然和剿总通过气。”

田丹的声音似乎没一点波澜：“是吗？”

“起码和沈世昌通过气。”

审讯室内，田丹平静地看着铁林，铁林继续得意地说：“田怀中关在保密局西山监狱，他见过沈世昌了，只要你说出第二拨来北平和谈的人的到达时间和接头地点，就好好地送你和田怀中离开北平。”

“你怎么知道还有第二拨人？”田丹突然反问，好在铁林早有准备。“我还知道你们带着一封沈世昌的信。”

田丹笑了：“我都不知道。”

“局势难测，沈世昌改变主意不想帮你们协调和谈了，他要把那封信收回来。”铁林心里漏了半拍，他赶紧掩饰过去。

田丹抬头看屋角上方，有一个收声器。铁林有些忐忑，但继续往下说：“所以第二拨人来也成不了事儿，沈世昌这条路你们走不通了。没有和谈，任务结束了，这样对谁都好。”

田丹笑着，抬起被铐镣限制的两只手理了一下头发。

“说吧，第二拨人什么时候来。”

田丹面不改色，依旧很平静：“可以问你几个问题吗？”

铁林有些紧张，他想起来冯青波跟他说田丹比他聪明，他便快速地拒绝了。

“我总要清楚局面，才能告诉你们想知道的，是不是？”

铁林又有点犹豫。

田丹看出了铁林的犹豫，抛出第一个问题："我父亲关在西山监狱？"

"是。"

"西山监狱是保密局的，这里是剿总的。你能来审我，并且一个人，说明你负责这件事。"

"是。"铁林咬咬牙承认了。

"有第二拨人是我父亲告诉你们的，什么时候告诉的？"

铁林沉默着，这个问题他不知道怎么回答。

"还是我父亲告诉沈先生的？既然他都说了有第二拨人，为什么不干脆告诉你们时间地点？如果沈先生不想协调和谈，也见过我父亲，我父亲自然会把信给他，这样不伤大局，对谁都好，是不是？"田丹一系列的问题让铁林无法回答，这超过了冯青波告诉他的信息范围，铁林只好勉强道："是啊。"

"我父亲和你们都有默契了，你又何必来找我？"

铁林的脸色难看起来，田丹接着说："沈先生能和保密局达成默契去西山见我父亲，来剿总自己的监狱见我不是更方便？我十岁的时候就认识他，他完全不用让外人尤其是保密局的人来传这么私密的话。"

"你可以这么想，但沈世昌不方便出面……"

"你来见我多此一举，就算是这个监狱的狱长问刚才那番话，也比你来要好。"

铁林急了："跟你客气你还来劲，上了刑再说就不值当了！"

在隔壁，金海皱着眉头听田丹问："你是保密局的人，这个监狱的狱长和你什么关系？"

"别扯这些没用的，赶紧说！"

过了好一阵子，久得金海以为扬声器发生了故障，田丹突然向铁林轻轻说了句："谢谢。"

铁林愣住了："谢？"

"你让我清楚了几件事：一、我父亲不在你们手里。二、你们很怕我接触剿总，说明剿总确有和谈意向。三、你们接触不到沈世昌先生。"

金海关了扬声器，意识到铁林已经处于下风，他从刑讯监听室出来示意华子把人带回监房。

审讯室钥匙转动，铁林还在努力挽回局面："别以为你自己很聪明，我接触不到沈世昌怎么知道有信！"

田丹皱了皱眉头，她飞速分析铁林言语里的破绽："保密局应该派个更聪明的人来，但只有你才能进这个监狱，恭喜你得到重用。华北剿总上层的心思是不太明朗，所以我们要来谈。和谈会进行，谁也挡不住。"

狱警们进来，铁林并不理会，还在挣扎："你人在狱里怎么谈？"

"也许沈先生来，或者我出去。"田丹好像在说自己家一样，

"你出去？"

华子上前："二哥，老大说把人带走。"

田丹沉吟着："噢，二哥。"

铁林站起来，他彻底被激怒了："都抓到你了，还想出去！"田丹站起来，用带铐的手拨开额前头发，狱警的簇拥下离开，只留下铁林一个人在审讯室里犹如困兽般转圈。

田丹再度进入监舍，华子上锁。田丹看着华子，突然说话："金海是大哥，铁林是老二，徐天是老三，对吗？"

华子不敢跟她搭话，田丹用嘴角吹开散落在眼前的发梢，她的眼里盈了一些泪水。

菜市口街边，地摊上卖一些鞋垫、头绳、手帕、头油之类的东西，徐天蹲在摊前来回翻。可能是许久没人光顾，摆摊的大娘显得格外热情："小伙子瞅半天，买啥呀？"

"发卡。"

"给媳妇的？"

"不是。"

"头发多长啊？"

"不太长。"徐天用手比量着，大娘蹲下来跟他一块翻捡，"捎两双鞋垫儿吧，一个发卡出手不阔气。"

徐天不耐烦地说："那么多废话。"

没想到大娘脾气更大："你倒是买呀，跟这儿废话半天。"

徐天没说话，他拿不准该买什么样的。大娘的声音逐渐冷淡下来："人

家喜欢啥色儿？”

“红色吧。”

大娘将一个红发卡扔到徐天面前，徐天臊眉耷眼地扔下钱走了。

燕三迎上来，特兴奋：“天哥，找着了，就一人在铺子里喝呢！”

徐天展开徐允诺写的那堆纸，指着其中一行说：“菜市口南头，胡屠夫，没找错吧？”

“这片儿干这个的就一户姓胡，教子胡同拐到底。”

徐天折起纸，示意燕三领路。燕三带着徐天扎入旁边一条胡同，穿越迷宫一样乱七乱糟的杂院。一路有倚墙的妇女，有吸完大烟歪在角落里的军人，有正狂打小孩的男人。

徐天路过，随手拉起小孩的手，牵着走了一段儿。男人愤怒地追上来，被徐天一拳击晕。徐天放了小孩，随燕三继续向前，小孩从晕倒的男人怀里掏出一个钱包溜走了。

徐天到了一处胡同里的小铺，门半掩，燕三指了指里面。徐天问：“有后门吗？”燕三点头。徐天努了努嘴：“去后面。”

燕三绕到后门，徐天推门进去，这是一处自住的半扇小院。院里到处是兽骨兽皮，自制的两排木架上挂着几排铁钩，铁钩上有残肉暗血。院角屠具架子上摆了大小不一许多屠刀，仅有的西房里有鼾声。徐天寻声过去，轻轻推开门。一个肥硕油腻的男人半躺着睡，边上倒着酒瓶酒杯。

徐天退回院子，到院角屠具架查看。刀架上空了许多位置，有刀掉在架子下面，有的撂在院子的屠案上。徐天将院子里的刀一一归拢，放回架子。架子上仍然空出两个位置。徐天从腰间抽出杀小朵的那柄剔骨尖刀，放到其中一个空位上，这柄刀与架上其他的刀在一起，大小适中浑然一套。

徐天血冲脑门，听见背后有声音，徐天咬着腮帮子慢慢转回头。

酒醒的胡屠夫从屋内抄了一柄刀，低吼一声向徐天扑来。徐天忙乱中抄起一根棍子，将屠夫手里的刀打飞，人却被屠夫扑住。

二人扭打在一起。

燕三踹开后院门闯入，俩人合力将力壮如牛的胡屠夫摁倒。徐天捡起胡屠夫从屋内抄出来的那柄刀，放入刀架最后一个空位，严丝合缝。那头胡屠夫又掀翻了燕三，徐天折身回去，用全力将胡屠夫击晕。

金海办公室里，面对面坐着兄弟二人。汩汩热水沏到杯子里，冲开茶叶，金海将杯子推过去，铁林却没什么心思喝。金海品了一口，稳稳当当地说：“问什么了？”

铁林一脸懊丧地说：“和谈的事儿。”

“什么事儿？”

“大哥，不能说。你是剿总的人，我是保密局，两头不太对付。”铁林一脸为难，金海忍不住冷笑一声，“不对付不还得我帮你提田丹？”

“上峰说得没错，那娘们儿比鬼还精。”

“上峰能让我见见吗？”

铁林抬头看着金海，不知道他什么意思。

“国防部保密局特派员。”金海补充着，他等待着铁林的回答。

“怎么见啊？”铁林有点含糊。

“就说我有事儿求他。你上这儿来提人，他明白是卖兄弟情份，咱们兄弟的事儿我也问问他能不能帮忙。”

“咱们啥事儿？”

“你八根金条不要了？”

“要啊。”

“当了组长，钱的事儿不放心上了？”

“哪儿跟哪儿啊，组长还不是听人使唤。”

“我在隔壁听了半程，话不是这么问的。”

“你听了？”铁林一愣，毕竟刚才的对话自己很没面子。

“得听着点儿。”

“不那么问，该怎么问？”

“有一句说对了，把人弄隔壁上刑什么都招了。”

“上峰没说要上刑。”

“上峰只要结果，要是一次两次都像今天这样，以后都没人再找你。”

“那我还就松快了，没人使唤正好去南边享福。”

“真话？”金海眯起眼睛看着坐在对面的铁林，铁林忙不迭地说：“大哥，你以为我想揽这事儿？”

“今天问成这样，回头还得来问吧？”

“得吧，我得想想怎么给特派员回复。”

“不用想，跟特派员说不帮咱们的忙，田丹见不着了。”

“见不着了？”

“直说，不帮我的忙，我让他见不了人。”

“这样不好吧？”

“还有啥比半辈子家底儿没了更不好的？”

“我怕说了人家急，那孙子手黑得很。”

“你跟他说金海也黑，急了弄死田丹，狱里我说了算。也不是没人想办我，虱多不痒债多不愁，多一个特派员惦记多不了几斤几两。”

铁林被逼得没了办法，说：“大哥，钱要没了想法儿再挣，办法多得很。”

金海笑了，身子后仰，靠在椅背上说：“铁林啊，以前党国待你薄了，能出头你还真不把钱当回事儿。”

“人只要出头，钱还是个事儿吗？”

“也对，你为出头，天儿为女人，我为钱。”

“话不能这么说，咱们三兄弟谁的事都是自己的事。”

“跟特派员把话带到，带不到你就别来提人了。”

“大哥，为钱没错，但有点不给面儿了，您兄弟正经是保密局的。”铁林有点急了。金海不吃那套：“要不说你是个废物呢！”

“您别老跟别人一样说我废物，您说说怎么才算不是废物。”铁林最讨厌别人说他是废物，但是又拦不住。自己底气薄，就不能怪人看不起。

“今天问出啥来了？反倒被田丹问清楚了。回去跟你的特派员怎么说？说了还有第二次吗？还想出头？”

铁林怔了半晌，他的如意算盘刚开始打就结束了，不甘又无奈。一阵寂静，两人谁都不说话，空气里有一些微妙，微妙过后，又归于平静。最终，铁林服软了，愁眉苦脸地说：“您给指条道儿。”

“眼下只有你能进狱里审田丹，上峰进得来还有你事儿吗？”

“是啊。”

“想出头就别说实话，还得给他们使点绊儿，顺着上峰指的路干好了是催班，干不好是替死鬼。”

铁林恍然大悟，拍着脑门说：“是啊。”

“先自个儿琢磨好了怎么跟上峰说，再说我想见他。”

“明白。”

“咱们虽然是兄弟，但你也是保密局的人，没完没了让你进来审田丹，我也担着剿总的雷，是这理儿吧？”

“是这理儿。”

“茶喝两口，别糟践了。”

铁林打开杯盖看，又开始得意忘形，摆着架子说：“花茶，我办公室有龙井。”

“嫌花茶不好呗？”金海抬眼觑他，铁林赶紧说道：“回头再来给您带点。”铁林是开心的，他找到了上升的途径。

周老板抱着照片袋来白纸坊警署找徐天，正撞见徐天和燕三将捆着的胡屠夫拖进来，径直拖到后面的监房里。

周老板跟过去说：“天哥，照片……”

徐天现在就想弄死胡屠夫，他阴着脸喝斥：“一边儿去！”

周老板无奈地站到一边，看燕三用绳子将胡屠夫固定在监房里。徐天一手警棍一手刀，拖张椅子坐到胡屠夫对面。胡屠夫呼哧带喘地瞪眼睛，一口西北话：“我犯什么事儿了？”

“你说呢？”

“我跟家喝酒睡觉碍着你们什么了？”

“睡觉怎么拿刀砍我？”

“我当家里进贼了。”

“这是你的刀吗？自己的刀认不认识？”

胡屠夫不吭声，徐天将刀塞入胡屠夫手中问：“顺手吗？”胡屠夫转了转手腕说：“顺手。”

徐天两眼充血，他站起来在房里转圈平复情绪，然后坐到胡屠夫对面，从兜里掏出那半盒哈德门：“抽吗？”

胡屠夫看了看半盒哈德门，不知道他啥意思，神情提防地说：“干吗呀？进我家打人绑人，没王法了！”

“你还要王法？”

“哪朝哪代都要王法，警察了不起？闯人家里随便捆人，土匪啊？”

“你杀人了。”

“杀了怎么样？在这儿打死我？就算真杀人也得送司法处，你说我杀就杀？我杀谁了？”胡屠夫还梗着脖子嚷嚷，徐天握棍子的手暴出青筋。

“行，这年头没地儿说理，随便抓个人安个罪名你们就把事儿办了。”

徐天想了想，决定不能冲动，还是得跟他讲道理：“大前天晚上，十号阴历十二，你出门了吗？”

“想不起来。”

“那我就开揍了。”

“放开我，揍揍看。”

徐天一棒子抡过去，打在屠夫握着尖刀的手腕上。尖刀飞出去，掉到监房门口的周老板脚下，吓得周老板差点跳起来。胡屠夫疯了似的喊：“日你八辈祖宗！”徐天上前又是一通乱棍，周老板胆怯地缩起身子，不敢直视。

一顿打完了，徐天喘着粗气接着问：“十号晚上出门了吗？”

胡屠夫老实多了，眨着小眼睛委屈地说：“出了。”

“这刀是你的？”

“我的。”

“晚上出门是不是带着。”

“带着。”

“带着干啥？”

“防身，这把最顺手。”

“防身的刀怎么在我这儿。”

“喝点酒，丢了。”

“十号晚上死了个姑娘，这刀捅死的。”

“跟我有啥关系？”

“说不清就跟你有关系。”

“十号？”胡屠夫掰着手指头想了想：“刀就是十号丢的，晚上快二更我娘要回胡同口自己屋睡，从家到胡同口一共五六分钟，路上都有人。”

“什么人？”

“街坊都看见了，刘婶儿，到胡同口看见金爷，他看没看见我不知道，这一趟都背着老娘呢！从家背到胡同口我娘屋里，一宿到天亮再没出过门。”

徐天怔着，金海——这是他最不敢想的一个名字。眼看徐天愣住了，周老板趁机凑上去说：“天哥，照片放这儿，我先走了。”徐天听不见周老板的声音，他神情恍惚地问：“你说在胡同口看见谁？”

“金爷。”

“哪位金爷？”

“南城还有哪位？狱头金海。”

周老板悄无声息地离开，燕三在监房门口看着僵着背的徐天。停了一会儿，胡屠夫也看出自己暂时脱离了危险，悄声问：“烟还让抽吗？”

徐天脸色吓人，将烟盒从地上捡起，抽出一支递过去，问燕三：“火呢？”

燕三掏出火柴，递过去。徐天偏头看了看燕三，燕三赶忙解释道：“那天您问有没有火，就买了一盒带身上。”

胡屠夫点着了烟，大口吸着，徐天透过烟雾盯着胡屠夫。

“我杀猪杀羊不杀人，大冷天的要不是老娘我都不出屋。”

“把牙咬死说，十号晚上胡同口看见金爷了？”徐天红着眼睛，像匹饿狼。

“就是金海，去问问他我是不是背着老娘。”

徐天没话了，小红袄是自己心头的一个阴影，这个阴影太深了，太暗了。徐天总盼着抓到小红袄的那一天，他一遍遍地查案，一点点地排查组成这个阴影的那些黑点，却从没想过有个黑点，竟然叫做金海。

铁林走进办公室，周边人跟他打招呼，但多多少少都躲着他。铁林到自己位置上，从茶叶罐里弄了点龙井茶叶放到杯子里，然后端起杯子问：“有热水吗？”

坐在对桌的女文员小林还是不爱搭理他，敷衍地说：“没有。”

铁林走到工作区一角，这儿有一只暖水壶。他提起来晃了晃，好像是空的。他身后一个组员过来，提起铁林刚晃过的暖水壶，给自己杯子加入热水。组员们狐疑地看铁林端着空杯子进入了处长办公室。

小办公室里，阎若洲正在打电话。铁林端着杯子不请自入，让阎若洲很意外。阎若洲拿着话筒一边说一边看着铁林："嗯，是，一定尽力……放心！大厦将倾，尔等必挽狂澜于即倒……"

铁林晃了晃阎若洲屋里的暖水瓶，打开，给自己的茶杯加满水，也不出去，竟在沙发上坐下，吮了一口热茶。

阎若洲放下电话问："你有事，还是有病？"

"有事。"

"进来也不敲门。"

"您打电话，不好打扰。"

"进来要敲门知道吗？"

铁林站起来去门边敲了两下，然后又坐回沙发上。

"铁林，别以为让你当个组长就不一样了，随时把你弄回去。"

"处长，您还是把我弄回去吧。"

阎若洲看着铁林不做声。

"自从那天前门火车站行动回来我就越来越不踏实。田怀中不是我杀的，变成是我杀的，您让我去午门见人，回来我当组长了。马天放死在畅春茶馆后面，也没人问我什么情况。上午我去京师模范监狱审田丹，您知道吗？"

阎若洲还是不说话。

铁林接着说："我是保密局北平站的人，您是上司，按说行动都得您吩咐，回来向您汇报。从前赴汤蹈火回来挨您骂心里都是踏实的，这几天七上八下不知道给谁干活。"

"都为国党效力，干就是了。"

"处长，在您麾下效力在所不辞，别我辛辛苦苦干活功劳是人家的。"

阎若洲厉声道："你到底想说什么！"

"这几天使唤我那位什么来头？"

阎若洲也说不清楚，含糊其辞道："听他的就是了。"

“也就是说，不听您的了。”

“他和你联络，需要人手我配合。”

铁林端着茶杯站起来说：“明白了。”

“田丹审得怎么样？”

铁林低头又看了看茶，半晌抬起头问：“要跟您说吗？”

阎若洲脸色一沉，察觉上了他的套，喝道：“出去！”

铁林从小办公室出来，站在阎若洲经常训话的那个位置环视整个大办公处，嘴里慢慢舒一口长气，气舒到一半被人喊断。

小林在墙边公用电话处大喊：“铁林，电话！”

铁林端着茶杯过去，将听筒放到耳边说：“喂……喂？宝慧，别闹了啊，在家洗好了等着，我这就回，现在我浑身是劲儿，觉得以前都白活了……”电话那头传来，冯青波的声音：“到宣武门，现在。”说完，电话那头挂了。

铁林怔了好一会儿，才扣上听筒。茶叶杯中散开，摇曳生姿，铁林喝了一口，没滋没味，胸腔里刚充盈起的自信又被扎漏了，一瞬间被打回原点。

徐天打开照片袋，看周老板拍的那些照片。都是些乱草，各种角度，有两张拍到了徐天的半张脸，他完全没有头绪。徐天只是一张张在翻相片，心根本不在相片上。燕三提着两瓶酒进来说：“天哥，酒买来了。”

“去菜市口找刘婶儿，应该也住教子胡同附近，问十号晚上胡屠夫是不是背着老娘，再到胡同口看看他老娘在不在。”

“哎。”

“完事儿到家找我。”

“您回家啊？”

“我得问问我爸。”

燕三试探着问：“天哥，他看见金爷就看见，也不一定就是……”

徐天脸色煞白，眼圈暴红，低声道：“就是什么？”

“您脸阴得要杀人。”

“看出来了？”

“吓人。”

“从小朵没了那天我就想杀人，才看出来？”

“现在和前几天不一样。”

徐天拎起一瓶酒说：“这瓶送进去给他。”

“给他？凭什么给他酒喝。”

“打他一顿，给顿酒。”说着，徐天将照片和尖刀放进抽屉。

“上好的老白干，我都不舍得……”

徐天没理会燕三，提着一瓶酒离开警署。“金”“海”只有两个字，但这个两个字的背后是这么多年的兄弟情，是这么多年的生活，是自己这么多年的命。金海，贾小朵，小红袄，三个名字在徐天脑子里来回变换。徐天离开警署，冲到冷风里，想要赶走这一切。冷风中，不只有徐天，还有迷雾。徐天奔跑着，想要逃离这迷雾。北平很大，迷雾也很大，终是徒劳，疼痛在他刻意的逃离中愈发清晰。

第十二章

关宝慧拉着脸，身后跟着拎着大箱小箱的车夫张子，一言不发地就往徐家里院走。徐允诺在院子见着关宝慧这样子，关切又心疼地问："又怎么了，宝慧……"

关宝慧心里头委屈得很，什么也不说，直接进了里院。张子告诉徐允诺："大小姐街上看见把我叫家去，细软和衣服都拉过来了。"徐允诺一见这架势，似乎不像以往小打小闹，这是要把家都搬回来，连呼"大事不好"，赶忙往里院去。

后院，关宝慧指挥着张子把行李都放东房去，徐允诺过来好言相劝："宝慧怎么了，搬来搬去这不折腾铁林吗？"

"不折腾他了，跟他在一起挨大嘴巴。"

徐允诺愣了，他难以想象铁林抽宝慧，不可置信地说："抽你大嘴巴，铁林啊？"

"金海。"

"啊，他打你干啥？"徐允诺愣住了。

"把东房收拾出来，这回真住这儿了。"宝慧心里的委屈直往上涌，反应到脸上又成了怒，徐允诺看这不是一句话两句话能开解的，顿了顿说："行。"

徐天提着酒回来时，正看见徐允诺在收拾抹布。徐天喊了一声："爸。"

"回来了……"徐允诺目光停在徐天的酒瓶上问："又出啥事了？"

“没有，买瓶酒。”

“你不是不想喝，要脑袋清楚吗？”

“现在想糊涂。”

徐允诺叹了口气，提着一堆东西准备去后院。徐天问：“您这是干吗呢？”

“关宝慧搬回来住了，我替她收拾一下东屋。”

徐天摇摇头，上前接过那堆东西，将酒瓶递给父亲说：“弄俩菜，一会儿我过来。”

“跟大哥赔不是了吗？”

“赔了。”

“怎么说的？”

“一会儿跟您学。”

关宝慧看着清冷的东屋，一地箱子绕着她。徐天提着水桶进来往地上一放说：“别指使我爸。”

关宝慧的委屈更甚，带着哭腔说：“替我打桶水总行吧？”

说完，关宝慧不再理会徐天，卷起袖子，开始自己干活。徐天看了一会儿提着桶出去，不一会儿，徐天打了半桶水回来，看见宝慧在跟一个柜子较劲，眼里扑簌簌地流泪。

“要帮忙吗？”徐天极少见宝慧这样，宝慧挤开徐天，蹲在地上搓抹布，搓着搓着哭得更厉害了。

“别逞能，瞎折腾还得搬回去，又离不了男人。”徐天想安慰她，又不知道怎么安慰，他心里头都乱哄哄的，说出来的话也是乱七八糟的。关宝慧一屁股坐在箱子上，干脆哭开了。

“也别收拾了，都是面子事儿，一会儿二哥找来反正得回。”

关宝慧大喊：“你跟金海一个模子刻出来的，都看不起女人！”

提到金海这个名字，徐天颤了一下，分不出是伤心还是愤怒，最后都化成了一种冰冷：“我和他不一样。”

“金海扇了我一巴掌，看见了吗？”

徐天不作声。

“铁林就跟你现在这德性一样，一句话也没有！你爸的命是我爸捡的，你和我近，还是你和金海近。”

徐天心软了，他习惯了盛气凌人的关宝慧，忘了小时候的关宝慧最受不得欺负，好声说：“你别跟这屋待着了。”

“我待哪？这也不是我家对吗！”

“这屋冷，关老爷子大北房烧着炕暖和。”

关宝慧终于听见了一句软话，她渐渐安静下来，一双红眼直勾勾地看着徐天：“徐天，我这世上没人靠，爸是疯的，大哥看不起我，铁林窝囊，也就你了。”

徐天看着关宝慧，有点不自在，掏心掏肺地说：“您指不上我，二嫂。”

关宝慧仍然盯着徐天，但一双勾眼渐渐转腾起怨怒：“知道吗，你看着挺愣，其实也是个窝囊废。”

“您看谁都是窝囊废。”

“明明贾小朵是大哥杀的，愣不敢说，不是窝囊废是什么？”

徐天脑子里像被雷劈过，急忙问：“你怎么知道大哥杀小朵的？”

“跟我有啥关系，你们兄弟俩什么都能让，自己女人要么死要么挨抽，吭都不敢吭……”

“说什么呢！”

“小朵出事那天晚上大哥后来出门了，瞒着不让说，还让铁林也瞒着。你们是什么兄弟！”关宝慧索性扯开嗓子嚷嚷。

这两天一直在躲避的东西，又被关宝慧拎出来放到眼前，徐天咬着牙挤出句话：“去北房待着，那儿暖和。”

前院里，车翻仰着，徐允诺转着轮子，看车幅偏动。一旁的祥子蔫蔫的，带着愧疚：“东家，您别上手。”徐允诺像是准备大显身手，兴奋地说：“大轴松了，你们都伺候不了。”冬蝈蝈还在徐允诺怀里鸣叫，祥子笑了笑说：“这么些养冬蝈蝈的，属您怀里这只叫得欢实。”

“听个响儿，当个伴儿。今儿天好，该给它挪窝换罐儿了。”

祥子弯腰上手道：“东家，您伺候蝈蝈，我来弄车。”徐允诺招呼祥子去屋里拿扳子。祥子应声往屋内走，徐允诺瞥见徐天从前院经过，不声不响地走进房间。徐允诺赶忙拦着祥子说：“你跟这儿吧，我去拿。”

徐允诺房间里的炕桌上摆了两样小菜。徐天给自己斟了杯酒，一口喝尽。

徐允诺进来找扳子，见徐天伸手摆弄窗台上那架盆景，立马急了："别动。"

徐天收回手，接着给自己斟满杯。徐允诺拿着扳子，坐到徐天对面说："按你的酒量这么喝，一会儿就大了。"

徐天低着头说："爸，咱们家认老理是吧，知恩图报，有大有小。"

"这是天理儿，哪朝哪代都得长幼有序，乘凉得知道树荫在顶上。"

徐天仍然低着头，酒到胃里，搅得心里翻腾："咱们认理，别人坏理儿呢？"

"那是别人。"

徐天绝望地望着徐允诺说："自己人，比如我大哥弄死贾小朵。"

徐允诺心里一惊，沉了沉说："没这事儿。"

"要有呢？"

徐允诺放下扳子，语重心长地道："肯定没有，做大的有大的样儿，做小的有小的样儿，小的没道理猜大的，除非大的自己说了。"

徐天没说话，又喝了满杯，问："大的要不说，我也不能猜吗？"

徐允诺看着徐天痛苦，只当是他钻了牛角尖，劝解着："金海有大哥样儿，他没说就是没有，瞎猜就是你没样儿。"

"但我是警察，警察得有警察的样儿，就算杀的不是小朵，我也得管吧？"

徐天说得有理，徐允诺也不言语了。沉默的当口，烦躁的徐天下意识地又去动那架盆景。

"天儿，这盆景要掉根枝儿……我可有十来年没打你了。"

徐天收回手，徐允诺接着问："金海为啥杀小朵？"

"爸……我也想知道。"

院子里传来燕三喊徐天的声音，燕三挑帘进来，还在狂喘气。"找着刘婶儿了，大前天晚上胡屠夫是背着老娘，直接进教子胡同口他娘家就没出来，刘婶儿跟她老娘就住一院儿。"

徐天克制着怒气，但拿着酒杯的手轻轻颤抖着，暴露出了他的情绪。他克制着问："还有呢？"

燕三看了看徐允诺，横了横心又补了一句："刘婶儿也看见金爷了……一手血。"

徐天提起酒瓶，晃晃悠悠地站起来说："爸，我回警署办事，有冤报冤，有仇报仇。"

徐允诺拦也拦不住，拎着扳子，跟着走了几步，愣在房门口。

两人走出院门。徐天下定决心，吩咐燕三去平渊胡同，把金海叫到警署。燕三迟疑着问："让金爷去咱们警署？"

"你耳背？"

燕三显然是害怕了，急忙劝说："天哥要不您再过过脑子，跟金爷翻了不好。"

徐天又上来了混不吝的劲儿："我翻又不是你翻。"

"您翻我也得翻。"

"你怕啥？"

徐天的反问让燕三不知如何作答。他有着自己的小秘密，大缨子是自己未公开的恋人，此刻却不能说出来，只能绕着劝："我怕金爷他不肯来警署呢？"

徐天不耐烦了："你是警察吗？"

"是。"

"把人提到警署。"

燕三愣着，徐天接着说："路上买两节匣子电池给刀姨。"

燕三悻悻道："噢。"真的要和金海撕破脸了，燕三还能有脸见大缨子吗，燕三心里有苦说不出，慢吞吞地朝平渊胡同走去。

徐允诺想不出什么办法，拎着扳子匆匆到了后院，迎面遇上从大北房出来的关山月。关山月满脸惊慌地说："允诺，允诺！打起来了……"

在关老爷子的世界里，北洋、清末交替出现，隔三岔五就在打仗。徐允诺没空理关山月，往东房进去。

东房里，关宝慧依然坐在一个箱子上，看到握着扳子的徐允诺来到房门口。

"宝慧，东西先放这儿，去找铁林。"

关宝慧眼圈依旧红肿，冷冷地说："我不找他。"

徐允诺顿了顿说："找到叫他赶紧去徐天警署，要出事了。"

关宝慧仍然事不关己地说："出就出吧。"徐允诺不知道怎么跟宝慧解释，彻底急了，大喊道："叫你去你就去！"

关宝慧看着从不冲她大声说话的徐允诺，怔住了。父亲疯了之后，徐允诺几乎代替了父亲抚养自己长大，送自己出嫁，可今天这是怎么了？

"叫你去听见没有！"不知何时关山月与徐允诺并排站在门口。关山月浑身绷着，那架势像要大难临头。

关宝慧眼泪一下子又流下来了，起身夺门而出，徐允诺冲着关山月一脸愁容地说："关老爷，出事了。"

关山月也学徐允诺叹口气说："总算打起来了！北边从德胜门进，天津廊坊下来的大师兄们领着个个儿刀枪不入，校场胡同棋盘营，东郊民巷西什库，乌泱泱神拳等死吧您哪！还有红灯照！一水儿十来岁小姑娘，专破洋人邪门歪道……"

徐允诺看他说话越来越不着调，没空哄他，转头往前院去，关山月起了架势："呔！站住！哪里走！"

徐允诺头也不回地说："警署。"

"不许去，陪我上街！"

"这么乱您就别动了。"

"允诺！"

徐允诺定了脚步，回了声："在。"

"哪儿也不许去！不然就陪我上街跟他们干！"

徐允诺转身看着关山月，心中生出一阵悲凉。关老爷子也许是幸福的，活在自己的世界里。但关山月的世界就算再混乱，也有他徐允诺的一个位置。金海和徐天就这么掰了？徐允诺不敢想。院子里的夜很凉，天凉，地也凉，从上到下都没有温度。徐允诺搀着关山月回房，小辈们的事儿他掺和不进去了，凉透了的夜晚，只有他们俩人能互相取暖。

北平街头，徐天一边走一边喝酒，街尽头能看到绵延的城墙城楼。宣武门楼上有写字的摊位，卖风筝也卖年画。摊贩脖领上栓了条线，线遥遥向上，系着灰色天空上一只飘摇的纸风筝。冯青波站在摊贩跟前，仰头看半空那只孤独的风筝。

摊贩见来了客赶忙招呼："飞得高，买只回去哄小孩儿。"冯青波仰着头呢喃着："没孩子。"

"没孩子带副对联儿。"

冯青波怔着，摊贩带着笑模样接着说："年得过。"

冯青波蹲下去选了幅吉祥的对联问："你写的？"

摊贩看着很年轻，笑着摸摸头说："我可没这手字儿，趸的。"

冯青波见铁林在楼垛边看着他，卷起对联，掏出几个零钱付了，走过去。铁林迎上前说："冯先生。"

"会放风筝吗？"

"放过，不在行。"

冯青波看着天说："如果天气好，风也合适，那只风筝没线牵着会怎么样？"

铁林没懂，猜着说："越飞越高？"

"被共军的高射炮打下来。"

铁林附和着："听说东单机场几天也飞不了一架飞机。"

"东北下来的共党比预想快，南苑机场失守，北平差不多是孤城了。"

"冯先生，您是说党国要完了吗？"

冯青波转向铁林问："你为什么加入党国效力？"

铁林一时没说话。

"说实话，不用客气。"

铁林咬出四个字："出人头地。"

冯青波盯着铁林看了一会儿说："也算是信仰。"

"这年头再说三民主义什么的您也不信。"

华子穿着便装，在城楼另一侧，透过楼垛子，能看到铁林和冯青波。冯青波目光从华子那个方向收回来说："见到田丹了？"

"见了，该问的……"

冯青波打断道："她怎么样？我是说，看上去怎么样？"

"精神看上去比您还好些，明明手铐脚镣戴着，跟坐在自家床头一样。"

冯青波微微笑了笑："她怎么说？"

"按您吩咐的都跟她说了，是有第二拨人要来找沈世昌。"

"时间地点？"

“哪这么容易就交待，她材料您都知道，不是一般人。”

冯青波没说话。

“她问我沈世昌为什么改变主意不愿协调和谈，我说局面就这样，要能公开谈，共产党就不用秘密来，秘密谈不就是华北剿总麻秆打狼两头怕吗？改变主意正常得很，说不定明天共产党还改变主意不派人谈了呢，打的面儿比谈的面儿大，故宫里天天征新兵，城外头共军一百多万了吧？”

冯青波的脸越听越阴沉，半晌说了一句：“她听进去了吗？”

“我按您的吩咐往开说了说，本来就在理儿上。”

冯青波有些急，埋怨道：“我让你记住她比你聪明，不要说不该说的，只说我让你说的。”

铁林鼓了鼓气，半是解释，半是威胁地对冯青波说：“您让我审，狱里也只有我能去，就得依着我的路子，什么都听您的，您也审不着田丹吧。”

冯青波阴沉地盯着铁林。铁林控制着，让自己镇定，顺便给冯青波找了个台阶下：“头回先把理儿告诉她，下回我有办法让她说。”

“什么办法？”

铁林盯着冯青波问：“冯先生，今天处长说以后我听您调遣了，我想问问，替您效力有什么好处？”

冯青波顿了一下，说：“你不怕死吗？”

铁林下意识地捂了捂脖子，鼓起勇气回答：“怕，但更怕出不了头。”

“我怕你没有做好出人头地的准备。”

“做好了，用起来您就知道。能给田丹上刑吗？”

冯青波愣住了。

“细皮嫩肉的娘们儿，明天我过去打一顿烫几个疤什么都招了。”

冯青波低着头，憋出了两个字：“可以。”说这两个字的时候，冯青波的心也被烫上了疤痕，他能清晰感知到心在流血，一滴一滴的。冯青波只期待着这仅剩的一点温存能尽快流尽，流尽了，自己就成为一把真正的刀子了。

“您就擎好吧！”铁林开心了，但冯青波却愈发烦躁。

“还有件事儿，我大哥要见您，金海。”

“为什么？”

“咱进的是他的狱，他顶着剿总的雷，您不见他，我不方便见田丹。”

“这是你的问题，要出人头地自己解决。”

“也行，那我往后怎么找您？”

“明天上午见田丹，下午三点西直门小街南口东来顺。”

“行，您等我好信儿。”

铁林离开后，冯青波松开了握着春联的手，那副春联随风扬起来，飘飘摇摇地落向城下。他竟然以为自己能像平常人一样，拥有尘世里的一点温暖，那终究是奢望。一把刀子，就该是凉的，不配温暖。

城楼下，华子躲在角落里，眼见着冯青波从另一处台阶下来走远，华子快步跟上去。街道上，冯青波行走，恢复成乱世中一个普通的读书人。华子在街的另一侧走，眼睛半抬不抬，却始终没有离开冯青波的身体。不一会儿，冯青波拐入胡同，华子紧跟在后。

冯青波站在胡同正中，华子怔住。冯青波盯着华子说：“找我？”华子沉默着，不知要不要自报家门。冯青波问：“你是什么人？”

华子定了定神，反问：“你什么人？”

冯青波不摸华子底细，有些犹豫：“冯青波。”

冯青波的犹豫，给华子一次喘息的机会，华子壮着胆子问：“住哪儿？”冯青波的忍耐明显到了极点：“最后问一次，你是什么人。”

“我就问你住哪儿。”

华子的紧张让冯青波释然了，他轻描淡写地说：“别再跟着我。”

说完，冯青波继续往前走，华子继续跟。冯青波返身一掌切过去，被华子闪过。胡同里有收破烂的，还有几个居民晒太阳。两人在胡同里动起手来，一时间尘土飞扬，收破烂的和几个街坊愣愣地看。只一回合华子便被摁住，刀藏在冯青波棉衣袖子里，刀锋抵着华子的眼睛：“谁叫你来的？”

华子盯着刀尖，声音都变了调门儿：“我们老大要见你。”

“谁？”

“金海。”

几个街坊见两人僵住了，都凑过来劝：“别打架，别在这儿打……”

见周围的人聚过来，冯青波收回刀，整理好长衫。华子从地上起来，犹豫着向胡同外走，冯青波只是死死盯着，没有跟上去。华子沿街边走，不时回头看。没有冯青波的踪影，华子松下劲，揉着伤处，拐入一条胡同。胡同里，一个女人在门口择菜，见到华子一身狼狈，责备道："喂，跟人打架了？"

华子压着火，头也不回地说："没有，屋里说。"

华子从身边经过，但女人却看着华子身后。华子回头，看见冯青波就在后面跟着。

冯青波面无表情地问："你家住这里？"

"你还想干吗呀？"

冯青波对女人说："他在哪里当差？"

女人一头雾水地回答："我男人？京师监狱。"

冯青波没再说什么，走向胡同另一头，只剩下华子惊魂未定。

金海夹着公文包回到平渊胡同，有两个孩子跑过来跟金海打招呼，金海扶着小孩儿的头绕过他们。燕三早就等在金海院门口，金海瞥了他一眼说："什么事？进来。"

燕三看见金海还是有点胆战，眼也不抬地说："不进了……天哥叫您去趟警署。"

"没工夫。"金海一听，又是徐天，他自顾自进去，将燕三撂在门口。

灶房，刀美兰正在炒菜，大缨子在门口喊："我哥回来了。"

"炒完就走。"

大缨子说："你也跟这儿吃呗……"

金海来到灶间门口问："做什么呢？"

大缨子接话："美兰割了二两五花肉，非要拿过来。"

金海没想到刀美兰在，颇为意外："你跟这儿吃吗？"

刀美兰将菜盛出锅，递给大缨子说："拿屋去，我走了。"

大缨子用眼神询问金海，金海示意大缨子拿过去。

大缨子端着两盘菜，一步三回头地经过院子去厢房。

没旁人了，刀美兰直奔主题说："让徐天能见着那个叫田丹的。"

"为这个割二两五花肉，这么多年你都没在这院吃过一顿饭。"

"等找着杀小朵的人，陪你吃。"说完，刀美兰整着衣襟，绕过金海往外走。刀美兰拉开院门时，刚好碰到燕三。燕三迎上前说："刀婶儿，天哥给您的电池。"刀美兰接了电池，道了句谢。燕三看刀美兰回院了，从门口蹭进来，看着厢房门口的大缨子，满脸堆笑地说："缨子。"

大缨子看看屋里又看看燕三，有些紧张："你干啥？"

"我找金爷。"燕三鼓起勇气，金海听见了，也不搭理。燕三继续鼓足勇气，高声地说："金爷，天哥叫你去趟警署。"

金海意识到不太对了："有事让他过来。"

燕三为难，但还坚持着说："您不过去，我走不了。"

"为啥？"

燕三豁出去了，不管不顾地说："我是警察。"

金海似乎不相信这话是燕三说出来的："来传我的？"

燕三咬着牙："是！"

大缨子急眼了，指着燕三说："三儿你长出息了！"

燕三满是委屈，可也不得不说："就这点出息，我也不想跟这儿派上用场。"

"出去。"说完，金海阴着脸进了厢房。

"那我就外头待着。"在大缨子的注视下，燕三低头出了院子，缩脖子站在门檐下，也不敢离开。

屋里头金海和大缨子在吃晚饭，大缨子专挑肉吃，金海将剩余的肉夹给她，问道："枪呢？"

大缨子将肉放回金海的盘子里说："屋里。"

金海扒着饭说："吃完我去徐天警署。"

大缨子拨弄着手中的饭，却迟迟没有吃，担忧地说："小朵出事那天你出过门，我跟铁林说了。"

金海沉吟了一下，又说："我出去你把门栓好。"

燕三身后的院门被猛地拉开，金海走出来，也没看燕三，沿胡同往外走。燕三回头看门里的大缨子，一脸的委屈。

大缨子一肚子气，语气里威胁的意思不言而喻："三儿，你本事大。"

"我也不想这样。"

"以后别来找我。"

“我会劝天哥和金爷的。”

“劝不动呢？”

燕三没说话，这是他也无能为力的事情。大缨子“砰”的一声关了院门，上了栓，燕三扁了扁嘴，追金海而去。

铁林回到家，发现门半掩，推门进去，家里乱七八糟，但关宝慧在。铁林蹚过一地东西，过去搂住关宝慧就往床上摁。关宝慧一通挣扎，将铁林推开，铁林这才看见关宝慧在流眼泪：“怎么了？”

关宝慧抹着泪说：“把我东西拿回来。”

铁林环顾左右说：“又搬回去了？”

“你顺道去趟徐天警署。”

铁林没明白：“干吗？”

“去就知道了，去呀！不想看见你！”

警署里只有徐天一人在喝酒，就着一盘花生米，眼看一瓶酒剩一小半了。后面监房胡屠夫也在喝，他拍着监门说：“哎，花生米给我来点！”

徐天扭过头，露出一双血红的眼。徐天越喝越清醒，他抓过一把花生米放在铁栅门边，拎着酒瓶盘腿坐在花生米前。胡屠夫手从铁栅栏里伸出来抓花生米，边吃边问：“喝完让我回吧？”

“还有事儿。”

“酒还有吗？”

“一会儿金爷来，看清楚别认岔。”

胡屠夫花生米停在嘴边，问：“怎么叫岔，怎么叫不岔？”

徐天没说话，走回办公桌前，将一瓶酒喝到见底。他拉抽屉扒开那堆周老板拍的照片和纸包着的烟头，将剔骨尖刀拿出来扔到桌案上。顺着刀尖的方向，铁林和金海一前一后走进来。金海径直走到办公桌前，先看了眼酒瓶，然后抬头看着双眼通红的徐天。

徐天抬着头打招呼：“大哥，二哥。”

铁林赶忙问：“怎么了？”

“对不住大哥，得问您几句话。”徐天直勾勾地看着金海。

“话长吗？长就坐下来说。”

“您见过他吗？”顺着徐天的目光，金海看到监房里扒着铁栅栏的胡屠夫。

金海摇摇头说：“不认识。”

徐天向胡屠夫喊：“你见过我大哥吗？”

胡屠夫惊讶地说：“这是您大哥呀？”

“我们仨是兄弟，这是我二哥，保密局的。”

胡屠夫问：“咋回事？”

徐天红着眼问：“你见过吗？”

胡屠夫犹豫着，看看金海又看看徐天，一时竟口吃起来：“见过还是没见过呀？”

徐天发了狠：“照实说。”

胡屠夫目光躲避金海说：“没见过。”

徐天扭头看着金海，眼瞅着兄弟二人即将反目，铁林赶紧拦着说：“徐天你干吗呀，这人是谁！”

燕三进来，一边站着。徐天不理铁林，冲着金海嚷嚷：“这月十号，小朵出事那天晚上，我从平渊胡同把罩神扛走。大哥您后来又出门了，出门就出门，为啥瞒着大缨子不让说。”

铁林听了不太自在，他看这俩人的架势不像是误会。金海沉着脸说：“也没人问我，大缨子不想说是她的事儿。”

徐天又接着说：“他看见您从菜市口教子胡同过，后来还有人看见你一手血。那天晚上他的刀不见了，杀小朵的就是这把，菜市口穿过教子胡同就是白纸坊。”

金海对胡屠夫说：“你看见我了吗？”

胡屠夫看着金海的样子，更犹豫了，金海说：“看见就说看见，刀是你的。没看见我，人说不定就是你杀的。”

胡屠夫把心一横，如实道来：“看见了，真真儿的，南城金爷谁都认识。”

“坐下来说徐天，铁林你也别杵着。”金海说着坐下来，铁林也不自在地坐下，但徐天还站着。

金海仰着头说：“天儿，真要这样吗？”

徐天坐下来。

金海说："咱们仨异姓兄弟怎么结上的？说说。"

铁林抢着说："本来我和大缨子一家，我是大哥妹夫，你们俩插香带我一块儿，后来认识了宝慧就……"

金海打断道："没让你说。"

铁林碰一鼻子灰，但没人在意，徐天接着说："那年我到你狱里抓人。"

金海问："哪年？"

"民国三十七年，一个日本人杀了两个卖唱的，躲到你狱里叫他们的人往外保，我到狱里抓人被你吊起来。"

"当时我问你什么记不记得？"

"你问我为什么当警察，我说打小见不得人耍横。你说把人抓出去还得送司法处等于放了，问我敢不敢杀。日本人我替你在狱里杀了，事儿遮了两年才过去，转年开春是你要认我这个大哥，话怎么说的？"

"我说一日大哥一世大哥，您的事就是我的事儿，您家里人就是我家里人。"

"我怎么说的？"

铁林把话拦下来："大哥说的也一样。"

金海接着说："小朵是没过门，不算家里人，但有件事儿你不知道，我想把刀美兰当家里人，她不愿意是她的事儿，我心里这么想的……我杀小朵干吗？"

"我不知道！"徐天嘶吼着，很多事他想不通，金海心里也涌上一些悲愤："有事儿不上家敞开说，把我传到警署问，以后咱们算掰了对吗？"

痛苦把徐天心中的恸痛全部激了出来："那天晚上你出去干吗！"

金海压着火，直截了当地说："杀人。"

徐天盯着金海的眼睛问："是小朵不是？"

金海没回答，只是问："是不是兄弟都掰了？"

"你就说是不是！"

"是！"金海被激怒了，徐天怔着，他显然不愿听到这样的回答，他哀哀地问："大哥，是不是……"

金海站起来便走，铁林赶紧劝："天儿，大哥说气话呢，你怎么知道他那天晚上出门的？又是宝慧跟你传，她怎么啥都跟你说……"

徐天拎起尖刀出去，铁林也追出去。剩下燕三和监房里的胡屠夫面面相觑。

铁林追着出来，已经不见徐天踪影。祥子守着人力车在门口，车斗里堆着关宝慧的箱子。

铁林问祥子："往哪儿去了？"

祥子一指，铁林奔过去。祥子在后面喊："二爷，箱子送哪儿？"

铁林大喊："拉车跟着！"插香磕头的兄弟，转瞬就掰了，掰了之后还要提刀相见，这些都是铁林从未预料到的。铁林冲着徐天消失的方向奔跑，心怦怦跳。

金海和徐天是他的倚靠，也是他的支撑，不管他是不是在二人那里收获尊重，但他确定，他们是支持自己的。他打心眼里不愿意看着俩人分道扬镳，不管怎么说，他们是除了宝慧，自己最珍惜的人。奔跑的铁林似乎看到了胡同的黑暗处涌来了汩汩鲜血，分不清是金海的，还是徐天的，那血，像激流，像暴雨，像海潮。

第十三章

金海穿街走巷，从别人家门口抄了支铁镐。徐天穿街走巷，他提着尖刀，偶尔看到了金海，又失去金海。铁林穿街走巷，后面祥子拉着一车箱子，咚咚地跟着跑。

胡同里，一架排车停着，车上插着两排燃着的灯笼。金海经过，又从排车上拔了一支灯笼。越走越荒凉，金海在城墙根一处乱草坡站住，徐天从后赶上来。金海看着他走近，将铁镐抡起来，挨着徐天眼皮子砸入土里："挖。"

徐天喘着气、红着眼，没动。

"挖下去两尺，是咱们兄弟的情分，土填上情分就到头了。"

徐天还是不动，金海索性将镐子从土里拔出来，自己开始挖。铁林从后面赶过来，看见黑暗的城墙根下，一个人站着，一个人在刨坑。铁林冲着祥子喊："你待着。"祥子气喘吁吁地将车停下，铁林蹚着乱草过去。

金海挖得一头汗，徐天只是站着，不知道在想什么。铁林跑过来，两边说和，可两边都不理他："大哥，徐天，你们这是干吗呀！好好的兄弟，有啥事儿是不能说的。天儿，小朵死了我们大家都心疼，这几天不是事儿多吗，我尽是事儿。大哥我不对行吗，挖坑干吗呀！这儿一共我们仨，谁往里跳？有福同享，有难同当。插香的时候大家说的，要挖一起挖，先把我埋了你们能消火不？"

铁林去夺金海的镐子，差点被抡到。铁林索性跳到挖开的坑里喊：

"挖，照我脑袋上挖！"

金海扔了镐头，对铁林说："刀捡出来。"

铁林低头看脚下，土里露出一把日本军刀。铁林捞出刀，带出一只开始腐烂的人手。铁林大骇，跃出土坑。

金海拿过铁林举着的刀，抽刀出鞘，然后解自己伤手的纱布："十号那天晚上我把灯罩儿叫家来给你平事，一院子他手下兄弟，领头的拿着这把日本刀，记得吗？你扛灯罩出去，他拿刀比着你，事儿没完。你有家有室，我也有家有室，我觉得你家里人就是我家里人，大晚上出门我把他叫这来做了。罩神在南城什么事都敢干，被你弄走怎么没人找后账？"

金海已经解开伤手，手掌心长长一道口子，还没长好，狰狞着翻着血肉。金海将日本刀比在手掌上，语气平静了许多："看清楚了，这把刀割的，弄他不容易，弄女的至于伤着吗？你关的那人看见我的时候我一手血，他刀啥时候丢的？我杀了这孙子，一手血再跑到教子胡同捡把刀，满世界找小朵杀！"

徐天彻底颓了，这是他想象不到的结局，他嗫嚅着："大哥，我错了。"

铁林见势赶紧劝："是啊，大哥您早说这事不就结了。"

"干点啥都得说，娘儿们啊！"金海将日本刀扔回坑里，刀带倒灯笼，灯笼燃烧起来，金海在火光里离开。徐天僵着，火一点点熄灭，四周清冷下来，只剩夜空一轮硕大的明月。

铁林埋怨着徐天："瞎折腾，傻了吧！大哥多仗义的人啊？杀小朵，亏你想得出来，他像坏人吗？脑子放正道上，回去跟大哥认个错，把土填回去，填啊！我填，你们都不容易……"

说完，铁林开始填土，徐天怔怔地问："二哥，这人填回去就算没了？"

"啥意思？"

"大哥还是杀人了。"

"替你杀的。"铁林气得站在坑边瞪徐天，恨不得用镐头抡他脑袋。

"我没让他杀。"

"嗨！你这话说的！"

"我是警察。"

"徐天，你这就不知好歹了，大哥帮你平事儿，这人该杀。"

“什么人该杀，什么人不该杀？”

“碍着咱们的人就该杀，好像你没杀过似的。”

“我抓过很多人，送司法处送监狱，杀不杀不是我的事儿。”

“三十三年那日本人怎么算？”

徐天没说话。

“那也不算你杀的是吧？”

“民国三十三年两国交战，那是日本人。”

“现在也战着，外头也在打！”

“不一样。”

铁林彻底没话了，他停了手，冷冷地说：“咱们仨香是白插了，你到底算哪股道上的人？论白道就别认兄弟论江湖，要插香就别论官面那套。”

“二哥，您是哪股道的？”

“你说呢？我是你二哥！要么就不论了，大哥杀小朵你要抓，这儿也杀了一个，抓呀！杀人的多了，和谈要是不成，城里几十万国军准备出去杀共党，你都抓！”说完，铁林也生气了，将铁镐一扔，差点砸在徐天脚面上，“你自己埋吧！”

铁林走了，徐天僵在坑边半晌，拾起镐子，填土。徐天填着土，恨不得把自己埋进去，不对，自己早就在土里了，埋葬自己的是乱世，是小红袄，自己要做的就是要从土里挣出来，把埋葬自己的人抓到。徐天凝视着脚下的深坑，似乎深坑也在凝视着自己——自己的脑子灌的都是什么！

平渊胡同，徐允诺守在金海家院门口，看到金海回来，徐允诺上前，颇有些不好意思。金海看不清，有些戒备：“谁呀？”

“我，徐允诺。”

金海语气软了下来，说：“徐叔，您怎么在这儿站着，大缨子在院儿里，进去呀。”

“进去了，你不在，大缨子一个人不方便，这儿等一样的。”

“进去说。”

徐允诺按下金海要拍门的手，说道：“就两句话，里面说让大缨子听见不体面。”

“您说。“在徐允诺面前，金海很恭敬，他守着后辈的礼节。

“徐天跟你见上了？”

“刚分开。”

“岔了？”

“没岔，我没弄小朵，他也明白了。您别担心，天儿冷赶紧回吧。”

“金海，我知道你是个什么人，仗义有面儿能担事儿……”

“我也没这么体面，您别夸我。”

“徐天年纪轻没见过大世面，好多理儿转不明白，您千万别跟他一般见识，他要没您这大哥，以后谁给他指道儿啊？如今世道乱哄哄的他自己趟不明白。”徐允诺替自己儿子说和，他知道金海是值得托付的人，不愿意儿子因为冲动失去这么一个大哥。

“也不见得，高人多了，好多理儿我也转不明白。”

“你跟我这么客气，一准跟徐天岔了。”

金海有点不好意思，但也不好解释：“徐叔，没事儿，回吧。”

徐允诺看金海的反应，知道事情严重了，扶着金海的胳膊说：“他跟你犯大浑了吧？我给你赔不是！”

徐允诺说着话就要朝金海鞠躬，金海赶紧拦着：“您这样我可当不起了。”

“做人要守理儿，当小的没小的样儿，他不懂事我懂事。”

这话说得金海难为情了：“您在我这儿是人……徐叔，那我就跟您不客气了，叫徐天来给我赔个不是。”

徐允诺这才宽了心，心里松快了些，“这就叫他来！你千万别往心里去。”

“自己兄弟，不往心里去。”

“赶紧进院，我叫他去。”

徐允诺快步走着离开，金海在黑暗里目送徐允诺消失在巷子口，许久，哂笑了一声，又摇了摇头。

祥子呼哧带喘地将两只箱子搬到铁林家住的二层，返身下来，见铁林提着最后一只箱子上来。祥子赶忙上前搭手，铁林摆摆手说：“不用，走吧。”

铁林将箱子堆到门口，推门，发现里面又反锁了。铁林无奈地扭头，看见祥子还在下面看着他："怎么不走啊？"

祥子憨厚赔笑着："二爷，您忘给车钱了。"

"身上没带，跟徐允诺报账去，拉我媳妇的东西还要钱，徐家从前就给关家拉车的。"铁林说身上没带钱那是真的，自己的钱从来都是上交给宝慧的，眼下自己被反锁在外头，哪来的车钱。

祥子仍旧站着不走："那是从前。"

铁林恼羞成怒了，吼道："走啊！"

祥子还不走："我多句嘴问问，刚金爷和您在城根儿下跟天少爷为啥嚷嚷？"

铁林不耐烦地说："没你事儿。"

祥子顶着说："嚷嚷凶就有我事了，我吃徐家饭的。"

"嗨，一个臭拉车的也跟我来劲……"

见铁林真生气了，祥子拉起车走了。铁林低头看着一堆箱子，气没处撒，拍着门喊："关宝慧！"

门忽然从里打开，关宝慧看着铁林将箱子一只只提进来，关上门。铁林坐下来喘气："关宝慧，我跟你说最后一次啊，再有下回保证不往回找你。"

"不找我找谁？"

"谁也不找做光棍也比这样自在。"

"别大哥那儿受了气又回来冲我撒。"

"今儿是大哥受徐天的气，兄弟都快掰了。"

关宝慧不在意地说："掰了也没啥。"

铁林抱怨道："你怎么什么话都跟徐天说呢？"

"我说啥了？说啥也是大缨子传给你的，你们中间都能说来说去，我也得有人说呀。"

"徐天是你什么人？"

"我弟弟，大缨子是你什么人？"提到大缨子，关宝慧就来气。

"不跟你吵架，给我点钱。"

"干什么？"

“明天得拉着徐天和大哥一块儿去东来顺吃顿好的。”

“为啥你张罗？”

“总不能看着他们俩掰吧，兄弟仨缺哪个都散了。”

关宝慧看着铁林，斜睨他一眼说：“什么时候你着过这急？”

“做人得知恩图报，知道吗？徐天不跟大哥认识，我们仨要是不拜把子，我怎么会认识你？怎么能休了大缨子娶你？”

听了这话，关宝慧神情缓和下来，撒娇似的说：“浑身上下就嘴好使。”

“钱在哪儿？”

“说实话，别光说好听的。”

“上峰让我去大哥狱里审女共党。”

“金海不让？”

“说岔了，正好借着徐天和大哥的岔，坐一块儿吃顿好的。他们俩把话说开，我也好进狱里接着审女共党。”

“明天早上给你。”

铁林在沙发里躺下来，嘴里嘟囔道：“关宝慧你把着几个小钱，等我有一天出人头地。”

“上不上床你？”

“不上了，自己干躺着吧。”

关宝慧也学他样子嘟囔着：“本来就是干躺……”

等到哥仨都走了，燕三慢吞吞地打开监房门，去拖胡屠夫，说：“哎，走了，回家睡去。”

胡屠夫没听到，在地上躺着，睡得死沉。

徐天冲回警署，坐在办公桌前，把尖刀扔进抽屉，将那堆照片拿出来漫无目的地翻看着。徐允诺气鼓鼓地进来，冲到徐天面前训斥道：“抽疯抽大了吧？”

“没抽疯，我找杀人凶手呢爸。”

“小朵的事儿跟大哥没关系吧？”

徐天低着头，心头笼上愁云：“没有。”

“跟大哥赔不是去。”

“正要去。”徐天非常低落，徐允诺跟他拍桌子说：“你大哥是好人，你偏不信邪！”

“邪的怎么信？”

徐允诺没懂，问：“啥？”

“眼下这世道谁算坏人谁算好人，杀好人的是坏人，杀坏人的是好人是吧？坏人好人谁来定？大家都自个儿动手，还要警察干吗使？”徐天委屈大了，本以为自己有道理，结果道理没人理，徐允诺没转明白这个弯，索性说：“你要不愿当警察就别当了。”

“您听反了，我这警署本来六个人，现在剩两个半，都走空了剩最后一个警察还是我。”

燕三插进来说：“还有我，天哥。”

徐天看了眼昏睡的胡屠夫说：“醒了再让他回。”

燕三说：“一会儿我给他泼勺凉水。”

徐天对徐允诺说：“走，回家。”

“不是给你大哥赔不是吗？”

“这都多晚了？先送您回家，再去平渊胡同，大哥不消火我跟那儿站到明年。”

徐天将一堆照片卷起来，从兜里掏出红发卡别住，说：“三儿再给我件棉袍。”

徐允诺目光在落红发卡上：“我不用你送。”

“那三儿送我爸回。”

来到金海院门口，徐天犹豫着准备敲门。胡同里有狗吠声，徐天想了想，把手放下，套上大棉袍，挨门廊倚坐下去，身子撞到门，门环响了响。徐天盯着门环看了看，又从门缝里看进去。

屋内，金海侧耳听着外面院门的动静。

屋外，徐天收回脑袋，门扇晃动。他靠得舒服了，又做梦了，梦中仍然是结了冰的什刹海，一盆热腾腾的水端过来。小朵的脸和小袄一样红扑扑的，她说：“锅沿儿水，把鞋子脱了，快脱，凉得快。”

徐天看着小朵说：“小朵，今儿第四天了，杀你的人还没找到。”

小朵蹲下身去利索地帮徐天脱另一只鞋，将两只光脚一并摁入热水，然后直起身子，笑盈盈地问：“舒服吗？”

“有个叫田丹的说你拍照片的时候有心事，有心事为啥不跟我说？”

小朵挨着徐天坐下来说：“我也舒服会儿。”

两人并排坐了半晌，远处有沉闷的炮声。徐天回头看小朵，嘱咐着：“别穿红袄，招事呢！”

“我男人是警察，连环杀人犯也得挑挑人，敢吗？”

“我肯定能把他逮着，你信吗？”

小朵扭头看徐天，笑着。

徐天又问一遍：“你信吗？”

小朵不理会，自顾自地说：“水凉了吧？”

“不凉。”

“别动。”说完，小朵脱了大棉袄，三下五除二将徐天双脚包紧实。

小朵将凉水泼到冰上，说：“再换一盆。”

徐天看着红闪闪的贾小朵抱着铜盆已经进了茶水摊，越走越模糊。

徐天蜷在台阶上熟睡着，双脚直往大棉袄里缩。院门从里拉开，金海走出来看了看熟睡的徐天，没有叫他，轻轻地合上门。

1949 年 1 月 14 日，农历腊月十六。

冯青波从床上忽地坐起，他梦见在监狱中，田丹一头汗，通红的铬铁摁到她皮肤上腾起青烟。田丹强忍着不出声。待第二块铬铁摁上来，田丹终于忍不住嘶喊。

冯青波一摸额头，也是一头大汗。

这是梦，他缓了缓，发现自己仍在这间简陋的房间里。房间很小，只够放一张床，一张桌子，一个衣柜，很整洁。桌子上有一些没修好的钟表和工具，旁边放着田丹那只红色胶皮暖水袋。

外面传来中年女人声音：“七户冯先生电话！”冯青波下床，外面似乎已经天亮，他一晚上都是和衣而卧的。他在小镜子里打量了打量自己，提起暖水瓶。

公寓是大四合院改造的杂院，有三四进院子，大约能有二十多户租客。此时租户都还没起床，静悄悄的。冯青波提着暖水瓶从自己屋子出来，穿过第二进院子向外走。

第一进院子里装了很多水龙头，五六只炉子排在院墙下。炉子上的烧水壶冒着热气，挨着炉子排着十几个暖水瓶。一个老妈子在往暖水瓶里倒刚开的热水，冯青波将提出来的暖水瓶放到那一排当中。

院门敞着，挨着院门有一间门房。门房台子上有一架电话，此时听筒撂在一边。门房里一张临时铺子里，男听差正裹着棉被睡晨觉。冯青波过来拿起听筒说："我冯青波，哪位？"

一个男人的声音传来："西北的包裹送到巷子口了。"

冯青波的心跳空了一拍，怔了片刻回道："好。"冯青波放下电话，又拿起听筒拨号。

家中，柳如丝穿着睡衣，睡眼惺忪地歪在沙发上接电话："杨副官，上个月在未名湖我们不是挺开心的吗，金条扣了也是扣在你手里……"走廊里电话在响，柳如丝皱着眉头继续说："……胡长官如果在南京你就不会给我打电话，有意思吗？"

庆丰公寓，电话听筒贴在耳边，冯青波等待着。

柳如丝家中，走廊里电话还在响，而柳如丝在沙发里继续讲她的电话："……大早上被窝都凉了起来跟你说到现在。你来呀，有人给我暖被窝……按规定罚就是了，你们也没啥规定……"

庆丰公寓，萍萍的声音出现在电话里："喂？"

"如果有问题，我尽量去西直门城墙一带。"冯青波语焉不详地说道。他刚放下电话，一个精干的男人出现在院门台阶上。

冯青波未发一言往外走，男人跟上去。

柳如丝家中，萍萍来到门前，侧耳听里面的声音，里面柳如丝还在讲电话。萍萍打开门，面色沉重地说："姐……"

巷子口，停着一辆小汽车。一个男人靠在巷口一架公用电话旁。冯青波和精干男人一前一后从巷子里走出来，靠在电话机旁边的男人自顾自地进入小车驾驶座。冯青波停在车边，看着身后的精干男人说："没见过你们。"

"华北城工部，六组。"

"什么事？"

“上车，我们不想让老百姓觉得北平市不太平。”

冯青波往车尾移了两步。

“没用的。”说完，精干男人向前贴近，替冯青波拉开车门。

冯青波的匕首从袖内甩出，但一招便被制住，匕首到了男人手里。精干男人收起匕首，冯青波再次动作，却被精干男人反复痛击。敞开的车门挡住了两人的动作，近侧的摊贩没有一点察觉。精干男人是个高手，他再次风轻云淡地说：“上车。”

冯青波只得进入车内，车开着，精干男人和冯青波在后座。

冯青波问：“为什么？”

“从12月起你接了三组进城的人，三组都出事了。”

“从来没有听说过城工部六组。”

“除奸组。”

清晨的北平街头行人稀少，冯青波看着车外说：“我想上城墙再看一眼北平。”

精干男人侧头问：“认了？”

冯青波坦白：“民国二十三年加入党国，民国三十一年奉命入贵党。”

“到头了。”

冯青波此刻有些释怀，甚至有点希望萍萍不要来那么及时。

小贩推着胶皮独轮车到平渊胡同吆喝：“刚摘的大白菜，朝阳门瓮城兑下来的，要么着，没了哎！年前就这几棵了赶紧了您哪，不讲价儿哈……”

街坊开门出来，围向独轮车。徐天裹着两层大棉袄蜷在金海家的门洞下，睡得很沉。大缨子提着个筐出来，差点绊倒，惊呼着：“徐天，怎么睡这儿了？徐天！”徐天迷迷糊糊睁开眼，换个姿势准备接着睡。

大缨子提筐折回院里，徐天打了个喷嚏，彻底醒过来。他扶着院墙站起，田丹的阿司匹灵药瓶掉出来。徐天捡起药瓶，使劲揉了几把脸，把身子朝院门立端正。

大缨子重新出现在门口说：“我哥叫你进来。”

“跟大哥说，我在这一宿了，他要不消气儿，我明天晚上还站这儿。”

“都说叫你进来了，哥在喝粥。”

大缨子说这话，紧着朝他使眼色，徐天软了下来："喝粥啊……"

大缨子一把将徐天拽到院内，金海正喝着粥，从窗户看着徐天磨磨蹭蹭地从院子过来。

大缨子挑门帘催促徐天："进来呀！"

徐天搓着手进来，大缨子指着炕说："坐这儿。"

徐天在金海对面坐下，屁股只敢挨半边，大缨子给徐天盛了一碗粥，徐天唏哩胡噜一气喝完，意犹未尽地说："再来一碗。"

大缨子去盛的时候，徐天把另半边屁股挪上炕，脱了外层大棉袄，低头说："大哥我错了，您大人不记小人过。"

金海不吭声，食物给了徐天底气，他接着说："您要不解气，明天我再站一晚上。"

金海继续喝粥，也不看徐天，不留情面地戳破他："后半夜，快天亮我出去看两回，哪儿站了？睡得跟死人一样。"

"睡一踏实觉，从小朵出事那天就没睡踏实过。"徐天不好意思了，也许是热气，熏得他脸都红了。大缨子盛了粥回屋也劝着："哥，我也向你承认错误，不该瞎传话。"金海放下筷子，抓了个窝头说："喝完粥跟这儿接着睡。"

"大哥，小红袄的事儿我得接着查。"

金海夹起公文包，准备去上班，头也不回地说："查你的，跟我说不着。"

"您得让我见田丹。"

金海咬着窝头看了徐天半晌，徐天又打了个喷嚏，说："我知道错了，大哥。"

"让一个共产党帮你找小红袄，想好了吗？"

"想好了，有些不明白的地方，听听共产党怎么说。"

金海向门口出去，留下句话："下午过来。"

待金海出门，徐天抓起桌上的窝头狂吃，大缨子跟着金海到院门口："哥等会儿，枪还给你。"

"拿着。"

"事不都解开了吗！我拿着还防谁呀？"

金海又气恼又好笑，敲着大缨子的头说："让你防徐天啊！"

大缨子愣了一下问："还防谁？"

"拿着就是，不认识的叫门别开，进院儿里就搂火。"

"还有啥事儿啊！"清晨的寒风中，大缨子一脸疑问。

屋内，徐天打开药瓶倒出一粒药，就着粥咽下去。药瓶搁到炕桌上，早上的阳光射进来，小瓶子细致安详，他半颗心放下来了，虽然另半颗还悬着。

小汽车开过来，停到西直门墙根下。冯青波和精干男人下车，冯青波在前面走，精干男人在后跟着。冯青波欲拾级上城墙，精干男人已经停下，说："站住。"

冯青波转身："我想上去看看。"

"就这里了。"

冯青波停住身子，往四周看了看，他往城墙根外走了几步，将身子走到太阳光线里。

城墙上，萍萍提着一支狙击步枪小跑过来。枪太重，萍萍步伐沉重，气喘吁吁。萍萍找了个墙垛，将枪架上去。瞄准镜里，她看到了冯青波，却看不到别人，斜下方远远能看到停着小汽车。

冯青波站在光线里，背对精干男人。男人在后面掏出手枪，冷声道："转身"。

冯青波没有动，男人的声音是冰冷的："我不从背后杀人"。

冯青波还是没动："最近是不是还有一拨人来找华北剿总沈世昌和谈？"

男人提着枪走上前，也来到光线里，站到冯青波侧面。

萍萍的瞄准镜里看到了精干男人，但冯青波横在中间，有些遮挡，萍萍难以下手。冯青波侧转身，正好面对男人，问："有吗？"

"什么？"

"是不是还有人来找沈世昌？"

"不知道，我的任务是除奸。"

"如果除不掉我呢？"

男人没太听明白，冯青波笑了笑，说："你应该在街上就杀我。"

男人往四周看了看，警觉起来。城墙拐角那边传来汽车马达的声音，由远及近。留在车里的男人警惕地盯着城墙拐角，同时发动小汽车。精干男人举起手枪，对准冯青波，冯青波闭上眼睛。

一声枪响。

冯青波再睁开眼睛，看见精干男人已经倒在地上。城墙上，萍萍拉枪栓，重新推上子弹。

此时，城墙拐角全速开来一辆军用卡车，卡车顶上架着机枪。小汽车发动，向倒在地上的精干男人驶来。倒在地上的精干男人费劲地抬起枪，重新指向冯青波。

又一声枪响。

精干男人再次中弹，手枪跌到身边两尺，人已不能动弹。同时，卡车已到近前，厢里跳下全副武装的士兵。车顶上的机枪向小汽车开火。

枪声密集响起，冯青波走向精干男人。小汽车冲上来，横到冯青波和精干男人之间。萍萍的瞄准镜里，精干男人再次被冯青波挡住，无法继续射击。司机从另一侧将地上的精干男人拉进车内，快速开走。冯青波拾起地上的手枪，向小汽车行驶的方向跟去。小车只开了一小段，便被子弹打成蜂窝，停了下来。

士兵们停止开枪，围住小汽车。冯青波提着手枪，走到小汽车跟前，向里开了两枪。另一部分士兵端枪围住了冯青波，冯青波将手枪扔到地上。

还是那天抓走三兄弟的三十一军，还是那名军官，他走过来问："冯先生是吗？"

冯青波没说话。

军官厉声说："问你呢！"

又一辆小车从城墙拐角开过来，径直停到冯青波和军官身边。一名穿中山装的保镖下来，拉开后车门，毕恭毕敬地称呼道："冯先生。"

冯青波看了眼军官，将身子探进被打成马蜂窝一般的小汽车里。

精干男人和司机已经死了，冯青波从精干男人身上找出自己的匕首，离开士兵的包围，坐进新来的小汽车后座，保镖关上后车门离去。

军官望着绝尘而去的小车，啐了一口说："人五人六的，什么东西！"

小车绕着城墙根开，冯青波面无表情，直愣愣地看着前方。小车挨着墙根一处登城马道停下。萍萍费劲地提着狙击枪，正沿着登城马道斜坡摇摇晃晃地下来，她拉开后车门，把枪扔到冯青波腿上，咣当一声关上车门，冯青波苦笑了一下。

萍萍气喘吁吁地拉开门坐在副驾驶，对驾驶座的保镖说："去西直门小街北口第三家钟表铺。"

萍萍一路上都在沉默，她的小脸绷得紧紧的。她大概知道冯青波和自己小姐之间是怎么一回事，如果让她选，她一百个不愿意来救他。但他死了，小姐会难过，她不想看小姐为这么一个男人难过。想到这里，她替小姐打抱不平，透过车里的后视镜瞪了冯青波一眼，可冯青波的表情是她没见过的，似乎既释然，又不甘。她挪开目光，低声催促司机快一点。

第十四章

小汽车停到西直门一家不起眼的钟表铺门口，依旧是萍萍先下车，到店里扫视一圈，只有柳如丝坐在店里。柳如丝见到萍萍的那一瞬间，长长地出了一口气，她调整好心情，让自己看上去没有那么焦灼。冯青波一直僵坐在车内，直到萍萍从店里出来，拉开冯青波一侧的车门，冯青波才恢复平常的淡漠模样。萍萍目送冯青波进店后，自己站到店门口，假装在等人，看上去完全是一个普通的北方丫头。

柳如丝面对钟表铺的门坐着，屋里有些昏暗。上午的阳光很好，透过窗子，细密地照在她身上。操作台上搁着一个点心匣子，她在摆弄着钟表的零件。门开了，柳如丝看冯青波来到近前，她打开点心匣子，推到冯青波面前。

外面有客人想进钟表铺，被萍萍挡在门口。她磕磕绊绊地跟人解释，说这家店的老板突然有急事出去，他拜托自己看着点铺子，说完还朝人憨厚地笑笑。

柳如丝看冯青波斯文地吃点心，手里仍摆弄着那些零件，说："店里还有什么要紧的东西吗？"

冯青波没有抬头道："没有。"

"庆丰公寓呢？"

"衣柜下面隔层有一套制服。"

"让萍萍过去拿，好找吗？"

“不好找。”

“那就算了，都不要了，吃完东西从这儿走，再也别回来。庆丰公寓也不去了，在我那儿住几天，我跟上峰说一下情况，这几天看哪架飞机方便，尽快走。”

冯青波咀嚼的速度放慢了，他看着柳如丝。柳如丝看出了冯青波的疑虑，说：“那我和你一起走？”

“上峰能同意？”

“总不能在这儿等死，北平也快破城了。”

“天津最少坚守三个月，三个月华北西北军团重新布局……”走还是不走，冯青波的评判标准是局势，而柳如丝的标准是冯青波，她喝斥道：“你暴露了！”

“只要有效阻止共产党和沈世昌之流和谈，华北局面就能重新权衡。”

柳如丝耐着性子劝：“青波，无论时局怎样，我们首先要活着。”

“我们是党国的人。”

“党国要没了呢？”

“最坏的局面，划江而治。”对于冯青波而言，党国就是命，哪怕自己的命不在了，党国也一定会在。

党国是冯青波的天，冯青波是自己的天，可是党国看不到冯青波，冯青波也看不到自己。柳如丝无语了半晌，站起来收起那只点心匣子，说：“吃完了？走。”

冯青波执拗地说：“我哪也不去，还在这里，晚上回公寓。”

柳如丝耐心用尽，她还为刚才的险情捏着一把冷汗，激动地说：“不要命了！”

“北平如果城破，躲到哪里都一样，北平如果不破，这是党国的城。共产党即然已经知道我是什么人，尽管来找我。”

柳如丝说的是命，但更想知道的是冯青波如何看待她自己，她幽怨地说：“说白了就是不想去我那儿住呗？”

“铺子到公寓四年了，住那儿不习惯。”

“多余救你，自生自灭吧！”绝望，对爱情，也是对自己。柳如丝拔腿就走，她无数次地告诉自己不要再管这个人了。

冯青波终究不是铁板，他被柳如丝的绝望拨动了一下，看着柳如丝的背影，冯青波下意识叫她的名字。

柳如丝的鼻子有些酸，她不知道还有几次能听到他叫自己的名字，冯青波望着她的背影说："你知道我不是半途而废的人，就算走也要把我能办的事办完。"

"什么事？"柳如丝知道冯青波的回答一定会令自己失望，但她仍是期待着。

"审问田丹，得到共党再次进城的时间和地点，拿到沈世昌和田怀中密谋和谈的信，送交保密局和华北剿总，必要的话杀掉沈世昌。"

冯青波最后要干的事情还是和自己无关，柳如丝绝望得更加彻底了。她转过头看着冯青波，拎着食盒的手迸出了青色血管，绝望地说："你杀不了沈世昌。"

"为什么？"

"因为我们的上峰不同意。"柳如丝说得艰难，她想象得到，一旦他见到自己的父亲，会是什么局面。

冯青波几乎是在恳求柳如丝："让我见见上峰。"

柳如丝双眼蒙上一层水雾，她尽量让自己看起来不那么脆弱："青波，你如果死我会很难受。"

"如果就这么算了，躲起来苟且，生不如死。"

"你想怎么样？"

"继续审田丹，她在狱里不知道外面的情况。"

"然后呢？"

"处决。"

"你舍得吗？"

"舍不得，但她迟早会知道我的身份，总要了结。"

舍不得三个字，让柳如丝心情更加灰暗，无论她怎么努力，终究走不到他的心里。她长长叹息了一声："随你。"

"铁林审了田丹一次，但金海好像不打算让他再审了。"

"他们不是兄弟吗？"

"有时候兄弟不如钱财，他的钱在你这里，会听你的。"说完，冯青波看着柳如丝，等着她的回应。冯青波未说出口的请求，给了柳如丝一点点希望："不如让我见田丹，无论是否问出你要的消息，亲手弄死她，也绝了你的念想。"

这个回应必然不是冯青波期待的，田丹让他觉得遥远又怀念，但柳如丝的付出和党国的需要，都逼着他把那份遥远和怀念抛诸脑后。他闭上眼说："然后请上峰安排我见沈世昌。"

柳如丝走到门口，说："你这儿有枪吗？"

"不习惯用枪。"

"真的不去我那儿？"话是冷的，不是乞求，不是渴望，对于柳如丝而言是最后的挣扎。

冯青波没说话。

柳如丝放弃了挣扎，无奈又伤心地说："那每天可能都是你的最后一天。"

冯青波惨笑道："一直就是这样。"这句话像是对柳如丝说的，也像是对自己说的。

柳如丝出了铺子，门被关上。冯青波坐在操作台前发怔。阳光源源不断地照进来，和刚才照在柳如丝身上的是同一束光。那道光也照在了冯青波的身上，冯青波感到的不是温暖，而是一种灼烧的痛苦。这种痛苦来自于愧疚。他是冰，这块冰，却成了柳如丝的温暖。

田丹的监舍里，在高高的地方有一块小窗。小窗中射进来一束阳光，无情地被铁栅栏分割，田丹将脸淋浴在这片小小的光亮里，她显得憔悴。外面传来铁门钥匙的声音和狱警的脚步声。

两名狱警来到监舍前，放下吃的。其中一人是十七，他在向田丹招手，显得关切。田丹走到铁栅门旁，十七将田丹的手拽出来，二勇蹲下去，两个人解了田丹的手铐脚镣。二勇提着铐镣离开，留下十七站在空椅子边。

田丹看着那盆粗糙的食物，问十七："你叫什么名字？"

十七停了好久才讷讷地回答："十七。"

金海在办公室换制服，华子在一旁委屈又愤怒地说："看他跟二哥在宣武门城楼上聊了好一会儿，我跟着往东走，没走多远就拐到胡同里把我打了。”

金海瞥着华子脸上的青紫，埋怨说：“你站着让他打？”

“敌不过他，手脚太快，袖子里头藏把刀，要不是报了您的字号，眼睛就瞎了。”

“没再跟着？”

“跟到我家去了，媳妇哆嗦一晚上。”

“怎么报的我字号？”

“就说您要见他。”

金海看着华子的伤，有些不忍，但安慰的话似乎也说不太出口，只能摆摆手说：“去吧，把东西弄特号里。”

“大刑的家伙不好往里搬。”

“也没让你们给她上大刑，拿套手夹板子过去。”

“行。”

“晌午徐天过来，让他到特号见田丹。”

华子点头离去，金海想了想，又交代一句：“隔着监门，别让他进去。”

金海看着华子离去，又到镜子前整了整衣服，今天注定要干一场大仗，自己必须保持最充沛的精力。

监舍内，罩神躺在铺里，八青看着狱警们在铁栅门外开门。门打开，华子提着手夹刑具过来。金海出现在铁栅门外，八青立即坐回自己铺上，堆着笑说：“金爷。”

金海瞟了一眼罩神，问：“那个死了？”

罩神从铺里坐起来，低低地喊了声：“金爷。”

金海转头看着八青说：“八青，他给你找麻烦了吗？”

“没有，金爷，杀小朵的人找着了吗？”

“这事儿问徐天。”

“我又见不着他。”

“能见着。”

金海说着话往里走，消失在铁栅门外，八青喊着：“哎，金爷！”

金海退回来，八青讪讪地笑着说：“要方便还是给我换一间吧，要不给他换个地方，太吓人。”

面对八青的请求，金海置若罔闻，八青看着金海离开自己的视线。，又回头看看铺上的罩神，一脸愁苦。

走廊深处拐弯，金海来到田丹监舍前，吩咐狱警都站外头，金海伸手管华子要钥匙。

华子吃过田丹的亏，十分担忧地劝阻：“老大，铐子卸了，小心那娘们有功夫。”金海手还伸着，华子只能将钥匙放上去。田丹看见金海出现在铁栅外，金海默默打开监门，提椅子进去，缓缓坐下，看了眼饭盆开口说：“一点儿也不吃啊？狱里伙食就这样。”

“你要干什么？”

“你是聪明人，应该明白是怎么回事了。”

“我应该明白什么？”

“有一拨人特别想把你弄走，另一拨人不愿你跟那拨人见面。”田丹的处境就是她的软肋，金海底气十足。

“保密局想把我弄走，但监狱是蒯总的，蒯总不想让保密局从我身上得到把柄。两方也不好杀我，因为解放军破城指日可待。”田丹什么都明白，她清晰的条理让金海有点吃惊。

“话敞开聊就方便，我呢？谁的人也不是……”

田丹打断了金海的话：“铁林是保密局的，是你二弟。保密局正式进来不方便，你便让他以私人身份进来审我，你怎么会谁的人都不是？蒯总如果知道，你这个狱长当不成了。”

“听我把话说全了，铁林是我兄弟没错……这么跟你说吧，我这狱长不想当了。你说北平破城指日可待，我在这儿等着你们杀我头啊？”

“为什么要杀头？”田丹偏了偏头，认真地问他。

“你们就算不杀也得让我坐牢。我自己的牢，我跟我的犯人关一块儿，比死还别扭对不？今儿我求你个事儿，你要答应了，保密局蒯总都搁一边，我先保你在狱里太太平平，吃的喝的跟外面一样，待到解放军破城。”金海知道田丹的底细，他尽量把话说得平易近人。

“什么事？”

“铁林审你我听了，他说的在理儿，沈先生如果改主意了，你们再折腾也白瞎，第二拨人啥时候带着信来您告诉我。”

田丹笑了笑，但丝毫没有身陷囹圄的慌乱，从容不迫地说：“告诉铁林和告诉你有什么不一样吗？”

“跟铁林说也行，但放您走这事儿还得我说了算，所以跟我说和跟他说不太一样。”

“沈先生没有改主意。如果改主意了，保密局不用请你的兄弟靠私人关系进来，可以公事公办，或者干脆把我转到西山监狱。这么简单的事情，稍微想一想就明白。”田丹身在囹圄，却将琢磨得这么清楚，金海有些吃惊地说：“是有第二拨人找沈先生吗？”

田丹仔细看着金海，她希望从金海脸上看出些信息，缓缓地说：“不知道。”

华子出现在监舍铁栅外，一副欲言又止的样子。金海起身走到过道里，华子左右看了看，开口道：“二哥来了，说要提她。”

铁林来的比他想象的早，金海皱着眉问：“进来了？”

“您没吩咐，人还在外面。”

“叫十七把夹板子拿进来。”

“二哥怎么办？”

金海阴着脸说：“我还没问完。”

十七提着刑具进来，田丹盯着刑具看。金海对田丹说：“挺疼的，要不要捆上？”一旁，华子和十七开始张罗刑具，绳夹绕在一起不好整理，得费点时间。

田丹脸上终于露出了忐忑，咬着嘴唇问：“这是什么？”

“手夹板，监狱是宣统时候盖的，东西都有年头。”

“你一个管监狱的，为什么想知道和谈的事情？”

“谈不谈的跟我没关系，有点私事想找人帮忙，得给人家想要的东西。你把事儿告诉我，我保你的命让你太平，世上的事儿都是帮来帮去，对吧？夹上。”

华子和十七将田丹的手指一个个往竹板里放，与华子相比十七显得犹豫。金海退到一边，话说的似乎在替田丹着想：“真挺疼的，反正早晚都要说，跟我说比跟保密局的人说好处大。”

田丹抬头望着高大的金海，金海一半站在阳光里，一半站在黑暗里，田丹缓缓开口问道：“田怀中，我父亲死了，对吗？”

金海想了想，谨慎地说：“这我不知道。”

华子试探着开口问：“老大？”

金海怔了片刻，轻声说：“夹。”

狱警两头牵引用力，竹板夹紧田丹手指。瞬间，田丹的眼泪涌出。

铁林在首道门禁处来回踱步，像囚笼里困兽，焦躁不安地喊：“哎，人呢？来个人，开门！”可任凭怎么喊，也是徒劳。铁林拿起墙上的电话拨号，又挂回去。

监舍内，竹板越收越紧，十指皮肉已破。田丹双眼泪流，却不吭声。华子不时看金海，十七却眼盯着田丹手指间渗出的血。金海没有表情，华子和十七继续施力，田丹失声喊出来。两个狱警还在施力，田丹脸上分不清是泪还是汗，手指关节与竹板接触的地方已经血肉模糊。一个狱警从外跑过来，看着这场面，在门口停下。金海扬了扬手，华子和十七分开竹板。

刚跑过来的狱警说：“老大，二哥在外面非要叫您。”

金海挥了挥手，说：“东西收了，出去。”

华子和十七将刑具卸下来，十七看着田丹的血指，目光复杂。

田丹受刑的时候，平渊胡同里，正睡在炕上的徐天似被喊声惊醒。屋内外很安静，炕桌上立着田丹的阿司匹灵。徐天猛地跳下床，从金海院子出来，去拍刀美兰家的院门。刀美兰挎着东西从外回来，对徐天说：“这儿呢！”

“我去大哥狱里，有啥话要带给八青叔。”

“你去狱里干啥？”

“找田丹。”

“我没啥话带，这两天去看他。”

“那走了。”

“回来跟我说说，那女的有多神。”

“行。”徐天心里有种不祥的预感，这种感觉在小朵遇害的那个晚上也曾出现过。他不知道这意味着什么，但知道一定不是好预兆。他朝京师监狱的方向快步走着，甚至开始小跑，他必须立刻见到田丹。

监舍里只剩下田丹和金海两人。“疼吗？”金海像把斧子，冰冷强硬。田丹慢慢舒出一口气，将血淋淋的双手轻轻放到腿上。

“我以为你不会掉眼泪。”

“父亲如果见过沈先生，告诉保密局说还有人来，并且还有一封信，他可以把信直接给沈先生。保密局来问我，说明他不在了，我们这条线上有内鬼。”十指连心，田丹无法克制身体的颤抖。

金海低下头说：“啥也瞒不住你。”

“是谁杀了我父亲？”田丹的眼泪扑簌簌地落下，滴在血肉模糊的手指上。田丹的手疼，心更疼。这种疼痛想让她弯下腰，想让她嘶喊，可她不能。

“爸没了，自己人里还有内鬼，我要是您，真犯不上较劲，北平城就我狱里最安全。”

田丹动了动手，双手早已失去知觉，她苍白地笑着说：“是很安全。”

“事儿告诉我吧，不说还得受疼。”

“好。”

田丹的爽快，让金海有些意外。

“但你会相信吗？”

“你说我就信。”

“镣铐不要给我戴了。”田丹吸了吸鼻子，她冷静下来，必须给自己争取一些条件。

“行。”

“食物要好一点，保证每天有一个水果。给我一盆水，干净的毛巾，消毒纱布，消炎止血的药物。”

“都行，手我让人来给你治。”

“东西给我就好，我自己处理。”

“东西给不了你，药瓶儿什么用完了得收走。”

“无论发生什么，在狱里你都要保我平安。”

“无论出啥事儿，谁也动不了你。”

田丹盯着金海，她知道他不会食言，但她还是问道：“你的话我能信吗？”

“信我，你就说，我也信你。”

“二十号晚上九点，先农坛南门。”

“来几个人？”

“两个。”

“为什么去先农坛。”

“帮你忙的人要知道这么细？”

“问起来知道得不细怕人家不信。”

“我们有人在先农坛等。”

“城里还有你们的人？”

“无处不在。”

“带着那封信吗？”

“当然。”

金海疑虑重重地听着，田丹接着说：“让我处理好手，再去见铁林。”

“我还没打算让他见你呢。”

田丹虚弱地靠在椅子上说：“那正好我可以休息。”

金海最后看了看田丹，扔下一句话：“对不住啊。”

等到金海一行人走远，田丹撑着最后的一点精神，微弱地道：“没关系。”

首道门禁处，铁林仍旧暴躁。华子一群狱警从里面通道过来，随后铁林看见了后面走出来的金海，顿时偃旗息鼓地说：“大哥。”华子打开监门，金海进入首道门禁，面露不悦：“喊啥呢？”

铁林赔着笑说：“我来半天了。”

金海没理会铁林，转头冲着华子说：“华子，晚上给八青换到里面小号去。”

华子打开侧门，应声着。金海又接着吩咐十七说：“给田丹弄点伤药。”

铁林一惊，问：“药？什么药？”

金海没理会，径直走进去，铁林亦步亦趋地跟着。

不久，十七拿着药品纱布，慢吞吞地走到田丹监舍前。他眼神呆呆的，脸色煞白，像是被刚才的刑讯吓到了，他伸手捧着伤药纱布说："给您止血。"

田丹从铁栅栏向外伸出伤手，十七笨拙地将玻璃瓶里的白色伤药撒上去，田丹皱着眉头。十七收起玻璃瓶，将一卷纱布递给田丹。

"我的东西里有两个药瓶，一瓶是不是给徐天了？"

十七点头。

"还有一瓶麻烦给我。"

"这有药。"

"阿司匹林你们没有，消炎。"

十七又点了点头。

办公室内，金海慢条斯理地沏茶，铁林烦躁不安地坐在他对面。金海将茶杯推给铁林，说："还是茉莉，别嫌弃。"

"哟，龙井忘带了。"铁林心不在焉，他想赶紧见到田丹。

"喝两口，不差。"

铁林勉强喝了一口，金海笑了笑说："有这么难喝吗？"

铁林放下茶杯，开口说："大哥别耽误工夫了，我是来提田丹的。"

"想好怎么审了吗？"

"上峰逼得紧，一会儿准备给她上刑。"

"我都没答应，你就要给人家上刑。"

"主意不是您给我出的吗？"

"你别见她了，见也没用。"金海细心地将茶叶盒归位，用纱布拭去滴落的水。

"为啥？"

"我刚问了她你上峰要问的事儿。"

铁林愣了半天。

"她跟我说了。"

铁林脸上神色复杂地问："说了？"

"说了。"

铁林迫切地说："怎么说了呢！"

金海不疾不徐地喝了口茶，说："上了手夹板，一女的，还挺不落忍。"

"谢大哥，她怎么说的？"

金海盯着铁林，说："约上那位国防部二厅的特派员，我跟他说。"

铁林僵了一会儿，蹭地站起来，在屋里转圈，金海端起自己的杯子喝茶。铁林在金海面前站住，两眼瞪着。

金海脸色一沉，问："干吗呀？"

铁林急了，反问："您干吗呀大哥？"

"你问不出来，帮你呢！"

"您问好了，再跟冯先生说，还有我什么事儿？"铁林急得团团转，顾不上掩饰自己的心思。

"姓冯是吧？"

"这是帮我还是害我呢？"

"你带我见他，咱们是兄弟，分那么清干什么，我告诉他一样的。"金海语气中的警告已经很明显了，但铁林像个闹脾气的孩子："一点儿都不一样，区别大了！"

金海正色道："你给人白干知道吗？咱们钱被柳爷压着，得有人出头，送姓冯的 个人情，他得替咱们办事儿，四十六根金条里面也有你的份。"

铁林从兜里掏出一叠钱，摔在桌上，情绪失控地喊："钱不钱的我这有！多少都得跟宝慧要，本来想咱们仨一块儿吃顿好的，把小朵的事儿再说说，别伤兄弟情分……大哥，金条我不要了行吧？"

"八根呢。"

"我们处长挣多少知道吗？我开车帮他拉的，小黄鱼装了手提箱大半箱，从哪儿挣的不知道，就二处一个小处长！我半辈子才攒八根，下半辈子省着花还得看媳妇的脸。您想多了，我不白干，钱都是您的，我只要出头。"铁林懊恼地坐在金海对面的椅子里，他烦躁地只抓头发。

"都是我的？"金海笑了。

"八根金条给您，田丹说啥告诉我，要么我自己问。"铁林赌气地说道，没想到金海突然爆发，指着他鼻子呵斥道：“你拿八根金条买我话，当我稀罕呢？”

“您不就是为钱吗？”铁林声音更高。金海彻底怒了：“咱们的钱被人扣了，不光是钱的事，连面子带钱都得找补回来！不是我的份我不要，怎么说话的！”

“我就这么说的，您是大哥什么主都您做，您有面子想过我面子没？大嘴巴就扇宝慧脸上，没事儿！但这是公事，我是国防部保密局北平站行动处的组长，来这儿提人，您说别提了，越过我跟我的上峰说去，我在您眼里算什么东西？您什么时候看得起我过？”

金海沉默了。他之前只当是铁林为了升官，却没想他的怒火下面还压着这么多情绪，金海认真打量着铁林，似乎在看一个陌生人。在金海眼中，不管黑道白道，靠的都是兄弟，兄弟最重要。之前，金海认为铁林也是这样想的。现在，升官成了铁林生命中最重要的事。为什么呢？因为自己的那一巴掌？因为处长能挣更多的钱？不管是因为什么，金海明白，一些裂痕已经像藤蔓一样在铁林心中发芽，并且开始四处生长了。这种藤蔓丝丝缕缕结成了一张巨网，自己，铁林，徐天都缠绕在上面。金海不敢多想，只觉得事情在朝难以控制的方向发展。

少顷，金海将目光从铁林的脸上收回来，说：“行，话说到这份上也算说得透。去审吧，事儿都跟我说过了，你也就是个过场……”铁林恨恨地说：“我在你们这儿一直就是个过场。”金海软了下来，安慰道：“别置气，回头到冯先生那儿功劳让你领，但我得一块儿见。”铁林憋着火说：“打电话吧，我去审讯室。”

金海闻言僵着。铁林几乎是哀求地说：“大哥。”金海拎起桌上的电话。

田丹在用纱布包扎自己的手。一只手已经包扎好，另一只手的包扎方法很奇特，纱布层叠在掌心里像在结活扣，她试图将纱布两头固定到一只胳膊上，两手很不方便。田丹终于将纱布固定好，看上去两只手包扎的一样。

随着监舍门声，田丹看到徐天来到铁栅外，说：“你来了。”徐天看着田丹憔悴的样子，红肿的眼睛，包扎双手的纱布血迹斑斑。

“发卡买了吗？”

徐天将发卡从一卷照片上卸下，递进去。田丹看着发卡笑了笑说：“红色？”

“不知道该挑什么色儿。”

“红色好。”田丹抿嘴笑着接过，艰难地用伤手将乱发别好。

通道里又传来铁门打开的声音，四个狱警往监舍走过来。田丹对华子说：“我有话要问铁林。”徐天一愣：“我二哥？”田丹对徐天说：“等等我，马上回来。”

徐天想阻拦，华子过来说：“三哥，老大要把人带过去问话。”

徐天没有办法，只能让开，狱警打开监门带出田丹，徐天看着田丹被狱警带出去，莫名的焦躁席卷了他全身。

审讯室大不，桌上有纸笔。铁林围着桌子转圈，像一只好斗的鸡。两个狱警站在门口，华子几人押着田丹从走廊尽头转过来。金海也过来了。

华子凑在金海耳边，告诉他徐天正在田丹监舍等着。

金海皱了皱眉头。华子说：“我让十七跟着他呢。”

金海没说什么，直接进入隔壁刑讯室，摁通扬声器，隔壁的声音传过来：“你们出去……我说出去！”随后是两个狱警离开的声音。金海笑不出来，虽然他能想到铁林气急败坏的样子。

两个狱警从审讯室出来，与华子一同站着。扬声器传来田丹的声音：“快点说，徐天在等我。”

铁林有点惊讶地说：“徐天？”

金海皱着眉头听。

审讯室内，铁林努力压着火，坐到田丹对面，一只手下意识地摆弄着桌上的笔：“何必呢？早说省得受苦。”

田丹看着他的手说：“你根本不用来，多余。”

“多余是吧？”

“第二拨人来的时间地点我已经告诉金海。”

铁林心里还因为这个事情非常别扭，他认为连田丹都瞧不起自己，正色道：“哎，弄明白，我才是正经审你的人。”

“他能给我想要的，你不能。”田丹的理由直白，让人无从反驳。

“告诉我，送你和田怀中离开北平。”

田丹盯着铁林，直戳重点：“我父亲怎么死的？”

铁林心虚且惊讶，他想了一瞬，下意识地问：“谁说他死了？”

“金海。”

隔壁，金海的脸色很难看，身子往扬声器靠了靠，田丹的声音继续传出：“你只是过场，做不了任何决定。”

审讯室内，铁林玩弄笔的右手更加烦躁，说：“过场……也金海说的？”

“当时围捕的人只有你进了车站，父亲是你杀的？”

“没错。”承认杀人，是铁林在这个女人面前唯一逞强的机会。

田丹不信，眼神里带着瞧不起，问：“你敢杀人？”

这种质疑戳到了铁林的痛处，铁林恼羞成怒地大声说：“臭娘儿们，你们的人什么时候来！”

田丹的眼中喷着火，金海第一次听到她这么大声说话：“怎么杀的？”

铁林被激怒了，将笔拍在桌上，大喊：“白刀子进红刀子出。”

田丹注视着铁林问：“几刀？”

“两刀！”

那只笔在桌上滚动了几下，停止。田丹突然抬腿踹两边桌腿，桌面撞向铁林。铁林被撞得并不重，但激起了他一直压着的屈怒。

那只笔在桌子被踹的同时，受震动向田丹滚动。铁林绕过桌子向田丹扑来。此时，笔从桌面落到田丹掌中。田丹站起来，等待铁林欺近，侧身抬肘顺势从胳膊里腾出结好的纱布绳，绕了两圈勒住铁林的脖子。铁林瞬间翻了白眼，田丹翻过掌中笔扎向铁林的脖子。

金海关了扬声器，起身冲出去。田丹扎向铁林脖子的笔受阻，铁林衣领里的脖子上绕着厚厚的纱布，是被冯青波所刺伤而包扎的。

审讯室门打开，金海和狱警冲进来。扎向铁林的笔折断，田丹双臂锁着铁林的喉咙退至墙角，系在田丹胳膊上的纱布绳活扣牢牢缠着铁林。铁林挡在田丹前面，将要窒息。金海盯着田丹，试图缓和局面说：“放开，我保你太平，但没说过能让你弄死我兄弟。”

田丹犹豫了片刻，松了纱布绳，露出血迹斑斑的伤手。铁林软倒下去，毫无声息，华子一伙狱警赶紧上前扶住他。金海低头看了看铁林，又警惕着田丹。铁林缓过气儿，费劲地咳。

田丹看着金海，微微喘息着问：“我可以回去了吗？”

金海咬着牙示意狱警把田丹带回去。

金海将纱布从铁林脖子绕下来，铁林挥手拨开金海，摇摇晃晃地在屋子里转了半圈，扶正桌子，扶起椅子，然后自己坐到椅子里，看着桌子对面的空椅子。“幸亏我在隔壁听，晚进来一会儿你人没了。”

铁林看了看金海，又看了看墙角上面的方形收音盒问：“我能把那盒子毁了吗？”

金海退了两步看着铁林，铁林也直勾勾地看着金海。金海不吭声，铁林拖椅子去墙角，踩上去够方形盒子。盒子固定得很结实，铁林也不太够得着，好容易够着也拔不下来，人倒差点从椅子上摔下来。他气急败坏地举起椅子扔向那个盒子，盒子依然在，椅子折了。

第十五章

狱警们锁好田丹的门离开，徐天和田丹隔着铁栅门一里一外，通道里只留下十七远远地站着。

田丹端详着徐天说：“气色好多了，药一直在吃吗？今天是第三天。”

徐天看着田丹的伤手问：“这是怎么回事？”

田丹没解释，指了指徐天捏着的照片问：“那是什么？”

“杀人现场照片。”

“给我看，你拿着。”

徐天展开照片，一张张地给田丹看。田丹在有徐天的几张多停留了一些时间，问：“谁拍的？”

“找的照相馆师傅。”

“什么也没拍到，现场破坏了。”

“现场有八个烟头，哈德门的，还有几根火柴。杀小朵的是一把剔骨刀，屠夫用的，刀主那天晚上没空杀人，刀丢了……我差点冤枉大哥，那天他正好替我杀了个仇家。”

田丹一直看着徐天，像是能看到徐天的心里。徐天躲避田丹的眼神，低头卷起照片：“杀小朵的就是小红袄，之前死的四个都是女的，二十来岁到三十岁之间，都是过年前后，除了一个戴红线围脖，其他都穿着红袄。我从二哥那儿看了你的材料，你能帮我。”

“世界那么大，你只关心这一件事吗？”

“世道越乱我越不知道该干啥，杀人犯法，犯法的得有人抓，干这个我心里踏实。”

“你很爱贾小朵。”

“爱不爱的搁一边，我是警察。”

“新世界要来了。”

“我只知道杀人的还在外面晃荡。”

“有些凶手是一直没办法归案的。”

“抓不到他，新世界来也到不了我这儿。”

田丹沉默着，徐天以为她不想帮自己，几乎哀求道：“帮帮我，只有你能帮。”这是徐天第一次求人，恐怕他这辈子都没想到自己会有向别人求救的一天。以前他觉得自己无所不能，现在发现，自己固执坚守的“不求人”只是因为年轻，没有触碰到命运的无奈。明白自己的无力，知道自己能力的边界，是生活给予的痛，也是成长必不可少的路。

铁林脸色灰败，他靠着墙喘着气，说：“大哥，是这么着，我这做兄弟的不太争气，钱被扣了也没辙，还得来求您帮我办事。您别误会，我也想争点气逮着个机会赶紧出头，这事儿办成了钱不是问题，事儿要办不成，您也别毁我。”

“怎么叫毁？”金海眯着眼睛冷冷地看着他。这么多年，铁林不是没跟他翻过脸，但这次话说得有点狠。

“踩着我把事儿办了，就叫毁我。冯先生不是我不带您见，我都见不着他，再说了人家那身份您见也不合适。”

“多大的官儿我也见过。”

“跟官大官小没关系，您当狱长，党国和共党的事儿不懂，瞎掺和把我的命害了不要紧，别把自个搭进去。”

“你这算好话还是坏话？”

“我是您兄弟，到啥时候都是好话。知道我脖子怎么包上的吗？前天听戏冯先生的匕首差点挑了我的颈部大动脉，因为我那天带了宝慧没自个儿去。我原来的组长叫马天放，就因为在胡同里跟他打了个照面，被冯先生用刀捅成血窟窿。”

金海沉默着。

“人我就不带您见了，事儿您想想要不要告诉我。”

铁林捂着脖子走出审讯室，金海坐在田丹坐过的那张椅子里发愣。华子进来又不敢打扰。金海站起来，收拾地上被铁林毁坏的那把椅子。

华子上前帮忙，说：“老大，门禁那边有您电话。”

金海没回话，努力拼凑着椅子，但椅腿彻底断了。

华子知道金海看似和椅子较劲，其实在和自己较劲，有些担心地说：“一会儿我叫人来修。”

“折了怎么修？”

“换把新的。”

金海盯着椅子看了一会儿，走了出去。兄弟也像这把椅子似的，说断就断了吗？金海不敢想。走到首道门禁处，电话听筒靠墙搭在机身上。门禁打开，金海进来拿起听筒，又捂着和手下说：“去里面看着点，别让徐天待太久，差不多就叫他走。”

金海松开捂听筒的手：“我，金海。”金海听着电话里的声音，神色怪异，他扭头向院子远端的大门看去。

田丹又翻看了几张照片，慢慢地分析说：“凶手虽是惯犯，但一定有正常职业，职业也许和色彩有关。杀人不是因为恨，也许来源于性冲动，凶手和被害人可以不认识，是随机的。大多数时候他比正常人更有机会从容观察人，观察女人能让他欲望释缓。冬天女人穿衣厚重，凶手的欲望压抑，转化为对刺激颜色的冲动。”

徐天咬着腮帮子，田丹几乎能听到咬牙的声音：“你是说他对小朵动手动脚了？”

田丹耐心地说：“想找凶手，要排除个人情绪。对有些人来说，杀人得到的满足大于动手侮辱，这也是凶手一年只杀一次的原因。”

“哈德门烟是小红袄抽的，从烟上能断出些啥吗？”

“如果八个烟头都是一个人抽的，他至少在现场停留了一小时以上。”

“杀完人不走，待那么长时间干什么？现场就在警署后面。”

田丹一时也想不透，她轻轻地摇着头说：“肯定有原因。”

站在通道尽头的十七，隔着铁栅门看见华子向特殊监舍过来。

田丹接着问道："贾小朵安葬了吗？"

"在司处法验尸科，城里出命案尸身都在那儿停几天，完事再让家属领走下葬。"

"所有命案？"

"差不多。"

"去拍小朵的刀伤，从刀口能判断出凶手的身高年龄，运气好还能知道一些别的习惯。"

通道那边传来铁门的声响，华子在通道口喊："三哥，老大说别跟这儿待太久。"

徐天没理会华子，他看着田丹，这是几天来第一次有人给他正经分析案情，他看着田丹的手说："你的手怎么回事？"

"一种古老的刑法，你大哥想知道一些有关和谈的消息。"田丹目光平静。徐天有些意外地说："他对你动刑？"

"明天不知道还会怎样，所以你要快些回来，也许下次我不在了。"

徐天愣着，田丹略略压低声音说："也帮我一个忙好吗？"

"好。"徐天不假思索地答应了。田丹的眼睛里涌上些难过："查一查田怀中的尸体在什么地方，如果方便的话把他的刀伤也拍给我。"

"田怀中？"

"我父亲。"

"谁杀了他？"

"有人承认了，但我不太确定。"

"共产党都不怕死吗？"

"你呢？"

"死得值就不怕。"

"我来北平为和谈，和谈不成国共双方会死很多人。保几十万人的命，保紫禁城故宫中南海内九外七十六城，算不算死得值？"

徐天沉默着，他从没听人这么说过。

"你家也住白纸坊？"

"珠市口。"

“前门大栅栏以南，天桥北面。”

“你没来过北平，怎么这么熟。”

“如果我因为北平死了，总要知道北平的样子。”

田丹的道理徐天都没听过，但他觉得是对的。田丹微笑着继续说：“天津是华北战局的关键，如果天津打下来，国民党华北剿总南区防线往后退一点就是南城，双方开战除了军人还会伤亡平民，可能会是你的家人。”

“我有件事儿想不明白，一样是杀人，谁算坏人谁算好人？杀好人的是坏人，杀坏人的是好人，那被杀的人是坏是好谁来定？”徐天眼神迷茫，他向田丹说出了藏在心里的困惑。

“你当警察，希望有很多人被杀，天天有凶手要抓？”

“不希望。”

阳光挪到田丹的身上，徐天看着她的头发被阳光勾勒出毛茸茸的轮廓，田丹声音很轻，但重重打在徐天心里：“只要有人死，就是不好的，所以要一个人人平等安居乐业的新世界，当然现在要付出一些代价，比如我父亲，可能马上轮到我。”

“我明天再来。”徐天忍不住在心里考虑田丹的道理，刚想走又被田丹叫住：“徐天，刚才你说只有我能帮你，我也只有你能帮。”

“你说。”

田丹抿了抿嘴，她有些不确定让徐天去冒险是否正确：“替我去西直门庆丰公寓找一个人，我想知道这个人是不是还活着。”

“如果活着呢？”

“不要和他说话，回来告诉我他在干什么，越细越好。你可以拒绝，因为去看他会让你陷入一些不应该惹上的麻烦。”

“我二哥是保密局的，大哥刚对你上刑，事儿托给我，不怕托错人吗？”

“不会错，上一次我已经确定你是什么人了。”

“我是什么人？”

田丹相信自己的判断，但正是因为这样，她不希望把徐天置于危险境地，她说：“我问你最舍不得谁，你说贾小朵，我问你舍得下北平吗，你说小朵就是北平……我也有爱的男人，但从来没想象过男人会为他的女人哭。你什么人也不是，就是你自己。”

徐天傻掉了，愣了半晌。北平，小朵，这些词汇像一片湖水，这片湖水中立着一个快要溺亡的自己。但田丹出现了，徐天抬头，看到了一双能救自己出来的手，那双手是来自田丹的。徐天定了定神，问：“庆丰公寓的什么人？”

“姓冯，冯青波，去找他不要让你的两个哥哥知道，尤其是铁林。”

监狱门后，金海在等待着。门打开，他看到一辆小汽车。金海站在门口没动，小汽车副驾驶位置的车门打开，萍萍从车里下来，拉开后车门。金海犹豫了片刻，迈出小门。

东来顺大厅，铁林拨着衣领，从寒风里臊眉搭眼地走进来。

小二迎上前招呼：“来啦，您一位还是约了人？”铁林四顾稀落的大厅，小二看着会意，说：“冯先生约的吧？一位！里边请！”铁林只得狐疑地跟着小二走。

转过大厅，进入一间包房。铜锅火炭热腾腾，只有冯青波一个人。“东西上齐了，二位慢慢用。”说完，小二拉上门。

冯青波用筷子指了指空着的位置：“吃。”铁林忐忑地坐下来，破罐破摔的劲头又涌现上来，铁林抄起筷子夹了一大坨肉投入铜锅。

冯青波指着桌上唯一的一盆肉：“你知不知道，整个东来顺一天只有半斤羊肉，北平的屠夫都没事干了。”

铁林狼吃得吞虎咽：“叫我来这儿不就是吃的吗？”

冯青波将锅里的肉仔细地拨散。铁林说：“我请客，正好带了请客的钱。”

冯青波问：“上刑了？”

“上了。”

从锅里夹出肉，冯青波用筷子夹在碟子里却没有吃，继续问：“第二拨人什么时候来？”

“没跟我说。”

冯青波把筷子也放下了，看着铁林说：“那她跟你说什么了？”

“她知道田怀中死了，我告诉她是我杀的。”

“你的意思是上刑了，什么也没问到，反而告诉她田怀中死了。”

“刑是我大哥上的，田怀中死也是从大哥那儿知道的。第二拨人啥时候来，她跟我大哥说了。”铁林将肉放入嘴里，恣意地嚼，一副无所谓的样子看着冯青波。

“说说自己，我还不了解你。”冯青波猜到会是这种结果。

“我？我妈死的早，老爷子第九集团军59师的，民国二十七年死在武汉会战，头几年老爷子把兄弟还有关照，把我放到南京，后来靠自己，再后来总算回北平，房没了亲戚也没了，仗着南京混过，到北平站盯个差事。”

“还有呢？”

“俩把兄弟，娶过俩媳妇，前妻是大哥的妹妹，现在这媳妇从前是我三弟的主家，旗人。”

冯青波还是等着铁林往下说，铁林继续说：“大哥金海您知道，三弟是警察，女人刚被不知道谁弄死，他也找田丹问凶手的事儿。”

冯青波皱起眉头问：“什么时候的事情？徐天找田丹。”

“您知道他叫徐天？刚我去狱里他也在。”

“金海不让你见田丹，但徐天可以见？”

“谁说大哥不让我见，刚见了。”

“铁林，在前门车站你看见我杀田怀中，本来应该把你也杀了的，但现在做了组长，你觉得是好事还是坏事？”冯青波盯着铁林，但铁林毫无畏惧，破罐子破摔地说：“好事，对您也是好事。”

“如果你是个废物，现在还是个废物，在保密局里一样，在自己的把兄弟眼里也一样，这你明白吗？”

“冯先生，您也别嫌弃，我从前要不废您能使唤我吗？在您手里不废不就行了？”

“办好有关田丹的事情，你想得到什么好处？”

铁林咬着牙说了个狠的：“做处长，行吗？”

“为了做处长，兄弟能不能杀？”

铁林抬眼看了看冯青波，迟疑地说：“到不了那份上吧，我还要带大哥见您呢！”

“从现在起你的事是盯着徐天，他干什么告诉我。”

“他能有什么事，整天就逮杀人凶手，跟党国大业都沾不上。”

“他见了田丹，跟共产党沾上了。”

“您见见我大哥，田丹把事儿告诉他了。”

“有人会见他。”

小汽车停到胭脂胡同口，胡同太窄开不进去。萍萍下车，给金海拉开后车门。萍萍说：“顾舍，往里走右手第二家。”

金海下车，打量着四周的一切，慢慢往里走。沿着胡同没走几步就来到顾舍门口，门里面飘出丝竹昆音，门口站着四个佩短枪的卫兵，另有两个穿中山装的保镖。

便衣问：“干什么的？”

金海犹豫了片刻说：“找人。”

“找谁？”

金海想了想掉头往回走，便衣喊：“站住，问你找谁？”金海转身说：“不想找了。”便衣摆了摆手，四个卫兵将金海堵住。

金海问：“不找不能走了是吧？”便衣和卫兵也不吭声。

“柳如丝。”

便衣让开向里的道，金海郁闷地跨进院子。

顾舍一楼大房，有小姑娘伺候茶水。一只竹笛伴奏，顾小宝在唱着昆曲《游园惊梦》。柳如丝有些心不在焉，但附和地坐着。戴老爷子和着节拍，微摆脑袋一副入迷的样子。一个姑娘从外拉开门，送进格格不入的金海。柳如丝招呼着金海坐到自己旁边，示意他别惊动戴老爷子。金海尴尬地坐下，看着摇头晃脑的戴老爷子，板着身子也不知道该如何与柳如丝说话。

顾小宝一曲唱罢，戴老爷子风雅合掌，乐师退了出去。

柳如丝说：“小宝歇会儿……戴先生不好意思，刚来个人我让他坐这儿了，您可能没听见动静。”戴先生问：“是好朋友？”柳如丝看着金海问：“算朋友吗？”

金海站起微微俯身道：“不算，我求柳爷办事。”柳如丝冷笑一声，反倒显出点妩媚："这人真给脸不要脸，都坐这儿把曲儿听了，还说不算好朋友，戴先生您说我交的都是什么朋友。"

戴先生笑着，搂过顾小宝，金海越来越不自在，柳如丝对着金海说："你瞧说你两句，脸帘子还放下来了，这么不经逗。"金海问："您叫我来干什么？"

"钱的事儿啊，皇帝不急太监急，找着往外倒的路子没？"

"正找，快了。"

"找的谁呀？别是我认识的。"

"也没准儿，就算是多认识个人帮着说话，也比我活生生求您强。"

"你求过我吗？"

金海没说话，柳如丝接着说："就来跟我认了个错。戴先生，这人是京师监狱的狱长，金海。"

戴先生笑了笑问："幸会幸会，金先生也爱清音雅韵？"金海很干脆地说："听不明白。"

柳如丝扯了扯唇角，嗔道："话没说完呢，前一阵儿金狱长伙着几个兄弟打算劫我，后来跟我认了个错算没事儿了，我惦记别吓着人家，请他过来听个曲儿，他还带着火儿，您说气不气人。"

戴先生说："金先生这就是你不对了。"金海低头，毫无诚意地欠了欠身，说："是我不对。"

顾小宝搀起戴先生："戴先生我们上楼去，别碍着柳爷说话。"戴先生说："金先生刚来，这样好吗？"

金海立即回答："合适，您去您的。"戴先生笑着说："好好好……"

看着顾小宝携着戴先生出去，柳如丝转向金海说："还合适，还您去您的，知道戴先生什么人吗？"

"是谁我也够不着，不打听。"

"行，你能耐大，不聊了，回吧。"柳如丝有些气闷，她弄不明白金海怎么就转性了。

"把我叫来，又叫我回？"

"多横呀，比我还横。"

金海起身往外走，柳如丝急了："站着！寻着哪方菩萨了呀？还是转性子拿钱不当钱了？”

金海转回身子，身板笔直语气恭敬地说：“柳爷，南城这一片人家也尊我金海一声爷，钱您黑着，我半句也没有不敬是不是？您让我自己找人想辙，我就想法儿找，没找着之前也不好意思来跟您说把钱退给我。您是强龙，但杀人不过头点地，别一回一回地把我当猴耍。”

“咱们本来好好儿的，换钱抽成，梁子不是我结的呀？”

“我们兄弟仨结的，所以我认。”

“头一回要让你办个什么事儿解梁子来着？”

“叫我杀田丹。”

“这回我想进你的地盘见见田丹。”

金海怔了半晌，问：“为啥？”

柳如丝说：“你一块儿，陪我问她点事儿，问完再送她见阎王。”

“这可能不太行。”

“是吗？”

“要是前几天这人情也就给您了，现在有些不敢信您。”

“那这样，别拦着你兄弟铁林见田丹。”

“这事儿也知道？您到底是什么人？”

“就眼前儿这时局一般人能帮着你们往外倒小黄鱼儿？”

金海坐回去问：“您也在旗吧？”

柳如丝笑着说：“别套近乎儿，东北长的，打小没在北平住。”

“我是拦着铁林见田丹，但也没说不让见，我们兄弟之间的事儿怎么烦您劳神了呢？”

“我劳神操心的命。”

“铁林不能去求您对吧，求您也不会给这面儿。”

“那是。”

“柳爷，您路子真野，我想拜的菩萨先给您传话了。”

柳如丝有些不明白，但金海明白了。他心里有了几分把握，接着说：“好事儿，说明这尊菩萨管用，连您都得听着，冯先生是吧？”

柳如丝明白了，笑笑说：“原来是这么回事儿。”

金海重新站起来，神态跟刚进来的时候大不一样，说：“劳神给冯先生送个话，请他抽空见见我，田丹把事儿告诉我了，那事儿可是有日子的，您别耽误党国的事儿，也别耽误我的钱去南边。”

金海拉开门走了，柳如丝半天还怔着。金海神清气爽地从院里出来，见两个便衣站在门口，金海示意他们让路：“别挡道儿，在南城也敢横。”

便衣面面相觑，看金海走下台阶，沿胡同晃了出去。

监狱储物室狭小阴暗，十七从许多筐里找出田丹的东西。在田丹的大衣、裤子、围巾、鞋子、那双红绳系着两头的并指手套之间寻找药瓶。华子推门进来，十七转身说：“华哥。”

华子问：“干吗呢？”

“找药。”

“什么药？”

“阿司匹林，有一瓶给天哥了，还有一瓶。”

“谁让你找的？”

十七怯怯的说：“田丹。”

“她给你下药了？让你找就找，让你放了她也放？”

十七已经找到了药瓶，说：“老大已经答应让田丹在狱里舒服点。”

华子夺过药瓶塞回衣服堆里，随手拿起一块田丹的巧克力说：“老大是答应了，你知道他心里怎么想？别自作主张。”

十七看着华子掰开巧克力塞进嘴里，华子喝道：“还不出来！”

祥子拉了一车的东西进平渊胡同，看着是窗户纸，浆糊桶，锅碗勺盆之类的东西。还有一张椅子，徐天和燕三一左一右。车在刀美兰院前停下来，徐天一边拍门，一边看金海院门晃悠的两个白衣汉子。

刀美兰从里打开院门，徐天打招呼：“刀姨，搬东西。”

刀美兰在围裙上擦擦手，抬脚跨出院门：“啥呀？”

燕三和祥子张罗着往里搬，和刀美兰说：“刀婶儿您把门敞开点儿。”

“这都是啥？”

燕三边搬边说：“天哥给您添置的，再把您窗户纸都换了，天冷风大。”

徐天打量着已经走到金海院门口的两个汉子，他走到跟前指着其中一人说："你，我认识，上回活埋过我。"

汉子不吱声。

"别跟这儿晃悠听见没，数三下还不走把你们捆警署去。"

汉子犹豫着，徐天伸手数着："一、二……"

两个汉子往胡同外走。徐天还在后面喊："告诉小耳朵别来劲，有事冲我来，我家住珠市口他知道。"

两个汉子在胡同口消失不见，徐天回到刀美兰家门口。祥子问："谁啊天少爷？"徐天不在乎地说："小耳朵的人。"

祥子吐了口唾沫："珠市口您家敢去吗？大家伙儿不碾死他。"徐天没理会，进了院儿。

燕三冒着寒风在张罗浆糊桶和窗户纸，刀美兰有点不好意思地说："三儿甭换了，凑乎能挡风儿。"燕三抬头对刀美兰笑着："天哥让换就得换。"

"你啥时候干过这事儿呀！"

"家里窗户纸一年一回都是我糊的。"

徐天背着俩手看他和糨糊："该他换，上回抓贼，东墙塌一头就他压的。"

燕三转头："我吗？"徐天从地上抱起东西，拎着带来的椅子进屋。刀美兰笑着跟进屋去。

屋内，徐天将新椅子搁到桌前，将旧椅子提出屋口，又抽身回来，打开那一堆东西说："刀姨您自己归置，上回在这儿吃面，看着碗牙子都豁口了。这桌布是卖火烧的用的，铺上屋里兴许能亮堂不少……"

桌子边的窗户一大块纸从外撕了，露出燕三的脸。徐天说："一会儿就换好，您先忍忍，里外新一新，要不然一个人跟家越过越凉。"

燕三说："婶儿马上就好。"

刀美兰眼眶湿湿的。

徐天最怕女人哭，他赶紧打岔道："您要没事儿，帮我做碗面？"

刀美兰向灶间走过去，看背影还在抹眼泪，徐天心里也有点难受，赶紧探头跟外面说："三儿，一会儿糊完窗户到胡同口看看小耳朵的人还在不在？"

"小耳朵，天桥那个？"

“再敲敲隔壁，看大缨子在不在家，我跟这儿吃碗面。”

燕三这次回应得挺快，答应一声就走了。

灶下已经升起火，水在锅里烧着。刀美兰正在揉面，徐天掀帘子进来。刀美兰边揉面边说：“前头歇着，做好给你端过去。”

“刚从大哥狱里回来，看见八青了。”徐天靠在墙边说话。

“人还好吗？”

“挺好，就问我杀小朵的是谁。”

刀美兰停了一下，想了想，又接着揉。

“您不是让我回来说说田丹有多神吗？”

刀美兰彻底停下手问：“断出是谁了？”

“得去司法处给小朵拍照片。”

刀美兰不明白，徐天接着说：“田丹在里面出不来，得看见小朵被刀捅的地方。把身上挨刀子的地方照下来，我给她拿进去断。”

“怎么照？”

“光着身子照。”

“人死得不明不白还要这么折腾。”

“死得不明白才折腾，不折腾就白死了。”

“谁去照？”

“谁照也得您陪着。”

“合着来跟我说这事儿。”

“我脑子不够使，田丹幸好被关着才能帮咱们，她要不在牢里，咱们够都够不上。”

“她白帮咱们？”

“我也帮她办点事。”

“就说要照相，没说别的？”

“我想想，她说的我都印脑子里；她说凶手是惯犯，但有正常职业，职业跟颜色有关，平时比别人有机会观察女人。杀人不因为恨……是冲动，跟被害人可能不认识，随机的。冬天女人穿的多，凶手对红颜色比较冲动。”

刀美兰看着徐天，等着往下说，徐天接着说：“姨，她说找凶手，得排除个人情绪。”

刀美兰开始抻面，问：“你会照相？”

“我让宝元馆周老板去。”

“男的？”

“照相没女的，他给我和小朵拍过合照。”

“什么时候？”

“小朵出事前一阵子，田丹也看了那照片，说小朵勾着手指头，心里琢磨着不知怎么回家跟您说去南边的事儿，就看张照片，她能断出小朵没爸。”

刀美兰再没说话，她揭开锅盖，将面条煮进去，热气将美兰的泪眼遮住。徐天将目光从刀美兰身上收回来，向外走去。徐天不在了，刀美兰才抹了一把泪。

金海家外，燕三眼睛看着胡同外面，手拍院门喊：“缨子！缨子……”院门拉开，大缨子持枪出现在燕三面前，说：“胆儿肥了？喊上了？”

燕三盯着大缨子手上的枪，大缨子撇了撇嘴：“哪回来恨不得都是偷摸着。”

“天哥在隔壁，叫我过来看你。”

“这样……我说呢！”

“哪买的枪？”

大缨子身子探出院门，瞅着胡同里说：“枪还用买？门口俩人呢？”

“小耳朵的人？走了。”

“怎么不放他们进来呢，跟院里等半天，进来一个我就搂火。”

“金爷不在吧？”

燕三说着往里进，大缨子将门往外推。燕三赶紧伸出一只脚别住门说：“不理我了？”

“都敢到家来逮我哥，怎么理你？”

“这事儿过不去了？”

“我哥要跟徐天真翻脸你是不是也翻了？”

“让不让我进？”

“你是不是也翻？”

“没错，翻。”

大缨子气着了，赌气说：“以后别来敲这门。”

“那可说不定，但我自个儿肯定不来敲。”燕三也来气了，他偏要顶着说。

“真长脾气是吗？”

“当年你也这么往外赶二爷，不让我来可别后悔。”

大缨子提起铁林更来气，她拿起枪指着燕三说：“再说一遍。”

“说完了。”燕三眼睛瞅着天，大缨子来劲了，追着问：“你跟铁林能比吗？”

大缨子被燕三噎得半天才抛下一句话：“啥时候也没想比过。”

大缨子不想再跟他说话，“呼”地关上了门，差点撞上燕三的鼻子。燕三气哼哼地走了，大缨子悄悄地拉开门一看，没见着燕三的人，咣一声又把门给关上了，还不解气，哗啦一下从里面上了栓。

第十六章

刀美兰家，撕下的窗户纸已经封上了，徐天对着光线在看一只药瓶上的药名。刀美兰将冒着热气的面条端过来，徐天就手去端，看见刀美兰在桌上还放了一副碗筷。

刀美兰看着徐天，眉宇间的忧愁挥之不去，提醒道：“当心烫。”

徐天说：“姨，你也吃。”

“我不吃。”

徐天看着那副空碗筷，也挺低落，他说：“您别老这样，小朵不在了。”

“我知道不在了，多放副碗筷屋里不冷清，蒜在这儿。”

“戒了，以后也不吃了。”

徐天唏哩胡噜吃，刀美兰一直看着他，问：“你和小朵的照片在哪儿呢？”

“家呢，回头让周老板也给您印一张。”

“这么些年也没想过和小朵照张相。”

“您要想照，去请周老板的时候顺便照一张。”

“行吧。”

“答应了？”

“答应什么？”

“去司法处拍小朵刀口。”

“再看她挨刀的地方，你落忍吗？”

徐天定了定神，说："只要能逮着小红袄，啥我都能忍。"

刀美兰叹口气，看到面前的那瓶伤药。徐天抓过来放兜里，刀美兰问："给金海买的？"

"啊？"

"同仁堂生肌止血药。"

徐天想了想，将药瓶拿出来放回桌上，说："你给大哥。"

"你买的自己不给？"

"昨天晚上大哥在警署说有件事儿我们都不知道。"

"啥？"

"他把您当家里人，愿不愿意是您的事儿，但他心里这么想的。"

刀美兰怔了片刻，说："他说这个？"

"我冤枉小朵出事跟大哥有关系，大哥急了，那天晚上他是出门……可却是帮我办事，手也是为我伤的。"

刀美兰移过那个药瓶，握在手里。药瓶冰凉，刀美兰有点恍然，她有点后悔上次那么跟金海说话了。

铁林缩着脖子提个兜，裹着大衣回到家。门口停着辆人力车，关宝慧正从院里出来，铁林喊："哎，去哪儿啊？"

关宝慧坐到车里，对铁林爱答不理地说："药在炉子里煎着，自个儿倒出来喝。"铁林接着喊："要回珠市口我可不找你！"

"在家憋一天要爆炸了，出门溜溜透口气。"

"在家多好，怎么会爆炸？我跟外头这一天天地忙才想炸呢！"

"你炸你的，别伤着我，我也别炸着你。"

铁林抬腿一屁股坐进车斗，说："走，媳妇去哪儿我去哪儿。"

车夫将车子拉起来，乱世的北平大街上，人力车跑着，一对夫妇坐在车上，可没有方向。拐过弯，前面有军人车队堵塞，道路上设了禁行卡。

车夫说："走不动了，下车吧。"关宝慧坐在车里不动，铁林也不动。车夫有些无奈地说："二位别难为拉车的，一通跑，你们倒是说个地方呀？"关宝慧冷冷地说："回家。"车夫有点不满，埋怨说："大冷天兜风玩儿呢？"

"这日子过的也只能兜风，还能怎么着？"

“媳妇你想怎么着？”

“我想痛快往前走，能行吗？”

“能行，往前走。”

车夫几乎苦求道：“爷……”铁林瞪着眼说：“我媳妇要痛快，走你的。”

车夫犹豫地拉起车，往前走没多远就被军人拦下了。关宝慧坐在车里没动，她看着铁林下车跟军人说话，然后又进了卡亭，打电话。

关宝慧在风里裹紧大衣，看铁林从卡亭出来，军人开卡闪开一条通道。铁林对车夫说：“走。”车夫小心往前，军人不再阻拦。

关宝慧问：“跟他们说什么了？”

“就告诉我是谁。”

“你是谁啊？”

“国民政府国防部保密局北平站行动处铁林！”

“没告诉他们你是组长？”

“过一阵我告诉他们是处长。”

车夫也跑得畅快，两边都是军人军车，人力车像鱼一样自由无阻。关宝慧将头靠在了铁林肩上，问：“铁林，你真能出息吗？”

铁林看着前方说：“能。”

“南边还去不去？”

铁林转头正对上关宝慧忧郁的眼睛说：“不去。”

关宝慧叹了口气：“赶紧的吧，这世道乱哄哄的，我怕你出息也晚了。”

徐天家门前，金海提着一些点心过来。门口零星的车夫们见着都恭敬地打着招呼，金海点着头问：“你们东家在吗？”车夫们七嘴八舌地说：“在……刚进屋！”

徐允诺在房间里，正专心侍候他的宝贝盆景。金海掀帘进来，和气地笑道：“徐叔，忙呢？”

徐允诺戴着老花镜回头看，惊呼一声：“哟，金海。”金海将水果放到炕桌上说：“给里边儿关老爷子捎的，一会您送进去。”

徐允诺摘下老花镜，端详金海的神色说：“瞧精神头儿比头几天要透亮。”金海笑了笑说：“今儿还没见着徐天吧？”

“没见着，昨儿我让他到平渊胡同罚站，还站着吗？”

“一大早进屋里喝了碗粥，八成在我炕上睡到了晌午。我们俩没事儿，过来跟您说一声。”

徐允诺心里松快了，也跟着金海笑了：“我就说没事！他个二愣子脑子被门挤了，不知道怎么想的。”

“还有件事也得跟您说一声，徐天查小朵的事儿老得去我狱里见一个女共党，您知道吗？”

徐允诺愣了一下，问：“女共党？”

“他着魔似的，小朵的事儿我也帮不上忙，要见田丹不能拦了。”

徐允诺还蒙着，金海接着说：“那女共党叫田丹。”

“见她干啥呀？”

“她挺神，没准能帮徐天，但说不好也能把徐天害了。”

徐允诺刚放下的心又提起来了，问：“你啥意思？”

“您抽空说说他，给他提个醒。”

“我儿子谁的话也听不进，也就你还能说他几句。”

“这节骨眼再说他，怕他听成不让查小红袄。”

“女共党怎么就能查小红袄，不是，怎么就能把徐天害了呢？”

“一句两句说不清，那女的挂着剿总和保密局，铁林已经吃她亏了。”

“还跟铁林有关系？跟你呢？”徐允诺听不懂了，但他真诚地关心着这哥仨。

“总之您跟徐天说说，查小红袄就查，千万别掺和她的事儿。”

徐允诺连声答应着，金海起了身：“您忙着，那我走了。”

“哎，金海，明儿我备点吃的，你们哥仨就这屋。”

“干啥？”

“本来就有这想法，走前一块儿让你们在家聚聚。现在小朵出事，徐天八成没心走了，一日兄弟一世兄弟，别掺沙子，凑一块儿说说话。”徐允诺担心地看着金海，金海宽慰地笑着说：“行，明儿下班我叫上铁林过来。”

“要不跟这儿吃？徐天估摸着也快回来了。”

“不介，大缨子跟家做呢！”

金海家院里，大缨子在水缸边择菜。院门拍得直响，大缨子把菜放一边，边走边问："谁呀？"

外面没回应。

大缨子在衣襟上擦干手，从水缸盖下面翻出手枪，问："谁呀！"胡同有小贩叫卖的声音，大缨子提着枪，过去拉开院门。大缨子探身出去看，先看见挑着担子的小贩。小贩看看大缨子手里的枪，目光又越过大缨子看向另一侧。门外三个精壮汉子，一人夺枪一人捂住大缨子的嘴。大缨子挣扎不能出声，被两个汉子扛走。剩下的汉子不忘伸手关上院门，然后盯着小贩。

小贩回过身，撑着往外走，壮汉贴着小贩一起走。壮汉低声说："喝街！"小贩的声音颤颤巍巍："……芝麻糖、桂花糕、千层酥的不贵……"

人力车拉着铁林和关宝慧回来，铁林一副神清气爽的模样。车夫朝俩人要车钱，铁林看着关宝慧，关宝慧也看着铁林，问："早上给你的钱呢？"

"吃了，结账。"

"你们仨吃得这么合适，一个子儿没剩正好？"

"两个人吃的，东来顺，还带回来四个火烧。"说完，铁林亮了亮一直提着的兜子，关宝慧疑惑道："两人吃的？"

"回屋说，快冻成棍儿了。"两人说着话又准备往里走。车夫又追了两步，喊："哎，车钱！"关宝慧瞪一眼铁林，回身掏钱付账。

家中，又在那个充满女性气息的屋子里，黑色的中药由罐子倒入碗里。铁林愁眉苦脸地看着一字排开的四个碗："以前是两碗，现在四碗。"

关宝慧对这四个碗很上心，耐心地解释说："这是老方子，这是新方子。"

"宝慧我真的要喝死怎么办？"

"我找涂大夫算账。"

"反正你也不嫌弃我，药就不喝了，涂大夫说我是心理问题。"

"从前跟大缨子在一起你行不行？"

"不提从前行吗？"

关宝慧自己运了会儿气，拧着眉说："我不高兴了。"

铁林抱怨："拉头牛来喝这么四大碗也撑死了。"

关宝慧起身坐到沙发上，说："别喝了，倒了去。"

铁林软了下来，哄着说："怎么说两句你还不高兴了呢？"

"一提大缨子我脑子就过顾小宝，过顾小宝脑子里就一堆人。"

这事儿可不能再让关宝慧提起来了，铁林赔着笑说："喝了，看着！"

说完，铁林仰脖子干了四大碗中药，挨着宝慧也坐到椅子里，一副讨好的样子对关宝慧说："你等我药劲儿上来哈。"

斜阳从窗外进来，划在铁林和关宝慧之间，关宝慧说："大白天的，上来也没戏。"

"这几天的事儿跟你说说？"铁林嬉皮笑脸地往关宝慧身边凑。

"说吧。"

"那天在前门车站行动，看见冯先生杀了个老共党田怀中……"

关宝慧捡起桌上打了一半的围巾，打断铁林的叙述问："冯先生是谁？"

"国防部二厅保密局的，官不知道多大，可能耐大，我这组长靠他当上的。"

关宝慧打围巾的手不停，转头看着铁林："好事儿啊。"

铁林顿了顿说："现在不太好了，那孙子把杀田怀中的事推我身上，又让我去大哥狱里审田丹。"

"田丹，女的？"关宝慧停下手里的针，瞪着铁林。铁林赶紧解释说："死了的那老共党田怀中的女儿，也是共党。田丹该说的不跟我说，反倒跟大哥说了，大哥要我带他见冯先生，冯先生又不见大哥……听得明白吗？"

"东来顺羊肉跟冯先生涮的？"

"就一盘肉我吃点他还拿眼瞪我，我结的账。"

"说事儿。"

"他告诉我田丹不用审了，往后盯着徐天。"

"盯徐天干什么？"

"徐天跟田丹混得挺近。"

关宝慧咂了咂舌，说："小朵刚死，他就跟女的混上了？"

"女共党！"铁林重申了一次，加重语气。

"不还是女的吗？"关宝慧理直气壮。铁林泄气了，说："跟你说不到点儿上。"

“到这听着没啥不好，冯先生不让你跟女的混对着呢，长得好看吗？”

铁林无奈地看着关宝慧，关宝慧接着说：“共党也好看不到哪儿去。”

“还真漂亮。”

“所以大哥不让见，你从家拿钱请客求着要见？”

铁林急了：“说正经的。”

“说。”

铁林盯着关宝慧，终于把话说出来了：“冯先生问我句话，想做处长，兄弟能不能杀。”

关宝慧愣了半天，说：“兄弟不就是金海和徐天？”

铁林低了头：“还能有谁？”

关宝慧急了，扔了手里的棒针，差点戳着铁林，痛骂道：“他脑子有病吧，二傻子！”

“你猜当时我怎么想？”铁林往外躲了躲，又小心地把棒针放回茶几上。

“猜不着。”

“把姓冯的杀了得了，扔巷子里就说共产党杀的，反正我和他每回都单见，没人知道。”

“处长不当了？”

“当不当碍徐天和大哥什么事儿，你说是不是？”

关宝慧不吱声，铁林试探着问：“是不是？”

关宝慧看出铁林的犹豫，顿了顿，正色道：“铁林，咱里外得分清，想出息踩乎点自己人也没啥，但要自己人的命不行，你要让他觉得你不拿兄弟当回事儿，赶明儿他能让你要我的命。”

铁林扭头看着媳妇，斜阳正挪到关宝慧脸上，关宝慧一副忿忿的神色。

小洋楼里，柳如丝在用梳妆台里那只琉璃柄电话，电话里是一个苍老的男人声音，柳如丝不时打断男人的话，看起来很生气。“……他今天差点死了……对！他死我就没意思了，我也不知道啥时候成这样……他不走，要接着查，谁和谈杀谁，我帮他，你是上峰可以装不知道。”

柳如丝越来越急躁叫喊着说：“私自调军队？这算私事儿吗？冯青波赴汤蹈火帮你做那么多，现在暴露了……知道是为党国，他没说什么，连地方都不想换……放心，不用你命令，我自己有关系，别说一卡车兵了，飞机坦克都叫得动……最好的办法是上峰命令他离开北平回南京！”

说完，柳如丝挂了电话。

另一厢，冯青波从钟表铺出来，仔细地锁好门。街边停着小汽车，两个保镖坐在前面，萍萍坐在后面，车座上放着 M3 冲锋枪。冯青波视若未见，向前走。萍萍的车开起来，远远跟着。冯青波像一个普通人，汇入北平街头。

远处就是庆丰公寓，冯青波经过巷口那架公用电话，拐入巷子。小汽车停在巷口，萍萍眼看着冯青波消失在巷子里。

金海沿着平渊胡同走回来，刀美兰家的院门半开着。金海都走到自家院门前了，想想又折回去。金海没注意自家的院门也是虚掩的，径自推开刀美兰家的院门进去。

院内，刀美兰端着半桶浆糊，在补燕三新糊的窗户纸，她侧头看见了金海。两人对视，金海有些不好意思地说：“美兰。”

“回来了。”说完，刀美兰低下了头。她不久前才知道，金海已经把自己当成了亲人。爱情会随时把人变成十几岁的孩童。金海是柔软的、年轻的，刀美兰也是。

金海没话找话，走到刀美兰身边说：“换窗户纸了？”

“徐天和燕三下午过来非要换，毛手毛脚的，好几处漏风。”

金海上前提浆糊桶说：“我来弄，糨糊都冻上了。”

刀美兰躲了一下，却正好碰上金海悬在半空的手：“我手里还有点，就这一处了，不用你。”

金海站在一边，没话，刀美兰口是心非地说：“你回吧。”

金海憋了半天：“我跟八青说这几天就去南边，走前把他放了。”

“你什么时候走？”刀美兰等着金海的回答，金海说：“换钱出了点岔子，但这两天就能倒饬明白……你要不要一起走。”

刀美兰等到自己想要的话，又不好意思明说：“上里边把灯拉着，我看还透不透。”

金海离开美兰，去屋里。不久，屋里灯亮了，窗户纸映出金海的人影。

金海的手指点了点窗户下角说："这儿。"

刀美兰手指将金海的手指顶回去，翻掌将指肚上的浆糊抹到窗缝里问："我去南边干啥呀？"

"跟这儿一样，过日子。"

刀美兰不吭声，金海接着说："肯定得过了头七小朵入土。"

提到小朵，刀美兰又心痛了："小红袄没逮着。"

金海在里面不吭声了，金海隔着窗户纸触碰到刀美兰的手指。刀美兰受伤的心被抚平了不少，她低着头小声道："我想想。"

金海听不真切，从里面往外推窗问："你说啥？"

刀美兰将窗户推回去合上，然后提着糨糊桶进屋。天黑下来，院子里没人了，但能看到窗户上两个人影，慢慢重叠在一起。

"你把锯片搁回门框上去。"

"不想见不得人。"

"有啥见不得，我跟他们都说了，一会儿过去跟我妹也说明白。"

刀美兰头一低，轻轻地推他说："赶紧去。"

金海的嘴忍不住咧着，脚步也轻快着。他从刀美兰屋子里走出来，回了回头，目光温柔。要挑明了，去南方，带着美兰和大缨子。那是什么样的日子呢？前半生自己都在北平南城，兄弟多，但大多也都是过客，匆匆来去，人情有冷有暖，但自己的冷暖呢？有一个知冷知热的人，却一直没有过上正常日子。快了，挑明了之后就是正常日子，有滋有味的日子。想到这些，金海兴奋欣喜。习惯了大冷天，总期待着阳光，阳光照了个正着，还有些不习惯，想到这些，金海就想笑话自己。

金海快步走到家门口，伸手拍门环，刚一用劲，门开了一道缝，他推开虚掩的门，迈进去。院里黑黑的，金海慢慢往里走："缨子……缨子！"

金海不再喊了，他走进大缨子房间。房里灯亮了，不见人。片刻后，金海从大缨子房里出来，又进入自己房，仍不见人。金海回到院子，沉吟着。院门拍响，吓了金海一跳。金海从院墙边抄了柄柴刀，提着去开门。门打开，却是刀美兰。金海反手将柴刀靠到门后面，刀美兰将徐天买的药瓶递进来。

金海问："啥？"

"治手伤的。"

"你给我买的？"

"徐天买的，让我给你。"

刀美兰抿嘴朝他笑了笑，又往家走，金海叫住她问："看见大缨子了吗？"

"没在？"

"没有。"

"兴许在胡同口买东西，中午说要买点面。"

金海看着美兰进了自己院门，缩回身子低头看缠着纱布的伤手上的药瓶，合上院门。

西直门药店里，一瓶相同的药放在柜台上。徐天掏钱结账，问："药怎么用？"

店员说："见血还是伤筋骨？"

"也见血也伤筋骨。"

"外敷，匀着抹上。"

"劳驾，庆丰公寓出去往哪头？"

"出门往东第三条巷子拐进去，有招牌。"

徐天从药店出来，低着头走。经过巷口公用电话，往巷子里拐去，前面不远是庆丰公寓的招牌。庆丰公寓里，前院五六只炉子排在院墙下，炉火在黑夜里正红。炉子上的烧水壶冒着热气，挨着炉子排着十几个暖水瓶。老妈子正把烧开的水从炉子上拿下来，往暖水瓶里灌。老妈子嗓门很大："二进刘太太水开了，来拿！"

门房口的一个男听差守着电话，看徐天进来。徐天在前院晃了一圈，并没有往里进，回到门房电话机旁问："借电话用用。"

听差问："您住这儿吗？"

"路过。"

"难怪面生，电话给房客用的，出门左拐口儿上有公用电话。"

徐天看了看电话拨号盘中间写着的本机号码，问："走多远？"

听差说："没多远。"

“谢了。”

徐天刚走出院子，冯青波就提着暖水瓶从里院出来，另一只手拿着田丹的红色胶皮暖水袋。

老妈子挺喜欢这个一看就有文化的年轻人，她热情地说：“开水刚加完，冯先生水壶放这儿，一会儿喊您。”

冯青波彬彬有礼地说：“不用喊，我等一下。”

巷子口公用电话，有个男人抱着听筒。徐天过去站了一会儿，掏出警徽，用尖头在墙上划写公寓的号码。男人是个读书人模样，用西安话扯心撕肺地喊：“……不要再挂电话，话不讲出来我宁可去死……喂？我本将心向明月，奈何明月照沟渠！谁说你是狗啊？我说照沟渠，你最多就是个沟渠，我不会卑鄙到把我爱的人说成狗，我曾经爱过你，现在也爱着你……喂？我还没讲完！”

男人的听筒被徐天接过去，扣上。男人还沉浸在被抛弃的悲怒里，徐天问：“不冷吗？”

男人怒火中烧地说：“我不冷！”

“不冷等会儿对着电话把刚说的话再说一遍，不是没说够吗？就当里面是那个沟渠。”

男人怔着，徐天开始拨号，同时指着墙上的号码说：“这号码啊，对方要挂了再打回去接着说，说痛快为止。”

“你是谁啊！”

徐天把警徽放到男人手里，说：“警察。”

电话通了，是那个男听差的声音，徐天问：“庆丰公寓？找冯先生，冯青波。”

水烧好了，冯青波正在灌水。

门房喊：“冯先生，电话！”

冯青波在原地愣了一会儿，提起暖水瓶向门房过去。

公用电话边上，徐天捂着话筒跟那个仍沉浸在悲愤的男子说：“警徽我一会儿回来拿，敢携警徽逃跑，坐牢。”

电话里传出冯青波的声音：“我是冯青波。”徐天松开听筒，将电话递给男人。男人犹豫着，徐天转身快步往巷子里走。

听筒在耳边，电话里没有声音。冯青波目光阴沉地看向院子门口，又打量周边的人，说："你找谁……不说话挂了。"

男人心一横，大吼道："我本将心向明月，奈何明月照沟渠！你就是一条狗，连个沟渠都不是，不许挂我电话，这个世界上还有没有公理……"

冯青波冷静地听了一会儿，用手轻轻摁下电话叉簧，听筒还拿在手上。冯青波敲了敲门房的玻璃，问："何师傅，有没有人来找过我？"

听差在里面坐着摇头，电话铃又响起，铃声沙哑而执着，就像那个悲怒男人的声音。

冯青波看到徐天走进来，只扫了徐天一眼，随即重新接起电话："喂……"那个男人的声音在电话里叨叨叨。

冯青波问："找冯青波吗？你是谁？我听不懂你说什么，如果你知道我的名字和住的地方，为什么不直接过来和我打招呼……"

徐天站在冯青波侧后方，看着他的手指头在红色胶皮暖水袋上敲打。冯青波瞟了徐天一眼，礼貌地笑了笑，挂了电话，提起暖水瓶，对着徐天说："现在莫名其妙的人真多。"

徐天也笑了笑，听差对徐天喊："先生，我们电话只给租客用，您再来也没用。"

冯青波转身说："让他用吧，也许有急事。"

听差说："出门左拐不远就有。"

冯青波说："也许有人占着。"

"既然冯先生都说了，打快一点。"

徐天拿起电话："谢谢。"

冯青波笑着对徐天点了点头，又低下身子隔着玻璃问听差："何师傅，刚才电话是找我的吗？莫名其妙。"

"是啊！冯先生嘛，庆丰公寓一共就您一个冯先生。"

冯青波点着头，拎起暖水瓶走入院子。徐天重复拨号，看着冯青波的背影。冯青波回到房间，将红色胶皮暖水袋盖子拧开，将暖水瓶里的水注进去，然后拧好水袋盖上瓶塞，从枕头底下取出匕首，将匕首拢入袖子走了出去。

冯青波从屋里出来，门房电话机前已经没了徐天，冯青波快步向外出去。拐过巷角，见到公用电话——无人。冯青波走近，看到墙上新划的电话号码，他用手轻轻抚过去。公用电话上方的路灯突然灭了，巷子里以及目及所见的地方灯火逐渐熄灭，冯青波陷入黑暗。

远处响起呜呜的空笛，借着还未熄灭的光亮，冯青波看见徐天的背影在远处闪没。冯青波掌扣匕首，快步追上去。

呜呜的笛声中，灯光由西北向东南熄灭，只有皇城有灯火，以及家家户户门口零星的红灯笼。

呜呜的笛声中，街面上有市民打起手电，或者风灯蜡烛灯笼。冯青波数度赶上徐天，又数度失去，徐天终于消失在黑暗里。

金海打开手电筒，从院子里走出来，胡同里有街坊拿着蜡烛，也有提着风灯牵着小孩的。金海拍刀美兰的院门："美兰！"片刻，刀美兰举着油灯开门。金海说："石景山电厂被占了。"

"知道，还是限电，没准儿一会儿就来了。"

"你睡吧，我院门没关，明儿一早过去看看，要没见我，就去珠市口跟徐天和铁林说一声。"

"这大黑天去哪儿？"

"找小耳朵。"

"我跟徐天说啥呀？"

"就说大缨子被小耳朵弄走了。"

刀美兰愣着，看金海打着手电走远。这个男人不容易，本来要挑明的事，就这么黑不提白不提地过去了，那些不能宣之于口的感情就要永远被掩盖了吗？要挑明的事没了，没想到的事发生了。看着金海的背影，刀美兰有些失落。她希望自己也能融到那团黑暗里，替眼前的男人分担一些什么，想到这些，刀美兰竟然滋生出一种踏实。一个无所不能的，承担一切的男人，自己还有什么可失落的呢？

京师监狱里，八青的监舍门开着，城市远处响着沉闷的笛声。华子和十七站在门口，八青抱着自己的几样东西准备走，问："金爷让我换哪儿去？"华子警觉地听着笛声由远及近，罩神在角落里盯着插在门上的钥匙。

监舍通道的灯光暗了暗，坐在自己监舍的田丹看着外面通道的灯暗下去，直到全部熄灭。

在灯光熄灭之前，华子看到罩神扑向门上挂着的那串钥匙，黑暗里一片混乱。

华子喊："抓住人，钥匙呢！十七，电棒！外头门别开！都把着门口！"

八青号叫："我在这儿！我在这儿！"

华子喊："不许动！电棒呢！"

一时间，电棒乱晃，狱警们拿来了风灯，监舍通道又亮了起来。

华子喊："都别乱，外头有人看着吗？"

电棒照过去，向外的通道拥着许多狱警，华子指挥着说："把着门，一只蚂蚁也别放出去！"

华子领着十七和几个狱警接近八青监舍。光照进去，监舍里只有八青缩着，罩神不见了。

华子问："灯罩儿呢！"

八青惊恐又委屈地："我哪儿知道？"

十七默默地看着华子。

华子扭头，通向特别监舍通道的门半开着，大骇道："十七，去叫老大。"

不远处的通道里，罩神贴墙站着，一副困兽的样子。他旁边就是田丹的监舍。外头电棒的灯晃进来，田丹坐在床铺上，闲聊般问："想越狱？"罩神紧张地点着头。

田丹怜悯地看着他说："没准备好，这样出不去的。"

罩神咬着牙盯着通道里："我弄死一个赚一个。"

"死的是你自己。"

电棒更近，能听到华子的声音："灯罩儿！老大留你一条命，这回是你自己找死！"

罩神要崩溃了，田丹说："可以用我挡一挡，他们不敢要我的命，也许能出去。"

罩神愣了片刻，扭身用钥匙打开田丹监舍，田丹好整以暇地走出来。

狱警们临近的时候，看见罩神正一手攥成拳，钥匙尖头从拳缝里突出来对着田丹后脑。他用一只手抓着田丹后领，将她挡在身前，说："都给我起开，我要活不成捎带上她！"

两边监舍的囚犯喧哗着，通道中间十几支手电光集束中，罩神挟持着田丹前行。狱警们形成包围圈，罩神浑身都在哆嗦。

华子一边谨慎地对峙，一边用话激他："灯罩儿，你扎她呀，能走到哪儿去？"

田丹偷偷对罩神说："跟紧我。"

看着是罩神挟持，其实是田丹带着罩神走。

城市上空响着呜呜的声音。斗狗场的木门被人用硬物从外往里砸。木屑纷飞，手电筒的光射进来。尘土飞扬中，金海持手电进来。

斗狗场空无一人，金海边走边喊："小耳朵！"声音在不大的空间里回荡着，金海咬着牙，身体紧绷着，借用手电微弱的光慢慢移动，他仔细留心每一个角落，即使是墙角堆积的木料也没放过，但是仍旧没有任何一个人。

第十七章

监狱里喊声大作，罩神已挟持田丹走到首道门禁前。门禁区内挤着四个狱警。田丹转了个身，使罩神和自己背对铁门。华子一批狱警成扇形将田丹和罩神围住，华子厉声道："松开她！还能往哪儿走？"

罩神都快崩溃了，他从来没做过这么麻烦的事儿，田丹的嘴唇几不可见地动了动，轻声地指挥："夹住我咽喉，钥匙从左边数第六个开门。"

罩神愣住了，田丹观察着投鼠忌器的狱警，镇定地催促着："如果想活就快一点。"

罩神用胳膊夹起田丹，另一只手哆嗦着拔钥匙。因为紧张，田丹的身子都快被罩神夹离地面。

罩神发着狠，用钥匙尖逼近田丹后脑，威胁狱警说："别过来，真弄死她！"

钥匙插入，铁门打开。罩神和田丹贴着门，进入门禁区。门禁区里候着的狱警扑上来，被罩神踹飞一个。华子在外面喊："别弄死那个女共党！"

田丹指挥罩神关门，罩神在田丹咽喉处挥舞钥匙尖头，奋力顶上刚进来的铁门。门禁区里四个狱警环伺，罩神和田丹背贴侧门。透过向外的门，院子里有更多的手电光射进来，让人睁不开眼。手电光中，能看到院子里的狱警们持枪，已经准备好射击。向侧里铁栅门看进去，通道无人。

田丹低声道："钥匙左数第七个。"罩神颇为后悔，声音都发颤："出去就被打死了。"田丹示意侧门："开你身后的门。"罩神一手挟紧田丹，一手拔钥匙开门。

侧门开启，田丹和罩神退进去。四个狱警死死地抵住门，跟进去。华子在通道里大喊："开门，把这门打开！去叫老大了吗？"狱警扯嗓子回应："十七去了！"

呜呜的笛声渐远。

北平的街道上，十七在狂奔，他身边街道的灯火重新亮起来。

呜呜的笛声渐远。

斗狗场里，金海平时一尘不染的袍子下摆沾上了不少灰土，他踩着乱木走出来，周边灯火一盏盏地亮起来……

监狱里，田丹和罩神继续往楼梯上退，大批狱警随着往上。楼里的灯光重新亮起。田丹侧头向过道里看，一间间屋子门口都有牌子，最里面的一间牌子上写着狱长。

华子对众人打气，也对着自己打气，喊着："冲上去！这家伙不敢弄死女共党，上去！"

田丹离开罩神往里走去，罩神一扭头不见了田丹，扭身上最后两级楼梯也往过道里跑。田丹来到狱长办公室门前，拧了一下门把手。门是开的，田丹进入办公室，手扶门把手看着身后的罩神。

田丹低声说："进来。"

这是金海的办公室，罩神进来后田丹关上门反锁，在墙上打开屋内的灯。

田丹命令罩神守着门，外面开始擂门，罩神六神无主，声音都劈了："别进来！"

田丹已经转到金海的办公桌前，翻看桌上的文件。罩神慌乱地嘶吼："现在怎么办？"

田丹在迅速地翻看一本电话通讯册子，翻页的间隙里，她抬头冷冷地看了一眼在门口殊死抵抗的罩神。本子上面有司法处、物资处、沙河监狱、华北剿总联络处密密麻麻很多电话。田丹手指停到华北剿总联络处，再往下划，是华北剿总督察处、战务观察处、军需处……田丹手指再次划到华北剿总督察处。

十七气喘吁吁跑到金海院前准备拍门，可院门一碰就开了，十七闯进去。东西屋都亮着灯，十七哑着嗓子喊：“老大！狱长！”每个屋挨个进又出来，十七站在院子中间喘，想了想，又发疯般地跑出去。

刀美兰拉开自己院门，她看见十七从门口跑过，奔出胡同。刀美兰怔了一会儿，也关了院门向胡同外走。

徐天从西直门到铁林家，急急地敲铁林的门。徐天听见铁林扯嗓子问是谁，徐天扬声道：“我，二哥。”

铁林拉开门，徐天便直吼吼地要往里进，铁林挡着说：“你嫂子躺着呢！”徐天讪讪地退回门外，说：“那就外头说。”

“什么事儿？我披件衣服。”过了一会儿，铁林嘴里叼了支烟，披了件大衣出来，关上门问：“跟大哥的事儿还没过去？”

“过去了。”

“瞎折腾，大哥对你多好，帮你平事儿，你还坏人好人杀人偿命来警察那套，想明白了吧？”

这些天徐天的脑子没清明，他想了想：“也没太明白。”

铁林一直在摸火，徐天从兜里掏出火柴划着递过去。铁林接过火柴，看徐天另一只手里的半盒烟问：“啥时候抽上烟了？”

徐天没接话：“那天你送到司法处的尸体是田怀中吧？跟小朵放一个冰库的。”

铁林愣了一下，火柴烧到了铁林的手指，他赶紧扔了，将烟从嘴上摘下来说：“问这干啥？”

徐天将火柴收回兜里说：“我昨儿去大哥狱里见田丹了。”铁林垂下眼皮，喜怒难辨地说：“知道，我在审讯室。”

徐天问：“田怀中你杀的？”

铁林沉吟了一下：“对。”

“你杀他干啥呀？”徐天一下着急了。

“他是共党。”

“共党不是人啊！”

铁林烦了，他应付着徐天的诘问：“又来这套，幸亏不是在你地界上杀的，前门车站归不归白纸坊警署管？你一个小警察操得了那么多心吗？”

徐天无言了好一会儿，铁林也有些尴尬，说：“火柴给我。”

徐天自讨没趣，讪讪地说：“我走了。”

铁林狐疑：“你问田怀中干吗？”

“明天我过去拍照，您跟司法处说一声。”

“拍谁？”

“小朵和田怀中的刀口。”

“你南门头子真管前门楼子的事儿啊，都跟你说了是我杀的。”

徐天看着铁林，铁林不满地瞪他一眼说：“看啥，我干的就是杀共党的差事。”

徐天低头走下扶梯，铁林喊：“徐天，你别刚跟大哥来完劲，又跟我来劲啊！火柴给我。”

“明儿记得跟司法处说。”

铁林看徐天转出拱门，徐天走出来，迎头遇上一头汗气喘吁吁的十七：“三哥……”

徐天问：“怎么了？”

“找不到老大，刚停电狱里出事了，灯罩往女共党那屋去了！“

“田丹吗？”徐天急了，捏着十七的胳膊连声问。

十七跑得倒不上气，他只不断地点着头。

“大哥不在家？”

“院里灯都亮着，没人。”

“可能在隔壁，赶紧回去叫，我先去狱里。”

徐天发足狂奔，跑出去几步还不忘回头催促在原地狂喘的十七：“快去啊！等什么呢！”

罩神将椅子挪到门前死死抵住，金海办公室外，狱警们正在华子的组织下正有序地进攻。电话听筒在田丹耳边，惯有的从容冷静：“联络处吗？我是督察处沈先生的秘书，沈先生在行营开会，刚才停电沈先生担心家里状况，麻烦你们往沈先生家打个电话询问一下。”

电话里的声音颇为懒散：“你自己打就是了。”

“对不起，家里电话我不知道，也不好再打扰沈先生。”

“我们又不是督察处的保姆。”

“要么，你把号码给我，我打就是了。”

“等着。”

同时，罩神如惊弓之鸟一般，看着田丹，又听着门外的动静，但田丹完全不理会他，华子喊着：“准备把门撞开。”

二勇劝着：“华哥要不要等老大，万一灯罩儿弄死女共党……”

华子仍大喊：“现在死没死都看不见，等一会儿老大来了，大家都得死！”

外面开始撞门，田丹看见木门在撞击中颤抖着，她听到外面华子对众人说拿斧子的声音，夹在中间的罩神开始折腾大动静，他将柜子往门口移。田丹捂住听筒，外头开始劈门，门板裂开。

电话里又传出那个懒散的声音：“沈世昌家的电话，6545，你那边咋那么闹？”罩神过来拖桌子，桌腿与地板摩擦发出吱呀的声音。

“谢谢。”田丹挂了电话，抬起电话座机。桌子也被罩神拖走，推向房门。田丹把电话放在窗台上重新拨号，然后将听筒贴在耳边等待接通。她看着将要劈开的房门和屋里疯狂防御的罩神，仿佛隔岸观火。

徐天狂奔在深夜的街道里。金海提着手电走回平渊胡同，十七从后跑过来，断断续续地喊：“老大！”

金海见到十七，停在院子门口：“狱里出事了？”

“灯罩越狱，可能拿田丹做人质。”

金海愣了一会儿，还是走进院子里，喊：“大缨子！缨子！”

十七停在门口喘，金海回过身子：“走。”

金海办公室的门已经被华子他们劈开，狱警们突破桌椅柜子组成的工事。田丹的电话打通了：“喂，我是行营，有急事找沈先生……好。”

罩神隔着工事与狱警打斗，就像田丹的前沿阵地。过了一会儿，沈世昌的声音从听筒里遥远地传来："喂。"

田丹捏着电话，轻轻地舒出一口气："沈伯伯，我是田丹。"

沈世昌停顿了一会儿："你在哪里？"

"京师监狱。"

沈世昌的家是一处规整的二进四合院，很安静，院子里有制服军官的身影。前厅向里的屋子有一桌麻将，隐约是三个女人一个男人。沈世昌在前厅檀木花案边拿着电话，发怔。电话那头的田丹继续说："沈伯伯。"

沈世昌顿了顿："我在，你怎么能打电话？"

"保密局天天给金海施压力，金海想明确我和您的联系。"

沈世昌问："他在吗？你那边声音很乱。"

办公室，隔着工事，罩神与狱警在殊死搏斗。田丹很冷静，接着说："他在忙，有个犯人要越狱。"

狱警已将突入房间，沈世昌恢复了淡定："丹丹，局势复杂保密局盯得很紧，幸亏你关在京师监狱，除了暂时保证安全，我再做什么容易弄巧成拙，一定要理解。"

田丹说："不要担心我，事情父亲交待过，您信里顾虑的条件我们有解决方案，过几天我找您面谈。"

"怎么找我？"

"父亲谈好的方案还有可行性吗？"

"可行，但有几处还要商量一下。"

"只要可行就好，我会去找您。"

沈世昌说："丹丹，伯伯不知道你那边发生了什么，但知道你的性格，这种局面不要再……"

田丹打断了他的话："沈伯伯，天津守不住的，北平城随时可以破……"

狱警们终于冲进房间，罩神一声不吭地与狱警拼命，田丹接着说："您犹豫等于害几十万人的生命，等城破了您顾虑的条件和我们答应的条件就全部没有意义了。"

沈世昌沉顿了一下："叫一下金海。"

"您等会儿打过来，他就在了。"说完，田丹挂了电话，屋里已一片狼藉，狱警们将垂死挣扎的罩神往外拖。田丹把座机放到窗台显眼的地方摆正。

徐天终于跑到监狱，狱警给他开向办公区的侧门。门禁区和办公区过道都是狱警，最外层的持着枪。徐天快步上楼梯，转入过道。华子一伙一边打一边将奄奄一息的罩神往外拖。华子见了徐天问道："三哥，老大呢？"徐天问："田丹呢？"华子一努嘴："里面。"徐天越过灯罩往里走，华子狠狠地嘟囔着说："把他拖下去弄死。"徐天转身说："华子，我人抓进来不是让你们弄死他的。"

华子愣了愣，说："在狱里犯人死活由老大说了算。"

徐天说："那我在外头把他杀了得了，送进来干什么？"

"您别管了。"

"监狱关人，没听说监狱杀人。"

"他想越狱，是他自己找死。"

徐天看了看罩神说："这不是还没死吗？"

罩神嘶着嗓子说："徐天，还是你懂事……"

徐天往里走进金海办公室，华子有些不满地小声说："这一亩三分地到底谁说了算。"

徐天从门内退出来，瞅着华子："说什么呢，没听见。"

华子心情烦躁，回了一句："没什么。"

徐天重新进入办公室，华子死命地踹了罩神一脚命令道："让他下去等老大发落 。"罩神彻底昏死了过去。

办公室里有四个狱警守着田丹，她坐在金海的那张椅子上，这是屋里唯一没有翻倒的东西。

徐天说："你们出去，我自己在这没事儿。"

四个狱警有些犹豫，徐天大喊："出去呀！"

四个狱警离开办公室，到外面走廊站着。田丹整理着头发，用伤手重新别发卡。

徐天看着端坐在金海椅子上的田丹，问："你没事？"

"是我自己要上来，本来就想打个电话，正好。"田丹坐在狼藉中间，神态依旧从容，就好像坐在自己家里的客厅一样。田丹温暖地向徐天笑着，神态还带着几分轻松，说：“你担心我？”

徐天盯着田丹说：“是。”

“我能自保，本来以为明天才能看到你。”

徐天稍有些恍惚，田丹接着说：“金海应该马上到，他会把我送回去。”

徐天把思绪拉回来，急忙说：“我见到冯青波了。”

“他还活着？他看上去好吗？”田丹的神色好像有一点波动，但又转瞬即逝。

“挺好。”

“你看到他的时候，他在干什么？”

徐天一时没说话，田丹喊：“徐天？”

徐天顿了顿：“接电话。”

“用哪只手接？”

徐天想了想：“右手。”

“左手空着？”

“左手拿着一只胶皮暖水袋。”

田丹停了一会儿，问：“什么颜色？”

徐天又想了想：“红色，手指头一直在暖水袋上敲。”

“能听出来他大概接什么人的电话吗？”田丹微微笑着。

“我让人在外面打的。”

“他知道那个电话是你让人打的了，他的左手食指一紧张就会下意识地敲打。”

徐天愣了一下，说：“我让他紧张？他不认识我。”

“现在认识了，打完电话暖水袋用哪只手拿的？”

“右手。”

田丹皱了皱眉，徐天补充着说：“左手提暖水瓶。”

“这就对了，他穿着什么衣服？”

徐天回答：“青长衫。”

走廊传来狱警的声音：“老大！”紧接着是金海的声音：“把人带回监舍！“田丹装作没听见，抓紧时间问他：“找好拍刀伤的师傅了吗？”

“就让上次的师傅拍。”

“有关小红袄的事情可以问问他。”

金海进来，看着凌乱的屋子，四个狱警进入房间，站在金海身后，徐天还在继续问：“为什么问照相的？”

“刚才停电想到的，摄影师的职业与色彩有关，普通人盯着女人不礼貌，拍照片可以从容观察平时不能长时间观察的人，问问他也许能让我们更接近凶手。”

窗台上电话响起来，金海厉声道：“把人带走！”

田丹站起来与徐天告别：“我走了。”

徐天从兜里取出那瓶伤药，说：“外敷，涂手上。”

金海看着那瓶伤药：“给我。”

徐天把药瓶递给金海，金海收了药瓶对狱警喊：“带走啊！”

田丹冲着金海微笑地说：“你的电话，沈先生。”

金海怔了了怔，绕过一地东西，去窗台上接电话，田丹看着徐天轻声道谢，随即被四个狱警押着离开。

金海抱起电话座机，拿着听筒：“我金海，沈先生……”

徐天听到电话那头的声音很生气，沈世昌难得动了气，说：“你怎么搞的，犯人在监狱里可随意走动打电话吗？”

金海指那张椅子，徐天将椅子搬到窗台边。沈世昌接着说：“电话打我家里来了，保密局的人正好没把柄，你是不是狱长不想当了，通共的罪名很容易安到你头上！”

金海坐入椅子：“沈先生，您听我说，人在我狱里呢，刚有点事儿。”

沈世昌更加生气，说：“我让你保证田丹的安全，不代表她可以在监狱里想干什么就干什么！”

金海说：“是，是……肯定安全，谁也别想碰她……沈先生这几天您什么时候方便，我想去找您一趟……”

沈世昌那头直接挂了电话，金海也挂上电话，看着一屋狼藉。他抱着电话座机踅摸地方，最终还是把电话放回窗台上，然后，控制着慢慢叹出一口气。

沈世昌放下电话，在檀木花案旁边坐着，外面院子里有几个站立着的军官。一个旗袍女人从里厅过来，声音温柔说道：“什么事生这么大气？”

沈世昌疲惫地挥挥手，示意她自己没事。旗袍女人是沈世昌的七姨太，身材高挑，面目清秀：“观复输钱了，叫你过去替手。”

“他打吧，算我的。”

“我也输了。”

沈世昌忍住心里的不耐烦，拍了拍七姨太的手，说：“我在想事情，你们玩儿。”

七姨太担心地看了他一眼，自己走到里厅去，沈世昌拿起听筒拨电话。

梳妆台上的琉璃柄电话在响，穿着睡衣的柳如丝从里屋出来，接起电话。沈世昌的声音传过来：“明天回来。”

柳如丝冷冷地说：“没时间，明天我要看着青波。”

“他暴露了，和他在一起很危险。”提到危险，沈世昌的话语没有任何情绪波动。柳如丝执拗着：“你不保他我保他，说过了。”

“不要任性，回来商量冯青波善后，电话里说不方……”

柳如丝那头挂了电话，沈世昌皱着眉头，轻轻地挂上自己的电话。里厅麻将声哗啦啦，他望过去，一派岁月静好。

办公室里，金海坐在自己的椅子上，手里把玩着那个药瓶：“你怎么过来了？”

“碰上十七了。”

“给我买一瓶，也想着给她买一瓶？”

“正好都是手伤。”

“她的伤是我弄的。”

“你干吗弄她。”

金海抬头看着徐天，挤兑他说道：“心疼啊？”

徐天有点急了：“她又没招你。”

金海指着屋子：“这还叫没招？”

“这是灯罩弄的。”

金海将那瓶药也放到电话机旁边，说：“天儿，这女的能耐太大，你让她办小朵的事，其实被她指使，知道今天上午出啥事儿了？她用缠手的纱布结了根绳儿，铁林差点被勒死。”

“我刚从二哥那儿来，他也没说。”

“丢人的事儿谁说？这药瓶玻璃的，到她手上没准把监狱拆了。”

华子来到门口请示金海：“灯罩儿怎么弄？”

华子看看徐天，又看回金海，金海问：“打死了吗？”

“还有口气儿。”

金海有点厌烦：“先关着，现在我没工夫。”

华子转身，又被金海叫住：“把这屋收拾了，原来是啥样还啥样。”

华子退出去，金海重新看向徐天：“小耳朵把大缨子弄走了。”

徐天一时还没明白过来，金海接着说：“上回他们埋你，我诓他放他兄弟，他一直跟我要人，犯人关进来说放就放这就不是监狱了，是吧？”

徐天愣着，没想到这件事情竟然把大缨子也牵扯进去了：“是。”

这个时间了，珠市口徐家还人来人往。祥子在门口，还有人力车往这边聚过来。徐允诺问：“小耳朵家住哪儿？”

祥子说：“家在保定，平时就住天桥狗场。”

“狗场有人吗？”

“没人，刚去看了。”

刀美兰在边上焦急万分，徐允诺转向刀美兰问：“金海怎么说的？”

“缨子让小耳朵抓走了。”

“你过来的时候大缨子在不在？”

“都说了不在，来电后过去看两趟，来了个狱警在院里喊也没人应，火烧火燎地又跑走了。”

关山月皮衣皮帽披挂齐整，手执一杆唱戏用的红缨枪，从院子里奔出来：“呔！大师兄到了没有？”

徐允诺无奈地安抚：“关爷，您就跟家待着吧。”

“家都被那帮孙子抄了还怎么待？咱也抄他们的！”

张子拉着车过来：“东家、祥哥，人找着了，崇文门花市儿要钱呢！”

关山月一马当先，上了张子的车红缨枪向前指着说：“走！”

“美兰，你摁着点关爷。”徐允诺说着也上一辆车，美兰也上了张子的车：“等等我。”

徐允诺回头喊道："祥子你别跟着，再去拉些人。"

"得嘞！花市儿碰。"祥子撒腿跑开，徐允诺大声跟众车夫交待："都走胡同，别走大街让宪兵看见。"紧接着，三四辆人力车跑起来，刀美兰在车斗里摁着关山月："关爷坐稳，这又不是马上，这杆儿都打着我了！"

关山月转头："大缨子是不是丢了？"

刀美兰看着关山月："您不糊涂啊？"

关山月一脸自得："大缨子老陪我听戏，你糊涂了！"

徐允诺和刀美兰一行，三四辆人力车从小巷里出来。迎面街口聚了七八辆人力车，祥子一头汗说："东家，小耳朵从花市儿走了。"

徐允诺问："见着他了？"

"见着了，放话说平渊胡同见。"

"平渊胡同金海家？"

"是这么说的。"

"让人过去啊！"

"已经过去了。"

街面上有宪兵巡逻队，吹着哨子过来："干什么的，聚这么多人，大街主道宵禁知不知道！"

祥子应付着说："刚收车，这就回！"徐允诺交代说："赶紧走，别招宪兵！"

监狱的小门拉开，露出金海和徐天的身影。徐天说："我去叫二哥。"

"明儿再他跟说吧，现在叫没用，我刚去狗场也没找着人。"

"小耳朵还有别的窝吗？"

金海说："不知道，回家再看看。"

"我跟您一起。"

人力车都聚在了平渊胡同，车夫们都倚在车上，堵了胡同两头。院子门口守着四个白衣精壮汉子，一人提着一把雪亮的长刀。

小耳朵在金海家的灶间翻吃的，刚找到几根萝卜出来，又进入金海房间转了一圈，翻了翻，拖了条凳子到院子里。

外头喧哗，院门推开，一个精壮汉子探进身子说：“爷，珠市口车行的东主来了。”

小耳朵并不在意，问：“外头聚了多少车？”

“二三十辆。”

“你们四个够用吗？”

“够用。”

“让那车行头进来。”

汉子闪出去，徐允诺在前，刀美兰居中，关山月殿后，三个人穿过两边的人力车往金海门口走，不时有街坊邻居在自家门口探出头看。三人来到门口，面对四个汉子。

关山月瞧着四个汉子说：“报上名头！”四个汉子推开门，小耳朵在里面喊：“进来吧！”关山月红缨枪一抡，打着一个汉子的肩头：“雪花刀对烂银枪，接招了您呐！”汉子伸手将关山月推了一趔头，关山月急了：“哎呀，还手了！打他们！”

祥子一帮车夫看着徐允诺。徐允诺拦着：“关爷，您稍等，我进去看看。”

关山月从地上爬起来，挺枪便刺：“我这爆脾气可绷不住！”木枪头扎在汉子胸上，枪身弓回来又把关山月弹一踉跄。“哎呀呀！”关山月舞了一轮枪花，准备下番攻势。只见一片银光，关山月手里的枪只剩短短一截棍子。汉子依然提着刀，枪杆子已被削成几截断落在地上。半个胡同的人都犯了怵，关山月也尿了：“美兰，你也在这儿待着吧。”刀美兰却当先一步跨进院去。

院子里，小耳朵大马金刀，坐在条凳上啃水萝卜：“你谁啊？”徐允诺说：“徐记车行徐允诺。”刀美兰在后面，瞥见金海之前搁在门后的柴刀。

小耳朵笑了笑：“姓徐哈，出这头因为徐天呗？”徐允诺说：“徐天是我儿子，金海是我儿子大哥，大缨子是……”

小耳朵打断，用水萝卜指着刀美兰：“行行行，你呢？你谁？”刀美兰提着柴刀过来：“我邻居，住这隔壁的。”

小耳朵问：“这么在意金海家的事儿，金海在意你吗？”刀美兰并不回答：“赶紧把缨子送回来。”

小耳朵短促地笑了一声：“瞧着像金海姘头。”刀美兰不畏惧地说道：

“我可不怕你，你就是小耳朵吧？”小耳朵侧了侧头，给刀美兰看烫伤的耳朵：“我就是，也没说要让你怕，金海怎么不来？下回就绑你了。”

“你敢！”

“拿着柴刀要砍我？”说着，小耳朵掏出枪，是金海留给大缨子的那支手枪。小耳朵拉栓上膛：“砍我，我这么讲理的人，还要砍我……”

小耳朵抬手一枪，打飞了美兰手里的柴刀：“别动，弄不好打着你们。”小耳朵又冲着刀美兰和徐允诺胡乱开了一枪，子弹擦着两人飞过去，打在土墙上。小耳朵接着开枪，把徐允诺和刀美兰吓得闭眼一动不敢动。

人力车夫们在门口听见第一声枪响，纷纷要进门，四个汉子死死将门口守住，正在这时，金海和徐天过来，在枪声里，穿过满满人力车的胡同。两人到院门口，金海对着四个汉子吼道：“起开。”

汉子将院门推开，金海和徐天进来。小耳朵见了来人，笑了笑：“金爷回来了，都等半天了。”

金海先安抚住一旁的刀美兰和徐允诺：“美兰，徐叔，没你们的事儿。”徐允诺担忧地看着徐天，徐天说：“爸您先出去。”

徐允诺对徐天切切地嘱咐：“要人手喊一嗓子，一胡同都咱们的人。”

小耳朵说：“来说事儿的，不是来打仗的，人我藏着呢！这头打死我，那头人也没了，大家犯不上。”

金海转身说：“徐叔让大伙儿回去吧，确实不是打仗的事，大晚上宵禁呢，别连累车行里的弟兄。”

“我们在外面等着。”徐允诺拉着美兰出去。小耳朵接着说：“不好意思啊金爷，不想把事儿弄这么大，您也瞧见了我就带四个兄弟，来找您说话的，徐天你爹弄一胡同臭拉车的是想干吗呀？”

徐天转向金海，他找了个角落站定：“大哥在这儿，我不插嘴。”

小耳朵不依不饶地说：“事儿因你起的，你不插嘴不行。”

金海问：“大缨子是在你那儿吧？”

“在，要不在还能想起我？枪给您带回来了，子弹刚打完，您那妹妹连枪都不知道怎么使。”

“想怎么着？”

“把我兄弟放了，就放你妹妹回家。”

“放不了。”

“那天在狗场说话算放屁了？”

“本来还有商量，现在又绑人，又跑我家来横着，放不成了。”

“金爷，咱们讲点道理行吗？”

“讲。”

“您在江湖上有面儿，一半靠狱长，一半靠义气，铁林徐天俩兄弟跟您拜把子叫大哥，多半图的是您义气这扇儿吧？”

徐天打断他说：“别绕，赶紧放人，你这是绑架知道吗？”

小耳朵瞪着徐天：“让不让我把话说完。”

金海点点头：“说。”

“官面儿都是假的，办不成事儿，咱们办事从来凭一句话，那天红口白牙说放我兄弟，我就信了，放不了您别说，说了不放就叫诓我。反过来我这事儿搁您身上，您急不急？我就不信您没碰上过活生生让人诓了的事儿，我是苦主儿，跑这儿来跟您申冤呢！不是来叫板的。”

金海缓缓地低下身子，捡起落在地上的弹壳：“明白你意思，人还是放不了，我当一天狱长就放不了人，那天诓你在这儿跟你赔不是，我妹妹送回来，记着以后我欠你一大人情。”

小耳朵瞪着两眼：“当狱长都放不了人，人情拿什么还？金海你到底算哪条道儿上的，当差就聊当差的规矩，江湖就聊江湖的规矩，两头都占着你算个什么东西？”

金海怔了一会儿，直起身子：“我算什么东西？”

“话不好听，是实话。放我兄弟出来，你妹妹回家，多容易的事儿？都什么世道了，当差为走道儿方便，哪有把自己绊住的？”

金海被小耳朵说得一时没了话，小耳朵站起来往外走，徐天移身将小耳朵拦住。小耳朵看着徐天，冷笑着觑他：“想好。”

徐天说：“我没啥想的。”

“伤我一根毛，你大哥的妹妹会被剁成十八块一块块送回来。”

徐天还是拦着，两人就这么僵持着。

四个汉子守在门口，徐允诺和刀美兰以及一众车夫都支着耳朵听墙里的声音，关山月高高地站在车斗里，比谁都紧张。小耳朵看着徐天：“有种把我跟这儿剁了，也行。”说完，小耳朵捡起地上的柴刀，递到徐天手上。徐天接过柴刀，掂了掂，看看金海，又将刀扔了：“误会了，我剁你不等于剁大缨子吗？”

“知道就好，要不我才带四个人来。”

徐天接着说：“你说得都在理，我大哥应该是听进去了，但得看一眼大缨子吧？万一已经剁成十八块，人再放给你不亏了。”

“不信我？”

“看见就信了。”

“行。”

徐天转向金海：“大哥，我跟小耳朵去看一眼大缨子，没事儿回来告诉您放人。”金海说：“我去吧。”

徐天拦着他说：“别，我去合适，您得放人。”

小耳朵眯着眼睛看着徐天：“一会儿都把人带到陶然亭不结了？”

“就这么着，走。”徐天领着小耳朵往外走，徐天站门口说：“都散了吧，散了吧，没事儿！”

关山月见了徐天，来了精气神：“还没动手打他们呢！”徐天笑着：“关爷，打不了了，人家捏着大缨子，和谈了！”关山月愣了：“和了多没劲啊！咱能反悔不……”

徐天问小耳朵：“远吗？小耳朵。”

“花市儿。”

“坐车吧，这么多车空也是空着，不用结钱都我们家的。”

小耳朵看了一眼，不知道徐天葫芦里卖什么药，道：“行，上车。”

四个汉子分别上四辆车，小耳朵也上了一辆，徐允诺不相信地追着徐天问：“没事了？”

“一会儿就放人。”说完，徐天坐上小耳朵的车：“祥子！过来拉车！”

祥子瞧着徐天的脸色，过来扶起车把，胡同里的车夫纷纷挪车。临走前，徐天转头笑着对刀美兰说：“明儿上午我过来找您。”

“干啥？”

“拍照片。”

刀美兰愣着：“这时候还说拍照片……”

四个白衣汉子四辆车，徐天和小耳朵坐一辆车，车夫们往胡同外浩浩荡荡地拉去。金海从院子里出来，徐允诺迎上来，还有些不放心："金海……徐天去领大缨子？"

金海望着远去的五辆车子说："领不回来。"徐允诺一头雾水："不是谈和了吗？"关山月插嘴："和什么和，我这弦儿都绷死了……"

金海说："今晚让您的人去警署看着点，明儿一早司法处才能把人往狱里带。"徐允诺快要急死："……带谁啊！"金海叹了口气："您儿子什么脾气您不知道？"

街上冷冷清清，五辆人力车沿着街边跑，偶尔有几个巡街的宪兵。徐天迎着月光，戴上兜帽说："小耳朵，大缨子真没事儿？"

"没事，放心吧。"

"万一你的人把她伤了呢？"

"没我说话他们不敢。"

"是吧，那我就放心了。"

小耳朵放轻松了，双手抄在一起："早这样多好，累不累。"

徐天俯身问前面："祥子累不累？"祥子回头说："攒着劲儿还没使。"

徐天靠回椅背："小耳朵，之前你活埋我，我不计较，因为我砸你门了，这是我不对。"

"我也不计较，回去劝劝金海……"

"绑架，私闯民宅，朝平民开枪，你犯事儿了。"徐天突然转换语气，小耳朵一愣："啥意思？"

"我大哥黑白两道杂着，让你给说蒙了，我就白道一条儿，你说破天儿也没用，祥子拐警署，跑快点儿。"

小耳朵从车斗里跳起来，徐天将小耳朵扯回来，抡起拳头便揍。徐天一边抡一边嘴里还念叨："别拒捕啊，拒捕打残废……"

祥子大喊："哥几个撒开了别拐弯！"说完，祥子的车拐了个弯，进入胡同。那四个车夫狂奔起来，将四个汉子拉往另一方向。街面上有巡逻的宪兵队，身手好的汉子率先跳下人力车。宪兵见了立即喊："站住，站住！"

剩余的汉子陆续跳下车，追到胡同口，已经不见了祥子的踪影。宪兵往四个汉子而来，枪声响起，四个汉子奔散开去，不久，宪兵也散去了。

街道清冷，间或有丧家犬掠过。路灯灭了，彻底清冷了。

彻底冷清的街头，浮出一股子硝烟味，许是从城外飘来的吧，飘过几百年的城墙，飘过崇文门，德胜门，前门，飘过珠市口，飘过平渊胡同。

这夜也没有风，味道是怎么飘散出来的呢？

不，不是城外飘来的，硝烟味是从胡同的砖墙里散出来的，是从街边的杨树枝条上散出来的，是从剥落了红漆的大门上散出来的。这就是乱世的味道啊，人在这味道里挣扎着，渴望着，奔跑着……

第十八章

1949 年 1 月 15 日，农历腊月十七。

街尽头天光一点点亮起，勾出绵延的城墙轮廓。炮击的声音，由远及近，又远去。街上出现很多早起的人、运煤的骆驼、运水的骡马车、小贩、行人、军车、人力车、挑夫走卒……北平市井在街面上苏醒复活。

铁林在楼道里用煤球炉子熬好了粥，一路小心端着进屋。房里开着收音机。铁林放下粥，道："赶紧来吃，一会儿凉了。"

关宝慧端过来两杯咖啡。

铁林看着，手伸向大饼："我喝不惯这个。"

"喝不惯往家拿？"

"供你的，我就粥正好。"

"早说，我还沏了两杯。"

铁林笑着："学人喝咖啡也喝不出富贵来。"

"昨晚停电那会儿在外头跟徐天说什么？回来半宿睁着眼也不睡。"

铁林咬着大饼不吭声，关宝慧拍他胳膊："哎，问你话呢。"

"他上田丹的道儿了。"

"……他上他的，碍你半宿不睡，琢磨什么呢？"

"昨天合着全白说，冯先生叫我盯着徐天。"

"你归冯先生管了？"

"处长亲口说的，归他管。"

“徐天干什么你都跟冯先生说，关键他想知道啥呀？”

“徐天要帮田丹办事儿。”

关宝慧不解：“怎么了呢？”

“帮田丹办事就是帮共产党办事，我是抓共产党的。”

关宝慧心惊了一下：“啊？”

绕着白纸坊警署内层水泄不通围了一圈人力车，人力车外围，散落着许多白衣汉子，大家都在风里蜷着，警察老胡在门口事不关己地吃着饼。

燕三瞪着监房里的小耳朵，小耳朵朝裹着大衣在燕三床上睡觉的徐天大喊：“徐天！”

燕三咬着后槽牙对小耳朵说：“叫人把缨子放了。”

小耳朵转向燕三：“跟你说得着吗？”

燕三一拳打在监舍栏杆上：“要怎么着才放？”

小耳朵急了：“你是谁呀！”

燕三一字一句地说：“大缨子身上掉根毛，卸你一条胳膊。”

小耳朵这才认真打量燕三，燕三眼里喷着火：“我谁也不是，急了说啥也没有，一句道理都听不见。”

小耳朵避开燕三，转向徐天：“徐天！哎！还真能睡得着，徐天！”

徐天睁开眼看了眼小耳朵，又闭上眼睛。

“从今儿起咱俩算结仇了，徐天！”

徐天仍闭着眼：“我在想事儿。”

“想也没用……想啥？”

“司法处的车还没到，万一你让人把大缨子送回家，我送你上车还是不送。”

小耳朵问：“司法处什么时候来？”

“我的人一大早候在司法处门口，上班就跟车过来押你。”

“押哪儿？”

“京师监狱。”

小耳朵睁着一对红眼，愣着。徐天睁开眼：“我大哥那人你知道，送进去刑期不到死活不放，我抓的人也从来没放过。”

小耳朵看了看燕三："把我的人叫进来。"

徐天侧了侧脑袋，燕三向外跑去。小耳朵说："徐天，人我放了还能再绑。"

"人你放了，我这也不一定放你。"

小耳朵没想到徐天来这一出，恶狠狠地说："你是真不怕死哈？"

徐天说："才知道？"

燕三领着之前要刀那个汉子进来："爷，人都在外头。"

徐天不屑地看着那个汉子："在又怎么着，敢劫警署呀？除非以后不在北平混了。"

小耳朵死死地盯着徐天："跳子，回去把人放了。"跳子愣了一下。小耳朵厉声道："赶紧！"

跳子应声而去，徐天转向燕三："三儿，让祥子跟着，把人接回家去。"

燕三说："我跟着行吗？"

"祥子去就行。"

燕三应声，跟着跳子出警署。

出门后，跳子上了一辆人力车。燕三问："人从哪儿接啊？"

"花市儿，放心吧，肯定送到家。"说完，祥子领头，五六辆空车跟上去。

警署内，小耳朵瞪着徐天说："去放人了，门打开。"

徐天说："这你可难为死我了。"

小耳朵红了眼："又说话不算是吗？"

"你耳朵好使，嘴也挺能儿，帮帮我，说个放你走的道理。"

燕三跑进来说："天哥，有人去接了。"

徐天问燕三："司法处那头车出来了吗？"

燕三看了一眼小耳朵，顺着徐天往下说："差不多快到了。"

小耳朵彻底崩溃，喊道："徐天！"

"啊？"

"金海跟我的梁子是为你揽的吧？"

"是。"

"你不放我，金海妹妹送回家也安生不了，你这是帮大哥忙还是害大哥呢？”

“是哈，但道理还不太够。”

“我绑金海妹妹绑错了！就该一开始冲你，金海跟这事没关系。”

徐天满意地点点头：“这理儿对。”

“你把我放了，我不招惹金海也不和他要人，咱俩从头来过。”

徐天从椅子里坐起来：“说说从头来过是啥意思？”

“之前的账，昨晚到今天的账，合起来找你算。”

“你要不找我呢？”

“我祖坟让人刨了。”

“咱俩结仇，别连累祖宗。”说完，徐天起身，伸了个懒腰：“踹你门打你脸都是我，被活埋的也是我，跟我大哥有啥关系？一点都不明白事儿，早该冲我来，说好了啊？”

“说好了。”

徐天转向燕三：“三儿我先过去，到那边碰头。”

燕三这回不明白了：“哪儿碰？”

“照相馆。”说完，徐天向外踱出去。独独留下在原地气得直转悠的小耳朵：“哎，徐天！徐天……”

徐天走出警署，车夫们直起身子跟徐天打招呼，徐天坐上其中一辆车，说：“辛苦大伙儿，都回了。”车夫们拥着徐天坐的车散去。

警署内，燕三用手拧开监房铁门，小耳朵问：“这门没锁上啊？”

“之前让金爷一枪打坏了。”

小耳朵慢慢地走出来，问燕三：“司法处的车没来？”

燕三说：“就没去找司法处。”

小耳朵瞪着燕三，燕三拍了拍自己衣服上莫须有的土说：“杀人放火报上去，才往大狱里送。”

小耳朵还瞪着燕三：“你这意思是又把我诓了呗？”

燕三也瞪着小耳朵：“诓了，怎么了？”

“你一听差的，火气比正主儿还大？”

“分事儿。”燕三面对小耳朵理直气壮，他那点小秘密对于外人反而不加隐瞒。

“叫啥？”

“燕三儿。”

“我要弄徐天是不是得先弄你？”

“缨子到家这事儿就算过去了。”

“换你过得去吗？”

燕三恶狠狠地瞪了他一眼说：“没错，您是得先弄我。”

小耳朵意味深长地打量了一下燕三，反倒把燕三看毛了，小耳朵走出警署看着自己的人，他的脸色非常不好。

燕三奔跑在街道上，大冷天的，他愣是跑出来一头汗。燕三看见街上过来五六辆人力车，其中只有祥子拉的车上坐着人，燕三一瞅，正是大缨子，在车里昏昏欲睡。

燕三咧开嘴乐了，他快跑着越过街道，赶上祥子的车，跟着车往回跑：“缨子，大缨子！”

祥子接话：“三儿，不放心啊？”

大缨子费劲地睁开眼：“三儿。”

燕三一脸兴奋地说：“见到你就放心了。”

祥子招呼着燕三：“俩轱辘四条腿跑不值当，上车里吧。”说完，祥子放慢速度，燕三也不客气，矮身进车把里面，跃进车斗。

车不快不慢地跑着，大缨子不耐烦地搡开燕三：“哎呀，你压着我了！”

燕三往旁边挪了挪，一脸关切地问道：“他们没难为你吧？”

“一宿没睡好，把我扔一凉炕上，也不给吃的。”

“这就带着你去吃点东西，祥子……”

缨子打断了燕三：“别，哥肯定在家等着。”

“我跟你回家。”燕三见着大缨子，心里生出不管不顾的念头，他觉得只要大缨子平平安安的，他就有底气，他就啥都不怕了。

“哥在家。”大缨子瞪着他，言下之意不言而喻。

“在就在。”

大缨子扭头看着燕三，燕三下了决心：“就这么着了，咱们以后不藏了，耽误工夫，万一再出点事儿，咱们还啥都没有呢，后悔都来不及。”

大缨子说：“咱们可不就是啥都没有吗？”

祥子回头看了一眼，大缨子笑得没心没肺地说道：“你可真逗。”

燕三壮了胆子：“我喜欢你，不怕人知道。”

“三儿，咱俩是近，但你别想多了。”

燕三有点慌了，这跟他想的怎么完全不一样：“我想多了？咱们那都算啥？”

“你愿意找我说话，我也愿意跟你说话，还有别的吗？”大缨子一副理所当然的样子。燕三几乎快哭了：“那瞒着金爷和天哥干啥？”

“是你心里有鬼，不想让他们知道。”

“你不也是吗？”

大缨子顿了顿：“昨儿一宿我觉得可能回不来了，我心里想的都是铁林。”

燕三青着脸，大缨子自顾自地接着说：“当时他跟关宝慧弄一块儿叫我撞见，他也跟我赔不是了，求我饶了他，我饶他不就结了，谁劝也没用，非把他往关宝慧那儿赶！”

燕三气急了：“你傻呗！”

燕三把头别到一边，他忍着胃里翻江倒海的醋意。车拐过来，到平渊胡同口，祥子把车放下，回头说：“三儿、缨子，你们接着聊，我听见不太好。”

祥子说着走开，去停在胡同口的几个车夫那儿。燕三跨下车斗，大缨子还坐在车里。燕三站在车边：“我跟你说缨子，以前事儿早过去了，你自己大天嚼后悔药！明明我在意你，你却闭眼不当回事，没完没了跟我叨铁二爷，等哪天我不搭理你，连叨叨的人都没有，多一道后悔药接着嚼吧！”

大缨子喊了一声：“哪天起你准备不搭理我，赶紧的。”

“就今儿了，看你走到家门口进去，再要搭理你我不是人。”

大缨子瞪了燕三半天，抬腿下车，燕三看着大缨子一路走进胡同。大缨子往自家门口一直走，胡同口那边看不见燕三了。大缨子停下来，往回看。燕三往里走了几步，远远站定。大缨子回身继续往家走，到了院门口，燕三还站在那里看着。大缨子推门进去，只剩燕三僵在胡同中间。

金海卧室里，公文包和枪在炕上。金海身子探在炕柜里，抓出来一把黄澄澄的子弹。刚刚把子弹撒在炕上，金海抬起头看见大缨子从外头走进来。

窗户外头，大缨子一边跑一边在院子里喊："哥，哥！"

金海愣了片刻，也不吭声，退出手枪弹夹，大缨子往金海的房间过来，金海赶忙一粒粒往弹匣里装子弹。大缨子挑帘进来，看着就像什么都没发生过一样："叫你怎么也不应声儿啊？"

"怎么回来的？"

"祥子接我回来的。"

"哪个祥子？"

"车行的，老拉我和关老爷听戏那个。"

"没见徐天？"

"没见着。"

"去弄口吃的吧。"

"一宿没睡好，不想吃，接着睡去。"

"睡吧，我上班去了。"

"他们还来劫我怎么办？"大缨子的脸上没看出害怕，倒是看出来点兴奋。

"这几天钱就能倒明白，完事儿就走。"

大缨子转了半个圈，又停在门口："……哥。"

金海抬头看着妹妹，大缨子问："走前我能跟铁林待会儿吗？"

"干啥？"

"昨晚一宿脑子里想的都是他，心想死前还有啥话跟他说。"

金海不吭声，觉得自己妹妹可能是被吓着了，大缨子继续问："他走还是不走？"

金海迟疑着，不知道要怎么回她："我也不太清楚，回头问问。"

徐天坐在人力车里摇晃过来，燕三正杵在平渊胡同中间，脸上悲愤交加。徐天下车，问道："你怎么在这儿啊？"

"接刀婶去照相馆啊。"

"我接，你先去叫周老板收拾东西。"

“这就去。”

徐天觑着燕三，感觉他说话语气很不自在：“脸色不好，怎么了？”

“挺好的天哥，从来没这么好过。”燕三不甘心地一字一句，反倒把徐天说蒙了。

“有事瞒着我？”

“本来有，现在没了。”

“把我当哥就说。”

“都没事儿了还说啥，我去照相馆。”说完，燕三转身出胡同，徐天刚要喊他，就看前头金海夹着公文包从院里出来。

徐天喊了句大哥，金海看见是徐天，展颜道：“大缨子到家了。”

“知道，胡同口看见祥子了。”

“小耳朵呢？”

“警署待了一宿，自个儿想明白了。”

“自个儿想明白的？”金海不相信，狐疑地问他。

徐天乐了：“我也跟他讲道理。”

“不找后账？”

“说白了，瞎折腾，真的。”

“晚上你爸让我们仨一块儿去家里，昨儿下午说的。”

“行。”

金海往外走了几步，看见徐天没走的意思：“……大缨子已经在了。”

“知道，我接刀姨呢！”

“干吗？”

“给小朵拍照，拍凶手捅的刀口，等着照片洗出来拿到狱里给田丹看。”

金海想说什么又改了话头：“回家别晚了，我叫铁林也早点过去。”

金海说完话夹着公文包走出胡同，徐天回身拍刀美兰院门，门应声而开。刀美兰装扮整齐，站在门里说：“走吧。”

徐天说：“刀姨，您跟这儿听半天了？”

刀美兰没说话，径直往胡同外面走去，徐天跟她后面问：“刀姨穿这么利索？”

“不是照相吗？”

“噢，也是。”

街道上，车辚辚马萧萧，军车装甲车新兵部队正经过大街……市民驻足两旁，等待通行。冯青波站在街边，他看起来与普通市民一样茫然。军车通过后，冯青波横穿街道，往前走着。

钟表铺前停着小汽车，萍萍坐在车里，车前座还有两个保镖。冯青波打开铺子门进去。铺子里晨阳斜射，冯青波收拾着铺子，但眼神却关注着门口。他看到车里那两个保镖站到了铺子门口。

坑坑洼洼的路面上，开过来一辆小汽车。柳如丝在窗口前往下面看，汽车停到小洋楼门口。小汽车内下来一个便衣军官和长根，一左一右看着巷子。沈世昌拄着拐杖下来，便去敲院门。许久没有回应，沈世昌耐心地等着。等了一会儿，柳如丝打开院门，沈世昌走进去，四顾院子：“林萍呢？”柳如丝淡淡地回答道：“跟着冯青波呢。”

沈世昌问：“就你一人？”柳如丝没理会，转身往里走，沈世昌跟着走进小楼。

“喝茶？”柳如丝带着冰冷的客气。

“不要准备了，我马上走。”

柳如丝坐到沙发上，开门见山地问：“冯青波怎么办？”

“你一个人，不安全。”沈世昌语重心长，看起来像一个为女儿打算的慈父。

“他不安全，我也不安全。”

“这样值得吗？”

“三年多，你给我下命令我传达他，现在他暴露了，我做我应该做的，谈不上值不值得。”

“据我所知田丹对他意义很大，他爱田丹。”

“可能吗？做共党的时候虚情假意过一段儿而已，冯青波是深蓝，田丹是红色儿的。”

“人心很复杂，会有变数。”沈世昌语气沉郁，反被柳如丝抢白：“冯青波这种人最没变数。”

“目前时局瞬息万变，最没变数的人才可怕。”

“什么意思？”

“东北下来的共军已经集结完毕，天津不知道守不守得住。”

“剿总不是说能守三个月吗？”

“万一不行，要考虑退路。”

“退呗，越早退越好，随便哪儿找个地方啥也不管了。”

“你可以，我不可以。”

“爸……我是你第几房姨太太生的？现在娶到第七房了吧？您有几个儿子？”

“我只有你一个女儿。”

“儿子里面一个都没替你做事，就我帮你，只有我知道您面儿上替华北剿总接触共党和谈，实际替保密局铲除来和你接触的人，这种事里外不讨好。您跟共党谈好了告诉我，我动动嘴皮子，顶到前面去杀人的是冯青波，他无条件相信我，谁也靠不上只有我一人能靠，知道我啥感觉？”

“什么？”

“自从妈死了之后，这么多年都是我自己蹦跶，对我来说这世上我让干什么就干什么一句二话没有的男人就一个冯青波……而且传话让他干的还都是掉脑袋的事。”

柳如丝说的一番话让沈世昌无言以对，他透过眼镜的玻璃片看着自己陌生的女儿：“你想怎么善后。”

“让冯青波离开北平。”

“可以，告诉他吧。”

“我说没用，得你跟他说。”

“为什么？”

“你才是上峰，你说是命令。”

“一定要我见他吗？”

“不见也行，他干什么我陪着。”

“他在哪里？”

“现在应该在钟表铺。”

沈世昌长出了一口气，苦笑道：“小四，你怎么会对冯青波这种人动心呢？”

“我是女人，女人对谁心动在谁身上都是动。”

“女人动心就不聪明了，你我都知道在车站他就应该把田怀中和田丹都杀了，但田丹活着。”

“人在剿总的监狱，你为什么不杀她呀？”柳如丝丝毫不留情面地反问。

宝元照相馆，灯光都亮着。刀美兰坐在长板凳靠边一点的位置，对着厢式照相机。徐天站在侧面暗处，打量着周老板。周老板在照机后面，打量着刀美兰：“换件衣服吧。”

“不用换。”

周老板劝着：“换件儿。”

徐天问：“为啥？”

“难得拍次照片，留一辈子，啥时候拿出来看都得顺心顺气。”

刀美兰执拗着：“就这身儿。”

周老板说：“后面有，正好小朵那身儿红的还没拿走。”

刀美兰和徐天都看着周老板，周老板觉得自己说错话了：“忘了，没过头七？”

徐天催促道：“那么多废话，家伙都准备利索没？”

“还没呢，说是闪光粉不够了。”燕三的声音传出来，他和伙计在后面收拾外拍器材。

周老板问：“出去拍啥呀？”

“赶紧拍这儿！”

周老板头埋到取景器里：“挺着点。”

刀美兰挺起胸，周老板那边半天没动静，徐天的脸出现在取景器里：“看啥呢？”周老板吓了一跳，退出身子。徐天拨拉开周老板，自己凑到取景器里看，刀美兰在取景器里是倒着的，徐天退回身子，盯了一会儿周老板：“眼挺贼，你们照相的都这样？”

“我哪样？”

“我和小朵那张还能洗一份儿吗？”

“能，底片都留着。”

徐天继续催促着：“赶紧拍。”

周老板头埋回取景器里：“往中间坐坐。”

刀美兰稍稍挪了挪身子。

“中间。”

美兰没动，周老板干脆挪动照相机。

刀美兰说：“别动，我就要旁边空着。”

快门摁下，周老板身子退出来，扭头看见暗房的门虚掩，立即跟抽了筋似地蹦过去：“哎哎……”

徐天在暗房里翻，暗房进门还有一道挡光帘，亮着一个暗红色的灯泡，勉强能看清。周老板掀帘侧身进来：“天哥，一眼没瞧见……您上里头来干吗。”

徐天问：“底片呢？”

“啥底片？”

“我和小朵的，钱都花了，凭什么底片在你这儿？”

“一会儿拿给你，你找不着。”

徐天没挪身子，周老板央求着：“您行行好，照片药水都泡着呢，折腾曝光了赔人家钱都不干，拍完照片人都去打仗弄不好不在了。”

“问个事儿。”

“啥事？”

“喜欢女人吗？”

“喜欢啊？”周老板观察着徐天的神色，迟疑地回答着。

“拍照片时看女人看啥滋味？”

“没感觉。”

“女人穿啥衣服看着最来劲？”

周老板怔着了，这回他判断不出来了。

徐天接着问：“啥颜色的衣服。”

“她们愿意穿啥是啥，我来什么劲？”周老板越听越糊涂。

“红色来不来劲？”

“问我？”

“就问你。”

“来劲。”

“你给我断断小红袄是个什么人。”

“天哥，我上哪儿断去？”

“你就当你是小红袄……”

周老板盯着徐天看了半晌，突然一头栽倒，双手双脚抽搐，口吐白沫，徐天俯下身去查探：“哎，你干吗呢？”

徐天将周老板从暗房拖出来：“燕三过来，抽风了。”照相馆伙计和燕三跑过来，伙计熟稔地掐周老板人中。

刀美兰问这是怎么了，伙计一边拍周老板的脸一边口回答道：“东家抽风，老毛病。”

徐天看着周老板：“不耽误去司法处吧？”

周老板缓过劲，眼睛半睁半闭地问道：“去哪儿？”

“到司法处给小朵拍照。”

“小朵？不是死了吗？”

燕三插嘴：“就拍死的。”

周老板又要抽过去。

钟表铺前，有顾客往铺子过来，两个保镖拦着不让进。萍萍在车里握着 M3 冲锋枪，向街道两头看。沈世昌的小汽车停得很远。长根和一名便衣军官，远远地看着不起眼的铺子两侧。

隔着门玻璃，冯青波看保镖在外面将顾客赶走。犹豫了一会儿，他索性关了操作台的灯，准备关铺子离开。门口又有人，这回保镖没拦。冯青波先是看见柳如丝进来，扶着门，然后进来一个道貌岸然的老头。老头是沈世昌，一路走进来，找了个地方坐下。

冯青波袖着手问：“哪位？”

“沈世昌。”沈世昌说着环顾四周。冯青波看了看还扶着门的柳如丝，柳如丝转身说：“我去庆丰公寓拿你的东西。”

“坐下，不要紧张。”沈世昌坐在椅子上，仿佛是这里的主人。

冯青波坐下，但身子还是紧绷着。

“我是你上司，这些年的指令是我给你的，我跟他们和谈，他们过来死在你手里。”沈世昌语气平缓，看起来经历贯了大风大浪。冯青波再扭头看柳如丝，柳如丝却不看冯青波。

“小四是我女儿。”沈世昌满意地看着冯青波露出一丝惊讶的神情，柳如丝远远地补充着：“外房生的，算是。”说完，柳如丝退出铺子，带上门。

“停止一切活动，放弃原来的地点，先搬到小四那里，这几天安排飞机去南京，小四也要走，以前做的事情全部忘掉，因为我忘了，之前我不知道你是什么人，之后也不知道你是谁。”沈世昌说的话轻轻的，也是不容置疑的。

“但我知道你是什么人。”冯青波说的话也是轻的，但又坚硬无比。

“你想要干什么？”沈世昌威严地盯着冯青波。

“没想到是这样。”冯青波思考了一下，随即明白所有关键，“跟共党和谈，把他们约过来。田怀中是你挚友，他信任你才会来。”

“那又怎样？”

“两军对垒，这样有些卑鄙。”冯青波毫不掩饰自己的厌恶，沈世昌有些不敢置信地说：“你在说我吗？”

冯青波没吭声，沈世昌怒了，但仍保持着一个高官应有的淡定：“你做潜伏工作，以为情报是怎么来的！田怀中是我挚友，田丹是你什么人？马上走。”

“人是我杀的，第二拨来人后，和田丹处理完我才走。”

“你下不了手杀田丹，你们恋爱过。”

“我是党国的人，为党国什么人都可以杀。”

沈世昌看着冯青波：“包括我吗？”

冯青波迎上沈世昌的目光：“事实上，今天之前我就很想杀你。”

“冯青波，你看起来就像一条疯狗，我一点也不喜欢你，立即离开北平，不要再接触田丹。”

“田丹只能死在我的手里，无论有没有第二拨人，弄清楚之后我自己了结。”

“你要弄清什么？听好了，什么也不要做，不然小四也保不住你。”

“为什么？”

“这是命令。”

“沈先生，之前听你的情报行动，不是听你的命令，我上头是国防部，共产党我做不下去了，党国的事情你有什么资格命令我不要做？”

沈世昌一字一顿地说：“你会死在北平。”

冯青波小声说道：“很有可能。”

沈世昌阴着脸从钟表铺出来，长根和一名便衣军官保持距离地跟了上去。沈世昌走到远处的汽车旁，坐上车离开。

自从冯青波成为卧底，早就把自己当成了一个死人。死亡每天都在经历，但看着沈世昌，冯青波有点恶心，自己可以为了党国而死，但沈世昌为了自己，可以让党国死，那自己的死还值得吗？

冯青波从窗户看着沈世昌的车远走。田丹曾让自己短暂地活过，“活着”的感觉好吗？很好，但不安。

沈世昌的最后通牒，成为了一个契机。一个让自己重新做回自己的契机。他早就没有回头路了，后悔也没有办法，死就死，如果党国必死，那么自己就做最后一个为党国坚守、为党国殉葬的人吧。决定的那一刻，冯青波觉得自己的人生又回到了那条熟悉的轨道上，身体里响起了鼓点，它来自于那颗时刻为党国跳动的心脏。

第十九章

沈世昌走后不久，柳如丝的车就开回来了。冯青波还坐在那张椅子上，语气平静地问："沈先生是你父亲？"

"是。"柳如丝站在门口跟他说话。

"难怪之前我一说要杀与共党和谈的沈世昌，你看起来就不太高兴。"

"你们聊得怎么样？"柳如丝隐瞒了冯青波这么久，心里有些过意不去。

"安排我走，这几天先去你那里。"

"庆丰公寓没什么东西可拿，制服找到了，在车里。"

"……暖水袋拿了吗？红色胶皮的。"

"一破水袋，我那儿什么都不缺，看看这还有什么东西要拿走。"

冯青波环顾小小的钟表铺，这是自己的龟壳，在龟壳里的每一天，自己都想亮明身份，告诉所有人，自己不是共产党，是党国卫士。现在要走了，竟然有些留恋。留恋的是什么呢？是那个暖水袋？是田丹吗？可能是自己，一个曾经活过的自己，一个还有温度的自己。走出去，就是另一个世界了，不管是天堂或者地狱，自己都将成为一把刀子。

"走吧。"

柳如丝忍住心里的雀跃，她先进入车里，冯青波从铺子出来，仔细地锁上铺门，将钥匙放入兜里，也坐到车里。

车内，萍萍在前座，柳如丝低着头轻轻地说："回家。"

车子开起来，两人无话。许久，冯青波问："金海你见了吗？"

“见了。”

“怎么说？”

“说是田丹把第二拨来人的事儿告诉他了。”

“是，铁林说金海给她上刑了。”

“上刑了？”柳如丝有点意外。

“第二拨来人什么时间地点？”

“金海不跟我说，她要见你。”

“为什么？”

“因为金条。他可能从铁林嘴里觉得你是大人物，我肯定要给你面子。”

“现在叫他过来。”

“我爸不是要你走吗？”

“我处理完田丹的事再走。”

“他说行啊？”柳如丝热着的心又渐渐凉了下来。

“他为什么叫你小四？”

“叫我什么都行，可能上头还有仨吧，其实柳如丝这名儿是我自个儿起的。”

冯青波不说话了，自己是孤儿，所以能明白没有家的感受。两人并排坐着，看着车外街景划过。他们在某种意义上算一类人，外表都是强大的，但强大背后却都隐藏着一些源自幼时的遥远的渴望，这份渴望让他们在这世上活成了一个瓷瓶，表面坚硬，但虚弱和遗憾，总能从那不易察觉的一丝裂痕中露出来。

司法处管理冷库的工作人员保梁将一张表格推到刀美兰面前。刀美兰看了看旁边的燕三，不知道要做什么。

燕三提醒她要签字，刀美兰有些无措地问：“为啥？”

“咱要拍小朵。”

“拍呗。”

“人放在冰抽屉里，拿出来要家属签字。”

“冰抽屉？”

“不放冰抽屉存不住。”

刀美兰拧巴着，燕三又把表格推了推：“天哥交的钱，一般人还不让存呢！”

“我不会写字。”

保梁将红胶印推过来：“按手印儿一样。”

刀美兰将手指沾红，好像做了一个重大决定。燕三看着保梁：“可以了吧？”

保梁说：“贾小朵是可以，拍田怀中要北平站的电话。”

燕三有些不耐烦：“说话就打过来，别这么死性。”

司法处走廊里，徐天和周老板并排坐在椅子上等待。徐天看着周老板一头细汗：“一会儿拍上别抽疯啊。”

周老板一脸委屈，不知道为什么就摊上这么个事儿：“真背不住，要么您另找人吧。”

“找谁也没你合适。”

周老板问：“为啥呀？”

“在店里为啥我一说小红袄你就背过去？”

“天哥……”

“别叫我哥，您比我年纪大。”

周老板终于找到了重点，他加重语气：“天哥，您不会拿我当小红袄吧？”

徐天盯着周老板看：“抽烟吗？”

周老板绷着，努力迎视徐天的目光：“啊？”

徐天将半盒哈德门从兜里掏出来：“抽不抽。”

周老板伸手取了一支，徐天划着火柴，周老板俯头过来点燃烟。徐天盯着周老板吸了一口：“小朵你杀的？”

周老板一口烟全呛出来，咳得心肺都要倒出来。徐天问：“你会不会抽烟？”

周老板几乎哀求：“……天地良心……不会……”

“不会你也抽？”

“您让我抽，我敢不抽吗？”

徐天将烟从周老板嘴里抽下来，用脚踩灭：“心里没鬼，有什么敢不敢的？”

“天哥，您别吓唬我，我连蚂蚁都不杀。”

徐天一脸沮丧，眼睛盯着脚下，那里有一行蚂蚁在爬行。小蚂蚁每走一步都会在背后留下一些气味的痕迹，其他蚂蚁就顺着走。徐天知道自己错了，小蚂蚁爬行时的痕迹是可见的，自己查案，也留下了一串脚印，胡屠夫、金海、周老板……回身遥望，都是错的。下一步要走到哪里呢？徐天觉得自己孤单又软弱，有点想哭，却哭不出来，就这样憋着。

燕三从里屋跑出来：“天哥，田怀中还是不让拍。”

“二哥没打电话？”

“说是没有。”

徐天起身走到办公室：“我给北平站二处打电话。”保梁将电话机推向徐天，徐天拿起来摇手柄。

保密局北平站办公室，公用电话在角落的墙上响，小林过去接起来，声音甜美地说：“二处……铁林不在。”小林刚将电话挂上叉簧，铁林叉着手从外进来：“哎，有电话找我吗？”

小林头也不抬地拿起暖水瓶说：“没有。”铁林急躁地徘徊，小林嘻嘻笑着问：“铁组长等哪位大人物的电话？”

“跟你有关系吗？”铁林一股子邪火正愁没地方发泄。小林低头白了他一眼：“没关系。”

监狱门禁区墙上的电话在响，十七接起电话。金海从通向办公室区的侧门过来，进入首道门禁区。十七将电话递向刚过来的金海：“老大，外头说有辆小汽车在等你。”

金海接过电话：“我金海，什么车？是昨天接我那辆？”金海另一手转着徐天买的那只药瓶：“让车等着。”

金海挂了电话，指了指向里的门：“叫华子把灯罩弄进来，别吊死了。”十七掏钥匙开门，金海进入监舍区，手里还转着徐天买的药瓶。两边监舍沉默噤声，金海走到最里面，停在八青监舍前：“八青，怎么老是你这儿出事呢？”

八青委屈地要哭出来：“这回不怨我，华子来换监赶上停电，那孙子自个儿跑出去的。”

“消停点，没几天了。”

“哪天放我啊！”

“别跟谁都嚷嚷要放你。”金海瞪眼警告他，八青顺从地闭了嘴。

华子和十七架着半死的罩神过来，金海一指，两个狱警将一身铐子的罩神推进监舍。

八青急了：“哎，金爷，我错了，他怎么还跟我一屋呢，不是给我换吗？”

金海眼睛一瞪：“闭嘴！”

八青闭了嘴，但苦着脸。金海拿过十七手里的钥匙，打开特殊监舍通道的铁栅门：“你们跟这儿待着。”

田丹坐在床铺上阖着目，两手缠着绷带，她听到监门叮哐，睁眼看到金海来到监舍前，他将徐天买的伤药通过栅栏递进去：“上好药，瓶儿我带走。”

田丹从床铺上起身，拿过药瓶，开始解手上的纱布。

金海看着她时不时因为纱布粘连伤口而痛得倒抽冷气：“你给我的信儿，跟别人说过吗？”

“在这里只能看见你和徐天。”

“还有铁林和灯罩儿。”

“为什么要告诉他们？”田丹觉得有点好笑，她停了动作抬头看着金海。

“我身家性命押在你说的事儿上了，别害我。”

“是要去见他了？”田丹探究着看他，手上将药粉洒在伤口上。

“谁？”

“二十号先农坛，两个人来和城里的人碰面，你要告诉谁？”

“这事儿到底有没有？”金海有点恼怒自己的每一步行动都被她说中，更恼的是，她根本就是推测出来的。

“谁？”田丹又问了一次，伤口一抽一抽地疼，她忍着眼泪。

“只要事儿对，人跟你没关系。”

“我说他的名字，你不用回答。”

“谁的名字？”

“冯青波。”田丹毫不犹豫地说出那个昔日里曾朝夕相处，代表着柔情蜜意的名字。

金海怔着，没回答。田丹点点头，她惨笑着：“明白了。”

“明白啥呀？”

田丹低头把干净的纱布缠在手上：“你的眼睛告诉我是他。”

金海压根不信：“田丹，我是看犯人的，道儿上见的人也不少，你再神能神到哪儿去，我眼睛眨都不带眨的，告诉你什么了？”

田丹将药瓶还给金海，小小的瓶盖还在她手里，金海伸手向她要瓶盖。

“手到背后，瓶盖握到其中一只手里，两手握拳伸出来，问你三次，不用回答。”

金海接过瓶盖，犹豫了片刻，转身离开。田丹站在栅前没动，金海已经离开她的视线范围。金海走了几步停住，将空瓶子揣到兜里。将小小的瓶盖握入左手掌心，两手虚握成拳，回到栅前田丹身边。

“……伸出来。”

金海将两拳伸到铁栅之间，田丹用伤手轮番轻触金海拳背，眼睛一直在观察金海：“在这里？这个手？这个？……左手。”

金海愣了片刻。他将双拳并到身后，瓶盖从左手换到右手掌心，再次双拳放到身前。田丹这回不再触碰，她注视金海：“左手？右手？左手……你换了一只手。”

金海彻底愣住。

田丹淡淡地笑了笑：“谎言就算不说，面临真伪，身体肌肉也会有轻微反应，眼睛瞳孔有舒张收缩，这一点也不稀奇，只是很多人不注意。”

金海情绪复杂地慢慢离开，直到外面传来开启监门的声音，田丹才离开监栅。她坐到床沿上，双眼充满忧伤。通道里，金海怔愣愣地站着，华子看出他不太对，出声提醒金海，金海从震惊里缓过神，将小瓶盖慢慢拧到药瓶上：“我出去一趟，八青换到里面去，别挨着田丹。”

华子问：“老大，灯罩还留着？”

金海扭头向监舍里看，罩神耷拉着脑袋，八青抱着自己的东西贴监门站着等出去。

“留着。”

监狱门口，小汽车停着，萍萍和保镖坐在前座。监狱大铁门套着的小门打开，金海走出来。萍萍下车替金海拉开后车门，金海心不在焉地坐进车子。

车行进得平稳，金海坐在后座，一副心里没底的样子。他的手下意识将那只小药瓶的盖子拧到掌心，又拧回瓶子。金海的手很虚，他用力捏着。他发现自己的手有些抖，金海宽慰自己，也许是因为车子的颠簸吧。

办公室角落墙上的公用电话又在响，正在整理文件的小林顺手接起电话。电话一响，铁林就跟过去，他还是慢了一步，盯着小林手里的电话说："找我的？"小林也不吭声，将电话递给铁林。铁林清了清嗓子，将话筒放到耳边。电话里是徐天焦急的声音："二哥，二哥！"

铁林泄了劲，声音掩不住的失落："在哪儿呢？"

"司法处，你怎么没通知他们啊！"

"拍啥拍，小朵让拍吗？"

"还要拍田怀中。"

"天儿，是否要搅进这事里头你想好了？"

"赶紧跟他们说，我肯定得拍。"

"喂，徐天，喂！"

徐天将电话听筒递给一脸死性的保梁，保梁接过听筒："司法处。"

"北平站二处铁林，田怀中我签的字，我让人去拍的！"说完，铁林将听筒砸到叉簧上，非常烦躁。

司法处，徐天把贾小朵从冰抽屉里拉出来，又轻轻地把白布掀开，刀美兰低声啜泣着。身体刀伤的位置上方，镁光灯刺目地闪动着。

田怀中也被从冰抽屉里拉出来，周老板和伙计开始拍照。徐大看着两处伤口，目光复杂。

小汽车停在柳如丝家门前，金海问萍萍："冯先生在里头吗？"

萍萍没说话，推开院门示意金海先进。金海站着不动，接着说："跟你们家柳爷可没什么说头儿。"

萍萍索性先走进去，旋即消失在院子里，院门开着。金海走进来，院子安安静静，冯青波在楼里打开门。

金海愣了一下："……冯先生？"

"请进。"

冯青波从容优雅，像招待一名真正的客人："喝茶？"

"就喝茶。"

“说吧。”冯青波坐下，仔细地用袍子下摆盖住自己的小腿。

金海欠了欠身：“没不敬的意思哈，我怎么知道您就是冯先生？”

冯青波笑了：“您要见的冯先生是干什么的？”

“铁林说是国防部二厅的特派员。”

“我就是。”

“本来应该铁林带我见的，但他没有空，我又没见过您。”

冯青波看了一会儿金海，拿起茶几上的电话，拨号，电话蜂音响着，金海一声不吭地等在一边。电话里传出一个娇媚的女声：“喂！”

冯青波说：“找二处四组铁林。”

小林站在电话边有气无力地喊：“铁组长，电话！”

铁林跑过来接起电话：“还不让拍啊！徐天？”

冯青波说：“是我。”

铁林的脸一下子变得喜悦谄媚起来说：“哟，冯先生一直等您电话，老不知道上哪儿找您真耽误事儿，徐天要我通知司法处给田怀中拍照……喂，拍尸体上的刀口……冯先生？”

冯青波脸色不太好：“为什么拍？”

铁林没听出他声音里的变化：“给田丹看啊！”

“不要通知司法处。”

“也找不到您，刚才已经跟司法处说了。”铁林一下有点慌神，他觉得自己闯祸了。

冯青波看了金海一眼，沉吟着，铁林接着说：“估计这会儿已经拍差不多了，冯先生？”

“下午两点，南池子北口。”

“行，天儿冷，我开辆车过去行吗？”铁林的声音里又充满了昂扬斗志。

“这里有个人要和你说话。”

冯青波将电话递给金海，铁林问：“喂，哪位？”

“我，金海。”

铁林愣了片刻：“大哥。”

“晚饭到徐天家吃，徐叔让咱们仨都过去。”

铁林一时不知道说啥，金海想了想说：“铁林。”

“听着呢。”

“别晚了。”

铁林脸都青了：“大哥，您怎么自个儿找冯先生呢？”

“谁找都一样，事儿办了就行。”

“冯先生不是我不带您见，我也见不……您这么着我还真成废物了。”

“晚上说。”

说完，金海那头挂了电话。铁林僵了一会儿，抡起听筒狠狠砸向座机叉簧。叉簧挂扣裂了，半个办公室的人扭头看铁林。铁林往回走了几步，返身回去拿起听筒索性将叉簧挂扣彻底砸断，咆哮着：“……看什么看！”

冯青波看向金海：“这下可以说了吗？”

金海问：“田丹的事儿告诉您是对了，我的事儿谁办？”

“金条？”

“我三十二根，铁林八根，徐天六根，一共四十六根。”

“要怎么办？”

“本来说拿出来，现在有您作保，铁林也给您干事，还南边取也行，说实话我也没路子往出带，但别抽成了。”

“可以。”

“您说可以，还得柳爷说可以。”

萍萍将一杯茶和一杯咖啡分别放到金海和冯青波面前。

“你确定告诉我的消息有价值？”冯青波看着金海，谨慎地说。

“一会儿您听听。”

“金条不是问题。”

“对您不是问题，但我指着它过日子。”

“金海，你也是党国的人……”

“您要说这个我就走了，四十六根金条犯不上把党国拿出来忽悠，两头一碰我信你们，你们信我多好。”金海有了底牌，说话也硬气不少。

冯青波盯着金海，金海接着说：“冯先生，这儿我来过一回，手里没斤两认错也没用，让柳爷呲儿得一愣愣的，她叫我去找人说情，现在手头有点斤两，找着您了。”

冯青波站起来，招待金海喝茶，随后冯青波向楼上走去。金海端起茶，踏实地喝了一口。半晌，又从楼上下来。金海一直等脚步到跟前沙发边，才抬起头："哟，柳爷，又来给您添麻烦。"

柳如丝坐下来："说吧。"

金海问："跟您说也一样？"

"一样。"

"原来是这么回事儿，合着倒钱抽水您捎带手的。"

"事儿靠谱，再送你四十六根都行。"

"就要我自己的。"

"到舟山四十六根一根不少，板上钉钉。"柳如丝脸上笑着，眼睛里却冰冷。

"具体什么数儿今晚我们兄弟仨合计了再告诉您，弄不好四十六根得取回来，我两个兄弟如果不走钱得拿回家。"

"没问题。"柳如丝答应得痛快，一双杏眼看着金海，等着他往下说。

"二十号晚上九点，先农坛南门，来两个人。"

"为什么在先农坛？"

"城里有人跟来的在先农坛碰。"

"城里的是什么人？"

二楼，冯青波站在走廊窗边，看着外面。一层的声音传上来，很清晰。

金海说："田丹没说，应该是她也不知道。"

"听说你给田丹上刑了？"

"什么也瞒不了您。"

"刑重吗？"

"手夹板，早些年留狱里的东西。"

"手夹板是什么玩意儿？"

"手指头伸着两头竹签子连扎带夹，十指连心，比大刑还熬人。"

一楼客厅里，柳如丝抚着自己纤长的手指，想象着田丹被上刑时的疼痛，又想到了在楼上听着这一切的冯青波，她在猜测冯青波此时是个什么心情："明儿来告诉我四十六根是都取走，还是都留在南边。"

"行。"

"不送。"

金海起身欠了欠："您稳当着别挪身子。"

冯青波听着楼下声音出去，看金海出现在窗外，出院门。柳如丝上楼，也来到窗前："二十号先农坛，城外来两个人。"

"听见了。"

"都交待了，田丹没必要留了吧。"

"你相信吗？"

柳如丝没说话。

"上点刑就说，不是我认识的田丹。"冯青波远远地看着金海走出巷子，静静地开口。

"为啥说个假的呀？二十号没几天，还城外来两个，城里去一个。"

"也不算假，城里去的人是我。"

柳如丝扭头看着冯青波。

"十分里七分她已经知道我是什么人了，另外三分徐天要给她带过去。"

"七分怎么回事儿？"

"两分从铁林身上知道田怀中已经死了，两分知道杀田怀中的不是铁林，两分让徐天去庆丰公寓看到我还活着，还有一分从给她上刑的金海身上来。"

"三兄弟都让她给用了！"

"只要她愿意，可以从任何她看见的人身上得到她要的信息。"冯青波苦笑一声，田丹的聪明是他从未见过的。

"另外三分呢？"

"看田怀中的尸体刀口，徐天正在司法处给田怀中拍照。"

"知道就知道，反正在外头你也暴露了。"

"知道了她就要杀我，除奸。"

"共党城工部在外头都除不明白，她在狱里怎么除？"

"二十号先农坛除我去之外，还会来两个人。"

"谁来？"

"我也很好奇。"

"你不会不去啊？"

"北平还是党国的城，北平站行动处我可以任意调动，为什么不去？

二十号谁来，我很好奇。”

“田丹要就随便一说呢？”

“她从来不随便说，尤其在狱里今天不知明天生死。”

“合着没有第二拨人来找我爸了。”

“也许有，但从我开始用铁林就没有了，而且很快田丹就要明白我是谁。”

柳如丝忍着伤感和醋意：“你好像很怕田丹知道你是谁。”

冯青波不太想掩盖自己的情绪：“她最好到死都以为我还是她认识的那个冯青波。”

柳如丝的心都碎了：“好你个冯青波！你跟她从前处了多久？”

“1945 年春天，四个月。”

柳如丝看着冯青波：“咱们俩一块儿四年！”

冯青波深深地看了她一眼，情绪莫辨。他转身下楼梯，柳如丝从哀怨里回过神问：“你去哪儿？”

“今晚他们三兄弟聚不齐了，铁林是个废物。”

柳如丝运了半天气叫来萍萍：“快，跟着那个不要命的。”

萍萍一时不明白。

“他又一个人出去了！”

萍萍撇了撇嘴，扭身去柜子里提出 M3 往外面跑。

保密局北平站大院，铁林拿着钥匙上了一辆吉普车。车反复打不着火，铁林泄了气，从车里下来。

一个特务跑过来：“组长，出去啊。”

“还有车吗？”

特务坐入吉普车，轻易就把车打着了。

铁林愣了一会儿：“下来。”

铁林上车，车开走了。

街上有很多行人，冯青波围着围巾站在街边。铁林的车开过来，停到冯青波身边，冯青波进入车内。

风在外头刮，车里相对安静。有那么一刻，俩人都没有说话。冯青波看着车外来来往往的人，风揪拽着他们的衣襟帽沿。车内，冯青波右手袖子里的匕首露了出来。

铁林把刚才想好的都说出来："冯先生，我算是您的人了，以后跟着您好好干，但昨儿一晚我都没怎么睡，早上跟媳妇商量，要不要全听您的。"

冯青波匕首又收回去，等着铁林往下说。

"我是保密局的，徐天去拍田怀中，肯定着田丹的道儿了，我媳妇说徐天是自己人，我把他的事儿都跟您说，等于把兄弟卖了。"铁林一番话说得诚恳，他也的确没说假话，昨晚的确是这样聊的。

"你什么事都和妻子说吗？"

"冯先生，徐天要真替共党做事，是不是要收拾他？"

冯青波没说话。

"再怎么说我们仨也是结义兄弟，大哥已经把第二拨来的人跟您说了吧？"

"说了。"

"我没问出来，大哥说也一样，反正要的就是这结果。"铁林爱谁谁了，他能做的就是这些了，他准备听天由命。

"你妻子在家吗？"

"现在？大栅栏做头发。"

"带我见见她。"

"为啥？"铁林狐疑地看着冯青波，他以为冯青波会暴怒。

"既然你什么事都和她商量，我应该认识她。"冯青波很平和，铁林乐了，他发动汽车："行，让她请您在大栅栏吃点热乎的。"

"我请你们。"

铁林欣慰地踩油门，看着冯青波傻乐："也行。"

铁林看着车外的世界觉得亲切，心里不但充满了虚惊一场的喜悦，还充满了对未来生活的期待。冯青波，国防部保密局特派员要请自己和老婆一起吃饭，满足感油然而生，铁林感到了一种从未有过的滋养，这来自于对以前自己的告别。

再见了，尿货铁林，再见了小人物铁林。

铁林在冯青波身上看到了自己的未来，还有一种超越了凡人和世俗的强大，他感觉自己离想要的生活越来越近了。

第二十章

此时北平的大栅栏仍然人头攒动，理发店门口竖着中英文招牌。吉普车开来，停到门口铁林下车匆匆走进去。冯青波下车，从另一侧上驾驶位置。他在车里看着铁林拉着关宝慧出来，关宝慧头上还扎着塑料夹子。

铁林替关宝慧拉开后车门，关宝慧一边上车一边埋怨着说："多急的事儿，头发烫一半夹子刚上……"

关宝慧看到了冯青波，用疑惑的眼神看向铁林，冯青波彬彬有礼打着招呼："你好。"

铁林"哟"了一声："冯先生您开车啊？"

"我开，您和太太坐。"

铁林美滋滋地绕到副驾并坐上车，给关宝慧介绍："这位就是冯先生。"

关宝慧有点不安地点了点头，她想起铁林跟她说的事儿，怯怯地跟冯青波打了个招呼。冯青波朝她微笑了一下，开动汽车。

关宝慧感受到了车子的移动，她大惊小怪地问铁林："哎，去哪儿啊！头发没烫完，包还在里面呢！"

"……一会儿回来拿，冯先生请咱们吃饭。"

关宝慧觉得莫名其妙："这是饭点吗？"

冯青波一声不吭地开车汇入街面。吉普车飞快地看着，铁林和关宝慧渐渐地看着车外荒无人烟，铁林伸头往窗外一看，不远处就是城墙根。车子没有停的意思，径直开入乱草，停到一片小树林里。冯青波下车，替铁林和关宝慧拉开车门，然后走到远处站着，关宝慧和铁林面面相觑。

关宝慧结结巴巴地问：“这地儿哪有饭吃？”

铁林脸色阴沉，关宝慧拽铁林的衣角：“哎？”

铁林基本已经知道冯青波的意图，他心里慌张，咬着牙说：“我就说，早杀了他了。”

风在外面将枯黄的树梢甩来甩去，铁林开始在车里翻找趁手的东西，只找到了一支修车的改锥，铁林将改锥捏在手里，回头嘱咐关宝慧：“坐这儿别动。”

关宝慧有点慌：“这是要干吗呀？”

铁林看着窗外的冯青波：“我去问问要干吗。”

关宝慧忐忑地看着铁林下车走到冯青波跟前，俩人没说几句话，就看见铁林率先向冯青波动手。关宝慧捂着嘴惊呼一声，也只是片刻，铁林的改锥脱手，人摔在土里。铁林从土里捡起改锥，再扑向冯青波。改锥再次脱手，人被冯青波按住，一支雪亮的匕首从袖中滑出来。关宝慧挣扎着要下车：“哎哎！青天白日怎么杀人啊！有话不能说吗！”

铁林喊：“叫你坐着别动！”宝慧停住动作。

铁林嘶喊着，嗓子都快劈了：“……冯先生，为啥？你让我审田丹我去审了，你让我盯徐天，我告诉你他在给田怀中拍照片，我就是你一条狗，哪有当主子把狗杀了的！”

“我叫你通知司法处让徐天给田怀中拍照了吗？”冯青波还反扭着铁林的胳膊，稍一用力铁林的胳膊就会被折断。

“找不着你人，徐天已经到那儿了！”铁林满腹委屈无处诉，谁让冯青波总是那么神秘的？他内心的呐喊不敢说出来，冯青波匕首划开铁林脖子上的纱布。

“我把徐天拍的照片烧了，约好了一会儿聚！烧了不就完了吗！”

“……还会出问题，你太笨了。”冯青波已经对铁林失去耐心，在他眼中，铁林就是个坏事儿的人。

“聪明人你敢用吗？我死心塌地，从今往后再出问题，你让我杀谁就杀谁！”铁林一边喊着一边还得小心翼翼地避开那把匕首，生怕自己一动被刀尖戳到。

“为活命什么都敢说。”

“这么活着还不如死！老子不为活命！”

“那为什么？”

“跟着你升官发财出人头地！”

冯青波没见过这么赤裸裸地说出自己欲望的人，他反问铁林：“升官发财甘愿做狗？”

“你说啥就是啥！”

冯青波松开铁林，将匕首插到土里：“把你妻子杀了。”

“为啥？”铁林刚出虎口，又如坠深渊。

“因为你什么都跟她说。”

铁林怔住了，冯青波面无表情，铁林捡起匕首向关宝慧刺过去。铁林脖子上划开的纱布，在风里飘散成一条带子。关宝慧一步步退，退回车里，缩成一团：“铁林？反了你……”

铁林回头看，冯青波还站在原来的地方，铁林蹿上车：“车门关上，坐好。”

关宝慧拉上两边车门，铁林拧钥匙启动汽车，但开了两步出去，车子就熄火了，铁林疯狂拧钥匙，但是又点不着火了，车只是在原地突突。

冯青波向吉普车走来，关宝慧急了：“快点啊，笨蛋！”

铁林发着狠：“再说笨，我就弄死你！”

关宝慧噤了声，冯青波将要走到的时候，车终于打着了，吉普车吼叫着蹿出去，尘土将冯青波淹没。

由于启动太猛，挂挡不合适，吉普车开了一段，再次熄火了。铁林在车里死命拧钥匙，却怎么也打不着。关宝慧向车外四处看：“人不见了……走了？”铁林放弃继续启动车，握着匕首下去，看到冯青波在不远处站着。

铁林朝冯青波吼：“杀我老婆不行！”

冯青波站着不动，铁林挥匕首向冯青波过去：“你没媳妇啊！家里没个人说话，升官发财跟谁显摆，你以为我真傻！媳妇都杀，你该杀我了！身边的人跟你有仇能用吗！”

冯青波看着铁林毫无章法地挥动匕首，他连躲都不想躲：“畅春茶馆后巷记得吗？”

“记得。”

“你说只要能换你的命，谁都可以。”

“跟您说了，我不为活命为升官发财，媳妇杀了到时候还得再找一个。”铁林气喘吁吁地说话，脸色灰败，冯青波笑着：“你到底笨还是聪明。”

“您看着定。”铁林放弃挣扎。

“兄弟能杀吗？”

“晚上我掰开揉碎跟他们俩说，再出事就怨不得我了。”

“怎么怨不得你？”

“我吃党国的饭当党国的差，金海徐天一个狱长一个警察当的也是党国的差，插香做兄弟的时候差事儿是一拨的，往后谁要往共产党那条道上去，不是一拨的做不成兄弟怨不了我。”

冯青波暗暗忖着他的话，又见他已经面如土色，还得硬撑着跟自己说话，过了许久，冯青波伸出手，摊开手掌。铁林会意了半天，犹豫地伸出右手握住冯青波的手。冯青波啪的一声把他手打开，铁林这才明白，将匕首放到冯青波手中，铁林紧张不已地在心里算着俩人的距离，盘算着怎么才能躲开冯青波的袭击。

不料冯青波收起匕首：“想多久做上处长？”铁林长长地松了口气，他大着胆子说：“年前，马上过年了。”

“照片送给田丹之前烧掉。”

“明白。”

“管好你妻子的嘴。”

“明白，多嘴就死。”铁林知道自己算是过关了，墙根底下没有遮挡，寒风从小树林的四面八方吹来，吹过铁林的后背，他感觉后脊梁早已经湿透了。

“到柳如丝住的地方找我。”

“柳爷？”

“问清楚照片是谁替徐天拍的，马上来告诉我。”

“明白。”

“明天一早把田怀中尸体领走火化。”

“火化？明白，弄到东大桥火化场火化吗？”

“不要去火化场，那里实行军事管理了。”

“那去广济寺呗……”

关宝慧一直坐在车里，她看着冯青波的身影没入小树林，铁林深一脚地浅一脚地走回来。到车边，铁林看了媳妇半天，强硬道：“以后不许跟我犟嘴，该听话时要听话。”

关宝慧惊魂未定：“哎！”

“南边不去了，党国在哪儿我在哪儿。”

关宝慧没吭声，铁林问：“听明白了吗？”

“你在哪儿我在哪儿，我是你媳妇。”关宝慧此时很乖巧，她没想到铁林天天跟冯青波这么危险的人来往。

“出头就牛逼，不出头就是个死。”

“要是老跟今天这样，还是别出头了。”

“没有回头道儿，明白吗？”

关宝慧看着他的脸色问：“以后你脾气不会都这么大吧？”

“冯先生和我的事儿，一句也不能跟徐天和大哥说，他们说啥听着回来告诉我。”

“你意思是要我以后多跟他们聊聊天儿？”

铁林回了一句：“管住你这张嘴。”

“我嘴怎么了？吩咐一遍行了，吓得我半死你还接着吓我！”关宝慧毕竟还是关宝慧，她忍不住发火了。

“下来。”

“干吗？”

“你不是头发还没做完吗！包还在店里。”

“这是哪儿啊，走多远才能到大栅栏，车不要了？”

“坏了，扔这儿让站里来弄。”

“能开，试试。”

“你知道还是我知道。”

关宝慧坐在车里就是不动，铁林无奈上车，随手一拧钥匙，车就发动了。关宝慧看着铁林，一副得意的样子。铁林关上车门，开着了这辆走一步咳三咳的车，往大栅栏慢慢地晃过去。

照相馆里空无一人，徐天坐在拍摄区的那张长凳中间，灯光亮着，眼睛盯着黑暗里的厢式照相机。

暗房里，田怀中和贾小朵的尸体刀伤照片已经洗出来。周老板看着，两手哆嗦。他俯身去找牛皮纸照片袋，由于手哆嗦，弄撒了许多照片袋。其中一个袋子里掉出一些照片：贾小朵穿着红袄在茶水摊；贾小朵穿着棉袍，但露着里面的红袄，在街上行走；贾小朵端着一盆热水……周老板将撒开的一地照片收起来，其中贾小朵的照片也被匆匆装入袋子，收在边缘的地方。然后将小朵和田怀中的尸伤照片一并放入牛皮纸袋并拿出去。

徐天仍坐在灯光下一动不动。周老板拿着照片袋出来，说道："天哥……洗出来了。"

徐天接过袋子，将照片抽出来一张张地看——那是小朵啊。

哦，那不是小朵。

不是小朵的笑，不是小朵的衣服，而是一团团的云，那云从徐天的身体内飘出来，飘到天花板上，裂开了，裂成了一个个血口。徐天定了定神，恢复了神志，再看那些照片，照片上是小朵的刀伤，三刀都在前面小腹和胸腔周围。田怀中的刀伤，两刀在右腹。徐天盯着照片："你过来，站着别动，转过去。"

周老板像木偶一样，在灯光下转动着身体。

徐天自言自语地说道："小朵挨了三刀。"

"……是。"

徐天站起来，走到周老板面前，举着照片说："你试着捅我看看。"

周老板愣着说："我……我捅你干什么？"

"把我当成小朵，按照片上的刀伤的位置捅我。"

"天哥，不要吓唬我，刚拍完照片，你又叫我把你当贾小朵，我晚上要做噩梦的。"

"我经常做，梦见小红袄捅小朵，但就是看不清他脸。"徐天看着照片，又看向周老板，"如果是你，你先捅哪刀？"

灯光下，周老板没说话，额头一层细汗。徐天接着问，感觉是在问周老板："为什么杀女的……杀人很爽吗？"

周老板要吓疯了，两腿颤抖着说：“我哪知道。”

“捅我。”

周老板机械地比划了两下。

徐天垂眼看着照片，又问：“你自己住店里？”

“一人儿住。”

“你不是有媳妇吗？”

“她在虎峪家里。”

“虎峪？”

“昌平南口……”

徐天拿着照片袋离开周老板，走到黑暗里，周老板僵在明亮的灯光下。徐天从照相馆出来，太阳在远端落入城堞，天色昏昏黄黄，他夹着照片袋沿街边往前走。他又看到了那一团团的云，那云都是小朵变的，从照相馆的天花板浮到了北平的上空。

云下是曾经的日子。

穿着棉袍的小朵，端着热水的小朵，笑着的小朵……你在哪呢？现在的你还是以前的样子吗？

珠市口，关山月大马金刀站在院子中间，看着金海和徐允诺端着酒菜从灶间往屋子来回穿梭，关山月咽着唾沫，说：“允诺，有我吃的吗？”

冬蝈蝈在徐允诺怀里欢畅地鸣叫：“有，一会儿给您送后头去，我陪您吃。”

“需要多少人啊！”

“他们兄弟三个。”

金海又从灶间出来，关山月喊住他。

金海笑眯眯地应：“关老爷子，您跟这儿练功呢？”

关山月问：“大缨子找着了吗？”

“她在家呢，让您费心惦记了。”

关山月答应了一声，又没话说了，金海朝他点了点头，往徐允诺屋里去，关山月站在原地半张着嘴想说什么。

铁林开着吉普车和关宝慧到珠市口，门口有零星几个车夫，铁林在车里系脖子上散开的纱布，关宝慧伸手帮忙也不得要领。铁林索性将纱布全卸了下来，露出开始结痂的伤口。

夫妻俩下车，脸色都不太好。铁林说："别板着个脸。"关宝慧问："要不要跟大哥徐天打招呼？"

"我们兄弟一块儿，你去后院待着。"

关宝慧看着铁林，突然有点心疼："脖子没事吗？"

铁林摸了摸脖子，假装大无畏地说："脑袋还在上面就没事。"

小洋楼里，柳如丝在窗口看着小汽车开过来，但保镖留在车里，只有萍萍一个人下了车，开门进小楼。

柳如丝转到楼梯边，俯视着萍萍开门，进入一层门厅。

萍萍抬头望着柳如丝："姐……没找着，不见了。"

"没找着还是不见了？"

"不见了。"

柳如丝咬了咬牙，却没狠下心来。她犹豫了一下，还是穿上大衣，下楼钻进车里。街道上，车开着，柳如丝在后座忧心忡忡。她看着外面的街道行人，每个人都像冯青波……

前面就是钟表铺了，小汽车慢慢停下。钟表铺门上大锁挂着，萍萍下车往里看，一无所获。

徐天拿着照片袋回到家里，在门口熟稔地和车夫打着招呼。他裹着寒风钻进老爹屋里，除了自己，其他的人都已经到了。徐允诺招呼他快入席，徐天看着那"著名的"盆景放在窗台上，炕桌上燃着一只炭火大铜锅，一些菜，两瓶酒，三个酒杯。

徐允诺把三个酒杯满上，也把自己手里的杯子满上，另一只手拿着蝈蝈葫芦："这两天尽是事儿，好事儿不多，我这儿子又不懂事，肯定有冒犯二位的地方，再不坐下来，太伤我们之间的情分了。我一杯喝了不跟这儿捣乱，你们仨慢慢聊着。"

金海铁、林徐天分别举起杯来，徐允诺说："你们仨干，我就不干杯了。”说完，三只酒杯碰在一起，三个人各怀心思一饮而尽。

庆丰公寓，门房里，何师傅抬头看见柳如丝和萍萍进来。想要探身出来要说点什么，被跟进来的一个保镖堵了回去，然后他们站在门口，另一个保镖跟着柳如丝进去。

冯青波房间的门没锁，柳如丝和萍萍进去找他，不大的房间里，没有人。两人退出来，向外走，门口的保镖跟出去。

门房里的何师傅看着柳如丝三人出来："找冯先生啊？刚走了。"柳如丝停下脚步，何师傅接着说："冯先生回来拿了个暖水袋，灌了热水走的。"柳如丝脸色不太好看，暖水袋暖的是冯青波，凉的却是自己。

三兄弟酒喝得沉闷，铁林的手在无意识地摆弄着窗台上的那架盆景，眼睛却看着徐天扔在床头的照片袋，金海的手不停将那只小药瓶的瓶盖拧上拧下。

徐天突然说了句："别动。"金海和铁林的手同时停下来。

徐天接着说："这盆景我爸很在意，连有几片叶子都有数，少一片立马翻脸。"铁林的手从盆景上收回来，金海的手也离开药瓶，端起酒杯："喝着。"

三兄弟各自饮尽了杯中的酒，金海放下酒杯："你们俩说个准话儿，还走不走？"

徐天看着铁林："你先说。"

铁林说："不走了。"

徐天不明白："为啥？"

"也不为什么。"

"总得为点啥。"

"过不了平头百姓的日子，这一段儿混了个组长，弄不好能混个处长。"

"城破了北平成了共产党的天下，官儿越大越麻烦。"

"这不还没破吗？天津没破北平破不了，北平不破华北跟中原江淮连着还都是党国的。"

金海给自己倒了一满杯，喝下说："天儿你呢？"

铁林的手下意识又去摆弄盆景，徐天态度坚决地说：“我肯定不走。”

“为什么？”

“因为小朵。”

金海说：“别不爱听，小朵不在了，你还怎么为她而选择留下？”

“小红袄得抓着。”

“所以得天天找田丹，对吧？”

“对。”

“要是因为田丹不走就不值得了，这女人邪性，别被她迷住了。”

“哪邪？我觉得挺正。她一女的，爸被人杀了，自己被关在狱里，还有人给她上刑，图什么呀？共产党来北平是帮咱们的，我代表北平帮帮她。”

“她帮咱们什么了？”

“帮咱们日子太平，打起来几十万人死一片，四九城炸得乱七八糟，咱们住这儿的不琢磨这事儿，人家连北平都没来过的反倒豁出去命。”徐天想过田丹的道理了，单纯又执拗的徐天相信田丹说的没错。

金海转向铁林：“铁林，她爸是你杀的吗？”

“是。”

金海举杯，苦笑道：“咱俩一个杀她爸，一个给她上刑，跟天儿喝一个。”

铁林折腾盆景的那只手，终于结结实实地弄断了盆景的一根主枝。铁林装作不经意地将手收回来，端起酒杯，徐天的脸已经泛红，他也不端杯子。

金海朝铁林说：“那咱俩喝，一人两杯跟天儿赔不是。”

徐天低着头盯着酒杯说：“跟我赔啥不是。”

金海又自己喝了两杯，说道：“你们不走，我就走了。明儿金条你八根你六根，自己来拿，还是给你们送过去？”

哥俩看着金海。

金海见他们不说话，又自顾自地接着说：“我给你们送过来吧，弄不好今儿是咱哥仨最后喝一顿，以后再聚得看国共两头的关系了。”

徐天端起酒杯喝尽。

后院厢房里亮着灯，留声机响着京戏的声音，院子里雪花一点点落下来。伴随着蝈蝈鸣叫，徐允诺端着碟子从厢房摇晃出来，看起来是喝了点酒。他停在院子里，尝试着用手接住飞舞的雪片。

钟表铺前，小汽车又开过来。铺子门上的锁没了，里面隐隐透出灯光。萍萍看了一眼柳如丝，下车过去。柳如丝坐在车里，看着萍萍消失在铺门里，片刻后又出来。萍萍手扶铺门，看着柳如丝。柳如丝会意下车，往铺子过去。

冯青波看见柳如丝进来，柳如丝带着怨气问他："你怎么在这里？"

冯青波没做声，他看起来很落寞。柳如丝见不得他这副模样，声音软下来了，问道："吃了吗？"

"不饿。"

"我饿了。"

冯青波起身："我陪你去吃。"

"你别挪地儿了，萍萍。"柳如丝扬声喊，"去隔壁全聚德弄点吃的回来，顺便带壶酒。"

不一会儿，萍萍提着食盒回来摆好酒菜，红色胶皮暖水袋就放在酒菜旁边。

柳如丝亲自拿酒壶给冯青波斟上酒："铁林死了？"

"没有。"

"下午出门不是去杀人啊？"

"现在他应该在烧田怀中的尸体刀口照片。田丹让徐天拍的，看到照片就知道我是谁了。"

"早晚要知道，杀她的时候人道点儿，让她明明白白地死，别叫人家转世了，还把你当好人惦记。"柳如丝说着话给自己斟上了酒："先农坛二十号，给自己定了忌日，再大的幺蛾子，再大也就这几天蹦跶。"说罢，柳如丝把杯中酒一饮而尽，自己又倒上，冯青波看着柳如丝一杯接一杯地喝，问道："你很喜欢喝酒吗？"

"你怎么不喝？"

"我只喝水。"

柳如丝将暖水袋拿起，丢到冯青波面前，落在桌子上发出一声闷响，柳如丝笑得讥诮又苦涩："那这儿有，我喝酒，你喝水。"

房间内，金海已经有些上头了，他说："……柳爷让车把我拉她家去，今儿见的冯先生，我不出头四十六根金条也要不回来，你要还想急就在这儿跟我急，不急以后都没机会了。"

铁林的脸也红了："不是急大哥，我也下午刚知道冯先生和柳爷是一伙的，您上刑就上刑，金条也得要，但田丹交待了啥，起码提前让我知道呀……"

徐天眼睛瞟着那根折了的盆景枝，脸色越来越不好，金海说："让你知道金条就没了。"

铁林喝着酒，晕乎乎地说："咱们仨才是兄弟，冯先生、田丹、柳爷都是外人……"

徐天看着铁林："姓冯的跟田丹啥关系？"

金海说："他是铁林上司，田丹是共产党。"

铁林说："还真有点别的关系，前门站行动之前，冯先生跟田丹田怀中一块儿出来的，看着不是一般熟，打起来之前他还抱了抱田丹，扭头就把田丹的爹给……他爹被我给杀了。"

徐天突然吼了句，吓了两个人一跳："我干死他十八辈祖宗！"

金海和铁林看着红眼的徐天："这孙子住哪儿我知道，别让我找着他。"

"你要干什么呀？"

"打死他！"

"怎么说着说着就急了？"

"我没跟你们说。"徐天想到田丹一个人在狱里的样子，心里直抽抽，她多可怜啊，为了北平这座城，以身犯险，身陷囹圄，一下火车就没了父亲，还被爱人背叛……

"啥意思？"

徐天看着铁林："田丹她爸是谁杀的？"

"别来劲啊天儿。"

徐天咬着牙说："冯青波吧？"

铁林也咬着牙："我。"

徐天瞪着铁林，铁林转向金海：“田丹是共产党，大哥，你说天儿是不是让那女的迷住了？”

徐允诺掀开帘子走进来，搓着手乐呵呵地说：“外面下雪了！”

金海挪了挪地方：“徐叔，过来喝一个。”

徐允诺感觉屋里的气氛似乎不对，他观察着三个人，指了指后院，说：“我去后头喝，铁林，关老爷叫你过去坐会儿。”

“哎。”铁林应声，起身出去。

金海给徐允诺倒了杯酒：“徐叔，我敬您一杯。”

徐允诺说：“你敬我啥？”

“我这几天走，以后再一起喝就难了，您保重身体。”金海举起酒杯。

“哎，行。”

徐天伸手转动窗台上那架盆景，把铁林折断的枝朝向徐允诺看不到的一面。徐允诺却说：“别动。”

徐天收回手。

“家里啥都是你的，就这盆景不许碰。”徐允诺说。

徐天沉着脸不吭声，徐允诺问金海：“定了哪天走？”

“想给小朵过完头七再走。”

提起小朵，徐允诺也很心疼：“小朵的事有我跟天儿，你不用等。”

金海转向徐天说：“天儿，那我就不等了？”

“大哥，别走了。”

“我跟你不一样，不走的话在这儿就是等死，你也劝劝铁林吧，他不走也得死。”

“那我以后上哪儿找您？”

“我在南边找到安全地后给你写信。”

徐天站起身走出去，金海端起杯子喝酒，徐允诺试探问着：“金海，你们仨就这样散了？”

金海又给自己倒上酒：“情分在就散不了。”

徐天站在院子里，雪片飘落。后院传出京戏的声音，前院窗户上映出金海和徐允诺对酌的影子。徐天不知该去哪里，房檐下斜着一架梯子，徐天踩着上去，上到房顶。

徐天来到房顶，看到白茫茫夜雪，城市零落着灯光，城外有信号弹腾起，但他一点儿也不觉得冷，只觉得世界远去。徐天看着那枚信号弹延伸到天上，转瞬间就消失了。兄弟三人，以前以为是一辈子，现在这条路走到头了。

徐天在屋里想的是田丹，对于田怀中，他是愤怒的，但这种愤怒不是对金海和铁林，究竟愤怒的是什么，他自己也说不清。直到刚才他上了房，看到了北平，愤怒才少了，可是忧愁却多了。徐天挺感谢刚才的愤怒的，不然他不知道如何面对分离。

徐天还在找寻那枚消失的信号弹，漆黑的夜空，自己看着它，它似乎也在看着自己，深邃幽暗又空无一切。徐天想着，小朵，你在哪呢？你没了，我的哥哥们也要散了，宝慧也要去南方了，从今往后，只有我和父亲相依为命了。

第二十一章

雪下得更密了，这是今年冬天的第一场雪。徐允诺从屋里走出来，四处找不见徐天，看见墙上架着梯子，仰头看见一个人坐在房檐上。徐允诺透过风雪，在下面喊："天儿，你在房顶啊？天儿！"

徐天转头向下看发现是老爹，又转回去。他眯着眼看，脚下是连绵不绝的房顶，现在都被雪掩埋了，黑漆漆的夜里，只有白雪隐隐反光，再往远了看，城楼还矗立在那儿，它好像永远都不关心脚下的事，一直在那儿站了几百年。徐天对着偌大的北平城喊："坐会儿，燥得慌！"

铁林从后院跑回来，看徐允诺正扒着梯子要往上爬，结果滑了脚差点栽倒。铁林赶忙扶了他一把，说："徐叔，你干什么呢！"

"天儿上房顶了！"徐允诺怕徐天喝了酒，从房顶上栽下来。

"您先去后院暖和着，我上去喊他。"

"你行吗？"

"肯定比您利索，赶紧去吧，我岳父找您呢！"

徐允诺往后院走去，铁林上了梯子，他头冒出屋檐，看到徐天坐在瓦脊上。铁林没吭声，又顺梯子退了回来。

他瑟缩着回到房间里，金海歪在床上好像已经睡过去了，铁林轻声喊着大哥，金海应了一声没睁眼。

"喝多了？"铁林谨慎地观察着他。

金海翻了个身，吓了铁林一跳，嘴里嘟囔着："缓缓……"

铁林蹑手蹑脚地去拿炕头上的那个照片袋，刚把照片从袋子里抽出来，金海就翻了个身睁开了眼。铁林松手，抽出的照片掉到地上。

金海呢喃着："你干什么呢？"

铁林从炕边收回身："没什么。"

"不可能，瞧你这样就不像要干什么好事儿。"

"我想拿瓶酒上房顶，您还喝吗？"

"上房顶干什么？"

铁林说："徐天上房了，可能刚才说话不对付，我去劝劝他。"

金海起身："跟他说我先走了，大缨子一人在家，晚了不放心。"

"大哥，您说我为啥怕您呢？"

金海没吭声，盯着铁林看。铁林知道金海已经喝醉了，但还是有点忐忑："不是因为大缨子哈，事儿都过去那么多年了。"

"你要怕我，可能是又想干些事儿怕让我知道。"

"啥事儿呀，我想知道的事您都比我先知道。"

金海不吭声，准备下炕。

"我给您拿鞋。"说完，铁林俯身将那些照片往炕缝底部塞进去，再将金海的鞋并排拖到炕边，金海伸脚穿上鞋，看铁林半晌。

铁林心里发毛："大哥？"

"对不住啊，在冯先生那儿呛了你行。"

"也没啥，咱们都是自己人。"

"跟我一起走吧。"

"不走了。"

"那记住这句话，遇上事让着徐天点儿。"金海似醉非醉，铁林心不在焉，随口敷衍，"肯定的，我是他二哥。"

"容忍他对你有好处。"金海笃定地说。

铁林愣了一下，说："啊？"

"田丹不死，他肯定得上共产党的道，你别一条道走到黑。"

"明白，兄弟会帮衬他。"

"也跟宝慧说声对不住，缨子是我亲妹，我就这么个亲人，巴掌总不能扇她脸上。"

“是宝慧不对，我回去还抽她了呢！”

“明儿有空去看看大缨子，昨天晚上她被人绑了。”

“啊，谁呀？”

金海没理会铁林，他走出屋子，雪依旧纷纷扬扬地下着，雪花不断落入金海的衣领里，带走了他几分醉意。金海仰头冲着房顶说：“天儿，我回去了，别在上头待着了！”

铁林掀了帘子从屋里露出来半个脑袋喊：“谁绑的大缨子啊？”

“小耳朵，徐天把事儿解决了。”

金海慢吞吞地往外走，铁林追上来：“大哥，就这么走了？”

“党国的事儿不太靠得住，冯先生跟咱们不是一种人，一脑门子扎进去再想退出来就不容易了。”

“明白。”

金海拉开院门出去，铁林愣了一会儿，又走回徐允诺房间，费劲地从炕缝里抽出那几张照片。他翻着看了看，逐张卷成条状塞入炭火铜锅炉膛。铁林站着看了一会儿，离开厢房。烈焰腾起来，没人的屋子也很暖和。

雪片飘摇，徐天坐在房顶上，看着金海拘着身子在下面街道里走远。

铁林提着一瓶酒，拿着大棉袄，再次上了屋顶，他说：“天儿，下不下来？搭把手。”

他反手将大棉袄甩给徐天，说：“穿上，也不嫌冷。”徐天拉着棉袄将铁林扯上屋脊，然后披上大棉袄。铁林并排坐下，自己喝了一口酒，将酒瓶递给徐天，“坐这看啥呢？”

“咱们住的地儿，北平。”

“大哥走了。”

“看见了。”

“我说大哥一走，北平就剩咱们兄弟俩了。”

徐天喝着酒，低低答应了一声。

“跟二哥说实话，是不是喜欢上那个女共党了？”铁林貌似无意地聊天。

“我还没喜欢够小朵。”

“别置气，说到底咱们兄弟是一家人，自己人还分分合合呢，是不是？”

“什么意思？”

“跪拜插香的时候说好一辈子，这不大哥要走了，为什么？乱世！冯先生、田丹、柳爷那都是外人，走马灯，转眼就没了，为外人犯不上伤咱们情分。”

“田丹她爸不是你杀的吧？”徐天直勾勾地盯着铁林，天色太暗，铁林看不清徐天的脸。

铁林非常不自然地扭了扭身体：“冯先生杀的，那又怎么了？你总不能替田丹报仇吧？小朵的仇还没报呢！好好儿的抓小红袄是正经事，替田丹出头你就是共党……就得给我添麻烦了。”

“你啥麻烦？”

“我是你哥，现在我跟冯先生是一伙儿的，你干他十八辈祖宗，我能不跟他？大不了前途不要了，跟他嗑死拉倒……那宝慧怎么办？小朵要是还活着，你能豁出去爱谁谁？”

徐天郁闷地拿起酒瓶灌自己，铁林见状问：“谁替你去司法处拍的照片？”

“宝元馆的周师傅。”

钟表铺里，柳如丝拿起酒杯灌自己，冯青波将柳如丝的酒杯夺下，柳如丝怒了，说：“你觉得自己很了不起是吗？”

冯青波苦笑了一下：“我最多是一只蝼蚁。”

柳如丝摇摇晃晃地看着冯青波：“徐天、铁林、金海那些人才是蝼蚁。”

“你父亲要我和你一起离开北平。”

柳如丝笑起来，笑得肆意：“活生生的田丹还在北平，怎么能走呢？不过离二十号也没几天了，别误会，我其实对你没意思，就是怕下一秒你死了，说不准，一会儿出门共产党城工部除奸组就外面候着。”柳如丝走到窗边往外看，“好像下雪了，天津守得住吗？年前守得住，年后也守不住，早晚都是共产党的，你蝼蚁都不配做，金海他们都知道卷钱走人……”

冯青波把酒壶夺过来，壶里面却已经空了，柳如丝冷笑了一声接着说：“早干吗去了，喝没了才抢酒壶，你可以不搭理我！但你知道我为什么替人倒钱？问你呢，为什么？”

“为什么？”

“闲的，谁也靠不上，只能靠自己，世道变成什么样我一女人也改不了花钱多的毛病，自己不想攒着点钱，你给我攒？还是我爸？”

冯青波心里泛起阵阵苦涩，但他无能为力：“明白。”

“你爸妈呢？没问过你。”

“没有。”

“谁都有爸妈，你是石头里缝蹦出来的？”

“我十六岁从孤儿院进的青训班。”

“够苦的呀？”

“还好。”

“就中间跟田丹碰上那段儿是好吧？”柳如丝眼中闪过一丝泪，但又憋了回去。

冯青波咬着牙。自己的命运早已注定，一把刀子，没有感情，他不可能接受柳如丝：“是。”

柳如丝再次心如死灰，她扶着桌子站起来说：“我回去了，这里太冷，你得跟我一起回去，这里是你做共党的地方，跟这里待着，明天一早我还得让萍萍过来给你收尸。”

冯青波也站起身子。

柳如丝借着酒劲，大着胆子撒娇说：“暖水袋不许带……我那儿暖和得很。”说完，柳如丝往外走了两步，身子摇摇晃晃软倒，冯青波抢先一步将她扶住。

铺门从里打开，冯青波横抱着柳如丝出来，雪人一样的保镖去帮冯青波拉开车门，萍萍在车里接过柳如丝。冯青波将铺门锁了才上车。

小汽车开出不远就停下了，雪片飘着。两个保镖一前一后站在雪地里。萍萍坐在开着门的车里，手边躺着 M3 冲锋枪。她看见路边冯青波扶着柳如丝，柳如丝在吐。

铁林站在梯子下面，看着徐天提着酒瓶正顺着梯子下来，他问：“没事儿吧？慢点。”

“没事。”刚说完，轰的一声。徐天抱着梯子仰摔下来，人被梯子压在下面。铁林跑过去说，“哎，还说没事，酒瓶怎么不撒手呢？”

徐允诺听见动静就从内院赶了过来："怎么了？"徐天翻身起来，坐在地上咧着嘴乐道："没事儿。"

"徐叔，您受累叫宝慧走了，我扶天儿回自己屋。"

徐允诺看着徐天和铁林进了自己屋，又回后院叫宝慧。

房间里，徐天躺在床上手里还抓着酒瓶。铁林瞟了一眼案子上徐天和小朵的合影，拽了拽徐天手中的酒瓶子："撒手。"

徐天将酒瓶放到床头，铁林问："都说明白了吧？"

"明白了。"徐天还咧着嘴。

"那就好，别再找田丹了，咱们兄弟相互帮衬着才对，冯青波那孙子我比你还想干！不信你问宝慧。"

"二哥，人不是你杀的，跟你没关系了。"

"啊？"

"田丹我肯定要找，冯青波跟他杠上了，你说的对，小朵还活着的话，我跟你一样没办法爱上谁，但小朵没了。"

铁林怔了半天："就是小朵没了你才找田丹，小朵在，有田丹什么事儿？"

"是个这理由，小朵活着我找田丹干什么？"

"说的不是一回事。"

"你们爱怎么说就怎么说。"

"田丹是共党，搞不好哪天就被处决了。"

"哪天？"徐天眯着眼看铁林，他努力看清铁林的脸。

被关在外面的宝慧在喊铁林："轴吧你就！"铁林抛下一句话赶紧出屋，徐天愣愣地坐着，又抓起酒瓶喝了一大口。

盆景已经从窗台移到案子上了，炕桌上杯盘狼藉。徐允诺盯着盆景那根折断的枝，徐天跳到地上，看着清醒了些："爸，我出去一趟。"

"这大晚上，还去哪儿？"

徐天没说话，从炕头抽过那只牛皮照片袋，夹到大棉袄里。徐允诺压着火："去哪儿！"

"找大哥。"

"你们哥仨这酒怎么喝的，金海半道喝没了，铁林也阴着脸刚走。"

徐天用身体挡着盆景，背着的手将盆景转了个方向："我们仨没事儿，好着呢！”

“要不睡大哥那儿得了，雪天路不好走。”

“行。”徐天应声儿出去。徐允诺看着盆景，又将断枝的一面转回来，一脸郁闷。徐天回屋抄起半瓶酒，晃荡着出了家门。

冯青波抱着柳如丝回到小洋楼，跟着萍萍上到二楼，打开里屋的门。冯青波进去，将柳如丝放到床上。

冯青波问萍萍：“我睡哪里？”

“楼下。”

冯青波掩上门，和萍萍出去。柳如丝睁开眼。

在大雪里，徐天提着酒瓶，一边走一边喝，不知走了多久，走到了监狱门口。徐天拍了拍门，大铁锁套着的小铁门打开，十七出现在里面，疑惑地跟徐天问好。

“华子呢？”

“他回去了，我当班。”

徐天迈开腿走进去，十七守着小门问：“三哥，老大知道您来吗？”

“每次来都得跟他说啊，你不让我进一下？”

十七让开身子，徐天轻车熟路地往里走，十七无奈地打开铁栅门。徐天进入通道，过第一间的时候，他看到监舍里的八青。八青两眼贼亮，也看着徐天，不说话。徐天继续往里走，来到田丹监舍前。徐天身子有些摇晃，他一手抓着铁栅，一手从怀里取出照片袋。

田丹看着徐天肩头尚未融化的雪粒说：“外面下雪了？”

“来。”

田丹来到铁栅前。“小朵三刀，你爸两刀。”徐天将照片袋递给田丹，扭头看见十七站在不远处，说：“十七，站远点。”

十七退后，徐天离开田丹，往回走了几步问十七：“八青怎么在这儿？”

十七说：“老大换进来的。”

“我说话不想让他听见。”

十七有些为难地说：“三哥，我得在这儿。”

“我说八青，我问小朵怎么死的，八青是小朵舅舅。”

十七往回返，打开第一间监舍，把八青带出来。田丹在自己监舍铁栅前，打开照片袋。袋子里空空如也，什么也没有。

十七将八青铐在他原来关的那间监舍铁栅上，里面罩神瞪眼看着。十七重新打开特别监舍的门进去，一串钥匙被遗忘在了特别监舍的铁门上。

田丹看着徐天走回到铁栅门前：“你从哪里来？”

“家。”

“喝酒了？”田丹嗅到了徐天身上的酒气，虽然一路上被雪掩盖了不少，但依旧能闻见。

“跟大哥和二哥。”

田丹基本上知道发生了什么，她轻叹了一口气，合上袋子拿在手里，没有交还给徐天：“照片什么人给你拍的？”

“熟人。”

“谁？”

“宝元照相馆周师傅。”

雪夜里，铁林一言不发地开着吉普车，关宝慧心里有点虚地说：“我们这是去哪儿呀，回家吗？”铁林不吭声。

小洋楼前的巷子里停着小汽车，铁林的吉普车开过来。关宝慧在车里看见从小汽车里下来两个保镖。铁林下车去跟保镖说说，然后跟着保镖进了院子。不久，铁林从院子里出来，后面跟着冯青波。铁林进入吉普车，发动车子，冯青波坐进后座。关宝慧缩着身子，一动不敢动。

宝元照相馆关门了，街上也是空无一人。一路上都没有人说话，关宝慧的手攥得紧紧的，铁林停下吉普车，冯青波下车。远远地，那辆小汽车也跟过来停在街角。关宝慧在车里，又想看车外的冯青波，又不敢看。铁林启动车子开走，关宝慧问：“不管他了？”

“回家睡觉。”

“他到这儿干什么呀？”

“取照片。”

关宝慧不明所以，扭头往后看。

冯青波轻拍宝元馆的门，里面无人应声。冯青波离开铺门，沿街往铺子后面绕去。

田丹看着徐天接着问："拍照的时候你在？"

"在。"

"刀口的位置宽度记得清？"

"记得清清楚楚。"

"伤口入刀的方向？"

徐天不明白，田丹挥挥手："过来，靠近我。"

徐天贴着铁栅，田丹说："我的手有点凉，不要动。"

徐天没有动，做梦一样，田丹的手撩开徐天的棉衣下摆，伸进去。徐天条件反射往后退了一步，离开铁栅："你爸是冯青波杀的。"

田丹手伸着说："你怎么知道？"

"二哥说的，不会错。"

"我想自己知道。"

徐天慢慢走回铁栅前。

"凉吗？"田丹的手贴着肉伸进去，徐天僵着身体一动不敢动地说："热。"

"告诉我在哪里停。"

"左边。"徐天定了定神，田丹在试探："对吗？"

"上面一点，是这儿。"

"还有一刀？"

"在旁边。"

田丹的手在游走，徐天脑子里乱乱的，似乎也不完全关乎男女之事，乱世浊浪汹涌，曾经他觉得自己可以披荆斩棘，现在却只能求助这双手，这双手是有魔力的，徐天觉得自己的身体正在被打开。

田丹的手游动着，眼里盈上泪。"是冯青波？"田丹的手抽出来，"入刀的方向？"

徐天看着她说："不知道，你看照片。"

田丹抹了抹泪眼，徐天见了脱口而出，说道："一会儿我就去找冯青波。"

"不要。"

“他是你什么人？

“熟人。”

“二哥说看见他在前门车站抱你。”

“不要找他。”田丹的情绪激动起来，她微微提高声音，似乎还带着些恳求。

“我替你弄死他！”

“你可以吗？”

“我没杀过人，但这孙子该死。”

“我爸爸不是他杀的。”

徐天瞪着她说：“蒙谁呢，那你为什么哭？”

“告诉我贾小朵的三刀的入刀方向。”

徐天不明白。

“女人和男人的骨骼不同，像刚才一样，让我知道刀口位置。”

“袋子里有照片。”

“袋子里什么也没有。”

田丹递过袋子，徐天打开一看，顿时愣了。

“你拿到照片去过哪里？”

“就回家，跟大哥二哥喝酒，然后到来这儿。”

“铁林拿走了。”

“有底片，让周老板再洗。”

“没有底片了。”

田丹抓住徐天的手，在自己的身体上浮动，徐天接触到她温热的皮肤，下意识地想抽离回来，却被田丹拽住，一寸寸爬过皮肤，确认下刀的位置。徐天被田丹引导着，慢慢放松下来，似乎那双手已经透过皮肉，死死抓住了他的心，他感觉到了安慰，好像曾经那个遥远而亲切的世界又回来了。

十七远远站着，他看见通道尽头，徐天的手在田丹的衣襟里游走。十七喉结滚动，干咽着。徐天贴着铁栅，仰着脖子，他手在动，眼睛却没有看田丹，喉结滚动。

八青在用脚勾那扇半开的门，铁门被他用脚勾住一点点地靠近，门上的那串钥匙接近八青。罩神在监舍里看着，但没有吱声。

照相馆的暗房里，相片袋散得乱七八糟。冯青波打着手电在翻找底片。

前厅，周老板提着一盏油灯，拎着一根棍子，听着暗房里的声音，慢慢向暗房靠近。进入暗房后，他发现里面没有人，于是转身，结果被后面的人用匕首勒住了脖子。油灯掉在地上被砸碎，火油蔓延开来。

冯青波平日里斯文的脸在火光明灭下显得凶狠狰狞："司法处拍的底片在哪里？"

周老板失魂惊慌，两股战战："你是谁呀！"

冯青波发了狠："底片在哪儿？"

"都在这儿……"

冯青波用刀划了周老板的脖子，将零散的照片抛向火油，火势突起。瞬间，暗房冒起烟，冯青波从里面出来，环视左右，准备离开。周老板的脖子冒着血，他拖着棍子从暗房踉跄着走出来，向冯青波挥棍。冯青波闪躲，周老板拼出最后的力气。厢式照相机被撞倒，气压快门线甩在地上。

暗房的火势渐大，周老板终于力竭，身子倒地，摔在气压快门上。厢式照相机镜头开合，冯青波看了周老板片刻，离开。

暗房火势熊熊，相片和底片全部毁于火海。瓦木结构的房顶塌了下来，压灭了一部分火头，雪片从破开的房顶飘下来。冯青波捂着大衣，走向街角的小汽车。宝元馆火势突起，有街坊出来大喊："着火了！叫救火车，快救火……"

一辆小汽车逆着人群行驶着，车内是冯青波，对于背后的火海，他没有任何表情。

监狱里，徐天和田丹已经分开，徐天竟然有点失落。田丹神色如常地说："杀小朵的刀是什么刀？"

"剔骨刀。"

"刀长，刃宽大概是多少？"

徐天比划着："半掌多长，二指宽，明天给你拿来。"

田丹看着徐天比划的手，说："不用了，三刀都不致命，凶手是用刀高手，很清楚从什么地方下刀可以让人大量失血，不伤及脏器。从中刀到死亡，大概两个小时，两小时内如果有适当救治输血，那她就不会死。”

“你说什么？”

“现场八个烟头，说明凶手一个小时以上没有离开，他要看着小朵的血流干。”

徐天听到这话顿时像是被泼了盆冷水，从刚在如坠云端的恍惚里醒了神。他无法想象小朵在那段时间里有多绝望，他也不敢想象。

第二十二章

徐天下意识用手摁自己身上相应的位置，田丹说：“是我身上的位置。”

徐天的身子在隐隐颤抖，他为自己刚才的沉沦感到羞耻。他退开两步，盯着田丹，再扭头看十七，来回走了几步。

“徐天。”

“别叫我！我那两个小时在干什么……把罩神送到警署我就回家了，二嫂回来，我劝二哥……”徐天不停地用手捶自己的头，他懊丧地想一头撞死在栏杆上。小朵本来不会死，都怪自己，都怪自己。

“徐天，记不记得贾小朵对你说的最后一句话？”田丹温声说话，努力把徐天从懊悔里拽出来，“什么话……她说，徐天你走还是不走？”

田丹看着徐天，引导着徐天把情绪收拾好。

“大哥不高兴，我没理她。”

“她对你说的第一句话呢？”

“第一句……”

“你们第一次见面的时候。”

徐天烦躁地说：“谁能记得第一次见面时说什么！”

“你我第一次见面时，你问我的第一句话是，你是谁。第二句你对我说，女共党。第三句我问你金海是什么人，你说是大哥。”

徐天盯着田丹，田丹的眼神像是在鼓励他。

“我对你说的第一句话是什么？”

徐天冷静下来："你说，你叫田丹。"

田丹接着说："鲜血让凶手兴奋，让他冒着危险不愿离开现场，两个小时看被害人慢慢死亡，是延长作案快感。嗜血的人大多恋物，为使快感保持更长时间，应该会保留受害人的东西。你去查其他三个受害人的留档卷宗，找她们的家属，看被害人在现场有没有少随身的东西，包括贾小朵……"

"小红袄抽烟，这条线怎么捋？"

田丹说："凶手平时可能并不抽烟，但被受害人鲜血刺激的那两个小时里，他完全变成了另一个人，烟是下意识行为，平时甚至根本不会抽。"

一幅幅画面在徐天脑中闪过：司法处尸体存放处门口走廊，徐天划着火柴，周老板俯头过来点燃，徐天盯着周老板往里吸了一口，周老板一口烟全呛出来，咳得心肺都快要出来了。

田丹接着说："凶手应该单身独居，或者家不在北平，物色跟踪受害人到实施作案无法一次完成，单身独居方便作案，经常深夜行动不被人注意。"

通道另一头传来铁栅门的声音，徐天转头看过去，十七消失在原来的位置，又折回来往第一个监舍看了看，慌张地出去。

八青不见了，解开的铐子挂在铁栅上，十七惊惶无助。

监舍里很安静，十七不敢大声说话："人呢？"罩神阴兮兮地笑。十七往外跑，一间间监舍看过去，监舍里的囚犯人多都在睡觉。

徐天看着田丹，他在心里将小红袄和周老板迅速对上号："你说小红袄平时的职业可能跟色彩有关，有条件盯着人看，会不会是拍照片的？"

"有可能。"

"我走了，有什么事要我办吗？"徐天在心里认定了周老板就是小红袄，他一刻也不能等，他要抓住周老板。

"没有事，不要找冯青波。"

"得找他，他杀了你爸。"

"没有刀口照片，不确定。"

"小朵照片也没有，你怎么知道这么清楚。"

"不一样。"田丹无法说服自己，更无法说服徐天。

“都是杀人，都用刀！”

“徐天，你要听我的，我没有别人可以依靠，你不安全，我就不安全。”她此时显得无力又无助。

“找姓冯的我不安全？从今儿起他不安全了。”

“看不到刀伤我不确定！”田丹着急了，她害怕徐天贸然去找冯青波，造成她无法承担的损失。

“天一亮我找人到司法处重新拍。”

“徐天！”

“我知道小红袄是谁了。”徐天迅速打断田丹，田丹怔了怔，徐天说，“明天来告诉你。”

“徐天……明天来告诉我小红袄是谁，但照片不用拍了，这袋子是空的，人也不会留在司法处。”田丹劝阻着徐天。

“不在司法处在哪儿？”徐天皱着眉头，刚才的迷乱已经不复存在，他现在急不可耐地要把小红袄绳之以法。

门禁都锁着，门禁区里二勇在吃东西。十七奔过来：“刚刚你在这里吗？”二勇将吃的隔着铁栅递过来：“来点？”

“刚刚你在这里吗！”

二勇说：“刚去找点吃的。”

十七蒙了，二勇见他神色慌张，问：“怎么了？”

“没事……”

徐天拿着牛皮纸照相袋从监舍通道匆匆出来，说：“开门。”

二勇跟徐天打招呼，徐天看着十七，眼睛里充满焦灼：“快点。”

十七没有钥匙，门禁区里的二勇放下吃的，把门从里面打开。十七跟着徐天进入首道门禁区，二勇接着打开向外的门，徐天出去。

外面的雪已经停了，十七跟着徐天来到大门口。徐天生气自己饮酒误事，丢了照片，他看见立在门口的酒瓶子，把油瓶一脚踢飞。守门的狱警见了徐天问道：“三哥走了？”

“嗯。”小门打开，徐天走出去。十七往四下里看，“宝根，三哥进来后这门开过吗？”

守门的狱警摇摇头，十七回身准备往里走，一个黑影从暗处蹿出来，闪出大门。十七愣了片刻，立即拔腿追出去。

守门的狱警没看到黑影："哎，十七，当班呢，往哪儿跑！"

街面上被雪映得亮晃晃的，徐天快步行走。空无一人的街道，八青奔跑着，就像刚出笼的鸟。

走了一会儿，徐天开始奔跑，自小朵死后憋着的力气，仿佛都用在这个时候。另一边，十七边顾着追赶，一副大祸临头的样子。

照相馆门前围满了人，救火人员正在全力救火。不久后，火势得到控制，废墟瓦砾中，救火队看到周老板的尸体。

徐天越跑周边越热闹，他来到照相馆前，看到了围观的人，看到了救火的人，看到了烧焦的宝元馆。徐天停下来，喘着气，拨开人往里进去。燕三向他走来，说："天哥。"徐天如坠深渊，耳朵边燕三的声音也模模糊糊。

徐天推开燕三往里走，救火后的地面又湿又滑。徐天摔了一跤，但丝毫没觉得疼，他从地上撑起身体，茫然地寻找着，最后他看到了血泊里的周老板。他探身下去，确认周老板已经死亡。

刚才徐天身体里的力气瞬间被抽干了，他怀着最后一点希望继续往里走，暗房烧塌了半边，散乱着焦湿的灰烬。徐天颓然蹲下去，天渐渐亮起来，塌破的屋顶显出微白的光。

"谁干的？"徐天失了魂。

燕三找到蜷缩在角落里的徐天，说："等您来查呢……"

徐天垂下头去，随手翻开瓦砾焦木，下面有未烧完的照片，他将照片抽出来。贾小朵穿着红袄在茶水摊；贾小朵穿着棉袍，露着里面的红袄，在街上行走……

徐天抬头看着燕三，眼里渐渐湿润起来，喊道："这是谁干的？"

燕三俯头过去看照片，不明白。

徐天一字一顿地说："周老板杀了小朵。"

燕三露出惊诧的样子。

"别让人进来。"徐天拿起那些照片看了半晌。从怀里取出空的牛皮纸照片袋，放了进去。

良久，他掏出半盒哈德门烟，叼了一支在嘴上，然后从兜里掏出火柴，划了好几根都没划着，最后火柴盒被弄坏，火柴棍儿散了一地。他将嘴上的烟也扔到潮湿的地面上，又揉碎那半盒哈德门扔掉。徐天瞪着一地的火柴和烟，眼泪无声无息地流了出来。

1949 年 1 月 16 日，农历腊月十八。

平渊胡同里，八青一边向后看，一边跑过来，他跑到刀美兰院前，拍门，又不敢拍太响："美兰，美兰……"

十七出现在胡同口，朝八青跑来。院门还没开，八青将手上一直攥着的那串监狱钥匙向十七掷过去。十七躲闪，院门开了，刀美兰出现在里面。八青挤进去，十七扑过去，院里已经插上了门栓。

刀美兰见了八青，满脸惊讶："怎么回来了？"

八青赶忙示意她别吱声。

"金海放你回来的？"刀美兰压低声音问他。

"没错，他前几天就说放我。"

隔着院门，十七听到了这句话，只能悻悻地离开，走到隔壁金海家的门口，又走回刀美兰家门口。焦急的十七捡起那串监狱钥匙，最后站在了两个大门的中间，不知道该怎么办。

小洋楼里，萍萍从自己的房间里仰头看见柳如丝，她衣着整齐地轻步下楼，问道："我昨天晚上怎么回来的？"

"冯先生抱你回来的。"

"他呢？"

"把你放到床上就下楼了。"

"我说现在他人呢？"

"后来他又出去了，天快亮才回来。"

"他现在人呢？"柳如丝强调。

萍萍指了指楼下一间关着门的房间。

"大晚上又出去干什么？"

"去了一个照相馆。"

“车在外面吗？”

“在，姐等等我。”萍萍说着话就要回去穿大衣。

“你不用动，在这儿看着他。”

小汽车在门前停着。两个保镖坐在前座，坐在驾驶座里的保镖睁着眼，旁边的保镖睡得正香。柳如丝从院里出来，打开车门上车说：“去沈先生那儿。”

照相馆门前，救火队已经走了。司法处的车停在外面，有几个人抬着一副担架正在搬运周老板的尸体。徐天拿着牛皮照片袋从暗房出来，几个木匠拖着木板拿着锤子过来。

燕三指挥着：“前后漏光漏风的地方都钉死了，天哥。”

徐天踢着地上散架的箱式照相机。

燕三小心地说：“周师……他家里人一年半载也不来一次北平，伙计估计也跑了，我让人先把这儿封上。”

厢式照相机的残骸里掉出盒式底片框，徐天捡起来拿在手里：“天桥大北的照相师傅叫什么？”

“杨宝福。”

“你在这儿盯着，东西都不要动。”

“天哥，小朵真是这主儿害的？”

徐天没说话，燕三接着说：“眼鼻子底下就是小红袄，还假模假式跟我们去司法处给小朵拍照片……”

徐天没理他，拿着盒式底片走出去。

平渊胡同里有不少人来来往往，还有摊贩挑担子经过。十七站在金海和刀美兰两户中间，一脸张惶。

刀美兰家里，八青满屋子翻东西，找吃的，问道：“有吃的吗？炖点肉，好几年没整片儿的肉进嘴里了。”

“你先把嘴里那片肉捋直，别说瞎话。”

“都回家了，犯得上说瞎话吗？”

刀美兰不相信一样，再次和他确认：“真是金海放你出来的？”

"这几年说了多少回放？跑回来的。"

"深牢大狱你怎么跑得出来？"

"赶上徐天去里面找一个女共党说话，看守估计是竖着耳朵只顾着听了，就把我忘记了……哎，小朵怎么死的！"

"你要害死金海啊！"

八青愣了，不高兴地说"这话说的，你是我妹！知道你跟金海好着，看守一路追来的，估计还在外头呢，我哪也不去，有本事你就把我给金海，前几天他还让我劝你跟他去南边。"

"托你劝我？"

"让你去牢里看我的时候劝你，你们啥时候走？"

刀美兰二话不说，拿起棉袄出屋。从院里出来，她正好看见十七。十七嗫嚅着说："刀婶……"

刀美兰看了看四周："就你一个人？"

"就我。"

"狱里人跑了，怎么就你一个人追呢？"

"就我。"十七无辜又迟疑地说。

金海夹着公文包从屋里出来，去大缨子房间敲门，屋里传来缨子的声音："我这就起床。"

"收拾收拾自个儿要带的东西，大件儿的都不要了。"

缨子拉开门："要出门啊？"

"出北平。"

"今天啊！"大缨子被突如其来的消息弄蒙了。

"一会儿我去拿徐天和铁林的金条，下午把出城的道儿弄清楚，明儿一早就走。"

"我们怎么说走就走啊？"大缨子

"别嚷嚷。"说完后，金海往外走去。

十七和刀美兰看见金海夹着公文包开门出来。十七迎上去说："老大。"金海慢慢停住脚步，刀美兰也有些难开口："金海。"

"说。"金海有点奇怪，这两个人怎么凑到一起了，刀美兰低着头说："八青回来了，在屋里。"

金海猛地转头盯着十七，十七赶忙解释："三哥昨天大半夜找田丹，不想让别人听见说话，让把八青从特号带外头去，我带外头铐着了，后来跟里面看着三哥……出来人就不见了。"

刀美兰纠正着十七的话："没不见啊，人在这院儿里。"

"我看见铐子空着，钥匙没了，没敢喊，送三哥出去到大门口，八青躲在门边儿，我一直追到这儿……"

金海看了看四周："怎么就你一人在这儿？"

"您跟八青……我没喊人，别人看没看见不知道。"

"站这儿。"金海伸手推开刀美兰的院门，进了灶间，看见八青正胡乱往嘴里塞吃的，他嘴停住，看着金海走进来，说："金爷。"

金海说："狱里把你饿成这样？"

"也不是……吃点新鲜的。"

刀美兰不知所措地站在门边，金海竟然笑了笑："真没看出来，你还有越狱的胆儿。"

"你不是说放我吗！"

"放是一回事，自个儿跑是一回事。"

八青转头对刀美兰说："美兰，你真眼看着他把我弄回去啊？"

刀美兰央求地看向金海，但又不知道说什么，金海想了想，说："既然出来，这院儿就有男人了，问你个事儿，美兰跟我走行不行？"

八青立即点头，说："行啊！去哪儿？只要别把我弄回狱里，你们去哪儿都行。"

"我的事儿我自己做主。"

八青打断地说："你作啥主，金爷问我呢！"

"明儿我带美兰出北平，去南边，不回来了。"

"这院儿我住得踏实吗？"

"没人抓你，也没人朝你要房钱。"

八青放了心："去吧，美兰，别惦记我，金爷仁义，你跟着他去哪里，我都踏实。"

金海退出去，站在院子里看门口的刀美兰："八青回来了，明天我走，你自个儿愿不愿意还有一天时间考虑，明天一早我来敲这门，东西不用收拾太多，到南边置办新的。"

刀美兰怔着，金海从刀美兰院子里出来，看见忐忑等待的十七，说："正好，帮我去拿点东西。"

金海往胡同外走，十七一步三回头地跟上去。

大北照相馆是一家比宝元馆规模还大的照相馆，聚光灯下一家人三代同堂在拍合照，徐天拿着底片盒子，站在暗影里看着。

一家人拍完，躬身作揖散去。摄影师一扭头，看见徐天站到了灯光里："您一位？"

徐天盯着黑暗中影影绰绰的摄影师说："杨宝福，认识我吗？"

"面熟。"

"珠市口徐记车行是我家的，我是白纸坊警署的徐天。"

杨宝福立即热情起来，说："天少爷，认得认得。"

"宝元馆昨天晚上烧了，拍照片的被人割了脖子。"

"您有什么吩咐？"

"叫两个伙计带上拍照家伙跟我走。"

"这会儿吗？"

"这就走。"

"好的。"

徐天将底片盒子放在椅子上，说："把这个洗出来。"

杨宝福看着底片盒子："里头照的啥？"

"我姨，平渊胡同刀美兰。"

摄影师忙不迭地接过盒子吩咐徒弟赶紧去洗出来。

吉普车停着在铁林家门前，铁林走出来，关宝慧跟在他身后。

"你跟着我干什么？"

关宝慧问："药喝了吗？"

"喝了，你看着的。"

“一人在家心慌。”关宝慧想起昨晚的事儿就害怕。

“我去司法处，你也跟着？”

“不方便吗？”

“领尸体，火化。”

“党国的事怎么这么瘆人呢？”

“共产党也不容易。”

“把我送爸那里，忙完后接我回家。”

“说不定啥时候才能忙完，我还要办别的事。”

关宝慧不满地说：“什么事儿，药劲别到处散就行。”

铁林无奈上车，关宝慧赶紧拉开车门钻进去。

司法处走廊，两个伙计抱着照相设备待在走廊里，看着周围的环境，面面相觑。还是那个一脸死性的保梁，他抬头看着徐天，徐天眼睛发红，不耐烦地说：“不用让我二哥再打一次电话吧？”

保梁面无表情地说：“用。”

“我只看贾小朵，这是我辖区的案子，她是我女人。”

保梁仍像个机器，说：“拍照的不能进冷柜室。”

两个伙计看着徐天和死心眼的保梁走过来，保梁打开停尸处厚重的门。徐天扭头看保梁没有要走的意思。

“你们俩待在这儿着。”徐天自己走进去，两个伙计如释负重。

存尸处放着一格格冰冷的大铁抽屉。徐天来到一格铁抽屉前，抽屉角下有个小小的标签，上面写着“贾小朵”，徐天想伸手去拉，但又放弃了，手滑到了小朵的名牌上，心里特别无力，他喃喃自语道：“小朵……我认识一女的，叫田丹，没她找不着杀你的人，你肯定特想告诉我宝元馆老周就是小红袄，我真是笨死了……也憋屈死了，攒了一肚子话要问他，攒一身劲儿要抽他，这世道杀人犯抓了也不知道往哪儿送，没人审也没人判，就大哥的监狱咱们还能说了算，但小红袄抓着不能就坐个牢吧？我没杀过人，但我想好找到了小红袄，我就得亲手弄死，我是想了好几种方法弄死他，但有人赶我前头把他弄死了。你明白吗？就好像你蹲着熬了十几天夜，总算能直起身子够着亮儿了，却人从后头抽了脊梁，眼瞅着一辈子只能蹲地上……咱仇没报上，不能算完，谁赶我前头弄的小红袄，我得找他来问问为什么，差不离儿我知道是谁，这孙子也是杀人的，小红袄在暗地里晚上杀，他大白天明面儿杀……”

徐天越说越难受，他靠在冰冷的柜门上，慢慢滑坐到地上，胳膊抱住膝盖，无助地流着眼泪。他感觉自己太无能了，从事发那一刻起，他就失去了所有的理智。徐天觉得自己是个窝囊废，喝酒误事，差一步就抓到小红袄了，他想嘶喊，想咆哮，甚至希望有个人来揍他一顿。

过了许久，徐天收拾好情绪，从停尸处门里出来，保梁上前，准备关门上锁。徐天站在他背后看了一会，两个照相馆的伙计目瞪口呆地看着，徐天将保梁双手反剪摁在地上，抽了他的鞋带，从后面把他的两只大拇指缠死了，再将他的大拇指固定在了铁片暖气上，说：“以后没准我还得来，每回来都不找人给你打电话，我想干吗就干吗，明白吗！”

保梁即使被捆着，也还是一副死性的样子，徐天对两个伙计说：“进来拍。”两个伙计战战兢兢地抱着器材跟徐天走进去。

徐天进入存尸处，拉开田怀中的冰尸抽屉，掀开白单子：“赶紧拍，刀口位置，入刀方向。”

这两个伙计吓坏了，徐天厉声催促。

铁林带着两个特务出现在门边，看到这一幕后，他冲上前问：“干什么呢！天儿？”

徐天不理会铁林，催促伙计赶紧拍。铁林急了：“徐天！你什么呢？”

徐天盯着铁林：“昨天喝酒的时候照片被你拿走了，再拍一回。”

铁林冲着两个伙计喊道：“你们俩给我出去。”

徐天冲着两个伙计喊道：“拍！”

铁林索性招呼身后的两个特务，说：“把这俩人弄出去！”两个特务上来，一人一个将两个伙计架了出去。

铁林反手将门掩上，徐天盯着他，余怒未消：“您来干吗？”

“把田怀中的尸体领走火化！”

“我准备拍他。”

“拍了给田丹看，好让她知道田怀中是谁杀的，是吗？”

“是。”徐天梗着脖子，眼睛瞪得溜圆。

“冯先生杀的，你没跟她说吗？”

“说了，她要自己确认。”

“我是不是你哥？二哥算不算哥？”

“是哥。”

“咱们兄弟的话，怎么能往共产党的耳朵里传呢？以后不能聊天了是吧，照片是我昨晚拿的，你在房顶上，我在房檐下面烧了，为你好不明白吗？”铁林急了，他不明白徐天怎么就这么不上道。

“为我好怎么不跟我说？”徐天问他。

“你轴啊！说得清吗？一条道走到黑，最后走成共产党了怎么弄？”铁林有点气急败坏。

“你说我跟谁干，大不了前途不要，你也跟我一起得了！”

“光记得前半句，后半句怎么没了呢？我跟你一样不要命，你的女人躺这儿了，我女人还等我一会儿她接回家呢！”

“那你别管我，也别拦着我。”

“不拦的话我们兄弟就要掰了！”

徐天没说话，铁林软了下来，说：“光想自己干啥，当哥哥的帮你，自个儿那点儿破事儿怎么就不能放放，替哥想想呢？”

“二哥，凡事都有个理儿，您走官道，我抓小红袄，昨天晚上到今天一早，我的事本来能放下，但宝元馆周老板死了。”

“谁？谁死了？”

“小红袄，宝元馆拍照片的周老板杀的小朵。”

“这不挺好吗，凶手找到了。”

“但让人杀了。”

“杀就杀了，落咱们手里也活不了。”

“谁杀的？我让周老板拍的照片你烧了，回去找底片时，暗房烧了，拍照片的人被灭口了，到这儿来重拍，尸体要拿走火化……寸不寸？”徐天发泄过后，脑子清醒了一些，铁林几乎明白了他的意思：“你想说啥，直说。”

“冯青波，这孙子我得找他。”

“这值得吗？”

“他掺合我的事了。”

“宝元馆周老板跟他有啥关系？”

“那还能是谁？”

“天儿，到大哥狱里谢谢田丹，要不然周老板死了你还不知道是小红袄呢，再往下的事儿要掺合，得先跟小朵说一声。”

“说啥？”

“跟小朵说，小红袄找着了，事儿结了，但你又喜欢上了别的女人，叫田丹，田丹是共产党，往后她就是你，贾小朵翻篇了。”

这话说得很不好听，徐天绷着身子，说：“二哥，这是两码事儿。”

“没错，是两码事儿。”

“别当着小朵这么说话，她不爱听，我也不爱听。”

“田丹跟你啥关系，大哥说的没错，她把你迷住了。”

“冯青波让你干啥就干啥，你让他迷了？”

“我是保密局的，冯先生是国防部二厅保密局的，我上司，我迷啥？”

铁林怔着。

“希望冯先生找去，田怀中拍不了。”铁林去拉开门，叫两个特务，“进来，抬尸体！”

两个特务进来，准备上手，徐天还站在田怀中尸体边上没有动，死死盯着铁林。

“兄弟，别犯愣呀！”

徐天盯着两处刀口看了许久。

“站着也没用，问问外头两个伙计给不给你拍。”

特务说：“组长，照相的轰走了。”

徐天看着铁林，眼睛里不再是亲如兄弟的信任，取而代之的是像陌生人一样的疏离。铁林忙着指挥特务，他没看见徐天慢慢挪动脚步只身走出司法处的大门的样子。下过雪的北平一片白茫茫的，使人茫然。徐天在积雪里站了一会儿，最终朝一个方向走去。

新世界

中

徐兵 著

李源 石典典 改编

北京联合出版公司
Beijing United Publishing Co.,Ltd.

目 录

第二十三章

下过雪的街道上，有不少孩子在玩雪，金海和十七走过熙熙攘攘的主街，绕到小洋楼门口。金海依旧夹着公文包，十七忐忑不安地跟在后面，一路上都没敢说话，直到俩人站在院门前，金海才跟十七说了第一句话："从这儿拿点东西，一会儿替我给铁林和徐天送家去。"

说完，金海抬手敲院门，等着里面的人回应。

"老大，八青的事儿您不会罚我吧？"十七把想了一路的话说了出来。金海手往上指了指："抬头看这天。"

十七抬头看，也没看出什么，天上只有蓝天白云。十七刚要低下头，过了一架飞机，他又抬头看，这时金海说了句："监狱早晚咱们做不了主。"

"早晚也是您做主。"十七忙不迭地接话。

"快到头了。"

"您不管了？"

金海没接话，再叩门。

"给二哥三哥送啥？"

"金条。"

萍萍在里面开了门，见是金海，让开身子，金海进去，把院门关上，十七在门口琢磨着。

客厅里，金海仰头往楼梯上面看，萍萍将茶放到金海面前，金海礼貌地跟萍萍道谢："不喝了，说两句拿上东西就走。"

"姐不在。"

"说好今儿我过来的。"

"冯先生在，有话跟您说。"

"冯先生看见我来了？他在也行。"

萍萍又往金海对面放了一杯咖啡，然后离开。金海独自坐着，皱起了眉头。

庆丰公寓，徐天进来。何师傅看着徐天，记得他前几天来过。

徐天开门见山，直接问道："冯青波住哪间？"

何师傅说："他没在。"

"他住哪间房。"

"里头，7号。"

徐天往里走到内院，找到冯青波的房号，门是锁着的。徐天扭头看跟着进来的何师傅说："打开。"

何师傅说："里面有人。"

"还说他不在。"

"有人在里面，但冯先生不在。"

徐天敲了两下门，伸手一使劲，里面门销开了，看见屋里有一对睡觉的男女。

何师傅说："冯先生不住了，这房今天一早刚租给别人。"

男人从床上蹦起来，一口东北腔，喊道："你谁啊！别走啊！找干仗呢！"

徐天没回头，往外走。

冯青波青衫布衣，从里间出来，金海朝他欠了欠身，冯青波坐下，抿了一口咖啡。

金海笑着说："都凉了吧？"

冯青波放下咖啡看着金海，半晌后金海才说："您别这么看我，地皮子上话这叫犯照，我有事儿求您，拿眼睛这么照着，我该犯怵了。"

"你是害怕的人吗？"

“看到什么份儿上了。”

冯青波也笑着：“来拿金条？”

“昨晚上问了两兄弟都不走，徐天六根，铁林八根拿走，我的三十二根到南边拿。”

“田丹告诉你二十号先农坛是假的。”

“你怎么知道？”金海脸上的笑意隐去了。

“我了解她。”

“您了解的是外头好端端的她，掉到狱里再过一遍刑的她您不了解。”

“你为什么要走？”

“想走。”

“做到京师监狱狱长不容易，不愿意为党国服务了？”

“为党国服务的一飞机一飞机隔三差五往外跑，不只我。”

“你也订好飞机了？”

“不坐飞机，上天不踏实，两脚接地一段一段儿走。”

“说说你兄弟徐天。”

“他一小警察，您不用在意，我是来拿金条的。”冯青波忽然提起了徐天，让金海有了些防备。

“柳如丝不在，反正要等她，你说说吧。”

“你跟她一伙儿，金条你给也一样。”

“我不碰那些东西。”

“您是高人，我跟您聊得起来吗？”

徐天阴着脸回到珠市口，冯青波的突然消失让他确定了心里的推测。门口有两个身穿白衣的精壮汉子，徐天看着他们走进院子，心里一沉：“爸，我回来了……爸！”

徐天掀起帘子进门，里面没人。只有那架盆景在温暖的阳光里，折断的地方仔细缠了碎布细铜丝。

徐天再从屋里出来的时候，明显急了，往后院跑进去，正赶上徐允诺拿着空盘出来，迎头撞上徐天。

徐天心踏实了，说：“爸，在呢？”

徐允诺皱眉头看着他，问："昨晚上睡哪儿了？"

"大哥家。"

徐允诺接着往外走："这几天多陪大哥待待挺好。"

徐天眼睛瞥见关宝慧从厢房出来："您别出门啊。"

徐允诺转去前院，徐天向关宝慧走过去："二嫂。"关宝慧心里有事瞒着徐天，快速看了他一眼，准备回厢房。徐天拦住她说："有事问您。"

关宝慧停住脚步："什么事？"

"您怎么老回来？"

关宝慧说："家里待不住，想看我爸。"

"宝元馆周老板认识吗？"徐天问。

"宝元馆？"

"樱桃园北口的照相馆。"

关宝慧怔了怔问："干什么？"

徐天说："昨晚上人死了，照相馆被烧了。"

"问我干啥？又不是我烧的。"

"二哥昨晚上从这儿跟您一起回的家吗？"徐天问。

关宝慧用不耐烦掩盖着心虚，说："不回家还去哪儿？"

"对，去哪儿了？"

关宝慧瞪着眼睛问徐天："你审谁呢！"

"二嫂，说实话吧！"

"你不会觉得是铁林干的吧！"

关山月从厢房里出来，打岔打得正好："那谁干的？"

关宝慧转向关山月："爸，没您事儿，进屋去。"

关山月问："徐天，有没有我事儿？"

徐天说："有您女婿事儿。"

"他不会跑了吧？跑得了吗！北平被围得铁桶一样，汉军齐斩斩白枪白马银盔甲，领头的胯下一匹赤兔马……"

关宝慧大声打断他，说："爸！"

关山月收声，若无其事地进了厢房，关宝慧看了看徐天接着说："有个叫冯先生的，昨天在北土城小树林差点要了我和铁林的命，我一个人不敢在家里待。铁林出门，我来这里，再这么下去以后就住这里得了。”

“昨天晚上二哥找冯青波了吧？”

“找了，去东交民巷那边的一个院子里把冯先生接出来，拉到樱桃园北口，后来照相馆死人了？”

徐天生铁林的气，但也不能完全不管他，徐天只当是铁林被冯青波迷了心窍：“二嫂，您要真在意二哥，就劝他离冯先生远点。”徐天抛下这句话，就走出了后院。关宝慧想叫住他，又不知道叫住他跟他说什么。

“爸！”

徐允诺听到徐天的声音，从院门外面走回来：“大白天自个儿家喊啥。”

“您别出门，有事儿叫祥子他们出去办。”

徐允诺问：“怎么了？”

“街上不太平，昨晚上死人了。”

“谁死了？”

“该死的死了，本来该死我手里。”

徐允诺怔愣着，眼看儿子又出去了。徐天从自家出来后，沿街走了几步，回头看着那两个穿白衣的精壮汉子，汉子起身也走了几步。徐天向他们招招手，汉子跟上来，徐天往前大步走去。

金海和冯青波在客厅里干坐着，冯青波起身往里间走去。金海拦住他，语气依旧恭敬：“冯先生，我费劲巴拉问出来的消息，您一句假的就啥事儿都不算了，这有点不合适吧。”

“知道我为什么还陪你坐在这里喝茶吗？”

“真不知道。”

“消息是假的，但你还有用。”

“为了几十根金条，我容易吗？把共产党得罪了，两兄弟也都不高兴，您能说说为什么先农坛这事儿是假的吗？”

“其实金条也不是不给你，区区几十根而已。”

“是没多少，您看不上，我也不太在意。”

冯青波笑着看他：“那你在意什么？”

“信用，说出口的话算数，唾沫星子钉钉儿！”金海有点儿生气。

“据说你黑白道都走，说话从来算数吗？”

“黑是黑，白是白，您和柳爷可以说出我哪段儿死活过不去了，别把我当猴儿耍，每回说好了翻脸就不认。”

“猴子如果和人在一起，难免会被耍。”

金海的脸阴下来：“冯先生，我就是一草民，您犯不上的。”

十七窝在院门对面的太阳地里打瞌睡。徐天进入巷子，后面跟着两个精壮汉子，十七站起来，徐天一愣：“你怎么在这儿？

“昨晚您一开门，八青跑了。”

“跑这儿来了？”徐天看看小洋楼。

“老大在里面，八青跑回家了。”

徐天上前拍院门，十七扭头看着两个精壮汉子，徐天把院门拍得很响，萍萍从里面柜子里提出 M3 冲锋枪，准备往外去。

“林萍，给我。”

萍萍将枪交给冯青波，自己向外走。冯青波把枪放到茶案上，片刻，徐天跟着萍萍进来，两眼直愣愣地看着他。

萍萍垂手立着，冯青波看着徐天，但话却是给萍萍说的：“你进去。”

萍萍低头转进里间，冯青波打量徐天，果然是他当时在庆丰公寓见过的那个人：“找我？”

“大哥。”徐天恭恭敬敬地先跟大哥打了个招呼。

“来拿金条。”

“聊完了吗？”

“聊僵了。”

“那聊我的？”

“行。”金海喝了口茶，但早已经凉透了。

“冯青波，我刚从庆丰公寓过来，你知道我是谁。”徐天盯着冯青波，还是当日在门房看到的那张脸，但气质似乎有点儿不太一样。那个冯青波是朝他笑的，眼前的这个，正充满戒备和敌意地看着他。

“徐天，白纸坊警署的。”冯青波好整以暇，整理了一下袍子下摆看着徐天。

“找你的事跟我大哥没关系。”

“和你二哥有关系吗？”

“有。”

“什么事？”

“昨天晚上你去宝元馆了。”徐天确定地说着。

“你以什么身份问我？”

“宝元馆是我管辖的区域。”

“噢，宝元照相馆着火了，死了一个人，一刀割喉。”冯青波不以为然地叙述着，好像他没有参与其中一样。

“认了？”徐天有点意外。

“认什么？”

“你纵火杀人。”

“与我无关。”

“我只问去没去宝元馆，你怎么知道着火和一刀割喉的！”

“谁知道就是谁做的？你是警察，证据、证人、作案时间，动机呢？”

“昨天是我二哥用车把你送到宝元馆的。”

“他告诉你的？算是半个证人，首先他愿意证实吗？其次，他看到我放火杀人了？”冯青波条理清晰，满意地看着徐天哑口无言。

“别跟我废话。”

“客气一点。”

“二哥烧了我拍的照片，你去宝元馆是找底片，找不着一把火烧了，顺便杀人。”

“这算动机吗？”

“一人做事一人当，遮也没用。”

“做警察说句一人做事一人当就可以了，还有你大哥，仕途做到狱长还要讲信用，在意说出口的话算不算数……本来我以为我们差不多，柳如丝说对了，你们像蝼蚁。”冯青波脸上的戒备退去，取而代之的是毫不掩饰的嘲讽。徐天被他说得无从反驳，心头起火。

“田丹让你来的？”

徐天没作声，他看着冯青波的右手护着咖啡杯，左手食指在沙发扶手上，下意识地敲，像那天晚上在庆丰公寓，他的左手食指也下意识敲暖水袋。他意识到，冯青波的嚣张表面下，也不是不紧张。

“只有她让你做的事，照着做才会像点样子，你自己来找我，像傻瓜。”冯青波不慌不忙地送出最后一招。徐天强迫自己冷静下来：“田怀中也是你杀的，你怕我再次取证，所以叫我二哥把尸体烧了。”

“管不了的事不要管。”

“你想杀人就杀人吗？北平得有人管。”

冯青波看了徐天半晌：“当然，北平要有人管，但蝼蚁怎么明白大厦的事情。”

“明白，大厦要塌了。”

冯青波的左手食指停止了敲打：“难怪田丹会用你去找到证据，我不会离开北平，现在走吧。”

徐天僵着。

冯青波皱着眉头循循善诱地说：“你还不明白吗？我可以打死你，国防部保密局打死一个北平地面上的小警察，就像人走在路上踩死一只蚂蚁，不用承担任何后果。”

冯青波将手放到 M3 冲锋枪上，金海打开公文包说：“有种别靠枪。”

片刻，冯青波的手离开枪，站起来经过徐天，走到院子里，然后转身等着徐天。萍萍从里屋出来说：“金先生，茶还喝吗？”

金海从沙发上站起身，说：“不喝了。”

萍萍离开茶案，人站到那支枪旁边。徐天下台阶，向冯青波走去。金海下台阶，从后面推了徐天一掌，徐天扭头看金海，金海又推了他一掌，将徐天推向院门：“想好要干什么了？手里什么武器都没有，傻干让人家看笑话，走。”

徐天还僵着，金海召唤十七，十七在外头推开院门，金海一掌将徐天推出去，然后转身说道：“冯先生，麻烦给柳爷传个话，金条除非你们给我送到家里去，我不找你们要了。”

金海出来，反手带上院门，对徐天说：“有事跟你说，走前头。”徐天看了看十七，不甘心地往外走，金海和十七在后面向巷子外走。两个白衣汉子在街角，看着金海和徐天十七从巷子里出来。

金海走进街边一间吃食铺子，小吃铺里有不少人，上了三份吃食，金海自己端了一碗："一大早才从狱里出来，没吃吧？"

徐天端起一份，金海递给十七一碗："这是你的。"

"谢谢老大。"十七端着吃的，去旁边狼吞虎咽。

金海和徐天蹲在路边吃着说："八青因为你跑回家了。"

"要不要把他抓回去？"

"怎么抓？那美兰还不得疯，还好就十七知道。"

"八青跑了也就跑了？"

"本来明儿一早我就走了，不想让你和铁林知道，八青早就跟美兰说要放他。"

徐天扭头看着金海，说："田丹也放了吧，反正你要走，八青都放了。"

"放他们出来你接着？"

"我接。"

"通红一块火炭砸手里接不接得住，想好了吗？"

"总不能落别人手里。"

"别人是谁，什么能耐？田丹是谁？砸手里，烫残你，放出来扭头走了你当不当回事儿？啥事都不过脑子，光拼命，一条命就一回。"金海怒其不争地看着徐天。

"您到底走不走？"

"缘分没尽，还走不成。"

"挺好的。"徐天咧了咧嘴。

"自从狱里关了田丹，咱们仨兄弟关系就远了……"金海的语气里少见地带着失落。

"不是因为田丹，是二哥搭上了冯青波。"徐天嘟囔着解释。

"因为小红袄行了吧，小红袄杀了小朵，你听不听我说的话？"

"您说。"

"记得上回咱们仨去柳爷的那院子，被当兵的抓到皇城吗？"

"前不久的事儿。"

"说到底咱们是地面上的，田丹、冯先生、柳爷不是地面上的人，放从前我们掺合不上，现在要掺合就得想好，分量不一样，没想明白瞎行动就等于找死。"

徐天的目光从对街那两个白衣汉子身上收回来，没吭声。

“铁林是保密局的，搭上冯先生估计想过，你想没想透不知道，我也得想想了，从今天起不是金条的事，世道再怎么变也得有个道理，我还从来没让人这么耍过，真成猴了。”金海端着碗，目光不知道落在哪儿，他把话说给徐天听，也是说给自己听。

“您要怎么做？”

“柳爷说不通，本来以为姓冯的能通，结果两人都不通，只能再找别人，总有通的。别管了，这事儿归我。”

“管他通不通，收集齐证据，冯青波肯定得捕。”

“捕完呢？”

“送您狱里折腾死他。”

“宝元馆的哪个人让他杀了？”

“小红袄。”

金海扭头看着徐天，徐天从怀里拿出牛皮纸袋，金海在阳光里抽出照片一张一张看。

徐天接着说：“周老板杀的小朵，我一身火气被姓冯的泄得没着没落。”

金海将照片放回去：“要我说，这事儿就算过去了，田丹别见了，小朵的忙她也帮了，再往里裹共产党的事儿没道理。”

徐天收起照片袋，又拿眼睛瞟对街，那两个白衣汉子不见了，徐天问：“您要找谁？”

“啊？”

“金条的事儿。”

“沈世昌。”金海坦白地跟徐天解释，“田丹一人挂俩，剿总和保密局，保密局审田丹都得绕着走，沈先生比他们牛，反正人在我狱里，谁急了也没好处。”

“说到底，也是拿田丹要金条。”

“也对。”

“把田丹放了吧，大哥，金条再想别的办法。”

“现在金条搁一边，有口气得出。”

“再关着，她说不定得死狱里。”

“死是肯定的，早晚的事儿，她是共产党。”

徐天沉默地掂量着金海的话，一个大胆的计划在他心里迅速酝酿起来。

广济寺化身窟，蒙着白单子的田怀中的尸体被推进火窟，烈焰包裹尸身。

另一厢，监舍内的田丹在一圈一圈地缠着自己手上的纱布，看似专注，但有几滴泪落在了纱布上。

沈世昌家客厅，几个男人正在商谈，柳如丝如空气一般坐在外屋，像花瓶一样，谁都能看到，但也没人在意。

沈七姨太走过来，坐在柳如丝面前，柳如丝看着她说：“我坐这儿两小时，你在前面晃过二十多回。”

“小四，要不你先回去吧，老头子和杜长官、戴先生在开会。”

“我有眼睛，看见了。”

“等得住啊？你事情那么多。”

“我在这儿坐着，您不舒服？”

“怕你无聊。”

七姨太不是外面的莺燕模样，说话声向来温柔，但柳如丝就是看不惯七姨太做派，总是拿话挤对她：“有什么事就说吧，别忍了。”

“哎，老头子说你赚了好多金条。”

“替人倒账抽水，赚不了多少。”

“十个往南边去的才有七八个到地方吧？”

“您怎么什么都知道。”

“十个里面两三个没了，金条不就……”七姨太皱着眉头，看模样就是个简单脑袋。

“我倒账，不谋财害命。”

“哎哟，没说你害命，乱世到处打仗，金条到哪里不会丢，人命谁能保证丢不掉？”七姨太是个南方人，着急的时候总是哎哟哎哟的，柳如丝克制住想翻白眼的冲动：“我挣多少钱也跟您没关系。”

“一家人怎么会没关系……”

“我顶多跟我爸算一家人，跟您有啥关系？”

七姨太噎着了："陪你说话都不痛快。"七姨太摇摇头到外面去了，里面沈世昌还在说事，并不知道外边发生了什么。

金海和十七并肩坐在车上，车跑在回监狱的大街上，十七浑身不自在地说："老大，我下去走就行。"

"你没坐过车？"

"跟您一起坐不合适。"

"你跟我多久了？"

"六七年。"

"家里有媳妇吗？"

"没有，就一老娘，瘫了。"

"八青转到别的监狱了。"

十七没明白："北平其他监狱都不关人了。"

"我说转监了。"金海加重语气，十七这才明白，连连点头。

"回头我跟华子说一声。"

十七答应。

"以后要是再出这种事，你那瘫的老娘没人管了，听明白了吗？"

"明白。"

金海不吭声了。

"老大，我下车吧。"十七别扭着，僵着的身子动也不敢动。

"坐着。"金海眼睛看着前面，十七如坐针毡。

徐天正在路上走，后面跟着那两个白衣汉子。徐天停下来，白衣汉子也停下来。徐天返身走到他们面前，说："就让你们跟着，不干点啥吗？"

两个汉子不说话。

"走前头，我找小耳朵。"

两个汉子对视一眼，依言往前走，徐天跟上去。

沈世昌送一位穿着将军服的长者和戴先生从里屋出来，柳如丝站起来，娇声笑着："戴老……"

戴先生脸上带着歉意地说：“对不起啊，让你等这么长时间。”

“自己家，有什么等不等的。”

“你们聊大事……怎么走了？”柳如丝看着那位穿军服的长者虎着脸走了。

柳如丝看了看，转身问戴先生：“没聊明白？”

戴先生笑着说：“老杜就这脾气，走了走了。”

沈世昌送他们出去，柳如丝走进里屋，这是一间具备书房和小型会客功能的房间。窗明几净，紫檀茶几上有盎然的水仙，与外面的乱世毫无关联。

沈世昌送了客人走回来：“在家吃饭吧，你七姨叫下面做了。”

“吃不下。”

“无论如何饭要吃，觉要睡，麻将要打，日子要过。”

“爸，北平厉害的人都想着走，你不走？”柳如丝没坐下，站着说话。

“党国还在，为什么走？”

“不是说局面弄不好要变吗？”

“变也无妨，我一直在协调国共和谈。”沈世昌扶了扶眼镜。

“但你杀和谈的共党。”

沈世昌往外屋看了一眼：“除了保密局，只有两个人知道，你和青波。”

“田丹早晚会知道，青波说她聪明得很。”

“人在狱里，再聪明也有限度。”说完，沈世昌拿起一块抹布，仔细擦翠绿的水仙叶子。

“监狱是剿总的，您打个电话她就活不成。”

“要留着。”

“留着她，冯青波走不了，我一早就为这事过来。”

沈世昌看了柳如丝一眼：“本来口味都随你七姨了，你来她准备做小鸡炖蘑菇面。”

“您打算不走，在这里过日子呀？”

“这院子住了三十多年，习惯了。是党国天下，我住这里，共党来了，我也住这里。”

“没明白。”

“时局往左或右，天津是关键，天津坚守三个月，华北我部集结完成必战，如果失守，北平必与共党和。走一步看三步，爸爸才从北洋走到现在。”

"您跟我说说哪三步。"

"你是我最聪明的女儿。"沈世昌看着柳如丝，语重心长。

"没有最，你就我一女儿，其他都是不管您的儿子，再说我也不聪明。"

"不聪明是因为冯青波，以你的条件，北平南京可以选择的青年才俊多得是，冯青波既不安全，又不解风情，他的心也不在你身上，真不明白你为了什么。"

柳如丝被问住了，她愣了半晌说："他不安全我安全，他不解风情我解风情。"

"你会后悔的。"

"说您那后三步。"

"田丹本来微不足道，但有天津这个变数，要留一留。共党清楚她来找我，又在我能控制的监狱，就算死也要死得合理，但不能是我的命令。"

七姨太走进来说："世昌，市面上买不到小鸡。"

"那算了。"

"小笼汤包小四吃不吃？"

"七姨，以后您不要叫我小四，听起来别扭。"

七姨太哀怨地看着沈世昌，沈世昌安慰七姨太："什么都可以，她好像也没胃口。"

沈世昌没有替七姨太说话，七姨太抿了抿嘴走出去。

柳如丝接着问："留着田丹是一步，还有两步？"

"我住在北平，身在华北剿总，共党和南京都要提防。天津固守，华北局面转好，到时候难免会有人清算与共党和谈过的人，我虽然帮保密局做事，但田丹手里有我和田怀中的信，要找到并且收回来，不然都是对手的把柄。"

"第三步呢？"

"最坏的情况，天津失守，共党和傅司令长官如果知道我和谈的实情，退一万步也容不了。那时候，田丹保在狱里，能替我说话，对我们有好处。"

"我们，包括冯青波？"

"他愿意吗？好像一点儿也不愿意。"

"那他怎么办？"

“还没到那一步。”

“我也走一步，看三步。”

沈世昌接着说：“自古忠臣、逆子、乱党、死士各有天命，冯青波是死士，他的命很早就有定数了。”

“您就不能去南边吗？”

“自北洋到如今，北平城头变幻王旗，什么时候我这个院子都有一个排的卫兵，去南边算什么？”

“您宁可留着田丹，也不管冯青波是吧？”柳如丝着急，但她早就清楚父亲会怎样选择，即使这头冯青波挂着自己女儿，他也不在意。

“管还是要管的。”

“怎么管法儿？”

沈世昌意味深长地看着柳如丝，柳如丝说：“死士也不会自己死。”

“那是最坏的一步。天津还在。”天津是沈世昌的底线，眼下大局未定，只能先留田丹一条命。但自己的女儿一直希望保住心上人的命，偏偏那心上人的心上人是田丹。沈世昌看看焦急的女儿，有点可怜她。

正想着，七姨太来喊沈世昌：“世昌，吃饭了。”柳如丝还怔着，七姨太看着她一脸温柔：“吃一点。”

柳如丝站起来跟沈世昌出去，来到客厅，柳如丝和沈世昌坐下来，七姨太看着柳如丝的眼色，给她盛了一碗汤。

沈世昌喝了一口汤：“晚上杜公馆有饭局，你要不要来？”

柳如丝不吭声。

沈世昌接着说：“剿总和北平头面人物不少，对你有好处。”

“没兴趣。”

“不是没胃口就是没兴趣……小四，外人终究是外人，我们才是一家人。”

七姨太赔着笑说：“对啊，我们是一家人。”

半晌，柳如丝端起那碗汤，热气熏在脸上，眼泪忍不住落到碗里。

第二十四章

天桥斗狗场里，狗吠人喊，乱哄哄的，徐天跟着两个白衣汉子走进来。小耳朵正在狗栏边瞪着眼玩儿，瞥见徐天进来。徐天向小耳朵招招手，小耳朵直起身子，示意把人带楼上来，又将手里的一叠钞票给了旁边的人。

徐天上了楼，一屁股坐在小耳朵的主人座位上，让自己坐舒服。

小耳朵走过来看着徐天的舒坦样子，气就不打一处来，他说："你什么意思？"

"就来跟你说一声，咱俩有仇不许牵连别人。"

"我牵连谁了？"

"别动我爸，还有关老爷，还有关老爷的闺女。"

"零碎挺多，你是爷们儿吗你？"

徐天闭着眼不说话了。

"哎，徐天，这可是你自己送上门的啊！"

徐天还是不吭声。

"账怎么个算法儿？"小耳朵又问。

徐天打起了鼾声。

"睡着了。"

徐天鼾声均匀平稳。

"你是不是觉得我这儿是全天下最安全的地方啊？"小耳朵气极反笑，徐天完全睡过去了。

先前拿着小耳朵钞票那人进来，说：“耳朵，咱们狗让他们狗咬劈了。”

小耳朵纠结了一会儿，准备出去。

跟着徐天来的精壮汉子指了指徐天：“爷，他怎么办？”

“他醒了叫我。”

燕三拖着几块破木板，拿着把锤子进了白纸坊警署，老胡见了他说道：“三儿，有娘们儿等你。”

燕三抬头看见大缨子，没理她，放下木板，脱了棉袄，开始撬板上的钉子。

大缨子往燕三身边凑了凑，问：“你不是警察吗，怎么做起木工了。”

燕三绕开大缨子，将撬完钉子的板给老胡：“封宝元馆剩下的，放后面以后也许用得上。”

大缨子看着燕三：“问你呢！”

燕三不搭理她，老胡接着说：“封宝元馆剩下的。”

大缨子不理会老胡，看着燕三，恨得牙痒痒：“行，有骨气。”

老胡点头附和说：“有骨气。”

燕三瞪了老胡一眼：“老胡，没您的事。”

燕三坐到自己桌子后面正视着大缨子，大缨子气呼呼地说：“你以为我来跟你赔不是呢？”

“您又没对不起我，赔什么不是。”燕三翻着白眼看天棚，绷着脸故意气她。

“那天我被人绑了，担惊受怕一宿，说话不过脑子你也较真？”

“较真跟天哥学的。”

“不学点好。”

“较真不算毛病。”

大缨子气得跺脚，说：“不管你过不过得去！反正我过去了。”

“那行，我也过去了。”燕三忍不住了，笑嘻嘻地看着大缨子。

“我要不来呢？”

燕三拉开自己的抽屉，取出一只景泰蓝粉饼，然后他又看看老胡，老胡识趣地拖着木板往后面走去，燕三说：“给你买的。”

“什么呀？”

“本来早就该给你，小朵出事忘了，那天去你家也没带。”

大缨子神情有点异样。

“不喜欢吗？”

大缨子握着粉饼，为难地开口：“有个事儿……”

“什么事儿？”

大缨子说：“明天我就要走了。”

“走了？”

大缨子说：“跟我哥去南边，不回北平了。”

燕三愣了半天，大缨子问：“哎？”

“粉饼喜不喜欢吧？”

“喜欢。”

“走吧。”

大缨子感到意外，盯着燕三看说：“这就完了？”

“你都走了还不完吗？还不如别起这一出呢！”燕三的心情大起大落，委屈得很。

“那我就真走了。”

燕三不作声。大缨子往警署外挪动，依依不舍地说：“我来就跟你说一声。”

“小红袄找着了。”

“啥！”

“但昨晚让人杀了，是宝元照相馆周老板，照相馆也被烧了，我刚从那儿回来，就跟你说一声，走吧。”说完，燕三也去了后面，大缨子一个人呆着站了一会儿，低头走出警署。

金海在自己卧室里撬炕后面的地砖，十七站在院子里，若隐若现地听见隔壁院子刀美兰的声音。

刀美兰说：“小红袄没找着我不走。”

八青劝着：“小红袄多少年了，谁找得着。”

“徐天！”

“徐天找不就得了，你犯得上跟这儿耗着吗！”

大缨子匆匆赶回来，刀美兰和八青的声音在胡同里也能听清楚。刀美兰很坚持："我跟这儿碍你什么事，这是我家。"

八青怒了："你不跟金海走，他能把我送回狱里！"

大缨子推开刀美兰的院门，撞上刀美兰发火："合着拿我换你啊！"

"金海喜欢你，是你的福气，换不换的多难听。"

"抓不着小红袄，我哪儿都不去，小朵还没入土呢！"

大缨子进来，看着八青意外地说："你怎么在这儿？"

"哟，大缨子呀！"

大缨子说："你不坐牢了吗？"

"你哥把我放了。"

刀美兰气急了："他自己跑出来的！"

"金爷都没说跑，你来什么劲，人还没嫁给他呢，胳膊肘就开始往外拐了。"

"小红袄一天没找着，我一天跟这儿守着。"

"你守着也没用……"

大缨子没理那些，出声打断俩人的争吵："姐……小红袄找着了。"

刀美兰愣了，大缨子接着说："是宝元照相馆的老周。"

"谁说的？"

"燕三，我刚从警署回来。"

"老周害了小朵？"刀美兰难以置信，接着后脊梁就涌上一股凉气。

十七站在院里，仔细听着隔壁的声音，他听见大缨子说："不止害小朵，之前还杀了那三个。"

刀美兰愤懑悲痛："你怎么知道。"

"燕三说的呀！

刀美兰不确信："徐天怎么说？"

"没见着，燕三不会跟我胡说。"

刀美兰怔了片刻，在院子里寻摸了一柄柴刀，大缨子拦着："哎，姐，你要干啥？"

八青也起身拦着："美兰……"

"起开！"刀美兰不知道哪里生出来的力气，挤开八青，八青夺过柴刀："人都抓着了，乱来跟我一样也得蹲大狱。"

“你是不是她舅！”刀美兰情绪崩溃，八青扑过来死死抱着她，大缨子急切地说：“姐，你听我说……”

“说啥也没用，我去警署杀了他！”

“人不在警署。”大缨子终于喊出了重点。

“他在哪儿！”

“昨晚上在照相馆被别人杀了。”

刀美兰定住身子，八青也愣了。大缨子赶紧把话说完：“死了，照相馆也烧了。”

刀美兰哇地一声哭了起来。

“哭啥，小红袄找着是好事儿，这回你能踏实跟金海走了。”

“滚！”

刀美兰哭着回了屋子，大缨子盯着八青看了一会儿，说：“我哥怎么能放出来你呢？”

八青洞悉一切地说：“要走了呗，带我妹走，再不放不好意思。”

金海在卧室里把地砖撬开四五块，露出下面的暗格。暗格里有黄澄澄的五根小金条，还有油纸包着的一卷手轴。金海将手轴拿出来，犹豫着又拿出一根小金条，然后又将砖头一块块盖回去。

大缨子推门回来，看到院子里的十七。十七也不知该怎么称呼大缨子，俩人对视着，尴尬沉默。

最后还是大缨子首先打破了沉默，问他：“你谁啊。”

十七怯怯地说：“老大狱里的……”

“知道，穿着皮呢，谁啊你跟这儿站着？”

“十七。”

“十七？”

“就叫十七。”

金海从屋里走出来，胳膊下面夹着公文包：“十七。”

十七觉得见到了救星：“老大。”

“这个拿着。”

十七接过看是一根小金条，惶恐不已。金海说：“别听隔壁的，我哪儿也不去，这根条子是八青给的，收着。”

“老大，您不走我们就踏实了，金条不能拿。”

“人从你手里出来的，事儿已经担上了，不能白担。”

“哎……”

“回狱里吧，别传话。”

“昨儿值夜，白天我歇着。”

“那就回家把条子收好了。”

十七冲大缨子点了头，先出了院子，大缨子在一边听完了对话，又蒙了，说：“哥？”

“我去单位。”金海往外走，大缨子在后面追着问：“哥！明儿不走了？”

“走不成。”

“咋说不走就不走了呢！”

“你那么想走？”

大缨子委屈又心急：“一会儿走一会儿不走的……”

“别废话，再待几天。”金海没心思跟她细解释，疾步离开，留下大缨子一个人在院子里既高兴又为难。

铁林站在柳如丝家的客厅里，上下打量着楼里楼外，一脸羡慕。前几天被抓那次，只在外面窥见了一点，没想到这么快就有了能进屋的机会，想想这几天的经历，真是刺激又兴奋。铁林见萍萍端着茶走过来，赶忙笑着凑上去说：“我不渴。”然后指着客厅边上的酒柜问：“那是洋的？”萍萍点了点头，端着茶又走了。

卧室里，冯青波在用柳如丝沙发边的一堆电话中的一个和别人通电话：“人在京师监狱，剿总的……是沈世昌的意思……明白，我会处理……”

客厅里，铁林自己打开了洋酒，他将酒倒入水晶杯子喝了一口，闭眼享受。突然，楼梯上传来脚步声。铁林抓紧喝了一大口，将杯子放下，正襟危坐。

冯青波从楼梯上走下来，铁林起身问好。冯青波看了看打开的酒，坐到铁林对面。

铁林知道自己失礼了：“昨天晚上办您吩咐的事，没喝透，这酒真好，外国牌子吧？”

“我不懂。”

“我喝点没事儿吧？”

“没关系。”

铁林放松下来，端起杯子又喝了一口。

“办得怎么样？”

“田怀中烧了，幸亏您吩咐，徐天带俩人去司法局刚要重拍，被我拦住了，说了他几句。”

“怎么说的？”

“我说我是保密局的，您是我上司，他再掺乎田丹的事儿，兄弟就掰了。”

“我刚才在上面和南京通话……”

铁林等着冯青波往下说，冯青波却不打算往下说了，铁林目光殷切地看着他说：“您跟南京提我了吗？”铁林觉得这话说得有点儿着急，赶紧找补，“没事，我一小组长提我上面也不知道，我意思是我是您的人，不归北平站管，处长就这么说的。”

“徐天来过了。”冯青波突然说起徐天，铁林一愣，“来这里？”

“他怎么知道我在这里？”

铁林转着眼珠子，拿起酒杯又放下，忿忿地说：“又是我那傻媳妇，昨天从这儿拉您去宝元馆，她在车上……回去就收拾她。”

“没关系，我们是自己人。”

“那我也得收拾她。”铁林殷勤地问，“冯先生您真不来点，我一人喝不合适。”

“没关系。”

“从您坐这儿，您都说三回没关系了，那我就真没关系了？”

“说说你的兄弟徐天。”

铁林将身子坐舒服，开始认真品洋酒。他说：“他脑子一根筋，比我和大哥差了点儿，这阵儿要死要活的跟谁都急，主要是他女人让小红袄杀了……小红袄，一连环杀人凶手，他去狱里找田丹主要是为这事儿。”铁林看着冯青波的表情，试探地问，“昨天您把宝元馆烧了？”

冯青波没说话，铁林把身体坐端正：“宝元馆拍照片的是小红袄，好容易找着人又死了，他一肚子火没地儿去，是不是找您了？您大人有大量别往心里去，主要是为他女人，不是为田丹，小红袄都死了，再过一阵估计也就消停下来不找田丹了。”

“你们兄弟感情很好。”

“都连着呢，徐天他爸原来是我媳妇他爸的包衣，老头子现在都让徐天他爸养着，我前头那媳妇是大哥的妹妹。”

“徐天最在乎谁？”

“那肯定是贾小朵啊，这不死了吗，往后数他爸，然后我岳父，我媳妇。”铁林说得无心，冯青波却听得有意，他垂下眼睛问：“酒好喝吗？”

“洋酒第一次喝，后劲儿大。”

柳如丝坐着小汽车颠颠簸簸地回到家，发现门前停着铁林开来的吉普车。保镖下车替柳如丝拉开后车门，柳如丝看着吉普车，坐在车里良久没动。

铁林喝得有些忘形，打量着四周说：“这小楼儿上回没进来，真阔气，我还说一女的怎么这么有道儿，敢情是傍着您这棵大树。”

冯青波没说话，铁林心里又没底了，小心翼翼地问：“冯先生，我说话糙，没关系吧？”

“没关系。”

铁林踏实了：“我进去转着看看合适吗？东交民巷这地方我来得少。”

冯青波眼里闪过蔑视：“看吧。”

铁林站起来，还不忘再喝口酒。他在地板上蹭了蹭鞋底，踩上楼梯，回头望了冯青波一眼，冯青波扭过脸没看他，皱起眉头。

门前，柳如丝从小汽车里出来，又站着不动，两个保镖不知所措。

“巷子里这路都是坎儿……算了。”说完，柳如丝走进院子，两个保镖面面相觑。

铁林慢慢推开柳如丝的卧室房门，脚踩上厚厚的地毯，这间香软洋气的女人卧室把他弄得有点蒙。

柳如丝进入客厅，走到冯青波对面。她拿起洋酒杯，又放回去，抬头往楼上看：“谁？”

“铁林。”

“人呢？”

“在楼上。”

“青波，咱们算自己人吗？”

“让他看看无妨，就像给狗看一块骨头。”

“没说别人。”柳如丝定定地看着冯青波，沈世昌的话并没有白说。

“你从哪里来？”

“去爸那儿吃了顿饭，半年都没在那儿吃饭。”

“然后呢？”

楼上电话在响，柳如丝往楼上走。卧室里，铁林看着三四个电话，不知道是哪个在响。正想退出房间，抬头看见柳如丝站在门口，铁林一身大棉袄，捂得冒汗，他窘迫地弯了弯腰，说：“柳爷。”

“穿着鞋就进屋，有多脏你知道吗？”柳如丝轻蔑地看了他一眼，铁林不敢乱踩了，站在原地。

柳如丝走过去接电话：“我刚见着戴先生，让胡司令长官秘书自己给我打电话，来来回回的你们真当自己是人物呢！”

铁林一着急脱了鞋，提在手里，准备往外走，柳如丝挂了电话，说：“别动！什么味儿？”

铁林两只脚缠在一起，由于喝了酒人又站不太稳，柳如丝看着铁林别扭的样子，换上笑脸：“这儿好吗？”

“太舒服了。”铁林想了想，实话实说。

“回头送给你。”柳如丝双手交叉在胸前，半真半假地说。

铁林仔细看着柳如丝的神色，不敢相信似的，吐出一句：“您开玩笑。”

“那天在戏园扇你媳妇一嘴巴子，你不记仇吗？”

“您要没解气再扇我一下都行。”

柳如丝露出不屑，但不屑让她显得妩媚：“臭哄哄的东西。”

“您这儿热的。”

“脱了。”

铁林示意拎在手里鞋子：“已经脱了。”

“全脱。”

“您开玩笑。”

“脱干净到里面洗干净了再往外走。”

“您意思是让我在您这里洗一个？”

“水暖着呢！”柳如丝往外走，带上了门，铁林愣了半天，一不作二不休地直接往里间进去。

浴室里更加香软，四处都挂着女性的贴身衣物。铁林小心拿起盥洗台上香水之类的瓶子看，又放到鼻前闻。然后他放下瓶子，看着镜子里的自己。片刻，他打开盥洗台上的龙头，脱了袜子费劲地将脚往上搬。

热水冒起蒸汽，他有些犹豫。铁林再次定身看镜中的自己，雾气蒸腾上来，镜中的铁林越来越模糊。他伸出手指，比着镜中自己的眼鼻嘴，画了个轮廓。雾气继续弥漫，镜子上只剩铁林的眼鼻嘴轮廓，他充满自信地脱了棉衣。

柳如丝从楼上下来喊萍萍，拈起铁林用过的杯子，说：“扔了。”萍萍顺从地接过杯子。

“我让你的人在上面洗个澡，往后他命都给你。”柳如丝坐在沙发里，冯青波没说话，柳如丝又问，“如果我出事，你能不能为我不要命？”

“也许能。”

“也许？”柳如丝难掩失落。

“我的命是党国的，不由自己。”

“田丹呢？”

“敌人，一到北平她父亲就被我杀了，为什么还要问这个？”

“因为你不走。”

“我刚和南京通过电话，田丹的事没有结束，换个别的共产党关在剿总的监狱里，我也不能走。”

“但你跟她有过一段儿感情。”柳如丝又在试图说服他。冯青波平静地说，像是在叙述一个事实：“她来北平不是为我，而是为保护田怀中，我是党国的刀子，她是共党的刀子，我杀了她父亲，现在轮到她做事。”

“一个女的哪有这么邪性？”

“当然要依靠组织，或者别的什么人，还要找你父亲谈，所以我留在北平。”

“她要真邪性，你就不怕死她手里？”

“应该是她死在我手里。”

“会心疼吧？”

“会。”

柳如丝吸了口气，站起来：“冯青波，有你这话我就踏实了。”

“如果我的命是自己的，你出事我会为你死。”冯青波从不说假话，上一句是真话，这一句也是。柳如丝停住身子：“你光说，也得我信。”

“这四年在北平，我只有你。”柳如丝说完往楼上走去。

浴室里，铁林正赤身裸体地浸泡在热水里，他甚至还无师自通往水里加了牛奶和花瓣，大概他一辈子也没有这么畅快过。铁林听到除了水声还有别的动静，他抹开眼睛，看见柳如丝背身站镜子前。

柳如丝从盥洗台上拿东西：“让你跟这儿洗全部了吗？”

铁林愣着，柳如丝在镜子里目光往下，铁林也顺着自己的身体目光往下。

柳如丝嫌弃愤怒地说：“不要脸的东西。”

铁林猛然侧过身子，赶紧缩进水里。

“赶紧完事儿滚蛋！”柳如丝拿了东西摔门出去，铁林如梦初醒般从水里蹿出来。

仍然是那个梦。

什刹海边的茶水摊上，一盆热腾腾的水端过来，放到冰上。徐天直愣愣地看着小朵说：“马上到头七了。”

小朵的脸和小红袄一样红扑扑的，还笑眯眯地看着徐天说：“鞋子脱了，水凉得快。”

“没人管咱们的事儿，幸亏田丹，咱们也得管她对吧？”

小朵依旧笑眯眯地。

“她说你血流干了才死，咱不管她，她也得死。”

小朵弯腰消失在徐天的视线里，徐天低下头，看到自己的脚泡在一盆血水里，身边却没了贾小朵。徐天扭头四处寻找：“小朵，小朵……”

天桥斗狗场楼上，半仰熟睡的徐天，头一点点耷拉下去，快到尽头又及时收回来。然后又一点点往下耷拉，终于磕在椅面上醒了过来。他抹了把脸，睁眼看见半屋子白衣的汉子，小耳朵站在正中间，问：“醒了？”

“我要喝水。”徐天的嗓子被热气烘得发哑。

徐天接过水，痛快地喝了一口，看了看四周，迷糊地问：“我自己来你这儿的？”

“你才睡了半下午，装啥装，不会连我是谁都不记得了吧。”小耳朵没好气地说。

“你是小耳朵。”

“自己两只脚走来的。”

“有这事儿。”徐天咂了咂嘴，小耳朵抱着胳膊看着徐天，“你自己过来，肯定想好了咱们结的梁子怎么解决吧？”

“没想这事儿。”

“那你过来干吗？”

“你的人在我家门口蹲着，跟你说一声，别吓着我爸和关老爷子。”

“就这事儿？”

“就这事儿，在你这里还睡了一觉，正好……”

徐天说着站起来，拨开人群要往外走。小耳朵喊：“把他抓起来！”一伙汉子扑上去按倒徐天。

斗狗场里参加赌博的人都散了，但狗还拴在圈子里。徐天被一伙人拖到圈内，关上了圈门。三只血淋淋的斗犬立即从三个方向扑向徐天，他连滚带爬地退到圈子中心。三只狗离徐天一尺时被铁链扯停，它们疯狂地要挣脱铁链。小耳朵在圈子外面，拿着其中一根链子：“我手松一松，你就成狗的食物了。”

“这狗吃人肉？”

“吃不吃的再说，先嚼碎是肯定的。”

“小耳朵你这就没意思了，我来说句话，你放狗。”徐天啥都不怕，就怕狗。他把自己尽量缩成一团，离狗远一点。

“金海的梁子你背了，有这么回事吧？”

“有。”

“梁子能解决干净吗？”

“把狗扯开点，我多说两句。”

“还跟我贫！”

“总得说吧！”

小耳朵使劲往回拽狗，徐天吓得头发都要立起来了，眼神示意小耳朵：

“还有这两只，这只最吓人。”

小耳朵示意，汉子们将另两只狗也往回拽了拽。

“小耳朵，咱们能不能相互理解。”徐天还觑着几只狗，小耳朵饶有兴致地趴在栅栏上：“怎么理解？”

“这些天我过得没你滋润，女人被杀了，差点让你活埋，我们哥仨的金条被人黑了，还弄到紫禁城差点被当兵的枪毙。我好容易找着凶手，又让人抢前一步杀了，今天找过去本来想弄死他，结果他手里有一冲锋枪，我活生生一口气咽回来，现在又被你放狗咬……说实话，我本来就不想活了，你信吗？”

小耳朵皱着眉头打量徐天：“你不像不想活的人。”

“贾小朵没了，我一口气顶着找杀她的人，结果找着了人没了，气噎在嗓子眼里上不去下不来。”

“什么意思？”

“算了，都不容易。”徐天在狗的注视下说出这句话，说完他就觉得没戏了。小耳朵彻底不跟他废话了，手指头一动，示意手下：“放狗。”

“哎！你耳朵真小啊！说半天听不进去。”

“相互理解是吧？”

“是啊！”

“自从金海把你从后面坑里捞出来说放我兄弟，当天晚上我回去就跟兄弟家里说了，还喝了老头儿老太太一顿酒。都知道小耳朵说话算数，唾沫星子钉钉儿，给你们兄弟俩害我没脸回家了，你一堆的事不容易，我就这一件不容易，换你能算吗？”

徐天在脑子里过了过小耳朵的话，嘟囔着说：“还真算不了。”

“你想在这被狗咬死，还是埋后头？”

“坑还在啊？”

小耳朵回头问：“填上了吗？”

跳子摇头。

“你总不能埋我两回吧。”徐天似乎都闻到了狗嘴里的血腥气，小耳朵松了手里的链子，狗狂扑过来。

徐天捂着头大叫了一声：“埋！”

第二十五章

监狱通道内，狱警在挨个监号放饭，幽深的走廊里回荡着狱警的喝斥声。金海走进来，将公文包递给华子，问道 ：“办公室收拾好了？”

“都换了，跟原来一样。”

“包拿上去。”

华子犹犹豫豫地凑近金海，说 ：“老大，八青不在小号里。”

“昨天转监了。”金海神色如常。

“转哪儿了？”

金海指着向里的门禁 ：“转了。”

“没单了送过来签字。”华子眨巴着眼睛问。

“一会儿随便找张纸过来我签。”

华子为自己刚才的多事感到懊悔，他默默地打开向里的门禁。

监舍内，田丹靠在墙角，仰着头看快要斜没的太阳。一个餐盘送到田丹的监舍前。田丹回过头，金海端着餐盘说 ：“按你说的，有苹果。”

田丹将头转回到光线里 ：“谢谢。”

“昨天晚上跟徐天说什么了？”

“帮他找凶手。”

“没派他替你再做别的吧？”

田丹没搭理他。

金海说："小红袄找到了。"

田丹转头看着金海。

"是宝元馆拍照片的。"

"是吗？"

"他那里有以前偷拍贾小朵的照片。"

田丹没说话。

"徐天以后不用来找你了。"

田丹走过来，用一双受伤的手捧起苹果，她嗅着熟悉的果香，笑容平和地说："……真好。"

斗狗场后院，最后一道光线沿着房脊落下。徐天的脸陷到阴影里，泥土已经埋到脖子。

"有啥话要带的。"

"带给谁？"

"你这会儿脑子里想谁，我就带给谁。"

徐天的思绪很乱，脑海里一瞬间闪过许多人的脸。

渐渐地，最后一道光线从田丹脸上消失，消失在墙上的小窗外。

"想什么呢？吃不吃。"金海站在栅栏外观察着田丹。

"我要给沈先生打个电话。"

"不行。"

田丹看着金海。

"二十号先农坛，没这回事吧？"金海想了一下，脸上的肌肉轻微颤抖着。

田丹观察着金海的表情，垂下眼睫问："冯青波对你说的？"

"要没这回事，你就活不成了。"

斗狗场后院，徐天被埋在土里仍然犟嘴："小耳朵，把我埋了你兄弟更出不来。"

"不埋也出不来。"小耳朵已经破罐子破摔了。

“我大哥肯定也得埋了他。”

“以为我愿意埋啊！我现在恨不得去劫狱！”

“行啊。”徐天吐出一口土渣子。

“行啥行！”

“劫狱……正好我也想劫个人。”

小耳朵不作声，他在想徐天说的是真是假。

“我大哥认死理说不通，但京师监狱我随便进，都是兄弟。”

小耳朵沉吟着，徐天看他的神情，开始撺掇他：“咱们的梁子也就能这么解，人劫出来就是你的。”

“你说真的？”

“这会儿骗你天上打雷劈全家。”

天际滚过隆隆的炮声，徐天尴尬地往天上看了看，说：“这是解放军的炮。”

小耳朵啐了他一口说：“劈谁全家啊？”

洗了个澡喝了点酒，神清气爽的铁林回到珠市口，碰上徐允诺在院子里，铁林热络地跟徐允诺打招呼：“徐叔，我来接宝慧。”

“哎，铁林。”徐允诺叫住铁林，声音里带着不悦。

“啊？”

“我那盆景你弄的吧？”

铁林心里一慌，赶紧装作不明白的样子，扯开话题：“小红袄找着了。”

徐允诺缓了半天也没明白。

“昨晚上到现在徐天没回家？”

“回了，他没说呀！”

铁林一拍大腿，沉痛地说：“找着了，宝元馆拍照片的周师傅，您说多吓人，就在眼皮子底下。”

“怎么找着的？”

“找着了就是好事！您说说他，别让他再去狱里找那个女共党了。”

徐允诺深以为然地点了点头：“刀美兰这回踏实了，小红袄关警署了？”

“死了。”铁林遗憾地说。

“徐天干的？”

“报应，这种人就不该活着。”

徐允诺愣在原地，铁林趁机跑到里院去喊关宝慧。片刻后，铁林和关宝慧从后院出来，徐允诺回过神来问铁林：“天儿现在人在哪儿？”

“不知道啊，也许一会儿就回来了。”

徐天家门前，铁林和关宝慧进入吉普车。车又不太好启动，铁林反复打火，关宝慧鼻子凑近铁林脖子闻。

“吓死我了，他刚才问我盆景的事……”

关宝慧坐直身子，一副冷眉冷眼的样子。

“大哥明天走，我过去看看大缨子。”

“你不会从大缨子那儿刚回来吧。”

“不会……又吃闲醋！昨儿在这里喝酒，大哥说要走了，让我去看看大缨子，以后说不定见不着了。这不我特意拉你一块儿，不然我要自己去一会儿又说不清。”

“你在哪儿洗的澡？”关宝慧一瞪眼，铁林怔着，关宝慧拍了一下他胳膊说，“不是去烧死人了吗？”

铁林眨了眨眼睛，一个磕巴都没打，说：“对啊，烧完到澡堂子去去晦气。”

“真的？”

“能不能别一天到晚一惊一乍的，跟你说个好事。”

“成天就剩一惊一乍了，还能有啥好事。”

“涂大夫新方子管用。”

“真的？”关宝慧从横眉冷对变成了眉开眼笑。

铁林也跟着咧嘴乐，煞有介事地说：“洗澡的时候药劲儿往上蹿了蹿。”

“澡堂子里有女的吧。”关宝慧狐疑地问。

“澡堂子里能有女的吗？”铁林崩溃了。关宝慧嗔怒着说：“德性……”

铁林发动了车子。

斗狗场的二楼，小耳朵和一些汉子在吃东西，一套白褂子搭在凳子上，一扇白布围成半圆，里面热气蒸腾。白布围成的圈子里，徐天在一个大木桶里搓泥，不把自己当外人地喊着："再来点热水！"

小耳朵抓起那套白褂子扔进去："怎么劫！"

隔着白布圈子，徐天与小耳朵对话："你兄弟叫什么？"

"连虎，大名连联。"

"晚上我进去先认人，他好说话吗？"

"不好说话。"

"那得给个手信，别你兄弟不搭理我。"

"你穿上了吗！磨磨唧唧的。"

徐天掀开白布出来，白褂子肥大不合身："埋我两回，跟你这儿洗洗不应该啊？"

"一会儿说不明白，还埋回去。"

"别呀，这澡白洗了……这不说明白了吗，我帮你劫人，连虎，大名叫连联。"

"你大哥的狱，你也劫？"

徐天坐到那堆食物跟前，开始吃东西："和他说不明白，只有劫了。"

"怎么突然跟我成一伙儿了，我有点不信。"小耳朵手里还拿着一根羊骨头，徐天看了看他，吃得恣意："不和你一伙咋弄？要么埋我，要么放狗，要么让人到我家门口堵着。"

"金海那么死性的人，劫完后你怎么跟他说？"

"我劫的，你在外头帮个手，怎么说也是我说，你又说不着。"

"可劫出来的人是我的。"

"谁的都一样，狱里也不是没往外出人，一个两个的没大事。"

"谁出来了？"

"跟你没关系。"

"你要劫谁？"

徐天使劲吃，装作没听见，小耳朵不吃了，说："刚在坑里，你说正好也要劫个人。"

"没错，捎带上连虎儿。"说完，徐天擦擦手，嘴里还嚼着吃的，"棉袄棉裤呢？拿来。"

汉子送上徐天的脏外套，徐天穿上，说："走了，晚上在陶然亭南门等我。”

“我问你要劫谁？”

“这你就别问了。”徐天穿好衣服要走。

“我也动手劫，得知道。”

“那算了，别劫了。”

小耳朵阴着脸说：“好好说话。”

“一个女的。”

“原来这么回事。”

“哪么回事啊，别瞎琢磨。”

“徐天你别忽悠我，我信你最后一回了。”

“能走了吧？”

小耳朵示意汉子们让路，徐天不忘拿起那只牛皮纸照片袋，晃晃悠悠往外走，出去的时候还看了一眼重新修过的门。外头起风了，白褂子露在棉袄里面，徐天缩着脖子在寒风里走。

金海办公室里，桌椅还是有一些变化，电话簿摊在桌上，电话听筒贴在金海耳边，里面传来一个女人的声音：“喂？”

“我是京师监狱金海，接华北剿总联络处。”

外头有人敲门，金海捂住听筒说：“进来。”

华子探进身子说：“老大，女共党田丹要见你。”

“我刚从特号上来。”

“说有事儿。”

“知道了。”

华子缩回身子关上门。电话里传出一个男人的声音：“剿总联络处。”

“我这儿是京师监狱，接一下沈世昌先生家。”

另一个男人的声音问：“你谁啊？”

“京师监狱狱长，金海。”

电话蜂音，金海清了清嗓子，又一个男人的声音响起，是长根：“哪位？”

“沈世昌先生家吗？”金海的声音恭谨客气。

“是。”

“我是京师监狱金海，麻烦……”

“什么事？”

“沈先生在不在，您跟他说是我电话……”

“什么事？”

“我得自己跟他说。”

“沈先生不在。”

“那……请问方不方便登门找沈先生。”

“跟您说了沈先生不在。”

那头电话挂了，半晌，吸了半天气的金海才将听筒放回去。

田丹坐在床上，手里拿着苹果，她还在闻苹果的清香。通道里传来铁门的声音，是金海来到铁栅前。

金海也不吭声，他看着田丹，田丹先开口：“虽然有剿总的命令，但你不保我，我也活不下来。”

金海点了点头，算是默许。

“你求冯青波办什么事情？”

“私事。”金海惜字如金，他知道田丹的本事，不想在无意间透露信息给她。

“你有你的事情，我有我的事情，你应该让我知道你在做什么，以免被卷到我的事情里误伤。”

“你被关这儿还能伤着谁？”

“你。”

金海没吭声。

“无论你与冯青波之间是什么事，你们现在一定不顺利，不然不会来问我二十号的消息是真是假。”

“用不着这样套话。”

“你找冯青波做什么？”田丹又一次问。金海别无选择，他也想看看她的反应，谨慎地回答道：“有个女的吞了我四十六根金条，我兜了一圈找冯先生说情，可他们是一伙的。”

“什么样的女人？”

“一个手段通天的主儿，现在不单单是金条的事儿了，连你也把我当猴耍。”

“找沈先生要你的金条。”话还没说完，田丹就打断了他的话，金海愣着，田丹不在意他的反应，独自说道：“告诉他，我有事情需要你办。”

“二十号先农坛到底是真是假？”

“什么是真，什么是假？”

“有没有这局。”

“现在没有，二十号自然有。”

金海沉默着，这是他没料到的答案。田丹的眼神飘忽，思绪似乎到了很远的地方：“没有人从城外来，但有人去先农坛。”

“什么意思？”

“去找沈先生吧。”田丹重新看向他，金海忍了忍，还是问道：“你怎么知道我要找沈世昌？”

田丹展颜笑着说：“我不知道。”

铁林的吉普车停到平渊胡同口，问关宝慧：“你进不进去？”

“进去讨没趣儿啊，她哥刚扇我一耳光。”

“都自己人。”

“谁跟谁是自己人？”关宝慧反唇相讥。

“行，你在车里待着，车里挡风。”铁林下车往胡同里进，一边走一边回头，关宝慧坐在车里没动。拐过弯，关宝慧看不见铁林了。

院门口，大缨子提着水桶从院里出来，风吹起铁林的大衣下摆，远远看上去，还真有党国精英的模样。大缨子迎面看见铁林，在台阶上站着没动，铁林走过来问：“大哥在吗？”

大缨子看见铁林有点儿伤感地说：“你来了，进来吧。”

“大哥说你们要走，让我来看看。”

大缨子站在门边的台阶上，头也不回地说：“进院里说吧。”

铁林赔笑着站在低处：“不进去了，宝慧在胡同口等着呢，没准一会儿溜达进来。”

大缨子叹了口气，铁林摸了摸鼻子，没话找话地说：“大哥说你让小耳朵绑了……”

大缨子赌气：“我哥不说，你自己就不能来看看我？”

“你这不要走了嘛。”

“我又不走了。”

“不走了，不急着这一会儿了？”铁林说着往胡同外看着，似乎着急要走的样子。大缨子看着铁林有点恍惚：“铁林，我真傻，既然当年死活要把你往关宝慧那里赶，怎么还放不下呢？”

铁林有点蒙，不知道如何作答，只是顺着她说了一句：“是啊。”

“你以后别费劲了，好好对宝慧，别来这儿了。”大缨子像是下了好大决心一样说出这话。铁林心不在焉地说：“该来看你还得来，宝慧也不是每次都跟我在一块儿。”

“我有在意的人了。”大缨子见他的反应，故意说道。结果铁林并不在意：“那我心里就踏实了。”

“你都不问是谁吗？”大缨子没想到他是这种反应，她感觉心都碎了。

铁林又往胡同外面看，他看到了徐天走进来。大缨子硬起心肠，淡淡地说了句：“走吧，别跟这碍事儿了。”一句话说完，旧情也就结束了。

铁林没注意大缨子的表情，他迎着徐天往外走，喊道：“天儿。”

徐天不搭理他，当作没看见他。铁林生气地在身后喊：“你还来劲呢！我刚去珠市口了，徐叔叫你回去。”

徐天仍不理会，他停在刀美兰院门口，冲着大缨子说：“缨子干什么呢？”

大缨子头也不抬地说：“缸里没水了。”

徐天过去接过大缨子的水桶，走进院子。大缨子看了铁林一眼，也进了院子，只留下铁林没趣地往胡同外走去。

院子里，徐天将另一只水桶提出来，用扁担挑起，大缨子帮他扶着桶：“知道去哪里挑水？”

“知道。”

“胡同口的自来水停了，得去西小街水井挑水。”

徐天挑水桶出去，他说：“跟刀姨打声招呼，一会儿我过去。”

小洋楼里，一套国民党男式少校军装摊开搭在沙发上。柳如丝看着军装，拨通了梳妆台里那支琉璃柄电话："爸，晚上我去杜公馆。"

沈世昌接起电话说："那就好，先来家里还是自己过去？"

"和青波一起去。"

沈世昌怔着，柳如丝听出了沈世昌的犹豫，说道："想了一下午，我真的喜欢他，你自己人里算上我，我自己人里算上他。"

"好吧。"

沈世昌挂了电话，心中烦闷。长根上前，问道："沈先生，京师监狱狱长金海来过电话找您。"

"你怎么说？"

"说您不在。"

沈世昌皱着眉头，一言不发。

金海从监狱里回来进入胡同。一墙之隔，徐天在翻金海的柜子，他熟门熟路地找到一份有京师监狱字样的文件袋。抽出里面的文件，是油印的监狱内外结构图。

金海走向自家院门。听到脚步声，徐天将文件袋放回柜子。将一堆监狱结构图乱七八糟地掖入衣服。金海推门进来，徐天正提着桶往缸里倒水。徐天喊了声："大哥。"

"缨子呢？"

"隔壁，我来找刀姨告诉小红袄的事儿，正好遇上缨子取水。"

监狱结构图从徐天衣服里掉出来，落在地上。金海却没看见，径直进了屋里。徐天放下水桶，慌乱地收拾图纸。院子里有风刮过，一张图纸被风吹开。

金海的声音在屋里响起来："完事早点回家，徐天！"徐天应着声，追着那张被风不断吹远的图纸，又将剩下的图纸仔细放入口袋。

金海接着又说："你跟徐叔说小红袄的事儿了吗？"

"回去说。"

那张图纸随风在院子里到处乱飞，徐天放弃追赶，站到厢房门口与金海说话。徐天看到金海打开了他刚翻过的柜子，他急忙道："大哥，不管我干啥您都不会跟我急是吧？"

金海的手将那只文件袋拨到一边，从柜子里取手轴："看你要干啥了。"说着话，金海合上柜子，徐天缓了口气说："那我就真干了。"

金海心不在焉地问："你要干啥呀？"

"这是啥呀？"徐天伸着脖子看着说。

"一幅画儿，画的两人跟山里坐着，这画值点钱。"

"准备卖了？"

金海拿着手轴往外走，说："送人。"

徐天转身跟着金海，那张图纸在金海从屋里出来的时候，被风摁在角落一动不动。等金海走过去，才从角落飘出来，贴地飞舞。徐天挑起两只空桶，跟着金海往外走，他说："晚上我去狱里找田丹。"

金海问："都找着小红袄了，还去？"

"最后一回。"

"别见了。"

"找着了也得说一声，人家八杆打不着还帮我。"

金海没理会，拉开院门出去。徐天挑着桶跟金海从院里出来，金海转头对徐天说："之前去找田丹也没见你非要跟我说。"

徐天一顿，随即不自然地咧了咧嘴笑："昨天去不是八青跑出来了吗，给你说过再有人跑出来您可别怨我。"

金海回头看着徐天，徐天伸手拉上院门，话里有话地问："行吗，大哥？"

"别担了。"

"还有一趟，水就满了。"

"叫大缨子早点回来，把门栓好，小耳朵那边不一定完事儿了。"

"完事儿了，肯定能完。"徐天这次很笃定。

金海看见徐天棉袄里面的白褂子，皱了皱眉头问："白不刺咧的里面穿的什么？"

"新褂子，下午洗了个澡。"

"还有这闲情？"

"自己给自己顺顺气儿，小红袄总算是找着了。"

金海夹着手轴往外走，徐天在他身后远远地问："您去干什么？"

“没你事儿。”

徐天看金海走远，放下桶，直奔院子去抓那张图纸。

柳如丝从楼梯上走下来，胳膊搭着那套军装，径直走到屋角，打开箱式收音机。短波杂乱，人声过渡到歌声又过渡到人声，柳如丝仔细把旋钮调到刚才歌声的地方，是周璇的《花好月圆》：“浮云散，明月照人来，团圆美满，今朝醉……”

萍萍诧异柳如丝的闲散，柳如丝懒懒地问了句：“人在屋里吗？”

萍萍点了点头，柳如丝抬了抬下巴：“叫他出来。”

萍萍去冯青波房间前敲了敲门，冯青波从屋内出来，萍萍消失在后面。柳如丝头也不抬地说：“我仔细想了想，实际上这几天都是喜事儿，不用藏头遮脸做共产党了，该抓的人关在狱里，死活都咱们说了算，把这身儿衣服穿上吧。”

冯青波问：“为什么？”

“就算不离开北平，也不能每天都待在屋里吧。共产党想杀的人多了，北平这一片小六十万人都穿这身儿衣服，能咋的？”

收音机波段飘忽，周璇的歌声没了，变成一个既正经又娇媚的女声：“国军大部已于江淮集结完毕，汇合华北集团军北上收复失地指日可待，广大军民同胞们……”

收音机里的话，柳如丝和冯青波都是不信的，但两人的区别在于冯青波愿意把假话当真。柳如丝调整旋钮，周璇的声音又重新回来：“双双对对，恩恩爱爱，这暖风儿，向着好花吹……”

冯青波接过军装放到沙发上，柳如丝说：“晚上杜公馆有酒会，跟我一块儿去透透气。”

冯青波冷冷地站在原地，说：“我不喜欢那种场合。”

“我爸不喜欢你，你不喜欢我爸，我是我爸的闺女，夹在中间你痛不痛快？表面上可以和平相处，他要你走，你要留着处理田丹，多大一事儿啊？自己人好好说两句话，问题就能解决。”柳如丝第无数次地劝他，她在这件事情上显出不同以往的耐心。

“可以不穿军装吗？”

“你还有没有别的衣服？”

“有。”

“换去。”柳如丝说完，冯青波消失在屋里，柳如丝冲着空气喊了声：“萍萍！”

萍萍从后面转出来，柳如丝将收音机的声音开大了点，眼睛瞟着冯青波开着的屋门。“清浅池塘，鸳鸯戏水，红裳翠盖，并蒂莲开”，周璇的声音从客厅里传到冯青波的房间里。周璇唱的《花好月圆》都是吉祥话，可是永远应景不到自己身上。

柳如丝看着萍萍：“下午在这里洗澡的铁林，家住哪里知道吗？”

“能查到。”

“明天一早约他到胭脂胡同顾小宝那里。”柳如丝着重补了一句，“单约。”

“知道了。”说完，萍萍退下去。

冯青波从屋里出来，换了身几乎相同的长衫。

“换了吗？”

“换了。”冯青波仍然一副事不关己的冷漠模样。柳如丝扫了他一眼，无可奈何地说：“就这样吧。”

天色渐晚，徐天拍刀美兰的院门。大缨子开门出去，正好徐天进来。大缨子催促徐天：“赶紧的，都不说话等着你呢！”

徐天不明白：“等我？”

“我说你一会儿过来，等你的这段时间，都没话说了。”

徐天走进屋子，发现八青翘着脚刚扒完一碗面条，又去将桌上盆里的面捞到一只空碗里，刀美兰厉声阻止：“别动那副碗筷。”

八青一副混不吝的样子，说：“小朵都死了，吃饭还摆副碗筷，瘆不瘆人。”

“别动！”

“我把她那份吃了，以后她也别吃了，瘆了巴叽的……”说着，八青就去拿那副碗筷，刀美兰过去阻止他。八青这才发现徐天站在门口：“天哥……大兄弟来了。”

“我是小辈，别瞎叫，到里面去，我跟刀姨说话。”

随即，八青抱起桌上的面盆去了里面灶间。

徐天打开窗台下面的话匣子，一阵杂乱之后，是周璇的歌声。刀美兰抬起头看着徐天，毫无主张。徐天也不知道怎么说，想了半天说道：“好事，八青回来了，小红袄也知道是谁了。”

“你饿吗？”

“不饿。”

两人都在周璇的歌声里沉默着，徐天将空的牛皮纸照片袋搁在桌子上。刀美兰一张张看着徐天从周老板那带回来的照片，每张照片都是小朵。

刀美兰一张张翻着，她的心在滴血：“上次还让她给我拍照片……”

“底片拿出来放在大北照相馆洗了。”

作为母亲的刀美兰哭了，一颗心快要疼死了：“他为什么杀小朵？”

“前头三个人也是他杀的，他就是变态，有病。”

“天儿，人找着了为什么还憋屈呢？”刀美兰几乎快哭晕过去了，徐天低落地说：“没死咱们手里。”

刀美兰一双泪眼看着徐天说：“你真能下得去手杀人？”

“如果小红袄还活着，就知道能不能。”

“以后怎么办？”

“这里能再住个人吗？”徐天试探地问刀美兰。

“什么人？”

“田丹。”

刀美兰半晌没说话，徐天知道刀美兰的为难，接着说：“没她，周老板死了咱也不知道是小红袄，现在虽说憋屈，但好歹明白是咋回事，她是来帮我们的，不只帮我找凶手，还保北平不打仗不死人，太太平平地改朝换代和平解放。”

“她不是在牢里吗？”

“在。”

“金海也愿意放她？”

“到时候不愿意也得愿意。”

刀美兰不明白，徐天接着说：“愿意，但您别问他。”

“这么小的屋子。”刀美兰环顾四周，她觉得有些不体面，徐天赶忙说：“她也住不了几天，城里人都往外跑，眼看着共产党解放军就来……”

“八青在。”

“八青住我家去。”

徐天看出了刀美兰的犹豫和纠结，自己笑了笑，为她开解道：“您瞧，您还当真了。”

“啊？”

“跟您说着玩儿的……她帮咱断完小红袄就跟咱们没关系了，过几天没准在牢里就把她处决了。”

“啊！”刀美兰想起那个未曾谋面的姑娘要死了，又想起小朵，不免有些同情。

“解放军入城之前，牢里的共产党肯定都枪毙。”徐天把事情说得尽量轻松些，刀美兰不出意料地反应道：“还有没有天理。”

“管他什么天理，现在北平还是党国的。”

刀美兰之前的犹豫纠结变成了愁苦担忧，田丹应该就跟小朵差不多大，刚才徐天还把她说得那样好，刀美兰愈发不忍心，徐天突然问：“小朵有没有丢东西？田丹说凶手恋物，会拿被害人的东西。”

“东西领回来，没找着脚脖子上的金铃。”刀美兰仔细回忆着，肯定地说。

“红线串着的？”

刀美兰点点头，徐天站起来：“照片放您这里？”

刀美兰看着照片，有些别扭，眼睛又蕴上水雾，徐天按了按那个牛皮纸袋，像是跟小朵告别，他舒了一口气：“拍的都是小朵，我那有跟她一块儿拍的照片。”

“我走了？”

“口袋我拿走。”

徐天说着抽出照片，从衣服里掏出那些乱七八糟的监狱结构图纸，展平往照片袋里装。

刀美兰问：“什么东西？”

“画儿。”

“田丹什么时候放出来？”

“也许明天。”

刀美兰把徐天的话听进去了，她担忧地问：“她出来没有共产党接着吗？需要咱们招待？”

“不知道。”

“要真是一时半会儿接不上，在这儿住几天也行。”刀美兰用了好大的力气下定决心。徐天笑着说：“我问问她。”

北风呼啸，车在寂静的街上开着，萍萍和保镖坐在前座，冯青波和柳如丝坐在小汽车后座。柳如丝一手拿着口红一手拿着小镜子，在一晃一晃的灯光中涂着口红。

车停在一栋带花园的西式洋楼前，守卫都是美式装备的正规军队，小汽车鱼贯而来。

冯青波和柳如丝下车，往楼里进去。

金海夹着手轴在沈世昌家门口站着，旁边站着两个持枪军人。不一会儿，长根从里面出来，说道：“沈先生不在。”

金海赔着笑说：“劳烦您通报一声，我叫金海。”

“不在。”说完后长根转身就要关门。

“您除了不在还能说点别的吗？”金海仍然微笑着，言语平和，但任何人都能感受到他的愤怒。长根看着金海，他的不屑是对这份愤怒的回应。也正是这份不屑彻底激怒了金海，金海收起笑容：“咱们都是吃官饭的，您不跟这里护院，不还得在北平地头过日子。”

“他去杜公馆了。”

“哪个杜公馆？”

长根继续不屑地说：“杜长官公馆。”

“谢了。”

徐天回到珠市口，去徐允诺门口听了听声儿，然后蹑手蹑脚往自己的屋子走。

房间里，灯光照在小朵和徐天的合影上，徐天把脏外套脱了，开始脱那套白褂子。他隔着窗户，看到徐允诺从自己屋里出来，往他这边走。徐天精赤着身子，开始从柜子里拿干净衣服。

徐允诺隔着门喊了一声："天儿。"

徐天停下动作回答："爸。"

"回来了？"

"嗯，回来了，我已经躺下了。"

"还得跟你说两句呢。"

徐天一边说话一边穿内衣褂，敷衍道："明儿说，困。"

"昨晚上没在你大哥那儿吧？"

"去狱里了，没睡。"

"就知道，以后别去找那女共党了。"

"知道，我真要睡了。"

徐天穿了内衣褂子裤子，隔着窗户看见徐允诺回到了自己屋，徐天的手下意识地地抚在自己的胸腹之处，然后低下头，用手指找胸膛上位置。手在游走，脑子里反复闪烁着关于田丹的各种事情。

田丹的手隔着衣服在徐天胸膛……田怀中尸体的刀口位置……冯青波的左手指下意识在沙发上敲……冯青波的左手指在红色暖水袋上敲……手在田丹衣襟里游走，徐天仰着头，喉结滚动……

徐大的手迅速弹离胸腹，他转身看着照片里微笑的小朵。半晌，他匆匆穿上干净的棉衣棉裤，将换下来的脏外套团起来塞入被子，弄成人形，将装着监狱结构图纸的照片袋拿上，然后轻轻开门出去。

徐允诺又从自己屋出来，去徐天屋子，他发现屋门和刚才不一样，露着半条缝。徐允诺推门进来，借着外头的光看到了炕上睡着的人形。徐允诺准备抽身走了，但又折回去掀开被子，里面露出脏兮兮的棉衣棉裤。

深夜的街头，徐天穿着干净的衣服，挽着袖子沿街走着。风刮在脸上生疼，但徐天丝毫没觉得冷，他要去做一件自己认为正确的事情，为自己，为小朵，也为了北平。想到这里，他觉得身体里久违的干劲又回来了，他甚至在街上奔跑起来。

第二十六章

杜公馆里，宴会开场，舞曲渐起，刚才聚在杜公馆门口的宾客纷纷进场，金海夹着手轴匆匆赶到，卫兵挡住金海，一名军官上前对他说："先生，看您面生，您找哪位？"

金海赶忙解释道："我是京师监狱狱长，找沈世昌先生。"

这军官上下搜了搜金海，然后指着手轴，金海配合地打开手轴。手轴挺长，三人在山水之间，一人执剑起舞，二人坐看，旁边的卫兵也凑过来和军官一起看。

公馆里传出周璇的歌声，军官将手轴合上还给金海。金海点着头，准备进去。卫兵依然拦着他，军官面无表情像没发生过刚才的事情一样，金海郁闷地走远了几步。

杜公馆内部是一个大厅，里面有一个略小的开间。大厅里人挺多，冯青波和柳如丝也在其中。沈世昌和戴先生都在里面的开间，杜长官穿着军装，梳着平头，靠近领口的两颗扣子都没系，一看就是军队中人，他不停地抽着雪茄。

柳如丝少见地穿着旗袍，她拉着冯青波坐在能看见里间的椅子上，向冯青波的方向偏头介绍着："爸在里面，旁边那是杜长官。"

柳如丝动作亲昵，表情又亲密，落在旁人眼里以为他们是一对璧人，冯青波一脸不自在地说："我们走吧。"

“走什么呀，来都来了。”

“党国危亡，犹自歌舞。”冯青波不是因为柳如丝不自在，他下意识地觉得自己跟这些人不是一路人，柳如丝嗤笑一声，像是在嘲笑冯青波的古板：“就你党国，那里面的人比你党国多了。”

冯青波叹了口气，说道：“我在这里就好了。”

开间里，杜长官说话带着西北口音，他的态度很不客气：“戴先生，我敬你是民国宿老，不代表也敬着外头那帮北平政府的人，把他们弄到我这里来无非是要给傅长官看一看嘛，平津随时开战，他们心里想的是怎么投靠共产党。”

戴先生息事宁人，赶忙说：“哎呀老杜，大家风风雨雨过来的，你有一定之规，万法自然变化，都是为党国嘛……”

杜长官说：“与共党和谈也是为党国？”

杜长官说话的时候看着沈世昌，沈世昌笑眯眯地不说话。这种态度激怒了杜长官，他用夹着雪茄的手指点了点沈世昌，厌恶的意味不言而喻：“在军队里这种人早枪毙了。”

沈世昌还是不说话，依旧笑眯眯的，好像杜长官不是在说自己，戴先生语重心长地劝解：“沈老和南京方面渊源很久，是战是和自有深意。”

杜长官从鼻孔里发出一声冷笑，毫不留情地说：“骑墙观望首鼠两端。”

“老杜你这样说话太不客气。”戴先生不停地用眼神示意杜长官。杜长官偏不领情：“已经很客气了。”

门口人进人出，卫兵和军官单单不让金海进。金海郁闷到了顶点，低头与两个男女往里走，似乎没人搭理金海。金海进到大厅边沿，张目四顾，他在人群里看到了冯青波和柳如丝，金海怔住。军官和卫兵从后面过来，架起金海就往外拖。

军官和卫兵将金海架到门前的小房里，金海怒了，低吼道：“我是京师监狱金海！

军官朝他伸手：“证件呢？”

“在办公室，你们可以给监狱打电话问。”

军官和卫兵出去，砰的一声门关上了，小房里只有金海一个人。

冯青波和柳如丝依旧在大厅枯坐着，周围跳舞的男女不断靠近他们又荡开。

“青波，你有没有过一回设身处地为我想。”柳如丝端正身体看着冯青波，眼中悲戚，冯青波的眼神落在那个小房间的玻璃雕花门上：“一直以来我都不用想，你告诉我干什么，我就去干。”

“但我告诉你的来自我爸。”柳如丝还看着冯青波，冯青波正襟危坐，与周围的气氛格格不入：“我和沈先生没有什么问题，无非是他要我走，南京要我留。”

“你觉得没问题，我觉得有。”柳如丝看冯青波站起来，整理了一下长衫，说：“过去吧。”

开间里，依旧是杜长官在说话：“我部固守天津三个月都是少的，东北共军根本不足为虑，只有战才能化解危局……”

沈世昌笑着开口：“承认党国处于危局就算是识时务。”

杜长官气得手一抖，烟灰掉在白色蕾丝台布上，他厉声道：“我一辈子最恨的就是识时务之人。”

房间里顿时有了片刻的安静，三个人谁都没说话，这时柳如丝领着冯青波进来打招呼：“戴先生，爸。”

戴先生指着柳如丝：“老杜，这是柳小姐，你认识的。”

柳如丝笑着说：“杜长官不高兴呀？”

杜长官不理会，转头向冯青波：“你是谁？”

“冯青波。”

杜长官语气不快，又问他：“哪个部门的？”

柳如丝赶忙说：“跟我一起来的……”

冯青波一身正气地说：“国防部二厅保密局特派北平。”

杜长官以为他是沈世昌的人，一拍桌子，说：“特派北平干什么？”

“维护大局，阻击和谈。”冯青波说得平静，杜长官这一肚子火立马被冯青波激发了出来，环顾四周说道：“这屋子里里外外有不少和谈派，先阻击沈世昌。”

沈世昌倒是沉得住气："老杜，你很多事看不清楚，我未必就真是和谈，局面越不明朗，越要心平气和。"

"沈兄，实话告诉你吧，我从来就不喜欢你。"

沈世昌端起茶杯，声音不高不低地说："一介武夫。"

"你说什么？"杜长官凛起眼神，盯着沈世昌，戴先生赶紧插话："老沈问是不是武夷岩茶。"

杜长官眯起眼睛，非常不快地说道："沈兄，话既然说了，就让我听见。"

沈世昌把茶杯放回桌上，不疾不徐地摊开来说："主和还是主战你也作不了主，你要听傅司令长官的，傅司令长官要听共产党的。"

杜长官猛拍桌子。桌上一直在响的黑胶唱机被盖子落下来扣住片。一直若隐若现的周璇歌声彻底停了。

"你刚才说什么，我没听见。"

戴先生仍是一副老夫子的样子，说："是武夷岩茶……"

"你这个样子，好像真要枪毙我似的。"

一直没作声的冯青波突然开口："一介武夫。"

杜长官扭头瞪着冯青波，冯青波一字一顿地说："沈先生刚才说您，一介武夫。"

柳如丝唇角一钩，笑眯眯地对杜长官说："现在听清楚了？"

杜长官既怒又惊："你也敢放肆？"

柳如丝说："杜长官怎么知道沈先生是真的和谈……"沈世昌阻止柳如丝继续往下说："青波！小四，我们走，不败杜长官的兴。"

杜长官喊："来人！"

卫兵过来，沈世昌悠悠地站起来："不用送，告辞。"

杜长官大怒道："都散了，什么乱七八糟的东西！"

金海似乎被遗忘了，他从小窗看出去，外面两辆小汽车开过来，冯青波和柳如丝上了一辆，沈世昌单独上一辆，两辆车同时开走了。

金海回身去拍门，军官拉开门，指着门边墙上的电话。电话听筒放在一边，金海过去接起来，大厅里的人在陆续往外散。

"我金海。"

华子的声音传过来："老大！"

金海将电话递给军官，军官听了一会儿，扣上说道："请进。"

"我还进去干啥？画呢？你们看了那幅画半天。"金海看着外面散场的人，沈世昌早就不见踪影了，军官从门边架子上将手轴递过来，金海仍郁闷着。

白纸坊警署门口的红灯笼亮着，徐天挽着袖子过来。燕三看着徐天走进来，坐到自己跟前拉开抽屉。他打开那包烟头，看看边上的剔骨尖刀，又抬头看着燕三，燕三也没出声。

"小红袄是周老板，找到了，我比没找到还不爽。"

"总比不知道是谁好。"燕三观察着徐天的神色，掂量着讲话。

"不一样。"

"天哥，其实我也不爽。"

"为什么？"

"小红袄……还有些别的。"燕三还是没能将实情说出，徐天开始四处翻箱倒柜地找枪。

燕三愣着，他不知道徐天要干什么，徐天一边找一边说："上次追罩神从一个兄弟那里抢的，只剩三颗子弹。"

燕三打开锁，从自己柜子里翻出那支手枪，放到桌上。徐天看着他的动作："我有个事儿要干，不想把你卷进去。"

"您都说了，我肯定得往里卷。"

"那就一块儿？"

"一块儿。"燕三一腔怒火无处发，他得找个地方宣泄一下。

"我想劫狱。"

"金爷的狱？"

徐天点点头说："劫田丹。"

燕三愣了半天，听见徐天又接着说："捎带上小耳朵兄弟。"

"哥，算我没听见，这事儿干不得。"燕三大惊失色，徐天睨他一眼："为啥？"

"金爷还不得跟您翻？"说到监狱，就想起金海，就想起大缨子，燕三想象了一下金海的反应，他打了个寒战。

“翻不了，他是我哥。”

“救共产党是杀头的罪过。”燕三迂回地劝他。

“谁杀我头？”

“保密局华北剿总。”

“铁林就是，我不劫她，她就得杀头。”

“那咱也犯不上。”

“吃人一口水，记人一口井。小红袄找着了，用人朝前，用完扭头不管我做不到。”

“天哥，不是我不往里裹，这事儿您得想明白了。”

徐天眼睛盯着桌子上的枪。“多余跟你说。”

燕三把枪拿过来，低头打开柜门，枪塞进去，锁上。燕三再直起身子，看见徐天摊了一桌子的监狱结构图，燕三凑头过去看。徐天搡开燕三：“走吧，跟你没关系。”

“怎么劫？”

“别连累你杀头。”徐天说。燕三咬了咬牙：“我一人吃饱全家不饿，不怕。”

“那前头不都废话吗？”

“我是让您想明白。”

徐天白了他一眼，俯下身子借着昏暗的灯看结构图：“王八楼院里院外地上地下排水道都在这儿，一会儿进大门，咱俩先在院子里转一圈，找着田丹那间屋子的外墙，再找这个排水道口，图上画的通外面，不知道现在还通不通。找着了我进狱里提连虎，弄点动静出来把狱警都粘到监舍里，再想法儿往田丹那边带。你不用进狱，就从院子里下这排水道往外摸，摸到外面把小耳朵的人从下面领进内院，从外头凿开田丹那间屋的墙。”

徐天说得头头是道，燕三吃惊地张着嘴：“就这么劫？”

“弄得好，狱警都粘在监舍里头，墙砸开监舍铁门一关，里头变外头，咱们都从排水道走，要弄不好到时候再想办法。”

“哥，这也太简单了。”

“哪里简单？”

“万一排水道不通外面呢？”

“画这儿是通的。”

“小耳朵怎么能听咱们的话呢？”

“他想要他兄弟连虎，明白吗？”

“不明白。”

“不管劫没劫出来人，劫狱的也是小耳朵，明白了吗？”

“还是太简单了。”燕三下意识地觉得这个方案行不通。徐天站起来瞪着他说：“能有多复杂？”

“劫出来之后呢？”

“先劫，劫出来再说。”

“哥，这女共党以后您是不是还有别的用场？”

“我拿她有什么用场？”

“没用场您这么拼命。”

“我替北平努力，为了北平和平解放。”徐天特别认真地看着燕三说。燕三半天憋出来一句：“说这么远，您说您特别在意她，我就信了。”

“爱信不信！”徐天不理他，拿上结构图出去，燕三也跟出去。徐天站在台阶下等着，燕三在锁警署的门。

徐天催促着：“磨叽什么呢？”

“锁锈上了。”

“老胡有钥匙吗？”

“有是有，也得锁上……”燕三假装捣鼓着锁眼，实际上钥匙还攥在他自己手心里。

“要么你跟这锁到天亮等老胡来吧！”徐天看不得燕三慢吞吞的样子，不耐烦地自己往外走。

“锁上了。”燕三赶紧走下台阶，与徐天走入夜色中。

沈世昌家中，冯青波坐在檀木椅子里，里间门关着，七姨太端了只碗过来：“冯先生是吧？”

冯青波欠了欠身说：“是。”

“没看到你过来，冰糖莲子吃不吃得惯？”

冯青波端起来边吃边说："谢谢……"

"冯先生老家是哪里人？"

"好像是江淮一带。"

七姨太仪态万方地捂着嘴笑着说："讲笑话，自己老家还糊里糊涂的啊！"

里间坐着沈世昌和柳如丝父女，沈世昌不复刚才的和蔼，略显严厉地问："你想好了？"

柳如丝坐在他对面，低头抚着自己的手指说："他是孤儿，十几岁进的青训团，党国只拿他当一把刀子，谁也没真正管过他，这四年都是我管的，我想管到底。"

"我们把他当自己人，他能把我们当自己人吗？"

"好好说，又不是傻子。"

"你说过，他不是能变通的人。"

"总不会比杜长官还难变通。"

沈世昌沉吟着，柳如丝抬头望着自己的父亲，言辞恳切："除了南京，知道你和谈内情的只有我和他，时局变好变坏，他和我离开北平走到哪里你也不会放心，还不如把话说开。"

"叫他进来吧。"

柳如丝起身开门出去，长根进来给沈世昌换茶："沈先生，京师监狱金海来过。"

"来这里？"

长根点着头说："好像是有事，我说您去杜公馆了。"

柳如丝和冯青波进来，柳如丝喊了一声："爸。"沈世昌招呼冯青波："青波，来坐。"

"很晚了。"冯青波站着没动。

"说两句话。"

"你们说，我在外面。"长根和柳如丝退出里屋，带上门。

"我就不绕圈子了，上次在钟表铺我说话可能急了一些，你不要记在心上。"

“您要我走，我要留一留，都是为党国。”冯青波垂手听训，面目恭敬。

“你心里除了党国没有别的吗？”

“还应该有什么？”

“对小四好一点，他是我女儿。”

“我明白。”

“小四性子烈，我说你没有变通，实际上她才是不会变通的人。”

“如何才算变通？”

“这四年你我和小四做的事情国共两头都不讨好，今天杜长官的态度你也看见了，无论国共局势如何变化，我们三个人都是一条船上的，要防患于未然。”

“沈先生，我愚钝，您不妨把话敞开说。”

客厅里，柳如丝贴在里屋的门上听，她听到沈世昌说：“我可以把你当自己人吗？”

冯青波说：“我们本来就是自己人。”

“我说的是一家人。”

冯青波没有声音，柳如丝将身子挨得更近一些。沈世昌的声音断断续续：“小四处事向来果断清楚，我从没见过她对一个男人这么放不下。”

“如果有机会，我会报答她。”

“哪种报答？”

“以死相报。”

沈世昌停了许久：“只是以死相报吗？”

“冯青波身无旁物，只有一条性命。”

格子玻璃门摇晃了一下，沈世昌看过去。是柳如丝挨得太近，身子碰到了门。她离开门边，向外走去。沈世昌叹了口气，说：“好吧，就把话说开，这四十年时政变更频繁，信仰立场忽左忽右，古人说人无远虑必有近忧，现在的局面是人无近虑便身败名裂人头落地。说到信仰，1912 年我在武昌，你在哪里？人头落地固然可怕，有生之年身败名裂更可悲。你我分别受国防部二厅的密托，在北平以和谈之名诱捕共党，一要防我党内部杜长官这类主战肃和之人，二要防他日共党真正入主北平。”

“不明白，怎么防共党入主北平？”

“天津如果失守，华北必和，你我之辈的努力将付诸东流，你和小四像大多数人一样可以走，但我是不会走的，共党的天下我还是住在这里，明白了吗？”

冯青波的薄唇紧紧抿着：“有些明白了。”

“天算不如人算，本来你该在前门车站杀两个人，留下一个田丹进了剿总的监狱里反而成为一条退路。田丹一不能死，二不能再见任何人，现在我保着她，未来她可保我。”

“我明白了。”

“我们是自己人，如果你愿意，我们就是一家人。”

“田丹是你的退路，不是我的，我杀了她父亲。”

“我不想走，你可以随时走，北平之外都是你的退路。从今天起不要再见田丹，她对你来说已经过去了。本来不用跟你说这些，但小四是我女儿，我女儿心在你身上，我说清楚了吗？”

“很清楚。”

“你清楚我才放心，我放心，你们才太平。”

冯青波看着沈世昌眼里闪过一丝异样：“难怪杜长官怪您和谈，您不愿解释。”

“有必要解释吗？保持和谈形象，其中的内情知道的人越少越好，他又不能真把我怎样。”

“田丹向金海交待，二十号会有两人从城外到达先农坛与城内共党接头，找你继续接触和谈计划，我判断消息大半是假，另有所图。”

“金海？”沈世昌思忖着。

徐青波说：“京师监狱狱长。”

“之前还有谁与田丹有过接触？”

“金海的两个兄弟，铁林和徐天。”

“是什么人，为什么接触？”沈世昌又问。

“铁林是保密局北平站的，受我之命入狱提审，徐天是一个小警察，为了私事。”

沈世昌缓和下来：“好了，这些都不是你要操心的，城外如再有人来，我自然会得到消息，不用田丹交待，你和小四明天准备一下尽早离开北平。”

冯青波沉吟着，沈世昌观察着他的神色，说："可以吗？"

"可以。"

"没有异议了？"

"没有。"

沈世昌推开里间的门叫柳如丝，柳如丝应声过来。

"你和青波回去吧。"

"说得咋样？"柳如丝的眼神里充满期待，沈世昌笑了笑，说："青波和你尽早离开北平。"

柳如丝看着冯青波的脸："是吗？"

"是。"冯青波总是一副古井无波的样子。

柳如丝云开雾散，伸手挽着青波的胳膊，笑得灿然，沈世昌把胳膊抬了抬，说："走，送你们出去。"

沈世昌家门前，小汽车开过来。柳如丝从另一侧坐入车内，冯青波人还在车外，沈世昌穿着普通的对襟毛开衫，像一个居家的父亲："早知小四对你用情如此，应该早跟你把道理说开。"

"现在也不晚。"

"明白我的用心了？"

"明白，如果党国败了，你要投共。"

沈世昌无语了，冯青波无视他的表情，继续往下说："怕田丹影响我，我影响柳如丝，柳如丝影响到你。"

柳如丝从车里将冯青波一侧的门推开："上车呀？"

沈世昌还僵着，柳如丝催促："聊半天了还没聊够。"

"上车吧。"沈世昌说。

冯青波进入车内，车开走半晌，沈世昌还站在原地，长根从大门里走出来："先生？"

"找到那个金海住哪儿，接过来。"

"现在？"

"现在。"

街道上，车行进着，街灯一晃一晃的，柳如丝侧头看着冯青波的脸明明灭灭，刚才的雀跃也莫名少了些，她有些不安地问："说明白了？"

"从来没有这么明白过。"

"明白啥？"

"幸亏有你，不然我都不知道什么时候会死。"冯青波这句话说得毫无情感。柳如丝无从判断他到底是什么意思："怎么又说这种话。"

"是真的。"冯青波把眼神转到柳如丝脸上，柳如丝的雀跃又蓬勃了些，她偷偷舒了口气："你说你这么各色，我怎么就在意你呢？"

"我运气好。"

柳如丝被喜悦冲昏了头脑，她贸然问："我好还是田丹好？"

"她与我无关，我们是自己人。"冯青波觉得自己也不算撒谎，只不过这话落在柳如丝耳朵里就能解读出另一层意思。柳如丝巧笑嫣然："这话爱听，挨近点。"

冯青波僵了一会儿，将胳膊绕过柳如丝肩膀，柳如丝找了个舒服的姿势靠着他，笃定地认为这次万无一失了："明天我让人把田丹处决了得了，行吗？省得老说她。"

"你父亲要把她留在京师监狱。"

"他不了解金海、铁林这路人，其实解决了她反而不出幺蛾子，是吗？"

冯青波嗯了一声，柳如丝满足地将脑袋靠在冯青波肩上，心里感到久违的踏实。

田丹在监舍里那张窄床上面面朝里侧躺，她轻咳着。外面监门响，声音一路传过来，是十七例行巡视到田丹监门前。

十七停在铁栅门前并没有离开，他看着侧躺着的田丹。田丹又咳了几声，然后坐起来，向十七看过去。十七低下头，准备走时听到田丹的声音："晚上冷，可以加衣服或者棉被吗？"

十七显然有些恍惚，他摇了摇头。

"昨天隔壁的犯人提出去后铐在外面，没有再进来，也没有带到别的地方去。"

"您怎么知道。"

"你用眼睛看这里，我听着了。"

“转监了。”

田丹不置可否，又咳了一声：“我的私人物品里有围巾，可以给我吗？红色的。”

“我值晚班，一早得拿回去。”

“谢谢。”

十七准备走，又站住：“您和天哥的事儿我听见了，今天他去找冯先生了。”

“你怎么知道的？”

“正好老大带着我，要不是老大拉着，天哥就跟人打起来了……我多嘴。”

十七离开，田丹原地愣着。十七从特别监舍里出来锁好门，罩神在自己监房里看着十七说：“喂，八青跑了还是放了？”

十七没搭理他，锁好门后离开，罩神继续喊：“徐天还来吗？”

陶然亭南门，小耳朵一伙人换了平常的杂衣，散落在黑暗里，月朗星稀，他们看见徐天和燕三缩着脖子过来。

徐天看着众人，奇怪地问：“你们怎么衣服都换了？”

“怕太招眼被发现。”

“等着。”徐天说着继续往前走，小耳朵有些不满：“等着啥意思？”

“我先进去，一会儿三儿来告诉你怎么做。”

“我怎么知道会不会在这里等到天亮啊！”

“三儿我都带来了，当说着玩儿呢？”

“站着！”小耳朵说。

“信不信我，不信就回去。”徐天说。

“手信没拿呢，连虎怎么信你？”

“给我。”

小耳朵把一根骨头放在徐天手中，徐天拿着看了半晌。

“牛骨头。”小耳朵郑重地说。

徐天说：“你兄弟要不信不怨我啊。”

“这次我又跟老头儿老太太砸瓷实了，专门回家拿的。”

“骨头到处都能捡着。”

“连虎小时候抓阄就是用的这块骨头，他认得。”

“行吧。”

徐天走入黑夜中，燕三站着没走，看着小耳朵这帮人。小耳朵威胁他：“别犯照，连这次第三次被诓到这儿，今晚再见不着人没完了。”

燕三拔腿去追徐天：“天哥，跟说的不一样啊？”

“怎么了？”

“小耳朵那帮人空手来的，凿墙得要家伙。”

“去跟他们说。”

小耳朵又看着燕三跑回来，说，“回去拿凿墙的家伙，越厚重越利索越好。”

“凿哪面墙？”

“一会儿领你们去，给把刀。”

燕三从一个汉子手里夺了把刀，掖起来。看着燕三跑没了，小耳朵一伙有点蒙。

监狱储物室，十七打开筐子，从里面取出田丹的私人物品，找到田丹的红围巾，又拿起那副红线并指手套。外头有狱警的声音，十七将红围巾塞到衣服里，然后将田丹的东西归入原位。

华子一人在门禁里站着，十七走过来，神色如常，手还在衣服后面往里塞围巾红色的穗。华子没开门，说：“还进去？”

“嗯。”

“不是刚查完。”

“再看看，不放心。”

“昨天八青从你手里出去的吧？”

“是。”

“怎么出得去？”

“拿了我钥匙，我没敢喊……”

华子打开监门，让十七进了首道门禁：“不喊就对了，老大没跟八青说，给他一百个胆他也不敢拿你钥匙，人不是跑的，是放的。”

“跑的。”

华子打开向里的门，放十七进去。华子将门关上，与十七隔着铁栅，一里一外。

“你傻呀？”

“我怎么傻了？”

“人是放的，但不是老大放的，是从你手里跑的，明白了？”

十七恍然大悟：“难怪老大给我一根条子。”

“金条子！多大？”华子吃了一惊，十七比划了比划，华子眼神里流露出艳羡，“这回知道是放的了吧？”

“华哥，回头条子给你，我用不着。”

“懂事儿，一人一半。”

十七往里走去。

金海走回来，去敲刀美兰的院门，里面一时没有声音。金海的手下意识地伸到门框上，又收回来。院门打开，里面站着刀美兰。

金海问：“八青在吧？”

刀美兰反问他：“还能去哪儿？”

“让他踏实着，狱里我都说明白了，就当放了。”

“你费心了。”刀美兰的语气缓和下来。

“自家人不说外话，这两天我还有些事，不着急走。”

“嗯。”

“你也不用急着定跟不跟我走，到了不走也没事儿，我心里咋想的知道就行了。”

“你看着挺劳神，有啥我能帮上的就说话。”刀美兰的心思都落停了，她有精力关注金海了。

“帮不上，让八青先别到处跑，消停些。”

“哎，田丹说是也要放了？”

“谁说的？”

“徐天。”

“胡说八道，女共党跟八青一样厉害？剿总保密局都盯着，除非解放军进城，京师监狱姓共了。”金海只当徐天随口一说，他一脑门子官司地往家走。

监狱小门从里打开，手电筒打出去的光照在人脸上，外面只能看见徐天一人。狱警见是徐天，赶紧收了手电打招呼说：“三哥，又来了？”

徐天问：“就你一个值班啊？”

狱警说：“二勇撒尿去了，进来，关门。”

“电棒给我。”

狱警将手电递过去，徐天接过来回头，手电直照狱警双眼，“嘿啥，你也看不见了！”

徐天拍拍门外侧着的燕三，燕三猫身溜进小门，徐天将手电光移开说：“打我脸上知道是啥滋味了，东西归我了。”

狱警有点不好意思，徐天晃了晃手里的电棒：“一会儿出来还你。”

徐天随即走进去，狱警关上了小门。

第二十七章

十七看着田丹围上了红围巾："早上换班我来拿。"

"谢谢。"田丹惨白着一张脸跟他道谢，看着十七离开自己的视线。

院子有探照灯缓慢晃动，没有照到的地方一片漆黑，徐天打着手电走。华子接墙上的电话，狱警在电话里说："华哥，三哥来了，一个人。"隔着铁栅，华子看向外面院子的手电光晃来晃去："看见了。"

华子挂了电话，看徐天走近，说道："三哥来了。"说完，华子准备开铁门，徐天看华子说："给张手纸。"

"我没手纸。"

"什么纸都行，那里不是有吗。"

"里面有茅厕。"

"快点。"

华子伸手将椅子上的一张破纸递出去，徐天揉在手里转身向黑暗里走去。华子挨着铁栅喊："您也不嫌冷啊，往后面蹲远点……"

后院，徐天打着手电走着，燕三在黑暗里跟着手电的光。有四个持枪的狱警从一间独立的房子里走出来，迎面撞见徐天过来。

狱警喊："谁啊？"一个狱警在锁枪械库的门。徐天将手电打到对方脸上："我。"燕三迅速藏身，狱警看不清徐天，警觉地问："谁！手电拿开！"徐天移开手电，若无其事地说："让华子在前面待着别走，一会儿找他有事说。”

狱警松了口气：“三哥啊！”

徐天应着声继续往后面转，狱警问：“您干吗去，后面荒凉，什么都没有。”

“蹲坑。”

四个狱警笑着离开。徐天继续往里走，已经看不到狱警了，他的手电停在乱草覆盖的一处铁栅上，他又用手电四处照了照，照到近在咫尺的燕三，徐天吓了一跳：“跟鬼似的。”

“我一直在你边上啊！”

“就这儿，从排水道。”

“一模一样的那边还有两个。”

“你不是一直在我边上吗？”

“还有两个。”

徐天从衣服里掏出图纸，风吹散了一张，他们接住了剩余的，燕三要去找被风吹走的那张，被徐天喊住：“别找了，画着呢，就是一个排水道。”

燕三委曲地说：“哥，真的有三个排水道。”

“那你就一个一个钻着看，哪个能通到墙外头用哪个！”

“要是都不通呢？”

“不能回头了，就今天晚上，我进去最多一个小时，一个小时田丹牢里的墙得凿开。”

“一小时时间不够！”

“为什么不够？”

“我也不知道！”

徐天无奈地向四处看了看。“田丹哪扇窗啊？凿哪里？”燕三跟着又问。

徐天手电往高处扫过去，一排排呈放射状的纵深高墙，墙上的小窗有亮有灭，密密麻麻。

“画儿呢？”徐天问。

燕三将监狱结构图放到手电光下，徐天一张一张地看，燕三心里完全没底。

四个巡逻的狱警进入首道门禁区，狱警上前跟华子交接。

“看见三哥了吗？”华子问。

狱警说：“他叫你别走，说是一会儿找你有事。”

华子觉得奇怪，他伸头往外头看，管狱警要来手电，走出禁区，打着手电往院后走去。

徐天的手电停在一扇毫无特色的小窗上，指着说：“这儿就是。”

“真是这儿？”

“这监狱我来过一百多回，比前门外大栅栏还熟，从这儿凿没错。”

徐天的手电光从小窗上划走，此时罩神在监舍里，他看着高高小窗上的手电光划过。

燕三不安地说：“天哥，女共党劫不劫得出来再说，但我要是走丢了您可得来找我。”

徐天看了眼没底气的燕三，问：“丢哪儿去？”

“三个排水道，您让我挨个儿钻，鬼知道里面有啥，手电给我。”

徐天将手电关了递给燕三，叮嘱他：“哪扇窗别记错了。”

燕三往四周看了看，蒙了，不远处华子打着手电在黑暗里走着，边走边喊徐天。徐天的声音在华子后面：“这儿呢！”华子转身将手电划过去，徐天已经回到门禁区附近，华子返身往回走，徐天在门禁区里等着华子进来。

“三哥。”

“十七呢？”

华子用手电指了指后面，徐天看了看门禁区里的另外一个狱警。

“你到后面去。”

狱警打开侧门，进入办公区。

“田丹怎么了？”华子问。

“没怎么，我一会儿过去跟她说两句话。”

“您不是跟我有话？”

“八青昨天走了知道吗？”

“转监了。”华子没底地说。

“一会儿连虎也转监。”

“连虎？”华子眨了眨眼，面露疑惑。徐天正色道：“小耳朵的兄弟，大哥跟小耳朵有梁子，我来了这事儿。”

华子看了看徐天问：“老大知道吗？”

“你说他知道吗？”

华子想了想：“不知道呀。”

“明白人，现在他肯定不能知道。”

华子愣着，不知道要不要听徐天的吩咐。“打开。”徐天催促着，华子打开里面的监门，然后又锁上。华子跟着徐天往里走，心里面打鼓，看着徐天，说：“三哥，连虎跟八青不一样。”

“哪儿不一样？昨儿八青怎么转出去的，连虎一样。”

“还是问问老大。”华子的语气甚至有些恳求。

“傻呀，我都来跟你说了。”

“你是你，老大是老大。”

“问去，试试大哥抽不抽你大嘴巴。”

华子看着徐天，心里纠结，他自然知道徐天跟金海的关系，但真出了岔子，金海也不会饶了自己。他苦恼地想着怎么能拖住徐天，等金海来了自己再从这泥潭中脱身。正想着，前面的徐天停在特别通道门前转身看华子，华子怔了半晌，故意磨蹭着打开铁栅门，徐天大摇大摆地走了进去。

此刻，华子发现旁边监舍的罩神正瞪着他，心里压着的烦躁冲他发泄出来，冲罩神喊：“看你大爷！”

“别落单，别落我手里。”罩神不示弱地挥了挥拳头说道。

华子看了罩神一眼，如果是往常，罩神自然要挨一顿打，但现在华子没有心情，没有还嘴，甚至还停在门旁边发了一会怔。

徐天回头看了看华子没有动，自己走到田丹监舍前。

“以为你不会来了。”田丹意外地看着徐天说。

“最后一回。”

“凶手是拍照片的人？”田丹问。

“是，但赶在我前头被冯青波杀了，他去毁你爸的刀口底片。”

田丹不住地咳着，徐天看向田丹围着的红围巾，心里有了打算，说：“你这围巾哪儿来的？”

“我自己的，明天狱警要收回去。”

“你身子不舒服？”

“还好。”

“手指头恢复得怎么样了？”

“在发炎。”

徐天低头看了看田丹包裹着纱布的手指，心也跟着疼了一下，又看向田丹说：“出去给你找个地方好好养伤。”

田丹只当徐天在安慰自己，她温暖地笑着：“好。”

“你爸火化了。”

田丹听后，心揪了一下，没有作声。徐天看着她的表情，怕她哭，小心地说：“抬走前我仔细看了刀口，稍微有点斜着从左边插，冯青波用左手拿刀是不是？”

“我再说一遍，不要管他。”田丹的笑容消失了，她突然变得很严肃。

“上回从庆丰公寓回来，你问我冯青波接电话提热水瓶用哪只手，为啥？”

“那时候我不知道父亲是谁杀的。”

“问完就知道是他？”

“没有，要看刀口。”

“告诉我怎么回事，照相馆是我管片儿，小红袄也是他杀的，这事儿跟你没关系。”

田丹沉默着，徐天继续说：“小红袄找着了，翻篇了，往下我就两件事，一件死磕冯青波，你不说我也要找他，还不如让我多了解一些。”

“还有一件事呢？”田丹问。

“先说冯青波。”

通道里的华子越来越觉得没着没落。两个狱警在监舍巡视，华子说：“你，过来，跟这儿看着。”站过来一个狱警，华子往外出去。

田丹继续说：“最有可能杀我父亲的只有两个人，铁林和冯青波，铁林进监狱审我的时候很容易证实不是他。如果父亲的刀口从左斜入……是冯青波无疑。”

“为什么？”

“常人大多习惯使用右手，少数人是左撇子。还有一些人日常状态和急性状态下的用手习惯完全不一样，冯青波就是这种人。”

“你很了解他。”

“1945 年的时候我们在江西干训班待了快四个月，春天，从那时候到这次来北平下车之前，我都以为他是我应该托付一生的人，他说喜欢我是因为我傻。”田丹说着四年前，像是在说上辈子，她苦笑着，“现在对我来说，我爱过的人已经死了。”

“难受吗？”徐天看着田丹，有点怜惜这个姑娘。

“知道是他的那天难受，再难受就没有理由了。”

“你怎么知道是他的。”

“在审讯室，铁林紧张的时候下意识用右手转笔，冯青波紧张的时候仍然可以用右手接电话提水瓶，但左手会有下意识的细微动作。”田丹边说，徐天边回忆，“冯青波日常里用左手指在暖水袋上敲打……左手指在沙发扶手上敲打……无论平时如何保持使用右手，但执刀杀人的时候他会下意识使用左手。”

“明白了。”徐天听后点了点头。

“就凭这个你拿他没办法，事实上凭什么你都拿他没办法。”

“我是警察。”徐天的声音不自觉地抬高了很多。田丹望着他，缓缓地笑了笑，说：“等到新的世界来临，你会是一个好警察。”

“你意思是当下世道冯青波这种人就治不了？”徐天说着，心里憋着一股火气。

“他是我的事。”

“你的事就是我的事。”

“能在北平遇见你真好。我们到此为止，你也说了今天见我最后一次。”

“在这里见最后一次，一会儿劫你出去。”

田丹怔了怔，释然地笑。

“这是我第二件事。”徐天看了眼田丹，一点儿都没有开玩笑的样子。

田丹看着徐天，这才明白徐天说劫狱是真的。

“为什么？”田丹问。

“昨天我梦见小朵了，我说小红袄找着了，她一点也不开心，我也不开心，一肚子火气没地方撒，除了弄冯青波还得再干点啥。你帮我一把，我也得帮你，你啥都能自己办，就办不了出狱，我来办。”

田丹望向徐天，昏暗的灯光里，她依然可以看出他严肃的神情。田丹心里既感激又矛盾，她说：“徐天，我可以从这里出去的。”

“没我你出不去。”

“你不要管我。”

“已经管上了。”

“你想清楚，你要劫一个共产党吗？”田丹甚至有些着急了。

“我看见你就是一女的！贾小朵的血活生生地流干净，我啥也帮不上，再亲眼看着你死在我面前，我还跟没关系似的，那我就不是父母生养的。”

田丹看着冲动善良的徐天，她拿这个执拗如牛的男孩毫无办法：“你想过我出去以后吗？”

“我都先干，以后再想。”

“徐天，我跟你没有关系。”

“帮过我的人就跟我有关系，好人被坏人害就跟我有关系。”

田丹知道拗不过徐天，索性不争辩了。她问道：“你要怎么劫？你的计划是什么？”

“一会儿有人从外头砸你的墙，我去把狱警都弄到里面来。”

“什么人……从外面能确定我这个监舍？”

“能。”

“好吧，那你小心一点。”

“等一会儿我就过来。”

监狱休息室里一大帮狱警正在聚众聊天。华子烦心地推开休息室的门，探进身子，狱警们见华子来都闭了嘴。

华子眼睛扫过几个狱警，定在了十七的身上，他叫道：“十七。”

十七听见，立即从椅子上站起来，从休息室出来。

“三哥过来放连虎。”华子小声跟十七说。

十七看了看华子，不明白华子到底想跟自己说什么，华子见十七没动，无奈地说：“昨儿你把八青放了，三哥说老大还要放连虎。”

十七看了眼华子，小声说："八青不是我放的。"

"我没说这事儿！"华子不自觉抬高了声音。

十七立即低下头："华哥您说。"

"弄不好是真的，但我也不能问，万一三哥自己要放咋办？"

"您说。"

"我支应着，你去平渊胡同问问老大。"

"怎么问？"十七看向徐天。

"昨儿八青过你手了，老大给一根金条，你问比我问合适。"

"金条明天带过来给你。"

"赶紧去，别让三哥知道。"

此时，通道里徐天从特别监舍出来，刚才来替换华子的狱警把门锁好。

"华子呢？"徐天问。

狱警指了指前头。

排水道里的燕三一手拿刀一手拿电棒，在低矮的排水道中前行。环境阴森脏乱，空间越来越低小，几乎只能爬行。前头是死路，巨石湿泥封堵。燕三身上淌着汗，一动不敢动，他身子下面是一窝冬眠的蛇。燕三忍着尖叫和恶心一点点退出来，退到能直起腰的地方，扭头狂奔。

后院的空地上，一个铁栅栏被顶开，燕三一身土地从排水道里钻出来，他环视四周，发现自己仍然在监狱院子里。监狱内部响起沉闷的笛声，那一排排亮着灯的监舍小窗几乎全部熄灭，燕三在黑暗里疯狂寻找另一处排水口，找到后咬牙钻了进去。

平渊胡同口停着锃亮的小汽车，胡同中段有一名卫兵。长根在金海门前，轻扣门环，大缨子屋里亮起灯，探出身子。金海从自己屋里出来，示意大缨子回去，他提着柴刀过去，一手打开院门。

长根见金海出来，说："金先生，沈先生请您去家里。"

"现在吗？"

"您现在方便吗？"长根问。

金海走出去，朝胡同两边看了看，除了长根带的手下，没有别人。长根见金海警惕，继续说："沈先生到杜公馆吃晚餐，回来知道您去过家里，特意让我来接您。"

"等会儿。"金海说完退回院子，不一会儿，他夹了那卷手轴出来。大缨子此时还在院里，听见金海站在门口说话，问金海是谁敲门。

金海看了眼好事的大缨子："把门拴上。"

"去哪儿？"大缨子直眉瞪眼地问。

"找金条，谁拍门也别开。"

"大晚上的找金条……"大缨子嘴里嘟囔着，狐疑地看着金海。

"听见没，除了我，谁叫门也别开。"金海看着大缨子，嗓门提高，一脸严肃。大缨子见金海严肃起来，自己也严肃地点头回应。

金海转身出去，长根站在旁边看着金海上车，训练有素地将车门关上，又绕去前座。不一会儿小汽车启动开走，正好与急忙跑过来的十七擦肩而过。十七跑到金海院门前，匆忙叩门。大缨子还没走回屋，就听见敲门声，她折返身子快步到门边，从门缝中往外看。

十七压着声音低声唤："老大，老大。"

"谁呀？"大缨子问。

八青在墙根撒尿，也在听隔壁的声音。

"十七。"十七回答。

"还二十七呢！"大樱子感觉对方奇怪，大声说道。十七无奈地解释道："我是昨天追八青过来的那个人。"

八青听见后立即提着裤子回屋，关上门。

"老大在吗？"十七问。

大缨子不耐烦了："不开……不在，不在！"

十七着急地说："狱里有事儿找他。"

"真不在。"

十七在门口顿时没了主意，站在原地干着急。

监狱里面，华子带着钥匙叮当在前面走着。徐天在后面跟着他，后面还跟着八个狱警，有四个持枪，过道越走越窄。

徐天打量着四周，说道："这是哪儿啊，怎么没来过。"

华子也不吭声，停在一扇铁门前，徐天疑惑地看着周围，八个狱警远远在过道口停着，华子压低声音问："你真要带连虎？"

徐天也小声地说："跟这么多人用得着吗，这事儿人越少越好。"

"您想明白。"

"让他们该干吗还干吗去，你也不用在这里。"

"您一个人行吗？"华子为难地看着徐天。

"回头说起来算我的，跟你们没关系。"

华子踌躇地将钥匙递给徐天，"往外头去的钥匙呢？"徐天拿着钥匙问。

"这是我的，一串都在这儿了。"华子说完走到过道那头，和狱警们站在一起，徐天看着他们，华子无奈地招呼狱警离开，阴森的过道里只剩下徐天，他低下身子，从小小的饭口往里看，黑乎乎什么也看不见。

徐天小声喊着："连虎，连虎，连虎！"

陶然亭南门，风声低吼，不知道是什么动物的嘶叫声。小耳朵一伙在黑暗里守着一堆镐子，他们缩在风里。有拉煤的牛车或者骆驼车经过，车夫看着这堆奇怪的人，小耳朵瞪着一对精亮的眼。

陶然亭荒地，到处都是乱草。一个土包异样起来，土堆从里翻起，落荒遁出一些地鼠之类的动物，似乎还有一只臭鼬。然后一副锈烂的铁栅顶起，燕三像鬼一样从土洞里冒出来，他身后还跟着一只狸子，燕三挥刀将狸子驱赶走，他起身四顾，不知身在何处，土道上过来之前拉煤的牛车。燕三拦下拉煤的车，着急地问拉车的伙计："问一下路，陶然亭南门在哪里？"

黑夜里，拉煤车的伙计看见满脸黑泥的燕三像见着了鬼一样，他镇定了一会后，终于指了指他们来的方向，燕三沿土道歪歪斜斜地奔去。

连虎的监房外边，钥匙插在锈死的锁孔里，好容易才打开。徐天拔了粗铁销使劲拉门，铁门发出吱吱嘎嘎的声音。通道外，华子一伙狱警在外头听见铁门的声音，一个个神情怪异。徐天把铁门拉开，里面是黑漆漆的，看不见东西。

"连虎？啥也没有，耍我呢？"徐天大声喊道，说着向过道外看，突然一只巨臂从黑暗里探出来，将徐天凌空擒进去。黑牢里一阵虎吼，夹杂着徐天的闷喊。

通道外，华子竖耳听着，虎吼越来越响亮，四个持枪的狱警转到前排，堵住狭窄的过道端起枪，虎吼声突然停了，过道里面恢复安静。华子神色慌张，看向旁边的狱警，说："完了，三哥不会被捏死吧？"

狱警们面面相觑。

"进去！快进去！"华子慌忙大声命令狱警。狱警们犹犹豫豫，谁都不想跟连虎较量，此时，通道里突然又响起徐天的声音："别进来，滚蛋！"说着，徐天鼻青脸肿，破衣烂衫地从黑牢里退出来，他手里举着小耳朵给的那块牛骨头。"这么个东西，一会儿我还省事了。"徐天边打量着连虎边往外退，黑牢突然出来一个近两米高的，体壮如牛浑身毛发的巨人，巨人像一桶移动的易爆火药，眼睛直勾勾地看着徐天手上的骨头，全凭它镇住。

通道外，华子担心地向徐天喊："天哥，你没事儿吧？"

"没你们事儿！该干吗干吗去，什么事儿也没有。"徐天回应道。

华子一副疑惑的样子，说："邪门了，走，出去，明天谁也不许说这事儿，老大也不会问，要问也是问我。"

狱警听后，跟着华子往外撤，通道里，徐天引着连虎往外走。"听得懂人话吗？你也不用听懂。"没等徐天说完，连虎一把将徐天掐离地面。

"信不信我把骨头掰断了！"徐天艰难地说出口，脖子已经被连虎卡住。

连虎看了看徐天手里的骨头，将徐天放下来。

"我娘还活着吗！"连虎问徐天，连虎的声音低沉，狭小的空间里甚至还有回声。徐天掏了掏自己的耳朵，半仰着脖子看着他说："活着，你知道小耳朵是谁吗？"

"我哥。"

徐天看了看连虎，一脸诧异地说："你们这是什么兄弟啊！"

连虎听后，瞪大眼睛又要掐徐天。徐天见此急忙说道："骨头我就不举了，看着不合适。"

"给我。"连虎伸手想夺，被徐天轻巧躲过。

"给了你，一会儿你把我骨头给拆了。"徐天拿着骨头走向前面，连虎在身后亦步亦趋地跟着。

陶然亭南门，小耳朵已经等得不耐烦了，远远地看见燕三一路小跑过来。

“家伙都带了？”燕三着急地问小耳朵。

“带了。”

燕三看了看地上的所有工具，说：“就这些？”

小耳朵抬起屁股，踢了踢他坐过的箱子：“地道凿不出来的话用炸药。”

燕三看着眼前的一箱炸药，咽了下口水说：“路不好走，当心别半路炸了。”

小耳朵没理燕三，示意燕三赶紧带路，一伙人跟着燕三奔入黑暗的夜色中。

监狱走廊里，华子指示众狱警，说：“散了，看得见的地方别留人，所有人都去院子里待着。”狱警们听后都往院子里去，华子独自进入首道门禁，拿起墙上的电话。电话接通，华子着急地问门口值班的狱警，说：“二勇，十七回来了吗？”

“没有。”二勇在电话另一头回答。

“从我这里到大门口都堵上，在十七没叫老大过来之前，谁也不让出去。”说完，华子挂上电话。

排水道里，小耳朵一伙人拖着家伙，在低矮阴湿的排水道里苦不堪言地前行。燕三看着身后的小耳朵，说：“小耳朵，没有受过这罪吧？”

小耳朵咬着牙，问身前的燕三：“这里能通到狱里？”

“我从里面出来的。”燕三回答。

“只要冒头，立马开炸！”小耳朵狠狠地说。

“炸药就一箱，省着点用，到底哪面墙我还没记住。”

“你说啥！”小耳朵急眼看向燕三，他脚下还躲避着一窝小蛇。

监狱通道里，徐天用钥匙打开一扇铁门，引连虎进入，慢慢走入正常通道，连虎每走一步，监狱的地都颤动一下，周围一个狱警也没有。

“连虎，能听明白我说的话吗？”徐天看着连虎问。

连虎喷着粗气。

“特想弄死谁吧？不过这里的狱警都是我兄弟，一会儿下手轻点儿。”

“我哥呢？”

“咱们不走前头，小耳朵在最里边凿墙接你。”

“你是谁？”连虎看向徐天。

“别管我是谁，这骨头要掰断了，你是不是得弄死我？”徐天问连虎。

“给我！”

“一会儿就掰断，不，一会儿得还你哥。”

徐天和连虎说着走向监狱外的通道，华子站在通道一边，看着巨大的连虎，下意识捏紧了手里的棍子。

另一边，监狱排水道里，小耳朵艰难又快速地蠕动着身体，累得气喘吁吁。

小耳朵没好气地问燕三：“快到出口了吗！”

燕三也累得气喘吁吁，说：“我来的时候，这个地道没这么长啊……”

小耳朵快要崩溃了说：“走前头赶紧的！”

徐天和连虎来到最后的铁栅前，华子的目光从连虎脸上收回来，心有余悸，徐天掏出钥匙准备开门。华子看着徐天为难地说：“三哥，狱里人手都腾出去了，人领到这里是给您的面子，再往外领老大真得知道。”

“让人叫大哥去了？”徐天问。

“连虎跟八青不太一样，十七去了。”

“领到这里就行。”

“还是您明白事理。”

徐天看了看华子说：“对不住，赶巧你在这儿。”

华子没明白，问：“啥？”此时，华子和连虎都听到咔的一声，隔着铁栅，华子觉得手里多了两样东西。徐天挪开身子。连虎看见华子一手握着一半掰折的牛骨头。

“啥破玩意儿！”华子看着牛骨头，说着将两段骨头扔到地上，一声虎吼。华子隔着铁栅栏被巨臂擒住。华子另一只手拼命向连虎抡警棍，但连虎纹丝不动，犹如在抡一根筷子。

华子惊恐地喊徐天：“三哥，拉开这牲口！”徐天看了眼华子，知道连虎下手不会太重，并不理会，任由华子和连虎两人撕扯，并用手上的钥匙打开了隔在两人之间的铁门。

华子看着徐天开门，心急地大喊道：“哎，哎，别开门呀！”

连虎换手，准备进入门禁。徐天看着华子：“忍会儿华子，我让外头兄弟进来。”

说着徐天又打开通向院子的那扇铁门，连虎已经进入了首道门禁，将华子擒离地面，抓着他往墙上撞。外头拥着的狱警目瞪口呆。

华子看着众狱警说：“看啥，上啊！”

狱警们壮着担子尝试着冲进来，但慑于连虎威猛，徐天继续轮换着钥匙打开监舍通道的门。华子冲徐天喊：“三哥，咱们人在外面！”

“你的人在外面，我的人在里面。”说着，徐天打开了里面的铁门。

华子看着徐天往监狱里走，睁大眼睛喊徐天：“你要干什么！”

徐天喊连虎说：“连虎，往里来！”

连虎跟没听见一样，开始扔小鸡一样扔着狱警。徐天进入监舍通道内。忙乱中，华子拼命摁响门禁区墙上的警笛按钮。连虎一夫当关，万夫莫开。

第二十八章

监狱内回响起沉闷的警笛，田丹听到外头隐隐的拼吼声，她回身看着高高的小窗，解开红围巾扔上去。红围巾搭上小窗，一半飘到外面。沉闷的警笛中夹杂着拼斗声和虎吼声，徐天往里走，他身侧的监舍一间间恢复照明。燕三和小耳朵一伙顶开铁栅栏，从排水道里冒出来。

小耳朵伸出脑袋："啥动静？"

"天哥在里面的动静。"

小耳朵环视着密密麻麻的高墙小窗，头疼地问："哪间？"等他再回头看燕三已经蹲在地上，用手电照结构图纸。一众灰头土脸的汉子，茫然四顾。

"看什么呢！凿哪里！"小耳朵急切地问。

燕三直起身子挨着墙根跑，打着手电照窗子。一伙人跟着，罩神在自己监舍看着小窗上晃动的手电光。监舍外，通道里，徐天在挨个用钥匙试着打开通向特别监舍通道的锁。

燕三的手电光指着罩神的窗："这儿！"

小耳朵看了一眼燕三，又望向窗口，问："没错？"

燕三："错不了。"

有一个汉子上前抡镐子，小耳朵着急了，朝他们喊道："直接上炸药！"

徐天正路过罩神的监舍，罩神见徐天向田丹的特殊监舍走去，瞪大眼睛问："劫女共党？"

徐天看了眼罩神，说："就你明白。"

罩神："把我也捎上。"

"你杀人贩枪贩烟土，跟这儿待到死吧！"徐天大声说道。监狱通道外，传来华子声音："冲进去，到里面，徐天要劫女共党！"

徐天打开了特别通道的铁门，往通道那头看过去，连虎且战且退，华子冲连虎喊道："连虎，再动手开枪了！"

监狱后院，小耳朵一伙人已经安好了炸药。

其中一个汉子说："爷，点了？"

小耳朵："点！"

燕三的手电划过相邻几个窗口，又划回去，他看到其中一扇小窗上飘着红色的一角，炸药引子蹿起来。燕三连忙喊道："不对，是这面墙！掐了！"

小耳朵着急地喊向旁边的手下："快掐！"说完自己却抢先一步冲上去掐断导火索，一脸崩溃地冲燕三喊，"到底哪儿！"

燕三此时已经跑到红围巾飘着的高窗下面了，疯狂地指着喊："这儿！"

徐天转身去开罩神的门，罩神的眼睛盯着钥匙，监门一开，罩神冲出来给了徐天一拳。然后就要往特别道通里跑。徐天拼命拦住他，将罩神暂时击退，返身退入特别监道，用钥匙从里面锁上。

徐天看着罩神说："你在这里替我挡着吧！"

罩神抵着铁门转过身子，连虎巨大的身躯压过来，四五个狱警挂在连虎身上，连虎怒吼着将狱警们甩出去。

华子朝连虎喊："你再动一手指头，我就开枪！"

连虎停下手，看了看与他并肩贴门站立的罩神。监舍通道里几乎挤满了狱警，华子一头汗，向众狱警喊："上铐子！"

一个狱警拎着铐子上前，被连虎一掌打飞，枪响，子弹击在铁栅和墙上冒出火星。监狱里头，田丹听着咫尺之遥的枪声，抬头看到了鼻青脸肿、破衣烂衫的徐天正笑着跑向自己。连虎胳膊中弹，依旧挺着身子，罩神看着眼前的局势，紧闭双眼，实在后悔自己参与其中。

华子大喊："铐死了！"

四个狱警拖着铐子上前。铐了一半，连虎又开动，更多的狱警扑上去压制连虎。

罩神从人缝里爬出来，爬回还开着门的监舍，从里面死死拉住监门。

另一边，徐天用钥匙打开田丹的监门，他抬头看小窗上的红围巾。飘着红围巾的高窗下，炸药引信冒着火花在蹿。

“天哥，炸药！”燕三的声音隐隐在窗外声嘶力竭，传向田丹的监舍，“要炸了！”

徐天听着，立即打开监门进去，二话不说，直接把田丹推到墙上，用自己的身体将她压住。田丹在徐天怀抱中挣扎了一下。

徐天用身体压制住田丹，他顾不上田丹只穿着单衣，他的胸膛贴着田丹的背：“别动！”

田丹轻叹一声，贴紧徐天，一声巨响，后墙土石飞溅。整个监狱都在震动，连虎背靠的铁门墙栓土石松动，一时间连虎和狱警都愣住了。

华子绝望地喊：“里面！外面！快！”

众狱警糊涂地看着华子，不知道到底要跑向哪边。华子着急地说：“绕到后面去，里面炸开了，三哥要劫女共党！快！”

一通道的狱警又纷纷往外跑。土石烟尘中，小耳朵当先冲进来。

小耳朵看见徐天，一把揪住他：“连虎！徐天，连虎呢！”

“外边儿！”徐天回答。

小耳朵看不到连虎，满腔怒火喊道：“你又耍我！”

通道外面传来连虎的吼声，小耳朵和后续进来的精壮汉子往通道里走去。徐天把钥匙扔给小耳朵：“小耳朵，钥匙！”人慌马乱，钥匙没接住掉在地上，小耳朵四处找，徐天拉着田丹往破洞处走。监狱里枪械库的门打开，狱警们进去，轮番在一排排的架子上取枪。持枪的狱警们从枪械库出来。

“看见就开枪，打死算我的！”华子大喊。

手电乱晃，华子领着狱警绕到监狱内墙往炸墙的地点狂奔，枪械库的门开着。燕三被炸药震得晕头转向，在灰尘里喊：“天哥！”

突然，一只手伸过来拉住燕三，是徐天。

连虎依旧在通道里与众狱警奋战，汉子们从特别通道涌过来，但与连虎一门之隔，此时小耳朵在一番寻找下，终于找到钥匙朝连虎奔过来，还边跑边喊：“连虎！”

连虎听见，回头看，此时小耳朵已经停在铁栏外了，他正在忙乱地找钥匙试着打开锁，连虎转身将狱警击开，两只巨臂抓住铁门，大吼一声，一下子把铁门连门框从墙里拔了出来。小耳朵在土石飞溅中喊道："走，带连虎赶紧走！"连虎双手把着门转了个圈，身子从外变里，铁门挡住了狱警。汉子们拉着连虎往后退。但握着门上钥匙的小耳朵被这么一转，转到了监舍通道另一边，连虎和汉子已经遁走，小耳朵倒成了贴门面对狱警的人。

小耳朵看着一众狱警心里忐忑，嘴上却撑着强硬说："你们敢动，动一个试试。"还没等小耳朵说完，一名狱警就跑到小耳朵身前，迎头给了他一棍，小耳朵被打得软倒在地。另一边，徐天和田丹来到最初定位的那个不通的排水道入口，却发现燕三不见了。

徐天大喊："人呢！"

手电光已经接近，徐天看见，远处另一个排水道入口人影攒动，连虎巨大的身躯十分显眼，燕三堵在排水道入口四顾看着。

"天哥！"燕三也大喊着四处寻找徐天，但没等他找到，自己就被汉子们推着进入了排水道，连虎紧跟其后。狱警接近，汉子们已经鱼贯进入排水道，狱警在他们身后开枪。

华子领着狱警赶到排水道入口，没有狱警敢进去，只是冲里开枪。

华子说："你们守在这里，来几个人跟我绕到外面去堵出口！"

不远处的黑暗里，徐天看着众狱警已经堵住了出口，一脸沮丧地说："完了。"

田丹看着鼻青脸肿但浑身是劲的徐天，突然忍不住笑了。

"你为什么笑？"徐天不解地看向田丹。

"总算从牢房里出来了。"

徐天藏不住失望，说："但出不去了。"

"那怎么办？"田丹眨着眼睛看徐天，黑暗里，徐天发现田丹的眼睛晶晶亮。

"你说怎么办？"

"你是劫狱的。"田丹无辜地看着徐天，"跑起来再说。"说完徐天拉着田丹往院子黑处跑。

燕三在排水口通道最前面，后面跟着连虎和一群汉子。燕三时不时停下来回头寻找徐天，连虎不住地伸巨臂推他，一推燕三，他就往前栽一跟头。

监狱门口站着一排持枪的狱警，华子领着一队狱警跑过来，有人在慌乱中提醒华子不能把枪带出门，华子回头咆哮道："别废话了开门！"

一个狱警把小门打开，华子带领狱警奔出去，一伙人快速猫腰奔跑。

陶然亭附近荒地，燕三当先从出口出来，随后连虎和精壮汉子们也一并出来。不过他们还没站稳，就看到手电光从远处晃过来，连虎和汉子们急忙遁入暗夜，燕三也只能跟着他们遁入暗夜。随着手电光的逼近，华子带着一伙气喘吁吁的狱警到达排水口前，华子估计连虎等人已经跑掉了，他沮丧地朝排水口看，将子弹发泄般地射进去。

"二勇带两个人进去，去那边堵。"华子仍不放弃地喊道。

一名狱警小心地说："都跑了。"

华子看着说话的狱警："你不是说没看见女共党进下水道吗？"

狱警说："好像是没有，打头的是连虎……"

华子命令道："下去！"

排水道入口，几个狱警端枪守着。不远处炸开的监狱内墙，有狱警进进出出。

监狱枪械库的门开着，徐天刚拉着田丹进入，后面就立即有手电光晃过来。枪械库不大，几乎没有藏身的地方，徐天将田丹挡在身后，贴到门边戒备，手电光并未进来，先是听见嘟囔："枪械库怎么没锁门。"紧接着又听见咔哒一声，有人从外面将门锁上，库房里安静下来，外面有隐隐的警笛声。

徐天推推门，沮丧地说："我们先待在这里。"

穿着单衣的田丹不住咳嗽，她看见枪械库的柱子上挂着表格纸，徐天在脱自己的棉衣，田丹看着徐天说："我不冷。"

"我热。"徐天的脊背上汗气蒸腾，他在寒冷的空气里感觉自己在冒着白烟。

"金海会因为劫狱和你……"

"翻脸？"

田丹看着徐天点点头。

"翻是肯定要翻，翻到什么程度就不知道了，可惜劫一半没劫完。"徐天有点遗憾地说，田丹抿嘴笑道："在这里已经很好了。"

“冰窖似的，哪儿好。”

“起码多一个人，有你在。”田丹说着话去翻柱子上挂的表格，徐天好奇地也凑近去看，说：“这是什么呀？”

田丹边看边用手指着说：“狱警值岗分布……看守换班表。”

沈世昌的书房里，手轴在条案上摊开，长根在末端压着卷轴。沈世昌戴着老花镜仔细看，金海立在条案对面屏着气，周边环境安静典雅，使金海感到局促。

“好画，典故更好。”沈世昌看着画说。

“能入沈先生眼就行，在家里放了好多年，一个朋友送的。”金海谦卑地在旁边站着。

“朋友送你这幅画，说明金先生侠义性情。”

“您千万别叫我金先生，叫金海就行。”

“知道画的典故吗？”沈世昌抬头笑着看向金海。

“您学问大……”

沈世昌笑着从桌子旁走到沙发前坐下：“战国三家分晋，赵襄子杀了智伯，智伯的家臣豫让要为主人报仇，第一次失败了，坦言自己是智伯家臣，士为知己者死。赵襄子说‘这是个义士，以后我小心一点避开他就是’。”

金海听后，肃然起敬：“这姓赵的局气。”

“豫让又毁容吞炭，改变面目成了一个哑巴，接近赵襄子第二次行刺……”

“他把姓赵的杀了？”金海看着沈世昌问。

沈世昌示意金海坐下，他接着说：“又被抓了。赵襄子说‘你曾经的主人也被智伯杀死了，而你没有替他们报仇，反而投靠智伯，为什么我杀了智伯，你非要替智伯报仇’。”

金海还站着没动，但他听进去了，又问：“为什么？”

“豫让说，‘我曾经的主人把我当一般人看待，所以我也把他们当一般人看待，而智伯把我当成国士，所以我要像国士那样为他报仇’。”沈世昌回答。

“姓赵的怎么说？”

“赵襄子又要放他，豫让觉得他无法报仇了，请襄子脱下衣服，让他刺几剑，然后自尽。”

金海听后怔了半晌：“自尽这个人叫什么？”

“豫让。”沈世昌看金海说。

金海点了点头：“豫让比姓赵的大气。”

沈世昌笑了笑，说：“把画收起来吧。”

长根收起手轴，金海见沈世昌喜欢，心里安心不少，忙说：“画特意拿出来送您的。”

“我们刚刚相识，我不能收这么重的东西。”

“本来也不好意思麻烦，但碰上难事儿了。”金海说完，看了眼沈世昌。沈世昌将手轴接过来，放到条案上，说：“长根，你出去吧。”长根转身离开客厅，沈世昌又转头笑着问金海：“什么难事？”

“让您一说这画的故事，还不太好开口了。”金海说道。

“但说无妨，我也有事要拜托金先生。”

“那先说您的事，只要金海能办。”

“你说吧。”

金海不再推辞，他看着沈世昌说：“是这样，我有些金条压在别人手里，本来说到南边过日子用，前段时间出了点意外，我又通过兄弟铁林找到一位冯先生，他是国防部二厅保密局的，但这事儿也没办成。”

“为什么找我呢？”

“出的问题多少跟您有点关系，那两位扣着金条，是因为我狱里押着田丹，一开始让我把田丹杀了，后来说杀了也不行，虽说京师监狱是我管着，但您是剿总大人物，这事儿想来想去只能来找您。”

沈世昌想了一下，问：“柳如丝和冯青波对吗？”

“什么都瞒不了您，估计您也知道，刚才在杜公馆我看见他们俩了。”

“多少金条？”

“十六两足金，一共四十六根。”

“明天我让人给你送过去。”

“您意思是让柳爷……”没等金海说完，沈世昌便打断了金海的话：“我给你送过去。”

“那哪儿行！”金海听了着急地说，赶紧摆手拒绝道：“一码归一码，来找您是看您能不能帮忙讨个公道，哪能让您给这个钱。”

沈世昌不动声色地看着金海，金海继续说：“金海虽说没画里那豫让义气，但也明白道理，说白了金条要不要都行，看不惯的是那两口子把人当猴耍。”

沈世昌看着金海，从沙发上站起来，把手中的画轴重新放到桌子上，态度平静地说：“金先生既然来，就认为沈世昌是有公道之人，如果我去替你说情或者把冯先生请来说合都是推诿之举，你不算我下属，但我们有观画之谊，同是性情之人，区区四十六根金条你不要都可以，我为何不能用它平你胸中怨气？”

“沈先生，您是这画里姓赵的。”

沈世昌笑着看金海，说：“坐，进来到现在你一直站着。”

金海不再推让，坐到旁边的椅子上，说：“您有什么事要托我办？”

沈世昌和蔼地笑着问：“平时喝什么茶？”

“是茶都行。”

徐天在枪械库冻得直打哆嗦，田丹看见徐天的样子，脱下徐天的棉袄，说：“衣服给你。”

“你别脱，我活动一下就行。”说着，徐天直起身子起来活动，他又贴到门边一边听外面的动静一边说：“四处漏风，还不如牢里。”

“你过来。”田丹又叫了一遍徐天。

徐天走了过来，看着身体单薄的田丹，说：“让你别脱。”

但田丹已经脱了棉袄：“穿上，我们靠近一些。”

徐天犹豫着问：“怎么靠？”

“快穿。”田丹把棉袄递向徐天，徐天看看田丹，最终接过棉袄，穿了一只胳膊敞着怀。

徐天抖着另一只胳膊示意田丹，田丹顺从地伸进左胳膊，两人穿着一件棉袄，身体靠在一起。“你做事从来不考虑后果吗？”田丹看着徐天问。

“考虑，先把你放刀姨那儿养着，我把冯青波逮了……”

没等徐天说完，外头就传来响动。门在开锁，田丹迅速将徐天拉到枪械架子的后面，几名狱警进来，挨个往架子上放枪，空间狭小，田丹贴在徐天敞开衣襟的胸膛里，狱警继续把枪往架子上放，田丹又要咳嗽，徐天见状连忙用大棉袄将田丹紧紧实实地裹在怀里，田丹几乎能听见徐天的心跳声。等狱警终于把枪都安放妥当，最后离开的狱警关了灯，锁上了门。

躲在角落里的田丹和徐天，等到所有的狱警都离开了，她才从徐天怀里钻出来，她脱掉左袖子，两人面对面看看，彼此有些尴尬。

“人没劫出去，差点让我憋死。”徐天的眼神回避着田丹，田丹长呼一口气，差点又咳嗽。

“今天洗了个澡。”

田丹又替徐天将棉袄合上，说：“刀姨是谁？”

“啊，是小朵她妈，都说好了。”徐天反应过来刚刚的对话，连忙答道。

“你家做什么的？”田丹好奇地问。

“警察……不是，开车行的，徐记，南城一片百十辆车。”

“你自己拉车？”

“我是东家，哪有东家……拉过小朵。”

“徐天，如果从这里出去，我就走了。”

徐天看了看田丹，一种莫名的失落感涌上心头，但他没有表露出来，躲避田丹的目光说：“那就不见了呗。”

“就没想过我会连累你吗？”田丹问徐天。

“不愿意才叫连累，我自愿，要说连累也是我连累你。”

“为什么？

“我是北平人，你为北平来的，北平把你连累了。”

“我来北平一是协助父亲和谈，二是除奸，之前我们这条线上的两组人都牺牲了。”

“共产党就让一女的来除奸？”徐天惊讶地看向田丹。

“我不行吗？”田丹一脸认真，徐天犹豫了一下，还是说出了口：“都关到狱里了。”

“我有计划，可以出去。”

徐天看着田丹，犹豫地问：“计划是我？”

“沈先生。”田丹回答。

沈世昌喝了口茶继续跟金海说："无论什么情况，田丹都不能出狱，即使保密局北平站，南京国防部二厅，甚至华北剿总另外的人有令，田丹也要留在京师监狱。"

金海端着精致的茶杯没有喝，说道："明白，我只认您。"

"任何人不能入狱见她，不要和她交谈，除非我亲口告诉你。"

金海点头，不作声。

"我听说你的兄弟见过田丹。"沈世昌又问。

"从今儿起谁也见不着了。"金海说。

"要善待田丹，把她保护起来，这就是我托你的事。"

"沈先生，有句话不知当不当问，您是向着共产党那边的，对吧？"

沈世昌看了金海一眼，把茶杯放下，心里揣测金海问话的目的，但脸上依然平和地说："我主张和谈，田丹来找我，所以我有责任保证她安全。"

"国共谈得拢吗？"金海问。

"世事无常，谈总比不谈好，免得生灵涂炭。"

金海听后，暗自钦佩沈世昌的为人，又说："好多人都走了。"

"你是北平人？"沈世昌看着金海问。

"算是北平长大的。"

"我们住在这里，这是家，为什么要走。"

"我狱里杀过共党，留着怕活不了。"

"我一直在北平，我保田丹，到时候一样会保你。"沈世昌的老花镜片在灯下反着光，眼神里的含义看不真切。

"沈先生，金海自问是爷们儿，今儿来这一趟儿就值了，您是天上的人，我是地面上的，别的不敢说，从今天晚上起，田丹的生辰八字归您定，您早点歇着。"

沈世昌笑着从沙发上站起来，满意地看着金海："我让外面人送你。"

"不用送。"金海说完，起身从客厅走出院落，门外小汽车已经开了过来，长根拉开后车门站在旁边正等着金海。金海听见脚步声，转身，发现沈世昌已经跟了出来。金海不好意思地看着沈世昌说："真不用，我走两步，换换脑子。"

沈世昌见金海执意，便不再强求，金海往胡同外走去，沈世昌站在大门口，一直看金海走没了影儿。

监狱后院，手电乱晃。华子着急地问身旁的一名狱警："十七回来了没有？"

"没见人。"狱警回答

"二勇呢！"华子听完，心里更急地问。

此时，灰头土脸的二勇跑过来说："华哥，这条道真是通的。"

"废话！看没看清女共党往哪里跑了？还有三哥，徐天！"

"说实话没太看清。"

华子叹了口气，又向狱警喊道："把通往外面的道儿都堵上，院子里上人找！二勇去平渊胡同找老大！"

"十七不是去了吗？"二勇问。

"再去！警笛关了，把狗牵过来！"

华子说完，所有的狱警都忙碌起来，院子里手电乱晃，狱警开始搜索。

"这是什么？"田丹在枪械库问身边的徐天，徐天低头看到从内衣怀里掉出的监狱结构图，说："我在大哥家拿的，监狱图纸。"

田丹一张张拿起来看，徐天感到田丹的身体在发烫，问道："你很烫？"

"嗯，发烧了。"

徐天焦虑地看着田丹，眼睛里的担忧无法掩饰。

"我把过冬的衣服都带来了，没想到北平比波士顿还要冷。"田丹继续说道。

"哪儿？"徐天从来没有听过这个地方。

"我念书的地方。"

"外国？"徐天不确定地问。

田丹没有回答，此时她觉得这不是重要的问题，而自己和徐天的身体在冰冷的枪械室也呆不长久，她问："我们要一辈子藏在这里吗？"

"一会儿等有人来开门。"徐天尴尬地说。

"我帮你找小红袄找了一半，你帮我越狱越了一半，咱们两不相欠，剩下一半我自己来，过几天我到珠市口找你。"

徐天听后愣了，他不明白田丹说这话的意思，此时田丹已将其中两张监狱结构图叠起来了，越叠越小。"去白纸坊也可以，我认识路。"

"先别说珠市口、白纸坊，帮我找小红袄找了一半，什么意思？"

“那个拍照片的很会用刀吗？”田丹问。

徐天怔着，他本来以为清醒的脑子突然变得混乱了。

华子从乱石砖灰里扯出田丹的红围巾，狱警牵来了狼狗，华子将围巾放到狗面前，狼狗嗅了一阵，开始贴地寻踪。

此时，二勇刚刚跑到金海家，他正要去拍门，差点绊倒，看到十七缩在门洞里打瞌睡。

二勇踢了十七一下，说：“你还在这里睡觉，叫老大！”随即，二勇狂拍院门：“老大！”

正在此时，金海的声音从后面传来：“喊什么呢？大晚上的。”

二勇和十七寻声看去，金海刚从胡同外走进来。二勇着急地跑向金海，喘着粗气说：“监狱被炸了。”

金海不可思议地看着二勇：“什么？”

“三哥劫了女共党。”二勇言简意赅地说。

“劫走了？”

“华子正搜着呢！”

金海听后转身往回跑，他刚答应沈世昌看住田丹，哪想还没到家，监狱就被劫了，他心里万分火急，二勇和十七也跟着跑了出去。

枪械室里很安静，月光从窗户里洒进来，徐天和田丹听着外面遥远的嘈杂，两人坐在地上，相互依靠着。

“我在照相馆的暗房里找到了小朵的照片，都是偷拍，不是他是谁？”徐天郁闷地问田丹。

“那是照相馆，照片可能是别人拍好送去洗的。”

“之前你说小红袄和拍照职业有关……”

“只是有关，不一定是这个人，如果找到偷拍的照片，起码应该再找照片存取单据。如果你在我身上摸的位置准确无误，凶手入刀完全不伤及脏器，小朵失血致死，凶手精于人体解剖，是用刀高手，一般人做不到。我说过嗜血必然恋物，被害人会有丢失的贴身东西，这些东西一定在凶手日常起居附近，他住在照相馆里吗？”

徐天听着像被雷击过一样，迟了一会说：“住。”

“回去找，如果什么都没有，他就不是凶手。”

外面，狗在乱草里嗅，狱警们牵着狗，不远处就是枪械库。徐天和田丹听着外面隐隐传来狱警和狗吠的声音。徐天愣住了，似乎对外面的声音充耳不闻，田丹咳着，咳得更剧烈了。

“小朵刀口我看得清清楚楚，周老板就是小红袄。”徐天激动地说。

田丹冷静地看着徐天：“不一定。”

“那什么是一定的！”

“小朵死于用刀高手，失血而死。”

徐天的情绪更加激动：“没有人会中三刀只是流血不伤性命，胡说八道不可能！”

田丹有些怜悯地看着徐天：“只要入刀位置准确。”

“你没看到照片。”徐天还抱着一丝希望。

“你告诉过我位置。”

“我不信。”

“除非你说的位置错了。”

“打死也不会错……”徐天的手指挪上田丹胸腹，“这儿一刀……”

此时，狗声已来到门前狂吠，田丹听见，知道狱警已经向他们奔来，小声而快速地跟徐天说：“我来的那天，把一封信塞在前门车站的一辆人力车坐垫里……”

徐天依然沉浸在之前的对话中，手摸田丹的胸腹：“这有一刀……”

“那辆车坐垫黑色，破了一条缝，”田丹继续说：“福记 147 号，帮我取出来。”

等徐天滑过田丹胸腹的第三下，大喊着：“这是第三刀！”

田丹将徐天的手握住，慢慢从自己身上拿开，说：“我刚才说什么？”

徐天看着一脸认真的田丹，只好说：“福记 147 号车里有封信。”

田丹听后，起身去柱子上快速撕下两张看守轮值换班表，她一边叠一边说：“在外面等我，不要找冯青波。”

“不可能。”

“出去以后坐你们家的人力车，我帮你找小红袄，你带我看北平。”

徐天怔在原地，田丹走到门口。此时，枪械库门也开了，华子为首，涌进一群狱警。

田丹温暖地笑着对徐天说：“明天，你会在白纸坊还是珠市口？”

徐天愣怔片刻，刚想起身与狱警拼力，狱警一拥而上将徐天摁住，徐天眼睁睁看田丹被狱警带走，她疯狂挣扎。

金海克制着暴怒走向枪械室，二勇远远喊道：“华哥，老大来了。”

狱警们将徐天制服，从地上提起来，金海阴着脸过来，狱警正粗鲁地架着田丹往外走。金海看着狱警呵斥道：“放下，她掉块皮你们少斤肉！”

狱警们听后连忙放下田丹。

“送回牢里。”金海向狱警喊道。

“她那间被炸穿了。”二勇看向金海说。

“关审讯室。”金海没好气地回答。

田丹看了看金海，说：“金海，不要为难徐天。”

金海没正眼地瞥了一眼田丹：“我们兄弟轮不到你插嘴。”

田丹被狱警带走，她往院子看去，离枪械库不远的地方停着一辆囚车，囚车顶部有焊上的简易行李架子，华子守在枪械库门口，忐忑地看着金海。

金海没理华子，直接走进去，到徐天面前。徐天看着金海没吭声，金海抄起旁边狱警的枪，倒转枪托将徐天砸晕，金海拄着枪，蹲下去，徐天衣襟里散出监狱结构图，金海喘着粗气，把监狱结构图揣到自己怀里。

“关起来。”金海朝身旁的狱警喊道。

华子一伙将徐天拖出去，柱上的看守轮值表留下被撕过的痕迹，没人注意。

1949 年 1 月 17 日，农历腊月十九。

街上冷清，半边黑焦的宝元馆被木板封得横七竖八，那头小骆驼停在宝元馆街边，久久注视着焦黑的门铺，一条狗从宝元馆的破口蹿出来，骆驼歪过脑袋，处变不惊地盯着狗远去。

疲惫的燕三拖着身子回到警署，警署门还锁着，像他走时一样。燕三躺倒在石阶上，摸出钥匙，但人还是坐着。

柳如丝住处，无人的院子，树草在风里挣扎着调整身姿。柳如丝轻轻打开房门进来，冯青波似乎还睡着，她经过床，往窗边去。冯青波的手将已经从枕头下抽出的匕首推回去，柳如丝拉开窗帘，光线射进来。

“起来了！一会儿出门。”柳如丝语气轻快地背对着冯青波说，等她转身后，冯青波已穿着外衣，一边系着领口的扣子一边从床上下来。

“你睡觉都不脱衣服的吗？”柳如丝好奇地问冯青波。

“换了衣服。”

“穿着衣服睡觉，衣服也不起皱？”

“我不太动。”

“一直这样？”

“习惯了，没什么不好。”

“和田丹睡一起也穿着？”

冯青波一愣，柳如丝噗嗤笑了一下：“吓着你了，不用回答。”

“和她从来没有。”冯青波说着继续系衣服上的扣子，柳如丝看了冯青波一眼说：“谁信？”

冯青波不知道该说什么了。柳如丝见冯青波的样子，也不再打趣，朝他走过来：“求你个事儿行吗？”

“可以。”

“你上楼洗个澡，今天体面点陪我上街办事，飞机定好了，明天走。”

冯青波有些犹豫，柳如丝见状无奈地看着冯青波：“让你洗个澡都这么不愿意，还以死相报呢？”

冯青波听后，转身去包里拿自己的肥皂毛巾，柳如丝见状忙说：“楼上有，干净的都给你放好了。”

冯青波听见后，停下手中的动作，向楼上走去。等他进了洗漱间，只见台上已经放好的大毛巾和女士香皂，冯青波犹豫了一会儿，还是解开领口的扣子。此时，柳如丝突然推门进来，冯青波后退一步，又将领口的扣子系回去。

柳如丝看了一眼冯青波，嗤笑一声：“德性，在大街上都没在这里正经。”柳如丝拧开了热水龙头继续说，“昨天晚上你和爸说话我听了一段儿。”

冯青波看着柳如丝手中的动作，说：“知道。”

“对我好不用以死相报，以后日子还长着呢！”说完，柳如丝也没再看冯青波，退出去，关上了门。冯青波转身看着镜中的自己，开始缓慢脱外衣。雾气弥漫上来，镜子渐渐显出一副嘴眼鼻，是铁林昨天留下的，冯青波停顿，他重新扣好外衣。

第二十九章

铁林家外，寒风刮着，小汽车停在吉普车边上，萍萍和司机坐在车里。房间内，煎好的药倒入碗里，整整三大碗。

关宝慧穿着外套说："把药喝了。"

铁林手里翻着杂志，眼睛盯着妖娆的杂志女郎。关宝慧把药端过来放在他面前，催促着说："画上的女人你也看。"

杂志还握在铁林手上，他看着三大碗药："让你多打听徐天的事儿，你倒好，把我这点事全跟他说了。"

"叨叨一宿，不就是说你拉冯先生去宝元馆吗！"

铁林捏着鼻子端起一碗，一饮而尽。关宝慧边收拾着自己边说："今儿我看见他什么也不说了。"

铁林瞥了眼关宝慧，心里不满地说："你还想说什么？"

"这两碗也都喝了。"关宝慧看着桌上剩下的两碗汤药说。

"徐天是愣头青，说多了我无所谓，他吃亏知道吗？"

关宝慧没理会铁林说的话，催促道："喝呀！"

铁林捏着鼻子喝下第二碗。

"说是新方子上药劲。"关宝慧不满地看向铁林，"一宿叨叨我给徐天传话，药顶哪儿去了？"

铁林苦不堪言地放下第三个空碗："你家里待着吧。"

"待不住，送我去爸那里。"关宝慧穿好衣服，准备要走。

“以后我成你司机了，还做不做正经事儿？”

“等你当上处长，给我派个司机，就不耽误正经事。”

铁林无奈，跟着关宝慧下楼。院门前，萍萍的目光随着关宝慧和铁林从楼上出来，铁林打开吉普车门，让关宝慧先上车，自己拉开驾驶座车门。

萍萍急忙从车上下来，叫铁林，铁林听见，转头看见萍萍，怔在车边。

关宝慧探出身子问：“谁呀？又一女的。”

“正事。”铁林回答。

关宝慧不高兴：“你要敢上她车……”

没等关宝慧说完，铁林就关上了吉普车门，疾步走到萍萍身前，铁林看着萍萍笑着说：“冯先生找我？”

“柳小姐找你。”萍萍说。

“真的？”

“上车。”说着，萍萍转身要进到车里，但铁林站在原地看着萍萍问：“急吗？不急我先把媳妇送老丈人家，一会儿我自己过去。”

萍萍看了眼铁林：“胭脂胡同顾舍知不知道？”

“小宝嘛……”铁林回头往吉普车里看了看：“知道。”

“柳小姐只约你。”

铁林想了一下，说：“冯先生不来？”

萍萍没说话，铁林看了眼萍萍，识趣地说：“明白！”

萍萍坐进小汽车，铁林有些喜形于色，但收敛了脸上的乐才转过身子上吉普车。

“跟谁聊天聊这久！”关宝慧不高兴地说。

“上次在北土城小树林怎么说的？”铁林瞬间来了气势，“别老跟我臭来劲！”说着，开着车子离开。

空旷的监狱院子，高大的外墙，森严的内墙囚窗，院子里基本看不出昨晚折腾过的痕迹，金海、华子、十七、二勇和三个狱警在院子中央，远处有工人在收拾炸后的废墟。一张纸贴着乱草被风卷得忽上忽下，纸终于飞起来，贴到一张人脸上，金海伸手将纸从华子脸上拿开，金海看着纸，是他的监狱结构图。金海喜怒难辨地一点点把纸叠好，装入衣兜。

华子手里拿着田丹的红围巾：“三哥说是您让来提连虎……”华子忐忑地看着金海，心里七上八下的，知道犯了错。

“说你就信？”金海没好脸色地说。

“正好前天八青也从狱里……”

“十七。”金海突然喊道，十七连忙跑到金海面前。

“八青从你手里跑的。”金海看着十七问。

“是。”

“跑哪儿了知道吗？”

十七看了看华子：“他回家了。”

“跟二勇去弄回来。”

十七愣着，不知道该怎么办。华子听后，知道自己说错了话，立即心急起来，说：“老大……”

金海不耐烦地命令华子闭嘴，十七和二勇见金海发脾气了，连忙离开。金海又看向华子，华子惊惶地看金海。

金海平下气来，说：“不怨你。”

华子看金海眼泪都快下来了：“老大，都怨我不该信三哥……”

“会不会聊天？我说不怨你，你不该信谁？”

华子垂着脑袋。

“早年关亲王那屋还能用吗？”金海问华子。

“能用，里面东西齐全，连火盆都有。”

“收拾出来，关田丹用。”

华子迅速答应，金海示意华子离开，心里一团乱麻。

华子欲走，想了想又壮着胆问：“三哥怎么弄？”

金海不回答，看向华子手中的围巾：“这围巾怎么回事儿？”

“田丹的，大概是十七拿出来给她的，有一回想拿让我看见了。”

金海伸手拿过围巾。

监狱里有一个鼻青脸肿的徐天，额头上还淌着血，他躺在铺板上皱着眉，晕了过去，小耳朵蹲在地上瞪着他。徐天做起了梦，街道空无一人，徐天拉着一辆人力车，贾小朵坐在车斗里。

“哪有警察在大街上拉车的！”小朵看着徐天说。

“以后离宝元馆周老板远一点，他是小红袄。”徐天边跑边说。

“你疯了徐天！”

“再不是他就找不着了，北平天天有人往外跑，坐飞机跑，不是周老板还能是谁，小朵要么你告诉我……”

徐天往后看，小朵已经不在车斗里了，他拉着个空车满大街找贾小朵，边跑边心急地喊：“小朵……”一转身，他见身穿红袄的贾小朵闪进了胡同。徐天扔了车追过去，胡同里一个黑影在后面追贾小朵，徐天在后面追黑影，贾小朵走走停停，好像是要等徐天跟上来，可是黑影马上要追上她了。“别停，跑啊！”徐天喊着，贾小朵被黑影扑住，掀开黑影，黑影落荒而逃。徐天对贾小朵喊道：“他是谁？他是谁！”徐天朝黑影追去，徐天追着黑影，从胡同到大街，大街上空荡荡，黑影不见了，只有先前那辆人力车停着。

徐天在监狱铺板上狰狞着，突然，一只脚将徐天从铺板上踹了下去，徐天睁开眼，看见小耳朵在一边瞪着他。他忽地坐起来，调成战斗模式，然后看清自己和小耳朵关在一间牢房里，慢慢松下劲头。

“别再踹了啊！”徐天看气愤的小耳朵，“就咱们两个人，你也打不过我。”

小耳朵哼了一声：“不一定。”

“你不就是练摔跤的吗，我们试试。”

小耳朵看了眼外面站着的狱警：“不试，这是你大哥的地盘，我不傻。”

“不试就别瞪我，我比你还不痛快！”

小耳朵听着更火冒三丈：“说劫连虎，让我炸你女人的牢。”

“第一，我没让你炸……”

小耳朵瞪大眼看徐天：“不炸凿得明白吗？”

“第二，她不是我女人，我女人死了。”

“你和金海诓我三回。”小耳朵恨恨地看着徐天说，“事不过三。”

徐天看了眼小耳朵，也毫不示弱：“连虎出去没？”

“连虎让你锁在牢里，我换的他！”小耳朵生气大喊。

“哥要有哥样儿，换兄弟应当的，我想换我劫的人还不行呢！”

“徐天你死定了。”

“死不死的……再说一句大嘴巴抽你。”说完，徐天颓丧地坐回铺板上。

珠市口徐天家，徐允诺和一些车夫在门口，铁林的吉普车开过来，关宝慧在车上看着铁林说：“一会儿我给你单位打电话。”

“打啥电话，有事儿现在说。”

“看你从这儿走了去哪儿。”

“我是行动组长，打电话哪里找得着。”

关宝慧刚想反驳，看了眼铁林的表情，不想再和他计较了，阴着脸下了车。

“宝慧儿，都把你送到这里了，打电话还得出去，也不嫌麻烦。”

关宝慧不理铁林直接进院，徐允诺此时走过来把铁林叫住，铁林将目光收回来：“哎，徐叔。”

“徐天这几天晚上老不着家，你知道他在哪里吗？”

“老不着家？”

“昨晚上又跑了，到现在也不知道在哪。”

铁林沉吟着。

“不会出事儿吧？”徐允诺担心地问。

“出什么事？昨天晚饭点我还在大哥那里见着他了。”

“他跟你说什么了没？”

“他没理我。”

“为什么？”

铁林一副无奈的样子，说：“怨我不让他帮共产党。”

徐允诺听见，轻轻叹了口气，也一脸发愁，铁林没说话，开车离去。

刀美兰家，阳光正好，八青跷着脚听着话匣子，刀美兰在收拾屋子，话匣子传出京韵大鼓，八青一副惬意的样子。

监狱里，金海和华子一群狱警穿行通道，经过徐天和小耳朵的监舍，华子扭头看见徐天在睡觉，小耳朵瞪着眼，金海连头都没转。

北平街道上，囚车开着，十七和二勇还有七八个狱警挤在车内。囚车停到胡同口，平渊胡同里的人直往两边躲。一队狱警进入胡同，拍刀美兰的门，八青听着匣子里的京韵大鼓，刀美兰去开门。二勇当先进了院子，八青看见狱警扔下话匣子夺门而出，刀美兰仓皇地在一边站着，看狱警抓捕。胡同两头都被狱警堵了，八青来回奔跑，最终被擒住，他胡乱喊着，被狱警架了出去。旁边的十七在后面尴尬地替美兰关上院门，胡同两头的街坊都伸头出来看，大缨子也走了出来，看见八青被塞入囚车带走。此时，徐允诺从胡同外进来，看着离去的囚车，走进胡同，徐允诺的身边，一辆锃亮的小汽车也停在了胡同旁。沈世昌的副官长根从车上下来，身后跟着下来两个士兵，他们从后备箱抬出一只箱子，跟着长根进入胡同。

胡同里都是看热闹的人，徐允诺往边上靠，让长根和两个士兵走在前头，长根和士兵来到金海家门口，大缨子看看后面的徐允诺又看看长根。

“金先生在吗？”长根问大缨子。

“我哥啊……不在。”

此时刀美兰站在空屋子里，伸手关了话匣子。旁边院里，长根将箱子打开，露出一箱黄澄澄的金条，徐允诺和大缨子面面相觑。

“四十六根，点一下。”长根跟大缨子说。

“什么钱啊？”大缨子问。

“沈先生收了金先生一副画。”长根说完和士兵一起退出去，徐允诺跟在后面关院门，挡住探头探脑的街坊邻居，又返回来，叮嘱大缨子：“藏好，大白天显财招事。”

大缨子弯腰去搬，箱子纹丝不动，风将一张纸吹过来，扣在箱子上。

“帮忙搬一下，放我哥屋里。”大缨子跟徐允诺说。

徐允诺拿过纸，和大缨子一起将箱子抬进屋。随后，徐允诺抓着那张纸，从屋里出来，大缨子将门带上又推开，探入屋里看。

“徐天昨天来这里了吗？”徐允诺问大缨子。

“徐叔，我怎么这么不踏实呢？”大缨子没理会徐允诺，自顾自地说。

“是不踏实。”

“刚才八青被抓走了。”

“八青？”

大缨子靠近徐允诺耳边悄悄说：“小朵她舅，昨天放回来今天又抓回去，来了七八个我哥的人，把他活生生从美兰家赶到胡同里……”

徐允诺听明白了，点了点头，又问：“金海昨晚在不在家？”

“没回来。”

徐允诺怔着，心里揣测徐天昨天未归，是不是跟金海待在一起，转念一想，徐天是不是又惹出了什么麻烦，徐允诺百般不安。

“又送来这么大一箱金条，您说咋回事儿？”大缨子问徐允诺。

“说了，卖画钱。”

“家里是什么画呀，值这么多钱？”

徐允诺也觉得不对，但不知该怎么回答，看着大缨子扔下一句话，说：“我去警署。”

徐允诺从金海家走了出来，才记得手里还攥着张纸。本来想扔了，但看上面是监狱结构图又没扔，他捏着快步走。

柳如丝和冯青波正在一个高级私密的服装定制场所，唱机转着，很讲究，四周挂着天鹅绒垂幔，但看着有些空旷。屋里有面大穿衣镜，冯青波在一边站着，一个说上海话的裁缝在量尺寸，柳如丝穿着贴身的衬裙。

裁缝问柳如丝：“柳小姐，六套旗袍钞票都勿收了好伐？”

“想孝敬，我受着。”柳如丝看了眼裁缝说。

“换两张回上海的飞机票。”

“你这儿买卖不是挺好吗？”

“好啥好，没人做高级衣裳了。”

柳如丝笑了一下：“给你包架飞机好不好？”

裁缝一听就知道没戏，沮丧地说：“哎呀，玩笑开大了……大衣要勿要披上？”

“不用。”裁缝拿着尺子本子离开，柳如丝从镜子里看着冯青波，正好与冯青波对视。

“都要走了，还做衣服。”冯青波看着镜中的柳如丝说。

“之前做的，再量一遍定型儿之后到上海取，咱们去上海。”

冯青波不解地问：“需要那么多衣服吗？”

“上海比北平暖和，还有十来天过年，过完年就开春，不做几身儿旗袍对不起南边的小暖风儿。”柳如丝心情不错，裁缝拿着本子回来说：“柳小姐都记下了。”

柳如丝看着冯青波：“给他也量量，做身儿西装。”

裁缝听后赶紧拿着皮尺过去，冯青波冷眼看着，身子一动不动。

“先生……”裁缝刚想让冯青波抬起胳膊，冯青波就打断了裁缝的话，说：“不用。”

柳如丝走到裁缝身旁说：“尺子给我，没你事儿了，一会儿告诉你尺寸。”

“好咯。”裁缝识趣地退出去，带上门。

萍萍和保镖坐在车里，从车里看出去，街角也有个人往这边看。萍萍扳过车内后视镜，车后街边也有一个男人。

柳如丝站在冯青波侧后说：“外套脱了。”

冯青波脱了外套，皮尺和柳如丝的胳膊围上来。

“我吃迷魂药了。”柳如丝边量边说，“小白脸一大堆看不上，就好不冷不热你这口儿怎么办？”

“柳如丝，不用做衣服。”

柳如丝不理冯青波的话，看着冯青波说：“你愿意跟我走吗？”

“南京没有命令我离开北平。”

“南京方面还不是你一句话，你一句不够我再给你加一句，北平少不了你？”

柳如丝用皮尺套住冯青波脖子，像是调情。冯青波几乎能听见柳如丝的呼吸，她继续说：“我是这么琢磨的，不知对不对，你不是舍不下党国大业，到南边一样做事儿，也不是舍不下田丹，你是舍不下从前跟田丹在一起的那段日子，那段日子过得最有人样儿是吧？别留这儿了，留下来时间到了就是你亲手杀她，那段念想算彻底毁了，值当吗？党国才不在乎你心里那点滋味呢！以后咱俩过点像样的日子，再不走就晚了。”

“谢谢你。”

“真不会聊天儿，谢谢我是好还是不好啊？”

冯青波看了看身旁为自己忙活的柳如丝，真诚地说：“是好。”

此时裁缝拿着单据出来，到小汽车边，萍萍降下车窗，接过单据。

“告诉我姐，去后门。”萍萍小声跟裁缝说。

“为啥？”裁缝不解。

萍萍心急道：“去说。”

裁缝连忙进入店里，萍萍随即转头看向保镖：“看到前面那个人了吗？”保镖看过去，一个男人正盯着裁缝店。

“去。”萍萍下命令，保镖开了车门下去。

店里，柳如丝量到了冯青波的腰围，冯青波硬着身子不敢动：“别以为昨天跟我爸在车外头说的话我没听见。你说你也是小蝼蚁，在我爸跟前还真是，他多贼啊！宫里皇帝都搬走了，他从北洋混到现在老地儿没动窝，投不投共跟咱有啥关系，天下是谁的他都能在北平活着，你再待几天弄不好共产党城工部又找过来把你除了，活着最要紧。”

此时，裁缝推门进来，柳如丝瞟了裁缝一眼，裁缝欲言又止。

“我眼里不揉沙子。”柳如丝继续说，“喜欢归喜欢，也得给我实话，别心里一百个不愿意跟我上飞机。”

“不会。”冯青波说。

柳如丝看着冯青波：“能多说俩字儿吗？”

“钟表铺有样东西要拿。”

柳如丝听见脸色沉下来，她眼前这个男人看似离她很近，心却总在跟她隔着距离，像一块永远也焐不热的冰。

“柳小姐，外头叫您两位到后门去。”此时裁缝下定决心走上前，打断两人的谈话。

外面，保镖接近街角站着的男人，男人见保镖过来，手伸到腰后，保镖停下来，手也放到腰后。萍萍在车里从反光镜上盯着后面街角的男人，身子往驾驶座挪，保镖掏出枪，但前面的男人更迅速，枪响，保镖倒地，继续射击。萍萍启动车子，冲出去。反光镜里，后面街角的男人冲入旗袍西装店，萍萍的车子经过地上的保镖，保镖被击毙，车擦过男人，男人也奔向旗袍西装店。

两个持枪男人先后冲进来，只有惊恐的裁缝。“人呢？”男人急迫地问。

“从后面跑了……”裁缝战战兢兢地回答。

两个男人追出去，冯青波拉着柳如丝跑，男人从胡同远处追上来射击。冯青波将柳如丝让到身前，自己在后面奔跑，男人继续瞄准，胡同有探身子出来看热闹的，挡了男人的射击线路，萍萍的车到达胡同口，柳如丝和冯青波先后进去。

车开走了。

北平街道上，车辆汇入正常街道，路面上有国军队伍和军车。萍萍开着车问坐在身后的柳如丝："姐，去哪儿？"

"钟表铺。"柳如丝回答。

萍萍惊讶地说："姐，不要去了……"

"有要紧的东西落那儿了，不去哪行啊？"

西直门钟表铺前，小汽车开过来，冯青波下车，开门锁进去。柳如丝的脸色依旧灰暗，柳如丝叫住萍萍。

"姐？"

"你说我对他好值得吗？"

萍萍的手放在副座的枪上，她没吱声。

"问你呢！"

"您约了铁林到胭脂胡同，别忘了。"萍萍提醒道。

柳如丝一脸纠结，屋里冯青波打开操作台抽屉，取出一块精致的女式手表，然后看向操作台上扔着的红色暖水袋，最终没有动暖水袋，拿着手表离开，锁上铺门。冯青波上车，柳如丝不吭声，萍萍也没开车，冯青波将手表递给柳如丝。

柳如丝看见手表有些惊讶："来拿这个？"

"你的，每次找我假装拿来修，下次又拿走，从来没坏过。"

柳如丝有些感动："不值钱。"

"那也是你的。"

柳如丝脸色阴转晴地说："行吧，去胭脂胡同。"

"什么地方？"冯清波问。

"见个人。"

白纸坊警署里，只有燕三一人，他看见徐允诺进来，又看到徐允诺手里拿着监狱结构图纸。

“您都知道了？”燕三问。

“事有多大？”

“小耳朵炸开后墙就不太知道了，有一阵子天哥拉着我跑，女共党也一块儿，钻到排水道里没看见他人，连虎在后面推我，越推我越晕，出来后狱警就到了，冲着人开枪，我在草里蹲了半天也没看到天哥和女共党出来，狱警把排水道封了，拿着枪往回钻……”

徐允诺听得目瞪口呆：“这都是啥时候的事儿？”

“昨天晚上。”

“把哪里的墙炸了？”

“京师监狱。”

“为什么呢？”

“劫女共党，田丹。”

徐允诺听着一屁股坐到椅子上，心里满是惊恐，他仿佛已经见到了徐天上刑场的样子。

燕三继续说：“徐叔，打一开始我就跟天哥说过……”徐允诺扭头看着燕三，燕三吞吞吐吐地说：“这是杀头的罪过。”

胭脂胡同顾小宝的房间里，铁林一脸色相地看着顾小宝，顾小宝瞪着铁林。

“我跟你说了，是柳爷约我来的。”铁林贪恋地看着顾小宝，越走越近，顾小宝坐在床沿戒备着。

“等半天了……”铁林嬉皮笑脸地说，“闲着也是闲着。”

顾小宝抓过床头一只痒痒挠抵住铁林，说：“你怎么这么不要脸呢？”

“怎么说话的？你这里是不是开门做生意的？”

“姑娘我卖艺不卖身。”顾小宝瞪着铁林说。

“不卖正好，我也没带钱。”铁林着急地要抱住顾小宝。

顾小宝忙用痒痒挠阻止铁林过来，说：“站着！要么我让他们上来给你唱段曲儿。”

“太耽误事儿了。”

“铁二爷，说什么也不行了。”

“为啥，说个道理。”铁林笑着看顾小宝。

“就是不行了。”

“攀上高枝了呗？那天看戏的老头儿叫什么来着？”

顾小宝一副高傲的样子：“你问不着。”

“信不信我把他抓起来。”铁林变脸不悦，顾小宝哼了一声：“还真不信。”

铁林逼近顾小宝，眼中透露着威胁说：“扇我媳妇一耳光时你也在？”

“行了咱们下去喝会儿茶。”

铁林突然拨开痒痒挠，扑上去，顾小宝拼死挣扎。

“你再是清吟小班的，买卖也开在八大胡同，还敢势利上了，明天我就把这里封了……”

“你封得了吗，就一小组长。”顾小宝喊道，铁林急了，手脚重起来，门从后面打开，是萍萍在门口。

“铁林。”萍萍喊道。

铁林气喘吁吁地停下手，转头看萍萍站在门口。

“柳小姐在下面等你。”萍萍轻蔑地看了眼铁林，转身下楼。

铁林恶狠狠地看着顾小宝说：“你给我等着。”

顾小宝不屑地挑衅道：“等什么呀？”

“让你们知道北平谁是爷。”铁林恨恨地丢下一句话。

冯青波坐在小汽车里，看见开过来一辆军车。车上下来许多士兵，将小汽车前后以及胡同都戒严了，冯青波的目光看向胡同口停着的吉普车，萍萍推开楼下大屋的门。

“人都过来了？”柳如丝问萍萍。

“来了，还是31军刘副官的人。”

铁林整理着零乱的衣服头发进来，“回头拿两根条子谢谢人家。”柳如丝跟萍萍吩咐。

“知道了，要请冯先生进来吗？”

“不用，两句话就完事儿。”

萍萍拉上门出去，铁林看柳如丝，神态不复原来的瑟缩："柳爷。"

"你最想要什么？"柳如丝没正眼看铁林，问道。

铁林还带着气："要什么给什么吗？"

"只要我能办到。"

铁林放肆地盯着柳如丝，柳如丝察觉出来，脸色阴沉了下来，说："胆儿真大，你也配？"

铁林气更大了，但他忍着说："你叫我来啥事？"

"你们哥仨四十六根金条晚上来拿走，下午去京师监狱把田丹杀了。"

"没这么容易。"

"不容易想办法。"柳如丝轻描淡写地说，"带把枪进去，能见着就能办。"

"我说只还金条没这么容易。"铁林依然盯着柳如丝说。

"别琢磨不该琢磨的事儿。"柳如丝厉声呵斥道。

"这是冯先生要办的事儿吗？"铁林犀利地看柳如丝。

"不是他让你办就不办了？"

"我是他的人。"

柳如丝看了一眼铁林，知道他的秉性，冷笑一声问："他能给你什么？"

"给我处长的位置。"

柳如丝皱了下眉，看了眼握在手里的腕表："你是北平站几处来着？"

"二处。"

"金条我本来可是要还你们的，四十六根加田丹的一条命换个处长，想好了？"

"做上处长要多少金条都行，"铁林看着柳如丝，"杀共党本来就保密局的事，我没啥可想。"

"就这么定了。"

"你定不了，得冯先生定。"

"我说跟他说不一样吗？"柳如丝转头看铁林，心里充满蔑视。

"不一样。"

"哪儿不一样？"

"你是女的。"

柳如丝嗟着。

“站里交代我归冯先生管。”铁林看了眼柳如丝的表情继续说，“冯先生是国防部二厅保密局特派员。”

“你就没想过他以后不管你了？”

“不能够。”

“真死性，人在胡同口。”

冯青波在车里看着铁林和柳如丝从胡同里出来，柳如丝径直坐入车内。铁林扒在车窗边，冯青波降下车窗。

柳如丝轻笑着跟冯青波说：“我说了不算，非听你吩咐。”

“什么事？”冯清波问。

“处决田丹。”铁林干脆地回答。

冯青波怔着，扭头看柳如丝，柳如丝若无其事的样子，将那只女式手表戴到手腕上。

冯青波转回头：“你可以吗？田丹在狱里。”

铁林笑了笑：“只要能见着人就行，金海是我哥，杀了田丹他也不能把我怎样。”

冯青波沉吟着，没说话。

“完事让他当个处长。”柳如丝在车窗里补充着，铁林贪婪地看冯青波：“方便吗，冯先生？”

冯青波想了一下，克制住冷笑说：“方便。”

“行了，走吧。”柳如丝催促冯青波，冯青波摇上车窗，小汽车开走，士兵们也跟着小汽车离开。铁林一人在胡同口站了一会儿，他克制着心里的忐忑和激动，甚至忘记了楼上还有个顾小宝，他一头钻进自己的吉普车里，开在北平的大街上，恍然开在一条康庄大道上。

第三十章

金海的办公桌上搁着田丹的红围巾，他站在窗前，看见囚车开进院子，十七和二勇一伙狱警从车里将八青押下来。再次见到监狱高墙，刚刚呼吸到自由空气的八青一脸沮丧，下车也拖泥带水，扒着囚车门不愿下车："哎，兄弟，大兄弟弄错了吧，炕头还没热乎呢！在家跟金爷打过照面了没事儿啊，怎么又弄回来。"八青被二勇和十七拖走，八青最后的一点挣扎也放弃了，抱怨变成了鬼哭狼嚎，不惜把自己越狱逃跑的老底也给掀开了。狱警们憋着笑，但又不敢显露出来，赶紧将他塞进监舍关了起来。

金海看着八青被拖走，想了想，拿起桌上电话说："新地儿收拾完了吗？"电话里的华子还喘着粗气："正收拾着。"

金海扣上电话走出办公室，门口站了四个持枪狱警，金海拿着红围巾，冲着狱警低声交代着说："叫十七过来。"

一个狱警离开，金海开门走入监狱审讯室。田丹靠在椅子里，虚弱不堪，她的担忧并不是来自于一场未知的审判，而是一个人，一个为了她奔命，现在又不知所踪的男人。

金海看了田丹一眼："人不舒服？"金海明知故问，是一种对主权的宣誓。

"你会把徐天怎样？"田丹强撑着问金海。

金海运着气反问："你觉得呢？"这气来自两个地方，一，徐天是自己多年的兄弟，而面前这个女人表现得和徐天关系更近；二，自己是北平南城的大哥，对兄弟仗义是基本准则，但她却在质疑自己对兄弟的态度，金海难以忍受。

“如果你们真是结义兄弟，就当这是兄弟之间的事情。”

“兄弟”两个字拨痛了金海心中最敏感的那根弦，金海将身子撑在桌上，盯着田丹说：“你到底给徐天下啥咒了？他为你这么豁出去。”

“我不会下咒。”田丹仍旧是虚弱的，她的虚弱对于金海来说，曾经是可怕，现在是不解。

“比下咒还邪乎，我手里捏个药瓶盖都躲不过你眼睛。”金海直视着田丹的眼睛，他迫切地想知道田丹的想法，这个女人令他感到不安。

“是心理到生理条件反应，告诉你了。”

“劫狱杀头的罪过，怎么勾的他？”在“杀头”面前，田丹那一套“心理到生理”的说辞显然无法说服金海。

“我说了你也不会明白。”

“说说试试。”

“徐天比你们干净，比你们更爱北平，他爱贾小朵，小朵死了让他感到自责内疚。”田丹说的时候，她似乎能听见徐天的声音，能触到徐天身体的温度，能闻见徐天怀里的气息，但那个爱北平，爱小朵的人，现在不见了。

爱小朵，金海是明白；爱北平，金海并不明白。自己是大哥，是在北平南城呼风唤雨，通吃黑白两道的金爷，他以为自己明白很多事，却永远不明白徐天这个弟弟。甚至金海现在都不知道自己对徐天的“不明白”，他以为自己搞不懂的只有眼前的田丹。

金海握着手中的围巾，似乎在和它较劲，也是在和这个深不可测的田丹较劲，说：“这和劫狱啥关系？”

“他住在北平，我父亲为北平和平解放而死。他爱贾小朵，我帮他寻找杀害小朵的凶手。他有两个结义哥哥，一个为保密局，一个为金条，好像只有我在帮他，所以他也想帮我。”

金海听不下去了，说：“别再折腾了，行吗？小红袄也找着了……”

“照相馆那个人也许不是凶手。”

“你意思还得让徐天来见你呗？没戏，从今儿起谁也见不着了，只有两件事你才能从这儿走，沈先生发话，解放军进城。”金海关心时局，也关心徐天，唯独不关心小红袄。

“让我给沈先生打个电话。”

“我见他了……他没说让你打电话。”金海终于放过了那条围巾，递给田丹，语气严厉，“围巾是你的吧？拿着，一会儿给你换间房，京师监狱最好的号子，早年间关亲王的，我让他们把火盆点起来，再弄些药，你就当住店了，心里念着点沈先生的好儿。”

“你找沈先生不是为金条吗？”

“金条是要紧，做人更要紧。”

田丹看着那条围巾，心软了：“金海，你不是个坏人。”

“别忽悠我，我自己啥人自己明白。”

田丹接过围巾，放在双膝上，她目光平和：“北平在国民党手里没多少时间了，何必替他们守这个监狱。”

“不守怎么办？全放了？一堆杀人放火的，啥时候不都得关着？”

田丹沉默着，金海说的也在理。对于未来，金海心中也没底，他想了想，换了种语气说：“问你，万一北平真成共产党的，我这样的人是不是得杀？”

“你是什么样的人？”

“我讲理。”原本金海期待着田丹说些什么，说完这三个字，金海忽然发觉自己行端坐正，对未来有了一些底气。这个底气从哪来的呢？恐怕就是田丹口中的“不坏”吧。

金海从审讯室出来，十七和华子都在外面候着。华子看金海说：“老大，亲王那屋收拾好了。”

金海盯着十七：“你挺心疼女共党。”

十七低着头，没说话。

“以后她归你伺候，但话说前头……”

“她要再出事，我就死。”十七赶着回答。

“人带过去吧。”

狱警们进去把田丹带出来，走向走廊深处。亲王监狱通道里灰尘厚厚的，一脚一个尘印。通道墙上蛛网密结，壁上油灯明明灭灭，狱警们押着田丹走到尽头，是一个半掩的大铁门，门上还能看出曾经黑暗的朱红油漆。

华子推开门，里面不大，两个狱警在里面，一盆红红的炭火燃着。

田丹进来，有床有褥子，有洗脸铜盆、毛巾架，甚至还有一张八仙桌、两张椅子，里面的两个狱警撤出来。金海交代十七："吃的照常送，十七每天来换一次水换一次火，比牢房舒服点儿，但有很多能找死的辙，关这儿的人都想着早点出去，你也想活着对吧？"

田丹仍旧虚弱，但对金海增加了一些亲切，她点了点头。金海退出去，厚铁门轰然关上，田丹与世隔绝。

保密局北平站办公室，子弹一粒粒上入左轮弹仓。弹仓压回枪身，铁林将枪掖到腰后。他准备往外走，但又折身去处长的小办公室，敲门，里面没声音，铁林将门推了一条缝，处长不在，先前接电话的那个文员小林看着铁林进了处长办公室。

铁林环视着小小的屋子，再透过玻璃看外面的大办公处，他绕到处长桌子后面，坐入椅子，拿起桌上的电话听了听，又放回去。

片刻的满足被探头进来的小林打断，小林看着铁林，铁林坐在椅子里一动不动，也看着她。放在往日，这种偷偷摸摸的满足，铁林想都不敢想，但现在至少不用避讳小林了，这种改变让铁林觉得舒爽。小林撇撇嘴，悻悻离开。小左轮手枪在后面有些硌腰，铁林抽出来，想了想将枪绑入高腰皮靴里面，铁林起身试了试行走，开门出去，经过墙角的公用电话，电话在响，铁林随手接起来，神经紧绷："二处。"

关宝慧在电话里传来声音："铁林？"

铁林泄了气，懒懒地问："干吗呀？"关宝慧的声音把铁林刚刚建立起来的虚幻满足感拉回了现实。

关宝慧带着气："打半天电话怎么找不着你呢！"

"刚出去办事儿了。"

"完事儿了吗，来接我。"

"还得办个事。"

"什么事呀？"

"有行动。"

关宝慧抱怨着："就你行动多……"

处长办公室的椅子像是带着魔力，片刻的满足给了铁林发号施令的底气，他说："别废话，挂了啊，别老出来打电话，回徐叔家待着。"

"我过来找你。"

"我杀人去了。"

"又杀人，别扯了。"

"这回真杀。"铁林狠狠地扣了电话。小林看着铁林离开办公室，对他的凶狠莫名其妙。

监狱大门口，祥子靠在街边的车里，徐允诺无助地站在风里。监狱大门边的小口开着，二勇的脸拱了出来，不耐烦地敷衍："大爷，我们这里是监狱。"

徐允诺抄着手，紫红色的脸这会儿涨得更紫："跟金海说我找他。"

"谁都来找他，老大得多忙呀！"

"我叫徐允诺。"

"徐王爷也不行。"

徐允诺无奈地说："徐天是我儿子。"

二勇看着徐允诺不好意思地说："我说怎么有点面熟，忙一宿到现在的兄弟都没睡也不让走，就为您儿子了！"

"徐天在哪？"

"犯人事儿了！"

这回换徐允诺不好意思了："劳烦跟金海通报一声……"

小口关了，徐允诺手足无措。

华子站在办公室桌前，桌上电话响着，金海接起来，二勇在电话里说徐允诺在门口站半天了。

"站着吧。"说完，金海扣了电话，转头对华子吩咐："一会儿把兄弟们召上，商量总结一个说法，写个报告，天桥小耳朵聚众劫狱，女共党趁乱逃跑，你领着兄弟把他们拦回来了，劫狱首犯小耳朵抓获，大伙儿都有功劳。"

"明白。"华子回答。

"去吧。"

华子小心翼翼地说："是不是让三哥回去？"

金海盯着华子看，华子心里发怵，小声说："也不是外人。"

"华子，你跟我玩心眼儿。"

"我就没心眼，老大您想多了。"

"谁算外人，谁算自己人？一个狱里大概一百来个兄弟一百来张嘴，劫狱这么大的事儿，今天把徐天放了，明天司法处蒯总就知道了，放了也白放，扭头他还得关回来，我和你也得关起来。"

"关着三哥也不是事儿……"

"劫狱都不用坐牢，牢里的犯人全放了得了，兄弟们全散伙，以后另找饭碗。"

"那报告里不写三哥对吧？"

"你写好了拿给我，昨天值班的一个都不许走。"

"已经不让走了。"

"来换班的也不让走，去招呼，越早说越好。"金海看着华子离开的背影，他感到很疲惫，但做到责任和周到是他这个当大哥的基础，也是他在乱世中活下去的法则。

当徐允诺鼓足勇气再次敲门的时候，铁林开着吉普车过来，赶忙跑上前："哎，徐叔！"

见到铁林，徐允诺重新看到了希望："铁林你来得正好……"

"您跟这儿站着干什么？"

"昨天徐天劫狱了。"话一出口，徐允诺差点哭出来，金海不理，他徐天不在，铁林反而成了亲人。

"嗯。"铁林似乎并不吃惊。

"他把监狱炸了，劫那个女共党。"

"没劫走吧？"铁林更关心的是这个。

"劫走更没缓，现在连他自己都在狱里。"

"大哥怎么说？"

"连他面儿都不见。"

处长办公室的底气是绵长的，铁林似乎觉得自己无所不能，他说："自己兄弟，我跟大哥说！"

“你为这事来的？”

“听说了，人又没劫成还真关起来啊？那哪儿行！”说完，豪气顿生的铁林一通拍门。

小口打开，又露出二勇的脸，他喊道：“二哥。”

“开门，我们进去。”

二勇非常为难：“二哥，真不行，昨天狱里出事了。”

“知道，就为这事儿来的！不难为你，给我大哥打电话上去，就说我和徐叔都门口站着，这儿不见回家问他见不见。”

金海办公室的电话又响起来，他接起来听了半晌：“带我办公室来。”

放下电话，走出去，金海从向外的铁门看过去，二勇正领着徐允诺和铁林进院子，华子站在金海后面，指着窗外说：“那不是三哥他爸吗？还有二哥。”

“别管。”说完，金海下楼进入监舍通道，华子赶紧跟上去。

监舍里徐天闭眼躺着，小耳朵瞪着路过的每一个人。他看见监舍通道的门打开，金海出现在栅栏外面，徐天听见动静也睁开眼坐起来。

金海没理徐天，看着小耳朵。小耳朵自知徐天和金海的关系，量金海会念及兄弟情不会死缠着这件事，所以问道：“打算关我多久？”

金海脸色阴沉：“劫狱，你说关多久？”

“别跟徐天不一样哈，狱是他和我一块儿劫的。”

“你能跟他一样吗？”

小耳朵的设想破灭了，他重新摆出江湖大哥的架子，说道：“金海，留点后路，抬抬手放个人你容易。”

“你怎么让徐天忽悠了呢？”

“后路留不留？”

“后面炸成那样放你走，我怎么带下面的兄弟。”

小耳朵沉吟了一下：“也是。”

“连虎劫走我就不找了，说得过去吗？”

小耳朵立即回答道：“说得过。”

“让你在这里过得舒服点，运气好也住不了多长时间。”

小耳朵提出唯一的要求，他说：“让我手下的人送点干净衣服进来，给家里老人带两句话。”

金海沉吟着，小耳朵继续问：“说得过去吗？”

金海转头吩咐华子给他换个单间儿，两个大哥在“兄弟情”上迅速达成了一致，并且找到了和解的办法。

华子又把门打开，小耳朵起身跟着华子走出去，徐天看着金海说：“我呢？”

金海眼皮也不抬地说：“把门合上。”话没说完，华子在外锁上了监门。

二勇将徐允诺和铁林带进金海办公室，空无一人的办公室让铁林的底气无处释放，他说：“怎么没人啊？”

二勇说：“老大就说领你们过来。”

铁林拉着二勇说：“你别走。”

“让我走也不能走，我得跟这儿陪着，狱里就让进人不让出人，也不知道大伙儿昨天晚上的事儿怎么商量的。”二勇无力地去墙边倒了两杯热水搁在两人面前，连茶都没有。

铁林没在意，直接问：“怎么劫的？”二勇一时没吭声。

“怎么劫的？”徐允诺问得尴尬又心酸，铁林看了徐允诺一眼，一夜之间，老人家苍老了不少，脸上也爬出了很多沟壑。

“三哥招了天桥小耳朵的人从排水道钻进来，用炸药炸呗！”

“出人命了吗？”徐允诺连连问。

“受伤的人不少，连虎就是牲口，死人还没听说。”

铁林继续问：“现在田丹人呢？”

“关着了。”

“不会跟徐天关一起吧？”

“那怎么可能，三哥归三哥，女共党越劫，住得越好，换亲王那屋去了。”

“亲王？”

“早年间这狱里关过大清一王爷，专门归置的。”

铁林仿佛对亲王更好奇：“这还没听说过……你叫啥？”

“二勇。”

“厕所在哪儿。”铁林又问。

“就在楼下。”

“带我去。”说着铁林就向门口走。二勇看了看徐允诺，似乎很为难。

徐允诺目光殷切地问："金海啥时候来？"

面前这两个人让二勇不知道如何处理，他说，"我到下面让他们把老大喊过来。"铁林大包大揽地说着话向外走，二勇赶紧跟上去。

监舍内，咫尺之间，昨天还是兄弟的两个人，如今一个是罪犯，一个是狱长。金海看着徐天问："你爸来了，见吗？"

眼前的铁栏杆隔离了两个兄弟，徐天仍吊儿郎当地说："大哥，我知道我这次祸惹得有点大，但您意思我得关这里了？"

"徐叔就你这么一个儿子，你要孝敬他就别出去了。"

徐天打探着金海的意思，问道："真关我？"

"昨天在家，你担水时问我是不是惹什么事儿我也不能跟你急，说的就是劫狱吧？"

徐天默认。

"我不跟你急，但也不能放你。"

"外头还有事儿。"徐天有些着急，他双手攀着栏杆祈求地看着金海。

"有事我替你办。"

"别人办不爽快，得我自己办。"

"什么事儿？"

"收拾冯青波，找小红袄。"徐天怕的不是大狱，而是冯青波和小红袄。这是金海最怕的，劫了狱，自己这个大哥还能担着，心魔不除，这个弟弟肯定还要捅出更大的娄子，他说："你在这儿待着收收心，等什么时候田丹死了，或者我走了，自然会放你。"

徐天彻底急了，高喊一声："大哥！"

"嗓门还挺大。"

"田丹得活着。"

"你比谁都上心。"

"我不上心谁上心。"

"沈世昌我见着了，他吩咐好好待田丹，有替她操心的人，你省省吧。"金海说罢要走，徐天扯着嗓子喊，他为田丹感到不公平，说："就说好好待，你怎么不让她出去呢？"

"沈先生是高人，比我想得周详。"

“您不是找他说金条的事吗？”

“金条不是事儿，我找个地方说理。”金海敲监舍铁栅，有狱警过来开锁。看着要离开的金海，徐天喊了声：“大哥！”

金海转身：“别说了，说破天你也走不了。”

“凭什么呀？”

这句话激怒了金海，他挥走狱警，转身冲着徐天说：“凭什么？劫狱！你能耐大了，还有没有道理王法？”

“我跟你学的。”

金海一愣，气极反笑地说：“跟我学的？”

监狱里厕所，铁林和二勇并排撒尿。铁林系好裤子，从鞋里掏出手枪。二勇一惊，尿意也被吓了回去：“二哥？”

“带我去田丹那屋。”

“二哥……”二勇脸色仓惶，铁林态度温和地和他讲道理，说：“论私，金海、徐天是我结拜兄弟。论公，我是国民政府国防部保密局北平站行动处行动组长，你是什么？”

二勇微微转神，想躲着那个枪口：“我什么也不是。”

“我不为难你，你也别朝我勾手指头，把我带到田丹那里事儿算完，带不到那里你完。”

突然，刚才憋回去的尿意全放了出来，二勇裤子都湿了，哭着说：“二哥，劫狱一回还劫呢？”

铁林看了眼二勇，嫌恶地说：“把裤子系上。”

徐天看着金海去而复回，认真地说：“您一辈子认理儿，我也认理儿，我是您兄弟跟您学，但您那理儿行不通了，找沈世昌说理儿，说明白了吗？”

“早该找他，明明白白。”

“冯青波柳爷那里的坎替您平了？”

“不是替我平的，金条你和铁林都有份儿。”

“金条拿着了？”

“没有。”

徐天索性将心里话全部倾泻而出：“小耳朵在平渊胡同跟您论道儿上

的理儿，你跟他论王法，道上的理儿没了。单论王法，田丹犯了什么事儿？她替咱们北平人跟国民党讲理来了，杀他爸的人在外面，人五人六还要杀她，王法他们定的？冯青波您也烦，杀人了什么事儿没有还很惹不起，柳爷贪咱们钱，踩着我们没地方讲理，也很惹不起。小红袄一年杀一个，要不是杀了小朵，这年头都不叫事儿！二哥问我城外头打仗一死好几万人，城里城外的都准备杀人，问能不能全抓？我问您，您的狱里能不能关他们？这世道都是讲不清的理儿，自个儿定的王法。沈先生有多高我不知道，换个人是投奔咱们来，被别人扣了，那扣人的碰巧听咱们的，咱能跟人说好好扣着，不赶紧领出来带回家吗！”

平日里，金海只把徐天当成小孩，他的这一大通话，金海来不及消化，说：“你想说啥？”

“这世道的理儿论不明白了，王法也都是他们随便定的，犯不上再守着这些邪门歪道。”

监舍通道里传来忙乱的脚步，狱警们在高喊：“老大！二哥……”见了在徐天监舍外面脸色阴郁的金海，赶紧噤声，金海冲着通道吼：“说！”

“铁二哥又劫田丹。”

金海惊了：“铁林要劫？”

“枪顶着二勇奔里头去了，兄弟们也不能开枪。”

“开门！”

亲王囚室的通道里，十七正提着一桶水，拎着钥匙站在铁门前。铁林一手揪着二勇，一手握枪，通道后面堵了很多持枪狱警。

“门开开。”

面对铁林，分辨不出十七是不是因为慌张而失去表情，二勇在一边劝着说：“二哥，人弄不出去的，那么多兄弟，除非老大发话……”

铁林看着十七：“你叫什么？”

“十七。”

铁林将枪指向十七：“开门。”

十七仍然未动，他的木然让铁林觉得屈辱，这激发出了更强烈的怒火，铁林朝铁门开了一枪，火星迸溅。

枪声传来，金海和华子开始经过层层的铁门飞奔着，铁林又朝铁门打了一枪。

田丹的监舍传入枪声，田丹看着铁门上出现的两个弹头凹痕，不住咳着，摘下脖子上的红围巾，两只伤手在围巾两端绕了一圈。

铁林又将枪口挪正，对准十七，十七怔了片刻，扬手将钥匙扔出去。钥匙划了一条弧线，越过铁林飞到后面那一群狱警中间，铁林往后看了看，放了二勇，径直向十七走过去，十七依然拎着那桶水，铁林一掌击开十七，水洒出来，铁林对准铁锁开了两枪，回身又将枪划了一圈，本来想伺机扑上去的众警顿时刹住脚步。

十七怔在门边，铁锁损坏，铁林推门进去。

田丹监舍，铁林举着枪进来，屋里一时看不见田丹，一片红色蒙过来，铁林双手连左轮枪被围巾缠住。田丹拧身施力，本应旋倒铁林，但力量不够，铁林转身便是一枪，连围巾带枪重新抵向田丹。田丹被枪的冲击力掀翻在地，左边肩膀在渗血，面色苍白，毫无气力，方才一枪已击中。

田丹撑在地上死死盯着铁林，双眼赤红，嘴唇苍白地说道："谁让你来的？"

"让你死的明白，冯先生。"

"他是什么身份？"

"国防部二厅保密局特派员。"说完，铁林又要扣动扳机，这时一个人从后面撞过来，没想到是十七。十七用手捏住围巾里的枪口，枪声又响，十七手掌被击穿，铁林继续扣扳机，但是已经没有子弹了。

金海匆忙赶到，震怒不已："还看什么！"众警这才反应过来，一拥而上擒住铁林。

被擒住的铁林抬头看着金海，金海虎着脸，命令道："关起来。"

华子一伙将铁林架出去，金海捡起地上围巾裹着的手枪，看着面色苍白的田丹说："伤哪儿了？"

田丹指着十七："先看看他。"

金海这才看见十七的手掌在滴血，十七却盯着田丹的肩膀，说："就手破了，老大。"

田丹咬着牙问金海："有镊子吗？弹头在肩膀里。"肩头袭来的痛意几乎让她昏厥。

十七却异常积极地说："我去拿。"说完，十七扭身便走，血一路滴出去。

金海转身叫住二勇，在一群狱警中，二勇条件反射地答应着。

"徐天他爸呢？"

二勇懵懂地看着金海，金海猛一跺脚，说："叫你看着！"

二勇扭身跑走。

徐天还在监舍里犹如困兽，他为田丹的生死忐忑，徐天看到铁林和华子从远处走近，悬着的一颗心才放下来。

狱警打开铁门，铁林走进监舍，看着徐天面不改色地说："我来杀田丹。"徐天直愣愣地瞪着他。一个女人，两个兄弟，一个要劫，一个要杀。铁林一脸混不吝地指了指他，又指了指自己，说道："你没劫成，我没杀成。"

监狱的药箱里只有简单的镊子、医用剪子、酒精和止血纱布，田丹用剪子剪开自己肩上的衣服，将镊子在炭火上烤了烤，说："帮我一下。"

金海上前一步，想拿过镊子，任何物品在田丹手中都是危险的，他已经不能再让监狱出事了。

田丹咬牙忍痛道："这我自己来，把酒精倒伤口上。"

金海拧开酒精瓶，倒在田丹的肩膀伤口，田丹汗如雨下，嘴唇被自己咬破，仍坚持着不出声，白皙的皮肤不停地涌出鲜红的血。

"如果中途晕过去，继续帮我把弹头取出来。"田丹呼吸急促，身体发晃，金海拿着镊子，说："我来吧，你手指头不好使。"

"我自己才知道位置。"说完，田丹将镊子陷入肉里，鲜血和汗一起流，十七忘了自己手上的伤，直眉瞪眼地看着田丹。金海看了看身后，门边四五个狱警也目瞪口呆，田丹成功将弹头取出。她十分虚弱地指了指酒精瓶，金海将酒精再次倒在伤口上，田丹颤抖着身体，手牙并用，用纱布将肩膀缠上。

田丹瘫坐在椅子上："给我一些消炎药，最好有抗生素，我发烧了。"金海答应，他还在仔细端详田丹，不知不觉间他对田丹生了一些敬意。

田丹指着十七："他也需要。"十七这才抬了抬自己手，看着那只手，田丹笑了笑："谢谢你。"

徐天一直盯着铁林，心里怒火丛生，铁林看着徐天，有点挑衅地说：“你看我干什么？”

徐天一字一顿地说：“田丹没有得罪过你。”

铁林倒是有自己的逻辑，他说：“大哥是狱长，保田丹；我是保密局的，杀田丹，都对着呢，你一个警察劫共产党，脑袋让驴踢了。”

这一套逻辑似乎是正确的，徐天无言以对，铁林火上浇油问徐天：“你懂不懂事儿？”

徐天憋了半天，吐出一句：“你们的事儿我不想懂。”

“田丹是你女人啊？她要是你女人，我就杀错了。”

徐天突然扑向铁林，铁林早有防备，两人打在一处，华子来到门边准备掏钥匙，金海过来拨开华子，一声不吭地看两个人互殴，铁林落了下风，被徐天用胳膊锁得快要窒息了，金海开监门进去，掀开徐天怒喝放手。

铁林坐起来喘了一会儿，头发混乱，衣领歪斜，他直接跳起来咆哮：“从什么时候起事情发展成这样了？知道吗？前门火车站下来一个田丹！跟你们熟吗？我审人有保密局命令，金海你跟鹋总近还是跟兄弟近？我要做事要出头，不都说了嘛！几根破金条比我一大活人的前程还要紧！敢跟我动手，徐天我是你哥！为外人跟我动手，我什么时候对不起过你们？什么时候！因为大缨子，跟大哥这里我低一头，关老爷子你们家养着，在你这里我也低一头，一个当弟弟的向来比哥哥还横，我扇一个大嘴巴子到你们女人脸上，行吗？这我忍着，你们就当不知道。我杀个田丹你们拦成这样，杀我亲爸你们都不会这么拦！这兄弟还是别做了！”

“这话你说的。”铁林的话令金海生气，但金海也只当是铁林闹情绪。

情绪发泄完了，铁林的尿劲也上来了：“给我换间房，一会儿这愣头青又打我。”

徐天轻蔑地看了看铁林说：“我不动手。”铁林又跳起来声嘶力竭地喊道：“你再动一个试试！”

徐天皱着眉头不吭声，铁林气喘吁吁地转向金海说：“麻烦跟宝慧说一声，她还在珠市口等着我接。”

金海一言不发地离开监舍，他推门走进办公室，看着徐允诺正在屋里来回走，金海从兜里掏出铁林的左轮手枪放入抽屉。徐允诺干着急，看见金海又一时语塞，酝酿了半天才说道："金海，我也不知说什么，徐家向来讲老理儿，出这么个没道理的愣头儿子是我自己造孽，还给您添麻烦。我明白，劫狱在什么时候都是杀头的罪过，这没办法辩驳，我认了……可您看还有没有别的办法，您当这狱长总比我路子多，珠市口两进院子还值些钱，车行账上也有点，不是说捞人，看能不能跟上头通触一下，我带关老爷再找个房子住不碍事，只要天儿能在狱里停停，给我们点儿时间好再想办法。"

华子敲门进来说："老大，换班的都来了，差不多一百来个兄弟都留在狱里……得多久？"

金海头也不抬地说："留着。"

看看徐允诺和金海之间的气氛，华子知趣地赶忙退出去。金海宽慰着徐允诺，说："这事儿消息还没散出去。"

徐允诺听金海的语气，松了口气，但他没明白，问道："什么意思？"

金海起身示意，说："我送您回去。"

"回哪里？"

"回家。"

徐允诺一迭声地问："天儿呢？"

"关着。"金海已经走到门边拉开门。

"我能看看他吗？"徐允诺向来老实，从没干过出格的事儿。刚才金海不在，他不是没想过偷偷去看徐天，但生怕自己又给金海添麻烦，尤其是在这个节骨眼。

金海缓了缓脸色，但很坚决地拒绝道："看不了。"

徐允诺又问："铁林呢？我们一块儿来的。"

还有太多需要操心的事，金海也懒得跟他解释，他说："您别操心他了。"

事情一个比一个来得密，让金海有些无从招架。铁林和徐天只能暂时关在自己牢里，金海在迅速盘算着，如何能既不伤害自己利益，又保全两位兄弟。虽然他俩的关系不复往日，但终究一起插过香，事到如今，自己不是没有责任。想到这里，金海觉得疲惫感席卷全身，他无暇顾及身后欲言又止的徐允诺，金海耷拉下肩膀，在前面独自走着。

第三十一章

金海和徐允诺往楼下走，经过之处有许多狱警，狱警们面目各异，都不吭声，华子替他们将门依次开启，金海和徐允诺往大门而去。

半院子散落着狱警，金海和徐允诺出来后铁门关上，祥子拉车过来，让二人坐上去问道："东家，去哪儿？"金海先开口："珠市口，徐叔回家。"

车拉起来，城外嗵嗵的炮声比往常急密。行人纷纷贴街边行走，且走且停看向炮声传来的方向，天上划过一架飞机，祥子拉车小跑着，乱世之中，行人们步履匆匆，各有各的心事。

徐允诺坐在车上，心思沉重，他问金海说："你不是要走？"

金海点了点头："得走。"徐允诺还担心着徐天说："那狱里往后找谁？"

金海叹口气道："找谁也没用，这种事要么知道的人全扛住，要么谁也不扛让上头知道，我就算生生把他们俩放了，从明儿起狱长不当去南边不回来，只要徐天人在北平，一样抓回狱里。"

徐允诺还在想办法，儿子被关在监狱里，他心里终归是不踏实的，说道："咱能不能就先扛扛？"

"您和我不够数，狱里上百个兄弟的嘴全得扛。"这一句，憋得徐允诺什么都说不出来了。

两个人一路无话，祥子的人力车拉着金海和徐允诺回到珠市口徐家，金海下车，徐允诺还琢磨着，说："……那女共党长什么样？"

金海没理会他，说："您家里等着，急也没用，我想想办法。"

徐允诺看到了希望，说：“还有什么办法？”

金海没说话，炮声又急，这一切催得徐允诺从监狱想到了北平：“你说共产党要这会儿进城，是不是这坎就没了？”

金海又把话从北平拉回了监狱，说：“那铁林就过不去这坎儿了。”

“铁林又怎么了？”

“徐天劫田丹，铁林杀田丹，也关着。”

徐允诺的心碎了，说：“……金海，你们兄弟仨这下算散了。”

金海没再说什么，徐允诺蹒跚地下车，金海伸手扶了他一下，徐允诺连声道谢。

金海出了珠市口，转过身就是前门大栅栏，城外的炮声还响着，街上车辚辚马萧萧，乱世中，金海心事重重地拢着袖子走。祥子拉着空车追上来，说：“金爷，拉您一段儿？”金海忖了一下，笑着说：“也行。”撩了袍子坐上去。

徐天的监舍里，两人大眼瞪小眼，谁也不跟谁说话。徐天率先开口，语气不善地说：“冯青波让你杀田丹？”徐天期待着铁林的回答是“冯青波”，只要说出三个字，就证明他们的兄弟情义还在。结果铁林顶着徐天说：“党国要杀田丹。”

回答里既没有冯青波，也没有铁林，但党国里有冯青波和铁林，铁林俨然已经把冯青波当成了自己人。

“别再干了。”徐天说这句话的时候，心是碎的，几乎是哀求地说。

这时候哀求的话在铁林看来是一种要求，在处长办公室坐过的人，怎么会被要求呢，铁林对自己未来的期许从来都不是这样，他梗着脖子一副忠心为党的死样子说：“我干啥轮不着你说。”

徐天肯切地说：“再这样咱就不是一家人了。”

“一家人”三个字在铁林心中没有滋生出柔软，却让他长出了獠牙，他说：“你们把我当一家人了吗？”

徐天磨着后槽牙说：“……等出去我把你根儿掐了。”

“我啥根儿？”

“冯青波。”

铁林噌地站起来，瞪着徐天说：“你敢动他试试。”两人都明白，他们真的不是一家人了。

珠市口关山月房间，唱机里京剧声音放得大大的，唱的大约是《徐策跑城》。关老爷子挂着副髯头晃着脑袋，关宝慧跷翘高高地磕瓜子，旁边的座钟也在左右摇摆。

关宝慧看看钟点，把脚拿下来，往前院去，却看见徐允诺呆呆地站在院子中间。关宝慧纳闷地喊了一声：“徐叔！您站这儿干什么呢？”

徐允诺回了神，说：“你在这里吃饭吗？”

“铁林还没回来，在这里吃吧。”

徐允诺径直走向灶间：“我去做饭。”徐允诺需要做一些事情，才能让自己平复。

“多做两个人的。”

徐允诺问：“还有谁？”

“说不定他一会儿就来了，也在这里吃了再回去，徐天不也得吃吗。”

听着这两人的名字，徐允诺张了张口，但是又觉得不能跟宝慧说，老人家梦游似的转入灶间，说：“……是，谁都得吃。”

祥子拉着金海到家门口，金海下车，从兜里掏车钱。祥子摆手拒绝道：“金爷，您就不用了。”

金海把钱塞到祥子手里，说：“你在这儿等我。”

刀美兰的院门开着，他转身进去。刀美兰在糊八青拒捕时弄坏的窗户纸，转头看见金海说：“抓八青时把窗户纸弄坏了，不糊晚上进风。”

金海开门见山地说：“昨晚徐天带一帮人劫狱了，狱里兄弟拿八青说事儿，只好先把他弄回去堵大伙儿的嘴。”

刀美兰怔着，金海不敢抬头看刀美兰：“待不了多少日子，等过了这阵再让他出来。”

“徐天劫谁？”

“田丹，没劫走。”

“他人呢？”

金海仍旧低着头：“在狱里关着。”

“金海……”刀美兰望着金海，她的心疼了一下，这个男人为大家分担太多了，他照顾着所有人，但谁照顾着他呢。

“我知道，家里还有点金条，拿去狱里分分。”

“为什么？”

“他干的事儿跟八青不一样，我一人闭嘴不算，得大伙儿的嘴都闭上。”

刀美兰赶忙要进屋：“你那儿钱够吗？我也有点。”

“金条？”

“金圆券。”

“算了，金圆券糊窗户纸差不多。”

刀美兰站住了，蹙着眉头问：“有什么我能帮上忙的？”

“你心里别怨我就成。”说完，金海走出刀美兰家，刀美兰看着金海的背影，焦急地捏紧了围裙。小朵之死给刀美兰带来的悲痛时不时地扎着她的心，这使她更加关注金海。以前金海在她生活里可有可无，不知什么时候，已经成了她的依靠。她在心里怨恨自己的不懂事，逼迫他放自家伤了人的兄弟，埋怨他不帮自己找凶手，此时此刻，她只想帮他分担一些心事，她不想只做一个依靠他的女人。

金海不知道刀美兰百转千回的心事，他回到自己卧室，蹲到炕头去撬那几块地砖，边上有只箱子碍事。他费劲地将箱子拖到一边，撬开地砖，里面只有三四根小金条，金海皱着眉头蹲了半天，才将金条拿出来，一抬眼边上多了个人，是大缨子，大缨子俯身将刚才金海拖到一边的箱子打开，露出里面四十六根黄澄澄的大金条。

“……哪来的？”金海疑惑地看大缨子问。

“沈先生派人送过来的。”大缨子也一脸疑惑地看着他。

金海怔了片刻，将箱子盖回去。

“说收了你一幅画。”大缨子又问，“沈先生是什么人啊？”

金海才又将箱子打开：“讲究人。”

沈世昌家里，七姨太在打电话，沈世昌在看报纸。院墙将外面的萧索混乱隔离，家里的气氛一派安详。七姨太打电话的声音像个百灵鸟：“明早几点钟，到虹桥要么我叫朋友接……勿要啊？上海停多少日子啦，我也蛮想回去一趟……他在看报纸，世昌，小四要同你讲话。”

沈世昌折起报纸，过去接起来：“……晚上回来吃饭，没什么可收拾的，人走就好……以后不知道什么时候能坐在一张桌上吃了，如果他也愿意来欢迎，噢，四十六根金条我给金海了，跟你说一声。”

沈世昌挂了电话，七姨太一脸埋怨地看着沈世昌，沈世昌问：“怎么了？”

“小四赚那么多，还要你从家里往外拿金条？”

沈世昌完全没有理会，坐回椅子里重新摊开报纸，七姨太不满了：“哎，世昌啊！”

沈世昌冷冷地指挥，又抖开报纸：“收音机打开。”七姨太无奈地拧开收音机。

小洋楼里，有几个士兵在替柳如丝收拾东西，客厅里已经堆了十几个大箱子。柳如丝从外边进来，摘下羊皮手套扔在大茶几上，她看着眼前的混乱皱起好看的眉头：“谁的东西啊？”

萍萍从忙碌里抬起头回答：“我们的。”

“有这么多？他的东西呢？”

萍萍指着沙发旁边一只小箱子，柳如丝左右四顾：“人呢？”萍萍指了指楼上。

冯青波正在楼上拨电话，对方电话里有女声传来：“北平站二处接通。”阎若洲在办公室收拾乱七八糟的东西，桌上电话响，他腾出一只手去接起来：“喂！”

冯青波的声音低沉：“阎若洲。”

阎若洲那头的声音也是一团混乱：“……谁啊？”

“国防部二厅临时编号 2316。”

阎若洲正了正身子，喊道：“……冯先生。”

“铁林在不在？”

阎若洲往外头看了看：“下午没看到他，他不是您在调遣？”

“应该在京师监狱，让人去监狱门口，出来就联系我。”

“怎么联系您？”阎若洲问。

冯青波抬起头看见门边的柳如丝说：“人带回处里，打电话告诉南京，国防部二厅会给我转过来。”

“明白。”

冯青波挂了电话，看到柳如丝出现在自己面前。柳如丝看着冯青波，扬了扬嘴角说：“干什么呢？还牵肠挂肚的。”

“想知道结果。”

“就当放出去一条狗，杀得了杀不了跟我们没关系了。”

“你答应他做处长。”

“他信你也信？再说也是你答应的。”柳如丝轻笑了一声，冯青波试探着柳如丝的底线：“……在沈先生那里说好留着田丹。”

柳如丝果不其然地不高兴了，她也试探对方的底线：“你到底惦记田丹还惦记铁林？”

“田丹，我要知道她死没死。”冯青波回答得干脆，柳如丝直接消失在门外，这回她从楼梯下来样子恨恨的，站在楼梯中间大声吩咐：“东西都扔了。”

士兵们和萍萍抬头看着她，然后面面相觑，柳如丝冲着楼下大喊道：“人都不知道能不能上飞机，不要了。”

监狱的小门打开，金海站在祥子的人力车边。华子上前打招呼，金海指了指人力车上的箱子吩咐华子抬楼上去。华子和二勇过来抬走箱子，金海又转身付钱给祥子。祥子连连摆手：“金爷真不用……您刚都给了……”金海将一叠纸币都塞进了祥子的褡裢：“金圆券，也不值多少。”

华子和二勇将箱子费劲地抬到桌上，金海打开盖子，两个狱警瞪着眼，一辈子没见过这么多金子，金海从里面取出六根，又取出八根，分两堆放到一边，然后将箱子合上：“把人都叫到里面，院子一个别留，这些金条分给兄弟们，一人一份，不多不少每人都有，千万别差着一个两个。”

华子的眼睛几乎长在箱子上了，半天才挪开眼对金海说：“老大，这也太多了。”

“换大伙把嘴闭上，我两个结义兄弟从昨天晚上到今天没来过。”

“……明白。”

金海交代着：“金子拿到手，事儿就摊上了，大伙闭嘴都没事儿，有一个胡说八道，都得被连累。”

“谁敢胡说，弄死他。”金条让华子豪气顿生。

“话说好听点，谁也别挡谁财路。”

二勇忧心忡忡地问：“老大，哪儿来这么多金条？”

“……上头给的。”

华子不明白：“上头？”

金海补充道：“剿总。”

“那就更没话说了！”剿总让二勇踏实。

现在，一面是剿总，一面是金条，踏实和兴奋都有了，金海又从兜里掏出三根小金条：“这三条是你们俩和十七的，他手打穿了，大堆儿里还算你们份。”

华子有些不好意思，金海催促他们：“赶紧地拿走，院子里清干净，人都聚北楼去。”华子和二勇去抬箱子，金海又补了一句：“钥匙给我。”华子解下钥匙和二勇出去，金海从抽屉里取出铁林那支左轮手枪。

楼下的八青还在监舍喊：“喂！我是刀八青，谁帮忙叫一声金海，我妹刀美兰跟他是相好儿，你们弄错了，哎别跑呀……”狱警们经过各种通道，门禁一扇扇打开，狱警们鱼贯而出，门禁又一道道闭上。

监舍里静下来，八青撒了欢儿：“……哎，狱警都走了，弟兄们狱警没了！”囚犯沉静了一会儿，和八青一起鼓噪起来，又传来开监门的声音。脚步临近，是金海一个人走进来，他经过的囚室一间间停止鼓噪。只有八青还在喊：“喂！谁呀？……去叫金海，你们丫的把我当谁呢，我是刀八青，我妹叫刀美兰，你问问金海认不认识……”

金海停在刀八青监舍前。八青收敛了放肆，变成了赔笑：“……金爷。”

金海阴着脸，说：“学得会闭嘴吗？”

八青几乎是哭求，说：“金爷他们肯定弄错……”

金海偏头看着与八青同监的两个囚犯：“你们俩听着不烦？”

囚犯齐声说：“烦。”

“加三顿小灶，让他消停点。”说完，金海挪步离开。八青一通喊：“金爷别走啊，这里不是我待的地方……”话还没完，两个囚犯将八青拖到铺板上，用棉被捂住他，没头没脸揍一顿。

徐天和铁林还在监舍里像斗鸡一样较着劲，金海用钥匙打开监门，看着两个兄弟，心里有点低落。铁林先站起来出去，然后是徐天，两人等金海锁了监门，跟在他身后往外走，金海打开两道门禁，然后自己走入院子，徐天和铁林随后也跟出去。

风吹着，呼呼的北风在地上打着旋，太阳西斜，金海站在院子中间，等铁林和徐天走近，金海平静地开口：“我们仨，你先为小朵后为田丹，你为冯先生为出息当官，都说我为金条。拿着，你六根，你八根，当初是为走凑起来换的，现在找着自个儿的路了，金条拿回去。”

铁林接过金条，不明所以：“大哥……”

金海打断：“别说话，我的地盘听我说完。”徐天不得不接过金条。

金海继续说：“京师监狱你们敢用炸药炸，敢拿枪进来杀人，我是大哥，不能拿你们怎么样，说到底就这么回事儿，对吧？本来我要走监狱不管了都好说，现在欠人一大情，受人之托一时半会儿走不成了。所以出去以后别再上门干这些事儿，一回捂得住，二回我也使不上劲儿了。”

徐天和铁林不说话，都知道自己惹了大祸，金海叹了口气，接着说：“把话说透伤情份，再有第二次就是你们不把我当大哥，那这狱里也没你们的大哥，听明白了吗？”

徐天低着头小声说：“明白。”

金海看着徐天，语重心长地说：“天儿，你冲我嚷嚷一通都对，我信的理儿是不大讲得通，世道不好尽是柳爷冯先生这号人，但讲究人只不过少了，还是有。我这把年纪也不准备改，让你们可着我意思改也不局气，往后各人做各人的都当心点，想着还有家里人，三家打着骨头连着筋，别吓着家里人。”

铁林拿着金条问：“大哥，金条是冯先生还的？”

“沈先生垫的。”

铁林懵了：“……哪个沈先生？”

“剿总的沈世昌，田丹来北平找的就是他。”

铁林更懵了：“合着您拦着不让杀田丹，是因为沈先生。”

“金条还得跟他们要出来还沈先生，这事儿跟你们没关系。”说完，金海走向大门，打开小门，转身看着两个兄弟，铁林先走出门。

“等会儿。”金海掏出左轮手枪，递出门外，铁林接了，脚底长刺一样慌慌张张地离去。

徐天站在门边，鼓足勇气说：“大哥，我再看眼田丹，我还有事儿问她。”

“小红袄自己抓，你是警察，贾小朵是你女人。”说完，铁门无情地关上，徐天独自走向乱世，金海独自走向监狱。

铁林走向吉普车，两个瑟缩在车边的特务赶忙上前说：“组长，处长请您回去。”三个人钻进车内，铁林发动吉普车，看见徐天擦过车身往前走。铁林想了想，开动车子缓缓与徐天并行：“天儿！”

徐天没好气：“干啥？”

铁林也委屈：“别你捶我一顿还有理了。”

徐天低着头，心情沮丧，继续走：“对不起，有时间你也捶我一顿。”

铁林恨铁不成钢地说：“你怎么这么浑呢？”徐天不说话，还顾自往前走。铁林态度软了下来，说：“上不上来？”徐天看了看他坐着的车，心里憋着火地说：“保密局的车别招我，小心我给你炸了。”

两个特务面面相觑。

铁林停下车，把头伸出车窗：“你要炸我呗。”徐天也停了下来，转身盯着铁林说：“干什么不好，给冯青波那种下三滥的人当走狗？”

铁林既无奈又可气地说：“又绕回来，他是我上司，你听得明白吗！”

“别到时候，连一根骨头都啃不着！”说完，徐天快步往前走。“说谁呢你……”铁林重新开车追上。

徐天越走越快，铁林索性将车彻底停了下来，下了车冲着徐天的背影大喊：“……骨头都啃不着，说谁呢？”车里两个特务看着铁林，不敢吱声。铁林重新开动车子，心事重重。刚才的话，铁林喊给徐天听，也是喊给自己听，志得意满都是暂时的，他不是没怀疑过自己的选择，倘若最后真的连骨头都没有呢？

小洋楼里，萍萍还蹲在地上收拾东西，她仰头看着气鼓鼓地坐在沙发的柳如丝发愁地说：“姐，这些东西真的扔掉啊？”

冯青波从楼上卧室里出来，说：“我出去一趟。”

柳如丝见了冯青波，气又消了大半，忙说：“车在门口，送我们去爸那儿吃晚饭。”

冯青波执拗着拒绝道：“我不用车。”

柳如丝愣了一下说：“不去啊？”

“我就不去了。”不去吃晚饭是简单的，冯青波真正不想去的是南方，但面对柳如丝，他不好意思开口。

她意识到自己跟冯青波闹脾气就是自讨没趣，柳如丝深吸一口气，说道：“冯青波，看见这些箱子没，明天还走不走？”

冯青波态度软了下来，说道：“走，我去去就回。”

柳如丝强撑着架子，嘴硬道：“去就别回来了，我当没有过你这人，说到做到。”

“我隶属国防部二厅保密局，铁林是我下线，他去杀田丹，我要做了结。”

“昨天说好好地不管田丹了。”

“又是你叫铁林去的。”

“非得你自己走一趟吗？”

“田丹如果死了，解决掉铁林，事情才算处理干净。”

“你心里还是放不下她。”

“所以去放下。”

柳如丝看着冯青波不知道说什么，冯青波环视满屋子摊开的箱子，像是真的打算跟她一起走似的说：“不要带这么多行李，飞机里放不下。”说完，冯青波穿上大衣出门。

萍萍起身上前：“姐，要带人跟着他吗？”

柳如丝望着冯青波的背影，她总在跟自己较劲，也是跟冯清波较劲，更是跟那个见都没见过的田丹较劲，她说道：“他能耐大得很……叫他等会儿！”萍萍追出来，冯青波已经出巷子了，巷子里停着小汽车，还有十几个持枪士兵，仨俩靠在一起。

柳如丝也走出来，萍萍跑回来，跟她说冯青波已经走远了。柳如丝没说什么，坐入汽车，萍萍催促着司机说："快点，追上冯先生。"汽车轰然启动，柳如丝沉吟了一下说："别追了，不一路……去我爸那儿。"

监狱办公室里金海把东西分门别类收拾妥当，夹上公文包准备走。十七忐忑地敲门，探进半个身子，喊道："老大。"

金海抬头他看了一眼，说："你的手没事儿吧，进来。"

十七问："田丹的药怎么给她买？"

"她看着还行吗？"

"血是止了，人不太好。"

金海将公文包放回柜子里，说："我去看看，你去拿张纸和笔过来。"

亲王囚室里，田丹半倚着八仙桌，疼痛使她眉头紧锁。金海问："你还好吧？"田丹抬头看着金海，面如白纸问道："药呢？"

金海说："一会纸笔拿进来，你写，我明天买了带过来。"

"徐天呢？"田丹心里还记挂着那个男孩儿。

金海想了想，如实地说："回家了。"

田丹看着金海，金海继续说："铁林也回家了，我做大哥的这次替他们俩把事儿摆平，再也没下回了。"

"怎么摆平的？"

"他们命好，沈先生今天把四十六根金条给我送来了，除了他们俩的份，剩下的散给两百多个兄弟，我破财消灾，兄弟们得财封口，昨天到今天的事儿都在院墙里，不往外头传了。"

田丹察觉到了关键，她问："沈先生为什么凭白给你钱？"

"仗义。"金海言简意赅。

"辛辛苦苦要回来的钱就这么没了？"

金海满不在乎地说："钱就是拿来花的。"

金海的磊落触动了田丹的心，她牵动嘴角疲惫地笑了笑，说道："你是个好人。"

金海说："沈先生才是好人，他说这会儿他保你，以后你保他，他也能保我。金条虽说没了，但心里落一半踏实。”

“一半？”

“沈先生说保我，话我记心里，但我不习惯被人保，我从来自己保护自己。”大哥永远是大哥，什么事都拎得清。

田丹问：“你到底为什么要走？”

“当狱长十来年，狱里枪毙过共产党。”金海话说得简单，可其中弯绕只有他清楚。

“你枪毙的？”

“那倒也不是，但都经过我手签字。”

“傅作义是华北剿总司令，我们尚且希望他留下来接受改编……”田丹停下来咳嗽，金海等她咳嗽完才叹了口气说：“我知道你要说什么，云头上的人咱比不了。”

“和平解放对大家都一样。”田丹目光诚恳，金海甚至没仔细考虑她的提议，说道：“我跟大家不一样。”

十七打开门，递来纸笔。金海接过来，端正地放在田丹面前，说道：“写吧，需要什么药尽管写，只要北平能买得到。”

田丹接过来艰难地写着，她说：“让我给沈先生打个电话。”

“他没说让你打，别难为我。”

“好，我自己打。”说完，田丹将纸笔还给金海。

“什么意思？”

田丹问金海说：“自己保自己怎么保？”

“我的事，不用你操心。”

“那我也习惯自己保自己。”

金海看着虚弱的田丹，笑了问：“你有这能耐吗？”

田丹也笑着看着金海说：“不用你操心。”

第三十二章

关老爷子、关宝慧和徐允诺三人在吃饭，三人俱不作声，只有冬蝈蝈的鸣叫。关老爷子一边吃饭一边哼着戏，断断续续地不知道是什么戏码，回头再看徐允诺，一脸心事，食不下咽的样子，关宝慧目光越过徐允诺看向院子说："你过来呀，没来就在屋里吃起来了。"

徐允诺转头看到徐天，他怔了半晌也没回过神来，眼睛从窗户外一直跟着徐天坐到桌前，徐天什么话也不说，拿起筷子猛吃了几口饭，他突然想起来什么，又从大衣里掏出沉甸甸六根金条放桌上，然后继续狼吞虎咽。

徐允诺不明所以叫道："天儿？"

徐天吃得豪放，"嗯"了一声算作回答。

徐允诺小心翼翼地问："没事儿了？"

徐天假装不知道出了什么事儿，反问他："能有什么事？"

"不用坐牢？"

"不用。"

"铁林呢？"

"不知道啊。"

关宝慧听这话急了："你们在一块儿啊？你回来他怎么没回？"

徐天说："他开车走了。"

关宝慧心平了下来，又升起一肚子不满，说："就他忙。"

忐忑退散，怒气上升，徐允诺控制自己不在饭桌上发火，徐天问他：

“福记车行管事儿的叫什么？”

徐允诺心里一慌，颤抖着手将筷子放下，说：“什么？”

“福记。”

关山月用戏腔插话道：“老盘，叫老盘，以前也是咱们家的。”

徐天放下碗筷：“吃饱了，我出去。”

徐允诺一拍桌子，眼睛瞪得跟车铃似地说：“哪儿也不许去。”

“爸，金条收好，大哥要回来的。”徐天一扭头，桌上的金条不见了，关山月老爷子若无其事地吃着东西。

关宝慧笑着：“爸，您这不叫藏，叫抢。”

关山月挪开身子，露出袍子下面的金条，依然若无其事，徐允诺站起身子往外走示意徐天说：“来前院。”

徐天站起来跟了出去，冬蝈蝈一直跟着徐允诺的走动鸣叫。徐允诺的腮帮子咬得死死地说：“站这儿。”徐天顺从地站在院子中间，徐允诺去墙根下找了根铁条，掂了掂，又放下，拿了根藤条。徐天习以为常地讨价还价地说：“爸，您手轻点，一会儿我还有事儿。”

“跪下。”

徐天嬉皮笑脸地跪下说：“我回来就是让您放心的，肯定不劫狱了。”藤条轮番抽下来，徐允诺抡着：“吃熊心豹子胆了！劫狱都干得出来，不许拿手挡！……还炸药！就仗着金海，回来跟没事儿似的，知道大哥扛多少……”

“您别累着自个儿。”

“嘴还犟！我让你犟，把你打残了就好了，跟家躺着省得出去惹事……”蝈蝈葫芦罐从徐允诺怀里掉到地上。徐允诺停了抽打，一颗心提起来，徐天捡起来，放在耳边听了听。

徐天龇着牙没皮没脸地抬脸看着老爹说：“你没打死我，蝈蝈摔死了。”

徐允诺小心接过葫芦罐，蝈蝈在里面又叫了一声。

“没摔死也冻死了，您先送屋里暖和暖和，藤条我举着。”

徐允诺恨得一跺脚，说：“……等着。”徐允诺进屋将蝈蝈葫芦罐放到窗台上，转身再出去，院子早就没有徐天的影儿了，地上扔着藤条，关宝慧从后院转出来，问：“徐天劫狱了？刚听明白……”

徐允诺一脑门官司，关宝慧心里的担忧又浮上来：“铁林没惹事吧？”

铁林回到保密局，将左轮手枪放回抽屉，然后敲了敲阎若洲的小办公门，里面没人回应，铁林索性推门进去，小办公室里没人。铁林退出来问道：“不是处长叫吗？”小林头也不抬“嗯”了一声。

“他人呢？”

“办事去了。”

小林的轻视让铁林感到烦躁。铁林站在小办公室俯视着台阶下的办公桌，他不断大口吸着气。保密局大办公室里的人差不多都走光了，铁林转着他的左轮手枪，子弹一粒粒放进去，将弹仓打开又合上，铁林干脆起身进了小办公室，他坐到阎若洲的椅子上，将脚跷到桌上。

福记人力车行外，一些车夫在门口待着，一条大汉盘着腿在凳子里吃窝头。徐天进来打听老盘，老盘站起身。

徐天看着老盘：“我叫徐天，你认识我吗？”

“不认识。”

有车夫认识徐天，赶紧插话说：“珠市口徐记车行少东家。”

徐天纠正道：“什么少东家，白纸坊警署徐天。”

“什么事？”

“147 号车在不在？”

老盘转身问车夫们说：“在不在？”

另一车夫说：“刚出门，回家了。”

徐天问：“他家在哪儿？”

“油房胡同。”

老胡和燕三在警署里看着徐天匆匆进来去自己抽屉里拿出大手电筒，燕三惊得站起来，徐天朝燕三伸手问：“枪呢？那支枪。”燕三愣愣地看着徐天说：“天哥……”

“给我。”

燕三没有办法，俯身去开柜子，徐天站在一边盯着他，问他：“宝元馆封着吧？”

“……封着。”

“去看着，别乱动东西，我办点事过去找你。”劫狱出来的徐天，就像什么都没发生。燕三满腹狐疑，磨磨唧唧拿出枪，徐天夺过来，把枪掖入后腰。燕三小心翼翼地问：“天哥……你没被关在狱里啊？”徐天倒是不在乎地说：“在里面关了一阵，刚出来。”

“那女共党呢？”

“还在里面。”

“怎么就你出来了呢？”

“大哥让我出来的。”

“女共党怎么……”

徐天被问烦了，说：“别老提这不痛快的事儿。”

说完，徐天又急三火四地出了警署，燕三回头看老胡，老胡又昏昏欲睡了。

沈世昌餐厅里，几个下人伺候着沈世昌柳如丝七姨太三人吃饭。七姨太偷眼看柳如丝说：“……小四，要走不高兴啊？”

柳如丝冷着脸回答道：“哪儿看出来不高兴了？”七姨太自讨了个没趣，说：“哎哟你是直肚肠，肚皮里面的事都挂在脸上。”

柳如丝说：“那您看错了，离开北平等于重新活一回，我很高兴。”

沈世昌问：“冯青波确定跟我们一起走？”

柳如丝的勺子在碗里滑来滑去，她说：“他不走在这儿就是等死，一大早共产党又找过来一次。”

沈世昌一惊：“噢？”

“我差一点也坐不到这儿吃饭。”柳如丝抬眼观察着沈世昌的反应，眼前这个男人终究是自己的父亲。

七姨太真心实意地被吓了一跳，说：“城里还有共产党呀！不是都拦在外面吗？”

“要么让共产党杀了，要么投共，要么去南边，他自己选。”自己遇险，但眼前的两人想的却是时局，柳如丝的心凉了。

沈世昌问："昨天我和冯青波在门口说的话你听见了？"

"当没听见也不行，你们俩心里都是田丹。"

沈世昌察觉到了柳如丝话中有话："这话什么意思？"

"我多事，让铁林去杀田丹了。"

沈世昌怔了半晌，问："……铁林？"

"京师监狱狱长金海的兄弟，保密局北平站的，冯青波的狗。"

沈世昌将筷子拍在桌上起身去里间。七姨太担心地看着柳如丝说："小四，你总是让爸爸不高兴。"柳如丝瞪了七姨太一眼说："跟你说了别叫我小四。"

七姨太也拉了脸，起身去里间，过了一会儿又回到饭桌前，绷着脸说："叫你进去。"柳如丝坐着不动拨拉着碗，过了半晌来到里间，沈世昌冲着柳如丝发怒说："田丹怎么能杀呢！"柳如丝不说话，她盯着父亲，没人关心她的命，也没人关心她的情感，或者冯青波就是她的命？杀了田丹，柳如丝就觉得自己保住了命。柳如丝看着沈世昌发怒的样子，心中竟然有些愉悦，如果田丹真死了该多好啊。

外面七姨太眼睛往里间瞟，随手打开客厅里的收音机。沈世昌看了女儿半晌问道："……冯青波现在在哪里？"柳如丝说："去北平保密局找铁林了，说得知道结果。"

冯青波一人经过保密局院子，走进空无一人的楼里。铁林靠在小办公室椅子里，脚跷在桌上睡过去了，手垂在衣服里，挂着左轮手枪，小办公室的门半掩着，小林抱着一堆文件，站在半掩的门外，撇了撇嘴离开了。

冯青波走进保密局楼道，遇到小林往外走。冯青波问小林："铁林在吗？铁组长。"

"你谁？"

"阎处长的朋友。"

小林努努嘴："……在里面。"

冯青波推开虚掩的门，铁林还睡着，冯青波掩上门，从袖子里顺出匕首。铁林突然抽动了一下，瞌睡打醒，睁眼看见冯青波，冯青波看见铁林手里握着左轮手枪。铁林睡眼惺忪："冯先生，您什么时候来的……"

冯青波冷冷地问："事做完了？"

"……做完了。"铁林说着要离开椅子，冯青波看着铁林手里的枪，说："坐着说。"

"不太好，我坐着您站着，这是我们处长办公室。"

"没关系，说。"

铁林往上耸了耸身子，把身体坐直："狱里拼死保田丹，我哥见过沈先生了。"

冯青波一愣，喊道："沈世昌？"

"剿总的，田丹来北平就找他，沈先生还给了我哥金条。"

冯青波最关心的还是田丹，他问："人杀了吗？"

铁林放肆地抖着腿，毫不犹豫地说："杀了，一枪打胸口上，狱警把我弄出去的时候还有气儿，估计这会儿已经死透了。"

冯青波半天没说话，铁林瞟着冯青波袖子里的匕首，说："冯先生，咱们说点实在的，这办公室我什么时候能用上？"

冯青波看着铁林手里松松捏着的枪，说："很快。"

"很快是多快，别跟柳爷忽悠我大哥似的，事儿都干了兄弟也翻了，您答应的事儿不办不行。"

冯青波咬着后槽牙眯了眯眼，说："你敢这么和我说话。"铁林一脸泼皮相，手指头勾住扳机，说："不是，我坐这屋帮您出力更大。"

冯青波接近铁林，铁林稍稍抬起左轮枪，冯青波定住身子。铁林说："冯先生，我可是死心踏地为你做事，你没事老让我看匕首干什么？"

外面大办公室有人进来，七八个像是刚刚行动回来的士兵，从身上往外掏枪。

冯青波直勾勾看着铁林说："田丹到底死没死？"

"我告诉你她死了。"

听完，冯青波转身要走，铁林坐在椅子上悠悠问："冯先生，这就没事儿了？这办公室的椅子我什么时候能坐上，你答应的。"

"我会安排。"

"我性子急，等不住。"

"你现在不是已经坐在这里了吗。"

“敢情还是忽悠我，我往后可没退路，全掰了。”

冯青波准备向外走，铁林在背后喊：“哎，兔子急了也咬人，别说是狗了，我兄弟今儿提醒我别当了狗连骨头也啃不着。”

一个特务推开门找处长，铁林随口说了句：“没在。”另一个特务进来从柜子里拿东西。

冯青波狠狠地扔下四个字：“好自为之。”

铁林一脸凶狠地说：“好不了，我可知道你住哪儿。”

冯青波穿过一群特务往外走，铁林从小办公室追出来，眼看着冯青波走出去。

铁林大喊：“你大爷！”

沈世昌家客厅收音机开着，沈世昌缓和了很多，说：“小四，冯青波不要管了，他终究跟我们不是一条心。”柳如丝说得坚决：“你想投共，我想走，我们也不是一条心。”是不是一条心，和投共或者南下无关，柳如丝的心早就凉了。

沈世昌怒了，说：“胡扯，投什么共！趁我还没有反悔，赶紧走。”

“您本来要杀冯青波对吗？”

“知道就好。”

“杀冯青波反而保田丹？”

“是，对于田丹我是主张和谈的，对于冯青波，我杀和谈的人。”

柳如丝眼睛里不知不觉泛起泪花，说：“我如果不是您女儿呢？”

“北平还在，天津固守，人无远虑必有近忧，都跟你说过了！”

“我不会变成你的远虑近忧吧？”

“你老是放不了冯青波就会，我们都会。”

这就是自己的父亲啊，柳如丝转身走出里间，沈世昌跟到客厅里，解释道：“小四，爸不是这意思，小四！”

柳如丝已经离开，沈世昌烦躁不已，他站了一会儿，去檀木案子旁打电话。

办公室里，金海看着纸上田丹写的西药名，他将纸折起来放入公文包准备离开。桌上电话响起，他接起来，是沈世昌打来的。

金海端正身子："沈先生，金条收到了。"

沈世昌家中，客厅收音机开着，沈世昌问："不说这个，田丹还好吗？"

金海愣了一下："好啊。"

"没出什么问题？"

"什么事也没有，给她换了间监舍，新换这个间是早年关亲王的，有床有褥子，我刚还去看了一看……"

沈世昌去将收音机声音调小了一些，他看见长根站在屋里，神色凝重的样子。金海继续说："……沈先生我那幅画不值四十六根金条，回头还是得找……"

"我先挂了，你照顾好田丹。"

金海挂了电话，心情顺畅，夹上包离开。

沈世昌看着长根，长根也没说话，上前一步将收音机音量调大。收音机里一个女人的声音："……天津外围战区已落入共军之手，我部第四兵团奉命从天津有序撤入北平战略防守，防守区李文司令长官已回到北平，与华北剿总共商下一步剿共大计，北平城周奉命拆除建筑扫清射界……"

沈世昌关了收音机，长根说："消息属实，共军只花三十个小时攻下天津。"

沈世昌难以置信地摘下眼镜："三十个小时，天津就没了？"

"第四兵团已经退进城了。"

沈世昌有些慌乱，他定了定神跟长根交代道："人手要可靠，如果接触问上了，就说是共产党城工部。"

长根正身："明白。"

"他现在在保密局北平站，回到小四那里就不好了。"。

冯青波从保密局楼里出来，院子里一片混乱，回来大批特务，阎若洲也坐着车回来了，特务一边走一边汇报说："处长，天津丢了，说守三个月才守了不到两天……"

阎若洲阴着脸往里走，冯青波不敢相信，拉住一个特务问道："兄弟，天津失守了？"

特务说："部队都被共产党解放了，退回来一小半不到，李文长官跑回北平还说要剿共。"

另一个特务问："我们怎么办？北平也守不住……"

冯青波失魂落魄地走出院子，胡同口晃着撤退的军车灯，每家每户门口的灯笼有亮的有灭的，街坊纷纷从自家出来，跑去胡同外面看热闹，徐天逆着人群往胡同里走。

一辆人力车靠院墙停着，徐天走过来，用手电照着看到车号147，手电光照到座垫上，翻开来果然有条裂缝。徐天手伸进去摸了一阵，不耐烦地将手缩回来，索性将裂口撕得更大，从里面掏出一只白皮信封，信封里有几页写着字的纸，徐天将信塞入了怀里。

北平街道，街上车灯乱晃，成队的军车鱼贯行驶，垂头丧气的士兵跟着车走。老百姓在街边站着看，冯青波也在人群里，他退出来左右四顾，朝一个方向慢慢走。

柳如丝的小汽车堵在路口，小车前面有军警拦着，柳如丝坐在车里，看着打完败仗的军队，萍萍从车外面过来，拉开门进入车里。

柳如丝问："部队要去哪儿？"

"刚从天津退回来的。"

"四兵团？"

"天津失守了。"柳如丝一颗心几乎要沉到谷底。

保密局北平站人来人往，有人从抽屉里收拾东西，有人在大声说话。有人抱着墙边那电话在喊："北平一天才几趟飞机？我们这些小老百姓估计连飞机场边都挨不上，现在阔佬大官都不一定能走掉，共产党还没来呢……"

铁林往处长的小办公室走去，小林从小办公室出来，与铁林打照面，铁林敲了敲门，推门进去，阎若洲也在打电话："……金条已经换出去了，不要急，南京去不得……等等。"

阎若洲捂住话筒，看着铁林，铁林有些不敢相信地问："处长，天津失守了？"阎若洲匆匆回答："战略收缩。"

"兄弟们好像都有点慌。"

“慌什么慌？北平还是党国的，南方半壁也是党国的，华北还有我六十万大军……”

“处长，刚才冯先生来了。”

阎若洲回过神来：“正要问你，我不在的时候，听说你坐在这里把脚跷到我的桌子上。”

铁林破罐破摔地说：“是挺舒服，我还睡了一会儿。”

阎若洲厉声警告道：“铁林，别以为跟着冯先生就了不起，你还是二处的人。”

“那是一定的，时候到了，肯定是这儿的人。”

“出去。”

阎若洲把听筒放回耳朵边：“喂，喂！”电话已经断了，阎若洲扣上电话，越过铁林出去，阎若洲从小办公室出来。到他习惯的位置，抓起个东西猛敲，大办公室安静下来他大喊道：“慌什么慌，乱什么乱！不过是天津退守，当年党国都退到重庆了，越是这种时候越要厉兵秣马！共产党都被正规部队消灭还要我们干吗？就算北平失守，我等也要坚守在这里，配合收复反攻，党国危难时机正是保密局建功立业的时候！”

铁林在阎若洲后面被笼罩在阴影里，他一半身子在小办公室里，阎若洲犹如在替他训话。

焚烧后的宝元馆，燕三在马路边看热闹。徐天低着头过来，也没搭理燕三，他径自扒开破木条进入宝元馆。两只手电晃动。徐天在周老板简单的睡觉房间翻找，从里面的卧室翻到外面照相的厅堂。燕三跟进来对徐天说：“哥，您说找什么？我好帮着一起找。”“小朵脚踝上的金铃，红绳系的。”燕三蒙圈了，他问：“到火场找金铃？”

徐天还在搜寻，头也不抬吩咐燕三找单据，燕三不明白地问：“啥单据啊？”

“拍照冲洗，送来取走的条子。”

燕三有些无奈地说：“烧得差不多了……”

徐天总是固执的，说：“从没烧的地方找。”

“刚外面的人说天津被共产党解放军占了。”

徐天充耳不闻，手枪从他腰后掉出来，燕三捡起来。

“给我。”徐天说。

“您带这枪干什么。”

“明天一早跟我去抓冯青波。”

“冯青波？”

“国防部二厅的。”

燕三怀疑自己听错了：“天哥，咱们小警察抓国防部的人？”

“这儿是他烧的，周老板是他杀的。”

“您怎么知道？”

“就是他。”

“老周死了活该，他是小红袄。”

徐天扔了手里一堆东西，说：“从这儿找不到要找的东西，周老板就不是小红袄。”

“怎么又不是了呢？”

“田丹说的。”

燕三泄了气，说：“那又没谱了，这被烧得乱糟糟的怎么知道谁是谁呀？”

北平保密局办公室，依然一片混乱，阎若洲离开小办公室走了出去。

铁林在自己的位置上，头从阎若洲那边扭回来，抽屉开着，八根金条在里面。铁林拿了四根放到大衣口袋里，看了半晌，又拿了两根，然后又拿了一根放到兜里，抽屉里只剩一根金条，他拿着金条站起来，走向一个组员。铁林拍拍一个特务的肩说：“叫大伙来处长办公室。”特务不明白地问：“现在？”

铁林进了小办公室，犹豫了一下，还是坐在阎若洲的椅子上。五个特务进来，诧异地看着铁林。

坐着的铁林俨然就是一个处长的样子。他说道：“党国危亡，非常时刻……”

特务打断了铁林的话说：“组长，处长要是回来看您坐这儿……”

“早点让你们知道也好，过不了几天这个位置就是我的。”

特务们不太相信，面面相觑，铁林补充道：“我们是兄弟，跟着我干不会吃亏的，我当处长你们都是组长。”

特务们仍旧一头雾水，铁林继续说：“明天一早带上家伙到……上次有你俩吗？咱们一起行动过。”

“让三十一军抓走那次？”

“就那儿，一早集合好，听我的命令行动。”

“组长，是私活儿还是处里的事儿？”

铁林将一根金条放到桌上：“拿着，大伙分分。”

特务眼睛亮了：“几个人分？”

“四组几个人？”

“王聪兄弟俩不在，七个，加您八个。”

“我的事就是处里的事，金条拿着。”

特务痛快收起来，说：“明天一大早，兄弟们到了，都听您吩咐。”

铁林舒服地靠着椅背，命令道：“出去吧。”

街上依然一片混乱，不停地开过军车和坦克，冯青波打开门进入修表铺子，将门钥匙扔在操作台上。他坐下来，打开灯，面前放的正是那只红色暖水袋，冯青波拿过桌上擦钟表的绒布，在暖水袋上擦了几下，半晌，他拧开暖水袋的金属塞子，扔入边上的垃圾桶，然后又将暖水袋也扔进垃圾桶，冯青波关了灯，在黑暗中坐了一会儿，起身出去，那把钥匙被留在了操作台上。

冯青波从铺子出来，掩上门，也没再锁，他沿街而去。

铺门在他身后被风推开一条缝，冯青波沿街行走，坦克轰隆隆地从他身边开过去，他注意到后面有人跟着他。他转了一个弯，继续走，发现前面也有人堵过来。冯青波从快步走着，不断加速到发足奔跑，他进入一条僻静的胡同，前方堵过来两个人，再看后面也堵过来两人，他只好停在胡同中间，胡同口里不时晃进来军车开过去的灯光。最后一辆军车过去，军警离开路口，柳如丝的车开动。胡同里安静下来，四个男人从两头接近冯青波，匕首从袖子滑出。

冯青波问：“你们是什么人？”

“共产党华北城工部。”

“几组？”

男人没作声，抬手开枪，冯青波贴地滚向离他最近的一个人。当他到这个男人身后的时候，男人已中两刀毙命，冯青波以此人为盾，退至一处院门口，反肘撞开院门，跑进去，四个男人追入院子，院里有个半老男人，冯青波逃来，扒拉过男人阻挡，后追入的人毫不犹豫开枪击倒半老男人，冯青波翻上矮墙，后面开枪，另一条僻静胡同，冯青波从墙上摔下来，腹侧中弹，眼见胡同口又奔入两人。冯青波藏入凹处，等两人接近，干死一个，摁倒剩下的："城工部？"男人不吭声，拼死反抗。冯青波发了狠地问："几组？"

男人挣脱擒拿，将枪指向冯青波。冯青波抓住枪身，单手便卸了弹夹，退出膛中子弹，肢解手枪，他走向胡同口，临近胡同口的时候，又进来二人，冯青波用匕首放倒二人。

小汽车开着，街灯一晃晃滑过柳如丝的脸，冯青波贴街边行走，血顺着长衫滴下来，一辆吉普车从后追过来，冯青波奔跑，车内人向冯青波开枪，街面上仨仨俩俩行人四散，车内射击完全不顾忌路人，冯青波奔入一处店铺，铺内伙计惊逃，吉普车停住，下来四个男人进入铺子，冯青波在铺内拼死放倒三人，夺路出铺，他跃上吉普车，男人从店内追出来，向吉普车轮胎开枪。车爆了一只胎，但仍绝尘而去，柳如丝坐在车里，车还开着，冯青波长衫滴血。车轮冒烟，胶皮脱落，车歪歪斜斜地开，后视镜里，又一辆吉普车追上来。

柳如丝的车开了进来，停到门口，柳如丝和萍萍、保镖下车。巷子口传来车胎摩擦声，一辆吉普车冲进来，撞到墙上熄火。萍萍从车里抓过枪，保镖拔枪在手。半晌，吉普车门推开，保镖和萍萍走过去，柳如丝站在门边，萍萍大喊："……姐，冯先生！"

冯青波额头也撞出了血，他看到车前面柳如丝慌张地跑来，萍萍和保镖护着冯青波下车，胡同口射入大灯，是追上来的吉普车，大灯照到柳如丝和冯青波。

萍萍和保镖举枪相向，吉普车掉了个头开走了。

冯青波被柳如丝和萍萍扶着走进来，两个保镖留在院门口戒备着。柳如丝急匆匆地吩咐萍萍给三十一军打电话。冯青波拦着，他艰难开口说："不用打，不会再来了。"

"你怎么知道？"

"不是共产党城工部的人。"

柳如丝看了冯青波片刻便明白了，冯青波脱下长衫，撩开短衣，自己检视伤口，嘴唇发白，说："穿透了，3.75 口径左轮，消毒酒精有吗？"

"有。"萍萍往后面跑去，冯青波继续说："共产党不会当街无目的地开枪，追我的时候他们杀了个平民，3.75 口径左轮属于自卫手枪，是你父亲的卫队。"

柳如丝心疼着，嘴上不饶人地说："活该！"

"为什么？"

"你知道为什么，天津沦陷了，我爸要真和谈了，只有你我知道他的底。"

"我奉国防部二厅保密局之命潜伏北平，按你父亲指令行事，接杀田怀中也是他的指令，田丹活着入了剿总的监狱不是我的过错，现在她也死了，共产党要我的命，自己人何必赶尽杀绝！"

柳如丝几乎是嘶吼道："因为你不愿走！"

冯青波也嘶吼着说："我不走留在这里还能干什么！"

"那为什么又去找铁林？"

"一个女人信任我，而我杀了她的父亲，她只能在监狱里靠完全不相干的人猜，本来我应该当面告诉她是我干的，再让她明明白白地死在我手里！……你做得对，是不应该让她还活着，我们明天走了，我找铁林只是要亲耳听到她的死讯。"萍萍拿过药箱，冯青波接过来说："我自己来。"

第三十三章

沈世昌依旧坐在书房看书，但如果留意的话，会发现他一直停留在那一页。长根匆匆进来，一脸愧疚地说：“沈先生……去了八个人，还是被他跑了。”

沈世昌戴着老花镜片，抬头看长根说：“跑哪去了？”

“柳小姐住的地方，我们的人还在外面守着。”

沈世昌抬手挥走长根，把书丢到桌子上，半晌，沈世昌走向电话机。

冯青波拒绝柳如丝的帮忙，坚持自己消毒，他忍着疼痛一头虚汗，手却丝毫不抖，柳如丝在一边看着心里五味杂陈。冯青波调整着自己的呼吸，说：“刚才他们看见你，不然我已经死了，现在出去还是会死。”

楼上电话响了，柳如丝并不想理会，说：“我爸打的。”

冯青波叹了口气，说道：“这几天你救我三次，我这条命是你的，我说过以死相报，是因为我确实没有别的东西可以报答。”

电话一直在响，冯青波看着柳如丝说：“接电话，他是你父亲，如果叫我走，我立即离开这里。”柳如丝起身上楼，转身的瞬间，眼泪簌簌而落。

听筒里终于传来柳如丝的声音：“爸。”

沈世昌略有些急迫地说：“你没事？冯青波在不在你那里？”

“在。”

“他没对你做什么？”沈世昌问。

“我是保他命的人。”

“他很危险。”

柳如丝冷静得像一块冰，说：“因为你要杀他，怕他拿我要挟你？”

沈世昌急了，说：“你是我女儿！”

“他还在意我，不会的。”柳如丝不想再说话了，她只想再跟楼下的那个人坐一会儿。

“叫他离开，或者你回家来。”

“我不回家了，明天和他一起走。”冯青波就是一堵墙，她心甘情愿地一遍遍地撞上去，撞得头破血流，撞得粉身碎骨，撞得玉石俱焚。

“事到如今他不会走了。”沈世昌的声音听上去变得急切起来。

“不走他还能干什么？”

“不是我杀他就是他杀我。”

“他如果要杀您先杀我，您如果要杀他也先把我杀了。”

沈世昌那边半晌没有声音，柳如丝接着说：“爸，这事儿就这么着了，您也别想太多，过了明天以后只当世上没有冯青波这人，您也没有过我这闺女。”

“小四……小四！”

电话里半天没声音，沈世昌看了看听筒，叫道：“……小四？”

柳如丝的声音还在：“爸。”

“你何必呢？”

“他一个人挺不容易的，让外面的人撤了吧。”

电话传出蜂音，沈世昌慢慢地把听筒放回去，长根一直站在门边。沈世昌摘下眼镜，狠了狠心，说：“再加些人手，明天他们从家里出来去天坛机场的路上做。”

“会伤到柳小姐。”

“小心一些。”

“还是会伤到。”

“……小心一些。”

小心一些，是沈世昌身上残存的一丝父爱，如果这也能算作父爱的话。

冯青波已经包扎完毕，他小心地穿上衣服，尽量不碰到伤口。柳如丝的脚步声传来，对他说："走吧。"

冯青波垂下眼睛，手撑在沙发上，挣扎地站起来，柳如丝停在楼梯中间，她的声音也很虚弱，说："我说明天我们一起走。"冯青波停住身子回望她，柳如丝继续说："我让外面的人撤了。"冯青波疲倦地坐回沙发上，眉头紧锁，说："外面的人不会撤的，我在这里休息一晚上，明天你走你的。"

柳如丝低声唤他的名字，冯青波苦笑一声："不要误会，如果可以，我愿意和你去任何地方，以后过一过像人的日子。"

柳如丝的手捏在楼梯扶手上，她也苦笑一声，说："那就好。"

"但事情已经开始了，天一亮只要我们出去就杀，就算你和我在一起也会死，所以你走你的。"

"不可能，爸爸不会动我。"柳如丝的自信不来自于沈世昌，而是"女儿"这个称呼。

"你自己出去，就不会动。"

柳如丝深知他的话是正确的，但她不敢相信，她拖着脚步回到楼上。

冯青波一人坐在安静的一楼，过了很久，扬声唤道："林萍。"

"冯先生。"

"把枪给我，你去休息吧。"

萍萍有些犹豫，冯青波勉强地朝她笑了笑，说："他们可能会进来，和你没有关系。"萍萍把枪拿过去，放到冯青波身边沙发上。她慢慢走回自己的卧室，回头看了看笼罩在阴影里的冯青波，又担忧地看了看楼上。

柳如丝站在窗边，从窗子看出去，巷子口影影绰绰，停着一辆吉普车。车灯亮过来，又有两辆吉普车过来，下来一些人与之前的人会合。

冯青波坐在正对大门的沙发上。萍萍轻轻走过来，往茶案上放了一杯水，往沙发上放了一只备用弹夹，冯青波说了声："谢谢……"

被焚烧后的宝元馆，徐天站在一片焦黑中间，一无所获令他沮丧不已。徐天抬脚踹倒一只柜子，柜子散架，掉出来一些票据。他俯身去捡起来，用手电照着看。

"什么呀？"燕三凑上前。

“拍照冲洗条子。”

“找着了？还找什么？”

徐天又跑回烧塌一半的暗房，说：“小朵那些照片的袋子。”

“小朵的照片呢？”

“放刀姨家了，没袋子跟存取条对不上。”

“找着照片的时候没袋子。”

徐天抬头瞪着燕三，燕三有些心虚，赶紧解释道：“当时我就在您边上，还问来着……您让我出去。”

“没袋子？”

燕三斩钉截铁地说：“真没有。”

徐天将那一叠存取条塞入衣兜，两人从破口钻出来，徐天关了手电，问：“你还记得柳爷家吗？”

燕三茫然地看着他，徐天继续说：“我、大哥和二哥在巷子里让一车当兵的抓了，二哥还带了几个人，你跑了。”

燕三点点头：“记得，换金条的那地。”

“明天一早在那儿碰面。”

燕三一愣：“就咱俩？”

“带上铐子。”

燕三忐忑：“天哥，刚劫过狱，咱能不能歇一天。”

“歇下来干什么？”

“喘口气儿？”

“本来就憋着，歇着气儿更出不去。”

珠市口徐天家门前，铁林坐在车里看徐允诺送关宝慧出来，徐允诺问铁林有没有看见徐天。铁林好像没听见，轰的一声车开走了。

车里，关宝慧满脸不高兴地问：“这一天都上哪儿了？”

铁林冷冷地回答道：“忙了一天。”

“徐天昨晚上劫大哥狱了知道吗？”

“知道。”

“知道呀！徐叔都愁死了。”

铁林将亮晃晃七根金条一根根掏出来扔给关宝慧。

关宝慧一惊："哪儿来的？"

铁林开着车没吭声，关宝慧又问："咱们家送去换的那八根？"

"这是七根。"

"那这是哪儿来的？"

"上面赏的。"

"你干什么，赏这么多？"

"去大哥狱里把田丹杀了。"铁林说到杀人时，不再带任何炫耀及忐忑的情绪，他把这视为理所当然的事情。手上是否有血不重要，他的心散发出血腥味，那股血腥味让他感觉到自己的雄心壮志。

关宝慧不信地说："别跟我瞎说。"

"你不信拉倒。"

"徐天劫田丹没劫成，你却把田丹杀了……"关宝慧感觉很不安："……这样好吗？"

"有什么不好，他干他的我干我的，我跟他互不妨碍。"

"怎么妨碍不着？你跟他是兄弟，我天天在他家吃饭。"

"我和他的兄弟悬了，你在他家吃饭是因为你爸和他爸，这是两码事。"

"做兄弟悬了？你的脸怎么回事？"

"徐天打的。"

关宝慧愣了，说："他打你干什么呀！"

"你去问他，我杀田丹为他好，一个外人死了大家消停，他还跟我动手。"

关宝慧这才反应过来，说："这是什么跟什么……你真杀人了！"

"老子这行当就是杀人的，以前我废物，以后不是了。"

关宝慧看着铁林阴沉的侧脸不敢再说话，她现在很忧虑，她期待着眼前的男人威风一点，她以为这个男人会成为一头狮子，现在却变成了一匹豺狼。

金海独自走回来，到了平渊胡同，经过刀美兰院门时，他上台阶时下意识去摸门楣上面，本来已经不抱希望准备下台阶，手却摸到了久违的半截锯片。金海怔了片刻，将锯片放回去，走回自己院子："缨子，家里有吃的吗？”

大缨子从自己屋子出来往灶间走去，说：“有，我去给你热。”

“不用热，盛碗里，我拿去隔壁热。”

“啊？哎。”

金海钻到房间里，翻出半瓶酒，拿着出房间。大缨子捧着只碗，碗里堆了些菜和两个窝头，说：“端过去多凉啊？”

“喝两口就热乎了。”

“美兰可能睡了。”

“叫门。”

“哥，你跟美兰……”

金海看着大缨子说：“我跟美兰的事儿定下了，以后你们也别不好意思。”

金海想着刀美兰，但缨子想的是燕三，说：“那我得知道咱们还走不走？”

“干什么？”

缨子梗着脖子说：“我也有事儿要确定。”

“你什么事儿？”

“回头再说。”话到嘴边，大缨子终究是没说出口，转身时，大缨子暗暗生气，但那股子气来自于哪里呢？她自己也不清楚。

金海端着碗敲刀美兰家院门，里面许久没人回应，金海索性敲得胡同里都听见，刀美兰从里打开，金海看着刀美兰的脸笑着说：“跟你说说话。”刀美兰瞟了瞟门楣上面，金海说：“腾不开手，以后也别搁了。”

金海端着吃喝进来，看见桌上摆着两副碗筷，一副是空的，一副吃了一半，他问道：“你也刚吃？”

刀美兰说：“别坐那儿，给我碗，我给你热饭去。”

“别热了。”金海抓起窝头啃，就着凉菜喝了口酒。他坐下来，看着空碗后那个空位置。

“明天是小朵头七。”

金海点着头说：“该入土了。”

“徐天说照相的周老板就是小红袄。”

“是不是都该入土了，老搁在冷窖里不是事儿。”

“这得等徐天出来办。”

“徐天出来了。”

刀美兰一愣：“……这么快？”

“铁林也出来了，八青过些日子才能出来。”

刀美兰问：“铁林又怎么了？”

金海倒了一杯酒，说：“要喝点酒吗？”

“不喝。”

“多说两句，你不烦吧？”

“我听着。”

“四九城都说金海黑白两道，我不明白哪条是黑，哪条是白，但明白哪条道都得靠兄弟，狱里两百多个兄弟，狱外面两个……半辈子里外两拨兄弟，到今天缘分差不多要到头了。”

刀美兰没明白：“怎么到头了呢？”

“徐天和铁林，一个去狱里劫人，一个去狱里杀人。”

刀美兰愣了半晌，拿过酒说：“我也来一口。”

“本来解不开了，幸亏遇上一高人，沈世昌沈先生，昨天我带幅画当见面礼去找他替我说情，人家二话没有把四十六根金条送家里来了，怕我不收，说是那幅画的钱。”

刀美兰愣着。

“徐天六根，铁林八根，把兄弟俩还了，我还剩三十二根，本来指着下半辈子过日子用，散了。”

“散给谁了？”

“狱里两百多个兄弟，当封口费。”

刀美兰拿过酒又喝了一口说：“徐天劫田丹，铁林杀田丹？”金海看着刀美兰，刀美兰蹙着细眉说：“田丹死了？”

“没有。”

刀美兰如释重负，金海端详着刀美兰的脸，笑道：“喝两口就上脸。”

“上脸吗？”

“红扑扑的。”

刀美兰捂着自己的脸，金海又给她倒了一杯，说：“钱散了是小事，兄弟也难一辈子，没不散的席，眼前，我有两件不知道怎么办的事儿，你帮着想想办法。”

“我能帮你想什么事儿的办法？”

“我怕欠人情，欠人情还不如欠人命，这你知道？”

刀美兰摇摇头说：“不知道。”

金海顿了顿：“徐天跟我一样，脾气一样，所以才能成兄弟。”

“你要说什么？”

“豫让知道吗？”

“没见过。”

“古人，你见不着，他要杀个人，杀了好几次……”

“你别说杀人的事。”

“这人是个好人。”

“杀人的都不是东西，没事大家伙儿好好的不行。”

“这么说吧，我是打定主意要走的，但我欠了沈先生一个大人情，得替他看着田丹，好端端地护在狱里等共产党，但共产党一来我八成没活路了。”

刀美兰在心里忖着说：“这是第一件事？”

“嗯。”

刀美兰又说道：“沈先生是帮田丹的？”

“嗯。”

“沈先生帮田丹，田丹是共产党，你替他好端端地把田丹护在狱里，共产党来了怎么没活路呢？”

金海沉吟了半晌，刀美兰鼓足勇气接着说：“是这道理儿吧？还有一件事呢？”

“本来打算去南边手头有三十二根金条，现在没了，你还跟我走不走？日子没准儿苦点，但不会让你苦着。”

“还想要走，合着白说了……我不跟你走。”

金海闷头喝了口酒。

“你也别走了，共产党来好好跟他们说。”

“也行，话说明白心里就松快了。”

“明白了？”

“明白，好久没这么松快了，再喝点？”刀美兰端起杯子，眼波流转。

金海笑着，刀美兰被他注视着怪不好意思的。金海说：“你要白天喝点就好了。”

“为什么？”

金海的坏笑变成大笑，说：“脸看上去也红扑扑的。”

“什么时候带我见见那位沈先生。”

“干什么？”

“我也见见这么厉害的人。”

“带你算怎么回事儿。”

“你刚在隔壁院，不说跟我的关系明了吗，又不知道算怎么回事了？”刀美兰酒气已有三分上头，金海看着她宜喜宜嗔：“你见什么，一胡同娘们儿，沈先生是高人。”

“我想看看他面相。”

“面善。”

“有人长得善，心不善，你长得不善，心善，里外不一样。”刀美兰的这句话把金海说得舒坦，金海又给他倒了一杯说：“再喝点。”

珠市口徐天家冷冷清清，只有车铃叮叮响着。徐天回到家，看见徐允诺的房间亮着灯，犹豫着准备往自己屋去，身后叮叮声又起，他回过身子，看见父亲徐允诺在捣腾车，徐允诺瞟了儿子一眼，徐天看见那支藤条还扔在院子中间，他走过去捡起来，徐允诺擦着手走过来说：“你比谁都忙。”徐天把藤条递给父亲，徐允诺接过藤条，徐天不情愿地跪下，徐允诺接着说：“忙到这会儿回来，还想劫狱？”

“劫是不行了，得想想别的办法。”

徐允诺停下手里的活儿，看着徐天说：“什么办法？”

“我也没想明白。”

徐允诺看着徐天，气不打一处来，说：“你就没想过劫了个狱，怎么还能没事人一样回家？”

“大哥保的我。”

徐允诺对徐天的态度并不满意：“金海跑到警署把你关的人劫了，你行吗？”

徐天有自己的考量，说："我抓的人和他关的人不一样。"

徐允诺厉声道："不管一样还是不一样都是劫狱，明天去给金海赔不是去，抽自己大嘴巴！"

"又赔不是，前几天刚赔过。"

"架不住你老惹事呀！"

徐天有点不耐烦："您打不打？不打我起来了。"徐允诺盯着儿子气得眼睛一鼓一鼓的，徐天缓了缓："明天一早要抓人，抽空我会找大哥的。"

徐允诺一言不发，将藤条放到墙边，进了自己的房间。徐天起身，跟着也进了徐允诺房间，徐允诺皱着眉头在摆弄断枝盆景，徐天瞧着几个蛔蛔罐："蛔蛔活着呢吗？"

徐允诺没搭理，蛔蛔在罐儿里应了两声，算是回答。徐允诺问徐天说："你为什么要劫女共党。"

"想劫。"

"你怎么不劫别人呢？"

"就想劫她。"

徐允诺的脑子里，终归是一个男人和一个女人的事。他说："吃迷魂药了吧，那女的使什么妖术……"

"知道您要这么说，她干的是正事，我帮干正事的人。"

"你讲不讲理，她是犯人。"

"没理讲，她什么事儿也没犯。"

"我看你是被她迷住了！"

徐天顿了顿说："没错。"

"没错？"徐允诺不相信自己的耳朵，自己是讲理的，但儿子却在无理的泥潭里越挣扎越深陷。

徐天也觉得这样说不太尊重父亲，往回找补了一句："都这么说了，我顺着您说的。"

徐允诺大怒："小朵还没入土呢！"

"这事儿我知道。"

"你就又为个女的要死要活。"

"是。"

徐允诺梗着脖子说："你也不害臊？"徐天也梗着脖子说："不害臊。"父子两个人像两只好斗的公鸡，互不相让。

徐允诺气急败坏地说："怎么这么浑呢！"

徐天破罐破摔地说："我是您儿子，您又不是不知道。"

"徐家出了你这么个东西，气死我了……"徐允诺跟徐天说不明白，索性转头去伺候盆景，徐天闷闷地说："别弄那盆景了，一会儿又断一根儿。"

徐允诺这才把旧账翻出来："这是谁弄断的？"

徐天直言道："我。"

"你是挨刀的猪不怕开水烫了。"

"要不您再打我一顿出出气。"

"你成天鼻青脸肿的还缺打吗！"

"不打我就回屋了，一叠条子还得一张张看呢！"

"啥条子？"

"取照片的单子。"

徐允诺愣着。

"过去了哈，消消气儿。"徐天说完，徐允诺无奈地看着儿子晃出去。

徐天回到自己房间，把一堆条子散到炕上，徐天拿起来一张一张看，完全没有头绪也没有心情，满脑子都是和田丹的对话。田丹的脸是模糊的，但声音却无比清晰透明："你很烫……""嗯，发烧了""那个拍照片的很会用刀吗？"

徐天索性后仰躺在床上，他下意识将两个人曾经说过的话重复一遍："没有人中三刀只是流血不伤性命，没有的事儿。"

"照片可能是别人拍好送去洗的。"

"我不信。"

"你告诉过我入刀位置。"

"这儿一刀……这有一刀……这儿第三刀！"田丹将徐天的手握住，从自己身上拿开，徐天人蒙蒙的。田丹笑着："明天，你会在白纸坊还是珠市口？"

田丹，田丹，田丹，永远是田丹。徐天扔开那些纸条，他扭头看桌上的照片，贾小朵在相片里勾着他的手指头，忐忑又欢畅地笑。徐天发誓不再想田丹了，似乎每想一下，都是对小朵的亏欠。

徐允诺在外头敲门，徐天扬声喊："爸，门没拴。"徐允诺推门进来，里里外外看了一眼："睡吧。"

徐天问："北平一天天地往外出多少人？"

"谁出北平？"

"小红袄。"

"不是宝元馆那……"

"可能不是。"

徐允诺叹了口气："……天儿，小朵要在看见你这样也不落忍。"

"她让人把血全放了，谁不落忍谁？"

"小红袄怎么又不是周老板了呢？"

"田丹说不是。"

"她说不是你就听？"

"这事儿就她上心，我还能听谁的？"

面色苍白的十七手裹着纱布给田丹的监舍换那盆炭火。田丹问十七："你不换班吗？"

十七仍然面无表情，说："老大吩咐我照看您。"

"辛苦了。"

"您别为难我，想着从这儿出去。"

"很快。"田丹疲倦地躺倒，肩上纱布在渗血，十七看着渗血的纱布说："……纸上写的那些药能买着吗？"

田丹扭头看着十七，十七补了一句说："老大让我去买。"

"大药房有中成药。"

十七拎着东西出去，田丹在后面紧接着说："你手上的伤也要消炎。"

这一句话让十七的身子微微震动了一下，他觉得浑身通了电似的。他缓了缓说："我不碍事。"

夜深人静，柳如丝从楼梯轻轻下来。冯青波坐在门口壁炉前的沙发上闭着眼睛，柳如丝绕过沙发，将他边上的枪拿开，坐到枪的位置。冯青波抬眼，看着神态疲惫的柳如丝说："没睡？"

柳如丝反问道："你睡得着？"

"闭目养神。"冯青波轻轻地，也是无奈地说。明天是否还活着都是个问题，肯定是睡不着的，但养了神又要去哪里呢？救党国？就算自己不眠不休，也无济于事。

"明天准备怎么着？"

"一直在想，不知道。"

"我最后说一遍，跟我一起走，你要不愿意我也就不跟你客气了。"

冯青波看了柳如丝半晌，柳如丝下了最后通牒，说："别一副死相，又不说话。"

"你很好，应该活着。"

柳如丝甚至怀疑自己眼睛看错了，她好像看见了冯青波脸上闪过了一丝怜惜。"你居然还会说句我爱听的……我再问一句你不爱听的，田丹跟我比，谁对你更重要？"

冯青波闭了闭眼，缓缓道："不能比。"

"必须比。"

"她已经死了，你让铁林杀的，我现在和你在一起，想让你活着。"

"沈世昌是我爸，不可能动我。"柳如丝说这句话的时候，是笃定的，这份笃定并不来自于对沈世昌的信任，而是没有了冯青波，自己死后都无所谓。

"明天你还和我在一起，他就会对你动手。"

"我不信。"

冯青波看着窗外的月色，说："我不值得你为我这样做。"

柳如丝也看着那朦胧月色，说："不是你值不值，我想试试。"

两个人并肩坐着，月色很凉，照得两个人孤零零的。月光似乎被风吹得摇晃，壁炉发出了响声。上好的木头燃烧着，散发出好闻的气味。柳如丝看着身边这个半阖眼睛的男人，她在心里一遍遍描摹着他的侧脸，此刻没有争辩，没有枪火，安静得令人沉醉，柳如丝甚至希望自己的生命终结在这一刻。

第三十四章

监狱的通道里都是狱警，他们面带喜色。华子四处奔走着嘱咐着大家，说："值晚班的人继续值晚班，值白班的人可以走了，不要乱，像平常一样交班查监，从内部通道走，牢房里头道门禁不要过人，回家把嘴都闭上……"

狱警们有秩序地四散，华子看十七提着东西过来站在角落里，眼神落在自己身上。华子走到他跟前，十七放下东西，手往怀里掏着。"掏什么？"华子问十七。

十七掏出两根小金条，说："一根是前些天老大给的，还一根是后来给的，说好给您。"

"我们一人一根，留一条。"

"我用不着。"

"谁都得拿，封口闭嘴。"

"大家拿的份里有我的了。"

监舍里，田丹从衣角里取出四五个小纸团。一点点展开来，是三张监狱结构图和两张看守换班表。

狱警们在通道里行走，经过囚犯物品存放处。两拨狱警往两个方向分开巡逻，田丹手指交替在结构图和看守换班表上游走，监狱内部通道空了。

监舍里各道门禁哐哐响，当值的狱警在交班检查囚犯监室。下班的狱警在更衣室取自己的私人物品。

田丹查看表格，手停在结构图上，片刻，她的手指又开始游走。下班的狱警从更衣室出来，通道重新站满了人，狱警更衣室里面空了。田丹的手指继续游走。一扇通向院子的小门打开，下班的狱警陆续从小门出来，进入院子，小门一直开着，院子里停着那辆囚车，有落单的狱警，拎着自己的东西匆匆跑出来，狱警们陆续走向大门，那扇唯一的小门开着，有狱警站在门边，一个个下班的狱警向小门边的狱警打个招呼出去。

田丹将五张纸团起来，扔入火盆，火焰腾起，纸一点点烧成灰烬。

1949年1月18日，农历腊月二十。

猩红的宫墙露着荒凉，小骆驼挨着墙缓慢行走，看起来心事重重。珠市口街上有早起的行人，街道上有昨晚军车过后的混乱痕迹，一些沿街停着的人力车倒了。

寒风里，一个小贩推着胶皮独轮车，吆喝着：“年糕嘞，年里的糕年关嚼，年关里嚼完来年高，年糕……”小贩的胶皮轮压着什么东西，车子差点歪倒，一枚圆滚滚的铁疙瘩滚出老远，缓缓滑到街边。小贩歪着车过去，百无聊赖地用脚一踢，铁疙瘩继续滚，滚到三五个铁疙瘩一起时，小贩就不踢了，他看清是美式手雷。小贩将车往前推，手雷越来越多，最后是摔在街边的两只破木箱，里面都是手雷。小贩惊叫着：“哎……有人吗？炸弹，哎！”

祥子拉着空车到小贩跟前，说：“别动，你先在这里看着。”

小贩放下独轮车，蹑手蹑脚上前，说：“捡捡……”

人穷惯了，命跟着就贱，也就顾不得什么危险了，祥子放下车，直接把小贩推到一边：“炸死你，也别让人捡。”

离炸弹只有一墙之隔的徐天家，徐天躺在床上，他带回来的存取条子扔了半床。外面响起敲门声，徐天从床上忽然坐起，听见是祥子的声音：“少爷，少爷！快到门口看看，外面围半街人了。”

徐天穿衣拉开门，问道：“发生什么事了？”门外的祥子说：“家门口有两箱炸弹。”话还没听完，徐天立即跑了出去。

家门前，几个车夫和小贩将看热闹的人围成半圆。徐天拨开人群，蹲下去看着那两箱炸弹。祥子怯生生地问：“能炸吗？”

徐天瞪着眼，说：“把半条街炸上天都行。”

祥子吓得后退两步，咂了砸嘴说：“这怎么办呀？”

徐天看着满地的手雷和周围的人，说：“收拾到箱子里抬家里去。”

祥子面露难色：“啊，用手捡啊！”

徐天捏着一个手雷站起来，说：“别拔这销子，轻着点捡不会有事的。”

“把这些手雷拿家里干什么？”祥子没心思揣摩徐天的计划，他只是单纯害怕手雷。

“还扔街上？到警署我让老胡报告城防军需处来拿。”徐天说着将手雷揣入兜里往回走，走了两步，回头冲着围观的人摇晃着手雷：“都散了，大早上的不怕被炸死啊！”

铁林家的小炉子上，药罐冒着热气，关宝慧坐在床上，看铁林喝了两大碗中药，这药里是她对生活的唯一一点不满足，似乎喝下去了，自己的日子就能离幸福更近一些。

两碗喝完，铁林匆匆放下碗，说：“那碗不喝了，等会儿再热一下。”

还剩一碗，日子总是这样，离“圆满”总差那么一点，就这一点永远填不上，关宝慧并不开心，看着没喝的那一碗药又有些委屈，说：“这么早出门。”

喝完两碗药的铁林，觉得自己已经完成了任务，为了你每天喝苦水，还能怎么样？吞下了苦水，铁林理直气壮地说：“早就想出门，一宿等天亮……去不去徐天家？要去快点起床。”

想起徐天来，关宝慧抱怨：“还怎么去呀，你们俩都闹翻脸了。”

铁林没好气地说：“那你就家里待着。”

“一人待着害怕。”

“怕什么？”

“那姓冯的找上门来怎么办？”

铁林走到了门边，一时间不敢回头看关宝慧。连给老婆一份安心都办不到，这个男人当的还有什么意思呢？铁林软了软语气，安慰关宝慧说道：“他找不来的，起码今天来不成。”

“你怎么知道。”关宝慧撇着嘴说，连日的担忧让她脸色发青，铁林看着关宝慧：“我现在就找他去。”找冯青波的结果是什么，铁林也不确定。很多时候，面对冯青波时铁林不是感到恐惧，而是心怀期待，这是一场游戏，生死是赌注。只要向上爬，死也没什么。可家里还有个关宝慧啊，自己死了，她该怎么办呢？

想到这些，铁林不敢再看关宝慧，轻轻关上门下楼，走进吉普车里。车内，铁林发动了车颠颠地开走。吉普车在寒风中勉强行进，铁林也一样。

徐天揣着雷回到家，收拾自己，洗脸刷牙，徐允诺拎着布袋，看着沉甸甸的。祥子一伙小心翼翼抬着两个箱子进来，祥子边抬边问："放哪儿东家？"

徐天咬着牙刷含糊地说："我屋。"

徐允诺一愣，说："什么呀？"

祥子头也没抬，说："炸弹。"

徐允诺气不打一处来，冲着徐天大喊道："徐天你又想干什么！"

徐天满不在乎："不干什么。"

徐允诺拦着祥子，转头问徐天说："哪来这么多炸弹，又要炸哪儿？"

祥子解释："东家，大街上捡的。"

徐天边刷牙边说："怕被人捡走炸了，先放家里回头叫军需处来拿走，我是警察，维护治安是我应做的。"说完，瞪了祥子一眼，祥子只得将两个箱子抬进屋去。

职责所在，警察两个字让徐允诺无话可说，叹口气将布袋递给徐天说："拿着，去找大哥。"

徐天把牙粉吐出，接过布袋，掂起来有点沉，问道："这是什么呀？"

"六根条子，你劫狱什么事儿没有就回家了，你有脸我没脸。"

"这是咱们家的。"

"换你一条命，本来你该被杀头枪毙知道吗？你大哥那为人，怎么替你扛的也不问问。"

徐天将布袋又塞到徐允诺手中："我回头肯定找大哥，这拿过去他也不能要啊……"

徐允诺拿着布袋一转身自己出院子了，想了想又转身回来说："那些炸弹趁早搬走，咱家就剩这两进院子了。"

徐天吐出一口刷牙水说："我知道了。"

铁林开着车，他从兜里掏出左轮手枪检查弹仓，里面压满的子弹，安慰着他躁动的心。

另一条街上，燕三嘴里咬着窝头，手缩在袖子里提着手铐，晃晃悠悠地走着。

家门前，徐天嘴里咬着馒头往外走，正迎上大北照相馆的伙计：“徐警察，照片洗出来了。”

“啊？”

“前天送过来的底片，东家不敢怠慢，吩咐尽快给您洗出来。”

“多谢。”

徐天将馒头叼在嘴里，一边往外走一边从袋子里拿出照片。一张低角度成像照片被抽出来，前景是周老板的脑袋，脖子脸上都是血，后景是清晰的冯青波拿着刀。徐天怔了片刻，把照片塞回袋子里，拔腿飞奔。

柳如丝家门口停着小汽车，巷子两端分别停着两辆吉普车，每辆车里都有五个人。一会儿，又开过来一辆大一些的车，车里下来七个特务。特务经过吉普车时，对着车里的人打量。

七个特务进了巷子，散落在柳如丝院门周围。吉普车里的人都坐直了身子，看着那些特务。燕三孤零零地晃过来，走到巷子一半才觉得气氛不对，停下来转着头看两拨人。

柳如丝站在窗口，看下面巷子里的景象。

这时，铁林的吉普车开过来，也停到巷口。他的车比那两辆吉普车看起来破旧，铁林忍不住多看了几眼，然后下了车，也往巷子里进去。

燕三迎上去：“二哥。”

铁林一愣：“你在这儿干什么？”

燕三赔着笑说：“天哥叫我过来的。”

“天儿呢？”

“没看见他。”

特务过来悄声对着铁林说：“组长，两头堵了人。”

“什么人啊？”

特务回：“没问。”

铁林走到巷口的吉普车边问：“你们是哪部分的人？”车里的人只是看着铁林，没有言语，没有行动。被轻视的滋味不好，铁林咳了两声，示意降下车窗。半晌，车窗降下来，铁林伸头进去，询问变成了质问："哪部分的！"

车里五个人依然一声不吭，铁林看到车里人的腿上和座上，长短枪都有，五个人的手都放在枪上。铁林收回身子，不再言语，回巷子里去了。

二楼，柳如丝离开窗口，往楼下去。

铁林往院门口走，看着巷子另一头的吉普车。

特务问："组长，咱怎么行动？"

铁林有些㞞了，沉默着不知所措。

特务试探着叫："……组长？"

一楼，柳如丝来到客厅，向门外抬了抬下巴，对冯青波说："你的狗来了。"

冯青波转身，叫道："铁林？"

"正好让他把我爸的人看着，咱们上车。"

"一个人来的？"

"带了六七个人。"

小洋楼门前，铁林喊着："……三儿。"

燕三跟上去，铁林打量他，说："你拎副铐子干啥？"

"我也不知道，天哥让带铐子，二哥您也是天哥让来的？"

铁林怔了片刻，徐天不见，胡同两头堵人，小洋楼里的冯青波也不见踪影，三股火把铁林逼到了死角，憋闷让他暂时忘却了所谓的未来，莫名之火灼烧着铁林的心，他说："我还就不信了。"

说完，铁林上前抬手猛拍院门。门应声而开，萍萍没有对铁林的愤怒表达任何不满，只是冷冷地说了句："进来。"

铁林惶然地进门，院子里两个保镖一人拎了两只箱子，面色苍白的冯青波和柳如丝正盯着铁林，萍萍拎着枪随即在后面关了门。

看到了冯青波，铁林心里的火没了，稍稍安定了些，堆出一脸笑，谗媚地问道："冯先生，您这是要去哪儿啊？"

"送柳小姐去机场。"冯青波嘴角一直带着微笑，那不是礼貌而是距离。

"我一块儿送送你们呗。"

"好。"

“好是好，您不会也走吧？”铁林像个狗皮膏药，不做狗皮膏药，他又能做什么呢？但这块膏药马上就让冯青波丧失了耐心，展示地位的微笑不见了，冯青波斥道：“哪那么多废话……”

“就是来废话的，您二位大人物到北平地面上打个滚儿毛都不掉一根就走，我怎么办啊！说好的事儿呢？”

“会办。”

“今天就办，不办就撕破脸了……”狗皮膏药是赖，耍浑也是赖，膏药当不成，那就只能耍浑了。

冯青波走向铁林，铁林想从腰里抽枪，萍萍在侧面抬起了枪。铁林手从腰后收回来，枪是治疗耍浑的良药，铁林软了下来：“冯先生，真不能这么着，谁都有口气，您让我干的我都干了。”

冯青波命令道：“叫你的人把巷口车里的人看住。”

铁林这才明白：“合着不是你们的人。”

“你的事我会办。”

“您得让我信您。”

“现在就死了，还怎么做处长？”面对铁林，冯青波连威胁都觉得累。

铁林仍旧不信，说：“每回都这样。”

“带人来，想好要做什么？”

“想好了呀，我出头露面，我的人就是您的，你把我当傻子，我的人可不认你们二位是谁。”这是铁林的最后一张牌了。

冯青波走到门边：“要么叫他们去巷口，要么让他们进来，想好了再说。”说完，冯青波拉开院门。

通过空荡荡的院门，铁林能看到外面站立的几名特务，他们的战斗力铁林是知道的，一旦亮了这张底牌，几人进到院子里，自己就只能竹篮打水了。铁林懊恼着，巷子里的特务隔着敞开的门，看着懊恼的铁林，铁林纠结了半晌，吩咐道：“分两头，看着口子上两辆车里的人。”

特务问：“只要下车就开枪？”

铁林心虚地说：“下车就开枪。”

特务们犹豫着，风吹过来，铁林打了一个寒战，自己又失败了，蝼蚁终归是蝼蚁，连同归于尽的勇气也没有，怨恨化为愤怒，冲着特务大吼道：

“赶紧的！”

特务们分头往巷口而去，院门重新关上。

院内，冯青波对着铁林说：“人有欲念，就难绝决。如果你想要的东西必须依靠我，撕破脸就撕破了你要的东西。”

失败的铁林几乎是苦求道：“也没说真的破脸，您也替我想想……”

冯青波打断铁林说：“你终究是个没脑子的废物，我能让你做保密局北平站一个小处长，带这些人来怎么可能动我？你运气好，今天我不计较。”“……口子外头车里什么人啊？”

冯青波不再理会铁林，他拉开院门出去，然后向两个保镖和萍萍招手。柳如丝拍拍铁林的脸：“这小楼你要喜欢，就搬过来住，只要不怕招惹麻烦。”

铁林不明白，说：“柳爷，冯先生跟您一块儿走？”

柳如丝不回话，自顾走出去。巷口，特务们分别堵在两辆吉普的车头车侧。两辆吉普车内的便衣军人看见柳如丝冯青波出现在小汽车边，两人正装箱子上车，不徐不疾。

巷内，燕三拎着锈子看两头，手足无措。

小汽车内，柳如丝几人已经上车。看着孤零零的燕三，冯青波问了句：“那是谁？”柳如丝和萍萍都不认识。

小汽车开动，经过燕三，向巷子外面驶去。听见汽车离去的声音，铁林像掉了魂一样地从院子里出来。

巷口，吉普车中的便衣军人手抓紧枪，小汽车慢慢开向巷口。徐天气喘吁吁奔到，小汽车正好出巷子，他看到车里的冯青波，徐天径直向车头冲过去：“停下！你大爷的冯青波，下来！”

小汽车突然加速，吉普车里的枪都伸出窗口。车边的特务大惊失色，俱拔枪相向。特务大喊：“放下枪，放下！保密局北平站二处行动组，放下枪！”

小汽车将徐天推了一跟头，冲出巷子。吉普车倒车掉头撞开特务追上去。堵在巷子另一头的那辆吉普，没有进入巷子，加速往另一方向开动。徐天爬起来狂追小汽车，不明所以的燕三也跟着追。

铁林走出巷子，他坐入自己的车，懵懵懂懂。特务们问：“组长，追不追？”

街道上，有不少行人和车，小汽车开不快。徐天在后面狂奔，眼看要追上。吉普车超过徐天，向小汽车开枪，小车里萍萍和保镖不断还击。一时街上大乱，燕三抱头躲避，两辆车边行驶边开枪。徐天不追了，掉头往回跑。

铁林还愣在自己的车里，特务接着问："组长？完事儿了？那兄弟们就撤了。"

失败的自己，无用的手下，铁林突然怒了，他喊道："啥事就完了？没完呢！"

徐天狂奔回来，不由分说进入铁林的吉普车，说："追他，二哥。"

铁林扭头看徐天，任何人都能对自己发号施令，这让他更加愤怒。

徐天喊着："我不会开这种车，冯青波那孙子要跑！

铁林下意识地启动车子，命令车下的特务说："追！"

街道上，保镖驾车不断开枪打着前边的车，萍萍不时还击，后面的吉普车完全无顾忌地射击。子弹射穿车后窗，擦过柳如丝耳朵射中副驾驶座的保镖。血溅在柳如丝脸上，她依然端坐，冯青波将柳如丝压下身子。柳如丝挣了挣，终于伏在冯青波腿上不动，对一个女人来说，这一刻的温存，危险而迷人。

沈世昌家，七姨太替沈世昌盛粥，枪林弹雨从来不在他的世界中。

喝完了，下人在收拾碗筷。沈世昌坐在椅子上展开报纸，又将报纸放下，心烦意乱，他半阖着眼，不住地摩挲手上的扳指。

街上，铁林青着脸开车，徐天坐在他身边。起初停在巷子另一端的那辆吉普车一直在加速，徐天问："前面的车里坐的是什么人？"

铁林不吭声，眼看那辆吉普车将路人撞得鸡飞狗跳，徐天脑子的血不断向上涌，说："姓冯的还有仇人，谁啊？"

铁林也不明白，"弄不好是共产党。"

"共产党到北平城里到处撞人？干吗不直接打进来？"

"我哪里知道，你来干吗？"

"抓冯青波。"

"你抓不住他，没戏！"

"看着有没有戏！"

"我替你开着车呢，有本事你下车用腿跑！"

前头的吉普车包抄到了柳如丝的车，柳如丝的车刚出路口，便被这辆吉普直直撞上，一直顶到街边的铺子。萍萍下车还击，冯青波拉着柳如丝下车，躲入了撞坏的铺子里。

徐天见状推开吉普车门："不用你开了，我用腿。"铁林降下车速，徐天等不及跃出去，踉跄了一跟头，爬起来追。

吉普车里的便衣军人跃下车奔入铺子，铁林的车停到吉普车不远处，车里留守的司机盯着铁林。

七个特务的车追上来，停到铁林后面。

铁林盯着那个便衣军人，喊道："把他抓起来！"

七个特务围住了那个落单的便衣军人，说："下来！"

铁林下了吉普车，拔枪奔入被撞破的铺子。

胡同里，冯青波提了支手枪，护着柳如丝奔跑，萍萍和保镖殿后。突然，保镖中枪倒地。

徐天在胡同里听着枪声，分辨方向，折转身子翻墙越户往枪响处接近。

冯青波与柳如丝从胡同里跑出来，街上很正常，他们一时间好像摆脱了追击。萍萍用衣服下摆遮掩住枪，说："姐，我去叫车。"说完，萍萍往街对面的人力车过去。

引擎轰鸣，冯青波扭头看见吉普车加速向二人撞来。

"走！"冯青波跑出两步，柳如丝甩开他的手站在原地。车里的军人，透过挡风玻璃看着柳如丝。柳如丝也盯着他，一动不动。

军官没踩刹车，继续冲向柳如丝。冯青波跑回来，护到柳如丝身前向吉普车开枪。吉普车里的军人中弹，车子减速，但车已冲到近前。冯青波反身抱住柳如丝，用背部承受车辆冲击，两人摔了出去。

半晌，柳如丝被冯青波保护着，柳如丝抬眼，慌乱得满脸是泪，喊道："青波？"冯青波呻吟一声，捂住小腹，挣扎起身，拖起柳如丝。街角便衣军人奔来，萍萍在街对面开枪阻击，冯青波拉着柳如丝奔入了临近的胡同。

胡同里的徐天没头苍蝇一样失去了方向，燕三拎着手铐从对面跑过来，徐天问："人呢！"

"咱要抓谁呀？"

“冯青波，那辆小车上的。”

“这兵荒马乱的，一大帮人杀他，刚才看见被车撞了……”

“在哪儿？”

“跑隔壁胡同了。”

徐天折身跑去，说：“把铐子给我。”

“哥，咱不用抓他，让别人打死他得了。”

“小红袄也不用抓，让别人打死得了。”

“不是这意思……”燕三追得上气不接下气地说：“……你怎么总是这么大劲头儿呢……”

冯青波和柳如丝在胡同里走着，冯清波停下来，咳出口血，问道：“飞机赶得上吗？”

“出门早，赶得上。”柳如丝一双泪眼望着冯青波，冯青波看着柳如丝，嘴角涌出鲜血，说：“就当我送你到这里。”

柳如丝没动，冯青波咧嘴笑了笑，说：“你非要试试，知道结果了。”

萍萍从胡同口跑进来。

“去吧……不跟我在一起，沈世昌就还是你父亲，不相信可以再试。”

胡同口出现便衣军人身影，萍萍喊了一声：“姐！”

柳如丝扶着冯青波，对萍萍说：“我往里走，你往外。”

萍萍果断向外开枪。

“林萍枪给我。”冯青波拿过萍萍的枪，吃力地指着自己的下颌说：“除非你想看见我死。”柳如丝怔愣愣的，冯青波垂下枪说：“走了。”说完，冯青波跌跌撞撞奔入胡同深处。

柳如丝和萍萍站在原地，四个便衣军人持枪接近，先看见柳如丝，再看见萍萍，两个女人手里都没有枪。便衣军人掠过她们，往胡同里追去。萍萍小声地催促道：“……走啊，姐。”

胡同里，冯青波奔跑得踉跄，他检查枪弹仓，已无子弹，只得扔下枪，转过拐角，撞上徐天。

两人也没言语，直接动手。起初冯青波占上风，但随即落入下风，早上那枚手雷从徐天兜里滚出来。冯青波扶着墙，他感到晕晕乎乎。燕三赶上来叫："天哥？"徐天准备再次挥拳的时候，冯青波倚着墙软倒，晕了过去。

"背回警署。"说完，徐天探头往拐弯那边看。

"您呢？"

徐天从拐角收回身子，说："打听一下那帮人是谁。"说着捡起地上的手雷。

便衣军人接近胡同拐角，燕三扛着冯青波，转入胡同闪没，便衣军人追上去，转过胡同拐角，然后停了下来。

徐天在胡同中间捏着个手雷挡住去路，喊道："我白纸坊警署徐天，你们在大街上到处打枪，是哪儿的人！"

四个军人举着枪。

"看见这是什么吗？"徐天拔了手雷插销："有种杀警察，有没有种把自个儿也炸了。"

徐天往前走，四个便衣军人往后退。

"说话，什么人？"

便衣军人盯着手雷。

"不说撒手了。"

便衣军人有点四川口音，说："自己人……"

"谁跟你们是自己人，你们也是警察？"

便衣军人说："剿总警卫处的。"

"剿总？谁让你们来的？"徐天将手雷换了只手，没拿好，手雷落地滚向四个军人。

便衣军人急了，说："都告诉你了还扔……"说着，四个人后退伏地，徐天闪过拐角跑。

徐天跑了好久也没听到手雷响，脚步慢了下来，随即加速跑。四个便衣军人在地上伏了半晌，才反应过来，大喊："这是臭弹，追呀！"

胡同另一边，燕三扛着冯青波跑，跑得腿脚发软，迎面撞上铁林。燕三倚着墙，冯青波在他背上一点点往下滑，冯青波晕晕乎乎地站直了身子。

铁林上前关切地问道："冯先生，您没事儿吧？"

燕三回头看了一眼清醒过来的冯青波。

铁林转向燕三说："徐天呢？"

"在后面。"

"人给我。"

"天哥说带回警署。"

"起开。"

徐天从后奔上来，燕三赶忙大喊："天哥，二哥在这儿呢！

铁林去扒拉燕三说："起开，听见没。"

徐天一边奔来一边掏手铐，赶到后，抬手揍了冯青波一拳，将其彻底打晕。

铁林一蒙："哎怎么还打……"说着徐天把铐子戴到了铁林手上，另一头铐住自己。

铁林急了："你干吗！"

"人扛回警署，枪给你，有情况开枪。"徐天将腰后的枪拔出，扔给燕三。

"松开我！"徐天看了看冯青波，回手将铁林头发一通胡撸，弄得与冯青波一样乱，他打量一下，满意地看到两个人的身形有那么四五分相像，随即和拉铐在一起的铁林往另一个方向跑。

燕三背起冯青波向另一个地方跑去。

铁林踉踉跄跄地大喊："徐天，我真跟你翻脸啊！"

四个便衣军人看见两个铐在一起的人，一人被一人拖着踉踉跄跄，闪过胡同拐角。军人一边开枪，一边追了上去。

子弹击在胡同墙上，土石飞溅。徐天将铁林拉到身前，自己对着子弹来的方向。

"要害死我啊！"

"要死也是我先死，你是我哥。"

"把铐子松开听见没？"铁林的威胁非常无力。

"一会儿跑不动，你那招再使一遍看管不管用。"

"哪招？"

前头堵过来两名便衣军人，徐天和铁林停下来，后面四个便衣军人追到。

铁林下意识大喊："国民政府国防部二厅保密局北平站行动处！你们都哪个单位的！"

军人怔着，看清不是冯青波，慢慢放下枪。

“管用。”徐天嘿嘿一乐，看军人们退去，分别消失在胡同两头。

“我二处四组铁林，你们是哪儿的！”

“剿总的。”徐天还在那儿咧着嘴，铁林扭头看着徐天。

“党国里头也有自己跟自己不对付的……”

“你不是党国的？”

“我什么时候我都是我自己的。”

天坛机场，飞机螺旋桨轰转。飞机下乱哄哄的，有军人检证放行。没证的人强行要上，哭天喊地被架走。柳如丝和萍萍验证过岗哨，两个人走到飞机跟前，递出证件。

军人有些诧异道：“没有行李吗？”

“没有。”说完，柳如丝和萍萍上了飞机，萍萍看柳如丝的脸色，柳如丝面无表情坐着，飞机舱门关闭，开始滑行。柳如丝闭上了眼，她眼角有些湿润。

飞机滑行一段又停了下来，有军官从前舱过来喊：“超重了！”军官和士兵重开舱门，抓起舱边的行李便往下扔。乘客炸了，与军官论理撕扯。军官掏枪挥舞，乘客丝毫不惧。

柳如丝从座位上起来，往机舱门走。萍萍也起来跟着，两人一前一后往外走。乘客提起扔出来的行李又往机舱里塞，军官没有再阻拦，柳如丝经过机场岗哨，继续往外走。身后运输机冲天而起，萍萍转身回看，柳如丝头也没回。

街道上，徐天和铁林铐在一起行走，路人纷纷侧目。

“要走哪儿去，打算铐我一辈子？”铁林问徐天。

“早上吃东西了吗？”徐天看铁林。

“就喝了两碗药。”铁林没好气地回答。

“羊汤火烧吃吗？”

“羊你大爷！”

“我大爷是你老丈人。”

第三十五章

街角，七八个群龙无首的特务在寻找铁林。羊汤火烧铺，铺伙计看着两个铐着的人不敢吱声。徐天和铁林一人拿了一个火烧，出铺子蹲到街边去吃。

“二哥，我好好跟您说，别再搅和我的事儿了。”两人默契依旧，坐在台阶上用手接着烧饼渣的动作一模一样，期间还因为手铐在一起，没法两人一起接烧饼渣而不得不往一起靠了靠。

“你自己听听，把话再说一遍。”

“好好跟您说，别再搅和我的事儿了。”

“你这是当弟弟该说的话？你有一天把我当哥哥过吗？”铁林不忿的表情加上凌乱的头发，显得格外颓丧。

“不管拿不拿你当哥，话也这么说。”

“本来今天我也是来收拾冯青波的。”

“你收拾他？他恨不得是你祖宗。”徐天大嚼烧饼。

“话别这么难听，早上出门宝慧说不去你家了，我心里也别扭。”

“干吗不去？”

“咱俩撕破脸了呀！”

徐天不知说啥。

“不是我矫情，大哥在黑白两道向来横，你一个脑子不清楚的比谁都愣，我们仨做兄弟就得有一个㞞，哪天我一不㞞，你们就不习惯了。”

“没说要您尿呀！”

“我得尿，没有家底嘛！你家开车行，南城百十来号都是兄弟，大哥二百来号狱警，我什么也不是，只住个小房，头婚的媳妇是大哥家的，二婚的媳妇是你家的，媳妇一不高兴就到你那儿去，珠市口两进院儿老丈人和你爹都知道我阳痿，我不尿谁尿？”铁林索性破罐子破摔。

“你说这个干吗？”

“和你说明白，省得你又揍我又铐我当什么事也没有，我给你脸也不能老给，我大小是保密局北平站的行动组长。”铁林抖着腿毫无畏惧的样子。

七个特务聚过来，诧异地看铁林被徐天铐着。铁林挥挥啃了一半的火烧，示意特务走开。

“其实冯先生我无所谓，但眼前儿他出事我也出不了头了。”

“他是个浑蛋。”

“知道他浑蛋，其实田丹跟我也没有什么关系，她要死要活我管不着。”

“冯青波我已经抓起来了，别琢磨了，也别再动田丹。”

“我就是还跟从前一样接着做尿货呗？”

“谁也没让您往那儿想。”

“冯先生还有事儿没替我办，他是死是活我说了算。”

“二哥，为了出头您什么也不在乎了吗？”

“在乎什么？”铁林咽下最后一口烧饼。

“对错、兄弟、二嫂、关老爷子、大哥、缨子。共产党来干什么的？北平要换天了。”

“你们个儿大脾气大，都挡着我，我使使劲出了头给自己看。”

徐天皱着眉头，铁林抬了抬手，示意道：“解开吧，我这儿有七八个人呢，给你机会，你就抓住。”

“他们听你的吗？”

“给他们使个眼神儿，你就废了。”

徐天往身后看了一眼，七个特务挤一块，正热乎乎地喝着豆汁吃着火烧。

“他们都忙着呢，没人搭理你。”

铁林也往后看了一眼，有些泄气地说：“把手铐解开听见没？”

“解开了您想干什么？”

“回去拿保密局的命令，再找你就公对公地解决了。”

“那我们不是兄弟了呗？”

“解开。”铁林不耐烦地说。

徐天瞪着他，真心觉得他最近脾气越来越不好了，铁林甚至还朝他瞪眼睛，说：“该解开就解开，铐不了一辈子。”

徐天心想算了，他解开铁林的铐子，说：“我一会儿正儿八经去找你。”

“我等着。”

平渊胡同金海家，六根金条放在桌上，桌上有一些吃剩的东西和餐具。金海把金条推给徐允诺，说：“拿回去，我得去狱里了。”

徐允诺又推还给金海，说：“你不收，我不走。”

金海不知道该怎么办，看着徐允诺很无奈的样子，说：“您要怎么说才拿回去？”

“收了，我就回去。”

“徐叔，我烦着呢……徐天劫狱劫的不是坏人。”

“不是坏人怎么被关狱里？”

“按说也该关，她是共产党，但局势变了，共产党来和谈的，和谈是好事儿。”

“以前你可不这么说。”

“见了位高人，跟咱不一样，人家接触的是党国的大人物，就要跟共产党和谈。”

“这些跟咱有什么关系？”徐允诺刨根问底地问，他试图在金海身上弄清楚徐天不爱跟他说的道理。

“不打仗，免得生灵涂炭。”

“跟这屋里咱们俩有什么关系？”

“徐叔跟您怎么说都不明白呢？”

徐允诺看着金海说：“是你自己说不明白，既然和谈好，田丹也不是坏人，就该放出去找那大人物谈，还关着干什么呢？”

“她得先关着。”

“关着的人就该关着，私下劫就不对，随便劫狱，还要监狱干吗？”

金海一听徐允诺说的话有道理，一时竟不知怎么反驳，说：“您别绕我。”金海为难地看着徐允诺。

“劫狱不论劫谁，单论劫狱自古就是杀头的罪。”徐允诺说得诚恳。

“也有不杀头判刑坐牢的。”

“可徐天一天牢也没坐，你别说没替他担事儿。”

“做兄弟担些事是应该的。”

“你把他当兄弟，他把你当大哥吗？呸，徐天最认你这大哥，但他不懂礼数，我懂。”

金海长舒一口气，说：“这么说您就明白了，劫狱的事儿我是担了，但这六根金条是当时我们兄弟仨凑份子四十六根里的，我刚要回来让徐天带回家，您又原样拿回来，我收下成什么了？要还心意，换六根不一样的拿来。”

“我上哪儿再找六根不一样的金条？”

金海看着徐允诺笑道：“就这六根不能要，道理您听明白了吧？我真要走了，狱里这些天都不太平，我得去看着。”

“我原样带回去也别扭。”徐允诺见金海不肯收下，心里更加难受，本来就黝黑的脸这会儿涨成紫红色。

“知道豫让吗？”金海回头问徐允诺。

徐允诺不解地看金海，金海笑笑说：“跟您说也不知道。”

“知道，老戏《斩空衣》，小常春的赵襄子，不太演了。”

“您知道呀！”

“豫让就是一二愣子，丑角儿，跟徐天差不多，傻乎乎地收拾别人，自己愣是往死路上走。”徐允诺说得坦坦然然，把金海的话给噎回去了，说：“您没看明白。”

金海说完从屋里走出来，扶着院门催促说：“赶紧的，徐叔。”

徐允诺提着布口袋磨蹭出来，无奈地叹气道：“让你绕进去了。”

“老理儿，回头钱，不还情。”

“有这老理儿吗？”

金海关上院门，大缨子又从里拽开，她看了金海一眼，说：“哥，我一会儿出去一趟。”

“你去哪儿？”金海问大缨子。

“你老是一出去就锁上门，我出去透透气。”

“别乱跑，世道不太平。”金海看自己这傻妹妹，成天提心吊胆的。

大缨子满不在乎地说：“天津都解放了。”

金海哼了一声，说：“那才不太平呢！”

此时，胡同里有小孩闹腾着跑过去，都笑嘻嘻地跟金海问好，大缨子看了看他们，觉得日子也没发生什么变化。

“我去徐天警署转转。”大缨子继续跟金海说。

“他那儿有什么可转的。”

“我看燕三。”

金海还没明白过来。

“看警察太不太平？”大缨子解释道，随后关上了院门。

“门锁上！”金海向大缨子喊道。

大缨子照办，锁上了门。

金海又转头看向旁边徐允诺，他怀里揣着金条，金海好意提醒说：“徐叔把金条藏好，别招人眼。”

徐允诺看着金海的背影，又看着自己怀里的金条，不知如何是好。此时，胡同里又过来个卖年画的，小孩妇女围着摊子挑画，徐允诺刚想走，看见刀美兰从院子里走出来倒水，徐允诺看了看刀美兰，又看了眼身前卖年画的小贩，突然有了主意，他叫住刀美兰。

“美兰，你等会儿。”

刀美兰听见声音，转身看向徐允诺问：“什么事儿？”

徐允诺走到卖年画的小贩前说：“来张年画儿，什么样的都行。”

小贩察颜观色，说：“过年上画都成双份讨来年吉利，您来一对儿吧！”

徐允诺说：“行。”

小贩送上两对。

徐允诺说：“这不是四张吗？”

小贩：“一份两张，两份四张，谁家门不是对开的？”

徐允诺点了点头，继续说：“您朝这位大姐要钱。”

小贩看了眼刀美兰说：“行吗姐姐？”

“行倒是行，但这是怎么回事？”刀美兰一脸困惑地问。

徐允诺从小贩手里接过两张年画，走向刀美兰身前说：“这两张年画儿我带走了，算金海给我买的，我还他画钱，这给你，你给他，画钱也朝他去要。”说完，徐允诺把布袋放到了刀美兰的手中，转身离去。

刀美兰看徐允诺背影忙喊：“怎么算账的？”

“他明白什么账。”徐允诺背着身回答。

刀美兰突然想到小贩手上还有两张年画，又问：“这还有两张呢！”

“你贴门上！”徐允诺答道。

徐允诺远走，刀美兰疑惑地打开布袋看，一脸惊讶，她看着几根黄灿灿的金条在布袋里，赶忙捂着布袋转身去敲金海家院门，大缨子抹着头油来开门。

刀美兰见门开迅速挤进门去，然后把布袋放到了大缨子手上说：“赶紧收好。”

说着不自觉地把身子靠在院门上，如临大敌一样。她张望了一下四周无人，打开了大缨子手上的布袋。

大缨子看见金条，一脸惊叹道：“又是金条！哪来的？”

“买画儿的钱。”刀美兰回答。

大缨子疑惑：“哪有这么好的事儿，昨天卖画得了四十六根，买画也能得六根？”

“徐允诺说的。”

大缨子随后反应了过来，看着刀美兰说：“你让他忽悠了，他刚在屋里跟我哥掰扯半天……”

“忽不忽悠不关我的事儿，金条别留在我手里。”

说完，刀美兰从金海院里出来，买年画的已经散去，小贩挑起担子准备走，刀美兰到自家门前，看到门上一左一右多了两幅喜气儿的年画。

小贩笑着跟刀美兰说：“给您粘上了，来年吉祥。”

小贩摇晃着离开，美兰看了半晌年画，终于揭了下来，进屋去了，院门关上，留下两个糨糊未干的湿框。

阳光正好，沈世昌在里间擦拭那盆水仙的叶子，长根从客厅进来，轻敲半掩的隔门。

“做完了？”沈世昌看了眼长根问道。

长根摇头，沈世昌身子僵下来，他皱了皱眉问道：“人手不够？”

“去了两辆车，一共十个人，都是咱们自己人。”

“他们都上飞机走了？”

长根小心回答：“小姐去机场了，冯先生跑了。”

沈世昌忍着怒气说：“怎么会跑了呢？”

“来了一个保密局的铁林，还有一个白纸坊警署的警察……”

“徐天？”

“是，都带了手下，一大早也等在小姐家外面的巷子里，冯先生应该是他们俩劫走了。”长根回答。

外面客厅传来了七姨太的声音：“哎呀小四没走啊，还是飞机飞不起来，经常飞不出去，有的飞一圈又开回机场呢！飞不飞得走要看共产党高不高兴……”

沈世昌后退半步，从门边看出去，柳如丝在客厅脱大衣，沈世昌收回身子，重新开始擦水仙，长根退了出去。

柳如丝一脸疲惫，她问七姨太说：“有吃的吗？”

“有，我吩咐他们给你做。”七姨太笑着回答。

“不用做，拿现成的。”

萍萍站在沈世昌家院子里，长根出来与萍萍打了个照面，长根移开目光，停在门口候着。屋里，沈世昌努力使自己继续耐心擦拭水仙，耳朵听着外面的动静，七姨太说：“正好厨房有汤圆，六只够不够？”

随后陷入安静，片刻后客厅里传来碗勺叮当的声音，沈世昌放下擦布走出去，客厅里柳如丝正在低头吃汤圆，沈世昌出来她也没抬头，沈世昌也没理女儿，经过客厅走出去，沈世昌走进院子，看了眼萍萍，也没回避她。

“查一查他在什么地方，事要做到底。”沈世昌跟长根说。

长根听后向外头走去，沈世昌突然又叫住长根说：“等等……查到了回来告诉我。”

萍萍目视前方，好像充耳未闻，长根离去，沈世昌又看了萍萍一眼。

七姨太端着个托盘过来。

“还有汤圆吗？”沈世昌问。

“有，估计你就要陪小四吃两只。”七姨太回答。

“端给我，你不用进来。”

七姨太把手里的托盘递给沈世昌，带着忧虑看着他，沈世昌安慰地朝她笑了笑，端着托盘进屋，又将汤圆端出来坐下，这时候柳如丝坐在旁边已经把几个汤圆吃完了。

沈世昌看着女儿问：“还要吗？”

沈世昌的语气就像是平常人家最普通的父亲，柳如丝没吭声，沈世昌从自己碗里盛了两只放到柳如丝碗里，柳如丝看着父亲，眼里慢慢泛起泪花。

“吃，吃完再说。”沈世昌低沉地说道。

柳如丝埋头下去，塞了一个汤圆到嘴里，一滴眼泪落到碗里。

北平中药房里，灯光昏暗，高高的抽屉一直摞到房顶，田丹写的那张纸片，皱巴巴地摊在柜台上。

柜员一边看纸片一边说：“纱巾绷带、白药、生川乌，洋金花……”

都念完，柜员抬头看十七：“家里有人受伤，做手术？”

“不是家里。”十七回答。

“那是哪里？”

“监狱，我是京师监狱的。”

柜员不再说话，将药包好一一交给十七。

“知道怎么用吗？”柜员又问。

“有人知道。”说完，十七抱着一堆药从药房出来，汇入了路人中。

白纸坊警署，冯青波被铐在监舍里，办公桌上放着那支手枪，徐天在自己桌前走来走去，身旁的老胡永远是瞌睡的样子，事不关己。

燕三看着走来走去的徐天问：“哥，人是抓回来了，一会儿那帮人找来怎么办？”

徐天没听见他说的话。

“天哥！”燕三大喊了一声。

“啊？”徐天才听见。

“那帮人又是枪又是炮的，咱们藏颗雷把他关里头。”

“回家拿手雷去。”

“回谁家？”

“珠市口，在我那屋有手雷，别让我爸看见，多揣几颗到兜里。”

“我没听明白。”

“到我屋拿手雷，多拿几颗。”徐天又重复一遍。

“你屋里从哪来的手雷？”燕三困惑地问。

“两箱呢！赶紧拿回来！”徐天催促道。

燕三跑出去，徐天又转了一圈，将手枪拿起来，子弹上膛。

徐天看了眼老胡，说：“老胡，外头去，门关上，别让人进来。”

“警署得让人进。”老胡对答如流，一点不像一直在睡觉的样子。

徐天耐心地说：“就一会儿。”

“外头用锁门么？”

“不用锁。”

警署前，老胡搬了张凳子出来，四个便衣军人在警署对面站着。老胡带上门，将凳子挪到太阳地里，拢起袖子眯上眼。徐天打开监舍门，也拖了张凳子坐到冯青波面前，徐天看着冯青波的两只手，它们被铐在铁栅上很安静。

徐天看了眼冯青波说：“你的仇人还挺多，满大街追耗子似的，跟他们什么事我没兴趣，在我这儿你杀了俩人，田怀中和宝元照相馆周老板。”

冯青波笑着，刚才追捕时脸上的擦伤开始渗出血迹。

“你意思我这事儿小是吧？我是警察。上回你说我没证据这没有那没有，因为你手头放把枪你牛逼，这回不一样了，我地界儿我手里捏把枪，但不拿枪吓唬你，警察讲理，正儿八经审问，好好回答，不配合就揍你。”

“问吧。”冯青波一脸淡定。

徐天看了看淡定的冯青波，心里更加不爽地说：“要不先揍一顿。”

“问，趁我还有时间。”

“田怀中是不是你杀的？”

“你认为呢？”冯青波虽然被铐着，气势上依然占着上风，这令徐天特别生气。

徐天的声调都拔高了："照相馆周老板是你杀的吧？"

"我说是，你就满意了，我说不是你就不满意，你当什么警察？"

"我看过田怀中尸体，刀口从左斜入，是左手杀人。周老板脖子刀口，从右到左抹开，右边入刀左边收刀，也是左手杀人。"

"我习惯用右手。"

"一般人习惯右手就是右手，左撇子就是左撇子。还有一些人日常状态和紧急状态的用手习惯完全不一样，你就是这种人。"

冯青波好好打量了一下徐天，说："你好像很了解我。"

"第一次在庆丰公寓，我站你后面，你不知道我是什么人，很紧张，别说不紧张啊，你用右手接电话提水瓶，但左手下意识在一个暖水袋上使劲儿敲。在柳爷家，右手放枪上，左手指也不消停，跟沙发上没完没了敲，打枪可能右手，但你喜欢用刀，拿刀杀人的时候都是左手。"

冯青波听后怔了一下，又看向徐天，问："你见过几次田丹？"

"认了吧。"

"认什么？"

"杀人。"徐天喊道。

"这对你很重要？"

"认了，我再收拾你，你就不要埋怨了。"

"认还是不认没有意义，你这样的人奈何不了我这样的人。"

徐天看冯青波不知道该怎么往下聊，冯青波脸上又青又红，却没耽误他语气带着明显的蔑视说："你说的话都是田丹说的，像一只学舌的笨鸟，如果我要死在北平，也不会死在你这种人手里。你难道不知道自己是什么东西吗？尘土，是我和田丹脚底下的尘土，很多你从来没见到的人脚下的尘土，来一阵风把你吹起来，以为可以和我平起平坐，结果又回到地上。你以为田丹把你当知己？没有，尘土落在身上，她用手拍了拍，你就想以死相报了，她只是要把你拍到她需要的地方，无论如何，你还是会落到地上，在她脚下。"

"你差点儿把我说傻了。"

冯青波笑而不语，徐天认真地看冯青波，但也不恼地说："知道吗，说我是土还真不生气，就愿意待地面上，踏实，让风吹来吹去瞧见你们这些王八蛋心里太不舒服了，别拿你那段儿量我这段儿。”

“你喜欢田丹。”冯青波突然说。

徐天突然愣住了，但还故作淡然的样子说：“喜欢呀？”

“从来没见过她那样的女人吧？”

“没见过。”

“你很可怜。”

“你知道个屁！我喜欢她，是觉得她很好，跟她是个女的没关系。我女人贾小朵半道儿上死了，剩下好多喜欢没来得及用出去，存着且得慢慢熬呢，没准得熬半辈子。”

“是吗？”

“你跟田丹什么关系？”

冯青波停了半晌，他嘴角的伤让他的笑看上去很狰狞：“……利用，知道吗？让她认为我是唯一信任的人，然后在她最需要我的时候，破坏她最重要的事，杀他的父亲，折磨她，再杀死她，顺便告诉你，田怀中对我很好，甚至把我当成未来的女婿，是不是很笨？田丹很聪明，但她是女人，女人如果把一个男人当成唯一信任的人……她就应该死。”

徐天也停了半晌，他克制着怒气，说：“杀田怀中，认了？”

“是，与你什么关系？”冯青波反问。

徐天从怀里掏出照片袋抽出照片，是周老板临死冯青波执刀的照片。

“这也认吧。”

冯青波看了一眼照片，说：“那又怎样？”

徐天将照片放回去，放到外面，把枪也搁到照片上。然后他回到冯青波面前，一个大嘴巴子抽过去。

“怎样？宝元馆是我管片儿！”

说完，徐天又对冯青波抽了一个大嘴巴。冯青波屈怒地看着徐天，身子挣扎无奈被铐子锁着。

徐天气愤地看冯青波说：“太能聊了。”又一个大嘴巴向冯青波抽过去。

“活生生气死我。”徐天说着话随即又向冯青波抽了一个大嘴巴。

“估计杀你都不带眨眼的，大嘴巴抽让你也生气……”徐天继续向冯青波脸上抽，冯青波脸上青红更甚。

保密局办公室里，铁林站在阎若洲面前，阎若洲挺忙，一直在收拾东西撕文件。

“你那组不是有七个人吗？”阎若洲问铁林。

“我是能调，但大行动得处里差遣，我遵守程序。”

“多大行动？”

“冯先生安排的。”

“没通知呀。”

“冯先生您也认识……”

“没见过，每回联络电话都是从南京转过来的。”阎若洲事不关己。

“南京方面转给我了，我口头通知您。”

阎若洲停下身子看铁林：“什么行动？”

“配合冯先生抓和谈的共党。”铁林一副大义凛然的模样，阎若洲哼了一声，但不明显，又说：“还抓和……天津失守，剿总明面上都要和了。”

“剿总是剿总，保密局是保密局，越是艰难时刻，保密局越是建功立业之时。”

“没想到你才是效忠党国的人。”

“处长才是党国栋梁。”

“你哪儿看得上我呀，扒上冯先生了。”

“处长，您也看不上我。往后如果没有冯先生，回到这时估计我还跟从前一样，连这办公室的门都不让进。”

“还要多少人？”

“再调出来一个组。”铁林回答。

“行。”

“您受累出了门吩咐一下。”

“先下去，一会儿人就调给你。”

铁林听后离开办公室，阎若洲接着收拾东西，自语道：“……废物，站都要撤了，楼上楼下哪扇门随便进……”

白纸坊警署前，四个军人看着燕三两手插在兜里，像两边兜里有两盆水，小碎步跑到门前。

“帮我开门。”燕三喊向老胡。

老胡晒太阳正舒服：“自己没手啊？”

“手腾不开。”燕三回答。

“不就俩手雷嘛”

燕三只得用屁股将门顶开。

“小日本时候，西瓜大的雷用筐装……”老胡满不在乎地说。

燕三横着走进监舍，看见对面的冯青波一脸血，晕在监舍里。监舍门开着，徐天屏气举枪对着他。

燕三咽了一口口水，跟徐天说：“哥，雷取回来了。”

徐天看了眼燕三，最终还是放下枪。

“这让你打死了？”燕三怯懦地问。

徐天没理燕三，绕过燕三回到办公室，将手上的手枪放桌上。燕三从后跟着跑过来，继续追问徐天说：“打死了？”

“气晕过去了。”

“说他什么，还能气晕过去？”燕三吃惊地说。

“抽一顿大嘴巴子，我估计他从来没人抽过。”

“瞧您像是更生气。”

“下不去手杀人。”

“送狱里。”燕三贡献出了一个办法，结果被徐天瞪着，燕三有点无辜地说：“从前不都这么办，杀人放火咱们抓来了送进狱里。”

“那不乱了！”

“不乱呀？”

“田丹关狱里，他也关一块儿，谁不是东西啊？”

“那这雷就放咱们手里？”

“雷呢！”

燕三从兜里掏出来，一手两个，徐天一个个立在桌上。

“哥，您想好了。”燕三问，徐天琢磨着说：“想着呢……”

萍萍在院里站累了，挨着石板坐下，她抬头看对面厢房，七姨太正忐忐地站在房门口，试着看里面父女俩的形势。

此时，柳如丝还坐在餐桌前，沈世昌已经在里间继续侍弄盆景。柳如丝站起来往沈世昌所待的里间走过去，见女儿进来，沈世昌放下擦盆景的擦布。

“这盆水仙你有多喜欢？”柳如丝看着水仙问，沈世昌没说话，柳如丝凄然一笑说：“做你女儿二十多年，会不会连一盆花草都不如。”

柳如丝说着伸手过去，将水仙一根根捏断，从头往根茎捏。沈世昌看着柳如丝的动作，但什么也没说，坐到沙发里。

“都到机场了，回来干什么？”沈世昌问。

“你别误会，我不是回来要死要活的，我爸爸也不吃这套，对吗？”柳如丝头发散乱，加上说话声音都带着哭腔，看起来楚楚可怜。

“选择回来是不明智的。”

“您是最明智的，现在我知道您怎么从北洋混到现在了，什么时候我能像您一样了不起就好了。”

“如果你愿意，我们还是一家人。”沈世昌还穿着那件开衫毛衣，如果单听他这一句话，会觉得他是个和蔼的老人。

“谢谢您，对我网开一面，那些人看见我没和冯青波在一起就不动手。”

“早告诉你，他是外人。”

“第一天晚上冯青波也是这意思，让我别跟他一路，我不信非要试试，试出来了……您别多想，试出您嫌碍事儿我也没啥，前头料到一半，但后面试探出你的心思。”

沈世昌看柳如丝问：“你想说什么？”

“本来冯青波对我也没那么重要，没到要死要活的地步，我长这么大就不信这个，现在心里还真过不去了，他跟我说再见，他让我爸杀了，我把这事儿自己消化好咽肚子里，飞到南边照样过日子，一时半会儿缓不过来，以后怎么样不知道，但目前我咽不下这口气。”柳如丝眼眶红着，但她克制着不让眼泪流下来。

“小四……”

“别小四小四了，现在我知道自己在您心里几斤几两。回来又哭又闹，那得您真把我当女儿才管用，是吧？”

沈世昌将目光移向那盆破碎的水仙，柳如丝继续说：“冯青波不在了，一时半会儿我也想不出该干什么。知道您底细的就剩我一人儿了，您要想干什么都行，我在小楼里待着，也不走了，您都能把杀共产党的事儿抹了跟北平继续住，我为什么不能。”

“你这话什么意思？”

“您又想多了，真没意思，沈世昌是我爸爸吗？虽说我妈一辈子见您加起来没到半年。”

“你想是就是什么。”

“你想投共，我走到哪儿都是一颗雷，半个中国都是共产党的了，就没想过南边也没了吗？是颗雷在哪儿都要炸，不如离近点让您看着。”

沈世昌脸色阴沉，柳如丝把他心里最见不得人的隐秘都翻出来了，这些隐秘在阳光下炙烤着，随时随地可能会爆炸，柳如丝坦然地说：“要么您把我这颗雷也排了。”柳如丝梳理了一下自己的头发，说完把门轻轻关上，穿上大衣走到屋外。萍萍在院子里见柳如丝出来，赶忙起身跟出院门。

第三十六章

长根开车回来，撞见柳如丝和萍萍两个女人离开，长根看了眼脸色不好的柳如丝，没有言语，柳如丝看都没看他一眼，径直走出去。

长根走进客厅，跟沈世昌回话说："先生，人在白纸坊警署，被京师监狱金海的把兄弟徐天带走了。"

"警署介入了？"沈世昌问。

"没有，警署只有三个警察。"

"不要蛮干，知道的人越少越好。另外安排几个人去小四住的地方，不要让外人见她。"

"明白。"

北平街道，柳如丝和萍萍坐在人力车上，风将柳如丝头发吹得四处飞舞，萍萍看着柳如丝问："姐，我们去哪？"

"回家。"柳如丝面无表情地回答。

"他们在查冯先生现在在哪里。"萍萍说道，柳如丝转头，萍萍又说："冯先生没死。"

柳如丝慢慢转过头来，目视前方，北平正午，太阳亮晃晃。柳如丝抬手想将乱发扎起来，问："有发夹吗？"

萍萍解下自己的发夹，递给柳如丝。柳如丝接过发夹说："不回家了，六国饭店。"

柳如丝系好头发，一如往常地说："咱也查查人在哪儿。"

人力车奔跑起来，一头乱发的萍萍看着柳如丝在阳光里慢慢勾起唇角。

二勇站在小门边，来换白班的狱警陆续往里走。

“昨晚回家媳妇见着金子了？”二勇问宝根。

“他哪能让媳妇见着，藏着娶小呢！”另一个狱警笑着说。

狱警们招呼着往里走，旁边十七低头捂着一只口袋也往里走，二勇看眼十七手里的口袋问：“抱着什么？”

“药。”

“让我看看。”

十七打开袋子，二勇草草看了眼。来换班的狱警们在通道里行走，经过囚犯物品存放处，监舍里各道门禁哐哐响，要交班的狱警在检查囚犯监室。田丹此刻在牢房内，听着外头隐隐的哐哐声音。囚室门打开，是十七进来，怀里还抱着一壶水，外头哐哐的门禁声音更清晰，十七将门关上。

“药，水给您放这。”十七一边放东西一边跟田丹说。

田丹把药一样样取出来看了看，自己取出其中一样，和水吃了几粒。然后取了两种中成药丸，大约七八粒，递给十七。

“你吃了。”田丹对十七说。

“我不用，您用完我拿出去。”

“我要消炎换绷带，转过去。”

十七转过身子，田丹也转过身子，卸下外衣，露出一半肩膀，开始给自己消炎，换绷带，两人背对背。十七的喉结滚动，身子僵立着。

“药吃了。”田丹又说。

十七听见，拿起边上的水，和着那七八粒药咽下去。

“你是北平人吗？”田丹问十七。

“是。”

“成家了？”

“没有。”

“一个人？”

“家里有个老娘。”

“平时在监狱里管什么？”

“就管管人，新人送进来、登记、拍照、存东西，一些杂事都归我管。”十七身子晃了晃。

“把白药递给我。”田丹说道，十七半转身子去拿药瓶。

“那瓶。”田丹手指一个药瓶。

十七看到田丹脖子悬着的红围巾下面裸露的肩：“需要我帮您吗？”

“转过去。”

此时，来换班的狱警陆续进入更衣室，一群人闹哄哄地在换制服，十七站着有些摇晃。田丹换好绷带，衣服也穿好了，她转过身子看着背立的十七。

“我的私人物品放在什么地方？”田丹问。

“杂物处。”

“在哪里？”

“更衣休息处那边。”

“往囚犯监舍里面一边，还是往外一边？”

十七不说话了，他慢慢转过身子。

“平时锁门吗？”田丹问。

十七不理田丹了，开始收拾药瓶和水壶，但笨手笨脚地把水弄洒了，药瓶也翻了一地。

“你有杂物处的钥匙吗？”田丹看着晃悠身子的十七，他的眼神变得迷离。

“您给我吃的什么药？”十七感到不对劲。

“生川乌和洋金花，镇疼止血。”

“我不怕疼，血也不用止……”

“短暂心律衰弱，肌肉组织麻痹，归类于中毒现象，但剂量不大，一个小时之后缓解，对不起。”田丹一边说，一边收拾起那堆药瓶。

“您再要出去，老大肯定要把我弄死……”

“金海表面凶神恶煞，实际心地善良，他不会把你怎样，相信我。”

十七抓了钥匙强撑着往门爬去，但力气不支，瘫软在地。换好制服的狱警陆续走出更衣室，换班的狱警接过本子签好字往里走，此刻，十七躺在地上，视线模模糊糊。田丹脱了自己外衣，卸下红围巾叠起来，然后俯身下来拿过十七手中钥匙，解开十七的衣服扣子，卸下十七腰间的皮带，十七叹出一口粗气，彻底晕了过去。

楼道内，新来的狱警重新检查监舍，身形与十七差不多的田丹穿了十七的制服从囚室出来。她返身锁了门，然后找了门边一个地方，把那串钥匙挂上去，她一边将头发往帽子里塞，一边沿着通道往外走，换班下来的狱警向更衣室去，田丹从其中一个通道汇入狱警，前面就是杂物处，田丹落后一段距离，待前面的狱警拐过弯去，田丹掏钥匙去开杂物处的锁，一时没有打开，后面的通道又有狱警声传来，终于在新的一拨狱警拐过来前，田丹开锁躲入了杂物处。

门合上，狱警们擦门而过。杂物处，田丹十指不灵便地搜寻一个个杂物筐，同时听着外面的动静，通道里已经没有狱警的声音，田丹加紧查看一个个整齐的筐。通道里空无一人，里面闹哄哄都是狱警，田丹找到了自己的东西。她从腰里解下红围巾，将大衣连同自己的物品匆匆放入一只有监狱字样的布袋，戴上自己的手表，她听着外面的动静，又从杂物堆里抄了一卷绳子，下班的狱警杂乱地从更衣室出来，往外走，一个狱警将小门打开，下班的狱警们出来，陆续往大门过去，二勇远远地在大门那边打开小门，田丹提着个布袋，转出杂物处沿通道往前走。

她前面有两个狱警，田丹保持距离跟着，边走边给自己的手表上弦，有狱警进入存物室，把着小门的狱警准备关门，落后的两个狱警招呼着赶上来，把门的狱警重新推开门，田丹低着头从后快步赶上那两个狱警，和那两个狱警一起走了出去。

小门关上，上了锁。此时，二勇在大门那边与同伴逗趣，田丹落后于那两个狱警，沿着狱墙反方向往院子里去，最后两个狱警走向监狱大门，田丹转到了院子那辆囚车边。

她轻轻拉开车门进去，关好车门。

大门口，二勇此时正准备关门，金海夹着包过来。

“老大！”二勇见金海高声喊道。

“华子呢？”

“他在里面没走。”

金海穿过院子往监狱去，此刻，十七迷迷糊糊地睁开眼，触目所及是田丹换下来带血的绷带，他努力拖动身子，往囚室门爬过去。终于爬到门边，用手无力地砸门，长长的通道空无一人，十七砸门的声音微弱无力。

白纸坊警署里，徐天此刻正生生瞪着桌上的手雷。燕三看着徐天嚅嚅地说："天哥我从来没劝动过您，您想干啥就干啥，可把这姓冯的抓回来，到底想怎么办？"

徐天不吭声。

"外头四个人盯着呢，弄不好一会就进来。"燕三又继续说。

"一会儿铁林还要来。"

"二哥来就好了。"

"没有一个好的。"徐天冷哼一声。

"您要想弄死这姓冯的，一闭眼给他们得了，估计出门就完。"

"外面那些人不是什么好东西，当街乱开枪伤多少人你没看见！"

"总得就和一头吧。"

"依我看来把他们也抓起来。"

"都抓起来不乱了？"

"就是乱了！全乱了！没他妈一个好东西，咱们是抓人的，不是杀人的，人抓了没地儿送，自个儿杀，还抓回来干吗，要这警署干吗！这世道谁跟谁不对付，全都自己上街动手得了！"徐天越说越愤怒，后面监舍里，冯青波在阴恻恻地笑。

"要么我跑去京师监狱跟金爷说一声？"燕三小心地问。

徐天站起来去监舍，冯青波鼻青脸肿地仰头看徐天。

"剿总警卫处的人为什么杀你？"徐天看向冯清波问。

"人在外面，你去问。"

长根此时开着吉普车到警署门口，老胡听见车声，在太阳里睁开眼，那四个便衣军人向车迎去，老胡将凳子横到台阶上，折身推门进入警署。

"头儿来了，不善。"老胡跟徐天说道。

徐天抄起手枪和两个手雷便出去，长根还坐在车里，四个便衣军人上台阶，徐天出来，一脚将条凳踹下去，军人迅速接住，步子也停下来。军人们回头往车里看了看，将凳子扔回来，继续向上走，凳子落在徐天面前，徐天掏出手枪，照前四个军人脚前开了一枪，警署前的几个行人远遁，四个军人再次停住，警署前前后后已无路人，徐天用脚将凳子勾起来，大模大样坐上去。老胡没有凳子坐了，他坐到门侧角落一块石头上，继续嗑瓜子，依旧事不关己的样子。

徐天看着眼前的长根问："干吗来的？报案哪？家里被抢了，还被谁欺负了？人走丢了吧！"

四个军人还要往上，徐天拔了两个手雷销子，说："天儿冷啊，手雷的铁更冷，一哆嗦就抓不住。"四个军人终于停下来，长根开门从车里出来，上了台阶。

长根笑着看徐天说："小兄弟，别碍事儿了。"

"碍着你们什么事儿，正想知道。"

"大家都吃差饭的，人抓错了，我们带回去。"长根回答道。

"人肯定没抓错，你们跟他哪来那么大的仇？"

"我们没有仇，你误会了。"

"误会？满大街拿枪扫，老百姓也打倒好几个。"

"小兄弟，你管不了这件事。"

"等会儿……缨子你来干吗？"徐天突然见要上台阶的大缨子意外地问。

大缨子孤零零地出现在台阶下，四个军人在她后面。大缨子见眼前的形势，知道自己赶上热闹了，进也不是退也不是，只能实话实说："我来这儿玩儿，串门儿。"

"大哥没跟你说外面不太平啊？"徐天问。

大缨子更尴尬了，说："他还真说了，我以为警署安全啊！"

"回去吧。"徐天说。

"我跟燕三说话。"

徐天无奈："那赶紧进去。"

大缨子上台阶，路过长根身旁，大缨子看了眼长根说："这大兄弟怎么这么面熟呢？"

"长得傻，看着都一样。"徐天眼神盯着长根，嘴上挤对他。

警署里，燕三将门开了一条缝，伸胳膊将大缨子搂了进来。

"哎哎，大白天的外面有人……"大缨子大惊小怪地嚷嚷。

大缨子人都软了，嘴却硬着说："你的胆儿越来越大了！"大缨子睨了眼燕三。

“打仗呢！”燕三无奈地看着这位姑奶奶。

“打仗也不能动手动脚呀！”

“闭嘴！”

大缨子彻底闭嘴了，她有点享受还得装着很硬气地又斜燕三一眼。外面，警署门口，徐天也斜眼着看长根说：“你们是剿总的吧？”徐天问。

长根看了眼徐天说：“不是。”

“又说不是了，那到底是哪儿的，黑道？”

“小兄弟好好说话，我们之间犯不上。”

“好好说话，冯青波在里面，你们跟他怎么回事，我听明白也许人就让你们带走了。”

“你真想听？”长根问。

“我也想弄死他，起码在这件事上咱们是一伙的。”

“不进去也可以，你弄死他，让我看见尸体。”

“这对我有什么好处？”

“你要什么好处都行。”

徐天看着人模狗样的长根，心里更有气了，说：“就要你说明白谁让你们来的，为啥满大街杀人。”

长根沉吟着。

“先说第一件，谁让你们来的。”徐天问。

“也就是说冯先生还没有告诉你，谁让我们来的。”

徐天看着长根突然不知该怎么回答。

“什么都不知道，你想变好事还是坏事？”长根一脸严肃地问徐天。

“好事怎么样，坏事怎么样？”徐天戒备地看着他。

“让我们进去把人带走，你回家过日子就是好事。坏事就是你不要命，我陪你不要命。”

“还挺牛气的，可我不信。”

“我也不信你不要命。”

“那还真得信，七天前一大早来这警署后面就看见草堆里死一人，我天天都想跟谁不要命。”长根与徐天对视了半晌，徐天松开一只手，一枚手雷落到徐天和长根中间。一秒两秒，徐天一动不动，长根也没动，老胡停止嗑瓜子，盯着那枚手雷，第三秒军人迅速出脚，将手雷踢出去，手雷在警署街边爆炸，同时传来汽车急刹的声音，老胡继续嗑瓜子，那是铁林一伙开到的三辆车，车刹住停在爆炸前方几米，铁林当先跃下车。

“三儿！上雷！”徐天朝屋里喊道。

燕三从警署开门出来，立即往徐天空着的手里又塞了一枚手雷。

“要不要再来一回，谁动谁是狗。”徐天认真地看着长根。

长根见徐天来真的，有些退缩了。大缨子在屋内见眼前的形势，手扒着门身体不自觉地哆嗦。

“什么呀，你往外递？”大缨子问身旁的燕三。

“手雷。”

缨子吃惊地捂着嘴，说：“真要打仗啊……”

燕三本来也哆嗦，但因为缨子胆变大了，说：“别怕，我在呢！”

缨子怯怯地看着燕三说：“能不怕吗……”

“我死了都不能让你掉根毛。”

“呸！你死以后我咋办？”

燕三听见后一脸满足，明目张胆将缨子揽到怀里，他正得意时，听见外头传来铁林的声音，燕三赶紧从门缝里往外看。

铁林跑上台阶见长根和一众手下，耀武扬威地说：“保密局执行任务，你们几个没见过，把证件拿出来！”

燕三继续扒着门缝往外看，几个人不动，铁林跟手下人说：“别走，看着他们几个，把警署围了。”

屋里，燕三不由自主松开大缨子。大缨子见铁林来了，一脸不悦，指指戳戳地说：“𡱁货来了，哪里热闹哪里有他……”

长根和四个军人退到车边，铁林带来十几个保密局特务，瞬间把警署围了，铁林高傲地带着两个特务要往警署里进。

徐天在外拦住铁林说：“等会儿，二哥。”

“别拦我啊！”铁林急得直跺脚。

“你回家不拦，喝酒不拦，打架不拦，这是我警署，里面有犯人。”徐天观察到铁林的头发已经梳好了。

“就奔你的犯人来的，这是保密局北平站信函，公事公办提人。”

“我好容易抓住他，想接走不行。”

“天儿，这是公事，违抗命令连你一起抓。”

“拿北平警察局的命令来，白纸坊小警署看不懂保密局北平站的命令。”

“你是真不拿我当哥哥了呗？”铁林看徐天。

“拿我当兄弟就叫你的人哪来的回哪去。”

铁林准备硬闯，他看了眼手下，命令道：“进去！带人！”

“要试试吗，刚炸了一颗。”徐天向铁林掂了掂手里的手雷。

特务们冲进去两步，见徐天手里握着手雷又刹住脚步不敢动，老胡在一旁懒散地坐着看戏，一副司空见惯的样子。

“玩命呢！”铁林看徐天问。

“没错！”

铁林见徐天的样子更生气，说：“咱俩都跟这儿炸死，为了谁！你他妈真疯了？”

徐天不吭声，直眉瞪眼地盯着他。

“把他抓起来！”铁林向手下的特务喊，两个特务看着徐天非常犹豫。

“还不如一枪往我脑袋上崩呢，崩了大家炸死，后面的人随便进。”徐天一副满不在乎的样子跟铁林说。

铁林听见气坏了，他深吸了几口气，恢复冷静，说道：“这样行吗，人不带走，就我一个人进去看看人是死是活。”

徐天想想，不语。铁林声音抬高，说道：“你到底想干啥！能在里面关一辈子吗！警察局的命令我也能给你拿来，这他妈什么年头了，全北平就你最犟！”

大缨子听见铁林在外嚷嚷，扒着门缝往外看，铁林的声音传进来，他说：“就看看，说两句话行吧！”

“你一人进去，三儿！”燕三听见徐天喊自己立刻扒拉开大缨子，拉开警署的门，铁林见状立即走进去。

燕三看着铁林下意识地喊二哥，徐天在外面冲屋里喊：“不许往外带人，敢带出来扔雷炸！”

铁林扭头冲徐天的背影喊：“炸死我，有种你炸！”

燕三关了警署的门。

“你敢炸？”铁林看眼燕三，燕三不语。

“你跟这儿凑什么热闹？”铁林转头看见大缨子问。

大缨子故意仰头说：“我看我男人来了。”

“我他妈是你前夫！”铁林更加生气地说。

大缨子一脸满不在乎，甚至更加得意地说：“这我男人，燕三。”

铁林瞪着燕三，半晌不知道说什么。燕三仿佛被瞪着的不是自己，说：“二哥，您看看就得了，人还活着呢！”

“我要往外带呢？”

“我不炸你天哥也得炸你，早一步晚一步的事儿。”

铁林白了一眼燕三,千言万语都汇在这一眼里了。

金海和华子一起往狱长办公室走，华子跟金海汇报工作，说：“兄弟都码平了，一人一份谁都有，后墙今天就能砌回去，跟原来一样，三个排水道里面外面全堵了，牢里犯人挨个儿收拾了一遍，就八青好像被人打了一顿，现在也不嚷嚷了，老实得很……”

“田丹怎么样？”

“十七买了堆药，直眉瞪眼地看着快得病了。”

“得病了？”

“脑子有病，怕再出事儿。”

“我一会儿去看看田丹。”

两人已临近狱长办公室，突然屋里电话声传来，华子立即替金海打开门。

“小耳朵兄弟要探监，带了一堆东西往里送……”华子又跟金海禀报。

“他带的东西没毛病吧？”金海问。

“全是毛病，不拦着他，锅灶都搬来了。”华子无奈地说。

“让他们拿回去。”金海提起电话听筒，“我，金海。”

电话里，沈世昌的声音传来，金海听见整个人不自觉端正，挥手让华子离开，华子关上办公室的门。

金海面带笑容对电话说：“沈先生，准备抽空去看您呢，您有什么吩咐？”

“就不能只是给你打个电话？”沈世昌声音平和地说道。

“哟，还是吩咐点什么我自在些。”

“是有点小事，田丹还好吗？”沈世昌问。

“挺好的，我正打算过去看一眼。”

“真的没事？”

“跟您保证过，我在京师监狱在，监狱在她就在。”

“你是可托之人。”

金海的身体放松地靠在高背办公椅上，语气还是很恭谨地说：“人敬我三尺，我还人一丈，画的钱我先收着，金海心里记着。”

“帮我办一件小事。”沈世昌说。

“您说。”

“你是不是有个兄弟叫徐天？”

“有。”

“他抓了个人到警署，冯青波……金海？”

金海一愣，随即反应道：“听着呢！”

“帮忙把冯青波带出来，方便吗？”

“您是要捞冯青波？”

沈世昌在电话另一边脸色很不耐烦，但声音依然平和地说：“不方便就不麻烦了。”

“捞出来带哪儿去？”金海听见不对，立即回应。

“带出警署就行，有车跟着你。”

“沈先生，能问为什么吗？”

“他杀了田丹的父亲。”

“明白了。”

“不要跟你的兄弟说太多，把人带出来就好。”沈世昌叮嘱道。

“明白。”金海挂上电话，匆匆从办公室出来。华子此时站在门外，见金海出来立即跟上。

“我去田丹的监舍？”华子问金海。

“多叫些人，去白纸坊警署。”华子一怔，又问：“出事儿了？”

“没多大事。”

“叫多少人？”

“坐满一车。”

“要带枪吗？”

金海步履匆匆，说：“狱里的枪不能拿出去，又没人越狱。”

华子带了十多个手持警棍的狱警出来，直奔田丹所待的囚车。金海随后跟着，华子临近囚车，他打开后门，里面是空的，狱警陆续进去。金海在前面打开驾驶室，里面也是空的，华子和金海坐进去开动车子。

大门敞开，囚车驶出去，大门在后面关闭，冬天的太阳，正午也炙热着，狱警挤在一起，随车摇晃。

田丹平仰在摇晃的囚车顶，她用绳子将自己固定在铁架上，眯着眼睛，看鸽群在北平的天空回旋鸣舞，像她初来北平那天一样。她稍稍侧转头，偷看车下的北平街景，她对什么都很好奇，前面有两辆高高的干草车缓慢地走，囚车也不得不慢下来，田丹很不舍的样子，她解开绳索，待囚车接近干草车，慢下来，田丹翻上了干草顶部，一头一脸的干草迅速淹没了她，田丹陷了进去，囚车无知无觉远去，车顶留下徐天给田丹买的红头绳。

白纸坊警署里，铁林一杯水端到冯青波面前，冯青波用没被铐的那只手，摇摇晃晃地喝着，冯青波的语气仍旧带着命令的意味，说道：“打开手铐。”

“别心急，我知道我那兄弟犟，带了二十个人过来，二处一半都在外面了，咱们俩只要聊明白，立马把您接出去，谁拦也没用。”铁林一脸硬气地回应。

燕三在旁边看着听着，铁林看燕三的样子非常不耐烦，说道：“一边儿去。”

燕三也不知道为什么，就按照铁林的话，走到了前面门口。

“冯先生，自打认识您，我把您的话当圣旨，为什么您老想杀我呢？”铁林问。

冯青波苦笑着。

“我的事您还能办不能办？”铁林问。

“区区一个处长，对你就那么重要？”冯青波蔑视地看了一眼铁林。

“不是处长的事儿，您和柳爷也太不把我当人了。”

“人想出息，要自己强硬。”

“您倒是强硬，现在不也得靠我，还能靠谁去？”铁林笑着看冯青波，冯青波看铁林，突然被噎得不知说什么了。

“不过要出息得自己硬，这话在理。”铁林继续说。

“杀我的人是剿总沈世昌。”冯青波说道。

“我说呢，他可不得杀你，田丹就是来找他的。”

“想知道沈世昌的事吗？”

“我知道他啊！”

“知道他的事，我们就是一条船上的人了。”

铁林饶有兴致地看着冯青波说：“您那船我老上不去，说说船是什么样的。”

冯青波见铁林的样子心里很嫌恶，但脸上却不表现出来，说：“一直以来他负责联络共党和谈，通知我接应，我听他的安排诱杀共产党来北平的和谈人士。”

铁林听后愣了半天，他往后看了一眼，燕三和大缨子都在门那边。冯青波继续说：“除了国防部二厅，还有我和柳如丝，剿总没人知道内情，现在多了你。”

“这么说你们是一伙的，他杀你干什么？”铁林不解地问道。

“天津失守，华北局面和大于战，他杀掉我洗白，以后要做真正帮共党和谈的有功人士。”

铁林惊了，他思忖着说：“这深了，捞你出去就得跟他干……”

“沈世昌要投共。”

铁林恍然大悟道：“我说怎么死活保着田丹不让动。”

“不让动，田丹死了吗？”

铁林想了一下说：“死了，我一枪打死了。”

冯青波目光越过铁林肩膀，铁林转身，看见燕三还在后面，铁林生气地看燕三说：“你干什么呢？”

“天哥叫你出去。”燕三小心翼翼地回答。

“他叫我出我就出啊！”

燕三转身往外走，警署围了两层，四个便衣军人在外围，特务们将军人隔在外面，围了警署一圈。长根和吉普车已经不见，徐天握着两个手雷，跷脚在凳子上。

徐天见燕三出来了，转头对他说：“让二哥出来，哪儿那么多话！”

燕三趴在徐天的耳朵边说：“天哥，田丹死了。”

第三十七章

听见燕三这么说，徐天感觉如坠深渊，他眼前一黑，身子摇晃了一下。

燕三眼疾手快地扶住他，也一副张皇失措模样："刚里面二哥跟姓冯的在说……"

徐天狠狠咬了一下自己的舌头，血腥直冲鼻腔，疼痛令他清醒，他把脚从凳子上放下来，说："叫他出来。"

警署里面，冯青波已经把铁林说服了，势在必得地说道："带我出去，我正式上报国防部二厅，由你主持北平站二处。"

"柳爷呢？您说她也知道这事。"铁林听后，眼睛一亮问冯青波。

"她应该离开北平了。"

"弄那么大动静，怎么让她走？"

"沈世昌是她父亲。"

此时，燕三来到监舍前，面色严肃地叫铁林，铁林故意没搭理燕三。

"合着你们一家子窝里反，我掺和进来能落着好吗？"铁林回过神来问冯青波。

"你已经进来了。"冯青波早已将他算计。

铁林心烦意乱地问："为啥？"

"二哥！"燕三又喊了一声。

铁林不耐烦地对燕三吼："去去，门那边去，大缨子看着你男人，不然我真急了啊！"

"二哥，这是警署，您别冲我嚷嚷。"燕三一脸不悦。

"我当它是警署就是警署，招呼一声立马趟平这儿你信不？"

燕三脾气上来了，不屑地看铁林说："不信。"

铁林暴怒："有种手雷扔这儿炸！"

大缨子见燕三和铁林吵起来，急忙拉开僵着的燕三。

铁林扭过头瞅向正在看热闹的冯青波说："咱们说哪儿了？"

"你已经知道沈世昌要投共，我们是一条船上的人。"冯青波答道。

"话就咱俩在这儿说，没准出门我就忘了，徐天现在火顶脑门子，说不好啥时候进来把你弄死。"

冯青波一脸无语，铁林看着冯青波脸上青红交加的样子，小人得志地说："知道每回帮你办完事，你扭头不认账我心里啥滋味了？"

"二哥！"燕三声音喊得更大，铁林还当没听见，继续跟冯青波说："咱们都是党国的人，投共肯定得灭……但我脑子慢，得捋捋，别把您捞出去灭来灭去，再让沈世昌把我给灭了。"

"诛杀通共分子本来就是保密局该做的事。"

"话是这么说，但我也当不了保密局的家。"

"我出去，你就可以。"冯青波不动声色地给铁林施加压力。

铁林琢磨了一会儿，跟冯青波说："您知道吗，狼来了说三回，狼就没了，这会儿说什么都痛快，带您出去先得灭徐天，再灭那一车当兵的，您那么能的人都陷了，我一松神儿说不定就成了垫背的。"

燕三拉开门，铁林经过他的时候，蔑视地横了他一眼，也不管怒目相视的徐天，一屁股并排坐到长凳上。

徐天眼神冰冷看着铁林问："田丹死了？"

"没有。"

"你刚跟冯青波说她死了。"

铁林不悦地说："田丹死了你能把我怎样！弄死我？冯先生关着，你能把他怎样！弄死他？事想明白了吗？你就跟这儿横，弄得大伙儿都鸡飞狗跳。"

徐天抓着他的大衣领子喊道："田丹死没死？"

铁林一把打开徐天的手，皱着眉头说："没死，不信问大哥去，冯清波忽悠我，我也忽悠他。"

“他忽悠你啥？”

“看到这二十个兄弟了吗？保密局北平站行动组。从前我跟他们一样，事儿来了挨墙根儿站，不知道上头啥情况，现在他们站着我主事儿。”

“有意思吗？”

“意思大了去了，但主事儿也不容易……天儿，水太深，咱们可能玩儿不起了。”

徐天看铁林的眼神慢慢恢复正常，说：“你当我玩儿呢？”

“那些人是当兵的，要不是有保密局，手雷不用你炸，再来一车人连你带警署都炸了信不信。”

“不信。”

“车不在，没准儿已经叫人去了。”

两人沉默了半晌，各自想着各自的事。他们并肩坐着，阳光也在他们身上时隐时现，有时吹来一阵风，铁林裹紧大衣缩缩肩膀，系上帽子扣上大衣。天上轰隆隆地过了一架飞机，两人谁也没抬头看。

等到飞机轰鸣过去，徐天突然打破沉默：“怎么着……我也想不明白了。”

“你也想不明白，僵这儿长不了，要么让我把冯先生带走，要么弄死他，你定。”

徐天看着铁林混乱的样子，觉得自己更混乱，迷茫地看着铁林，旋即两人又陷入沉默。

铁林从兜里摸出一支烟，狠狠嘬了一口，像下决心似的，说：“真的，你下不去手弄，我帮你弄。这回没诓你，拿关宝慧保证，你不是要掐我根儿吗？”

此时，一辆监狱的囚车停到警署门前，华子等一干狱警下来。特务将狱警挡在外围，金海从车里下来，绕过刚才手雷炸出来的那个坑，金海往上看两个兄弟。

“跟这儿待着。”

华子一伙消停下来，金海走上台阶，瞟了一眼徐天拿着的手雷。

“你干什么呢？”金海看着徐天问。

“两拨来劫人，这是我警署。”金海看，徐天答，他很清楚自己在干吗，可老是不知道下一步该怎么办。徐天忍不住想，要是田丹在就好了，她一定知道该怎么做。

金海再次将目光转到铁林身上，说："你来干什么？"

"带冯先生。"铁林没有了刚才的理直气壮，他陷入深深的纠结境地。

"保他？"

铁林犹豫着，又看向金海，说："他是我上司……但保不保的你们俩说了算，咱兄弟，他是外人。"

"这么些人都你带来的？"金海不高兴地问铁林，铁林没敢说话。

"涨能耐，散了吧，行吗？"

"行是行，这儿还有当兵的，我人撤了谁拦他们？"

"我的人在，咱们哥仨别自己掐。"

"行，大哥，以前我不对，这回算清了，您劝劝天儿。"铁林说完起身走下台阶，向手下人喊，"收了，都撤了。"铁林索性把自己交给命运，他带着一副爱谁谁的样子坐进车里。

此时，一名特务过来，说有个女的找他。

"女的？"铁林疑惑。

"嗯，她在街口站半天了。"

铁林将车开出去，萍萍一个小丫头站在街边。铁林将车慢慢靠过去，萍萍开了车门上来。

"走吧。"萍萍面无表情地说。

"什么呀？就走吧。"铁林一脸不悦。

萍萍看眼铁林说："小姐在等你。"

"不是走了吗？"

萍萍没说话，铁林往车外看，特务的车撤了，挨着吉普开过去："柳爷的爹是沈世昌？"

萍萍犹豫了一下，说："是。"

"她在哪儿等我？"铁林问。

"你的人都撤了？"

"关你什么事？"

"冯先生呢？"

"在警署，我一哥，还有一弟弟看着，没我事儿了。"铁林回答。

"小姐在保密局。"

铁林疑惑地开动汽车。

长根从柳如丝住处返回，进屋禀报沈世昌，柳如丝没有回家。

沈世昌满脸不高兴地看向长根，说："不是让你们看着她，不要让她接触外人吗！"

"没回家，直接去了六国饭店，现在人也不在饭店。"

沈世昌纳闷了："冯青波还在白纸坊警署？"

"嗯，您吩咐不要妄动，保密局北平站二处的人就把警署围了。"

"铁林？"沈世昌皱眉。

"是。"

沈世昌想了一会儿后，拿起外衣让长根集合所有人。没过多久三辆车就从槐花胡同鱼贯而出，沈世昌坐在中间车辆的后座上，神色深沉，不停地摩挲自己的扳指。

"手给我看看。"金海说着掰过徐天两只手里的手雷，"里头说去行吗？我也看看那姓冯的。"

"您来是啥意思？"

"替你平事。"

"怎么平？"

金海一言难尽，说："先别在这儿门神似的，拿多久了，拿不住了吧。"

"拿不住扔了，换一个拿。"徐天硬撑着。

"换到明年去，倒是快过年了。"

徐天不知道说什么，金海喊向身后的华子说："华子，把人都叫过来，看着点儿门口，谁也不让进。"

华子听见后，招呼了十来个狱警，越过几个便衣军人，就堵了台阶向上的路。

金海走向那四个便衣军人对他们说，"往后退几步，别炸着你们。"

便衣军人不明所以。

"拔了销的这个给我，二勇，车倒出去。"金海将徐天手里拔了销的雷掰出来，二勇还在倒车，金海已经将手雷扔到车前那儿的坑里了，手雷爆炸，二勇的车差点倒上墙，四个军人退得更远。之后金海又将徐天另一只手雷夺下来，交给华子，华子有些忐忑。

金海看了看华子，说："把那四个人看住，再来人往里进就拔销子往脑袋上扔。"

华子忐忑地看着金海说："用不着老大，哥几个就够了。"

金海转头对徐天说："能让我进去了吧？"

徐天看金海三下五除二就把自己的布局都打乱了，也没了办法。他撇了撇嘴，起身进入警署。老胡从角落里起身，去将那张凳子拖得稍偏一点，又坐上去。华子捏着雷瞟老胡，老胡依旧低头嗑着瓜子。金海走进警署，迎头看见大缨子，一脸吃惊。

大缨子看见金海更是吃惊，两人都面对面愣着。

"我跟您说了来警署看燕三。"大缨子尴尬地说。

"没事儿看燕三干吗？"金海问她。

"不干吗，就是觉得家里闷得慌。"

"回去。"金海这两个字说得斩钉截铁。

大缨子看了看警署前面，说："外头兵荒马乱的，让我一人怎么回呀？"

金海无奈地说："跟你说了不太平，还往外出来！三儿，送缨子一趟。"

燕三犹豫地看向徐天，金海大喊："都要作死哪！"

徐天示意燕三送缨子，燕三将手里剩下的一枚雷小心翼翼放到徐天面前，等到雷放稳了才松开手，然后着急地拉着大缨子出门。徐天将手枪扔在桌上，手雷倒了，在桌上滚来滚去，金海也没理徐天，直接往监舍后面走去。

金海进入监舍看见冯青波，说："铁林走了，保密局的人也撤了，你落我们兄弟俩手里了。"

冯青波见金海来了有些吃惊，问道："你来干什么？"

金海站着，冯青波坐在地上。金海居高临下地说："料理你后事。"

冯青波苦笑着一张脸，金海不屑地转身走来走去，说："人五人六的也有今天……"

"田丹死了？"冯青波突然问金海。

"想啥呢！活好好的，我保着她。"

冯青波脸色顿时变白："铁林打了她一枪。"

金海看着他的表情，满意地笑了，说："就破点皮。"

说完后金海离开了监舍，往前头过去，冯青波脸色阴沉。

北平街外，两辆干草车停下来，车夫绕到一个干草棚后面，解开干草绳子，然后用劲儿拽。干草倾泄下来，跟着泄出来的还有穿着警服的田丹。车夫顿时目瞪口呆，田丹扒拉着头上的干草，拖着布口袋径直去了棚子里，车夫回了回神接着扒拉干草。片刻，田丹从棚里出来，已经脱了警服警帽，穿着自己来时的衣服，她一边系扣子围围巾，一边往外走。车夫一直冲着田丹看，田丹向车夫笑了笑，继续往前走，直到消失在远处。

保密局院里，特务人来人往，吉普车开进来停下，萍萍和铁林下了车。萍萍往楼里闯，好像很熟悉这里的路，铁林惊诧地跟进去，发现大办公处乱哄哄的，铁林要往里走，萍萍却径直上楼梯，铁林亦步亦趋地在后面跟着。铁林从来没来过楼上，楼上安安静静的没有杂人，萍萍沿走廊往前走，铁林越跟越忐忑。最后，萍萍停在尽头一间办公室门口。

"这是我们站长办公室。"铁林看着萍萍说。

萍萍敲了敲门，然后站到门边，开门的是二处阎处长，阎若洲看了一眼铁林，示意他进来。站长办公室外面是一个小房间，里面坐着当时朝铁林偷偷翻白眼的女文员，铁林经过她走进里屋，胖胖的站长和柳如丝相向而坐，很熟的样子。

"铁林是吗？"站长开口问道。

"是。"铁林回答。

"我们处行动四组的。"阎若洲上身前倾，不太情愿地朝站长介绍铁林。

"组长……柳爷。"铁林见柳如丝和阎若洲坐在一起，阎若洲看向铁林说："坐。"

"我就不坐了……"铁林有点不自在，柳如丝眉梢一挑，"你不是要当处长吗？"

铁林傻了，他嗫嚅着说："说是这么说，谁都想上进，想为党国多效力……"铁林的隐秘心思被柳如丝当众揭出来，脸上红一阵白一阵的，非常窘迫。

站长看着铁林乐呵呵地说："从今天起二处你负责。"

女秘书敲门进来给站长送文件，让他签字，温柔地弯下腰给站长递笔。铁林飞快地瞄了一眼女秘书的背影，旋即看向站长，又看了一眼柳如丝，明白这都是柳如丝安排的，便问道："那处长呢？"

阎若洲不太高兴的样子："我去上海。"

铁林心里乐开了花，立即脚跟一碰，抬头挺胸，大喊了一句："铁林定为党国效犬马之劳！"

站长没注意铁林说什么，合上文件夹递给女秘书，话里有话似的看着铁林说："你什么福气，小小一个行动处长劳烦柳小姐从南京方面协调，还亲自过来找我。"

柳如丝笑着看向站长，说："正好顺便来看看您。"

女秘书起身出门，经过铁林时向他侧目，铁林忍不住站得更直。

站长也回应笑脸，说："柳小姐要栽培的人一定有道理。"

"道理大了，"柳如丝深深地看了一眼铁林，"不麻烦您了，走了。"

"海军那边就拜托了。"站长站起来送柳如丝，柳如丝笑得矜持，"放心，我没来过这儿，海军那边您也啥都不知道。"

站长乐呵呵地点头，阎若洲送柳如丝出门，铁林在后面轻轻把门带上。仅过了片刻，柳如丝就跟阎若洲在前头下楼梯了，柳如丝问阎若洲："你是六十八根吗？"

"柳小姐记性真好。"

"记性不好，刚刚专门问的，下月 1 号到吴淞口，直接上军舰找大副刘双庆，不扣成了。"

"多谢。"

铁林一直跟在他们后面走，感觉脚底下轻飘飘的，路过一些站里的人时，他觉得自己跟他们都不一样了。

三人走到一楼停住，阎若洲看着柳如丝说："柳小姐，要不要再到二处坐坐？"

"不了。"

说完，柳如丝和萍萍径直下了台阶，阎若洲目送，铁林僵在门边。阎若洲收回目光，转身上下打量起身后的铁林来，说："你还有这道行？"

铁林心里得意，笑着说："处长，上头说今儿起我负责二处，您是不是宣布一下。”

“别叫我处长，站长已经下来宣布过了。”

阎若洲没有进大办公处，转身直接上了楼。铁林怔了一会儿往里走去，乱哄哄的办公处安静下来，大家都看着他，铁林走到处长经常敲打训话的地方站住，转身看着大家。大家都屏着气，铁林一时也没想好要说什么，就转身进了小办公室。下一秒，铁林坐入那把椅子上，无比踏实地审视着周边的一切。

此时电话响起，他清了清嗓子接起来，道：“二处，铁林。”

萍萍的声音从电话里传来：“集合人。”

“马上。”

“你下来。”萍萍又说。

“明白。”

保密局楼下院子里立着两个俏生生的女人，来往的人都侧目看向她们，铁林迈着小快步从楼里出来。

“柳爷，这位怎么称呼，以后也是自己人？”铁林看着萍萍问道。

柳如丝不耐烦地看着铁林说：“别套近乎，你车呢？”

铁林跑过去打开车门：“这儿。”

柳如丝和萍萍上车，一大堆特务在院子里也集合上车。

其中有一名特务跑过来问铁林：“处长，有行动？”

铁林凑近吉普车，问车上坐着的柳如丝：“去哪？”

“白纸坊警署。”

铁林听后，咧嘴乐了，招呼一众特务跟着自己，说完打开车门信心满满地坐上了驾驶位。

铁林的吉普车这回没有熄火，牛气冲天地开了出去，身后四五辆特务的车也跟着开出院子。

白纸坊警署里，金海跟徐天仍然僵持着。金海还在循循善诱：“你一大早逮人，你爸一大早拿着六根条子到平渊胡同找到我，劫狱的事儿刚落停，你又拿手雷在警署门口跟人拼命，是不是想把你爸折腾死？”

“劫狱是不太合适，但抓人我是正差。”徐天理直气壮。

“抓完了呢？”金海问到徐天最含糊的地方了，他心里也不知该怎么办，默不作声。

金海知道徐天心里也没主意，说："捂手里兜得住？人我带走，后面甭管了。"

"你带哪儿去？"徐天紧忙问。

这个问题把金海也问含糊了，但他表面上还是淡定地回复他："监狱。"

"不行。"徐天说。

"我来给你收场的。"金海看着固执的徐天头疼不已。

"田丹坐牢，他也坐牢，没戏。"

"依你怎么着？"

"这种人就该死。"徐天恨恨地说道。

金海听后立即将手枪横给徐天，说："去，没人拦着，利索点，别跟娘儿们似的犹犹豫豫。"

徐天抓起手枪说："也只能这么着了。"说完他就向监舍大步流星地走去。

徐天在冯青波面前，金海在旁边替他拉开枪栓，说："一勾手指头就完事，你回家，这儿我收拾。"

冯青波看起来有些绝望，徐天抬起手枪瞪了他半晌都没动静，徐天尴尬地说："警署里不杀人。"

金海抢过手枪，推了徐天的后背一把，说："行，弄后面草稞子里。"

冯青波被华子和二勇架到警署后面的乱草里，一众狱警站在外围，反身看着四个便衣军人。四个便衣军人跟过来踌躇着，华子将冯青波踹倒，金海把枪再次放到徐天手里，徐天和冯青波相距不过两尺。

冯青波看着徐天和金海说："没想到我会死在你们这帮宵小手里。"冯青波抬起头去看午后的太阳，心里反倒平静了不少，他闭眼睛等待着那一瞬间。徐天低着头，看乱草里暗黑的泥土，这里是贾小朵血尽而亡之处。他伸出手指沾了一些地上的泥土，收回来放到舌头上含住。

半晌，徐天说："我不杀人。"

金海面无表情地俯身把枪夺过来，拉着徐天走出狱警围成的圈。

此时，铁林在街道上开着车，问坐在身后的柳如丝："把冯先生接出来送到哪儿？"

"回家。"柳如丝答道。

铁林看了一眼柳如丝，小心地问："柳爷，沈世昌是您爸？"

柳如丝一脸心事地点了点头。

"沈先生要杀冯先生，您要保？"

柳如丝睨向铁林："你不乐意？"

"您乐意我就乐意，怕您不知道情况，说明白省得误会。"铁林赶紧点头笑着说。

"他跟你说的我爸要杀他？"柳如丝问。

"是，刚说的。"

"说没说为什么？"柳如丝追问。

"说了。"

柳如丝继续说："你这处长靠的是冯青波，你是他下线，南京知道，要不然我面子再大也没这么快。"

"您放心，有我就有冯先生，反了，有冯先生就有我。"

白纸坊警署后面，金海和徐天离狱警围成的圈子不远。金海看着低头不说话的徐天，恨铁不成钢："在狱里说我守的老理儿没了，你守的理儿也没了。警署不杀人，出来也不杀，让人看笑话呢！以后别再学人玩命，谁还怕你？你也就有本事弄死自己，敢弄谁！"

徐天茫然地看着金海。此时长根开车回来了，他坐在车里向便衣军人招手，四个便衣军人陆续从警署后面过来上车。

"人我带走了。"金海看着徐大说。

"大哥……"

"记得那个日本人吗？"金海问。

"记得。"

"当时我也问你敢不敢杀，结果呢？世道再没理也有天理，你是好人，恶人有恶人报。"

"您怎么知道我抓了冯青波？"

"我怎么带人来的是吗？沈先生叫我来的。"

徐天听后一怔，金海继续说："沈先生保着田丹，冯青波杀了田丹她爸，沈先生发话叫我来带人，就是田丹叫我来带人。"

徐天听后一脸沮丧，金海没再理他，朝那圈狱警走过去，此时狱警们押着冯青波往警署前的囚车过去。

徐天从后面追上金海，金海停下脚步。

“让我看看田丹。”

金海叹了口气对徐天说：“别看了。”

金海招呼狱警上车，囚车开走，警署前后都空了，就剩下徐天一人孤零零地站在乱草里。

囚车开着，金海和二勇在前座，冯青波和华子，还有狱警们在后面。金海无意间在后视镜里看到有车一直跟着。

“带我去监狱？”冯青波在车上问。

“不然你还想去哪儿？”华子说。

冯青波没戴手铐，他打量着车里的情况。

另一边，铁林的车慢下来，他看着后视镜。柳如丝着急地喊铁林：“快点开。”

“后面没有车跟上来。”铁林看着后视镜，干脆停了下来。

柳如丝见状更加烦躁，铁林看着柳如丝说：“不着急，光咱们仨到没用……”

冯青波坐的囚车继续向前开着，趁狱警不注意，他突然袭击狱警，一车的狱警相互掣肘，无法合用群力。冯青波从里面打开后车门，准备跳出去。长根在后面见囚车门开了，冯青波半个身子都扑了出来，后面华子死死箍着冯青波脖子，狱警们有拉华子的，有拉冯青波的，最后生生将冯青波拉回车内，车门关上。长根猛踩油门，让吉普车超到囚车前面，他打了一个手势，示意囚车跟随。

此时，铁林二处的几辆车终于从后面跟了上来。柳如丝看见街道另一头驶过一辆小汽车和一辆吉普车，铁林刚想启动吉普车，柳如丝就打开车门走了下去，她绕过车头走向铁林的驾驶座，柳如丝拉开驾驶座一侧车门嚷嚷：“起开！”

铁林急忙挪到副驾驶座上，嘴上还嘀咕着：“柳爷，这车您开不了！”

柳如丝上车后生涩地开动车子，铁林慌张地喊：“挡挂错了！”跟在他们后面的特务的车，看见铁林的吉普疯狂冲出去，也猛踩油门紧紧跟随。

城郊，囚车跟着前面的吉普车，越开越荒凉。

“老大，咱们这是去哪儿呀？”二勇问金海。

华子在后面也扒着铁栅栏："老大，不回狱里？"

"跟着就是。"金海回答。

吉普车引着囚车开过来，到墙根处停下，长根和四个便衣军人下来。囚车紧跟着也停稳了，金海一人下去。

长根对金海说："人给我们，沈先生马上到。"

金海看了看四周："行，替我问沈先生好。"

"多谢了。"长根说。

"应该的。"金海客气回应。

金海说完回到车里，片刻后，华子一伙将冯青波带下来，四个便衣军人将冯青波接过去。囚车开走，四周安静下来，只有风压树草的声音。

冯青波看着长根走了过来，知道自己无论如何逃不过去了，坦然说道："动手吧。"

长根看冯青波，说："沈先生要亲眼看着。"

城郊，一辆吉普车在前，一辆小汽车在后，越开越荒凉。沈世昌坐在小汽车里，透过后视镜看到一辆吉普车追上来，他扭头从车玻璃处往后看，柳如丝面无表情地把油门踩到底，铁林异常紧张。

冯青波和长根听到汽车的声音，看到过来了一辆吉普车和一辆小汽车，然后又有一辆吉普超了上来，是柳如丝开的车，她将吉普横到小汽车前面急刹，车差点侧翻。三辆车远远地在城墙根停下，沈世昌不动声色地坐在车里。柳如丝从前面的车里下来，后面紧跟着铁林和萍萍，吉普车上也下来了五个便衣军人，但都被萍萍和铁林拦住。

铁林在喊："别动，都别动，保密局北平站二处公干！"

柳如丝向冯青波那边看了看，长根和几个军人围着冯青波不动。柳如丝又走向沈世昌坐的小汽车前，沈世昌看到柳如丝把侧窗降下。

柳如丝看见沈世昌，哀求着说："爸，回去吧。"

沈世昌看了柳如丝半晌。

"女生外向。"沈世昌一脸阴沉。

"本来就是外房生的。"柳如丝不屑。

"铁林知道我们的事了？"沈世昌又问。

"要不您问问他。"

沈世昌升起车窗，跟前面的军人说："都杀了。"

车里的便衣军人回头问他："那小姐呢？"

沈世昌沉吟着，后面传来刹车声，保密局北平站行动组的三四辆车跟了上来。车上下来二三十个保密局北平站行动组员，沈世昌看见铁林在外头招呼着手下，反过来将便衣军人都围了。柳如丝又敲了敲车窗，沈世昌降下窗玻璃。

柳如丝继续说："女生外向，但我还是叫您一声爸，家里的事现在只有铁林一人知道，再往后，保密局北平站就全明白了。"

沈世昌看了一眼车上的军人，说："你们下去。"

车里的便衣军人下去后，沈世昌推开车门，自己往里侧挪了挪，柳如丝上了小汽车。

铁林此时还在外面气势汹汹地张罗："搜身，谁敢反抗就地正法！四组，上那边把人带回来！"

沈世昌看了一眼柳如丝，说话依然慢吞吞地："你打算怎样？"

"您干的事儿，我干不出来。"

沈世昌叹了口气："本来很简单，你和冯青波走就是了。"

"现在也简单，我们也能走。"柳如丝说。

沈世昌问："冯青波愿意吗？"

柳如丝："一会儿我问他，但最好您自己问。"

"铁林怎么成了你的人？"

"我刚让他当上处长。"

沈世昌无奈地叹了口气："你怎么保证他能闭嘴。"

"我有的是办法，您别投共就是跟保密局北平站一起了。要么弄死他，趁他还没多嘴，但今儿这么多人不太容易。"

沈世昌看了一眼车外的铁林，他正起劲地指挥张罗。七八个保密局特务已经护着冯青波回来，长根和四个便衣军人随着过来，十几个便衣军人与二三十个保密局特务对峙着，实力悬殊。

"小四，爸错了。"

柳如丝没说话。

"家里的事儿，我们回家说行吗？"沈世昌问。

柳如丝挪身下车，径直去上铁林那辆吉普，铁林两头看着，不知道下一步要干什么。

沈世昌降下车窗，疲惫地对长根说："都回了。"

"冯先生怎么办？"长根问。

"回家。"

长根听到后离开，随即便衣军人全部回到车上，两辆吉普和小汽车开走。

铁林走到冯青波跟前，说："冯先生，柳爷跟车上等您呢。"

冯青波看眼铁林道："谢谢你。"

铁林笑着看冯青波说："头回这么客气，我想明白了，往后咱们就是一条船上的。"说完急忙跑去给冯青波拉开后车门。

柳如丝此时坐在车里，铁林问柳如丝："柳爷，咱们的人散不散？"

"先别散，让他上来。"

铁林点头离开，转身冲身后的手下喊："都上车，跟着啊！"

冯青波见铁林走向驾驶座，自己坐上了吉普车的后座，柳如丝坐在一侧，给冯青波留出位置。

冯青波见到柳如丝非常意外，说："没走？"

"明天晚上还有一拨飞机，我们跟辎重团走。"柳如丝看着冯青波的脸，尽力不动声色。

"沈先生愿意吗？"冯青波问。

"他也想问你愿不愿意。"柳如丝看冯青波说。

此时，铁林拉开车门坐上驾驶位，转头问身后的冯青波："冯先生，咱们去哪儿？"

冯青波没说话，他不知道自己死里逃生之后会面对什么，柳如丝抬了抬下巴，说："回家。"

"得嘞！二位一会儿要是没啥事，我请客，叫上我媳妇，以后踏踏实实都是自己人了，她还没看过您那小楼呢。"

"去广顺大街槐花胡同 8 号。"柳如丝打断铁林。

"哪儿啊？"铁林多嘴。

"开车。"柳如丝面无表情。

第三十八章

北平街上有三两辆军车驶过，行人、人力车、街边冒着热气的摊贩混在一起。田丹沿街走着，像一个初来乍到忐忑又新奇的女孩儿，与北平格格不入，田丹看着四周有些蒙。

她走到身前一个小商摊边上，问："先生……先生？"

"当不起先生，您啥事儿？"摊贩看着田丹问。

"广顺大街怎么走？"

"远着呢！"

"这是哪儿？"田丹又问。

"北河沿，过筒子河往西您再问问。"

田丹听后露出笑容道谢。广顺大街两旁的杨树很高，很静，周围都是小洋楼，也都静静的。人不同，树不同，房子不同，这是另一种北平，这种静是属于权贵们的，猛然看上去似乎是乱世中一方净土，但这权贵所在处，却是乱世的策源地。田丹一户户地看过来，她走得很慢，最终停在槐花胡同 8 号的门牌前。她想了想，继续往前走，最终消失在了胡同拐角。

沈世昌的小汽车开过来，他沉着脸和长根下车，进入院子。七姨太在院里等着迎他，看到沈世昌她忧心地问："家里一个人都没有，都带出去了？"

沈世昌脚步匆匆，大步经过院子："一会儿小四他们回来，把院门关了。"

长根应着转身离去，七姨太跟在沈世昌后面："戴先生在里面等半天了。"

戴先生站在客厅门口等沈世昌，他显得有些慌乱："老沈，老沈……"

"戴老，家里有些事要处理，不方便，您请先回。"沈世昌面色沉郁地一边朝屋里走，一边说。

"剿总确定要跟共产党和了！"戴长官一脸急切，沈世昌猛然站住："确定？"

"我来就是跟你商量这个的，你是主和的，现在不表态，我们这帮人哪里还有家事……"

田丹站在街边判断了下方向，她朝一处公用电话慢吞吞地走去，时不时还停下来歇歇。此时街角转过来一辆吉普车，是铁林开的。

田丹在路边树丛中，她先看到了开车的铁林，车拐入槐花胡同的时候，田丹看到了车里的冯青波和边上的柳如丝。瞬间她就像被电了一般怔住了。过了半晌，她仿佛才活过来，开始环视四周，田丹看到不远处有个公用电话，她晃了几晃，朝电话走过去。

铁林看见槐花胡同 8 号的牌子停住车。长根在院子里拉开门，铁林看了看柳如丝和冯青波，两人也不下车，萍萍懂事儿地先下了车，铁林也跟着下车，还随手关上了车门。三四辆保密局特务的车随后跟进胡同，特务们陆续下车，长根看着铁林，铁林也盯着长根不忿地说："你看啥？"

长根移开目光，朝胡同里看。

车里，冯青波问："来这里干什么？"

柳如丝轻描淡写："你不是要以死相报吗？现在不用死了，我也不用你报，进去随便说两句，再怎么说他也是我爸。"

"我怕进去出不来。"

"铁林在这儿，他不敢。"

冯青波歪头看了眼车外面牛哄哄的铁林，还是没动身子，柳如丝叹了口气："我本来以为你死了，早知道这样还不如走。"

"我死了你还回来做什么？"

"昨天我爸电话里说，他不杀你，你就要杀他，所以没辙了。我跟他说，你如果要杀他先得杀我，他如果要杀你也得先把我杀了。"

冯青波没想到她这么说，于是说：“我不值得你这样。”

柳如丝的心疼着，但表面上旁若无事：“我糊涂呗。”

“为活命，进去认个错是吗？”

柳如丝怒了：“你大爷的！命好容易捡回来，你别得了便宜还卖乖。”

冯青波闭了嘴。

柳如丝叹口气：“是不太值，我爸也不怎么样，你也不怎么样，但我架在这儿了，总不能眼瞅着你们两个里面死一个吧？”

“谢谢你。”冯青波看着神情憔悴的柳如丝无从表达，柳如丝苦笑着说道：“太见外了。”

冯青波一人下车进入院子，铁林迎上去，殷勤地喊：“冯先生，我在这儿啊！有事儿随时叫我。”特务们堵满了胡同，长根准备关门，铁林拦住，“别关门，要关门我的人都进院里。”长根只能将门敞着，自己站在门边。

沈世昌家的客厅里，戴先生看着沈世昌说：“已经谈差不多了，就是部队防区怎么撤还没和共产党谈明白，两边都有戒心，怕交换的时候又打起来，剿总不给共产党北平布防。”

冯青波走进来，沈世昌看着冯青波，焦头烂额地问：“小四呢？”

冯青波没吭声，看着戴先生。空气顿时凝固了，七姨太赶忙插话：“我去叫小四，在外面？”

沈世昌疲惫不堪地摆摆手，示意她不要叫了。戴先生自顾自地说：“共产党提了一个对华北剿总团以上军官的安排原则，还有北平军政机构的接收办法，限令除夕之前军队全部撤出北平。”

檀木案子上的电话响起，七姨太接起来：“喂，沈先生在。”

沈世昌扭头看着七姨太。七姨太扭头看着沈世昌说：“剿总联络处，问政法处的电话要不要转过来。”沈世昌朝她点点头。

戴先生急切地说：“老杜那帮人拉山头，他手底下两个军只听他的，剿总里面心也不齐……”

田丹站在公用电话旁边，整个人都被阳光笼罩着，可目光虚虚的，一动不动，其间有小孩跑过。她捂着电话，戴先生的声音在听筒里传来：“现在说是和，有一个团不愿意动起手，十七八个团就都打起来了……”

七姨太说："喂？政法处接过来了吗？"

田丹声音正常地说："稍等，还没接通。"

沈世昌此时无法思考，说了句："老戴你先回，明天上午剿总开会，中午到家里来，我们一起商量。"

戴先生却无法安心："老沈，共产党那边和你还有联系吗？"

沈世昌劝慰道："有，放心。"

"一定要把话带到，我们这帮人都靠你。"戴先生坚定地说。

沈世昌没理会，招呼长根说："送一下戴先生。"事到如今，他还维持着临危不乱的风度，但内心却被那个电话搅得颇不宁静。七姨太将听筒搁在案子上，拿了戴先生的手杖递过去，送他出门。沈世昌转头问冯青波："小四怎么不进来？"

大街上，一个孩子离开母亲，踱到田丹附近，手里的冰糖葫芦在阳光下显得很诱人，孩子一边盯着田丹，一边嘬着冰糖葫芦，田丹下意识地抿起自己的唇，她听到了那个熟悉的声音。

"和铁林在门口。"

沈世昌一惊："保密局的人都在外面？"

"在。"

沈世昌无奈，只好向冯青波说实话："冯青波，大势已去，傅司令都要投共了。"

不远处，戴先生坐着小汽车驶过，田丹看了一眼，紧着捂听筒。此时，冯青波的声音传来："你我跟别人不一样，我们以和谈之名诱杀共产党。"

沈世昌无所谓地说："那又怎样，只有我们几个知道，南京方面也只知道你。"

冯青波盯着沈世昌："现在多了一个铁林。"

这是沈世昌最难以容忍的，他低声斥道："冯青波，当疯狗只能在乱世里当。"

电话听筒静静地躺在沈世昌家的桌案上，另一头的田丹听得清楚："人不为己，天诛地灭，世事所迫，谁都要给自己留条后路。"沈世昌是对冯青波说，也是对自己说。

冯青波点着头："我明白。"但他在内心深处是瞧不上沈世昌的，不过他也能理解沈世昌，并不是每个人都能活成一把刀子。

沈世昌看着窗外，说：“我不杀你，你不要辜负小四，就这样吧。”

冯青波关心的并不是自己的生死，他问：“田丹死了吗？”

“当然没有，她是我的后路。”

电话听筒捂在耳边，田丹笑着。

冯青波找到了沈世昌的软肋，说：“您太想当然了，如果要洗白投共，杀她比杀我更重要。”看着眼前的不倒翁如此轻敌，冯青波竟然生出了一些愉悦。

沈世昌是不会被一个小辈教导的，他说：“她在监狱里，生死全凭我一句话。”

冯青波笑着说：“她在监狱里，是她想在监狱里。”

沈世昌皱眉：“你这话什么意思？”

“没有人比我更了解她。”

沈世昌彻底被激怒了：“你到底想怎样？”

“我还能怎样？于公您要投共，于私您要杀我，本来无论如何我们都不共戴天，但是您的女儿柳如丝……从未有人像她这样在乎过我，如果她愿意，好，从前那个冯青波已经不在了，往后她就是我，我就是她。”

沈世昌的心沉了下来，表面上偏做出一副赞许模样：“这就对了。”

“但请你让我见一面田丹。”

“为什么？”

“看到她死了，从前的冯青波就死了。”

“你对她下得了手吗？”冯青波的一举一动都牵扯着沈世昌的前途，甚至生死。

没想到冯青波突然发起脾气来：“她要么长命百岁，要么死在我手里，而且她只能死在我手里。”这股火，是冯青波对自己的，只有自己心中的那点儿情愫燃尽了，才能成为真正的刀子。

“你就当她已经死了。”这是沈世昌的命令，两人都清楚，田丹的生命现在成了沈世昌的底线。

北平公用电话旁，那个孩子的母亲回来，将孩子领走，孩子手里拿着冰糖葫芦，一步三回头。田丹轻轻挂上电话，笑吟吟地看着孩子消失，她长吸了一口气，离开公用电话，往前走去。

“走吧，越快越好，再过几天北平的飞机都是共产党的了。”

冯青波问：“共产党还在和你联络？”

沈世昌摇摇头：“不要问了。”他在努力控制着对冯青波的杀心。

冯青波不怕那股子杀意：“田丹说的二十号先农坛确有其事吗？”

沈世昌听到后彻底怒了：“到底走不走？我一枪打死你也就打死了，小四又能怎么样？铁林能为你所用，也能为我所用，我能给他的东西更多。”

冯青波僵着，沈世昌软了下来：“你就当你已经死过一回了，此生不要再回北平。”

沈世昌家门前还站着一胡同的特务，冯青波出来，拉开门进入吉普车，有卫兵在后面关上了院门。

铁林也进入车内，问他：“冯先生，兄弟们能撤了吗？”

“沈先生的事儿你跟别人说了吗？”

铁林看了看柳如丝说：“跟谁说？”

冯青波盯着铁林吐出两个名字：“金海、徐天。”

铁林装傻：“说啥？沈先生啥事儿？不知道啊？”

萍萍从另一头进入副驾驶座，冯青波淡淡地说：“我们走吧。”

柳如丝说：“我和萍萍住六国饭店。”

冯青波看着柳如丝，他没法再对柳如丝冷脸，想到这里，他语气柔软：“回家吧，就一晚上了。”

这份温柔让柳如丝觉得安心又意外：“回家。”

冯青波握住了柳如丝的手，柳如丝反手握住，觉得自己喉头哽哽的，她侧头看着冯青波感觉有点儿不真实。

铁林启动车子，把头伸出车外，大喊了一声：“收队，回站里待命！”

田丹独自在胡同里走着，与初出监狱的欢欣好奇不同，此时的她显得格外忧愁，并且眩晕。一辆人力车停在路边，车上有徐记字样。田丹坚持着走过去，说：“劳驾。”

张子停下来看着田丹问：“去哪儿？”

田丹直言：“我身上没有钱。”

张子把头转向一边，不想搭理她了。

“白纸坊警署远吗？我想找徐天。”

张子立即掸了掸车座上的土，咧嘴乐了，说：“上车，您坐踏实了。”田丹扶着车框定了定步子，才跨进车斗。

张子跑起来：“少爷说不准在哪儿，白纸坊要没有，拉您去珠市口行吗？”

田丹还怀着歉意说：“我没带钱。”

“钱用不上，给您悠着点，还带风儿跑？急不急？”

田丹靠入车座眯起眼，她吸了吸鼻子，说：“不急。”

沈世昌坐在客厅里皱着眉头，七姨太进来问他：“我刚才出去看见一弄堂都是人，小四怎么也不进来？”

沈世昌摘下眼镜按了按自己的眉头：“都走了？”

七姨太从檀木案上拿起电话听筒听了听又挂上：“走了，清静了。”

沈世昌看看电话又看看七姨太，心中慌乱更甚：“刚才是谁打来的电话？”

七姨太回：“说是剿总的，没接通。”

“一直搁在旁边？”

“我送戴先生出去。”

沈世昌恼怒地大嚷：“通没通！”

从不发火的沈世昌此时让七姨太胆颤心惊，一时间竟然不知道如何作答。

沈世昌又拍着旁边的茶几问七姨太：“我问你话呢！”

七姨太赶忙回答：“没通。”

“没通怎么不挂上？”

“可能没搁好，忘了。”

沈世昌的气稍微消了一点：“哪里转过来的？”

七姨太努力回忆，说：“联络处……”

沈世昌的气又拱了上来：“不是政法处吗！”

“联络处要转政法处，反正是个女的，还没通就挂了。”七姨太被沈世昌吼得彻底慌了。

“女的？”沈世昌又咆哮道。

七姨太委屈大了，直说出上海话：“介凶作啥啦！”

沈世昌盯着七姨太像盯着一个陌生的人，许久憋出两个字：“出去！”

沈世昌胸口不住地起伏，他闭眼缓了缓神，伸手拎起电话拨了一个号码：“接京师监狱。”

囚车疾驰过来，倏然停在门口，金海和华子一众人下车。一根绳子从车顶悬下来，二勇将绳子甩上去，关了车门。金海停下来，走到车边拉绳子，绳子全部被拉下来。金海一点一点地将绳子卷起来，也没吭声，就直接往里走。

监狱内，狱警们来来往往，金海拿着一卷绳子准备往二楼走。华子凑过来跟金海说：“小耳朵的人又来了。”

金海“哦”了一声算作回答，对于小耳朵一行人，他并不在意。

华子又请示他：“让不让见？”

金海心不在焉地说：“见吧。”

屋里电话一直响着，金海进来，把一卷绳子扔在桌上，接起电话：“我，金海。”

沈世昌声音传来，金海不由得恭敬起来：“沈先生。”

沈世昌愠怒：“怎么才接电话？”

金海解释：“我把冯先生放在了北土城，刚回来。”

沈世昌这才缓了下来：“辛苦了。”

“不辛苦，那祸害早该除了，给田丹报个仇，对我两个兄弟也好。”金海说。

“田丹在吗？”沈世昌问。

“在牢里。”

沈世昌疑虑地说：“你不是说你刚回监狱吗？”

金海看着那卷绳子，半晌没说话。

沈世昌心中不安：“喂？”

“我刚到办公室。”金海说。

沈世昌沉吟了一下："刚去看田丹了？"

"是。"

"那就好，安抚好你的兄弟徐天，让他不要误会。"

"放心吧，我的兄弟我心里有数。"金海挂上电话，迅速走出办公室。他快步走着，通道里来回忙碌的狱警看到他，纷纷侧身向金海打招呼。金海步子慢了下来，迎面华子带着小耳朵过来，金海问："带哪儿去？"

华子说："兄弟来看他，您刚准了。"

"听着点说啥。"

小耳朵阴着脸过去，金海继续往前走。监狱牢房通道有一个狱警在，金海走过来示意狱警掏钥匙开门。金海看看这个狱警，问他："十七呢？"

狱警有点拿不准，磕磕绊绊地说："在里面吧？"

金海被他的含糊搞得有些不高兴："在不在？"

狱警正色："交班的时候说在里面。"他又往里进，狱警要跟进来，金海转身吩咐："你在这儿站着。"

他一个人往里走，通道里空无一人，走了一段路之后，他隐隐感觉出事了。于是他加快脚步走到门前，推了推门，看了看锁，抬头又看见了挂着的钥匙。金海摘下钥匙开锁，门打开，十七看到金海表情慌张。金海进来，看了一圈，然后抄起遗落在地上的警棍，开始劈头盖脸地打十七，十七也不吭声，躲着忍着。

金海冷冷地斥喝："别用手挡，不打你脸。"

十七不再动，任金海打，过了一会儿后，他气喘吁吁地停下："她什么时候出去的？"

"今天上午。"十七说。

金海又问："制服她穿走了？"

十七点点头，几乎快哭出来了。

"收拾一下，出来把门锁上，站在门口别动。"金海将钥匙扔给十七，转身出去。

*

铁林的吉普车停在柳如丝的家门口，柳如丝没理铁林，下车直接进了院子，铁林跟着冯青波下车，他叫住正要往院里进的冯青波，说："冯先生，那我走了，晚上说好带媳妇过来，这儿要不要再留一组人？一个电话的事儿。”

冯青波有些不耐烦：“不用了。”

铁林赔笑着说：“我这人脑子慢，捋通了就全顺了，以后有啥事您尽管吩咐。”

冯青波挑了挑眉：“以后？”

铁林一字一顿地表忠心：“从今儿往后。”

“谢谢。”虽然这两个字从冯青波口中说出，没有任何感谢的意思，但铁林却笑开了花，还说：“再这么客气就见外了。”

冯青波从里面合上院门，铁林停在门口，笑容从脸上消失。

客厅里还散落着没带走的箱子，冯青波走进来问萍萍：“她呢？”

萍萍指了指上面，说：“楼上。”冯青波问：“这些都是什么东西？”

萍萍说：“都是一些吃的用的，明天晚上走，小姐说不用打开了。”

冯青波往楼上走去，大房里没人，卫生间有水声，门没关，开着条缝。冯青波站在门边，有水汽冒出来。

片刻，冯青波把那条缝合上，关上浴室门，默默走出去，又关上了房门。

街头，铁林开着车，长根开的吉普车从后面超上来，靠边停住。长根在车里向铁林招手，铁林将车开过去，把车停到长根的吉普车旁边。长根探出头，说：“沈先生让您想想以后，如果想不明白，那就去家里，沈先生告诉您。”铁林怔着，摸不清沈世昌的意思。

“沈先生说没几天了，脑子慢，以后也就没了。”说完，长根开车离去。

金海手里拿着一堆衣物，狱警打开门，他沿着通道走进来。十七站在囚室门口，金海将衣物扔过去，是一套狱警制服，他对十七说：“除了吃喝拉撒就回这儿待着，哪儿也不许去，这就是你的牢了。”

十七眼睛呆呆的：“老大，我肯定把她找回来。”

金海看着十七问：“把谁找回来？”

“田丹。”

“她在里面呢，明白吗？”

十七张了张嘴想要说什么，但最终还是点了点头。

金海说：“她在里面关着，你跟这儿看着，谁也不许进，一日两餐照样领过来，自己跟这儿吃了再送出去。”

“老大，要么你打死我得了。”十七皱着眉。

金海的胸口上运着怒气：“最多两天，你求祖宗十八代保佑我把田丹带回来，两天一到自己跟这儿撞死。”

小耳朵和那个精壮汉子跳子在审讯室里。跳子凑上前问：“爷，您有啥要吩咐的？”

小耳朵四周看了看，跳子说：“虎哥到家了，监狱里的人没上门找。”

小耳朵用气声说话：“别连带他家里人，跟他两个兄弟也没关系。”

跳子听不清，问：“啥？”

小耳朵看着审讯室里墙角上方的那个方形盒子，华子在隔壁，竖起耳朵凑到听筒跟前听，小耳朵的声音若隐若现。跳子的声音传来：“爷，您大声点，这儿也没人。”

小耳朵说：“找够兄弟，谁拦弄谁，飞机大炮拦着都不管用了，弄死他。”

“徐天？”

小耳朵点着头：“死透透的，来告诉我。”

“哎。”跳子爽快答应。

华子沉着脸，摁灭监听开关，走出监听室，往狱长办公室去。

白纸坊警署，燕三一脑袋撞回来：“人都走了？”

老胡眯着眼睛，懒得说话。

燕三又问：“天哥呢？”

老胡慢悠悠地抬手指了指后面。

燕三走到警署后面，看见蹲在乱草里的徐天，燕三走过去，也不敢吱声。

徐天头也不抬，直接问他：“去哪儿了？”

“刚，刚您让我送大缨子……”

“三儿。”

“哎。”

徐天看着燕三，说：“你不会看不起我吧？”

燕三不知道怎么回答，徐天眼神空洞，继续说：“仔细想想我就是一傻蛋，我爸说得一点儿都没错。”

有些日子没见徐天这样了，燕三有点慌：“怎么会呢？”

徐天不再看燕三，而是看着地面：“当个警察，牛哄哄的，女人被人弄死了，还就死在警署后面，杀了白杀，那孙子在背后天天看笑话，跟田丹吹牛逼，帮她出气，劫她出狱，劫半道儿还把自己劫进狱里了，不靠着大哥我就是个屁。冯青波抓回来假模假式地在门口跟人玩手雷，最后还是白玩儿……”

地面在眼前扩大，失落到极点的徐天变得很渺小，化成了一棵草，一粒尘埃，飘摇又跌落。

燕三环视四周，想起刚才一路进来没看到冯青波。徐天幽幽地说：“大哥把他接走了，兴许死了。”

燕三松了口气：“死了不就结了？”

徐天抬起头：“死就结了？没说理的地儿！”

燕三蹲下身来和徐天并排，说：“天哥，您要是……那啥，我就更傻了。”

徐天苦笑一声，说：“别跟我争，谁也没我傻。”

“您是我榜样，我当警察就冲您呢！”

徐天看着燕三说：“警察是干啥的？”

“您说干啥就干啥。”

徐天的目光越过燕三，直愣愣地盯着警署前面，燕三扭回头，也直愣愣地顺着他的目光看去，他们俩看见田丹笑盈盈地走过来。田丹走到他们近前，徐天慢慢直起身子，张口结舌，他还从来没见过穿着自己衣服的田丹。

田丹笑着说：“这是作案现场？贾小朵？”

徐天没反应过来：“大哥放你了？”

“我自己出来的。”

徐天欣喜中带着慌乱：“三儿，那啥……”

燕三除了慌乱，没有一点儿欣喜：“啥？”

徐天拉着田丹说：“进里边去，别让人看见。”

田丹倒是磊落，她眨眨眼，说：“我想在外面，在监狱里总是觉得北平冷，可是出来后感觉也不太冷。”

徐天傻笑着说：“今天太阳足。”

办公室里，阳光照在杯子里，水面泛亮，金海将水面上的茶叶吹开，端起来喝。华子站在桌前说道：“老大，没什么事我就下去了。”

金海抬起头，问道：“你喝茶吗？”

华子笑着答：“在家时会喝两口，没工夫泡。”

金海又不说话了，华子皱起眉头担心地说：“小耳朵可是把话传下去了，我听得明明白白，是弄死天哥。”

金海沉吟了一下，说：“知道了。”

华子看看金海，犹豫不决地说：“老大，我能问吗？”

“问。”

“今儿到天哥警署带走的那人，咱们怎么放了？”

金海放下茶杯看着华子：“心里不踏实？”

“我跟了您十多年，加起来经历过的事儿都没这几天多，今天放的那人是不是也跟女共党田丹有关系？”

金海转过身子看着窗外，眯起眼睛说：“华子，你有没有想过，北平会成为共产党的天下。”

“想过，兄弟们在下面天天聊。”

金海问：“怎么聊的？”

华子说：“不管是谁的天下，都得有监狱，有监狱就得有看监狱的。”

“我坐这儿有时候也会想，京师监狱就像个鸟笼子，但从来没想过鸟笼子压根关不住鸟。”金海说。

“怎么关不住？不论是谁，到咱们这儿是龙得盘着，是虎得卧着，一个个都收着呢！”

金海将桌子上的绳子收起来放进柜子里："我说鸟，有的鸟是自个儿来笼子里待一待，想飞就走了。"

燕三随便找了个借口溜走了。风吹草低，田丹躺在枯草里，看着一只鸟落下来，啄地下的草籽，啄了两下转眼又飞走了。天地茫茫间似乎就剩下了他们两个人，连风都和缓了。田丹眯着眼睛，太阳照在她脸上，她问徐天："太阳还有多久？"

徐天看着田丹说："一尺。"

田丹并没有躺在贾小朵死去的地方，但对徐天来说依然有些恍惚。太阳的光从屋脊斜下来，光线的边沿离田丹身子还有一尺。

田丹突然说："我刚才知道了沈世昌才是出卖爸爸和我的大坏人，我们这条线上前两次来人也是他诱捕的。"

"诱捕？"徐天不解。

"我们信任他，他假装和谈，人到北平后交给冯青波杀。"

徐天难以置信。

"现在他想洗白做好人了，以为我不知道。"

"你出狱他还不知道吗？"

"我十岁就认识他，叫他伯伯，爸爸和他是世交。"田丹的语气很低落，她叹了口气问，"还有多久？"

徐天愣了一下："啊？"

田丹仍然眯着眼睛："太阳。"

"还是一尺。"

"你知道吗？北海团城的承光殿里有一个渎山大玉海。"

"不知道。"

"北平人也不知道？"

"玉海？"

看徐天不知道，田丹的兴致高起来："那我告诉你，元代的时候本来放在太液广寒殿，明末时移到了紫禁城西华门外真武庙，是乾隆的时候才迁到北海团城的。"

徐天一头雾水："大玉海，迁来迁去？"

田丹比划着："不是海，是玉瓮，这么大，青绿色，里面雕着龙、螭，外面有羊、鲤鱼、犀牛、蟾、蚌、马、兔……"

"这跟你有什么关系？"

"本来想让冯青波带我去看的，现在不行了。"

徐天沉默了半晌："冯青波可能死了。"

田丹笃定："没有。"

"要我做什么？"徐天问。

田丹说："帮我证明一些事。"

"你说。"徐天是急迫的，他需要找到一个方向，这个方向只有田丹能给他。

田丹倒是从容："急什么？太阳还有多久？"

"还是一尺。"

"再歇一歇，带我去照相馆。"

徐天怔着。

"这里什么也看不出来，你说那里烧了，烧得厉害吗？"

"你脑子里别搁我的事儿。"

"为什么？"

徐天有些丧气，说："我的事不重要。"是啊，田丹是属于北平的，而他自己总是瞄着个人恩怨。相比之下，自己永远那么傻，那么渺小。

"我们认识就是因为贾小朵，所以这当然重要。"

徐天眯着眼睛抬头看着阳光，说："田丹，新世界会是什么样的？"

田丹举起手放到剩余的光线里，说："新世界里天天有太阳。"

新世界，徐天似乎从未想过这三个字。他想不到，也不敢想，新世界里天天有太阳，但太阳下永远没有小朵了，新世界意味着对旧世界的告别吗？那自己也要和小朵告别了吗？旧世界里找不到凶手，新世界里找不到小朵，徐天卡在了新旧之间。徐天看着田丹，她是一道光，一道连接新旧世界的光，也是一道可以拯救自己的光。

第三十九章

刀美兰家的灶台上，热气顺着锅沿儿钻出。此时刀美兰在揉面，大缨子站在灶台前唾沫星子翻飞，已经不知道说了第几遍了："我到的时候徐天一手一个雷，燕三手里拿着俩雷从门里往外递，后来铁林去了……"

水开了，刀美兰去掀锅盖，一轮新的热气又腾起来，刀美兰的脸浸润在热气里，把切好的面扔进锅里，拿勺子在水中搅了搅，又把勺子塞进大缨子手里。

大缨子接过来，心不在焉地在锅里搅和着，发现刀美兰并没用心听自己说话："跟你说雷，怎么还煮面？"

"我又不是没见过雷，前一阵儿燕三裤裆里还掉出过一个，把你们家墙炸了半扇。"刀美兰笃笃笃地切着菜，头都没抬。

大缨子一愣，打住话头："前一阵儿？"

刀美兰说："差点把三儿炸成残废。"

大缨子有些后怕："老天爷，残了可就真废了……"

刀美兰跟司空见惯似的："这年头，街上不是枪就是炮，他们哥仨要不玩儿才怪了。"

"你心怎么这么大呢？"大缨子大惊小怪地看着刀美兰，她又开始揉面，发着狠，似乎要把所有烦恼全都揉进面里。

刀美兰仍不在意，边说边拿了一些面粉撒在面板上："你跟这儿都说好几遍了。"

“对啊，后来我哥去了，就叫燕三把我送回来。”

“金海去就没事了。”金海是刀美兰心安的源泉，不论发生什么，金海总能解决。有了金海，日子才能过下去。

大缨子这才想起自己哥哥：“揉这么多面给谁吃的呀？”

“你哥，金海。”

大缨子听了直笑：“以后是不是得叫你嫂子了？”

刀美兰顿了一下，双手随即又忙活起来：“那得看以后。”

“今儿我也把我的事儿明了，当着铁林的面，他差点背过气去。”大缨子很解气。

明了？大缨子有什么明的？刀美兰看了眼大缨子，问：“你什么事？”

“我跟燕三。”

刀美兰怔了怔：“金海也知道了？”

“那我就不知道了，他又不傻，平白无故我去白纸坊警署干吗，总不会看徐天吧？你是不在那儿，当时挺吓人的，活生生往墙角炸了一个……”

大缨子又开始了新一轮叙述，刀美兰听着了，也像是没听着，笑着转身去拧窗台上的话匣子。

燕三叫来两辆人力车，其中一辆是祥子拉的。徐天扶着田丹坐上祥子的车，转头对燕三说：“你坐一辆，我跟她一辆。”

“我跑着就行。”燕三有些不好意思。

“三儿你就甭客气了！”祥子冲燕三喊，燕三咧咧嘴，直接跳上车。

徐天朝祥子喊：“去宝元馆，一会儿多叫几个兄弟。”

祥子一边答应着一边撒开跑，田丹坐在人力车上，眯着眼睛看着不断后退的街景。余晖里，风吹得田丹小声咳着，徐天摘下皮棉帽子，送到自己鼻子前嗅了嗅。

之后徐天把手里的帽子递给田丹：“你戴上。”

“不冷。”

投鼠忌器，各方势力间的牵扯给了田丹喘息的机会和自由的空间。田丹深呼吸了一下，这是自己第一次和北平如此近，想到这里她的心情稍微好了些。徐天举起帽子，有意识地用身体挡住田丹，说：“遮遮，别让人看见。”

“怕谁看见？我是逃犯，你就是警察。”田丹毫不在意地享受着得来的自由，“华北剿总北平警察局自己都顾不过来，我就是一粒沙子，没人在意的，除了沈世昌和冯青波，他们不找我，我还要找他们呢。”

“狱里看不见你，大哥估计要疯了。”徐天说。

“我可以见他。”

徐天瞪大眼睛：“你要见他？”

“嗯。”

“绕这么大弯儿，狱里多方便。”徐天不解。

“在狱里不能去看宝元照相馆了，哎，前门箭楼！第二次看见了。”田丹说。

此时，人力车正经过前门箭楼，车夫说：“往北是金水桥天安门。”

顾不得人力车的颠簸，田丹站起来，那个美好的世界又回来了，她能感受到箭楼门洞里吹来的风，自从有了箭楼开始，这风吹了几百年，年复一年，终于吹在了田丹的脸上。

“宝元馆在南边。”徐天看看前面的路说道，余光里田丹裹着纱布的两只手直往袖子里缩，她的头发散在风里，“发卡呢？”

“呀！”田丹坐下，向后一摸，才发觉发卡已经没了。

关宝慧坐在梳妆台上心事重重地涂着口红，铁林斜靠在床上，目光虚无地看着关宝慧。关宝慧在镜子里看着他这样，心里有些发毛：“你在看我吗？”

铁林呆呆地“嗯”了一声，关宝慧问他：“心里想啥呢？”

“想以后。”

“以后里面有我吗？”

“有是有……”

看着铁林犹豫，关宝慧的气就不打一处来，但也没精力去深究，于是说：“转那边去。”

铁林像没了魂一样，也没挪身。

“话说在前头，”关宝慧看着镜子继续说，“姓柳的那女的要是招我不开心，我大嘴巴可得抽回去。”

铁林依然目光飘渺地看着关宝慧：“能不抽就别抽。”

关宝慧特别泄气，男人窝囊就是自己窝囊：“你现在是处长了，还不行吗？”

铁林被关宝慧的话问住了，看来处长还是蚂蚁，但至少离大象更近了：“以后行。”

关宝慧放下了手中的口红，赌气地说：“那我不去吃这阎王饭了。”

铁林好像没听见似的，他怏怏地说：“歪了。”

“哪儿？”

铁林指着关宝慧下唇左边，关宝慧用手摸了摸多余的部分，一副不情愿的模样：“我能不去吗？”

“去帮我听听什么路子。”铁林靠着床头往下滑，索性躺在了床上。虽然他当上处长了，但还是个小人物，铁林难掩失落。关宝慧有些心疼，叹口气接着画唇。

金海循着声音走进徐天家的后院，徐允诺正勾着身子收拾屋子，关山月扭着腰身随着唱机，嘴巴张张合合。

“耳听得悲声惨心中如捣，同遇人为什么这样号啕，莫不是夫郎丑难谐女貌，莫不是强婚配鸦占鸾巢，叫梅香你把那好言相告，问那厢因何故痛哭无聊……”

关山月唱着，金海在一边看得直乐：“还能来坤角儿呢？”

徐允诺笑着站起身子：“程老板的锁麟囊，一张唱片两块大洋。”

关山月像个孩子一样随心所欲，而这随心所欲来自徐允诺的付出，金海翘了个大拇指，真心实意赞扬着：“您把关老爷子伺候得可真地道。”

“这哪是伺候，他高兴我舒心。”徐允诺乐得更开怀，正说着话呢，关山月就踩着碎步挪到了金海和徐允诺面前，如入无人之境。徐允诺赶忙拉着金海躲到一边，金海笑着搓了搓手。

“你来干啥？”徐允诺问金海。

“看天儿回家没。”

“又招事了？”徐允诺的一颗心立即提到了嗓子眼。

金海沉了沉，说："没有。"

"上午搬了两箱雷回家，出去就没影儿了。"徐允诺一脸愁容。

"跟他说一声，这两天当心点。"

"当啥心？"

金海见徐允诺着急，故意笑了笑宽慰着："也没啥事，当心点儿好。"

徐允诺凑近金海，盯着他的眼睛，金海不明所以："徐叔？"

"出大事了？"徐允诺问。

"天天是事，没啥大小了已经。"

"今天的事多大？"徐允诺好奇。

关山月在另一边一句接一句地往下嚎，明明只张口不出声，也显得上气不接下气。

金海看了看关山月，又看了看徐允诺，说："天桥有个叫小耳朵的，可能要找徐天麻烦，还是上回那档子事儿。"金海看着徐允诺脸上又挂上担心，补了一句，"我牵的头，抽了他俩嘴巴。"

徐允诺又回忆起那晚在平渊胡同里用枪指着自己的人，他的眉头越皱越深。

"没事，我晚上再过来。"金海说着要往外走。

徐允诺能看出金海的那份歉意："哎，金海，别往心里去，也别过来了，招了就不怕，麻烦来了咱接着。"

"那孙子手黑。"金海说。

现在变成了徐允诺宽慰金海了："都招上了，咱们不怕。"

金海从未见过如此从容的徐允诺，这份从容让金海安心："徐叔您看着……"

"肉，是吧？"

"看着肉，最侠义的是您。"金海不好意思地乐了，徐允诺见状哈哈一笑。此时关山月见金海出门，大吼一声："走啊金海！"

金海回头看着关山月说："哎哟，您这唱着坤角儿，猛嚎一嗓子可真吓人。"

火烧后的宝元馆门前，燕三两手揣在袖子里站着，一辆人力车停在路边，一个车夫在一旁缩着。徐天在周老板的简易睡房里站着，看田丹一人忙活。田丹将一双鞋子拿起来，那双鞋后跟都踩没了，鞋底鞋尖都粘着泥，田丹将鞋子放回去，四处环顾睡房。床单枕头油腻，她把褥子掀开，下面贴的棉花都黑了。田丹走出去，徐天跟着，田丹查看散架的照相机，又走向暗房，徐天站着没动。

片刻后，田丹从暗房里走出来："这里找到的照片呢？"

"偷拍小朵的？"

"嗯。"

"在平渊胡同小朵家。"

田丹站定，又环视四周："小朵不是这个人杀的。"

徐天一愣："怎么不是呢？"

"嗜杀和嗜血完全是不同的人格结构，凶手嗜血恋物，恋物者大多有洁癖，平时孤僻，可能少言不语，但行事有条理，生活无论简单或者复杂，一定干净整洁……"自言自语中，脉络逐渐清晰，田丹抬头看着徐天，"带我去看那些照片。"

徐天有些为难："刀姨挨着我大哥住。"

"刀姨？"

"小朵的妈，跟大哥住一条胡同，就在他隔壁。"

"正好。"

一边是小红袄的线索，一边是田丹的自由。徐天不知道是否要冒险，索性找了个地方坐下问："从狱里出来费劲吗？"

"不太容易。"

徐天看着田丹："我不信你出来就是为小朵。"

"当然不是。"田丹回答得干脆坦率。

徐天也想帮田丹："把你接下来要干啥都跟我说，不然小朵的事儿你也甭管了。"

田丹有些犹豫："我还没有想好。"

"我跟你一块儿想，虽然我笨，但你多说两遍我也能听懂。"

田丹不想把徐天卷进来，转身又看了看宝元馆里的陈设，看似在寻找着新线索，实则是在躲避徐天的眼睛："想想我晚上住哪里？"

“天没黑呢，说现在。”

田丹拿定了主意：“既然去看照片，就见一见金海。”

“只要见到，大哥肯定逮你回去。”徐天说。

“这要你帮我，我不能回去。”田丹看着他。

“又要见他，又不能回狱里！”徐天抓了抓后脑勺，田丹点了点头。

徐天又问：“见大哥说什么？”

“我出狱，金海一定暂时不敢告诉沈世昌，他问过我两次将来如何保命，认为沈世昌能保他。”

“你直接告诉他沈世昌不是东西不就得了。”

“那他以后怎么办？要让他知道保命只能靠自己。”

徐天听后，从椅子上站起来：“怎么靠自己？”

田丹直视着徐天，慢慢笑了：“像你一样。”

“沈世昌和冯青波是什么人你都知道了，你根本犯不上回来找我，更犯不上见我大哥，对吧？”徐天的话直接勾到了田丹的心里。

是啊，为什么出狱后她先想着找徐天呢？为了小朵？不全是，那真正的理由是什么呢？那个理由田丹明白，但又不敢承认，只能说：“北平我没人认识。”

这个回答并不能说服徐天，他说：“城外都是你们的人。”

“那我也要靠你们出城。”田丹说。

“监狱都出得来，出城更容易。”

“但我累了，今晚只想睡个好觉。”田丹很虚弱。

徐天不忍心再问下去：“田丹，让我帮你干点啥。”

“帮我见铁林，了解冯青波和沈世昌现在的关系，铁林和冯青波的关系，不要直接问，他和你们不一样。”

“然后呢？”

“新世界要干净，来临之前肃清泥沙。”

徐天突然问：“你杀过人吗？”

田丹看着徐天，没回答。

“无论要干什么，让我和你一起干。”徐天眼神殷切。

田丹反问徐天：“你杀过人吗？”

“没有，今天冯青波本来可以死在警署，但我下不去手。”说这话的时候，徐天泄气了，像一个考试没及格的学生。

田丹笑了笑：“这样很好。”

“一点也不好，我想跟你学学。”

看着徐天，田丹眼里露出复杂的情绪，徐天看不太懂，她轻轻地说：“做一个警察，以后也一样。”

太阳跃下地平线，北平的冬夜说来就来了。刀美兰家的院门没栓，金海迎着月光推门进去，大缨子正在忘我地吃面，看见金海进屋，大缨子朝刀美兰喊：“美兰，我哥来了！”她一边喊一边扒拉着碗：“吃完我就过去。”

金海故意沉了沉脸：“慢点吃，躲谁呢？”

大缨子讪讪地笑着：“我在这儿不碍事儿吗？”

“不碍。”

“那儿碍，别坐。”

金海刚要坐下去，那只空椅子前面有一副空碗筷，刀美兰从灶间转出来，看着愣怔的金海。金海一脸沉重，看着两个女人说：“跟你们俩说个事儿，田丹跑了。”

大缨子还在吃，刀美兰放下给金海盛面的筷子。

“田丹？”大缨子疑惑。

“狱里那个女共党。”金海皱着眉说。

“什么叫跑了？”刀美兰不理解，越狱的概率几乎为零。

“说跑不合适，飞了，凭空从牢房里飞了。”金海苦笑。

大缨子也停下了筷子，和刀美兰面面相觑，呆呆地问：“人怎么能飞，没听说过。”

“跟徐天有关系吗？”刀美兰能看出，金海担忧的并不是越狱本身。

“今天上午的事儿，徐天在警署，我和铁林都去了，跟谁都没关系，现在除了我，就一个看她那牢门的知道。”

“那……那狱里狱外那么多兄弟，把人给找回来啊！”大缨子直眉瞪眼地说。

“瞧外头这天，人家本来是天上的，咱能上天找吗？”灯在金海眼前晃，他转头看着窗外的夜色，“关在狱里还跟我，跟徐天，跟铁林有关系，飞走就什么都没了。”

大缨子和刀美兰愣着，金海叹了口气：“能从狱里走，就能出城，到时候再杂着城外一百万解放军回来，眼前头过谁，跟谁也不认识。”

“你找徐天了吗？”刀美兰问。

“找了。”

“田丹从牢里出来没准找徐天呢？”

“人家干的是大事，原来关在里面，就想着小红袄的事儿，让徐天帮她的事儿，现在都出去了，什么事自己不能干，小红袄碍着她啥了？”

两个女人不知道该说什么，金海看着大缨子，吩咐她：“回屋收拾东西，别带多，拣值钱的带身上。”

大缨子愣愣地问：“干什么？”

金海从椅子上站起来：“我去趟槐花胡同，回得来咱们就走。”

“走哪儿去？”大缨子也站起来问。

“南边，狱长干不成了。”

“别呀。”眼看和燕三的婚事还没来及“明”就要“暗”了，大缨子有些着急，刀美兰也跟着着急：“槐花胡同是哪儿？”

“这事儿得跟沈先生说，我红口白牙发的誓，结果人没看住。他要容我，我就回来咱走，要容不下，我就交代给他。”

“沈先生是谁呀？”大缨子问。

“四十六根金条他送的。”

大缨子恍悟：“我说呢，钱那么好来，要是把金条退给他呢？”

“花了。”

大缨子永远找不到重点，她半张着嘴：“那么些，都花了？”

“走吧。”金海催促着向外走，大缨子没动，但刀美兰已经开始披外衣，戴围脖，换鞋子了：“槐花胡同，我跟你一起去，不就是跑个人吗？沈先生要向着田丹，人跑好事儿，有啥可交代，没听说过向着谁，反倒还把谁关在牢里。我要是田丹，出狱肯定先去槐花胡同，没准他们一块儿呢，咱别自个着急，走啊？”

金海站定了，细细地看着刀美兰，她平静得让金海内疚。刀美兰摸了一把自己的头发，说："看啥？"

"换身儿体面点的。"金海说。

"换啥体面的？"

"沈先生是高人，咱又理亏，我也换一身。"说完金海走了出去，从刀美兰院里出来，进入自己家院子。此时平渊胡同里过来了七八辆人力车，当先的是燕三，中间是徐天和田丹，车斗放下，徐天要扶田丹。

"不用。"田丹笑着拒绝，她自己慢慢走下人力车，新奇地打量着胡同。

徐天小声儿地说："三儿，我大哥要回来，把他人留住不让走。"

燕三为难地看着徐天："我可留不住金爷。"

"他要是在院里，那就堵着不让出来。"

燕三带着哭腔："天哥，我真不行。"前些日子他把金海请到警署，大缨子都要跟自己翻脸了，这没隔几天又来一回，大缨子怕会彻底跟自己说再见。

徐天根本不搭理他，跟着已经走进了院子的田丹。

刀美兰在屋里翻了一通衣柜，彻底放弃，转身看向大缨子，问她："我穿这身儿不体面吗？"

大缨子没接这个话茬，苦着脸反问刀美兰："那田丹长啥样，还把他们哥仨折腾成这样，还能飞，长翅膀啊？"

"没体面的，就这样了。"刀美兰自顾自地说。

"我过去看看哥。"大缨子说着拉开房门，迎面就见到田丹站在门口。

田丹微笑着走进屋："刀阿姨好。"

大缨子纳闷地站在门口问："谁呀？"

"我叫田丹。"

大缨子愣着，徐天从后面冒了个头出来："缨子，我大哥呢？"

大缨子还没缓过神："刚过隔壁去。"

徐天跟刀美兰介绍："刀姨，这是田丹，您先招呼着，我去隔壁跟大哥说两句。"说完徐天转身就走。

刀美兰目瞪口呆，怔了几秒，慌忙招呼田丹进屋："进来……坐。"

田丹看了眼桌子，在金海刚坐的地方坐下来，她对面是贾小朵的空碗筷。

“吃了吗？”刀美兰问。

田丹抬头看着刀美兰，笑着摇摇头。

“那，我给你下碗面条。”刀美兰逃似的走去后面灶间。

大缨子好奇地看着田丹：“你不是飞了吗？”

田丹带着询问的目光看着大缨子，礼貌地问：“您是？”

大缨子倒是自来熟：“金缨，叫我缨子就行。”

田丹朝她友好地笑了：“金海的妹妹。”

“你怎么知道？”大缨子惊讶。

“姓金，刚你说隔壁。”

见识了田丹的厉害，突然大缨子不知道怎么开口说话，满脑子都是要给金海报信，于是说道：“你坐着，我回了。”

大缨子也逃似的离开了，房间暂时安静下来。田丹注视对面那张空椅子，好像上面坐着一个人。

金海在屋里正在换衣服，从窗户里看徐天进了院子。徐天走进来，金海抬头看了一眼徐天，没说话，继续换衣服。

徐天开口：“冯青波您带走没弄死？”

“谁说的？”

“田丹。”

金海一愣：“田丹呢？”

“她在隔壁。”

金海怔了片刻，起身便要出去，徐天挪了挪身子，挡在门口。院子里，大缨子进来，看着厢房门口的徐天。

徐天不敢看金海，说：“大哥，燕三在外面，我还叫了车行几个兄弟。”

金海盯着徐天，相比田丹，他更关心兄弟是否背叛了自己：“她出狱是跟你串好的？”

徐天赶紧解释：“没有，她出狱后来的我警署。”

金海放心了一半，他绕过徐天，徐天又堵住门，金海说：“别拦我，田丹正经是逃犯。”

“华北剿总北平警察局任谁都没人在意，”徐天对金海有抱怨，“就您把她当逃犯。”

“当时进狱里拍过照登过手续，怎么会没人在意？”金海提高嗓门说。

“沈世昌在意呗？那是个老王八蛋。”

金海压抑的怒火有了出口：“你知道个屁！”

“跟田丹多待一下午，我知道得比您多点儿，要么她过来，要么您过去，她跟您说是怎么回事儿。”

金海不耐烦地推开徐天：“起开，别挡着门。”

擦肩的工夫，徐天用手拦了金海一下：“我去院里，世上谁挡您我都不能挡您，我是您兄弟，您是我大哥，跟田丹聊完了再说行吗？”

金海沉默着，脑子里飞速运转。田丹能来见自己，难道自己有什么把柄被她抓住了？

“她根本犯不着回来，出狱第一件事就是去警署后面小朵死的地方。第二件事儿她去了宝元馆看火烧现场。第三件事她来这儿看小红袄偷拍小朵的照片，本来还要专门找你，现在正好你在，省事儿了。”

金海继续沉默着，他预感到自己对田丹没什么办法，徐天看金海不言语，继续说：“换衣服要出门儿啊？”

大缨子忍不住了，在外面火急火燎地喊：“哥！”徐天赶忙走出厢房，站到院子里。大缨子跑进房间，喘着粗气说：“哥，田丹在隔壁。”

金海压低声音对大缨子说：“去狱里，叫华子带人过来。”

大缨子一愣：“我去呀？”

金海一瞪眼：“提个篮儿出去，赶紧。”说完，他赶忙走出了厢房。

隔壁，田丹看着一海碗手擀面条，笑眯眯地跟刀美兰道谢，随后，她把手伸出袖子，解了右手一半纱布，露出结着血痂的手指，艰难地去抄筷子，把面条挑进嘴里，田丹问：“这是北平的炸酱面？”

“我是天津人。”刀美兰有点手足无措，反倒是田丹一派从容：“嗯，徐天说过，小朵和您是从天津来的。”

提到小朵，刀美兰的眼睛里又涌出伤感，她目光移到田丹双手被纱布包裹着的手指上，不落忍地问：“你来这儿，干吗呀？”

“请您帮我一个忙。”

刀美兰不解："我有什么能帮得上忙的？"

"在监狱受伤了，伤口前后贯穿，后面我自己处理不到，他们都是男的，再不消炎会发烧。"

"我哪会？"刀美兰为难。

"用镜子照着，我教您，有镜子吗？"

刀美兰点点头："有。"

"要两面镜子。"

"找找也有。"刀美兰说着，起身去翻找镜子了。

"刀呢？"田丹又问。

"只有剪刀。"刀美兰把柜子上的剪刀拿在手里，又找出了两面镜子。

田丹看了看桌子上的煤油灯："那个油灯能亮吗？"

"能。"

田丹从大衣兜里掏出几瓶十七买的药。

"吃完弄？"刀美兰问。

"刀阿姨，我不喜欢吃面。"田丹抱歉地笑了，刀美兰也笑了："还挺挑，狱里没饿着。"

"对不起。"田丹放下筷子，刀美兰毫不在意地收拾碗筷，"一会儿徐天来了可以吃，他喜欢。"

大缨子提着篮子忐忑不安地从院里走出来，七八辆车停在胡同里。燕三笑呵呵地迎着大缨子说："去哪儿？"

大缨子心虚："遛弯儿。"

"买些馒头回来。"燕三随口吩咐大缨子，大缨子一时有点不适应："什么？你现在开始支使上我了是吧？"

燕三委屈地说："从早上在警署折腾到现在一口没吃呢！多买几个，兄弟们也吃。"

"三儿，你过来，"大缨子示意燕三凑过来，她低声问，"天哥跟我哥杠起来你帮谁？"

燕三有些烦："你又问这话。"

"都支使上我了，还不兴我问问。"

“我帮你。”燕三堆满笑容，大缨子朝他瞪眼睛：“杠起来俩人里面没我。”

“有谁没谁都帮你。”燕三朝大缨子挤挤眼睛，大缨子表情缓下来：“算你会聊天。”这一句话让大缨子心里有点儿满足，她又嗔怪地看了一眼燕三，转身提着篮子往胡同外走去。

刀美兰屋里燃着油灯，一面大一些的镜子搁在桌上，靠近田丹肩膀侧后。另一面小镜子在田丹掌中。刀美兰在田丹身后，越过她肩膀看小镜子里田丹的脸，田丹也在镜子里看刀美兰。

镜子里的田丹触发了刀美兰的一些记忆，她看着田丹的耳垂，想到的却是小朵藏在耳垂后的头发，黑黝黝的，又厚又密，收头发的小贩找刀美兰说了好几次，刀美兰都没舍得给小朵剪掉；看着田丹的眼睛，想到的是小朵的睫毛，小朵小时候爱哭，每次哭，眼泪总能沾在睫毛上，亮晶晶的，刀美兰每次看了都想笑。

田丹看着怔怔的刀美兰，刀美兰有些不好意思，赶忙说：“这镜子是小朵用的。”

田丹沉默了一下：“刀阿姨，一会儿很疼，我想看着小朵的照片。”

刀美兰问：“什么照片？”

“宝元馆着火之后，徐天拿回来的。”

刀美兰从炕头拿了那几张照片放到田丹面前，田丹脱掉外衣，牵动伤口，疼得她猛吸了几口冷气。

刀美兰赶忙扶着田丹重新坐正：“别动了，我来，哪边？”

田丹解开衬衣扣子，露出一半身子：“左肩，绷带解开……”

田丹一张张地仔细看着照片，小朵在笑，小朵端着水盆，小朵的头发，小朵的脖颈儿，小朵比自己瘦……田丹看着照片有些出神，总觉得照片里的小朵也在看着尘世中的自己。她们互相看着，隔着生死，又能互相嗅到对方的气息。

“田丹。”刀美兰的语气和平时叫小朵时一样。

“哎。”

“你哪是要我帮忙，就是来看这些照片的吧？”

田丹还在专注地翻看："不是。"

刀美兰轻叹："老天咋让你来帮我和小朵呢？"

刀美兰解到绷带最里层，纱布打开，露出伤口。田丹吸了口冷气，刀美兰也吸了一口冷气，田丹打开油灯罩，把剪刀放到火焰里。

"白色的瓶子，粉末撒到伤口上。"田丹艰难地说。

刀美兰的手哆哆嗦嗦地操弄："谁干的？"

田丹没回应，回手把剪刀递给刀美兰："剪掉表面红肿的部分。"

"铁林干的吧？金海说他上狱里杀你，打了一枪。"

"嗯。"

刀美兰既心疼又震惊："你怎么跟没事儿一样呢？"

田丹又将剪刀放回火里翻烤："已经这样了，只有忍一忍。"

"你铁打的呀？"

"趁剪刀还烫。"田丹笑着说，刀美兰接过剪刀，田丹调整小镜子，刀美兰不忍心地来回寻找下剪刀的地儿："我自己闺女都下不去这手。"

"我又不是小朵，放心。"田丹努力笑笑，又继续看照片。

刀美兰恍惚了片刻，一狠心上剪刀。瞬间，皮肉剥离，血流下，先是黑紫色，又逐渐变成鲜红。刀美兰停了一下，又发了狠，把最后牵扯的皮肉全部剪了下来，咬着牙问："对吗？"

镜子里，田丹也咬着牙："对，再深一点。"

刀美兰再下剪子，又是一股子血，更多的皮肉分离，田丹和刀美兰都冒了一额头的汗。田丹看着镜中的伤口说："可以了，消炎，包回去。"

刀美兰的手哆嗦着，田丹的头发散着，妨碍了包扎。刀美兰去炕头的小盒子里，取了小朵的发卡过来替田丹将鬓发别起来。

"照片还有吗？"田丹又问，刀美兰继续包扎："就这几张。"

田丹额头上的汗流到眼睛里，也不知有没有夹杂着泪。刀美兰看到田丹显露出了脆弱，她因疼痛闭上眼睛，整张脸被泪水濡湿，属于一个刚刚失去父亲、身负重伤、重获自由的小姑娘。

"疼哭了吧？"刀美兰也忍着泪，对啊，金海看她是能飞的共党，徐天看她是能抓小红袄的神探，沈世昌看她是进退的工具，但刀美兰看到的只是个和女儿年龄相仿的小姑娘。

“没有，拍这个照片的人不难找。”承受疼痛，不管是身体的，还是精神的，田丹终究不只是个孩子。

“是这人害的小朵？”

“可能是。”

刀美兰见田丹看了几张照片就找出了凶手，既诧异又钦佩：“共产党都跟您一样？”

“我怎么会和别人一样，我自己来吧。”田丹吸了吸鼻子，自己费劲地重新扎绷带，“刀阿姨，麻烦您请金海过来好吗，我就不过去了。”

“别动，我叫他，一会儿给你弄点儿热水用毛巾擦擦。“刀美兰对田丹的不信任感在无形之中消弭了，她从自己院子出来看着燕三和一堆车夫，还不住地想刚才田丹的模样。

燕三见了刀美兰颇为热情地招呼：“婶儿。”

刀美兰没注意燕三非同以往的热情劲儿，跟他点了下头，径直进了金海的院子。

片刻，金海从院里出来，燕三见金海也招呼：“金爷。”燕三想趁着这个时候，努力在刀美兰和金海面前博取点好感，争取一会儿跟金海争起来，不耽误他和大缨子的感情。本来蜷着的一胡同车夫看见金海，都挺直了身子跟金海打招呼。金海脑子里全是田丹，根本没理会那些车夫，虎着脸进了刀美兰的院子。

徐天也想往外走，刀美兰拉住徐天说：“她多大？”

“田丹？”

刀美兰点了点头：“属啥的？”

“不知道。”

刀美兰叹了口气，说：“属铁的。”

金海走进刀美兰的房间，见田丹坐在炕上。鸟飞了属于有本事，再飞回来，就是明目张胆嘲笑自己没本事了，金海运着气，说：“怎么出来的？”

田丹没回答，面色苍白，一头虚汗，金海顿了顿：“我一会儿带你回去。”

“会跟你回去的，也许明天。”田丹的伤口依然剧烈疼痛，但她还算镇定。看着田丹的嘴都泛白，金海努力不发火：“日子不由你定。”

田丹强撑着说：“给我一点时间找小红袄。”

金海不耐烦了：“一天的工夫能找着谁，小红袄杀人四年了。”

“不够就再多一天。”

金海容不得她讨价还价：“不行。”

田丹没接茬，又问金海：“知道沈世昌是什么人吗？”

“知道。”

“你见过他几次？”

“一次就够了，人局不局气不在见面次数。”

“沈世昌和我爸爸是同乡同窗，两家世交，我小的时候他经常来家里，我叫他伯伯，按道理我是不是应该比你了解。”

“不了解你也不会来北平找他。”

“是他命令冯青波杀的我爸爸，在我们来北平之前，还有两批和他接洽和谈的人，也是他杀的。”田丹语气平静，但眼里蓄起泪花。

金海是将信将疑的，“将信”是相信田丹的能力，“将疑”是相信自己。自己是大哥，让一个小姑娘几句话就动摇了自信？金海做不到，听了半晌，他憋出两个字：“胡扯。”

金海不是那么轻易就能被说服的，田丹也不申辩，只是说：“过了这几天你就明白了。”

“沈先生是要和谈的。”

“以和谈的名义，诱捕和谈的人。”

“那他为什么要我保你？”

“他以为我在监狱里什么都不知道，想杀了冯青波灭口，洗白过去，成为真的亲共和谈人士。”

这话的逻辑是没问题，但金海需要证明：“你说我就信？”

此时徐天推门进来，在桌子前坐下。徐天的警惕戒备让金海颇不舒服，金海转头看着徐天：“你干什么呢？”

徐天问：“你们说什么？”

田丹见徐天担心，笑了笑，说：“我没事。”

“你没事儿？”金海有点蒙。屋里三个人，徐天是自己过命的兄弟，田丹是自己的囚犯，刀美兰是自己的女人。在自己的女人家，兄弟和囚犯一条心，自己竟然成了那个多余的人，金海的愤怒程度在莫名增加，“合着他是你的人了，是吗？”

把大哥看成敌人，并且摆在夹缝中，徐天也觉得有些尴尬内疚：“你们说着，我出去。”

田丹看着徐天合上屋门，她继续争取：“最多两天，我就回狱里。”

“你意思是这两天让沈先生觉得你在狱里，但人在外面，对吗？”

田丹点了点头，金海无法忍受自己的被动：“拉倒吧，一会儿就回。”

“金海，我已经出狱了。”田丹心平气和地讲道理，“我没必要专门回来说这些让你相信。”

金海听着没毛病，他沉默着。

“我为什么不出城，城外都是我们的人。”田丹看着金海问。

“为什么？”金海问她。

“组织上安排我陪父亲来，一是协助和谈，二是查清这条线上的内奸并且清除，到北平下车我就失职了，清除冯青波和沈世昌是我份内的工作。”

“冯青波没死吗？”

“四个小时前，他在槐花胡同8号。”

“你怎么知道？”

“四小时前我看见一个女人和冯青波坐在同一辆车里进了槐花胡同，我给沈世昌家里打电话，假称是剿总联络处转接政法处，他内人接的，电话那边冯青波和沈世昌在说话。”

田丹缓缓流下一行眼泪，为自己，也为父亲。金海看着田丹，知道她没有对自己说谎，沉默了半天，才说：“说破大天，我不信沈先生是坏人。”

“其实你已经信了一大半了。”

“道儿上这么些年，我不会看错人。”金海说。

“可以求证，去沈世昌家里。”田丹看着金海说，“但要小心一些，先装作我还在狱里，这样你主动，他没提防，要看着他的眼睛。”

“眼睛？”

“诚实的人回答问题，即使需要思考，眼睛也会向右上方瞟，但在撒谎前，人的眼睛会下意识往左上方瞟。你今天晚上就去，我在珠市口徐天家休息。如果你是个懦弱的人，打算一直信任沈世昌，也可以什么都不求证，直接告诉他我在哪里就好，都由你来决定。”

金海有些蒙，一面是自己，一面是田丹，能证明自己正确的只有固执，但田丹可以拿出一条命证明她自己。

刀美兰站在自己家院门口，她不敢走进屋里。那里有一个监狱狱长，他是自己的男人；一个帮忙越狱的警察，他是自己女儿的未婚夫；一个被通缉的囚犯，她给大家带来了麻烦，但她不为自己……刀美兰对这三个人不知所措。

燕三看着刀美兰说：“婶儿，我们在这儿就行，您不用跟门口站着。”

“这一胡同人都是徐天叫来的？”刀美兰问。

“是。”

刀美兰心里一团乱：“用得了这么多车吗？”

“不是车，田丹是逃出来的，得防着点儿。”

“防谁，一群拉车的能派啥用场？”

“婶儿，您可别这么说，北平是咱们的地盘儿。”

“你也叫我婶儿……”刀美兰想到了大缨子，问：“大缨子呢？”

“刚刚提了个篮子出去了。”

“出去了……你跟大缨子是真的在一起了？”刀美兰看着燕三，燕三不好意思地笑着说：“婶，这其实是很早之前的事儿了。”

刀美兰乱糟糟的心被这件事稍稍安抚了一下，说：“以后别叫婶儿了，辈份都乱了。”

刀美兰在外面徘徊了一会儿，越想越不对劲，她推开院门，看到徐天站在院子里，刀美兰不安地说：“天儿，我琢磨着不太对。大缨子这半天不见了。”

徐天心中也开始打鼓，问：“你去哪儿了？”

“我刚在隔壁，金海跟她说什么了吗？”

“我知道你的顾虑，国民党的狱长当了这么多年，但共产党不计较过去，只要为和平解放做贡献，帮助新世界来临，自然在新世界有一席之地。平津六十万国军放下武器尚且可以改编，何况你一个狱长……”

“说这些没用的，我心里自己有谱，是人都贪命，但有比命更重的东西。”

“什么？”田丹问。

“道理。”金海瞪着眼睛回答。

田丹正沉默着，徐天推门进来，说：“田丹，走，大哥让缨子去狱里叫人了。”

田丹下炕准备跟徐天离开，但眼睛还是看着金海，她说：“见见沈世昌，整理一下你的道理。”

徐天着急地催促，金海看着田丹问：“我找沈世昌你不担心吗？”

“是你担心，担心被他知道我已经出狱，担心证实了他是我说的那种人。”

“赶紧走，一会儿人来了。”

金海扭头看着不停催促的徐天，田丹拿起桌上的药瓶，还有那几张照片。

“大哥，我跟她就在珠市口，不然您把人聚到珠市口家里来，这会儿别拦着，拦也拦不住。”说完，徐天跟田丹走出房间，刀美兰还在院里心急。田丹跟刀美兰礼貌地告别，说：“刀阿姨，我把照片带走了，用完后让徐天还给你。”

“去哪儿啊！”刀美兰赶忙问道。

“珠市口。”徐天头也不回地说。

刀美兰看着田丹和徐天匆忙的样子，她既怕金海因为田丹越狱而受牵连，又怕田丹回到牢里吃苦，只能踌躇着站在院子里不知所措。徐天和田丹转身从刀美兰家出来，祥子看见徐天赶紧把车拉到门口前。

徐天示意田丹上车，说：“祥子，去珠市口，快。”

“还回家啊？”祥子诧异道。

“大哥不敢让人去珠市口，我爸在家镇着呢。”徐天坐在田丹旁边，一胡同车瞬间拉着徐天、田丹、燕三走干净了。

第四十章

金海还坐在原地，像尊石像一样。桌上剩了两个药瓶，刀美兰推门进来，不知所措地看着金海。金海苦笑了一声，他并不是个爱后悔的人，但这次不同，他说："不该让大缨子叫人，这下狱里都知道了。"

刀美兰不明白："狱里不都是你兄弟？"

"跟铁林和徐天不一样，狱里那些都是当差吃饭的。"

"当差能赚四十六根金条？"

金海双手捂着脸，他也没了办法，说："三十二根，两百多人分，封口也不能封一辈子，人多嘴杂。"

两人沉默着，世界更安静了。刀美兰坐在金海旁边，无声地安慰他。外面人声杂乱，最上头的是大缨子的声音："哥！哥！人叫来了！"

金海叹了口气说："这下狱长真要当到头了。"

刀美兰宽慰着说："不当就不当，明天把八青放出来，咱们过日子。"

"好是好，但得有命过日子。"

大缨子推门进来，金海抬头看着大缨子说："来了多少人？"

"十来个。"

"多和点面，我上街买酒菜，让大伙儿在这儿吃。"说完，金海站起来走出去，刀美兰跟在他身后问："你去哪儿？"

"体面衣服都换上了，去槐花胡同。"

"还去？田丹没丢。"

金海转头冲刀美兰笑了笑，说："我可能丢了点什么，得去找找。"

刀美兰担心金海，她紧张地抚着衣角，说："我衣服也换上了。"

金海说："这儿还有十来个兄弟要支应呢。"

不明就里的大缨子自告奋勇地说："我，我支应着。"

刀美兰拿起田丹忘在桌子上的两瓶药说："走。"

金海从刀美兰院子走出来，胡同里站着十几个狱警，金海看着十几个兄弟说："大伙在这院儿吃点儿喝点儿，进去，别站在外面。"

华子一挥手，喊道："进院！"

金海拦住华子，说："你去我屋里等会儿。"

华子一愣："等什么？"

"等我回来。"

华子点头，答应道："哎。"

北平安静下来，红灯笼在夜风里摇摆。刀美兰和金海从平渊胡同转到大街上，他们一前一后地走着。金海越走越犹豫，刀美兰干脆停下来问他："想啥事儿呢？"

"没啥事儿，想走慢点。"

刀美兰和金海并行，战争宣传页被风在地上卷起转了一个圈，又被风吹没了，金海和刀美兰感觉有些冷，突然金海转头看着刀美兰，目光柔和地说："这四年没跟你在街上走过。"

刀美兰低着头，说："走过几回。"

"晚上没走过。"

刀美兰心中有些不安地问："你找沈先生干什么？田丹跟你说啥了？"

金海停住身子，说："空手上门好不好？"

刀美兰这才意识到，说："啊？这大晚上的，也没有店铺开门，要不回家拿点东西。"

金海继续往前走着，说："算了。"

"金海。"

"闭嘴，我想事儿呢。"陷入思考里的金海加快了步伐，又恢复了那个执拗的大哥狱长的样子，有些粗鲁，甚至不讲理。刀美兰并不在意，她愿意做顺从的那个人。

街上，七八辆车护着田丹和徐天向珠市口去，田丹好奇地问："你爸爸是什么样的人？"

徐天想了想，有点难回答，半天想出来俩字，说："好人。"

"你怕他吗？"

"我表面看起来不怕，其实心里怕。"

"他脾气很大？"

"表面看着不大，其实大。"

田丹有些忐忑，徐天说："那找个旅馆住也行。"

田丹没有直接回应："你和金海说过去珠市口了。"

"就因为说才另找地方，他想把你送回狱里，为了应对这事儿不算撒谎。"

田丹笃定地笑了，说："他见过沈世昌，就不会再带我回监狱了。"

徐天问："为什么？"

"金海和你一样都有原则，同时他还有城府和变通，但这两样你没有，放心吧。"

徐天扭头看着田丹，田丹笑着问："他喜欢什么？……你爸爸。"

徐天愣了一下说："喜欢听好话。"

"哪种好话？"

徐天想了想，说："夸他没用，我爸下人出身，没来由夸他，他会当反话听，爱说北平老事儿，爱听京戏。"

"京戏呀？"田丹犯愁了，这让徐天觉得好笑。在他眼中，田丹一直是无所不会、无所不能的。

徐天笑了笑，说："没事，你不愿意聊，他也不能把你赶出去。"

七八辆车停到徐天家门口，田丹看起来虚弱又紧张，从人力车上下来。徐天对车夫们说："你们走吧。'

祥子说："少爷，哥儿几个商量了商量，我们先跟这儿不走，一会儿收车的回来换人，反正门口老有人。"

徐天想了想，说："行吧。"

"我呢，天哥？"燕三问。

“你进来。”

田丹跟着徐天和燕三走进院子里，徐天边走边喊：“爸，爸！”田丹站在院子中间显得格外紧张。

“哎，人呢？”徐天纳闷道，走进徐允诺的房间看了看，又到后院去喊了一圈，还是不见人。徐天从后院回来，看看田丹，摇摇头说：“……不在。”

燕三说：“兴许跟关老爷出去了。”

田丹松了口气，眼珠子开始溜溜地四处打量，默默道：“东厢房、西厢房、耳房，照壁月亮门，山西砖雕，坐北朝南二进院子，典型的北方四合院，还有个大水缸，养鱼吗？”

“里面装喝的用的水，有时候买回来的鱼也扔里面。”

田丹看徐天说：“没人啊？”

“他一会儿回来。”徐天说。

“我能到里面看看吗？”

“这是关老爷住的房间，我和爸住外面。”

“里面没人嘛。”田丹像个无法按捺好奇的孩子。

徐天笑了笑，答应道：“行。”

田丹跟着徐天刚进后院，徐天又从月亮门里出来，对着燕三说：“我爸不在没人做饭，你上街去买点吃的。”

燕三看着田丹的背影，有些稀奇道：“天哥，共产党就这样？”

“哪样？”

“这哪是坐牢刚跑出来，看什么都新鲜，她是来玩儿的吧？”

“你第一次来北平不觉得新鲜？”

燕三还是不明白：“我生下来就在这儿。”

柳如丝的住处，桌上摆着全聚德外送的食盒，菜都在食盒里，简单的四副碗筷摆在桌上。铁林和柳如丝喝着酒，冯青波和关宝慧几乎不动筷子。

铁林双颊绯红，不知是什么使他兴奋地说：“说起来我媳妇正经是格格，早年间王府在后海那片，出门没多远就是银锭桥，北平八景儿家门口。”

柳如丝的情绪也高涨地说：“哟，在王府住了多久啊？”

关宝慧冷冷地说：“没多久。”

“我一天也没住过，王府还了得。”柳如丝的话里带着一些讥讽。

“我不太记事儿就跟我爸搬到珠市口了，在珠市口长大的。”

“那也是格格呀！”柳如丝半起身俯着夹菜，她穿着一件低胸的衣服，借着酒劲儿，铁林的眼睛老往她领口里瞟，关宝慧盯着铁林，铁林被盯得有些不自在。

“媳妇，尝尝这洋酒，上次在这儿喝了点儿，特别地道。”铁林说着把酒往一个空酒杯里倒了些，放到关宝慧面前，关宝慧压着火，说：“你什么时候喝的，我怎么不知道。”

铁林视若不见，说：“就上次，来跟冯先生谈事儿，是吧，冯先生？”冯青波没吭声，铁林开始张罗举杯，“冯先生，柳爷，从前咱们有什么不愉快的都过去了，以后咱们就是一伙儿的，有福同享，有难同当。”

柳如丝没动弹，她笑了笑，说：“你那两个兄弟怎么办？”

“兄弟归兄弟，朋友归朋友。”

“你认为我们是朋友了。”冯青波的话里难掩厌恶。

“我的底您知道，你们的底我知道是知道的，但忘了，咱们还不是朋友？今天我特意带媳妇来也让媳妇踏实，省得她一天到晚担心您又要杀人。”说着，铁林转身对关宝慧，说：“媳妇，经过这一次我算明白两件事儿，第 件得自己硬气，有底子，冯先生和柳爷才跟咱们做朋友；第二，得知道谁让咱们使气的，以后干什么都得向着谁。”

关宝慧看着铁林：“谁让你硬气的？”

铁林笑着看向柳如丝和冯青波说：“那肯定是柳爷和冯先生呀。”说着，铁林又瞟柳如丝领口，关宝慧目光从铁林脸上收回来，勉强笑了一下，说：“说白是人家落架了，不然也犯不上跟咱们坐一块儿。”

柳如丝看着关宝慧阴着脸的样子却不生气，反倒妩媚笑着说：“还记着那一嘴巴呢，我都过去了。”

关宝慧顶嘴说：“我是挨的，你是抽的，你当然过得去。”

柳如丝也不真的恼怒，反而有种逗弄的乐趣，说：“你还真挺来劲。”

铁林有些醉意，跟关宝慧嚷嚷道：“媳妇，都过去了，柳爷上次还说把这楼给咱们呢！”

“小楼是我爸的，”柳如丝说：“喜欢得跟我爸说，要不带你媳妇上楼转转？”

“带她转转，正好我跟冯先生说两句，宝慧？”关宝慧不情愿地站起来，铁林满意地看着柳如丝和关宝慧走上楼梯。

冯青波见桌前只剩自己和铁林两个人了，先开了口，说：“刚才你说知道的事忘了，其实不用忘。”

铁林没明白：“啥意思？”

“你是什么人我很明白。”

铁林皮笑肉不笑地说：“您怎么总是不相信我呢？”

“我从来只相信自己。”

“那一开始为啥用我？”

“因为田丹。”

铁林自己又喝了杯酒说：“那我得谢谢她，没她我当不了这处长。”

冯清波突然死盯着铁林，显然他已经忍耐很久了说：“为什么不杀她？”

铁林的酒杯举到一半，悬在半空中，放下不是，喝了也不是说：“田丹？没死吗？你听谁说的？”

冯青波看着铁林不说话。铁林放下酒杯起身，解释道：“我真打了她一枪，您要不解气我再去一趟，现在是处长更方便了。”

冯青波摆摆手，说：“无所谓了。”

铁林皱了皱眉，缓缓坐下，说：“无所谓这话听着有点儿瘆人啊，怎么能无所谓呢？”

“沈世昌要投共，你呢？”

铁林也不知道自己将来要往哪边走，自己要杀田丹，投共肯定是不可能了，现在又得罪了沈世昌，只能硬着头皮跟冯青波干，说：“您干啥我就干啥。”

冯青波蔑视地看了铁林一眼，说：“我明天走。”

“不回北平了？”

“对。”

关宝慧打量着柳如丝的房间，装作毫不在意，手却忍不住碰向梳妆台上的女性用品。这些柳如丝都看在眼中，还嘲讽地说："格格出身，你还没见过这些东西？"

关宝慧收回手，说："没见过，但不稀罕。"

"这房间还没王府一个丫环住的房间大吧？"

"我没住过王府。"

"别不好意思，我是偏房生的，知道你心里想的什么。"

"我想啥？"

"心里想，跟着铁林这么个窝囊废，不知哪朝哪代才能住得上这房子，用台子上的那些东西，挨了一嘴巴一辈子得咽肚子里。我跟你说，今天我心情还行，本来打算给你们脸的，是你不知上下地多了那么一嘴，我落架了是吧？落架了个头也比鸡大。"

关宝慧听她说到了心眼里，恼羞成怒地说："你说啥呢！"

"小声点儿，"柳如丝依着床边坐了下来，眼神瞥向关宝慧，"急了你看铁林朝谁摆脸色，别自己给自己找不痛快。"

铁林和冯青波互相看着彼此，都没动筷子。铁林收起了谄媚的嘴脸，像是个讨价还价的商人，说："您走了我怎么办？"

冯青波不想看他的表情，嫌恶地说："与我无关。"

铁林心里七上八下的，说："您这话说的，北平是要和了归共党？"

"你可以问沈世昌，他比我知道。"

"我不想掺和你们的事儿，北平丢了，国军也能打回来，战略收缩而已，当年党国都退到重庆了不还是打回来了。"人总是愿意相信自己所希望的，从组长到处长，随着官位的升迁，党国这两个字在铁林心中的分量也越来越重，那是他蚂蚁变大象的依托。

冯青波不说话，铁林继续说："您跟柳爷树大根深，走到哪儿都有身份、有地位，我要跟你们走了，又什么都不是了。"

"你跟我们走？"冯青波挑了挑眉，短促地笑了一声。

"我想多了是吧？"铁林说着拿起酒杯又喝了一口。白忙活一场，掏心掏肺地为他办事，秋收到了，发现粮仓空了。酒一口口下肚，铁林的心越来越凉，也越来越硬。

“铁林，你虽然救了我，但你在我这儿依然什么都不是。”

“总得是个啥吧。”

冯青波看着眼前这个醉醺醺的男人，心里更加厌烦了，说：“我是个坏人，你是个小人。”

“说话不用这么刻薄，您还没走呢，搞不好明天又有事儿求我。”

“不会有了。”

“您又过河拆桥。”

“你得到处长的位置了。”

“处长救你命了。”

两人心里都有一本账，冯青波觉得两人是等价交换，铁林却觉得自己赔了，甚至丧失了讨价还价的余地。不知是酒精，还是愤怒的原因，让铁林的手有些抖，他赶忙把手放到桌下，握成拳。他低着头，看着虎口上细密的纹好像一张网。醉酒的铁林觉得那张网正在不断扩大，漫无边际，无处遁形，把自己兜头盖脸地罩在里面，他得出去，他暗暗地想。

关宝慧和柳如丝此时从楼梯上走下来，关宝慧冲到铁林身旁扯他，说：“走，铁林。”铁林坐着没动，还沉浸在网中。

柳如丝笑盈盈地一步一步慢慢走下楼梯，说：“铁林，你媳妇看了一圈房间，她受刺激了。”

铁林心中忿闷，说：“过几天这房我能住吗？”每当事情糟糕到无法挽回时，铁林总能被激发出一种破罐子破摔的痞气。屄就屄，如果屄能换回一栋小洋楼。

“我高兴就能。”

“听见了没，媳妇。”铁林朝关宝慧示好地笑。

柳如丝也笑着说：“再坐会儿。”她并不想多留铁林，这只是为了彰显权力。

“我们再坐会儿，宝慧。”铁林冲关宝慧说，柳如丝坐到铁林对面，故意把领口拉得低低的，说：“娶个格格你够有福气的呀！”

“有福气，白天跟老丈人唱戏，晚上回去伺候得我好好的。”

“晚上怎么伺候，我不知道，唱两句来听听？”

“想听我媳妇唱戏啊？”

柳如丝看关宝慧笑着说：“还没听过格格唱戏，旗人下海唱戏那才是落架呢，唱一个，兴许我一高兴明天这小楼就归你们了。”

铁林挑衅地盯着柳如丝的脸和领口，柳如丝任领口敞着也不动。铁林看着柳如丝的领口，眼神里是明目张胆的挑衅。柳如丝看着关宝慧，眼神里是另一种挑衅。关宝慧的存在让柳如丝对铁林的挑衅照单全收，铁林感到了前所未有的满足，转头跟关宝慧说：“唱一段，宝慧。”

关宝慧没坐下，眼神里的怒火还未消，说：“这楼我是挺喜欢的，唱两句你们不嫌难听？”

“不嫌。”柳如丝一副等着看戏的模样。

“就两句？”

柳如丝笑着说：“两句就行。”

关宝慧运了运气，怒道：“换一楼就唱两句，那我也不唱，老娘是格格，落架不落脾气！走不走，铁林？”

说完，关宝慧急匆匆地走出屋穿到院里，径直沿着巷子往外走。铁林见势，跟冯青波和柳如丝匆匆告别，从后面跟出来，发动吉普车。

柳如丝见铁林夫妻俩离开了，喊了一嗓子在客厅外的萍萍：“萍萍，过来，收了给人送回去。”

萍萍轻手轻脚地收拾东西，柳如丝看了看神色阴郁的冯青波，说：“别不开心。”

“没有。”

“从明天起，党国、我爸和田丹全不在了，咱们也过点儿清闲日子。”清闲日子是柳如丝的未来，明天似乎一切都不一样了。小洋楼不在了，蝼蚁不在了，那些赔笑算计也不在了，用这些来换一个冯青波，这个时刻柳如丝等太久了。

“好。”

“北平最后一宿，睡楼上吧。”

冯青波看了看柳如丝，那是一张精致又酸楚的脸，冯青波心里明白柳如丝的选择，也明白自己的心，自己必然不在柳如丝的未来里。她的未来他给不了，此刻也无法忍心断了她的念想，想了想，说道："好。"

关宝慧独自沿着街边走，铁林慢慢开车并行着。铁林探出车窗冲关宝慧喊："上不上车？"

关宝慧不搭理他，铁林不悦地说："这次本来挺高兴的，又弄成这样。"

关宝慧白了一眼铁林说："你高兴吗？"

铁林边开车边说话："你上来说。"

"一顿饭你俩眼睛往哪儿看！"

铁林提高了嗓门："我就看了，她能把我怎么着？"

关宝慧怒吼："你不要脸！合着药劲儿都朝她身上散。"

"我当处长了，你该高兴。"

关宝慧听着心里更气了，想着自己在柳如丝那儿受的冷嘲热讽，觉得铁林这处长当的还不如不当，说："你给他们唱两段就更高兴了。"

"你以为我愿意啊，这帮过河拆桥的货色。"

关宝慧哼了一声，说："你愿意得很！"

铁林看着生气的关宝慧，自己心里也窝着火，他虽然当了处长，但眼前的北平马上就是共产党的了，自己仍然前途未卜，说："关宝慧，我受别人气，你也给我气受是不是？我容易吗！从组员爬到处长，北平又要和了，受一圈劲你还不乐意，我图什么！"

"还不如当个组员呢！"

"继续成天在你们面前当孙子！"

"那也比让人扇耳光好。"

"让他们往我脸上抽。"

铁林一脚油门，吉普车蹿出去不见了。关宝慧继续向前走，起初还感到忿然，渐渐地感到了孤单。街上没几个行人，不知什么从地方传出一阵嘶喊，两个兵痞从临街铺子里蹿出来，背着一包东西往宝慧的方向跑来，铺子里追出一男一女，兵痞跑到关宝慧身边时包袱里的东西散了一地，大多是家里用的东西，瓷器在包袱里碎了。

路边男女大喊："强盗！"

兵痞说："老子打仗卖命拿你们东西是应该的！"

男女护着东西大喊：“强盗，叫警察去！”

关宝慧吓得直往后缩，兵痞拿着枪指着他们说：“打死你，开枪了！”

兵痞开了一枪，关宝慧撒腿就跑，吉普车加着油开回来，两个兵痞散去。铁林的吉普车在空旷的大街上绕了一圈，下车后，他在街上着急地大喊：“宝慧！关宝慧！”

刀美兰家的院子里有十几个狱警，他们有蹲着的，有站着的，扒菜吃面，喝酒热闹。大缨子端着盆子提着勺跟在二勇身后，小声提醒：“小声儿点，别吵着街坊邻居。”

二勇把空碗递到大缨子面前，说：“还有面吗？”

大缨子甩出一个白眼：“再下去，真能吃。”

金海家，空荡荡的卧房，华子独坐，显得很拘谨。

金海带着刀美兰走到沈世昌家附近，看到胡同里沈世昌的院门洞亮着的灯，金海停在胡同口跟刀美兰说：“你回吧。”

“站了半天还说这句，都来了，我跟你一起。”刀美兰不踏实，心里生怕金海再出什么事，她知道自己也帮不上忙，但有事了一起扛，是她能给金海的唯一安慰。

“不合适。”金海想了想说。

“有啥不合适的？”

“啥话你也接不上，也没个眼力见儿，你进去反倒坏事。”

刀美兰想想金海说得在理，又问：“真的是田丹让你来的？”

“我自己来的。”

刀美兰困惑了，说：“刚说田丹让你来的。”

这一天发生了太多事，金海自己脑子里都一团麻，说：“赶紧走，我说两句就回平渊胡同，狱里兄弟还等着呢！”

“田丹让你怎么跟沈先生说？”刀美兰还是不放心地问。

“告诉你，你听得懂吗？”

刀美兰看金海也没了主意，问他：“真没事儿？”

“沈先生跟田丹一伙的，有什么事儿？”

“不让我在这儿待着，那我去珠市口了。”

“干什么？”

“田丹只顾着拿照片，忘拿了两瓶药，我给她送过去。”

金海点点头。

“我看着你走进去，是那个院子吧？”刀美兰看着前面沈世昌的院子问。

“都是好事。”金海突然说。

“什么？”

“没这些事，你也不能跟我说这些体己话，”未来看不清，沈世昌和田丹谁对谁错，北平将来是战是和，都看不清。互相嘶咬的世界里满目都是尖酸和刻薄，能撑下去的，全靠着夹缝里的这点温情，金海认真地看着刀美兰，“都值了。”

刀美兰微笑着看着金海的脸，看着金海转身沿胡同走进去，走到院门口拍门。不一会儿有人在里面拉开了门，金海消失在院洞里。刀美兰站了一会儿，慢慢走开了。

里间，穿着家居服的沈世昌躺在沙发上打瞌睡。长根走进来叫醒沈世昌说：“先生，先生？”

沈世昌睁开眼睛，长根轻声说：“金先生来了，在客厅。”

沈世昌皱皱眉，问：“谁？”

“京师监狱的金海。”

沈世昌停了片刻后坐起身，原本放在身上的书和眼镜掉在地上，长根弯腰下去捡，沈世昌定神问长根：“什么事？”

“没说。”长根看沈世昌回答。

“让他等会儿。”沈世昌起身整理衣物，系领口的扣子时，脸上硬是绷出了一些皱纹，他总有种不好的预感。

金海站在客厅里，看见长根从里间出来，开亮灯绕过金海开始沏茶。他看着长根忙活，不好意思地欠欠身，说：“不用麻烦，我一会儿就走。”

长根自顾沏茶，将杯子端到金海面前，然后垂手站在一边，沈世昌从里间出来了。

金海更恭敬地说："沈先生。"

沈世昌提高警惕，说："你怎么来了？"

金海看了看长根，沈世昌看了眼金海说："有急事吗？"

"私事儿。"

沈世昌坐到沙发上："说。"

"昨天和今天都没抽出时间，您的金条收到了，我来补个借条。"

沈世昌抬起眼睛看他，说："就这件事。"

"就这事儿，当面写个借条心里踏实点，等从别人那儿要出来再还您。"

沈世昌放松警惕，看着金海说："算了，那是画钱，长根你没说吗？"

"说了。"长根在后面说道。

金海笑着看沈世昌，垂手说："那画不值四十六根金条。"

"情谊比金子贵重。"

金海看了看沈世昌，暂时看不出他的异样，说："那更得白纸黑字了，我这人心重。"

沈世昌的心放下来了，说："哎呀……来，来。"

长根去案子打开墨盒，铺开纸，蘸毛笔。沈世昌起身走到桌前问："要怎么写？"

"您写，我签字摁手印，四十六根十六两足金，数量得对。"

"算了吧？不如吃点东西。"

"沈先生，您就只当我无功不受禄。"

沈世昌笑了笑，说："我也有事托你，看着田丹呀！"

"这是做狱长分内的事。"

"那我真写了？"

金海说："真写。"

沈世昌摇着头，一副无奈的样子，开始写。

金海看了看周围，没发现印泥，问道："有印泥吗？"

沈世昌看了看案头，吩咐道："长根，到里面找找。"

长根离开客厅去里间，沈世昌在写字，金海屏着气问："沈先生，冯青波埋了？"

沈世昌的笔锋稍稍顿了顿，金海看见沈世昌的目光往左上方停了片刻。

“问这个干什么？”

“明天我去狱里，这事儿能不能跟田丹说？”

沈世昌双眼往右上方停了片刻，随即抬起头来，发现金海一直在注视他，警惕重新弥漫全身。

“为什么要跟她说？”沈世昌问金海，金海双目炯炯，说：“我跟她说过您让我关照她，冯青波杀她爸，给她报仇了，好事儿。”

沈世昌的脸阴沉了下来，说：“还是不说的为好。”

长根拿来印泥，沈世昌俯身下去，写完最后几个字，问金海说：“这样写可以吗？”

“有借，有欠，有数儿，就齐活。”

金海接过毛笔，沈世昌退到一边，皱着眉头看金海仔仔细细签上了自己的名字，然后摁了一个鲜红的拇指印，越过金海的背脊，沈世昌与长根对视了片刻。

金海直起身子，笑道：“这样我就踏实了。”

“先生，七太太还没睡，”长根看向沈世昌说，“问客人要不要吃东西。”

沈世昌看金海说：“你要吃点吗？”

金海思索了一下，说：“也行。”

长根离开客厅，沈世昌笑着示意金海坐到沙发前，说：“喝茶。”

金海坐下，说：“沈先生，有个问题不知道能不能问。”

沈世昌注视着金海，不安的感觉又涌了上来：“问。”

“狱里总归不如家里太平，为啥不让我把田丹给您送家里来，您这院子也没人敢来找。”

“田丹在狱里还好吗？”沈世昌眼神锐利。

金海低下头，眯起眼睛端着茶杯喝着茶，躲避沈世昌的注视，说：“给她换了间牢房，早年间关亲王的。”说完，放下茶杯，重新面对沈世昌。

“把她先关在狱里，我有我的考虑。”

“听您的，但她说要给您打电话。”

沈世昌皱着眉头，问：“什么时候说的？”

七姨太端着一副碗勺进来。

“前天，还是大前天来着，记不清了，这几天发生的事儿太多了。”

七姨太重重蹾下碗准备出去，沈世昌瞥见七姨太："你干什么？"

"送吃的。"

"不情愿就不要送，当着客人手脚这么重。"

七姨太也没好脸色，说："联络处那个电话没接到，你跟我有轻有重有好脸色？你们几个自己说话顾不上……"

沈世昌暴怒道："出去！"

七姨太委屈又惊讶，她转身出去。这下金海彻底明白了，他调整好自己的情绪起身告辞："沈先生，我走了，借条您收好。"

沈世昌看着金海说："等会儿，汤圆送来了，吃几个。"

金海走到碗勺前，问："甜的咸的？"

"太太是南方人，汤圆是甜的。"

金海犹豫地看着汤圆。

"金海。"

"沈先生？"沈世昌注视着金海说："你来就是为借条吗？"

金海低下头，躲开视线，拿起勺子往嘴里塞汤圆。

"问你呢？"

金海双眼往左上方停了片刻，说："有件事儿不知道能不能提。"

"我们之间什么都可以提。"

金海嘴里塞满了汤圆，抬起脸，问："共产党来，我能还做京师监狱的狱长吗？"

沈世昌看着金海没说话，金海嘴里嚼着汤圆，说："您要是看得起我，就把我当豫让。"

沈世昌的神情渐渐缓和下来。

"金海不傻，谁好谁坏分得清。"金海假意诚恳地看着沈世昌说，"四十六根金条记在纸上能还，但您这份情太重，记在心里，以后得认真还了。"

沈世昌放松地笑着说："汤圆是不是太甜了。"

"是。"

安静的胡同里，沈世昌家的院门开了，金海从里面出来，沈世昌和长根送到门边。

“关门吧，沈先生，您不回去，我都不敢走了。”金海说道。

“好好……”说着沈世昌走入院子。

金海站着等沈世昌和长根走入院子，门关好后，他脸上的笑容才渐渐消失，转身走向夜街。

桌上堆满了碗筷，大缨子从窗户向外看去，院子里有一群狱警，有打瞌睡的，有瞎聊天的。二勇从刀美兰家出来，走到金海家院子，推门进去喊华子，华子出现在厢房门口。

“老大还没回来？”二勇正问话呢，金海走进院门，华子冲着二勇身后喊：“老大。”

二勇转身，看见金海正走进来，金海说：“让大伙再等等。”

二勇答应着出去坐，金海进屋，从柜子里翻出半瓶洋酒、两只杯子，招呼华子：“过来坐。”

华子拘束地坐过去，金海倒了两杯，端起自己杯子，华子欠着身子喝下，说：“跟您十多年，第一次在您家喝酒。”

“狱里没人来过家里。”

“有什么话您就直说，您是老大。”

金海沉默着。华子见金海不作声，自己先开了口，说：“我这么琢磨，您看对不对，田丹跑了，咱没抓着，让兄弟们都对对嘴，别说岔。”

“都跑了没抓着，还能岔到哪儿去？”

“那您说。”

“田丹还在狱里，没有跑的事儿。”

华子反应过来，点头道：“行。”

“你们出来的时候，十七呢？”金海说着往华子的空杯子里又倒满了洋酒。

“没见着，还在里面吧。”

“那间房这两天谁也不要去查，除了你和十七。”金海说着把酒杯递给华子，看起来心事重重的。

“明白了，我这就让兄弟们闭嘴。”

“再喝一杯。”金海也举起自己的杯子。华子双手端杯恭敬地饮尽了自己的酒。金海看着华子，突然有点伤感，“等有一天我不当狱长了，你也来家里串串门儿。”

华子不明白金海的意思，说：“您不当谁当？谁来兄弟们也不服啊！”

“话别这么说。”金海看起来不像一个上级，倒像一个即将远行的家人，他语重心长地说，“如果真来个新狱长，有一个算一个都别抻头冒尖。”

“老大，您是拿话试我。”

金海注视着华子，华子目光往左上方停了片刻，说：“这么些年，老大不是白叫的，京师监狱如果换狱长，别人不知道，我华子第一个出头冒尖，大不了兄弟们都不干了！”

金海看着华子笑了笑，自己的真话，华子听成了假话，真真假假，往往都是解释不清的。金海端起第三杯酒，说：“有你这份心，我当不当这狱长都应当。”

华子干了第三杯，说：“那田丹就还在狱里？”

“在狱里。”

“明白。”华子说。

金海说：“明天你休班吧？”

华子想了想说：“我不休也行。”

“休着吧，一早让二勇带四个人来这儿。”

华子点了点头，说：“好，您放心！”

第四十一章

华子走进刀美兰家院子里，喊醒睡得横七竖八的各位狱警："老大给的金条都拿回家了吗？"

大伙七嘴八舌，"有拿回家，有派别处用场的。"二勇大声回答。

"把前天的事儿都忘了，田丹在牢里关着呢，你们出来干什么？"

狱警们都愣着。

"大伙出来认认老大的门，老大请大伙吃面。"二勇首先反应过来，大缨子在另一旁插嘴道："还有菜呢！"

华子紧赶着问："就这事儿吗？"

二勇使劲点头说："就这事儿。"

"还有别的事儿吗？"

"没了，我们都是来吃面条的。"二勇识趣道，众警纷纷接话点头道："来吃面条，就是不管饱……"

"走了，"华子对着狱警们说，"明天早上，二勇带四个人来这儿接老大。"

二勇连声应着，众警顿时走空了。大缨子看着离开的狱警们的背影，满是抱怨地说："煮了八斤面还不管饱？"

大缨子关上院门走回自家院子，看见金海坐在院子里，说："哥……都走了。"

金海自己喝着酒，难辨情绪，问："美兰还没回来？"

“没有，明天还说去给小朵刻石头呢！”

“石头？”

“给小朵刻碑，坟地也看好了。”

金海恍悟，马上就是小朵头七了，又问：“在哪儿刻呀？”

“天桥王石匠铺子。”

金海点了点头，对大缨子说：“你歇着吧。”

“不用收拾东西走了？”

“不收拾。”

“田丹不往回带了？”

大缨子正好说到金海的烦心事，金海皱了皱眉不耐烦地说：“别打听。”

“您让我去叫的人，这回折腾的。”

金海没听大缨子说什么，本想往屋里走，又停了下来，问：“还有酒吗？”

“沈先生金条白送了。”

“……你怎么哪壶不开提哪壶呢！”

“我不说您也不会忘啊。”

金海被大缨子戗得无语，但还是硬着头皮说道：“现在就想忘，明天再说，拿酒去。”

“……凑合着少喝点，弄不好没了。”

金海瞪着傻妹妹。

徐天的桌上散乱着田丹从狱里带出来的一堆药瓶。田丹低头在成堆的照片找存取条子。

徐天挨个打开药瓶闻，问：“这些都要吃？”

“不要动。”田丹说。

“谁给你买这么多药。”

“十七买的，那两瓶生川乌和洋金花是给他的。”

“给他干啥？”

“不然我怎么从牢里出来？生川乌和洋金花有毒性，少量用镇疼止血，剂量大一些会造成假死。”

徐天不可思议地看着田丹说："假死？"

"休克深度昏迷，病理上短暂心律衰弱，肌肉组织麻痹，类似假死。"

徐天感叹道："你什么都懂？"

"我妈妈是医生。"

此时，院子里传来动静，是徐允诺和关山月的声音。关山月哼着曲儿，徐允诺的大嗓门传来："我看天儿回来没。"

"后面有热水吗？"关山月问。

"给您把壶送进去。"徐允诺说着向徐天房间走去。

田丹听见徐允诺的声音站了起来，说："伯父回来了。"

"别出声。"徐天小声说。

"为什么？"

"看这些照相馆的条子。"徐天在田丹低头的时候，看到了她鬓边的发卡，徐天揉了揉自己的心口。

"都没用，只有照相馆给的照片编号和送洗日期，一式两份，另一份在送洗照片的人手里，没有送洗人地址，没办法和这几张照片联系起来。"

徐天叹了口气，对田丹说："今晚你睡这儿。"

"你呢？"

"我跟我爸睡。"

"那要打个招呼，不然不礼貌。"

"他那人没谱，弄得好没事，弄不好把你送回狱里，比我大哥还上心。"

徐天正说着，徐允诺来敲门，喊道："天儿，天儿！回来了？插门干啥？"

徐天赶忙回："睡了。"

一句"睡了"，把田丹逼到了死角，一男一女，还"睡了"。田丹没办法再做出任何动作，只能干瞪着徐天，表达不满。

"听你声音就没睡，门口聚着一群伙计，是不是屋里藏什么了？"徐允诺满脑子都是那两箱手雷。只要房子够大，徐天藏一门火炮徐允诺都不稀奇。

徐天赶忙回道："没有。"

田丹忍不下去了，准备去开门。徐允诺在门外说："别以为我不知道，到我房间里来。”徐允诺脚步声远去，徐天看着田丹的发卡说：“这个是小朵的，明天给你再买一个，你别着小朵的发卡，我心里别扭。”

徐天说着走出去，转身将门关上。田丹怔了一会儿，卸下发卡。她的头发散开来，扭头看床头徐天和小朵的合影。

徐允诺在屋里把玩着那架盆景，徐天抄着手进来问：“听戏去了？”

“没戏听，陪着关老爷去道儿北票了两段，说你的事。”

徐天假装镇定地说：“我啥事？”

“服了你，没消停的时候。”徐允诺满脸愁容。

“爸，这是正事儿，大哥要是来了您得跟他……”

徐允诺打断他说：“金海来过，都告诉我了。”徐天怔着，难道田丹的事徐允诺都知道了？

“怎么又招惹小耳朵那种人呢？”

徐天松了一口气，说：“那事儿啊……”

“门口聚一群伙计有啥用，咱们的人都是拉车的。”徐允诺看着年轻气盛的徐天数落着。

“小耳朵跟我一起劫的狱。”

徐允诺噎着了。

“您不用管了，小耳朵不是事儿。”

徐允诺恨铁不成钢地说：“人家说要弄死你……”

此时，刀美兰的声音从院里子传来：“徐天，允诺！”

徐允诺听见刀美兰的声音很纳闷，忙走到厢房门口，挑开帘，叫道：“美兰？”

“田丹呢？”刀美兰问。

徐允诺诧异地回头看着徐天，徐天走出厢房，经过院子，到自己房间前推开门，田丹走出来。

徐允诺看着田丹，目瞪口呆：“……田丹？”

刀美兰担心道：“你没事儿吧？”

田丹看着徐允诺，又看刀美兰说：“我没事，刀阿姨。”

“药忘了两瓶，怕你要用给你送过来，肩上还疼不疼？”

“不疼。”

刀美兰心疼地说："能不疼吗，前后被捅了两大窟窿。"

一旁的徐允诺气不打一处来，徐天真的藏了一门火炮，他有些激动地说："徐天！我说怎么小耳朵要弄死你都不当回事儿，合着把女共党弄家里来了。"

徐天解释道："不是我弄回来的，她自己跑出来的。"

徐允诺一肚子话无从说起，当着田丹的面又不好发作，只好放下帘子进了屋，院子里剩下刀美兰、徐天和田丹三人。

田丹上前问徐天："我可以和伯父说话吗？"

徐天一副死猪不怕开水烫的样子回答道："说呗。"

田丹上前去敲了敲徐允诺的厢房门，然后挑帘进去。徐天转身问刀美兰："大哥叫来那群人在哪儿？"

刀美兰赶紧说："没来这儿，都在平渊胡同。"

徐天稍微松快点，说："就知道他不能让人来，这里我爸镇着。"说着徐天回自己屋，刀美兰跟进来，忧心忡忡地问："你爸不会把田丹赶出去吧？"

徐天收拾半床条子，捡起田丹卸下的那个发卡，心里有点愧疚。

"金海去槐花胡同了。"

徐天没理解刀美兰的担忧，说："我还要找姓沈的呢！"

"你先别添乱，田丹和金海比你有数。"

"刀姨您来正好，把我这狗窝收拾收拾。"徐天环顾四周说："田丹睡这儿，一会儿我去爸屋睡。"

"合适吗？"

徐天把小朵的合影也收起来，说："有啥不合适，她帮我，我帮她，再说她是来帮咱们全北平的。"

刀美兰点头称是，徐天将发卡递过去说："小朵的发卡，看见别人用我感觉别扭。"

刀美兰拿起小朵的发卡，攥在手上，心里也不好受。

"我老梦见小朵。"徐天每次见刀美兰都想说这句话，不给她说，又能给谁说呢？别人能安慰自己，但除了刀美兰，谁能理解自己呢？

"别想了，小红袄也抓着了。"刀美兰忍住眼眶中的泪水。

“不是拍照的周老板。”

刀美兰吃惊地问：“那是谁？”

“……还得再找。”徐天无力地说。

“怎么找啊？北平这么大。”

徐天垂着头，心里也寻思着这事，他不怕难，不怕死，就怕小红袄早就离开了北平。

“明天刻碑得去司法处签字，小朵过头七了。”刀美兰看着徐天说。

“人一入土，是不是就不回来了？”

“回哪儿？”

“我怕以后梦不到她，本来就睡不着。”对徐天来说痛苦是一片沼泽，所有人都想把他拉上来，但只有他知道，这泥淖也是温暖的，出来了，就太冷了。

刀美兰的眼眶又泛红了，说：“你魔怔了，天儿……”

燕三和一堆车夫看着关宝慧小跑着进院子。徐允诺在自己房间瞪着田丹，炕桌上摆着半包点心。徐允诺一脸严肃，他总是直接的、纯良的，甚至可以称得上另一种单纯，他积聚着大半生的经验想从田丹的眼中判断出此人的好坏，说：“你是哪里人？”

“绍兴，祖籍是绍兴，家在上海，后来去外国……”田丹回答得认真，这是对老人的尊重。

“外国？”绍兴他知道，但外国太遥远了，徐允诺有点接不上。

“英国也住了两年，1945 年回上海……”

徐允诺有些烦躁，打断田丹：“得，我没问这么多。”

田丹笑笑，说：“伯父，您要问什么？”

“你怎么在这儿了呢？”徐允诺问。

“从京师监狱出来到白纸坊看小朵被害的地方，就和徐天……”

“打住！”徐允诺再次打断，怕是徐天又惹了麻烦帮田丹从监狱里逃出来，问，“怎么从狱里出来的？”

“自己出来的。”

徐允诺表情稍微和缓了些，说：“金海放你了？还是别人劫你出来的？”

“我自己出来的。”

徐允诺不信，说：“监狱自己出不来。”

田丹笃定地说：“能出来。”

徐允诺特别无奈，也不想跟田丹再讨论这事，又问：“你刚从平渊胡同过来？”

“嗯。”

“金海知道你来这儿？”

“知道。”

徐允诺诧异地拍了拍自己大腿，感叹道：“邪了。”外国的事他不懂，出狱的事他不懂，金海的为人徐允诺是知道的，但金海却默许田丹在这儿，徐允诺就更不懂了。田丹的身上全是问号，每一个问号背后都是一个难解的谜团。只是徐允诺能察觉出这谜团或许危险，却并不邪恶。

田丹像个考了满分的学生，有点小小得意地说：“我和他讲道理了。”

“讲了他就让你来这儿？”徐允诺还是不信。

“嗯。”

徐允诺看了看田丹的肩膀，问：“肩膀上的两个窟窿出狱落下的？”

“出狱之前的枪伤。”

“谁打的？”徐允诺问。

田丹没说话，徐允诺突然意识到，说：“是铁林吧？”

刀美兰收拾着徐天的床褥问：“田丹出来这事儿，铁林知不知道？”

“得瞒着他，杀田丹她爸的人和二哥一伙的。”徐天回答。

“难道铁林还要杀田丹？”

“他的工作就是杀共产党。”

此时外面突然传来铁林的声音：“你给我出来！”

刀美兰和徐天吓得立刻噤了声，另一个房间里的徐允诺听见了也噤了声，他看着田丹若无其事地用手指去点那半盒点心，田丹的手指只有半截露出纱布，纱布上也有血迹。

铁林继续扯嗓子喊：“关宝慧！”

田丹拿起点心咬了一口，并不害怕，小声地说了句：“……甜的。”

铁林在外继续喊，关宝慧在关山月屋里听见也全当空气。铁林生气地边走进院里边喊："关宝慧！我数到一！三！二！一……"

刀美兰开门出来看，徐天也跟着出来。刀美兰发愁地跟徐天说："这节骨眼儿上……"

徐天说："您回屋，他见您在这事儿就多了。"刀美兰听后返回房间，对面厢房的徐允诺也打开门。徐天看徐允诺说："我去后院。"

徐允诺也要去，徐天转身让老爹回去说："您在屋里，他没事不进您房。"徐允诺正准备缩回身子，徐天又突然叫住徐允诺。

徐允诺回头，徐天想了想，说："一会儿我睡你屋。"

徐允诺明白徐天的意思，心里一团毛躁地说："先把那杀人犯弄走！"

田丹在屋里吃着点心，看徐允诺锁好门，笑着对徐允诺说："谢谢伯父。"

徐允诺问："谢我啥？"

"谢谢您，这点心，真好吃。"

徐允诺无奈地看田丹，好像这一切都和她没关系一样。"你还有心思吃，打你一枪的人在外面。"

"但您把门关了。"田丹眨了眨眼，徐允诺返身又试了试门，已经完全锁好。

"这是满汉饽饽铺的玉米糕了？"田丹问徐允诺。

"知道？"

"北平南城满汉饽饽铺五毒饼最有名，上边的蝎子蜈蚣都是模子磕出来的，端午节才有。"

徐允诺听着田丹在这个时候说这事儿感到非常意外。

关山月房间里，关宝慧正吃着和田丹一样的点心。厢房门关着，关山月和铁林在院子里。关山月小声跟铁林说："趁闺女在房里，把那女的带走。"

铁林纳闷："什么女的？"

"跟关宝慧直说要娶二房，让徐允诺把女人带出来。"

铁林无奈地解释道："我哪有女人！"

"徐允诺给你藏起来了。"

铁林怔着，关山月接着哼哼："一纸休书从天降，出嫁的女儿回娘家……"他边哼哼边进屋，徐天走进后院，铁林转身看了看徐天，缓过神来大声喊："关宝慧，你在这儿住着吧，别回去了。"

关宝慧生气地拉开房门说："铁林，你是男人吗？"

"……还拱火是吧？"

关宝慧对之前的事不依不饶，说："那两口子明摆着看不起咱们，你还让我丢人现眼给他们唱戏。"

"这不没唱嘛！你有点事儿就丢人现眼往这儿跑，这是你家啊？"

关宝慧理直气壮地说："我在徐家长大的。"

"说清楚，你是谁家人？"铁林目光凶狠，关宝慧有些心虚，缓声说："……你把我当回事儿吗？"

铁林指着关宝慧说："铁家就我一个，你要跟我，铁家两个人，不跟，我就打光棍了。"

一句话触到了关宝慧的底线上，她大喊："你能耐大了，去当光棍吧。"

"我在外面等一分钟，这次不回家一辈子别回去。"铁林说完转身出院，把关宝慧晾在原地。

徐天跟出去，前院静悄悄的，残雪反射着天上的月光。铁林从后院出来，在前院停住，往徐允诺的房间看了片刻。徐天从后院出来，铁林继续往外走。徐允诺的厢房开了一条缝，徐允诺伸了伸头。刀美兰也伸了伸头，从对面厢房跑出来，进了徐允诺房间。

七八个车夫还蜷在门口的人力车里，铁林坐上吉普车，徐天跟到车前。铁林半天发不动车，一脸沮丧。徐天拉开车门坐进去，吉普车又能启动了。

兄弟俩一声不吭地看着车前。

徐天率先打破安静说："自从你娶宝慧，她跑回来多少次？"

"数不清。"铁林没好气地说。

"以前哪次你脾气也没这么大，都跟前院儿站到她消气儿回家。"

"脾气会长。"

"当组长了呗。"

“处长了。”

徐天扭头看着铁林，铁林提不起精神解释道：“柳爷手段通天，今天直接找了站长。”

“为啥？”

“沈世昌要杀冯先生，柳爷傍着冯先生，让我做处长把他男人保了。”

徐天明白过来，气不打一处来，说：“合着冯青波是你保的。”

“你在警署杀了他，我处长的位置就没了。”说的时候，铁林看着前方。虽然他当上了处长，但冯青波和柳如丝还是大象，关宝慧和徐天还是看不上自己，北平街头该买的买、该卖的卖，世界并没有什么变化。但他觉得起码自己变了，不会在珠市口低三下四了，“处长”总归还是有用的。

徐天忍了忍，叹了口气说：“二哥，掉头吧。”

铁林看着车外头那堆车夫和燕三，半天没作声，问：“往哪儿掉？”

“咱们从前是啥样就还啥样。”

“你不跟冯先生较劲了？他活着呢，在柳爷小楼里，我刚从那儿回来。”

徐天没说话，铁林丧气地趴在方向盘上说：“他们俩要走。”铁林觉得“处长”这两个字正从自己身上消失，如果开始就没得到，自己最多是失落；得到了又被夺走，自己得搭半条命。

“谁们俩？”

“柳爷和冯先生。”

徐天“哼”了一声：“以后没主子了。”

“反正处长也当上了。”铁林安慰着自己。

“共产党进城，这处长还不跟没有一样。”

铁林气恼地坐直说：“你脑子让驴踢了，共党才到天津，外面都是国军天下。”

“您要这么说也行。”徐天看着自欺欺人的铁林。铁林被徐天盯得尴尬，他转开话题问：“燕三和这群人在这儿干吗呢？”

“小耳朵这几天要找我麻烦。”

“叫我的人过来？我手底下有二十几号人呢！”

“不用，我手底下有百十来号人。”

“从今天起，我也跟你和大哥学学……”

“从我这儿没啥可学的。”徐天瞥了眼铁林说：“大哥您学不了。”

“……厉害的低着头都厉害，㞞货把脑袋磕地上也是㞞货，我学得了。”此时，关宝慧僵着脸从院子台阶下来，铁林突然笑了，“处长”就是有用的，对徐天说：“瞧见没有，自己出来了。”

“以后我不叫您二哥了，我二哥从前不这样。”徐天看着这样的铁林，心里只剩下失望。

“没事儿，不叫二哥叫铁处长。”铁林毫不在意地说。

徐天一言不发地下车，替宝慧扶着车门。宝慧上了车，徐天看着吉普车越开越远。

徐天走回自己厢房里看了一眼，没人，径直往徐允诺厢房过去。一拉门，徐允诺跟田丹正说话，听起来情绪好了不少，“珠市口道儿南道儿北，大栅栏往南没不熟的，打小跟这儿长，这两进院盘下来之前，道儿北开明戏院还红火着……”徐允诺兴致勃勃地说着。

田丹沾着点心盒里的残渣往嘴里放，听得津津有味，时不时插话道：“珠市口原来叫猪市口，这里是卖生猪的地方。”

“胡扯。”徐允诺说。

徐天靠门站着，田丹笑着继续说：“皇上认为不雅才改成了珠市口。”

“真的呀？”刀美兰认真地问。

“哪个皇上？”徐允诺也跟着问起来。

“那我就不知道了。”

“知道大栅栏为什么叫大栅栏吗？”徐允诺又问。

“以前北京城里的胡同为了防盗，装了很多栅栏，晚上关栅栏。这里商户多，栅栏又多又高，所以叫大栅栏。”田丹回答得一本正经，刀美兰惊奇地瞪大眼睛问：“是吗？”

“你没来过北平？”徐允诺感到田丹对北平很了解，甚至比自己知道得还多。

田丹笑着看看徐允诺说：“不一定要来过才知道，明天带我看看前门箭楼好不好？”

刀美兰担心地问：“身子骨顶得住吗？”

“前门楼子有啥好看的。”

“我看过《乾隆京城全图》，那时候这里就叫大栅栏，前门应该叫正阳门。”田丹越说越起劲，“原来叫丽正门，比京城其他八门都高。里面有大城炮八门、制胜炮三门、神威炮九门、铁心铜炮四门、神机炮一百零九门，翁城东西两边还有两个千斤闸。”

徐允诺和刀美兰面面相觑。此时，半盒点心已经被田丹吃光了，她不好意思地问："点心还有吗？"

刀美兰笑着看田丹说："南方人，我煮的面一口没吃，爱吃点心。"

徐允诺起身从炕柜里抱出一床被子枕头，然后将炕上的被子枕头抱起来，说："我还是走吧，柜子里有干净被卧，别动那盆景。"

田丹看向窗台上的盆景，张了张嘴，想说什么却被徐允诺打断了。

“别聊，知道你又明白。都别杵着，走吧。”

徐天看着徐允诺问："你抱被子干啥？"

“你那屋跟狗窝似的，让她睡这儿。”徐天知道，徐允诺已经接受了田丹。

刀美兰在旁笑着说："我陪她睡，晚上有事儿也好有个照应。"

田丹开心地点了点头，徐允诺心有不甘，又问田丹："你看得明白这盆景儿吗？"

“地柏。”

刀美兰眼睛继续瞪着："地柏？"

田丹笑嘻嘻地重复说："地柏！"

徐允诺一脸无语，他夹紧被子出去，徐天跟着徐允诺出来。

“我让燕三他们走了。”徐天跟徐允诺说。

“她咋什么都明白呢？”徐允诺有点挫败，徐天也不知道原因，只好说："共产党嘛！"

徐允诺进了徐天的房间，把门关上，徐允诺铺被褥，脚不小心踢到炕下的两箱手雷，埋怨道："尽是这些玩意儿……"

徐天站门口朝外面喊："三儿，祥子，散了吧。"

祥子的声音传过来："轮班儿，您别管了。"

徐天跨出院门，跟燕三说："那你们俩回去，明天一早过来就行。"

徐天回屋将收起来的小朵合影重新摆到桌上，又拿了那几张偷拍的照片出去。徐允诺直起身子问徐天："干吗呢？"

"照片给她拿过去。"

刀美兰也给田丹铺好了被褥，关切地问："躺下？"

田丹还是有些虚弱，说："我就靠着，躺下会压到伤口。"

"在狱里也靠着睡的？"刀美兰心疼地问。

"嗯。"

徐天推门进来，刀美兰无奈地看徐天说："敲个门，这都要躺下了。"徐天不好意思地将那几张偷拍的照片放到炕上说："刚才问铁林了，冯青波和柳爷要走。"

"和谁走？"田丹偏了偏头问。

"女的，叫柳爷，沈世昌闺女，跟冯青波傍着。沈世昌要杀冯青波，柳爷让铁林做了处长把人保了。"徐天说话间不时地看田丹神色，怕她难受，但她看上去一切如常。

"知道了。"田丹心沉了下来，虽然对冯青波断了念想，但没想到他会跟别的女人离开，心中隐隐作痛。田丹讨厌这一丝不易察觉的痛楚。冯青波是她曾经的恋人，是隐瞒身份的敌人，是杀父仇人。田丹觉得对冯青波的痛都是对父亲的背叛。转念间田丹就明白了，这痛是对自己的痛，自己曾经深信不疑的感情，其实早就面目狰狞了，还有什么值得可惜的呢？

"那我过去了。"徐天看田丹不说话，猜她心里可能还是过不去。

两个女人看站着不动的徐天，刀美兰说："去吧。"

徐天抿了抿嘴说："刀姨，您受累。"

刀美兰朝他摆了摆手，徐天退出去关上门。

回到家，关宝慧脱了衣服钻进被窝。铁林心事重重的，心里想着关山月跟自己说徐允诺藏女人的事，他跟关宝慧说："明天你回珠市口打听打听，别惊动徐叔和徐天。"

"打听什么？"关宝慧侧着身子背对着他问。

"他们有事儿瞒着咱们。"

"打听出来又去告诉冯先生。"

“冯先生以后指望不上了。”

“那就别打听了。”

铁林转头看向身旁的关宝慧说：“沈世昌要投共。”

北平是战是和，关宝慧并不关心，她早就不是格格了，心里坦然接受并认可了老百姓的身份。她是老百姓，铁林也是。百姓家里，两口子过日子，就是挣钱养孩子。沈世昌是否投共，和他们两口子有什么关系？

“剿总的大佬，柳爷的爹，从前杀共产党，现在要洗白。”铁林解释道。

“你要抓他？”关宝慧吃惊地转过身看他。

“我吃饱了撑的？”

“那碍着你啥了？”

“我得琢磨琢磨别碍着他。”铁林说着也钻进被子，两眼瞪着房顶。“从前啥也不用琢磨，上了官道儿才知道要琢磨的还挺多。”

“铁林，你还在不在意我？”关宝慧问铁林。

铁林依然一动不动，说：“在意。”

“那你两眼直勾勾地盯着姓柳的收不回来？”

“是吗？”铁林的眼睛长在房顶上了，关宝慧又转过身去。

里间，柳如丝躺在大床上，两眼也瞪着房顶。外间，冯青波靠在沙发，半闭着眼。柳如丝开门出来，轻轻走到冯青波身边说：“……这也太邪门了。”

冯青波止了止身子。

就这么一晚上了，冯青波仍是紧张的，柳如丝有些失落地说：“明天飞到南边，是下飞机就各奔东西，还是以后找间房，我里屋你外屋，一个躺着一个坐着，这样过一辈子？”

“我没想过一辈子。”冯青波说。

柳如丝看着冯青波。

冯青波又说了一遍：“从来没想过一辈子。”这一遍，冯青波是对自己说的。

柳如丝眼里含着怨恨，说：“咱们俩不算外人了吧？”

“生死之交。”

这四个字是柳如丝最不想听到的，生死之交？这情谊是深厚的，但这深厚的友情远没有轻薄的爱情让柳如丝满足。柳如丝站起来走出房间，楼下传来唱机的声音。冯青波站起来也走出去，柳如丝站在唱机旁边，冯青波从楼上走下来。

柳如丝站在昏暗的落地灯旁，看不清表情，说："走前把话说明白，之前忙着逃命没时间说。"

"说什么？"

"别拘着，让我明白你心里到底是怎么想的。"柳如丝看着冯青波。

"田丹没死。"

柳如丝苦笑了一下："就知道是这么回事。"

"不要误会，我和田丹之间没什么。"

柳如丝的心在痛，她不知道自己怎么做才能让冯青波不再惦念田丹。"不要误会，这还叫没什么？"

"党国要完了，我十六岁加入青训班，以为可以一辈子做党国的刀。"

"什么事都有结束的时候。"

"党国没了就是结束的时候。"

"别提党国行吗，说田丹。"柳如丝不耐烦地说道，她面对着两个情敌，党国这个情敌快完了，完了就没事了；田丹这个情敌，就算完了，冯青波也会把她放在心里怀念。

"离开北平后无异于行尸走肉，我要见她一面，亲口告诉她田怀中是我杀的。"

柳如丝直视着冯青波，心早已凉透，冷冷地说："……跟我离开北平算行尸走肉。"

"实际上一直都是，除了和她在一起那三个多月。如果可以忘掉从前重新开始，我一定要亲口告诉她，我从来就不是她心里的冯青波，然后看到她在这个世界上消失。只要田丹活着，我躲到哪里都等于死了。"

"我对你算什么？"柳如丝以为自己早就麻木了，但听到他这么说还是心里感到刺痛。

"你对我有恩。"

柳如丝的手紧紧抓着唱机，面无表情地说："我都懒得骂人了，接着说，说透。”

“沈世昌要投共，但他是你父亲，我不可以杀他，他随时可以杀我。料理完田丹，冯青波今生是你的人。”

柳如丝气愤地掀了唱机，发出一声巨响。萍萍从自己房间伸出头，又缩回去。叮叮哐哐的声音停止，柳如丝看着一地碎片，双眼通红地说：“冯青波，看来你从来没把我当女人，我也是够贱，从头一直把你当哥们儿处多好，非得半道拐个弯把你请楼上去。你这辈子被田丹迷住了，别看你能杀她杀她爹，但心里头她就是你女人。”

“不是。”

“我爸娶了七房女人，身份换了不止七回，这回又要投共了，从来没听他说换活法儿之前，非得跟个女人交代一下。”柳如丝情绪激动，她已经没有妈妈了，爸爸有也和没有一样。这么多年，辗转周折，如履薄冰，她也是女人，冯青波是她唯一的稻草，是她的唯一的光。她是苦楚的，她也知道冯青波是苦楚的。柳如丝认为只有冯青波懂自己，她也是最懂冯青波的人。未来是什么样呢？不知道，但在柳如丝的期待里，未来是有冯青波的。他是顽石，自己是青苔，原以为可以相附相依，彼此苍老。原以为只要时间足够久，石块也可以被焐热。最后发现，能焐热这石块的，是另一个女人。

“……我是要杀她。”

柳如丝冷笑一声，不知道是在笑自己还是在笑他。“你想见她，她要不是共产党，还用杀？”

冯青波沉默着，柳如丝又气馁又愤恨地说：“我怎么就在你这儿不是女人呢……”

徐天在房间酣睡，他翻了个身，炕上只有徐允诺的被子，没有人。田丹在徐允诺房间，一半身子斜靠在叠起的被子上睡了，另一半身子倚着刀美兰。刀美兰小心翼翼地顶着，尽量让自己不动，田丹呼吸均匀。徐允诺裹着大衣，蜷在门口祥子的车里。

祥子缩着脖子问徐允诺：“东家，少爷拉回来那女的什么人物，劳烦您也跟这儿看着。”

徐允诺撇了撇嘴："我才不看呢！"

"那您回去睡吧。"

"知道前门楼里有多少炮吗？"

"里头有炮吗？"祥子一脸不解地反问。

"大城炮八门、制胜炮三门……神威炮，听说过神威炮吗？"

"听着就威风。"

"前门楼里好多炮。"

祥子赞叹道："东家，您知道的可真不少。"

一枚黑乎乎的东西从徐允诺衣服里掉出来，砸到车斗里。徐允诺起先没在意，片刻后蹦起来，赶忙喊："扔了扔了，要炸！"

祥子捡起来，看到是枚手雷。

"没拔销子炸不了。东家，您还说不是出来看着的。"

徐允诺仔细看了看手雷，又看了看天色，说："……天快亮了。"

"天亮还有一会儿。"祥子也看看天说道。

"出不了腊月天就亮。"

祥子明白过来，说："您的意思是要改朝换代啊。"

"有人要杀人。"徐允诺叹了口气说。

"杀谁？"

徐允诺看着天上的月亮没说话。徐允诺的世界里只有这几条胡同。再往上的人他懒得想，也想不明白；小红袄这样的人，他不招惹，也招惹不到他头上。关老爷子好，关宝慧好，徐天好，心里就满足了。但为什么大家总是过得不好呢？为什么日子总是皱巴巴的呢？一个事接着一个事，没有尽头似的。直觉告诉他，田丹就是解决一切的钥匙。徐允诺闻到了那股气息，超越了这几条胡同。整个北平的脉络在他心里渐次展开，那是一个新的世界，离现在不远了。

第四十二章

1949年1月19日，农历腊月二十一。

北平街道刮着大风，残雪融化带走温度，露出灰黑色的泥土。纸张和轻一点的杂物乱飞，街上已有零星行人，狗时不时地蹿过，胡同空无一人。那峰小骆驼在胡同里行走，晨风里的它看起来焦躁。

街道，一个妇女挑着一担大白菜拐入胡同，红线围脖紧紧捂着脸，一个戴着兜风帽的男人跟进去。小骆驼在胡同行走，风在胡同里呼啸，妇女挑着担子。那个男人在后面跟着，他不仅戴着风帽，还戴着口罩和手套。妇女诧异地绕过骆驼。

戴风帽的男人与骆驼迎面，停了停，继续前行。妇女担子里掉下两棵白菜，她将担子歇下来拾菜。男人超过妇女向前走，消失在胡同拐角。妇女整理好担子，继续往前行。刚转过拐角，便被男人捂住口拖走。菜散了一地，小骆驼转过身子盯着那堆菜。男人将妇女拖进来，乙醚毛巾捂嘴。妇女身体强壮，手抓男人衣襟挣扎。男人与妇女一同倒地，他的手死死摁着毛巾，妇女扯下了男人一半口罩，露出半张脸。

妇女渐渐地不再动弹了，手一点点松开，两眼仍睁着。男人从地上起来，戴好口罩、风帽，仔细地掸干净衣服上沾到的土。妇女看着男人拿出了哈德门烟和火柴，外头胡同有人经过的声音。

男人离开了。

妇女手里抓着一粒从男人衣襟扯下来的扣子。片刻男人又回来，蹲到妇女身边，拿出一柄形状奇特的刀。妇女眼里全是惊恐，男人撩起妇女的衣服，一手伸进去摸，一手持刀在衣服外面比划，刀尖往衣服里刺进去，三刀，妇女身子抽搐着。

哈德门是新买的，男人拆开烟封，笨拙地取出一支，划着火柴。

男人将刀放在地上，咳呛着……

那担菜撒在胡同里，小骆驼在吃菜。一个大娘出来倒水，看看菜和骆驼，又左右看胡同。

大娘大喊："柱子，这有峰骆驼，都邪乎了！喊你爸出来捡菜。"

大娘将盆里水倒净，用石头将骆驼赶走。一个半大孩子从院里出来。

"你爸呢？"大娘见孙子问。

"骆驼呢？"

"跑了。"

"我撒尿。"

"捡菜呀！"柱子跑开去上厕所，大娘忙着往盆里装大白菜。

妇女已经陷入昏迷，男人伸手去解妇女的红围脖，外面传来大娘的声音："柱子，人呢？"

男人的手抚摸着红围脖，将烟头扔了，妇女身下已经都是血，男人将红围脖收起来，准备再点一支烟。突然，一个半大孩子进来，男人放下烟，孩子裤子脱了一半也怔着，看着地上的妇女。

大娘还在外面喊："柱子！死哪儿去了！"

半大孩子看向戴着风帽、口罩的男人，喊："……我尿尿！"

男人起身离开，烟和刀子扔在地上。风刮着，大娘的盆里已经装满了白菜，可她心里有隐隐的不安，邪了门了，一大早的……

大娘转身看见柱子，问："撒完了？"

柱子眨着眼睛，提着裤腰，回答说："没撒。"

"一会儿跟你爸说菜是白捡的。"

"我尿没撒。"

胡同拐角那头，有个戴风帽的男人低着头向外走，大娘将目光移回来问："这半天干吗去了？"

柱子说："那有个人，好多血。"

大娘抬头再看，戴风帽的男人已经消失了。“……哪儿？”

柱子往回走，走了几步回头看还端着菜的大娘，大娘忐忑地跟上去。陷入昏迷的妇女躺着，血在冬天的泥里呈暗红的颜色。端着菜盆的大娘探身子，看到了血泊里的妇女。

“喊你爸去，快喊人去！”大娘吓坏了。

徐天靠在床沿上睡着了，梦境里的天格外亮，冰面上只有两个人。他们坐在屋脊上，冰面下封冻了整个城市，徐天和小朵两人两双脚泡在冰面上的热水里，小朵左脚脖子上环着一只红线穿绕的小金铃。

“杀你的人是谁，上哪儿能找到他，跟我说了吧。”徐天哀求着。

“算了。”

算了？这就算了？想过我吗？你走了，我心里烂了一块洞，总得补上吧。徐天扭头看着小朵，有很多话，想说却说不出口。

小朵说：“替我谢谢田丹。”

“不用谢，以后她的事就是我的事。”

“那谢谢你。”

徐天快哭了，说：“……你不要走。”

“我也不想走。”

“我给你换热水去。”徐天把脚从盆里拿出来，用棉衣包好小朵的脚，看到小朵的头发上绑着红发卡。

徐天提着盆三步一回头，再回头，小朵果然已经不在那里了。亮晃晃的太阳下，徐天提着铜盆失落着。

风刮得窗纸响着。刀美兰在炕上保持着原来的姿势，护着田丹熟睡。田丹醒过来，围好自己的红围巾，轻轻起来下炕，又替美兰拢了拢被窝。她从炕头找了根细铁丝，从厢房出来。

田丹走到徐天房门外。徐天从梦里醒来，一时间分不清现实和梦境，他听见轻轻的敲门声，未锁的门打开一条缝，露出门外的田丹。田丹推门进来，见徐天坐在床沿上，问：“……你没睡？”

“做梦了。”徐天揉了揉脸。

“坐在这里做？”

“没做完。”

田丹看徐天，想了想说：“小朵？”

“嗯。”徐天显得很低落。

“伯父呢？”田丹见徐允诺不在屋中，又下意识地朝窗户外看看。

“应该在外面。”

田丹疑惑地问：“为什么？”

“为了你。”

田丹听了觉得给徐允诺添了麻烦，露出不好意思的神情。她顿了顿说：“陪我去个地方。”

“哪儿？”

“到了就知道了。”

徐天披上棉袄，又抓起帽子与田丹走出厢房。早上的风很烈，院子外，几辆人力车的折叠车篷都放下来挡风。祥子的车有帘子，祥子和一个车夫挤在另一辆没帘的车里，徐天上前拍醒祥子。

祥子睡眼惺忪地说：“……少爷？”赶忙从车上下来。

“我爸呢？”徐天问。

祥子指指那辆有帘子的车。

“拉我们走。”

“去哪儿啊？”

“西直门小街口，有个钟表铺。”田丹回答。

徐天和田丹上车后，徐天对旁边车夫说：“叫我爸进屋睡。”

风大，祥子小跑着说：“该拉我那辆出来，挡风。”

田丹捂住了围巾，徐天又摘了自己的风帽扣到田丹头上。

田丹感到不好意思，说：“你身上也冷啊。”

“我全乎人，你有伤。”

“以前想过很多次，一大早在北平坐人力车。”

“这也想？”徐天看田丹。

“什么都想过，就是没想到旁边坐的是你。”

“那是谁啊？”徐天问。

“冯青波。”

“你真喜欢他？”

“从1945年到前几天来北平下火车之前都喜欢。”田丹说着，脸上露出一丝伤感。

“我们去的地方是哪儿？”

“这四年我写信寄到的地方，冯青波的钟表铺。”田丹说着，回想起冯青波给自己描述的钟表铺的样子。

“他要在呢？”徐天问。

“他信里说白天在，晚上回庆丰公寓。”

“在就顺手抓了他。”

田丹看向徐天说：“你为什么不杀冯青波？”

徐天被问住，想了想说：“我是警察，不是杀人的。”

“如果我们又抓了他呢？”

徐天抿着嘴，看向田丹说：“你把他杀了。”

田丹缩着身子不吭声，徐天看着田丹被风吹得通红的手说：“把手伸到袖子里暖和。”

徐天示范给她看，田丹依言将手套入袖口。“我有手套，忘从监狱带出来了。”

小街还没行人，钟表铺前，祥子停着车问：“是这儿吗？”

田丹看了看，和信上描述的差不多。田丹下车，又四处打量了一圈，然后到门前掏出细铁丝，准备开锁。但她发现锁挂着，门是虚掩的。徐天见状将田丹挡在身后。徐天先进屋转了一圈，里面一个人都没有。田丹随后进来，关上门。

“……不要开灯。”田丹跟要伸手开灯的徐天说。

随后田丹走到操作台前，台子上有细细的灰尘。突然她看到操作台边垃圾桶里的暖水袋，俯身将暖水袋拿出来，放到台子上。田丹从进来一直是新奇四顾的样子，这时眼泪涌了出来，脸上却是自嘲的笑。

徐天看着田丹的表情变换，问：“你这到底是哭还是笑啊？”

“这里和我想的一样……”田丹的眼泪无法遏制，她的身体也在轻微抖动。田丹无数次想象着冯青波在这个屋里的样子，坐在桌前给她写信，用工具修表……可她终究没亲眼看到这些。田丹坐到工作台前的椅子上，那应该是冯青波坐的椅子。

“为他哭不值当。”徐天干巴巴地安慰着。

“我对不起爸爸，组织让我保护好他的。但我喜欢冯青波……人有感情就变傻了，他比我厉害，比我强……”田丹仔细呼吸着这个屋子里的气息，然后狠狠地跟它们告别。她也为自己的爸爸而哭，因为自己让爸爸失去了性命，她忍不住怨恨自己的愚蠢。

徐天看着田丹有些无措，他真的特别怕女人哭。

“你不要像我一样，找杀害小朵的凶手时不要情绪化，不然你也会变傻，永远找不到他……”田丹一直在抹眼泪，看得徐天心里也泛上酸楚。田丹一边哭还一边跟徐天抱歉，说：“再过一会儿就好了，最后一次哭，马上就好……”

“冯青波在柳爷的小楼呢，一会儿过去抓他。”徐天不敢靠近她，又觉得不该什么表示也没有，可不知道怎么表示，只能尴尬地在原地站着，憋出了这么一句话。

“就我们俩做不到。”田丹用手背擦干净眼泪，但眼睛依旧红肿。

“回去找帮手。”

田丹迫使自己冷静下来，声音依旧带着哭腔，说：“我想好了，沈世昌杀和谈人士，冯青波是证人，抓他关到京师监狱，再把沈世昌也抓起来交给新世界审判。你以后是警察，金海以后也可以继续做狱长。”

“抓沈世昌，大哥不知道愿不愿意。”

“先抓冯青波。”田丹说。

“不杀他，你不解气吧？”

“这才解气呢，你一定不喜欢我杀人。”

徐天看着田丹慢慢恢复原来的样子，忍不住松了一口气说：“你想多了，话分两枝儿说，理儿分两头讲，我抓冯青波因为他杀了周老板和你爸，我是警察。可但凡家里人死谁手上，警察也拦不着我，我活剥了他千刀万剐。”

“你是说小红袄吗？”田丹红着眼睛问。

“是，只要让我找到他。”

北平街道，捡菜的大娘以及一些街坊邻居将流血的妇女从胡同里抬出来。风很大，刮起了不少尘土，看热闹的人都捂紧了嘴和脸，有两个管片警察过来。

流血妇女被送上一辆福记人力车，人们拥着车走，带风帽的凶手也在街边人群里看。

戴风帽的男人看见刚才的半大孩子在不远处注视着他，随即转身拐入胡同。

徐允诺和刀美兰在徐家前院站着说话，俩人都非常焦急。徐允诺数落刀美兰："跟你一块儿睡，都不知道人走了！"

"你不是一样，在门口看着，车把人拉走也不知道。"

"她昨晚说没说去哪儿？"

刀美兰想了想说："啥也没说，看了会儿照片就睡着了。"

此时，车夫从院外跑进来说："东家，金爷来了，带了人。"

刀美兰一听金海来了，悬在心里的石头落了地，转念一想，又为难了："这怎么和他说？"刀美兰看着徐允诺讨主意。

"你进屋，我跟他说。"

"一块儿说，反正人也不在这儿，他能咋着？"

金海夹着公文包进来，打招呼道："徐叔，美兰。"

俩人也不吭声。

"人呢？我说田丹。"金海问。

"……在屋里。"

"金海，田丹是自己跑出来的？"徐允诺还是担心是徐天闯的祸。

"是，估计没啥牢能看住她。"

徐允诺还是很忧愁，看金海说："你是踏实人，跟我说实话，往不往回抓她？"

"不抓。"

徐允诺看了眼刀美兰，金海看着他俩的表情继续说："我带了五个人在外面，今天她要干啥我都陪着。"

“你的意思是来帮她的？”

“谈不上帮，一会儿还有话问她。”

徐允诺看金海说得真诚，拍着金海胳膊说：“官面上的事儿我不懂，就信你。”

金海苦笑了一下，这乱世里，他都不知道自己可不可靠了。“您也别信我，我也不信我，咱们都信她。”

“可她人没了。”刀美兰终于小声说出口。

金海感觉五雷轰顶，急忙说：“不是说在屋里……”

“一大早和徐天不见了。”

金海赶紧去徐天房间，此时徐天和田丹正从外面回来。

“爸。”徐天进院就喊，田丹在后面拿着红暖水袋，向徐允诺和刀美兰问好：“伯父，刀阿姨。”

刀美兰赶紧迎上去，上下仔细打量着田丹说：“去哪儿了？”

“爸，能吃了吗？”徐天搓着手问徐允诺，金海闻声从徐天房间出来。

徐允诺瞪着徐天说：“你出去不能说一声啊！”

徐天讪讪地笑了下说：“想让您多睡会儿。”

“在车里被叫醒就再也没睡过！”

金海站在屋门口看着徐天和田丹，徐天转过头看见金海，快步走过去说：“……大哥。”

刀美兰拉着田丹的手说：“赶紧进屋，风这么大一会儿吹伤了身子。”说完，俩人进了徐允诺房间。

“大哥您吃了吗？没吃一块儿。”徐天脸上带着讨好的笑。

“吃你们的，我吃了。”

徐允诺往厨房去，院子里只剩下徐天和金海。

“昨晚上见沈世昌了，冯青波是没死。”金海的心情很复杂，徐天惊讶地问：“他告诉你的？”

“没承认。”

徐天“哼”了一声，说：“沈世昌不是东西。”

“看走眼了。”金海坦诚地承认自己的失误，他在心里酝酿着计划。徐天想起这事儿更是心里痒痒，忙怂恿金海说：“冯青波在柳爷那儿，我一会儿去抓他。”

“把他再抓到你警署？”

徐天想起了田丹说的话，他复述给金海：“抓到您狱里，再抓沈世昌，把两个破坏和谈的反派关一起。共产党来了咱能当狱长就当狱长，不能当回平渊胡同过日子，这样您跟共产党也是一头儿的。”

金海一听这么流畅的计划就知道是田丹想的，他把脸扭到另一边去，说：“……我不用你们铺排。”

徐允诺端着托盘从灶间出来，对徐天说：“吃去吧。”

“去吃吧，我院里站着。”金海把徐天打发走，自己踱到一个避风的屋檐下思考着。

隔着窗户，田丹看到站在院里的金海。

“金海不吃吗？”田丹问徐天。

“他吃过了。”

田丹的目光回到照片上，用手指头点了点，说：“拍这张照片的人今天找。”

“怎么找？”

徐允诺催促俩人先吃饭，刀美兰拿起两个馒头起身出去，屋里三个人拿起筷子。

院里刮着风，刀美兰将馒头递给金海。

“拿回去吧，出来前吃了。”

“站这儿干吗？”刀美兰还不知道昨晚金海去槐花胡同的结果。

“站会儿……一会儿我跟徐天去抓人。缨子去天桥王石匠铺子了，你到那儿和她碰头，给小朵挑石头刻字。”

“要抓谁？”刀美兰担心地看着金海。

“冯青波，杀田丹爹的人。”

刀美兰轻轻地叹口气，关切地说：“你脸色看起来不太好。”

“有些事儿我没想明白。”

“跟我说说。”

“都想明白了跟你说。进去吧，一会儿徐叔又该出来了，我去门口守着。”

刀美兰拿着两个馒头返回屋里，徐天和徐允诺正在看田丹指着的照片。

“水怎么了？”徐天问。

徐允诺用手指在照片上擦，不解地问：“哪有水啊？”

田丹指着照片，说：“小朵端的盆，洒出来的水。”

刀美兰也伸过头去，照片里小朵端着水盆，有一些水洒出来，洒出来的水的脉络清晰可见。

田丹肯定地说：“莱卡 3D。”

三个人面面相觑，屋门忽然被推开，关山月自顾自进来坐到桌前。

四个人都停下来。

“吃得好吗？”关山月环视着大家伙问道。

“您的早饭送后面去了。”

“一个人吃不热闹。”

徐允诺无奈地说：“您平时不都一人吃？”

“今天不想一人吃。”

徐允诺拿了双筷子放到关山月面前，关山月看着田丹。

田丹冲关山月礼貌地微笑说：“关老爷。”

“徐天新娶的媳妇？”

徐天尴尬地摸了摸鼻子说：“不是。”

关山月偏头看着刀美兰说：“你新养的闺女？”刀美兰没作声。

关山月又看着徐允诺说：“铁林收的二房？”

徐允诺一脸崩溃，赶紧招呼老爷子吃饭，说：“筷子放这儿。”

“叫什么呀？”关山月点点头，接过筷子。

众人都不作声。

田丹小声地说：“田丹。”

关山月点点头，一副长辈样子，接着问：“哪里人？多大了？”

徐允诺看着关山月犯难，打断道：“关老爷，您吃不吃？”

“这么一大桌人也不叫我，我都吃过了。”关山月放下筷子，徐允诺站起来拉着关山月说：“吃过了，我陪您遛遛鸟去。”

“上哪儿遛？”关山月提起了兴趣，徐允诺快走一步给他开门，说：“后院。”

徐允诺拉着关山月从厢房里出来。徐允诺嘱咐他说："您消停点，这两天在后院待着，别出来。"

"我爱上哪儿上哪儿，大清的江山是我们家的……"

"后院都是大清江山，您绕着弯儿遛。"

俩人走后，徐天看着田丹问："接着说呀，莱什么D？"

"莱卡3D，1940年批量生产，全世界只有这个相机快门速度达到千分之一秒，很少人用，普通的照相馆根本不会用这种相机。"

徐天和刀美兰根本听不懂田丹在说什么。

"我在外国的时候用过。固定光圈下，快门千分之一秒才能把运动中的水拍成这个样子。除了军方人士和外国记者，普通市民有这种相机的屈指可数，而且应该保护得很细心，买胶卷和配件维修肯定都在固定的地方，北平能调理这种相机的地方不会太多。"

此时，燕三的声音从院子里传来："天哥！"

徐天开门出去把燕三叫进来说："三儿，正好，查查哪儿倒换……莱D，等会儿。"徐天说着又看向田丹，田丹还没来得及说，燕三就喘着粗气跟徐天说："天哥，正义路象房胡同又杀人了。"

徐天感觉一个雷劈下来了。

"三刀，一个卖菜的女的，不知道是不是小红袄杀的。"

象房胡同废弃民房的地上有一摊血，两个警察在驱赶围观的人。一个警察捡起地上的刀，哈德门烟头被人踩来踩去。

胡同里，捡菜大娘战战兢兢地站在一边，领头警察问她说："你最先看见的？"

"孙子先看见。"大娘回答。

"谁孙子？"

"我孙子。"

"叫什么？"警察继续问。

"梁大柱。"

警察白了一眼她，说："问你叫什么。"

"宋观望。"

警察感觉她是来捣乱的，大娘赶紧解释说：“宋观望，观望观望。”

警察狐疑地看着她。

“不能叫这名儿吗？”大娘也很疑惑。

“怎么一大早，就只有你看见杀人？”

“我不看见，你们怎么来？”

警察看看围观群众，又无语地看向宋观望，严厉地说：“问你呢！”

“我这不说着呢……有峰骆驼在胡同里吃菜！”宋观望急切地回答，手还跟着比画。

警察转身看了看，大娘继续说：“一大早出门倒水，见到头骆驼在吃菜。孙子去里头撒尿，然后就把我领进去，我就见了。”

警察还瞪着宋观望。

“人死了吗？”宋观望问。

“死不死的不管你的事，走走走，都回家别跟这儿围着。”

金海、二勇以及四个便服狱警站在胡同口，看胡同里祥子和七八个车夫忙乱起来，燕三从院里小跑出来。

金海向燕三招招手，说：“慌里慌张的……怎么了？”

燕三言简意赅地说：“正义路象坊胡同又杀人了，女的，三刀。”

金海正要说话，看到那边徐天和田丹从院里出来，田丹跟徐天说：“你去看现场，我和金海找冯青波。”

徐天往金海那边看了一眼，田丹严肃地叮嘱他：“快点去，越晚现场痕迹越少。”

徐天六神无主地发愣。

“在钟表铺，我说什么？”田丹看着徐天的眼睛问。

“……什么？”徐天茫然地对上田丹的眼睛，田丹皱起眉头，慢慢地跟徐天又重复一遍：“小红袄杀第五个人而你还不知道他是谁。他比你强，不要像我刚来北平时那样情绪化，不然会变傻。”

徐天看来到近前的金海，喊了声“大哥”，金海拍了拍他的背，知道他此刻一定心乱如麻，安慰他道：“去吧，我跟田丹找冯青波，从我手里放走的，还得我亲自抓回来。”

徐天从纷乱的心绪里努力扯出来一根线，他认真地看着金海说："您不会把田丹抓回狱里吧？"

金海看了眼站在一边的田丹说："不会。"他看着惴惴不安的徐天催促道："踏实去吧，我这儿五个人呢，少你一个不少。"

徐天听后看向祥子，说："祥子，你们几个拉我大哥和田丹。"

"金爷，上车吧几位……"祥子说道。

刀美兰急匆匆地从大门迈出来，把灌了水的红色热水袋递给田丹，说："田丹，拿着。"

田丹看着热水袋一时没伸手，刀美兰索性将暖水袋放到田丹衣服里说："焐在衣服里暖和。"

一旁的金海也看向刀美兰，说："我跟田丹去办点事。"

"当心点别出岔子，一会儿我和允诺去天桥石匠铺和大缨子会面。"刀美兰忧心地叮嘱道。

"现场在哪里？"田丹问徐天，徐天半张着嘴很茫然。

"象房胡同。"燕三在一边急忙说。

田丹站到徐天面前，微微抬头，直直地看着徐天，用她的情绪稳住徐天的心神："抓到冯青波，我就去象房胡同，等我。"

铁林此刻正开车往珠市口去，他叮嘱关宝慧说："别跟徐叔打听，他看着老好人，脾气比谁都暴，问你爸。"

"到底要我打听啥？"关宝慧有些不耐烦。

"徐天在就啥也别问。"

"昨天还让我别回珠市口，说那不是我家。"

铁林听见又急了，急赤白脸地呵斥关宝慧："那是你家吗？你嫁给我了！"

"想问啥你自己问不就得了，我都不知道你要干什么！"关宝慧看他动不动就发脾气，自己火也很大。

"……说实话，我也不知道自己要干什么。"

"那成天忙啥呢？"关宝慧不满地问。

"一会儿处里有行动。"

“啥行动？”

铁林看着车前方过去一辆军车，说：“不知道。”

“处里行动，当处长的不知道。”关宝慧小声嘟囔，铁林没说话。看铁林不言语，关宝慧继续小声自言自语：“珠市口啥事儿也不知道，兄弟也躲着，还不如从前呢。”

“你能不能别唠叨！”铁林抬高嗓门说道。关宝慧把眼神移到车窗外，还自顾自说：“从前脾气也没这么大……”

警察们把看热闹的人驱散，宋观望拉着孙子缩回自家关上院门。半晌，柱子又从院门里出来，跑到废弃的民房边上张望，哈德门烟头被一个警察彻底踩进泥里。

徐允诺和刀美兰穿戴整齐出门，分别坐上两辆人力车。刀美兰问一旁车上的徐允诺说：“关老爷安顿好了？”

“门口有伙计看着，给小朵挑完石头我就回来。”

人力车将两人拉走后，铁林的吉普车就开了过来，关宝慧气呼呼地下车。

风还是很大，街上时而熙攘，时而寥落。田丹坐在祥子的车里，棉帘晃动。她捂着红色的暖水袋，不时能看到街景。

小洋楼里，冯青波和柳如丝还在面对面吃东西，俩人都沉默着。萍萍蹲在地上收拾昨晚的唱机碎片。柳如丝看着一地碎片，放下筷子，昨日的不快又涌上心头，烦燥地说：“萍萍，别收拾了，把楼上两个箱子拿下来。”

萍萍听后放下手中的东西往楼上去，柳如丝转头看着冯青波说：“我去我爸那儿说几句话，你肯定不去的，对吧？”

“是。”冯青波也放下筷子。

“那你在这干什么呢？”柳如丝挑了挑眉毛，冯青波没吭声，柳如丝又说：“不如趁这空去京师监狱一趟跟田丹见见面，想杀她顺手杀了，回头咱们机场会合？”

冯青波还是没说话。

“监狱你想进还是能进的，原本怕她知道你不是东西，现在她都让徐天抓你了，身份也不用瞒了，但进去出不来怎么办？”柳如丝拿出粉盒，一边涂口红一边说：“我可是等着你和田丹要死要活之后，再跟你过下半辈子呢！”

萍萍费劲地提着两件行李从楼梯下来，柳如丝吩咐萍萍到门口叫个车，把东西装上去。

“看着我。”柳如丝语气平静，冯青波抬眼看柳如丝。

“我欠你什么吗？”

冯青波看着柳如丝，抱歉地说：“我欠你。”

柳如丝最生气他这副模样，说：“还来这套……指使了你四年，实际上是我爸指使的，我觉得你不容易，我欠你的明白吗？……但我救了你几次？以命相报，也得我愿意接着，我现在不接了，你命还是自己的，我们两不相欠。”

萍萍此时跑回来问柳如丝：“姐，叫几辆车？我跟您去吗？”

“两辆，带上你的东西。”

萍萍瞟了冯青波一眼出去，柳如丝继续说：“冯青波，我爸说得对，你是条疯狗，我不陪你疯了。到最后再说点两不相欠的话，你自己都没明白，实际上你是不想活了。”

“为什么？”冯青波知道，柳如丝说得对。

“你从小没爹妈，党国就是你爹。现在你爹要完蛋了，一辈子跟狗似的，就 1945 年春天假模假式像个人活过。你的命早被田丹收了，从那年春天起你就是个死人。”外面的萍萍正往车里吃力地拎箱子，柳如丝盯着冯青波索性把心里话全部倒出来：“我爸要投共，谢谢你不杀他，但别说是因为我救了你看我的情分，我在你眼里算个屁！华北剿总整个儿都要投共了，师长以上就好几百，你杀得过来吗？……去找田丹吧，她死不死我不知道，你肯定死也没人收尸了，对你挺合适的。”

萍萍进来搬完行李跑进来说：“姐，车叫好了。”

柳如丝最后看了冯青波一眼，她的眼神里充满绝望，说：“一宿到早上，想明白了直犯恶心，我柳如丝怎么会对个死人上心呢？”

冯青波听柳如丝不断挑最扎心的话说，心里也不好受，他知道这些年是自己对不住柳如丝，但他没办法。冯青波不知为什么，看着柳如丝慢慢说出了一句："你不回来了？"

柳如丝停了半天，眼泪在眼圈里蓄满又退回去，她冷硬着心说："两不相欠，听不懂吗？"

"晚上几点的飞机？"

"你不要来了。"说完，柳如丝大步走出去，她怕自己走得慢了会说出其他的话，这次她真的不想再留恋了。

风将车帘子掀开一道缝，田丹扶着棉帘，看到柳如丝和萍萍分乘两辆人力车从胡同出来。柳如丝脸上挂着泪。车帘子忽然被人从外掀开，田丹被这一掀吓了一跳，她看着面前说话的金海："那是姓柳的，冯青波女人，要抓吗？"

"先抓冯青波。"田丹稳了稳心神。

"不知道他还在不在里面。"

"他在。"田丹笃定地说。金海注视着田丹，她此时看起来很冷静，金海忽然很好奇，说："像你这样的人，撒谎之前眼睛会往左上划吗？"

田丹看着金海的眼睛说："我是什么样的人？"

"原本我以为沈世昌是高人，你才是。"

田丹脸上仍然没有血色，她扬了扬嘴角说："我是普通人。"

"你爸是冯青波杀的？"金海问。

"是。"田丹抿了抿嘴。

"沈世昌让冯青波杀的？"

"是。"

金海注视着田丹的眼睛，田丹目光平静地叙述道："我来北平之前，还有两批和沈世昌接洽和谈的人也是他杀的，以和谈的名义，诱捕和谈的人。现在沈世昌想洗白。"

"你这样的人要么从不说谎，要么就是说习惯了。"田丹蹙了蹙眉，金海将心里的想法和盘托出："你和沈世昌的事情我插不插手没想好，现在帮你抓冯青波，是因为我有话要问他，他和柳如丝还欠我一笔账。"

第四十三章

田丹完全掀开棉帘，跟金海确定了柳如丝的那栋小楼。田丹抿了抿嘴，只身往小楼去，金海皱着眉头在后面说："你一个人？冯青波不好弄。"

"我要先看看。"田丹头也没回，鬓发散乱地走在风里。

柳如丝小楼的院门没有锁上，被风刮得一晃一晃。柳如丝和萍萍离开了，小楼里只剩冯青波一人。他看着柳如丝离开，在原地站了一会儿，又起身上楼梯，去梳妆台拿起那部琉璃柄电话拨号。院子下面，风吹着门，声音一声一声地响。

沈世昌家的电话在响，七姨太接过来，听是冯青波的电话，赶紧出门去喊沈世昌。此时长根扶着车门，沈世昌正要上车，他看见七姨太从门里跑出来，边跑边喊："老沈，冯先生电话。"

沈世昌听后皱了皱眉说："冯青波？"

七姨太点了点头，沈世昌走回客厅接起电话。冯青波的声音听起来很疲惫："看在我这么多年为你卖命的分儿上，让我见田丹一面。"

"小四呢？"

"通知金海，他听你的。"

"不行。"

"她在狱里能知道我杀了田怀中，一样也可以知道背后是你指使的，让我见她一面。"

沈世昌对他丧失了最后的耐心，喊道："叫我女儿听电话！"

"她去你那里了。"

"冯青波，最后说一次，今天晚上和我女儿走，不然就是你自己不想活了。"

"是的。"冯青波内心已然疯狂。沈世昌索性挂了电话，对七姨太说："小四等下过来，留住她，不要让她走。"

七姨太看他发脾气，慌乱地应着。沈世昌从屋里大步走出来坐到车里，七姨太不放心地在后面跟着。沈世昌也不回避七姨太，临上车前，冷着脸跟站在车旁边等他的长根说："把我送到参议会楼，带人去东交民巷，把冯青波做掉。"

往常沈世昌从不当着七姨太的面说这些打打杀杀的事情，七姨太平素见惯了慈眉善目的沈世昌，都忘记了他本来就是个杀伐决断的人。她忍不住用手攥着披肩的流苏。

长根低头应了一声，关上车门，坐入前座。

田丹双手捂着暖水袋，一步步走入巷子，金海以及五个狱警在她身后远远跟着。

小洋楼院门被风吹得一下一下地开合，田丹走进院门，她用眼神示意金海他们留在门外。田丹走进客厅，她打量了一下四周，抬头看了看楼梯，伸手去试桌上汤碗的温度。

冯青波愣在梳妆台前，他抬头定定地看着镜中的自己。慢慢地，镜子里的冯青波警觉起来，他的目光一点点燃烧，站起来往屋外走。

冯青波出了大屋，下楼梯。客厅里没有人，冯青波经过餐桌，去楼下自己房间。他从枕头下面取出匕首，等再到客厅的时候，目光被一抹红色吸引，餐桌上摆着那只红色暖水袋。

冯青波怔了片刻，冲出院子，院子里无人，冲到巷子，巷子里无人。冯青波再冲回小楼，楼上楼下疯狂奔走，也没有看见人。冯青波喘息着，一刀扎向暖水袋，水汩汩地漏出来，还冒着热气。冯青波强压着自己快要跳出来的心脏去房间，匆匆穿了件青布长衫，围上围巾往外走。

田丹又坐回祥子那辆车里，金海和几个狱警在车边。金海觑着她的神色问："不抓了？"

"等等，他只剩一个人了。"田丹拢了拢围巾，遮住了大半张脸。金海看不出她在想什么，便转过头去盯着巷子。巷子口那头，冯青波顶着风出来，被愤怒燃烧的他完全没有平日的警觉，只往自己要去的方向大步走着。田丹一直在看他，眼神复杂，但不愤怒。

金海示意手下人跟着冯青波，冯青波一路疾行，人力车混杂在街面上。沉闷的一声爆炸传来，行人瞬间仿佛被暂停了一瞬，只有冯青波一人充耳不闻，依旧疾行。

另一边，阎若洲坐在吉普车副驾驶座上。铁林和特务们从胡同里撤出来。特务四散，跟着铁林的四个特务挤进吉普车后座，铁林发动车子。

铁林问："炸的谁家啊？"

"何思源。"

"是我一个人不知道，还是大家都不知道？"

"就你不知道。"

铁林不满地停下拧钥匙的手："到底你是处长，还是我是处长？"

阎若洲蔑视地看了眼铁林说："谁也没把你当处长。"

铁林扭头往后看了看，挤在后面的四个特务虽然没说话，但都见怪不怪。

阎若洲催促铁林开车，铁林青着脸发动吉普车。

徐天和燕三喘着粗气到达象房胡同，民房外面围了许多人。徐天直愣愣地拨开人往里挤，刚才问话的那个警察拦着他，说："别往里进。"

"我白纸坊警署的。"说完，徐天又要往里闯。

"你说是就是？"

徐天看燕三说："三儿，带警徽了吗？"

燕三摸了摸兜里："没带。"

"我说是就是。"徐天烦了，警察也烦，"是也不让进，前门楼子管不着胯骨轴子。"

徐天瞪着眼睛说："找不自在？"

"说啥呢，一边儿去。"

徐天眼看就要急，扭头看着燕三，燕三跃跃欲试地也看着徐天。徐天闭眼睛镇定了一下，对自己说："我不情绪化，火顶脑门死得快。"

徐天退出人群，燕三也跟着退出去。

钟表铺的门被冯青波大力推开，他火顶脑门进入店铺，困兽一般，铺内依旧无人。

田丹坐在祥子的车里，在钟表铺对街看着。金海在车边问："动手吗？"

田丹看着半开半合的铺门没说话。四个狱警还没走到铺门，冯青波就从铺内疾步出来，四个狱警赶紧分散开。一个路人与冯青波撞了个满怀。路人挺强壮，推了一把冯青波，被冯青波反手一记上勾拳击中咽喉。众目睽睽下，路人蹲下软倒在地，就在几个狱警眼前。

金海从车里拿了公文包准备过去，田丹按住公文包，向金海摇了摇头。冯青波并没走远。他走到街角公用电话前，提起听筒，五个狱警扭头看向金海，金海看田丹。

田丹喃喃自语："从来没见过他这样。"

"抓吗？"金海问。

"再等等。"

铁林在处长的小办公室里坐着，大办公室乱哄哄地冒着烟。铁林出来，看见是阎若洲和两个组长在烧文件。

铁林问："干啥呢？"

阎若洲轻描淡写地说："北平站要撤了。"

"都没通知我……刚炸了北平和谈领头的何思源家，保密局北平站就撤？"

阎若洲忙着烧文件，也不搭理他。铁林咬着牙绷了一会儿，抬脚将阎若洲踹倒在地。

"给你脸了，真当自己还是处长呢！"

阎若洲跳起来要打铁林，被铁林拔出枪顶着。

铁林举着枪来回指着烧文件的几个人喊："谁撤？谁说保密局北平站要撤，动摇军心，党国江山固若磐石，烧什么呢，不许烧了！"

阎若洲恼火地原地嚷嚷："你什么都不是，傍着个娘们儿来说情，站长跟人客气知道吗？"

铁林听不明白，阎若洲从文件里翻出一页摔到他脸上，厉声说："看清楚！北平站二处四组铁林！组长马天放，处长阎若洲，保密局北平站的处长国防部在册，你从来都是个组员，北平站撤了就是个前组员，谁也记不得你。去那办公室坐着吧，回头连这楼都空了！"

铁林从脸上扯下文件看，气得手都在抖。阎若洲将他手里的那页文件扯过来扔入火里，铁林怔着。

小林过来说："处长，您电话。"

铁林说："我？"

小林不说话看着他，铁林往小办公室去，小林指了指远处的公用电话说："铁处长，那边儿。"

铁林火上头地向公用电话走去，拿起听筒："我铁林。"

冯青波在电话另一边低吼："田丹到底死没死？"

铁林那边一时没声音。二勇就在冯青波身边，冯青波完全没有在意，继续说："问你呢！"

"没死。"

"她在不在京师监狱？"

"在，好好儿的，住得舒舒服服。"

冯青波的痛苦此时暴露无遗，他嗓音嘶哑地吼道："为什么没有杀死她！"

"我日你大爷冯青波，有种你自己去狱里杀，真他妈当我是条狗啊！光跟我要横，有本事去跟我大哥要横，去跟二百多狱警要横去，你在哪儿？我他妈现在就过去弄死你……喂？喂！"铁林已然疯狂，将听筒狠狠砸上叉簧。冯青波离开公用电话，低头疾行。

对街，二勇跑回来。金海问："他给谁打电话呢？"

"不知道，他问田丹在不在咱监狱，还问死没死。"

金海回头看着田丹，田丹垂下眼睛，看着围巾上冒出一个小小的毛线头，说："他要去监狱。"

二勇说："那不省咱们麻烦了？"

金海招呼大家上车，车夫们动起来。

燕三托着徐天上墙，徐天在墙上走了一段，燕三在下面跟着，徐天将燕三拉上墙。两个人翻入墙的另一侧，一个警察靠在杂物里抽烟。

徐天和燕三翻墙而入，警察夹着烟很惊讶地问："你们谁呀？"

徐天不愿多理他，只说："白纸坊警署的。"

"出去出去。"

"外头围着里头看着，等谁呢？"徐天问。

"等我们头儿。"

徐天伸手将警察嘴里的烟屁股拿下来看，问道："什么烟？"

警察要往外面去，徐天大喊："别动，我们待会儿就走，敢声张就打你。"

警察僵着，燕三说："天哥，刚在外面没来得及说，还想夸您长进，脾气不暴了呢。"

"什么烟？"徐天死盯着警察，警察有点心虚地缩了缩脖子说："你管得着吗！"

徐天瞧着一地的血和一地脚印，问："人抬哪儿去了？"

"圣心医院。"

徐天吃惊地看着警察说："没死？"

"抬走的时候还有气儿。"

徐天紧张地问："穿红袄了吗？"

警察懊恼地喊："你们到底是谁啊！"

"警察！跟你一样。"徐天的声音比警察还大，警察又想往外跑，徐天一把揪住他，警告说："别动啊！冷静，不许情绪化，要不然我真急了。"

"谁冷静，松开！"警察推徐天的时候，兜里掉出一包哈德门香烟。

徐天捡烟，眼神阴沉起来，问："你的？"

警察衣服领子都歪了，不服地说："我的。"

"你刚刚抽的就是这烟？"

警察一脸不耐烦地说："撒手……"

徐天掐住警察脖子，恶狠狠地问："再问一遍，这烟是谁的？"

“来的时候就扔在这儿。”

“扔这儿捡起来就抽，你是警察吗？这是凶手的烟！”

“自己人啊，别误会……”

“现场还有啥？”

“还有把刀，外面那兄弟拿着。”

“脚抬起来，让我看你鞋底。”

警察无奈地抬起脚，徐天干脆地脱了他的鞋。“除了凶手和抬走的，还有多少人进来过？”徐天接着又问。

“我怎么知道？”

徐天一脸怒火地喊：“这凶杀现场，你是警察你不知道？三儿！外头看着，谁进来弄谁。”

“还是要弄啊？”燕三苦着脸说。

冯青波疾步拐入一条胡同，六七辆人力车随后跟来，二勇说：“这不是往监狱去的路。”

田丹下车，看了看四周，朝金海示意开始抓捕。

金海说：“二勇，你们仨那头堵，我从这儿进。”二勇领着两个狱警跑开。

“巷子还有出口吗？”

金海想了想说：“北平死胡同少，四面通，在西直门铺子就该抓。”

田丹进入胡同，金海领着两个狱警追上田丹。金海跟田丹说：“您稍后，有我们就行。”

华子家附近，冯青波一户一户看着。华子正在家铲煤，抬头看见冯青波走过来，他愣着还没反应过来，便被冯青波推入厢房。华子媳妇发出惊叫，冯青波一手拿着匕首，一手关了房门。华子抄东西砸向冯青波，冯青波用不执匕首的单手击倒制服了华子。华子惊惧地坐在地上喘气。

华子说：“我没招惹你。”

冯青波手执匕首说：“带我去监狱。一个小时之内回来可以救你妻子，你死她也活不成。”

华子惊恐地哆嗦着问：“啥意思？”

金海四人沿胡同往前，一名狱警跟金海说："老大，华哥住这儿。"

"华子？"

"就前头拐弯。"

金海回头看田丹说："冯青波知道华子家，之前我让华子跟踪过他。"

田丹说："他还是要去监狱。"

金海一行加快步子，拐过胡同，与二勇等三人撞见，问："没见人？"

二勇摇摇头，金海问："华子住哪个院儿？"

狱警带路，田丹和金海一伙进入杂院，四下无人。华子家的屋门上挂着锁，田丹掏出先前准备的细铁丝插入锁眼拨开锁。众警目瞪口呆。

门开，众警随田丹进入厢房。华子媳妇的脖子被一根绳吊在房梁上，嘴里塞了布，脚尖点着圆溜溜的米缸，努力坚持着，惊惧的泪挂在腮上。

金海大喊："解下来！"

华子媳妇被解下来，惊魂未定地说："去狱里了……"

华子和冯青波一前一后从胡同走出来，冯青波低声说："无论发生什么，我都可以两秒内取你性命。"

华子战战兢兢地回答："知道。"

"我见到田丹，你就可以回去救你妻子。"

"进监狱你怎么出来？"华子问。

"走快点。"

冯青波落后华子一步，他走得很迷茫。有几次华子走快了，与冯青波拉开距离，不得不又放缓步子。

田丹坐在祥子的人力车里，她看着北平街头来来往往的行人，眼里有些晶莹泪光。

金海让狱警抄近道回监狱候着冯青波，田丹转头，看着金海说："那你也回去吧。徐天在凶杀现场等我，天黑之前我和他到监狱。"

"您要回狱里？"金海吃惊地问。

"总要让冯青波看到我。"

金海问祥子杀人的地方在哪儿，祥子说在象房胡同。

"我让人把囚车开象房胡同接徐天，你回狱里不能从大门进去。"田丹点了点头，金海看着田丹随时要晕倒的虚弱样子，问："你行不行啊？"

田丹朝他笑了笑，说："行。"

象房胡同那摊血前有两个相对深一些的脚印，脚印已经被破坏了一半，但能看出比周围的深。徐天拿着警察的那只鞋，蹲到那双脚印前。他将警察的鞋子扣上去，正合适。鞋印泥里露出一点白色，徐天用手指挑出来，是个烟头。

"……这不是我抽的。"

徐天充耳不闻，他捏着烟头，直愣愣看着眼前那摊血。他仿佛看到躺在乱草里的小朵，双目绝望，刀刺入身体，鲜血流淌，顺着血迹，一支烟亮着火，喷出烟雾。

燕三的声音和外头那个警察的声音交织着传进来，"真是白纸坊的，前头一个被杀的人在我们管片，我叫燕三！"

几个警察推着燕三进来，燕三扭头喊："天哥，我拦不住……"

原本在屋里的警察也来劲了，也喊道："翻墙进来的，还把我鞋脱了。"

徐天扭头盯着领头警察问："刀呢？"

领头警察狐疑地看他说："真是白纸坊的？"

徐天喊："刀。"

一名警察从兜里掏出那把形状奇特的刀，徐天起身将鞋扔还给警察，又问他："这盒烟，抽了几支？"

"一支，刚拆封的。"

"谁先看见杀人的？"徐天又问。

领头警察说："一半大孩子。"

"叫过来。"

领头警察不满地说："兄弟，你管得有点多了吧？"

"把人叫过来，这凶手是小红袄。"徐天大喊，领头警察一愣，说："小红袄？"

"八天前刚杀了我女人。"

警察们面面相觑。

"别动这俩脚印。"说着，徐天拿过警察手中的刀向外走。领头警察招呼旁边的小孩说："你，过来。就这孩子先看见的。"

半大男孩目光闪烁地打量着徐天，徐天看着男孩说："杀人的看见了？"

"我去撒尿时看见的。"

徐天将手里的烟给男孩看，问："他是在抽烟吗？"

"还想再抽。"

"往哪儿跑了？"

男孩摇摇头，说："没看见。"

徐天放弃从孩子这儿得到线索，往胡同外走，看热闹的人成群地跟在徐天后面。徐天走，看热闹的人也跟着走，徐天停，他们也停。徐天无奈地看看地上尽是他们踩出的杂乱脚印，毫无头绪。

"后来我还看见他。"男孩突然开口，徐天吃惊地问："后来？"

"他回来，又走了。"

"往哪儿去了？"

男孩指着胡同的另一个方向。

徐天随着男孩走，在曲里拐弯的胡同里穿行。男孩领着徐天和燕三从胡同出来，在一个茶水摊附近停下了。

"到这儿不见了。"男孩说。

徐天环顾熙攘的街市，沮丧和怒火在他心头交织着。旁边上是个茶水摊，伙计招呼停住脚步的一行人，说："大冷天儿的热水热茶！"

徐天转身看着伙计和铺子里的人，眼睛里像是要喷火。

和往常一样，监狱的大门紧闭着，冯青波和华子走到小门前。冯青波将围巾摘下来，一头在华子腕上缠死，一头在自己掌中绕了两圈，然后脱了长衫搭在自己和华子连结的手之间，匕首换到右手，缩入衣袖。

华子叩门，小门打开。监狱院子里也一切如常。风刮着，冯青波和华子穿过院子，往首道门禁走去。

冯青波低声道："说错一句话你就得死。"

华子努力让自己保持正常，一路上跟狱警们点头打招呼。首道门禁打开，华子和冯青波进去。华子让狱警开门，狱警看着冯青波问是谁，华子略带紧张地回答："老大的客人。"

“老大不在啊。”

“我先带人过来。”华子表情有些微妙。

狱警犹豫着，看华子和冯青波之间用长衫遮住的手。华子不耐烦地催促道：“赶紧的。”

狱警打开向里的门，冯青波和华子向里走。两边是监舍，那个给二人开门的狱警跟着过来。冯青波和华子到达下一道门禁，门禁处的狱警和华子打招呼，也问跟着他的这个人是谁。

华子只能又说一遍：“老大的客人。”

跟着的那个狱警已到了身后，他感到华子有些异样，问：“华哥，您没事儿吧？”

华子咬着牙说：“没事。”

第二道门禁里的狱警打开门，冯青波和华子进去。狱警问华子：“您去哪个号子？”

“十七呢？”华子问。

“在最里面。”

华子和冯青波往里走，前两道门禁的狱警都在后面跟着。冯青波在华子耳旁说：“让他们走。”

华子停下来喝斥道：“跟着我干什么？”

两个狱警站住，华子不耐烦地让他们哪儿来回哪儿去。

狱警们警惕着看着冯青波，华子挥挥手不耐烦地说：“老大的人，你们问得着吗？回去。”

两个狱警留在原地，华子和冯青波继续往里走。华子将另一只手背到后面，向两个站着的狱警打手势，示意跟上。两个狱警等冯青波和华子拐过去，各自抽出警棍。通道越来越狭窄清静。

冯青波边走边观察，问：“田丹关在哪里？”

“前面，再过道门禁。”

“别找死。”

“刚换，以前关亲王的，进去就一间牢。”

临近下一道门禁，又一个狱警站在门禁外，狱警见华子打招呼道：“华哥。”

华子瞥了眼狱警，说："打开，老大的人进去见田丹。"

狱警打量着两人之间的长衫，打开门禁。华子侧身让了让，冯青波自然先进了门，华子突然将铁门合上，连结两人的长衫掉落，门把围巾夹住。冯青波和华子一个门里一个门外。

华子死死拉着门，朝狱警们喊："顶住门，顶死了！"

两个狱警从后面赶过来。

华子说："叫人！快叫人！"

冯青波在里面尝试着推开铁门，随后立即放弃。他松开围巾，快步沿通道往里走。

门外，华子大声催着："去叫人啊，还站着干啥！"

几个狱警一动不动，华子心急地大喊："啥意思？"

大批狱警手持警棍悄无声息地沿通道过来，堵死了冯青波的退路。十七在牢房门口，看到冯青波过来。冯青波亮出匕首。

冯青波挥了挥匕首说："开门。"

十七连犹豫都没犹豫便打开了门，囚室露出本来面目，冯青波走进去。

他没有看到田丹，冯青波嘴角一点点牵起来，一个苦笑还没有形成，脑侧便传来破空声响，冯青波躲过砸来的警棍。牢房内侧埋伏了二勇带领的十几个狱警，一张大网撒来，将冯青波裹在网里。冯青波在网里竭力挣脱，躲闪警棍，不时击倒接近过来的狱警。冯青波用匕首将网子割开一道口子，挣脱出来，但匕首缠在了乱网之中。更多的狱警冲进来，冯青波被打得一头血，嘿嘿地笑着，像一个疯子。狱警接二连三地出击，冯青波最终被众警死死压制住。

金海来到和往常一样的监狱，狱警们向他问好。金海走进小铁门，经过院子，走入首道门禁。

华子、二勇一伙正从狱里往外走，正看见金海。华子急得眼泪都要流出来，抱着金海胳膊说："老大，我媳妇还跟家里吊着呢！"

"解下来了。"

华子不可思议地看着金海，金海说："没事了，跟二勇开上车回家看一眼。"

华子崩溃地大喊："原来你们都知道啊！"

金海瞪着华子，华子挪开自己的目光。

"送完华子回家，再到象房胡同接人。"

二勇问："接谁？"

"徐天在那儿。"说完，金海经过侧门，进入办公区。

石匠铺子的院子里堆着各种石头。石匠用笔蘸饱墨，在纸上写了"贾小朵"三个字。徐允诺、大缨子和刀美兰都歪头看着，不大满意。石匠将纸扔到一边，那儿已经有无数贾小朵的字样，石匠拉开架势准备继续写。

刀美兰问："您是刻石头的还是写字的？"

"刻石头的。"

"那石头上的字怎么样？"

"我字儿写得不差。"

"没说您差……"

"您要么试试柳体？"

徐允诺说："美兰，挑一幅，王师傅的字儿正经不错。"

石匠说："天桥早市俩大狮子底座的字儿都是我写的，石头年份再老点，不知道的人还以为乾隆爷手笔呢！"

大缨子拎起一张，说："我看这幅不错，秀气，像小朵。"

刀美兰不说话，大缨了也不敢说话了。石匠不耐烦地说："碑上啥字您作主，墓里埋的是您闺女。"

大缨子看着石匠说："怎么说话的？"

"要不您亲笔写？"

刀美兰看着徐允诺说："我哪会写字。"

徐允诺说："我拉车的，字也不行。"

刀美兰喃喃道："早知道让田丹写了。"

"有人写就行，不急，回头拿字过来。"

刀美兰说："我急，冷窖里放八天了，就这张，明天就用碑。"

"得嘞您哪！"

三人从铺子里出来，刀美兰担心地看着徐允诺说："也不知道他们那边怎样了？”

“田丹跟金海压阵错不了，天儿那边别有岔子就行，这小子没一天不出幺蛾子。”徐允诺无时无刻不担心儿子，大缨子听话只听前半句，吃惊地问：“我哥跟女共党一伙了？”

“世道要变了，国党那群人不得人心。刚来的路上还说何市长一车人出城找共产党谈去了呢。”徐允诺看看大缨子说道。

“我听说今儿一早何市长家被炸了。”

“炸了怎么出城？”

“没炸着他呗！”

“缨子，下午陪我去司法处，我不会写那单子。”刀美兰说着，想到小朵，心里就不是滋味。

“小朵今天领出来？”大缨子问。

“昨天去问了，写单子摁手印，第二天领人。”

大缨子点头，三个人沿街走出去，刀美兰跟大缨子说：“我回家换身儿衣服。”

“昨晚你跟女共党一起睡的？”

“人家有名字，叫田丹。”

徐允诺跟两个女人说：“我不跟你们一路，我得回珠市口伺候关老爷吃午饭。”

徐天家里，关山月和关宝慧待在屋里。关山月时不时扯着嗓子喊：“到饭点儿了！”

“越喊越饿。”关宝慧靠在椅子上，怏怏地说。

“允诺呢？”关山月问。

“您喊一声。”

“徐允诺！”关山月扯着嗓子又喊。

关宝慧苦笑着看看关山月说：“爸，咱这么些年衣来伸手饭来张口，也没觉得不合适？”

“徐允诺是咱们家包衣。”

“您到底是真糊涂还是假糊涂？”

关山月躬着身子凑近关宝慧说："你糊涂了吧？我心里明镜儿似的。"

关宝慧无奈地撇撇嘴说："咱家早败了，徐叔自己是东家。"

"他命是我救的。"

"要管您一辈子？"

"以后得机会我还救他，一辈子我都救他。"

关宝慧看着关山月说："幸亏我嫁走了，要不然也天天在这儿吃闲饭。"

"跟二房见上了吗？"关山月又凑近她问。

"啥二房？"关宝慧一脸疑惑。

"还不知道呢？不知道我不说。"关山月直起身子摆摆手，关宝慧盯着关山月问："你能说出个啥？"

"大老爷们迟早的，我见过了，长得不错，就脸太白身子骨太虚的，没准儿是个病秧子。"关山月十分有把握地评论，关宝慧越听越迷糊。

徐天家门口还剩些车夫，聚了一些小耳朵的人。铁林开着吉普车，阴着脸从车里下来。他瞟着小耳朵那些手下，走进后院。

关宝慧"哼"了一声说："给他十个胆儿，我都没整明白，还有力气整二房？"

关山月说："那就是徐天娶了媳妇。"

"到底谁啊？"

铁林不知何时已经进来，跟着问："谁啊？"

关山月让关宝慧问铁林，关宝慧对铁林说："问你。"

"谁啊？"铁林眨了眨眼看着关宝慧，关山月手叉着腰站在地上，说："都一桌吃饭了，昨晚上跟谁睡的？"

"谁跟谁一桌吃饭？"铁林还一头雾水，关山月捋了捋胡子说："允诺、美兰、金海、徐天。"

"啥时候？"

"今天一大早，我进屋才给我摆双筷子。"

"还有那女的是谁？"关宝慧问。

"想不起来了。"

"爸，这大喘气儿的，到底有没有谱啊。"

徐允诺回到家，看着堵在门口的几个精壮汉子。他皱紧了眉头，猜测出应该是小耳朵的人找来了。徐允诺发愁地走进院子，走了一半又返回来，还是向门口的跳子招了招手。

跳子向徐允诺走了过来，徐允诺问："干啥呢？"

"等徐天。"跳子回答。

"等着了呢？"徐允诺直视跳子。

"收拾他！"

"你们是小耳朵的人？"

跳子不吭声。

"先收拾我。"

"爷发话不带家里人，就收拾徐天。"

"小耳朵在哪儿，带我去找他。"

跳子一时没吭声，徐允诺上前拉住跳子说："走，现在就去。"

跳子站着不动，说："爷在狱里关着。"

徐允诺怔了半天，暂时想不出其他法子，转身进院子里。

铁林着急地看着关山月说："爸，您再想想那女的叫什么？"关山月坐在炕边上低着头不看他，说："不告诉你。"

"长什么样？"铁林循循善诱，他直觉自己的猜测是对的。

关宝慧讪讪地打岔："说你娶的二房。"

铁林着急地瞪她一眼。"一个病秧子。"关山月突然说道。

徐允诺在前院喊："关老爷，饿了吗？"

关山月扭过头朝窗外喊："饭点儿都过了！"

铁林彻底失望，他招呼关宝慧回家，"公事儿忙完了？"关宝慧站起来随他往外走。

"田丹。"关山月突然说道，铁林愣在原地，回过头看着关山月。

"你们跟这儿吃吗，允诺回来了。"关山月站起身张罗，铁林匆忙拉起关宝慧说："不吃了，我们回家。"

第四十四章

徐允诺端着个托盘从灶间出来，迎头碰上铁林和关宝慧，铁林不得不停下来跟徐允诺打招呼，徐允诺不动声色地观察铁林的神色，问："你啥时候来的？"徐允诺生怕田丹的事被暴露出去，铁林笑得一如既往，说："我刚来，接宝慧回家。"

"宝慧啥时候来的？"

宝慧赶紧接话："一早，你们都不在。"

铁林假装随意地问："天儿呢？"

徐允诺心里一紧，说："办事儿去了。"

"啥事儿？"铁林故作关心，徐允诺说："跟美兰和大缨子一起找石匠刻字儿。"

"刻字？"铁林不解地问。

徐允诺一脸不悦地说："你还是这家的吗？"

铁林怔了一下，说："我觉得是啊！"

"给小朵刻碑，下午美兰和缨子去司法处签字领人，明天入土。"

铁林这才反应过来，假装愧疚说："……这是大事。"

徐允诺皱着眉头往里院去。"司法处要不要我打招呼？"铁林在身后问徐允诺。

徐允诺一边走一边连头也不回地说："不用……"

"徐叔，门口那些人是谁啊？"

“小耳朵的人，说是要收拾天儿。”

“不用担心，我去轰走他们，没跟您说呢，我现在是处长了。”

徐允诺继续往里院走，不以为然地说：“轰去吧。”

铁林看着徐允诺不把自己当回事儿的样子，心里很不忿，他和关宝慧出来径直上车，压根没搭理小耳朵手下的那些精壮汉子。

“不是说轰人吗？”关宝慧问铁林。

“我能轰谁？一大早徐天和大哥在这儿一桌吃饭，要干啥呢？他们把我轰走了，明白吗？”

关山月在屋里拿起筷子吃饭。徐允诺坐在桌边发呆，关山月停下筷子说：“你吃啊？”

徐允诺一脸心事，说：“按倒葫芦浮起瓢，老是不消停。”

“几个葫芦几个瓢？你一个人两只手不够用，我替你按。”

徐允诺看着关山月，无奈地叹了口气。

吉普车开在路上，铁林突然开口：“带钱了吗？”

“干啥？”

“饿了，去吃顿好的。”

“吃啥好的，没一件好事。”

铁林吸了吸鼻子说：“这年头好坏全凭自己。”

沈世昌家，在饭桌上依然有冰糖燕窝这种名贵东西，柳如丝小口地啜饮，七姨太在对面忧心忡忡地看着她。

“您有啥要说的吗？”柳如丝问七姨太。

七姨太赶紧摇头，柳如丝又喝了一小口，问：“我爸啥时候回来？”

“就说开会……”

“别这么烦我，天一黑我就走了。”

“小四，说句良心话，我从来没有烦过你，倒是你讨厌我。”

柳如丝叹口气：“不讨厌，都是女人……有时候是冲我爸，姨太太一房一房地娶，娶了后头没前头。”

七姨太也轻轻叹了口气，说：“他也不容易。”

“谁都不容易。”

七姨太想了想，还是问出了口：“你跟冯先生分开了？”

“从来没好过。”

七姨太恍然大悟，说：“难怪。”

“难怪啥？”

七姨太说：“……老沈出门的时候叫长根做掉冯先生。”

柳如丝半晌没说话，七姨太感觉自己话说多了，赶紧嘱咐她，“不要说是我告诉你的。”

“去多久了？”柳如丝问她，七姨太还在自顾自絮叨，“为啥要杀来杀去呀，我看冯先生斯斯文文蛮好的。”

“还要吗？”七姨太问柳如丝。

“……要。”

七姨太站起身说：“等一下啊，我去盛给你。”

柳如丝看着檀木案子上的电话，一下下地拨号。长根带着便衣军人们在柳如丝家里楼上楼下里外搜索，不见冯青波人影，正准备离去，楼上传来电话的声音。长根上楼梯接听，他拿着电话听筒没有出声，听着对方的动静。柳如丝也没有出声，屏息听着。

七姨太端着碗进来放在桌上，说：“小四，有点烫，小心一点。”

柳如丝挂上电话，七姨太敛了衣摆坐在桌边，关心地问：“给谁打呀？”

“没谁，问问晚上的飞机。”

柳如丝走回餐桌，人看起来呆呆的。

祥子把田丹送到象房胡同的茶水铺子。田丹掀门帘进来，看见一支支哈德门烟摆在桌上，徐天用刀子将烟逐支拨开又拨拢。男孩趴在桌子边，看看烟又看徐天。田丹走到桌前坐下，徐天抬起头问：“冯青波抓住了？”

“没有。”

徐天吃惊地问：“跑了？”

“现在应该在京师监狱了。”

“没抓没跑，不会他自己去监狱吧？”

田丹满腹心事地看着徐天说：“刚才在路上想，我可能对他下不去手。”

徐天看看田丹说："不能够，你看着面，应该比我们都狠才对。"

"面是什么意思？"田丹困惑地问。

"吃的面，案板上的面。就像我，让小红袄翻过来调过去揉。"

田丹忍不住笑了，又严肃起来，转头问徐天："还是小红袄？"

徐天恨恨地点了点头，田丹看着烟问："现场没发现什么？"

"发现有啥用，人跑了，昨天南城今天西城，明天北城再杀！"徐天有点泄气，田丹也不知道怎么安慰他："徐天……"

"你到底见没见着冯青波？"小红袄又跑了，徐天希望田丹那边能有点收获。

田丹点点头，徐天又问："说话了？"

田丹轻叹口气，眼睛扫向别处说："……我等下去监狱，但不知道说什么。"

"我教你说。"

田丹睁大眼睛看着徐天，徐天活动了下身子，眼睛直视田丹，说："我现在是你，你是冯青波。"

"……好。"

"我爸是你杀的？"徐天一脸严肃地问。

"……是。"

"你是个畜生。"

田丹很委屈。

"别以为我待在狱里什么都不知道！"徐天情绪激动，恶狠狠地盯着田丹："这监狱是我的，牢房是给你准备的。"

"嗯。"

"从前咱俩有过一段儿，知道怎么回事吗？假的，我蒙你玩儿呢。"

田丹看了眼徐天，难过地皱起眉头说："他才是假的。"

"得反着说，你得比他气势足。"

田丹很沮丧，肩膀都松垮下来。

"那叫徐天的二十几个耳光扇得你舒服吗？我叫他扇的。"徐天越说越来劲。

田丹吃惊地看着徐天问："二十几个？"

“他不是东西，一会儿见着想怎么骂就怎么骂，骂完告诉他，等共产党进城审判枪毙！”

田丹用力点点头说：“嗯。”

“会说了吧？”徐天看着田丹，田丹一副为难的表情，她心里打鼓一样七上八下，但还是点了点头说：“会了。”

徐天看她这样子，比她还沮丧，说：“……走吧，我陪你去。”

田丹没动，突然说道：“带我去现场看看。”

徐天垮着脸说：“没啥可看的，被踩得乱七八糟，东西都在这儿，燕三在里面跟管这片的警察聊呢！”

“是这把刀？”田丹拿过桌上的凶器。

“刚拆的哈德门，他抽了一根，看场的警察抽了一根。”

田丹歪着头琢磨，说：“从来没见过这样的刀。”

“刚才那个孩子看见小红袄了。”

“受害人呢？”

“送圣心医院，对了，说是没死。”徐天说着站起来，田丹坐着没动，还盯着桌子看，徐天坐回去说：“看出啥了？”

“把烟装回去。”

徐天将烟一支支装回烟盒。

“有水吗？”

“水？有，这是茶铺……小朵以前就在茶铺干活。”

徐天赶紧喊茶水铺伙计端水，田丹端起碗就着水吃药。

田丹把碗放回去，问徐天：“怎么会有人看见凶手？”

“早上小孩出门尿尿无意碰见的。”

田丹小声梳理案件：“天亮行凶，在人居住密集的地方……”

“胆子越来越大。”

田丹摇了摇头说：“不，小红袄杀人来源于情欲冲动，这次一定有外界刺激导致他匆忙行凶，没有像从前一样跟踪受害人，准备工具，挑选时机。烟如果刚拆封也是临时买的，很可能就是杀人之前买的。”

徐天眼睛往街面看过去，街对面就有一个烟酒杂货铺。燕三跑过来说：“天哥，象房胡同管片的头儿过来了，叫您呢！”

徐天抓起装好的烟吩咐燕三陪田丹待着，刀落在桌上。徐天匆匆走出铺子，叮嘱在门口等着的祥子看着点杂人。

徐天快步过街，完全不顾来往的车子，快步进入杂货铺，将那盒哈德门放到柜台上。

“卖这烟吗？”

伙计看了一眼说：“卖，买的人少。”

“今天有没有人来买？”

“小伙子，您买烟还卖烟？”

茶水铺里，田丹又看了一会儿桌上的刀，默默思考着，忽然抬头对站在一旁的燕三说：“带我去看看现场。”

燕三为难地说：“天哥让您去这儿待着。”

田丹收起药瓶和尖刀，燕三接着劝她，说：“那儿都是警察，您露面儿不合适。”

“为什么？”

“不是从狱里跑出来的吗？！”

田丹看了眼燕三，已经走出铺子。燕三只有跟上去，跟祥子说：“快跟天哥说一声，她非要去胡同里看。”

祥子答应一声跑到对街烟酒杂货铺外头，里面的徐天正对着伙计说：“别耽误我工夫，今天有没人来买这烟。”

“有啊，一大早还没开张，就被人买走一盒。”

“什么人？”

“修照相机的丁老师。”

徐天皱眉说：“……修照相机的？”

“高级照相机，也卖胶卷，一般人买不起哈德门。”

徐天声调都拔高了，说：“人在哪儿，带我去。”

伙计看着徐天不想答应，反问：“为啥？”

“我是警察。”

伙计撇了撇嘴，指着门口的路说：“盆儿胡同北口，拐过街就看见铺子，我这儿走不开……”

徐天走出铺子，看见祥子在门口，问："三儿呢？"

"陪田姑娘去胡同里了。"祥子回答。

"跟我来！杀小朵那凶手找着了！"

徐天沿街一家家店铺看过去，快步疾行。祥子拉车拐过来，胡同口街边有一块招牌，上面写着"照相机修理养护胶片配件"。

徐天推门进去，铺子不大，归置得井井有条。有很多照相器材配件，看上去就很专业。丁老师半秃的脑袋，戴了个单眼放大镜，穿得挺讲究，正在捣弄一部相机。徐天控制着自己，屏气走到柜前。丁老师抬头看了一眼，继续埋头问："买胶卷？"

"这什么照相机？"徐天问。

"贵玩意儿，不知从哪儿倒换来的，有毛病。"丁老师将相机拿起来，咔咔试着快门，侧耳听着。

"什么毛病？"

"镜头有点漏光。"丁老师回答。

"莱卡 3D。"

丁老师惊喜地抬头看了眼徐天，说："行家啊？"一边说一边往相机里装胶卷。徐天看着丁老师，满眼怒火地说："你行家，我今天上午刚知道这相机名儿。"

"啥事儿？"

"请你抽烟。"徐天将皱巴巴的哈德门放到柜台上，丁老师警觉起来，摘下放大镜仔细打量徐天说："哟……您哪位？"

徐天一巴掌拍在哈德门上说："这烟你早上买的，忘带回来了。"

丁老师疑惑地看着他，徐天克制着自己说："象房胡同到这慢走也就五分钟，怎么在家门口办事儿呢？"

"办什么事儿？"

徐天阴着脸直视丁老师说："杀人。"

丁老师放下装好胶卷的相机问："您是谁啊？"

徐天一字一句地说："贾小朵男人，徐天。"

"不认识。"丁老师更加疑惑了，徐天鼻翼翕动着，说："不认识我应当，你拍过贾小朵，用这个，莱卡 3D。"

“啥时候拍的？”

“上月，这月初，照片送宝元馆洗出来了，在我手上。”

“从照片能看出是莱卡 3D 拍的？”

“千分之一的快门，我女人端盆水洒了能拍出来。”

丁老师讶异地看着徐天说：“您还真是行家，全北平玩这相机的没几个。”

“认了？”徐天瞪大眼睛看着丁老师，丁老师一脑门糊涂，反问：“认啥呀？”

徐天暴怒道：“杀人！这是你今天一早在象房胡同口买的烟，在胡同里杀人的时候抽了一根。”

丁老师从柜台下面拿出一包还没拆封的哈德门，当着徐天慢悠悠地拆开，叼一支到嘴上点燃问：“风麻燕雀哪门的？讹钱还讹事儿？”

燕三领着田丹到象房胡同时，围观的人已经少了很多，那个半大男孩和他奶奶还在，所有人都朝田丹看。

领头警察问燕三说：“白纸坊警署头儿是女的？”

燕三转头小声地跟田丹说：“这人较劲，我得说是苦主，要不然肯定不让进去。”

领头警察拦住燕三说：“往哪儿走？这女的谁啊。”

燕三说：“苦主。”

领头警察“哼”了一声，说：“我们还没找着苦主呢，白纸坊倒找着了。”

“跟您说了，上个被杀的是我们天哥的女人。”

“这女人是你们天哥谁？”

田丹礼貌地说：“我只看一下，谢谢你了。”

领头警察还在犹豫，田丹将那把杀人的刀放到领头警察手里，走进民房。领头警察回头对男孩说：“那杀人的长什么样，说清楚点。”

男孩直愣愣地重复道：“说清楚点。”

领头警察皱着眉头训斥小孩道：“缺心眼吧……不许学！”

燕三跟进去，站在原地看田丹走到那摊血边，看了片刻。她退后半步，都是徐天之前说过的，那两个蹲着的脚印，田丹将自己的两条腿踩到脚印里，然后转身向门口走。她在乱七八糟的足迹里找到了与现场一样的脚印。她再迈一步，脚落地后又往前伸了伸，找到第二个脚印，然后勉强有第三个，脚印到门外就没了。田丹退回原处，踩着凶犯的脚印向外走，一直走出民房。领头警察看燕三和田丹走出来，田丹问领头警察："请问您，杀人的这把刀平时做什么用，没有见过。"

领头警察对田丹挺客气的，说："杀人用的。"

田丹点了点头，领头警察有点得意地说："这刀就是杀人的，正好还就我知道，凌迟知道吗？早年间刽子手最牛的活儿是凌迟，裁筋络，剔骨缝，大刀小刀一百多件。光绪爷那会儿废了这门手艺……刽子手和刀都少见了。"

照相机修理铺门口，祥子守着自己的车，他看徐天一言不发；一扇扇装上了修理铺的门板。徐天装好最后一块门板转过身，丁老师依然坐在原处不动，桌上多了一支手枪。

丁老师手里捏着枪说："认识这个吗？跟莱卡一样，也德国货。一枪二马三花口，四蛇五狗张嘴蹬，四蛇就这个，德国蛇牌，绍尔 M1913，市面上能换齐白石两尺虾。坐，抽烟自己点。"

徐天僵着，丁老师冷笑一声说："铺子里随便抄样东西，就够一家五口吃俩月，你当我这买卖挨着大街随便开呢？"

徐天走回到柜台前，拿起丁老师刚在捣弄的那部相机，丁老师用枪指着他让他把相机放下。徐天将照相机装到外衣口袋里，说："这是杀人证据。"

丁老师恼火了，说："你抢啊！"

"我是警察，你杀人了。"徐天已经冷静下来，他看着丁老师说，"眼前警察局、司法处、监狱各顾各的，我先抓你去坐牢，等过些日子有人审有人判，再把你从狱里提出来当堂枪毙。"

"我杀谁了？"丁老师一肚子冤枉，皱眉头看向徐天。

"加上今天上午杀的人，一共五个女的。"

"你到底想干啥？相机拿出来，铺门开开，别往身上招呼子弹。"

徐天一拍柜台怒喝："枪给我。"

“连枪都要抢？”

“别招惹我让我失手杀人。”

丁老师用枪指向徐天说：“我也不想失手杀人。”

徐天伸手去够枪，丁老师往后让，徐天咬着牙说：“知道为啥把铺门关了？”

“抢呗。”

“我特别想弄死你，就在这里活剥了。”

丁老师愣住了，完全不知道什么时候招惹了这么个人。徐天看丁老师不说话了，只当他承认了，他手指着丁老师的鼻子，从牙缝里挤出几个字：“别惹我，一点就着。”

丁老师反应过来了，大喊道：“……还有没有王法了？”

“眼下这铺子里，我就是王法。”

丁老师瞪着徐天说：“你脑子有病，出去。”

徐天不再说话，两手伸到柜台下面准备把整个柜台掀了。丁老师震惊，眼睛里也冒着怒火，喊道：“我真开枪了！”

柜台沉重，徐天一时没掀动。

“你穷疯了，要钱还要命？”丁老师没见过这架势，扯着嗓门喊。徐天扎马沉腰，怒目圆睁，将柜台掀起来。

“土匪啊！”丁老师失声喊道，柜台向里倒，徐天也跟着跌倒。丁老师胡乱开了一枪，子弹穿透铺门。徐天迎着枪口逼近，丁老师手颤抖着，枪口对着徐天。徐天不管不顾打了丁老师一拳，丁老师抄起身边东西砸向徐天，跳出柜台向外跑。徐天扑倒丁老师，两人撞倒铺门一起出去。

祥子被打穿门板的子弹吓得坐在地上。丁老师先起来，满街喊：“打劫，大白天打劫啊！”但他身子笨拙，也不跑远，只是在铺子附近街面上兜圈子跑，挥舞着手枪说：“过来，打死你！”

路人街坊想要劝，又不敢上前。燕三和田丹过来，徐天迎着枪口上前，丁老师返身跑。田丹看着丁老师奔跑的步伐，心里暗暗在计算。燕三离开田丹，迎上去扑住丁老师，丁老师被徐天和燕三俩人合力摁住，夺了枪。

“都看着大伙！这世道没法儿过了，大白天打劫跟土匪有啥两样，没王法了没法儿活了……”丁老师在地上声嘶力竭地喊。

街坊路人聚过来，徐天向围观的人喊：“起开，我们是警察，这人杀人了！”

“徐天，他不是！”田丹的声音从人群里传来，徐天回头看见田丹，情绪激动地说：“就是他！”

“回铺子里，不要在街上。”田丹态度平和又坚决地看着徐天，徐天和燕三往铺子里拖丁老师。

田丹又喊来燕三，请他把那个男孩子叫来，她自己也走进照相机修理铺。田丹四周看了看，着手收拾被徐天打得乱七八糟的铺子，祥子也跟着进来搭手。

丁老师冤枉又委屈，坐在椅子上喘粗气，头发早就乱了，还叫喊着：“街坊们都看着啊，这两人说是警察……”

徐天呵斥他闭嘴，田丹赶紧道歉说：“对不起，我们弄错人了……徐天，你放开他。”

丁老师见有人撑腰，甩徐天的手，但没甩开。

“你说放就放，你谁啊！”徐天火顶脑门朝田丹咆哮，完全不是平时的样子。

田丹态度依然平静，声音依然轻轻的，但是很笃定地说：“你冤枉人了。”

徐天大喊：“你怎么知道！”

“他的步幅比现场凶手脚印小，脚码也对不上。”

丁老师又甩徐天的手，田丹继续相劝道：“受害人活着，现场有目击者，认一认就知道。”

燕三带着半大男孩进来，徐天还揪着丁老师，看着男孩说：“你早上看见是他吗？”

男孩转着眼珠子，丁老师直嚷嚷：“这是谁家的孩子，跟我有啥关系……”

“是不是他！”徐天大喊。

男孩被徐天吓着了，小声说：“……没看清。”

徐天又向丁老师喊：“站好了，脸朝着他！”

丁老师瞪着男孩，慢慢站起来，男孩看了看说：“没准儿不是。”

“听见没！”丁老师也喊起来，终于把徐天的手甩开了。

"没准儿？不是说看见了吗！"

男孩见暴躁的徐天，一脸胆怯。田丹拿过徐天手里的德国枪，放到丁老师面前道歉。"一句对不起就完了？我杀谁了？犯得着杀人吗！"丁老师现在开始生气了。

徐天依然不信，拉着丁老师胳膊就要去圣心医院，说："我要真冤枉你，铺子里砸坏的东西全算我的，再专门来跟你赔不是，走。"

"你说走就走啊？"

徐天发怒，大喊："走不走！"

田丹拿了柜台边上的纸笔，丁老师见徐天的样子吓人，他又虚了，问："去圣心医院干啥？"

"让挨刀的认你。"

"认完不是，你跪着给我磕仨头。"

正说着话呢，铺子外开来京师监狱的囚车。华子和二勇进铺子看一地残局，说："三哥，怎么了？"

徐天看了看华子和二勇，收回目光朝丁老师掷地有声地保证说："认完不是，给你磕！"

徐天冲进圣心医院，燕三拉着丁老师在后面，燕三跟护士扯着嗓子打听："警察公干，白纸坊警署的！早上送来的挨刀的在哪儿？"

护士大夫拦住燕三和丁老师，徐天一间间帘子掀过去，掀到卖菜妇女的隔间停下。卖菜妇女头朝里躺着，徐天看病床上方吊着的血袋，顺着血袋往下看，他一时恍惚，竟觉得是贾小朵躺在面前。

燕三扯着丁老师进来，丁老师还不忿地说："我捅谁了？最好别死了……"

妇女转过头，迷迷蒙蒙地看着发呆的徐天，燕三问护士："是这个吗？象房胡同送来的？"

护士点了点头，徐天揪过丁老师问躺在床上的妇女："看清楚，今天早上是不是他捅的你？"

妇女虚弱地问："你是谁？"

"警察。"

妇女将目光转向丁老师，微微摇了摇头说："……当时没看清。"

徐天忍住怒火把丁老师揪得离病床更近，说："现在看。"

丁老师也很紧张，生怕对方认错，妇女仔细看了看，说："……不是他。"

徐天将丁老师再次推上前，说："看清楚。"

妇女惊惧地看着徐天，徐天见她这样子，态度不由得变得好了一些说："别怕，我替你做主，是不是他？"

妇女仔细看了看丁老师，坚定地说："不是。"

丁老师这下有底气了，看着徐天说："还要逼她说啥！"

徐天认真地看妇女，仿佛在向她求助一般："是不是？"

"不是他。"妇女越说越肯定。

"不是，都听见了就你没听见！"丁老师也来脾气了。

"对不住。"徐天声音软了下来，心里萌发的那点希望又熄灭了。

丁老师生气地看着徐天说："对不住就完了？"

徐天盯着血袋和输血管，脸色一点点灰败，丁老师来劲了："磕！有能耐冤枉人，没能耐逮正主儿，还好意思喊自己是警察？"

燕三在旁边生气地说："说啥呢你！"

突然徐天朝丁老师双膝落地，燕三吃惊地要去扶："天哥！"

"错了得认。"徐天"咚"地磕了一个，丁老师也有点始料不及，面子上还有点过不去，小声说："这年头都你们这帮干啥不成的东西……"

燕三听着扑上去揪丁老师，丁老师甩开燕三悻悻而去。面前已经没人了，但徐天"咚"地又磕了一个，磕完三个头徐天才站起来，看着床上的妇女。卖菜妇女的眼泪滚出来。

卖菜妇女问徐天："你为啥？"

徐天想起小朵的样子，他浑身都在颤抖，眼眶已经湿润了，他像是跟自己说："我要早送她来这儿就好了……"

徐天站在妇女床前，握着拳头，指甲陷在掌心里。从小朵死的那一天，他这个未婚夫的身份就被小红袄生生撕扯下来了。北平不论战和，老百姓都得过日子，过日子就需要警察，警察这个身份是他最后的支柱。现在看着受伤的妇女，警察这个身份也被撕碎，徐天似乎听到了小红袄的笑声，妖异疯狂。"我会抓到他。"徐天说给妇女听，也是说给自己听。妇女掉着眼泪，委屈也后怕。

徐天收拾好情绪接着问："你有没有少啥东西？"

"围巾被拿走了。"

"红色的？"

妇女点着头，摊开手掌，露出半副盘扣。

"杀你那人的？"

"嗯。"

徐天拿过盘扣，仔细地看了看，然后死死捏在手里，这是他距离小红袄最近的一次。

风还在继续刮着，圣心医院门口人来人往，监狱的囚车停在人力车边。华子和二勇在人力车里，看着外面人力车上的田丹。田丹和那个半大男孩在祥子的人力车里，田丹手里拿着一支笔、一张纸，在画画。

"是这样吗？"田丹画出一个男人的模样，拿着画问男孩。

"没看见呀。"男孩吸溜了一下鼻子。

田丹又在纸上改了改问："这样呢？"

男孩看了看："鼻子太小。"

田丹继续画着，纸张上男人的脸在改变。上半部分在风帽阴影里，隐约只有一双眼睛。

田丹又把画像给男孩看，男孩歪着头说："好像是。"

"到底看清楚了吗？"

男孩想了想："嘴巴没有，戴口罩了。"

无法确定男人的相貌，田丹有些失落地收起画像，男孩抬头看着田丹说："给我买串糖葫芦。"

祥子拉着男孩下车说："我给你买去。"

男孩跟着祥子离开，田丹将速描的鼻嘴部分用虚虚的口罩框起来，二勇从车里下来说："要不要上车里，外面风大。"

隔着囚车窗，田丹看着车里的华子，若有所思地问："冯青波在我那间牢里？"

二勇回答："在。"

丁老师从医院出来，后面跟着燕三。田丹从华子那边收回目光，问燕三："徐天呢？"

"在里面……磕了仨头。"燕三垂头丧气地回答。

祥子只身回来，没有见到男孩的身影，祥子生气地说："小崽子拿着糖葫芦就跑了。"

徐天拖着脚步从医院出来，径直坐上人力车，脸埋在双手里，声音闷闷地，说："三儿，在这帮那女的张罗，问她家在哪儿，找家里人过来。"

"不用跟您一块儿了？"

徐天摇了摇头，看着祥子说："去京师监狱。"

"哎，三哥，这有汽车……"

人力车已经跑起来，二勇只得回囚车。

祥子朝监狱方向小跑着，囚车在后面不远处跟着。二勇和华子在前座，华子阴着脸，二勇宽慰着说："华哥，别拉着脸，嫂子没吃苦，前后脚就被解下来了。"

"田丹怎么把人引到我家去的？"

"没引，大伙在东交民巷候着，冯青波出来就直奔你家了。"

"老大眼瞅冯青波去我家也没说啥？"委屈、伤心、恐惧，种种情绪在华子体内都化为了一股怨气。大哥有事，自己拼命；自己有事了，大哥却没有声响。

"老大不知道您家住哪儿。"

华子瞪着二勇，二勇被华子瞪得发毛，说："我也不知道，到了胡同里还是土宝说的。"

华子阴着脸看着前面摇晃的人力车。

田丹将那幅画像递过去说："男孩只看见眼睛，凶手戴着口罩。"

徐天把画像叠起放入衣兜，街景一一掠过，两人沉默不语，田丹转头扭过身子，过去好久才坐回来。

徐天突然问："早上刀姨给你的热水袋呢？"

田丹垂下眼睫毛，掩饰着情绪说："……不要了。"

"冷吗，把车帘子放下来。"

“不冷。那把刀是凌迟用的。”

徐天呼吸都停滞了，田丹边想边说：“根据男孩的描述，凶手年龄不大，凌迟刑法 1905 年就废除了，凶手应该不是职业刽子手，但家庭和刽子手有关。那种刀是方便凌迟自己制作的，出色的刽子手可以剔尽犯人身上的筋肉，让其三天三夜不死。”

徐天青筋暴起，压着火喊：“祥子，停了。”

祥子将车在街边靠下，徐天下车，回头盯着人力车上的田丹说：“你下来。”

田丹依言下来，囚车也跟着停了。徐天突然抬腿猛踹那辆人力车，一直踹。杀死小朵的凶器竟然是把凌迟的刀，“一刀一刀”“三天三夜”，这两个词刺激着徐天。小朵生性温暖纯良，到头来却被如此对待，而他自己浑然不知，还跟凶手屡次擦身而过。徐天似乎能想象出来小红袄看见鲜血时的微笑。但那鲜血是小朵的啊，徐天宁可是自己的，起码不会如此愧疚。

二勇和另两个狱警从车里下来，也不知道该干啥。华子坐在车里没动，徐天踹累了，喘着气。

祥子不明白徐天这股邪火从哪儿来，又不敢多说，徐天回过头朝他解释道：“不冲你，满大街就这一辆车是咱们自己的。”

“知道。”

徐天朝田丹喊：“回珠市口。”

“你们俩呢？”祥子怯怯地问二勇他们。

“不缺车。”

祥子看着徐天，忧心地说：“别再遇上点事儿，我还是跟着吧。”

“遇上啥事儿？还有啥事再让我遇上！”徐天怒火顶脑门，返身往回走。田丹朝祥子微微颔首道：“辛苦您了。”

祥子憨厚地摆了摆手说：“这都应当的……”

田丹赶紧跟上徐天，二勇看着都快走得没影的徐天嘟囔道：“哎，怎么又往回走了，从牢里跑出来这满大街溜达……”

第四十五章

徐天在前面一直垂着头走路，背影看上去很颓丧，田丹跟在他身后，眼神不敢离了他，生怕他把别人的摊子给掀了。徐天经过一个糖葫芦摊，又折身返回，跟田丹擦身而过。田丹站在原地看着他挤进糖葫芦摊。她边上有两个男人，一个穿着长袍，一个穿着西装，看起来像是官员。田丹听见长袍男子说："何市长女儿今天被炸死了，何市长也受伤了。"西装男子很诧异，问："剿总干的？"长袍男子说："剿总不会干，今天将军级的人物都在新华门对面的参议会楼里，估计明天报纸就登出来谈和了。"他随后叹了口气说："早点和早点太平。"

徐天捏着一串冰糖葫芦出来，走到田丹身前说："看见你转头了。"

田丹意外地接过糖葫芦，笑着朝他道谢，看得徐天一阵恍惚。

囚车开过来，二勇伸出脑袋说："三哥，上来吧。"

徐天偏了偏脑袋，示意田丹上车，田丹指着不远处的景山问："景山……高吗？"

徐天瞥了一眼说："你爬不动。"

"爬得动，上面能看到全北平。"田丹眼里看着景山，心里全是北平。

新华门参议会楼里，将军和大佬们坐在会议室内，彼此低声窃语。沈世昌看着对面一脸严肃的杜长官，有点坐立不安。会议室门开，剿总政工处长王克俊走进来，后面跟着一队宪兵。

会议室安静下来，王克俊口音略带方言，说："军令部徐部长飞抵北平，司令长官晚一点过来，我代华北剿总通告各位……何思源何先生。"

一个手臂用绷带挂在胸前的长衫男人站起来，正是市长何思源。王克俊拿着份文件沉声道："由何市长、吕复、康同璧等十一人起草接受中共和平改编通电，明日烦劳何市长亲自出城与中共接洽。在座各位如有异议现提出来，也可以等司令长官来再提，如无异议举手表决。"何市长胸前的绷带看上去让他更显悲壮，众人沉默着。

杜长官率先发言，依旧充满火气，甚至折断了一支铅笔："还没打就投共改编，司令长官怎么不来，你一个政工处长有什么资格在这里胡说八道！"

王克俊缓缓地说："杜长官如果有异议可以离开这里，现在就离开。"

杜长官怒气冲冲地看着那队宪兵，没有站起来。

王克俊只当杜长官不存在，继续说着："和乃大局，自今日起任何破坏和谈之人为我所弃，今日之前任何对和谈不利之人之事，一经查实交由中共严惩。"

戴先生看着沈世昌，他渴望沈世昌能给一个暗示，哪怕一个眼神，但沈世昌垂着眼睛，面无表情。王克俊看着众人说："委员长要求司令长官送走校级以上军官，辎重团将校优先。天坛机场有六架飞机，异议者交接下属兵权，今晚可以走。"

杜长官把折成两段的铅笔"啪"的一声拍在桌上，王克俊终于看向杜长官，说："飞机是我们的，北平外围是中共的，飞不飞得起来就不知道了。"

景山山顶有个亭子，几只风筝在天上飞，田丹手握冰糖葫芦仰头看着。风筝下面是灰色的北平，一望无际。有鸽群在远处金黄的紫禁城上空飞舞，田丹再往西眺望，那里是西山。

几步外的地摊前，徐天拿起一个发卡问："有红色的吗？"摊主盯着徐天鼓起的衣襟，徐天低头看，才想起衣服里还有一架莱卡 3D 照相机。

东来顺饭馆的包间里，铜锅炭火，清汤沸腾，摆着一小盘羊肉、几样蔬菜。关宝慧看着铁林夹着一片羊肉在锅里来回涮，然后放到自己的碟子里。关宝慧本该沉醉于这样的照顾，这年月能在东来顺安安稳稳地吃上羊肉，是一种地位的象征。但此时的关宝慧有些不安，她觑着旁边的铁林，他却很安心的样子。铁林的安心来自一种破罐破摔的绝望，关宝慧的心虚在于她对生活的欲望里，本就不该出现羊肉。

羊肉很快见底，最后一片肉夹到汤锅里涮，关宝慧实在坐不住了，说："你自己吃吧。"

铁林依然将肉放到关宝慧的碟子里，她怯怯地说："都我一人吃了。"

"本来就三两肉，不多。"

关宝慧怀疑地看着铁林说："对我这么好，要干什么？"

"从前我对你不好？你叫我往东不往西，你叫我下床我不上炕，你不给钱我不花，你回珠市口多冷我在外头等你消气。"

铁林话都说得没错，但关宝慧就是听着不是那么回事儿，她撇了撇嘴说："就是要逛窑子。"

铁林嘟囔："……我也不想。"

关宝慧扒拉着最后那筷子羊肉不舍得吃，轻声嘀咕："胡说八道。"

"打最早那次跟你好被大缨子踹门，落下毛病了，喝什么药也不管用，以后也别喝了。"

"怎么跟别人管用呢？"关宝慧心直口快，说完就后悔了，铁林闹心地说："别说这事儿了。"

关宝慧能看出铁林一脑门官司，她态度缓和下来："那说你的事。"

"我没事儿，就想看你吃顿好的。"铁林一肚子话想跟关宝慧说，可又怕吓着她，眼前的这个女人就是自己在这个世界上唯一亲近的人了。

关宝慧盯着铁林，眼圈渐渐积起泪花。"……处长的位置没了。"铁林终于说道。

关宝慧的反应并没有铁林意料中那么激动，她只是愣愣地要铁林把话说明白。如果真是如此，关宝慧反而安心了，处长、羊肉本就不该出现在他们的生活中。

"组长、处长都是假的，被冯青波从头耍到尾。今天站里销毁文件，从现在起，我连个保密局北平站的组员都不是。"

关宝慧看了看铁林，竟然舒了口气，真心实意地觉得好。没了处长没了羊肉，铁林还是那个有点㞞但对自己好的铁林，看着生活即将回到正轨，关宝慧有些开心。

铁林看关宝慧明显轻松了许多，他勉强笑了笑，说："你觉得好就行。"

"往后踏实过日子。"

铁林眼睛看着窗外的人来人往，说："踏实不成，共产党进城我得被枪毙。"

关宝慧又紧张了，问："为啥？你又没杀过人。"

"……杀了。"

关宝慧白了眼铁林，铁林认真地说："我杀了田丹，大哥和徐天作证，只不过没杀成。"

"大哥、徐天是自家人。"

铁林低着头："田丹有嘴，她不是自家人。"

关宝慧沉默着，刚刚的好心情又不见了。铁林颓丧地抓抓头发，说："要么我们去南边得了，还有几根金条。"

关宝慧觉得这也不是个办法，她怜惜地看着铁林，捋了捋他头上乱翘的头发，说："……都不走，就咱们走？"

"还有条路，投共。"

关宝慧困惑地问他："刚说杀过田丹，怎么投共？"

铁林盯着火锅慢慢消散的白烟思考着，说："想明白了也能投，但手里先得有斤两，脚下才有路。"

"你有吗？"

"倒是都有，就是不知道斤两够不够，路子通不通，一会儿吃完我就去试试。"铁林心里其实也拿不定主意。

关宝慧吐出一口浊气，安慰他说："投共好，搞不好大家都要投了。"

"你答应，我就踏实了。"

"啥意思？"

铁林想了想，说："说不定跟大哥和徐天要翻脸。"

"他们俩拦着你投共吗？"

"我找个地儿待着不动，他们就会不拦，只要我有路走，他们肯定拦。"

在铁林心里，沈世昌是自己唯一的一条路，但这条路在金海和徐天心中，是一根必须拔掉的刺。

关宝慧觉得铁林多虑了，铁林张了张嘴，有些话还是说不出来，绕到嘴边换了个样子："真没想多，我又不傻，幸亏娶了你，还有个人掏心窝，所以我得对你好。"

关宝慧又停下，问："你这是真好还是假好啊？"

"你看不出来吗？当然是真好。"

关宝慧抿着嘴看着铁林笑了，铁林看着宝慧也笑了，他握住宝慧的手，另一只手拿着个烧饼使劲嚼着。

田丹靠着亭子的红漆栏杆看着徐天走回来，他笨拙地摆弄照相机，完全不得要领，田丹帮忙解释说："这是取景器，这是快门，固定镜头对准了就拍，手不要抖。"

"里面有胶片吗？"徐天拿起相机在耳边摇晃，田丹拿过来看看，点点头。

徐天又拿回相机，田丹在取景框里朝他微笑着，田丹那么清晰，又那么弱小，她在取景器里嘴唇张合："你不用跟我回监狱了。"

徐天放下相机问她："冯青波抓了，怎么弄沈世昌？"

田丹没回答，指着徐天手中的照相机："按快门。"

徐天手指笨拙找不到快门位置，田丹伸指过去。

"端住不要动，我自己按。"田丹按住快门键，拍了几张，徐天不耐烦地放下相机，又问："怎么弄沈世昌？"

田丹取过相机，在取景器里找到徐天，徐天也是清晰的，他满脸写着愤怒，像一团火，倔强又热烈。田丹有些想笑，放下相机，说："为什么你总是情绪化？"

"我是俗人，俗人忍不住脾气。"

田丹不再谈论这个话题，重新拿起相机让他不要动，说："相机要还给人家，冤枉了人不能再拿相机，但胶卷得取出来。"

"小红袄一刀一刀杀人，我没事儿人似的冷静做不到。小朵生生没了，那天晚上我要是能找到她，输血能救活。男人连自己女人都看不住，死了还不能情绪化……她在看着我呢！”徐天一边挨着身子不敢动，一边倒出自己的心里话。他盯着田丹的镜头，田丹不断按下快门，又放下相机，转回身子将镜头对向北平，不断拍摄，说：“我本来以为北平全是金色的，原来只有紫禁城一点点。”

徐天看着田丹的背影，红围巾随着山顶的风飘着，想到了她一直在帮自己，却没有给自己帮她的机会，徐天又一次说：“我和你一起抓沈世昌。”

田丹仍没答话，她放下相机跟徐天说：“还相机的时候问被你冤枉的师傅，北平用莱卡 3D 的人他知道多少，找到那些人再问，就算是俗人，也不要见到一个就情绪化。凶手特征是有这个相机，善于用刀，恋物，独居……”

“还有你画的画……”

“那个没用。”

徐天接回相机，固执地说：“等我帮你抓到沈世昌。”

田丹叹了口气，不想让徐天再卷到这件事情里，她深知沈世昌比冯青波更难对付。但她不能跟徐天说，只是回道：“有金海就可以。”

徐天盯着田丹，毫不退让地说：“你的事就是我的事。”

田丹一时语塞，她被徐天的坚持和善良震撼了一下，她随即再次拒绝了徐天：“不是你的事。”

“大哥的事就是我的事。”

眼前的这团火应该在新世界燃烧，未来这团火应该把往后的日子烧得通红，而不是现在就化成灰烬。田丹想保护这团火，她不容拒绝但仍温和地说：“你已经帮我很多了。”

“帮人帮到底，我怕欠人情。”

“抓住沈世昌，就算帮到底不欠我了？”

“是。”

田丹莫名有一些失落，她不知道自己希望徐天怎么回答刚才的这个问题，她转过头向远方看去，鬓发被风吹散，田丹随手拂开。徐天把刚买的发卡递到她眼前，说：“这给你，小朵的我还给刀姨了，别用她的。”

田丹有点委屈，但又无从解释，她接过来整理了下头发，戴上发卡，依旧微笑着道谢。

徐天看着田丹鬓边的发卡，跟小朵之前戴的那个不太一样，但都红得灼人眼，徐天移开眼睛说："明天入土，我可能见不到她了。"

"见不到她？"

"这些天隔三差五梦见小朵，老人说入土为安，人就不回来了。"徐天的心碎了，碎成一片片的，这些碎片是他唯一能抓住的关于小朵的气息，但这些碎片即将化为齑粉从自己的指缝里溜走。

"原来你真的爱她。"

"爱不爱的，还分真假？"徐天不解地看向田丹。

"我也爱过，以为是真的，现在才发现假得不像话。"田丹的语气像是在说别人的事情，徐天看着她的微笑，心里拧得像麻花一样，想要安慰她，但又不知道从何说起。景山上的风越来越大了，田丹被风吹得眯起眼睛，要徐天再给她拍一张照片。

徐天怕她的身体不能再吹风了，劝她回去，田丹坚持让徐天再给她拍一张。

徐天端起相机，田丹高举双手说："把北平拍进去。"

徐天从取景器里找到田丹，红围巾将她苍白的脸色衬得稍微红润了些。她高举的双臂后面是皇城，是珠市口，是平渊胡同，她在拥抱整个北平。

拍完了，田丹跑到徐天面前问："还有胶片吗？"

徐天不知道怎么看还有没有胶片，他把相机翻来覆去地看，田丹笑了笑，说："那拍光它。"

徐天皱了皱眉嫌麻烦，田丹突然问他："我叫你取的信在哪里？"

"在家。"

田丹看着徐天重新端起相机说："送给沈世昌，槐花胡同8号，不要见他，放到门口就走。"

"什么时候？"徐天放下相机，田丹同意自己帮她了，刚泄下去的那股子劲儿一下子又恢复起来。

"现在。"

"非得现在吗？"

田丹点点头说："这很重要。"

徐天要跟田丹去监狱，田丹慢慢地摇了摇头："我要见冯青波，不想你在场。”

徐天有点失望，他努力没有表现出来，说：“但你怎么收拾沈世昌得告诉我。”

“先去送信，送到后还相机，查有这种相机的人，越早查越好，一刻也不要耽误，北平每天都有人往外跑，明天我去送小朵入土。”

田丹一步一步规划详细，徐天最吃惊的是她要去送小朵，田丹笑着点头说：“到时候告诉你怎么抓沈世昌。”

徐天没说话，在田丹面前，他总是觉得自己笨笨的，总也跟不上田丹的思路，这令他时不时有些泄气。田丹问他相机里还有没有胶片，徐天没头绪，田丹将相机拿过来说：“你心里乱七八糟的，把我也弄得乱七八糟，我去做我的事，你做你的事，我们都不要乱。”

徐天皱着眉，田丹抬起相机，拍下徐天迷乱的样子，再拨卷片器，胶片到头了。田丹将相机放到徐天手里，笑得平静温暖，转身往山下走去。

监狱里，冯青波被镣铐固定在铁架子上，看着面前田丹换下来的绷带，他开始寻摸着挣脱镣铐的办法，拼命折腾，把手腕磨得血肉模糊。他瞪着门喘息。

金海走到亲王囚室的门口，问守在门口的十七说：“从昨天到现在你都在？”

十七点点头。

“田丹一会儿过来。”

十七又点点头。

“里面换了人，门还是你看，别再出事，这个也不省心。”金海看了一眼牢房的门锁得紧紧的，本来都转身要走，又看见牢房外桌子上插着一把匕首：“谁的匕首？”

十七指着牢门：“是他带来的。”

金海改变了主意，让十七把门打开。冯青波瞪着走进来的金海，金海绕到冯青波身后，低头看他血肉模糊的手腕，前后检查了一遍镣铐。

冯青波打破沉默：“田丹什么时候出去的？”

金海没回答，反问：“昨天把你放到城墙根，后来怎么回事？”

“田丹什么时候出去的！”冯青波又问了一遍，看起来更显狰狞。

金海看着冯青波不说话了，冯青波无奈，只好先开口说：“沈世昌要杀我，柳如丝让铁林做了保密局北平站的处长，沈世昌投鼠忌器，碍着父女情分和铁林知情。”

“父女情分……你和柳爷还差我一笔金条没有还我。”

“我可以见到田丹吗？”冯清波眼下没有别的要求，只希望见到田丹。

“问你话照实说。”

冯青波嘶吼着：“你还有什么不知道的！”

“都听说了，但想从你嘴里再听一遍，到这份儿你说的应该是大实话。”

冯青波斜眼看着金海，金海冷笑一声问：“沈世昌为什么杀你？”

“洗白投共。”

金海阴下脸来，说：“田丹的爸和之前来和谈的人都他引过来的？”

冯青波苦笑着，牵动受伤的嘴角说：“是。”

“柳如丝是沈世昌闺女？”

“是。”

“铁林也知道你和沈世昌的脏事儿了？”

“是。”冯青波一声比一声高。

“沈世昌怎么没杀铁林？”

冯青波看了眼金海，放声大笑，说：“会杀的。”

“我兄弟你们也要害。”

“是。”冯青波平添几分得意，他接近疯狂。金海最后问：“你和田丹啥关系？”

冯青波瞪着金海没回答，“跟柳如丝又是怎么回事？”金海等着冯青波回答，冯青波突然嘶嘶地笑起来，说：“这跟你有什么关系？”

“不明白，跟你学学。”金海坐到八仙桌边的椅子上，好整以暇地看着他。

“你是男人，不明白吗？”

“我明白我是男的。”

“女人可以随便换，她们就像一件衣服、一只鞋。田丹是个笨蛋，我只是利用她，玩她，利用她杀田怀中。女人天生笨，柳如丝也一样，明白了吗？”

金海克制住内心的暴怒，他摇摇头说：“不太明白。”

冯青波又嘶嘶地笑，金海说：“田丹他爸田怀中，你原来认识吗？”

“当然，他以为可以做我的岳父。”

“那是你长辈。”

“是。”

“沈世昌和田怀中认识吗？”

“认识，田丹管他叫伯父。”冯青波回答，金海眼神犀利地看冯青波说：“世交？”

“是。”

“你跟沈世昌多久了？”

“四年。”

“不是手足，也算一伙的。”

“是。”

金海想了想，又问：“他知道他闺女跟你好吗？”

“对沈世昌来说，柳如丝也是一件衣服或者一只鞋。”

“他本来杀共党的，杀掉你准备做共党？”

冯青波终于不耐烦了：“你还要问多少遍！”

金海想确定的事情全部都确认过了，怒火不再压抑，他离开冯青波，到周围转了一圈，没找到趁手的物件，握紧拳头，结结实实地揍冯青波。冯青波毫无还手的力气。半晌，金海喘息着停下来，看着垂下头的冯青波恨得切齿。“难怪老理儿行不通，这世上所有道理都被你们这伙人毁了。”

此时，十七开门进来叫金海出去接电话，金海没转身，十七退出去。

冯青波吐掉一口血，他抬眼看着金海，牙齿都染了血，断断续续地说：“你帮田丹是为了保命吧？党国监狱长有血债，区区一个田丹保不住你，我在共党组织做了四年，相信我。”

“你金爷是靠人保的主儿吗？从前不是，以后也不是。”金海用手指了指冯青波，拔下桌子上的匕首，转身出去，出门接起电话。

电话里传来徐允诺焦灼的声音：“金海，天儿在你那儿吗？”

金海平复情绪回答徐允诺说：“他这会儿不在，一会儿过来。”

徐允诺着急地说："见着千万别让他回家，小耳朵的人在家门口候着。"

"我留着他，您别急。"

"留着他就行，我跟小耳朵的人讲道理。"徐允诺那头挂了电话，金海沉吟了半晌，又看看身旁站着的狱警，说："车回来了吗？"

狱警说："还没有。"

"把小耳朵带楼上我房间。"

"上铐子吗？"

"不用上，他那体格捏蚂蚁都费劲。"

徐天家门口聚了二三十个白衣的汉子，连虎巨大的身躯蜷缩在一辆车里。祥子和七八个车夫在院门口，徐允诺打完电话走回来。祥子说："东家，他们要进去。"

"徐天不在家。"徐允诺看着跳子说。跳子打量着徐允诺，态度还过得去，说："就进去看看，徐天要不在还出来候着。"

徐允诺也没急："事儿有解吗，啥过不去的坎真要人命啊？"

"跟您没关系。"

"徐天是我儿子。"

"也跟您没关系。"

"我要就不让看呢？"

跳子语气客气，但态度强硬："得看。"

徐允诺生气地说："还有没有王法了？"

"我们爷的话就是王法。"

徐允诺点点头说："也是，这年头没王法了，谁能耐大谁是王法……等着啊。"

徐允诺消失在院里，过一会儿费劲巴拉地搬出来半箱手雷，然后一手一个放在门坎上，说："说了徐天不在家，不是怕你们，他不在院里头有家里人在。要是让你们里外看一圈再出来，往后我徐允诺跟珠市口道儿南道儿北就没脸了。"

祥子目瞪口呆地说："东家……"

"没你们事儿，该拉车拉车去，我也学学我儿子，这雷怎么炸？"

祥子指了指，说："拔销子。"

徐允诺便拔了销子，跳子一伙人慢慢退后。

祥子吓得大喊："东家，您可捏住了！"

徐允诺冲跳子喊："家炸了也不能让你们进，好话听不明白？！"

金海办公室响起敲门声，金海将冯青波的匕首放进抽屉，两个狱警带着小耳朵进来。

金海抬了抬下巴示意小耳朵坐下说话，小耳朵抄着手看金海没动，说："啥事儿啊？"

桌上电话响，金海接起来，狱警在电话里说："老大，车回来了。"

金海扭身往窗外看，囚车正慢慢开进来。金海放下电话，让狱警给小耳朵沏杯茶。

小耳朵一副少来这套的表情看着金海，还是没动弹，说："啥事儿你就说。"

"等一会儿，别急。听说你喜欢用枪玩轮盘赌啊？"

"怎么了？"

"枪械库调一只左轮上来。"金海向另一个狱警吩咐道，下楼从小门里出来向囚车喊："后面的人都下来。"

华子和二勇打开囚车后门，狱警纷纷下来，车厢里只剩下田丹一个人。田丹看金海进车厢没找到徐天，说："走了。"

"为啥？"

"今天晚上抓沈世昌，我不想让他卷进来。"

金海又点了点头，更觉她是大义之人，说："不带挺好，他是回家了？"

"到槐花胡同8号门口放一封信。我先见冯青波，再给沈世昌打电话。"

"……行吧。"

"你怎么了？"田丹发现金海有些不对劲。

"刚和冯青波聊了聊，沈世昌怎么弄，您划道，但抓着人先交给我。"

田丹不明白地问："给你？"

"不耽误事儿，你除奸，我要账。"

金海下车，看看还坐在车里的田丹问："咋了？"

田丹打量着那个内部人专用的小门，有些感慨地说：“我就是从这扇门出来的，再坐这辆车出去。”

金海笑着说：“打有京师监狱起，您头一份。”

田丹也笑了，金海假装生气地瞪她，“还笑！”田丹笑得越发欢畅，一来一去间，俨然成了同盟。

新华门参议会楼前，沈世昌和一群将军大佬一起出来，长根替沈世昌拉开后车门。沈世昌与戴先生寒暄了几句，坐进车内就沉了脸。长根禀报说没有找到冯青波，沈世昌没说话，他望着车窗外的中南海，脸色冷得像海上结的冰。

长根硬着头皮接着说：“小姐给东交民巷打过电话……我在东交民巷的时候，小姐从家里打过来的。”

沈世昌心烦意乱地合上眼睛，命令长根开车，他不住地摩挲手上的扳指。

沈世昌家的院子被卫兵围得严实，似乎连风都吹不进来。阳光明媚，萍萍坐在两个箱子上，抬头看着太阳，似乎很享受。外面传来汽车的声音，沈世昌沉着脸，一边走一边吩咐长根：“找到铁林，让他闭嘴，包括他身边的人。”

长根领命离开，沈世昌停在萍萍面前，心事重重地问：“你跟小四多久了？”

“从小。”萍萍起身回答，不知道他问这个做什么。

“今年多大？”

“二十一。”

“小四带你走吗？”

萍萍点点头，沈世昌问：“冯青波呢？”

萍萍不说话，沈世昌皱着眉头进入厢房，客厅里收音机开着，传出女人的歌声。沈世昌经过客厅，进入里间，见柳如丝靠在沙发里。沈世昌有些烦躁地说：“你怎么又过来了？”

“以后见不到了，再来家看看您。”

“冯青波呢？”

柳如丝一时没说话，沈世昌看着柳如丝，柳如丝假装什么也没发生，说："他去办些事，晚上机场碰面。"

"办什么事？"

"私事。"

几句话，把沈世昌逼到了角落。一切都无法掌控，这样的感觉太糟糕了，沈世昌把紧张和担忧压下去，换了种语气说："和爸爸说实话。"

柳如丝显得有点疲倦，转头看向了院外说："实话不实话的，都最后一天了。"

"他还是走？"沈世昌期待着柳如丝的回答。

"谁都想要条活路，应该走吧。"

田丹第二次沿着通道往亲王囚室走，但与上次心情大不一样。守门的十七看到金海和田丹，目光复杂。

金海用眼神示意十七开门，十七仍看着田丹，没有任何动作。金海喊："开门。"十七这才转身开锁。

"用我们进去吗？人倒是铐得很结实。"金海问田丹。

田丹看向金海，感激地笑了笑，又摇摇头，十七替她把门推开，田丹暗暗吸了口气，她看见落魄又狼狈的冯青波。

田丹一步一步走进去，和冯青波相对而视。一个被铐着，一个是自由的。

冯青波仔细地看着田丹。爱情没了，党国没了，这恐怕是这辈子最后一次开口说话了，自己陷到如此境地就是为了和田丹说说话，可还有什么能说的呢？再次相见，似乎说什么都没有任何意义。冯青波的脑子里全是自己在孤儿院的时光，和田丹恋爱的种种，还有自己如何杀死田怀中。对了，还有柳如丝。过往的一切都成了一个黑洞，似远又近的黑洞，错乱又清晰。好吧，以前的时光连头绪都理不清，那就说说现在。冯青波声音沙哑："你怎么能从这里出去？"

田丹也仔细地看着他，充满了疑惑。一个月前，他还是自己的恋人，田丹曾以为这份情感能持续一生；几天前，他是杀父仇人，田丹以为这份恨意能持续一生。但当冯青波真的出现在面前时，田丹爱恨全无，心里平静无波，到底是什么把这些爱恨顷刻间就冲刷得这么淡了？自己白爱了吗？父亲白死了吗？看着冯青波，田丹想不明白，直到冯青波开口说话。

冯青波接着问："金海放的？"

田丹还是没说话。

"才几天时间，徐天和金海都变成你的人了？……当然，只要你愿意，可以让任何人为你做事……田丹，说说话，我想听你说话。"是啊，冯青波只是想听听田丹说话，说什么都行，打骂嘲讽都可以，只是别这么沉默着。过去田丹不说话只看着他的时候，他就变得手足无措，如今还是这样。

田丹缓慢地眨了眨眼，她慢慢说道："早上我去钟表铺了，和你信里说的一样，也和我想的一样，但里面的人……和我想的不一样。你说喜欢我傻，我理解成你喜欢我，现在知道你是真的喜欢我傻。你比我强，感情从一开始就是假的，我竟然没有知觉，这么傻的人，难怪你喜欢。所以你说喜欢我的时候，是真的。现在你成为这个监狱的囚犯，戴上镣铐，不是因为我强，是因为我们阵营不同，中国共产党领导的劳苦大众做主人的中国，让每一个像我这样的人最终都比你们强大，监狱会是你们的监狱，北平会是我们的北平……你在信里写的北平大栅栏、冰糖葫芦、前门箭楼、人力车，我都看到了，只是和我一起看的人不是你……为什么在信里说要带我去看？你以为能瞒我到什么时候？"

冯青波听着心里一揪一揪地难过，比身体上的痛疼十倍，他终究不是一把没有血肉的刀子，事已至此，冯青波只能把不甘咽下去。

"以后你要和徐天在一起吗？"

"你是个畜生，他说的。"

"他配不上你。"

"他配得上新世界。"

冯青波贪婪地看着田丹，曾经跟她所发生的所有美好都历历在目。"……我想瞒一辈子，但知道不可能，有一天瞒不住了就杀掉你，或者告诉你真相，请你杀了我。"

"想过新世界会这么快到来吗？"田丹看着冯青波，她一点一点地坚定了，刚才想不明白的那些事情渐渐被风吹开。

"世界是给人类的，我是一缕游魂，没想过。"冯青波笑容惨淡。

田丹问："柳如丝是什么人？"

"一个女人，过客……一件不想穿的衣服。"

果真是游魂，倘若冯青波能对柳如丝还有一丝眷恋，也不枉人生一场，眼前这个人早就死了，想必多年前，她遇到的就是个已死的冯青波了。田丹叹了一口气，说："我走了，只是来看你一眼，应该是我们最后一次见。"

"田丹，杀了我。"冯青波哀求着田丹，田丹从没见过这样的冯青波，问："想死在我手里？"

"是。"

田丹慢慢往后退了一步，怜悯地看着冯青波说："对我来说，你已经死了，一具肮脏可悲的行尸走肉。"

说完田丹转身往外走，冯青波伤心欲绝地喊着田丹的名字。田丹站在天井投下的阳光里回身看着他，问："你到底是哪里人，祖籍？"

"不知道。"

"我们认识的时候，你说是孤儿，是怕组织调查吗？"

冯青波摇着头。

"家里人知道你在北平？"

冯青波摇头。

"你会死在北平。"

冯青波青肿血污的脸上，淌下眼泪。

"如果知道生在哪里，以后我可以去一趟，告诉家里你死了。"

冯青波情绪崩溃，反复摇着头说不知道。家是他不曾想过的，冯青波心里念的一直都是党国。国没了，冯青波才觉得家的重要。一个没家的人，还算是活着吗？这么多年不去想，就是一种逃避。冯青波突然发现自己从来都没勇气直面内心。他的悲剧是自己选择的，他没权利抱怨，但他感到很遗憾。

田丹再也没回头看他，冯青波在她身后哀哀地喊着她的名字。牢门重新关上，冯青波盯着天井投下的那束阳光，仿佛田丹还站在那里。他喃喃自语，但谁都听不清他在说什么，也许他在怀念四年前的那段时光。

新世界

下

徐兵 著

李源 石典典 改编

北京联合出版公司
Beijing United Publishing Co.,Ltd.

目录

第四十六章

金海看着田丹走进幽深的走廊，慢慢不见身影。他转身上楼回到自己办公室，小耳朵差不多快把金海办公室当成自己的地盘了。金海也没生气，拿起桌上的枪在小耳朵对面的沙发坐下来。金海转头跟身后的狱警说："你们俩出去，让华子把药箱拿上来。"

土宝弯下腰提醒他说："华哥和勇哥在最里面十七那间监舍。"

"那你去拿，门关上。"

土宝担忧地看了他一眼，又看了眼嚣张的小耳朵，依言出去。

"还拿药箱？不打算直接弄死我？"

金海笑着看小耳朵说："你的人在徐天家门口，让他们撤了吧。"

小耳朵说："怎么撤啊？我跟这儿坐牢呢，说话他们也听不见。"

"梁子因我结的，咱俩了结。"

"徐天把事儿揽了，我跟他了。"

"小耳朵，天儿要真有个三长两短的，你也活不成。"

"当初你就这么说的，弄死他我兄弟活不成。现在我兄弟出去了，我无所谓。"

金海拿出子弹往弹仓里加，五个弹仓放了两颗子弹，说："你那天带着人跑到我家里，冲我家里一顿开枪……"

小耳朵往沙发背上靠了靠，让自己坐得更舒服，说："别聊了，现在枪在你手上。"

“听我说，你说了一些话我回去琢磨了好久，也没琢磨明白。”

“我说什么了？”

“你说江湖有江湖的规矩，当差有当差的规矩，不能两头都占着，你算个什么东西。”

小耳朵不知道他什么意思，深深地看了他一眼。“对，你算个什么东西，确实不能两头都占。”

“那今天，咱俩把江湖这头了了行吗？”

“怎么了啊？”

“我呢，有大事儿要办，比咱俩这事儿大，北平要和平解放了。跟你说这些你也听不懂。命我肯定是不能给你。一条腿抵我从前的不是，江湖这头儿就了了行吗？枪里有两发子弹，你搂两下，搂完之后放你出去跟你手底下兄弟说一声，别难为天儿了。然后你还得回来。”

“我没听错吧？”

“没听错，我还得说我当差的规矩呢。”

“又绕我。枪拿在我手上我就死了，这儿是你的监狱。”

“也对，那我自己来。”金海朝着自己的腿扣动扳机，弹仓旋转，但没响。

小耳朵愣了半天，缓过神来，直起身子嚷嚷道：“别跟我来这套。”

话音未落，金海又朝自己扣动扳机，依旧是空仓。金海笑着跟小耳朵说：“了结了。”

小耳朵从沙发上弹起来，感觉自己被算计了，但又不知道是哪儿不对劲，瞪着眼睛喊：“干什么呢！”

“小耳朵，我诚心对你，你别不往心里去啊！”

小耳朵梗着脖子喊，但底气并不足，说：“我出去就不回来了，徐天死得更快。”

“不能够，我信你，再加一枪。”金海又要朝自己开枪，小耳朵起身前扑，一脚踢在他手腕上，枪飞出去，子弹击到墙上。

金海咧着嘴直乐，说：“道上的理儿给了，我做狱长的，你也替我想想。”

小耳朵看看墙上的弹孔又看看金海，觉得背后的衣服都湿了，声音颤抖着说：“我替你想得着吗？早干什么去了？”

土宝拎着药箱刚到门口就听见枪响，大惊失色地冲进来，金海朝他摆了摆手，示意自己没事。小耳朵见土宝回来，赶紧往门口跑，边跑边喊：“带我回去，带我回去！”

徐允诺坐在门坎上，祥子一伙车夫在门口，盯着十步外的汉子们。

祥子悄声说：“东家，这么下去不是办法，得想个办法撤。”

“你们别跟这儿杵着，往两头撒撒，看见徐天让他别往家来。”

对街小耳朵的人动起来，徐允诺扭头看。徐天斜挎着个相机，已经走到家门口。

徐允诺立即起身，用身体护着徐天，把他往家里推，说：“天儿，赶紧进家。”

徐天站着没动，看着周围的人。徐允诺催促他说：“进院子，快点。”

徐天看清情况，满不在乎地说：“爸，您别掺和，一掺和就乱。”

“啥！你惹的事儿，我不想掺和……”

没等徐允诺说完，徐天向连虎那帮人走了几步，车夫们也跟着动。

徐天站住脚步回头跟祥子说：“祥子，跟你们有关系吗？人家来找我的。”

一伙车夫也停了脚步，徐天走到小山一样的连虎面前说：“干什么来了？”

“我哥发话说要弄死你。”连虎说。

“合适吗？没我你还在牢里待着呢。”

“我哥在牢里了。”

“劫狱有代价，当哥的得有当哥的样儿，你出来他进去没毛病。”

精壮汉子们抽出衣襟里的刀，徐天看着白亮的刀片说：“等会儿，我死小耳朵还能活吗？”

“我哥说要你死，没说他活不活。”

徐天无奈地挥挥手说：“行，让我跟我爸说两句话。”

“别说了。”

“小耳朵为啥劫你？因为他跟家里老人没法儿交待，孝敬。他没说连我家里人也要弄吧？”

连虎想了想，看着徐天说：“别人都不弄，就弄你。”

“没说当我爸的面弄死我吧？”

连虎看着精壮汉子们，不会聊了。徐天乐着说：“那我就放心了，做人得孝敬，我进院儿说两句话，出来跟你们走，别让我死在我爸面前。”

“行！”

跳子起疑地看着连虎，连虎说：“他孝敬。”

徐允诺看着小耳朵的人拥着徐天过来，直到院子台阶前。徐天转过身看向精壮汉子们，说：“都站着别动了。”自己走上台阶，又看徐允诺拿着手雷，说：“爸，您也玩儿上雷了？”

徐允诺无奈地举起手雷给他看，着急地说：“那怎么办？”

徐天看看手雷问：“销子拔了？在哪儿呢？”

徐允诺伸出另一只手说：“这儿。”

徐天拿起雷销：“插回去，再炸着自个儿。”

“这帮人要进家找你。”徐允诺担心地看着徐天。

徐天低头小心地插销子，小声说：“让他们找呗，反正我也不在。”接着直起身子转头说：“都站远点，一会儿炸了。”

小耳朵的人往后撤了好几步，徐天弯腰将销子插入手雷，趁机压低声音在徐允诺耳边说：“爸我拿封信，从后院上房走了，田丹让把信马上送走，还挺急的。”

徐允诺一愣，徐天从徐允诺手里拿过手雷，恢复正常音量说：“小耳朵这帮兄弟不算坏人，冤有头债有主，我结的梁子他们打死也不会动您，您该干什么就干什么不用理他们……我把手雷拿进去啊！一会儿出来跟你们走。”

徐天走进院门，留下徐允诺和小耳朵的人面面相觑。随后进了自己房间，将手雷扔入床下箱子，从炕褥下面抽出信，搬了架梯子到后院，搭到房檐上去。

关山月从后院转出来问：“你干啥？”

徐天赶紧让关山月回屋，说：“一会儿院里来一群人里外转一圈就走了，您别起范儿！”

“干什么去，带上我。”关山月插着腰不动，徐天往梯子上爬，说：“带不了您。”

徐天这么说着，信从怀里掉了，关山月从地上捡起来，反复看着，说：“信啊？”

“给人送信。”

徐天下来从关山月手里抽回信，关山月纳闷道：“送信怎么从房上走呢？徐天……徐天？”

房上半晌无声，关山月兴味索然准备回后院，徐天又从房顶探出脑袋，说：“知道槐花胡同吗？”

关山月问：“东城南城的？”

“东城。”

“信送去东城也不从房上走啊？”

“您赶紧的。”

“那地方挨着后海。”

徐天消失了，关山月琢磨着，小声嘀咕：“一会儿来一群人，让我别起范儿？”

徐允诺忐忑地坐在原地，小耳朵手下的一伙人虎视眈眈的，关山月从院子里出来，巡视一般。

徐允诺看关山月说：“关老爷您回去。”

“这都是谁啊？”关山月带着范儿，看着 帮人问。

“找碴的。”

“你一夫当关挡得住吗？”

徐允诺无奈地催着他赶紧回去，关山月打量众人，又转身回院。徐天跃下街坊邻墙，从胡同里奔出去。

长根一行人正钻进小汽车准备走，迎面铁林的吉普车开过来。吉普车大摇大摆地停到小汽车前面，长根盯着车里的铁林降下车窗。铁林伸出脑袋喊：“沈先生在家吗？”

长根看铁林不顺眼，没说话算是默认。

“通报一声，说我想进去喝杯茶。刚在东来顺涮了羊肉，有点腻。”

长根瞥他一眼，转身进去，关宝慧问铁林说："这是哪儿啊？"

铁林吸了口气回答："要么是阎王殿，要么是凌霄阁，进去就知道。"

关宝慧忐忑地看着铁林，铁林宽慰她说："放心媳妇，我想明白了。"

关宝慧握着他的手，不安地说："阎王殿咱来干什么？"

铁林咬了咬牙说："做人不出头，哪儿都是阎王殿。"

长根回到车前，敲了敲发动机盖说："沈先生请您进去。"

铁林看着关宝慧说："你在车里等着，用不了一会儿。"说完，铁林把手抽出来，随长根进入院子，车里的关宝慧坐立不安。

监狱，华子、二勇以及几个狱警护着田丹上楼。土宝拿着药箱从办公室出来，田丹看见药箱，走进金海办公室，桌上还有一些带血的棉花纱布。

金海在细心地往手上缠纱布，又小心地将左手伸进制服袖子里，田丹看着桌上匕首问："怎么受伤了？"

"腊月十三早上，杀了个人。"

"为什么？"

"不杀徐天保不住了。"

"这是冯青波的匕首。"田丹指着匕首说。金海用纱布擦拭着匕首，"别操心我，怎么弄沈世昌，说吧。"

田丹问："今天几号了？"

"19 号，阴历腊月二十一。"

"你给我上刑，我说 20 号城外还有人来找沈世昌，都告诉过谁？"

"冯青波和柳如丝……沈世昌好像也说了。"

柳如丝坐在里间的沙发上闭目养神，外头客厅传来铁林和沈世昌的声音。

铁林说："沈先生，之前我让您闺女和冯青波给耍了，我活该，您千万别生气，当时拦着您，我以为您和柳爷、冯青波都是一家的。现在你们自己人没事儿了，别把埋怨落我身上。"

"你来到底要说什么？"沈世昌问。

长根垂手站在客厅门口，铁林看了沈世昌半晌，似乎下了决心，说：

“北平要和了，您杀中共和谈的人，这事儿我知道。”

沈世昌笑着说：“你不会傻到来我家只是说这个吧？”

“您圣明，我来是想跟您学学，怎么杀共党还能投共。”

“很简单，把知道内情的人都杀了。”

“杀不过来呢？”

沈世昌看着铁林，别有深意地说：“一个一个来。”

“您要想受累一个一个杀，我在这儿了，我媳妇也在外面。您要不想太受累，还有别的办法。”

沈世昌饶有兴致地看着铁林，铁林下定决心似的，换着说：“把我当您的人，我替您受累。”

“你能做什么？”

“做啥都听您吩付，但做之前您得让我得着实在。”

沈世昌笑起来，说：“本来就要去找你，你自己送上门了。只是知道我的事就来要好处，未免太笨了，把他女人带进来。”

长根冷着脸听着，转身出去。

铁林说：“我没这么笨，还知道些您不知道的。”

沈世昌皱皱眉，说：“……什么？”

“以后您得帮我。”铁林看沈世昌。

“……先说。”

“您给我大哥金海打个电话，打到京师监狱。”沈世昌脸色难看起来，铁林咧了咧嘴，继续说：“问问田丹还在不在牢里。”

金海办公室里，田丹与金海相对而坐，说：“你给沈世昌打电话。”

“现在？”金海问。

“现在。”

“说什么？”

“就说我在牢里，要和他通话。”

“他不愿接呢？之前就……”

“那是之前，现在不同了。”

金海看着桌上的电话，伸手要去摘听筒，电话却先响起来。金海接起来，沈世昌声音从电话里传来：“我沈世昌。”

金海看了眼田丹，声音平稳地说：“沈先生。”

“田丹在牢里还好吗？”

“挺好，您有啥吩咐？”

“把她带到电话旁边，我五分钟之后打过来。”

“明白。”金海扣了电话，又问田丹：“您要跟他怎么说？”

“告诉他城外来人是今晚，要来讨论接洽换防部队的编号和城内改编撤军的步骤，需要我在场联络引见。”

“他会信吗？”

“他要洗白，需要在全城解放之前与我方有实质成功的接触，之前的接触全部被他毁了。”

金海担心地看着田丹说：“你一个人见他？”

“他会让你带我见。”

金海对这个窝在沙发里的虚弱的田丹更佩服，他忍不住问：“当时给您上刑，就想好今天了？”

“万事都是人安排，只要想就有，四年前共产党说要给中国人民一个新世界，新世界马上要来了。”

铁林看着挂上电话的沈世昌说：“人算不如天算，您是大人物肯定比我明白。”

长根捏着关宝慧的胳膊把她带进来，关宝慧有些惶恐。沈世昌看也不看关宝慧，说：“再给你最后一个机会，不然这是你最后一次看见她。”

关宝慧惊恐地看着铁林，铁林看向关宝慧，安慰说：“没事儿媳妇。”又向长根厉声道：“手松开，听见没？”

长根瞥着铁林，并不搭理。铁林盯着沈世昌，语速飞快地说：“田丹不在牢里，昨天出来了，如果一会儿您电话打过去她在，那是因为我大哥金海和田丹已经是一伙的。”

铁林说得笃定，在场所有人俱都震惊了，铁林又瞪着长根说：“别吓着我媳妇，让她回车上，咱们接着聊。”

沈世昌示意长根把关宝慧拉出去，关宝慧不想走，但被长根扯着胳膊带走。

徐天按着门牌号一路找过来，不时回头看看有没有追兵，他经过铁林的吉普车，看了几眼车，将信插入院子门缝里。徐天顺着胡同走远。长根拉开院门，见信掉下来，捡起信，跟关宝慧说："你男人不是东西。"

关宝慧悻悻地反驳说："你是个什么东西？"

柳如丝在里间将客厅刚发生的所有事情听得一清二楚，她皱起眉头听铁林的声音。"昨天田丹就出来了，在珠市口徐天家吃的饭，您从前杀共党的事儿，可不止冯青波和我知道，要把知道内情的人都杀了有些费劲。"

柳如丝听见客厅归于沉默，过了许久，沈世昌才问："你想要什么？"

"看您想要我干什么？"

"你不是已经是北平站的处长了吗？"

铁林笑笑："北平站都撤了，处长也是假的。当时就不该拦着您杀冯青波，他死活跟我有啥关系……您别这么看我，我也没想好要啥，东交民巷那小楼不错。"

柳如丝在里间冷笑一声，又听沈世昌说："只是想要这些东西？"

"那不能，没身份，要半座北平城共产党一来也没了。"

沈世昌起身去拨电话，说："接京师监狱。"

金海习惯用左手接起电话，却触到刚上药的伤口，没拿住话筒，砸到插簧，对一脸担心的田丹笑了笑说："手还是不太方便。"

沈世昌摁着电话，阴沉着脸看铁林说："我怎么知道你不是在胡说八道。"

铁林说："您觉得我犯得着吗？我吃饱撑的，专门来得罪您这种大人物。北平站名册都烧了，把脑袋藏裤裆里过平头日子多好。"

"那为什么不过平头日子呢？"沈世昌问。

"您为啥非得在北平不走呢？"

沈世昌轻蔑地看着铁林说："你能跟我一样吗？"

"想得一样。眼瞅换世道了，要出头就出个大头，跟您学学，世道怎么换也是不倒翁。"

"……我了解金海，田丹在牢里。"

“他是我大哥，我比您了解。”

沈世昌重新拿起电话拨号，又接了一次京师监狱。金海桌上的电话再次响起，这次他用右手接起来，说：“我，金海。”

沈世昌说：“刚才怎么回事？”

金海说：“不小心，没接住。”

沈世昌那边半天没声音，金海皱着眉头说：“喂？沈先生……”

沈世昌没有说话，铁林屏着气息。柳如丝听不下去了，从里间走出来，沈世昌捂住话筒，铁林没想到柳如丝在。她倒了两杯水走到铁林面前，柳如丝朝他嫣然一笑，铁林眼神暧昧，刚伸手去接，柳如丝突然变了脸色，把左手端着的一杯水全泼到铁林脸上，然后走回里间。

金海在电话那边说：“沈先生，人已经带来了。”

沈世昌放开话筒说：“让她接电话。”

铁林运了半天气，抹了把脸，沈世昌看见长根回到客厅门口。

田丹接起电话说：“沈伯伯。”

“丹丹你还好吗？”

“信收到了？”田丹问。

“什么信？”

“您和我父亲的通信。”

沈世昌看向长根手里的信，招招手，长根过来递上信，沈世昌拆开看，问：“收到了，谁送来的？”

“华北城工部的同志。”

沈世昌示意长根到门口去搜寻，然后他控制自己的声音说：“信一直在城工部手里吗？”

“对，您保存好，父亲虽然不在了，但他最信任您。”

“你怎么知道怀中不在了？”沈世昌问。

“保密局北平站的铁林来过狱里几次，不难知道。”

沈世昌盯着铁林继续说：“还知道什么？也告诉我。”

“我方内部有奸细。”

“谁？”

“与您无关，今天晚上九点您到先农坛和城外来的人见面。”

沈世昌顿了一下，狐疑地问："我去见面？"

"城外来的人必须见到我，我必须见到您本人。"

"为什么？"

"他们信任我，我只信任您。"

沈世昌思索着，他试图找出令自己不安的源头，说："……我是说，为什么还要找我，明天何思源就要代表北平出城和你们接洽和谈了。"

"何思源是民主人士，您是华北剿总军方的人，我们需要换防部队编号和改编撤军步骤。"

沈世昌看着铁林在用餐巾擦脸，说："九点，先农坛。"

"是。"

"让金海接电话。"

金海接过电话，沈世昌吩咐道："晚九点，带田丹到先农坛。"

金海说："好。"

沈世昌那边先挂了电话，金海也挂了电话，田丹奇怪地看着他，金海慢慢皱起眉头，说："怎么了？"

"他说什么？"田丹问。

"叫我九点带你去先农坛。"

"没有再说什么？"

"没有。"

田丹脑子飞速转动，说："他让你把我带出监狱，你很爽快就答应了。"

"有啥不对，他知道我听他的。"

田丹找到症结所在，说："马上就挂，他好像早知道你会答应。"

金海怔着，他感觉自己五脏六腑被凉意攫住。

客厅里，沈世昌审视着坐在对面的铁林，铁林身上的怯懦渐渐不见，取而代之的是小人得志。他讨厌这样的人，但他需要相信铁林，他问："什么时候看见田丹、金海和徐天在一起？"

铁林将餐布揉成一团，扔到桌上，说："看见就没戏唱了，今天早上，他们躲着我，以为我不知道。"

沈世昌看着铁林半晌，慢慢地说："……金海，徐天，你们三个是兄弟。"

铁林点了点头，沈世昌将话直白地说："来我这里是要出卖兄弟了？"

"兄弟是啥？您有结义兄弟吗？插香时候说的那些话大家都知道，您信不信？您肯定信自己，信别人不找死吗？"

沈世昌被他的道理说服了，他在心里重新认识铁林，说："你能为我干什么？"

"封口。"

"杀兄弟？"

"那不能够，连亲带故一大串也杀不明白。嘴长在人身上，得自己合上才稳当。刀子再快也没嘴快，您要投共总不能把珠市口、大栅栏、京师监狱的全杀完吧？"

沈世昌的眼神犀利，问："嘴怎么闭上？"

"让田丹死在我两个结义兄弟手里，让他们跟您一样，共产党来了大家都闭嘴。"

沈世昌知道铁林在跟自己谈条件，他想知道铁林到底想要什么。铁林笑得诚恳，还带着点不好意思地说："您树大根深，给我点阴凉。"

金海坐回沙发上，按着眉头不知道在想什么。田丹也坐回来，轻轻地问脸色不好的金海："你们兄弟仨感情很好吗？"

"挺好的。"

她咬了咬嘴唇，又问："你帮他杀人，徐天知道吗？"

金海摇摇头说："没想着让徐天知道。我跟天儿不一样，我手上沾着血，所以得走。"

轻轻的敲门声响起来，随后探进华子神情忐忑的脑袋，金海跟田丹说："外面天黑了，您在椅子上休息会儿，晚上还得办正事。"

金海往门口走，华子、二勇几个狱警在走廊候着。金海出来带上门小声地吩咐说："二勇，带几个人把小耳朵提出去，领着他去找他那帮兄弟，让他发话别跟徐天过不去。"

二勇犹豫地答应了，金海叮嘱他完事儿再把人带回来。

二勇为难地说："老大，人带出去就带不回来了，小耳朵那帮人……"

"带不回来算我的，我签出狱单。"

二勇瞟了眼华子，点了点头。二勇和几个狱警离开，走廊里只剩下华子。金海吩咐他去弄点吃的上来，华子刚想走，又被金海叫住："等下，再挑二十个手黑、牢靠的兄弟，晚上跟我去先农坛抓人。"

"老大，抓谁啊？"华子问。

"剿总的沈世昌。"

华子吃惊地愣了两秒说："高级参议沈先生？"

"别问了，准备叫人去。"

华子站着没动，他想了想，还是把话说出来："田丹跑出去，平渊胡同转一圈，没事儿人一样又回来，还在您办公室待着……"

"怎么了？"

"兄弟们都在下面说呢。"

"说不了几天大伙儿就明白了。"

华子担心道："您先让我明白明白。"

"你信我吗？"金海看着华子，华子点了点头，但仍旧忐忑地说："信是信，但京师监狱正归沈世昌管，抓他那不是反了吗？"

"就是反了。"

"为啥？"

"因为那人对党国对中共都是个坏人。"

"抓了他，狱长还是您吗？"华子小心地问。

"现在还是。"

华子咽了口唾沫，转身下楼，说："我去备人。"

沈世昌克制不住，发出冷笑，说："但你们还是兄弟，我怎么信你？"

铁林丝毫不在意，掰着手指把件件往事说给他听："我没爹没妈，就一媳妇还是二婚的。插个香本来指望有兄弟帮衬，结果啥也没有不算，还成天感觉住在两兄弟屋檐下，关系远了没面子，关系近了没资格。去狱里审人不让，当哥哥的绕过我找冯青波找您卖好，大嘴巴随便往我媳妇脸上招呼，媳妇是个啥？媳妇能换，但没换的时候媳妇的脸就是我的脸，这理儿当哥哥的压根儿不想。您挨过兄弟揍吗？揍完没事儿一样，还说以后不当我是哥哥了。我也想仗义，弄一堆金条不当回事儿，散了保兄弟太平，多仁义啊。但是不是得先让他们落在我手上，我说啥就是啥。人有底气了才能仁义对吧？”

沈世昌看着铁林半晌没说话，铁林泄了气，说：“我说这些您可能听不明白。”

“能听明白。”

铁林像是被鼓励了一样接着说：“党国就那么回事儿，共产党也一样，风水轮流转，江山来回换，以后我就是您的人，您这棵大树不倒我就有阴凉。”

“凭什么金海会杀田丹？”

“凭俩女人，隔壁的刀美兰和他妹妹。”

“徐天呢？”

“那浑主的女人死了更浑，不过刀美兰是他女人的妈，一样。抓住刀美兰和大缨子，让他们干啥就干啥。”

“剿总方面我运作，委任你京师监狱狱长，明天任命下到监狱。南京国防部二厅方面，委任你为党国少将。”

这是铁林没想到的，曾经不敢奢望的一切都这么真切地摆在眼前，而且比想象的更丰厚更诱人。

沈世昌满意地看着铁林脸色变化，说：“你不是要做不倒翁吗？共产党如果进驻北平，京师监狱原狱长金海出卖女共党田丹，新任狱长反正投诚。党国如果反攻北平，保密局少将配合光复，有潜伏策应之功。”

“我做狱长，那金海呢？”

沈世昌故意说：“都做狱长了，还考虑金海？”

“我得问问，怎么说也是大哥。”

“金海只是一时糊涂，根子上是明白人，对吗？”

铁林想了想说：“对。”

“只要田丹死在他手里，他就是破坏和谈的囚犯，你的囚犯。”

“您想的还真周到。”

“两个女人在哪里？”

铁林说：“不用管了，这事我去办，北平站现在十个八个人还能调。”

“不用你办。”

“这会儿她们可能在司法处领尸体，明天徐天的女人下葬。”

“你去先农坛，九点金海要在他手下面前杀田丹。”

“您不去？”

“还用我吗？”

“得嘞！先农坛完事回来跟您报信儿。”

铁林站起来，他此刻觉得自己四肢百骸充满权力的能量，说：“刚才不知道柳爷在，她出来跟我打招呼，我也跟她打个招呼，不然不合适。”

铁林说着，门也不敲就进了里间，柳如丝站在窗边往外看，没回身。铁林看了一眼客厅，沈世昌不在视线内。

铁林走到柳如丝身边说：“以为您和冯先生已经走了呢，啥时候的飞机啊？”

柳如丝依旧没动身子，铁林的身体离柳如丝越来越近，他半低头毫不掩饰地嗅柳如丝的脖子，说：“东交民巷那小楼说着玩儿的，您别在意……”

柳如丝扭过身子怒视铁林，铁林稍稍站直，跟柳如丝拉开了点距离：“跟冯先生转告一声，铁林谢谢他，虽说他不把我当人，但没他我认识不了您……”

铁林说着就放肆地要伸手摸柳如丝的脸，柳如丝条件反射一掌抡过去，却结结实实被铁林挡住，铁林另一只手又摸上柳如丝的脸：“……没您也认识不了沈先生。”

柳如丝另一手扇上来，被铁林抓住，柳如丝挣扎着，但力气远没有铁林大，她怒视着铁林，但铁林毫不在乎。两人僵持半晌铁林才松手，笑着说：“您踏踏实实地走，往后沈先生就交给我照顾了。”

铁林离开后，柳如丝自己站在窗前大口呼着气。沈世昌走进柳如丝的里间，柳如丝揉着自己的手腕，脸色灰败。“怎么了？”沈世昌问得敷衍，柳如丝答得也敷衍：“没怎么，到点儿了，我该走了。”

“冯青波呢？”他问道。

“爸，知道什么男人最坏吗？没有最坏的，只有一个比一个更坏，跟你们比起来冯青波算好的了。”柳如丝最后看了父亲一眼，毫无留恋地走出去。

关宝慧终于盼着铁林从院里出来，她长长舒了口气，铁林看起来似乎有些不一样了，他开门的动作都比平常大。

“送你回家，晚上有大事要办。”关宝慧看着这样的铁林，更加惴惴不安，铁林朝她笑了笑：“放心，不是阎王殿，是登天路，凌霄阁。”

“把金海和徐天卖了。”铁林看着关宝慧，渐渐冷了脸色，关宝慧小声说：“我听见了。”

“我能卖他俩？救他们呢！也救咱们。”铁林理直气壮地说。

“我不用救。”关宝慧生气地别过头。

“行，那救我自个儿。”说完吉普车的油门被他狠踩一脚，咆哮着蹿了出去。

第四十七章

柳如丝到院子里叫萍萍走，萍萍费劲地提起两个箱子，柳如丝去接过一个，七姨太从对面厢房出来，长根也在院子里。

七姨太不忍心地说："走了小四？"

"七姨您保重。"柳如丝朝七姨太点了点头，七姨太更惊慌了，她无措地往客厅方向看："哎呀，真走了？老沈……"

沈世昌在客厅门口看着柳如丝头也不回地出去，一对父女就这么分离了，七姨太眼泪汪汪地说："也不用车送送？"

沈世昌冷漠又疲倦地叫长根进来，吩咐他："带上人去司法处，有两个女人， 个叫刀美兰，一个是京师监狱金海的妹妹，人扣住不要动，等我的电话。"

"知道了。"长根说完退了出去。

监狱里，华子低着头从楼道下来，往前走，看起来心事重重。他来到首道门禁侧门，掏自己的钥匙，半天不得要领，门禁里的狱警替他打开铁门，华子走进来，坐到椅子上。

狱警看华子神情有些不对："华哥，您怎么了？"

"楼上要吃饭，备两个人的份。"华子怏怏地说。

"田丹和老大？共产党不用坐牢，把这儿当旅馆了。"

华子抬头瞪了狱警一眼，狱警不敢说话了，赶紧去准备饭菜。

小耳朵的人还等在徐家门口，徐允诺也不敢离开，还坐在门槛上和小耳朵的人对峙。连虎跟徐允诺喊：“大爷，叫你儿子出来。”

徐允诺瞪连虎，骂道：“你大爷！”

连虎一伙人上台阶往里进，“给我站着！”徐允诺站起来厉声道。

关山月扎着靠旗，提着一杆颤巍巍白蜡银头红缨枪出来。他要了个枪花，横在门口喊道：“呔，给我站着！”

连虎单手将关山月提起来，放到院门里。汉子们把刀从衣襟里抽出来，涌入院子。

徐允诺面色苍白地看着乌泱泱的人就这么进了自己家，问关老爷：“天儿在里面吗？”

关山月摇了摇头说：“不在。”

“不在？”

“上房去了槐花胡同！”

徐允诺松了口气，却看见边上站着的跳子也听见了关山月的胡话，跳子看他们的兄弟里外搜索无果，招呼大家去槐花胡同。

徐允诺和关山月在门口又看身边白衣汉子鱼贯而出，关山月嘴里叨叨着戏词，徐允诺叹了口气：“关老爷，您嘴能不能严实点儿。”

“我不出马怎能退了这一众贼子？”

徐允诺看着关山月自得的表情，欲哭无泪。

司法处办公室里，死性的保梁爱搭不理地看看刀美兰，刀美兰一遍遍说：“今天不领人，明天领。”

“明天来。”保梁只重复这仨字。

“明天来，不是后天才能领人吗？”大缨子急吼吼地问。

“签字的人不在。”保梁这次换了句话，大缨子不高兴了，翻着白眼说：“你不是人？”

“我只有冰库钥匙。”

刀美兰看保梁哀求着说：“我们不签字，明天来领人。”

“明天我不在。”

两个女人生气地看着保梁，长根不知何时走进来，保梁抬头看着他。

长根看着两个女人问：“您二位谁是刀美兰？”

刀美兰充满戒备地说：“我。”

“我金缨。”大缨子抢着说。

长根打量了一下办公室，：“冰库钥匙，拿来。”长根身后门口的走廊里出现六个便衣军人，保梁慢慢地递过钥匙。

“在哪边？”长根问。

大缨子没心没肺地指着门口比画：“出门右转，噢不是，走廊拐过去到头。”

长根拿着钥匙往外走，四个军人进来，两人一个架起刀美兰和大缨子往外拖，大缨子惊愕地直嚷嚷：“干吗啊！你们干吗啊！”

剩下的军人拉上门，将保梁关在屋里。

司法处存尸处里，冷冷的冰柜一直摞到天花板，长根开门进来，刀美兰和大缨子被架进来，大缨子挣扎着：“干什么呀！哎你轻点！信不信我抽你！”长根看了看四周，又看了看蹬着腿不服气的大缨子和沉默着扭动身体挣扎的刀美兰，一句话也没说，退出去锁上了门。

照相机修理铺丁老师在收拾一片混乱的铺子，徐天从铺外进来。

丁老师慢慢直起身子，充满戒备地说：“不是走了吗？怎么还没完？”

徐天将相机摘下来，放到柜台上：“您歇着，我收拾。”

丁老师狐疑地拖了张凳子坐下看着徐天收拾，徐天一言不发，只顾埋头干活，丁老师观察了一会儿，甚至开始指挥他了：“箱子，搬上头。”

徐天一声不吭地照做。

丁老师把脚跷起来说：“柜子推平喽。”

徐天一一照做，丁老师也没了脾气，徐天低着头跟丁老师说：“坏的东西算好多少钱，回头送来。”

“仨头没磕够，专门回来接着赔不是？”丁老师被折腾这一天，全是他弄不明白的事儿。

“仨头也不全冲您磕的，我对不起贾小朵，回来有事儿。”

“你女人叫贾小朵？”

徐天说："是，明天入土。"

丁老师脾气又上来了："我长得像杀人的吗！"

徐天没回应，从怀里掏出田丹的速描放到柜台上，丁老师低头看了看，然后抬头看徐天。

"见过长这样的人吗？"

"这画的啥，就鼻子和嘴。"丁老师皱了皱眉。

"就鼻子和嘴长这样的，有这种相机。"

"知道玩儿这种相机的都是什么人吗？除了军方和记者外国人，全北平自己玩儿的没几个。"

"几个？"

丁老师蒙住了，说："我怎么知道？"

"您刚说知道。"

"知道几个。"

徐天拿过纸笔，放到丁老师面前："写给我，干啥的，住哪儿。"

丁老师瞟着徐天，徐天哀求地说："求您了。"

冷库里，大缨子砸着厚重的门："哎！你们谁啊！弄错人了吧？开门！我哥是京师监狱狱长，开门！"

刀美兰在一格格的冰抽屉中，找到贾小朵的名牌，她用手指抚摸着贾小朵的名字，泪水流下。

徐天拿过丁老师写的纸揣进怀里，丁老师看着他，说："这就上门找啊？"

"这人干什么的？"徐天把纸掏出来，用手指着一个名字。

"琉璃厂倒古董的，我跟你说，这都正经人，别又跟来我这儿似的一通乱砸。"

"这个呢？"徐天手指下滑。

"什么也不干，家里有子儿。"

徐天伸手又指了一个，问："这个。"

"西医大夫……给人开刀的。"

"这个呢？"

“这个不常在北平，关外贩木材的，有时候也倒点烟土，不太正经。”

徐天将手指挪回到上一个名字，点了点：“开刀的？”

丁老师点了点头，徐天问：“什么刀？”

“手术刀，留洋回来的，刀玩儿得溜着呢，开膛摘心什么都治。”

徐天看看字条：“光有电话，没写住哪儿。”

“不知道住哪儿，家里有电话的主，每次……”

徐天拿起纸叠起来转身走：“谢了。”

“哎，你要折腾人家别说从我这儿得到的资料！”

徐天又折回来，丁老师有些惧怕地退了一步：“又怎么了？”

“相机里胶卷拿出来，我不会拿，回头一块儿给你钱。”

“拿出来干啥？”

“拍照片了，拿去洗。”

“我这儿就能洗，你拿走不回来咋办？取照片时候赔我钱，要么照片送你家去取钱。”

“珠市口道儿北，徐记车行。”徐天说完便奔出去。

人行走，车小跑，萍萍和两个箱子在一辆车上，柳如丝在另一辆车上，她从来没有感到这么混乱过。

囚室里镣铐乱响，冯青波的声音断续传来：“田丹，来杀我！田丹！你来杀我！”

十七面无表情地靠在囚室门边，一圈一圈缠手上的纱布。

金海办公室里，田丹蜷缩在双人沙发上，发着呆，金海坐在椅子上，撑着头在思考，时不时看看她。此时华子在外敲门，金海起身开了门。

“老大，人备好了。吃的现在送上来？”华子问。

金海点点头，华子瞟着沙发里的田丹，退了出去。

吉普车开过来停到铁林家门口，铁林嘱咐关宝慧：“在家待着别出门，自己弄点吃的。”

“我想去珠市口。”

“回头把你爸接到东交民巷住，不住珠市口了。”

“东交民巷？”

“再找个用人，跟柳爷一样弄个小丫头。”

关宝慧看着陌生的铁林说：“天还没黑呢。”

“啥意思？”

“你不是晚上才办事吗？”关宝慧轻轻地问，铁林下车，关了车门和关宝慧进入拱门。

柳如丝来到了住处门前，萍萍守着两个箱子坐在人力车上，另一辆车空着。柳如丝从楼上下来，看着客厅，转到冯青波那间房，推开看，静静的，没有人。她靠在门框上，想起那天他在这个屋里跟自己说话，她短暂地缅怀了一下，又转回到客厅，看到了地上破损的红色暖水袋。柳如丝怔了好久，眼睛潮乎乎的，她迈步向外走，脚踩过红色暖水袋出去了。

北平街道上轰隆隆过着军车，夹杂着汽车的喇叭声。徐天极力地想听清楚，耳朵贴着听筒，捂着另一只耳朵：“喂！接高大夫。”

女人的声音从电话里传来：“圣心医院……”

“我找高医生，喂？留洋回来的……”

“这里是圣心医院，您找哪位高医生？”

“什么医院？”徐天隔着电话扯着嗓子问。

“圣心医院。”

徐天听后挂了电话，不远处，柳如丝和萍萍的两辆三轮车跑了过去。

沈世昌客厅里，门窗紧闭，光线昏暗，收音机开着，沈世昌在闭目养神。一个女人的声音在收音机里絮叨着：“……中央通讯社消息，平津局势陷入胶着状态，共匪武装叛乱，不得人心，危害民族，国府以政治方式解决之途径，因共匪迭次峻拒而告终……”

小耳朵的人从胡同口进来，漫无目的地一家家看过去，连虎和跳子经过关着门的沈世昌家门口。跳子指挥大家把胡同两头都堵上，等着徐天来。

胡同里的汉子们悄无声息地散开去，家中的沈世昌一动未动。收音机里女人的声音继续说着：“……为保卫国家之基础，扫除建国之障碍，救匪区之同胞，令北平剿办，勘平内乱。据昨日消息，平津地区共军二十万投诚，华北局势日趋明朗……下面播送程砚秋《文姬归汉》：'荒原寒日嘶胡马，万里云山归路退，蒙头霜霰冬和夏，满目牛羊风卷沙。'"

监狱里，二勇将囚车开过来，走内部人员的小门打开了，四个狱警押着戴镣铐的小耳朵出来。小耳朵进入囚车，窗外的天已经暗下来，监狱大门打开，囚车开了出去，大门又重新紧闭了。华子往办公室桌上放了几个监狱制式的餐盒，然后悄悄离去，金海打开餐盒，问发呆的田丹："想什么呢？"

田丹看着金海，思绪不知道飘到了什么地方，说："不知道徐天在干什么？"

金海拿起一双筷子递给她："先吃吧。"

餐盒里是粗面馒头和酱豆腐咸菜之类的东西，金海见田丹并未动筷，问："南方人吃不惯吧？"

田丹朝他感谢地笑了笑，说："我没胃口。"

金海自己拿起筷子大口吃着，问："你去过最南边的地方是哪儿？"

"有个地方叫天涯海角。"

"听说过，那儿冬天不太用穿衣服，一辈子不用火炉，顿顿大米饭拌辣椒，女人皮肤也晒得跟黑炭……"

"你还听说什么？"

"国共要划江而治，长江两边一人一半。"

田丹听金海这么说，问他："你还是要走？"

"选了个地儿，舟山，托人问了，不冷不热……"金海一边吃，一边说道。

"你可以不走，大军进城，我会向组织上说明解释。"

"说明解释啥？谢了。"金海笑了笑，"舟山那地方听说正经不错。"

"是个海岛，去了怎么生活？"田丹好奇地问。

"攒了些金条，这几天想办法转回手里，两三个人过日子够了。"

"两三个人？"

"我妹，刀美兰要愿意也一块儿去。"

田丹听后点点头，又觉得继续问不太好，金海却坦诚地解释道："从她和小朵搬来平渊胡同那天起，我喜欢她四年了。"

田丹拿起筷子，一边小口嚼咽着一边看金海。

"不耽误抓沈世昌。"金海又补充了一句。

"你走了徐天怎么办？"

"你多照顾他，他听你的。"

田丹笑了，她抿了抿嘴问："刀阿姨愿意去南方吗？"

"她要不愿意，到南边我再找，舟山也不缺女的。"金海说完自己都乐了。

"舟山……"田丹想象着那样的金海，若有所思地说："离绍兴不远，我的家乡。"

徐天冲进圣心医院，抓住一个护士就问医院总机在哪儿，护士被忽然抓住胳膊，一脸惊惧看着他，徐天放开手，调整自己的情绪："医院总机？"

护士摇了摇头，这时燕三跑了进来，徐天站定缓了一会儿。

燕三说："那女的家里人来了，医生说没大事，一刀都没伤着心肝胃。"

"楼上楼下挨着问有没有姓高的外科医生，我去找电话总机房。"徐天跟燕三吩咐道。

"姓高的？"燕三困惑地问。

"外科医生，开刀的。"

"为啥？"

"小红袄。"徐天先跑起来，燕三一边跑一边吃惊："啊，是这医院的大夫？"

徐天沿着走廊一间间屋子看过来，看见不远处一个屋子门牌上写着总机室，徐天推门进去。外屋有两个男的，见徐天冲进来便拦，徐天把其中一个摁在墙上，嘴里念叨着："警察办案别找事！"

他冲进里屋，看见一个女的头上挂着耳机，正在吃东西。

"开刀的外科医生，姓高，留洋回来的，有几个？"徐天着急地问，女人吃的窝头停在嘴里愣着，徐天展开丁老师写的那张纸，点了点其中一行："这是他留的电话，医院总机转，几个姓高的？"

“……一个。”

燕三此刻也推门进来，急匆匆地说：“天哥，有一姓高的。”

徐天扭头看着燕三问：“在哪儿？”

“没上班，在家。”

徐天转回头问女人高医生家住哪里，女人也不知道。徐天缓了缓，又问她：“他分机电话转到哪里？”

“医院后面公寓楼。”

“几楼几号？”

女人茫然地又摇摇头，徐天急得抓头发，问她：“公寓楼有几层？”

“两层。”

“从这里走过去要多久？”

“……五分钟。”

徐天挪过台子上一只钟，放到女人面前，让她看着时间。

“到八分钟电话转过去，一直打。”

女人点着头，徐天和燕三奔了出去。徐天看着公寓进进出出的人，燕三跑回来指着公寓楼，两人奔入楼内。徐天指着二楼跟燕三说：“你上面，我下面，接到电话会合。”

燕三上了楼梯，走廊昏暗，阳光基本照射不进来，还没到下班时候，公寓的门一间间都闭着。徐天和燕三分别站在两层走廊中间。

电话还没响，徐天屏着呼吸。电话响起来，声音离徐天比较遥远，徐天一扇扇门听过去，没能确定在哪里。电话铃声离燕三很近，燕三听了听，确定了一扇门。

徐天从楼梯上来，快步来到燕三身边，俩人一左一右挨着门边。

电话在里面响，一直无人接听，然后声音停了。

燕三小声说：“不在？”

徐天用手推了推门，找家伙准备撬门，里面电话铃再次响起，对面公寓门打开，露出一个胖胖的男人的身影。俩人瞪着男人，男人也看了徐天和燕三半晌，然后关了自己的门，徐天找到根炉条子，撬开门，两人进入公寓房间。

徐天反手关上房门，电话铃响着，俩人往里走，公寓凌乱，窗户紧闭，有一些光线从窗缝斜进来，照射在墙上。墙上有相机拍摄的照片，风格大致类似宝元馆那几张偷拍照片，都是北平的路人的瞬间。墙上桌子角落里有很多解剖图，福尔马林瓶子里泡着将成人形的胚胎和大脑、内脏，抽屉里有成套的手术刀和解剖学书籍。

电话铃声停了。

“天哥，就是这个人。”燕三说道，徐天关上抽屉，开始翻箱倒柜。一只箱子从床底下被拖出来，里面有女人用的东西，红褂子、红头绳、红线手套、红线围脖……

徐天双眼红了，将箱子里的东西全部倒出来，翻找起来。“找什么？”燕三问。

徐天闷着头狂翻：“小朵的红线脚铃。”

燕三突然不动了，他扯着蹲在地上的徐天，徐天抬起头，公寓门上的破损锁头在转动，转到一半停了下来。

两个人戒备地盯着门把手，徐天的身体都绷得紧紧的。门推开了，露出刚才对面公寓的胖男人。徐天和燕三同时怒视他，男人见两个陌生的男人在家，也瞪大眼睛，愤怒地问：“你们怎么随便进人家里呢？”

徐天迅速冲到他对面，想要挥拳，男人见徐天怒发冲冠，退后一步。

“这是你家？”徐天目眦欲裂，男人战战兢兢地问：“你们是谁？”

“进来。”徐天说。

男人没动，眼睛瞟着门后，准备随时逃离。燕三见状突然扑上去，男人返身便跑。他往楼下跑，一路扳倒走廊的杂物阻挡徐天和燕三，一直跑下楼梯，徐天直接从楼梯中缝跃到一楼。燕三和徐天一上一下，将男人堵在楼梯中段。徐天往上走，抡着拳头就要揍，男人往回退，退到燕三身侧。燕三冲上来，被徐天挡住拳头。

男人惊惧地挡着自己的脸：“你们是谁啊？”

“本事不小，电话放对屋，自己住一屋。”

徐天愤怒地拉着他走，男人脚下踉踉跄跄：“去哪儿啊？”

“回屋。”

男人鼓足勇气喊出来：“凭什么！”

燕三又准备揍，徐天拦着，强迫自己镇定：“回屋。”

男人跟着徐天上楼梯。徐天进屋，走到那堆女人用的东西前，燕三将男人推搡进来。

徐天一手揪着他衣服，一手指着那些东西问是哪儿来的，男人头摇得像拨浪鼓似的。

徐天眼睛冒出了火，说："要不要我告诉你？"

男人不知所措地看着徐天说："你怎么知道？"

"还装。"

燕三怒喊："打死他！"

男人愤怒又怯懦地说："你们什么人啊！"

"警察。"

"杀了几个？"燕三咆哮着，男人一脸蒙，问，"几个？"

"杀了几个女的！"

男人更惊惧了，徐天问："你今天早上在哪儿？"

"上班。"

"谁能证明？"

男人哆嗦着看徐天："还要证明，总务科一早开会大家都在。"

"总务科？"

"我是科长！"男人挺了挺胸，随即又缩了脖子。

徐天知道自己又抓错了人，他松开了抓着男人的手。"你姓什么？"燕二还在喊着说话。

"找……找姓什么来着？"男人向他俩投来求助的眼神。

"你姓什么自己不知道吗？"

"蒙住了……姓刘。"

徐天困惑地问他："这是你家吗？"

"高医生住这儿，我住对面。"男人表情委屈又无助，徐天运着气，问："他什么时候回来？"

男人见徐天不再朝他发火，他没好气地回答："不回来了，去上海了。"

"什么时候走的？"

"刚走，钥匙给我了，去天坛机场了。"

徐天懊恼地捶着墙，燕三不知下一步该怎么做。徐天命令男人把门关上，更不许动房里东西，男人一头雾水地看着乱糟糟的房间，徐天拿起柜子上一间房主人的单独照片，砸了相框，抽出相片，自己跑出屋子，燕三忙拔腿跟上。

刚修好的天坛机场，停机坪上停着六架飞机，机场乱哄哄的，大多是军人，夹杂很多便装的人。柳如丝和萍萍在机场进口的地方站着，有更多的人想往里挤。宪兵在努力维持秩序，机场铁网门附近丢弃着各种各样的军车，柳如丝看着人们都想去的进口方向。

环境嘈杂，萍萍大声提醒柳如丝说："姐，天要黑了。"

柳如丝看看天光，最后一抹光线落下高矗的机头，机场探照灯四起，她轻声道："已经黑了。"

徐天和燕三沿街快速行走着。徐天一手拿着照片，一手拿着田丹的速描，对比着路人。

燕三在后面歪歪斜斜地跟着："天哥，要不要叫辆车？省点劲儿。"

徐天不搭理他，将照片和速描放入怀里跑起来，燕三只得跟上去。

铁林回到家脱了外衣，端起早上没喝的汤药。这样的铁林让关宝慧熟悉，她低低地说："都凉了。"

"想喝，肚子烧得慌。"铁林放下碗，又端起一碗咚咚喝下，关宝慧无力地劝铁林说："晚上别出门了。"

"那怎么行？"

"陪陪我……喝这么多药。"关宝慧哀求地看着他，放在平时，铁林一定什么都不干，听媳妇的话在家陪着，但他不是以前的自己了，现在他有更重要的事情。铁林喝完最后一碗，心不在焉地说："事儿办完回来，药劲儿没准正好顶上。"

关宝慧担心地看着铁林，想到在沈世昌家的遭遇，心里有种不祥的预感，仿佛已经看到铁林正在一步步踏向深渊，问："你到底要办什么事？"

此时铁林也是以命相搏，不知道后面究竟会发生什么，烦躁地说："别问了。"

关宝慧仍不放弃，她抬头看着铁林不舍地说："我是你媳妇，你发财我享福，你出头我风光，你出事我跟着遭殃。”

“晚上杀田丹。”

关宝慧就不明白了，问：“为啥非跟她过不去啊？”

“大哥和徐天非跟她凑一块儿。”

“这碍着你什么了？”

“没碍着我，碍着沈先生和他们自己了，为个外人作死呢，我替他们除了田丹，大家还跟从前一样。”

关宝慧叹了口气，心如乱麻地说：“一样不了。”

“他们愿意一样，我就还一样。”

关宝慧眼巴巴地看向铁林，劝道：“别去了。”

铁林看着这样的关宝慧，心里也不是滋味，但想到自己未来的前程，又铁了心。他恨铁不成钢地说：“宝慧，每次去珠市口，徐天对你什么口气？你嗓门比他大，话比他横，实际上你横还是他横？你是嫂子，他把你当嫂子吗？”

“当嫂子。”

“你傻呀？”

“那还不是因为你。”

铁林愤慨地说：“没错，我尿呗，这么多年金海有没有正眼瞧过你？”

“见面次数都不多。”

“大哥把你当空气。”

“那不也……”

“因为我，是吧？”

关宝慧看着铁林生气了，语气又软下来：“他妹是你前妻，你把她踹了。”

铁林喊道：“大缨子踹的我！”

“你说这些干吗？”

“你说得没错，过了今晚就不一样了。”铁林长舒了一口气，像把多年屈辱都一并吐了出来，说：“大哥和徐天得听听我说话的分量，知道我这兄弟的斤两，救他们的人是我，保他们太平的人也是我，以后谁也别瞧不起你。”

关宝慧失落地坐在沙发上说："让你一说好像从前我过得窝囊透了。"

"你老挂嘴边我窝囊，我窝囊就是你窝囊。"

关宝慧心疼地看着铁林，拍了拍自己身边的沙发，示意他坐过来。铁林走过来坐到关宝慧身边。

"别走了。"关宝慧难得温柔。

"得走。"铁林态度坚定。

"再陪我一会儿，十分钟。"关宝慧把头靠在铁林的肩上，铁林卸下劲头，关宝慧拉住铁林的胳膊，怕他跑了一样，说："以后别喝药了。"

"药得喝。"

关宝慧抬眼看铁林说："正火顶不上，邪火越来越多。"

铁林吸了吸鼻子，感受了一下，说："你别说，还真是。"

柳如丝站在检票的人群之外，机场入口铁网门在关闭。螺旋桨转起来，萍萍在柳如丝耳边喊："姐，冯先生不会来了。"

柳如丝转头看着萍萍说："早上我跟他说什么了？"

"你说他的命早被田丹收了，从那年春天起就是个死人。"

柳如丝心里难过，看着被关的网门万分不舍，说："我是这么说的吗？我还说什么了？"

马达开始轰鸣，萍萍大声地一字一字喊："您说怎么会对个死人上心！"

"他说什么？"柳如丝嘴唇开合，马达轰转，已经完全听不到说话的声音。

萍萍说："他问您晚上什么时候的飞机，你叫他不要来了！"

柳如丝怔着，萍萍又喊一遍："你叫他不要来了！"

萍萍字句都击在自己心上，柳如丝忍不住想冯青波听到自己这么说该是什么心情。思及此处，柳如丝赶紧停止想起冯青波的想法，她提起箱子，往检票的地方去。她出示一张纸，萍萍跟着她，两个人走上舷梯。舷梯合上，六架飞机满转轰鸣，徐天和燕三刚刚赶到机场，他们往铁网门里挤，遭到宪兵阻挡。大家都在大声嚷嚷，但彼此听不到对方的声音，燕三与宪兵推扯起来。这时，第一架飞机已经开始滑行。

徐天绕到另一边，开车门上了一辆没熄火的卡车，卡车在他的胡乱操纵下开动，歪歪斜斜撞开铁网门，开入机场，宪兵追进去向车轮胎开枪，卡车勉强停住。第一架飞机升空，徐天在车里绝望地看着，第二架飞机升空，宪兵们拉开车门摁住徐天，炮声起，炮声越来越密集，黑暗的天空变成一片炮弹交织的火网，宪兵们目瞪口呆，忘记了徐天，看着天空。先前起飞的两架飞机在空中急剧改变上升轨迹，跑道上正在滑行的飞机停顿下来，然后撞在一起。

柳如丝和萍萍在机舱里跌滚着，舱里满满的人和行李四处乱撞，女人惊叫，密如大雨倾泄的炮声，全城灯火星星点点，唯有天坛上空火网流动。柳如丝在这一刻反而内心平静，她期望自己就这么死掉，她不愿想象之后的生活会是什么样子。

第四十八章

站在金海办公室，能从铁窗看到远处炮弹映红的一片天空。金海看着田丹站在窗前，听见她问："他和小朵在一起多久？"

金海一时有点恍惚，他想了想，说："两三年。"

"见他第二次，我对他说，有很多连环杀手是找不到的，尤其在这种时候。"

远处炮火更密，金海心里也很难过，他后悔自己在出事那天不该数落小朵。

徐天仰头看着天空，已经没有宪兵搭理他和燕三。没起飞的四架飞机撞停在跑道上，舱门打开，军人纷纷往下跳，空中两架飞机盘旋落下来，向停着的飞机那边滑行，众人惊恐，另一架紧接着落下来。后降落的飞机撞上之前的，引擎起火，机场一片混乱。

外面的炮声弱了下去，双人床停止抖动。铁林从被子里钻出来，披着衣服，公然坐在床上抽烟，关宝慧起身掀开被子，在梳妆台前整理妆容。

"还收拾啥？"铁林问道。

关宝慧停了动作，铁林也掀开被子，叼着烟穿衣服。

"出门啊？"

"不出门还能干啥？"铁林坐在床边回头，关宝慧不放心地说："我跟你一起去。"

“在家歇着，明天给涂大夫送面锦旗。”说完，铁林开门出去，只留下关宝慧一个人手足无措地坐在梳妆台前。

炮击已停，飞机起火，机场内一片混乱，所有人都往机场外涌出，伴着惊恐嘈杂的声音，徐天和燕三逆着人流向机场内冲去。

“三儿！”徐天大喊燕三。

“天哥！”

徐天将外科医生的相片从人头上递过去：“看清楚了！”

燕三和徐天两人分别拿着一张照片和一张速描，迎着往外的人流，一个个辨认，接近着火的机舱，探照灯乱晃，根本无法辨清人脸，徐天绝望地四处乱转。

机场机舱，萍萍卡在货物和破损的机舱腹部结构里无法脱身。引擎着火蔓延到机身，机舱里的人往外挤逃，无人在乎别人生死，柳如丝在搬动杂物，试图拖出萍萍。

萍萍挣扎着抬头喊：“姐，不要管我了！”

柳如丝一边用力搬东西一边喊：“闭嘴！”

柳如丝终于搬开一些空间，下到机腹杂物缝隙里，从下方撬搬卡住萍萍的物件。柳如丝脚侧不远就是引擎的熊熊大火，萍萍脸上不知是汗还是泪。

檀木架子上电话响，沈世昌接起来，戴先生的声音传来：“老沈，天坛机场被共产党炸了，你那里听到炮击了吗？”

“听见了。”沈世昌的语气难辨情绪。

“是王克俊通知解放军炮击的，华北剿总和委员长彻底决裂了。”

“好事情。”沈世昌手上的扳指不知道什么时候被摘掉了。

戴先生顿了一下说：“还有个事你要准备一下，共产党华北城工部给剿总一个名单，疑似破坏北平和平解放人员，剿总已经成立内部肃整小组，从今天晚上起逐个谈话。”

沈世昌脸色阴沉下来，但语气仍然平和：“我有什么好准备的？”

“上面有你的大名。”

“肃整小组谁负责？”

“多年老友，我已经提前通知你了，好自为之。”

沈世昌还想要分辩，说：“我好自为……”

但戴先生那头挂了电话，沈世昌面色严峻。

机舱里所有人都逃光了，柳如丝在机腹里，用一个金属棍撬拆了卡住的东西。萍萍脱困上到机舱甲板，返身去拉柳如丝。此时柳如丝脚底支撑塌陷，她落到比萍萍原来更险的地方，以萍萍之力无法再将柳如丝弄上来。

柳如丝在火光里被映红了脸，她抬头望着萍萍，绝望地喊：“你走吧。”

萍萍一声不吭，准备钻回去，一只手将萍萍提起来。柳如丝看到一张脸露出来，是徐天，徐天蹲下身看了一会儿柳如丝，探身钻下来。柳如丝已经被熏得有些迷糊了，她不住咳呛着，徐天大力拆了卡住的东西，将柳如丝托上去。燕三在机舱甲板把柳如丝拉了上来。

燕三伸手给徐天，柳如丝也跪着朝徐天伸手，徐天大喊：“……滚蛋！三儿，滚蛋！”

萍萍也拉着柳如丝喊：“姐，走啊！”柳如丝还跪在甲板上不动，燕三索性钻下去，徐天着急地说：“你下来干啥！”

“您在这儿。”

徐天朝他和她咆哮：“要炸了！”

机体震动起来，是引擎下面的支撑轮胎爆了。机舱向另一个方向倾斜，杂物冲过来，彻底掩盖了徐天和燕三下面的缺口。

萍萍用力把柳如丝拉走，柳如丝满脸是泪。

机腹里，徐天大声问燕三：“看到小红袄了吗？”

燕三朝他摇摇头，徐天着急又颓丧。田丹的速描落在机腹某处，被火舌卷没。徐天看看四周，心里的火气都发泄到下方的铁架上，他开始用脚踹，踹了不知多少下，机体下方露出跑道的硬地，燕三与徐天一起向下踹。

萍萍和地面的宪兵接住跃下机舱的柳如丝，宪兵们拉着柳如丝离开飞机。柳如丝一步三回头，只见飞机引擎燃及油箱，机体爆成了一团火球。

柳如丝站住了，愣怔在原地。

金海看看墙上的挂表，已经快到时间。田丹看了看自己的手表，将鬓角的头发重新用徐天买给她的发卡别起来。

华子拉开门，田丹拿了桌上冯青波那支匕首和金海出了办公室。保密局大办公室里，八个特务在检查枪支。在铁林准备离开时，处长办公室的电话突然响了。

铁林返身接起来，沈世昌的声音传来："不要失手，田丹今晚一定要死。"

"明白。"铁林放下电话走出小办公室，八个特务跟着他，铁林此刻觉得自己要去完成一件大事，他完全蜕变了。走到院里，铁林与三个特务上吉普车，五个特务上另一辆车，两辆车同时开出。

长根坐在司法处的椅子上闭目养神，屋内还有两个便衣军人，保粱还在，他还是一脸死性。桌上电话响了起来，长根去接起来，对着电话里的沈世昌汇报道："先生，人在，放心。"

长根挂上电话，重新闭目养神。

囚车停在监狱院子里，候着十几个精干狱警，田丹和金海、华子从小门出来，田丹和金海坐入前座，华子带众警进入后车厢，车子轰鸣，车灯在黑暗中照得很远。

机场铁网门口，大批的人往外涌，中间夹杂着人们的喊叫声。柳如丝和萍萍被人群裹挟着向外，焦头黑脸的徐天拿着外科医生的相片，和燕三在铁网门边，一个个注视着出来的人。柳如丝看见了徐天，心里稍安，徐天也看见了柳如丝，像看一个陌生人一样目光滑过。柳如丝和萍萍挤出铁网门，之前的那几个宪兵看见徐天，又走过去。燕三与几个宪兵撕扯起来，宪兵去摁徐天。柳如丝的目光一直在徐天那边，于是她停下来，又返回去。萍萍留在原地，她看着柳如丝出示了上飞机时的那张纸，宪兵便松开了徐天。

柳如丝看了看徐天手里的照片问："你来这里干什么？"

"抓人。"

"什么人？"柳如丝困惑。

"第一次去东交民巷告诉你了。"

柳如丝回想到徐天之前说起小红袄的事，没想到世道乱成这样，他仍没有放弃。柳如丝看了徐天半晌，她的心里酝酿出了一些善意。燕三跑到徐天身边，柳如丝告诉徐天：“今晚田丹和金海在先农坛要抓我父亲，铁林出卖了你们，田丹会死在金海手里。”

徐天根本不相信柳如丝的话，柳如丝怜悯又抱歉地看着他说：“刀美兰和金海的妹妹扣在司法处，金海会为了救她们杀了田丹。”

徐天彻底傻了，柳如丝看着他的样子，补充道：“九点。”

徐天回过神来，急急地问：“谁扣的刀姨和金缨？”

“我爸。”

“他在哪里？”

“在家。”

“我为什么要相信你？”

柳如丝直视徐天，又变成柳爷，反问：“我为什么要告诉你？”

徐天无意识地倒退了一步，他看着柳如丝，满脑袋震惊混沌，柳如丝转身带着萍萍离开。

燕三听到对话，念及大缨子也心急如焚，问徐天：“天哥，还找吗？”

机场附近停着一辆军用卡车，不少人正往车上爬，徐天低头看着手里的外科医生照片，纠结要不要跟上去。北平街道上开过一辆囚车，华子坐在后边，心情忐忑。田丹看着手表上的时间，离九点不到十分钟。铁林开着车，特务们面无表情。囚车经过黑暗的街道，有人力车停在街边。

金海让狱警停车，车停下来。金海下车拉开后车门，一车人看着他，他让两个狱警送田丹回监狱。

两个狱警面面相觑，田丹也跟着下车，“路上绕着点，别碰到宪兵。”金海嘱咐道。

狱警“哎哎”地答应着。

“为什么？”田丹问金海。

“抓人这种累活你也出不上力，抓回去让你见着就行。”

田丹依旧看着金海，金海想了想说：“和沈世昌打电话的时候，你说他那么快答应去先农坛是有点不太对，我一直琢磨，不去也不行，但你就别露面了。”

田丹思索一下，觉得金海说的有道理，她也有事情要做。她答应了下来，田丹刚要离去，又停了下来，转身问金海说："带钱了吗？"

金海先是一愣，又忙从身上摸出一些钱，跟着田丹走向人力车夫的身旁，车夫看着黑暗里一堆狱警，惊惧得很，金海将钱给车夫，嘱咐道："跑快点儿，别出岔子。"

车夫大着胆子拿过钱收好："哎，有多快跑多快。"

田丹坐上人力车，抚着把手看着金海说："你当心。"

金海看田丹想说什么又没说，只挥了挥手，对车夫说："走吧。"

车夫拉起来，两个狱警小跑跟上去。金海目送田丹远去，半晌才又走向囚车。田丹坐在人力车上，扭头看金海的车已经启动向远处开去，后面两个狱警正小跑着跟着自己。

田丹跟车夫说："再跑快点。"

"不用等那两位爷？"车夫问。

田丹说："不用，越快越好。"

车夫撒开腿跑，两个狱警被甩开了

"咱们奔哪儿啊？"车夫大声问田丹。

"槐花胡同8号。"

人力车拐入小巷了，狱警彻底被甩掉。

露天的卡车厢里，徐天、燕三和一些沉默的军人、平民挤在一起。军人和平民都是从机场回来的，有人两手空空，有人抱着行李。后面还有几辆车跟着，街灯车灯一晃一晃，夜风吹在脸上，烈烈的。徐天在车里看了几圈，随后盯着一个面容清瘦的西装男人。

徐天一点点挪过去，挪到那个清瘦男人跟前。男人灰头土脸，沉浸在机场被炸的绝望里。徐天从怀里拿出照片，与男人的脸对照。男人同时在现实里和照片里盯着徐天。徐天笑起来，将照片塞回怀里。

"抽烟吗？"徐天看着男人问。

"不会，谢谢。"

"动刀之前会不会抽一根？"徐天眼神犀利地看着男人，男人不明白他在说什么。

“会不会？”

“有时候。”男人迷惑地回答他。

“在北平独居？一个人住？”

“是。”

“今天早上那个没死的女人送圣心医院了，怕打照面让人认出来，所以待不下去了是吧？”

男人皱了下眉，问徐天到底在说什么。

徐天愤恨地看着男人，说：“老天有眼，共产党不让你们这些坏人走。”

满车的军人看着徐天，徐天完全不以为意，起身去拍卡车驾驶室顶，徐天跟司机大喊：“劳驾，停车。”

男人也着急起来：“你们是什么人？”

“警察，白纸坊警署的。”

男人诧异：“北平还有警察？”

“有，三儿，过来。”徐天喊燕三，回身再拍驾驶室顶，“停车！”

男人见状突然跃起，翻出卡车侧护栏跳下车，拔腿便跑。徐天和燕三也欲翻出去，不料卡车踩了个急刹车，一车人跌在一起。待徐天和燕三翻身起来，男人已奔入胡同消失不见。徐天和燕三跃下车追去，男人在前跑，徐天和燕三奔入胡同。两人分头追，徐天在胡同里奔跑，然后停下倾听，他退回一个岔口，听着脚步过来。

徐天屏着呼吸，脚步近了，却是往另一个方向，徐天快步追上去，看见前面的背影。背影走得急，徐天起身上去抓住，背影扭过脸，却是个白胡子老头。徐天松开老头，往来时的胡同跑，胡同里有夜行的妇人和街坊。徐天一个个看过去，越来越失望。徐天疯狂地跑，漫无目的地跑，在无人的胡同拐角，他又听到了脚步声。徐天不再等待，循声追过去。前面有个黑影在慌乱地四处找路，徐天从后追上去，扑倒黑影死死摁住，定睛看清却是燕三，徐天还是摁着，和燕三一样喘着粗气。然后他渐渐松开，对着空荡的胡同大声嘶吼。

半晌，燕三小心提议到圣心医院蹲着等他回去，徐天样子像要吃人一般，说：“换你还回去？”

燕三失望地蹲在墙边，“去蹲着。”徐天镇定了一会儿说道。

“您呢？”燕三问。

“杀人。”

燕三不敢再多说，徐天踹倒了墙边堆着的木材，胡同中回荡着他的咆哮：“见到他就杀，凭什么不杀他？”

燕三担心地看着徐天，“去蹲着。”徐天说完率先跑起来。

黑夜的寒风凛冽，路上行人已稀疏寥寥，铁林的车开到树林里，熄了车头灯。后车也熄了灯，特务们陆续下车。

“处长，没进先农坛呢！”特务提醒铁林。

“我先过去，都矮着点身子，我动手你们再动手，我开枪你们再开枪。”

特务忐忑地看铁林问：“就来我们几个？”

“够了。”

“对方多少人啊？”特务担心地问。

铁林心里也七上八下，但强装镇定道：“对头是我大哥。”

“干自己人？”

“是不是自己人我说了算，目标是个女的，女共党。”铁林说完，领头往黑暗里去。一会儿工夫，铁林走到先农坛空地中间，四处无人。此时，远处的车灯越来越亮，金海的囚车也开到了先农坛，车灯刺到铁林身上停住。金海在车上见铁林，打开车门下来。

铁林抬手挡着光，喊：“大哥，是我！”

金海走到铁林面前，往四处看。

“就我，不用找了，沈先生没来。”铁林说。

华子和狱警们也下了车，站在车两侧，金海扭头看向铁林。

“今天您和天儿、田丹一起在珠市口吃的早饭，我都知道了，您不是和沈先生一块儿的吗？四十六根金条还给咱们，还说沈先生局气。”

金海察觉出不对，问铁林：“你来干什么？”

“杀田丹，在车里吧？”

金海痛苦地闭了闭眼睛，没想到铁林还是走到这一步，说：“铁林，你魔怔了。”

“大哥，您看清楚，我还是原来的铁林，抓共党、叫您大哥。开始您说田丹把徐天忽悠了，现在是您自个儿被她忽悠了，共党在你牢里关着怎么去珠市口吃饭了？上这儿来干吗？是要跟共产党对付沈先生吧，这还是党国天下，沈先生正管着京师监狱，您都不是魔怔，是要反了！”

华子在车边看铁林和金海争论，狱警们面面相觑，铁林越说越坚定：“换个人跟这儿等着，您就死了，我是来救您的，大哥。”

金海皱着眉头看铁林说：“怎么个救法儿？”

“把田丹弄出来，当着您狱里兄弟的面杀了她完事，咱兄弟还跟从前一样。”

金海哼了一声：“轮到你指使我了。”

“没错。”

“我要不答应你呢？”

铁林看一眼华子和一帮狱警：“您自个儿作死，问问手下兄弟跟不跟您一块儿作。”

“我的兄弟我知道。”金海看着铁林。

“那问问我兄弟。”铁林招招手，八个保密局特务从暗处出来，提着枪把囚车和狱警们都围了。

金海扫了眼几个特务，警告之意很明显，问：“要动手是吧？”

“谁敢跟您动手？谁敢啊？我是您兄弟！好好想想，一个陌生人田丹，命不会比刀美兰和大缨子还金贵吧？”

金海越听越不对：“你什么意思？”

“您当沈先生糊涂？沈先生还把您当明白人，把缨子和刀美兰扣住了，只要您杀死田丹，她们就没事。”

金海怔了好半晌，直视着铁林，眼神狠厉，问：“沈世昌为什么扣她们俩？”

铁林对上他的眼神还是有些心虚，但还是壮着胆子说：“我让扣的。”

“你让扣的？”金海不敢相信地看铁林。

“这样您才能明白自己到底在意谁。”

金海控制着自己，他必须得弄清楚更详细的情况，问：“倒也是，扣在平渊胡同了？”

“司法处，明天小朵入土，她们俩去司法处签字。”

金海苦笑了一下，说："你还知道小朵要入土。"

铁林不看金海，他扫了眼囚车："从徐允诺那儿听到的。"

金海深深叹了口气，心里对铁林的最后一点期待彻底破灭，说："铁林，咱们可是兄弟。"

"前两天您站在监狱院儿里把我和徐天放了，回家想想真是对不住您，做兄弟的老让您受累，让您罩着，也该我受受累，罩着点您和天儿了。"

金海顺着他的话，笑了一下："早说嘛。"

"说啥？"这下轮到铁林疑惑了。

"我该喊你大哥。"金海嘲讽得不能再明显了，铁林难堪，但假装听不懂："那不能够，田丹从车里弄出来吧，咱们别僵了……"

突然金海一拳打在铁林小腹上，铁林噎了声音："又打我。"

金海又是一拳，铁林格挡还击，但不是对手，金海一拳接一拳揍在铁林身上。特务和狱警都没上前帮忙，铁林掏出手枪指向金海说："再打一个试试……"

金海没犹豫，夺了铁林的手枪，扔在地上，开始抽铁林耳光。

黑暗里，响声清脆，铁林连滚带爬，说："……我是京师监狱狱长！任命明天就下到狱里，你的手下全是我手下，你通共犯上……"

铁林摸到了地上的枪，他抓起来向金海头顶上方开了一枪："你不要逼我！"

金海停下身了，铁林喘着粗气，眼冒火光："把田丹带出来！想保缨子和刀美兰的命就杀了她！你不杀我杀！"

金海看着发狂的铁林难以置信，铁林冲囚车里喊："田丹，下车！"

特务接近囚车，一伙狱警挡着不动，铁林提着枪过去，到华子面前："起开。"

华子挡着车门没动。

"天一亮我就是京师监狱狱长！金海告诉你们上这儿来干什么的？抓沈世昌？他反你们也要反，北平还是不是党国的天下，你们的老婆孩子家里人都住在北平！疯了？华子，你是仗义人，念金海是老大，他也是我大哥，这是帮他还是害他呢啊华子！懂不懂事？"

华子纠结了，铁林扒拉开华子，一伙狱警没有再阻拦，特务们搜车。

片刻，特务从车上下来，朝铁林摇头："车里没人。"

铁林提着枪自己上车内外看了一遍，果然没见田丹，气愤地下车，几步迈到金海身边吼："田丹呢！"

金海抬头看着铁林，平静地问他："大缨子和美兰在司法处？"

铁林不回答他的问题，命令特务去槐花胡同，金海从后面喊铁林："铁林，美兰和缨子掉根毛，我就活扒了你。"

"您有这能耐吗？今天是您最后一次打我，最后一次了大哥，从明天起学着认㞞，要不然日子不好过。"铁林说完，提着枪径直往外走，特务跟上去，空地上剩下金海和一伙狱警。

金海咬着牙，看着铁林消失在夜色里。此时两个跟丢田丹的狱警跑回来，站在原地喘粗气，金海看着俩人。

其中一个狱警说："田丹半道上自己走了，没回狱里。"

"跑哪儿去了？"

"车奔西去，没追上。"

金海的脸上阴沉得像是结了冰，他坐进车前座，从自己的公文包里拿出手枪。一伙狱警忐忑地看看华子，又看金海。

"老大？"华子很紧张。

"回监狱。"

华子听后如释重负，招呼众狱警："上车，回了！"

华子开动囚车，金海问华子说："枪械库钥匙今晚在谁手里？"

华子又忐忑了，他含混不清地说："大刘。"

铁林狠踩油门，将车开得飞快，特务问铁林："处长，咱们这是要干吗去？"

"北平站没了，以后别叫处长，愿意跟我干就干，不愿意干一会儿下车走，不拦着，往后发达还是窝囊就看今天晚上了。"

特务们面面相觑，车里只有铁林一个人打了鸡血一样双目赤红，他开着车在黑暗的街上横冲直撞。

小耳朵的人还在槐花胡同。一辆人力车摇晃进胡同，停到 8 号院门前，田丹下车拍了拍门环。胡同很安静，门环的声音往胡同两头回响，胡同两头都是小耳朵的人，田丹从那边收回目光，院门打开，开门的是七姨太。

七姨太问：“找哪位？”

田丹礼貌地说：“我找沈伯父。”

“你哪位？”七姨太问。

檀木案子上电话又响，沈世昌接起来，还是戴先生。

“老沈，肃整小组在杜长官家里谈话，等下就往你那里去。”

沈世昌预感不好说：“肃整小组要干什么？为什么找我？”

“共产党破坏和谈的名单上有你。”

“我一直是支持和谈的！谁都知道。”

“就是谈谈，没人证明你不支持和谈就过去了。”

沈世昌表面镇定地问：“肃整小组负责人是谁？”

“我。”

沈世昌彻底不淡定了，说：“你有什么资格肃整。”

“要不是我，连给你报信的都没有。”

沈世昌表情沉重地挂了电话，转身却看见田丹站在自己身后，像是见到了鬼一样。

七姨太笑着跟沈世昌说：“老沈，找你的，说她爸爸田怀中和你老早认识。”

沈世昌怔了半晌，问七姨太：“家里还有人吗？”

“没有几个，长根下午带人走了。”七姨太回答。

“门关上，你不要进来。”

“噢，喝茶吗姑娘？”七姨太问田丹。

“不用，谢谢。”田丹朝七姨太笑了笑，七姨太退出去，田丹掩了房门，锁上门。她转身看着沈世昌，脸上的笑意慢慢褪去。

第四十九章

沈世昌坐在原地没动，田丹走过来坐在沈世昌对面，匕首放在桌上。田丹垂下眼睫看着匕首说：“这支匕首是杀我父亲的，特意带来。”

“冯青波的匕首？”

“他在京师监狱，关在原来关我的那间牢房里。”

沈世昌叹了口气又说：“你从小就是个不简单的女孩子，长大更厉害了。”

“小时候我以为你是个长辈。”

沈世昌仍语重心长地说：“长辈永远是长辈，小辈永远是小辈，因为很多道理小辈来不及懂。”

“什么道理？”

“江山常变幻，宜随波逐流，党国快失去北平，但也许还要打回来，共产党今天拿到东北，也许明天就丢了。”

“痴人说梦。”田丹眼神中透出对沈世昌的怜悯。

“你才多大？二十几岁阅历，像你这样热血又无远见的年轻人，几番大浪淘沙后就没人记得了。”

“我不需要被人记得。”

沈世昌短促地笑了一声：“你还没听明白，识时务方成中流砥柱，不识时务只是一粒沙子。党国在，我杀共产党。共党来，我洗白。党国再打回来，有人证明之前我做过的事，我有办法让一些人在该闭嘴的时候闭嘴，在该开口的时候开口，这就是长辈。”

“卑鄙。”田丹怒视沈世昌，冷冷吐出二字。

沈世昌不以为然，仍泰然自若地看着田丹说：“适者生存，无法生存才口出怨言。”

“沈世昌，现在是你生存不下去，两条路，可以选。”

“哪两条？”

“跟我去京师监狱，和冯青波一起等待新世界的审判，他一定很愿意证明你做的脏事。”

沈世昌饶有兴致地问田丹：“还有一条呢？”

“死在这里，用冯青波的匕首。”

沈世昌听着忍不住发笑，田丹看向那扇门说：“任何人从那扇门过来之前，我可以杀你三次。”

“丹丹，一个女孩子这么不要命，何必呢？”

“我投身的事业是为了千万普通人的解放，为了平等公正有秩序的新世界来临，我的生命不重要。”

沈世昌看了看桌上的匕首，又看了眼田丹，曾经那个在他怀里的小姑娘，没想到此刻却要与他兵戎相见，说：“你是一个特别的女孩，聪明，又漂亮，世界天天都是新的，普通人永远普通，应该是他们为你死。”

“我不比别人重要，我也是普通人。”

“真的吗？”沈世昌的眼镜反着光，显得他眼神闪烁。

“如果我的事业需要牺牲我为之奋斗的普通人，那这个事业还有什么意义？我为之奋斗的事业没有意义，我的生命也没有意义。”

沈世昌看着似乎无坚不摧的田丹说：“我可以打个电话吗？”

“给谁打？”

“你认识的普通人，打完电话，我也给你两个选择。”

田丹皱起眉头，事情果然没有那么简单。

小耳朵的人终于等到了徐天，看见他从大街气势汹汹地往胡同跑过来。

“徐天！”连虎大叫，徐天一脑门官司，他回过身子讲道理：“连虎，先让我办个事。”

“兄弟们等两天了。”

徐天着急又暴躁地说："我有正事！你们有完没完！"

司法处电话响了起来，长根拿起听筒，只听沈世昌声音平稳，说："把人带过来，我这里有人要听声音。"

"您等会儿。"长根回答，示意手下，便衣军人离开办公室。

精壮汉子们看着徐天都抽出了雪亮的刀，徐天喘着粗气耐着性子给连虎讲道理，说："你也有爸妈，我拿我爸的命发誓，进这胡同办点事儿，出来随你们怎么弄。"

"一会儿你又跑了。"连虎说。

徐天扭身便往胡同里跑，小耳朵的人向胡同中心聚集，铁林的两辆吉普车从街面冲入胡同，暂时冲散小耳朵的人，徐天趁着这几秒钟跑到沈世昌院门口，铁林两辆车也停在门口。

铁林不住地喊徐天，徐天站住，看着铁林双目喷火："你出卖了我和大哥？"

"我是救你们。"铁林看着依旧真诚。

"滚蛋！"

徐天转身去拍院门，铁林冲特务们喊："拿下他！"

八个特务涌上去擒徐天，徐天一声不吭反击。小耳朵的人提着刀站在外围有些蒙，不知是进是退。听到外面打斗的声音传进来，田丹抓起了桌上的匕首。

便衣军人将美兰和大缨子带进了办公室，长根便跟沈世昌回话："先生，人带来了。"

沈世昌将电话递给田丹，田丹疑惑地接过来："喂？"

大缨子在电话那头嚷嚷："喂？哥！这一帮人都谁……"

刀美兰听出了田丹的声音："是田丹！"

田丹听见大缨子和刀美兰的声音震惊地看着沈世昌，手里电话被夺走："长根。"

"先生。"

“半小时之内我如果没有过来，杀了她们。”

“明白。”

“不要出差错。”

“再也不会有差错。”

沈世昌挂了电话，看着被打乱计划的田丹，微微一笑：“两个选择，要么在这里我把你杀了，你死后我杀光金海和徐天两家的人，明天铁林就是京师监狱狱长，冯青波正好在牢里；要么我带你去司法处，让你说的普通人杀了你。”

田丹怔了一会儿，抬腕看自己的手表。

大缨子和美兰又被带走了。长根看到桌上有个闹钟。

“这个时间准吗？”长根问。保梁点着头，长根将钟拿过来，时针和分针都拨到十二点位置，然后开启走时，把钟放回桌上。

囚车开进监狱院子里，停在枪械库门口，金海坐在驾驶位置上，高大的狱警大刘手握钥匙站在门边，枪械库里亮着灯。满当当一屋狱警已经一人一支枪抄到手，却都不动，看着华子，华子自己也抄了一支枪，然后一伙狱警就提着枪从库里出来了。

金海冲众狱警喊：“门锁了，上车。”

“老大，枪要拿出监狱啊？”华子忐忑地问。

“去司法处。”

“这不合规矩啊。”华子说着，脚底下已经先走起来，金海瞪了华子一眼：“上车。”

众狱警犹豫着上了车，金海开动车子。

沈世昌的院门被撞得咚咚响，同时外面还拍着门环。七姨太在自己厢房门口，下人从耳房出来，颤惊惊将门打开了，铁林一伙特务架着徐天进来，七姨太看着这架势缩回自己厢房。

小耳朵的人还拥在沈家门口，从半开的院门看进去，院子里有特务，跳子看着连虎，让他拿主意。

连虎啐了口唾沫，说：“干！”

“虎哥，保密局的人，都带着枪。”跳子在旁犹豫地说。

连虎又没了主意：“那就不干了？”

客厅门一直被敲得砰砰响，沈世昌站起来去打开门，只见徐天被四个特务扭着胳膊架了进来。

铁林也跟进来，看着屋里的田丹，说：“沈先生。”

沈世昌打量着徐天问：“徐天是吗？”

铁林替徐天回答：“是。”

沈世昌手里有了筹码，感到轻松许多，说：“来得正好，放开他。”

“放不得，浑着呢！”铁林说道。沈世昌走到田丹跟前，伸出手：“刀给我。”

田丹看了沈世昌一眼，将匕首放到旁边的桌子上。沈世昌拿过匕首扔到徐天身前，问：“放开你，把田丹杀了好不好？”

特务们还架着徐天，徐天勉力抬头，死死盯着他。

田丹苦笑着对徐天说：“你来干什么？”

徐天大喊：“你以为我愿意啊！”

“回相机修理铺了？”田丹问。

“回了，找到人了，又跑了，这是怎么回事！”

田丹转向沈世昌，她很平和地说：“我死他们能平安吗？”

沈世昌似乎已经胜利了，他有些得意道：“看我心情，但你不死，他们一定活不成。”

“无耻。”田丹的齿缝挤出二字。

“成王败寇，教教你们这些血气方刚的年轻人。”

铁林见这架势，转身又劝徐天：“天儿，听沈先生的，连亲带故一家子，别被外人连累了。”

徐天听后扭头愤怒地看着铁林，铁林一副为大家好的语气，道：“听我的没错。”

沈世昌命令铁林放开徐天，铁林挥手示意，同时打开左轮枪击锤，小声对徐天说：“别犯浑，用脑子想想，二哥是为你好，刀婶和缨子都被扣在司法处呢！”

“司法处？”

“明天小朵入土，她们去签字。”

“人是你扣的？”徐天目光陡然变得凌厉。

铁林觉得冤枉：“沈先生的人扣的。”

“放开他。”沈世昌又说了一遍。

特务们放了徐天，但都戒备着，徐天低头看地上的匕首。田丹走到徐天面前，将匕首捡起来。

“你不想活了？”徐天看捡刀的田丹问，田丹沉默，将匕首放到徐天手里，徐天笑了笑，说：“正好我也不太想活。”

“我是外人，为你的亲人想想。”田丹劝徐天。

“想也不能低人一头想。”徐天突然掉过刀头扑向沈世昌，身后的特务拦腰将徐天环住，两个特务掰徐天握刀的手。

“自己找死，拉到外面杀了他。”沈世昌喊道。

特务们将徐天往外拖，铁林急了：“别都杀呀！田丹你反正是要死的人，别连累徐天。”

田丹走出客厅，徐天在院子里挣开特务，拼命往回扑。田丹刚出客厅，看见院门撞开。连虎当先冲进院子，一手一个掀翻围着徐天的特务，精壮汉子们随后冲进来。

铁林看着一堆人涌进来，举着枪到处比画，瞄不准目标：“哎，抓住人，开枪了！”

七姨太从对面厢房伸出头，又惊叫着缩回去，徐天躲过跳子挥下来的刀，着地滚向田丹，铁林向徐天开枪，跳子不管不顾盯着徐天抡刀，刀光闪闪，特务躲避，混战中，田丹的大衣被特务们拽下来，徐天拉着田丹奔出院子。

铁林在原地大喊：“追啊！”

特务们追出去，院里只剩下铁林。沈世昌站在客厅门口，紧锁眉头：“那些是什么人？”

“天桥小耳朵的人，来要徐天命的。”铁林回答。

徐天和只穿着线衣绕着围巾的田丹奔出胡同，小耳朵的人尾随追出，五个特务开动一辆吉普车追出去，另三个特务待在剩下的吉普车边，胡同静了片刻，又开进来一辆小汽车。

沈世昌看着还在院里站着的铁林说："去司法处，田丹和徐天会过去。"

"都跑了还过去？换成是我……"

"他们和你不一样。"

铁林噎了噎，沈世昌又问："金海呢？"

"可能回狱里了。"

"冯青波没死，你的手续明天下到京师监狱，今天晚上把事情收拾干净。"

铁林想了想，问："田丹要是不去司法处呢？"

"天亮前见不到田丹，杀了那两个女人，和长根去珠市口找徐天，所有知道内情的人全部灭口。"沈世昌阴着脸说道。铁林愣着，这完全超出了他的预料。

"有问题吗？"

"长根是谁？"

"我的人，在司法处。"

铁林急了，跟沈世昌掰扯道理："沈先生，之前说好了的，全灭口可灭不过来……"

"是你上门来出卖的兄弟，现在田丹跑了，说好什么了？"

铁林怔怔看着沈世昌，门口传来汽车和下车的声音，戴先生和两名军官走了进来，戴先生看着一院狼藉，问道："老沈，家里怎么了？"

沈世昌立刻换上平时的老者神色："刚走了一帮粗人。"

"这两位是肃整小组的。"戴先生向沈世昌介绍，"要问您一些事情，几句话就好。"

铁林还怔怔看着沈世昌。

"这位是？"戴先生看着铁林问沈世昌。

"鄙人铁林。"铁林回过神来，忙不迭回答。

"刚刚任命的京师监狱狱长，明天赴任。"沈世昌笑着说。

"京师监狱换狱长了？"戴先生疑惑地看沈世昌："原来是个叫金海的，我见过。"

沈世昌面不改色，还是乐呵呵地说："查实金狱长破坏和谈，无法配合和平改编，撤换了。”

戴先生眼看沈世昌，大概猜到发生了什么，他做恍然状：“这样？”

沈世昌笑着，若无其事般地请客人进屋，在后看了眼铁林，意味深长地说：“铁狱长，把事情办好。”

“您放心。”铁林表情复杂。

此时，七姨太战战兢兢地从厢房探出身子，沈世昌瞥见，冲七姨太说：“院子收拾一下，沏茶。”

七姨太惊色未消地应着。

小耳朵的人从胡同出来，四处看着街道，又回到胡同。一辆吉普车过来，在街边停住，五个特务下来，犹豫着是否也进入胡同。小耳朵的人拖着刀在胡同四处搜寻，特务的那辆车还在街边。

铁林开着车过来，招呼特务们，说：“上车，全部上车去司法处。”

特务们纷纷上车，两辆吉普车开走。

田丹和徐天挤在胡同骑楼的杂物里，骑楼下面就是小耳朵的人。胡同街坊从自家探头出来，看见杀气腾腾的白衣人又缩回去。连虎从骑楼下经过，脑袋几乎擦到骑楼底座，徐天捏着匕首，随时准备拼命，田丹肩头渗血，她抬腕看着夜光手表。

骑楼上徐天脱下自己的大衣，扔给田丹，田丹停了半晌，才将徐天的大衣披到身上。

田丹环抱双腿，小声问：“这是什么地方？”

“离宣武门不远。”

“我说，这是什么建筑？”

徐天反应过来：“北平人叫骑楼。”

“走人吗？”

“早年间隔着胡同两院是一户，现在不过人。”

田丹沉默了一会儿，又问：“知道刚才我想什么吗？”

“刚才？”

田丹拨过徐天手里的匕首尖，引到自己腹腔位置：“还记得位置吗，这里，还有这里，入刀半指……”

徐天抽回匕首，吓到了：“没事儿吧！杀了你，刀姨和缨子也活不了。”

徐天的声音大了点，骑楼下面正经过的一名白衣汉子停住了身子。

田丹压低声音：“对不起，我连累了你们。”

徐天将匕首贴到田丹唇上，示意闭嘴，白衣汉子仰望骑楼，田丹屏着息，裤兜里却掉出两个小药瓶，磕碰有声，田丹歉疚地朝他笑笑，白衣汉子寻窄梯准备上来。骑楼底部是一扇向上推的活动木板，白衣汉子从下往上顶开，头探了进来。匕首贴地板，尖刃顶住了白衣汉子咽喉，徐天手腕向上轻挑，白衣汉子梗着脖子一声不敢吭被挑入骑楼，胡同里连虎几个过来，在他们经过骑楼之前，白衣汉子全身进入了骑楼，盖板也合上了。

司法处办公室桌上的钟正指向十二点十五分。长根跟手下军人吩咐：“走廊和楼里不要留人，六个去冷库里面，你们俩钥匙锁了带回来。”两个便衣军人听后出去锁了冷库，不多时回来将冷库钥匙交给长根。

“我可以下班吗？”保梁问。

长根不搭理，看着办公室桌上的钟，时间是十二点二十分。

骑楼上，田丹抬腕看表，白衣汉子斜躺在骑楼地板上。

徐天看着白衣汉子低声说：“兄弟，咱们无冤无仇，别逼我。”

白衣汉子不吭声，骑楼下纷乱的脚步远去。田丹捡起两个药瓶，说：“如果要死在北平，我愿意死在你手上。”

徐天回头看田丹：“你愿意我不愿意。”

“像小朵那样入刀半指，提前吃生川乌洋金花。”田丹示意手上的药瓶，“一个小时之内就像死人，你再把我救活。”

白衣汉子瞪着两眼，生怕徐天一走神把自己捅了，徐天瞪着田丹说：“想都不要想，等他们走了，咱们去司法处救人。”

“离这里远吗？”田丹问。

“出胡同往北，过三条街。”

田丹想了下，认真地看徐天说：“可能来得及，但你要听我的。”

“你有办法？”

“有。”

徐天点了点头："听你的。"

"无论是否找得到小红袄，都不许生气，一年五年十年都要好好地对自己，人不能为死去的人活着，你还有那么多亲人……还有我。"田丹说。

徐天没防备田丹说这个，他有点生气田丹这么说："我不在乎。"

田丹笑着戳破徐天，说："你嘴上说不在乎，心里最在乎。"

徐天被田丹说中，有些尴尬："说怎么从司法处救人。"

田丹将解下来的发卡递过去："发卡太紧了，还给你。"

"紧就扔了，还我也没用，怎么从司法处救人？"徐天要急死了。

"不能只是救出来，之后也要平安，匕首给我。"田丹向徐天伸手要匕首。

"干吗？"

"我跑不动，你能跑吗？"

"一身火气没地儿撒。"

田丹看了眼骑楼下面："我看住他，你下去把人引开再回来，留在这里迟早会被他们找到。"

"你看得住他吗？"

"他一个没问题。"

徐天瞪着脚下的男子，警告他："兄弟，老实点。"

那汉子赶紧点头，徐天翻盖板，准备猫腰下去。

田丹看着徐天的背影两眼红了，徐天突然停下动作，跟田丹说："等着我。"

"从前你在北平也是这样吗？"田丹冷不防问徐天。

徐天不解："我怎样？"

田丹笑着说："一身火。"

"从前不这样。"

田丹点点头，笑得温暖，说："小心点。"

徐天猫腰下去，合上盖板，田丹听着脚步远去。胡同不远处传来汉子的喊声："在这儿，在……"

汉子的喊声戛然而止，徐天的声音传来："告诉你们爷有正事，就不能等会儿！爷在这儿！往哪儿找呢！"

纷乱的脚步从骑楼下面经过，田丹掉了两滴眼泪。汉子愣怔地看着梨花带雨的田丹，只见田丹斜切向他颈部大动脉一掌，汉子蒙了蒙还睁着眼。田丹倒转匕首柄，再敲过去，汉子昏晕，田丹脱了徐天的大衣，吸了口气，下了骑楼。

司法处桌上的钟指向十二点二十五分。囚车开过来，停到司法处大门口。金海提着手枪下车，只有华子跟着下了车，车门虽打开，一伙狱警都坐在车上没动。

金海看着自己的一群兄弟，眼神复杂，华子忐忑地跟金海说："这是司法处，狱警跟司法处怎么干？"

金海见华子满脸纠结，一副要上刀山的模样，说："里面要有人也是沈世昌的人。"

"那更不能老大，司法处是咱们上司。"华子怯怯地说。

"华子。"

华子没敢正视金海，脸上却写满犹豫。金海暗自叹了口气，看了看台阶上的司法处，停顿了两三秒，表面没有任何波澜，心里却翻腾得很："是不太对，来这儿是我私事，咱们有情分吗？"

华子心里不是滋味，说："不管您信不信，情分一直都在。"

"就是不能跟我进去对吧？"金海看着华子问，华子看着一车狱警，大伙都没说话。

金海冷静下来，想了想："对不住，没想到这层，一个我妹妹一个我女人，脑袋蒙了，都回去吧。"说完金海便提着枪走上台阶。

"老大，把人劫回去，明天怎么办？"华子内心也翻江倒海，赶忙向金海喊着问。

华子的问题戳中了要害，但金海顾不得这些了，此时能不能活到明天，他心里还一点谱都没有："出北平走了，你们拖家带口为了我是犯不上。"金海回头看着众狱警，"就这么着，谢谢大伙儿，在一块儿这么多年……"

金海突然说不下去了，众狱警看着金海心里也难过起来，纷纷下了车，但都低下头，金海干脆转身跨上司法处台阶。

华子站在下面，看着孤身一人的金海，又看着黑洞洞的司法处大门，好像要吞噬人的怪兽，他难以接受朝夕相处的老大就这么去了险境，他咬着牙说：“爱谁谁了！”然后面色狠戾地从车里抓过自己的枪，跟着金海往台阶上走。

众警站在台阶下面面相觑，但依然没有动身，金海听见华子的声音停下身，回头看一脸决绝的华子和众警。

金海笑了笑，又往下走了几步，问：“十分钟，有戴表的吗？”

车里戴表的土宝赶忙吱声。金海又看华子，不想他为难，说：“华子……”

华子面色决绝，但心仍是忐忑地说：“老大。”

“这样，我先进去探探，兄弟们在车里歇着。十分钟我要没出来，那就是平事儿了，大伙儿撤，回家。”

华子僵着。

“回车里，去。”金海向华子露出最后一个笑容，说完便快步转身往司法处走去。

华子继续在台阶上僵着身子，金海迅速上了台阶，推开大门。

他谨慎地踏进，眼睛快速扫向周围，走廊空无一人。金海大步往楼里走，一间间看过去，只有办公室亮着灯。安静的司法处内，金海的脚步声一直响过来，突然在办公室门口停下，屋里两个便衣军人屏着气，长根提着枪，坐在门侧一张椅子里。

金海停了一会儿，继续往前走，他一直走到存尸处牌子下，门结结实实地锁着，六个便衣军人提着枪，在冷库里盯着门，大缨了和刀美兰被人捂着嘴，金海听见里面没有丝毫响动，踌躇了一下，又转身离开冷库，重新回到办公室门口。

他慢慢推开紧闭的屋门，先看到办公桌后面的保梁，金海站了片刻，保梁看着他也没出声，金海提着枪走进，长根在后面掩上门，三支枪突然从后对准金海。

金海转过头看着长根和他旁边两个手下，容色镇定：“那两个女的呢？”

“在冷库，里面还有六个兄弟，如果不是我进去，她们先被打成蜂窝子。”长根毫无表情地回答。

金海听着下意识地捏紧枪，他的后背紧绷，目光狠厉地扫过屋里的每一个人。长根看了看金海手中的枪：“你最多打死一个，这里有三个人，沈先生没吩咐杀你，丢命不值得，金先生，枪放下走出去，我当你没来过。”

“里面一个是我女人一个是我妹妹，出去当没来过，换你行吗？”

“谁的命也没自己的命要紧。”

金海听后露出苦笑：“沈世昌教你的？”

长根看着金海的眼睛没吭声，金海不动声色地从头打量了一下长根：“跟人要跟对，啥时候觉得主子不是东西掉头都不算晚。”

长根的心像被金海狠狠戳了一下，但神色如常地说：“沈先生和你说那幅画的时候我在，豫让的事他也和我说过。”

金海冷哼了一声：“合着跟谁都忽悠。”

“我是沈先生从四川捡回来的，一家老小也是沈先生养的，他捧天子我和他一起捧，他杀皇上我帮他一起杀，金先生您是义气人，不会不懂。”

金海见长根说得诚恳，竟无法反驳，问道：“你叫什么？”

“长根。”

金海皱了皱眉，认真地看着长根：“长根，田丹自己去槐花胡同了，她能耐大，沈世昌过不来，搞不好已经死了。”

长根听着一愣，心提起来，但仍一动不动地看着金海，说：“先生还有三分钟，沈先生不到，我只管杀人。

金海轻轻叹了口气，那叹息的声音仿佛只有自己可以听见，说：“说不通，也只能这样了。”

说完金海抬起胳膊准备开枪，两个便衣军人见金海细微的动作，立即训练有素地抬起刚刚放下的手枪又对准金海。“等等！”长根突然叫住金海，“金先生，要么先打死我，反正你只能拖一个垫背。”

长根将自己的枪放到桌子上，迎着金海的枪口过去，面无惧色地将脑门顶到金海枪口。“这帮兄弟是我从四川带出来的，对得起你也要对得起他们。”金海看了看眼前的长根，从他的眼神里没看出任何迟疑。

“你这人真不错，可惜了……”金海话刚落，长根突然伸手抓住了金海的枪身。金海察觉不对，但枪的弹匣已经掉出来，长根反手抓住并顺势扭住金海。两个便衣军人见此立即向金海身上扑来，金海努力挣扎，但枪已经被长根拆卸，金海只握了个枪柄。

长根腾出一只手，从腰后掏出一副铐子，迅速熟练地铐住金海手腕，另一端铐住了墙上的铁管。两个便衣军人见金海已被铐住，放开了金海，金海喘着粗气。长根大步走向桌子旁，拖过一张椅子，放到金海身侧："还有两分钟，杀完让你走。"

金海愤怒地看向长根，更恨自己刚刚中了长根的圈套，想到刀美兰和大缨子，他懊悔又绝望。

胡同里已经空空荡荡，徐天气吁吁跑回骑楼，轻步上窄梯，推开盖板，快速爬上去，只见骑楼里只剩下一个昏晕着的白衣汉子躺在地上，根本没有田丹的身影，而自己的大衣挂在楼壁上。焦灼席卷徐天全身，他使劲地抓了抓自己头发，恨自己太掉以轻心。他转身把挂在楼壁上的大衣拿下，胡乱套在身上，迅速返身下了骑楼。

桌上的钟已将近十二点三十分，金海仍被铐着，沮丧地坐在椅子里。他此时满脑子都想着刀美兰和大缨子，但无计可施。司法处台阶下，一伙狱警仍挤在囚车里。华子在前座盯着大门，两手拄着枪，一条腿下意识地不停颤抖。

"多久了？"华子着急问向车后的狱警，后面没人应声，"刚谁戴了手表！"华子声音更大了。"我！"土宝像刚被惊醒似的回答。

"进去多久了？"华子又重复一次，土宝将手表缩进衣袖，怯怯地看了眼华子："表停了，但没到十分钟。"听后，华子腿抖得更厉害了。

寒风凛冽，徐天不管不顾，也不怕招来小耳朵的人，在胡同里边跑边喊田丹的名字，越喊越大声，越喊越绝望。

在胡同另一端的跳子听到徐天的喊声，招呼手下循声而去。而田丹，正身着单衣在北平的寒夜里快步行走，她显得疲惫而虚弱。

第五十章

闹钟已经走到十二点三十分，长根看了眼时间："时间到了。"

"到什么到？再过半小时沈世昌也来不了。"金海着急地大喊，苦劝长根："你没主子了，别轴了。"长根踌躇地拿起桌上电话。

沈世昌坐在客厅里，他对面坐着戴先生和一个军官，旁边还有一名专门负责记录问话的人员。军官严肃地看着沈世昌："12月21号，华北城工部派两人到北平西直门与你联络，下落不明。1月3号，东北解放军马参谋到达北平，同样在西直门失踪。1月11号由北平城工部接头，上海二人到前门火车站即被保密局北平站围捕，以上三次接触都和您有关，但都出事了。"

沈世昌面无表情，外头院子里传来下人在清扫收拾的声音，戴先生见沈世昌沉默，打破僵局："老沈，说明一下就好，要和平改编了，中共要求我们这边做配合。"

"老戴，你怎么做上肃整了呢？"沈世昌一脸不解地看着戴先生。

"我做正好。"戴先生凛然地看着沈世昌。

电话突然响起，但沈世昌没有理会，继续说："天津固守的时候，我和共产党联络你们要肃整，现在和了你们还是要肃整，来联络的人出事我怎么知道不是剿总干的？1月11号出事的是我多年老友田怀中，围捕的人明明是保密局北平站，党国要败了，脏水反过来泼到我身上，之前你们在干什么？”

电话的声音停了，长根在司法处放下电话，有些不安。金海趁机说服道：“放人吧，我当你没掺合过这事儿，带你的兄弟回四川。”

在车里，华子的腿停止了抖动，他下定了决心，转身看着一车狱警，说：“十分钟过了吧，你们回去，我虽然有老婆孩子，但刚才答应老大了。”说完华子忐忑地推开车门，提枪下车。

就在此刻，两辆吉普车开过来，下来铁林和八个特务，铁林看了看华子又看车里，向司法处楼里走，华子只身跟上去，后面囚车门打开，众警持枪下来。

铁林突然停在楼门口，返身下了一步台阶，华子停住身子看铁林。

“金海进去了？”

华子点了点头。

铁林没好气地说：“司法处沈世昌沈先生马上过来，把车开远一点别让他看见，对你们不好，把金海也害了，这叫造反，军法论处，金海死定了，你们家里老小也跟着都完蛋。”

华子听了有点不知所措，辩解道：“我们没别的意思，就怕老大吃亏。”

“你老大也是我老大，我和他烧过香，刚在先农坛我兄弟都带着枪，他跟我动手，我还手了吗？”

“没有。”

“我保证把金海带出来让你们看见。”说完铁林欲往司法处走，华子忍不住又叫铁林：“二哥……”

铁林见华子执着，回头无奈地低声对华子说：“他已经不是京师监狱狱长了，我是，明白吗？”华子像一时没听明白，铁林见华子的样子也懒得多说，皱着眉头，命令道：“都回车里，把车开远一点，不要进来，进来就坏事了，大家你死我活谁也没好处，是不是？”

华子拿不定主意，铁林盯着华子，华子只好下台阶进入车里，众警也跟随华子返回车中。不一会儿，囚车开动，铁林看着车消失在视线里，转身走进大楼，特务们跟进去，司法处楼前冷清下来。

客厅里，沈世昌和戴先生依然僵持着，戴先生眼神凌厉地看着沈世昌，像两个针锋相对的敌人在做最后对决。

“老沈我认识三十多年，我了解你，你也了解我。”

沈世昌面不改色：“什么意思？”

“你看我，逍遥派，不管时局怎么变，逍遥派大家都喜欢，万一肃整出一两个共产党不喜欢的，到新世界我也有功。”没等沈世昌表态，电话又开始响，这次特别执着，戴先生听着电话，不耐烦地叩了叩桌面，说：“接电话，打得这么急。”

长根在另一边紧紧捏着电话，蜂音一直响。金海紧张地一直盯着长根手上的电话，就在长根要放下电话的时候，电话突然通了，里面传来沈世昌的声音。

长根听了舒了口气：“先生，半小时到了。”

金海在旁听见，一颗心往下沉，手底下使劲挣着铐子，但徒劳无功。

“我这里还有点事。”沈世昌声音阴沉，瞥了眼身前的戴先生。

“做掉？”长根在电话里面问。

“谁啊？”戴先生装作无意地问，沈世昌没回答。

“铁狱长马上就到。”沈世昌匆匆说了一句，随后挂上电话。戴先生狐疑地看着沈世昌，沈世昌当什么也没发生，起身从抽屉里拿出刚刚收到的田怀中的信，递给戴先生，戴先生瞥了眼沈世昌，“我和老友田怀中的通信，看一看就知道我是不是为和谈在做事。”

戴先生接过信，摸出老花镜，打开来看，沈世昌胜券在握地坐在沙发上。

铁管被金海挣得摇晃，但依然很结实。金海见长根拿起桌上的钥匙和枪要离开，瞬间崩溃地大喊：“回来……你给我回来！”金海冲长根大喊，但长根丝毫没理会，还是走出了办公室。

铁林和特务们也正向办公室方向走来，长根撞见铁林。“人关在哪儿？”铁林问，长根看了眼铁林，继续往冷库方向去。

“喂，问你呢！”铁林向走过去的长根喊。

“冷库，到时间了。”

“什么时间？”铁林立即跟上长根。”

“沈先生吩咐杀人的时间。”铁林听后愣了一下，下意识地命令道：“站住，别坏沈先生的事！”

长根一听，踌躇地站住身子，不明白铁林话中的意思。

金海听到铁林在走廊里，扯着嗓子喊他。

六个持枪便衣军人分散在冷库里，看管着两个女人。金海喊铁林的声音隐隐从外面传进来。

“我哥？美兰！”大缨子听见金海的声音高兴地喊，便衣军人呵斥她住口，大缨子反而喊得起劲。

“他在喊铁林。”刀美兰也隐约听见。

“有救了，都来了！”大缨子大声说道，心里的石头好像一下落了地。

走廊里，铁林看着一头雾水的长根，迅速组织思路，说：“把你的人和我的人都收收，在这儿等田丹。”长根想想还是没搭理他，再次往冷库走。

“说话听见没？”铁林见长根目中无人，不忿地跟上去。

长根轻蔑地看着他说：“我不用听你的。”

“嘿，沈先生现在指着我呢，你是谁的人？”铁林一脸不悦，长根听铁林的语气不像说谎，又想到沈先生刚刚指令，停下脚步，狐疑地看着他：“我刚和沈先生通过电话。”

“我刚从他那儿来，田丹跑了，逮这些人是为了田丹，你又不是不知道，都杀光漏一个女共党在外面有什么用？”

长根思索了一下：“田丹会来这里？”

“等到天亮，钥匙给我。”

铁林向长根伸出手，长根看着铁林笃定的样子不似有假，犹豫着把身上的钥匙摘下递给他。铁林接过钥匙，稍稍心定了些，转身看向自己的特务，命令道：“别杵在走廊里，找地方散开。”

几名特务听后立即向司法处各个角落散开，铁林自得地往办公室走，推开门，一眼看到金海被锁在铁管上，两人对视，门外站着长根。

“这人是司法处的？”铁林指了指保梁，没人回答，保梁自己使劲点头。

“都出去。”铁林厉声道。

军人用眼神询问长根，长根点了点头，两个便衣军人和保梁迅速离开。铁林随即关上门，在金海对面坐下来，看了看他被铐在铁管的手：“刚揍我一顿，现在就被铐这儿了，还叫一声大哥，您受着吗？”

“铁林，做人不能丧良心。”金海直视铁林。

“我有良心，这儿呢！别教我，跟沈先生过不去的是你，他要把你们全杀了。长根就在门口，不拦着冷库里已经多了俩死人，我是不是在帮大家？”铁林气得快发疯，明明是他为所有人打算，为什么所有人都觉得他是为自己？

“是你把大家卖了。”金海一腔怒火，心里又百般无奈。

“还提这个有意思吗？”

金海被呛了一下，想了想争辩这个的确没什么意义了，“没意思。”

“从前你们是怎么对我的？”铁林愤懑地看着金海，金海看着充满怨气的铁林，五味杂陈，他缓了缓语气，说：“我错了。”

铁林一愣，没想到金海跟他说这些，他怨气更甚，说：“我跟大缨子分开，和宝慧在一起，你心里有没有记恨？”

“有。”

“怨我吗？”

金海缓缓摇头：“不怨。”

“当时就跟宝慧好上又怎么了？娶二房多的是，再说还是大缨子要死要活非把我踹了，宝慧是捡着了。”

“是。”

“是兄弟就不分对错，凭什么你们老觉得自个儿是对的，你们能教我，我不能教教你们呢？”铁林心里也有千万个不明白，可从没有人愿意听他说替他答。

“万事还是分对错。”金海像从前那样给铁林讲道理，可如今的铁林哪里听得进去？

铁林烦乱地抓抓头发站起来："啥叫对？你揍我徐天揍我的时候，就都对。我尿，不敢揍你们，我就不对。共产党要来了，你们帮田丹就是对，沈先生就是错？北平这几十年朝代换多少茬？我岳父关老爷子一会儿党国一会儿大清一会儿北洋把自己搞糊涂了。哪回改朝换代，摇着旗的人不说自己对？做兄弟不论世道，你们就是受不了我。"

金海不知道该怎么把他心里的结打开，这么多年他的确没关注铁林心里到底是怎么想的，他以为铁林是个安于现状的人，没想到燕雀也有鸿鹄之志。事到如今，再怎么跟他说都已经晚了，他无力地抬头看他，说："铁林，我只求你一件事。"

"先别求，把理儿说明白。"

"说明白了，你是大佬，我和徐天两家子都靠你了。"

"你和徐天两家子跟我也连着。"

金海咬着腮帮子："别说大话，我不让你为难，放我估计也不能够，大缨子和美兰是女人，让她们回家过日子，徐天不在这事儿里，都是我干的，让我死这儿。"

铁林沉默了半晌，金海犀利地看向铁林："你做得了主吗？"

铁林被金海的话问住，他没想到金海竟会为田丹一个无亲无故的外人豁出性命，而更要命的是，金海似乎看出了自己其实在沈先生那儿无足轻重，铁林梗着脖子给自己打气，说："沈先生说田丹肯定要来，当着大伙儿的面，你把她杀了，我就保大家回去过日子。"

"为啥？"

"杀共产党了，从前干过啥都不算，解放军来大家谁也别说谁，都闭嘴。"

"我说，我为啥要杀田丹？"金海这下真生气了。

铁林也着急地直嚷嚷："你不杀她，大缨子和美兰还有你都得死，徐天和徐叔也牵累！"

金海镇定了一下："田丹要不来呢？"

"您得盼着她来。"

"我不盼着她来。"

铁林见金海执拗，叹了口气，说："那就等天亮，到天亮了我再想。"

"别想了，现在就告诉我。"

铁林沉默着。

"铁林，我都懒得骂你了，做大哥当大拿得有担待，你什么都应不下来，跟这儿装半天，不是尿货是什么！"金海情绪激动，房间的灯突然熄灭，走廊上立即传来混乱的声音。铁林没理会，漆黑中也能感受到他的愤怒，说："还说我尿！"

特务们在黑暗的走廊内，不知所措。

"冰柜断电，尸体存不住。"保梁提醒身旁的长根。

"电闸在哪儿？"

"后面。"

长根看向身旁的两名手下，示意跟保梁去。保梁从柜子里翻出几个手电筒，两名便衣军人拿一个手电带着保梁出去，长根也拿了两支手电出办公室。铁林从办公室出来，光柱里都是惊慌的特务，铁林见保梁和两名便衣军人要离开，问："你们去哪儿？"

"到后面送电。"保梁回答。

铁林夺过便衣军人的一支手电："走廊两头堵着，不要乱开枪伤到自己人。"周围的特务们听后立即往走廊两头跑去。冷库里的灯也黑了，存尸冰柜发出嗞嗞的响声。大缨子还从未在停尸处待过这么久，此时周围阴森森的，心里恐惧极了。铁林安排完杂乱的走廊，又持着手电筒返回办公室。他关上门，将手电光照到金海脸上。金海迎着光，不躲不避，语重心长："出头的路有很多，不一定非要对不起兄弟，回头吧，还来得及。"

走廊里又传来混乱的声音，铁林一脸不耐烦，但他还是走到金海身旁："咱俩接着聊，我尿是吧？承认，尿才要这么干。有些事儿要得到过，才有资格不在乎。你没有权利指责我，除非你也做过尿货，而且是真的尿，不然怎么知道我的感受？"

"人跟人不一样，强求不了，我们三个的脾气各不一样。"

"田丹是徐天招上的，一开始你也觉得他上了田丹的道儿不对，现在怎么反过来我不对了？"

“徐天跟谁都不一样，他天生不叕，也从来不顾别人的感受，他只在乎贾小朵。上田丹的道儿对不对不论，但就算要他命，他也不会卖兄弟亲人的命。”

“我也不会，真的。我只是让你们杀田丹，顺便我出息一把，大家都太平，为什么就不行呢？

金海在手电光里看着铁林，铁林继续说：“来这儿的路上我就想好了，等一宿田丹要不来司法处，我跟沈先生翻脸，你们对我再不好，也没不好到我要你们命的份上，但天亮前我得搏一搏，搏赢以后就出头了。人不为己天诛地灭，我不为己没人为我。这楼里电没了，你觉得是田丹干的吗？”

寒风在胡同里呼啸着，徐天迎着风在奔跑，他累了，慢下来喘着气。小耳朵的人从邻近胡同奔出来，看见了他。徐天不得不再次奔跑，跑入曲里拐弯的胡同，但身后小耳朵的人不依不饶地追着。

铁林又从办公室出来，看了看嘈杂的走廊，手电两头晃，特务们在走廊两头戒备着，铁林的手电光滑到长根：“有几个人在冷库里？”

“六个。”长根回答。

“你也到后面去看看。”长根没动，铁林烦躁地说：“搞不好是那女共党来了，她邪性得很！”

长根踌躇着离开。

司法处配电室，里面水管开着，水汩汩小流漏得地上一片。两名便衣军人的手电滑过来，大电闸箱门开着。便衣军人立即戒备，持枪闯入屋内，刚一踏进，一人先踩入水里，触电倒地。电闸箱冒出蓝火，然后是片刻安静。后面的军人手电光照过去，看到倒地的军人已昏晕，但不再抽搐。后面的便衣军人将一根搭在水里的电线挑起来，试着一脚踩入水里，没有事，他就走到电闸边，然后手电照向保梁。

保梁战战兢兢走了两步便停住了，开着的电闸门大力合过来，拍向便衣军人。便衣军人敏捷抽身，田丹在电闸箱后面。手电落地，田丹身手敏捷地把便衣军人制伏。田丹一只手去捡起手电，军人已坐靠在墙上，捂着咽喉，窒息着上不来气。

保梁目睹一切，惊惧着却不敢妄动，田丹关了水龙头，把因为丢了发卡而掉落的鬓发别回耳后。田丹向保梁问清人质现在正在冷库，又问保梁："冷库外面有多少人？"

保梁哆嗦着摇头，田丹语气加重，问："大概多少？"

保梁见田丹身手不凡，目光凌厉，又看了下地上正缓着气的便衣军人，神色惧恐，不敢撒谎，说："走廊里可能有七八九十个……"

"什么样的冷库？"田丹继续追问。

"存尸体的，大冰柜，一格一格。"保梁咽了下口水，战战兢兢地回答。

"冷库应该有散热口，在哪里？"

"外面。"

"断电可以进去吗？"

"有个大铁扇在外面，散热口没进过人。"

田丹指着墙角一根铁撬棍，让保梁拿着它带自己去散热口。

金海还被铸在原地，铁林不一会儿滑着手电筒又返了回来："沈先生料事如神，应该是田丹来了。"金海在黑暗中看不出表情，但语气逼人地问："换你，你会来吗？"

铁林没吭声。

"换我和徐天都来，你不会。"

金海如今还这么瞧不起自己，铁林心有不甘："知道你要说什么，我怎么没来？在这儿呢！咱们都得谢谢她，刚在沈先生家她就把刀子递给徐天了，共产党不惜命，不服不行，一会儿逮到人您千万别下不了手，刚说过人不为己天诛地灭，下不了手是没逼到那份上。"

长根摸到配电室，惊讶地发现大门敞着，手电光先滑到地上触电的军人，再滑到靠在墙上喘气的军人，军人咳着说："往外面去了，从散热口进冷库……"

"几个人？"

"一个，女的。"

长根不敢置信："一女的就把你们俩收拾了？"

军人没敢再回答，摇晃着站起来。长根无奈地拍拍地上那个触电的，那人也缓过神。长根看着俩人厉声道："你俩找散热口，我到里头叫人。"

楼顶平台上，散热口的大铁扇在缓缓转动。田丹将铁棍插上去，卡停铁扇，田丹问旁边的保梁："离冷库多远？"

"得爬一会儿。"

田丹看了眼大铁扇，让保梁用铁棍撬下来。保梁看了眼田丹，又看看四周，拔腿要跑，但还没等他迈步子就被田丹揪住衣领，兜着他的身子划了半个弧，借力将他凌空砸到平台地面上，保梁七荤八素地躺在地上，一脸狼狈。

田丹亮出匕首，看向地上的保梁："撬！"

长根从配电室跑回办公室的走廊，打着手电向站在四处的特务喊："是女共党，往外面去了，跟我来！"

但特务们没有动。正在长根要发怒时，铁林推开门从办公室走出，见焦急的长根便问："保密局不听你调遣，怎么回事？"

长根看着此时还装大尾巴狼的铁林，恨不得揍他，但碍于情势不好发作，只能据实以告："来了！电是她断的，从散热口进冷库了！库里有人，正好两边堵。"

铁林转着眼珠子，喊向周围的特务们："都去吧。"特务们跟长根往散热口奔，走廊瞬间安静下来。

保梁从地上爬起来，用铁棍使劲撬大铁扇，终于撬落。田丹用匕首示意保梁先爬进去，保梁犹豫着往里探。

"带路到冷库。"

保梁看着黑漆漆的通风管道，苦着脸跟田丹说："我也没进去过。"

"快点。"田丹厉声道，保梁见田丹的匕首就在自己腰边，只好硬着头皮往里爬。散热口里漆黑一片，空间狭窄，保梁艰难地蠕动前行。不知过了多久，他从惊慌中察觉到身后没有半点声音，他回头看，空无一人，只有他一人在爬。保梁怔了一下，又迅速恢复理智，折身往回爬。此时管道里爬动的声音传向冷库，几个人听着头顶咚咚的声音都感到纳闷。

"美兰？"大缨子害怕地靠着刀美兰，刀美兰也抬头四处张望，咚咚的声音又响起来。天台上，大铁扇歪在一边，露出散热口，里面咚咚有声。长根带着特务跑到散热口前，随即让身旁的特务进去。特务和军人们看看散热口，都没敢往里进。但里面咚咚声越来越近，长根探身疑惑地用手电光打进去，突然照到往外爬的保梁，保梁见是长根，手脚并用爬出来。

“那女的呢？”长根吃惊地问保梁。

“不知道……”保梁惊恐未消地回答。

“她没进去？”

“一扭头不见了。”

长根紧锁眉头，向一名手下命令去把电送上，又留下两个特务在原地看着，剩下的人跟他回楼里。

铁林试了试金海的手铐，还很结实，他拿着枪打着手电，小心翼翼拉开办公室的门，他把手电光往一头晃，没有人，等他再往另一头晃，手电不亮了，铁林低头拍手电，突然咽喉上吃了一拳。

铁林顿时感觉窒息，随即手里枪被卸走了，手电也没了，铁林捂着脖子，看黑暗里有人和他一样也拍着手电，等手电光重新亮起，铁林才看清，来人正是田丹。只穿了线衣的田丹面色苍白，肩头渗着大片的血。

“冷库在哪里？”田丹冷冷地问铁林，铁林艰难地靠在墙上喘气，指了指走廊一侧。

“你有钥匙？”

铁林点头，田丹将手电滑到办公室里，照到金海身上，电光再滑回到铁林脸上：“手铐钥匙有吗？”此时铁林才缓过气，向田丹摇头。

“田丹，你走吧，别管我们。”金海说。

铁林听了金海的话心急：“就为咱们来的……”

田丹推了铁林一把：“去冷库。”铁林往冷库方向去，田丹的手电光再次滑向金海，说：“我马上回来。”金海五味杂陈地看着田丹的手电光离开，两人的脚步声沿走廊而去，金海在屋里大喊：“冷库里藏了他们的人！”

田丹听见在走廊中间停下来看铁林：“几个人？”

铁林含含糊糊地说：“没几个。”

“刀阿姨和缨子在里面？”

“在。”

田丹快速打开从铁林那里夺下的左轮枪击锤，催促道：“走快点！”

铁林依言朝冷库走去，锁芯转动，铁林打开了存尸处的门。六个军人在大缨子和刀美兰身后，门打开，手电照了进来。

手电后面，田丹抵着铁林进来，随即用手枪逼着铁林下令给军人，让他们放了大缨子和刀美兰。

“田丹！”大缨子见来人是田丹，惊呼道。

“快走！”田丹对大缨子和刀美兰喊，大缨子和刀美兰刚一动身，就被军人拖摁回去。

田丹扣动扳机指着铁林，威胁道：“我开枪了！”

铁林缩着脖子回应：“他们不是我的人，打死我也不会听你的。”

田丹在铁林耳边开了一枪，铁林吓了一激灵，不敢再说话了。六个军人抬枪指向田丹，依然没有放人的意思，楼里的灯光随着田丹一枪亮起来，冷库冰柜恢复嗡嗡的声音。走廊里传来纷乱的脚步声，长根的声音传了过来：“人在冷库，已经进冷库了。”

田丹知道自己已经丢失了最好的机会，她怔了片刻，松了铁林，倒转左轮枪交给铁林手里：“你们只是要我死，让她们回去。”

铁林迅速握紧手枪，痛快地说：“没问题。”

刀美兰看着眼前的田丹身上都是血，着急又心疼：“姑娘啊，怎么成这样了？”没等田丹回答，铁林先插了嘴，说：“匕首也给我，看着瘆人。”田丹交出手上匕首，刀美兰眼眶都红了。

长根和特务们也赶到冷库门口，铁林向长根展示了下手上的枪：“人逮住了，幸亏你往里头放了六个人。”

“动手！”长根向手下军人大声命令。六个军人的枪同时指向大缨子和刀美兰，大缨子惊叫着，铁林见状立即握着左轮枪迅速指向长根：“别动别动先别动，听谁的？把他的枪下了，赶紧。”

门口八个特务控制了长根和随着的一个便衣军人，铁林心脏怦怦跳，定定心神继续说：“今天我做大，替沈先生办事，知道你打头看不上我，只要咳嗽一声就弄死你，你们枪都抬高点，沈先生要收拾的是这个女共党，扣着人是为了杀她。”

大缨子见铁林似乎还护着自己，不明所以，大着胆子问：“铁林，这怎么回事啊！”

“一会儿说，手铐钥匙呢？”

长根不吭声，铁林看向身旁的特务手下，命令道：“带他去办公室，解了金海手铐，人送这儿来！”

四个特务押着长根往办公室去，铁林见他们出去了，扭头问田丹：“徐天呢，不是跟你一起吗？”

“快点杀我，让金海和她们走。”

铁林不高兴，都这个时候了田丹还要安排自己：“你倒痛快是吧？”

“铁林你干的这是什么事？”刀美兰见铁林要杀田丹，愤怒地质问。

“救你们的事！”

徐天从胡同里奔跑了出来。刚才为了躲避小耳朵的人，他蒙头乱跑，以至于现在距原定的方向偏离了不少。街面上行人只有三两个，尚有正在收的茶水铺，徐天似乎已经甩掉了小耳朵的人，他往茶水铺过去，不由分说喝了两大碗茶水，抓起一个窝头大口吃了起来，伙计看着脸上挂彩的徐天，也不敢吭声。徐天索性啃着窝头站起来，他判断了下方向，继续快走。

特务带着长根回到办公室，示意长根把锁着金海的钥匙交出来，但长根理都没理，拿起桌上的电话。

“钥匙！”特务不满地高喊一遍。

“我给沈先生打电话。”长根面无表情地说。

沈世昌家中，戴先生的问话已经接近尾声，他站起来试图缓和关系：“老沈，信我带走，肃整也不是针对你一个人的……”

沈世昌打断戴先生，不悦地说：“枉我们多年朋友。”

此时电话再度传来响声，但双方对话没有因此停止。

“要说朋友，和柳小姐还近一些，你城府有多深我还不知道？”

沈世昌听见神色更加阴沉，说："问半天了还说这种话，什么意思？"

"去接电话吧。"戴先生笑着说。

"肃整算过关了吗？"

"说实话，这种肃整在我们这边只是走程序，主要还是共产党那边，一样的事情一样的问题他们来了还要再找你。"

沈世昌听了一脸愣怔。那边长根没有接通电话，犹豫地掏出手铐钥匙，让特务去解开金海的手铐。

腊月的北平寒夜，砭人肌肤的朔风席卷着灰尘，吹得人缩头缩脑，徐天已经能看见司法处的楼，他将剩下的窝头塞进嘴里，还没咽下去，便看见对面连虎当先堵过来，小耳朵的人四面包围了徐天。徐天在街中间站住，指了指自己的嘴，他试图要一次将窝头都咽下去。

长根和特务将金海带进冷库，大缨子看到金海进来，大喊："哥！"

刀美兰见金海也忙问："金海，怎么回事儿？"

金海朝她们摇了摇头，铁林看了眼两个女人："两句话的事儿，大哥和徐天帮这女共党，上面不乐意了，本来要把大家伙都杀了，我作保咱们杀她事儿就算平了。"刀美兰和大缨子愣怔着。

"谁来下手都行，就我不行。"铁林又补充道。

刀美兰吃惊地看着金海，走廊办公室那头电话响起来，铁林看着长根回身去办公室。

铁林见状催促金海："大哥，这儿只有一半人是我的，别耽误工夫，省得沈先生改主意。"

"我替她！"刀美兰突然大声喊道。

铁林看了眼刀美兰一脸无奈："替不了，平渊胡同珠市口咱们的人全替没了，她一样得死。"

刀美兰听了，本来就被吓住的脸色越发变白，她无助地看向金海，泪水涟涟。

"金海，来吧。"田丹笑着，像是在鼓励金海。

“枪还是刀，选一样。”铁林说着用手指了指案子上的东西，金海朝案子上看去，一把匕首和一把左轮枪端正地放在中间。随后，他扭头又看了看枪口下的大缨子和美兰。

司法处大楼不远处有条窄街，囚车在里面停着，土宝和大刘踱到窄街口点火吸烟。土宝点着烟吸了一口，一只手给腕上的手表上弦，大刘看了一眼说：“停了？”

“刚才表是停了。”

“停了好，这叫什么事儿啊。”土宝将大刘往窄街里拉了拉。拐角看出去，远远是司法处大楼。两辆军用吉普车旁，一伙精壮汉子簇拥着。土宝说：“啥也没看见，不是咱的一亩三分地儿……”

一柄刀一根铁棍扔到徐天面前，跳子看着徐天说：“刀还是棍，选一样。”

“让我捅自己？”徐天难以置信地问。

“公平，我们都有家伙。”跳子说着把一把刀放在了肩上，抬着下巴看徐天。

徐天见这些人的阵势，心里惦记着孤身犯险的田丹，心里焦灼得快要燃烧了，他故意说：“我不杀人。”跳子哼了一声，明显没把徐天放在眼里，说：“没办法，我们要杀你。”

徐天见跳子跟自己杠上了，知道现在靠蒙骗过不了关，语气开始变得诚恳：“那楼是司法处，我进去办点事还出来。”汉子们不理会徐天，将他围得密不透风。徐天见说不通，只好从地上挑了一根铁棍，拿起来在手里掂了掂，汉子们见状围过来。

“等会儿！”徐天见这么多人要打自己一个，赶忙用铁棍随便指向其中一个：“一群人打我一个公平吗？一个一个来。”

跳子听了面不改色：“行。”

“打赢三个还站着，让我走。”

“一个。”跳子回答得颇为自信。

徐天听后露出喜色，他握着铁棍，心里盘算着如何能快点结束战斗，反问道："你说的？"

"我说的。"跳子直视徐天。徐天扫视了一圈把自己包围的白衣汉子们，魁梧的连虎显得格外突出，徐天赶紧补充一句："连虎不算。"

跳子听后，随手将刀递给身侧兄弟，也拿了根铁棍走向徐天。徐天捏紧铁棍又突然喊道："等会儿！"

徐天透过汉子们的遮挡向司法处大楼看了看，没多远。随后看向眼前的汉子："跑一天，稍微喘口气跟你拼命，不过分吧？"

精壮汉子们沉默着拥成圈子，徐天站在中间被他们包围着，徐天看跳子问："还有别的办法解决吗？"

"没有，爷要你死。"跳子回答。

徐天长吸一口气，拿起铁棍，说："他要我死我就死，吹牛呢！"说完，徐天将棍子挥向跳子。

沈世昌在客厅举着电话，长根的声音从电话另一头传来："先生。"

"做干净了吗？"

"还没有，铁林不让动扣住的两个女人，要让金海杀田丹。"沈世昌心脏沉了沉，他没想到铁林去了会这样。

"金海和田丹都在？"

"在。"

沈世昌神情严肃："控制住了？"

"是。"

沈世昌不敢掉以轻心，他还不敢完全信任铁林，叮嘱道："不要让金海走，保证田丹死，不然就杀他们的人，让车回来接我。另外，叫铁林来接电话。"

长根把听筒放到桌上往外走，安排旁边便衣军人开车回去接沈先生，又命令保梁和另一名军人在办公室看守，然后只身提着枪向冷库走去。

大缨子看着铁林火冒三丈："铁林你个王八蛋，这样的坏事儿也干得出来，早看出你不是个东西，幸亏没跟你过一辈子，哥别搭理他，给他们一胆儿也不敢动咱们！”

“闭嘴！”没等大缨子说完，铁林没好气地呵斥她，然后又催促金海道，“大哥，女人不明白事儿，你别糊涂。”金海横着双眼看铁林，眼神里都是鄙视。铁林心里也火起来，同时又有点骄傲，因为自己这么一个被误解的坏人现在要去救他们了，有什么比活着更重要呢？他想象到金海徐天给自己道歉的样子，感觉有点得意，得让他们看看自己没那么笨没那么㞞，自己也是能当大哥的："我他妈这是在救你们，让你们杀女共党保太平，我一枪打死她，看你们能不能活着回家！”

正在铁林激动得要举枪时，长根站在门口高声喊铁林："沈先生叫你听电话。”

“现在没工夫。”铁林被激怒得正不耐烦。

长根面无表情，语气不容拒绝："先生在等。”

“等一会儿！”铁林将声音抬高了，眼神没有离开过金海。

依然冷静的田丹见金海不动，主动劝道："金海拿枪吧。”

金海纠结地看着田丹，田丹面无惧色地说："对不起，让你陷入这种境地。刀阿姨，我的命并不比你们重要，只能这么解决。我生在南方，长在南方，第一次来北平，来之前做好了死的准备，因此做了很多功课，熟悉北平的建筑小吃街道古迹，让自己对北平有感情，以免不知道为什么而死，但我不能提前熟悉北平的人……”

楼外，徐天与跳子正在单挑，失去小朵之后积攒的怨怒全部发泄到打斗里。田丹继续说："认识你们就完美了，刀阿姨，什么也不要做，平安活着最重要，我来是为了这座城市解放而不牺牲生命，如果你们因我而不安宁，我即使死了也毫无意义。”

徐天拼力格挡，乱棍如雨点般落在身上，完全不是跳子对手，徐天放弃打斗，往台阶上奔，随即被人拖下台阶，徐天翻身坐起，勉强躲过攻击，看到机会就往台阶上跑，跑五步，又被人扯下两步，反反复复。徐天盯着台阶尽处的那个大门，他感觉这是他死都要去的地方。跳子拦住两个想要围攻徐天的同伴："没听到我跟他说的话吗？一个一个来！”

田丹面色平静，一点也看不出恐惧，反而是她在安慰大家："忘掉我，坏人会受惩罚，可能稍晚一点，你们一定要去看新世界的样子。金海，不如用枪？这样快一点。”

金海看着田丹，他第一次觉得自己无能，他缓缓走向案前踌躇地拿起了枪。此时屋里人所有的目光都聚焦在金海身上，刀美兰见状哭着喊着金海，田丹没有被刀美兰歇斯底里的喊声影响，她抿了抿嘴继续说：“有一点点遗憾，不能见到徐天、找到凶手，我把你们连累了。”

徐天此时已冲入司法处大厅，脑袋突然从后挨了一棍，他晕乎乎踉跄，努力站定，众汉子围上来看着他。徐天视线中都是重影，甚至出现了幻象，他看到小朵在冷库里看着他微笑，徐天口齿不清地说：“我女人在里面，让我进去看她死没死。”

“你女人不是已经死了？”跳子诧异地问。

“听岔了，我意思是别拦着我。”徐天用仅有的力气喊，跳子面无表情，徐天看着跳子，嘟囔着：“行吗？”

“不行。”

徐天咬牙又扑上去，出棍全无章法，顿时后脑又挨了一棍，徐天索性在地上爬。一个汉子捡起地上的铁棍，照着徐天脑袋砸下去。“咣”的一声，火星飞溅，是跳子用刀格开了同伴砸向徐天的铁棍，徐天翻了个身，重新起来。

他没了武器，赤手空拳。他向一堆汉子握起自己的拳头，提刀的跳子没有动，徐天抓住机会拧身往里踉跄。汉子们越过跳子，跟着徐天往里，徐天挥拳击打离他最近的汉子，且战且往里走。跳子提着刀，落在最后面，看着顽强的徐天，眼睛里浮上了犹豫。

金海打开左轮枪弹匣，里面有五颗子弹，长根在一边看着金海将弹匣推回去。刀美兰看着金海哭得泣不成声：“金海，咱不能这样。”

金海不敢看刀美兰，他痛苦地说：“田丹说得没错。”

“靠这么活着还有啥意思！”刀美兰哭着大喊。

金海心里杂乱，他转头看向大缨子：“缨子你觉得呢？”

大缨子也泪眼汪汪六神无主地看金海：“听你的哥！”

金海将枪举向田丹，神情复杂。

漫长的走廊里，徐天且战且退，跳子和连虎落在最后，连虎看着跳子。跳子提着刀，一声不吭，只是跟着。

金海神情凝重地对铁林说：“铁林，大哥就算有千般不是，也不算外人吧？”

铁林被金海突然的谦卑姿态弄得心里有些难受，他强迫自己把心硬起来说：“我里外分得清。”

“掉头行吗？”金海哀哀地看着铁林，“我要死这儿，你看得下去吗？”

“不是，怎么是您死这儿呢，是田丹死这儿啊！羊架在树上，掉不过来了。”铁林避开金海的目光。

“其实你没那么坏，你看不下去。”金海知道铁林想听什么，铁林果然踌躇了，但还是强硬地说：“手指头动一动，事儿就了啦。”

金海见铁林铁了心，突然掉转枪口，向美兰和大缨子身后的六个军人射击，一个军人中弹。铁林张大了嘴彻底傻眼，早有防备的长根抄起手边重物猛击金海，金海扑地晕倒。长根向铁林喊：“去接沈先生电话。”

铁林见原本就要成功的事功亏一篑，火气一下蹿上来，捡起地上的枪对长根喊：“这儿你做主还是我做主？”

可没等铁林看清，枪就被长根下了。长根将铁林放倒一顿揍。特务们要上前帮忙，长根喊：“都给我站着！”

特务灰溜溜地站着，从他们的神色中能看出，其实他们本来也不想帮忙。长根将铁林扯起来骂：“龟儿子，去接沈先生电话。”

铁林被长根搡出冷库，地上的金海被军人带到办公室铐上。这时走廊另一端有打斗声。铁林站在走廊中间，气急败坏地看着并不亲近的几个特务吩咐道：“看看去！”

徐天一头血，视线模糊，扶着墙往里走，不时回身格斗。两个特务从走廊里面出来，见状后退。众汉子已不忍继续击打，徐天一拳挥出去，却把自己挥倒在地上。跳子推开同伴上前，提着雪亮的刀走到徐天身边，看着徐天说："不要怨我，来世当你兄弟。"

"滚蛋！"

跳子眯着眼准备挥刀，突然听见身后的汉子喊："跳哥！"

跳子回头，徐天趁机晃着脑袋从地上摸到一根铁棍，他站起来一棍挥出，但跳子已不在原地。徐天定睛看，跳子已经离开走廊，半走廊的汉子也正往外退去。徐天摇摇晃晃地看着众汉子们喊："孙子们别走……怕了？"可没人再理会徐天，走廊空了，只剩下徐天扶墙喘息着。

司法处大楼前拐角处，土宝和大刘抽完烟回到车内。华子裹着大衣回身问："让你们看着老大出没出来。"

土宝摇头说："没出来。"

此时，跳子和一众汉子从楼里陆续出来。楼前两辆军用吉普车旁边停着监狱的囚车。后厢门开着，小耳朵戴着铐子在里头。跳子见小耳朵吃惊，赶紧低下头说："爷。"

小耳朵看一眼跳子，面色平静地说："回了趟家，差点来晚了，徐天的账金海替他了。"

跳子点了下头，又看到小耳朵手上还戴着铐子，问："那您怎么还铐着？"跳子冲狱警二勇喊："打开。"二勇和狱警看着众人没说话。小耳朵笑了下，挥了下手说："跳子上车。"

"啊？"跳子看着狱警车不解。"两天就馋了，找点肉吃。"小耳朵说道。

第五十一章

对面巷子里，华子下了车往窄街拐角走去，窄街那边传来汽车启动的声音，他快步走到窄街拐角看出去。司法处大楼前冷冷清清，只剩两辆军用吉普车停着。华子又伸头看了看司法处的大楼，毫无动静。

铁林站在办公室桌前，电话听筒贴在耳边，里面传来沈世昌的声音："刚听到枪响，田丹死了？"

"还没有。"铁林回答得有些尴尬。

沈世昌在电话那头冷哼一声，说："我马上过去，最好在我到之前把事情都了结，不然你就是个废物。"

铁林不忿地解释说："怎么废物呢？没我田丹能上这儿来？没我金海能上这儿来？喂？"

还没等铁林说完，沈世昌那头电话已经挂掉了。铁林捏着听筒站在原地运了会儿气，然后慢慢将听筒放回去，一直站在旁边的特务提醒铁林说："处长，又来一个。"

铁林抬眼看见一头血的徐天扶着门框，拖着铁棍。血从徐天头发里往下流，阻挡了他的视线，徐天使劲晃了晃头，睁大眼睛看着铁林，含糊地喊了声"二哥"。

"天儿？"铁林见到浑身是血的徐天赶紧去扶。

"你来这儿干什么？"徐天勉强站直。

铁林顿了顿，理直气壮地说："帮你们！"

“她呢？”

铁林手指向走廊尽头方向，说：“冷库。”徐天看了眼铁林手指的方向，又问：“还活着？”

“她不死大家都活不成。”铁林没好气地回答。

徐天一听，提到嗓子眼的心终于落下。他看到金海，试图举起铁棍，问铁林：“谁打大哥了？”

“不是我。”铁林露出一脸无奈。

徐天虚弱地看铁林说：“你别这么蔫儿坏。”

“我没你们想得蔫儿坏。”铁林生气自己被想得这样坏，但又跟徐天说不明白。

血流到徐天的眼睛里，眼睛生疼。徐天抹了一把，反而把血抹了一脸，更显骇人。铁林拿袖子胡乱擦了一把他的脸，低声跟他说：“今晚得杀田丹，沈先生在过来路上了。”

不知道徐天是没听到，还是压根不想理，他离开门边往走廊尽头跌跌撞撞地走去，特务看向铁林问：“咱们过去吗，处长？”

铁林看着远走的徐天，沮丧地说：“别叫我处长！”

刀美兰和大缨子在冷库尽头被军人们看着，田丹面色苍白，肩头的血越渗越多。长根对田丹说：“我叫长根，四川人，你们的事情从头到尾我都知道。金先生义气，我敬重；沈先生是恩人，我给他卖命；铁林不是个东西，但他说的话没错。”

没等长根说完，门外传来了踉跄的脚步声，长根回头，看到徐天出现在门口，他先看了看田丹和美兰大缨子，见她们都还无恙，松下一口气，又平静地看了看长根问：“我大哥你打的？”

长根没有回答，徐天一棍挥过去。长根闪开，把他摁住。军人们正要上前，徐天自己一屁股坐到地上，他已力尽。铁棍当啷落地，声音响了半天。铁棍落地的嗡嗡声在徐天耳里一直持续，以至于他听别的声音，都如同沉在水里。

刀美兰看徐天浑身是血，心如刀绞地说：“徐天……”

徐天向刀美兰看过去，努力挤出笑容说：“刀姨、缨子，我喘口气，一会儿跟他们盘道。”

“你怎么还来？”田丹看着徐天的模样，心疼又着急。

“你不见了。”徐天说得很自然，田丹泪眼婆娑。徐天目光此刻落到贾小朵的冰柜上，长根看着坐在地上浑身是血的徐天，又看了看满脸是泪的田丹，心里有些震动，但他必须完成任务。“你们杀了这个女共产党能走，你们不情愿的话我来杀，然后我杀光你们，再去你们家里杀剩下的人。”

“你说什么呢！”徐天怒道，试着要站起来，军人轻轻一摁就控制住徐天。

“谁来动手？”长根面无表情地问。

冷库里一时无声，长根向冷库里面的几个军人说：“靠边站站。”军人靠边，留下大缨子和美兰在中间，长根用枪轮流指着大缨子和刀美兰问：“你来？你来？”

大缨子和刀美兰都没吭声，长根的枪仍然指着两个女人，回头问徐天：“还是你来？”

徐天未及答话，长根手指勾动向大缨子和美兰开了两枪。大缨子被击中，另一颗子弹擦着美兰脑袋，击在冷柜上留下弹痕。刀美兰大喊：“缨子！”

缨子哇哇乱叫，实则子弹只是擦过胳膊，徐天血红的眼盯着留下弹痕的冰柜。长根的枪移向刀美兰，又开了一枪。徐天大喊：“你大爷，冲我来！”

长根的枪移向徐天，居高临下，又有些可怜他，说：“谁先谁后都一样。”

田丹见状说：“匕首给他，让他了结。”

长根迟疑了一会儿，将案子上的匕首扔到徐天面前。

田丹问长根：“可以给我一杯水吗？”

长根示意手下一个军人用医用容器拧开水龙头接水。徐天看着面前的刀不动，恍然看到贾小朵躺在血泊里，自己与象房胡同里那个风帽男人并排蹲在小朵身边。他回头看，身后站着刀美兰、大缨子、徐允诺、金海。

徐天有点恍惚，耳朵里嗡嗡作响，田丹蹲下身，流着眼泪喊徐天：“看着我。”

徐天缓过神，他认清眼前的人是田丹，他眼神发呆。田丹忍住泪水，坐在地上，视线与徐天平齐，问他："我重要还是贾小朵重要？"徐天恍惚着，没有作声。

"对你来说谁不重要？"田丹又问。徐天分辨着眼前好几个田丹，选择一个看定，喃喃道："你不重要。"

"我重要还是刀阿姨重要？"田丹又问。

"刀姨。"

"金缨、徐叔、金海和我比，谁不重要？"徐天不知田丹究竟想说什么，但看着她的目光还是本能地回答："你不重要。"

军人将水拿过来，田丹从兜里掏出两只药瓶，打开其中一只倒出四五粒。

"吃药，你在流血。"田丹把药递给徐天。徐天依言喝水吃药，他晃了晃身体，突然往前栽。田丹用一只手接住他，徐天的头沉沉地搭在田丹的肩膀上，从别人的角度看过去，他们像是在拥抱。田丹另一只手将两只药瓶都打开，药全部倒入自己掌中，药瓶扔到地上，和水咽下去，接着在徐天耳边说："刀拿稳，只有这样刀阿姨他们才可以回家，徐叔也在珠市口等你回家。你来真好。"

徐天难过地问田丹："好啥？"

"小朵怎么死的？"田丹直视徐天问。

徐天的头离开田丹的肩膀，他看着田丹，想到了那个雪夜，自己在田丹身上示意小朵的伤口，从她的眼神中读懂了其中的意思，徐天恍惚地说："血尽……"

田丹望着徐天，露出欣慰的笑容，说："我交给你了。"刀美兰看着徐天，泪流满面地喊："天儿，不行啊！"

田丹看向刀美兰说："刀阿姨，如果不行把我火化，和父亲的骨灰放在一起。"刀美兰已经哭得快要昏倒："说什么呢！"

徐天坐在地上，还怔着。徐天仿佛看到自己从草地里抱起流血的小朵，在北平大街上奔跑，血一路滴。紧接着又撞破圣心医院的门冲进去，输血袋挂着，徐天守在急诊床边。床上躺着的是贾小朵。

徐天怒吼一声，握紧了匕首。田丹泪流满面，但她是笑着的，像面对一个久别重逢、无比熟悉的人，就像她初到北平，见到冯青波那样。

徐天再次有了幻觉，仿佛是风帽男人将刀交到他手上。徐天回头看到刀美兰、缨子、金海、徐允诺，他再回头，面前已是田丹。徐天的手抚上田丹胸腹，一刀扎入。

刀美兰和大缨子惊愕地张大了嘴，军人们冷眼看着。长根注视徐天握刀的手，徐天手指抵着刀刃中段，刀入田丹胸腹只有半指。铁林和特务来到冷库门口，眼看刀从田丹胸腹拔出来，徐天的手抚着她，田丹与徐天咫尺之间，面色苍白。

田丹笑着看徐天，仿佛在给他鼓励，低语道："把我当成贾小朵……"

徐天忍着眼泪，又一刀扎进田丹的身体，他颤抖着摸向下一处入刀的位置。

田丹的身子缓缓瘫软，视线听觉模糊，她低头看着匕首从自己身体里抽出来，感觉伤口传来凉意，身体里的器官在抽搐痉挛。徐天扔了匕首，接住田丹无法支撑的身体，让她的头靠在自己肩上，他哀号着，像一头野兽。

"走吧……"田丹声音微弱，"不要太久，我还想看见你……"

铁林见状赶紧上前，拉起地上的徐天："走吧，还跟这儿等死呢！"徐天被铁林拉起，田丹失去支撑，摔到地上，在她的视线里只能看到冷库惨白的灯和潮湿的房顶。

田丹只觉得身边声音乱哄哄，又近又遥远。徐天在她视线中消失，刀美兰和缨子在她视线中消失。屋中顿时只剩下长根和手下的军人。长根走上前来，蹲下身子，把手伸到田丹鼻前，停顿了一会儿，对旁边军人说："抬架子上。"两个军人把她从地上抬起，血滴滴答答，她被放到停尸的铁架上。周遭彻底静下来，田丹的双瞳也一点点失去神采。一会儿时间，冷库已再无旁人，田丹躺着的铁架上，血液在凝固。地上躺着两只空药瓶。

楼外面，华子裹着大衣在司法处大楼前的窄街拐角观察。他远远看见司法处那边两辆军用吉普车开走。华子犹豫着，回头看了看窄街深处自己带来的囚车，长枪在他裹着的大衣里。他离开拐角，准备进大楼去。正在这时，一辆小轿车开过来停到楼前。两个便衣军人下车，拉开后车门，沈世昌下了车，华子见状又退回到窄街拐角。

金海在司法处办公室悠悠醒转，他扯动手铐，又看见长根和保梁，还有几个军人。一切好像重回原点，没发生过什么。

“田丹呢？”金海问眼前的长根。

“死了，你兄弟杀的。”

金海脸上浮现出不敢置信和痛苦的神情。

两辆吉普车在北平的街道疾驶，徐天、刀美兰和缨子在铁林的车里。本来该有劫后余生的庆幸，但谁都没吭声，都苦着脸。金海和长根听到走廊里的脚步声，长根开门出去。沈世昌出现在门外，他看了一眼铐着的金海，问长根：“其他人呢？”

“铁林带走了。”长根回答。

沈世昌皱了皱眉头，长根继续说：“徐天杀了田丹。”

沈世昌怔了一下，问：“在哪里？”

冷库里，田丹还有意识。她像隔着千山万水听到零乱的脚步临近，又听到门开的声音，于是她闭上双眼。沈世昌走到铁架前，将手贴到田丹鼻下，半晌收回手，扭头看见门边惊了一宿的保梁，问：“他是谁？”

“司法处的。”长根回答。

沈世昌冷眼看保梁，让他把尸体放进去。保梁颤抖着过来，推起铁架床到一格冷柜前，将田丹平推进去。田丹被送进冷柜时睁开眼，看到最后一丝光线消失。这时，长根看到沈世昌脚边躺着两个小药瓶。

“明天火化。”沈世昌叮嘱长根。

长根收回目光，点了点头。保梁此刻忐忑地站着，沈世昌看了眼保梁问：“晚上的事你都看见了？”

保梁点头，沈世昌眼神变得阴冷起来，说：“对不起了。”

保梁还没反应过来，一旁的长根在沈世昌的注视下迟疑了片刻，揪起保梁往外拖。

“哎，哎……我什么也不知道，没看见……”后知后觉的保梁大声喊道。沈世昌随之走出去，军人在他身后关上冷库的门。冷柜里田丹感觉疲累席卷全身，她在想象徐天来救自己的样子，想着想着，呼吸一点点微弱下去。

车停到徐天家门口，徐天开门便下，刀美兰和大缨子也跟着要下。铁林赶紧喊：“没到呢，送你们到家。”

两个女人不敢吭声，又坐回来。大缨子扁了扁嘴，又不敢哭。

厢房还亮着灯，隐隐有冬蝈蝈的鸣叫。徐天摇摇晃晃走进院子，差点摔了一跤。徐允诺打着手电出来，照见一头血的儿子吓了一跳。

徐天扶着院里的缸看着徐允诺问：“爸，打蒙了，家里有啥吃的顶顶劲儿？”

徐允诺见徐天目瞪口呆地说：“进屋。”

“不进屋了。”

徐允诺看着儿子心疼，眼泪都要掉了下来，哀求地说：“进屋呀！”

“没工夫。”徐天虚弱地说。徐允诺见拗不过儿子，忙跑回厢房。徐天趴在水缸旁，掀开水缸盖子，用勺子盛出水低下身子往脑袋上浇。

片刻，徐允诺拿着一堆莫名其妙的药出来，见徐天往身上浇水，大喊：“怎么还往脑袋上浇水！”徐允诺立即跑到儿子跟前，双手擦着徐天脸上未擦干的血迹，徐天瘫坐在地上扒拉着徐允诺拿过来的一堆东西，徐允诺用手电照着徐天脑袋问：“小耳朵干的？”

乱物里有一根老参，徐天拿起来就往嘴里塞，支支吾吾嗯了一声算作回答。

“他们人呢？”

“完事走了。”

“完事了？”徐允诺吃惊地看儿子。

“是。”徐天虚弱地回答，眼睛半睁半闭。

徐允诺眼眶湿润，急切地问：“血倒是不流了，这一下午你都干什么了？”

“找小红袄。”

“找到现在？”徐天没回答，脱了自己的大衣，递给徐允诺说：“拿件大衣，这件湿了。”

徐允诺忙脱自己的大衣，徐天从脱下的大衣里取出小红袄偷拍的那几张照片。

徐天看徐允诺说："上屋里拿一件，您跟我一起走。"

"还去哪儿？"徐允诺一脸愁容。

"我捅了田丹三刀，得赶紧弄医院输血。"

徐允诺听后怔着问："你捅了田丹三刀？"

徐允诺慌慌张张爬起来，进屋拿了大衣，又去拖门口停着的人力车说："天儿，快上车！"

这时关山月扎着靠旗也从里面出来，一屁股坐到车里，徐允诺急了，直朝关山月嚷嚷："下来！""怎么说话的？"关山月不高兴。

"我们救人去。"徐允诺急得直跺脚，关山月坐在车上稳如泰山，说："我出把子力。"

徐允诺着急道："你能出啥力，光会裹乱！"

"允诺你骂我？"关山月委屈得直抖嘴唇。

"赶紧回去，再磨蹭真开骂了！快点儿，我回来就去院里陪您去。"关山月磨磨蹭蹭地下了车，还一步三回头，徐允诺朝他摆手催促说："回去吧，听话！"

徐天拖出另一辆车，嘴里叼着老参对徐允诺说："我拉您。"

徐允诺放下自己的车，抢过儿子手里的车把说："上去。"

徐天看着徐允诺为难地说："不合适。"

"我拉儿子有啥不合适，小时候还骑我头上！"徐允诺喊道。

司法处旁的小胡同里空无一人，保梁哆哆嗦嗦地走在前，长根在后。

"别走了。"长根突然说道。保梁听后站住身子，回过头，看见长根枪指着他。

保梁带着哭腔说："爷，饶了我吧，我什么都不知道……"

"转过头去。"长根命令道。

保梁依言转过头，说："您放了我也没人知道，下辈子我都记您的好……"

身后没有声音，保梁回头再看，长根已经扭转身子往回走。保梁大着胆子往前迈步。长根回身看保梁，一脸纠结。保梁见长根不动，干脆快跑起来。长根举枪射击，枪声回荡在胡同里，保梁倒在地上，冷清的胡同里，只有长根一人往回走的脚步声。

两辆吉普车到平渊胡同口停了下来，铁林从前面下来，大缨子和刀美兰从后面下来，铁林看向两个女人，告诫她们在家待着别串门儿，别乱说话。

“我哥啥时候回来？”大缨子含着眼泪问。

“一时半会儿回不来。”铁林回答不太耐烦。

“为啥？”大缨子不自觉提高了声音。

“从明儿起在狱里了。”

“我找他去。”

铁林看了大缨子一眼，说：“你没听明白，从明儿起他蹲监狱了，京师监狱我是狱长。”

大缨子怔了片刻，抬手准备扇铁林，铁林早有提防，一耳光抢先打上了大缨子的脸，吼道：“疼吗？你也敢抬手，疼吗？”

大缨子被铁林一巴掌打得忘了反击，铁林接着吼：“挨一枪非得再挨一耳光，要不是我把田丹这根刺拔了，你们能回家？”

刀美兰见状赶紧拉着大缨子进胡同，铁林转身回吉普车边。旁边特务们看着铁林，铁林转身看向特务们，换了个语气，他无比自然用长官的口吻说：“大伙儿辛苦了，今晚算保密局北平站最后一次行动。明儿我就是京师监狱狱长，共产党来了也是。从前我跟你们一样，行动来跟着混，主子换了从头混，北平站撤了，名册也烧了，南京不管你们我管，有愿意跟着干的，明儿一早京师监狱门口候着，脱黄皮换黑衣。”

特务们一时都没吭声。“共产党来了您还做狱长？”一个特务突然问。

“信我就别问。”铁林说。

“要是做不了呢？”这名特务壮着胆子又问。

“做不了老子也是南京委任的少将。”

特务看起来都不太相信，铁林哼了一声，说：“爱干不干，一帮没出息的东西。”

说完，铁林上了自己的吉普车，开走了。

办公室里，沈世昌和金海相对而站，空气中弥漫着危险的味道。沈世昌看了金海片刻，问："什么时候你成了田丹的人？"金海也直视着沈世昌，眼里的鄙视毫不掩饰："我从来不是谁的人，也没成过你的人。"

"昨天到家里要借条是田丹叫你来的？"

金海听到田丹的名字，猛地瞪了眼睛，腮帮子的肌肉被他咬得紧紧的，说："我自己，但田丹教我怎么判断你撒谎。"

沈世昌嘴角似笑非笑地动了一下，说："都过去了，金条不要担心，柳如丝是我女儿，我替她还的。"

"把借条还我，还有那幅画。"

沈世昌看了金海半晌，说："可以，但你活不长了，没意义。"

"一码归一码，事归事，理归理。"金海说出的每一个字都掷地有声。

沈世昌听后，轻轻叹了口气，眼神复杂地说："可惜，你应该站在我这一边。"

"我只站自己这边。凡事分对错，金条你替柳如丝还，本来不相欠，但你吓着我家里人了，咱们还有一笔账。"

沈世昌觉得金海可笑，说："铁林脑子不够用，原来你脑子也不够，难怪是兄弟。你们杀了田丹我就放心？我答应铁林是要把田丹引回来，她来了死了，为什么还要留你和徐天？"

金海听后怔着。长根开门进来说："先生，人弄掉了，这个地方您不方便久留。"

"铁林不是要回来？"沈世昌问。

"我留在外面，叫他去家里？"

"今晚你看着金海，明天早上在京师监狱碰面。"

长根看了眼金海，沈世昌回身对金海说："噢，我让铁林做京师监狱狱长了，明天政法处黄处长亲自宣布撤换履新。"

金海诧异地看沈世昌说："北平剿总的监狱狱长随便任命，你怎么做到的？"

"乱世之秋，大家都不认真，花点金条封口办事。"

金海皱了皱眉说："沈世昌，那天送画去的时候你把我说蒙了，长根也在，我就想问问，豫让的主子把他当国士，你把长根当什么？"

沈世昌未想金海会提起长根，他看了眼长根，说："家里人。"

金海点了点头，似信非信地说："难怪这么卖命。"

沈世昌眯起眼睛问："你要说什么？"

"豫让的主子是个什么东西？自己死就得了，还把豫让一家人忽悠得人不人鬼不鬼，杀人放火不得善终。"

沈世昌冷笑着说："那是古时候的事，我从来不想死后他们会对我怎样。"

华子还站在司法处旁的窄街拐角，他看着铁林又开着车回到司法处，两个军人从沈世昌的小轿车里下来，拉开后车门，铁林勾着头往轿车里看，进入车内。

铁林说："沈先生，进去看了吗？田丹死了。"

沈世昌看着铁林，感到好笑。

"您笑啥？"铁林不解。

"你来我家告诉金海、徐天和田丹在一起，往下的事都想好了吗？"

"想好了呀，让他们杀田丹，以后大家伙都闭嘴。"

"闭得了嘴？"

"都杀共产党了。"

沈世昌说："徐天和金海什么脾气，不会我比你更了解吧？人活一口气，认㞞一辈子都不能够，共产党来他们能闭嘴认㞞？"

"人都能杀，肯定能闭嘴。"

"从出卖他们，再逼他们杀田丹，你就没有回头路了。兄弟变仇人，你觉得徐天会当今天晚上的事情没有发生过？"

铁林沉默了，他一厢情愿地设想自己杀田丹是救了他们，但他们真的能理解自己吗？沈世昌看铁林心思松动，说："坏就要坏彻底，三心两意，不好不坏，会死无葬身之地。"

"您意思呢？"

"明天一早我让长根把金海送到京师监狱，你把徐天一早也送到监狱，我陪你上任。"

"徐天和金海都关狱里？"

“人死了才闭嘴。”

铁林看着沈世昌惊道：“从头可不是这么说的。”

“想出头就要有代价，自古成事者六亲不认。”

“您不会到最后连我都不放心吧？”

沈世昌笑笑说：“你跟他们不是一路人。”

空旷的北平街道上，徐允诺拉着儿子小跑，他越跑越慢，喘着粗气说：“比不得当年了，从前给关老爷做包衣，南城没人跑得过我……”

徐天在后面没有声音，徐允诺转过头去喊他，徐天依然没回应，徐允诺不放心，将车放下来，俯身查看，只见徐天嘴里叼着老参，头在车斗里歪着。

“天儿！徐天！”徐允诺靠近徐天喊，徐天仍没动静，徐允诺不知所措，重新拉起车，掉转车头往另一个方向奔。

司法处的街角，华子看见铁林从小轿车里钻出来，又上了他自己的吉普车离去。华子轻蔑地冷哼一声，返身往窄街里去了。

冷风吹着徐允诺，他拼了老命地拉车跑。徐天在车斗里睁开眼干呕着。徐允诺担心地边跑边问：“天儿，没事儿吧？”

“这往哪儿啊？”徐天坐在车里迷迷糊糊地问。

“医院，你刚背过去了。”

“她在司法处！”

徐天跳下车斗，在街边干呕，也吐不出什么来。徐允诺揉了揉老眼，想把眼眶里的泪水擦干，却越拭越多。

徐天直起身子往车上爬，说：“……行了，走。”

“儿子，你有个三长两短我怎么办！”徐允诺老泪纵横，看着徐天。

“放心，日子长慢慢孝敬您。”徐天看着老爹，他咧了咧嘴。

“上来吧。”徐允诺又重新拉起人力车，他如一头老牛在街上跑，说：“司法处那边还有人吗？”

“铁林的人已经走了，还有沈世昌的人。”

“铁林会不会回去？”徐允诺担心道。

徐天心里也没底，没吱声，徐允诺继续说：“我说这话马后炮，当时你们三个插香，我就觉得铁林不牢靠，脑袋后面有反骨，这种人最难弄，反天反地连自己都反……”

“爸，我没事儿了，停停。”

徐允诺说：“多拉两步，你多歇会儿。”

徐天没再说话，他的头仰在车的栏杆上，感觉星星月亮都一晃一晃，不知道是自己头晕，还是车子太颠。他不敢想万一田丹真的被自己捅死了该怎么办，田丹刚才的泪眼还在他眼前晃悠，他想到这里，猛地坐直了身体。

第五十二章

钥匙转动，冷库门再次打开，长根走进去。他看着地上两个药瓶良久，用脚踢入暗处，然后他往冰柜过去，留有弹痕的冰柜插着贾小朵的名牌。长根拉开相邻的冰柜，露出田丹，他看了半晌，冰凉的田丹是长眠的样子。长根的手搭上去，贴在田丹的脖颈大动脉处，半晌才放开。

长根离开了冷库，但没有将冷柜抽屉再推回去。门重新锁上，冷柜嗞嗞地响。

长根吩咐旁边的军人把金海带到门口，办公室走廊收拾一下，然后让所有人都出去。军人们往外走。长根松手，让冷库的钥匙从手里落到他的鞋面上。他斜了斜脚，钥匙停到了门边地上。

华子用大衣挡着长枪，往大楼去，一众狱警随后从窄街拐角钻出来。快到楼前的时候，沈世昌的小轿车又开了回来。华子停在车前，往轿车里看，只有一个开车的军人。

司法处大楼的门打开，长根和六个军人押着戴了铐子的金海从楼里出来。狱警们都跟了上来，黑压压的，长枪都掖在大衣里。长根拉开小轿车的后门，金海坐进去，长根也跟着进入后座。

六个军人抚着手枪戒备，华子不敢置信地看着戴着手铐的金海，金海看了眼长根说："我跟兄弟们说几句。"

长根俯身去降下金海一侧的窗子，金海看向眼前的华子，笑了笑说：

“回去吧。”

华子看着金海的锛子，不是滋味。金海说：“缨子、刀美兰和徐天都走了，明天狱里见。我不是狱长了，枪都送到库里收好。”

金海狠下心转回头不再理会华子，长根伸头对自己的手下说：“你开车，剩下的回去，先生在家里，不要出岔子。”

军人听后纷纷上车，长根拍了拍司机的肩膀，示意他开车。小轿车载着长根金海离去，司法处大楼前只剩一众狱警。过了很久，华子低下头垮着肩，转身往窄街走，狱警们都跟了上去。

人力车马上就要靠近司法处的大楼时，徐天叫住了徐允诺说：“爸，停了，爸！”

徐允诺呼哧带喘地慢下来，徐天说：“车拉胡同里，我先过去。”

徐允诺回头看徐天说：“他们要还在，你过去不正好撞上。”

徐天宽慰徐允诺说：“没事儿。”

“啥叫没事？”徐允诺看徐天，一边把车拉进胡同歇下来，徐天挣扎着下车。

“你跟这儿别动，我拉车过去溜一趟，有人没人回来找你。”徐允诺说着拉起车，待徐允诺刚离开，徐天就向司法处走去。

小轿车开着，长根和金海坐在车后座，长根看了眼脸色不好的金海说：“沈先生叫我做什么我就做什么。想跑就杀掉你，但今天晚上你想见谁，和谁说话，我做主。”

见金海沉默着，长根说：“如果谁都不见，现在就去京师监狱门口，车里等到天亮，很闷。”

“平渊胡同。”金海说道，长根拍拍前面的军人，小轿车换了个方向。

冷库的灯光惨淡，铁抽屉上的田丹抽搐了一下，伤口冒出血，她两眼还是闭着，但身子开始一直抽搐，血大量冒出来。

徐允诺拉着人力车过来，转了一圈，司法处楼前空无一人，徐允诺大着胆子放下车，上司法处的台阶。此时，徐天攀着一堆杂物，也费劲地爬上司法处后楼，他从杂物里抄了根撬棍，撬开窗户爬进去。楼道空无一人，徐允诺蹑手蹑脚地走着，冬蝈蝈突然清亮地在他怀里鸣叫起来。徐允诺掏出葫芦罐，声音更响，又塞回去，正忙乱着，听到邻近的办公室有声音。他准备退出去已来不及，办公室的门从里拉开，出来的却是抄着根撬棍的徐天，蝈蝈不叫了，徐允诺白受了场惊吓，又心疼儿子，说："你怎么从来不消停呢？"

"外头没人了？"徐天问。

"里头不知道有没有。"徐允诺警惕地说。

徐天往里头走。田丹躺在停尸处的冰柜中，不抽搐了，身体一点点软下去。徐允诺来到了冷库前，门锁着。徐天开始用撬棍撬锁，锁很结实，撬的声音越来越响，撬棍断了，走廊回荡着声音，徐天拾起撬棍劈头盖脸疯狂砸锁，这时徐允诺从门边看到了落在地上的钥匙，刚要捡起来，门锁已被徐天砸开，徐天当先进入。

此刻，北平街上，军人开车，长根面无表情地坐在副驾驶座，金海铐在后座。

徐允诺走进了冷库，耳朵贴在田丹胸前。徐天站在一旁忐忑地看着，徐允诺直起身子，不知道该怎么办，说："没动静了。"徐天的双目渐渐空洞绝望，徐允诺手指搭上田丹颈部大动脉，片刻，又摇头。徐天手足无措地看着田丹，他的手要去碰田丹又不敢碰，手指抚上贾小朵的名牌，要去拉冰柜又不敢拉。

徐天眼泪狂流，胡乱喊着："爸……"

徐允诺从来没有见过徐天这种样子，铁抽屉上的血滴落下去，落在徐天鞋面，一滴又一滴。田丹突然抽搐了一下，徐天空洞的双目重新燃烧，像平日那样渐渐充盈怒火和生命力。徐允诺和徐天对视一眼，心里希望又燃起来。力量回到徐天身上，他将田丹抄起来向外奔去，徐允诺在后面跟着。长根留下的钥匙，依旧留在门边地上。

徐天抱着田丹沿走廊往外跑。他从大楼出来，将田丹放入了人力车。田丹歪斜着靠在车里，毫无生命迹象。夜色昏暗，徐天恍然觉得坐在车里的女人是小朵，他突然回想起阳光灿烂的贾小朵坐在车斗里，笑嘻嘻地问他："以后你还会拉别的人吗？"

徐天拉着车用力奔跑，他不时回头看，的确是田丹歪在后面车斗里。徐允诺气吁吁地跟在后面说："天儿我跑不动了，你先去。"

徐天将车转了一圈回来，跟徐允诺说："我去圣心医院，您回家喘口气带钱过来。"

徐允诺答应着。"儿子，头晕不晕？"他心疼地看着徐天，问道。

"不晕。"

"等会儿，真不晕？"

"啰唆，您还有话没？"

"有话。"

徐天站定了，喘着粗气看着徐允诺："说。"

徐允诺张了张嘴，想说什么又咽回去了。他看了看徐天摇摇头，又点点头说："没了。"

徐天拉起车跑，徐允诺又在后面跟着跑了一段，距离越落越远，徐天转过街角时回头看了一眼，夜街上，徐允诺扶着膝盖喘息，老态龙钟，他还时不时直起身朝跑远的徐天挥挥手。

刀美兰家里，大缨子趴在炕上"啊呀呀"地叫唤。胳膊褪下衣袖，子弹只是擦破了皮肉。

刀美兰说："不碍事，包上就行。"

"疼啊……"大缨子喊。

"能有田丹疼？"

"人死就不疼了。"

刀美兰瞅着大缨子。

"徐天咋那么狠呢？"大缨子突然转头看刀美兰问。

"为咱们。"刀美兰难过，眼眶湿润。

"往后怎么办？铁林那王八蛋说我哥……"

此时，外面突然传来拍门环的声音，大缨子赶紧噤声，两个女人面面相觑了一会儿，拍门声继续响着。

"敲我那边儿的。"大缨子听着说。

“跟这儿别动，别出这屋。”刀美兰自己走出了屋子。长根离开金海家院门往外走，刀美兰的院门正好打开。刀美兰像见着瘟神一样，愣了片刻将院门推上，长根过去敲刀美兰的院门。半晌，刀美兰心惊肉跳地打开门，长根说：“金先生在外面车里。”

刀美兰吃惊地说：“金海？”

长根已经往外走了，刀美兰犹豫着出来，带上院门。

金海铐在车后座，他看见刀美兰从胡同走出来，一直走到车前。长根拉开车门，刀美兰坐进车内，看见金海铐着手铐，难过地去拉拽金海的铐子。

金海对刀美兰笑了笑说：“别费事儿了，大缨子没事吧？”

刀美兰摇了摇头：“她没事儿。”

“你呢？”

“我什么？”

“这一晚上是不是吓着了？”

“跟做梦一样，活生生一闺女转眼没了。”刀美兰想起田丹，眼泪大颗大颗往下流。

金海看刀美兰哭，自己心里也难受。“明天小朵入土我去不成了，早知道应该把八青再放出来……还跟小耳朵较半天劲……”

刀美兰看了看车外两个人，小声说：“铁林说从明儿起他是京师监狱狱长？”

“是。”金海脸上看不出任何表情。

“你那帮兄弟能答应？”刀美兰着急道。

“吃差饭的，不是我养的。”金海又笑笑。

刀美兰替金海难过，眼泪簌簌地落下，说：“你自个儿的牢自个儿蹲了？”

金海苦笑了一下，说：“先前跟田丹说过这话，没想到应这么快。”

“蹲牢就蹲牢，他们蹦跶不了多久，没几天共产党就来了。”刀美兰眼泪一擦，愤愤地说。

“不只是蹲牢的事儿，没多少工夫，话挑要紧的说。”

刀美兰望着金海，眼圈通红。

“你喜欢过我吗？”金海看着刀美兰的眼睛，借着外面的灯，他看到她眼睛里的自己。

“喜欢。”刀美兰回答得笃定。

“如果走，跟不跟我？”

刀美兰毫不犹豫地点着头，转念又着急起来，说：“都这样了，还怎么走？”

“跟吗？”

“跟。”刀美兰眼神坚定，“天涯海角也跟。”

“去不了那么远。有两件事得你做。”

“你说。”刀美兰泪眼滂沱。

“一件稍后点儿，等我铺排好，让人来告诉你去收账。”

“啥账呀？”

“咱们下半辈子的花销。”

刀美兰怔了一下。金海继续说：“还有一件在眼前，等我车一走，立马去珠市口告诉徐天，让他别跟家里待着。沈世昌逮不着他，我在狱里就还能喘气，叫他千万别浑，再浑就是害我。”

刀美兰细细地记下，金海敲了敲门窗，长根从外面拉开车门，金海把刀美兰散落的头发替她挽回去，说：“走吧！”

刀美兰难过地看着金海说：“这就走了？”

金海叮嘱说：“我一走，你就去珠市口。”

刀美兰神情恍惚地下了车，长根关上车门，刀美兰还站在原地，隔着车窗玻璃看金海，开车的军人重新进入驾驶座。长根看似无意地跟刀美兰说：“明天一早我把金海送进监狱，就去司法处把田丹拉走火化。”刀美兰怔着，不知是听进去还是没听进去。长根进入车里，刀美兰就一直站着看车开走，直到周遭冷清下来，刀美兰回头往胡同里看一眼，拔腿投入暗夜。

圣心医院，徐天横抱田丹破门而入，他感觉田丹的身体冰凉。徐天把她抱得更紧，试图用自己的体温温暖田丹，他狂奔进急诊室，护士拦也拦不住，徐天嘴里狂喊输血，值班医生帮他把田丹在床上放好，看了眼徐天问：“怎么伤的？”

“刀扎，三刀！”徐天急躁地说。

医生俯身扒田丹的眼皮看了看，吩咐护士检查一下。

“先输血！”徐天喊。

“不查怎么知道情况。”

“我知道！”徐天着急道，医生看着徐天无奈地说：“输血也要先验血型，看血库里有没有匹配的。”

“要没有呢？”徐天瞪大眼睛。

“等天亮从协和医院调。”

“天亮人就死了。”徐天更加暴躁，医生搭着田丹的脉搏说：“现在可能已经……”

“输血！输我的。”徐天拉着医生认真地说，医生问徐天是什么血型，徐天不管不顾地说：“就输我的血！“

徐允诺气吁吁走回家，没注意门口停着铁林的吉普车。铁林和关山月正嗑瓜子，铁林一边嗑瓜子，一边从兜里一颗颗掏子弹，左轮手枪夹在腿上，黄澄澄的子弹和瓜子壳在一起，既和谐又异样。铁林拿子弹往枪膛里塞，间或拿瓜子往嘴里放。

关山月问铁林说：“又被宝慧赶出来了？”

“没有。”铁林抖着腿回答。

“没有你怎么在这儿？”关山月纳闷。

“等徐天。”

“徐天和允诺出去了。”

“去哪儿知道吗？”

“他们不告诉我。”

“说没说啥时候回来？”

关山月大声喊：“听见没？”

铁林纳闷：“听见什么？”

“你耳朵不好使。”关山月说完离开自己的屋子，往前院去，徐允诺屋子里亮着灯，他在房间翻柜子，扒拉出两根金条，正往怀里揣，抬头看见关山月进来。

“大晚上的金条拿哪儿去？”关山月问。

徐允诺无奈地看着关山月说：“您别管。”

“二十年前我就管不着你了，问问都不行。”

“去圣心医院。”

“干什么？”

“徐天脑袋让人打了，看大夫。”

关山月气愤地说：“谁他妈打的？”

徐允诺更无奈：“赶紧回后院吧，该睡了。”

徐允诺赶紧出了厢房，从院里走出来，才注意到门口停着吉普车，他定住身子。

关山月从徐允诺屋又走回自己屋，跟铁林说：“别跟这儿等，我该睡了。”

“您睡着我就出去，一时半会儿也睡不了。”铁林说。

“家里有媳妇不守着，偏要来我这儿。”关山月嫌弃地看他一眼。

“岳父，您觉得我这人咋样？”

关山月看了眼铁林，认真说：“你不错。”

“是吧，可他们都觉得我蔫儿坏。”铁林一腔委屈无人诉，本来以为先把事儿办成，自然会被理解，结果现在看来并不如他意。

“他们谁啊？”关山月瞪大眼睛问。

“徐天、金海他们。”

“他们说你蔫儿坏了？”

“说了。”

“那你就蔫儿坏了。”

铁林彻底无语，说：“我是您女婿，胳膊肘怎么往外拐呢？”

“我没胳膊肘，都是家里人拐成麻花儿了。”

此时，徐允诺悄悄走进后院，贴着厢房门听，关山月和铁林的对话声传来。

“徐天跟圣心医院看大夫呢！晚上回不来。”关山月说。

“圣心医院，谁告诉你的？”

“刚允诺回来拿钱，徐天脑袋让人打了这事儿你知道吗？”

“知道。”

“知道你坐这儿等半天，嗑我半盆瓜子。”关山月不高兴地说。

铁林想了想，下定决心。他拍拍手，将枪装回兜里，说：“岳父，跟您说个事儿，我跟金海徐天掰了，忙过这几天我和宝慧接您到别的地方住。”

关山月吃惊地说：“掰了？为啥？”

铁林淡定地说：“我为他们好，他们不觉得。”

徐允诺从后院五脊六兽地出来，走也不是留着也不是，在家门口转圈。

刀美兰喘着撞进来，连声问：“徐天在吗？”

“嘘嘘，小声儿。”

刀美兰压低声音说：“金海让人押着回了趟平渊胡同，叫我来告诉徐天别回家，这几天出去躲躲。”

徐允诺大惊：“金海让人押着？”

“明儿起铁林做京师监狱狱长，金海关自个儿牢里。”

徐允诺一脸愤懑，但时间紧迫，没空咒骂铁林，赶紧跟刀美兰嘱托：“徐天在圣心医院，你过去叫他把田丹藏起来，我在这儿堵着铁林。”

“田丹？”刀美兰迷糊了。

徐允诺跟刀美兰继续说：“我和天儿刚从司法处把她拉出来。人搁冰抽屉上幸亏没推进去，边上就挨着小朵，接出来的时候还有口气，让铁林知道全白瞎了。”

关山月拉住半个身子已出了厢房的铁林说：“这么大的事允诺知不知道？”

“什么事？”

“我住别地儿，允诺不能答应。”

“不用他答应。”铁林不耐烦地扒拉开关山月的手，没扒拉开。

“他不答应哪儿我也不去！”

铁林无奈地看着关山月说：“不去拉倒，也不难为您。”

关山月急得直嚷嚷：“这事明儿我得告诉允诺！”

铁林有些急躁地说：“撒手，我走了。”

徐允诺听见铁林要走，忙向刀美兰挥手，让她快走，他把刀美兰推出门，在月亮下拦住了铁林。

铁林见到徐允诺，尽量恢复正常情绪说：“徐叔。”

徐允诺看了眼铁林，也假装一切没有发生，说：“你来，跟我过来。”

铁林心急如焚：“啥事儿？”

“来。”

徐允诺说着挑开自己厢房的门帘，铁林只好跟着徐允诺进去。铁林站在屋子中间，徐允诺绕到他后面去把屋门关上。

铁林着急地说：“您要说啥？我还有事儿。”

徐允诺不紧不慢地把一盆盆景往铁林的方向挪了挪问：“这盆景枝儿是不是你弄断的？”

铁林假装毫不知情，说：“哪儿呢？断了？”

徐允诺转过盆景，铁林赶紧否认。

“事儿都干了，没胆儿认。”徐允诺鄙视地看着铁林，铁林听出徐允诺意有所指，慢慢抬眼看徐允诺说：“做就做了，有什么不能认的。”

“田丹是你卖的？”徐允诺又问。

“是。”

“为啥？”

“我就干这个的，抓共党，您说为啥？”

“世道要变了，北平都要和。”徐允诺把盆景拉回来，眼睛直视铁林。

铁林没把他当回事，说：“世道变才要我这种人，挽狂澜于既倒，扶大厦于将倾。”

“就你也配？”徐允诺抬高声音，铁林一脸不悦，皱着眉看徐允诺说：“怎么不配了呢？”

“卖兄弟，你们三个插过香的。”徐允诺愤怒地瞪着铁林，像是要把铁林剐了。

“我是救他们。”铁林还说得理直气壮。

“救谁？明天金海坐牢了，你当京师监狱狱长，狱长会当吗？”

铁林尴尬胜于怒火，之前的底气立即消散掉一半，说：“这事儿也知道了……谁告诉你的？”说着，铁林绕开徐允诺要往外走。

“站着！我话没说完呢！”

“徐叔！”铁林满脸焦急，明显不耐烦地说：“跟这儿听您说两句不是怵您，您说不着我。”

“急着去哪儿呢？”徐允诺心里盘算着怎样才能再拖延些时间。

“找徐天。”

“找他干啥？”徐允诺紧锁眉头，铁林对徐允诺说：“实话跟您说了吧，也得把他弄到牢里去。”

“他要不愿意呢？”

“我跟他讲道理。”

“他是我儿子，你把我讲通了，我让他找你，不用你找他。”徐允诺说着坐回炕上，铁林转回身子，看着徐允诺好好说：“徐叔，我也不容易，你们一个个儿的怎么不理解我呢？”

“怎么个不容易，我替你解。”

“你们和田丹走一条道是不是好事儿？”

“是。”

铁林噎了噎，又说：“田丹杀了是不是大家就太平了？”

“太平怎么还要找徐天？”徐允诺眼都红了。

“你以为我愿意？上道儿了明白吗！各上各的道，下不来了！”

“什么道都不如兄弟，掉头来得及。”

铁林听着心里也七上八下，问：“怎么掉？”

关山月不知什么时候从后院出来，在外面贴着窗听里头的声音。

徐允诺说：“跟从前一样，你们三兄弟站一头，我作保，以后他们不跟你找后账。”

“你作保？”铁林只觉得啼笑皆非，徐允诺接着说：“我说话金海听得进，徐天是我儿子。”

“我还得你保，你不保他们就弄死我对吧……田丹已经杀了，没法儿掉头了，别挡我道。”

徐允诺更加生气，他站起来指着铁林鼻子呵斥道：“你脑子被门挤了，找着徐天让他蹲大牢，他就跟你去？”

“跟他说道理，还有一大家子在外头呢。”

“信不信他大嘴巴抽你。”徐允诺瞪大眼睛，愤恨地看铁林。

“抽一个试试，这是啥？”铁林气急，掂出手枪，“从今天晚上起天王老子敢点我一根手指头，我也让他吃枪子。”

徐允诺见状绕到门边，挡住铁林的去路。铁林不耐烦地嚷嚷：“起开！”

铁林见徐允诺不动弹，要推开徐允诺，徐允诺大力一掌，铁林踉跄跌出去，扶着炕沿才站稳。

徐允诺火冒三丈地说：“别招我儿子，有种在这儿跟我码！”

厢房里叮哐乱响，徐允诺把柜子和桌椅往中间挪，挡住铁林的去路。关山月听着忐忑地往后院回去，铁林扒拉开挡道的东西，走向徐允诺。

铁林也气得不行，他不再是那个任人捏瘪搓圆的铁林了，他现在是监狱狱长！铁林压着火气，拿着枪说：“徐叔，好好跟您说，别挡我道儿。”

徐允诺一把捏住铁林的枪，说：“能耐死你了……”

铁林跟徐允诺两人撕扯起来，突然关山月听见一声闷响。他在院中间站了一会儿，还是走回了后院。

院子里很安静，前院传来开关门的声音。关山月又从自己屋子出来，犹豫着往前院走，他见铁林架着徐允诺往外走，关山月从里院出来，去厢房看，厢房里没人了，门口有一些血迹。

铁林慌乱地将徐允诺塞进吉普车里，自己从车头绕过去上驾驶座，徐允诺软软地瘫在副驾驶座上。铁林打着汽车，隔着车窗看见院门口站着关山月。

铁林心脏狂跳开着车，徐允诺双目无光，胸部大量渗血，浸湿车座。葫芦罐从怀里滑出来，徐允诺费劲地抓到手里说：“蝈蝈，我的蝈蝈……”

铁林哆嗦着一边开车一边说：“叔，我不是故意的……你坚持一下，我送你去医院……”

徐允诺嘴里还不住地说：“我弄死你……”

铁林显得很无措，他尝试着去捂徐允诺胸口，只是徒劳沾了一手血，方向盘被血弄得滑溜溜，他一手开车，使劲擦干沾染的鲜血。

铁林狂踩油门，车一突一突地往前奔，弥留的徐允诺一手撑着车座，努力使自己坐起来，问：“去哪儿，你去哪儿？”

“医院。”

“你个王八……”徐允诺虚弱地骂道。

铁林看着这样的徐允诺，也情绪失控了，大喊：“让你别挡我道，你们都听不明白！”

“别招我儿子……”

“送你去医院！”铁林大喊。

“我送送你。”徐允诺说完扑过去扳方向盘，车子猛地转向，在狭窄的河沿道上打转。片刻之后，车终于挨着河沿停了下来，车门半开，徐允诺半个身子悬在车外。铁林惊魂未定，抬脚向徐允诺踹去，徐允诺软软地滑出车外，滚到水里。

铁林下车绕到河沿，小声喊：“徐叔？”

徐允诺已经没气了，手还握着葫芦罐。

冬蝈蝈微弱地鸣了两声，铁林试图将徐允诺拖上来。累了半天自己却滑倒了，反而被徐允诺带进水里。铁林挣扎着，鞋子被徐允诺的褂子死死地缠住，无法挣脱。铁林一口气冲徐允诺开了四枪，枪声在夜里回荡，徐允诺在水面沉浮。铁林解开脚上的褂子，愣了一会儿，然后从岸边找来两块石头，塞入徐允诺的衣襟，尸体还是沉沉浮浮。铁林起身回到车里，搬出一只铸铁千斤顶，然后回到岸边，将千斤顶塞入徐允诺的衣襟。眼看着徐允诺沉下水面，铁林站起来，走回车边。

河沿不远的地方有人站着看向这边，铁林愤怒地喊：“看啥？”

那人没动，铁林冲那人开枪，弹匣打空后，铁林仍在不停地扣动扳机。那人跑没了影。铁林回到车上，看了一会儿空荡染血的驾驶座。他拉上两边的门，发动引擎。蝈蝈葫芦罐冒着气泡飘上来，浮停在水面。

第五十三章

徐天躺在圣心医院的病床上，头发里的血不断渗出，染红了枕头，胳膊上插着输血管。田丹躺在与他相邻的床上，两个人都昏迷着，徐天的血正输入田丹血管。

刀美兰头发散乱地跑进圣心医院，见着人就着急地喊：“大夫，大夫，徐天在哪里……”

护士问她找谁，刀美兰喘着粗气说：“刚来的，还有一个女的。”

护士指了指屋里说：“在输血。”

刀美兰往里跑，护士冲着刀美兰的背影喊：“哎……你不能随便进……”

刀美兰一间间帘子掀过去，那个买菜的妇女还在，她终于在一间病房里见到了躺在床上的田丹，然后又看到躺在另一张床上的徐天。

刀美兰无措地看着两人问医生：“还有救吗？”

医生问刀美兰：“你是他们什么人？”

刀美兰心急又心疼地说：“我……她是我闺女。”

医生看了一眼躺着的田丹，对刀美兰说：“伤口止住血了，女的可能服了抑制心律血压、麻痹肌肉组织的药物，除了失血，药物的作用也还没被解除。”

“那他怎么也插着针？”刀美兰看着徐天问大夫。

“给她输血，自己要求的，尽管他也失了很多血……”

刀美兰听后挨近前去喊徐天的名字，徐天迷迷糊糊地睁开眼睛。刀美兰眼眶湿润，徐天眯着眼惊讶地看着刀美兰。刀美兰摸了摸他的脸，关切地问："能动吗？"

"刀姨，我眯会儿……"

"铁林没准会过来，不能跟这儿待着。"刀美兰担心地说。

徐天怔了一下，问："谁？"

"铁林，你爸在家拦着，让我赶紧来报信儿。"刀美兰回答。

徐天撑着身子起来，差点又软回去。刀美兰赶紧扶住徐天，说："起来，我弄得了田丹弄不动你。"

吉普车在圣心医院前停了下来，铁林在兜里摸了半天只摸出两颗子弹，填入左轮枪，他下车进入医院。铁林表情扭曲地走进来，先前回复刀美兰的那个护士在柜台后面看着他。

护士被他的样子吓了一跳，铁林恶狠狠地说："我找徐天。"

护士没说话，铁林继续说："一个男的，脑袋破了，差不多一个小时之前来的。"护士一直没说话，铁林往里面走进去，护士回过头。她身后办公室的门半开着，田丹躺在担架床上，刀美兰战战兢兢护着她。徐天一手插着管子，一手捏着医生。

"我已经走了，不在，明白吗？"徐天威胁道。

铁林在里面一间间地掀帘子，没找见徐天，重新回到护士站，问护士说："人呢？在哪儿？"

"你是谁啊？"护士人着胆子问。

铁林一时不知该怎么说，他想了想道："他兄弟。"

"走了。"

铁林皱着眉头问："什么时候走的？"

"刚走……"

铁林看着护士身后半开的门，手在兜里捏着枪，半晌后还是转身离开。

他回到车里，双手握着方向盘发了会儿呆，他把手抬起来，看到方向盘上都是血。他用自己的衣服一遍遍地擦方向盘，根本擦不干净，还把枪掉到了刹车附近。他低下头去够枪，脑子里天人交战。后视镜里的铁林神情复杂，又带着凶恶，他不断说服自己："没法回头了，六亲不认也挺好……"说完，又下车跑向圣心医院。医院里，护士还在柜台后，看铁林提着枪走回来。

铁林越过柜台，扒开护士，推开她身后的门，门里只剩下一个医生和空着的担架床。

铁林摔门走出去问护士二人的去向。“走了。”护士战战兢兢地回答。铁林双眼冒火，大喊：“什么时候走的！”

“刚走。”护士胆怯地看着铁林。铁林拧身跑出去，往医院两头的夜路各盲目地追了一阵，停下来大喊：“别跑啊！徐天你也有尿的时候！”

徐天背着田丹吃力地爬圣心医院公寓的楼梯，输血管已经拔了，刀美兰在后面扶着田丹。

刀美兰问徐天这是什么地方，徐天吃力地回答：“燕三在这儿。”

刀美兰没明白，徐天突然停在楼梯中段，刀美兰见状赶紧扶着徐天，徐天呼出一口浊气：“晕……”

公寓里的灯关着，黑暗里，燕三和住对门的刘科长靠在门后。刘科长悄声问燕三说：“平时真看不出来，杀了几个女人？”

“四个，加医院里躺着的那个，五个。”燕三回答。

“我说呢，像。”刘科长神秘地说。燕三看着刘科长说：“像？”

“高医生平时独来独往，不爱跟人交往，很多次大半夜出门，天亮才回来，我起来撒尿看见他出去……就老激灵出一身鸡皮疙瘩……他杀不杀男人？”

燕三摇了摇头：“不杀。”

“就你一个等在这里抓他吗？”

“还有你。”

刘科长挺得意，说：“我形意拳练十几年了。”

“他在北平还有没有别的住处？”

刘科长细细想了想，说：“没有，下班天天在屋里，你们要说他没走成，肯定回来。”

此时，走廊里传来零乱的脚步声，两人初时没太在意，直到脚步声停门前。两人绷紧身子，各自抄东西准备，门被推开，进来黑乎乎的一团。

“三儿，接一把。”徐天喊道。刘科长正要砸，被燕三抓住胳膊。

“天哥！这谁啊？”燕三见徐天背着人，困惑地问。

刀美兰随后跟进来说："田丹。"

燕三看见刀美兰，更加吃惊："婶儿？"

刘科长看着受伤的陌生女人问是谁。徐天将田丹放到床上，看了眼刘科长又问燕三："这人谁！"

刘科长还记得之前差点挨揍的事儿，尴尬地笑了笑，说："住对门的。"

徐天还有些发蒙，刘科长指了指自己，说："天哥，你脑子坏了？"

"让小耳朵的人砸了几下。"燕三说。徐天依然没想起眼前的男人是谁。

刘科长笑着说："我是对面总务科的，协助你们抓杀人凶手。"

徐天突然拉住刘科长喊："别让他走……"

刘科长赶忙回应："我不走。"

刀美兰在黑暗里摸寻灯绳。"别开灯，等人呢！"燕三说。

"等谁？"

"凶手。"刘科长已经把自己看成他们一伙的了。

"啥凶手？"

燕三看向刀美兰："杀小朵的。"

刀美兰蒙了："杀小朵？"

燕三凑近看，床上躺着的果真是田丹。燕三也是一脸疑惑的样子，说："天哥，咋回事？"徐天没回应，等燕三转过头，徐天靠在床上不知是睡过去，还是晕过去了。

刀美兰见状替徐天回答："铁林把我和缨子扣在司法处，金海和田丹都去了……天儿捅了田丹三刀。"

燕三大吃一惊："为啥？"刀美兰的描述太简略，燕三不明就里。

徐天又接话了："三儿，天亮你跟对门的去协和医院取血，再叫个大夫……"

"对门的？"

刘科长问燕三："我？"

刀美兰担心地看着徐天说："天儿，你没事吧？"

"困得慌，明儿小朵入土……入吗？"徐天嘟嘟囔囔地问。

刀美兰六神无主地说："你说呢？"

徐天又没声音了，刀美兰看着床上的徐天和田丹，叹了口气，拉过毯子替两人盖上。

屋内暂时安静下来。刀美兰环视四周，有些毛骨悚然。“这到底是谁家？”

“小红袄。”燕三回答。

刀美兰怔了一会儿，掀了徐天和田丹身上毯子，自己脱下外衣盖到田丹身上。

“啥缘份啊这都是……”刀美兰喃喃道，然后用毯子去覆盖福尔马林标本瓶，撕墙上的人体解剖图。

燕三帮着刀美兰一块儿张罗。“缨子没事儿吧？”燕三担心地问道。

“胳膊破了一道口子。”

“怎么弄的？”燕三一听立马急了。

“枪打的。”

燕三惊愕地说：“这半宿你们折腾出多少事儿？”

“半辈子差点搁这半宿里……”刀美兰看着燕三，疲惫地说。

珠市口徐天家，后院厢房的门大开着。留声机放着《空城计》，关山月裹着大棉袄，像没食的鸟一样前后院转。一会儿转到徐允诺屋，一会儿转到徐天屋，然后又到大门口往外看，又转到后院。他的那只鸟在笼子里晃着脑袋。

冷夜下的什刹海波纹不兴，挨着城根的地方还结着冰，另一头是黑黢黢的皇城。铁林开车到家，在车里愣了好一会儿才下车。他进入拱门，一边走一边在衣襟上擦着手，随后去回形院中间的水池拧开水龙头，先是在水里搓手，然后干脆脱了大衣，卷高袖子洗胳膊，又洗脸。边上有一只桶，他提过来往桶里灌满水，朝吉普车走去。打开车门。铁林脱了短褂，扔到水里，开始擦拭方向盘和座椅。他完全感觉不到寒冷，擦得仔细卖力。

一辆小汽车停在京师监狱的门口，金海和长根在车里枯坐，金海看了看像是快入定的长根说：“不出去抽一根？”

“不抽烟不喝酒，我吃素。”长根回答。

“但杀人。”金海眼神犀利地看着长根。

“所以吃素。”

“替沈世昌杀过多少人？”金海问。

“民国二十八年，北平日据，替他灭过一门。”

“日本人？”

“军统，就是现在的保密局。沈先生搭着两头，也给日本人做事，南京派过来一家子调查，查明白之前，沈先生叫我去把他们灭了。”

“从那时候就两头搭着，这种主子你也跟得住。”金海脸上挂着蔑视。

“这辈子欠沈先生的，这辈子还，修来世。”

“做这些事儿，来世修不明白。”

长根听了不知说什么，看了眼金海说：“所以吃素。”

“做点善事。”金海语气诚恳地说。

长根摇摇头说：“放不了你，别想了。”

“按说该把你当王八蛋，为啥坐这儿心里还真没火？”金海不解地看着长根。

“可能我做善事了。”长根垂着头，看着自己腕上的小叶紫檀手串。

“天亮把我送进去，你干啥？”金海心里还想着徐天和家里人，还得为他们的安全打算。

长根看了眼金海，好像看出了他的心思，说：“火化田丹……你那兄弟人不错。”

“哪个兄弟？”金海问。

“徐天，你和他可能都会死铁林手里，弄不好就是明天，有啥没办的我替你办。”

金海听了生气，也不知是气长根还是气铁林，说：“轮得着你吗，王八蛋。”

长根知道金海心里有气，没说话。

“监狱都不是我的了，真不该跟小耳朵瞎较劲。”金海看了看窗外，其实心里想着也许明天过不去了。

“金先生，您这辈子看重啥？”长根问金海。金海叹了口气，说：“好多。”

“最看重。”

“道理。”金海毫不犹豫地回答。

囚车停着，二勇和另一个狱警缩在车里。空旷的夜街只有一个摊档，里面挤满了白衣汉子，只有小耳朵和连虎在一张桌子上吃，跳子立在旁边。小耳朵没戴铐子，喝着酒。

跳子说：“爷，差不多您早点回家歇着。”

“收摊了？”

“不收，自家兄弟的，羊自家宰的。”

“那催我？”小耳朵不耐烦。

“那两个狱警不走干啥？”

“没准一会儿我还搭车。”

“搭哪儿去？”

小耳朵抬头问跳子：“知道我一辈子最看重啥吗？”

“兄弟。”

“没说兄弟。”

“爷，您最看重啥？”跳子问。

“道理。”

跳子看着小耳朵，不敢置信地问：“您不会还回狱里吧？”

小耳朵思索着说：“连虎是不是出来了？”

“嗯！”

小耳朵放下筷子，又问：“咱们是不是劫狱了？”

“嗯！”

小耳朵抹了下嘴，说：“金海把我整蒙了。”

铁林上身几乎光着，他将案子上一包包的中药和药罐子都收拾到一个大布袋里。叮叮当当的声音弄醒了睡着的关宝慧。关宝慧看铁林拖着大布袋出去，经过水池，将刚脱下的大衣拿着，一路走出拱形门外。关宝慧披着衣服从铁扶梯上下来。

吉普车边。铁林在用一根皮管吸油箱里的油，油从管子里流出来，铁林呛了一口。他将油浇到大布袋和大衣上面，然后拖着走到远处，擦燃火柴。火焰腾起来，照亮铁林的身子。他看了一会儿，手在裤兜里到处摸，摸出一盒皱巴巴的烟，取了一支，凑到大火里。烟烧了几乎半截，他收回手，搁到嘴里。关宝慧在吉普车后面，看了一会儿在火光里抽烟的铁林，转身走回拱门。

1949 年 1 月 20 日，农历腊月二十二，大寒。

晨阳从远处城垛浮起来。光芒由东向西，覆盖北平灰色的表面。金红的紫禁城一半闪烁，一半沉在阴影里。

晨阳如一颗燃烧的煤球悬在宫墙上，冰封的什刹海一半反射着橙红的光芒，靠墙那一半却是一片青黑。

贾小朵在青黑的那边，徐天提着空荡的铜盆站在橙红的世界里。

小朵不舍地说："我走了。"

徐天想要迈动脚步，鞋子却被冰面冻住，小朵走向更黑的地方。

徐天着急地喊："你去哪里？"

"到时候了。"小朵的身影越来越小。

"再等等我。"

小朵往黑暗里走，徐天着急地说："我要先救她。"

"但到时候了。"小朵说。

"你怎么知道？"徐天问。

小朵看着徐天说："以后就看不见你了，我知道。"

徐天难过地喊："站着，不许走！"

小朵停了下来，徐天开始用铜盆砸脚下的冰面。燃烧的煤球落下宫墙，青黑蔓延过来，小朵彻底被黑暗吞没，整个世界只剩下小小的徐天。

徐天惊醒，燕三已经不在了，屋里只有刀美兰和仍然昏睡着的田丹，那粒盘扣从徐天的裤兜里掉了出来。

刀美兰看着被惊醒的徐天问："梦见什么了？"

徐天愣了半天，喉头发酸的感觉怎么也压不下去，说："小朵。"

刀美兰捡起盘扣，心里不是滋味，没有说话。

"今天入土吗？"徐天问刀美兰。

"说好上午把碑运坟地去，钱也给了，本来说好和金海、缨子一块儿的。”刀美兰说着，想到金海此时应该在监狱里，更加难过。

“我大哥呢？”徐天突然问道。

“铁林做京师监狱狱长了，他得蹲自己的大牢。”

徐天怔着。

“昨儿跟你说了呀。”

“没说。”徐天固执地说。刀美兰观察了下徐天的脸色说：“你蒙了还是我蒙了？金海叫你别回家，躲几天。说沈世昌逮不着你，他被关狱里也没事，叫你千万别浑，再浑就害了他了。”

徐天没接茬，又问：“三儿呢？”

“你吩咐的，天没亮就跟刘科长去协和医院取血叫大夫了。”

徐天摸了摸自己的脑袋，说：“我吩咐的？”

刀美兰发愁地看着徐天说：“脑子真砸坏了。”

徐天看向刀美兰手里的衣扣，说：“扣子给我。”

“谁的？”刀美兰把衣扣递给徐天。

徐天仔细收起盘扣，说：“小红袄的。”

“这是小红袄住的地方？”刀美兰害怕地问徐天。

“嗯，人要回来正好……”徐天说着要站起来，一个趔趄又跌回去。刀美兰担心地看着徐天说：“你还是躺着吧，我出去弄点吃的。”美兰说完出屋，掩上门。

徐天在田丹旁边坐了一会儿，用手贴了贴她的额头。晨光从拉着的窗帘缝隙透进来，照着苍白的田丹。徐天从怀里取出从这间房里拿走的、皱巴巴的外科医生的照片。他将照片放到原来的地方，那个被拍碎的镜框还在。

清晨的街上没有几个行人。协和医院里，刘科长在走廊上直打哈欠，旁边的燕三看刘科长问：“是在这儿取血？”

刘科长说：“是，我老来。”

“能取着吗？”燕三担心地问。

“有我就能取。”刘科长颇自信。

“谢了，昨儿还差点揍你一顿。”

“那女的是谁啊？”

燕三想到田丹，摆了摆手说：“别问了。”

刘科长瞥了一眼燕三说：“你们不会是共产党吧？”

燕三笑了一下，说：“你觉得呢？”

刘科长彻底蒙了，说：“不是警察吗？”

“这开门还得多久？”

“没上班呢，得一会儿。”

“等我回来。”燕三说完跑出去，留下刘科长一个人在原地挠头。

京师监狱大门口，长根在车外伸胳膊伸腿。军人和金海分别坐在驾驶座和后座。道上过来一大堆白衣汉子，小耳朵坐在一辆人力车里，汉子们后面跟着囚车。假寐的金海睁开眼睛，长根拉开车门进入车内，拿出手枪。金海和长根看着白衣汉子们和小耳朵从小汽车边经过，跳子和小耳朵都看见了金海。

囚车到监狱前摁喇叭，一堆汉子负手在后面立着，鸦雀无声。监狱门缓缓打开，囚车开进去，小耳朵坐着没动。半晌，小耳朵下人力车往小汽车走来。长根拉过大衣盖住手枪，也盖住金海手腕和车门连接的铐子。

长根问金海说：“你朋友？”

“对头。”

“不要逼我打死人，我只是在这里等沈先生送你进去。”

小耳朵来到车边，用手指敲了敲金海的车窗，金海用另一只手降下车窗。

“干吗呢？”小耳朵问。

“等人。”金海回答。

“等我呢？”小耳朵嘴角一斜，不屑地问。

“我忙得很，没工夫等你。”

“看我回不回来是吧？”

“小耳朵，别回监狱了，回家吧。”

“你叫我回来我就回来，到这儿你叫我回家，我他妈就回家了？”

金海闭了闭眼，无可奈何地说：“好赖话不会听。”

“我回来不为你，你就是个屁，我为的是道理，明白吗？”

金海看着小耳朵点了点头说：“行，你牛。”

“打头开始是不是你错了？”小耳朵问。

金海看着小耳朵，慢慢吐出一个字：“是。”

小耳朵撇着嘴往监狱大门走去。走了一半又折回来，长根的枪重新在大衣里顶住金海，小耳朵回到小汽车旁边对长根说：“你，刚我说话拿眼睛瞪我，啥意思？”

长根看了眼小耳朵说：“没意思。”

“金海，这孙子谁啊？”

“一王八蛋。”金海回答。

“说你是王八蛋听见没？”小耳朵问。

长根阴着脸。

“别犯照啊，爷现在很不痛快……还瞪我？”小耳朵狂妄地一拍车门。

长根移开目光，金海又看了看小耳朵说：“小耳朵，说真的，回家吧。”

“回你大爷，让你们知道谁是爷们儿。”说完小耳朵径直进了监狱，大门缓缓合闭。

第五十四章

一大早上，七姨太在伺候沈世昌吃早餐。七姨太告诉沈世昌，昨天晚上电话响了两次。

“什么时候？”沈世昌问。

“你回来以后，快天亮了。”

“听见怎么不叫我？”

“一共睡不到几个小时，一早又起来，又要开会？”

“去京师监狱。”沈世昌神色阴郁地说。七姨太觑着他的脸色，想了又想，还是说：“老沈……我们还是去上海吧，上海那边房子也蛮大的。”

沈世昌不言语，七姨太胆子大了些，说：“小四都过去了，很多人都过去了，我们为啥一定要留在北平？共产党听说很凶的，昨天晚上院子被打得乱七八糟，哪里还有家的样……”

沈世昌抬起头，七姨太住了嘴。

“昨天晚上天坛机场飞机都炸了，现在谁也走不掉，除非从陆路走，往南一路都是乱匪残兵，不到天津就死了。”

“飞机炸了……那小四和冯先生走没走？”

此时电话响起，沈世昌过去接起来，柳如丝的声音从电话那头传来：“我。”

沈世昌吃惊道：“小四？”

“我没走成，就打个电话。”

“七姨说早上有电话响，是你打的？”沈世昌问。

“我打的，现在没事了。”

“天不亮就打电话，怎么又没事了？”

“听听您那边是否太平。”

“你怎么知道我这边不太平？”沈世昌皱着眉头问。

柳如丝语气平静地说：“大家都不太平。”

沈世昌听了不知说什么，顿了一下又说：“一会儿我去京师监狱，要不要见冯青波？”

柳如丝捏着电话，愣了半天。

“小四？”沈世昌声音抬高了些。

“他在京师监狱？”柳如丝心乱如麻。

“在原来关田丹的那间牢房里。”

“田丹呢？”

“昨天晚上死了。”说完沈世昌挂了电话。许久之后，柳如丝还捏着听筒。

铁林在家中，关宝慧侍候铁林吃早餐，铁林吃得狼吞虎咽，关宝慧把油条和豆浆尽量往铁林旁边挪。

“今天估计回来也早不了。”铁林边吃边说。

“那还带我去珠市口呗。”关宝慧还不知道，只一晚上，她的家庭已经天翻地覆。

铁林听了脸色沉下来，粗着嗓子说：“跟你说别去那儿了。”

“我爸在那儿呢。”关宝慧提高嗓门，没觉察出铁林的异样。

铁林心虚地看了眼关宝慧，说：“忙过这几天把你爸接出来住，真事儿，昨天我也跟他说了。”

“昨儿你去珠市口了？”关宝慧惊讶地看着他。

铁林忐忑地回避关宝慧的目光，但还是装作若无其事地说：“坐了会儿，陪你爸嗑了会儿瓜子。”

“搬出来住爸肯定不乐意，他离不开徐叔。”关宝慧也拿起筷子，边吃边说。

“离不离得开也得离开了。”

关宝慧停了一下，觉得铁林这句话有别的意味，停下手中筷子，想起昨晚冲天的火光，问铁林：“你昨晚上在外头烧什么呢？”

“陈年烂中药。”铁林喝着豆浆，疲惫地回答。

关宝慧瞥了他一眼，说：“还把衣服都烧了。”

“去去晦气，一会儿上任就职。”

“就啥职？”关宝慧担心地问。

“京师监狱狱长，剿总今天任命，沈先生亲自到狱里陪我上任。”

关宝慧听了一怔：“那金海呢？”

“金海也在狱里。”铁林说得随意，抹嘴起身。

关宝慧看着面不改色的铁林，心里突然难过起来，说：“铁林，你变了。”

“玩儿命奔，玩儿自己的命也玩儿别人的命，不就为变？你不也盼着我出息。”

“当狱长了，药也不用吃了，是出息……”关宝慧愤懑地看着铁林。

铁林无所谓地笑了一下，说：“还当少将呢，信不信？”

关宝慧哽咽着说：“可我还是喜欢原来的你。”

“那没辙，回不去了。”

沈世昌吃完早饭，在家对着落地镜收拾自己。他穿得很利落，一如往昔那位令人尊敬的长者。

便衣军人敲了敲门，说：“先生，剿总的车到了。”

“东西带上了吗？”沈世昌问。

“带了。”

沈世昌往外走，七姨太担心地叫住沈世昌，沈世昌回头看着蹙着眉头的七姨太，安慰她说：“放心好了，过了今天一切都料理停当。”

沈世昌坐上小汽车，里面还坐着两位剿总的军官。路上的行人越来越多，都拥往一个方向，便衣军人摁着喇叭。沈世昌将一个公文包放到身侧的黄处长脚前。

黄处长打开公文包伸手一摸，里面是黄澄澄的金条，黄处长笑着说：

“沈老破费了。”

“狱长交接之后我还要在狱里办点事情。”

“放心，宣布完铁狱长就职我们就走。”黄处长说道。

此时，小汽车彻底停下来，沈世昌问开车的军人：“怎么回事？”

军人看了看车外，身后开上来一辆公共汽车，公共汽车上插着两面白旗，一边行驶，一边摁着喇叭。车上的人都戴着华北人民和平促进会的袖箍，车两边随着跑的人，也有很多戴着华北人民和平促进会的袖箍。道路两边尽是观望的市民，很多市民随着车跑。

黄处长回答：“何思源的人，出城和中共谈判。”

沈世昌两眼空洞地望着。

燕三拉着大缨子跑回圣心医院，刘科长问：“这位是？”

“我女人。”燕三看了眼大缨子说。

大缨子想争辩，又咽了回去。

“血呢？”燕三问。

“没有医生的手续不给。”刘科长尴尬地说。燕三生气地问刘科长说：“你到底有没有谱？”

大缨子听明白是要给田丹取血，吃惊地问燕三：“真还活着？”

“一会儿到医院先看你胳膊。”燕三皱着眉头担心地说。

“我胳膊不碍事，给田丹取血你跑回去找我干吗！”

“我这不是……”

大缨子心急地数落他：“你缺心眼啊！”

燕三讪讪地闭嘴，刘科长捂着嘴乐。

徐天撩着帘子往窗外望，躺在床上的田丹喊徐天的名字。田丹在自己的世界里喊，细微的声音却使徐天转过身子。田丹努力睁着无神的眼睛，徐天俯身过去抚摸田丹的额头，火似的滚烫，同样用手试了试自己的额头，他着急起来。徐天要直起身子，另一只手的手指却被田丹紧紧地攥着。

徐天不住地叫田丹的名字，田丹在梦境中往下沉，但紧紧攥着透过水面伸下来的一根手指。手指松脱，田丹绝望地沉了下去。徐天掰开田丹的手指，伸出两手去抄田丹，准备将她抱起来，但自己身子虚弱，气力不够。

楼道里刀美兰拿着吃的回来，一个背着大包的男人在她身后走进楼道，与刀美兰一起上楼梯。刀美兰看了他一眼，这个男人正是昨晚从军用卡车上逃走的高医生。高医生和刀美兰一前一后走到二楼走廊，刀美兰往前走，高医生放慢了脚步，刀美兰感知着身后的异样，也放慢了脚步。徐天摇摇晃晃地往房门走去，他感觉田丹的手在抓他的衣襟。

徐天安慰田丹，也像是给自己鼓劲："没事儿哈，下楼就是医院。"

刀美兰越走越慢，停在房门口。高医生并未停留，经过刀美兰，继续往走廊深处走去。一门之隔，里面传出撞倒东西的声音，刀美兰赶紧推门进去。徐天和田丹摔在地上。在田丹意识里，刀美兰和徐天的声音都很遥远，她能模糊看到徐天和刀美兰晃动的身影。

徐天见刀美兰进屋，急忙说："搭把手，她全身跟着火一样。"

刀美兰赶忙放下吃的，一起帮着架起田丹，又把刚才上楼时有人跟着她的事告诉了徐天。

徐天警惕地问："那人长什么样？"

"瘦高个儿，可能住这儿，往里面去了。"此时，田丹感觉徐天放开了她，她的手无助地去抓徐天，徐天越过她离开。

高医生站在走廊尽头，回身看自己那间开着的房门。他从走廊杂物堆里捡起一根棍子，试了试不太称手，于是继续翻拣，一抬头，看见徐天不知何时已经快到他面前了。

徐天见是高医生，他暴怒道："你还真回来。"

高医生一声不吭，等着徐天来到身前便一棍子砸过去。棍子被徐天抄在手里，两人纠缠使劲，虚弱的徐天被高医生远远地甩了出去，摔在杂物堆里半天爬不起来。高医生向走廊走去。刀美兰正将田丹移回沙发，回头便见高医生已经进了屋。

高医生见刀美兰和田丹在自己房间里，操着南方口音诧异地问："你们是什么人？"

刀美兰比他还惊慌地问："你是谁？"

"我住在这里。"高医生莫名其妙地看着刀美兰。

刀美兰惊惧起来。高医生走向田丹，摸了摸田丹的额头，翻开田丹的眼皮查看瞳孔。

刀美兰不知哪里生出勇气抓着高医生的胳膊大喊："放手！徐天！"

高医生甩开刀美兰，从床下拖出那只箱子，往包里装东西。徐天进入房间，反手关上门。高医生拉开抽屉，从一整套手术刀里抄了把最大的，对准刀美兰和徐天。

高医生沉着声音说："不要过来，我用刀很熟练，知道在什么地方划一下就可以立即结束一个人的生命。"

田丹和刀美兰离高医生很近，徐天停在门边。他看到地上敞开的大包，里面有一只莱卡相机，高医生接着往包里装围脖和绒线手套。

"这些东西哪儿来的？"徐天问。

"我的。"

"你一个男人怎么有这些东西？"

高医生看着徐天，一股脑地发脾气说："女儿的！她在上海，本来现在我应该已经到家了，飞机被打了下来，又碰上你们这帮强盗，北平军匪横行，现在哪里还有警察？这个房间我不要了，里面的东西都给你们，我要走，离开这个见鬼的地方，下午有车去南边。让我走，不要挡住门，求求你，我不认识你们，你们说什么我都不想听……"

"墙上这些照片是你拍的？"

"我拍的。"

"你也有莱卡照相机……"

高医生二话不说从包里扯出相机，递给徐天说："拿去，给。"

徐天看了看高医生，一脸无奈地说："把我们当闯空门的了。"

"那你们是什么人？"

"哪有闯空门带女人的！"

"昨天在卡车里你说有个没死的女人送圣心医院，是她？"

"你杀人了吗？"

"我的职业是救人，不杀人，她快死了，瞳孔放大，药物过量，心肌缺血。"

徐天被他说得慌张起来，问："能救吗？"

"在这里怎么救？"高医生喊道。

徐天越过高医生去抱田丹，转身对高医生说："跟我去前楼医院病房，前天晚上有个被刀刺的女人，她说让你走你才能走。"

高医生纳闷，不知道怎么就遇上这么个难缠的人："你到底是什么人？"

徐天大喊："警察！"

高医生又看了看病重的田丹说："她呢？"

徐天摇晃着要摔倒，被高医生扶住。徐天重新调整了下身体，但腿脚仍然发软，高医生见状，把田丹从徐天身上接了过来，背在自己背上往楼外走。刘科长、燕三和大缨子也正从外面回来，遇上徐天四人。高医生背着田丹，徐天和刀美兰一左一右地护着他们从楼梯下来。

"妈呀，这不就是他！"燕三见高医生背着田丹，大惊失色。

刘科长见高医生也一脸震惊，叫道："高医生，你杀人如麻啊！"

高医生一头汗，梗着脖子将田丹往外扛，还不忘瞪一眼刘科长。刘科长缩了缩脖子，燕三挤过去。见没人搭理自己，他抹了抹脑门上的汗，扶了扶眼镜委屈地说："没我事儿了是吧？"

"天哥，咋回事？"燕三又一头雾水。

"不是他。"徐天看着燕三沮丧地回答，燕三听了也垮下脸。一行人走出黑暗的楼道，前往光亮的地方。

长根和金海还坐在车里，从后视镜看到一辆人力车远远过来。车里坐着柳如丝和萍萍，长根下车走向柳如丝，态度恭谨地说："小姐。"

柳如丝看了眼停着的车，抬了抬下巴问："车里是谁？"

"金海，等沈先生。"

"他还跟我爸一头呢？"

"金先生不是狱长了。"

柳如丝又瞥了眼汽车，没接这茬，继续问："田丹昨天晚上死了？"

"是。"长根回答。

柳如丝表情复杂，又问："谁杀的？"

"金先生的兄弟，徐天。"

柳如丝露出不可思议的表情，此时剿总的小汽车开过来，沈世昌坐在里面降下车窗，喊柳如丝上车。

柳如丝像没听见似的，依然愣在一旁，萍萍上前提醒柳如丝说：“姐？”

柳如丝反应过来，看了眼沈世昌的车，让萍萍在原地待着。柳如丝向车走去，长根替柳如丝拉开车门。

“金海呢？”沈世昌问长根。

“铐在车里。”长根恭敬地回答。

“看到铁林了吗？”

“没有。”

沈世昌思索了一下，说：“把金海带到门口，你就不要进去了。”

汽车开到监狱大门前，两个剿总军官从沈世昌的车里走下来，向敞开的小口出示证件，长根带着金海走向大门。金海还是戴着手铐，剿总军官接过金海。大门缓缓敞开，二勇和狱警们在门里表情复杂地看着金海，金海面色如常，剿总军官将金海领入门里。

沈世昌吩咐长根领到田丹的尸体后，往狱长办公室打个电话。小车开进去，大门缓缓合上，门口只留下萍萍和长根。

什刹海岸上人来车往，远处的茶水摊腾着热气，那是小朵之前工作的地方。

铁林把车停在前边，坐在车里看着水面。岸上还遗留着一根千斤顶的撬棒。铁林下车看了看左右，然后去将撬棒捡起来，扔进车厢。

刀美兰隔着门缝，看一堆医生围着田丹在急救。有医生出来，刀美兰赶紧上前询问：“大夫，有救吗？”

医生看了眼刀美兰说：“再晚一点就不行了。”

刀美兰终于放下一直忐忑的心。

徐天坐在走廊的长凳上，高医生的包放在徐天脚边，拉链开着，露出相机和一些乱七八糟的东西，刀美兰过来并排坐到徐天身侧说：“大夫说有救。”

“一会儿缓过来，转别的医院去。”

刀美兰忧心忡忡地问：“还折腾？”

徐天沉默着，突然又说：“刚那位看着不像小红袄。”

此时，燕三和缨子带着高医生过来。燕三对着徐天摇了摇头：“天哥，让苦主认了，不是他。”

“认明白了？”徐天问。

“认明白了。”缨子替燕三回答。

刚与刀美兰说话的医生走过来，看见高医生问他怎么还没走，高医生瞟着徐天说：“马上走。”

“您送来的病人昨天晚上输血中断，要不要再检查一下伤口？”

高医生看着徐天回答：“失血不超过全血量百分之十，血浆和无机盐可以在两小时内由组织液渗入血管补充血液，血浆蛋白也可以在一天内恢复，红细胞和血红蛋白慢一点，要三到四周。她心律衰减是药物中毒导致的。”

“您要是不着急走，还是看一看。”医生看着高医生，高医生没犹豫，脱下西装外套扔在椅子上，进入抢救室。

“哥，他不是小红袄昨晚上跑啥？”燕三奇怪地问。

高医生听见又从抢救室探出身子冲几人喊：“看看你们，哪里有警察的样子！”

“你也不像大夫啊！”燕三喊道。

高医生没理燕三，重新进入了抢救室。大缨子转头看向燕三说：“三儿，田丹怎么弄回来的？”

燕三摇了摇头说：“我不知道，一晚上都蹲在那大夫屋里。”

“眼瞅着刀扎进去血流一地没气儿了。”大缨子纳闷道。

燕三看着大缨子突然又想起什么，立即抓起大缨子的胳膊说：“你胳膊……”

“别提胳膊了！”大缨子不悦。

“谁打的你？”

“让你见着能怎么样？”

“肯定弄死他。”燕三恨恨地说。

“那还是别见着好。”

徐天坐在一旁，看向身旁的刀美兰，突然问道：“昨儿大哥怎么说我？”

“说好几遍了。”美兰无奈地看着徐天。

“记不住。”

刀美兰叹了口气说：“天儿，你真没事？”

“差不多缓过来了。”徐天按了按自己的脑袋，摸到一个大包。

刀美兰心疼地看着徐天说：“叫你别回家，沈世昌逮不着你，他被关狱里也没事，千万别浑，再浑就害了他了。”

“铁林做狱长？”

“说今天就做上。”

京师监狱外的榆树顶的干枝上落着几只乌鸦，呱呱地叫个不停，远远看去好似一幅古木寒鸦图。也不知是哪一家放的风筝此时也飘到了京师监狱的上头，沙雁蝴蝶龙晴鱼，弦弓上还带着锣鼓。长根和便衣军人一前一后坐在车里。长根看着后视镜，萍萍和人力车在后视镜里，另一边后视镜中，四个特务聚在一起抽烟。

车中的便衣军人问长根：“哥，不走啊？”

“烟还有吗？”长根问。

便衣军人吃惊地看了长根一眼，他从未见过长根抽烟，问：“您抽烟？”长根没有回答，后视镜里，他看见铁林的吉普开上来，便衣军人将烟递给长根。吉普车经过长根的小汽车，开到监狱大门口停下。

四个特务见吉普车停下忙跑了过去，特务在车窗外朝铁林鞠了一躬，谄媚地说：“处长。”铁林下车看了看四个特务说：“就你们四个？”特务露出殷勤的笑脸说：“我们四个以后就是处长的人，上刀山下火海，绝不含糊。”

铁林厉声训道：“不是处长，是狱长。”说完铁林往监狱大门走去，使劲拍监狱的门。片刻，监狱门小口打开，露出一个狱警的头，狱警吃惊地看着铁林说：“二哥！”

“开门。”铁林没好气地说。

狱警挂着为难的表情说：“二哥，您别难为我，今儿狱里有大事。”

铁林冲狱警喊：“我就是那大事。”

狱警一副无奈的样子，说：“老大没吩咐您要来。”

“还老大……金海进去了？”

“里面呢！还有剿总的长官。”

“打电话进去，谁接都行，说我到了。”

“您等着。”说完，狱警把监狱门关上，铁林莫名感觉自己吃了个闭门羹。连一个小狱警也敢拦自己，铁林一脸愤懑。铁林旁边的四个特务愣愣地看着铁林。守着四个特务，他转头看向不远处长根的小汽车。

高医生从急救室出来，摘下口罩，刀美兰焦灼地问：“她怎么样？”

“四十八小时生理盐水稀释，不要挪动。”高医生说。

徐天担心地站在一旁说：“不能动？”

高医生瞥了一眼徐天说：“尽量。”

徐天听后不自觉地点了下头，然后从大衣里拿出小红袄偷拍的那几张相片，伸到医生眼前说：“看看。”高医生看了眼徐天手中的照片，又看了看灰头土脸的徐天，不知他要干什么。

“是不是你拍的？”徐天盯着高医生的眼睛问。

高医生一脸无奈地说：“不是。”

“我怎么知道不是？”高医生转身往外走，徐天固执地跟在他屁股后面，“你房间到处都是这种瞎拍的照片。”

“我喜欢拍照。”

“瞎拍别人，你喜欢别人不喜欢。”徐天抬高嗓门。高医生轻轻叹了口气，看了看徐天手中的照片说：“真不是我的相机拍的。”

“莱卡 3D，以为我不懂？”徐天直视高医生的眼睛，好像要从中分辨出什么端倪。

“是 3D 拍的，但不是我这个相机。”

徐天见高医生斯文恳切，不像说假话，愣头愣脑地问：“为啥？”

“我的相机被保护得很好，这些相片的左下角都漏光，不是镜头有毛病就是卷片轴有问题。”高医生边说边指向徐天的照片。徐天取回相片看，果然每张照片都有一道光痕。高医生继续说：“我房间里的照片可以对比。”

徐天连忙让燕三去拿。燕三一溜烟跑出去。高医生看着徐天，着急地说：“我可以走了吗？”

“不可以。”

高医生顿觉鸡同鸭讲，脾气再好的人也会着急："我就是走你能把我怎么样？"

"试试。"徐天瞪着高医生。

高医生看着满脸青红还梗着脖子不讲理的徐天，气极反笑，说："你也失血过多。"

徐天不屑地说："跟你有啥关系。"

铁门还没打开，铁林等得心里冒火。他见长根的车停在一边，走过去，透过车窗问坐在里面的长根说："沈先生还没来？"

"进去了。"

"你怎么不进去？"

"火化。"

"火化谁？"

"田丹。"

铁林如梦初醒般点了点头："也是，事儿得做干净，她爸田怀中是我化的，广济寺化身窟，一帮和尚什么都不问，还帮着念经。"

长根拿着烟，看了一眼铁林，难掩厌恶。铁林知道长根不喜欢自己，但他从来都无所谓，荣华富贵指日可待，曾经自己高攀不起的人，终有一天会被他踩在脚下。

思及此处，铁林的气顺了点，他看着长根手里的烟说："抽吗？我有火。"铁林笑着看长根，自己在身上摸了个遍，没有找见，又喊站在不远处的特务拿火过来。特务听见忙跑上前把火柴递给铁林，铁林刚想转手给长根，长根却将烟扔到车外。铁林见状，脸色沉了下来，说："就不会客气点吗？以后都是一家子。"

长根没理铁林，摇起车窗，让司机开车去司法处。铁林怒视长根的车开走，嘴里愤恨地说："你凭什么看不上我啊！"

铁林转头又瞟到了人力车里的萍萍，悠闲地踱着步子走到萍萍身旁问："柳如丝来了？"萍萍重重地冷哼一声，回过身去不理铁林，铁林讨了个没趣，更加气愤，暗暗地说："都给我等着。"

徐天拿着高医生拍的照片和小红袄拍的照片，在圣心医院的走廊对比着。

身旁的高医生指着漏光的地方跟徐天说："这里，不一样。"

徐天看着高医生手指的地方，小红袄跟高医生拍的照片的确不一样。徐天这回终于说服自己又抓错了人，他将照片递给高医生，不再提抓小红袄的事，自言自语说："北平有什么不好的，死活要走？"

"我是上海人。"高医生耐心用尽。徐天下意识地顶嘴："上海人了不起啊！"高医生没理徐天，拿起自己的大包和外套，往走廊外走去。

"等等。"徐天又叫住高医生。

高医生满脸无奈地停住步子。徐天走上前，看高医生一脸不快，鞠了一躬，尴尬地说："对不起……谢谢你。"

高医生看了还弯着腰的徐天一眼，摇了摇头大步离开。徐天目送高医生走出医院长廊，又转身叮嘱燕三在这儿看着田丹。"一时半会儿他们不来这儿，晚上我回来给田丹挪地儿。"

燕三点了点头，随后徐天转头又问刀美兰："刀姨，小朵到日子了，今儿该入土照样入土，我去办点事儿，坟立在哪儿？"

"广安门外小阳坡。"刀美兰回答。

"我跟美兰去。"大缨子在旁边插嘴说道。

燕三看看这个又看看那个，一脸沮丧地说："那就我一人在这儿啊？"大缨子看了看燕三，安慰他："你看好田丹。"

几人正说着，一名护士从急救室里走出来，不知何时已站到了徐天身后，问："你们几位谁交费用？"几个人同时摸口袋，都没带钱。徐天这时才想起徐允诺，问护士："昨天晚上没有人来交钱？"

护士看了一眼徐天说："没有，幸亏你们回来了，要不然……"

"燕三人押这儿，回头来交。"徐天赶忙说道。一旁燕三无奈地点了点头："哎。"

刀美兰想到金海叮嘱自己别让徐天惹事，赶忙看徐天问："你去哪儿？"

"找沈世昌。"徐天恨恨地说。

"还找他？"刀美兰苦劝徐天，"金海说躲几天。"

徐天一副不在乎的样子说："北平是我的地儿，躲几天？只要田丹活着，等共产党进城他们就没戏唱，昨晚上是没辙了，今儿重打锣鼓另开张。”

徐天走进急救室，田丹此时正在输液，面容安静祥和，像什么事都不曾发生一样，徐天看了田丹一会儿，问屋里的医生说：“她肯定没事儿？”

“起码还要观察二十四小时。”医生回答。徐天听了心里不由得忐忑，生怕这二十四小时内田丹又出什么变故，但他的担心无处可说，只好对医生说：“别老催钱，医院救人不是应该的吗？钱晚上送过来。”

说完徐天从急救室晃出来。刀美兰见徐天出来，赶忙迎上去又劝：“徐天，金海叫你别浑。”

“为什么你们都说我浑？”徐天留下这么句话沿走廊离开，刀美兰在原地和大缨子面面相觑。

一如既往的北平街道，寒冬瑟瑟行人匆匆，高医生被经过的军人军车阻住了，背着大包站在街边等待。徐天从医院出来，也站在了街边。高医生试图不去看徐天，最终还是皱着眉头走过去，带着火气问：“你有没有完？”

“干吗？”

“还跟着我！”高医生懊恼地说。

徐天态度平和，也没看高医生，皱着眉头说：“想多了，我站会儿。”

“站这儿干什么？”

“想想应该去哪儿，你站这儿干什么？”

“想想我为什么这么倒霉。”

徐天听后转头看了一眼高医生说：“十天前我跟你一样要走，我在北平生北平长，俩结义哥哥怕共产党来了没好日子，让我跟着一起跑。可昨天二哥把我和大哥卖了，今天大哥可能要死别人手里。”见高医生一脸愕然，徐天又接着说：“九天前在牢里遇着个女共党，我觉得她人不错，共产党也挺好，来帮咱们北平和平解放，我帮着查谁杀了她爸，帮她抓仇人，中间还劫了趟监狱……”

“劫出来了吗？”高医生忍不住问。

“没劫成，她自己出来了。但昨天晚上我扎了她三刀，差点死了，刚你看过躺在医院里的那个就是，咱俩谁倒霉？”

高医生一辈子顺风顺水，家庭优渥受人尊敬，根本不会关注到其他人的生活是怎样的离奇。他开始同情徐天，换作他经历同样的遭遇，他不会做得比徐天更好。徐天还絮絮地说：“也是九天前，我女人被捅了三刀，血被活生生地放干。我从那天早上开始逮杀人凶手，先逮了个杀猪的屠夫，再逮我大哥，一个照相的没逮着让人杀了，又逮着个修照相机的老炮儿，再逮你，谁都不是，北平天天有人往外跑，弄不好咱们说话的时候，他就已经逃出北平再也逮不着了……再有几天过年，我二十四，弄不好贾小朵就白死了，而那个杀她的人不知道在什么地方，准备跟我一样一年年地往下过日子，你说我有脸跟他一起活吗？”

“你女人叫贾小朵。”高医生听进去了，甚至被触动了。徐天长久地看着高医生，跟着了魔一样问：“是你杀的吗？”高医生的表情从同情变成无语，正好看到街上的人流里有个空隙，他不再搭理徐天，穿过人群走到对街。

徐天看着高医生的背影，苦笑了一下说：“是你就好喽……”

徐天又在原地愣了一会儿，迈下街道，汇入人群。

大缨子和刀美兰从医院出来，边走边好奇地问刀美兰：“这人是怎么弄出来的？”

“徐允诺和徐大回了趟司法处，说人都搁冰抽屉上了，就挨着小朵。”

大缨子吃了一惊，问：“你也去了？”

“没有，你哥叫我去珠市口跟徐天说别回家，遇上徐允诺……”

“我哥？”大缨子的表情更加吃惊了。

刀美兰心事重重地说：“昨晚上回了趟家。”

“他来你也不叫我，我跟屋里待了一宿，到早上不见着三儿还啥也不知道呢！”大缨子急了，心里想着金海心里只有刀美兰，已经不把自己当回事了。

“金海被铐在车里，就说了两句话，那川耗子带来的。”

“拿枪打我们的那个？”大缨子惊愕地问。

刀美兰停了下来，突然想起了什么，一拍大腿说：“坏了。”

“啥？”大缨子困惑地看着刀美兰。刀美兰顾不上回答，一路快走，随后又跑起来，大缨子追上去拉着刀美兰问：“咋啦？”

刀美兰着急地说：“那川耗子说今天一早要把田丹带走火化。”

“人在医院怎么火化？”大缨子跟着边跑边问，变得更纳闷了。

“让他们知道就全白瞎了。”刀美兰拉着还没反应过来的大缨子朝司法处狂奔。

第五十五章

街上都是人，长根的车开不快，便衣军人摁着喇叭。长根面无表情地看着车前欢欣涌过的北平市民，有不少人还戴着华北人民和平促进会的袖箍，喊着“和平解放，积极和谈”。

监狱内响着沉闷的笛声，狱警们陆续往外走，一道道锁上监门。罩神、八青、小耳朵在各自的监舍里看着外面，通道里没有狱警了。罩神使劲摇晃自己的囚室门说：“哎，出事了，他们出事了！”十七在亲王囚室门口，听着沉闷的笛声，华子打开通道里头的监门，吩咐十七把门锁结实，然后到院子里去。

十七答应着，彻底无望的冯青波听着外头隐隐的笛声。特务们看着铁林在拍厚重的铁门，里面无人搭理。

沈世昌和柳如丝都在金海的办公室里，办公桌上搁着那幅画轴。从窗子看出去，黄处长和另一个剿总军官站在院子中间，狱警们在集合。桌上的电话响起，柳如丝没理电话，神情复杂地问沈世昌：“今天杀冯青波？”

“还有金海。”沈世昌面无表情地回答。

柳如丝听了心里一惊。“都死光你就放心了。”

“还差一个徐天。”

柳如丝五味杂陈地看着沈世昌说：“以前改朝换代也这样？”

“这次不一样，迎来彻底的新世界，所以我也要把他们彻底解决。”沈世昌说完话，桌上的电话也停了。

“可以饶了徐天吗？他在机场救了我一命，不然我回不来。”柳如丝没有把握地问，但心里还抱着一丝希望。沈世昌深深地看了眼柳如丝，说：“保自己最重要，不要管别人。”

此时，二勇敲门，探进身子：“沈先生，人都拢到院子里了。”沈世昌起身，吩咐二勇交接之后带柳如丝见一见冯青波。

“怎么交接？”二勇不解地看着沈世昌。

“你叫什么？”沈世昌笑着问。

二勇忐忑地回答：“周勇。”

“北平即将接受共产党和平改编，金海破坏和谈，就地免职入狱，京师监狱另行任命狱长。”

二勇彻底傻眼了，沈世昌先走出去，二勇木愣愣地跟着。桌上的电话重新响起，柳如丝望着窗外的院子，狱警们已经集齐。黄处长和剿总军官押着金海候在门禁区内，华子等四个狱警在后面。金海笑着看黄处长说：“黄处长，京师监狱我管了十多年，就这么着换别人了？”

“金兄……别往心里去，监狱都是你的人，换的也是你兄弟。”

“我没往心里去，挺大一事儿，沈世昌给你多少？”

黄处长听了变了脸色，墙上的电话响起来。金海笑着继续说：“那老丫是个过河拆桥的主儿，帮他兜事儿手别软，多要点。”

旁边华子去将电话接起来，电话里是看门的狱警，说铁林要进院里。华子听后为难地看向金海说：“老大，门口说二哥要进来。”

“还老大呢？进来的是老大。”金海甚至有心情开玩笑。华子听着不是滋味，心酸地说：“您别这么说。”

“让他进来吧。”金海朝门口的方向抬了抬下巴。

华子又拿起话筒，此时，二勇和沈世昌从内部通道过来，华子从里面打开门禁。沈世昌看着金海说：“画带来了，交接完到办公室给你。”

“行。”金海点了下头。

沈世昌笑着问：“你要到院子里去吗？”

“在这儿吧，大伙儿都自在些。”

大铁门缓缓打开，露出一院子黑压压的狱警，沈世昌和黄处长走在狱警前面。沈世昌在院子的另一边向铁林招手，铁林站了一会儿，刚才火急火燎的情绪变得复杂，他不由自主地挺起胸，四个特务跟着他走进去，大门在他们身后关闭。

铁林穿过层层狱警，走到门禁处和沈世昌并排站着，心情并没想象中那么愉悦。他没看到金海，心里稍稍松了口气，黄处长宣读命令："中华民国司法行政部，北平监狱司第765号令，鉴于战时监狱划归军管，同时下达华北剿总政法联络处第165号令……"

华子、二勇、十七神色各异。另一名剿总军官守着金海，首道门禁区还有两名狱警，透过铁栅，金海看着院子里自己的下属和铁林的背影。

黄处长继续说："京师监狱原狱长金海极其不合时局，任狱长期间行帮结派，无视上峰经策，多次私自处置所关押之政治犯人，即时予以撤换。"

在黄处长宣读时，沈世昌问一旁的铁林："徐天呢？"

"没找着。"铁林小声回答。沈世昌不悦地瞥了他一眼，铁林见状忙补充道："我当狱长，大哥在狱里，他肯定来找我。"

沈世昌一脸冷漠，压低声音说："交接完毕，处决金海。"

铁林惊愕地扭头看沈世昌，前方的黄处长声音未停："新任狱长铁林今日履职上任，京师监狱所部各区狱警维持原状，务必尽忠尽职，以向新狱长交接为己任，维持北平新局，守护人犯，现在请铁狱长发表履新讲话。"

众警鸦雀无声，铁林愣了好一会儿才回过神来，清了清嗓子，说："各位，没啥特别要说的，都是熟人，我大……金海做了不对的事，所以我来当这个狱长，原来狱里是什么规矩还照样，希望大伙精诚团结，为党国为北平，也为大家伙自己，说完了。"铁林心烦意乱，嘴上说得颠三倒四，心里六神无主。

黄处长在旁边笑着附和鼓掌，半晌之后，才有稀稀拉拉的掌声响起。黄处长下达指令："各区监长交接之后向狱长报到述职。"

铁林听了踏前一步，说："一会儿都来我的办公室，散了！"铁林说完，狱警却还站着没动，铁林尴尬地看向华子，小声说："华子。"

华子看一眼铁林，只好向身边的狱警喊："狱长说散了。"众警这才散开。站在中间的沈世昌转身跟身旁的黄处长点头客套，又让黄处长和金海一起到狱长办公室，把事情办完。

铁林见黄处长离开，连忙转身看向身旁的沈世昌说："沈先生，没说要杀金海。"

"我的将来就是你的将来，杀一个少一张嘴。"

"金海死了，徐天肯定要闹。"铁林着急地说。

"他亲手杀了田丹，能闹到哪儿去？处理了这里再处理他。"沈世昌说着转身往楼里走去，铁林心事重重地跟上去。

徐天跑回家中，嘴里还咬着吃的，前后院地喊老爹。关山月听见从后面出来，徐天见关山月，问："我爸呢？"

"我也找呢！"关山月忐忑地说。

"昨晚没回来？"

"回了，又出去了。"

"去哪儿没跟你说？"关山月犹豫着摇了摇头。

徐天见关山月的表情不对，但没放在心上。"关老爷，您到底糊不糊涂？"

关山月看了看徐天，一脸苦相，说："节骨眼儿上糊涂。"

徐天笑着进自己屋，一会儿拿了两颗手雷出来："出去办点事，一会儿见着我爸，跟他说一声。"

关山月紧张地问："说啥？"

徐天将手雷揣入兜里，说："让他在家待着别动，事儿都妥了，晚上我再回来。"

"妥了，办妥了，天儿我还没吃饭哪……"关山月难受地冲徐天喊。

"灶上有凉的自己拿。"说完徐天转身出了院子。关山月看着徐天的背影，更加六神无主。徐天踏出院子，走到大门前，见祥子和几个车夫正在取车。徐天问祥子看见自己老爹没，祥子自己也是刚过来，自然没看到。

徐天走到祥子的人力车上坐好，又转头吩咐另一个车夫张子说："你们俩别出活了，这两天跟着我，找我爸从账上支钱。"

"哎。"俩人答应得爽快，祥子拉起车，徐天往槐花胡同 8 号去。

徐天刚走，关宝慧便背着包过来，一进家门就喊："爸！"

关山月咬着个窝头从前院进来，关宝慧看关山月嘴里叼着东西，便问："你咬的啥？"

"凉窝头。"关山月一脸委屈。关宝慧奇怪地问："怎么吃凉的呢？"

"允诺没了。"关山月说着难过起来。关宝慧困惑地抚着老爷子的后背，不知关山月说的啥意思。"没了？"

关山月趁机赶紧拉住关宝慧说："你别走行不？在家住，铁林可能不是个东西。"

关宝慧越听越奇怪，在心里打鼓，不知关山月是在说疯话，还是真出了什么事，犹豫地说："爸，我得回那边。"

关山月听了不高兴，委屈地喊："他找来再说。"

祥子拉着徐天小跑，徐天在移动的阳光里闭着眼睛，张子拉着一辆空车在后面跟着。

刀美兰和大缨子也在北平的街道里奔跑，刀美兰不断催促跑不动的大缨子说："快点，他们先到就露馅了！"大缨子捂着肋气喘吁吁，被刀美兰拽着七扭八歪地跑。

长根的小汽车已经开到了司法处楼前。便衣军人回头跟长根说："哥，到了。"长根坐在车里没动，听着外面"和平解放，积极和谈"的口号，闭上了眼睛。

两辆人力车到槐花胡同 8 号。祥子停下来说："少爷，到地方了。"徐天睁开眼。

"睡了一觉？"祥子问。

"连梦都没做。"徐天让祥子在门口等，自己一边往院里走，一边从兜里掏出手雷。沈世昌家院子里静静的，徐天大喊："有人吗？"

七姨太和下人从后面出来，徐天问七姨太："沈世昌在不在？"

七姨太见又是徐天，慌张地喊："哎呀！叫人，快点！"下人赶忙往院子后面跑去。

"叫谁？沈世昌在不在？"徐天一脸不耐烦。

"不在。"七姨太小声说。徐天大摇大摆地走进屋，七姨太看着他，退进客厅。四个便衣军人从后院跑出来。徐天冲着几个军人亮了亮手雷，说："待着，别招我毁院子。"

徐天关上门，四个军人停在院子里。徐天打量了一番沈世昌家的客厅，然后悠然地坐到沙发上，腿搭在扶手上，一晃一晃地问七姨太："真不在？"七姨太害怕地一直摇头。

"去哪儿了？"徐天问。

"京师监狱。"七姨太觑着徐天的手，生怕他扔手雷。

徐天把手雷塞给她一个，七姨太想缩手丢开，徐天瞪了她一眼，厉声道："拿好！别炸了！"

七姨太已经快哭出来了。

以华子和二勇为首，七八个狱警在金海办公室门口站着。四个特务和两名剿总军官都在，柳如丝坐在金海的转椅里，手转着那幅画轴。铁林瞟着金海，金海像没看到他一样。沈世昌问柳如丝："小四，要亲眼看到冯青波死吗？"

柳如丝没吭声。沈世昌见状，瞥了眼铁林说："铁狱长，让你的人带小四去看一下冯青波，看完就地处决。"

"在狱里杀？"铁林为难地问。

"他破坏和谈。至于关在哪里、在哪里处决、尸体怎么处理，这都是你的事。"

铁林听了挥手示意，两个特务开门出去，柳如丝站起来要往外走，路过金海时停了下来。柳如丝神情黯淡地看了看金海说："金海，没想到会这样。"

"少贫嘴。"金海不理会柳如丝。柳如丝暗自叹了口气说："我是说没想到我会这样，到你这里来看一个快死的冯青波。"

金海见柳如丝样子悲戚，也不吭声了。

"四十六根金条不欠你的了。"

"不欠。"金海答道，柳如丝走出办公室。办公室里只剩下沈世昌、铁林、金海和两名剿总军官，沈世昌看着铁林说："铁狱长，动手吧。"

铁林听了一脸紧张地说："动啥手？这是办公室，外头都是我大哥的人。"

此时外面走廊传来吵闹声，走廊里特务揪着狱警，两边有要动手的架势，柳如丝事不关己地站在一边看着。办公室的门突然被打开，铁林走出来没好气地喊："吵啥！"

"处……狱长，这帮家伙不听我们的。"特务向铁林告状，铁林走到华子身旁看着他，华子避开铁林的目光。

"沈先生和政法处长官都在里面呢，冯青波关在哪儿？"

"最里面那间。"

"带她看一眼，我一会儿过来。"铁林说完，华子不情愿地往外走。铁林目送一行人离去，又低着头回来，关好了门。

铁林看了看两名军官，问沈世昌："话能敞开说吗？"沈世昌看了眼两名剿总军官，想要制止，但铁林还是先开了口："沈老，只说换了金海，没说要杀金海。"

沈世昌不理铁林，转身笑着跟黄处长说："我和新旧两位狱长说几句话，烦劳二位在外面等一下。"黄处长识趣地与另一名军官离开。

铁林看着两名军官离开，把办公室的门关好，着急地对沈世昌说："田丹已经死了，一会儿再处决冯青波，何必再动别人呢？"

沈世昌将一支枪放到桌上说："只是金海和徐天，没别人了。"

"刚上任就在办公室处决原狱长，怎么跟外头交待？"

"我特意把两位处长留下，他们一会儿可以作证，金海畏罪反抗，企图夺械加害长官，就地枪决，说得过去。"

铁林听了六神无主，看向金海说："大哥，您拿眼睛看看我。"

金海的表情一直淡淡的，仿佛跟自己无关一样，他突然扭头直视铁林说："别㞞，现在你是老大了。"见铁林愣着，金海轻蔑地问："不是说田丹死，保大家回去过日子吗？"

办公室里突然没人说话，气氛很凝重。铁林烦躁地抓了抓头发，为难地说："沈先生，你看这样好不好？我两个兄弟我负责，金海留在狱里慢慢跟他说，徐天杀了共产党，我们三个家里人都连着，谁也不会害谁……"

"你已经害他们了。"沈世昌阴着脸打断他。

“我是救他们。”铁林小声辩解。

“他们不用你救，本来就在帮共产党，剿总已经决定接受改编，我做的事是灭口自保，你做的事也是灭口自保，不要自己骗自己。”

铁林垂头听着，片刻后又鼓起了劲，说：“您听我说……”

沈世昌明显不耐烦了，打断他说：“共产党来，你这狱长还想当下去吗？”

“想啊。”

“金海活着，你能当得了？”

“能啊，我当他当都一样，都是自己人。”

“铁林，难怪你从前那么窝囊，下不了手我来。”

“等等。”铁林紧张地大喊。

沈世昌已经抓起桌上的手枪，铁林看着沈世昌苦劝道：“沈先生，我们三兄弟活着都好商量，死一个反而麻烦，徐天还不知道在哪儿呢，田丹也白杀了，他肯定要闹。”

“一个一个处理，徐天我有办法。”

铁林低着头，心里翻江倒海，不知道眼下该怎么办。沈世昌高声催促：“你来还是我来？”铁林看看沈世昌又看看金海。金海依然一副冷漠的神色，铁林咬了咬牙，最后说：“我来吧。”

沈世昌将手枪推出，枪顺着办公桌滑向铁林。铁林伸手抓住枪，顿了半晌，他拉开弹仓，膛里有黄澄澄的子弹。铁林又踌躇起来，说：“沈先生，这屋里一共就咱们仨，我跟金海十来年了，咱们才认识没几天，枪交到我手里，您对我可真够放心的。”

沈世昌哼了一声，不屑地说：“我对你不放心，但知道你对出人头地有多上心。”

铁林无话可说，扭头看向金海，金海目光复杂地与铁林对视，铁林扭开目光。沈世昌将那卷手轴放到桌角，以一种胜利者的姿态看着金海说：“画在这儿，我不相信来世，咱们两清。”

“铁林，你还算个人吗？”金海看着铁林的眼睛问。

“不是人是啥？”

“是人往后照顾着点大缨子。”

铁林听了心里难过，说："您不怨我？"

"不怨。"金海甚至朝他笑了笑。

"大爷的，真他妈把人往死里逼！"铁林咬着牙刚要举枪，桌上的电话突然响起。七姨太在另一端举着电话听筒。徐天在客厅里沙发上窝着，看着外面院里的四个军人。

"打通了吗？"徐天问。

七姨太战战兢兢地回答道："通了，没有人接。"

铁林握着枪，接起电话。金海往窗外看去，天空一碧如洗，阳光从结霜的窗户里照进京师监狱的办公室，把整个房间照得通亮。铁林捏着话筒，电话中传来七姨太的声音："侬啥人啦，我寻老沈。"

心里一怕，七姨太上海话都出来了。屋里剑拔弩张，打来个电话又听不懂，铁林没好气地问："你谁啊？"

七姨太一听，立刻改回口音，心急如焚地说："老沈在不在？快叫他听电话，家里昨天杀人的那个人又来了，把我关在房间里。"

铁林仍然没明白这女人在说什么，不耐烦地喊："说什么呢，我是铁林！"

电话另一头，徐天听见了铁林的声音，拿过七姨太手里的话筒喊二哥。

铁林听见徐天的声音，怔了一下，问："天儿，你在哪儿呢？"

"做上狱长了？"徐天冷冷地问。铁林听了有些尴尬，没有直接回答："刚才谁啊？"

"沈世昌媳妇，我在他家。"

铁林听后心里一惊，耳朵离开话筒，看向沈世昌说："徐天在您家。"

沈世昌听见立即夺过铁林手中的话筒："喂，徐天！"

徐天听到沈世昌的声音非常不高兴，他一屁股坐到桌子上说："没到你说话呢，你媳妇在我边儿上，我手里捏着俩雷，让铁林说话，一会儿到你。"

说着，徐天往身后看，军人推开客厅的门想进来，徐天冲门外喊："出去，跟你们家老大说话，一会儿炸了算谁的？"军人无奈地退了出去。

电话里又传来铁林的声音，语气恢复了正常："徐天。"

"大哥在狱里吗？"徐天问。

铁林看了看坐在身旁的金海说："在我边上。"

"听听他声儿。"徐天在电话里大喊。铁林将话筒递给金海。金海早已听见徐天的喊声，不用铁林说什么，自己冲话筒喊："天儿，在呢！"

金海说完，铁林又把话筒放在了自己的耳边，心里忐忑，语气却很平静地说："正跟大哥念叨你呢……"

"念叨我啥？我要不跑，不也被你弄狱里去了？"徐天手里颠了两下手雷，旁边的七姨太看得心都要从嗓子眼里跳出来了。

"我没坏心。"铁林说得诚恳，他觉得自己真没想要他和金海的命，如今却骑虎难下、百口莫辩了。

"知道……"徐天说着吸了口气，"二哥，我错了，你说得对，我一当警察的抓小红袄就得了，不该往田丹的事儿里掺和，你有媳妇我有爸，大哥有妹妹还有刀姨，一大家子都让我拖累了。杀田丹了，共产党进城我也落不着好……二哥？"

徐天把铁林说愣了，他呆了一会儿，嗯嗯回答着，表示自己正听着。

"大哥那狱长不当就不当了，你不会不当兄弟吧？"

"当一天兄弟，咱们一辈子是兄弟。"铁林表情坚定，他的话里绝对没掺假。每一个字都格外有力，仿佛这样就可以说服自己。

"从前我说你的那些话也不对，平时老是跟你没大没小的，你别往心里去，回头专门赔不是，以后我改。"徐天说得语气诚恳，铁林听着眼眶都红了，心绪如风暴骤起的海面般浪花冲天，许多往事重现在眼前。他从没听徐天说过这样的话，心里的天平被吹得乱七八糟，不知该往哪边倒。

"叫沈世昌听电话。"徐天打断铁林的思绪。铁林黯然地将电话递给沈世昌，沈世昌看铁林神色，大为不悦，又心系太太的安危，语气阴沉地说："让我太太听电话。"

"老东西，我知道你去狱里干什么，想弄死我大哥吧？"

徐天听见沈世昌的声音，在电话里骂了起来："听着，威风抖差不多得了，昨天晚上是没辙，家里人被你捏着，让我干啥我也干了。大家都是北平长的，我有家里人你也有，你要活我们也要活，赶尽杀绝得先捏住我才行，我人在外头飘着呢，我大哥就得自在点，耍流氓你不行，我就治流氓的，听得懂吗？是不是留在北平不想走？你家我知道，鱼死网破过得踏实吗？喂？不通了……”

“我在听。”

“没话了，你媳妇手里捏着雷，女人手劲儿不大，可能捏不了太久，赶紧回来。”

“叫我太太听电话。”

徐天没好气地把话筒往七姨太那边移了移，七姨太哭天抢地的声音从电话里传来：“世昌啊快回来……”没等七姨太说完徐天就扣了电话，看着七姨太乐着说：“有吃的吗？从昨天到现在没一口热的。”七姨太看着阴晴不定的徐天，心里更忐忑了，她赶紧点头。

沈世昌捏着听筒半晌没说话，这样的沉默对此时的铁林来说如同凌迟，铁林刚想张嘴，沈世昌放下了手中的电话，对铁林说：“枪给我。”

铁林暗舒一口气，将枪放回桌上。

“冯青波立即处决。”沈世昌厉声说道。

“放心，不用别人，我自己动手。”铁林忙不迭地回答。沈世昌怀疑地看着铁林说：“你可以吗？”

铁林露出殷勤的笑容说：“不瞒您说，早就想弄死他了。”

沈世昌收起枪说：“把两位处长请进来。”

铁林听后转身拉开办公室的门，沈世昌又看了一眼坐在对面的金海，说：“你有一个坏兄弟，一个好兄弟。”

“好坏轮不着你论。”金海看都不看他一眼。

铁林扶着门请两位军官回办公室。沈世昌缓和神色道：“铁狱长交接完了，辛苦二位签字带金海下去收监。”

黄处长看了看安然无恙的金海，不知道这几分钟内又发生了什么变故，不动声色地说：“沈先生说什么就是什么。”

蒯总军官将文件推到金海面前，金海拿笔签字。黄处长又看向铁林说：“铁狱长，您也要签个字。”

“我签啥？”铁林不明所以。

“金海是政法联络处从外面抓回来的，送狱收押需要狱长签字。”

铁林听后也拿笔签字，他故意把字签得龙飞凤舞，看起来更有身份一些。身旁的沈世昌轻蔑地瞥一眼铁林，说：“安排好这边，到家里来。”

“柳小姐还在狱里呢！”

“一起带回来。”

铁林答应着送沈世昌和两个军官出办公室，沈世昌匆匆下去，二勇几个狱警和两个特务在走廊里。目送沈世昌离开后，铁林问身旁的二勇：“柳小姐见完冯青波了吗？”

“没有。”二勇回答。

“这么长时间？”

“华哥和您的人杠上了，柳小姐在审讯室待着。”

铁林一脸无奈地挥了下手，示意两个特务去看看。特务听后看了看长长的走廊，问身旁的狱警说：“在哪里？”两个狱警不情愿地带两个特务离去。

二勇站着没动，问铁林：“二哥，老大……关咱们狱里？”铁林没搭理二勇，走回办公室，走廊里只剩下二勇和一名狱警。

柳如丝一人在审讯室里，外头吵吵嚷嚷的，她用力拉门，门被反锁着。嚷嚷声都来自两个特务，华子一伙的狱警们则零散地站着。特务大声喊：“什么意思？铁狱长发话你们当没听见，信不信明儿起你们就都不在了？换狱长了，明白吗？这门打开，赶紧的。”华子一伙只是看着，也不作声。柳如丝抄起手边的东西朝门砸过去，喊着：“开门！”甚至对着门拳打脚踹，但依然没人理会她。

办公室内只剩下金海和铁林。铁林走到金海身前，不自然地说：“大哥，委屈您了，在狱里待些日子。”金海站起身看着窗子下面，沈世昌和两位军官正走向小汽车。

铁林见金海没言语，又说：“幸亏天儿打电话过来，刚才本来要翻的。”

金海转头看铁林说：“翻啥？”

“天儿把沈世昌救了。”铁林大声说道。金海哼了一声说：“我怎么觉得是把我救了呢？”

铁林有些尴尬，露出一副委屈的表情说：“你们为啥都把我往坏琢磨呢？”

院子里的小汽车开动，铁林拉开办公室的门叫二勇和一个狱警进来，吩咐他们找个清静点的号子。

“关老大？”二勇吃惊地问。

铁林不高兴地说：“你说呢？”

“得关单号，狱里都是老大逮的人。”

“那就单号。”

金海深深地看了一眼铁林，跟着二勇出去，办公室里就只剩下铁林了。铁林长舒一口气，目光扫向办公室的各个角落。这里，他曾来过很多回，但从没想过有天他能成为这里的“主人”。他一时忘却了刚才的危机，觉得神清气爽，好像多年被压制的身体终于翻了过来。他看了看办公室挂着的金海的制服，走过去，拿起来披在自己的身上。

监狱大门缓缓打开，黄处长踢了踢汽车座位下的公文包说：“沈先生，方便的话再多给一包。”

沈世昌诧异地看向黄处长，没想到他如此贪心，问：“知道里面有多少金条吗？”

黄处长笑着说：“多少金条不知道，你的事情我知道。”

“事已办完了，多少就这些。”

黄处长心里不高兴，皱着眉说：“难怪金海说你过河拆桥。”

大门已完全开启，小轿车开出去，沈世昌阴着脸。

监狱内，门禁被一道道打开。二勇和三个狱警押着戴铐子的金海经过一个个监舍。监舍里的犯人目瞪口呆地看着，继而躁动起来。八青看着戴着手铐的金海吃惊地大喊：“哎，你们要反了吧！金爷！金海……”金海和狱警们都没理八青，几人很快走到了特别监舍前，二勇打开门禁把金海引了进去。

“隔壁后墙修好了。”二勇跟金海汇报说。

“打开吧。”金海看着牢房门。

“老大对不住，兄弟们心里都不痛快。”二勇眼圈发红。

金海看二勇，耐心嘱咐：“叫华子别杠，听他们的。”

二勇忍着火气，咬牙点头。

第五十六章

七姨太两手死死地合握着一个手雷，身上的每一根神经都紧绷着。徐天心满意足地将最后一个汤圆塞进嘴里。门口拥着四个便衣军人，想闯又不敢闯，愣愣地站在门口看着发抖的七姨太。徐天问七姨太："还有吗？再给我来一碗。"七姨太紧张地点着头，一个便衣军人又端上一碗，徐天吃得肆意。

司法处楼前，长根在车里看着刀美兰和大缨子两人腿软气喘地跑了进去。长根在后面下了车，和便衣军人走进司法处大楼。司法处冷库门口，一个科长模样的人在询问下属："冷库锁有谁会撬？偷什么也没听说过偷尸体的。"

"昨天是保梁当班。"下属回答。

"保梁怎么说？"

"没见到人。"

刀美兰和大缨子跑着进来，科长问两人女人干什么的，大缨子说来领人，刀美兰补充道："昨天来过，签字了。"

"冷库的尸体？"科员问。

"是。"美兰回答。

"柜号？"

"不记得。"

科员翻册子："家属什么名字？"

“刀美兰。”

科员翻到刀美兰那栏问：“这手印你摁的？”

刀美兰赶紧点头，科员看了看刀美兰说：“再摁一个。”刀美兰忙用大拇指去按印泥，假装不经意地问：“前头没人来冷库吗？”

科员无精打采地回答：“一共没几具尸体，你们是头一拨。”

长根和便衣军人快要走到办公室时，科员领着刀美兰和大缨子出来。刀美兰和长根碰了个照面，心里一突，赶紧低着头往冷库方向走，心里祈祷千万别露馅。走一半，刀美兰又开始往回走，大缨子心惊胆战地看着刀美兰说：“美兰……”

科长看见长根进来，便问：“你们也领尸体？”

“昨天晚上剿总政法联络处送来的。”

科长听后点了点头：“几号柜？”

“七号。”长根回答。

门外，刀美兰靠在门边偷听，大缨子站在刀美兰身边小声问：“来领田丹的？”

刀美兰没有回答，迅速离开门边，大缨子见状赶紧跟了上去。

办公室里科长看着长根问：“锁是你们弄坏的？”

长根看了一眼锁，点了点头。

“保梁呢？”科长又问。

“谁？”

“昨天晚上当班的。”

长根想起昨夜在巷子里死在他枪下的人，没有任何表情地说：“不知道。”

科长狐疑地打量着长根，准备拿起办公桌上的电话。

长根眼神冷峻地盯着科长问：“一定要打吗？”科长犹豫着提起电话。

“一具尸体而已，别给自己找事。”长根似有深意地盯着科长。科长见状胆怯地放下了手中的电话筒说：“你们不会弄错？”

长根露出笑容说：“不会。”

科员拉开贾小朵的冷柜，尸体套着白色的布袋，布绳系着，刀美兰和大缨子走向冷柜。

科员问：“尸体运到哪儿？”

刀美兰看着小朵出神，像没听见一样。旁边的大缨子反应过来，赶忙回答：“入土，广安门小阳坡。”

“要车吗？”

“车？”

科员无奈地看着两个女人说：“自己背走啊？”

大缨子连忙点头：“要车。”

“单收钱啊。”说完，科员走出冷库。

刀美兰哆嗦着用手解开布绳看着小朵，眼泪溢出来，滴在小朵的脸上，大缨子六神无主地看着刀美兰。刀美兰系好布绳，看着冷柜上贾小朵的名牌。名牌旁边的柜号标着 7，刀美兰抬起头看着大缨子。

此时，科员推着平板担架车过来，长根和便衣军人也从办公室出来。长根截住担架车，科员看着长根问：“哎？你们也要车？”

科员的表情呆板地说：“车单收钱。”

便衣军人没理科员，推着担架车往冷库走，科员要跟上去，被长根揪住领子往外带。

“哎……”科员大喊。科长在办公室露一头，又缩回去。

长根问科员：“车在哪里？”

“门口。”科员紧张地回答。长根面无表情地说：“出去给你钱。”

刀美兰和大缨子坐在冷库门口的长椅里，便衣军人瞟着两个女人，推着空担架车进入冷库。刀美兰心里翻江倒海，极力忍住又要落下的眼泪。

司法处楼前，小汽车前面停着司法处的运尸车，运尸车后门敞着。科员问长根要把尸体运哪儿去，长根目光平静：“广济寺。”

“火化？”科员愣了愣。长根没理科员的问题，转头问他：“有烟吗？”

科员愣了一下，又赶忙说：“没有……昨天晚上你们在这里？”

见长根皱着眉头，科员又鼓起勇气问：“保梁呢？”

“死了。”

长根依旧没有任何表情，科员听后张大了嘴巴。长根毫不在意地问：“楼门口的电话能打吗？”科员惊恐地看着长根说：“能。”

便衣军人推着担架车从冷库出来，上面躺着布袋包裹着的贾小朵的尸体。刀美兰的目光跟着担架车，直到它消失在走廊拐角。刀美兰的眼泪终于掉了下来，贾小朵的 7 号冷柜抽屉还开着，里面空荡荡的，刀美兰抽泣着，大缨子扶着她，刀美兰手里不住地抚着贾小朵的名牌。

两个狱警领着铁林通过一道道门禁，铁林牛哄哄地一路看着两侧。

审讯室外面，四个特务与狱警拉拉扯扯，特务拽着狱警的衣领，靠在远处的华子见状，走上来指着特务的鼻子说："撒手听见没？"

特务不屑地看了一眼华子，依旧没放手，叫嚣道："铁狱长叫你们带人去看冯青波，在这儿干什么！"

"拿钥匙去了。"华子满不在乎地说。

"怎么把柳小姐关在里面？"

"钥匙丢了。"华子语带挑衅。

特务愤怒地瞪着华子说："你们故意的！"

"就是故意的。"华子直视特务的眼睛，声音更大了。

"要造反啊！"一名特务抓起华子的衣领。华子打量着他，警告说："松开，上回保密局来劫人有你吧？"

"有我怎么了！"特务毫不示弱。

"找揍！"华子说着要上手打特务，此时铁林和两个狱警走过来，铁林喊住华子。华子见铁林来，不甘心地放下拳头。

"柳小姐在哪儿？"铁林问华子。

"里面。"华子没好气地说。

"打开。"

华子犹豫了一会儿，掏出钥匙打开审讯室的门。旁边的特务起了劲："刚还说钥匙丢了，狱长他们成心……"

"闭嘴。"铁林吼了一声，特务讪讪地闭嘴。铁林走进审讯室，柳如丝正散乱着头发站在里面，愤怒又哀怨地看着铁林。铁林冲柳如丝笑了笑："沈先生走了，冯青波还见吗？"

柳如丝转头嫌恶地看着铁林没作声，铁林喊华子带柳如丝去看冯青波，华子站在门口没吭声。

"华子？"铁林大喊，"出来，带她去。"

柳如丝路过铁林时不屑地看了他一眼，几个狱警领着柳如丝往里去。铁林见柳如丝离开，又转身把华子喊进审讯室，掩上门看着华子说："知道你们心里不痛快，但我和大哥是兄弟，我们兄弟三人之间的事儿你看得懂吗？"

"看不懂。"华子心里有气，但面上还算平静。

"看不懂就从着，换别人来做狱长金海就死了。"

华子不知说什么，沉默着。

"记住，现在我是狱长，北平无论变成啥样，有我在就保兄弟们踏踏实实地在这儿当差。"

华子没作声，铁林继续说："眼神儿收着点，狱长都能换，这狱里的谁也都能换，明白吗？"

二勇推门进来说："狱长，老大收到特号了。"

"带我去冯青波那儿。"铁林说着走出审讯室。华子看了一眼二勇，讥讽道："你还挺来劲。"二勇为难地说："老大叫您别杠，听他们的。"

狱警带着柳如丝通过一层层门禁，通道越来越黑。十七看着走过来的柳如丝和狱警。狱警让十七开门，十七犹豫了一会儿才开锁，囚室门被打开，柳如丝停了半晌，迈步进去。

囚室门半掩着，十七站在门边。才被关了两天，冯青波就已形容枯槁。柳如丝走到冯青波面前，看着冯青波问："为什么？"冯青波也看向柳如丝问："为什么？"

"人在世上难道还有比活着更要紧的事情？一起走本来有活路，为啥非得自己找死。"

"我想见田丹一面，没有想死。"冯青波双目赤红，面貌颓丧。

"我们认识的四年对你一点意义都没有吗？"柳如丝直视冯青波，心里像扎了把刀子，拔了刀子，心跳也就慢慢停止了。

"不多。"冯青波极为平静。

柳如丝冷笑了一声，说："跟田丹的四个月有意义。"

"太少。"

"她死了，徐天杀的，马上送去火化。"柳如丝将田丹的死讯告诉冯青波，像是一种报复。冯青波凝视着柳如丝，虽然看出了恨意，但也知她决没有撒谎。柳如丝又说："铁林马上会来杀你。"

冯青波好像只在意上一句话："火化？在哪里？"

良久，柳如丝叹了口气，转身欲走。

"柳如丝……柳如丝！"冯青波突然在她身后大喊。

柳如丝转过身子，冯青波急急地问："我想重新开始。田丹见过了，党国的刀子做到头了。以前的冯青波死了，还能重新开始吗？"

"怎么开始？"

"只要离开监狱，到外面我就有办法走。西东南都是解放军，从河北走，我知道一条通道，北上张家口进河北过山西，从西北往下去南方，路虽然远一点，但是安全。我虽然身无长物，但可以保护你，无论到什么地方，无论到什么时候。"

柳如丝听后神色复杂。"柳如丝……"冯青波恳切地看着柳如丝。

"早怎么不说。"

"现在都结束了。"

"我要是没来呢？"

"你来我才能出去。"

"怎么出去？"

"跟他们说我要看见田丹火化。"冯青波为田丹哀求柳如丝，柳如丝啼笑皆非地听他继续说，"如果他们要杀我，就说把我杀死在田丹火化的地方。"

柳如丝的眼泪终于掉了下来，心如死灰地扯了扯嘴角。冯青波避开了柳如丝的目光，还在絮絮叨叨地说："这样才能离开监狱，只要到了外面……"

柳如丝再也听不下去，她的心脏仿佛被一只手捏住。"冯青波，你是不是觉得我傻？"

冯青波绝望地看着柳如丝，哑口无言。柳如丝叹了口气，最后问冯青波："还是你傻？"

铁林和两个特务走进来，铁林问柳如丝："聊完了吗？"

他接过特务递来的一把短刀，说："冯先生，沈先生吩咐就在这里送你上路。柳小姐，您是跟这儿待着，还是外头？"

柳如丝不知道是在骂谁："畜牲。"

"说谁呢？"铁林不高兴地看着柳如丝。

柳如丝转身往外走，铁林掂着手里的刀，挪一步挡住柳如丝，说："柳爷，现在咱们是一头儿的。说实话，我这一通挣巴不容易，逼徐天杀田丹，把金海下大牢，但看见你们俩这样啥都值了，跟他还有话吗？没话动手了。"

冯青波还喊着柳如丝的名字："柳如丝……"

铁林看了看两个人，又问柳如丝："不会是想看着他死在你面前吧？"

冯青波抱着最后一丝希望，继续喊柳如丝的名字。铁林不耐烦地说："啥意思，冯先生？"

冯青波见柳如丝不回应，绝望地对铁林说："刀给她吧。"

铁林看了看俩人，笑着将刀子塞到柳如丝手里，说："谁弄都一样，弄完送你回槐花胡同。"

柳如丝掂着刀，眼泪一直淌，面无表情地瞪着铁林。铁林不再怕这样的柳如丝，反倒起了玩弄之心，愉悦地说："这多解气，在你们俩眼里我一直就是个供你们使唤的畜牲，替你们卖命，你们拿刀在我脖子上来回比画，还让我杀媳妇……"

铁林正说着，另一个特务进入囚室说："狱长，您电话。"

铁林瞪了不识趣的特务一眼，不高兴地说："没工夫。"特务忐忑地说："沈先生的人打来的。"铁林怔了一会儿，从柳如丝手里拿过刀，让狱警看着两人，离开囚室。

柳如丝怔了一会儿，拿出手帕抹干眼泪，勾起一个悲戚的笑。她嘲笑自己的愚蠢，再也没有看冯青波一眼，幽幽地说了句："前世作孽……"

冯青波看着柳如丝的背影也心如死灰。

司法处大楼里，长根捏着电话等待接通。他看到便衣军人正将装尸车的平板担架推进车里，关上后车门。长根往走廊里看了一眼，问："沈先生在吗？"

铁林的声音传过来："啥事跟我说，沈先生走了。"

"田丹在车上了，现在拉到广济寺火化。"

"知道了。"铁林匆忙挂了电话。

狱警打开侧面的铁门，一个特务跟着柳如丝进入门禁区。铁林下楼，见柳如丝站在铁门前，跟狱警说："打开。"狱警看铁林，铁林看向狱警，一瞪眼说："打开呀！"

狱警打开铁门，柳如丝向外走，铁林跟出去。他看着柳如丝袅袅地走向吉普车的背影，抢到柳如丝面前，替她拉开车门，柳如丝站在车边怒视着他。铁林得意地问柳如丝："下不去手吧？你对他真有点意思……先上车，沈先生吩咐送你回家，我去料理掉他就来。"

"田丹在哪里火化？"柳如丝看着小人得志的铁林，忍住恶心问。

"广济寺。"

"带冯青波去。"

铁林困惑地看着神情麻木的柳如丝说："为啥？"

"亲眼看田丹被烧掉，比要他的命还难受。"

铁林恍然大悟地点了点头说："你这么恨他？"

"然后再杀掉他。"

铁林冷笑了一下，说："你说我就听？"

"听不听在你。"柳如丝的声音变得柔和。铁林心里盘算了一下，觍着脸问："你那小楼以后还住不住？"

"住不住都归你了。"

"啥意思？你住着怎么归我？"

柳如丝眼睛红红的，显得可怜又妩媚："都是你的。"

铁林立即转身对不远的特务说："把冯青波提出来。"

"怎么提？"狱警不解地问。

铁林不悦地喊："我是狱长，问我怎么提？提到车上。"柳如丝木然地坐上车。

徐天离开沈世昌家，歪在人力车里。祥子赶紧拉起人力车，问徐天去哪儿。

"广安门外小阳坡。"

祥子反应过来，说："小朵入土啊？"

"嗯。"徐天又心事重重地问，"祥子，今天见着我爸了吗？"

“没见着东家，刚到就遇上您了。”

“走吧。”

祥子拉起车开跑，另一辆人力车跟上。两辆人力车刚拐出胡同口，剿总的小汽车就开进了胡同，沈世昌下车匆匆进院，四个便衣军人迎过来。一头汗一脸泪的七姨太看见沈世昌终于松了口气，但手里还紧紧地握着手雷。

沈世昌问军人说：“徐天人呢？”

军人们低着头，七姨太战兢兢地说：“吃光两碗汤圆走了，手雷怎么办？”军人忙向沈世昌禀报说：“保险栓没拔，我们看过了。”

沈世昌紧锁着眉头，说：“没拔还捏着干什么？”

“太太不放心，要等你回来。”军人回答。

沈世昌听后更加不悦：“等我回来炸死我啊！”

七姨太也顾不得不高兴的沈世昌，流着眼泪喊：“老沈过来看看……”

沈世昌挨近去细看，七姨太握着的手雷果然还插着保险栓，便去掰七姨太的手。

“要死我跟你一起死。”七姨太哭着。沈世昌无奈地喝道：“死不了！”

说着，沈世昌从七姨太手中夺过手雷交给军人。

“啊呀，吓死人了！”七姨太见终于保住了命，哭得更大声了，“老沈，我们去上海吧，这帮小流氓在家里直进直出，什么事都干得出来，哪里防得住他们……”

沈世昌听着心烦，喝斥道：“别说了！”

长根的小汽车后面跟着司法处的运尸车，后车箱里装的是小朵的尸体。

京师监狱大门开启，萍萍看着囚车和铁林的吉普车一前一后开出来。萍萍看见吉普车里的柳如丝，两辆车开远。萍萍一脸茫然。囚车内铐着冯青波，车里还有十七和另一个狱警以及两个特务。铁林开着吉普车，柳如丝在副座，两个特务在后座。铁林瞟着柳如丝。柳如丝看着前方的囚车，眼泪往下掉，但依然面无表情。

广济寺佛堂大厅里有很多和尚在做法事，诵经声嗡嗡。长根立在一边，瞧着高大慈祥的佛像。便衣军人小跑过来，小声跟长根说：“哥，现在人化不了。”

“为什么？”

“上一个刚走，等师父们做法事超度。”

长根皱眉不语。

“要么抓个和尚把人……”

“这是寺庙，该走的走，该来的来，等吧。”长根看着佛像，便衣军人退了下去。

铁林开着车，在柳如丝的催促下速度很快。囚车里的冯青波两眼空洞，他害怕看到田丹的尸体，又害怕自己赶不上，见不到田丹。十七坐在冯青波的旁边，惴惴不安地问：“我们去看田丹？她真死了？”冯青波面无表情，完全不理会十七。

寺院里诵经声继续，贾小朵的尸身停在火窟边，火窟里面烈焰熊熊。

另一处，小阳坡坟地，刀美兰和大缨子立在坟山前头。棺材在坑里，小朵的碑已经被立了起来。坟工问刀美兰：“棺材下去了，里面人呢？”

“马上来。”刀美兰心不在焉地说。

“那棺材下去干啥？等下还要起出来。”坟工说道。

“不用你管。”刀美兰盯着棺材，面容憔悴。

坟工听了没了主意，说：“人你们自己下，土你们自己填？”

刀美兰看了一眼坟工，像刚从遥远的天边被拽回来：“我们自己填，不用你。”

坟工看了看刀美兰，不再说什么，转身离开，遇到徐天顺坡而上。

广济寺，诵经声响彻整个院子，长根还站在原地不动，便衣军人又跑到长根身边，小声地说：“哥，他们也来了。”

“谁？”

“铁林、冯先生和柳小姐。”

长根皱了皱眉头，便衣军人说：“就在化身窟外面。”

长根和便衣军人走出佛堂。化身窟是一座简易的土房，连接后面的窑窟和高大的烟囱，两个僧人立在门口。铁林、冯青波、柳如丝、两个特务和十七以及一个狱警站在那里，两拨人格格不入。

隆冬的阳光照到小阳坡坟地，刀美兰和大缨子仍在小朵的坟前站着，徐天爬上山坡，跑到小朵坟前，喘着气看着刀美兰说：“我大哥暂时没事，明天再找铁林，放心。”

刀美兰看向徐天，两眼噙泪，欲言又止，徐天看了看坑里的棺材，问：“等我呢？”

刀美兰不作声，大缨子也不知该不该把小朵被送去火化的事讲出来，只好冲徐天点了点头。

徐天见状，抄起边上的铁锹开始往坑里填土。刀美兰站在旁边看着填土的徐天，想着女儿此刻正受烈火焚身，突然哭了起来。徐天听见刀美兰的哭声，心里也跟着难受，边填土边说：“入土为安，今天早上做梦，城墙头上烧着一个大火球，小朵说走了，到时候了……”

听到这里，刀美兰号啕大哭，徐天见状停了下来，察觉出异样，问：“怎么了？”大缨子擦着泪告诉徐天：“小朵被拉到广济寺烧了。”

“啥意思？”徐天怔住。

大缨子带着哭腔继续说：“昨天晚上拿枪打我们的那个人到司法处拿田丹的尸体火化……”

徐天听后渐渐僵住：“然后呢？”

大缨子鼓着劲往下说：“司法处哪儿有田丹？美兰把小朵的名牌换掉让他们拉走了。”

“现在可能已经烧了。”刀美兰痛哭流涕，几乎昏倒，大缨子赶紧去扶住她。徐天看了看刀美兰，又看了看坑里棺木：“空的？”

两个女人没回答。徐天握紧拳头，心痛难忍，开始猛砸手里的铁锹：“怎么能烧！啊！田丹没死就没死，知道就知道，让他们来找啊，我等着！怎么能烧小朵呢！谁让你们把她送走的，这个坟算谁的！”

“我的女儿我做主！”刀美兰突然大喊，把仅剩的力气都发泄了出来。

“我做主！”徐天也跟着大喊，模样吓人，铁锹被他砸断。大缨子抱着刀美兰，两个人泪流不止。良久，徐天扔了断锹跪下来，差点滑到土坑里，他的眼泪滴在了贾小朵的空棺材上，怒火仿佛要烧掉一切，发狠道：“不明不白挨三刀放血，还要挨火烧！”

广济寺，诵经声继续，两个僧人打开化身窟的小门。一行人都走进去，只有柳如丝没动。铁林问柳如丝："您不看看吗？"柳如丝抬头看天上的云，眯了眯眼睛，突然感觉恍如隔世。铁林见柳如丝没反应，便自己进了小门。

僧人们低头念诵完毕，打开火门，里面是烈焰熊熊。铁林对长根说："等会儿，让他看一眼。"

长根紧张地看了一眼铁林："人死为大，有什么看头。"

铁林看了看眼前的冯青波，笑了下说："他马上就要死了，他为大。"

十七握着镣铐，跟冯青波走近被白布包裹的尸体。冯青波用戴铐子的手解开顶端的布绳。铁林、长根和另一个狱警都在原处没动，片刻，冯青波系上布绳，半回过身子。

长根看见冯青波双眼在火光中熠熠生光，一扫来时的空洞颓丧。和尚将尸体推入化身窟，烈焰超度凡胎肉身，诵经声加强，长根偷偷地松了口气。

冯青波回身向外走，好像镣铐不在，身边无人。十七去拉镣铐，被冯青波击倒，另一个狱警上前，被冯青波击飞，铁林上前被击倒。诵经声继续，柳如丝看见冯青波破门而出，两个特务冲上去用镣铐绊倒他。冯青波奋力反击，重新站了起来。铁林、十七和狱警追了出来，冯青波左击右挡，被铁林从后一刀刺入，两刀、三刀。冯青波终于仰天倒地，眼前是北平晴朗的天空。柳如丝进到他的视线里，十七执着地用镣铐死死地压着冯青波。

冯青波嘴角流血，双眼缓缓合上，笑着说："她怎么会死呢……"

第五十七章

1949年1月21日，腊月二十三，农历小年。

灰色的北平建筑中间是金红的紫禁城，四周城堞绵延，有信号弹在城中此起彼落，像提前到来的新年烟花。广济寺前，阳光暖和，也没风，有峰小骆驼懒懒地趴在寺院的红墙下，一个僧人在不远处打扫寺院的石阶。广济寺的厢房里，田丹睁开眼睛。厢房洁净，柔和的阳光打在纸窗上，映出干枯树杈的影子。她试图起身，但使不上劲。

徐天抱着一个骨灰罐走过院子，零星的僧人向徐天作揖，徐天点着头，走进一处三面厢房。整齐的小院内有石桌凳，徐天回身将门拴上，将骨灰罐放在石桌上，往东厢房走去。

田丹躺在床上，看见徐天进来，露出笑脸，说："你来了。"

徐天看了眼田丹，也没个笑脸："一会儿刀姨过来送饺子，今儿小年。"

"我躺了几天？"田丹问徐天。

"从医院接过来，两天，你失血加药物中毒。这是寺院，广济寺。"

"为什么在这里？"

"这儿他们不会再来，我生下来第一次剃头就是我爸带我来这儿剃的，我们家供香火。"

田丹看着徐天，听出端倪，问："不会再来是什么意思？"

徐天知道自己说漏了嘴，只好把实情说出来："冯青波在这里死的，铁林杀的他。"

田丹怔了一下，徐天不看她："你甭管了，就在这儿养着。北平真要和了，蒋介石今儿上午宣布下野，都传这两天城里的国民党部队要开走。"

"告诉我发生了什么。"田丹看着徐天追问。

徐天见她身子虚弱，不忍拒绝，只好继续说："沈世昌让铁林做了京师监狱狱长，大哥在牢里，我爸不见两天了，不是沈世昌拿着就是铁林拿着，我得把他们弄回家，都跟你没关系。"

"怎么会没关系？"田丹听了着急起来。

"你做得够多的了，我为家里人捅了你三刀……幸亏活过来了。"

田丹想要下榻，却只能勉强撑起身子。徐天拦住田丹说："着急也没用，还得过两天才能动，我晚上再过来。"

院门传来响动，徐天起身，田丹叫住徐天问："冯青波为什么死在这里？"

"不知道，刀姨来了，我去开门。"徐天低着头走出厢房，田丹一脸茫然。

徐天从厢房出来，打开门栓，刀美兰抱着个食盒进来。刀美兰见了徐天就问田丹醒了没有，徐天神色暗淡，说："醒了，下不了地。"

刀美兰打开食盒问徐天："素馅饺子，你吃了吗？"

徐天见满满一大盒饺子，抓起一个就往嘴里塞，边吃边问："她的药买了吗？"

"没买着，药房都关门了。"刀美兰心急如焚。

"医生的方子给我。"

刀美兰听后忙把方子掏出来给徐天，徐天接过来说："小朵的骨灰从佛堂拿出来了。"刀美兰怔了一下，心里难过："我晚上带回去，找个时间入土。"

"什么时候？"徐天问。

"过了这阵子，先顾着田丹。"

徐天喃喃自语："罐子这么小，一个人闷着……"

刀美兰心里也不好受，一双泪眼看着徐天。徐天抬起头看向刀美兰："您送她入土一次了，这次我送。"

刀美兰叹了口气，说："徐天，人都没了，我是当妈的。"

徐天恳求地看着刀美兰说：“行吗？”

刀美兰看着徐天，无法说出拒绝的话。徐天感激地看着刀美兰，说：“您进去吧。”

“早点过来，我跟大缨子说了，晚上一块儿来这儿过小年，平渊胡同冷冷清清的。”

“缨子人呢？”徐天问。

“去监狱了。”

“干吗？”

“非要去找铁林。”

徐天嘱咐刀美兰：“您见着了告诉她，都别折腾。这两天大哥和我爸肯定回家，沈世昌就一块儿收拾了。”

刀美兰听了心慌，生怕徐天惹事，说：“你一个人怎么收拾他们？”

徐天往院外晃去，扔下一句话：“世道变了，能。”

刀美兰捧着骨灰要往厢房去，又走回来把骨灰放到桌上。徐天在外面锁小院的门，锁了一半又停了下来。他走进院门，抱了骨灰罐出来，锁上门离开。

关宝慧在家里收拾箱子，往里放衣服和一些洗漱用品，铁林站在旁边心不在焉地看着。他知道她要去珠市口，问关宝慧：“这两天见着徐天了吗？”

“谁也没见着。”关宝慧边收拾边说。

铁林纳闷：“他没回珠市口？”

“两进院就我爸一人，冷冷清清的，车头自己张罗给下面派车收份子。”

“把你爸接过来住得了。”

关宝慧横了铁林一眼，说：“这儿住得下吗？”

铁林被戗了一下，不言语了。关宝慧突然停下手中的活，转身看向铁林说：“铁林，我咋那么心慌呢？”

“慌啥？多踏实啊，我都当狱长了，共产党来了也是狱长。”铁林得意地坐在椅子上，端起盛有茶水的杯子，悠闲地喝了起来。

关宝慧看到铁林得意忘形的样子，心里拱起火说：“你有没有心肝肺？”

“有啊。”铁林理直气壮地看着关宝慧。

“大哥在狱里关着，你当狱长，徐天什么脾气？徐叔两天没见人了，是不是也被关在狱里？共产党来，你这狱长怎么能当踏实？”关宝慧一脸愁容地说，仿佛即将面临一场灾难。

“你不懂……是不太踏实，但跟共产党没关系。”铁林句句实话，他的不踏实主要来自莫测的沈世昌。

关宝慧叹了口气，不理铁林，自顾自地说：“我得住珠市口去，爸没人伺候饭都不会吃。”铁林不高兴地瞪了关宝慧一眼说：“这家不回来了呗？”

“你跟徐天和金海把事儿说明白，大伙跟从前一样，在哪儿都是家。”

关宝慧的话戳到了铁林的痛处，他望着关宝慧，心都拧成麻花了，自己的媳妇还不知道他已经把徐允诺杀了。现在是回不去了，以后还能不能与金海、徐天往来都悬而未知，铁林无奈地看着关宝慧说：“徐天人都见不着，怎么说明白？”

“那你把金海放了。”关宝慧大声说道。

“啥时候在意上金海了？”铁林听了不高兴，把剩下的半杯茶水一口吞下，杯子重重地搁在桌上，说：“被扇大嘴巴的时候忘了。”

关宝慧白了铁林一眼，火又蹿了上来：“抽也是在自己家抽，你怎么不找补柳如丝他们那头抽我的嘴巴？”

铁林又被关宝慧堵得哑口无言，他调整了下呼吸，最后服软了。他站起来，走到关宝慧身前，抚着她的肩头说：“今儿可是小年。”

关宝慧没好气地把箱子合上，也不看铁林：“我陪爸过，你要来就来。”

铁林听了把手收回来，说：“我去珠市口？”

“不敢去啊？”关宝慧转身直视铁林，故意激他。

“什么话，有啥不敢？说到底，金海和徐天都是我救的。”

关宝慧没理铁林，吃力地提起箱子往门口走去，铁林跟在后面说：“我开车送。”

“不用，叫车了。”关宝慧虽是这么说，但铁林还是夺过她的箱子。

两人下楼，看见徐记车行的人力车候在门口。边上还停着一辆人力车，萍萍站在街边，铁林的吉普车边上候着两个特务。铁林提着箱子和关宝慧出来，关宝慧瞟了眼萍萍，时铁林说："找你的。"

"不理她，上我车。"铁林揽着关宝慧往车上去。

"不理行吗？我自己去珠市口。"车夫接过关宝慧的箱子，关宝慧坐上人力车。萍萍看着关宝慧离开，冷着脸走到铁林面前说："小姐叫您晚上去吃饭。"

铁林笑着问："还有谁啊？"

萍萍说："就您一个人。"

"还请吃饭，不会要弄死我吧？"铁林眼神犀利地看着萍萍。

萍萍没理铁林，又补了一句："不要带夫人。"

铁林看了眼走远的关宝慧，说道："知道了。"

萍萍转身离开，铁林随后也上了自己的吉普车，带着两个手下开车离去。

车里，特务殷切地把头伸到前座，叫道："老大。"

"叫我呢？"铁林斜眼看他。特务卑微地笑着说："您以后就是我们几个人的老大。"

铁林不吭声，后视镜里有两辆人力车滑过去。特务继续说："啥时候您跟上面说说，让兄弟几个把狱里那几个牢头换掉，您做事儿方便，我们几个差事也稳当了。"

铁林看着后视镜里一辆一直跟着奔跑的人力车，踩下油门打轮拐弯，人力车没了踪影。铁林皱了皱眉头，心里打鼓，问："你刚才说啥？"

"我们几个……"

铁林烦躁地说："想着呢！"

此时，徐天正歪在祥子的人力车里，手扶着骨灰罐。一个车夫拉着空车跑过来说："往东边去了。"

"那边有人吗？"

"一路都有。"祥子听后拉起了车子。

一辆人力车候在街口，铁林的吉普车滑过，人力车拉起来钻入小胡同。

铁林开车经过什刹海，他扭头望着什刹海，车子越开越慢。特务在车里问铁林："老大，去狱里怎么开这儿来了？"

什刹海附近一切如常，不远处有个茶水档，依旧人声鼎沸。铁林转回头，踩下油门准备加速。一辆人力车突然横到路中央，铁林打方向盘堪堪避过。特务伸出头去骂人，前方又有几辆人力车过来，越来越多的人力车将路堵住。

铁林看见车上都印着徐记，心脏狂跳，慢慢将车靠边停住。两个特务跳下车，指着车夫骂："怎么拉车的？存心怎么的！"

车夫们也不吭声，只是堵着路。祥子的人力车从后上来到吉普车旁边，徐天在人力车斗里，和铁林隔着车门。车门下，铁林视线的死角放着小朵的骨灰罐。

徐天情绪难测地喊了声"二哥"。

铁林看了徐天一眼，心里忐忑地说："天儿。"

"巧了，你把车停这儿干啥？"徐天问铁林。

铁林心虚地回望了一眼河岸，两个特务咋咋呼呼地往车这边来。徐天看了眼他们，跟铁林说："让他们别咋呼，咱俩说会儿话。"

铁林一时没吭声，徐天示意铁林看看周围的人力车夫："这帮伙计叫我少爷不是白叫的。"

铁林听后，厉声训斥刚过来的特务："一边去，我们兄弟说话呢！"两个特务讪讪走开。

"这几天你都干啥呢？那天往狱里打个电话就不见你人了。"铁林假装镇定地问徐天。

"找我爸，给小朵入土，找不着，这不找你来了。"

铁林绷着神经，脸上还得装着糊涂："找我？"

"关老爷子说杀田丹那天晚上，你带我爸一块儿走了。"

"他看见了？"铁林心虚地问，他不知道徐天究竟知道多少。

"看见了。"徐天观察着铁林。铁林的心提到了嗓子眼，手心直冒冷汗，问："还说啥？"

"他还得说啥？"徐天问铁林。

铁林不自觉地瞥了眼河边，问徐天："你说我把车停这儿巧了是啥意思？"

"看见前面那茶水档吗？"徐天看向那里，心里不是滋味，"小朵原来在那儿干活。"

铁林转头看了看，悬着的心稍微放下，说："那是巧了。"

"过去喝碗茶，还是就这儿说？"徐天问铁林。

"一点都不渴。"铁林说。

徐天脱了外衣，盖住骨灰罐，然后下人力车，绕过吉普车车头，从河沿那边开门进入副驾。兄弟俩看着茶水档那头，半晌没说话。

徐天打破沉默，说："还叫您二哥，不别扭吧？"

铁林看了眼徐天，说了句真心话："其实我一直把你当兄弟。"

"以前是我和大哥不对。"

铁林吃不准他是什么意思："啊？"

徐天继续说："我认㞞，您让我杀田丹是为大家好。"

"你说真的？"铁林认真地看着徐天问。徐天直视铁林说："不然，大哥、缨子、刀姨和我都活不成，田丹一样活不成。您是我哥，我是您兄弟。"铁林眼眶越来越红，他抹了一把眼睛，嗔怪道："早干吗去了？"

"现在也不晚，我爸是不是被你关着？"

铁林犹豫，此时他已经没有了退路，只好硬着头皮承认。

"和大哥都在狱里？"徐天又问。

"是。"

徐天听后放下了心："今天早上蒋委员长下野了，这事儿知道吧？"

"知道，这会儿沈先生在中南海居仁堂开会。"

"等共产党进城，这狱长您是打算继续做下去？"

铁林心里忐忑，但脸上没有表现出来，说："是这么想的。"

徐天瞥了眼铁林："做得踏实吗？"

"有啥不踏实？"铁林嘴硬。

"您两头不踏实，沈世昌那头就先不踏实。"

铁林越过徐天看着河面，没说话。

"原来田丹是外人，死了，现在沈世昌算不算外人？总不能把我和大哥还有我爸都杀了吧？我们都死了，沈世昌靠得住吗？"

"啥意思？"

"我这么琢磨，你看对不对？把大哥和我爸放了，把沈世昌做了。"

铁林移回目光看向徐天。徐天继续说："沈世昌连自己人都灭口，你帮他把事儿料理干净能落着好吗？咱们还是兄弟，共产党来以前的事儿都不说了，大哥关过田丹，我杀了田丹也没法儿往外说，以后踏实过日子。”

“大哥出来能跟我过得去？”铁林问。

“我跟他说，过得去，本来也是要带缨子和刀姨走的，这狱长你当总比别人当好。”

铁林想了想说：“可他入狱的罪过是破坏和谈杀共产党，我这狱长要是还想做……”

“你的意思大哥得枪毙呗？”徐天不悦地看着铁林，铁林不言语了。徐天继续说：“现在你是狱长，随便捏个事说狱里暴动人死了，大哥不就出来了？”

铁林反应过来：“你说真的？”

“今儿就把我爸和大哥送回家。”

“我琢磨琢磨。”

“还要琢磨？”

铁林苦笑着说：“一会儿到狱里，我把你说的事儿跟大哥说说。”

徐天看着铁林：“我爸今儿能放吧？”

铁林目光闪烁，虚心地说：“能。”

“二哥，别瞎琢磨了，沈世昌肯定要把我也抓了一块儿灭口，你下得去手吗？”

铁林看着徐天，心脏漏跳了一拍，表情复杂地说：“不可能的事儿。”

“就你们几个能把我弄到狱里？日子一天天过，共产党眼瞅着就要进城了，那时候就轮不着你放人了。今天我爸和大哥得回家过小年，听见没？”

铁林听了，心里不痛快地戗道：“听见没？你是来跟我商量的，还是来给我撂话的？”

徐天看到铁林这个时候还装大尾巴狼，抬高声音说：“想出头已经出了，大哥的狱你做主他坐牢，份儿也拔到头了，趁大家都活着我来跟您商量。但凡我爸和大哥有一个人没了，咱俩还用废话吗？”

铁林心里一沉，但还是镇定地说：“不用废话。”

“想明白了？”徐天问。

“明摆着的事儿，不用想。”

“晚上送大哥和我爸回家。”

铁林面上笑着应了，说：“行，我一个一个送，先送徐叔回珠市口。”徐天听后点了点头，拉开车门下车，扶着车门看看铁林，又坐上了祥子的人力车。徐天让祥子把车拉到铁林车窗前，神色暗淡地说：“二哥，我就够笨的了，你比我还笨。”

铁林愣了愣，随后挤出笑容说：“本来我就不聪明。”

“都什么时候了，是沈世昌靠着你，你不靠着他。”

说完，徐天坐着人力车汇入车流，一群车夫瞬间散去。两个特务回到车上，铁林冷着脸发动车子。

距离不远的中南海会议厅里，气氛严肃，在座的有很多军政人士。

首座的是一位便服长者，他就是傅作义，华北剿总司令。未来几天内，他手下的二十万官兵将接受和平改编。傅作义戎马半生，带兵的日子眼看就要结束了，他的脸上没有任何表情，提刀跨马的日子正在向他挥手远去。

政工处长王克俊正在讲话：“关于全部守城部队开出城外听候改编的通告，即日下发，今晚开始第4第9兵团部，第13军、16军、31军、92军、101军、35军、104军所部向城外指定地点移动，31号前全部移动完毕，关于和平解放北平问题的协议，经傅长官签字，由中央社北平分社向全国通报……”沈世昌从会议厅里悄悄走出来，觉得自己突然无法呼吸。

在走廊里，许多宪兵有序地排列在那里。沈世昌站在走廊的红木雕花窗前往外看，中南海的冰被太阳融了一些，上面反射着水光。再眯眼往上看，天是蓝的，但不知道会不会划过共军的飞机和炮弹……他依然能听到王克俊的声音：“现宣读和平协议，为迅速缩短战争，获至人民公议的和平，保全工商业基础和文物古迹，使国家元气不再受损伤，以促成全国彻底和平之早日实现……”

沈世昌沿走廊走出去，中南海居仁堂前停着不少车，还有很多司机、卫兵。沈世昌在各种人中间穿行，显得有些迷茫。长根过来，引着沈世昌到停车的地方，旁边等候的便衣军人替沈世昌拉开车门。

沈世昌坐入车里，突然问长根说：“家里有鱼吗？”

长根没听明白，沈世昌继续说："今天小年，太太喜欢吃鱼。"

"到家我叫他们买。"长根立即回复。

"现在去吧。"沈世昌的言语中听不出是落寞还是轻松。

车开起来，长根心里不安，他知道这个会议决定着沈世昌的下半生，却从沈世昌的脸上看不出任何结果。

沈世昌半合着眼睛坐在后座，转过什刹海的时候，他在后座问了一句："田丹死了吗？"

长根心头一颤，他回头看了依旧半合着眼的沈世昌一眼，顿了顿，说："火化了，冯青波也火化了。"

沈世昌心神稍稍安定，睁眼看了看车窗外。街上人潮涌动，大家都出来置办年货。榴弹炮的声音换成了鞭炮，北平终于要和平了。不倒翁又扛过了一次风暴，但此时的沈世昌并没有多么亢奋，甚至还有些隐隐的不安。沈世昌暗暗笑话自己也许是年龄大了，年龄的增加会消磨一个人的勇气，但直觉也会变得更加敏锐。年味里，怀抱着不安的沈世昌没有注意到始终跟在小汽车后面的人力车。

广济寺的小院里，田丹半靠在刀美兰身上，刀美兰在帮田丹换药。田丹嘱咐刀美兰："北池子大街，第四十三小学教务处，您就说找河北来的王伟民先生。如果没有这个人，什么都不用说就回来。"

"如果在呢？"

"告诉他田先生的女儿有消息了。"

"请他来广济寺？"刀美兰问。

"请他带一些同志，明天凌晨到槐花胡同 8 号和我会合。"

刀美兰吃惊地看着虚弱的田丹问："明天一早你要去槐花胡同？"

田丹穿好衣服，勉强挤出一丝微笑，说："再休息一晚上，明天就可以了。"

刀美兰觉得这话很违心，但又劝不动："还是跟天儿说一声。"

"不要和他说，沈世昌是我要解决的事情。"

刀美兰想了想又问："王伟民是你们一起的？"

"华北城工部的同志，如果傅作义接受改编，他应该是第一批进北平接洽先入城人员的，但也可能还没有到。”

说话间，刀美兰把田丹的头发也梳好了，问：“我去北池子，你一个人怎么办？”

田丹扭头看到镜子里脸色苍白的自己，问：“这几天都是您陪着我？”

“白天是我和缨子，晚上徐天睡东厢房。”

田丹听后点了点头，朝刀美兰笑了笑。她总在想着北平，想着徐天，如今自己也是被牵挂、被照顾着。刀美兰握着她的手叮嘱：“去槐花胡同当心一点，北平现在还是国民党的……老天有眼，还好你活回来了，不然我们的罪过就大了，十辈子也还不清。好人有好报，坏人有恶报，外面都说共产党一来以前什么都不作数了，从头开始。金海在狱里只要待到共产党进城，你和上面说说，他不算有功也不能有罪过吧？本来要走，一通折腾下来坏事变好事……”田丹微笑着听刀美兰絮叨，她反握住刀美兰的手，无声地安慰她。

“刀阿姨，冯青波怎么死在广济寺？”田丹突然问道。

“徐天没跟你说？”

田丹说：“我没听清楚。”

“他非要来看看你死没死，让铁林杀了。”

田丹一愣：“看我死没死？”

刀美兰知道田丹和冯青波的过往，得知自己说多了，赶忙掩饰着把一个发卡别到田丹的头发上说：“不说了。”

“刀阿姨，以后我也是要知道的。”田丹眼神恳切。

刀美兰心里为难，想了想，索性全部说出来：“那天晚上，他们把你放在司法处冷库，第二天要拿走火化……”

刀美兰的声音越来越弱，停了一下，把眼泪生生憋回去，接着说：“小朵坟都立了，你人在医院，结果把她火化了。”

田丹看着眼前的刀美兰，刀美兰在忍着不哭，田丹却哭了。她不只是小朵的母亲、徐天的刀姨、金海的爱人；不只是自己为之奋斗，甚至可以为之牺牲的民众；更是在危难时，自己可以牢牢抓紧的一个衣角。

田丹的泪把刀美兰的心里话激了出来：“田丹，以后刀阿姨就把你当闺女了。”

小朵替自己被火化，田丹心痛难当，她剥夺了一个苦难的小姑娘死后的尊严，剥夺了一个母亲的念想，她颤声问道：“她的骨灰呢？”

“在院子里……本来和你爸放在一起。”

田丹忍着泪，轻轻说了声：“拿进来吧。”

刀美兰起身开门，门外的石桌上除了几片树叶什么都没有。刀美兰往院门去，拉了下门，轻轻叹了口气。

沈世昌的车停在一个铺子门口，长根转头跟沈世昌说：“先生，鱼铺在前面，路窄过不去了，我去买回来。”

长根下车，沈世昌降下车窗，看着街上来往的人。一辆空的人力车停到小汽车边，车夫勾着脑袋看沈世昌问：“是槐花胡同 8 号的沈先生吧？”见沈世昌一脸诧异，车夫继续说：“杀共产党的事别瞒了。”车夫说完便离开，将车拉到不远处停着。

沈世昌紧锁眉头，快速升起车窗。刚才的车夫是什么意思？片刻之后，沈世昌还是下了车，往与他说话的车夫走去。车夫面无表情地看着沈世昌走过来。

沈世昌严厉地问：“你是什么人？”边上另一个车夫接话说：“解放军要进城了，瞒不住。”

沈世昌扭头看着这个车夫，心里更加忐忑。此时，过来一个客人坐上车说去天桥，车大拉起人力车离去。

旁边的车夫笑着问沈世昌：“沈先生，坐车吗？”另一个车夫说：“他有小汽车，威风着呢，用不着我们。”

沈世昌僵着，似乎半条街的人都对他心底的那些秘密心知肚明，他耳边隆隆作响，旋即整个世界又悄无声息。他似乎看到了星星点点的车夫逐渐连成一片向自己围过来，自己就像一个裸体雕塑，被众人撕碎，整个世界也随之崩塌。沈世昌打了个寒战，向小汽车走去。长根拎着一条鱼，站在车边，看沈世昌脸色不对，关心地问：“先生？”

“回家。”沈世昌感到彻骨的寒意。

监狱外，大缨子固执地和燕三站在大门口。燕三劝大缨子回去，大缨子说："都两天了，今儿见不着我哥就不走。"

此时铁林的吉普车开过来，监狱小门打开又关上，大铁门缓缓开启。

"铁林。"大缨子冲铁林喊。

铁林没下车，从车窗口看着大缨子问："你来干啥？"

"看我哥，他们不让进。"

铁林又看着燕三说："你呢？"

"陪缨子。"铁林想说什么又没说，踩油门将车开进监狱。缨子也要往里进，二勇和狱警拦着不让进。

大缨子看着二勇，恨恨地数落："我是金缨，金海是我哥哥，又不是不认识我，你们这帮白眼狼！"

二勇一脸尴尬。大门重新合上，铁林和两个特务通过门禁，铁林问二勇："华子呢？"

"在里面……二哥，缨子在外头站一天了，要不要让她看一眼老大？"

铁林想了下，看了看二勇，说："带楼上去，那男的别进来。"

"哎。"二勇赶忙应道。

铁林又斜眼看了一眼二勇说："管金海叫老大，叫我二哥不合适了。"

二勇低下头说："知道了，狱长！"

金海的监舍里，一张椅子上摆着四五个监狱的餐盒，有菜有汤有馒头，华子立在一边伺候金海吃喝。

华子苦着一张脸喊老大，金海低头吃着，说："狱警管犯人叫老大，不合适。"

华子眼眶红红的："不管怎样，您都是老大。"

金海无表情地吃着，华子继续说："悔死了，那天晚上就该跟您进司法处。"

金海抬头看了看华子，笑了笑说："别往心里去。"

"我㞞了，脑子里想以后，想家里的媳妇和老人，想一堆没用的，就是没想老大您不易……"华子说着，心里更加难受，仿佛是自己坑害了金海一样。

"我不易是我的，大家都不易，那天晚上就不该取枪带你们去。"

“这么说我心里更难受。”华子低着头，迅速抬手抹了下眼睛。

金海吃完，一个个摁好餐盒的盖子，说：“谢了，有这份情就行。”

华子下定决心似的看金海，说：“老大，您给句话。”

金海看了华子半晌：“说啥？”

“说啥都行。”

“管用吗？”

华子直视金海，郑重地点着头，说：“管用，这狱还是您的。”

“把钥匙插门上，这儿往外六道门都插上，兄弟们躲开，我从这儿走出去。”

华子颤抖着，金海看了华子一会儿，说：“就说我自个儿跑了，狱里我熟，大伙儿都担个祸水。”

华子听了内心翻江倒海，紧张地问：“啥时候？”

金海又看了华子半晌，大笑起来，说：“没时候。”

华子的手心开始冒汗：“啥？”

金海笑着说：“想喝茶了。”

华子怔怔地看着金海，不明白金海的意思。

“不是让我说话吗？”金海问。

“您说。”

“上办公室把我的茶叶和杯子拿来，茶叶在左边第二个抽屉里，水要够烫。”

“就这事儿？”

“行吗？”金海问华子。

华子如释重负，说：“您等着。”

华子赶忙出了监舍，金海目送华子返身关门。华子犹豫了一会儿，但还是拔了门上的钥匙，脸出现在铁门上的长口子里，一脸内疚。

金海又叫住华子，让他把十七叫过来。监舍里又只剩下他一个人了，他坐在床上迅速地思考。沈世昌欺负他的事儿不能就这么过去了，虽然他身陷囹圄，但依旧要想办法报仇。金海眯着眼睛看了看高墙上的小窗，阳光照进来。他有点想念刀美兰。

第五十八章

铁林站在自己办公室的窗前，看着下面二勇正领着大缨子穿过院子。铁林转身，摊开桌上的金海那幅画。华子提着空餐盒进入门禁区，二勇正好送大缨子进来。

二勇说："华哥，二哥让把缨子送楼上。"

华子放下餐盒，跟二勇说："我带上去，你叫十七，老大有事儿。"

大缨子跟着华子边走边着急地问："我哥人在哪儿？"

"里面特号。"华子不知道该怎么回答大缨子，只能公事公办地说。

"我不见铁林，哥和徐叔被关在一块儿吗？"大缨子问。

"谁？"

"徐叔，徐天爸。"

华子忖了忖，摇头说："没在狱里。"

大缨子听完不高兴了，提高嗓门问："蒙谁呢？徐天说在这儿，不然能去哪儿？"

华子打开侧门，说："您先上楼，火气别这么大。"

大缨子哼了一声："跟我哥这么多年，一群白眼狼。"

说完，大缨子进入侧门。

铁林在办公室里呆呆地看着沈世昌留下的那幅画。特务推开门，门外站着大缨子和华子。铁林冲大缨子招了招手，示意她坐下，华子跟着也走进来。

铁林瞥了一眼华子：“没让你进来。”

“我拿茶叶。”华子说。

铁林困惑道：“茶叶？”

华子熟门熟路地拉开抽屉，拿到茶叶和杯子，铁林见状更奇怪：“干吗？”

“你大哥，我老大想喝茶。”华子梗着脖子回答，见铁林愣了愣，华子又故意补了一句：“行吗？”

“行。”铁林磨着牙答应，华子拿着茶叶和杯子去暖水瓶那边，打开塞子试水温。铁林站在一旁不耐烦地看着，没好气地说：“还干吗呢？”

“老大说水要烫。”

“左边，新灌的。”铁林没好气地说。

华子听完提着水瓶出去，铁林调整了下呼吸，让自己平和下来，然后卷起画轴坐到椅子里，目光回到大缨子身上。大缨子打量着铁林，不屑地说：“倒挺有样儿，我哥的椅子你坐上了。”

“这儿你来过吗？”铁林压着火气问。

“来过。”

“拿的什么？”

“给我哥的。”

“按规矩，东西进狱里都得先验验。”

大缨子将包袱放到桌上，说：“验吧。”

铁林没动包袱，掀起眼皮看她问：“你跟燕三真处了？”

大缨子翻了个白眼说：“碍着你什么事？”

铁林被挤对了，但还是挤出笑脸说：“替你高兴，真的……缨子，咱俩好歹一起过过日子，他们不理解我，你能理解我吗？”

大缨子轻蔑地看了眼铁林，心里已经骂他无数遍了，问：“打算关我哥到什么时候？”

“徐天刚找过我，一会儿就去跟大哥商量。”

“还有啥好商量的。”大缨子心急地喊道。

“男人的事儿你不懂。世道要变，本来大家要走，现在都不走了。大哥先跟沈先生一头，后来跟田丹一头，不就是为共产党来了以后有好日子过？我也是人，也要挣巴，咱俩是分了，要还一块儿过日子你怎么想？”

大缨子哼了一声：“咱俩没在一块儿，问不着我，自己去问关宝慧怎么想。”

铁林看大缨子趾高气扬的态度，心中不悦，回想自己从没在她眼里抬起过头，便忍不住回击道：“我一直就屁都不是，谁都看不上，关宝慧不嫌弃，我终于出头了还用问她怎么想？”

“你这也叫出头？”大缨子撇着嘴，一脸嫌恶地看着铁林。

“不叫出头吗？搁从前，你们什么时候求过我？”铁林直视大缨子。

大缨子张了张嘴，本想骂回去，但想想还在狱中的金海，把火气压下去露出笑脸，忍着恶心说：“……让我哥回吧。”

“能不能回，得看大哥自己怎么想，你求没用。”

铁林回绝得没有余地，像是出了口恶气。大缨子不悦地看着铁林，调整了下呼吸，生怕刚才的努力白费了，又压着火问：“徐叔总能回吧？”

铁林心里打鼓，看着大缨子，但还是强装镇定道：“回不了。”

“那让我见见徐叔和哥。”大缨子终于憋不住提高了嗓门。

“见不了。”

大缨子运着气，她看起来想把桌子给掀了，铁林不落下风地瞪着她。

金海把热茶沏上，吹开茶叶末喝了一口，心满意足。华子告诉金海，大缨子这会儿正在楼上办公室。金海愣了愣，低声说：“真让你办件事，狱外头的事，办完就算帮了我，心里也别拧了。”

华子看着金海，一时没吭声。

“知道不能放我，我从前也是这么教你们的。”金海看着华子，宽慰地笑了笑，“当的就是看人的差儿，四年了，八青不也是关着？规矩不是说着玩儿的。”

华子更加内疚，忙问：“狱外头什么事？”

“要觉得不方便，说了只当没听见。”

“您说，我办。”华子语气坚定，心里还揣着愧疚。

金海喝了口茶，说：“政法处的黄处长家在哪儿知道吗？”

华子想了一下，又帮金海斟茶说：“差不多能知道。”

“带上二勇去他家，让他打电话给沈世昌，就说把狱长换成铁林这事儿钱给少了，再跟姓沈的要四十根金条。”

华子听后困惑地看着金海问：“他能打这电话？”

“能不能打用我教？”

华子想了想，反应了过来，说：“不用教。”

“不上白道儿，上黑道儿。”

华子沉默了一会儿说：“能不能不在家办，这种事不一定上家里。”

“行。”

华子壮着胆子又问：“撒气还是求财？”

“算求财。”金海坦率地说。

华子脑子里又转了一圈，问：“把黄处长收的金条要来不省事吗？犯不上拐个弯再给沈先生打电话。”

“我就要那不省事儿的，四十根里有你和二勇一人四根。”

“我和二勇不拿。”华子赶忙说道。

“别废话，天擦黑下午六点来钟，让沈世昌给金条。”

华子应下，又问：“给黄处长？”

“槐花胡同他家大门口有人等着拿。”

“谁拿？”

“那不是你的事。”

“明白，我和二勇办姓黄的。”

“别伤人。”金海叮嘱道。

华子心里掂量了一下，还是为难地说：“万一没搂住……”

“别伤人。”金海又说了一遍。

“哎。”华子狠狠地点了下头。

金海喝完了茶，把杯子往前推了推，说：“茶杯、水瓶收走。”

华子看他刚斟的热水还有大半，说：“您不喝了？”

“两口就行。”

华子连忙去收茶杯，金海垂着眼睛看。

华子收拾完杯子刚想走，又想起大缨子在楼上要来看金海，转身问：“要不要带缨子进来看您一眼？”

“劝她回去，看也白看。”

“她说，徐天的爸也在咱们狱里。”

金海听了非常吃惊，问：“关着的吗？”

“没有，狱里进人我肯定知道。”

金海皱着眉头说：“那怎么凭白无故说在狱里。”

华子问：“我去珠市口看一眼？”

此时铁门的声音响起，十七出现在铁栅栏前。金海向华子挥了下手，说：“不用看，去办你的事吧，谢了。”

“您别这么说。”华子见金海客气，心里酸楚。华子离开，金海看了看站在一旁的十七，朝他招手，十七挨近铁栅栏。

狱长办公室，铁林拉开门，吩咐外面的特务把大缨子送走。两个特务立在门口，大缨子僵着不动。铁林催促大缨子，大缨子无助地说：“看看我哥也不行吗？”

“不行。”

大缨子眼圈红起来，恨恨地说：“欺负人到家了！”

铁林无奈地看着大缨子说：“没欺负，好好跟你说呢。”

大缨子听后软了下来，恳求地看着铁林，想做最后的努力，恳求道：“看在咱们从前的分儿上。”

铁林听大缨子这么说，露出一副惆怅的神情，像是自言自语：“从前回不去了，眼前还不知道咋样呢！”

大缨子无计可施了，甩手出门。铁林关上门，拆开大缨子带来的包袱。里面有一瓶酒、一包卤肉、一盒饺子、几件换洗的衣物。

特务带大缨子从侧门过来，二勇打开向外的门。大缨子突然转过头问二勇：“你叫什么？”

二勇忐忑地看了大缨子一眼，回答：“二勇。”

“别让我哥吃苦。”大缨子含着泪拜托。

“这什么话？谁吃苦老大也不能吃苦。”二勇颇有些不自在，大缨子抹着眼泪跟随二勇出门禁，穿过院子。

牢房内，金海盯着十七，震惊得半天没说话。

“田丹没死。”十七又重复了一遍。

“不是烧了吗？”

“烧的是……别人。”

“别人？谁？”

“不认识。”十七回答。

金海严肃地看着十七，问：“看清楚了？”

“当时在炉子边上，就冯青波和我。”

金海脑中飞转，又想不通其中关节。十七见金海不太相信，又继续说：“老大，我最不愿意她死了，跟您也用不着说瞎话。”

金海点了点头，心里稍稍松快了些，说：“好事儿，跟别人说了吗？”

十七忙不迭地摇头，金海赞许地看了眼十七，又拜托他说：“去珠市口道儿北徐记车行，徐天要不在找关山月老爷子，问明白徐天他爸是怎么回事。再到平渊胡同我家隔壁找刀美兰，让她天擦黑六点来钟去槐花胡同8号取东西。”

十七心神恍惚，像是没听见金海在说什么。

“听明白了吗？”金海又大声地问。

十七赶忙回应：“明白，到珠市口看三哥他爸在不在，再到您家找刀美兰，六点来钟去槐花胡同取东西。”

“四十根金条，一份借据，一样别少地取回家。”

“田丹还有一堆药留在牢里，要不要带过去？”

“药？”金海疑惑地看着十七。

“伤药，给田丹。”

金海无奈地看了十七一眼，说：“老惦记田丹干啥？两件事儿赶紧办。”

十七答应着，刚要退出去，金海把他叫住：“楼上我办公室有幅画，手轴，卷着的，瞅空拿出来带给刀美兰，让她取金条的时候还给人家。”

沈世昌家的厨房里，鱼在石板上活蹦乱跳。七姨太和下人拿着刀却抓不到鱼，手忙脚乱，沈世昌在门口心事重重地看着。七姨太喊长根来帮忙，长根拿过下人手里的刀，一刀剁在案板上，鱼在刀下抽搐。七姨太吓得抚住胸口连声说："阿弥陀佛……长根你吃素，怎么杀生啊。"

"你不杀生，吃肉，一样。"

"从市场拎到家里半死不活，临挨刀倒跳得这么凶。"七姨太还是一副惊恐的样子。

"不甘心。"长根说得淡淡的。

"让你这么一说都不敢吃了。"七姨太瞪圆了眼睛。

一名便衣军人从门外进来，恭敬地对沈世昌说："先生，外面有个车夫找你。"

长根听见，看着沈世昌问："我去看看？"

"不用，我去。"说完沈世昌向院外走去，长根放下刀跟出去。沈世昌从胡同走出来。徐天在街对面的人力车里向他招手，沈世昌脑中"嗡"的一声。两人之间隔着街道和人群，像隔着一条河流。沈世昌犹豫着要不要往对街走。徐天一手扶着骨灰罐，指了指沈世昌身边的一辆人力车。

徐天说："我家开车行的，好处就是满大街都有座儿。"

沈世昌坐上人力车，周边十几个车夫拉着车子将徐天和沈世昌围在中间。

长根从对面的胡同出来往这儿看，徐天跟沈世昌说："你的人往这儿看也没用，那俩拉车的是不是刚跟你打过招呼？那点事儿藏不住，散到全北平。"

沈世昌一脸阴沉地问徐天："你要怎样？"

"我爸在哪儿？"

沈世昌有点发蒙。徐天不信任地看着沈世昌，威胁之意很明显："别说不知道。"

沈世昌没说话，徐天接着说："叫铁林把人都放了。"

"然后呢？"

"然后你也没几天好日子了，等共产党来挨收拾。"

"徐天，你哪年当警察的？"沈世昌突然问。徐天不明白沈世昌的用意，但他也不在乎，笑着反问他："你哪年当浑蛋的？"

沈世昌脸色更加阴冷，说："年轻人说话要有分寸。"

徐天啼笑皆非地看着沈世昌还摆出老资格教育自己，冷笑一声说：

“三百六十行，浑蛋也是一行。哪行都有规矩，啥规矩都没有怎么坏怎么来的，就是浑蛋行，别不好意思。”

“你知道什么叫规矩？”

“‘余誓以至诚，恪守国家法令，尽忠职守，报效国家，依法执行公务，行使职权，勤谨谦和，为民服务，如违誓言，愿受最严厉之处罚。’这是我当警察时候宣的誓，这是警察行的规矩。知道你想盘道，这么大人物，犯得上跟我一三等警长废话？”

沈世昌像看一个怪物一样看着徐天。徐天看着沈世昌的嘴脸，心头拱火，愤懑地说：“规矩被你们这些人弄得都没了，入浑蛋行的越来越多，还好共产党要来，把浑蛋都收收，要不然我得跟你们一样也杀人。”

沈世昌忍不住哼了一声，眼神犀利地看着徐天，说：“你杀了共产党。”

徐天笑了一下，神情放松地说：“我是警察，不杀人。”

“你杀了田丹。”

徐天上半身靠近沈世昌，像故意要拿把刀子戳进他最痛的位置似的，说：“我要告诉你田丹没死呢？”

沈世昌大惊失色，他回头看着街上来往的人，迷茫地张了张嘴，但发不出声音。

“我现在抓不了你，警察就是个屁，我也不杀人，等着吧。”徐天胸有成竹地看着沈世昌说。

“等什么？”

“等共产党。”

沈世昌倒吸了一口凉气，瞪着徐天，挣扎着说：“你的人还在我手里。”

“别挣扎了，给自己留条路，趁铁林还听你的，入了浑蛋行大家都靠不住，说不定哪天反过头把你办了……下车吧。”

沈世昌僵着，徐天满意地看着他的表情，靠回椅背，说：“晚上我得见着大哥和我爸，要不然全城拉车的见一个传一个：槐花胡同8号沈世昌借和谈名义杀共产党。用不了两天，全四九城就都知道你脏不拉叽的想往新世界混。抓几个人就想封口，想什么呢？以为北平是你的？”

片刻后，长根看到沈世昌下了人力车，往自己这边走来。沈世昌像游魂一样，长根连忙快步走上去扶住沈世昌。沈世昌眼神复杂地看着长根问：

“田丹死了吗？”

长根不知道该怎么回答，沈世昌越过长根走进胡同。

广阳门外小阳坡，远远的坡下过来两辆人力车。徐天走下祥子的车，抱着骨灰罐往坡上走。两个车夫拿着铁锹跟在后面。坟前，徐天看了一会儿贾小朵的碑。他将骨灰罐放下，接过祥子手里的铁锹。祥子对徐天说：“我们来吧。”

“都别动。”徐天喊。

“少爷，东家啥时候能回家？”

徐天闷头铲土，不吭声。

“这几天右眼皮老跳，不会出啥事儿吧？”祥子小声嘀咕。

“出啥事？”徐天回头盯着祥子，眼神冷冷的，吓了祥子一跳。

铁林在高高的靠背椅里将那手轴转来转去，对瓶吹大缨子带来的白酒。桌上的电话响起来，铁林拿起来接听，懒懒地说：“我，铁林。”

“我沈世昌，田丹死了吗？”沈世昌扭脸看出去，厨房里正在剖那条鱼。

铁林喝着酒，心不在焉地回答：“死了。”

“徐天的父亲你抓起来了？”

铁林嚼着卤肉，还是心不在焉地回答：“死了。”

沈世昌那边半晌没声音，铁林自顾自喝酒，依然举着听筒。片刻后，铁林听见沈世昌说：“晚上到家里来吃饭，有鱼。”

“您女儿要请我，柳如丝。”铁林说完扣了电话，走出办公室，站在走廊上思索了一下，转身又走回房间。他脱下金海的那件制服，挂到衣架上，然后把吃剩的菜装进包袱，拿起剩下的半瓶酒，再次走出办公室。

广安门外小阳坡，空棺开启，泥土在四周滑落。徐天站在坑里，他打开骨灰罐，将骨灰平撒到棺中。

徐天家后院，关宝慧做了几个菜，正侍候着关山月吃饭。关山月也不说话，端着碗默默地吃，一反常态。坐在对面的关宝慧也没在意，仍给关山月夹菜。突然，关山月端着碗“哇”的一声哭出来，关宝慧顿时手足无措，不知道发生了什么。关山月索性放下碗筷大哭。

关宝慧着急地看着关山月，问："怎么了，爸？"

"你这做的是啥呀？能把人齁死。"关山月淌着泪说。

关宝慧吓了一跳，露出嫌弃关山月大惊小怪的神情，埋怨道："盐搁多了您也别哭啊。"

关山月突然停止哭泣，认真地看着关宝慧问："允诺死了吧？"

"啊？"关宝慧没反应过来。

"这两天憋坏了，说还是不说？铁林是你男人。"关山月说着又哭起来。

"说啥呀？"关宝慧心急起来。

"腊月二十一！头两天晚上，允诺把铁林叫到房里。房里放了一枪，铁林把允诺架出去就再也不见人了。"

关宝慧惊得张大了嘴，关山月的话像一把锋利的刀扎在她的心上，她感到自己的心脏和整个身体都在下沉。

关山月接着说："现在房里还有血。"

关宝慧听完更慌了，一扭身看见十七拎着一个口袋走进月亮门，忙走出去。关宝慧见他站在门口往院里张望，心提到了嗓子眼儿，问："你谁啊？"

"十七，狱里的，老大叫我来问徐天他爸在哪儿。"

关山月在屋里听见也忙跑出来问："在哪儿？"

关宝慧没理关山月，忐忑不安地问十七："你都听见了？"

十七假装茫然地看着关宝慧说："没有，听见啥？"

没等关宝慧继续追问，门外突然传来丁老师的声音："有人吗？喂！有没有人？"

十七往外看了一眼，身子跨进后院，旁边的关宝慧六神无主地往前院走去。丁老师拿着照片袋，在徐天家前院东张西望。

"你谁？"关宝慧心乱如麻地问丁老师。

丁老师粗着嗓子问："这儿有个叫徐天的吧？白纸坊警署的，徐天。"

"不在。"关宝慧不耐烦地说。

"照片洗出来了，给钱。"

"啥钱？"

“照片钱，铺子被砸坏的钱，就知道要赖。”丁老师说着往徐允诺住的大屋走去，“人在吗？”

关宝慧见状赶紧拦着说：“说了，不在。”

“不在拦着干吗？”丁老师觉得关宝慧心里有鬼。

关宝慧拦在徐允诺的大屋门口，看见门框里面有半只血手印。丁老师正欲往里走，关宝慧赶忙喊住丁老师问：“多少钱？”

丁老师回身说：“说多了讹你们，但不少呢！”

“给你拿钱。”关宝慧急急地说。

“你什么人？”丁老师问。

关宝慧想了想说：“家里人。”

丁老师盯着关宝慧狐疑道：“他女人让小红袄捅死了，家里还有女人？”

关宝慧盼着他赶紧走，不耐烦地说：“给你钱就是了，站这儿别动。”

另一边，十七拿着布口袋贴墙站在关山月的门口，关山月看着十七，怀疑地问：“你躲啥？你也杀人了？”

十七看着关山月不吭声。关宝慧从月亮门进来，径直进入大房取钱，出来看见十七还站在这儿，心里又忐忑起来，问：“刚才我们说的话听见了？”十七依然不吭声。

关宝慧心里更急，大声说：“你到底是谁的人？铁林的人？”

十七犹豫地点头。关宝慧提着个布兜直奔前院，十七跟上，关宝慧见状又小声问十七：“铁林把允诺带哪儿去了？”

十七垂着眼睛，就是不说话。关宝慧无奈，走到丁老师身前打开布兜，往外抓了一把大洋，递给丁老师问：“够不够？”

丁老师往布袋里伸头看了看，满意地说：“还真阔气。”

“够了吗？”关宝慧心急如焚。

“杀人的抓着了吗？”丁老师好奇地问。

“够了就赶紧走人。”关宝慧没好气地说。

“照片不看看？”

关宝慧抽出照片，是徐天和田丹在城里拍的那些，等关宝慧看完抬头，丁老师已经走了。关宝慧将照片塞回袋子里，放在水缸盖上。她挪开半个盖子，从缸里盛出水端着，又扯了块抹布去徐允诺屋里。

关宝慧慌张地擦门框上的血手印，看见地砖上还有暗红的血滴，赶紧低头猛擦。十七从后院走出来，他拿起水缸上的照片袋，一张张地看照片，田丹被风撩起头发的样子、迷惑的样子、对着镜头笑的样子，每张照片的角上都有漏光。十七看着田丹的照片发呆。

徐天在家门口下车，吩咐祥子说："这两天兄弟们辛苦点，槐花胡同8号门口得一直有人，啥也不用干，就跟车里坐着。"

"都招呼了。"祥子点了点头。

徐天往院子里走进去，关宝慧在找地上还有没有残余的血迹。徐天一进门就在院子里喊徐允诺，关宝慧在屋里手一哆嗦，差点碰翻了水。

徐天看见十七站在院子里，奇怪地问："你怎么在这儿？"

关宝慧听见，赶紧将水盆和抹布塞入柜子底下。十七将照片塞入袋子说："老大叫我来看您爸在不在。"

"手里是啥？"徐天问。

十七把袋子递给徐天说："照片，刚送来的。"

关宝慧掀起帘子从徐允诺屋里出来。徐天看到关宝慧更觉奇怪，问："你在我爸房里干吗？"

关宝慧忐忑不安地搓着手说："看看……"

徐天抽出照片来看，发现每张照片的左下角，都像高医生说的那样有漏光，便问："送照片的人呢？"

"走了。"关宝慧刚要回后院，又转头回答。

"我爸晚上回来。"徐天匆忙地跟关宝慧交代。

"能吗？"关宝慧下意识地问了一句。

"不能就是他们自己作死呢！"徐天恶狠狠地说完，匆匆地往外走。

关宝慧喊住徐天，徐天皱着眉头问："干啥？"

关宝慧想说什么，又憋了回去，最后说："这些天我就住这儿了。"

"住吧。"徐天跑出院子，十七提着布口袋跟在徐天身后说："三哥，我这儿还有些药。"

徐天看了眼十七手上的袋子问："啥药？"

"她让我买的。"

徐天止住身子问："谁让你买的？"

“田丹，之前在狱里的时候。”

徐天准备上人力车，朝他伸手说：“给我。”

十七说：“我给她也行。”

徐天彻底停下身子问：“啥意思？”

“在广济寺我看到了，火化的不是她。”

徐天吓了一跳，紧张地看了看四周，靠近十七问：“跟别人说了吗？”

“就跟老大说了，他让我来找您的。”十七小声回答。

徐天想了想，让十七一起上车，十七顺从地坐了上去。

铁林提着大缨子拿来的包袱，摇摇晃晃地朝金海待的监舍走。两个特务跟在后面，土宝在守门。铁林让狱警把门打开：“我去里边找金海……华子呢？”

土宝犹豫地打开向里的门，摇头说不知道。

“钥匙给我。”

“狱长，您开错门就麻烦了，都是老大看管的犯人。”土宝拿着钥匙的手往回缩了缩。

“啥意思？”铁林斜着眼看他。

“狱里都是老大的仇人。”土宝提醒道。铁林看着土宝的一大串钥匙，没再说什么，走进监舍，两个特务也跟着进去。土宝在前面走，钥匙发出哗啦啦的声音。铁林一间间监舍地看过去，突然停在罩神的监舍前笑着问：“你还关着呢？”

罩神不高兴地喊：“你大爷。”

铁林瞪了一眼道：“再说一句揍你。”

“金海落难了？他也有这时候。”

铁林皱着眉头说：“跟你有啥关系？”

铁林继续往前走，经过八青、小耳朵等人的监舍。金海坐在床上听到脚步声，抬头看见铁林拎着包袱走到监舍铁栅栏前。土宝和两个特务退出去，铁林打开包袱，瓶子还剩一半酒、半盒饺子，卤肉还有一点。

铁林看着金海说：“缨子带的，没让她进来。”

“挺好。”

铁林看了一眼金海，举着酒瓶问："吃点喝点？"

"吃过了。"

铁林自己接着吃喝，说："我自己喝了半瓶，从前喝不了这么多，酒量长了。"

金海轻蔑地看了铁林一眼说："心眼没长。"

铁林两颊发红，眼神发亮，说："大哥，我有那么傻吗？"

"好心眼没长，坏心眼长不少。"

铁林听了无奈地笑笑："啥叫好啥叫坏……算了，不论这些，徐天刚找过我，叫我放您。放您出去，这几天的事一辈子不找后账，您爱回家爱走走，我接着当狱长。"

"行。"

"现在说行，出去以后行不行？"

"狱长谁当都一样。"金海不在乎地说。铁林依然踌躇着，试探道："那我可真放了。"

"沈世昌那头怎么交代？"金海问。

"刚才就着半瓶酒就想这事儿呢，得弄死他，咱们兄弟都能说明白，他是外人，备不住哪天就把我们全咬了。"

"咬啥？"金海问。

"田丹可是咱哥儿仨合伙杀的。"金海没作声，铁林继续说，"我现在可算明白了，做老大就得心狠手辣。您之前替徐天埋罩神兄弟，斩草除根绝后患，这种事儿以前我还真犯怵，在保密局北平站四年了，没杀过人，这两天连着杀了俩，多一个不多，少一个不少，也就那么回事……"

"杀了俩，都谁呀？"金海警惕地问铁林，心头笼罩了一种不好的预感。

铁林陡然一惊，发现自己说错了话，差点咬了舌头，忙改口说："冯青波。放了你，再杀沈世昌，今晚他叫我上家吃鱼。"

"手给我。"金海说。

"干啥？"

"田丹关押在这儿的时候教过我一本事，我教教你。"

铁林没反应过来，说："啥呀？"

金海的手从铁栅栏伸出来，轻轻地搭住铁林的手。铁林皱了皱眉，问：

“看手相？”

金海直视铁林，端详半天突然问：“徐叔呢？”

铁林猛然怔住，金海两眼凌厉起来，说：“他又没碍着你，为啥？”

铁林缩回双手，紧张地说：“说啥呢？”

“你杀了徐叔？”金海逼问道。

铁林的瞳孔剧烈收缩：“没有……想啥呢？”

金海死死地盯着铁林，腮帮子咬得铁硬，一字一字地说：“这种事儿撒不得谎。”

铁林内心翻江倒海，哆嗦着嘴唇，情绪激动地说：“这是啥玩意儿？那女共党教你啥了？人都死了还作妖！”

金海凶恶地看着铁林，脸色阴冷得像是结了冰。“铁林，要是这样，你可就没路了。”

铁林看着金海的样子，迫使自己镇定，他强作冷酷地说：“大哥，刚才我是真想放您，但您这么想才没活路。”

“我怎么想？”金海句句紧逼。铁林倒吸一口凉气，问：“酒喝不？”

金海看他的表现，已知结果。他缓缓地摇摇头，双目凄然。铁林扭头不看，踉跄地抄起酒瓶走出去。

铁林从通道出来看土宝锁了门往外走。他还站着，土宝停下身子，扭头看铁林。铁林指着两个特务，吩咐土宝说：“牢里钥匙给他们一套。”

土宝为难地看着铁林。铁林不高兴地吼道：“听到没有？”

“哎。”土宝赶忙应下。

监舍中的金海，牙咬得咯咯作响，他弓着身子把脸埋在双手之中，许久，肩膀轻颤，为徐允诺，为自己，为三兄弟。

第五十九章

照相机修理铺挂着锁，两辆人力车停在铺前，十七显得焦虑。

徐天打量着十七，随口问："你着急啊？"

"咱等啥？"

"小红袄的照相机在这铺子里。"

十七困惑地看着徐天，徐天说："杀我女人贾小朵的凶手。"

十七避开了徐天的目光，点了点头。

"在广济寺看见烧的不是田丹，为啥不跟铁林说？"徐天问十七。

"我这手就是他打的。"十七抬起还带着伤的手给徐天看，"二哥到狱里杀田丹，我挡了一枪。"

"为啥？"这回轮到徐天困惑了。

"老大让我看着田丹，不能让她死了。"

徐天感觉十七似乎可以相信，将一把钥匙扔给十七，又吩咐祥子先把十七拉去广济寺，把药送小院里。徐天又交代十七说："我一会儿过去。"

"钥匙开哪儿？"十七问。

"小院门锁着，谁出去谁锁上，我到了拍门。"徐天说完，祥子拉走了十七。

铁林发动吉普车，发动机轰鸣却开着车门。铁林问身旁的特务："钥匙给你们了吗？"

特务示意手里的监狱钥匙。

"知道怎么干？"铁林吸了吸鼻子。

特务疑惑地看着铁林问："知道是知道，您不会后悔吧？"

"后啥悔？"铁林问。

"怎么说他也是您大哥。"特务看到半瓶酒就搁在铁林的副驾驶座上，"再说这会儿您喝了。"

铁林甩了甩头，接着安排道："天擦黑，我往楼上打电话听结果。他的人都锁到外面，一个也别放进去掺和。"

"明白，这种事从前也干过。"特务机灵地回答。

"当这么些年狱长，看他跟狱里的人什么缘分。"铁林想起刚刚灯罩对金海仇视的眼神，又自言自语道："好不了，关着的都是仇人。"

铁林下定决心，关上车门。

"狱长，回头您别后悔。"特务不踏实地又说了一遍。

"跟这儿再多聊几句就后悔了。"说完，铁林发动汽车，歪歪斜斜地开到大门前摁喇叭，大门开启，吉普车开了出去。

田丹在炕上沉沉睡着，阳光照在她的脸上，勾勒出毛茸茸的轮廓。刀美兰披着棉袄在屋里呆坐着，她听见外头院门响，轻手轻脚地走出去。院门从外打开，刀美兰看见十七进来。十七提着布口袋示意刀美兰说："我给田丹送药，三哥徐天给的钥匙。"

刀美兰打量从没见过的十七，只觉得他面相憨厚，她问："他人呢？"

"在象房胡同口修理铺。"十七有条理地回答。

"修啥？"

"修照相机的铺子，等人。"

刀美兰还怔着，十七继续说："那天这儿火化我也来了，看见烧的不是田丹，我谁也没说，刚在狱里告诉老大了。"

刀美兰紧绷的神情松懈下来，说："手里拿的什么？"

"田丹的药，您是刀美兰吧？"

刀美兰点了点头，十七露出笑脸，说："正好老大让捎个口信儿给您，省的我再往平渊胡同跑一趟。"

刀美兰听见是金海的口信，着急地问："啥口信？他在狱里好吗？"

"好着呢，说让您天擦黑六点来钟去槐花胡同8号，取四十根金条和一份借据。"十七说着从布口袋里掏出那个手轴，递给刀美兰。

刀美兰接过手轴，问十七："这是什么？"

"画，取金条借据的时候把画给人家。"十七告诉刀美兰。刀美兰点了点头，像是在默记，又看了眼十七手里的药袋，说："药也给我吧，正好要出去。"

十七没把东西递给刀美兰，反倒问："田丹在哪儿？"

"房里，睡着了。"

"三哥叫我在这儿等。"

"徐天过来？"

"一会儿就来。"

刀美兰想了想说："那你别叫她，等她醒了，让她自己看你拿来的药。"

十七一脸诚恳地看着刀美兰说："您放心，在狱里就我给她把门儿。"

"那外头我不锁了，门里面拴上。"十七听后赶忙问："您去哪儿？远吗？"

"北池子，四十三小学，干啥？"

"看要等您多久。"

"一会儿就回来。"说完，刀美兰匆匆忙忙地走了出去。

十七在里面落上门栓，身子停了半晌。他慢慢转身看着安静的小院，厢房门半掩着，十七走过去。

广济寺门口，那峰小骆驼从跪姿改为站立。刀美兰匆匆地从它附近经过，小骆驼移动着迟缓的脑袋。

十七推开厢房门进来，他放下药和那幅手轴，站在炕边看着田丹。

丁老师慢吞吞地走回修理铺，他看见人力车里的徐天，没说话。丁老师打开铺子，徐天下车跟进去，丁老师有些怵，防备地问："干啥？"

丁老师斜着眼睛，一边说话一边将兜里的大洋掏出来放在柜台上说："觉得拿多了？还是觉得少了，再来给我补点？跟你说啊……"丁老师扭转身子，去柜台里拧开收音机，调着频道："蒋委员长下野了，刚才路上听见中央社北平分社广播了没？北平即日撤军接受改编，共产党说话就来了，你们这些当警察的别得着点小理儿没完没了……”

丁老师扭过身子，看见柜台上搁着他刚送去的那些照片。徐天脸色不好地用手指了指问："这些照片是我还给你的那部相机拍的？"

"莱卡 3D 啊。"

徐天又从怀里取出之前从宝元馆带出来的几张照片，放在柜台上问："这个呢？"

"也是啊。"

"是不是一部相机拍的？"

"看得出来吗？"丁老师拿起两张照片比对。

徐天指着每张相片下角的漏光说："每张一样，不是镜头有毛病就是卷片轴有问题，对不对？"

丁老师戴上老花镜仔细看了看，嘴里啧啧有声："还真是。"

"那个相机是谁的？"徐天直眉瞪眼地问。

丁老师愣着。徐天说："别告诉我没了。"

丁老师匆忙进到铺子后面去，不多时拿着相机从后面出来，放到柜台上说："在呢，修不好了，估计买的就是二手的。"

"送到这儿修，总知道是谁的吧？"

"知道是知道，可人家没来拿。"

"没地址吗？"

"我开修理铺，人家修相机，有我地址就行。"

徐天想想，谨慎地盯着丁老师说："我怎么知道这相机不是你的？"

"我的？"丁老师听了都要崩溃了。

"你自己的。"徐天厉声道。

丁老师无奈地摘下眼镜，揉着眼睛说："哥们儿，有完没完？都把我提到苦主那儿照过面了，我要是杀人犯能把照片洗出来自己给你送去？"

徐天调整着呼吸说："他什么时候来拿？"

"搁这儿十来天了，什么时候都有可能来。"

"你认识他？"

"废话，能不认识？修理条给了，还得认脸。"

“他长什么样？”

丁老师回忆道：“圆脸，年纪不大，两眼不太瞧人，总往地上看，细皮嫩肉的，看上去挺干净，也不爱说话，干什么差事的不知道……”

徐天想了想说：“相机搁这儿，一会儿我让人来你店里蹲着。”

丁老师警惕地说：“啥人？”

“警察。”

“就上回那个？”丁老师撇了撇嘴。

“叫燕三，他来之前，相机别让人拿走。”

丁老师为难地说：“哎，那可说不好。”

“再回来要说相机没了，你就是杀人的。”

丁老师张了张嘴，无力反驳。徐天未理会，转身离开。

十七从小院出来，轻轻带上门，搭上锁扣。他低着头匆匆出寺门，走进附近的杂货铺问：“有哈德门吗？”

伙计笑着回应：“有。”

“火柴也要。”

伙计将烟和火柴放到柜台上。十七的目光落在柜台前的一排刀具上，他从中挑出一把剔骨尖刀。

广济寺门口，小骆驼两眼瞪着，注视着迎面的人。迎着小骆驼站立的是十七，他手里握着油纸包，露出里面的剔骨尖刀和一包哈德门香烟，良久，十七挪动步子，避开小骆驼，进入寺院。

再进到小院的时候，阳光已经斜到墙上，田丹全部陷入阴影，外面传来院门开合的声音。片刻，十七推开厢房门进来，他反手轻轻地关上门。

十七看着田丹沉静的脸，一切都很安静。他掏出烟和火柴，放到炕沿上，然后掏出刀，俯身去掀田丹身上盖着的被子。此刻，外面突然传来拍门的声音。十七收了刀，等了一会儿，声音没有再响，他又亮出来刀子，拍门的声音又响了。

大缨子站在门外喊徐天，十七的内心犹豫又急迫，他看了看田丹，又看了看窗外，听到燕三的声音：“天哥！”

田丹动了一下脑袋，眼睛睁开，十七赶忙把刀收回去。十七从容地看着田丹说："醒了？"十七垂手将烟和火柴不着痕迹地收入兜内。"这是您留在狱里的药，三哥叫我带过来。"

田丹一脸茫然，她撑着身子坐起来。

"那天火化看见不是您，我就放心了。"十七诚恳地对田丹说。

田丹仔细地看着十七的样子，斜阳从窗户射进来，正好将十七的脸分成三个部分。鼻子以下和眉毛以上在阴影里，只一双眼睛被斜阳勾勒得清清楚楚。田丹看着这双眼睛突然想起了什么，她在那个半大孩子的叙述下画那张速描，凶手戴着风帽和口罩，只露出眼睛。十七移动身子，面庞全部陷入阴影。

"刀阿姨呢？"田丹用虚弱掩饰着警觉。

"说去北池子了，您叫她去的？"

"你家在哪里？"田丹突然问道。

"我家？"

"住在哪里？"

十七疑虑地看着田丹，道："绒线胡同14号。"

田丹没说话，还是盯着十七。十七心里紧张起来，在炕下的手重新捏紧尖刀，道："从北口进胡同，西边第四家，您问这干啥？"

十七盯着田丹看，田丹露出笑容，道："只是问问，认识你这么久。"

外面又传来大缨子的声音："美兰！"敲门声越来越急迫，十七见状赶紧转身要去开门："我去开门，要回狱里跟老大说徐天他爸的事儿。"

"徐叔什么事？"田丹关心地问。

十七的尖刀收进衣袖里面说："两天没回家，人也没在狱里。"

院门哐哐地响，田丹看着十七走出去。大缨子和燕三在门口，徐天也从外面过来。燕三看见徐天，嚷嚷了一句："天哥，以为你在里面呢！"

大缨子又说："叫半天美兰也没人回应。"

"十七在里面。"徐天回答道。

院门从里面打开，露出十七。十七见徐天也在，忙打招呼。

大缨子问十七："怎么这么半天不开门，美兰呢？"

"走了，走的时候叫我把门拴上。"十七回答。

三人往院里进去，十七停在门口。燕三一直扭头看十七，徐天和大缨子已经进了厢房。十七见燕三打量自己，忙说："药在房间里。"

"什么药？"燕三问。

"田丹的药。"

"你怎么来了？"燕三直视十七问。

十七避开了燕三的目光，语气镇定地说："告诉三哥，我回狱里了，把门拴上。"

说完，十七转身走出去，平静地掩上院门。

屋内，徐天拿出相片，一张张给田丹看，说："这是之前宝元馆的，这是新洗出来的，那个相机就是小红袄的。"

"问送修人的地址了吗？"田丹问。

徐天沮丧地说："他说不知道。"

此时，有僧人经过。十七低着头走，他双拳紧紧地攥着，纱布里有血渗出来。

燕三站在徐天身旁说："说不定相机就是那铺主的，他就是小红袄。"

徐天看了一眼燕三，不满地说："带到圣心医院认过。"

"那天凶手戴着口罩和帽子。"

"三儿，你去他店里蹲着，有来拿相机的正好，没人来拿也看住他。"

"一会儿就去。"

徐天瞪着燕三："现在就去。"

燕三看了看大缨子，只好说："大哥今晚差不多能放出来，缨子，你回平渊胡同等着。"

大缨子听见，特别惊喜地又问徐天："能吗？"

徐天看着大缨子，笃定地说："我刚找过铁林和沈世昌，能。"

"行，那我们走了。"

徐天点点头，燕三和大缨子从屋子里走出来，徐天从里面拴上院门。田丹坐在炕上，一张张地看在城楼上自己和徐天拍的那些照片，等徐天进屋，田丹依然沉浸在照片里。徐天见田丹侧面头发上又别着贾小朵的发卡，他转过目光。田丹手中照片里的徐天正愤怒地盯着她，她下意识地摘下发卡，放在照片上，解释道："是刀阿姨给我戴上的。"

"没事，你用吧。"徐天说。

"不想用。"

"养几天，等你们的人进城来把你接走。"

"已经请刀阿姨去联络了。"

徐天诧异地看着田丹问："这么快？"

田丹掩饰着心里的委屈，低着头说："你好像想尽快把我送走。"

徐天皱着眉头，心里翻腾，他当然不想把田丹送走，但自己好像又没有什么理由和本事能把她留下，他不自然地说："是，反正你也不会和我们在一起。"

"为什么不会？"田丹看着徐天的眼睛问。

徐天避开了田丹的目光，低声说道："一个天上一个地下，共产党一进城就各顾各了。"

说完，徐天拿起桌上的素馅饺子往嘴里塞。田丹看徐天吃凉饺子，小声地提醒："冷的。"

徐天边吃边说："有吃的就不挑。"

田丹心里想制止又忍住了，说："徐叔和金海能回家吗？"

"能，我告诉铁林和沈世昌放人。"

田丹思索了下，缓缓地摇了摇头说："没有这么简单。"

"就这么简单，沈世昌也没想到国民党倒这么快，他封不住全北平人的嘴。"

田丹心急地道："铁林没有底线。"

徐天看了眼田丹说："我二哥，我比你知道。"

田丹听了，不再分辩，继续问："你见到金海和徐叔了吗？"

"没有，但今晚把他们送回来。"

田丹的大脑飞速地运转，说："刚才十七说徐叔不在狱里。"

徐天困惑地又皱起眉头说："铁林说在。"

"你相信铁林？"

徐天思索着说："再怎么说也是插过香的兄弟，他不会害自己人性命，人不送回来关着还能干啥？"

“沈世昌用刀阿姨和金缨要挟过你一次，就还会有第二次，除非真的走投无路。”田丹提醒徐天。

徐天说：“我告诉他你没死。”

田丹吃惊地看徐天说：“说了？”

徐天点了点头说：“刚找过沈世昌。”

“那何必把我藏在这里？”

徐天以为田丹在埋怨自己，他冷下脸将手里的饺子扔回食盒，有点烦躁地说：“你不是不能动吗？当谁愿意藏！能动你爱上哪儿上哪儿，反正也让刀姨去联系人了。”

“对不起。”田丹没想到徐天会朝自己发脾气，她不明白为什么现在会是这样。

徐天重新拿起一个饺子，但只是捏在手上，嘀咕着：“没啥对不起的。”

“刀阿姨告诉我，小朵火化了。”田丹以为是这件事情让徐天对自己态度不好。

“一报还一报，你替我们挨了三刀。”

“我们之间就是这种关系？”田丹心里更拧巴了。

“还有什么关系？”徐天盯着田丹问。

“你为什么对我这么生气，原来不是这样，如果重新来我宁可……”

徐天声音突然增大：“宁可什么！”

饺子终于被扔回到食盒里，徐天继续说：“贾小朵被小红袄捅三刀，我也捅了你三刀；她坟里的棺材是空的，火化的是你；她的骨灰放在寺庙田怀中旁边，我抱过去葬到她的坟里，你还在我面前躺着。我都不知道谁是谁了，我宁可贾小朵活着，那天晚上拉着她满北平城转到天亮！”

田丹喃喃地说：“一个天上，一个地下。”

“你说什么？”

“我看起来好像很有本事，其实还是要靠你。”

“别扯了，没你我连找小红袄的影儿都摸不着。”

“现在还是没找到。”

“快了。”

“如果永远找不到呢？”田丹紧张地问徐天。

徐天怔了一下，但眼神还是笃定，说："不会。"

"如果呢？"田丹逼问。

"没有如果。"

"有几次我觉得不会再见到你了，一次在监狱你说小红袄找到了，一次在景山我要回监狱见冯青波，最后一次在冷库把刀交给你，每次我都想再跟你说一遍……"

"知道你要说啥，没用。"徐天声音里透露着暴躁。

"贾小朵已经死了，不重要了，你自己才重要，新世界要来了。"田丹努力提高声音跟他说。

"我怎样，跟你有关系吗？"徐天突然大声喊。

田丹看着徐天，忍住眼泪说："有关系。"

"啥关系？"徐天直视田丹。

田丹低下了头，避开了徐天的目光。此时外头院门响，徐天调整了下呼吸转身出去。田丹见徐天离开得那么坚决，泪水从她长长的睫毛下面涌出来，晶莹的泪珠流过面额，流进嘴角。她在昏迷中是那样渴望活着，清醒之后却又觉得人间仍然充盈着酸楚。

徐天打开院门，发现是刀美兰回来了。徐天把心中的愤懑咽了下去，轻声说了句："刀姨。"

刀美兰一边往院子里走，一边跟徐天说自己刚去了趟北池子找田丹他们的人。

徐天关心地问："找着人了吗？"

"他们也刚进城，问了田丹这些天的事，明儿一早抓沈世昌。"

徐天愣住了，刀美兰发现徐天脸色阴沉，有些担心地问："怎么了？"

徐天强撑着，装作一脸轻松地说："……没怎么，人牢靠吗？"

"牢靠，叫王伟民，早先跟田丹一块儿的。"

"冯青波早先也跟她一块儿。"

刀美兰一愣："说啥呢？"她以为徐天对王伟民、田丹有误会。徐天低着头说："您在这儿陪她，我回珠市口，缨子回平渊胡同了，晚上见着我爸再过来替您。"

"金海今晚回来？"

“铁林答应了。”

刀美兰欲言又止：“他让我去……”

没等刀美兰说完，徐天已经走了。

田丹正坐在炕上抹眼泪，听到刀美兰进屋，她艰难地将身子转向墙面。刀美兰看着她的背，轻声叫她的名字。田丹转过头，刀美兰看着田丹通红的双眼，以为她又不舒服。田丹又扭脸向里掉着泪，疲惫地说：“想睡会儿。”

刀美兰没在意，她看着炕边的手轴说：“四十三小学找着人了，叫王伟民，一早来接你。”

“嗯。”

“我出去一会儿，现在几点了？”

田丹看了下手腕上的表说：“四点半。”

刀美兰拿起那幅手轴踌躇着，一时没了主意。

柳如丝站在窗前，胡同里还是没修好，保持着那天被三十一军打得乱七八糟的样子。她一时间有点恍然，仿佛那是上辈子的事情。她听见铁林的吉普车开进来，今天是铁林的死期，柳如丝做好了准备。

柳如丝离开窗口走到楼梯口，萍萍在楼梯下面仰着头问：“来了？”

柳如丝点头：“完事叫个车把尸体弄走，不要让我看见。”

萍萍应声离去。

铁林坐在车里，他仰头喝光瓶里剩余的酒，血红着眼盯着关闭的院门。柳如丝在拨电话，萍萍提着 M3 站在门后。

半晌，外头也没动静，萍萍扒着门缝往外看，院外无人，她将枪靠到门后，打开院门。萍萍走出来，看铁林的吉普车停着，车内也没人。萍萍回过头，一个空酒瓶砸下来，在萍萍脑袋上迸碎，萍萍软倒在地。铁林摇摇晃晃，扔了剩余的瓶子头，将瘦弱的萍萍扛起来，反身插了院门。萍萍头上往下滴血，铁林俯身去门后提起 M3。

柳如丝在大屋里打电话：“戴老，我柳如丝，挺好的……我爸好不好跟我没关系，明天有车吗？不要跟当兵的一起，这也要钱？没问题，就我和萍萍俩人，有几只箱子，到天津我自己有办法，也就能靠您了……我等电话。”

大房门被推开，铁林提着 M3 进来。

柳如丝见铁林的那一刻，就知道危机并不在于如何出北平，而是眼前的醉汉。铁林眼中喷着怒火，浑身酒气。柳如丝反而镇定了许多，她慢慢扣上电话。铁林将 M3 扔到沙发里，说：“给我来杯茶，酒喝多了嘴干。”

柳如丝问：“萍萍呢？”

“楼下。”

柳如丝起身欲出去，被铁林喊住：“站着！我知道叫我来有幺蛾子，我为啥还来？……想在这儿洗个澡。”

“你把萍萍怎样了？”柳如丝从大象变成了蚂蚁，镇定不见了，全是慌乱。

铁林站起来向柳如丝走过去，说：“砸晕了，死不了。”

柳如丝往后退，铁林扑向柳如丝，开始撕扯，说：“让你跟我牛，抓我们哥仨，扇关宝慧，拿水泼我……要给冯青波报仇是吧？这小楼连你不都归我了吗……”

铁林将柳如丝摁在沙发上：“今儿就专门过来睡你的，以后咱们一块儿过，把关宝慧接过来，还有她爸，你也就二房的命……”

柳如丝渐渐失去了气力，绝望中抓到了沙发里的 M3。柳如丝努力将枪掉过头，但被压着。手指扣到扳机，闷闷的突突声在沙发里响起。一梭子弹在沙发里穿行，沙发毛絮炸飞起来，扬满半个房间。铁林被掀开，柳如丝滚到房间的另一边，双手端枪对着铁林。

铁林嘿嘿笑着，好像魔鬼一样：“我把徐允诺杀了，徐天的爸。”

柳如丝端着枪直喘，她看着铁林，铁林终于不尿了，抛开了人性，他觉得浑身都有着说不出的爽快。“逼他们杀田丹，兄弟还有缓儿，现在没辙了，你猜狱里这会儿在干什么？金海也得死，谁都比我要紧，他问我徐允诺的时候，要不是隔着牢门，恨不得当时弄死我。枪放下，以后咱们一拨的，一会儿你爸还叫我上家去吃鱼呢……”

柳如丝扣动扳机，M3 却没动静，铁林上前一把拽过柳如丝的枪，看了看枪膛，说：“子弹打光了。”

柳如丝去抓别的防身东西，铁林也不在意，说：“你这儿电话能用吗？

这么多，哪个打到京师监狱？”

柳如丝指着其中一个电话，眼神既防备又绝望。铁林拎起话筒拨号，其间眼神一直在柳如丝身上打转，电话接通了，他开口道：“咋样了？我铁林。”

特务说：“老大，他们的人都清出来了，金海那儿还有一个狱警在和他说话，天一黑就开始放人。”

铁林扣了电话，看了半晌柳如丝。铁林手里提着 M3，大大咧咧地问：“吃鱼吗？你不去我自己去。”

柳如丝眼里全是愤怒，却对铁林毫无威胁。铁林晃着起身，提着枪从楼梯下来，一直向外面走，到门口将 M3 扔下。萍萍在沙发上睁开了眼。

胡同里，铁林打开吉普车门，他上了几回才进入车内，打着车开起来。他看见吉普车的后视镜里，萍萍提着 M3，一边装弹匣一边追出来。

铁林踩油门出巷子。

头发零乱、失魂落魄的柳如丝坐在客厅的沙发里，她看见萍萍流着眼泪提着枪回来，楼上大屋电话在响。

萍萍颤抖着身体说：“姐，电话。”

柳如丝无力地抬起头，问萍萍：“明天托戴老弄了辆车，不太牢靠，走不走？”

萍萍狠狠地点点头，柳如丝陷入疲累，拖着脚步向楼上去。

监狱里，十七在监舍门口低声跟金海说：“后院的关老爷子说，徐天他爸死了。”

金海心头一凛：“跟你说的？”

“跟他闺女说的。”

金海上前两步，说：“十七，这你可别听岔。”

“没听岔，关老爷子说腊月二十一，也就前天晚上，徐允诺把铁林叫到房里放了一枪，之后铁林把允诺架出去，就再也不见人了。”

金海面色铁青地问：“见到田丹了吗？”

“见到了，在广济寺。”

“徐允诺的事儿跟徐天没说吧？”

“没说。”

金海咬着牙：“不能说。”

十七点点头，站在通道尽头的特务敲着铁门，催促着十七离开。

十七最后说了一句：“老大，今儿请个假，家里有事。”

金海没听见一样。作为大哥，他最无法面对、无法解决的事终于出现了。十七从特别监舍通道走出来，特务在他后面将钥匙从锁孔拔出，却没有锁门。铁门虚掩，特务跟着十七往外走。门禁区里没有狱警，只有两个特务。十七穿过门禁区走向外面，特务们锁了门禁区侧面和向外的门，监舍里静悄悄的，只有通向特别通道的那扇门虚开着。

换了身普通衣服的二勇和华子正在街口，百无聊赖。来往的人形色匆匆，二勇看着过往的行人，好奇地问：“这是要走吗？”

华子眯眼看了看：“要跑。”

“往哪儿跑，城外都是共产党。”

华子说：“挨到这会儿，就是想等天黑了混出去。”

窄街里面，身穿便服的黄处长和一个女人进入一辆小轿车。华子推了推二勇，说：“办事了。”说完，华子兜着风帽，竖起事先准备的毛线大围脖，从下往上遮挡到鼻梁。二勇却没动，华子踢了二勇一下，催促道：“扮上呀！”

二勇有些犹豫地说：“华哥，好久没干，有些生。”

“你是怯了。”

“也怯，从前日据的时候，老大领着偷摸干日本人，有年头了……”

华子俯身蹲在二勇身边，打气说：“干起来就不生，要是怯，把姓黄的想成日本人。”

二勇也蹲下，抱着头说：“但他也不是啊。”

“是坏人不？贪污、不仗义、卖官，把老大弄牢里自己得钱跑……”华子话没说完，二勇已经翻上风帽，竖起围脖往里走，往窄街里看。

小轿车开过来，华子跟上去。车里，黄处长眼看前面一人低着头迎车走赶紧摁喇叭，前面的人已经碰在车头上，身边的女人惊叫，黄处长下车查看。车子另一边，华子拉开后车门进入。黄处长回头，前面碰瓷的二勇已经接近，抓着黄处长的脑袋往车盖上死命撞了一记，然后拉开车门，将黄处长摁回驾驶室。

二勇自己也拉开后车门进入，一切发生得很迅速。黄处长清醒过来，发现自己又坐在车里，额头巨疼。但身边的女人后脑贴着车座，恐惧地睁着眼睛不出声。定睛再看，女人咽喉处勒着一条银色的铁线，铁线掌握在后座的华子手里。黄处长看着两个遮挡严实的男人，勉强镇定地说："要钱还是要命？"

华子低低地下令让他开车，黄处长还在挣扎："二位是认识的吧，有啥过节儿……"

华子收紧铁线，女人眼睛凸出，几乎要翻白眼了。黄处长赶忙手忙脚乱地发动车子，连声道："我开车，我开车！"

第六十章

华子勒着那个女的，黄处长战战兢兢地开着车，二勇看车外的街面。车路过窄街里的一处公用电话，二勇拍着黄处长的肩道："停，靠边。"

黄处长急急刹车，女人身子前冲，脖子被铁线勒出血。黄处长不知所措，二勇歪倒身子看到后座脚前的一只小铁箱，华子问："这女的是你什么人？"

"媳妇……小媳妇。"

二勇打开铁箱盖子，看到黄灿灿的一箱小金条。

华子说："小媳妇更好，去那儿给沈世昌家打电话，让他送四十根金条到门口，有人等着取。"

黄处长不明白地问："什么人取？"

"你的人。"

"二位是……"

二勇从后摁住黄处长的头往方向盘上又撞了一下，粗暴地说："怎么那么多废话？"

黄处长抬起头咧着嘴说："沈世昌要不愿意呢？"

"小媳妇断脖子。"

"打电话我怎么知道他有没有把金条给你们的人。"

华子不知道该怎么回答，他没想到黄处长居然想得还挺缜密，二勇顿了顿说："金条没拿着，小媳妇断脖子。"

华子补充说："记住啊，取金条是你的人。"

黄处长晕乎乎地说："明白了，宝贝儿忍忍。"

女人的眼泪不住地掉，也不敢哭出声。黄处长下车往公用电话走去。

二勇问："华哥，谁跟那头取金条？"

华子松开银线，缓了口气说："不知道。"

北平街上，刀美兰在快速行走。同时，斜阳停在狱中金海的脸上，他眯起眼睛，将身子移入暗处。

电话在檀木案子上响起，沈世昌走过来接听，黄处长的声音充满了惊恐急切："我黄宗祥，送四十根金条到门口，我的人在外面取。"

斜阳晃了沈世昌的眼，他将身子移入暗处问："什么意思？"

公用电话在窄街口，车停在窄街里，相对安静，窄街外面人来人往。华子走到黄处长身边，侧耳朵听。

黄处长看着车的方向，心急如焚地说："昨天在车上跟你说过，金条再多给一箱，明面儿上的事替你办了，背面儿的事我都知道。昨天那箱是明面儿上的，现在要背面……喂？"

沈世昌说："我在听。"

"再拿四十根，大路朝天各走半边，不然我现在就开车去剿总说说你背面的事。"

沈世昌脸色阴沉，没有说话。黄处长赶忙连问几声："喂，老沈？沈世昌……"

华子将耳朵凑到听筒上。

这点事情对于沈世昌来说完全不重要，他的声音依旧沉稳："你的人在门口吗？"

黄处长说："在。"

沈世昌那边扣了电话，黄处长看华子，无助又可怜地道："他挂了。"

"说明白了吗？"

"说明白了，你都听见了。"

二勇在外面喊："华哥！"

华子转身看，二勇费劲地端着小铁箱从车里出来。车的另一边，那个女人推开车门，哇啦啦地向后跑。

“小娟！小娟！”黄处长拔腿追出去，霎时间只剩一辆车了。华子抱怨：“你怎么下来了呢？人跑了！”

二勇撸下面罩风帽：“跑吧，这箱子里有四十来根，不用费事了。”

华子看着二勇掀开的箱子，里面有四十根金灿灿的小金条。

沈世昌家门前，一堆车夫看着喘着气、攥着手轴的刀美兰，长根迎上去说：“是你来取吗？”

刀美兰看长根还是有点害怕，她没说话，光点点头。

“就你一个人？”

“换男的来，你还问不问是一个人？”

长根准备回身进院，刀美兰叫住长根：“等等，还有张借条，拿出来。”

长根皱了皱眉头，进入院子。刀美兰低身去搬箱子，搬了两步，吃力地放下，对前面的车夫说：“哪位搭把手？”

立即有车夫跑上前来说：“来了，刀婶，搁我车上，拉哪儿去？”

“金海的东西，拉家去。”说着话，刀美兰看见沈世昌从院门里走出来。车夫将金条往车上搬，沈世昌扫视左右，白天在街上提醒他的那两位车夫都在，窝在车里朝他笑。

沈世昌问：“是金海要金条？”

刀美兰没回答，直接伸手，说：“借条给我。”

沈世昌难以置信地打量着刀美兰，长根将一个信封递过去。刀美兰抽出借条看向周围车夫说：“那谁，谁认识字？”

刚才那个车夫凑过来念：“金海暂借沈世昌金条四十六根，立此字据。”

刀美兰问：“就这两句？”

车夫点点头，刀美兰看了沈世昌一眼，拿过借据叠起来，撕了，碎屑装入衣兜。

“这画，金海给你的。”

长根接过画轴，刀美兰跨上车。“走。”

车夫奔跑着问：“刀婶儿，什么买卖？四十六根借条撕了，还倒给四十根？”

刀美兰不敢回头，心有余悸地道："赶紧拉车……"

监狱里的斜阳完全消失。片刻，"砰"的一声，监舍以及走道的照明启动。灯光下，金海微微笑着。

京师监狱办公室里电话铃响，特务接起来，沈世昌严肃地问："铁林？"

特务大大咧咧地说："不在，你谁啊？"

沈世昌挂了电话，阴沉着脸，长根在门口屏着气。

电话又响，特务接起来问："喂，谁呀？"

另一个特务说："哥，天黑了。办事吧，老大一会儿打电话过来问呢！"

特务将电话挂回墙上，三个特务掏出手枪。他们用钥匙打开向里的门禁走进去。

街道上，铁林正开着车。突然升起一枚信号弹照亮天空。铁林抬头看。又是一枚，又一枚，信号越来越多。铁林看着，车不自觉地越来越慢。车前方遇到一群影子，铁林猛然将车刹住。他看清楚，是撤退的军队，铁林打方向盘企图绕过军队。大地隐隐震动，坦克车从铁林的吉普车前经过。

铁林彻底停下来，他的手在方向盘上下意识地敲打。

监舍的小窗外，天空明明灭灭，一个特务打开金海监舍的门，金海回过头。特务什么也没说，走开了。监狱上方的天棚间或被信号弹照亮，三个特务，两个持枪，一个特务挨个打开一个个监门。

特务说："有仇报仇，有冤伸冤，金海在里面等你们。"

罩神、八青、小耳朵以及众多囚犯，瞪着几个持枪的特务，一时没人出来。三个特务走出通道，锁上监门，铁监门的声音回响直至消失。没有一个囚犯出来，通道里空荡荡的。三个特务在门禁里观望，监舍里的通道依然空空荡荡，上方不时有信号弹的光亮。三个特务面面相觑。终于出来一个囚犯，四处望着，是罩神，然后出来一些奇形怪状的囚犯。

罩神大喊："金海！"

金海脸一沉，听着外面罩神的声音，他将衣襟扣好，鞋带系紧，他甚至活动活动了筋骨。金海迈出开着的监门，走到外面。

此时，越来越多的囚犯从监舍出来，往特别监舍的方向过去。八青和小耳朵最后从自己的监舍走出来，小耳朵身边有几个囚犯跟着。特别监舍和普通监舍的交会处，金海穿着一身白衣服走出来，本来要往里涌的囚犯停住。金海往前走，囚犯们往后退，如潮水一样。

罩神定住身子说："怕啥，就他一个！已经不是狱长了，是坐牢的！"

囚犯恢复勇气，一个个跃跃欲试。

罩神咬着牙说："金海，你也有今天。"

"我今天明天从前哪天都一样，行得正坐得端，你们这帮孙子一辈子加起来连我一天都赶不上。"

"嘴硬，有人要你死，没准是你兄弟，这儿一个狱警也见不着。"

"没有狱警，我在这儿，你们敢怎样？"金海冷冷地看着对面众人，气势丝毫不弱。

罩神想动手，又不太敢；小耳朵穿过人群缝隙看着通道那头被围着的金海；八青往门禁的方向看，手足无措。

罩神说："今天你肯定死这儿了。"

金海扫了眼最前面的几个人，抬抬眉毛说："来吧，谁先动手？"

有囚犯喊："金海，喊声爷爷！"

另一边囚犯又说："求个饶，爷就不揍你！"

囚犯们恣意戏谑着，一个胆大的囚犯率先冲上来，被金海利索地击倒。有几个狱警提着东西从侧门过来，三个特务看着他们。

土宝拍着喊："开门。"

特务也喊："滚蛋。"

大刘眼睛一瞪，粗声问："怎么说话的？"

特务摆摆手说："里边去，要走从侧门走。"

监舍里闹哄哄的，侧门里什么状况狱警们也看不到，面面相觑。

又有两个囚犯冲上来，金海勉强将两人击倒，大声说："跟你们这帮孙子认错？冯焕璋！你在天桥欺行霸市三年打死四个人。你，刘名义！闲着没事儿到处放火玩儿，烧死一对母女。耗子，你偷东西都偷到军需库去了，枪支弹药也敢偷！蔡离春，别躲！自己大名儿都忘了吧？犯啥事儿进来的？强奸！窑子大门开着不去，专门欺负老实娘们儿小姑娘，祸害了多少？关你们哪儿错！死在狱里最好，省得再出去祸害……”

罩神冷不丁一拳击中金海，金海踉跄了一下站住了。

“还没说我呢，他们干的我都干了，咋样？你还是得死我们前头，你干净啊？别说没杀过人。”罩神看着金海嘿嘿地笑。

金海抹了抹嘴角流出的血说：“杀过，你手下老比画日本刀那孙子就我杀的，埋广安门城墙底下了。”

罩神挥拳，金海格挡，但不是对手。此时，华子和二勇抬着小铁箱回来，华子拍门，无人应声。

二勇说：“哎，大雷！死哪儿去了。”

华子抬头看夜空里的信号弹说：“过小年了……”

几个从首道门禁回来的狱警从侧门出来。院子上空，信号弹明灭。

土宝说：“老大在哪个区？”

大刘回答：“在6区。”

“华哥呢？”

“不知道。”几个人着急地团团转，但是都无计可施。

金海被罩神揍得坐在地上直喘，罩神笑着说：“当狱长的没想过死自己狱里吧。”金海拼力支挡，囚犯们涌上来，金海被淹没。八青从人缝里奋勇当先突到最前面，对金海说：“我来，还有我呢！”

罩神还没看清，被八青一拳击到眼眶上。罩神愣了片刻，回击。八青和金海背靠背格挡。

金海看着八青，又可气又好笑：“你有病啊？”

“没忍住，妹夫，总不能干看着不动……”

“后边去，没你事儿！”

金海将八青甩到特别监舍通道里，关了铁栅门，自己用身子抵住。金海冲囚犯们喊：“来！趁着狱警没到，谁不干谁不是人养的！”

“狱警？想什么呢！就他们开的门！”

囚犯们再次涌向金海，此时，几个狱警走近大门，铁门从外被拍得山响。

大刘疑惑地说：“门卫没人？”

大兵跑进门卫室，大刘打开小铁门上方的小口。露出外面的华子和二勇，华子着急地问："干什么呢！门口没人啊！"

一根磨尖的铁钎子从人群里挨着往下传，传到最前面的一个囚犯手里。囚犯手握钎子向金海刺去，金海被刺中。囚犯再刺，一只手伸上来抓住握签子的手，是小耳朵。小耳朵扳了几下没扳动，反而差点被那个囚犯甩倒。小耳朵恼羞成怒，张嘴一口咬住囚犯的手腕，生生夺下铁钎子。金海已瘫坐在铁栅门前，站不起来了。

小耳朵手握铁钎，身边跟着几个囚犯。小耳朵指着罩神鼻子说："你谁啊？跟这儿一个劲儿撺掇大伙儿。"

"没你事，躲开。"

小耳朵仰头看着塔一样的罩神，神情不屑地说："有种单挑，一个一个来。"

罩神问："你谁啊？"

"天桥小耳朵。"

众囚犯如雷贯耳，纷纷避开。罩神怒视说："一个一个来照样打死他。"

小耳朵对旁边招呼："一个一个跟我来。"说完，一个囚犯冲上去，被弹飞，几个囚犯一起上，小耳朵施展身手，囚犯们陆续被抡飞。华子领着几个狱警跑到门禁区，二勇还抱着那个小铁箱，吃力地跑。

华子大喊："开门！里面什么动静？"

门禁区里三个特务不动声色，华子边跑边喊："去大门外头拉警报，开枪械库，拿备用钥匙！"

身后几个狱警跑入黑暗中，金海倚在门边看，又一拨囚犯被小耳朵弹开。他累得不轻，蹲在地上喘。

金海笑了笑，赞道："有两下子……"

小耳朵瞟了金海一眼，累得不想搭理人。一时间囚犯们不敢再上。罩神分开众人，向小耳朵扑上去，谁也没看清，罩神被抡飞了，罩神再上，又被抡飞。

罩神怒了，大喊："敢玩邪的！"

罩神面前，小耳朵竟然抖擞出一身正气，轻蔑地说："你才邪，爷这是正宗北京跤！"

罩神喘着气说："你揽这事儿犯得上吗？"

多年没人敢跟小耳朵动手，他也累到虚脱，说："一点也犯不上，但搅了。"

监舍里回响起沉闷的警笛，小耳朵笑了："傻了吧？有种等狱警来接着干……"

沉闷的警笛继续响着，狱警从各个通道会合。三个特务在门禁区里显得孤独。侧向两边的狱警都抽出了警棍，向外的门禁被大刘打开，华子和二勇接过枪进入门禁区，土宝打开侧向的两扇门，狱警会入。

华子用枪指着特务说："几区出事了？"

特务不吭声，向监舍内的门已打开，华子当先进去。在沉闷的警笛中，狱警们冲进来，挥舞乱棍。囚犯们四散，被一一驱回监室。华子一伙突到特别监舍通道前，看见金海一脸血靠在门上，门里面是抓着铁栅的八青，金海身前是小耳朵，地上扔着带血的铁钎。

华子抡枪托砸向小耳朵，怒喝道："找死！"

金海赶紧出声阻止，小耳朵险险躲过一枪托。

金海摇了摇头说："跟他没关系，一头儿的。"

小耳朵咬着牙看华子说："换个狱长连老大也换了，所以说你们这帮官道儿的真不靠谱。"说完，小耳朵迈步子往自己的囚室去，八青推开铁栅门，从特别监舍通道出来。

八青扶着金海说："金爷，您没事儿吧？"

金海一脸不耐烦地说："回自己牢里。"

狱警们提拎起八青，八青赶忙拦着说："哎，咱们一拨的……"

华子看金海直抱怨，说："老大，这差没法儿当了。"

金海没理会，问："铁林在不在狱里？"

大刘说："不在。"

华子说："那也是他吩咐干的。"

金海让华子把警报关了，有狱警赶紧往外跑去。华子看着受伤的金海，有些难过，说："兄弟们爱谁谁了，送您出去。"

金海看着黑压压的一众狱警，说："谢了，死不了就行，两百来人拖家带口，为我一人背事儿犯不上，去把铁林那几个兄弟弄住。"

二勇这时发现十七不见人影，问："十七呢？"

大刘摇摇头说没见着。一堆狱警端枪围着三个举着手枪的特务。华子走过来大喊："枪放下。"特务们还举着自己的手枪，胆战心惊。

华子步步紧逼，说："想死啊！"

特务强撑着大喊，似乎这就能吓退众狱警。"狱长不在要造反啊！"

向内的铁栅门响，金海分开狱警走过来，挨个安抚道："不造反，放心，家都在北平。"

金海走到特务枪口前停住说："你们也别把自己的命不当命。"

特务们尿了，对视一眼。金海逐一下了三个特务的枪，交给华子。

北平街道上，军队隆隆地撤退，十七和压抑着欢欣的北平市民站在街边。一个小媳妇穿着红袄，十七的目光在她身上闪烁。小媳妇牵着孩子，她的男人过来拉娘俩儿去别的地方。再看，十七不知什么时候已经离开了。

沈世昌家里，红烧鱼摆上餐桌。沈世昌在里间，门半掩着，长根敲着里间的门说："先生，吃饭了。"

沈世昌背着身子不搭理。七姨太听着外头的声音，说："才到小年，外头放这么多鞭炮。"长根整理着酒杯，看不出情绪地说："不是鞭炮……是枪声。"

七姨太心头一惊，看向慢慢走出来的沈世昌。沈世昌没说话，也没动筷子，他坐在桌边看着碟子里的鱼，似乎看到了即将被宰割的自己，他的神情怪异酸楚。他是不倒翁，不倒翁总能找到不倒的办法。现在办法没有了，他还能说什么呢？沈世昌夹起了一块鱼肉，连带着苦涩往肚子里咽。门外是不间断的枪声，门里是三个人、一条鱼，大家各怀着难言的痛苦，只能选择难堪的沉默。

照相机修理铺下午刚被徐天整理过，看上去很整洁。收音机开着，一壶酒、一碟花生米，丁老师竖着耳朵听外面的枪声，如数家珍地说："中正步枪、汉阳 88、美国造 M3、M1 卡宾枪……"门外的枪声似乎在做兵器展览，丁老师听得起劲。

坐在煤炉边上的大缨子觉得不安，低落地说："三儿，我想回家等哥。"

燕三不同意，说："刚才先送你又不回，现在怎么回，外头都是当兵的。"

大缨子抱怨道："这日子，小红袄也不会来拿照相机。"

丁老师停止了对枪声的辨别，道："外头改朝换代，你们还抓杀人犯。换成我是杀人犯，今天晚上肯定不出门。"

燕三没理会大缨子，看着丁老师，他的悠闲让燕三隐隐生气。闲着也是闲着，燕三逗弄丁老师说："换成你？"

丁老师眼睛一瞪："少废话，信不信把你们轰出去。"

大缨子朝燕三瞪眼，抱怨道："我哥和徐叔今天晚上回，美兰在广济寺，平渊胡同没人，哥该急了。"

信号弹把天空染成白昼，炮声又把白昼拉回黑夜。一黑一白中，城中枪声四起。祥子将徐天拉回家中，徐天下车，让祥子回家。祥子看看天空，又看看没精打采的徐天说："不碍的，跟家说了这几天不回。"

"我晚上不动了，明天来就行。"

"您看一眼东家回了没，回了我就走。"

徐天往院里进去，大喊："爸！"

关宝慧从灶间出来，徐天问关宝慧说："我爸回来了吗？"

关宝慧心里打鼓，张开嘴说不出话，愧疚感让她窒息，憋了许久，吐出两个字："没有。"

徐天看出关宝慧不自然，问："您干什么呢？"

关宝慧低下头，避开徐天的眼神："收拾。"

徐天有些惊讶："什么时候也学会收拾了。"

"徐叔没了……"关宝慧没忍住，但也没勇气说出实情。

"啥叫没了，会聊天吗？关老爷呢？"

"在后面。"

徐天走进徐允诺的厢房。关宝慧心里不安，她也跟过去。徐天打开灯，看门框和地上有擦拭的痕迹。徐天再回头，关宝慧怯生生地站在门口。

"您擦了？"

"嗯。"

"别动这屋，他回来自己也得收拾。"

“噢。”

“弄碗水过来。”

关宝慧跑出去，徐天到窗台那架盆景跟前，盆景折的枝被细铜丝绕着。关宝慧小心端着一碗水回来。徐天接过来，往盆景里浇，关宝慧忐忑地站着。

徐天看着关宝慧，有些想笑，说：“二嫂，改脾气了，从前可没这么听话。”

“打小你叫我宝慧，嫁铁林改叫二嫂，铁林要做了对不起你的事儿，你不会也不把我当自家人吧？”说的时候，关宝慧快哭了。总把徐天看成奴才，看成自己老公的兄弟，到头了，关宝慧才发现，这是自己的家人，是自己的弟弟。

“已经对不起了，您跟铁林不是一回事，咱们从小一院儿长大的。”

“老话说嫁鸡随鸡嫁狗随狗，他从前不这样，对我也不错，在一块儿过日子，从来我说啥就是啥……”关宝慧说着就流出了泪。

徐天愣了，关宝慧的反常让他摸不着头脑。

关宝慧吸了吸鼻子接着说：“万一真不行了，您多少看着点我和我爸。都没脸再住这儿了……”

“说啥呢？这儿就是你们家，我爸是关老爷包衣，关老爷要因为铁林跟我的事儿搬走，爸能活撕了我。”

听完，关宝慧哭出了声儿。

“哭啥呀？我跟铁林都说好了，他坏归坏，没那么坏。”

关宝慧从抽泣变成了号啕。

“有啥事我不知道？”徐天瞅着关宝慧的脸问，但关宝慧除了哭，没有任何反应。徐天看了半晌关宝慧，出厢房走入院子。

院子上空，信号弹一明一灭，明灭之下，是拄着白蜡杆银枪头的关山月，徐天看着他。

关山月气宇轩昂，俨然两军阵前的架势，正色说：“天儿，啥时候咱们都是一头的。”

徐天察觉出不祥，紧张起来，问：“我爸怎么了？关老爷。”

“铁林带走了。”

“是他带走了。”

“能回来吗？”

徐天依旧相信铁林不会把老爹怎么样，说：“一会儿就回来。”

“要回不来呢？”关山月问到了徐天的心中，徐天满脑子都是关宝慧的哭声，这哭声让他打了个冷战。

徐天毫不犹豫地说：“那我就杀人了。”

关山月大喊一声：“杀！”

徐天梦游似的穿过前院去大门外，坐在门槛上。祥子在人力车边看到徐天走出来，问：“东家在吗？”

徐天不吭声，头顶是此起彼落的末世夜空。

燕三把缨子送到金海家门外，转身看着大缨子，道：“我走了。”

“还回那铺子啊？”

“天哥叫我蹲着等小红袄。”

大缨子扁着嘴不高兴地说：“我一人害怕。”

“天哥说大哥一会儿就回了。”

大缨子低着头难得温柔地说：“陪陪我。”

燕三当然也想陪，但又不敢误了徐天的事，犹豫着道：“门拴上就是了。”

大缨子盯着燕三：“这门一踹就开。”

“谁会来踹门啊？”燕三安慰着大缨子，又催促她快进屋。

院门掩上了，失落的大缨子抬头看信号弹和枪声四起的末世夜空。她走进金海的房间，拉开灯，看见炕下放着一只小铁箱子。大缨子打开盖，一箱黄灿灿的金条。

此起彼落的末世夜空下，刀美兰穿过寺庙，到小院门口。院门半掩，锁搭在一边，刀美兰忙乱地往院里去。片刻，一无所获地出来，她向外寻去。

化身窟前，田丹候着，一个僧人提着风灯，打开锁：“只有田先生的骨灰留在里面。”田丹忍着痛道谢，僧人合十退到门边，田丹走进去。

炉火熄灭，四周燃着长明灯，外面的声音隐隐还能传进来。田丹来到唯一的那罐骨灰前，又扭头看了看黑黑的化身窟炉口：“爸……北平和了，国民党的部队在撤，冯青波死了。我碰到一个人叫徐天，他善良，但总是很愤怒、不理智，像一个随时会爆炸的人。他为我劫狱，对付冯青波、沈世昌，他杀过我，又把我救活，我记得和他的每一句话、每一件事，可是他不在乎……我知道，他一点也不在乎……您说新世界拥抱我们的时候，会有些不适应，但一定温暖可靠，像一架充满活力的原始机器，我们必须奔跑才能跟上它的节奏。爸，我从来没见过徐天这样的人，他像是新的世界，在他怀里即使不能活过来也觉得可靠，他就是那架原始的机器，起初我以为自己在他的节奏里，他却走向了另一个方向……我不会爱上他的，他说一个天上、一个地下，我从来不害怕，现在害怕见不到他……”

黑暗里，田丹对着父亲的骨灰，期待着一个回答。北平，父亲死在了这里，自己死在这里又活了过来。来之前，“北平”这两个字是属于冯青波的，现在属于徐天。

长明灯燃着，门缝里挤进来一些月色，月色给长明灯蒙上了轻纱。田丹闭上眼睛，看见黑暗，这一片漆黑中，徐天的形象愈加清晰。田丹似乎看到了他奔跑的样子，徐天在跑着，然后回头一笑。

这笑让田丹心安。

第六十一章

七姨太忐忑地吃着鱼，食不知味。沈世昌四顾，没有看到长根，七姨太说长根正在外面。沈世昌放下筷子，沉沉地说："叫他进来吃。"七姨太放下筷子，开门唤长根进来吃饭。

广济寺小院的门掩着，刀美兰从外寻回来，一路小跑，焦急担忧。田丹沿着围墙慢慢走着，看到刀美兰便迎了上去。

刀美兰心里的石头终于落下，埋怨里全是关心："哎呀！跑哪儿去了，门锁着是怎么出来的？"

田丹偷偷地擦着眼里的泪："我就在院子里走走，外面有人力车吗？"

刀美兰握住田丹的手，田丹感受着她手里的温度。"有，天儿留了伙计在寺门口，你要用？你还得歇着。"刀美兰连声嘱咐，扶着田丹往小院走。

田丹"嗯"了一声，听话地跟刀美兰走进小院。天上烟花与信号弹混杂，亮如白昼。田丹站在小院里微微失神，刀美兰提醒她注意门槛，田丹低头跨进去，朝刀美兰笑了笑。

刀美兰回头朝她说："你先别上炕，我把褥子铺一下。"刀美兰说着话，放下锁上炕展褥子。

田丹看着炕边放着的钥匙，又看着刀美兰忙碌的背影，她在心里悄悄地对刀美兰说了句抱歉，轻轻拿起钥匙出门。

刀美兰展好褥子从炕上下来："来，你快上去躺着。"

屋里没人回应，刀美兰转身一看，厢房里没人了。刀美兰慌了神儿，向外跑去大喊："田丹！"

田丹扶着门站在门口，从外锁了小院的门，刀美兰在里面拉院门，不住地喊着田丹开门。

隔着一道门，田丹靠近门缝说："刀阿姨，告诉徐天，我去北池子四十三小学与同志会合了。"

刀美兰几乎是在哀求她："不是明天一早吗？"

"我怕沈世昌今天晚上再做不好的事。"

刀美兰拍着门："我跟你一起。"

田丹将钥匙隔着门缝递进去："不要，您在这里很安全。"

刀美兰急得几乎又要掉下泪来，说："你身子骨还虚呢！"

田丹安慰着刀美兰："我慢慢走，外面有车。"

刀美兰透过门缝看见田丹走了，她步履缓慢地经过院子。刀美兰知道自己已经无法再劝回田丹了，她念叨着田丹的名字，却像是看到了倔强的小朵。那天晚上，她不知道小朵是不是也离开得这样坚决，抑或有些踌躇……

长根站在餐桌边，七姨太添了一副碗筷给他，招呼他快坐。长根低着头没动，沈世昌看着长根，目光柔和地说："鱼是你杀的，今天过小年。"

七姨太看看沈世昌，又看看长根，直到长根忐忑地坐下才松了口气，赶紧张罗着："吃，都凉了。"七姨太希望自己能用热情抵消掉所有的苦涩。

"谢谢先生、太太。"长根身体微微前倾，屁股只坐半个椅子。在沈世昌面前，他时刻保持着有序的尊卑。

七姨太提醒："老沈，过小年不叫小四？她一个人在东交民巷多冷清。"

沈世昌抬头看向长根，长根放下筷子立即起身："先生。"

沈世昌问："我们是不是一家人？"

长根僵着，半晌才回答："是。"

沈世昌的目光仍旧柔和，他意有所指地道："不管你做了什么，做好还是没有做好，故意做坏还是不得以而为之，我们始终是自家人。"

长根死死地握着筷子，低着头，他的心碎成了一片片，自古忠义不能两全，他不知道自己这样选择是不是正确的。

沈世昌接着说："就好像无论我做什么，好还是坏，你也把我当自家人。"

"是，先生。"长根眼睛都红了

沈世昌又问他一遍："田丹到底死没死？"

七姨太赶忙拦住："哎呀，家里过节又说死啊死的……"

两个男人都没吭声，七姨太岔开话题："老沈，北平到底住不住得下去？要是实在不行，到上海也一样的。"

沈世昌没回应，还盯着长根。

长根脑子里天人交战，艰难地说："您在司法处看过她了。"

"火化了吗？"

七姨太不满，小声嘀咕着："真是晦气……"

沈世昌冲七姨太大吼："你闭嘴。"

这一吼，把长根憋着的话逼了出来："火化了。"

"徐天怎么说没有死？"

长根慢慢抬起头直视沈世昌："他说什么我不知道。"

沈世昌低下头："我相信你。"

"……先生，有句话不知道能不能说。"

"什么都能说。"

"如果您愿意到四川住，明天我跟下面的兄弟说一声，十来个人保您和太太，一路上还是太平的。您这些年给的钱，我在江油老家买了个院子。"

沈世昌盯着长根，眼神犀利："你的意思是我在北平待不下去了。"

"……换换地方住。"

七姨太脑子乱乱的："四川就不要去了，上海蛮好，共产党总是不太牢靠，家里的钱带到哪里不能过舒服日子？"

沈世昌命令长根现在带上人去平渊胡同把那两个女人抓回来。长根红着眼说："没用了，先生。"

沈世昌的眼神变得阴冷起来，道："徐天能为她们杀田丹，就能为她们到这里来送命。”

长根僵着不动。

“几十万部队撤出去起码得三天，还有时间处理。他那些车夫说的话没有人信，只要金海和徐天两家人死绝，北平一样可以住下去。”

长根死死握着拳，掌心都有了痕迹：“如果田丹还活着呢？”

“我相信你做事牢靠。”

七姨太看着长根的样子，试图缓和下气氛，道：“刚刚坐下来一口没吃。”

长根苦笑着。

“去吧。”沈世昌说的每个字，都不容置疑。

此起彼落的末世夜空，一辆人力车拉着田丹。不远处十字路口有军车、部队在经过，车子经过一处街边的公用电话。

田丹请车夫停一停，车夫将车挨着路边停下。

田丹看着四周，问车夫现在是哪里，车夫回答说：“这里是南坊路。”

“离绒线胡同和北池子远吗？”

“去北池子过绒线胡同。”

“麻烦等我一下。”

田丹下车，走向公用电话。

此起彼落的末世夜空，十个便衣军人聚集在院子里。长根看着手下，再次走进厢房。沈世昌和七姨太在餐桌边，长根走进来说：“先生，人齐了。”

“去吧。”沈世昌不看他。

长根低着头劝：“算了吧。”

沈世昌扭头看着长根，这是长根第一次违逆自己，沈世昌没有愤怒，却生出一种慌乱。这慌乱不是来自手下的违逆，而是一直以来的自欺欺人被他人看穿。

长根几乎在恳求沈世昌：“杀光他们也没用。”

“我的话不听了？”

“长根的命都是您的。”

沈世昌又重复了一句：“去。”

长根半晌没话，随后轻轻地说：“田丹没死。”

沈世昌怔着，这四个字像是一颗子弹，瞬间击碎了他的心。

长根看着沈世昌满头的白发，他忍不住回想，沈先生是什么时候白头的呢？长根恍惚了，似乎就在这几天。人不是慢慢变老的，是一瞬间。

长根的心也碎了，他苦苦哀求道：“先生，现在走还来得及，兄弟们保您和太太去四川。”

沈世昌摔了筷子，彻底崩溃：“我看到她死了！”

檀木架子上的电话响起来，沈世昌无动于衷，七姨太也不敢动。长根过去接起来，听了一会儿，扭头看着沈世昌：“先生。”

沈世昌大喊：“现在就去，全部灭口！”

长根没行动，只是把电话听筒递给了他。

听筒贴在田丹耳边，沈世昌的声音传出来：“我沈世昌……喂，谁，说话，你是谁！”

田丹淡淡地说：“你别走，等着我。”

这个声音像是催命铃，沈世昌僵着，握着听筒的手在发颤：“谁？”

“田丹。”

沈世昌暴怒：“胡扯……田丹死了！你到底是什么人！”

“我如果死了，谁向新世界证明你是潜伏在华北的国民党保密局双面大特务？”说完，田丹挂上电话，慢慢走向人力车，说：“去北池子四十三小学。”

车夫问田丹：“要不要转到珠市口和少爷说一声？”

“不用，过一下绒线胡同。”

沈世昌控制着自己，手颤抖了几次都没将听筒搁回原位。他扭头看着长根，目光似是能飞出刀子：“你从头到尾都知道？”

长根羞惭至极地低着头：“是。”

沈世昌目光立刻涣散，他扶住檀木架子，稳住自己摇晃的身体，但仍然努力保持镇定，压抑着愤怒："没关系，我们是自家人，难怪你说没用了，难怪……"

沈世昌知道，自己必须冷静，任何情绪都会影响他的判断和决策。

便衣军人推开门："哥，先生，铁林来了。"

门口停着几辆人力车，车夫们蜷在车里，铁林从吉普车上下来，人摇摇晃晃的。

沈世昌慢慢走回餐桌边坐下，甚至还招呼长根一起来吃。七姨太赶忙给长根使眼色："不去打打杀杀了，快来。"

长根刚坐到桌前，铁林就晃进来，双颊通红："沈先生，对不起，来晚了。"

沈世昌面不改色地叫他一起坐，铁林不客气地抄起筷子挑鱼送进嘴里："真有鱼啊？我还说叫柳如丝一起过来。"

沈世昌瞧着醉醺醺的铁林，难掩厌弃："酒在小四那里喝的？"

"喝了去的，本来想在她那儿洗个澡。对了，沈先生，您说过把那小楼给我，啥时候？"

长根瞪着铁林，铁林回瞪着："再瞪，别招我啊。"

沈世昌起身去拨电话，铁林没吃几口，鱼刺卡住了喉咙，痛苦不堪地发出"嗬嗬"的声音。电话通了，沈世昌开口："小四，你还好吧？"

"一点也不好。"柳如丝的声音里没有任何波动，像是一架机器。

"铁林对你做什么了？"

"如果您还是我爸，帮我杀了他。"

不用柳如丝说，沈世昌也能猜出八九，他沉默着，看着铁林在大口地往下咽饭裹鱼刺。

柳如丝的旁边，萍萍正在往两只箱子里装金条。电话那头的沉默已经说明了一切，但柳如丝仍然想求一个明确的答案："可以吗？"

沈世昌明知故问："为什么？"

柳如丝笑起来，笑得凄凉："打电话来问他对我做了啥，我叫你杀他，又问为什么。你明明一直都是这么假的人，我是真缺爹呀。不求了，告诉你个事儿，杀田丹那天晚上，是我让徐天去槐花胡同的，你跟铁林合计的脏事儿也都是我告诉他的。徐天要不赶过去，你是不是早就顺风顺水了？

别再装模作样，你这爹没了。”

说完，柳如丝扣上电话，萍萍合上了箱子。

柳如丝看着萍萍，问她：“提得动吗？”萍萍试了试，有点吃力。

柳如丝看着那箱金子，心里像是又断裂了什么，道：“以后这就是咱们的亲爹亲妈。”

铁林努力咽下一大口饭，端茶碗喝水。沈世昌放下电话回到桌边问：“卡住了？”

铁林嘴里含混着：“咽下去了。”

沈世昌阴沉着脸：“不要急，吃鱼要仔细。”

“沈先生，您真稳当，见着您就踏实了。”

“我叫你办的事办好了？”

“杀我俩兄弟是吗？办一半儿了。”

“一半儿？”沈世昌问。

“这会儿金海估计没命了，我自己下不去手，狱里暴动了，他当了那么多年狱长，牢里都是仇人。”铁林说得轻松又自豪，长根瞪着铁林，眼里全是恶心厌恶。铁林用筷子指着长根：“别再瞪我啊，都是帮沈先生做事的。”

“徐天呢？”沈世昌又问。

“弄他就几分钟的事，只要我想。但您得给我吃个定心丸，外头撤军了，心慌。”

沈世昌说：“给狱里打电话。”

“打呗。”铁林无所谓地说，他用筷子拨着鱼，三下有两下拨了个空，“是得仔细着点，这鱼都是刺……你们打啊，这电话我不会用。”

长根无奈，去拎起电话拨号，又递给铁林，铁林晃悠着起身接过来：“喂，是我，金海死没死？”

那头的特务拿捏不准：“死了吧，刚才下面响警报，正要下去看。”

走廊里传来纷乱的脚步声，特务问：“老大，你在哪儿呢？”

“在沈先生家。”

“肯定打死了，我看一眼去。”

铁林那头挂了电话，办公室门被推开，特务看到华子和二勇等一帮持枪狱警。

特务挂上电话，想去掉头拿枪，二勇向桌子打了一枪，木屑飞溅。金海进来，看着破损的桌子，二勇内疚地看着金海。

铁林放下电话，重新回到餐桌上吃饭。

沈世昌问："金海死了？"

"死了，我的人下去看一眼，再打电话过来。"铁林继续吃鱼。

沈世昌咬牙说出三个字："杀徐天。"

铁林等的就是这三个字，这是他讨价还价的筹码："行，但费些事儿，人在外面呢。"

沈世昌见过很多见利忘义的人，但铁林的样子仍然令他吃惊："这么痛快？"

"想通了，跟您一条道走，但得让我见着亮儿。"

"狱长已经当上了。"

"共产党来了之后呢？"

"一样。"

"共产党来了您做什么？剿总没了。"

沈世昌笃定着："华北人民和平促进会，我一样管政法。"

"真事儿？"

"何思源是我多年老友。"

"田怀中也是你老友。"

"世道换了，老友就是老友。"

"国军光复北平呢？"

沈世昌起身从檀木案子上取过一个档案袋。铁林继续吃着鱼："这是啥？"

"已经给你准备好了，南京正式委任，无论北平是否光复，你都是党国少将。"

铁林抽出档案里的委任状看了半天，做梦一般，相比之下，鱼也没了滋味。

沈世昌看了一眼铁林："保存好，铁少将，这是保密局正式在编的，国军光复，重设北平站就是你当家。"

铁林念叨着："沈先生，跟您还真跟对了。"

"东交民巷的小楼可以搬进去住，以后就是你的。"

"柳如丝怎么办？"

"不用管，只需要再把徐天杀掉。"

铁林开怀大笑："必须的呀，都得跟田丹一样死了，咱们心里才踏实。"

长根厌恶地看着铁林，铁林起身盯着长根："啥意思？真恶心……起开！"

铁林酒气上头，刚出沈家门口，就蹲在墙边呕吐。良久，他站起身子看着几个车夫："……徐天叫你们在这儿？回家吧，搂媳妇比啥都强。"

车夫们不理会，长根出现在门口，递过那只档案袋。铁林接过来裹在怀里，又拿出来看看："差点白忙乎，把少将忘了。"

长根居高临下地看着铁林："你真可怜。"

铁林想要说什么，话到嘴边却变成了："给口水喝，有吗？"

长根没理会，消失在院里。

沈世昌再次提起电话打到京师监狱，长根从外进来，站在门口。

办公室里挤满了狱警，金海坐在椅子里，他将桌上的东西一样样挪动，摆回原来的样子，将特务遗落在桌上的枪挪到一边，又看着不顺眼，拉开抽屉放了进去。最后，金海抚着被打坏的桌子，那名特务颤抖着。华子看着二勇，二勇更内疚了："……老大，金条拿回来了，四十多根。"

"你们拿回来的？"

"沈世昌吐出去那四十根不算，这四十多根是从黄处长车上拿的。"

"在哪儿呢？"

"楼下。"

"拿上来。"

听完，二勇立即拉着一个狱警转身跑出去。

电话铃响，金海接起电话，将听筒举到特务耳边，特务颤巍巍地道："京师监狱。"

沈世昌的声音传出来："我沈世昌，金海死了吗？"

特务忐忑地看着金海，不知该如何回答。金海捂住话筒，悄声说："问他铁林在哪儿。”

特务仍然颤巍巍地道：“在沈先生家。”

金海眼睛一瞪：“问。”

特务接过话筒问：“铁林……老大呢？”

沈世昌不耐烦地道：“走了，告诉我金海死没死。”

金海捂住话筒：“叫铁林听电话。”

特务依言，沈世昌的声音因为愤怒有些发抖：“铁林不在！我才是你们老大，剿总政法处京师监狱的老大！”

听到沈世昌震怒的声音，金海夺过话筒说：“从来没见你这么失态。”

良久，沈世昌没吭声。

金海自报家门：“我，金海。”

沈世昌失了魂一样：“他走了。”

“画收到了吗？”

沈世昌竭力想让自己平静下来：“收到了。”

金海又问：“借条呢？”

“拿走了。”

“是个女人来拿的吧？”

“什么人？”

“刀美兰，我没过门的媳妇。”

沈世昌从牙缝里挤出几个字：“你想怎样？”

“先说账，之前收到四十六根金条，是你替闺女柳如丝还的，不算借算还，借条得收走，没错吧？”

沈世昌那头没声音，金海厉声道：“老东西，这儿跟你算账呢，认真点。”

沈世昌咬着牙稳住自己：“说。”

金海继续说：“刀美兰取走四十根，是我自个儿给画估的价，那幅画让你说得神神道道，得值这么多钱，怎么还回来呢？说好买画不能退了，清楚吧？”

“既然从牢房出来，怎么不来找我？”

“急啥？要不了一会儿天就亮了，你不是不走吗？铁林算不算正经狱长单说，京师监狱有上百年规矩，我收进来签了字的，出去最好也合规矩狱长签字。要不然我一帮兄弟私自放人担祸水，往后甭管这儿是国民党的还是共产党的，都说不通。好了，我和你这幅画的账清了，咱们现在说另外一件事儿，咱们俩有仇啊，你刚才问我，我为什么不去找你。别急，你不是不走吗？天一亮我就去找你。我活着，你得死，等我啊！”

沈世昌希望抓住金海的软肋：“天亮铁林要不去，你就在京师监狱等共产党进北平？”

“铁林要不来，那就是又㞞了，到天亮只能连累他留在狱里的几个兄弟变成死人。”那个特务在一边抖若筛糠。

金海问华子：“一共几个？”

华子说：“四个。”

金海重新对着电话筒说：“摆布摆布，从关我那间牢往外摆四具尸体，金海杀人越狱，我的兄弟们没挡住，祸水轻点背个失职，不算放人。”

沈世昌那边半晌没声音。

“喂，天亮找你，等着。”

电话那边没声音了，沈世昌挂上电话，他回身看身后的长根和七姨太，身体里泛起从未有过的绝望。良久，沈世昌让七姨太收拾东西，又补充一句：“今晚就走。”

七姨太喜忧参半，长根明白沈世昌的绝望，问：“去哪里？”

“先出北平。”

沈世昌败了，未来在哪儿，他也不知道，但未来一定不在北平。

二勇和一名狱警将小铁箱放到地板上。金海打开盖子看了看，又盖回去：“……大家伙儿分了。”

华子吃惊：“这，这是您的……”

“这跟我没关系，分了。”

金海问：“怎么没见十七？”

华子摇了摇头：“没见着。”

金海坐在办公桌前看一众狱警都不作声，他的目光在这些汉子脸上一个个滑过去，语气平静地道：“我就不站起来跟大伙说话了，有些累……

华子、大刘、二勇，天亮咱们缘分就到了，我去南方。世道再变监狱还有，我犯事儿了，跟你们没关系，我尽量做到有来有去不给大伙儿添麻烦，你们也别出头惹事儿，拖家带口都在北平，跟我一样走犯不上……再说了，南方天儿热，日子不如北平，北平好地方。”狱警们整整齐齐地低着头站着，有一两个年纪小的偷偷抹着眼泪，华子他们也都红了眼圈。

看着这些出生入死的兄弟，金海心里翻江倒海地难受。他一再告诉自己，他是大哥，得稳住。他扯了个笑：“不给大家添麻烦，还是没少麻烦大家……把金条抬出去吧，这屋我一人再待会儿。”

华子用袖口擦了擦眼睛，和二勇去抬小铁箱。

十七家是个规整的一进院子，没有杂居。狭小的天井上方，信号弹的光亮将小院映得时明时暗，城市里依然响起零星的枪声。院里长满荒草，像是从来没人走动过。

一个厢房里晃着灯火，屋内立着一盏煤油风灯。昏暗的光线伴随外面时而闪起的火光，映照着一排几十把奇特的刀。

是凌迟刀，既笨拙又精巧，透着冷酷。

大概有二十多把，从大到小排列在一整张牛皮封套上，其中有一个位置缺了一把。一只手伸过去，将空位旁边的那把抽出来，是十七。他抚了抚抽出来的刀，把它收入衣襟，然后将整张牛皮封套卷起来，形成一个背囊。十七的眼睛里闪着奇异的光，他从炕角拖出一只木箱，从木箱里取出一个包袱，解开，里面是各种女人用的东西。赫然有一件小红袄，小朵的红绳金铃也在其中，还有田丹的红线手套。十七拿起田丹的红线手套，将自己的双手套进去，抬起手反复看着，送到鼻下嗅……

十七恋恋不舍地脱下手套，放入那堆女性用品里。他换了件利索一点的外衣，将包袱系回去，与牛皮刀套一起背起来，从厢房出来。他蹚过天井中间的乱草，往对面厢房走去。这个厢房里的灯光很昏暗，诡异地供着许多牌位，一个头发花白的老妇躺在榻上。

十七进来大声地说：“妈，我上班去了！”

老妇显然耳背，瞟了他一眼，点点头。

“灯放在这里，饭我回来给你做。”

老妇闭上眼睛，十七背着两个包袱往院门口走，他穿着新换的那件外衣，胸襟上少了一副盘扣。

僻静的胡同，人力车停下来，车夫说："这里第四家。"田丹四顾着下车。

一边，十七打开院门，外头的胡同空无一人。

另一边，田丹走上台阶，来到院门前。

一边，十七带上门，缓缓走出胡同。

另一边，田丹推着院门，门上有一把锈迹斑斑的大锁。

田丹和十七迈着相同的步伐，走在不同的空间。田丹逐步走向深渊，一个院落中的，一个谜团的深渊；十七也逐步走向深渊，一个世界，一个罪恶的深渊。

田丹借着光亮看锁上的锈，问车夫："这里是小红门绒线胡同？"

车夫回答道："这是北绒线胡同，去北池子不过小红门。"

田丹想了想："走吧，去北池子。"

车夫有些担忧："田姑娘，您这大晚上满城转，真不用跟少爷说一声？"

田丹问："他在哪里？"

"珠市口跟东家过小年。"

田丹有些惊讶："徐叔回珠市口了？"

"回没回不知道。"

北平街道，撤退的部队一直在向城外涌动。十七背着两个包袱，贴街边行走。

照相机修理铺里，收音机开着，半醉的丁老师在货架后面哼哼着准备上床。突然，外头传来敲铺门的声音。丁老师愣了愣，当没听见，敲门声却越来越响，而且执着得要命。丁老师不耐烦地起来，绕过货架柜台去开铺门，嘴里一直嘟囔："有完没完？大晚上还来，这个点儿谁还会来取相……"

打开铺门，丁老师看见的是十七，十七眼神冷冷的："我来取相机。"

那是一张没有血色的脸，丁老师心头生出一阵凉意："什么点儿了。"

十七从兜里掏出一张存取票："莱卡3D，修好了吗？"

丁老师克制着紧张，道："修不好了。"

"送来的时候，您说能修。"

丁老师看着十七胸襟缺盘扣的地方，尽量不让自己颤抖："……镜头跑光了，只能换一个。"

"给我吧。"

丁老师从柜台下拿出相机，十七问："多少钱？"

"……没修不收钱。"丁老师的身体仿佛被冻住了一般。

"谢谢。"十七转身走了。

丁老师愣了片刻，身体恢复了知觉，赶忙披上大衣跟出去。

相对安静的街道里，十七快步走，丁老师远远地跟上来。街边停着一辆卸草料的大车，十七走过大车消失了，丁老师快步撵了上去。

十七停在大车前，两个包袱在地上，他伸出凌迟小刀。丁老师撵上来，感觉光亮闪过，颈侧一凉，血突突地从颈侧大动脉涌出来。十七接住倒下的丁老师，把他拖到大车后面，扛到车斗里，扒拉车上的草捆盖住丁老师的身子，然后捡起地上的两个包袱往回跑。

车夫从邻近的大车店走出来，卸下两个草捆继续往里面搬。丁老师在大车后面的草捆里抽搐。

十七跑回铺子，他将相机放回原处，观察着，随后进入柜台，躲到货架后面。他掀开丁老师的被褥，露出小手枪。十七没有理会手枪，将包袱里的女人用品零散着塞到床里面，又将牛皮刀套半开，塞入床底下，准备离开。

此时，燕三走回来，他看见铺门半开，里面有灯光。十七重新翻找那些零散的女性用品，终于翻到田丹的红线并指手套，他将手套揣到怀里，再次准备离开。

外面传来推铺门的声音，燕三边推门边喊："丁师傅。"

十七绕开燕三进来的线路，翻上货架顶端。

燕三走进柜台："丁师傅，我回来了，今晚就跟你这儿蹲着，小红袄不来取相机……"

燕三的声音突然停下来，他看到床上露出的一角红色。他伸手去抽出来，赫然是一件女人的小红袄。再翻，陆续看到其他女人的东西，再寻到贾小朵的红线小金铃。

十七在货柜顶端趴着，他甚至有心情将自己的手一点点套入田丹的红色并指手套中。

燕三翻找的速度越来越快，他从床下拖出了牛皮刀套，凌迟小刀叮叮当当地散了一地。

“……王八蛋。”燕三抓了把大一些的刀跑出铺子，在门口四处张望，又手足无措地跑回来：“王八蛋！”燕三重新奔出铺子。

十七从柜顶翻下来，最后看了一眼相机，转身离开铺子。

第六十二章

北平街道，撤退的部队在向城外涌动，燕三在人群的间隙里奔跑。仍是那条相对安静的街道，那辆大车还停着，草料快卸光了。小骆驼在大车后面，吃地上的草料。气绝的丁老师就在骆驼眼前，躺在血泊里。

小骆驼仿佛没看到他一般，只顾着吃。车夫从街边的大车店出来，见到小骆驼，嘟囔着：“这儿怎么一骆驼啊！”他绕去车尾赶骆驼，却看见车板上趴着一个人，他不耐烦地说：“这人是不是喝多了！醒醒，醒醒！”

车夫看到车板上的血，才发现丁老师已经气绝，他一屁股坐到地上，又一骨碌爬起来喃喃地说：“杀人了……”

十七快速奔回来，车夫见到人，胆子大起来：“哎，哎！杀人了！”

十七跑到近前，直接用刀割断拴着牲口的绳子。他跨上车，拔鞭子抽了牲口一鞭。

大车向前跑起来，车夫急了，在后面猛追：“哎，你谁啊……”

十七回身一鞭，赶着大车径直往夜幕里去，把车夫落得老远。车上剩余的草料一路撒落，小骆驼碎步跑起来，跟着地上的草料。

徐天家门口，徐天还固执地坐在前两天徐允诺捏着手雷挡着小耳朵那帮人时的那道门槛上，祥子在旁边劝：“少爷，子时了。”烟花和照明弹把夜空照亮，还把颜色映在家门口对面的墙壁上。徐天呆呆地看着天，祥子想劝徐天休息，但又不敢多言语。徐天没说什么，站起来回身进了院。

后院关老爷的厢房门关着，里面唱机传出京剧唱腔的声音。徐天从前院走进来，拉开厢房的门。关宝慧和关山月衣裳整齐，各自呆坐着。头一回听到唱机放京剧，关山月却一动不动。

徐天看着两人，说："……都说了吧，别瞒。"

关山月眼瞧着徐天，嘴里开始哼哼，跟上了唱腔的节奏。徐天将目光移向关宝慧，关宝慧低着头，不敢看徐天："那天晚上，徐叔把铁林叫到房间里，听见房里打了一枪。"

"然后呢？"

"他把徐叔带走了。"

徐天眼里喷着火，声音都劈了："你们就看着？"

"爸说的，我不在。"

徐天眼里的火又有了新的内容，是悲痛，是怀疑，是绝望："你在也看着？"

关宝慧又要掉眼泪，徐天大吼："我还没哭呢！"

吼完了，徐天又忍下怒气，接着问："听清楚是枪响吗？"

"房里有血。"

"哪儿有血？"

"我擦掉了。"关宝慧声如蚊蚋，徐天脖子上的青筋鼓起，呼哧呼哧地喘着粗气："宝慧，要脸吗？我爸十六岁给你们家做包衣，拉车拉到三十多，大清朝早没了，一样把你们当主子供，自己啥也不舍得，好吃好喝捧后院，前院往外是东家，前院往里照样是下人。攒下钱买这两进院子地契都不好意思写自己名儿，写的是你们俩……"话说到一半，徐天再也说不下去了。

徐天转身往外走，关宝慧看了眼关山月也跟出去。徐天走进徐允诺的房间，看着门框和地上擦拭过的痕迹。关宝慧怔在院子中间。

徐天从徐允诺住的厢房出来，看都没看关宝慧，往自己厢房而去。徐天拖出床下面的两只破木箱子，手雷滚出来，他一个一个地抓起来往大衣兜里塞。

关宝慧进来，站在徐天身后看着，口中不住地哀求着：“天儿，天儿……”

“起开！”徐天转身撞到桌子，照片掉下来，拍在眼前。小朵在照片里钩着徐天的手指，忐忑又欢欣地笑着。徐天瞧着小朵，脑子乱了，身体也木了。

关宝慧拉着徐天的胳膊哀求着：“天儿，铁林怎么跟你说的？”

“他说今晚送我爸回家！”徐天暴怒，一阵阵地发晕。

“他都说了。”关宝慧还抱着一丝希望。

徐天指着徐允诺房间的方向：“房里怎么开枪的？血是怎么回事！”

“说送没准就送回来了，他也不容易，兴许啥事儿耽误了，兴许明儿一早回来。”关宝慧手脚发凉，她明知不可能，但她现在唯一能相信的，就只有这句谎言了。

徐天盯着关宝慧：“宝慧，还能信他吗？”

关宝慧去掰徐天掌中的手雷，又一个一个地把剩下的手雷从徐天兜里往外掏：“看在我的分儿上，天儿，求你了，这是要干吗呀……”

关宝慧一边说一边哭着，声音都哑了：“找他也找不着，狱里你也进不去，再等等，他再怎么着也知道好歹……”

外头院子里传来燕三破了嗓的声音：“天哥，天哥！”

徐天起身出去，关宝慧蹲着哭。燕三手里提着一把不大不小的刀，看到徐天从屋里走出来：“……小红袄，他就是，那修相机的是小红袄。”

徐天还怔着。

“东西都在他那儿……凌迟刀，好几十把……”

大车一路颠簸，一路往下撒稻草，还滴着丁老师的血。终于，丁老师也滚下板车。十七勒住牲口跃下车，抄了大车上的一把铁镐，去地上拖丁老师。拉大车的牲口拐了个弯，往原路小跑回去。

另一边，两辆人力车拉着徐天和燕三奔跑。十七将丁老师拖到路边荒地里，累得直喘。路边围着一些人，那个卸草料的车夫在喊：“杀人了，扭头工夫，车后头躺一死人，都是血，都是血……”

“把我的马车也给抢走了，你说多孙子呀！”车夫控诉着。徐天和燕三的人力车到近前，围观的人七嘴八舌：“找警察啊！”车夫无奈地说：“这节骨眼儿哪儿还有警察，当兵的都撤了……”

徐天扭头看着车夫和地上的血，又和燕三奔进照相馆。燕三指路：“这儿，后面。”徐天跟着燕三转入柜台到货架后面，燕三继续说：“都是女人用的东西，还有件红袄，您看刀……”徐天捡起贾小朵的红绳小金铃，燕三悲痛地抓着自己的头发：“就在眼皮子底下，这孙子把我们都蒙了。”

徐天将红绳小金铃套入自己的手腕，回头死死地盯着燕三，眼里像是要滴出血：“你没一直在这儿？”

“开始在，他跟外面喝酒，我中间送了趟缨子，再回来人就没了，床掀开都是这些玩意儿！”

徐天一巴掌打到燕三头上：“我让你在这儿蹲着。”

燕三羞惭不已，徐天念叨着：“田丹说他不是小红袄。”

“东西都摆在这儿了，相机也是他的。”

徐天大吼：“谁会把东西摆在明面儿上，人跑了，再告诉咱们他是小红袄？”

燕三不言语，徐天上下打量着货架：“你回来的时候，铺门是开着的还是锁着的？”

“开着。”

“人跑了不锁铺门？”

“都跑了……”

徐天蹬上货架查看，然后下来瞪着燕三，燕三抬头：“干吗？”

“你回来的时候，小红袄就在这架子上！这儿是我收拾的，上面的东西都挪一边正好趴一人。小红袄怕了，回来栽赃，铺门没关，丁师傅是跟着他出去的。”

“跟着他出去，小红袄怎么把东西放这儿？半道甩了丁师傅又回来？”

徐天怔了片刻，转身往外跑，燕三跟出去：“哎，天哥……”

另一边，十七挥镐子开始刨土。十七刨得辛苦，索性脱了外衣，抡开膀子刨。田丹的并指手套被放在外衣上，那是他力量的源泉。

车夫还站在路上跺着脚说："缺八辈子德的东西，杀人撂我车上，还把车赶走，养了十多年的老牲口，跟自己家里人一样……"

徐天和燕三奔过来，祥子和另一辆人力车跟着。徐天拨开围观的几个人问："杀人的长什么样？"车夫摇头说没看清。

"那个被杀的呢？"

"也没有看清。"

燕三插话："穿啥衣服？"

"藏青褂子……你们谁啊？"车夫被两人的样子吓住了。

"警察。"

徐天弯腰看着地上的血迹和草屑，问祥子："带手电了吗？"

祥子掀开车座，从底箱掏出手电，另一个车夫也掏出手电。徐天接过手电打亮，开始沿着血迹跑，燕三和两个车夫跟了上去。

另一边，坑已刨好，十七将丁老师往坑里拖。

地上的血迹和草屑时多时少，四人循迹而行时快时慢。祥子指着："少爷，这里有草，往那边去了！"四人奔过去。

另一边，丁老师滚进浅坑，十七开始填土。

四人循迹过来，失去了方向，燕三喘着气嘟囔："没了……"徐天慌乱地四顾着，土路上跑过来一辆没有车夫的大车，牲口旁若无人地埋着头迈着小碎步。大车擦过四人，徐天看到了车板上的碎草屑和大片血迹。牲口拉着大车跑远，留下两道浅浅的车辙。徐天感觉血冲上脑门："顺车辙走！"

十七填着土，郊路上两道手电光晃过来。十七停下镐，怔怔地看了一会儿。手电光滑到十七身上，十七俯身抓起外衣和田丹的手套，一边穿衣服，一边返身往黑暗里跑。

燕三看到了黑影，喊道："站住！别跑！"

十七跑起来，两只手电的光并不强，只间或照到一个朦胧的背影。

"站住！"四人跑到坑边，坑中还露出一只脚。徐天跳下坑扒拉土，手电光照到丁老师的脸上。燕三和另一个车夫共用一只手电，已经往十七的方向追去。徐天两次想爬出土坑又都滑了下去。

祥子帮徐天爬上来，徐天打着手电，一声不吭地追了上去。

荒郊漆黑，手电光微弱。十七时而奔跑，时而躲藏。四人时而看到人影，时而失去方向。间或升起的信号弹映照出十七的身影，也映照出巨大的城墙。五个在荒郊奔跑的人，仿佛跑在魔幻的路上。

徐天脚步虚浮地跑，有时候他在追那个间或出现的人影，有时候只是在单纯地奔跑，他的听觉越来越沉，突升的信号弹使他眩晕不已。

徐天脚步虚浮，被祥子扶住："少爷？"

祥子的声音很遥远，头顶又升起信号弹。徐天推开祥子，继续奔跑。他突然想起自己最后一次见到父亲时和父亲的对话，一切都是模糊的，只有徐允诺的声音清楚无比："儿子，跑不动了……头晕不晕？"

徐天说："不晕。"

"等会儿，真不晕？"

"啰唆，您还有话没？"

"有话。"

徐天站定了，喘着粗气看着徐允诺："说。"

徐允诺张了张嘴，想说什么又咽回去了。他看着徐天摇摇头，又点点头："没了……"

徐天拉起车跑，徐允诺又在后面跟着跑了一段，距离越拉越远。徐天转过街角时回头看了一眼，夜街上，老态龙钟的徐允诺扶着膝盖喘息，还时不时地直起身朝跑远的徐天挥挥手。

没了，真的就没了？睁着眼，徐天觉得这个世界如此陌生。他向四周看着，试图找老爹，但这片荒郊是陌生的，甚至连珠市口都是陌生的，北平也是陌生的，所有的东西都和自己隔着一层膜。小朵没了，爹不见了，兄弟散了，自己在这世上真成了游客，成了陌生人。

绝望、不甘、恐惧、悲痛一同喷涌出来，徐天的身体被抽空了，祥子眼看着徐天扑倒在土里，立马去扶："少爷……"

徐天不省人事，小金铃挂在他的手腕上。

燕三和另一名车夫从荒野奔到大街上，两人完全失去了目标。燕三拉风箱一样地喘着，他看着边上一样喘的车夫："这孙子比你们拉车的还能跑……"

十七平息呼吸，行走在空无一人的胡同里。

铁林站在关山月的房间里，看着关宝慧和关山月，连呼冤枉："徐叔在狱里，大哥也好好地在狱里，骗你们干啥？知道今天晚上多少事儿吗？国军在撤，好几十万人呢，现在还在撤着……"

关宝慧紧握着双手，睁着一双无助的泪眼；关山月拄着白蜡银头枪，对他虎视眈眈。

铁林接着说："明天再把徐叔和大哥送回来就不行？为啥要我办的事儿立马就得办，喘气儿还得往上捯一口，稍晚点所有人就都不对付了。我就是憋着坏，就要跟我翻，我是不是得先跟你们翻啊！"他的气愤让谎言显得很真实，关宝慧和关山月都没吱声。铁林见好就收，直接起身，冲着关宝慧说："跟我回家。"

关宝慧执拗着不走："我等徐叔回来。"

"他回不回跟你有啥关系，徐天呢？"

"出去了，好像小红袄找着了。"

铁林觉得整个世界都是不可理喻的："还小红袄，我现在和从前不一样了，不是催班、狱长，听说过少将吗？！你男人是少将，我容易吗？大哥当狱长的时候放个人有多难，现在我当狱长，叫放人就得放？"

关宝慧铆足了劲："就得放！"

铁林一愣："还跟我嚷嚷。"

关山月瞪圆了眼睛："老夫还要灭一灭乱臣贼子！"

铁林又一愣："爸，您到底糊不糊涂，这些年我都糊涂了。"

"番贼！谁是你爸。"

铁林沉吟了一下："……您一点都不糊涂啊？"

"悔死我了，那一晚吓得我心惊胆战，眼睁睁地看你将允诺掳走，如今送上门来，快快放允诺回家，要不然看枪……"说完，关山月舞了半个枪花，被铁林一把夺过来扔到一边，老爷子脚下一个踉跄差点摔倒。

关山月急了，拾起枪当棍用，开始抽打铁林，关宝慧拦着："爸，爸……"

铁林躲着："再打，我真急了啊！"

见到关宝慧阻拦，关山月边打边骂：“小畜生，连你一起打！”

“走啊，铁林！”关宝慧一边拦着关山月，一边将铁林推出去。

关山月舞枪追出来，关宝慧将关山月推回房间里：“爸，你别疯了……”说完，哭着转身离去。

铁林将关宝慧塞进车里，自己也进入吉普车。关山月在车后把枪头抵进车下面，企图将车挑翻，还喊着：“你不得好死！”

铁林迅速把车子开走，只剩关山月提着枪立在街头，一腔热血，义愤填膺。

沈世昌家门口停着小汽车，三个车夫看便衣军人陆续从院里提箱子往车里装。领头的车夫打起了精神：“要跑，去找少爷。”一个车夫立刻拉着车离开。

院子里还有一大堆箱子，七姨太指挥着：“后面还有箱子，不要忘了。”

便衣军人说：“太太，车放不下了。”

七姨太为难了：“东西到上海都要用的……”

沈世昌换了身利索的衣服，长根在后面替他翻平衣领，沈世昌沉沉地说：“长根，我就不带你走了。”

长根的手停在沈世昌的领子上。

“天下没有不散的宴席，你我的缘分尽了。”

长根依然翻平了沈世昌的领子，垂手下来。

沈世昌淡淡地说：“往后还有几十年，只要一想起你出卖过我，心里就会难受。”

“明白，我也难受。”

“这个箱子里有八根金条，你的。”

长根眼圈红了：“先生，为什么不杀我？”

沈世昌没有回答：“为什么让田丹活着？”

“想修来世。”

沈世昌叹了口气：“现世偷生，没有来世。”

“您以前告诉我有的。”

“其实没有。”

长根看着沈世昌的背影，心中酸楚难当：“先生，这辈子长根不能再报答您了？”

沈世昌停下，却没有回头：“我以为你不想报答。”

长根几乎哀求道：“只要让我跟着先生……”

沈世昌终于回头了，看着长根说：“最后替我做件事，我们便一世两清：把徐天、金海两家都杀掉，杀光。”

长根怔着。

沈世昌从抽屉里拿出手枪放到怀里，转身走出房间。长根跟出去，沈世昌向院子外面走，留给长根的仍旧是一个背影：“走了。”

七姨太挂念的还是箱子：“还有这么多箱子没装上……”

沈世昌冷冰冰地说：“不舍得箱子，人留下。”

“哎呀！”七姨太连忙抓起一个箱子跑出去。长根站到院子里，几个便衣军人看着他。

长根问：“车里还能坐几个人？”

便衣军人回：“只能坐下两个开车的。”

“你们俩去吧。”

“哥。”便衣军人看着长根，不想走的意思很明显。长根仍然有条不紊地安排着：“从广安门跟撤退的部队一起出北平，保先生到上……去。”

两个便衣军人一咬牙跟出去。这个结果他们早就料想到了，但人总是如此，可以接受相遇，却无法接受分别。

院子里还站着八个便衣军人，长根进屋提着小箱子出来，打开箱子露出八根金条：“一人一根，各奔东西。”便衣军人都站着没动，长根把金条塞到每个人手里，一个便衣军人带着哭腔劝道：“哥，我们回四川吧。”

长根没说话，又挨个看了他们一眼，像往常一样拍了拍他们的肩膀，随后走回屋里，掏出枪，上子弹。他听到外面传来一个陌生男人的声音：“都别动，共产党华北城工部！”

一阵嘈杂过后，院子又恢复了宁静……

房门被打开，走进来的是田丹。长根看着田丹，既在意料之中又感到难以置信。

“沈世昌呢？”田丹问。

长根笑起来，自嘲、凄凉、释然、无奈，心中五味杂陈。

“沈世昌呢？”田丹又问。

长根的笑逐渐凝固，道：“走了。”

“多久？往哪个方向？”

“做人有来世吗？”

田丹急了：“快说。”

“刚走，广安门。”

田丹往房外走，长根看着田丹的背影，轻轻说：“田丹，没我你活不了。”

说这话的时候，长根的心感到莫名的安定。他希望自己能靠这一点善意修来世。面对田丹时，他并没有感到心慌，一种特殊的力量牵引着他，让他远离了恐惧这种平凡的情绪。他感到喜悦，心绪平静，他没想到自己走向宿命的过程竟然如此安宁。

田丹怔住了，回头看向长根，长根朝她朴实地笑了笑，依稀能看出他在江油田野里的模样。

院子里多了三个男人，领头的是王伟民，便衣军人都被押住了。

田丹从屋里走出来，有些愣怔。王伟民看出了田丹的不自在，关心地问田丹是不是不舒服。田丹侧了侧头，示意他里面还有一个人，让他一并带走。

这时屋里传出闷闷的一声枪响，王伟民持枪推门进去查看。半晌，王伟民退出来，低声跟田丹说：“自尽。”

田丹叹了一口气。长根死了，幽幽舞台上的生死剧，终于到了结局的时刻。

1949年1月22日，腊月二十四。

天已渐亮。那辆装满箱子的小汽车行驶在路上。一个车夫穿胡同过大街拼命追，有几次差点失去了目标，但小汽车被撤退的部队挡住了。车夫遇到徐记车行的同伙，示意大家跟着："是天少爷要盯的人。"

两辆人力车加入，一辆吉普车在撤退的部队中迂回行驶。开车的是王伟民，坐在后座的两人是共产党城工部的同志，副驾位坐着田丹。

田丹前方，晨光勾出城墙，城墙下面蠕动着黑压压疲惫的军队。

另一边，广安门外，柳如丝、萍萍、一个老头和一个阔太太挤在一辆小汽车里，城门洞狭窄，车和士兵挤在一起难以通行。司机不耐烦地摁喇叭，车窗外，行走的士兵军官看着车里衣着华贵的三女一男，目光透露出一丝危险。

柳如丝紧张地让萍萍低头，阔太太却拉开车门下去颐指气使："让一让，你们这些当兵的知道规矩吗？让开！"

柳如丝叹了口气："戴老怎么安排这帮猪一起走。"

几个士兵已经将头探进车里："什么规矩？都改编了还规矩。"

老头大怒着呵斥："放肆！"

柳如丝知道和这种人在一起只会死得更快，她转身打开车门，叫萍萍下车。

"放肆——"还没发完官威，老头已经被士兵们拖下了车，与阔太太一起被军队的洪流推来搡去。

柳如丝和萍萍各提一个箱子被裹挟在军队的洪流里，士兵们打量着格格不入的两个女人。

"别看他们，顺着走。"柳如丝对萍萍说，同时加快脚步，努力让自己忐忑的心恢复镇定。

沈世昌的小汽车也在军队的缝隙里缓慢行驶。从车内前后左右看出去，都是充满敌意的军人的目光。便衣军人摁喇叭，沈世昌赶忙制止："不要响喇叭，慢慢走。"

柳如丝和萍萍即将走出城门洞，前方隐约一片开阔，看不到边际的军队行往太阳照进来的方向。

晨光直直刺入双眼，柳如丝下意识地抬臂遮挡，怀里沉重的小箱子跌落。箱子散开，黄澄澄的金条在光线里无比耀目。

周遭一时安静。

残兵不如寇，金条把人心底的那点兽性全都逼了出来。柳如丝蹲下去捡，却引来更多残兵。萍萍拉着柳如丝小声说："……姐，不要了。"一只手伸过来捡金条，又是一只手。

柳如丝从低头阻挡到再也克制不住心头的怒火，站起来与士兵推搡撕扯，"起开！什么玩意儿也配伸手，滚蛋！"

"姐，算了。"萍萍怀里的箱子也跌落散开，露出半箱金条和一把M3冲锋枪。

柳如丝发疯似的扇士兵耳光，士兵迎着耳光，眼中看到的只有金条。

一辆小汽车从后方驶来，如一片树叶在洪流中摇晃的柳如丝隔着车窗看到了沈世昌。沈世昌也看到了他的女儿，车没停，缓慢地经过，将柳如丝抛弃。

萍萍在人缝里极力抓到那支M3冲锋枪，她要将枪举起来，却被一个军官抓住："放下，这么多人要干什么……"

萍萍与军官较力，争抢中扣动了扳机。沉闷的突突声响起，子弹在青石城门道上迸出一圈火星。人流散开一个圆圈，只剩萍萍一人站在中间。

两只箱子已经空了，金条一根都不剩。M3落在地上，人流重新合拢，将萍萍淹没。萍萍感到身上阵阵发冷，晨光更加明亮，改编投诚的军队仿佛走向初起的太阳，城门洞还有一半在阴影里。柳如丝朝她伸着手，喊萍萍的名字，然后被人流裹挟着推出城门洞，她竭力要逆流回去，已不能够。

萍萍艰难地挪到人流的边缘，在阴影里倚着城砖墙慢慢坐下。她仿佛又回到了许多年前，也是这样靠在城砖墙下，一只手伸过来，她小心地抓住了，那只手温暖又柔软，她现在还记得。但现在，她再也抓不住那只手了，她发誓要保护柳如丝，她食言了。

萍萍的腹部都是血，看着城外的方向，始终没有合上眼。

几辆人力车从边缘娴熟地滑过，一一奔向城外，车边的军队不再那么拥挤。

晨阳刺眼，沈世昌眯着眼睛，自言自语道："出城了。"突然，一辆人力车横到小汽车面前。又有几辆超上来，堵住去路。便衣军人摁喇叭，七姨太抱怨："啥人啦，拉黄包车拉到城外头来了，故意的……"

沈世昌阴着脸发了狠："撞过去。"

便衣军人犹豫着，沈世昌再次下令。

一辆吉普车超上来，横到小汽车前面。车门打开，逆着光下来四个人。沈世昌费力地看过去，当先一人是田丹，两个男人上前一左一右拉开车门："下来。"

便衣军人想要反抗，但两个男人手里都持枪："反抗就地格杀，都出来，枪扔下。"

便衣军人出车扔枪，经过的军人纷纷侧目。

男人用枪指着车里，冷冷地道："沈世昌，下车。"

田丹脸色苍白，捂着小腹的伤口，但目光灼灼如火。沈世昌知道，自己会被这火烧成灰烬。

第六十三章

沈世昌依然保持着风度，他下车走到田丹面前，问：“这位是谁？”

王伟民稳稳地握着手枪：“华北城工部，王伟民。”

沈世昌对田丹平静地说：“丹丹，我接受改编。”

田丹看着沈世昌。他的头发白了，脸上的皱纹亦如刀刻，父亲也有这样的皱纹，但他已经没有机会见到这一天了。田丹缓了缓神，不容置疑地说：“你没有资格。”

恐惧到了极点就变成了愤怒：“就你们四个人抓我？这里有上万国军。”

田丹纠正道：“接受改编的国民党军。”

沈世昌冷笑一声：“我喊一声，你们就没命。”

王伟民喊：“中国共产党华北城工部抓捕沈世昌，干扰反抗就地格杀！”

行走的军人马上让出一个圆圈，继续埋头前进。

田丹看着还沉醉在权势美梦里的沈世昌，有些怜悯，她轻轻说：“我到北平那天，你就应该想到现在。”

“要带我去哪里？”

“监狱。”

沈世昌苦笑着问：“坐牢？”

“审判。”田丹吐出两个字，这是沈世昌最不想听到的。

他无法接受这样的结局，一辈子左右逢源，一辈子受人尊重，怎么可能要被别人审判，怎么可以低头？沈世昌怒道：“谁有资格审判我！辛亥年我主持湖北咨议局，十七年护法联络，二十七年顾问南京军事委员会，三十二年负责绥靖公署，三十八年咨议北平，我是华北剿总高级参议！”

田丹看着失态的沈世昌，给他下了判决：“没有剿总了，蝇营狗苟的一辈子到此为止。”

“那天晚上，如果徐天没赶到我家，你已经死了。”

“之后没有他，我也死了。”

“去那个车里。”

沈世昌失了魂，木讷地走向吉普车。七姨太六神无主地喊：“老沈……”沈世昌停下身子，看着七姨太。七姨太哭了：“没事的，我们找找人，认识那么多人，过几天……”

沈世昌手伸入怀里摸了一会儿，好像是要摸什么东西给七姨太。半晌，沈世昌摸出一把袖珍手枪。七姨太回头看了看身后打开了枪机的王伟民，又回头看向沈世昌，摇着头把手往他怀里按：“老沈，娶我的时候，你说要一起终老的。”

沈世昌笑了笑，眼里一片温柔：“骗你的，我已经老了，你这么年轻。”说完，沈世昌抽开手转身将枪对准田丹，早有准备的王伟民开枪，沈世昌胸口绽出血花。七姨太怔着，如被抽空了一般不哭不喊，她茫然地看向四周，看见了随着人流前行的柳如丝。

柳如丝看到了气绝的沈世昌，又看到七姨太，她收回目光继续前行，七姨太的眼泪滚滚而下。

田丹顺着七姨太的目光看见柳如丝：“那是沈世昌的女儿，冯青波的联络人。”两个便衣冲开人流，阻住了柳如丝的去路。

田丹看着王伟民：“……我要去找一个人。”

王伟民有些担忧：“身体可以吗？让他们跟你一起。”

“没问题，有他们在很安全。”

王伟民看着一旁的人力车问：“这些车夫？”

田丹看着两个便衣正带着柳如丝回来。

王伟民告诉田丹：“上级命令我们的部队进城之前尽快抓捕潜伏敌特，敌特名单正被分派到城工部各组。”

“部队什么时候到？”

“三天后陆续进城，入城仪式在 31 号。”

田丹坐上其中的一辆人力车，王伟民追问：“你去找谁？”

“徐天，没有他就没有我。”

“临时联络处还是在四十三小学。”

“明白。”

柳如丝来到近前，七姨太已被便衣带入军用吉普车，柳如丝也被摁入吉普车。隔着车窗，田丹与柳如丝对视着，柳如丝眼神复杂，田丹读不懂，也不想懂。她收回目光，对人力车夫说：“辛苦了，去找你们天少爷。”

柳如丝看着几辆人力车将田丹护走，不知道自己该怎么办。她以为自己会流泪，为萍萍，为沈世昌，为自己无望的未来和悲哀的过去。但终究没有，看到便衣，柳如丝反倒生出一种平和，像一个破碎的泡沫，原先的光彩都没了，散落成了点点水珠。抽掉那些虚无的空气，泡沫恢复成了最初的形态——水汽。柳如丝的精气神没有了，柳爷变回柳如丝，在风中飘着的如丝般无所依的女人。

街上没几个行人，同仁堂药铺子的门只开了半扇。门口停了十几辆人力车和七八个车夫。徐天躺在一块门板上，涂大夫搭着他的手腕，燕三和祥子一伙车夫屏息在旁。

涂大夫慢条斯理地说些听不懂的话：“……肝燥火旺，洪脉宽大，来盛去衰，又像革脉，浮而搏指，中空外坚，亡血失精……”

“您说明白些，闭眼两个多时辰，跟睡着了似的，到底有没有事？”燕三听不明白，有些焦躁。

“要看看舌头。”涂大夫取了根压舌木片，一点点撬开徐天的嘴唇，再撬开徐天的牙。

祥子有些不信任地问：“这样行吗？撬开他自己也不能往外吐舌头。”

涂大夫用一只小手电打着凑过去看：“……舌裂失苔，口干少津……”

燕三急了：“就说怎么治。”

“气血相撞，无处宣泄，试试放血。”

燕三惊讶地问：“都这样了，还放血？”

“郁结难平，元气干耗，少年可虑白头，你们家少爷今年……”

木片突然被徐天咬住，涂大夫试着抽了抽，木片咔咔有声地被徐天咬断，拔出去时只剩下半截。徐天慢慢坐起来，吐出嘴里的半截木片。他转头看了看四周，最终将目光停在涂大夫的脸上。

涂大夫一愣，问："少爷今年多大？"

"这谁啊？"徐天问。

"大夫。"

"抓到了吗？小红袄。"

"跑了。"

"候在槐花胡同的伙计回来说，沈世昌也跑了。"

徐天从门板上挪到地上，涂大夫拦着："哎，天少爷……"

徐天顶回去："你才少爷，我是警察。"

涂大夫对着燕三和祥子说："瞧见没，火旺肝燥，还没开方子呢！"

"我的方子您开不了，回珠市口。"说着，徐天就往外走。

"试试，不治真不行，您二哥铁林长年在我这儿治。"

徐天停下身子，回身盯着涂大夫。涂大夫也盯着徐天，却慢慢凑近了去翻徐天的眼皮。徐天后撤了一步，问："他那病治得好吗？"

涂大夫垂下手又说些听不懂的话："表里不一，阳虚阴旺，退必无生进可生。"

徐天往外走，燕三和车夫们跟出去，涂大夫追在后面："哎，大早上叫人起来还没给诊资呢！诊资！"

徐天坐上祥子的车，燕三也上了辆车。徐天说："燕三，去平渊胡同看看大哥在不在。"

"哎。"燕三坐车离开，剩下的十几辆车拥着徐天而去。涂大夫退回诊所，半晌摇了摇头："惹不起。"

铁林衣衫未脱地窝在被子里，晨阳定在脸上，他却打了个寒战。铁林翻身而起，回身看沙发里坐着的关宝慧："我怎么回来的？"

关宝慧红着眼睛问："昨晚你喝了多少酒？"

铁林自己呵了一口气在手里，凑在鼻子前嗅了嗅，没回应关宝慧，起身去弄牙粉牙刷："有吃的吗？"

关宝慧冷冷地道："什么都没有。"

"我下去刷牙。"

“就在这儿刷，不然又一天见不到人。”

铁林从茶壶里倒了杯水，拖过脸盆接着开始刷牙。关宝慧还不甘心，试探着问：“徐叔在狱里？”

铁林满嘴牙沫，没吭声。

“珠市口以后是没脸去了。”说着，关宝慧又要哭了。

铁林草刷了几下，漱着口含含糊糊地说：“早就不该去，你嫁人了，这儿是家。”

“今天送金海和徐叔回家，昨晚上你说的。”

“昨晚上喝多了，说啥不作数。”

“……怎么不作数？”

“一会儿到狱里处决金海。”

关宝慧没听清，呆愣着，铁林补了一句：“枪毙。”

“为啥？”

“徐叔死了，金海知道，我不杀他，他就要杀我。”

关宝慧的脸色煞白：“徐允诺死了？”

铁林从柜子里翻出一些干粮，胡乱地往嘴里塞：“我杀的，扔什刹海里了，离贾小朵干活那茶水档不远，也不知道会不会浮起来。”

关宝慧如遭五雷轰顶，半天没有缓过神。铁林被干粮噎着了，仰头喝光茶壶里的水，道：“以后咱俩过日子，跟徐天、金海再也没关系了。”

铁林披上外衣要出门，又折回来将桌上的档案袋收进抽屉，道：“共产党进城狱长要当不明白，就指它了。”

铁林离开房间，关宝慧入定一样。直到下面传来吉普车发动的声音，关宝慧立即拉开抽屉，抽出档案袋，看到铁林的国民党国防部二厅保密局少将委任状，关宝慧跌坐在地上。

什刹海旁，茶水档冒着热气。铁林开车过来，慢行至河沿。铁林看着平静的河面，再看那些正在议论撤军的人。他发动车子准备离去，车后传来惊喊，人们纷纷往河沿看，迎着铁林的车头往后跑。铁林看向后视镜，什刹海沿漂起一具浮尸，围上去的人越来越多，挡住了铁林的视线。河岸围观的人中，有徐记车行的车夫。

负责捞尸的帮工皱着眉头问：“都泡发了，谁啊？”

车夫凑过去看，浮尸手腕上套着个黄杨木手串，手串中间的小木牌被水泡过之后，“徐记”二字清清楚楚。

化开的冰水上，那只蝈蝈罐漂到岸边。车夫捞起蝈蝈罐，失声喊道：“我们东家！”

说完，车夫拉起车便跑。铁林坐在车里，看见车夫从吉普车旁跑过。车夫的话在围观的人群中来回传着：“是珠市口徐记车行的东家……”铁林面无表情地开车往监狱方向去。

监狱的小铁门开启，十七往监狱里面走，他还穿着昨晚那套衣服。他显得很疲惫，衣襟上少了一个盘扣。十七进入门禁区，华子迎上去，有些不满：“昨晚去哪儿了？”

十七还是一副木讷的表情，说自己在家。

“老大问你两回。”

“不该我当班。”

华子看着十七红肿的眼睛：“一宿没睡？”

“没太睡着，都在撤兵。”

“这节骨眼儿还有心思歇。”华子嘀咕着。

“我去看老大。”十七说着朝向里的铁门走去。

“这边，楼上。”华子打开侧门，走廊里有不少狱警。十七看着周边，走到办公室前敲门。半晌，十七推门，探进身子。他看见四个特务被绑在一起坐在地板上，金海背身站在窗前。

十七小心地叫了一声老大，窗下面院子里，大铁门缓缓开启，铁林的吉普车开进来。

金海转过身，十七看着脸部青肿的金海，不知所措地又喊了一句老大。

“华子那儿有你一份金条。”

“我不要金条。”

“那想要啥？”

“啥也不要。”

金海的目光落在十七的衣襟上：“掉扣子了。”

十七低头摸了摸，并不在意。

“一会儿我走了，以后凡事多听着点华子的。”

十七问："昨晚上狱里怎么了？"

金海摆摆手："事过了，出去吧。"

铁林进入门禁区，华子和几个狱警神情如常。铁林问："昨晚狱里出事了？"

华子点点头，看着铁林，心中全是愤懑。

"我大哥没事吧？"

"有事。"

"我的人呢？"

"在楼上。"

"开门。"

华子打开侧向门禁，铁林走进去。一直到上楼梯时，铁林才发现华子等人一直跟在他后面，铁林停了下来，狱警们也跟着停下。铁林觉出不对，但后路已堵，他只得继续往上。铁林上到二层，转过楼梯，看到二勇带着一走廊的狱警，左右退开分出一条通道，华子一伙则堵住了后面的楼梯。

狱警手里都拎着警棍，少将给了他底气，铁林努力把恐惧转化成威严："你们这是干吗呢？华子？"

华子笑着憋出两个字："狱长。"

铁林厉声道："还知道我是狱长？都下去，听到没？"

"老大等着你呢！"

"谁？"

华子一字一顿地道："我老大，你大哥。"几个字就把铁林那层少将的壳扒掉。铁林咬着牙想，必须坚强起来，扛过去，扛过去之后，自己将无坚不摧。

铁林望向走廊尽头的那间办公室，未知在等待着他。打开办公室的门，铁林看到金海，不自然地喊了句大哥。

金海像什么也没发生过一样，朝狱警摆摆手："别吓着他。"又朝他招招手："来，说两句就走了。"

铁林穿过狱警丛林，犹如行走在荆棘之上。他走进办公室，金海在他身后关上门。铁林看了看地上被捆在一起的四个特务，从腰后掏出左轮手枪。金海看了看铁林的枪。

“大哥，我也是没办法了。”铁林感到无助又冤枉。

“啥叫没办法？”

“沈先生一定要我杀你。”

金海并不怕，他不屑地说：“别娘儿们叽叽的，别人叫你杀你就杀，咱们不是插过香吗？”

铁林就那么提着枪僵着：“就是为我自己也得杀，您活着，我这狱长当不踏实。”

“不是已经当踏实了？有政法处任命。”金海看着铁林，“是怕我杀你吧。”

铁林咬着牙道：“没错。”

金海离开铁林，走到洗脸架旁，熟门熟路地往铜盆里倒了热水，抽架子上的毛巾：“毛巾你没动过吧？”

铁林看了看四个特务，又看向金海。金海闻了闻毛巾，浸入水里，擦脸……铁林腮帮子咬得铁硬。金海背着身子，悠闲地说：“我看你是不是真出息了，外头一走廊的人，枪在你手里，我在这儿，顺昨晚上的意思一股劲儿往下捋，打死我再琢磨怎么活着出去。”

铁林握枪的手在抖，金海将用完的毛巾搭回架子上，回身看着铁林，意味深长地说：“敢豁命，就是真出息了。”

铁林彻底软了，手垂了下来，道：“大哥，我错了。”

半晌，金海看着铁林叹了口气：“徐允诺呢？”

“在珠市口，昨晚上送回去的。”

“从哪儿送回去的？”

“沈先生家。”

“铁林，要不要脸？”

金海暴喝，吓得铁林一缩脖子：“我错了，大哥。”

“带我去珠市口。”

“我不去。”

“徐叔活着，你才能活。”

“我的命还不顶一老头？”铁林觉得委屈又冤枉，兜这么大个圈子，自己的好意还是没人领情。

“徐叔是徐天的爸。”

“徐天是你兄弟，我不是？”

“你不是了，路你自己绝的。”

他的好意被人踩来踩去，得到的东西却并不如意，这一切都让他崩溃：“是你们要绝我的路！杀田丹是为了救你们，共产党来了，还自己掐有意思吗？谁也落不着好……”

金海看着已经癫狂的铁林：“田丹还活着，沈世昌完了。”

“谁说的？”

“跟我去就知道了。”

铁林颤抖着，被金海劈手夺了枪。金海将枪塞入自己兜里，道：“铁林，故念情分才带你去珠市口。徐叔要是有个三长两短，我亲手弄死你。”

“我弄徐叔干啥？啊？我弄他干啥？挨得着吗？都说送回家了，你们为啥非把我往坏了想？田丹没死我还能活吗？狱长也别当了，徐天能饶我？我不去珠市口，打死我吧，死大哥手里也值了。”看着铁林又委屈又尿的样子，金海百感交集地拉开办公室的门：“华子。”

华子和二勇进来，将一份文件放到办公桌上，金海转向铁林：“签个字。”

“啥？”

“你是狱长，关我的时候签过字，放出去也签一个。”

“放出去？”

“放不放由不得你，签一个，我兄弟就没责任。”

铁林难以置信地看着他，金海解释道：“我做事讲道理，死活都得有规矩。”

铁林接过华子递过来的笔，潦草签字，把笔一扔。

“走吧。”

铁林愣着不动。

“徐叔要是没事，田丹和徐天那儿我替你说话。”

“你能说啥？”

“错谁都会犯，留条命大家还是兄弟。”

“大家还做兄弟？”铁林不敢相信自己的耳朵。

“我认你还是兄弟。”金海认真地说。

“共产党田丹那儿，你做得了主？”

“做不了主，给你说几句好话。”

铁林摇了摇头道："大哥……刚才我想杀您来着。"

"想归想，没杀就有缓儿，我还想杀你呢。"

"大哥，您信我吗？"铁林双眼通红。

"见到徐叔就信。"

徐天家门口停着几十辆人力车，还有许多车夫。一伙车夫在院子里，祥子从徐允诺房间出来。关山月扎着靠旗，拄着白蜡银头枪，也在院里。

徐天问关山月："铁林昨晚回来了？"

关山月点头。

徐天又问："宝慧呢？"

关山月还是点头。

"带走了？我爸怎么说？"

关山月连头也不点了，只是盯着徐天。

三四辆人力车拥着田丹回来。田丹刚下车，先前什刹海那个车夫从另一方向奔过来，急急喊着："少爷在吗？"

祥子从院里出来："在里边儿。"

车夫满脸通红，慌张地说："祥哥……东家出事了。"

祥子的心悬了起来："在哪儿？"

"什刹海，漂起来了。"

众车夫没听明白。

车夫补充："被扔什刹海里，死好几天了。"

众人惊诧。

车夫手足无措地问："怎么跟少爷说？"

祥子盯着车夫问："看清楚了？"车夫将泡坏的蝈蝈罐递给祥子，一众车夫屏着气，感到要大祸临头。

祥子没了主意，看向田丹。田丹往院里走去，后面跟着祥子等几个车夫。徐天从后院出来，正迎上田丹。徐天仿佛有预感一般，下意识地回避道："你怎么出来了？刀姨呢？"

"还在广济寺。"田丹眼睛微红。

"你把她锁院儿里了？"

田丹欲言又止，车夫越聚越多，全都面色忐忑。

徐天看着田丹背后的祥子："祥子。"

祥子硬着头皮走出来："少爷。"

"差个兄弟去把刀姨接回来。"

一众车夫沉默着，这种沉默让徐天毛骨悚然，那种异样感侵袭而来，冷冷地爬上自己的手臂、脖颈、脸颊。徐天高喊："没听见？"

一个车夫转头跑出去。

徐天又转向田丹："不歇着，你来干啥？"

田丹拉着徐天，话在嘴边打转，就是说不出来："徐天，听我说……"

"我问你为啥不好好歇着。"徐天大声说道，想要驱赶那股可怕的异样感。

"沈世昌刚刚被处决了。"

"你处决的？"

"和城工部的同志。"

"你的事儿都了干净了，还来干啥？"

田丹的眼泪掉下来，徐天运了半天的气，问："有啥好哭的？"

"他们说徐叔在什刹海，也许不是，我们去看看。"

"你们看去吧。"说完，徐天往自己屋走去，众人僵在院子里。徐天又从自己屋出来，茫然地走进徐允诺屋里。那不是失落，不是悲痛，而是一种难以言说、不可名状的可怖之物，这混沌的一团挤在徐天的心里，不断扩大。

"送我去什刹海。"田丹转身出去，几个车夫跟着离开，祥子一伙还杵在原地。

铁林开着车，金海坐在副驾，华子和二勇在后面，往珠市口驶来。

另一边，两辆空人力车拥着中间一辆拉着田丹的，往什刹海跑去。

在徐允诺的房间里，徐天愣愣地看着那架盆景，祥子挪进来，却也无话。

徐天早已失了神："田丹呢？"

"去看东家了。"

徐天抬头问祥子："谁说我爸在什刹海？"祥子将泡坏的蝈蝈罐放到窗台上，窗台上还有几个罐子，沐浴在阳光下。

徐天不去看那个蝈蝈罐，盯着祥子后面的车夫问："你看见的？"车夫点头。徐天念叨着："认错人了。"

车夫讷讷地说："兴许，但腕上串着咱们徐记的牌子。"

祥子也劝说："少爷，去看看吧，兴许错了。"

燕三跑进来，徐天目光涣散地看向他。燕三看着脸色不好的几个人，声音越说越小："大哥没在平渊胡同，就缨子在。"

徐天听完，绕过门口的人走了出去。

什刹海河沿上围了一堆人，车夫们拉着田丹过来。她下车往人群里走去，围观的人赶忙让开一个口子。

"徐记的人来了。"

徐天懵懵懂懂地上了祥子的车，燕三和一伙车夫跟着徐天而去。徐家门口一时清静了下来。另一边，刀美兰坐上徐天派来的人力车，也往家中返。

铁林的吉普车开过来，停在徐天家门口。华子下车拉开铁林一侧的车门，金海和铁林进院，华子和二勇跟在后面。

金海边走边喊："徐叔，徐叔！"

铁林边走边喊："爸！"

院子里传来关山月的怒吼："喊啥？"

铁林冲着金海说："在后院。"

金海交代着两个手下："你们跟这儿待着，脸生别吓着关老爷。"

后院，关山月挺枪对着铁林怒喝："反贼，还来！"

铁林躲过关山月的枪："徐叔在屋里吧？"

说完，铁林走到厢房门口，对着无人的房间喊："徐叔，大哥我带回来了。"铁林一边说一边进了厢房，从门后抄了样称手的重物。

金海绕过关山月往厢房走，关山月大喝："站住，我叫你站住！"金海在厢房门口停住，回身看关山月。

关山月没说话，就那么看着金海。片刻后，金海转身继续往里走，刚一进厢房，铁林从门侧猛击，金海前扑在地上。一下、两下、三下，铁林继续猛击，嘴里喃喃道："……没辙大哥，徐允诺被我杀了，您替我扛不了，狱长不当就不当，兄弟现在是少将，共产党来也待不长，等北平光复……"

金海耳边嗡嗡地响，他勉力抄住击过来的家伙，兜里的左轮枪却掉了出来，铁林放弃家伙捡起枪。金海扑过去，摁倒铁林，左轮枪抵在金海的腹部，一声闷响过后，金海的身子松了劲。铁林将金海掀到一边，想站起来，衣襟却被金海紧紧抓着。铁林使劲掰金海的手，金海咬着牙说道："敢开枪打我，傻兄弟……”

关山月在外头喊：“铁林！”

铁林惊慌失措，金海依旧死死地拉着他：“听我说，听着，出去别走前院，上房，别伤人了，到我这儿打住，有多远走多远……”

关山月出现在厢房门口，看着金海倒在椅子里，怔着。

铁林更使劲地挣衣襟，金海松开手，铁林一个趔趄差点栽倒。金海看着铁林被关山月一枪抽到身上。铁林没动，关山月又一枪抽上来，铁林抬起左轮枪，关山月不管不顾地继续抽着。金海一直盯着铁林，用尽力气喊了句：“铁林！”

铁林回头看向金海，金海闭着眼朝他摇了摇头。

铁林将关山月搡开跑出厢房，抓过房檐下的梯子开始往上爬。

关山月追过去，嘴里喊着：“别跑！”

金海挣扎着要起来，又跌坐回去，低头看向自己的腹部，血渗出来。屋里只剩下他自己，阳光照进来，把屋子分成阴阳两半，金海坐在阴影里。

二勇奔进屋子里，金海脸色惨白，让二勇把关老爷练功用的巾子拿过来。二勇慌乱地扯过厢房一根练功用的带子：“是这个吗，老大？”

“对，衣服扣子给我解开，喘不过气。”金海先去摸颈间的扣子，但手不听使唤，总也解不开。

二勇跪在金海脚边，给他解开颈间的衣扣，然后看向已经被血浸透的衣服。

“给我扎上。”

二勇惊恐不已：“老大……我送您去医院……”

“先扎上。”金海吃力地拨开衣服，里面血流如注。

二勇含泪咬着牙，帮忙将金海拦腰扎紧。

华子听见声音从前院进来直奔院墙，一边爬梯子一边嘶吼：“下来！”

铁林已经蹿到了房顶，他回头用枪阻住下面的华子，犹豫着没开枪，消失在屋脊上。关山月提枪追上梯子，却连人带梯倒了下来。华子重新扶起梯子，爬上房顶。铁林蹿房越脊也不知要往哪个方向，他茫然地在房顶上停下来。他回望紫禁城的方向，又望向远处的城墙。华子从他身后追来，高喊站住。铁林看了片刻才又开始跑，他跳下院墙，往胡同外跑。

第六十四章

华子跳下院墙四处看，铁林从胡同口奔出来。街市如常，不远处停着他的吉普车，他掏出钥匙向车走去。

金海腰腹用带子扎缠完，看不见血了，金海一件件将衣服合上，扣上扣。

外头传来汽车的轰鸣声，二勇起身跑出去。铁林发动汽车，侧面的玻璃突然粉碎。关山月提着白蜡杆银头枪刺进来，铁林开动车子，关山月背着靠旗，提枪狂追。

二勇从院子里出来，吉普车已经没影了，华子一无所获地跑回来，看到了茫然四顾的二勇。

铁林开着车，后视镜里的关山月提着白蜡杆银头枪穷追不舍。铁林踩下油门，拐过街角。关山月锲而不舍地奔跑着，背上的四面靠旗猎猎作响，引得街人侧目。

到了正在撤军的街道上，铁林的车不得不慢下来，后视镜里，小小的关山月又追了上来。铁林狂按喇叭，企图冲过撤退的军队，军队被斜斜冲出一个缺口。

关山月出现在车前，挺枪抵住吉普车，翁婿俩隔着挡风玻璃对视。铁林轰动油门，白蜡杆弓起来，关山月怒睁双眼，仿佛英雄上身，屹立不动。

军人们纷纷看向奇怪的人和车，铁林将头伸出窗外："滚蛋！"关山月拉着腔板："徐允诺在哪里？"

“死了！我杀了！”

“奸贼！”

“你这算哪出！”

“挑滑车！”

“轧不死你！”铁林踩动油门，将关山月撞了一跟头。看不过去的军人用枪托砸碎了吉普车另一面的车窗，前后左右都有军人用枪托砸车。

铁林惊恐地倒车，关山月从地上起来，枪头抵住车头奋勇向前，看起来就像是以一人之力推吉普车不断后退。吉普车倒上了马路牙子，偏轮侧翻，关山月仿佛挑滑车的高宠上身。

铁林从车内翻出来，遁入人群之中。关山月提枪胡乱追了一阵，眼前便没了铁林的踪影。两行老泪流下来，关山月彻底疯了，在乱军丛中起霸、走边、枪花、摔岔。铁流滚滚，关山月随流而去，跌跌撞撞。

车夫拉着刀美兰过来，门口冷冷清清，刀美兰踩到了一地的碎玻璃碴儿，绕开来走进院子。

金海隔着窗户，看见刀美兰走进后院，他将搀扶自己的华子和二勇推开，强撑着说：“松手，能走。”

华子快哭了：“老大……”

金海打断华子的话：“别瞎说，吓着美兰。”

华子和二勇都憋着泪，金海走出厢房，刀美兰迎上去：“金海？”

刀美兰看到他一脸青肿，吓了一跳，语无伦次地问：“你，你这脸怎么了？你怎么穿成这样啊？你冷不冷？”

金海像平常一样笑着：“你怎么来的？”

刀美兰愣了愣，不觉有异：“坐车，徐天让人把我从广济寺……”

“车呢？”

“在外面。”

金海往外走，有些摇晃，刀美兰看向华子和二勇，一肚子疑问。

金海在影壁边停住，扶着墙问刀美兰，当时从沈世昌家取的四十根金条在哪儿。

刀美兰看着金海有点不对，她回答说：“在家。”

“缨子呢？”

“应该也在。”

“华子、二勇，一块儿去家里，说好有你们一人四根，我就三十二根。”金海走出去，刀美兰看了看华子和二勇，狐疑地转身出去。金海已经坐到了人力车里，刀美兰和华子、二勇从院里走出来。

刀美兰犹豫着和金海并排坐在车里：“铁林带你回来的？”

金海汗如雨下，点了点头说：“算是吧。”

“徐允诺呢？”

“死铁林手里了。”

刀美兰难以置信，金海对车夫说：“走，兄弟，平渊胡同。”

车拉起来，二勇和华子跟上去。人力车慢慢跑着，刀美兰和金海在车里，华子和二勇一左一右，小跑着护在车的两侧。阳光逆着刀美兰，她眼里蕴泪，金海一直扭头看着她：“哭啥？”

“允诺没了，没了小朵又没爹，徐天还不得疯……”

“顾不上了。”刀美兰侧头看金海，金海缓缓地说，“……我不是北平的，十六岁娶了个媳妇，比我大七岁。二十六年前爹妈一块儿死仇人手里，我和媳妇带着缨子找仇人，从关外来到北平，那年缨子七岁，还不太懂事。北平黑道上混了六年，找着仇人给杀了，媳妇的命也搭进去了……”

刀美兰听着一愣，问：“这时候说这些？”

金海越说声音越小：“往后二十年改走白道，钱一点点攒，买房置院子，慢慢打点，做到京师监狱狱头……”

人力车座湿了一大片，刀美兰用手摸，看见自己一手血，再定睛一看，金海的半扇衣襟全湿了。金海还沉浸在自己的回忆里：“四年前你从天津过来，也是报仇，哥哥折狱里，我看见你就喜欢，小二十年没想过再娶媳妇……”刀美兰再看车两边神色凝重的二勇和华子，早已没了主意。金海抬头：“美兰，听着吗？”

刀美兰扭回头，呆呆地点头：“……听着。”因徐允诺的死讯蕴起的泪，此时又因金海受伤而开了闸，啪嗒啪嗒地落下来。金海抚着刀美兰的脸，视线有点模糊：“我得走了，缨子跟着我，你到底愿不愿意？问过好多次……”

刀美兰已经泪流满面，带着哭腔说："我愿意。"金海目光涣散，却笑了起来。刀美兰咬着牙，努着劲让自己不哭，泪水却控制不住地往外冒："去哪儿你说了算，以后天天跟着你，你到哪儿我就到哪儿，给你做饭给你洗衣服，陪你遛弯，脾气大我听着，没脾气我陪着，后半辈子伺候你。"

金海已经歪在了车框上，刀美兰的手颤抖着摸金海的脸："金海，听着吗？金海……"

金海的嘴动着，刀美兰将金海轻轻揽到怀里，金海的嘴在她耳朵边，发丝拂着金海的面庞："让车跑快点，跟我妹还得说两句，把事儿都交代了……"

刀美兰搂着金海，"哇"的一声大哭起来："快啊，快跑啊！"

车夫在刀美兰的催促和哭声里飞奔回平渊胡同，大缨子在院子里听到门外刀美兰的哭声，连忙打开门。人力车此时也在门口停好，金海歪在车里，刀美兰在车斗里呜呜地哭。

大缨子忐忑地走出来，看到一车血，吓得手里的水桶掉在地上，声音都变轻了："……哥，怎么回事……谁干的？"

"铁林。"二勇眼睛通红，满是寒光。

金海还睁着眼，朝她招手："过来，傻货，挨近点……"

大缨子挨到金海跟前，金海拼尽全力交代道："跟徐叔一块儿，赶紧葬，别碍人眼，路上跟美兰都说了，弄副棺材……"

眼泪从大缨子脸上啪嗒啪嗒地往下掉，她无声地大哭起来。

什刹海旁，燕三和祥子几个车夫拉着徐天过来。祥子将车停下来，徐天却坐在车里不敢下去。人群分开，田丹走到徐天车边。

徐天目光呆滞地问："是我爸？"

田丹不敢看徐天的眼睛，只含着泪点了点头。

"淹死的？"徐天听到自己的声音带着颤抖。

"身上有枪伤，应该是入水之前中的枪。"田丹再也说不下去了，她的眼泪挂在腮边。

"我去看。"徐天喃喃道，几乎是跌下了车。

田丹留在车边，看着徐天走入人群。半晌，徐天走出来，他看着围观的人群，有不少人捂着鼻子。

徐天盯着他们看了一会儿，众人都回避着他的目光。徐天转身走回来，道：“祥子。”

祥子走上前，也是直掉眼泪。徐天好半天没说话：“买副好棺材，别在这儿现眼，送到广安门外小阳坡，刻个碑，等我。”

“这就入土？”

“那你说呢？”

徐天也不上车，漫无目的地沿着什刹海往前走，燕三和车夫们远远地跟着。走了几步，徐天回头道：“别跟着我。”

见徐天的眼神怪异，车夫们停了下来，徐天继续往前走，田丹跟着，徐天再次停下来。

田丹小声问：“你要去哪里？”

“跟你有关系吗？”徐天大声喊。

“我和你一起。”田丹被徐天的吼声吓了一跳。转瞬又明白过来。

“别跟着……不想让人看见我的㞞样。”说完，徐天沿着河岸走远，田丹和车夫们停在原处。

祥子不住地抹着眼睛，问：“田姑娘，咋办啊？”

田丹看着徐天走远的背影。祥子的眼泪越擦越多，道：“金爷再出事，天少爷就完了。”

田丹拿定了主意，道：“带我去北池子四十三小学，燕三，你跟我一起。”

燕三应声跟上，祥子擦了擦眼泪，朝身后跟着哭成一片的车夫们喊：“送老东家回家！”

保密局北平站，铁林走进来，大办公处人丁寥落，乱七八糟。有人在往外搬东西，几个人在砸锁着的柜子。铁林走进来，他们停下，铁林对他们视若未见，往小办公室走去。

办公室里几个人砸开锁，翻里面值钱的东西，往布口袋里装。铁林对他们同样视若未见，他坐入办公室后面的椅子，从兜里掏出左轮枪，打开弹仓，里面还有三粒子弹。撬柜子的人在铁林拿枪时彻底停下退出去了。

三粒子弹卸出来竖在桌上，然后一粒一粒推开，剩一粒孤零零地立着。他将那一粒装入弹仓，滑动转轮，毫不犹豫地顶着自己的下巴开了一枪。

结果只是扳机响起来，子弹未被击发。铁林怔了片刻，起身去关了办公室的门，走回来踢开铁柜里撒出来的一地乱七八糟的东西。他坐回椅子举起枪，这回艰难多了，他盯着枪，仿佛盯着一团仇恨。

桌上的电话突然响起，铁林在电话的铃声中重新将枪口顶住自己的下巴，他好像要等电话铃声结束就扣动扳机，但电话执着地响着。

铁林放下枪，拿起电话："这儿没人了。"

电话那头是一个男人的声音："阎若洲吗？"

铁林不耐烦地说："告诉你没人了。"

"叫四组铁林听电话。"

"你谁啊？"

"南京。"

铁林放下电话站起来，去拉开小办公室的门，办公处空荡荡的一个人都没有，墙上那部公用电话也没人动。铁林回到办公桌边，重新拿起电话："喂？"

"铁少将。"

铁林有些意外，但不自觉地挺起了身子。男人重复了一遍："铁林少将。"

"是。"

"保密局 49 号潜反二组行动由你指挥，下属已经在你的住处听令。"

"什么行动？"

"阻击中共北平入城仪式，之后听候电台下一步指令。"

铁林念叨着："我这少将是真的吗？别要我……"

那头挂了电话，铁林愣着，目光重新回到左轮枪上。他打开弹仓，将桌上剩余的两粒子弹都装回去，长吸一口气，收起枪。

徐天目光直愣地走进铁林家楼下的拱形门，门口有四个看上去闲散的人。关宝慧坐在梳妆镜前出神，敲门声响起，关宝慧坐着没动。门外的人又敲了两下，"砰"的一声把门撞开。关宝慧吓了一跳，回身看是徐天，关宝慧没有动，坐正看着镜中的自己和徐天。徐天里外看了一圈，然后去灶间掂了把刀，拖过一张椅子坐到门后。

半晌，关宝慧转过来，看见徐天握刀的手上极不协调地套着贾小朵的红绳小金铃。关宝慧张了张嘴，却不知道说什么，她想离开房间。徐天将刀摆了摆，关宝慧退回到窗户前。铁林走回来，进入拱形门，那四个男人尾随他上楼，铁楼梯传来吱吱呀呀的声音。关宝慧看着铁林走上来，消失在二层拐角，扭头乞求地看着徐天。铁林来到房前，看着破损的门锁。

铁林小心地伸手推开门："宝慧？媳妇……"

关宝慧突然大喊一声："跑啊！"

铁林闻声顿住身子，将将躲过一刀。徐天扑出，第二刀砍在铁栏上，刀口卷刃。铁林连滚带爬地跑下楼梯，徐天提刀追下去，四个闲散男人让过铁林，阻住徐天。徐天眼里只有铁林，他被夺了刀，凌空架回二层，仍死盯着铁林。铁林在下面愣了半天，他往四周望了望，有住户伸出头又缩回去。铁林重新走上铁楼梯，推门进屋，徐天已经被死死地摁住。四个男人大衣里都有美制 M3 冲锋枪，其中一个用手枪指着徐天的脑袋。

铁林慌张地道："别别，别开枪。"

男人将枪收起来，又抽出匕首准备去割喉。

铁林声音尖利："我说别！"

男人依言收了匕首，铁林哆哆嗦嗦地问："你们哪部分的？"

"国防部二厅保密局，奉命接铁少将主持 49 号潜反二组。"

铁林转头跟徐天说："听见没，少将……天儿？"

徐天被摁着也不挣扎，铁林去拉开抽屉，取出那个档案袋。他将档案袋里的委任状抽出来，送到徐天眼前："瞧清楚，少将。"

铁林收好委任状，跟被摁在地上的徐天说："也不用废话了，我就是要出头，谁让你们拦着？金海真是大哥，明明知道了还愿意信我，让我从监狱带到珠市口，没办法，你爸也活不过来，人不为己天诛地灭，我不杀他，他就要杀我。"

徐天抬头看铁林，脖子上迸出青筋。铁林燥热难当，脱得只剩一件单衣："甭看了，大哥刚杀了，就在你家。"

徐天眼泪哗哗地淌，腮帮子咬得铁硬。铁林在他的目光里继续说："我也难受，爱信不信，本来徐叔不该死，他要揍我，抢我枪，失手了，干脆弄到底得了。难受归难受，但你知道吗？很爽，不敢干的干了，干不了的也干了，这就是命，该死就得死，该出头总要出头。记得有回晚上在这外头说的话吗？你要跟共产党一拨，咱们就是对头，现在更是对头了，我是党国少将……哎？跟你说话呢！”

徐天始终一声不吭，铁林转身道：“宝慧，给拿杯水。”

关宝慧绝望地看着铁林，问：“你要把徐天怎样？”

铁林见关宝慧不动，干脆自己去拿壶喝，水大口大口地灌进肚子里，仿佛他的内脏已经起了火。铁林把一壶水喝完，放到了桌子上，然后喘着气说：“不弄天儿，太缺德了。本来可以弄死你的，徐天，我不弄。为啥，知道吗？第一，我不怕你了。第二，从现在起我死心踏地保党国，成千上万的共产党都是对头，多你一个不多。第三，宝慧是我媳妇，关老爷和她是徐叔供的，欠徐叔一条命还你身上……捆上，捆死了。”

四个男人把徐天揪起来，开始捆他。徐天一直不说话，铁林看着关宝慧说：“收拾东西吧。”

关宝慧崩溃地流着泪，完全呆着。

“珠市口没法儿去，这儿没法儿待，都是仇人了，就我一个人在意你。”

关宝慧还是愣着，铁林拿过一只大包，将梳妆台上的东西往里划拉，往包里扔宝慧的衣服，又抓了几件大衣往胳膊上搭。几个男人将徐天与一张椅子结结实实地绑在了一起，徐天挣扎无效。铁林最后看向徐天，轻轻地说：“天儿，自己慢慢挣，挣出一条命是我给的，别说不仗义，以后再见面就是你死我活了。”

“别走。”徐天哑着嗓子迸出两个字。

铁林瞧了徐天片刻，道：“不走，就在北平。”

徐天看铁林的眼神像是要把他凌迟了，说出的每一个字都像刀子一样尖锐：“我能找到你。”

“找我吧。”铁林无所谓地说，然后拉着关宝慧离开了屋子。

王伟民开着车，田丹在副驾，燕三在后面指：“前面拐，奔北。”

王伟民跟田丹交代着：“后天开始，解放军各部陆续进城，入城仪式在 31 号，上级已经确认国民党保密局部署的三个潜反破坏小组，目标都是入城仪式，城工部配合四野清扫分队必须保证入城仪式不受干扰。”

田丹目光急切，似听非听，盯着前方答应着。王伟民看田丹渗血的腹部，吃惊地问：“你受伤了？”田丹用衣襟将腹部盖住。吉普车滑过城楼，就像她初来北平的那天，满目都是飞舞的白鸽。王伟民将车速放慢：“先去医院？”

“去过了。”

“你确定没问题？”

田丹咬着牙说：“我还可以活着。”

铁林家的空气里好像还有关宝慧身上常有的香气，徐天坐在椅子上挣扎。绳子捆得很紧，椅子连着暖气管，他索性用身子带起椅子往墙上撞，跃起来往地上摔。

他既坚决又专注，一点也不疯狂。下面传来上楼梯的脚步声，徐天充耳不闻。

门被推开，徐天看到了田丹、王伟民和燕三。王伟民一头雾水地看着他，燕三跑过去要帮着解开绳子。徐天倚在椅子里喘息着，喝令他走开。燕三能想象到发生了什么，有些想哭：“天哥……”

“走开。”徐天大喊。燕三束手无策地直起身子，徐天继续往墙壁上撞椅子。王伟民看着疲惫又疯狂的徐天，困惑地问田丹：“……他是什么人？”

田丹看着徐天，心疼又无奈地说：“伟民，你们出去一下。”

王伟民看了眼徐天，忧虑地问：“安全吗？”

田丹笑了笑：“没有他就没有我。”

徐天继续旁若无人地撞击椅子，王伟民和燕三退了出去。椅子很结实，徐天用尽力气，仍然没能把它撞烂。田丹忍住泪水，走过去，低头帮他解开绳索。徐天停止了撞击，看了田丹一眼：“自己来，求你，让我自己来。”

田丹低着头说：“我帮你。”

“帮很多了，这要再帮就没意思了，剩下的都得我自己来。”

近在咫尺，田丹眼里闪着泪花：“都是因为我。”

徐天看着田丹，心里跟着了火似的：“你这么想的？”

“如果不认识我，徐叔就不会死。”

“女人才这么想。”

田丹看着徐天，此刻就像一个无措的小女人。

“开导开导你，田丹……”

“你这个样子，我很难受。”田丹说着，擦了擦脸上的泪珠。

“别这么上心，不上心就不难受，你不难受我也就不难受了。”

田丹愣愣地看着徐天，徐天喘着粗气继续说：“跟你一点关系都没有，插香插错了，认了一坏人做兄弟，我和大哥都没看出来，活该。你从南方来为北平和平解放，我们也是为北平，我爸没了，你爸也没了，出这些事不是因为你。想开了吗？”

田丹见刚刚失去父亲的徐天依然在宽慰自己，心里更加难过。如果不是自己闯入了徐天的世界，他们哥仨大概也不会这么快就反目成仇，徐允诺也不会受牵连而死。田丹心如刀绞，语无伦次地说：“不对，不是这样的……”

徐天无视田丹，自顾自地继续说：“小红袄虽然没抓到，但要不认识你，我还在黑胡同里撞，北在哪儿都摸不着。你说贾小朵死了，不重要了，说得对，现在我爸和大哥死了，也不重要，往后我自己得好好活。”

田丹听见金海的死讯更加吃惊：“……大哥……金海死了？”

“铁林杀的，刚杀完，他敢杀大哥！”徐天的眼睛血红，充满怒火，“让让，这椅子快散了。”说着，徐天继续将自己和椅子往墙上撞。

田丹痛苦地看着徐天：“徐天，我帮你解绳子。”说着要往徐天身后走。徐天避着田丹的手，固执地说：“躲开。”

徐天猛烈地往墙上撞，好像这是他此时唯一可以发泄的方式。不知撞了多久，椅子终于散了。徐天顶着怒火，却显得十分冷静，他歪在地上，一根根地抽椅子的木条。田丹一直蕴着的眼泪，终于掉了下来。

“……徐天，我喜欢你。”田丹终于忍不住说出口。

徐天停下动作。他有点发蒙，不知道田丹为什么在这时候说这话。田丹无法控制自己的眼泪，半晌，徐天扭头接着拆椅子，挣绳索。

“你很特别，有原则……”

徐天看着眼前的这个女人，突然不耐烦地打断她：“我有啥原则！”

“这么乱，还做警察维持秩序，不杀人。”

徐天带着椅子躺在地上，目光涣散：“现在得杀了，大哥的恩还没报，爸没来得及孝敬，我得杀铁林，真的……田丹，为我这样犯不上。小朵出事那天晚上，大哥说我一辈子就在北平四九城里活，世上好女人连见都没见过。贾小朵一死，转眼我就见着你了，你是天上的人，我宁可在地上走，拉着贾小朵那天别回平渊胡同，拐个弯带她去吃碗卤煮，上城楼看一晚上月亮……我笨死了，没看出来她钩着我手指头照相，其实我也不想走，爸在北平呢，我要听她说说话就好了，贾小朵说啥我都依她……那样就碰不上你了，什么也不明白，假装什么都明白，多好，跟她一起晒新世界的太阳。”

徐天拆散椅子，挣扎着站起来，说：“走了，你应该再养几天的。”

徐天绕过田丹走出屋去，田丹终于大哭起来。王伟民走进来，看到一个委屈无助的女孩儿。燕三在门口见徐天出来，赶紧跟了上去。

第六十五章

天气阴阴的，灰色的云密密实实地遮住天空，像是要掉下来似的。北平街道上，撤退的辎重部队夹杂着步兵，平民压抑着心中的欢欣在街道两边看，间或有大胆的市民在辎重炮车里穿行，从这边跑到另一边去。十七沿街低头走着，世道变换与他无关，他走得满怀心事。扎靠提枪的关山月在辎重部队的缝隙里，他精疲力竭，茫然地不知该往哪个方向去。

安静的街道上，铁林只穿了件单衣，手臂上却搭着好几件关宝慧的大衣。

四个男人和铁林、关宝慧拐进胡同，铁林越走越犹豫，问身旁的男人：“怎么来这儿？这不胭脂胡同吗？你们是南京来的人吗？”

男人停在顾舍门口，铁林皱着眉头说：“这儿我熟啊，顾小宝的清吟小班。”

“潜反二组在这里待命。”男人回答铁林。

铁林跨进去，关宝慧在后面跟着。两个男人在后面拴了院门，另两个男人推开大房的门，里面有二十几个荷枪实弹的特务，还有部电台，由一个戴耳机的特务守着。

男人跟二十几个特务介绍说：“这是铁长官。”

二十几个特务同时起身立正，铁林站在门口愣了好半天，说：“就这么些人？”

“其他两个组在别的地方。”男人回答。

“也听我的？”

“另外有长官指挥。”

铁林听了苦笑了一下，问：“都是少将？”

“统一听南京方面调遣。”

铁林不知道说什么好了，他看了看周围，说：“我睡哪儿？我带着媳妇呢。”

男人出屋抬头往上看，铁林和关宝慧也出屋往上看，此时顾小宝倚在二层栏杆上嗑瓜子，马上又抽身消失。铁林看了关宝慧一眼，他的肩上仍然搭着那几件女式大衣，上木楼梯。

顾小宝又从盆里抓了把瓜子，铁林正好推开门进来，顾小宝就转过身子对着铁林嗑瓜子。

铁林不可思议地看着顾小宝，说：“合着你是保密局的人。”

顾小宝瞥了眼铁林，继续嗑手中的瓜子，好像外面的世道跟自己毫无关系一样：“我就是个唱曲儿的。”

“唱啥曲儿，就是个卖身的。”铁林不怀好意地看着顾小宝。

顾小宝生气地喊：“去你的，姑娘我不卖身。”

“嘴收着点，我现在是党国少将。”

顾小宝轻蔑地笑了一下，说：“少将、元帅都行，我只租房子。这儿没客人听曲了，我还有四个丫头要养呢。”

“共产党要进城了。”

“已经进了。”

“收这种房钱要杀头的。”

顾小宝冷眼看着铁林说：“那你呢？”

“我是他们的头。”

“都是你的人？”顾小宝眨着眼睛看铁林，铁林也看着顾小宝，他的脑子不知道在想什么，实际上他都不知道自己应该想什么。铁林将关宝慧的几件大衣扔到床上，顾小宝以为铁林又要占她的便宜，忙说：“别来劲，本姑娘没心情。”

铁林哼了一声：“当我稀罕，老子住这儿了。”

“让你们待着，没说这屋也让住。”

“柳如丝那小楼都是我的，这破地儿我还看不上呢！”

顾小宝站起来，一脸不相信的表情看了眼铁林，说：“柳爷那楼成你的了？吹呢。”

铁林心里的火被拱起来了，冲顾小宝喊道：“出去。”

“啥？”

“我媳妇要上来。”

“还你媳妇……”

铁林离开房间走出去，对着天井里的人说：“把这房里的人弄下去。宝慧，上来。”两个男人上楼来，铁林冲关宝慧再次喊道：“宝慧，上来呀！”

愤怒的顾小宝被两个男人架下楼，嘴里还直骂铁林是个浑蛋。关宝慧擦过他们，走上楼。铁林将那张委任状立起来，又换一个地方立好，好像总是不满意。关宝慧进来，像游魂一样地看着铁林。

铁林转头看着关宝慧，有些尴尬：“……咱俩住这儿了。”

“这儿是窑子。”关宝慧看着铁林，目光疏离。

铁林避开关宝慧的目光：“是清吟小班。”

“你说过跟着你有好日子过的。”

铁林听了这话心里也不是滋味，他本想挣一个好前程，没想到如今到了这般田地。他无力地安慰关宝慧说：“委屈几天。”

“几天？”关宝慧认真地问。

“等北平光复了，咱们住大房子，东交民巷那种小楼。”

关宝慧笑了一下，不知铁林是当真的，还是在自欺欺人。

“就你们这点人，光复？几十万人都撤了。”

铁林被关宝慧说得哑口无言，心里也惴惴不安。此时，他像是走进了一条黑暗的隧道，他感到求出无望，只能壮着胆子盲目前行。关宝慧见铁林半天不语，转身要走。铁林急忙拉住关宝慧的胳膊，哀求道：“宝慧，你要走了，我就没意思了。”

关宝慧觉得眼前这个铁林既陌生又熟悉，过了许久，她轻轻地说：“你不冷吗？”

铁林这才意识到自己一直只穿着单衣，他放开关宝慧的胳膊，在原地打着转，烦躁地说：“特别热，药也好几天没吃了……”

北平街上，扎靠提枪的关山月不走了，站在街心一动不动，他感到辎重卡车、坦克车都停了下来，或是绕着他走。他茫然地看着这个城市，不知道自己身处何地。突然有一只手伸过来握住银头枪杆，牵着关山月离开街心，这人正是徐天。

燕三拦着车，护着两人走到路边。

关山月神情涣散地说："你谁啊？"

徐天看着关山月，说："不认识我？"

关山月皱了皱眉头，又问道："你谁啊？"

"徐允诺知道吗？"

"听说过。"

"我爸。"

关山月想了想，问："我认识吗？"

徐天吸了吸鼻子说："他跟你最亲。"

关山月难过地说："他干吗去了？"

"走了。"徐天哽咽着。

"到处都闹哄哄的，他走哪儿去了？"关山月茫然四顾地问。

"入土，清静了。"徐天的眼泪大滴大滴地落在衣襟上。

关山月问徐天："你哭啥？"他自己也已老泪纵横。

徐天转过身跟燕三说："三儿，送关老爷回家。"

燕三上前牵过银头枪杆，担心地问："天哥，您呢？"

"小阳坡，送我爸。"徐天回答。

燕三擦了擦眼泪，拉着关山月往回走："关老爷，回家。"

关山月还站在原地不动，他看着徐天说："回家？"

云破日出，徐天看着关山月的靠旗反射着阳光，他闭上眼睛点点头，轻声说："嗯，咱回家。"

阳光从乌云的缝隙里挤出来，照在广安门外的小阳坡上，有两杠四人，祥子和三个车夫将棺木缓降坑中。徐允诺的新碑正被竖起，另一具棺木停在坑边，石匠还在刻字，石屑飞溅。"金海"两字在碑上渐渐成形，大缨子神情木木地站在一边，刀美兰揽着她。

坡下，徐天只身走上来，这条路他走得漫长。

刀美兰跟车夫说："下棺材吧。"

四个车夫将金海的棺材降入坑中，徐天来到近前，在父亲的碑前站了良久。车夫都屏息，徐天重重地跪下，唱和声起："一叩首，老东家走好……二叩首，保佑子孙万代富贵……三叩首，保佑子孙人丁兴旺……"徐天缓缓地磕了三个头，众人早已哭声一片，徐天摁着地，踉跄起身，又靠近前去看徐允诺墓碑上的字。他后悔那晚没与老爹好好告别，他想问问老爹当时想说又没说的话是什么，他懊恼自己成天惹事让老爹担心。他回忆着老爹的音容笑貌，身体几乎要脱力昏倒。他告诉自己要坚持，要复仇……周遭在他眼里渐渐恢复清明。

石碑已成，石匠将粉尘石屑抚去，露出金海的名字。徐天看着石碑上的名字，再看看坑内的棺材，问："是谁让这么早入土的？"

"他自己。"刀美兰看着墓碑，哭成泪人。

徐天的眼眶再度湿润："他怎么说的？"

刀美兰抹着泪说："他说别碍人眼……"

大缨子跪在地上放声大哭，石匠奋力将碑立起来，车夫们开始填土。

土一锹锹撒下，直至棺材被彻底遮没。

1949年1月30日，农历大年初二。

学校操场上奔跑着穿棉衣的孩子，大人们在孩子面前穿行，阳光明媚地照在人们的笑脸上。

教室里有一些炉子在烧开水，整个屋子都水汽蒸腾。数架电台捕捉器前，有几个戴着耳机的工作人员。

收音机里在播报新华社通讯："昨日，北平市长叶剑英，在颐和园召集人民解放军代表和傅作义的代表开会，宣布成立联合机构。今日，傅作义与叶剑英签订协议，宣布接受和平改编，国民党华北驻军预计今晚全部撤离北平。为了实现北平和平解放，毛泽东指示要动员一切力量……"

两个年轻男女提着一堆新买的东西进来，有热水壶、军棉袄、热水袋，屋里屋外都是一副百废待兴的样子。年轻男人问王伟民："王主任，咱们就在这儿扎根了？”

“过了春节小学校要开学，城工部搬到北沙滩红楼去。”此时，有一只手拿起一个新买的红色热水袋，拧开金属盖，另一只手提起一壶烧开的水，水成柱状倒入热水袋。

年轻男人看起来不到二十岁，他看向墙上的地图，挠挠头，疑惑地问：“红楼是什么地方？”

王伟民走过来，笑着对他说：“也是学校。”

“学校怎么叫这个名字？”

“不信你问田丹。”

他转头看向田丹：“田丹，是吗？”

田丹放下水壶，挤出热水袋里的空气，拧好金属盖子，笑着回答：“是，北京大学。”此时，田丹换了一身北平姑娘的冬装，像极了贾小朵。

“小学改大学，什么时候咱们能有自己的地方？”年轻男人小声问道。

“军队进城之后，华北城工部的使命就结束了。”田丹将热水袋包进一件军用大衣，看向王伟民说，“伟民，我去一趟广安门。”

“又去找徐天？”王伟民问。

田丹点头说：“他在那里八天了，除夕都是在小阳坡过的。”

王伟民提醒田丹：“明天一早部队正式进城，配合我们军管银行、监狱等重要部门。”

田丹点头。

王伟民又说：“大部队全部进城之前，要尽可能地扫清国民党的潜反破坏小组。”

“敌人的电台联络规律，我们已经基本掌握了。”田丹捂着热水袋，温度熨烫着掌心，“有几部电台都集中在六点到七点左右启动，使用三到五分钟，目前对发射地点的判断是在天桥周围区域。傍晚六点再确定一次，只要破获其中任何一个，其他的就都能破获。”

王伟民点点头，当机立断道：“我集合行动组。”

“电台捕捉安排到天桥附近比较有利。”田丹说。

“什么位置？”

田丹向电台边的城工部人员问：“什么位置定了吗？”

那名城工部人员回答："天桥附近有个停业的澡堂，清华池，我们刚去看过。"

田丹对王伟民说："六点前我回来。"

"让小刘陪你一起？"

"好。"说完，田丹转身离开了屋子。外面阳光正好，院子里还有积雪混杂着红色的鞭炮纸。田丹抬头看着蓝天，依稀能听见鸽哨的声音。

十七站在四十三小学的街对面，看起来和街人一样在行走，实际上是在原地徘徊。他的目光锁定在小学关闭的门口，他看到小门被打开，田丹和一个男人走出来。

十七背过身，待田丹过去后，十七一直看着田丹的背影，田丹脖子上那条红色的围巾在冬日里飘荡着。十七远远地跟着，直到那个男人回身警觉地扫视，他才改变行走的方向。

金海的屋子里，大缨子费劲地将一箱金条拉到炕的角落里。然后，她拉开金海的公文包，取出包里的那把手枪，她咬着下嘴唇，生疏地摆弄着枪栓和弹匣。燕三在院子里喊她，大缨子听见了，一慌张把枪掉在了炕上，她赶紧捡起来揣到怀里，然后从房里走出来。

燕三催促大缨子："走了，刀婶跟着一块儿。"

大缨子等得太久，边往门口走边抱怨。燕三赶紧解释，因为回警署给徐天拿东西才耽误了时间，大缨子狐疑地问他："拿啥啊？"

燕三想了想，还是如实交代："枪。"

大缨子听见不自觉地瞥了眼自己怀里鼓出的东西，说："徐天那帮伙计是不是在找铁林？"

"找着呢。"

"能找着吗？"

燕三胸有成竹地说："只要人还在北平就能找着。"

刀美兰锁院门的声音响起，大缨子一边走路一边隔着衣服耸怀里的枪，她老觉得要掉出来了。燕三盯着大缨子的胸，大缨子故意没好气地问燕三："看啥？"

燕三把脸转向一边，假装自己没看。大缨子走了几步，一回头看见燕三还站在原地，脸转在另一边，大缨子瞪眼大喊："走啊！"

小阳坡上，三座坟前搭了一顶简易的守灵帐篷。徐天披着层层叠叠的大棉袄，盘腿在帐篷里就卤菜嚼馒头。祥子一伙车夫在帐篷前，一脸愁容地看着形容憔悴的徐天说："差不多能找着……"

徐天也不吭声，只是低头吃。

"就天桥那一片。"

徐天还是不吭声，小金铃随着他的动作在手腕上发出轻微的声响。

"少爷，伙计们都惦记您呢，今儿第九天了。东家知道您孝敬，金爷知道您义气，可日子还得过，咱们车行一百好几十伙计都指着……"徐天抬起头，祥子打住话头。

"接着刚才说。"徐天说。

"有伙计看见二嫂……看见关老爷闺女了。"

徐天移开眼睛，继续吃。

"她一个人上杂货店买了些东西，咱们的伙计跟着，看她进了胭脂胡同的一个院儿里，她进去后，门就关上了。"

"雷带来了？"徐天问。

祥子为难地看着徐天说："少爷，改朝代了，这事儿咱们告诉田丹，交给共产党办行不？"

徐天毫不犹豫地说："行。"

祥子不安的心稍稍放下，露出一点笑容，"那一会儿我找她去。"

"不用找，一会儿她肯定来。"徐天吃得大刀阔斧，昔日充满力量的眼睛此时显得红肿疲惫。

祥子看着徐天的样子，苦口婆心地劝道："少爷，你们兄弟的事儿外人插不上嘴。如果没有共产党，没人给咱们做主，那啥也别聊了，大伙儿跟着拼死一个算一个，反正杀不杀人都是一条命。现在有共产党撑着，您就犯不上了，人走往生，东家要是还在也不想您白搭性命。"

徐天看了祥子一眼，说："你还真能聊。"

祥子一脸哭相地说道："您要有个三长两短，徐记车行就散了，我也不拉车了。"

“雷带来了吗？”徐天又问。

“没带，交公了。”

徐天瞥了眼祥子，接着说：“带水了吗？”徐天吃得太快，被馒头噎着了。

祥子见状忙要去找水，徐天艰难起身，披着的大棉袄稀里哗啦地掉在地上：“不用，我自己咽。”徐天使劲咽下馒头，又说：“去敲那院儿的门，看明白里面有多少人、铁林在不在，回来告诉我，不许跟别人说。”

祥子听了深深地叹了口气，无奈地看着徐天欲言又止。徐天看着忧心忡忡的祥子，说：“你说的话我都听进去了，都弄明白了，我自己跟田丹说行吗？”

祥子还僵着，徐天无奈又疲惫地说：“放心，天黑了我就回家。”

“哎。”祥子一直悬着的心终于放下。

昔日顾小宝的卧房里，铁林一边看着柜子上立着的委任状一边嗑着瓜子，瓜子皮扔了一地。他听外面关宝慧在嚷嚷：“坐牢啊？你们看牢的？这儿是窑子，大门从来都敞着，我出去买点东西都得你们点头。”然后就是关宝慧上楼梯的声音，越来越近：“到底是我男人说了算，还是你们说了算？我还要出去，还有东西没买呢！反共救国，就你们这帮人也配！躲窑子里大门都不敢出。”关宝慧的声音到门口了，紧接着她推门进来，气鼓鼓的。

铁林问关宝慧买啥去，关宝慧没好气地说：“香胰子。”

“这儿有吧。”

“这是什么人用的，我能用吗？”关宝慧柳眉倒立。铁林一脸无奈，又不敢深说，只好劝关宝慧：“还缺啥，我让他们出去给你买，我说了算，都是我的人。”

关宝慧一脸委屈地说：“咱们上这儿过日子来了？”

“暂时的，等完成任务，南京就派飞机把我们接走。”关宝慧知道这不可能，铁林也知道。铁林在骗关宝慧，其实也是在骗自己，用那不存在的希望、不存在的南京和不存在的飞机。

关宝慧依旧很生气，铁林安慰她说：“真事儿，昨天跟南京通电了，一会儿六点再通一回，我砸实这事儿。”

关宝慧看着铁林的脸，哀怨地说：“铁林，你跟我爸一样，傻了，南京能派飞机来接你？”

俩人坐在床边，铁林搂着关宝慧的肩膀说：“我是少将，媳妇，前天还有飞机从北平往青岛飞呢，原来咱们不是也要走吗？现在再去南边就不一样了，啥都不愁了。”

关宝慧不知该说什么了，铁林见状，立即打开门喊底下的特务：“你们俩上来。”

铁林站在门边问关宝慧：“媳妇，还要买啥跟他们说，别生气，针头线脑的可劲儿吩咐。”

关宝慧看着门边的俩特务，俩特务也看着关宝慧。关宝慧心头火起，噌噌噌几步走到门口，咣一声把门关上。

小阳坡坟前，刀美兰和大缨子在给贾小朵、金海和徐允诺的坟茔上香，两个女人泪眼婆娑。

燕三站在帐篷前，徐天抬眼问：“带来了吗？”燕三犹豫地从后腰取出最初徐天缴获张帆的那把手枪。

“几粒子弹？”

“就三颗，这枪卡壳。”

徐天接过枪，压到大衣底下。燕三看着徐天，正色道：“天哥，我也不劝您，带上我。”

徐天瞥了眼燕三：“带你干啥？”

“您让我带枪干啥？”

“大过年的，我冲天上当鞭放着玩儿。”

燕三无奈地叹口气，转身看见刀美兰和缨子擦着眼泪走了过来。刀美兰掀开帘子进帐篷，蹲在徐天对面，好声好气地说：“天儿，跟缨子和三儿都说了，头七都过了，晚上咱们在珠市口再吃个团圆饭。”

徐天苦笑了下，说：“我去平渊胡同也行，反正一个人。”

“还有关老爷呢，他一人冷清。”刀美兰提醒道。

徐天点了点头：“行。”

大缨子看着徐天心疼地说：“这坡上多冷呀，生待了八天。”

“带水了吗？渴。”徐天问刀美兰。

“哟。”刀美兰忘了这事，她抬头看燕三，燕三也摇头，大缨子见状拉着燕三到坡下找水。刀美兰接着劝徐天：“田丹昨儿去平渊胡同看我了。你不是说铁林当少将，潜反搞破坏吗？跟田丹一块儿的那个王同志说铁林他们会抓，北平差不多已经是共产党的了，今天晚上国民党的人撤干净，明天解放军就都进城了，过几天还要有入城仪式……”

徐天心不在焉地听着，起身准备出帐篷。

刀美兰也跟着站起来：“我话没说完呢。”

徐天停住身子。

“田丹要我劝你。”

“有啥好劝的。”

刀美兰把心里话说出来：“你杀铁林那就算杀人了，犯法。”

“谁说的犯法？”

“铁林被抓着自然会公审枪毙，从前你都不杀人，现在马上新世界了，为坏人把自己再搭进去，不值。”刀美兰苦口婆心，徐天听着只当是拦着他报仇，刀美兰蹙着眉头说，“共产党给咱们报仇。”

徐天犹豫了一下：“差点意思。”

刀美兰又要说什么，徐天走出帐篷，看到坡下走来两个人，是田丹和随行的年轻男子小刘。

徐天在三座碑前续香，田丹气喘吁吁地爬到坡顶，她见到刀美兰，笑着跟她打招呼：“刀阿姨。”

刀美兰眉间忧愁依旧，看见田丹，她难得地露出笑容：“来了？我给他收拾收拾，天黑回珠市口了。”

徐天抽着鼻子不说话，也不理田丹，田丹站在他身后说：“昨天你就感冒了。”

“不碍事。”徐天的声音嗡嗡的。

“给你带的大衣。”田丹摊开大衣露出暖水袋，“还有这个。”

徐天回头看了她一眼，问：“啥呀？”

“暖手。”

徐天尴尬地又转回去，说：“用不着。”

田丹的手抱紧暖水袋继续说："我会留在北平工作的。"

"不回南边？"徐天转过身看着田丹，心里五味杂陈。

"在这里死过一次又生过一次，就是这里的人了，以后不要躲着我。"

"躲你干啥。"徐天不自在地往帐篷里溜达，田丹快走两步跟在他后面，"一个天上、一个地下，有时候也能见到。"

徐天扭头看着田丹，田丹笑着说："虽然我不知道自己怎么会到天上去的。"

徐天听了更不自在了，说："说着玩儿的。"

田丹担心地看着徐天的背影，说："你要好好的，不要做傻事。"

"啥叫傻事？"徐天明知故问。

"你在找铁林，祥子他们瞒着我，我看得出来。"

徐天故作淡定地进帐篷坐下："他们愿意找，我也拦不住。"

"要是有铁林的消息，告诉我。"田丹站着对徐天说，她看不清徐天的表情。

"公审怎么审？"

"交给人民政府和老百姓审判。"

"然后呢？"徐天抬脸看着田丹，看起来田丹的脸色没那么苍白了。

"处决罪有应得的人。"田丹说得笃定坚决。

"谁处决？"徐天严肃而认真地问田丹，田丹突然不知说啥好了。徐天继续说："我们插过香，磕过头，他杀了我爸和大哥，从哪儿论他是不是都得死我手里？"

刀美兰从帐篷的大衣堆里翻出手枪，田丹哽了哽，柔声说："旧世界没有秩序，你不杀人，现在你希望的新秩序要建立了……"

徐天指着帐篷外不远处的三个坟说："这儿立着三座坟，一个小红袄，一个铁林，人抓到再说秩序，是这理儿吧？"田丹心里不是滋味，没等她说话，刀美兰手里掂着枪，冲到徐天身前大惊失色地问："天儿，放枪干啥？"

徐天见状赶紧抓过枪装进兜里，然后看着田丹捂着的暖水袋说："里面水烫吗？"

田丹看了眼徐天，又看向他兜里的枪说："还温的。"

“渴半天了。”徐天伸手要过暖水袋，拧开来就直接往嘴里灌。

两个特务从顾舍院儿里出来，沿着胡同往外走。祥子拉着车过来，与两个特务擦肩而过，两个特务回身看了一眼祥子，祥子瞟了一眼紧闭的院门，拉着车如常经过。

一个特务在卧室门口，想推门又不敢推，他听见房间里传出碰撞和争吵的声音。

“已经派人出去给你买东西了，你还要去哪儿？”铁林大怒。

“我要回家！”关宝慧崩溃地喊。

“没家了。”铁林比关宝慧更崩溃，家没了，不存在的希望就成了两个人的家。关宝慧还是往外跑，铁林和关宝慧撕扯着，将她甩到顾小宝的大床上。

“这地方脏死了！”关宝慧爬起来一脸嫌恶。

“不是买香胰子了吗！”

“铁林，不要拦我，你做什么我不管，我要走……”

铁林焦灼又疯狂地大声说：“走到哪里都是死路一条，跟我把事情做了，然后我们一起上飞机走，早就跟你说过了。”

“你们到底要做什么！”关宝慧大喊。

“解放军进城的时候朝他们开枪，炸城楼。”

关宝慧听完怔了一下，愣愣地看着这个不可理喻的铁林，说：“铁林，你脑子还清楚吗？”

铁林喘着气，关宝慧不可思议地说：“几十万国军的枪都收起来了，你们几十个人要开枪？城门楼子碍着你们什么事了要炸掉，谁让你干这种缺德事啊！”

“你懂个屁！”铁林终于忍耐不住冲着关宝慧大骂，他抓了抓他好几天没打理过的头发。

关宝慧喃喃地说：“太缺德了！太缺德……”

铁林尽力使自己调整呼吸，但还是难掩焦虑，他双手搭在关宝慧的肩上，悲戚地跟她说：“我没别的路了，你是我媳妇，也没别的路。”

门口的特务终于等不急了，他敲敲门，在门外跟铁林汇报：“铁长官，快到电台联络时间了。”铁林拉开门走出房间。

关宝慧怔了一会儿，开始收拾自己的行李，她拉开门往下看，看见天井里，铁林和特务走进了大房。

祥子拉着车又转回胭脂胡同，对面另一个车夫拉着空车过来。祥子放下自己的车，小心地推院门，里面拴得死死的。祥子扒着门缝往里看，门栓突然响了，猛地从里拉开，祥子忙不迭后退，顿时心跳仿佛都停了。门里露出了关宝慧，正好跟祥子打了个照面。俩人都愣住了，院子里传来铁林的声音：“你还要走！回来，不要命了！”关宝慧看着祥子，慢慢地将门合上。里面传来门销落栓的声音，祥子拍拍胸口，长舒一口气，赶紧跑下台阶拉起自己的车。祥子惊魂未定地对另一个车夫说：“到胡同口看着，我去小阳坡。”

铁林站在顾小宝房间外的栏杆边，他神色阴郁地看着关宝慧夹着包慢慢走上楼梯，进入卧室。铁林吩咐两个特务把门看好，两个持枪特务站到天井大门口，铁林缩回卧室。关宝慧坐在椅子上放下包，她看着柜子上的那张委任状，恨得牙痒痒。她觉得都是这个虚无缥缈的承诺把铁林变得不人不鬼，但那是铁林的精神支柱，铁林觉得没了这个支柱，自己只剩下苟活。

天桥清华池是典型的北平澡堂，可这年月已经没了客人。斜阳从高窗射进来，被放干了水，泡澡池子里显出发黄的痕迹。澡堂子歇业已经很久了，但有些管子还滴着水，池子旁架着几台电台信号捕获设备，长椅上有几十个荷枪实弹的便衣城工部战士。田丹走进来，王伟民向她招手，工作人员给田丹戴上耳机。

与此同时，特务也正要给铁林戴耳机。铁林推开了耳机说：“不用，也听不明白，我看就行了。”

特务开始发报，发报声规律地响着，电波飘过胭脂胡同，在北平上空盘旋。田丹和工作人员都戴着耳机仔细听着，王伟民问田丹：“可以定位吗？”

田丹说：“还需要一些时间。”

顾舍一楼的大房里，电报纸缓缓被吐出。铁林急切地凑过去，报务员把电报译成电文，对铁林说：“上峰命令提前行动，明天一早袭击中共进城军队，炸毁任意一处北平标志建筑。”

“问南京，接我们的飞机什么时候来，在哪儿降落？”铁林心急如焚地问。

报务员诧异地看着铁林，说：“铁长官，电台联络有规定时间。”

“我就是规定，问。”铁林大声呵斥。报务员只能回身继续发报，屋子里又回响着电报声。

田丹和工作人员仔细听着，休息区的几十个城工部战士屏气凝神。

电报纸又被吐了出来，铁林紧张地问：“怎么说？”

报务员边看边念：“值此危难时刻，党国亡，尔等亡，光复失地为尔等职责所在，万勿掉以轻心，南京方面与铁长官同舟共济。”

“同舟共济，就是大家都在一条船上呗？我要飞机，他们说船。”铁林愤怒地喊，仿佛亲眼看见自己就要从崖边坠落。屋里所有人都被铁林的情绪传染，纷纷露出不安的表情。

因为铁林的固执，导致电台使用时间过长，被成功捕捉了信号。城工部的同志面露欣喜，看向田丹说：“方圆一公里范围。”

田丹摘下耳机往外走，王伟民跟着，几十个城工部战士起身。田丹和王伟民以及两个男人走出清华池，田丹站在门口迅速扫视四周。王伟民一伸手，两个男人展开地图，田丹摆了摆手，笃定地说道：“不用看，东南是天桥，居住人少而且杂，潜伏出入很扎眼不方便，往东和正南都是荒郊，北面大栅栏商业区，东面是菜市口居民区，电报信号来源去掉一个半径，搜索往西北两个方向一公里范围。”

王伟民一愣：“你对北平很熟悉。”

田丹没说话，她点了点头，看着城工部战士从清华池的门里鱼贯而出。王伟民沉稳地对田丹说：“他们俩领一队，我一队，你带一队？老李，你带领其他同志走后门，在外围分散布控。记住，尽量不要惊扰到市民。”

“好。”田丹点了点头。

老李下意识地挺胸回答：“是。”

众人纷纷散入街市，田丹还站着没动，她稍稍判断了一下，选定一个方向匆匆离去。

第六十六章

小阳坡上，燕三和大缨子在收拾简易帐篷，刀美兰心事重重地叠着几件大衣。徐天站在坡上，看着祥子上气不接下气地从坡下跑上来，脸上还带着汗。徐天似乎已从祥子的急迫中看到了结果，立刻迎上去：“说。”祥子看了刀美兰那边一眼，徐天着急地催促着。祥子低声说：“都在胭脂胡同清吟小班，顾舍。”

“多少人？”

“多少人还是没看着，但听到里面有铁林的声音。”

徐天深吸一口气，冷冽的空气突然沉进肺里，引得徐天一阵咳嗽。夕阳将沉，有两颗信号弹在某处城墙升起，仿佛烟花一样，照亮小半个天空。徐天缓过来，涨红了脸，说：“没你们的事儿，都回家歇着吧。”

祥子忐忑地看着徐天，徐天朝他挥了挥手，说：“我自己跟田丹说去，放心吧。”

城工部便衣在各个胡同里穿行，胡同里全是过年的气氛，门上都有年画，有人还在互相拱手拜年。小孩子们仰头看看天上的信号弹，低头继续放自己的鞭炮。燕三、大缨子、刀美兰分别上了人力车，徐天也上了一辆。

田丹从胡同里出来，她盯着对街的两个人，是那两个出门采买的特务。他们的大衣凸着，手里拎着刚买的东西，她身后的城工部便衣正要上前，田丹摇头示意不要轻举妄动，于是两个便衣悄悄跟上去。

四辆人力车拉着燕三、大缨子、刀美兰和徐天在街上跑。

徐天突然跟刀美兰说：“刀姨，我去买点吃的喝的。”说完，徐天跳下人力车，拉着他的张子吓了一跳，祥子也把车停下来。

“家里都有。”刀美兰担心地看着徐天。

徐天朝她笑了笑，说：“想自己走走，好多天没在街上逛了。”

燕三赶忙说：“我陪您一块儿。”

徐天不悦地瞪了燕三一眼，说：“让你陪了吗？”说完，徐天独自沿街往前走。祥子担心地看着徐天的背影喊：“少爷……”

徐天转头朝祥子挥了挥手：“拉到珠市口都回家吧，大过年的别跟着我了，刀姨多做几个菜，我带瓶酒回来。”

“等你啊。”刀美兰不放心地喊。

徐天没回头，混入街市当中。

走在胡同里的两个特务察觉到被人跟踪，他们从街面上的橱窗玻璃，分辨后面跟上来的城工部便衣。

铁林推开卧室的门，见关宝慧愁眉苦脸地还坐在床沿上，他坐到关宝慧身边柔声安慰：“还生气呢？”

关宝慧焦虑地看向铁林，哀求着：“铁林，咱们走吧。”

“都跟你说了，怎么走？”

“别管下面那帮人了，就咱俩走。”

铁林怔着，关宝慧着急地说：“你没出息，都是假的，少将就是一张纸而已，国民党让你去找死呢！”

铁林心里怎能不明白，只是苦苦支撑着颜面不肯承认：“你懂啥？”

“他们给你派飞机吗？”关宝慧看着铁林的眼睛问。

“派呀，同舟共济，刚才说的。”

关宝慧见铁林还执迷不悟，终于说出口：“刚才我看见祥子了。”

“祥子？”铁林皱起眉头，心里升起不祥的预感。

“车行的，肯定是徐天让他们找你呢。”

“什么时候？”铁林更紧张了。

“就刚才在门口，你叫我回来的时候。”

铁林脑子迅速转动：“他听见我说话了？”

关宝慧慢慢地点头，铁林仍强装镇定：“几个臭拉车的，我不怕他，让他来，看谁弄死谁，那你刚才怎么不喊我！”

“喊啥？再把祥子拉进来弄死吗？还要造多少孽！”关宝慧说着，又心急地要哭起来。

“关宝慧，你哪头儿的？你要害死我！”铁林心如火焚，开始在屋中踱步。

“跟下面那帮人在一起，早晚的事，你是自己害自己。”关宝慧哭着喊道。

“还能去哪儿啊，你说说。”铁林的心思终于松动了，他愁苦地看着关宝慧。关宝慧站起来拉着他的手，哀求道：“只要你这狗屁少将不当了，不要再做缺德事，跟你去哪儿都行。”

胡同里的两个特务开始分头走，他们扔了买的东西，手伸入大衣。田丹见状下令抓捕，城工部便衣分两组向特务逼去。

徐天检查着兜里的旧枪，也匆匆往胭脂胡同赶去。

铁林从顾舍的楼梯下来，两个特务立在大门口。铁林神色如常地对他们说：“你们俩进去吧，甭跟这儿站着了。”两个特务听后进入一层大屋，铁林去将一层大屋的门掩上，抬头看着二层。关宝慧拎着一堆东西慌张又小心地从楼梯下来。

“还带这么多东西？”铁林压低了声音，然后将大门拉开一条缝，又停下来，返身往楼梯走去。关宝慧紧张地看铁林问：“你干啥？”

“没拿委任状。”铁林小声说。

关宝慧一脸崩溃，抬头看见顾小宝在二层角落伸着脑袋饶有兴致地看着他们。

一个特务开枪，另一个特务也开枪。街人混乱，其中一个特务挟持了行人做遮挡。城工部便衣训练有素，击毙挟持的特务，另一个特务也被击倒在地。枪战短促收场，王伟民的小组闻枪声赶到，他见周围还站着些惊恐的群众，朗声安抚道：“不要怕，共产党华北城工部抓捕国民党特务，没事了！”街人欣慰地松了口气，各自散开做自己的事。

城工部便衣踢开受伤特务身边的枪，田丹走到特务跟前问："想活命吗？"特务慌乱地点头。

"你们的人在什么地方？"

"胭脂胡同顾舍。"

"多少人？还有几组？"

特务知道大势已去，交代还有两组十八个人在顾舍。

田丹目光凌厉地问："这组组长是谁？"

特务被她一瞪，心虚地说："铁长官。"

田丹听了心里一惊，问道"名字？"

"铁林。"特务看着田丹回答。田丹毫不犹豫地示意押着特务的便衣往顾舍去。片刻，几十名城工部便衣从两头接近顾舍大门，田丹命令受伤的特务叫开门。王伟民制服了开门的特务，便衣鱼贯突入，里面响起短促的枪声。田丹站在天井里，她抬头扫视四周，一层大屋里零星地传来枪声，便衣在一层、二层以及院子的各个角落搜索。王伟民的声音在大房里响起："都别动！负隅顽抗，死路一条！"

田丹向二层看上去，指着顾小宝对便衣说："带她下来。"

便衣上去领顾小宝，王伟民此时从大屋出来，朝她摇了摇头，说："没有铁林。"

顾小宝被带到田丹跟前，她扭着身子挣扎，田丹冷着脸问："看到铁林了吗？"

"走了，跟他媳妇。"顾小宝惊慌地说。

"走多久了？"

"刚走。"

"我问你他们走多长时间了？"

"就刚刚。"顾小宝造作地回答，她眼神飘忽地看向站在身旁的王伟民。王伟民铁青着脸质问顾小宝："你是什么人？"

顾小宝又看一眼王伟民，故意委屈地说："我和铁林原来认识，这些人跟我没关系，这房子是我的。"

王伟民向最近的一个便衣示意把顾小宝抓起来，顾小宝还"哎哎"地嚷嚷着。

田丹往院子外走去，她躲避着胡同里看热闹的人，急匆匆地往外走，但人越来越多，便衣们吃力地维持秩序，安抚群众。王伟民也出来帮忙，跟围观的市民说："共产党华北城工部抓捕国民党特务，都回家吧，不要看了。"

市民边说边散："难怪这两天大门关得严严实实，原来都是特务……"

部分市民散开，王伟民又跟手下便衣军人说："人控制在院子里，等别的组过来接走！"

田丹此时从外面跑回来，跟便衣军人要表地图，立即展开。田丹俯身看着，迅速计算："还没走远，在附近，他会往哪个方向……"

天色已暗，便衣打开手电照在地图上。田丹指着地图的几个点说："这里，这里，还有这三个点，每个点派三个人，看清了吗？"

便衣军人们点着头，田丹急迫地说："快点过去，目标叫铁林，带着妻子，人像画出来随后送给你们。"田丹说完，便衣们奔出胡同。徐天这时候逆着往外奔的便衣向里走，被控制人群的便衣挡住。徐天的手在兜里握着枪，说："我找田丹。"

顾舍的天井里，便衣拿手电打着光，田丹咬着嘴唇焦急地坐在台阶上迅速画像，铁林的形象在笔下渐渐形成。王伟民在院子里向跟其他便衣下达命令："立即审问其他敌特的位置，通知别的组……"

此时，一个便衣跑过来跟田丹说外面有人找她。田丹正低头画着第二张图，问是谁，便衣说："叫徐天。"田丹头也不抬地继续画，沉着地回应说："不要让他进来，挡住他。"

没有离开的围观人群外面，徐天一脸烦躁，准备往里硬闯。便衣拦住徐天："站住！"徐天一把推开便衣，不一会儿，冲突升级。几个便衣抽出枪过来，徐天被几个人摁住，手枪从他的兜里掉出来，一只手过来从脚缝里捡起手枪，徐天抬头发现是田丹。田丹将手枪藏入袖子，吃力地蹲下来，看着怒气冲冲的徐天，心疼中夹杂着无奈，变成了另一股火气："疯了吗！你会被打死的！"

一个便衣拿着田丹刚画的几张纸，从边上掠过奔出胡同。徐天站起身，但仍然被控制着，他也不看田丹，拍了拍身上的土，问："铁林呢？"

田丹的语气缓和很多："带走了。"

徐天在控制下挣扎着，血冲脑门："带哪儿去了？"

田丹不忍，让几名便衣放开徐天，对徐天说："我告诉你。"说完，头也不回地向胡同外走。

最后一线阳光将要沉没，田丹在胡同口停下来，徐天跟上来追问："带哪儿去了？"

田丹把憋着的火全部撒出来，冲徐天喊道："你以为还是像从前一样想干什么就干什么吗？"

"干得不对吗？"徐天的问题，其实是对田丹的反抗。他觉得田丹变了，曾经自己是头奔跑中的猎豹，奔跑就是他的使命，田丹竟然让自己停下来，停下之后，还能面对自己的良心吗？

田丹努力解释，也努力安抚徐天，说道："以前对，现在不对了。我们做的事都是为了建立一个新的有秩序、有规矩的世界，如果再像以前那样，所有的牺牲岂不是白费了？"

徐天沉默了一会儿说："我明白你的意思。"

田丹一字一顿，失望地盯着徐天："你不明白。"

徐天突然大吼："我爸和大哥被他杀了！"他的嘴唇干裂着，露着血丝，眼神像个被剥夺一切的孩子，又像头受惊的小鹿，悲痛和无助交替着。

徐天直视着田丹的眼睛，田丹心里的那些话也被徐天的怒火一点点勾出来："那又怎么样！道理你都懂，但还是要像铁林一样杀人？你也会死的！人没了，就什么都没了，你没了，我怎么办？"

徐天重复着田丹的话："你怎么办？"

一直以来，他认识的田丹都是冷静的、强大的，徐天从未想过田丹也会无助，而且，这种无助还跟自己有关。

田丹几乎哽咽着说："对，你刺了我三刀，你把我救活了。你没了，我怎么办？"

徐天哑口无言，低着头说："听你的，起码让我见见铁林。"

田丹疲惫地做出了让步："明天让你见。"

徐天抬头问："现在不行？"

"他是潜反敌特，要审问。"

徐天目光炯炯地看着田丹，说："我能信你吗？"

"能。"说这话的时候，田丹也是心虚的。拖到明天又如何，难道真把铁林交给徐天去杀了吗？

徐天选择继续信任田丹，他点了点头，一边去夺田丹手里的枪，一边说："那就明天，枪给我。"

田丹看着徐天手腕上的红绳小金铃。

"拿来，现在我还是警察。"

田丹松开手，徐天拿过手枪转身说："我在珠市口等你。"

田丹喊住徐天，她有些控制不住自己的情绪了，她说："徐天……就算我们以后只是朋友，我也想经常能看到你，看到你在白纸坊做警察，看到你在珠市口。如果你愿意，还像从前一样，我们一起抓小红袄。"

徐天没回头，他的声音听起来很低落："小红袄，在哪儿？"

田丹无言以对，她看着徐天远去，有信号弹在黄昏的天空升起。

徐天拐入一条空无一人的胡同，走着走着突然停住，他注视着斜前方，一动不动。是那峰小骆驼站在胡同中间，盯着狭路相逢的徐天。小红袄的轨迹骆驼心知肚明，但它沉默着。良久，徐天绕过骆驼，走入胡同深处。北平的天空完全暗下来，信号弹四起。

铁林和关宝慧在黑暗里乱走，关宝慧慌忙中掉了大衣，铁林大喊："不要了，别捡了。"他们快要临近胡同口时，一辆军用吉普车开过来，几个城工部便衣下来堵住两头。铁林拉住关宝慧往回走，夜空响起枪声，枪声越来越密集。

信号弹此起彼伏，铁林看着头顶，拉着关宝慧跌跌撞撞地乱走。

顾舍多了一些穿军装戴狗皮帽的军人，不断地进进出出。王伟民从院里出来，看着天空说："是最后一批撤退的国民党军队在倾泄弹药。"

田丹也抬头看照亮夜空的信号弹，说："里面都交代了？"

"不知道铁林的去向，交代了其他三个潜反组的线索交代不清，四野的同志来接手了，今晚他们负责抓捕三个潜反组。"

田丹看着王伟民，说："今天晚上一定要找到铁林。"

"需要怎么做，你说。"

田丹一回头，边上的城工部便衣展开地图，打亮手电。

“以这里为中心，向外辐射六百米的五个点已经布了人。”田丹看着地图，指定一个地点，“这里再增加一个点，麻烦你。”

王伟民点头：“没问题。”

“给我两个人。”

“小刘，你们俩和田丹在一起，剩下的跟我。”

旁边的两名城工部便衣神情严肃，朗声回答：“明白！”

大缨子和燕三在平渊胡同门口，俩人抬头看着奇怪的夜空。燕三说：“哪一年的鞭炮烟花都没今年多。”

“可惜我哥看不到。”说着大缨子又在耸怀里的枪，燕三看向大缨子的胸，大缨子眼睛一瞪：“看啥？”

燕三深吸了一口气：“缨子，大哥没了，你一人住那院里也挺冷清的，找个日子我搬过去，你看合不合适？”

大缨子没说话，燕三看她这反应瞬间没了底气，他强撑着继续说：“也不是生搬，等开春了让刀婶和天哥做个主，咱俩有名有分……”

大缨子反问：“等开春？”

“你要觉得时间太长等不了，过完年也行。”

大缨子有些犹豫地说：“家里刚出了那么多事。”

“知道。”提到那些事，燕三心疼地轻拍着大缨子的后背安慰她。

“等杀了铁林。”大缨子咬着牙，又耸了耸胸。

燕三没听见大缨子说了什么，他看徐天沿着街边走回来，赶紧指给大缨子看，大缨子起身回院：“我去叫关老爷子。”

房间里有酒有菜，外面隐约响着枪声。刀美兰、徐天和燕三三人围桌而坐，俱不作声。大缨子挑帘走回来，刀美兰问：“……关老爷呢？”

大缨子在桌前坐下，说：“吃了，不认人，不出来。”

徐天看了看窗台上的那架盆景，他低落地拿过四个空杯，一一倒满，嘴里说着：“这我爸的，这大哥的。”

说完，徐天将两杯酒洒到地上。刀美兰偷偷擦了擦泪说：“你回来比什么都好，以后太平了。”

“这两杯我和小朵的。”说完，徐天将两杯同时端起来。

燕三也端起杯子说：“过年了。”

刀美兰和大缨子眼睛都湿湿的，四个人端起杯子，徐天饮尽两杯。

刀美兰问徐天：“田丹呢？”

徐天放下酒杯说：“铁林抓到了。”

大缨子眼睛一亮，问：“人在哪儿？”

徐天依旧很低落地回答：“天亮田丹带来。”

黑暗的北平胡同里，铁林和关宝慧走得凌乱又急切。拐个弯，远远的胡同口有手电光晃动。铁林赶忙将关宝慧拉回拐角：“都堵上了，这片儿你熟吗？”

关宝慧战战兢兢地说：“我怎么会熟？”

“你不是北平长大的吗？”铁林着急地问。

“胡同口什么人？”

铁林没说话，拉着关宝慧往胡同深处拐。胡同口，城工部的便衣用手电光照着手里铁林的画像，在对照经过的市民。

过年的夜晚街上还有不少人，田丹在错综的胡同里走着，两名城工部便衣在她的身后跟随。走了一段，田丹停在一处岔口判断了几秒，旋即选择了一个方向走。

夜空奇诡，铁林和关宝慧从胡同里冒出来，慌不择路地沿街边往前走。拐过街角，铁林看见王伟民和四五个城工部便衣站在不宽的街口，铁林拉着关宝慧低头再次转入临近的胡同。

田丹退回岔口，重新判断路径，她往刚才没有选择的方向走去，两名城工部便衣紧紧跟随。此时，关宝慧跌跌撞撞地被铁林拉着，箱子散开，东西掉了一地，铁林回身蹲下往箱子里扒拉东西。关宝慧绝望地站在旁边黏着他问：“外头堵着的都是徐天的人？”

铁林边扒拉东西边说：“田丹的人，共产党……就这么一会儿全堵上了，她比老北平的人还熟这片儿。”地上的东西是关宝慧最心爱的，重要的是，如果不扒拉东西，现在还能做什么呢？铁林不敢让自己停下，停下就会陷入绝望。

关宝慧蹲下身，轻抚着铁林的后背，说："铁林，算了……"

铁林继续扒拉："怎么算？"

关宝慧哭着说："反正没地儿跑了。"

铁林咬着牙，此时他的狠厉显得多余而窘迫："跑不出去就是个死。"

"跟他们说说，没准儿也不至于……"

铁林冲着关宝慧低吼："怎么说？你是真傻。"铁林胡乱地盖起箱子站起来，拉着她继续走："走啊，不信还能都堵上。"

田丹在胡同里行走，看到胡同口守着的城工部便衣时，脚下突然一绊，她停下来拾起地上的女式大衣，没有往胡同口去，返身折回。

铁林拉着关宝慧突然停下来，说："这么着吧，宝慧，看着我。"

关宝慧慌张地看着铁林："怎么着？"

"你跟我也没过过啥好日子……"铁林语气平静。关宝慧似乎知道铁林要说什么，语气里全是哀求："原来日子挺好的。"

"你没说好。"

信号弹照亮夜空，关宝慧看到铁林的眼里全是泪水，关宝慧直后悔，哀哀地痛哭："我就是说说……"

铁林把泪憋了回去，他想了想，认真地看着关宝慧交代："今晚我们要能从这胡同里出去，再想办法出北平，以后就能好。要是出不去我也不连累你，夫妻本是同林鸟，大难来了分开飞。胭脂胡同那帮人肯定折了，他们知道咱俩是一块儿走的，你一个人出这口，过前头那条街，钻双槐树胡同，在水井旁边等我。"

"等不着呢？"

"我喊你。"铁林笑了笑。关宝慧想起从前的那个铁林，哭得更厉害了，她拉着铁林不松手："等不着呢？"

铁林笑了："我喊你，你答应一声，怎么会等不着。"说完，铁林笑得更温柔，关宝慧哭得更悲痛。

铁林擦了擦关宝慧的泪，说："他们堵了五六个点，只要田丹、徐天不在这口子，别人也不认识我。"

关宝慧急得跺脚："早知道这样，当初折腾啥呀？"

铁林替关宝慧整了整衣领，说："不折腾能出息吗？要出头这些都应该的，去吧，箱子搁这儿不要了。”

关宝慧仍止不住地哭，铁林突然大吼一声：“烦不烦啊？”

关宝慧看着铁林委屈地说：“从前日子挺好的。”

铁林又涌上一阵泪，他告诉自己不能哭，哭了就是到尽头了。铁林深吸了一口气，又嘱咐关宝慧：“水井边等着别瞎跑啊，别让我大晚上的找不着你。”

田丹在胡同里穿行，打量着胡同的走向。手电光照到地上的女用香皂、粉饼……都是刚才关宝慧箱子散开掉出来，没来得及收尽的东西。

诡异的信号弹流弹照在夜空里，街上往来着走街串巷的市民。四个城工部便衣在胡同口，用手电照着铁林的画像，打量进出胡同的人。

有市民在街对面惊叫，便衣招呼市民别乱跑。关宝慧从胡同里走出来，看到了铁林的画像，她控制着自己保持镇静，经过便衣的身边汇入市民。铁林脱掉外衣扔了，往胡同口走。关宝慧在对面的街角回望胡同口，一脸仓皇。田丹和两个城工部便衣打着手电，疾步在胡同里寻找。关宝慧身侧堆着高高的铺板，她远远地望着胡同口，胡同口有人出来，但不是铁林。便衣仍然在用画像比对每一个人，关宝慧回身使劲地推那一堆东西发泄，那堆东西一动不动，关宝慧绝望、疯狂地推着。那堆推不动的东西，仿佛是铁林的命一样。

铁林已经快到胡同口了，便衣身后传来巨响。铺板从远处街角翻滚出来，市民惊呼，几个便衣往那个方向跑去，铁林趁机闪出胡同，折向人多的地方。拿着画像的便衣只离开了几步便回身，但正好错过了铁林。胡同里又有别的人跑出来，便衣打手电比对画像，依旧一无所获。

关宝慧一边走一边抹着眼泪。铁林低着头，穿过街道，没进胡同。田丹奔过来，手电照到墙边铁林遗落的箱子，她往胡同口跑去，看着几个在对街维持秩序的便衣，问：“你离开过这里吗？”

便衣摇头，田丹追问：“一步也没离开？”

便衣有些迟疑：“就刚才……一会儿。”

田丹心头掠过一阵不祥，她向对街跑过去，走到那堆翻倒的东西边，她皱着眉头看，又抬头四处张望。王伟民开着吉普车过来，四个便衣跟着他下车：“六个点都布人了，按你指的区域又增加了两个点。”

田丹还怔着，王伟民继续说：“要不要往胡同里搜？别的组也能调，人手足够。”

“好。”田丹的心越来越凉，她预感到铁林已经逃了。

王伟民向那些便衣跑去，田丹进入车里，车门开着，她看着王伟民在张罗，便衣们往胡同里去。王伟民回到车边，她的眼泪掉下来，自己抹了一把，带着哭腔说：“谢谢你。”

“天亮部队全部进城前肃清敌特，应该的。”

“可能已经逃脱了……”田丹特别着急，又抹了一把眼泪。

王伟民对田丹的反应有些诧异：“田丹，你认识铁林？”

这一问，使她情绪彻底崩溃了，田丹用手捂住脸，眼泪从指缝里簌簌而落，她断断续续地说：“有两个人为我死了，是铁林杀的，他们被埋在广安门外小阳坡，这几天我去了三次，每次都不敢看石碑上的名字……”

王伟民无措地看着她宣泄情绪，沉默了一会儿，才轻声问：“都是徐天的亲人？”

田丹点着头。

“他恨你？”

田丹哭得更厉害：“不。”

王伟民犹豫着问：“你爱他？”

田丹哭得出不了声，只能摇头。田丹说不清对徐天的感情到底是什么，如果徐天有颜色的话，大部分时刻是彩色的、明亮的，像这乱世里的信号弹。可此时的徐天因为自己已经失去了颜色，是黑的，是属于夜空的黑色，属于大地的黑色，属于恨的黑色。

王伟民不知道如何安慰这个像自己女儿一样大的姑娘，他一直耐心等着她平复情绪。

田丹的哭声渐弱，她重新振作自己，说：“铁林潜反小组窝点的那个女房主在哪里？”

王伟民说：“被四野的同志带走了，应该押在宣武门临时营地。”

“带我去。”

王伟民开动吉普，田丹不好意思地朝王伟民笑了笑。

此时，的徐天正在自己屋里看着和贾小朵的合影，刀美兰推门进来，徐天回过神。

刀美兰看了眼合影，赶忙低下头，说："缨子说晚上不走了，在后院陪关老爷。"

徐天偷偷擦了擦泪说："那让燕三送您回去。"

"你睡吗？"

"睡不着，等田丹。"

刀美兰坐在椅子上说："我陪你等。"

徐天有些悔恨地说："就晚到一步，让田丹先找着铁林了。"

刀美兰温和地说："你要先找着，今儿这团圆饭就又吃不成了。"

团圆？徐天眼睛又红了："爸那屋空了，平渊胡同没大哥，我吃什么团圆饭过日子？"

刀美兰起身走到徐天身边，一下一下地抚着他的后背，徐天的激动让她心疼："天儿，小朵刚没的时候我也心凉了，后来是你和金海，你们俩在意小朵和我，有人在意就要好好活。"

"小红袄没抓到，大哥和爸的仇不报，我没脸好好活。"

"在意你的人，也在意你身边的人，不是你一个人难受。你要不活了，对不住去的人，也对不住在意你的人，是不是这理儿？"

徐天从兜里掏出那副盘扣，手指摩挲着，刀美兰问："这是什么？"

"从小红袄衣服上扯下来的。"

"允诺、金海和小朵都在意你，还有我和缨子、燕三也都在意你，还有田丹，她比谁都在意你，别说你看不出来。"

田丹对他的在意，徐天心知肚明，但他的心里全是恨，已经放不下爱了。徐天回避着这份爱，也回避着刀美兰的问题："屋里憋屈，我到门口等她。"

刀美兰追着问："田丹要是不把铁林带过来呢？"

徐天扔下一句话："她说来就会来。"

这条胡同没什么人居住，四下黑乎乎的，间或升起的照明弹将胡同映亮。铁林在水井边低声喊："宝慧，宝慧……关宝慧！"

关宝慧在树后捂着自己的嘴不出声，她克制着跑出去的冲动。她得和铁林分开了，这可能是最后一次见铁林了，也是最后一次听铁林唤自己的名字。关宝慧忍着，忍着这么多年的夫妻情分，忍着这份情背后的悲痛。

铁林索性大喊起来："关宝慧！"他边喊边往胡同深处跑，关宝慧从暗处转出来，犹豫着往铁林相反的方向走。她已经没希望了，铁林也没希望了，自己就这么走了吗？她走了之后，铁林还能活多久？活多久就陪他多久吧。想了想，关宝慧又转回来。

铁林的声音越来越远，关宝慧松开嘴哭出声音。铁林跑回来，欣喜又埋怨地说："你怎么才到，转哪儿去了？"

关宝慧只是哭，铁林拉着关宝慧的手又跑起来，关宝慧跌跌撞撞地在黑暗里问他带自己去哪儿。

"柳如丝那儿。"

解放军的临时军营建在宣武门一所废弃的学校中，一间教室里，几名解放军看守着十几个妇女。妇女们烦乱地走动着，柳如丝和七姨太安安静静地也在其中，显得格格不入。七姨太愣愣的，柳如丝坐在她身边。

七姨太问："你属什么？"

柳如丝没吭声。

七姨太自言自语："我属马，和属狗的八字和，刚碰到老沈的时候真的是和，这十年也没有不和过。"

柳如丝扭头看了七姨太一眼，七姨太看着窗户外的月亮，继续说："我们一共见过几次数得出来的，四年前你才来北平的时候看上去还有乡下丫头的样子。"

七姨太收回目光，转向柳如丝说："我姓苏，叫苏巧因。"

柳如丝叹了口气，眼前的七姨太是她没见过的，或者说，她眼里从没有过这个人，她说道："明明是一个南方人却在北平待着，为什么不回上海？"

"天天说回上海，我是想家。老沈知道我回不去，家里都是教书的，不同意女儿做人家七姨太，我自己跟家里断绝关系跑出来十年了……其实也不是七姨太，他就我一个。"七姨太絮絮地说着，回忆过去，她脸上的表情十分平静。

“跟个老头儿，图什么？”

“他也是读书人，他对我好。女人图安全感，他看着脾气大，实际上是过日子的人。他平时除了开开会，就是养花草，他会穿衣服，吃的口味也随我，我叫他把烟戒掉，后来他自己把酒也戒了，他说我比他年轻，要和我一起活长一点。”七姨太说起过往，柳如丝听得直发愣，这是她第一次了解到沈世昌不为人知的那一面。

七姨太看着柳如丝问：“你和冯青波好，图他什么？”

柳如丝想了想，不知道怎么说。图什么呢？是爱情？是陪伴？图到最后什么都没落下，死到临头连点美好的回忆都没剩下，柳如丝苦笑着说：“图个刺激。”

两个年轻的解放军看守走进来，操着河南话说：“都站好，排成一队向外走。”

军营门口车辆进出，有戴狗皮帽子的四野哨兵把守。女人们不情愿地站成一列，被押上一辆军用卡车。柳如丝被拉上卡车，看到顾小宝已经坐在了车斗角落里。

第六十七章

大缨子坐在徐家的大门门槛上看头顶斑斓的夜空。燕三坐在旁边看她，大缨子不时地耸一下胸，燕三忍不住问："你那里头……装的什么呀？"

大缨子奇怪地看着燕三说："你说呢？"

"不是，你老这么，这么托……"燕三比画着模仿她的动作，"没见你在意这儿啊！"

大缨子没好气地说："把眼睛挪开，你是要娶我做媳妇儿吗？"

燕三缩了缩脖子，讪讪地说："我是这么想的。"

大缨子认真地看着燕三："你知道我是什么人吗？"

"你什么人呀？说来听听。"燕三乐了，反问她。

"当初铁林把我休了，我跟我哥说了一句话，这辈子我都不嫁了。"

"啊？"燕三的笑凝固在脸上。大缨子补充道："再嫁除非铁林死了。"

照明弹失去光亮，大门口的红灯笼也被撤了，周围又黑下去。燕三无从分辨大缨子的神色，他讷讷地问："那金爷说什么呀？"

"我哥说，'不嫁就不嫁吧，别咒我兄弟'，所以你要是娶我的话，我就得把铁林给杀了，跟我哥说过的话得算话。"

燕三愣了半晌才说："你一女的杀来杀去的，铁林不死咱俩就没戏，这都哪儿跟哪儿啊！杀人犯法，再说金爷都不在了……"

大缨子急了，挺着胸瞪着眼问燕三："是男人吗你？我哥叫人拿枪打了，又没让你报仇，我自个儿的前夫自个儿来，你还不乐意了。"

燕三一时语塞，徐天从院里出来，看着俩人的背影，奇怪地问："你们俩干什么呢？"

大缨子猛地起身，还不忘护着胸，她心事重重地走回屋里，徐天狐疑地回头看她，也在门槛上坐下来。

燕三看大缨子进了屋，小声问："天哥，您是不是要杀铁二哥？"

徐天点了点头没说话，燕三叹了口气。

王伟民开车在黑夜里疾驰，田丹坐在副驾驶。王伟民看着田丹苍白的脸说："你身体顶得住吗？"

田丹没回答，她看着窗外的漆黑说："等天一亮，就是新的开始了。"

柳如丝的小楼，未拴的院门被人小心地推开。铁林拉着关宝慧进来，然后反身拴上院门。铁林小声嘱咐关宝慧站在原地别动，他一人走进小楼，关宝慧木然地在院子里站着，看一层、二层的灯都开亮。

铁林提着枪，重新出现在楼门口，兴奋地朝关宝慧招手："没人，都走了。来，宝慧，谁也不会找到这儿来。"

关宝慧转身准备去开院门，铁林在身后说："宝慧，你要是走就白折腾了。"

关宝慧转过身子，看着铁林手里的枪说："这地方我不想待。"

铁林将枪背在身后："街上待不住，天亮再走。"

关宝慧慢慢走进去，铁林进屋径直打开酒柜，他握着左轮手枪，拔了一瓶洋酒的塞子直接仰脖喝，喝完了冲着关宝慧拍沙发，示意她过来坐。他一脸满足地窝在沙发里发出喟叹："这沙发特别舒服。"

关宝慧忐忑地坐下，铁林将酒递给关宝慧："喝不喝？特别贵。"

关宝慧瞟了一眼，说："……我没酒量。"

铁林笑着看她，说："你酒量比我大多了。"

关宝慧抬头直勾勾地看着铁林，说："铁林，你连我都要杀？"

铁林一愣："说什么呢？你是我媳妇。"

"那你拿着枪干啥，这里也没别人。"

"怕你走。"

“我要走你就杀我吗？”

铁林半晌没说话，想了想，说：“杀我自己。”

关宝慧抓过酒瓶：“给我，横竖都是死。”

“没准儿，到了南边就是功臣。”说完，铁林将委任状从怀里拿出来，“少将，太太平平几辈子能做上？就得搏命。”

关宝慧喝了一大口酒，皱着眉头很痛苦。

铁林笑着说：“啥滋味？”

“苦。”

铁林接过瓶子灌自己：“心里不想着苦，就不苦。”

关宝慧又抢过瓶子，喝了一大口：“给我，喝大了就不苦了。”

铁林看着宝慧制止道：“哎，少喝点。”

“那儿还有，自己再开一瓶。”

铁林起身过去拿酒，背对着关宝慧说：“宝慧，我这辈子最值的就是娶你做媳妇。”

关宝慧已经有点醉了，她红着脸问：“我哪儿好？”

铁林转身看着关宝慧的背影，扬了个笑：“哪儿都好。”

关宝慧没看到，她胳膊撑在扶手上，手撑着头：“你这辈子最不值的，就是娶我当媳妇。”

“胡扯。”

“胡不胡扯，天亮就知道了。”

铁林坐回她身边喝新开的酒：“大亮人一多，他们就不好找，我们再换身儿衣服。”

“哪儿有衣服？”

“楼上柳如丝的衣服多得是，随便哪件你穿着肯定好看。”

“惦记柳如丝多久了？”关宝慧不是真吃醋，只是酒精让她放松，恍惚中似乎回到了一个月前，甚至一年前，她还是那个爱吃醋的关宝慧，面前的仍是那个永远都㞞着的铁林。铁林笑了，他觉得关宝慧还是那么傻：“说衣服呢，谁惦记她？”这样的关宝慧让铁林安心，让铁林踏实，信号弹不存在了，少将也不存在了，能回到过去真好啊，哪怕只是一瞬间。

军用卡车的露天车斗里，柳如丝乱发翻飞，她蜷在车斗一角，隔着两个妇女是七姨太，两个人互相看着，试图在目光里找一种理解或一种支持，也许她们并不理解，但这么看着，总好过孤独地面对。车上还载了十几个妇女和一个年轻的持枪军人。顾小宝在另一个角落，拿眼睛找柳如丝，柳如丝避开顾小宝，看着车外面。

顾小宝突然站起来说："当兵的。"

军人稚嫩地厉声道："蹲下！"

顾小宝仍站着说："我要解手。"

年轻的军人哪见过这样的女人，他举枪命令顾小宝蹲下。

顾小宝蹲下，但撒起了泼："再蹲就解车上了。"

其他妇女也起哄："我也要解手。"

军人左右看着，顾小宝看出他的为难，声音更大地说："忍不住了！"

车在郊路停下。年轻军人跃下车打开护板，搀下两个女人，押着她们去车灯照不到的地方。

一个女人趁机翻下车就跑，接着更多的女人翻下车。驾驶室里的两个军人出来，端枪大喊："站住，开枪了！"

柳如丝和七姨太两个人还蜷在角落，柳如丝站起来问七姨太走不走，七姨太茫然地问她："走哪里去？"

柳如丝没回答，也是一脸茫然，七姨太叹口气说："车开到哪里我就去哪里，这样省心。"

车外面的郊野响起了枪声，柳如丝僵着，七姨太看着柳如丝，眼睛里没有绝望，而是羡慕："你去吧，年纪轻。"

那种羡慕让柳如丝伤感，伤感的人都是柔软的，柳如丝第一次想要多了解一点眼前的这个女人："你今年多大？"

"早就忘了。"七姨太将头转过去，心如死灰地重新看着眼前的一片黑暗。

枪声四起，子弹打在土里，顾小宝和女人们惊叫着抱头蹲下。那个年轻的军人大喊："都不许动，往车这边靠拢！"女人们乖乖地往回走，柳如丝已经不见了，只剩七姨太一人空空地坐着，身体里最后的一丝活气也没有了。

十七坐在自家长满荒草的院子里，抬头看着上方小小的一块方形的天空。他看不到信号弹。但天空中时而明亮，时而黑暗。

他脖子上挂着田丹的红线并指手套，他将两手插进手套，然后又将手套卸下来，放到青石板上。他取出哈德门香烟，又取出仅剩的那把凌迟刀，他将刀抵住红色手套，良久，又松了手，刀躺在红色手套上面。他点燃香烟，火星明灭地闪着。

天空被照亮，颜色映在小洋楼客厅的玻璃上，挂钟突然响起，关宝慧和铁林不约而同地看着时针。那是一个倒计时，当太阳升起来的时候，一切都将尘埃落定。在此前的这些时间，是独属于他们两人的，他们长久地注视着彼此。

铁林新开的那瓶酒已下去了一大半，他的另一只手还握着枪。关宝慧醉了，她显得妩媚动人，举起酒瓶子晃了晃，说："还喝吗？"

铁林口齿不清地说："不喝了。"

关宝慧俯在铁林身边，轻声说："睡会儿吧。"

铁林半闭着眼说："天亮得叫我。"

关宝慧试图把铁林拉起来："上楼睡。"

"行。"铁林捏着酒瓶站起来，绕沙发转了一圈，摇摇晃晃地又栽回沙发里。酒瓶掉了，液体洒在地毯上，暗暗的颜色，像血。"我的酒呢……"铁林胡乱地抓了一通，将空酒瓶抓回到手里，指着楼梯说："楼上来过吗？"

"来过。"

铁林一愣，说："啥时候？"

"你让柳如丝带我上来的。"

铁林就着手里的瓶子继续喝酒，其实什么也没喝进去。"这床老子早就想躺了。"他陷在沙发里，还拧了拧身子让自己躺得更舒服。

关宝慧上前拉铁林，没拉动。她自己一努劲，把仅有的醉意也消耗了。钟还在嘀嗒嘀嗒地走，关宝慧放弃了，蹲下身看着铁林的脸说："铁林，咱俩说点真话，不撒谎。"

铁林嘟囔着："我跟你都是真的。"

"娶我做媳妇后悔吗？"关宝慧轻轻抚他的头发说。

铁林闭着眼直笑："一点都不后悔。"

"杀徐叔后悔吗？"关宝慧已经掉下了眼泪。

铁林的脸抽搐了一下，摇头说："不后悔。"

关宝慧接着问："杀大哥呢？"

铁林咬着牙，又摇头："也不后悔。"

"有后悔的事吗？"

铁林沉默着。

"说实话。"

铁林沉默了一瞬，说："没把柳如丝睡了。"

关宝慧没说话，看着铁林，她没有醋意，心里却升起一股子悲悯，她说："如果能重来，我宁愿你像从前一样窝囊。"

铁林含糊地应着。

关宝慧泪如雨下，她索性坐在地毯上，盯着那摊越来越深的酒渍。她轻轻开口，这话说给铁林听，也说给自己听："刚才在街上，我就不想跟你一起了……有年腊月徐叔拉车带我到后海来看灯，他指着银锭桥后面黑乎乎的一片房，说我爸从前住那儿，那儿黑乎乎一片……我记了五六年，后来，我自个儿去了一趟银锭桥后面，那片是一个寺庙，往后我就把珠市口当家了……嫁给你之前我琢磨过，除了徐家，我还得有个自己的家，有一个我想疼就疼、想使唤就使唤的自家人。"

铁林胡乱地应着，呼吸变得重而规律，像是快睡着了。铁林的神志不清给了关宝慧说出心里话的机会，似乎这样就能少一些残忍，不管是对铁林，还是对自己。关宝慧抽噎着望着铁林的侧脸说："铁林，你对我，真的好……我脾气差，但这脾气是徐家惯的，他们对我更好。徐允诺和徐天是我和我爸的恩人，不是下人。我得把你卖了，不然不算人……铁林，你听见了吗？我可跟你说了，要是能走，你就自己走……这辈子，咱俩的缘分到头了。"

铁林也应着，他真的是醉了，醉就醉吧，现在这个时候她也无法面对铁林。关宝慧站起来，轻声说："走了。"

铁林没回话，甚至起了鼾声，关宝慧轻手轻脚地走出小楼，掩上门，拔腿飞奔。铁林睁开眼睛，一点也不像喝迷糊的样子，他摇晃着从沙发上起身，又摇晃着往楼上去。

这里不是家，从关宝慧离去的那一刻开始，他心里的那个念想就没了。铁林知道关宝慧早就想走，从她看到少将委任状的那一刻开始，她就打定主意要走了。铁林一直在骗自己，骗自己能去南方，骗自己去了南方之后能和关宝慧过上富贵日子。现在一切都没了。想来，关宝慧陪自己这么久，可能是自己这辈子最成功的事了吧。自己装醉、装睡，给关宝慧一个选择的机会，让她不必面对自己做出选择，是自己最后一次对她好。现在，就剩自己了，一个没人要的房子，还有一个没人要的自己。铁林滑了一下，他跌在台阶上，滚落到楼梯底部，一动不动。他不想起来，尽管他看起来像是堆在那儿的一摊垃圾。

不知过了多久，关宝慧走到徐天家门口，她看到了门槛上坐着的徐天和燕三。临到门口，关宝慧慢下来，她拖着脚步一直走到徐天面前，重重地跪下。

徐天阴着脸盯着她，感觉自己血直往脑门上冲："铁林在哪儿？"

关宝慧面如死灰地说："东交民巷柳如丝家。"

"你怎么回来了？"

关宝慧抬眼看着徐天，几乎是恳求地说："这里是我家，我还能进去吗？"

徐天冷冷地说："这是你家，啥时候都是。"

关宝慧痛哭着说："大儿……能不能留你二哥一条命？"

徐天绕过关宝慧奔出去，燕三跟上，关宝慧跪在原地号啕大哭。徐天是恩人、是弟弟，铁林是丈夫，自己对不起徐天，她保不住铁林。关宝慧弓着身子哭，脸就快贴着地面了，突然听见有人问她："铁林在哪儿？"

关宝慧痛哭着努力抬起头，看清是大缨子，说："东交民巷。"

大缨子恨恨地问："东交民巷什么地方？"

关宝慧依然跪着，她念叨着："自己找，你们自己找……"

她希望自己能一直这么跪着，给所有人跪着，似乎跪着她就能稍微轻松一些。

军营门口，有戴狗皮帽子的四野哨兵把守。王伟民将吉普车停在军营门口，让田丹在车里等着他把人带出来。田丹抬头看着诡异的夜空，北平通向城外的道路车灯如龙，四九城内的信号弹此起彼伏。

王伟民从军营跑出来上车，说："不在这里，和其他女囚转德胜门监狱了。"

田丹心急如焚，时间在流逝，铁林也离北平越来越远。吉普车开动，又掉头向德胜门监狱去。

顾小宝一脸无辜地坐在看押室："你们弄错了，我是唱曲儿的，那帮人我不认识。"

田丹冷冷地问："认识铁林吗？"

"不认识。"

"抓你的时候，你说认识。"

"那也是通过别人认识的，不熟。"顾小宝连忙说。

"他在北平有别的隐藏地点吗？"

顾小宝不耐烦了，扭着身子说："我连他家在哪儿都不知道。"

王伟民厉声呵斥："配合一点，对你有好处。"

顾小宝抱怨着，依旧像是在撒娇："配合啥呀，千万别冤枉我。"

王伟民一拍桌子："藏匿敌特就够枪毙了。"

顾小宝一缩脖子，老实了不少："你们要问啥呀？"

田丹接着问："你和铁林是通过谁认识的？"

"没别人。"

王伟民阴着脸："老实一点。"

顾小宝赶忙解释："真没别人，有个姐们儿跟他熟。"

王伟民问："谁？"

田丹脱口而出："柳如丝。"

顾小宝说："没错，今儿铁林来还说柳如丝那小楼是他的，刚才柳如丝跟我一个车押过来，半道上跑了，你们怎么不找她……"

顾小宝还没说完，田丹就起身离开看押室。顾小宝在椅子上喊："哎，我怎么办啊？问完就走，是来救我的还是害我的呀……"

田丹和王伟民匆匆往吉普车走，王伟民问："铁林在哪儿？"

田丹说：“东交民巷柳如丝家。”

“他会去那里？”

“他不敢回家，国民党军队撤空了，晚上路口都是我们的人，他一定要有地方先停下来，天亮趁人多再混出城。”

小洋楼二楼的卫生间里，铁林的左轮手枪搁在洗脸台上。浴缸的水龙头开着，热气蒸腾。铁林看着镜子，上次洗澡时在镜子上画的眼睛鼻子慢慢浮现出来，那张脸诡异地和镜子里的铁林重合在一起。铁林对着镜子嘿嘿乐，镜子里的那张脸也嘿嘿乐。铁林晃了晃，抓住洗脸台稳住身体，啐了镜子里的自己一下，说：“有意思吗，铁林？做人有意思吗？北平保密局，你大爷。沈世昌你大爷，怎么不牛了？冯青波你大爷，让你把刀塞我手里。骗吃骗喝中医涂大夫，你才阳痿呢！八大胡同，你大爷！阎若洲你大爷！你大爷的南京，自己完蛋了要我忠于职守！你大爷的珠市口两进院，我睡觉耳朵里除了车铃铛就是蛔蛔叫！你们把日子过好点啊，徐天、金海？拜把子都瞎了眼。你大爷的一地飞机大炮，天儿这么冷……少将也得暖和暖和……”

铁林脱了衣服准备迈进浴缸里洗澡，外头突然传来声音。铁林关了水竖起耳朵听，外头的声音更清楚了，他开门走出去。

柳如丝站在大屋里。铁林往外看了看，说：“跟着你那丫头呢？”

柳如丝没有任何表情地说：“死了。”

“沈世昌呢？”

“死了。”

铁林茫然地问：“你回这儿来干吗？”

柳如丝也茫然着，对啊，回来还能干什么呢？但不回来，她又能去哪儿呢？

铁林笑得诡异：“这楼是我的了，你回来也对，去洗洗，水热着呢！”

柳如丝疲惫地看着铁林，铁林笑着说：“我媳妇关宝慧刚走，最后一句话说要把我卖了，我最后一句话跟她说，后悔没把你睡了，回来得正好。”

柳如丝恍惚着，人要是没了心里的那点活气，就真的什么都不怕了，不是坚强，而是麻木。

铁林看着柳如丝，笑容没了，脸上浮出悲伤：“其实……我也不想碰你，我就想让宝慧恶心，让她别再跟着我。我就想跟我媳妇过日子，可惜她不愿意了。”铁林说着眼泪流下来，但他自己没有察觉，他已经不像个人了，连流泪都感觉不到。

柳如丝绕开铁林走进卫生间，镜子上铁林勾勒的嘴脸在往下淌着水，看上去像流泪，也像流血。柳如丝伸手将镜子擦净，看了半晌镜中的自己，一只手抓起洗脸台上的左轮手枪，抵住下巴……

大屋里的铁林听到一声枪响。半晌，他起身去推开卫生间的门，柳如丝歪在地上，一摊血沿着地砖的缝隙向四面八方蔓延。柳如丝死了，他曾经仰慕的大象终究死在了这里，在这个不属于她的家里。铁林心里没有任何感觉，他俯身从柳如丝手里掰下左轮手枪，提枪下楼。他来到沙发边，捡起那张委任状，看着那个不存在的希望，似乎是命运对他的嘲笑。

不知道他这么待了多久，院门响了，他抬起头，看见徐天和燕三开门进来。铁林松开委任状，枪就那么垂着对他们说：“来了？”

燕三扑上来就是一拳，铁林跌倒，左轮枪滑入沙发底下。他起身向楼上跑，燕三健步如飞奔上楼，拦到铁林身前，铁林只得回过身子。徐天拿起那张委任状看了看，松手，委任状也飘入沙发底下。

铁林盯着徐天说：“宝慧说的我在这儿？”

徐天也盯着铁林说：“是。”

铁林自嘲地笑了笑说：“到底还是徐家的人，白娶了。”

徐天暴喝道：“下来。”

“来了……”铁林摇摇晃晃地走下来，到徐天身侧时他突然快速往外奔。徐天抓住铁林，像扔一个沙包似的将铁林扔到沙发里。贾小朵的红绳小金铃在厮打中断了，也落在沙发上。徐天掏出那把缴来的枪，铁林看着枪口，也看着枪口后的徐天，难以置信地问：“是要打死我吗？”

徐天咬着牙盯着他，身体里的血似乎都停止流动了：“应该吗？”

“应该，死你手里比死别人手里好，咱们插过香。”铁林突然笑了，他把头贴在刚才宝慧坐过的地方。

徐天大吼，枪口逼近他说：“你还有脸提这个！”

铁林流着泪，说："都要死的人了，说实话，能不能再让我挑个地方，大哥和徐叔埋哪儿了？"

徐天顿了顿，说道："广安门。"

铁林的身体软下来，仰面躺着说："我去磕个头，在坟上你一枪打死我，我心里踏实，大哥和徐叔也看见你报仇了，行不？"

王伟民的吉普车开过来，停到小洋楼院门口。四个人从车上下来，田丹看着虚掩的门，朝王伟民点头。王伟民递给田丹一把手枪，四人持枪进去。院内无人，客厅无人。两个便衣往楼上去，王伟民去书房查看，田丹看见地上有两个酒瓶，红绳小金铃落在沙发角落里。田丹感觉皮肤上淌着热流，她悄悄把手伸进自己的衣服里再拿出来，看到手指上都是血，田丹呼出了一口气，将血擦在衣襟上，去拿起红绳小金铃。

便衣在楼上探出身子喊话："二层没活人，有一个死的。"

田丹和王伟民上楼，推开卫生间的门。田丹看着歪在一边的柳如丝，感到有点头晕发冷，片刻就退了出来。王伟民收了枪，吩咐便衣把尸体收了。田丹面色苍白地问王伟民时间，王伟民看了看窗外，说："天快亮了。"

田丹坐在大屋的沙发上，那张沙发被 M3 打得到处翻着棉花。田丹忐忑又疲惫地说："徐天来过，把铁林带走了，但愿他会回珠市口等我。"

第六十八章

1949 年 1 月 31 日，农历大年初三。

城市远端的晨光露出一些白色，到处都挂着欢迎解放军的条幅。在四处的红色映照下，大缨子穿着单衣只身沿街行走，她有时也在街口四处张望。王伟民的吉普车擦过她的身边，大缨子看到车里的田丹，她不知道自己该往哪个方向去。

车窗前方城墙被天光勾出轮廓，田丹的面色越来越白，王伟民看着她的大衣已经洇出了血，他皱起眉头问："伤口渗血了，要不要去医院？"

田丹看着街上慢慢多起来的行人，摇着头说："我要看到他平安无事。"

广安门外小阳坡，徐天和燕三夹着铁林来到三座坟前。铁林先跪到金海碑前，哭着说："大哥，这世兄弟我没做好，把您害了，下辈子要不嫌弃，一定给您做牛做马。"

铁林磕了三个响头，又跪行到徐允诺碑前，俯身道："徐叔，您那盆景枝儿我折的，我就一屄货，还笨，干砸了事也不敢认。那天要让您大耳光扇透扇醒我就好了，我真没心杀您，枪走火了，我害怕，怕大哥怕徐天，我谁都怕，到地底下您再扇扇我，下辈子就不屄了。"说完，铁林又磕了三个响头。

徐天冷冷地看着，六个头，把徐天的心磕碎了。铁林就在眼前，随时可以报仇，可杀完之后呢？怀抱着仇恨时，人是可以活下去的，最可怕的是，如果仇没了，自己面对的世界将是什么样的呢？没了父亲，没了大哥，自己还杀死了拜把子兄弟……徐天怔着，铁林活到头了，感觉自己也活到头了。

铁林转回身子，跪向徐天，眼泪、鼻涕糊在脸上："天儿……咱们插香的情分没了，但怎么说我也是你二哥，头就不给你磕了，你要我的命，我就不欠你了，动手吧。"

燕三看着徐天，铁林也看着徐天，大家都等待着。徐天一直呆立着，没有任何动作，铁林战战兢兢地喊了句："天儿？"

徐天看着一点点亮起来的天光。

铁林哭求着："要么就放我一条活路，让我重新做人，这一世老老实实地做㞞货。"

徐天握着枪，不吭声。

铁林觉得自己还有机会，赶忙爬到徐天脚下，抱着他的腿哀求："行吗？你就当我已经死了，我找个地方躲起来，从你们眼前消失，我还没活够呢。"

徐天五味杂陈地低头看着铁林。

"我欠你的了，给您磕头了。"铁林放开徐天，结结实实又磕了三个响头。

徐天听见自己挤出了三个字："不杀你。"

铁林感激涕零又兴奋欣喜，命保住了。

徐天不敢看铁林，也不敢看三座墓碑，说道："天亮了去珠市口，我把你交给田丹。"

铁林心跳都快停了，他愣着说："交给她干啥？"

"今天初三，新年了，交给共产党和老百姓公审。"

铁林又抱着腿抬头看徐天："公啥审，审过了呢？"

徐天看着铁林，吐出两个字："枪决。"

还是得死，铁林觉得自己又被耍了，他被柳如丝、冯青波耍，被沈世昌耍，被南京耍，现在自己磕了这么多头，又被徐天耍。羞愧只是保命的方法，是一种表演。命都保不住了，羞愧也没有继续下去的必要了。铁林跳起来大骂："你大爷！我是你二哥，家里事家里人动手，关别人啥事！"

徐天将手枪放入大衣兜里，当铁林露出狰狞的一面时，徐天心里残存的那点挣扎也平息了。铁林盯着徐天伸进大衣里的手，他知道那只手握着的是枪，是自己的命，他说："还是不给活路呗？"

"让我把你领到这儿，是来要活路的吗？"徐天不解地问铁林。

刚刚有那么一瞬间，徐天几乎被铁林的悔过感动了。

铁林绝望地看着坡顶喷薄出来的晨阳，徐天看着铁林，不仅是徐天，金海在看着他，徐允诺也在看着他。一个月前，徐天还以为兄弟情是一辈子的，时间才过去多久，铁林就变成了一个妖魔。徐天明白了，他恨铁林，不只是因为父亲和大哥的死，还因为他和小红袄一样，把自己生命里最珍视的东西一锤击得粉碎。

阳光正好，解放军部队集结完毕，城洞内外的守卫士兵推开沉重的城门，部队整齐地穿过门洞，进入内城。街道两旁，出现城工部带枪便衣和先进城的四野先遣部队。他们成序列，每人相隔二十米从街道排开去。市民驻足，街道传来震动，震动越来越近，整齐的解放军部队开进街道。

市民从驻足到跟随奔跑，沿街未开的门铺探出平民，人们从惊诧到喜悦，更多的铺门开启。送水的骆驼车停在路边，车夫离开水车去街边人群里观望。街旁的平民越来越多，他们跟着军队涌动，有孩子放二踢脚，在半空散开红色的碎花。

部队如铁流涌动，平民们相互道喜。车夫回到水车边，看到久别重逢的小骆驼，大骆驼正与小骆驼耳鬓厮磨。

大缨子与街边欢快的行人在一起，她显得茫然。突然，她透过行进的解放军部队看到了对街的铁林，以及铁林身侧一左一右的燕三和徐天，她不再茫然，瞬间有了方向。她踏入街心，像别的市民那样，但她不是去亲近进城的队伍，而是钻入人群。

人潮涌动，当大缨子从队伍里挤出来时，队伍正逐渐远去，她的面前是隔十几米排列一个的城工便衣以及四野战士。便衣和战士们戒备地看着这个脸上没有欢欣的女人，大缨子迎向走过来的铁林，她把手伸进怀里，枪却从衣襟里掉了出来。枪落地的一瞬间，突然走火发出声响，一时间周围沉浸在喜悦里的人都僵住了。大缨子捡起地上的枪，费劲地重新拉枪栓，逼向铁林，几个便衣和战士冲出人群往这边跑来。

燕三大惊失色地跑上前抱住大缨子，大缨子挣扎着，眼睛恨恨地盯着铁林，说道："打死他。"

燕三看着正挤过来的持枪便衣和军人，强迫大缨子看着自己，说："你要被打死在这儿了，我还没娶你呢，缨子，他已经是死路一条了！"

铁林被徐天护在身后，他低头看到徐天的大衣兜敞着，露出金属枪柄。燕三缴了大缨子的手枪，向过来的便衣高声喊："警察，北平警察！"

铁林突然伸手掏出徐天大衣兜里的枪，猛地撞开徐天，拔腿往反方向跑。大缨子挣开燕三，毫不犹豫地往铁林的方向追去，徐天上前夺过燕三刚缴下的手枪也追过去，便衣们上来摁住燕三。

燕三看着大缨子跑走的方向着急地喊："误会误会，我们是白纸坊的警察，抓特务呢，自己人……"

铁林拼命地在人缝里穿行，大缨子拼命地追着，徐天垂枪追在后面。满街都是相互道喜的民众，人潮中徐天失去了目标，他努力睁大眼睛，目力所及人头攒动，根本没有他要找的人的踪迹，他慌张又愤怒。

铁林跑得气喘吁吁，他觉得已经暂时甩掉了追踪，街边不远就是城工部便衣。他将枪缩到袖子里，像市民一样以正常步速行走。突然一个身影扑过来，挥拳击打铁林，是追上来的大缨子。铁林猝不及防被打得踉踉跄跄，他将枪抽出来，大缨子一口咬在铁林拿枪的手上，枪打响，人群哄散。铁林挥拳击蒙大缨子，一时却还是不能挣脱扯拽。

铁林看到徐天提着枪冲开人群逼上来，干脆将大缨子揽到胸前，用枪顶住大缨子的脑袋，大喊道："来呀！谁都要弄死我，俩媳妇一个卖我、一个杀我，徐天赶紧的，我就想死你手里，别人谁都不行！"

徐天举枪逼近，铁林紧握手枪，勾着扳机的手指发白，便衣和军人持枪往这边奔。

铁林瞪着徐天大吼："还什么公审枪决？我一枪打死大缨子，徐天赶紧的呀！"

徐天握枪的手颤抖着，眼睛紧盯着铁林勾扳机的手指。

大缨子在铁林的钳制下僵着身体不敢动，铁林贴着大缨子的耳朵悄声说："缨子，我开一枪，打不着你……"说完，铁林将手枪枪口偏了偏，扣动扳机。子弹擦着大缨子的头顶飞走，头发被弹风撩动。徐天的枪也响了，连开两枪。

大缨子怔着，她回头看着铁林松弛下来，然后一头栽倒，徐天冲过来，俯身拽下铁林仍死死握着的枪。

铁林的眼口鼻都慢慢往外淌着血，像他在镜子上画的脸一样。他的视线里出现了徐天的脸，他缓缓地说："跟大哥这么多年，斩草除根的理儿还是懂的，在我家本来可以杀你……"

便衣军人上来就地扑住徐天，缴下他手里的两把枪，徐天的脸也被压在地上，与铁林近在咫尺。铁林继续说："我让着你呢，我是你哥，不㞞了吧，早等着你呢。"

大缨子捂着嘴发不出声音，徐天木然地被拽起来架走，他的视线一直粘在铁林的身上。徐天的视线开始模糊，他以为是眼泪涌出来了。恍惚中，他看到铁林朝他笑了，就像一个多月前他脸上的那种笑。

二哥没了，父亲和大哥的仇就算是报完了，但徐天脑子里总响着铁林最后说的那句话。二哥打从头不是坏人啊，㞞也不是坏事啊，怎么为了出头，就能把人变成妖魔呢？徐天想不明白，田丹不在身边，金海不在身边，他的很多困惑都是无解的。

燕三狂跑过来，眼看着徐天和大缨子被架走，地上的铁林目光僵直，已经咽气了。燕三向徐天、大缨子被架走的方向追去，二人分别被塞入两辆军用吉普。街道上仍然铁流滚滚，两辆车分头开走，一时间燕三也没了方向，欢腾的人群中，只有他慌张落寞。

珠市口的街道有军队路过，王伟民的吉普车停在徐家门口，车门开着，面色苍白的田丹坐在车里。刀美兰端着点心和茶水从院子里出来，先递给王伟民，又送到车里。"满汉饽饽铺的米糕，趁热吃了。"田丹微笑着朝她道谢，刀美兰忧心忡忡地看着面色苍白的田丹喝热水，说："徐天真的把铁林带走了？"

"是。"田丹心里也惴惴不安。

刀美兰看田丹身子虚弱，心有不忍："要不要进去躺着？"

田丹固执地摇摇头，刀美兰急得直打转："急死人，天一亮，徐天、燕三和缨子三个都不见了……"

话音未落，燕三气喘吁吁地跑过来，刀美兰连忙拦住他问：“三儿！缨子是和你在一起吗？”

燕三喘着气点头。

“徐天呢？”

“就大马路上，铁二哥死了，缨子也带把枪……”

“铁林死了？”刀美兰惊讶地捂住嘴，她最担心的就是徐天摊上人命。

“还当着进城的解放军。”

“谁打死了铁林？”田丹插嘴，神色紧张。

燕三看着田丹，露出大难临头的表情，说道：“天哥。”

刀美兰慌了神儿：“一气儿把话说完，徐天和缨子呢？”

燕三厘清思路，吸了一口气回答：“我们本来打算把人带回来交给田丹的，半道上大缨子截住铁林，铁林要杀大缨子，天哥开了枪，当时就被当兵的带走了。”

“在哪里带走的？”田丹扶着车门下车。

“正义路东口。”

王伟民听后立即转身上车，又跟田丹说：“马上过去，不然不知道会送到哪里了。”

田丹努力让自己冷静下来，她重新上车，又回头对燕三说：“燕三，你回正义路，尽可能地找看到过程的平民。”

“好多人看见了。”燕三忙回答田丹。

“越多越好，刀阿姨，我走了。”田丹跟燕三吩咐完，王伟民开车离去。

刀美兰向着车大喊：“把徐天带回来。”

直到车消失在路口拐角，刀美兰才回过身，看见发愣的燕三还在旁边站着，她一跺脚说：“你还愣着干啥？”

燕三焦急不已：“光说把天哥带回来，大缨子呢？”

“缨子打死人没？”刀美兰问。

“差点让铁林打死。”

刀美兰无奈地看着燕三：“那不就结了，田丹能把徐天带回来，缨子还用说吗？”燕三听后抓过刀美兰手里的碗，喝尽残水，撒丫子原路跑回去了。

监狱院子里，一如寻常。狱警们有的便衣、有的制服，不太整齐地在院子里站着。周边有许多全副武装的四野战士，有两个军官在宣布监狱接管事宜。

一名军官跟众狱警说："和平解放了，北平是人民的北平，监狱是人民的监狱。从现在起，京师监狱由中国人民解放军北平军管会暂时接管……"

华子、二勇、十七都在狱警中间，目光茫然。十七没穿制服，穿着那件缺一副盘扣的褂子。

军官继续说："过渡时期，希望大家与我们的战士配合，保证监狱安全，保证今后顺利地向北平市人民政府交接！这段时间会有反动敌特送到各监狱暂时关押，要与原来的囚犯区别开来……"

监狱大门忽然打开，开进来一辆军车。战士们将后板放开，押下来一堆捆着双手的敌特，徐天赫然在其中。

军官没有被新来的犯人打断，继续说："其中罪大恶极破坏北平解放的现行反革命，几天后在人民和政府的监督下进行公审枪决！政府会视各监狱的囚犯情况，在新世界来临之际特赦一批表现好的、罪行轻的、欢迎新世界重新做人的……"

不少狱警的目光都被新押来的敌特牵引。华子、二勇、十七的目光一直跟着徐天，直到他消失在门禁里，三人互相对视，面面相觑。军官在做最后的发言："现在解散，各监舍负责人向我们的战士介绍情况。"

狱警们散开，和战士们相融。一辆军用吉普开到门口，守门的战士与开车的司机简单沟通后，车开进来，停到首道门禁边。十七看到了坐在车里的田丹，怔了，手指牢牢攥成拳头，他在努力控制自己。王伟民下车，与刚才说话的军官交涉。十七的目光收回来，混在狱警和战士里进入监狱。王伟民替田丹拉开车门，安抚她说："军管监狱的陶政委我认识，41 军的，他让你先看徐天。"

田丹的手从衣襟里拿出来，血更多了。

"要么把他带出来？"王伟民看着田丹说。

"可以吗？"田丹哀求着问他。

王伟民一时也拿不准，说："你在这里等，我再向他们解释。"

“一天也不能让他待在这里。”田丹的眼神迫切。

王伟民点点头说：“我尽量说。”

“谢谢你。”

说完话，王伟民才发现田丹流出的血已经渗透了刚换的大衣，他颇为担心地说：“你流了这么多血。”

“只是伤口迸裂，不要紧。”

“我叫他们来带你进去。”

王伟民走过去跟陶政委打招呼，看起来是老相识，田丹稍稍放下心。

王伟民跟陶政委比画着，又指了指田丹的方向，说：“你们抓错了个人，他不是政治犯，我们田丹同志想把他带走，行吗？”

陶政委有着黑红的面膛，此时面露难色：“那也得准备材料啊，还得审查，你不能说带走就带走啊……”

王伟民顿足道：“我知道程序，让他们见一面总可以吧？”

陶政委想了想，终于点点头，又补充道：“时间不能太长，我先上去准备一下交接材料。”

陶政委又叫过一个军官，配合工作。

不远处，华子、二勇一伙狱警正在与解放军战士一起将新送来的敌特分别收监。原来几间监舍的犯人正被往外带，华子指挥道：“这些押到二区，每间号子分一个。”解放军小战士新奇地看着监狱内的景象，华子打开特别监舍的门：“剩下的带进来。”

监狱里有三间监舍开着门。敌特逐一被送进去，只剩下徐天一人。华子站在最里面的监舍门前疑惑地看着徐天，那个监舍上一次关的还是田丹。

徐天看了看监舍，又看眼华子，什么也没说，径直走了进去。小战士和二勇站在一边，华子为难地关上门。华子看徐天的手上还捆着绳索，凑近栅栏跟徐天说：“手。”

隔着门栅栏，徐天将捆绑的手腕伸出去，华子替徐天解绳，低声问：“怎么了，三哥？”

“我把铁林杀了。”徐天不带情绪地回答。

华子和二勇惊诧地看着徐天，二勇愤恨地咬牙低声道：“活该，给老大报仇。”

“在哪儿杀的？”华子紧张地问。

“大马路上，当着解放军。”

徐天说完，华子眼圈就红了，为金海，为徐天，也为一个情谊。兄弟情总是美好的，撕碎在面前时，任何人都难以自抑。

背着枪的解放军战士从特别监舍里走出来，华子和二勇也跟着从后往外走。二勇看了眼特别监舍，小声问华子：“这帮押进来的过两天要枪毙，三哥不会跟他们一起吧？”

华子此时眼睛看着前方，笃定地说：“不会，天哥帮的是她，她是共产党。”二勇顺着华子的目光看去，一个军官领着田丹沿通道过来，他们走到华子和二勇身前停下，田丹冲华子和二勇挤出一个微笑。军官问华子：“徐天押在哪个监号？”

华子赶忙指着通道里面说：“里边。”田丹来了，徐天有救了。

“打开。”军官说。

华子忙不迭打开特别监舍的通道门，二勇见状自语道：“这下行了，好人有好报。”

监狱存物室，十七情绪不稳定地在翻找东西，一时也不知道自己到底在翻什么。他双目邪性，面色潮红。

田丹和徐天隔着铁栅门，徐天看着田丹，门还在，彼此却变换了位置。徐天不知如何面对，避开田丹的目光，胡乱说了句：“他们把墙砌回去了。”

田丹含着泪说：“对不起，我到晚了。”

徐天笑了笑，宽慰着田丹：“我刚被送进来。”

“晚一步到东交民巷。”

“你去那儿了？”

“嗯，要是我先到，你就不会被关在这里了。”田丹观察着他的眼睛，里面不再有复仇的狂热。

徐天的目光移开，他低着头，像犯了错似的说：“你是对的，但我还是把他杀了。”

“没关系，有我在。”田丹看着徐天，像徐天曾经在牢房外对她说的话一样。

“杀人的感觉很不好，还是杀结义兄弟……他说就等着我呢。”徐天说的时候，感觉浑身缩紧，像被蛇缠绕着一样。

“那他为什么要跑？”田丹问。

“押来的路上我跟他说，过几天要枪毙他。”

“铁林当街持枪挟持平民，你是警察，不是报私仇。”

“当兵的就看见我杀铁林了。”

田丹把眼泪憋回去：“有老百姓看见他挟持了金缨，我一个一个去找。”

徐天有些不好意思，他本不愿麻烦田丹：“现在换成你在外面帮我了。”

“王伟民在和监狱军管的陶政委交涉，退一万步说，铁林也是敌特。”田丹继续说道。

“人都死了，谁知道。”

“我知道。”田丹直视徐天，她不仅知道铁林的身份，更知道徐天为自己、为北平做了什么。

“他们信你吗？”徐天问。

田丹思索了一下，看向徐天说：“要是他们不信，我就像你一样。”

徐天听了先愣住，旋即笑了：“这我真不信。”

田丹也笑了，似乎这就是个玩笑。徐天渐渐不笑了，他从田丹的眼睛里看出来，那不是玩笑。田丹也渐渐不笑了，手下意识地去捂腹部，她继续说：“想一想有什么能帮我的。”

“帮你？”徐天一脸不解。

“帮我让你回家，今天就回家。”

此时，十七从一堆囚犯入狱登记的照片里翻出田丹的照片。他抚了抚，放入怀里，然后又从杂物架子下面翻出一只玻璃瓶，瓶上有乙醚的标识。

徐天想了想：“东交民巷有铁林的委任状在，就在一楼的沙发下面。”

田丹摊开手掌，将红绳小金铃隔着铁栅栏送进去，说：“这是你的。”

徐天看了看，说：“是贾小朵的。”

“我捡到了。”

“你先拿着。”

“不是我的东西。”小金铃是小朵，是徐天心里的那道坎儿，也是田丹和徐天之间情感的鸿沟，跨不过去，甚至有任何想要跨过去的冲动，都是对小朵、对徐天的伤害。田丹想了想，还是把小金铃递给徐天。徐天接过小金铃，田丹看着徐天半晌说："我改主意了。"

"改主意？"徐天又懵懂地看着田丹。

"当然要先送你回家，铁林死了，我也不用担心了。"

徐天听了更加困惑："你什么意思？"

"我想了想……"田丹下意识地不看徐天，心里七上八下，"留在北平心里会难过，还是和爸爸的骨灰一起回南方好。"

徐天这才听懂，心也跟着混乱起来，下意识地打断道："这会儿说这个。"

"说过就不好意思再留下来。"

徐天喉头哽哽的："小红袄你不管了？"他不想田丹离开，小红袄是田丹留下的唯一理由。

"你可以给我写信的。"田丹看了一眼徐天，匆匆往外走，生怕自己又改了主意。

"田丹。"徐天从后大喊。田丹停住，回头朝徐天笑："找到委任状我还回来，等我。"

徐天愣在原地，那个笑容与自己记忆里的笑渐渐重合。徐天感觉自己被冻了太久的四肢正在渐渐活泛过来。他双手搓了搓脸，又深吸一口气，试图让自己打起精神。

陶政委陪着田丹从监舍通道过来，华子打开门禁，担心地问："三哥能捞出去吧？"

"解放了，这不是他应该在的地方。"田丹说。

华子一脸认真："说得是。"

十七从内部通道进入首道门禁区，他向田丹僵硬地点点头，目光发直。田丹看着他有些异样，但匆匆擦身而过。十七的目光在田丹的脖颈软弱处停留了一下，他看到田丹的手捂在腹部，经过的地方滴下一两滴血。十七双手背在后面，绞着手上的纱布。田丹走向院子里的吉普车，十七还在看着田丹的背影，问华子："她去哪儿？"

"刚见过三哥，肯定出去找人了！"华子回答。

"三哥在哪儿？"十七问。

“特号，你干吗呢？直眉瞪眼的。”

一句话说得十七心虚，十七赶紧转身进监舍：“我看看三哥。”

田丹坐进吉普车，她解下围巾，然后解开外衣扣子。十七打开特别监舍通道的门走进来，通道里就他一人，他走到徐天的监舍前，十七叫徐天，徐天抬头应了一声。

“田丹让我问您，她去哪儿？”

徐天一时没反应过来：“去哪儿？东交民巷啊。”

“是冯青波相好的那个小楼吧？”十七又问。

徐天回过神来，察觉不对：“你问这干什么？”

“那地方我知道。”

徐天奇怪地看着十七，十七眼神发飘：“三哥，我走了。”

此时，徐天目光下移，看到十七的衣襟掉了个盘扣。十七向外走去，徐天已经看不见他了，突然徐天大喊：“十七，十七，你别走啊！”

十七在通道半截处站住，转身走回到徐天面前。徐天从兜里掏出那副盘扣，十七看着徐天手里的盘扣，点点头说：“我的。”

徐天难以置信地看着他：“你？”

十七看了看通道那头，回头看着徐天手里的红绳小金铃，一脸歉疚：“我不知道贾小朵是您的女人，拍照片的时候也没注意到您，光看见她的红袄了，就属她穿得艳。”

十七抱歉地笑着，徐天脸色发青，徒劳地隔着铁栅栏伸手去抓。十七一动不动，他的位置徐天正好够不到。十七继续说：“要不是田丹，您一辈子也够不着我。我祖上是刽子手，太爷爷杀一个人三天三夜光流血不断气。刚才我看到田丹流血了，她也喜欢红的，前几天我以为再也见不着她人了，我特别能忍，有时候忍一年，但从来没这么想弄过一个人，你肯定喜欢田丹，可我比你喜欢多了。”

十七说完转身往监舍外走。徐天歇斯底里地大喊：“别走，别找她……十七，你个王八蛋！”十七不再理徐天，已经快步走出特别监舍的通道，他锁了通道门，将钥匙掰断在锁眼里。

“来人！都死哪儿去了！大哥！华子！来人！”徐天在里面疯狂地喊着。

小红袄近在眼前，自己却身陷牢笼。徐天悲愤又绝望，小朵死了，田丹成了他的下一个目标，自己却无能为力。他后悔自己的一意孤行，把自己送进监狱，再次跟小红袄擦肩而过。他眼看着小朵死了，现在又眼看着田丹陷入危险，徐天不敢想，不敢想那把特制的凌迟刀，不敢想这把刀插入田丹身体的画面。徐天以为自己是警察，是追赶小红袄的猎豹，最后才发现自己只是一只野兔，小红袄才是那只狩猎的猛禽，他一次次俯冲，一次次把自己的心咬碎。通道里又陷入了黑暗，徐天号叫着，就好像他已经被抓到了天空，又重重地坠向地面。

院子里，田丹将红围巾绑在自己腹部系紧，一个一个系上外衣扣子。田丹发动吉普车，生涩地操纵。十七经过门禁区，看见田丹将车子掉头，十七赶忙进入侧门。

解放军战士打开大门，田丹的车子开出去。田丹握着方向盘，手脚尽量配合着，她不断地催促自己快一点，再快一点，徐天还在等自己。

第六十九章

十七快步行走，躲避经过的狱警和军人，路上的狱警跟十七打招呼，十七点头敷衍。他走进交班室，从墙上取了一把车钥匙，随后跑向一辆囚车，坐进驾驶位，囚车开动，十七驾着车向大门驶去。

金海办公室，政委繁忙地安排工作，王伟民等不住了，上前拍了一下陶政委的肩膀，说："老陶，就五分钟，我们的同志还在下面车里等。"陶政委也很焦急："到外面等我，马上！每个囚犯的情况都得反复核实，听狱警的也要看原始入狱记录……"

几个战士又围上来，陶政委歉意地跟王伟民点点头，吩咐战士们："你把这几个重刑犯，杀人放火的，重新登记一下，这些是表现好的、犯罪轻的……"

王伟民急得团团转，但又无计可施，看着一堆人在屋里，他索性开门退了出去。

囚车停在监狱大门口，二勇和解放军战士站在一起。二勇见十七开着车，问他："你去哪儿？"

十七坐在驾驶室里，镇定地说："三哥的事儿，田丹刚出去，我跟她一块儿。"

"上面知道吗？"

"就上面说的。"十七回答。

“行嘞。”说完，二勇打开大门，囚车开出去。

金海办公室门外，王伟民焦虑地等在门口，陶政委走出来看见王伟民问：“这么急？”

“乱哄哄的，抓错人了。”

“就让你同事进去看的那个？”陶政委问。

“对，我带走。”

陶政委翻看记录，说：“报过来他是当街杀人，破坏部队进城。”

“当街杀了一个国民党保密局的潜逃特务，保护部队进城。”王伟民解释道。

陶政委点了点头，拍了拍王伟民的肩膀：“放心，我让他们核实，不会冤枉。”

“放心是放心，人我先带走。”

陶政委很有原则地拒绝了他，王伟民急了，嚷嚷道：“我的同事田丹二十天前进城的，是和谈最不明朗的时候，她父亲是田怀中。”

政委恍然道：“田先生，听说过。”

“下火车站就被保密局特务杀了，田丹在这个监狱里关着，要不是徐天，她也死了。徐天的父亲和大哥——这个监狱的狱长金海，为我们的事业都付出了生命，他们是普通的北平人，我们进入这个城市不就是要让他们安心吗？”

陶政委有些动容：“徐天在街上杀的是什么人？”

“保密局潜反特务头子铁林，昨天晚上城工部的抓捕名单上就有他，跑了，是徐天抓回来的。”

“你能证徐天杀的不是平民？”

王伟民笃定：“我保证。”

陶政委依然为难：“保证没有用，要有证据。”

“什么样的证据？”王伟民觉得自己有理说不清。

“证明徐天杀的人是潜伏敌特。”

“铁林是敌特，徐天是北平警察。”王伟民忍不住向陶政委大吼。

陶政委又拍了拍王伟民，让他息怒：“你替他做担保？”

王伟民一字一句地说：“我用党性担保。”

田丹把吉普车停在了柳如丝住处的大门口，下车推门进去，但因身体失血过多，动作显得有些迟缓。

她先进入客厅，扫视了一圈，跟昨晚她来看的时候一样，应该没有别人来过。她将屋里分成几个区域，细细地搜查。突然，田丹在沙发下看到一张纸，她走到沙发旁，艰难地俯身捡起来，发现那正是徐天提到的委任状；沙发下还有一把小左轮手枪，她也捡起来揣入了外衣兜里。田丹看着委任状上的字，心中的焦灼稍减。

十七也在门口停好了囚车，他拿出玻璃瓶，还有一块毛巾，手哆嗦着往毛巾上倒乙醚，受伤的手不方便，乙醚没倒出来多少，全都洒在了车地板上，流入缝隙。

监狱里，华子带着王伟民和两名便衣走向关徐天的牢房，老远就听见了哐哐的撞门声。几人对视一眼，感到大事不妙，大步往牢房跑。徐天正用身体使劲撞牢房门，见华子跑近，疯狂大喊：“华子！来人！快去救田丹！”

华子听见后惊慌地掏钥匙，却发现钥匙眼堵了，着急地向徐天喊：“三哥！”

“十七找田丹去了，他就是小红袄！门打开！”徐天的情绪已经失控了，双眼通红。华子见状心更急了，可是钥匙断在锁眼里了。

“打坏！”王伟民大喊，接收监狱第一天就打坏监锁？拿枪的年轻士兵看着王伟民有些迟疑，但王伟民态度强硬：“我命令你！”士兵端起枪冲监狱的门锁射击，监门被打开了，华子和王伟民奔了进去。

巷子里空无一人，十七拿着毛巾蹲在门边。也许是嫌等得太久，他还拿起毛巾自己嗅了嗅。就在此刻，田丹拿着铁林的委任状走出来。她有些眩晕，扶墙站了一会儿。等她再抬头时，看到巷子另一头停着一辆囚车，然后她就见到了近在咫尺的十七。

十七向田丹笑了笑，想说什么又没说，显得不太自然。田丹看了看十七手里团着的毛巾，风在巷子里贴地刮旋，血从田丹的衣襟滴到地上。十七眼中的渴望让田丹恍悟，她强撑着，努力控制着自己的眩晕，说：“1月19号早上，你戴了风帽和口罩。”

十七想了想，点头，不自然的笑依然挂在脸上。

十七看出了田丹的恐惧，满足感充斥着全身，他觉得自己是一株久逢甘霖的小草，瞬间就长成了一棵妖异的大树，这甘霖就来自田丹的愤怒、绝望、痛苦、无助。现在，她的生死完全掌握在他手中，这一刻，他感受到了无与伦比的愉悦。

“你父亲是刽子手？”田丹冷静地问十七,十七似是而非地看着田丹。

“没有父亲？”田丹又问。

十七的面部表情很复杂，他回答：“有。”

“但没有见过？”田丹说。

十七点头。

“母亲对你很严厉……”

十七不想再听下去了，好像不愿被田丹剖析，他才是掌控全局的那个人。“是我。”十七打断田丹，继续说，“三哥的女人贾小朵我弄没的，还有前面四个。”十七直视着田丹，微笑开始变得自然。

“为什么？我是说为什么承认，不隐瞒？”

“没人问过，没啥可瞒。”

田丹的手伸到外衣兜里，她转身准备往吉普车走去。十七迅速从后迈上来，一手环抱住田丹，正好压住她插在外衣兜里的手，一手用毛巾捂住了她的嘴。田丹挣扎着，但毫无悬念地被十七往囚车拖，她手里的那张委任状飘到地上。田丹的眼睛瞅着那张委任状，视线却越来越模糊。

接近囚车的时候，田丹终于不怎么挣扎了。十七将田丹放入后车厢，田丹伸到外衣兜里的手软软地滑出来。十七拉开前车门坐进去，把车开出胡同，委任状被风刮起来，跟着车飘了一半落回到巷子里。

王伟民开着一辆军用吉普在街上疾驰，徐天坐在副驾驶上，后面坐着两个便衣。徐天浑身发凉，看着四周的街景，焦急地指挥着方向：“左拐，奔北，快点……”徐天在赛跑，他要和小红袄赛跑，和生命赛跑，和那把凌迟刀赛跑。

同时，十七也在街上开着车，看到有解放军部队经过，他将车调了个方向往回开。田丹在后车厢的地上摇晃着，她努力睁大眼睛使自己清醒，手指挪动，却无法带动手臂。

田丹逐渐感到车慢了下来，十七将车拐入就近的一条胡同，靠边停下。胡同深处有几个小女孩儿在跳橡皮筋。十七下车看了看周围，附近还有个男孩儿在玩竹蜻蜓。十七把车后厢门打开，进入车里，关上后厢门，他取出两张田丹入狱时拍的照片。

胡同里很安静，小孩儿玩耍的声音远远传来，阳光明媚，将田丹苍白的脸照亮。十七看看照片，又看看田丹，然后将哈德门烟和火柴逐一放好。烟和火柴就在田丹手边，田丹努力移动着手指，将火柴挪到自己掌中。十七专注地将田丹额前的头发撩开，他停下来，看见火柴被扣在田丹掌下。

“药水不太够，手指能动？”十七问。

田丹轻声地说：“嗯。”田丹能出声，使十七更加惊诧。

“知道我为什么要这样吗？”十七问田丹。

“知道。”田丹发声艰难，但是她必须保持清醒。

“你理解吗？”

“理解。”田丹的声音几不可闻。十七避开田丹的视线，取出刚才在商铺买来的凌迟刀，专注地用刀刃把田丹的外衣扣子一粒一粒挑开。他看到田丹的胸腹处缠着红围巾，手停下来：“真的理解？”

“嗯。”

十七持刀的手垂下，他觉得有必要和田丹说说话：“我不是要杀人。”

“知道。”

“我喜欢张秋芳、刘妮、万翠、方药芝、贾小朵，她们爱去哪儿，爱吃什么，爱穿什么，我都知道，我有她们的照片，每天都和她们在一起，一个人一年，明白吗？”

“明白。”

“真的明白？没有人明白。”十七看着田丹，眼神中甚至有些盼望。

“你害怕。”田丹轻声说，十七怔着。

“怕她们不喜欢你。”

十七顿了顿，这是他第一次被人看穿，这种感觉让他不知道是高兴还是愤怒，他说："是。"

"谁说过她们会拒绝你？"

"我妈。"

"一个人一年，春天或者夏天开始？"

十七听着，心被戳中，曾经的一切又在脑海中闪现。他还从未与人分享过自己内心深处最隐秘灰暗的角落："是，有长有短。"

"但都过不去冬天。"

"有时候我也想时间长一点，可为什么过不去冬天？"

田丹看着十七，缓慢地眨了眨眼："天冷，孤独，害怕，红色暖，你想取暖。"

十七如遇知己，感到既兴奋又失落："是，反正她们都不会理我，不如找个时候让她们知道，先送她们走，你也是一样。"

"嗯。"田丹说着，暗暗活动着手指。

"我比三哥喜欢你，比谁都喜欢，我能为你死。"

田丹注视着十七，尽量不刺激他的情绪："知道。"

"你要早知道肯定不愿理我这种人，躲得远远的，对不对？"

"嗯。"

十七心里很难过，他继续说："以前我养过一只鸟，也不算养，冬天的时候它在我窗子底下，不管我多喜欢，它春天就飞走，第三回，天暖之前我弄死它，这样它就没法不搭理我了。我不是坏人，做事儿有道理，你信吗？我就在天儿冷的时候送我喜欢的人，春天来的时候到处都是好看的鸟，我愿意看见它们在北平飞来飞去，天儿暖我不碰它们，挑一只喜欢的，不让它们知道，信吗？"

"嗯。"

"我从来不说瞎话，送每个人走都是因为喜欢，不喜欢的不碰，我特别喜欢你。"

"知道。"田丹毫无力气地轻动嘴唇。

"那我就送你走了。"十七吞咽了下口水，就像一头即将要享受大餐的野兽。

十七将田丹的外衣向两边敞开，外衣盖住了田丹左右摊开的两只手。田丹的手指一点点往衣兜里爬，兜里露出一半左轮手枪。十七用锋利的刀刃划开红围巾，围巾打开一部分，田丹胸腹的衬衣有血渗出来。

十七看着惊讶地问："谁扎的？"

"徐天。"

"怎么能这样……你是我的。"

田丹的声音微弱："象坊胡同的那个女人叫什么名字？"

十七怔着，极力去想，但想不起来。

"每个人都因为喜欢才碰，不喜欢不碰。"田丹重复着十七刚刚说的话。十七不知田丹想说什么，迷茫地看着田丹。

"为什么说谎，你只是要杀人。"

十七想了一会儿，百口莫辩地否认："不是，不是，我没说谎，你不明白我？可你刚还说理解……"田丹的样子越来越虚弱。这时，车门咣当一声，像是有人从外头敲了一下。十七扭头看，又转回身盯着田丹。

"你喜欢她？"田丹追问。

十七摇头，眼神疑惑，田丹又问："她长什么样子？"

十七努力回想，最后还是摇了摇头。

"那为什么？"田丹问。

十七迷茫地看着田丹，囚车侧面玻璃又传来咣当一声。十七要下车，又觉得还有很多事情需要辩解，田丹的声音越来越轻，十七一时没听清。

"你说什么？"十七俯耳过去。

田丹努力避开："不要碰我，你让我恶心。"

十七听了，直起身子，他被羞怒燃烧着。

"冬天过去了……"田丹的声音非常微弱，十七好奇，再次俯耳倾听，田丹念叨着，"去看看，春天来了，树已经吐芽了。"

车门又咣当一声，拉开车门，光亮照进来，照得田丹闭了闭眼。十七合上车门，站在车边，看着那个男孩儿合掌旋转竹蜻蜓，竹蜻蜓再次撞到囚车，发出咣当咣当的声音。

十七抬头看胡同里的树，大部分还是枯枝，只有斑驳的阳光照在上面。十七往前走，离开囚车，他仰着头一树一树看过去，身后，竹蜻蜓终于旋转起来，旋入树杈之间。

十七看到竹蜻蜓划过的地方，树杈上有几处已经吐出嫩芽。他停住身子，回身看后面的囚车，囚车更远处，女孩儿还在跳橡皮筋。车内，撩开的衣襟下面，田丹的手指一寸寸地爬入衣兜，车门打开，光照进来，十七走入车里，遮住光亮。

十七脑袋发蒙，口干舌燥地说："对不起，是因为太喜欢你了，又没机会亲手送你走，所以忍不住随便找一个人，我自己也觉得恶心，以后不会再那样，我错了。"

十七重新拿起刀子，迅速地将围巾全部割开，彻底把田丹血浸的内衣露出来，十七的手摸上来，刀尖顶上田丹。忽然，闷闷的一声枪响，十七的身子震了震，肩头冒出血。田丹依然一动不动地躺着，十七不明白声音是从哪儿来的，但看到田丹豁到一边的衣襟棉絮破了个口，紧接着又是一枪，棉衣襟破口的附近又破了个口子。胡同里，跳橡皮筋的孩子停了下来，看着囚车。

半晌，十七从后车厢下来，他关上后厢门，去前面开动车子，孩子们看着车慢慢开出胡同。车内，田丹摇晃着，她的视线和听觉越来越不清晰。车在拐弯，田丹滚向一边，铁林的手枪从外衣下面滑到车壁上，车一点点慢下来。囚车滑行，最终碰上一棵树，停下来，机器抖动了几下熄了火，车像是好端端停下一样，十七在座位上渐渐歪倒。阳光照射在树杈上，光影斑驳。田丹的视线模糊下去，成为一团白色。

同时，军用吉普车停在了小洋楼前，徐天和王伟民以及两个便衣奔入柳如丝的院子。

徐天奔跑的样子像一只豹子，他找了一圈，一无所获。他从院子出来，失魂落魄地看着眼前的一切。突然，他看到巷子里飘飞的一张纸，他跑过去抓起来，发现是铁林的委任状。徐天扔了委任状，向巷子另一头跑出去，身后的王伟民捡起委任状，随徐天奔出巷子。

北平的街道上人来人往，徐天像一只没头苍蝇一样寻找，不停地喊着田丹的名字，突然，他看到了停在树下的囚车。

徐天感觉自己浑身的血液都在倒流，他奔跑过去，打开车门，光线刺入，徐天看到腹部渗血的田丹歪着头，安静得好像已经死去一般。徐天只觉得心如刀绞，他立即俯身抱起田丹，向巷子外冲去。王伟民和两个便衣赶来，伸手探查前座的十七，发现已无鼻息。

徐天在心里祈祷，希望自己这次不会再失去，他已经禁不起失去了。徐天慌得很，他感觉田丹在离自己慢慢远去，这种感觉熟悉又冰冷，他发足奔跑，只要奔跑得够快，就能甩开这种感觉。渐渐地，田丹搭在他肩上的手恢复知觉，两只手慢慢围紧了徐天的脖子，田丹的眼睛睁开一条缝。耳侧是徐天奔跑的喘息，她看见颠簸又斑驳的街景逐渐退去……

1949 年 9 月 30 日，农历八月初九。

天朗日清，能清晰地听见鸽群的声音。所有人都穿着秋衣，几个军队干部站在桌子后面，桌上堆着公安警徽和第一套八一公安袖章。一个军官在宣读，几个军队干部给依次站起来上前报到的人分发警徽和公安袖章。

“田五常、王沪生、刘毛毛、江大海、江大河，内五区新街口派出所；王林、刘源、徐健，内五区什刹海派出所；杨享妹……是杨享妹吗？”

一个看着就很老实的中年人站起来答应着：“是是，是我。”

“他爹想闺女都想疯了。”旁边的人起哄道，众人听见都笑起来。

干部继续念：“方金光、刘燕明，白纸坊派出所。”

燕三听见站起来往前去，他身边坐着徐天，燕三探头探脑地想看那个名单，问干部：“没漏人吧？白纸坊我们警长呢？”

干部没理他，继续宣布：“以上人员到派出所向新警长报到。陈融、孙如宾，琉璃厂派出所……”

燕三领了新公安警徽，站在门口忐忑地等徐天，等了许久，终于在陆续从礼堂出来的人里见到了徐天。燕三见了徐天高兴地问道：“天哥，您高升了吧？”

徐天在阳光下看着新警徽，笑了笑说：“高了点。”

“市局？”

“郊八分局石景山派出所，上风上水半山坡。”

“哎？跟他们说去呀？白纸坊您多熟，闭着眼胡同都能转明白，街坊邻居都认识，好开展工作……”

没等燕三说完，徐天就往外走，无所谓地说：“换换地儿挺好。”

徐天和燕三沿着街走，四周热闹又充满活力。燕三比画着新公安袖章，说：“天哥，跟上面说说，白纸坊弄一新警长，我还真别扭。”

“跟谁说去，谁也不认识，服从分配。”

“怎么不认识？田丹、王伟民不都能说得上话？”街坊行人向徐天和燕三打招呼，徐天笑着说：“王伟民不熟。”

“田丹熟啊！”

“人家不在北平，说得着吗？”

燕三看了看徐天：“她没给您写信？”

“写了两封。”

燕三听了眼睛一亮：“您回了吗，干脆请她来北平得了。”

“她是南方人，来北平干啥？”

“您在这儿啊。”燕三把声音抬高了。

“想多了，一共才认识二十来天，早过气了。”

“她的命都是你给的，过不了气。”

“我们的命都是她给的。”徐天说着话，祥子从后面拉着车跑过来，见徐天就问：“少爷，去哪儿？顺一程儿。”徐天坐上祥子的人力车，燕三难过地看着徐天：“真要去石景山啊？”

“实话告诉你，这是我自己要求的，去那儿清静。”

“天哥，那……”

徐天看着在旁边小跑的燕三，嫌弃地说：“别跟着我。”

“您想多了，啥时候走？”

“立即报到，会上宣布的。”

燕三听了之后脸上露出无奈，最后说：“走前吃碗面，喝我一口酒。”

“啥酒？”

“您来就是了，下晌午，平渊胡同。”

徐天笑着看燕三：“和缨子真成了？”

燕三笑得不好意思：“成不成得您点头，您是我哥，她那头也得您做主。”

“行吧。”燕三站在原地挠了挠头，徐天朝他挥了挥手。祥子拉着车问徐天：“少爷，咱去哪儿？”

徐天在秋光里眯着眼睛说："回家。"

"拉快点还悠着来？"

"不急。"

"得嘞！"

徐天在后面喊："祥子，以后别叫少爷，新社会了，我是人民警察。"

车铃铛依旧响着，祥子欢快地应着："得嘞！"

秋末的小风吹着，一切都很适意。初秋的街上，有时髦的女人已经戴上了红围巾。女人坐在前面的车里，红线围巾在车沿飘拂，徐天从后面定定地看着女人的半个背影，感觉像极了田丹。祥子拉着徐天不紧不慢，徐天盯着前面车里的女人，拉女人的车拐进了一条小街。

徐天从车里坐起来，不住地喊祥子："祥子加快，拐，跟上前头那辆车，快点。"祥子拐过去，另一条街道，徐天又看见了前面车里的女人，红围巾飘拂。徐天着急催促，祥子发足奔跑，车超上去，两车并行。徐天在车里直起身子，侧头看清那个女人，并不是他希望看到的田丹。祥子还在奔跑，车超过女人，徐天慢慢靠回到车座上，显得很失落。

京师监狱院子里，还是陶政委对着册子唤名字，华子和狱警一间间开监门提人。华子穿着新狱警服，显得十分质朴。陶政委底气十足，高声念："张小刚，入狱原因盗窃，服刑三年，已两年三个月。刀八青，入狱原因，寻仇伤人，服刑时间四年，已三年九个月。"刀八青从监舍里走出来，陶政委继续喊："连翠华……连翠华？"没人从监舍出来。

陶政委指着名册问华子："有没有弄错，女犯？"

华子伸头过去看，说："没错，男犯，在监狱门口喝多了，酒后寻衅临时抓进来的。"

陶政委听后大喊："连翠华！"

小耳朵从监舍里晃出来。

陶政委皱着眉头打量小耳朵问："你是？"

小耳朵看着政委，不自然地假装混不吝地说："就这名儿。"

陶政委转头问华子："是他吗？"

华子点头，憨着笑说：“就是他。”

陶政委合上册子，说：“酒后寻衅，没有刑期。刚才叫到名字的都到外面集合！”

说完陶政委继续喊：“王祥恒、郝志勇、李兆谦、苗孝成……”

最后一名被点名的囚犯与士兵走出门禁区，到外头院子集合，华子关上监门。那个小战士与华子站在一起，小战士操着一口浓厚的沈阳口音说：“是要带哪儿去啊？里面住不下啊？”

“特赦。”华子回答。

“放了？”小战士惊叹。

陶政委的声音从院子另一端传到华子这儿：“新中国，新的中华人民共和国就要成立了，党和人民、中央人民政府对犯罪轻的、改造好的进行大赦，旧社会的一切已经消亡了，外面是一个有秩序的、人民当家作主的世界、好勇斗狠、恃强凌弱只能重新回到监狱，希望你们痛改前非，做一个对社会有贡献的人！再核实一次姓名、身份，叫到名字的出列，核实后从那个门迈入新世界……”

小战士用手敲铁栅门，上敲敲下敲敲。华子问小战士：“你敲啥呢？”

“这牢里多少门？”小战士问。

“六百零八扇。”

“那得用不少铁啊！”

“你家干啥的？”

“打铁的。”

华子咧嘴笑着说：“就这小身板。”

小战士“哼”了一声，说：“别看不起人，再硬的铁到我们手里都打成面条。”

华子笑得更欢了，小战士摸不着头脑，也跟着他笑。犯人们陆续从监狱出来，有欣喜的，有惶恐的，刀八青也从门里走出来。跳子和一群兄弟散在马路对面，他们看到小耳朵走出来立即迎上去。小耳朵瞥了眼众人，却当没看见，径直往前走，大家伙不明所以地跟了上去。

第七十章

欢欣的新世界，阳光明媚，树叶还绿着，投下斑驳的影子。一群壮汉在街上成群行走，显得格格不入。有经过的解放军侧目，还有年轻的女学生远远躲开。小耳朵停下，等兄弟们跟上来，小耳朵问跳子："咱们那狗场呢？"

跳子说："政府不让开了，说是赌博。"

"从今往后，你们也别我走哪儿跟到哪儿，好勇斗狠不让，咱们不打架了。"

跳子诧异地问："那弟兄们怎么办？"

"爱怎么办怎么办，我又没养着你们。"

跳子为难地看着小耳朵。小耳朵朝他们挥了挥手，然后犹豫地又挥了下，说："散了，听见没，再跟着一会儿又得抓回去。"

小耳朵转身走，一群大老爷们儿还在原地杵着，面面相觑。小耳朵折身回去，仰着头问："不扎堆不会走道儿？旧社会的一切已经消亡了，现在是一个有秩序的、人民当家作主的世界，都有点人民的样子。自己走自己的，以后吃吃喝喝大伙儿聚一块儿。"

小耳朵独自汇入街面，连虎三步并作两步跟上去。小耳朵歪头看了看他，连虎笑得憨厚，说："我得回家啊，看我干什么啊，哥。"

那些壮汉无助地看着跳子，跳子摆了摆手，也汇入街市。壮汉们零落散去，漫不经心地融入这新世界中，似乎他们从未聚集过。人聚人散，大家往往习惯为相遇庆祝，却从未好好对待过别离。兄弟相遇，要插香；夫妻相遇，要举行婚礼；但所有的分离，多是无声的，甚至是后知后觉的。兄弟各奔东西了，开始还亲密，后来便渐渐断了联系，来不及准备和回味，带着点茫然，投入另一段世俗里。

珠市口徐天家门口，院里依旧聚着不少车夫，都执着车牌子。关宝慧穿着一身布衣，完全是平民装扮，伏在徐允诺用的那张案子上，看着车单账簿晕头转向。

张子指着账簿说："这儿，车份子都在这儿呢，上月换了个轱辘，整了一次条辐……"

关宝慧问："那还要给你这么多，是不是？"

张子笑着说："关奶奶，别人算进不算出，您是算出不算进。这么着，您就给我们干活得了，车是车行的，您不用给。"

"修车了呀？"关宝慧用笔杆挠挠脑袋。

"那从份子钱里扣，都是这规矩。"

关宝慧听得一脸茫然，徐天和祥子走进来。张子见祥子赶忙拉住，说："祥哥，您来看看账，都管好几个月了，连家里有多少车到现在还不知道……"

祥子拿过账簿翻看，关宝慧看着徐天，有些不好意思地笑了。

徐天朝她笑笑，进入自己的厢房，开始收拾东西。衣物收进箱子，打包被褥，一切有条不紊。关宝慧走到门口问："你回来了？"

徐天回头看了关宝慧一眼，又继续收拾，说："一会儿得走。"

"饭做好了，放在南屋。"

徐天觉得有点不对，又说不出来，抬头眨了眨眼问："关老爷吃了吗？"

"吃了。"

"以后账让祥子管，你别操心车行的事儿了，每月祥子跟你报，你伺候好关老爷就行。"

关宝慧笑着点头，说："听你的。"

关宝慧看徐天要把被褥打包起来，自然地走过去帮他摁着叠好的被褥，让徐天打背包带。关宝慧问："去哪儿啊？"

"石景山。"

“多少天？”

“跟那儿上班了，没准一月半月回来一趟。”

关宝慧看着徐天，不知再说什么，只好应了一声：“噢。”

外面祥子在叫关宝慧，关宝慧听着要出去，又折回来问徐天：“吃的要不要端这屋来？”

“我过去吃。”

祥子又在外面喊，关宝慧答应着离开厢房。徐天收拾好东西，看着柜子上自己和贾小朵的合影。他拿起来擦拭干净，找出块绒布，包起来，放入抽屉，又从抽屉里拿起红绳小金铃，揣入兜里。

院子里，祥子指着账本教关宝慧，这儿是份子账，那儿是车账，这一摞是人头……关宝慧表面听着祥子在说话，心里却想着徐天要离开的事，心不在焉。

片刻，徐天拿着一个箱子、一件行李出来，放在院子中间。他透过窗户看着徐允诺屋里，祥子跟关宝慧在对账，大老远都能看出来关宝慧的茫然。徐天在屋外喊：“祥子，以后账你管了，这哪是宝慧干的事儿？”

祥子听了从屋里走出来，为难坏了，说：“啊？我还得拉车呢。”

“不拉，掌柜了！”说完，徐天绕过祥子走进徐允诺的厢房。祥子在院里愣着，车夫们听了在旁边起哄：“祥子福气好啊！”

祥子兴奋又害羞地直挠后脑勺：“腿脚还不憋屈坏……”

简单的饭菜放在炕桌上，徐天抄起筷子吃。窗台上，徐允诺养的盆景长得很好，秋蝈蝈在一排四五个罐儿里鸣叫。徐天将盆景转了一圈，发现缠绕在枝上的细铜线不见了，此时关宝慧提着一个布囊进来，说：“烙的饼带着，面有点发大了。”

徐天看见眼前的烙饼，惊讶地说：“还会烙饼？这饭也是你做的吧？”

“刚学的，从前真是什么也不会。”

徐天笑着，扒着手里的饭，说：“都快不认识你了。”

关宝慧脸红了一下：“下回发面就能发好。”

徐天看着关宝慧，心里突然有些难受，说：“宝慧，不用这样，这是你和关老爷的家，跟从前一样。前院的事儿不用管，就管伺候好你爸。”

关宝慧听了心里也酸，情绪低落下去，说：“我爸老问徐叔在哪儿。”

“一会儿我去告诉他。”

关宝慧沉默着，许久后叹了口气，徐天继续说：“打小没见你伺候过人，还是从前认识的那个宝慧让我心里踏实。吃完这顿我也不在家吃了，前院让祥子管，一会儿我路上再跟他说。”

“天儿，你不怨我？”关宝慧突然问道，泪眼盈盈。

“我还怕你怨我呢。”徐天抬头看着关宝慧。

关宝慧低着头，手指头攥着衣角绕来绕去，说：“一点也不怨。”

徐天听后放下筷子伸出手说：“饼给我。”

“这就走？”

“去趟平渊胡同看看刀姨，你去吗？”

“我？”

徐天笑着说：“燕三跟大缨子成了。”

关宝慧没听懂，问：“成啥？”

“一对儿。”

关宝慧反应过来，她乐着说：“挺好……我就不去了。”关宝慧还是不好去平渊胡同，她不知道该怎么面对大缨子，更怕大缨子见着自己不痛快。

徐天没再强求，又看了看窗台上徐允诺的盆栽说：“这盆景你伺候着呢？”

关宝慧点了下头。

徐天看着她跟自己客气又小心的样子，有点不自在，他咧了咧嘴，笑着说：“那你费心了。”

“应该的。”

徐天说完嘴里嚼着东西从厢房出来，见祥子又问：“祥子，窗台上的蝈蝈你弄的？”

祥子应声。

“谁伺候？”

祥子笑着回答：“归我。”

徐天心里突然升起一股暖意，父亲虽然不在了，但好像也没走远。徐天又指了下地上的行李：“这些东西拿车上，今儿你拉我。”

祥子忙提起行李答应着。

徐天笑着往后院去，关山月袒着胸，盯着笼子里的鸟。徐天过来，隔着笼子站到他对面，关山月透过鸟笼栅栏的缝隙看着徐天："你谁啊？"

徐天往门前的椅子上一坐，奇怪地问他："怎么不听戏了？"

"听不了。"

徐天往开着门的厢房里看了看问："唱机呢？"

"不听了。"

徐天进屋，关山月跟进去，徐天从柜子里捧出唱机。唱机用一床被子捂着，外头绑着绳子，徐天不由分说就开始解绳子。

关山月哎呀呀地喊着过来阻止他："叫允诺来弄。"

徐天停了手，正色道："死了。"

关山月一愣，脸上带着骇意说："没人告诉我呀？"

徐天把唱机搬到原来的地方，手里摆弄着唱机，大声朝他喊："我现在告诉您了，别再忘了。"

关山月皱着眉看徐天，不高兴地说："你谁呀？"

"徐天，徐允诺儿子，他就我这么一个儿子，不会跟您说瞎话的。我爸死了，以后您自己上点心，照顾好自己。"

关山月瘫坐在椅子上说："……没戏。"

"有，戏来了，再闷出个毛病来，还不够乱的呢……"

唱机传出京剧曲牌的声音，后院听起来又跟从前一样。徐天笑着，对关山月说："这出还行吧？不行自己换，下月回家看您。"

徐天朝关山月笑了笑，转身出去。关山月站起来，走到屋门口看着徐天走出后院，老泪滚滚。

京剧的声音远远地从后院传出来。徐天坐上祥子的车，关宝慧站在院子门口，看着车将徐天拉走。徐允诺没了，徐天走了，大院里就剩自己和父亲关山月。关宝慧很后悔，后悔没对徐允诺、徐天更好一点。以前关宝慧总觉得自己过得不好，落魄的格格连个孩子都没有，现在想想，前面半生都被这对父子当主子一样供着、哄着，还有谁比自己幸运呢？

平渊胡同里各家居民往来，相互招呼，每个人脸上都喜气洋洋的。之前徐允诺买的那两张年画贴在刀美兰家的院门上，看着有些旧了，祥子拉着徐天过来问："这院儿？"

徐天一指："前面。"

“我到胡同口吃点东西，一会儿来候着。”

徐天招呼祥子进院儿一块儿吃，祥子赶紧摆摆手，说：“不了，不合适。”

徐天只能随他去，转身看金海家的院门开着，索性没敲门就走了进去。大缨子和燕三高卷着袖子和裤腿，正在打扫院子。徐天站在院子中间看着，喊两个人：“干什么呢？”

大缨子回头，看了徐天一眼说：“大扫除，政府号召。”

“不是叫我来喝你们的喜酒吗？”徐天大喊。

大缨子听见了，转头看旁边的燕三。燕三避开大缨子的目光，特别不好意思地说：“……我没说。”

“三儿，你想多了吧？”大缨子扔下扫把问燕三。燕三假装一脸无辜地说：“是天哥想多了，他自己要求去石景山，一月半月的也见不着，多远哪？我就说过来喝杯酒，吃碗面。”

徐天看着害羞的燕三故意问：“你们俩到底有戏没戏？”

“有戏。”燕三赶忙回答。

大缨子在旁赶紧说：“没到时候。”

“还得到啥时候。”燕三听了着急。

“等我坎儿过了。”大缨子回答。

“没坎儿了呀！”

院子角落扫出来一张发黄发硬的纸，徐天捡起来看，是丢失多月的监狱结构图。大缨子和燕三自顾自地拌嘴。燕三愁苦地说：“金爷走都大半年了，是这坎儿吧？咱又没说要结婚，碍着啥了？”

“过几天我得出趟门儿。”

“去哪儿？”

“没想好。”

“我陪你？”燕三殷勤地问。

“不用。”大缨子毫不犹豫地拒绝了他。

燕三不高兴地说：“你是躲我吧？”

“犯不上。”

“干啥去啊？”

“迈坎儿。”大缨子说得理直气壮。燕三一脸怀疑地看着大缨子说：“你自己？”

“反正没你。”

“嘿，缨子我跟你说，别太来劲……”

徐天见燕三和大缨子说个没完，感到自己站在中间多余，说：“你俩聊着，我走了。”

燕三听了着急，说：“天哥，面还没吃呢！”

“哪儿呢？”

燕三笑着指了指隔壁：“刀婶屋里。”

徐天拿着刚捡起的监狱图纸走出院子，大缨子跟燕三说：“别刀婶了啊，乱辈分，我管人家叫美兰。”

“叫习惯了，以后我总不能管刀婶也叫美兰吧？”

“也是啊！”

“你改改，随我管美兰叫刀婶。”

“别闹了，要论起来美兰是嫂子……”

两个人的声音渐渐听不清了，徐天走进院门喊：“刀姨？”

厢房门开着，但没人应声。徐天走进去，看到桌上搁着三副碗筷，继续喊：“……刀姨？”

“来了！”

刀美兰的声音从后灶传来，徐天听见正要往后灶走，刀美兰迎出来。徐天看见刀美兰，笑着说：“一会儿得去石景山，来看看您。”

“等我端面，你坐。”

“家里吃了。”徐天说。

刀美兰看着徐天，殷切地说：“再吃一口。”

徐天没再回绝，将那张监狱图纸扔到一边。他坐到椅子上，看着对面的空椅子和碗筷，发了会儿呆。

刀美兰又从灶间端着面盆和酱出来，问徐天：“要蒜吗？”

徐天挑着面和酱说：“戒了。”

刀美兰转回灶间，又给自己盛了碗面出来。

“我调石景山派出所了，今儿就报道，以后吃您的面条就难了。”徐天边吃边说。

刀美兰听了很吃惊，说："这大老远的，白纸坊不让你待了？"

"我自个儿要求的。"

"人家都愿意在家门口，石景山有啥呀？"

"发电厂，连着西山，透气。"

刀美兰认真地看着徐天，眼神中透露着不解："就为透气？"

徐天避开了刀美兰的目光，说："白纸坊警署后面那片空地，我不想天天看见。"

刀美兰听见心里难受，又心疼地看着徐天说："小朵都走了大半年了。"

"十年也一样。"

"那也不用出四九城啊，那么多警署。"

"城里也不行，田丹老在我眼前晃……"

刀美兰露出笑脸，仿佛看穿了徐天的心思，打趣道："田丹在你眼前晃？"

"老想她。"徐天坦诚地说。刀美兰盯着徐天，徐天避开了刀美兰的目光，低头小声说："……就是老想她。"

"那当时人家说回南边，你不拦着。"

"怎么拦？她什么人，咱是什么人？外国回来的，那啥心理逻辑学都懂，是一回事吗？"

刀美兰看着窘迫的徐天直发笑，说："你想多了。"

"一南方人，面都吃不惯。"徐天从兜里掏出贾小朵的红绳小金铃，放到对面的空碗筷前，说："小朵的。"

刀美兰看着小金铃，又看看后面的灶间，眼神焦灼。

"面好吃，但真吃不下了，走了。"徐天说完起身告别。

刀美兰叫住徐天，心里着急，说："别急着走……"

徐天看了眼屋里的话匣子问："这话匣子能给我吗？"

刀美兰一脸困惑，问："你要这干啥？"

"山里清静，听听。"

刀美兰犹豫了一下，说："拿着吧。"

徐天拿起桌上的话匣子，搂在怀里，说："以后小朵的碗筷别摆了，人也回不来，摆了添难受。”说完，徐天掀帘子走出厢房。刀美兰看着徐天的背影，叹了口气，又看了后灶一眼，起身跟出去。

徐天出了院门，祥子早就回来等着了。他临走前还要去趟小阳坡。

祥子拉着徐天出胡同，刀美兰在门口张望着，又退回去。

刀美兰再走进屋里，看见徐天在桌上留下的红绳小金铃。她缓缓坐下，伸手从那副空碗筷边拿过小朵的金铃，触目伤怀。田丹从后灶走出来，轻轻地坐到刀美兰对面，她依旧一头齐耳的短发。刀美兰赶紧擦去眼泪，给那个空碗里盛入面条。

“酱自己放，甜面酱，甜的。”刀美兰指着碗笑着跟田丹说，田丹拌着面条，抬头看刀美兰。

“大老远从上海都来了，怎么躲后面不出来呀？”

“害怕，不知道说什么。”田丹低着头，有些自责，又有些委屈。

“心里有事才害怕，大大方方不害怕。”

“我心里没事。”

“跟刀阿姨就大方点吧。”

“在上海我用半年时间论证，结果我喜欢徐天。”

刀美兰感觉自己可能是年纪大了，越来越弄不懂徐天、田丹这些年轻人。田丹用理论掩盖自己的不确定：“我怕是短暂的，或者不真实。有时候经历影响生理，生理会影响心理，需要时间反省，自我证实。”

刀美兰不明白田丹的理论到底是什么意思。半晌，两人都没说话，田丹突然抬头看着刀美兰问：“我可以喜欢徐天吗？”

“问我？”

田丹踌躇着，也怕刀美兰心里难过，说：“您是小朵的妈妈。”

刀美兰反应过来，仔细地看着田丹说：“小朵没了，徐天一辈子还不能有别的女人了？迟早的事，别人还不如你呢。”

“但我怕告诉徐天很奇怪。”田丹用眼神向刀美兰求助。

“喜欢不说才奇怪。”

“怕他拒绝我。”田丹有些发窘，脸都红了。

“凭啥？”刀美兰看着田丹的脸色，忍不住笑出声，“刚才在这儿他说老想你，没听见？”

田丹心里还是翻江倒海，她忐忑地说："有时候他嘴里说的和心里想的不一样。"

刀美兰笑着看田丹，说："你都知道他心里想的啥，嘴里说啥就别在意了。"

"人在一起是用话交流的。"

"话不对付，就用心，反正你能看到他心里。"

田丹移开目光，不说话，跟碗里的面较劲，她搅和来搅和去，小声嘀咕着："但他可能看不到我的心。"

"哎呀，你们文化水平高的人就是不一样，要老这么想，跟徐天是聊不到一屋里去。我们都直来直去，心里想啥说啥，嘴对着心，徐天就更不会绕弯了。"刀美兰被她说得迷糊，快刀斩乱麻地替田丹做出决定。

"他有百分之六十以上的可能性不愿意接受我。"田丹还是心里发虚。刀美兰忍住笑问："怎么算出来的？"

田丹一副认真的表情，在脑子里又算了一次，笃定地说："可能更高。"

刀美兰彻底投降了，她松下劲来，给田丹倒了杯茶水，说："随你吧，反正他去石景山了，你有的是时间论证。"

"我来北平就不走了。"

"下次徐天回来，要告诉他你在北平吗？"

田丹想了想说："不要。"

刀美兰见田丹固执就没再劝，心里也像揣着事。她想了又想，话里有话地问田丹："新世界了，金海要还在，会挨枪子儿吗？"

"怎么可能？"田丹挑着面，斯文地往嘴里送。

"坐牢呢？"

田丹坚定地看着刀美兰说："不会，他对和平解放有功。"

刀美兰心安了，脸上绽出光彩说："是吧？"

"问这个干什么？"田丹突然好奇地看向刀美兰。刀美兰想到什么，突然站起来说："坏了。"

"什么？"田丹被她吓得也放下了筷子。

"徐天拿的匣子没电了。"

田丹松了口气，她拿起身边徐天留下的旧纸看。刀美兰走过去也看那张纸，问她："画的啥？"

"京师监狱平面结构图。"

刀美兰皱了皱眉头，说："他又想干啥？"

还没等田丹回答，刀八青突然出现在门口。刀美兰抬头见到刀八青，又惊讶又欣喜。

"我回来了。"刀八青喊道。

"又跑出来了？"刀美兰立刻往坏的方向想。

刀八青冲桌边的田丹哈着腰说："田同志，您也在。"

刀美兰着急地戳了他一下，说："问你呢！"

"放出来的，哪这么大能耐跑，上回跑出来也是借田丹的光。"

刀美兰狐疑地看着他说："金海都不在了，谁放你？"

"共产党特赦令看见没？一人一张。"刀八青从怀里掏出一张纸。刀美兰赶紧从刀八青手上夺过来，递给田丹问："田丹，你给看看，是不是真的？"

田丹接过来看，刀八青站在旁边继续说："政府说重新做人，做一个对社会有贡献的人。"

田丹将纸还给刀美兰，点着头。刀八青得意地说："瞧见没？田同志就是共产党，我住哪屋？"

田丹见刀八青回来了，起身往外走，说："那刀阿姨，我先走了。"刀美兰跟出来，说："面还没吃完呢！"

田丹回头笑笑："我不饿。"

"你住哪儿？"

"北沙滩，红楼。"

"来北平光找徐天呀？"

"工作。"田丹朝刀美兰挥了挥手，走出院子。胡同里有小孩儿举着小红旗来回跑，人力车的铃铛依旧在叮叮当当地响着。她微笑着抬头看着熟悉的鸽群，再往北，能看到高耸的箭楼。田丹把头发拢到耳后，那儿还别着一个红色的发卡。

刀八青见田丹走了，又问刀美兰："金海真死了？"

刀美兰看着刀八青半晌没接话，八青抓耳挠腮地继续问："给你留下点啥没？”

“啥也没有。”刀美兰瞪他。

“没事儿吧你们！这半条胡同都是他的，是吧？我总得有个地方住，不回天津了。”

刀美兰朝刀八青白了一眼，说：“……有你住的地方。”

广安门外小阳坡，绿树葱茏。三座坟前燃着新上的香。徐天正顺坡而下，祥子在人力车边等他，徐天走下来坐上祥子的人力车。

“咱们去哪儿啊？”祥子问。

“石景山。”

“嚯，不近。”祥子边跑边说。

“最后拉我一次，以后做掌柜了。”

祥子不好意思地笑着说：“您抬举，我真行吗？”

徐天也笑着说：“不行再拉车。”

祥子奔跑起来，笑得畅快：“我就是掌柜也一样给您拉车……”两人一车，郊路上渐行渐远。

1949年10月1日，农历八月初十，开国大典。

派出所坐落在一片农田中，依傍青山，鸡鸣犬吠相闻，话匣子搁在桌上。正是丰收的时候，目及之处一片金黄。徐天搭着毛巾正准备洗脸，一个怯怯的中年男人过来，站到徐天不远的地方。徐天刚弯下腰，歪头看他，问：“干什么？”

男人愤懑地跟徐天说：“长官，赵有亮的院墙高过我家一尺二寸多，中间风水他们全占了。”

“不叫长官，叫警察同志。”

“警察同志。”男人一脸正色。

“等我洗完脸。”说着，徐天开始洗脸。

男人站在旁边着急地看着徐天说：“我很急躁。”

“什么时候的事儿？”

“六年多了，每次跟长官报告都说不管。”

“长官不管人民警察管。”徐天边洗边说。

男人听见终于露出笑容说：“哎呀，好。”

徐天洗完脸拿毛巾擦脸，男人就一直站着。徐天进屋，拧开那个话匣子，话匣子吱吱啦啦地响了一阵，传出唱戏声，又传出字正腔圆的播报声，然后彻底没电了，徐天气馁。

此时，男人又出现在徐天旁边，跟徐天喊：“警察同志，我很急躁。”

徐天无奈地看着男人，忍不住笑了，说：“六年多的事还急成这样，火性比我都大。”

徐天披上警服，抓起警徽跟着他出去。

一辆拉干草的马车过来，田丹提着个大包，从干草堆里跳下来。她拍着身上的残草，然后礼貌地跟车夫道谢。

车夫指着远处说：“派出所奔西顺坡上去就看见了。”

田丹笑着看着车夫远去。指尖划过即将丰收的作物，她的心情和脚步一样轻快，连难走的山路对她来说都是一种幸福。太阳正炽，田丹抬手擦了擦额头的汗，深深地呼吸着农田里的气息，她离那栋小房子越来越近。田丹有些踟蹰，决定先观察一下。她偷偷从窗户看进去，派出所里无人，整洁又干净。话匣子摆在桌上，她忐忑地走进屋里，发现的确没人，反而轻松下来。她放下大包，拿出一些日用品，又拿出一个大柿子，放在鼻尖前闻了闻，然后端端正正地放在窗台上。另外还有两节电池，田丹打开话匣子的盖子，换上新电池，然后调动旋钮。郊县信号不稳定，话匣子的声音时断时续。

田丹离开屋子，向外走去。话匣子里断续传出新华广播电台的声音：“主席台设在天安门城楼上，城楼檐下，八盏大红宫灯分挂两边，靠着城楼左右两边的石栏，八面红旗迎风招展……”

青山郁郁葱葱，小小的田丹在乡路上走，迎面走来个女人与田丹相遇。田丹向她问路，女人手指不远的村落，田丹向那些村落房子走去。

话匣子还放在窗前的桌子上，播音员的声音时断时续：“早上六点钟起，就有群众的队伍入场了，人们有的擎着红旗，有的提着红灯，进入会场后，按照预定的地点排列。工人队伍中，有从老远的长辛店、丰台、通县赶来的铁路工人……天安门广场已经成了人的海洋，红旗翻动，像海上的波浪……”

风吹秋草，如同压低了波浪。徐天从一条陡路向上走，走向派出所的那栋小房子，徐天听见话匣子吱吱啦啦地响：“激动人心的时刻到来了……”

徐天盯着它站了一会儿，半晌，仍是滋啦啦的声音。他低下身子从抽屉里拿了一副卷尺，准备再次离开。话匣子突然传出毛主席清晰可辨的声音：“中华人民共和国中央人民政府今天成立了！自蒋介石国民党反动派政府背叛祖国，勾结帝国主义，发动反革命战争以来，全国人民处于水深火热的情况之中。幸赖我人民解放军在全国人民援助下，为保卫祖国的领土主权，为保卫人民的生命财产，为解除人民的痛苦和争取人民的权利，奋不顾身，英勇作战……”

徐天走近话匣子，仔细听着。播音员的声音洪亮有力：“今天，当五星红旗第一次高升天空的时候，中国人民向全世界宣布：中国历史中长期的、黑暗的、混乱的、贫困的时代已经过去了，永远过去了；有组织的、进步的、光明的新时代已经到来！旧中国死亡，新中国诞生了……”

徐天看着话匣子，此时，有个身子走近，遮住窗户照进来的一些光线。徐天抬起头，看向窗外，是向他微笑着的田丹。徐天露出笑容，笑得宽慰，像真的看到了一个新世界。

番　外

1949 年 11 月下旬。南方车站。

火车进站，人潮涌动，鸡笼、竹担间杂其中。朝气蓬勃的军人集结准备上车，军人队伍经过，露出角落里站着的金海。他穿着南方的衣服，显得奇怪，甚至有一些落魄。一个小胖子搡着金海，作势要打，嘴里吆喝着：“蹲下！”

金海依言蹲下，看着胖子，胖子说着一口北平话，鼻子不是鼻子眼不是眼地嚷嚷：“老理儿还有没有？”

金海点了点头，胖子甚至叉起了腰，说：“欠债还钱！”

“天经地义……”金海窘迫地说。

胖子弯下腰来盯着金海看，语重心长地说：“大家都是北平人。”

金海识趣地顺着他说：“所以你才借我。”

胖子两手一摊，疑惑而郑重地问他：“那为啥跑呢！”

金海一脸诚恳地说：“实在待不住了，吃不惯，睡不踏实，被子都是黏糊的。”

胖子气得嘴都要歪了，理直气壮地说：“你还挺讲究，车票去退了，有钱买票没钱还账？”

说着，胖子一手拍金海后脑勺，另一手抢金海手里的票，结果金海攥得紧，愣是没抢过来。胖子手捻着那沓票，夸张地喊：“这是多少张？倒票啊！”

火车彻底停稳，刀美兰和大缨子下车。

胖子一时半会儿没抢过金海手里的票，急了，又作势抬手，说："找打呢？我从前在北平蹲过大狱。别逼我动手，京师监狱听说过吗！"

金海紧张了，盯了小胖子片刻，转而向周边的人扫视，他觉得这人可能是个套儿，他镇定下来，重新审视小胖子说："你蹲过京师监狱？"

胖子抬抬下巴，找回心理优势说："怕了吧？"

金海眯了眯眼睛站起来，变成俯视小胖子，说："金海听说过吗？"

胖子换了个视角，不得不抬头重新审视对面的人，说："你还知道金海？"

金海故意说："嗨，都北平的。"

胖子一拍大腿来劲了，说："那孙子……"

金海打断胖子的话："那孙子？"

胖子有点儿怵，狐疑地看着他说："怎么了？"

金海翻着白眼接着问："那孙子怎么了？"

胖子恨不得摆开说书的架势："混黑白两道，住平渊胡同……"

金海又打断他："说你蹲大狱那段儿。"

胖子气势汹汹，挺胸抬头，说："我蹲大狱谁不怕？逢初一十五，金海还请我喝茶！"

金海摸着下巴，反倒起了挤对他的心，说："金海也怕你？"

胖子拍拍胸口吹牛："给我面子！"

金海忍住笑，接着问他："京师监狱蹲哪区的？"

胖子眼睛一瞪，八成编不下去了，一伸手，说："管得着吗？还钱！"

金海释然了，不以为意地说："不就要账吗？犯得上扯那么远？"

胖子见状又要撸袖子，说："你是真欠揍啊！"

金海瞪他，显得很凶："能不动手吗？新世界了！"

金海用余光看见大缨子、刀美兰要往另一个方向走了，金海迈步子示意小胖子跟上："家里人来了，给你钱，但别吆喝，别吓着她们！"

金海说着往大缨子那边过去，胖子不服气地跟着，边走边说："还没天理了？"金海转头呵斥他闭嘴。

大缨子一边走一边打量四周，满眼新奇地说："怎么这么潮啊？跟泡澡堂似的，大海在哪儿？”

刀美兰张望着寻找金海，随口敷衍大缨子说：“还没到舟山呢！”

金海先看到了两个女人，笑着招手，刀美兰拽着大缨子小跑着过来。金海盯着刀美兰的包裹问：“包里有啥？”

“路上吃的，给你带的衣服。”

金海赶忙去扒拉那个包裹，说：“吃的给我。”

刀美兰赶紧掏包，边掏边说：“都坨了……”

“没事儿。”金海笑着看着刀美兰，脸上笑出了好几个褶儿。

“哥，坐好几天火车还没到舟山？”大缨子看金海问。

金海接过刀美兰的火烧咬着，说：“嗯，没刚出炉的地道了……”

刀美兰看着金海的馋样，难过地说：“就饿成这样啊？”

“饿是饿不着，走吧。”金海说着就往外走，小胖子过来拦住他，金海赶紧回头问刀美兰：“带钱了吗？把钱给我，我欠人家的。”

刀美兰赶紧低头掏钱说：“带了，你要多少啊，金海？”

金海示意刀美兰都拿来，转头问胖子说：“你要多少说呀！”

胖子脚底抹油就要溜，大缨子身子一拧挡住他去路说：“你给我回来，你哪儿的你？”

胖子酝酿着要逃走，下意识回答：“北平的。”

“北平哪片儿的呀？”

“宣武的。”胖子缩了缩脖子，大缨子斜眼看他，问：“知道大缨子吗？”

“不知道啊……”胖子有点心虚，大缨子瞪他，表情跟金海一模一样，说：“我金海他妹，金家姑奶奶，虎坊桥大缨子！”

金海把大缨子拉走，钱塞小胖子手里，说：“来，给你钱。”

胖子哪儿敢要，一直往后退，说：“不要了。”

金海又朝他瞪眼：“讲不讲理，欠债还钱。”

胖子苦着脸说：“您是金海。”

金海掀掀眼皮说：“金海你不是熟吗，拿着。”

胖子赶紧拱着手说：“谢谢金爷。”

金海朝他摆摆手说：“谢谢你，兄弟对不住，谢谢了。”

胖子如蒙大赦，一溜烟就混进人群里看不见了。金海回过头来问刀美兰："金条带来没有？"

大缨子直不愣登地问："金条啊？"

金海伸着手，点点头。刀美兰眨巴眨巴眼，理直气壮地说："交政府了。"

金海不由得提高了声音，说："这就交了？"

大缨子更理直气壮："也不是好来的钱。"

金海彻底傻了，刀美兰看他面色不愉，扯了扯他的袖子说："金海，回吧，我们俩来接你的。"

大缨子也扁了扁嘴："哥，我可在这儿待不住，燕三还等我呢！"

金海回过神来，难以置信地说："燕三？"

大缨子为难地说："他不嫌我二婚，我得跟他过日子。"

金海更蒙了，刀美兰柔声劝他说："我问过田丹了，她说你做京师监狱狱长没干坏事，还帮着北平解放出力了呢！"

大缨子拉着金海絮絮叨叨："回家吃一顿，泡个澡，瞧你这身味儿！"

刀美兰挽着金海胳膊，低头问："手里攥着啥呢？"

金海还蒙着，说："票，回北平的，三张。"

大缨子乐了："合着你也想回啊！"

刀美兰笑眯眯地看着他说："北平改名叫北京了。"

三个人朝火车站里检票的地方走，金海突然醒过神来，问大缨子："刚才你跟我说那燕三是……哪个燕三啊？"

刀美兰说："就警署，徐天警署那个。"

"对啊，还有谁啊，我们俩早好了！"

金海站住脚，恨恨地说："早知道我就……"

刀美兰赶紧把他往火车站里拉，说："新世界了，不打人了！"